全国教育科学"十五"规划课题项目

江 苏 省 高 等 学 校 精 品 教 材

中国古代文学史

（第二版）上册

主　编　周建忠

副主编　张祝平　王育红

南京大学出版社

图书在版编目（CIP）数据

中国古代文学史（上、下册）/周建忠主编. —2版. —南京：
南京大学出版社，2013.5（2018.1 重印）
新世纪地方高等院校专业系列教材
ISBN 978 - 7 - 305 - 11351 - 2

Ⅰ.①中… Ⅱ.①周… Ⅲ.①中国文学—古代文学史
—高等院校—教材 Ⅳ.①I209.2

中国版本图书馆 CIP 数据核字(2013)第 080176 号

出版发行 南京大学出版社
社　　址 南京市汉口路 22 号　　邮编 210093
网　　址 http://www.NjupCo.com
出 版 人 左 健
丛 书 名 新世纪地方高等院校专业系列教材
书　　名 中国古代文学史（上、下册）
主　　编 周建忠
责任编辑 严若城　王抗战　　编辑热线 025 - 83686531
照　　排 南京紫藤制版印务中心
印　　刷 南京人民印刷厂
开　　本 787×960　1/16　印张 56　字数 976 千
版　　次 2013 年 5 月第 2 版　2018 年 1 月第 4 次印刷
ISBN 978 - 7 - 305 - 11351 - 2
定　　价 84.00 元(上、下册)

发行热线 025-83594756　83686452
电子邮箱 Press@ NjupCo.com
　　　　 Sales@ NjupCo.com(市场部)

新世纪地方高等院校专业系列教材

编 委 会

再版前言

由我主持的《新世纪高等师范院校课程开发与教材建设研究》课题，先后被列入教育部全国教育科学"十五"规划项目、全国高等教育科学"十五"规划重点项目、江苏省教育科学"十五"规划项目。本教材是《新世纪高等师范院校课程开发与教材建设研究》的子课题之一。本书的编写原则是：

坚持历史唯物主义的观点，贯彻批判继承的精神，从历史事实出发，力图对历史上的文学现象作出比较准确的论述，在广阔的文化背景上描述文学本身演进的历程，展现中国文学的辉煌成就。

力求知识性、学术性、前沿性。系统介绍本学科的基本知识，广泛吸收目前已有的优秀研究成果，注意挖掘新资料（尤其是二十世纪以来的考古新发现），提出新问题，找到新视角，尝试作出新的解答。学术论点一般以学术界的定评为主，同时简介诸家异说。于"正文"部分不作详细论证与分析评说，于"注释"部分具体注明出处，并简列主要论据，便于学生了解某些重大问题的来龙去脉与研究现状。

强调地方本科院校的层次特色与分类属性。重视基础教育课程改革的进展，关注中学语文教材的变化与不同的版本，并作出呼应与对策。针对本层次院校学生的不同需求，在平实、实用的基础上，引导学生进入学术研究领域。

本书的编写体例为：全书上限为"先秦"，下限为"辛亥革命"。按编、章、节体例编写。各编以"时代"为经，以"文体"为纬，以"史"带"文"，力求兼顾"作家"评介的整体性、连贯性，兼顾文学发展的"时代"特色，兼顾各种"文体"的源流演变。行文语言采用规范的说明性语体文，以科学、准确、简明为原则，略带文采，力求精当而典雅，致力营造古典文学的学科氛围。凡涉及"作家"（如生卒年、评介等）、"作品"（如归属、评介等）、"时代"等有争议或未成定论的，以《辞海》（上海辞书出版社，1999 年 9 月版）为准，同时酌参中华书局《中国文学家大辞典》等。

本书第一版由周建忠担任主编，张祝平、刘琦、王利民担任副主编。撰稿分工为：

张祝平(南通师范学院)：第一编绪论、第一章、第二章、第三章、第四章第二节；第二编绪论、第四章。

连登岗(南通师范学院)：第一编第四章第一、三、四、五、六、七节。

周建忠(南通师范学院)：第一编第五章。

吕叔宝(长春师范学院)：第二编第一章、第二章。

徐乃为(南通师范学院)：第二编第三章；第六编第七章、第八章、第九章、第十章、第十一章；第七编第二章、第三章、第四章、第五章。

刘琦(长春师范学院)：第三编绪论、第一章、第二章、第三章。

吉定(南通师范学院)：第三编第四章、第五章、第六章、第七章、第八章、第九章、第十章。

张家鹏(沈阳师范大学)：第四编绪论、第一章、第二章、第三章、第四章。

赵荣蔚(盐城师范学院)：第四编第五章、第六章、第七章、第八章、第九章、第十章、第十一章、第十二章。

高小和(曲靖师范学院)：第五编绪论、第一章、第二章、第三章、第四章、第五章。

蔡燕(曲靖师范学院)：第五编第六章、第七章、第八章、第九章、第十章、第十一章。

胡金望(安庆师范学院)：第六编绪论、第一章、第二章、第三章、第四章、第五章；第七编第六章。

王利民(南通师范学院)：第六编第六章、第十二章；第七编绪论、第一章。

本书2003年9月出版之后，在全国部分地方本科院校中使用，获得了一些好评或奖励。以我校为例，本书评为南通大学精品教材一等奖(2006)、江苏省高等学校精品教材(2007)；《中国古代文学》课程评为江苏省高等学校一类精品课程(2006)；中国古代文学教研室团队评为江苏省高等学校优秀教学团队(2008)、国家级优秀教学团队(2010)；中国古代文学学科评为江苏省政府"十一五"重点学科"中国古代文学"(2006)；中国语言文学专业评为江苏省普通高校品牌专业(2006)、国家特色专业(2009)、江苏省政府"十二五"重点学科(2011)、江苏省普通高校重点专业(2012)。

　　本次修订,由我担任主编,张祝平、王育红担任副主编。具体分工为:先秦两汉文学(张祝平)、魏晋南北朝文学(吉定)、唐宋文学(王育红)、元明清及近代文学(徐乃为)。

　　本书在编写、修订过程中参考了一些学者的研究成果,我们尽可能一一注明;如有疏漏之处,敬请谅解。

周建忠
2013 年 2 月 15 日于枇杷居

目 录

第一编 先秦文学

绪 论 …………………………………………………………（3）

第一章 上古文学 ……………………………………………（6）

    第一节 上古歌谣 …………………………………………（6）

    第二节 上古神话 …………………………………………（7）

第二章 《诗经》 ……………………………………………（16）

    第一节 《诗经》概说 ……………………………………（16）

    第二节 《诗经》的思想内容 ……………………………（19）

    第三节 《诗经》的艺术特点 ……………………………（29）

    第四节 《诗经》的影响 …………………………………（32）

第三章 历史散文 ……………………………………………（34）

    第一节 历史散文的产生和发展 …………………………（34）

    第二节 《左传》 …………………………………………（38）

    第三节 《国语》 …………………………………………（43）

    第四节 《战国策》 ………………………………………（44）

第四章 诸子散文 ……………………………………………（48）

    第一节 诸子散文的兴起 …………………………………（48）

    第二节 孔子与《论语》 …………………………………（55）

    第三节 墨翟与《墨子》 …………………………………（57）

    第四节 孟轲与《孟子》 …………………………………（59）

    第五节 庄周与《庄子》 …………………………………（65）

    第六节 荀况与《荀子》 …………………………………（70）

    第七节 韩非与《韩非子》 ………………………………（72）

第五章 屈原与楚辞 …………………………………………（77）

    第一节 楚辞的产生与特点 ………………………………（77）

    第二节 屈原的生平与思想 ………………………………（81）

    第三节 屈原的作品与艺术特色 …………………………（85）

    第四节 屈原在文学史上的地位与影响 …………………（94）

第五节　宋玉及其他楚辞作家 ……………………………………（95）

第二编　秦汉文学

绪　论 ………………………………………………………………（99）

第一章　秦汉政论文 …………………………………………（101）

　　第一节　秦代散文 ……………………………………………（101）

　　第二节　西汉政论文 …………………………………………（105）

　　第三节　东汉政论文 …………………………………………（109）

第二章　汉赋 …………………………………………………（112）

　　第一节　赋体文学的起源及兴盛原因 ………………………（112）

　　第二节　汉赋的发展阶段及主要作家作品 …………………（115）

　　第三节　汉赋的艺术特征 ……………………………………（125）

第三章　两汉历史散文 ………………………………………（129）

　　第一节　司马迁的生平以及《史记》的成书、体例 ………（129）

　　第二节　司马迁的史识与《史记》的思想内容 ……………（132）

　　第三节　《史记》的文学成就以及地位影响 ………………（136）

　　第四节　第一部断代史《汉书》 ……………………………（140）

第四章　两汉乐府诗和文人五言诗 …………………………（143）

　　第一节　乐府和乐府诗 ………………………………………（143）

　　第二节　汉乐府诗的思想内容 ………………………………（145）

　　第三节　汉乐府诗的叙事艺术特点 …………………………（147）

　　第四节　七言诗的初起与文人五言诗 ………………………（149）

　　第五节　《古诗十九首》 ……………………………………（152）

第三编　魏晋南北朝文学

绪　论 ………………………………………………………………（157）

第一章　建安正始文学 ………………………………………（162）

　　第一节　建安诗坛 ……………………………………………（162）

　　第二节　曹操和曹丕 …………………………………………（167）

　　第三节　曹　植 ………………………………………………（172）

　　第四节　阮籍、嵇康与正始之音 ……………………………（175）

第二章　两晋文学 ……………………………………………（182）

第一节　陆机、潘岳与太康诗风 …………………………………… (183)

第二节　左思、刘琨与郭璞 ………………………………………… (187)

第三节　孙绰、许询和玄言诗 ……………………………………… (192)

第三章　陶渊明 ……………………………………………………… (195)

第一节　陶渊明的生平经历与思想性格 …………………………… (195)

第二节　陶渊明的田园诗及其他 …………………………………… (197)

第三节　陶渊明的散文与辞赋 ……………………………………… (202)

第四节　陶渊明在文学史上的地位 ………………………………… (203)

第四章　南朝刘宋诗坛 ……………………………………………… (205)

第一节　谢灵运 ……………………………………………………… (205)

第二节　颜延之 ……………………………………………………… (213)

第三节　鲍照 ………………………………………………………… (214)

第五章　永明体与齐梁诗坛 ………………………………………… (221)

第一节　沈约、谢朓与永明体 ……………………………………… (221)

第二节　齐梁诗人集团与梁陈诗人 ………………………………… (229)

第六章　北朝诗歌 …………………………………………………… (236)

第一节　庾信与西魏北周文学 ……………………………………… (236)

第二节　北魏、东魏、北齐诗歌 …………………………………… (240)

第七章　东晋南北朝民歌 …………………………………………… (247)

第一节　东晋、南朝乐府民歌 ……………………………………… (247)

第二节　北朝乐府民歌 ……………………………………………… (251)

第八章　魏晋南北朝辞赋 …………………………………………… (256)

第一节　魏晋南北朝辞赋的特点 …………………………………… (256)

第二节　魏晋辞赋 …………………………………………………… (257)

第三节　南朝辞赋 …………………………………………………… (260)

第四节　北朝辞赋 …………………………………………………… (264)

第九章　魏晋南北朝骈文与散文 …………………………………… (268)

第一节　建安魏晋时期的骈文与散文 ……………………………… (268)

第二节　南朝的骈文与散文 ………………………………………… (273)

第三节　北朝的骈文与散文 ………………………………………… (280)

第十章　魏晋南北朝小说 …………………………………………… (284)

第一节　小说溯源 …………………………………………………… (284)

第二节　志怪小说与《搜神记》 …………………………………… (285)

第三节　轶事小说与《世说新语》 ………………………………… (288)

第四编　隋唐五代文学

绪　论 ……………………………………………………………………… (295)

第一章　隋及初唐文学 ……………………………………………………… (298)

第一节　隋代文学 ………………………………………………………… (298)

第二节　贞观文坛 ………………………………………………………… (300)

第三节　高宗武周时的宫廷文人 ………………………………………… (303)

第四节　四杰与刘希夷、张若虚 ………………………………………… (306)

第五节　陈子昂 …………………………………………………………… (310)

第二章　盛唐文学 …………………………………………………………… (315)

第一节　盛唐前期诗人 …………………………………………………… (315)

第二节　孟浩然、储光羲、常建 ………………………………………… (317)

第三节　王维 ……………………………………………………………… (320)

第四节　王之涣、李颀、王昌龄、崔颢 ………………………………… (324)

第五节　高适 ……………………………………………………………… (328)

第六节　岑参 ……………………………………………………………… (332)

第三章　李白 ………………………………………………………………… (335)

第一节　李白的生平和思想 ……………………………………………… (335)

第二节　李白诗歌题材内容的新开拓 …………………………………… (338)

第三节　李白诗歌艺术的传承与创新 …………………………………… (343)

第四节　李白诗歌的影响 ………………………………………………… (347)

第四章　杜甫 ………………………………………………………………… (349)

第一节　杜甫的生平和思想 ……………………………………………… (349)

第二节　杜甫诗歌题材内容的新开拓 …………………………………… (352)

第三节　杜甫诗歌艺术的传承与创新 …………………………………… (357)

第四节　杜甫诗歌的影响 ………………………………………………… (362)

第五章　大历诗风与中唐前期诗坛 ………………………………………… (364)

第一节　大历十才子及李益的边塞诗 …………………………………… (364)

第二节　刘长卿和韦应物的山水行旅诗 ………………………………… (369)

第三节　元结、顾况的拟古诗 …………………………………………… (373)

第六章　元白诗派与新乐府诗歌创作 ……………………………………… (376)

第一节　白居易、元稹的新乐府理论 …………………………………… (376)

第二节　白居易的诗歌创作 ……………………………………………… (377)

第三节 元稹及张籍、王建等乐府诗人 ……………………………… (382)

第七章 韩孟诗派与中唐其他诗人 ……………………………… (386)

第一节 韩孟诗派 ……………………………………………… (386)

第二节 李贺 …………………………………………………… (393)

第三节 刘禹锡和柳宗元 ……………………………………… (398)

第八章 晚唐前期诗歌 …………………………………………… (405)

第一节 杜牧 …………………………………………………… (405)

第二节 李商隐 ………………………………………………… (409)

第三节 温庭筠以及晚唐其他诗人 …………………………… (414)

第九章 唐末及五代诗歌 ………………………………………… (418)

第一节 皮陆诗派与韦庄、郑谷的诗歌创作 ………………… (418)

第二节 聂夷中、曹邺等古风诗人 …………………………… (424)

第三节 杜荀鹤、罗隐等格律诗人 …………………………… (426)

第四节 五代十国诗歌 ………………………………………… (430)

第十章 韩、柳与唐代散文创作 ………………………………… (434)

第一节 韩、柳之前的唐代古文 ……………………………… (434)

第二节 韩愈、柳宗元的古文理论 …………………………… (436)

第三节 韩愈的古文实绩 ……………………………………… (439)

第四节 柳宗元的古文实绩 …………………………………… (442)

第五节 晚唐讽刺小品文的兴起 ……………………………… (446)

第十一章 唐代传奇与敦煌通俗文学 …………………………… (450)

第一节 唐代传奇的产生和发展 ……………………………… (450)

第二节 唐代传奇的思想内容 ………………………………… (453)

第三节 唐代传奇的艺术成就与影响 ………………………… (456)

第四节 敦煌通俗文学 ………………………………………… (460)

第十二章 唐五代词 ……………………………………………… (463)

第一节 词的起源和演进 ……………………………………… (463)

第二节 敦煌曲子词和早期文人词 …………………………… (465)

第三节 温庭筠与花间词人 …………………………………… (470)

第四节 李煜与南唐词人 ……………………………………… (475)

第一编

先秦文学

绪　　论

　　中华民族历史悠久，文化源远流长。中华民族历史文化形成的最初阶段是在先秦时期，这是从远古经夏、商、周三代直至秦统一（前221）之前的漫长的历史时期。文学的发生总要在人类具有能交流表达思想感情的语言之后。人们在生产劳动过程和人际交往过程中的各种情感、要求以及美好的愿望总要表达出来，发言为声就产生了最初的文学——上古歌谣。神话传说中的三皇五帝时代究竟在何时，迄今为止仍无确切证明。神话表达了人类欲支配自然，改造社会的愿望和企盼，是我国最早的叙事作品。歌谣和神话经过口耳相传并加进了传者的想象和改编，虽非原貌，但也反映了文学最基本的特点即抒发感情和表达愿望。远古歌谣由于流传下来形诸文字的较少，因此一些传世的据说尧舜时的作品显系后人伪托。我国神话资源分布在远古岩画和出土文物以及《诗经》、《山海经》、《穆天子传》、《庄子》、《楚辞》、《吕氏春秋》、《淮南子》等文献中。我国最早的诗歌与音乐、舞蹈结合在一起，这个特点对后代诗歌的形成发展都产生了一定的影响。

　　东北红山文化、浙江良渚文化、四川金沙遗址、湖南永州舜帝文化遗址中的发现，证明仅中国稻作农业文化的历史就可推到8000年以前，从而打破了"中华文明五千年"的成说。

　　据1996—2000年的"九五"国家重点科技项目"夏商周断代工程"研究结果断定："夏代始年约为公元前2070年，夏商分界约为公元前1600年，商、周分界为公元前1046年。"

　　河南登封王城岗遗址是夏代文化的遗址。据说夏禹传位于启，"公天下"成为"家天下"。国家组织逐渐形成。公元前1600年商汤灭夏建立了商朝，第20位商王盘庚迁都于殷（今河南安阳附近），史称殷商。商代农业、畜牧业、商业都得到发展，也出现了规模较大的城市。"殷人尊神，率民以事神，先鬼而后礼。"（《礼记·表记》）商代祭祀文化盛行，主祀者为巫。尊神祭祀的祝颂即表达了人们对祖先神灵的敬畏以及祈求和愿望，也形成了融合歌舞、音乐、绘画、表演、原始宗教为一体的文化形式。

　　中国文字究竟产生于何时尚难确定，据今所见数量较大，最古的文字是甲骨文和铜器铭文。甲骨文是占卜所用,文辞虽少,可见卜者的愿望和捉摸不定的心理。上古巫史不分,甲骨文卜筮结果的记录,以及铜器铭文的事件记录,体现了统治者的意志和历史意识。

公元前 1046 年周朝建立,定都镐京(今西安附近),史称西周。周统治者鉴于殷商的教训,实行分封制,并确立以"礼"为核心的宗法制度和典章制度,以此作为统治的社会规范和道德规范。西周至夷王、厉王时期,统治日趋腐败,国力日衰,传至幽王,愈加暴戾,内忧外患,幽王终于在公元前 771 年被犬戎杀死,西周灭亡。平王东迁(前 770),定都洛邑(今河南洛阳),史称东周,又分为春秋、战国(前 476—前 221)两个时期。春秋时期,诸侯争霸,王室愈衰。战国时期,七国争雄,合纵连横,二百年争战,最后由秦统一。

西周至春秋,一方面巫文化向史文化过渡,另一方面则是礼乐文化由盛而衰的过程。《尚书》是上古历史文献的记录,其中体现出浓重的历史意识。2003 年 1 月 19 日陕西眉县杨家村发现的西周宣王时期单氏家族的青铜器铭文,记述从周文王到周宣王十二代王的名号,均有天干地支记录,证明了巫官文化向史官文化的过渡。孔子不满于周道衰废、礼崩乐坏,遂编《春秋》,其地位、身份和私家著史的境况,使之采用了寓褒贬于记事中的"春秋笔法"。《左传》则无所顾忌、据实而录、详于记事,使我国历史著作达到了一个新的高度。由《左传》的记事为主,兼记言行,《国语》的偏重记言,到《战国策》铺排策士言行,可见历史散文由重记事到重写人的发展轨迹。《诗经》是周代礼乐文化的形象的教科书。《国风》中的一些诗歌多抒发了个人的真实情感,《雅》、《颂》之作多表达了人们对政治的关注和祈祷愿望。比兴的运用,使人们找到了物我之间的联系和借物言志(情与理)的表达方式。春秋战国时期的社会变革促进了思想文化的繁荣,形成了"百家争鸣"的局面。春秋战国诸子百家虽然异说林立,风格迥然,但实分两派:以孔子、墨子、孟子、荀子、韩非子为一派,其主张在于以仁、爱、礼、法去调和解决人际社会的矛盾,实行自己的政治伦理理想;以老、庄为一派,考虑更多的是人与自然的关系,人在自然中的生存状况以及人的适性而为等问题。注重人际关系,必然要以犀利的言辞、严密的论证去阐述己意、说服别人;在与自然的关系中开辟想象的天空,则天马行空,展现的是自己思想的博大和深邃,遨游在自己的精神境界中。战国末期诞生的伟大诗人屈原,将文学的自觉和自为提高到一个前所未有的高度,他的作品得益于深厚的历史文化的积淀和荆楚地域文化的滋养,以及对苦难深重的国土人民执著的眷恋和挚爱。

先秦文学发展线索仍是模糊朦胧的,有许多问题尚未得到解决。可喜的是新世纪伊始,一些文献的出土就为我们带来了一份份厚礼,上海博物馆藏战国楚竹简,湖北枣阳九连墩楚简,陕西眉县杨家村青铜器,清华大学藏战国竹简,浙江大学藏战国楚简,湖南大学岳麓书院购藏的秦代简牍等展示了大量的历史文献。随着考古的不断发现,新世纪将会为先秦文学的研究带来灿烂的曙光。

第一章　上古文学

第一节　上古歌谣

我国最早的文学是上古歌谣。它是与音乐、舞蹈艺术结合在一起产生的。它是在人们的生产劳动过程和人际交往情感发展过程中产生的。古人劳动时为了协调劳动节奏，减轻疲劳，表达美好的愿望和收获的喜悦而创作了歌谣。《淮南子·道应训》："今夫举大木者，前呼'邪许'，后亦应之，此举重劝力之歌也。"这几句话虽是指当时作歌而言，而以此推断上古人创作歌谣的情形，也应如是。鲁迅也认为："我们的祖先的原始人，原是连话也不会说的，为了共同劳作，必须发表意见，才渐渐的练出复杂的声音来。假如那时大家抬木头，都觉得吃力了，却想不到发表。其中有一个叫道'杭育杭育'，那么这就是创作。……倘若用什么记号留存了下来，这就是文学，他当然就是作家，也就是文学家，是'杭育杭育'派。"（《且介亭杂文·门外文谈》）鲁迅的话，举具体的事例推测了劳动生产与原始歌谣的创作有着直接的联系。上古人类除了劳动之外，还有人际交往等社会活动，在这些交往中难免有感情的交流和表达。人们的喜怒哀乐愁以及爱和恨都需要用语言声音表达出来，就会产生歌谣。上古歌谣绝大多数都因没有记载和流传下来而湮没无闻。《宋书·谢灵运传论》云："虽虞夏以前遗文不睹。禀气怀灵，理无或异；然则歌咏所兴，宜自生民始也。"也推断出文献所无载的歌谣，理应伴随着先民的生产劳动和情感交往而相生相长。

《弹歌》可能是现存最早的歌谣，只有八个字，"断竹，续竹，飞土，逐宍（肉）。"（《吴越春秋·勾践阴谋外传》）这是狩猎过程的描述和再现。它有明显的劳动目的和生活欲望。歌中两字一句的短促节奏与弹射迫促的音响相协调，八字组成四个动宾结构，就极具概括力地展现了制造和使用弹弓狩猎的过程，语言质朴有力，表现了一种豪迈的气概。"飞"、"逐"尤为生动。梁代刘勰云："寻二言肇于黄世，《竹弹》之谣是也。"（《文心雕龙》）指出了这首歌的古老。

早期的歌谣是与音乐、舞蹈融合在一起的。《吕氏春秋·古乐》记载了上古一个叫做"葛天氏"的部落歌舞祭祀的活动：

> 昔葛天氏之乐，三人操牛尾，投足以歌八阕：一曰"载民"，二曰"玄鸟"，三曰"遂草木"，四曰"奋五谷"，五曰"敬天常"，六曰"建帝功"，七曰"依地德"，八曰"总禽兽之极"。①

三人手持牛尾一边投足一边歌唱。这些歌词虽已不存，但从其歌唱的八阕题目来看，内容当是对天、地、祖先、神灵的颂赞，祈祷风调雨顺、五谷丰登、草木繁茂，与农业、畜牧业生产劳动密切关联。

第二节　上古神话

神话是人类认识发展的初始阶段的产物。马克思认为神话是"通过人民的幻想用一种不自觉的艺术方式加工过的自然和社会形式本身。"（《政治经济学批判导言》）人类发展成为能通过语言交流表达思想的人以后，自身的生产水平和认识能力仍处于低级阶段，对于威力强大的自然力和纷繁复杂的社会现象以及某些发明创造等不能作出科学合理的解释，只能以自身的经历和体验把自然物、自然力和社会力加以神化和人格化，幻想出一些超自然的神和神的故事，经过不自觉的艺术加工，产生了神话。神话也表达了人类欲支配自然力，改造社会的愿望和企盼，宣泄了人们的情感和情绪，成为最早的叙事作品。

神话在中国有着悠久的历史，中华大地孕育了灿烂的中华文化，也蕴藏着丰厚的神话资源。中华文化中的神话资源大致分布在这样几个方面：

（一）远古的岩画壁画。中华大地从南到北，许多地方分布着刻绘在山岩壁上的岩画群，如内蒙阴山岩画，宁夏贺兰山东麓山口岩画，新疆呼图壁岩画，江苏连云港将军崖岩画，广西左江流域崖壁画，云南沧源崖画，青海冈察岩画，甘肃嘉峪关黑山岩画等，反映了石器时代人们的狩猎、游牧生活和

---

① 清毕沅校注云："旧本'建帝功'作'达帝功'。案：《文选·上林赋注》张揖引作'彻帝功'。李善谓以'建'为'彻'误，则当作'建'也。又旧本作'总万物之极'。校云：一作'禽兽之极'。今案《初学记》十五、《史记·司马相如传》《索隐》及《选注》皆作'总禽兽之极'，今据改正。"《二十二子》，上海古籍出版社1986年3月版，第643页。

信仰,通过描绘日月星辰、动物植物、男女交媾等,体现出人们的天体崇拜、动植物崇拜、生殖崇拜等创世始祖观念及人文之初对自然万物、人类本身的探究和思考,这些岩画包含着一些神话的因子。①

（二）出土文物的神话形象。四川广汉三星堆出土的2.6米大立人铜像或许是沟通天神、地祇和宗桃的巫师;高达3.96米的青铜通天大神树,上面一条浑身带着刀剑的神龙从树顶蜿蜒而下,树上9只神鸟,21朵奇花异果,具有神秘的数字含义;青铜纵目人仿佛是众神之宰②。辽宁牛河梁红山文化女神庙遗址出土了女神头像③。湖南长沙陈家大山楚墓出土的《龙凤人物帛画》,表现了龙凤引道升天的寓意。湖南长沙子弹库楚墓《御龙图》乘龙升天形象,缯书四周画像中有青、赤、白、黑怪异树木以及三头、双角、衔蛇、鸟身等形象。湖南长沙马王堆一、三号汉墓的五幅帛画和山东临沂金雀山九号汉墓出土的帛画都将神话与现实结合起来,描绘天上、人间、地下的情景。④这些出土文物将神话形象化了,随着考古新发现将会有更多的神话资源被发掘出来。

（三）少数民族流传着的神话故事。关于日月神话就有苗族的金银铸日月神话,壮族的侯野射太阳,瑶族的射太阳,彝族的吉智高卢射日月,布朗族的顾米亚射日月等。创世神话有纳西族的人祖利恩,壮族的布洛陀与妹六甲等。由于地区民族之间生产力和文化发展的差异,存在着生产力和文化相对落后的民族引入借鉴较为先进民族文化的情况,神话也不例外,少数民族的射日神话就明显受到汉民族后羿射日神话的影响。

（四）文献记载。这是研究中国神话的文字资料。从现存的文献资料看来,神话较多地保留在《诗经》、《山海经》、《穆天子传》、《庄子》、《楚辞》、《吕氏春秋》、《淮南子》等文献中。《诗经》、《楚辞》、《庄子》本书将有专门论述,这里对其他的几部典籍略作介绍:

《山海经》,今本十八卷,约三万余字。一般认为约成书于战国间,其中有些部分为秦汉人写定。全书分为山经五卷、海外经四卷、海内经五

---

① 参见《中国岩画》,文物出版社1993年5月版,盖山林著《中国岩画学》,书目文献出版社1995年5月版。

② 参见冯学敏、梅子著《点击三星堆》,广东旅游出版社2001年4月版,第42—59页。

③ 参见《文物》1987年第8期《牛河梁红山文化女神头像的发现与研究》一文。

④ 参见王伯敏著《中国绘画史》,上海人民美术出版社1982年版,第29—33页。

卷、大荒经四卷。记事以山海地理为纲,述及历史、神话、宗教、民族、物产、医药、巫术等许多方面。保存着鲧禹治水、精卫填海、黄帝战蚩尤、夸父逐日、后羿善射、刑天舞干戚等神话以及各种异国怪物的描写,想象丰富而奇特。

《穆天子传》,又名《周穆王游行记》、《周王传》。书成于何时不确,但至晚在战国魏襄王(前318—前295在位)时已写定。晋太康二年(281)汲郡人盗发魏襄王墓,得一批先秦古书(即《汲冢书》),此为其一。晋荀勖等校理为五卷,郭璞作注,增《周穆王盛姬死事》一篇,编为六卷。前五卷记周穆王驾八骏北征戎族,西游瑶池会西王母,东归洛阳会诸侯事。其中见西王母一节,以及昆仑黄帝之宫、河伯、长肱等事,颇具神话色彩。

《吕氏春秋》,亦称《吕览》,战国末年秦相吕不韦集门客三千编撰。"以为备天地万物古今之事,号曰《吕氏春秋》"(《史记·吕不韦列传》)。二十六卷,分十二纪、八览、六论,一百六十篇,二十余万言,杂取儒、道、墨、名、法、农、阴阳等各家学说,被称作杂家著作,保存了许多先秦百家学说及古代史料,其中有关颛顼、帝喾、禹等神话传说也丰富了中国神话宝库。

《淮南子》,亦称《淮南鸿烈》,西汉淮南王刘安主编。本有内篇、外书、中篇,今存内篇二十一卷,各篇名后"训"字,为注家所题,其书以阴阳五行和道家思想为主,杂糅各家学说,故列为杂家著作。其中女娲补天、羿射九日、嫦娥奔月、共工触山、夏禹治水等著名神话都藉此书而流传。

中国古代的神话按其内容大约可分两大类:

一 事物起源神话

远古人类在认识的初始阶段也凭自身的经历、幼稚的思维和求知勇气去探究和描述世界最根本的问题,即万物起源问题,包括天地开辟的创世神话,日月星辰形成,人类降生,动植物起源等。

1. 开天辟地的创世神话

1942年湖南长沙子弹库发现了战国楚帛书,"中间八行一段文章,讲的是开天辟地的创世神话,这是我们所见到的时代最早的创世神话文献。"①帛书所载伏羲生四子,即春、夏、秋、冬四时之神,四神从一团混沌中开天辟地,使日月分明和四时运行,而日神与火神祝融奉天之意及炎帝之命统率四神,进一步完成创世工程,使天象由混乱到有序,这是南方楚文化所传开天辟地的创世神话,伏羲是开天辟地的始祖。

除此之外《淮南子》中有二神混生、经营天地之说:

> 古未有天地之时,唯象无形,窈窈冥冥,……有二神混生,经天营地,孔乎莫知其所终极,滔乎莫知其所止息,于是乃别为阴阳,离为八极,刚柔相成,万物乃形。(《淮南子·精神训》)

《淮南子·天文训》中还有所谓浑沌为太始,"太始生虚霩,虚霩生宇宙,宇宙生元气,元气有涯垠,清阳者薄靡而为天,重浊者凝滞而为地"之说。《淮南子》所说带有道家主张宇宙万物由气生成的哲学思考。有别于外国神话所描述的卵生型和尸体化生型创世形态。可以说,战国楚帛书和《淮南子》所载是中国本土的创世神话。至于为人常论及的盘古开天辟地神话,其本源是伴随佛教而传来的印度神话,②它的创世形态分为卵生型和尸体化生型,但传入中国后被改造,与气生型神话相融合:

> 天地混沌如鸡子,盘古生其中,万八千岁,天地开辟,阳清为天,阴浊为地。盘古在其中,一日九变,神于天,圣于地。天日高一丈,地日厚一丈,盘古日长一丈,如此

① 见杨宽《楚帛书的四季神像及其创世神话》,载《文学遗产》1997年第4期。本文观点材料取自杨文。

1993年在湖北荆门郭店楚墓中出土的《郭店楚墓竹简》是一批儒、道两家的古籍,墓葬年代为战国中期偏晚。其中《太一生水》篇反映了宇宙生成论:

太一生水,水反辅太一,是以成天。天反辅太一,是以成地。天(地复相辅)也,是以成神明。神明复相辅也,是以成阴阳。阴阳复相辅也,是以成四时。四时复(相)辅也,是以成冷热。冷热复相辅也,是以成湿燥。湿燥复相辅也,成岁而止。故岁者,湿燥之所生也。湿燥者,冷热之所生也。冷热者,(四时之所生也)。四时者,阴阳之所生也。阴阳者,神明之所生也。神明者,天地之所生也。天地者,太一之所生也。(《郭店楚墓竹简》文物出版社1998年版)然《太一生水》是宗教神话论还是自然哲学说在学界还存有争论。

② 叶舒宪云:日本神话学家高木敏雄和中国史学家吕思勉曾指出这一点。见叶舒宪《从"盘古之谜"到中国原始创世神话之谜》,载《民间文艺季刊》1989年第2期第7页。

万八千岁。天数极高,地数极深,盘古极长。后乃有三皇。(《艺文类聚》卷一引徐整《三五历纪》)

这是三国时吴人徐整记录的流行于南方的神话。徐整在另一篇《五运历年纪》中还记录了盘古死后化身的神话:

> 元气濛鸿,萌芽兹始,遂分天地,肇立乾坤。启阴感阳,分布元气,乃孕中和,是为人也。首生盘古,垂死化身,气成风云,声为雷霆,左眼为日,右眼为月,四肢五体为四极五岳,血液为江河,筋脉为地理,肌肉为田土,发髭为星辰,皮毛为草木,齿骨为金玉,精髓为珠石,汗流为雨泽,身之诸虫,因风所感,化为黎甿。(《绎史》卷一引徐整《五运历年纪》)

从这些创世神话中,可见中国先民已经在积极探索自然之物的本源问题,并将它与人类的关系联系起来进行思索。

2. 始祖神话

人类不仅对万物起源感兴趣,而且对于自身是如何产生的也努力探究。原始社会探索人类起源与祈求子孙繁衍、人丁兴旺的观念相一致。新疆呼图壁岩画中心就是一高于真人的双头同体人像,其左右上下皆为裸体男子像及男女交媾图,表现出人们持有一种始祖观念和生殖崇拜思想。除此之外,中国传统文化中记载着伏羲与其妹女娲结成夫妻而繁衍了人类的传说,大量少数民族传说以及考古发现的汉画像砖画也证实了这一点。[1] 汉画像砖上伏羲与女娲人首蛇身,或异体交尾,或同体异首,是人类的始祖。此外还有女娲抟黄土造人之说:

> 俗说天地开辟,未有人民,女娲抟黄土作人,剧务,力不暇供,乃引绳絚于泥中,举以为人。故富贵者,黄土人也;贫贱凡庸者,絚人也。(《太平御览》卷七八引《风俗通》)

这是母系社会只知其母,不知其父的状况遗留下的观念,是对女性生育作用的肯定,至于说贫富贵贱的产生是女娲造人时精心制作与粗制滥造的结果,

---

① 见闻一多《伏羲考》,马昌仪编《中国神话学文论选萃(上)》第 683—753 页,中国广播电视出版社 1994 年 2 月版。

则是后代阶级社会中命中注定天生贵贱观念的附会之说。

3. 发明创造神话

人们在千万年生产劳动实践中发明创造了许多器物和制作方法、知识技能等，而神话却把这些智慧和经验归结于本部落、本民族、本行业的神话英雄人物。这一方面反映出神话向人性化发展的特点，一方面又反映了社会分工和社会阶层日益明细化的趋势。

伏羲和女娲既是创世造人的始祖又是发明造物的始祖。他们手持规矩，观象制器，有许多发明创造。

农业。1997 年在陕西神木县汉墓出土的画像石中有伏羲、女娲人面鸟身手持日轮月轮和规矩的"春神句芒"和"秋神蓐收"的画像，主管春播秋收的季节。

渔猎。伏羲"作结绳而为网罟，以佃以渔"（《易传·系辞下》），"教民以猎"（《尸子·君治》）。

庖厨。"包羲氏取牺牲供庖厨，以炮以烙。"（《帝王世纪》）

八卦和数学。"古者包牺氏之王天下也，仰则观象于天，俯则观法于地，观鸟兽之文与地之宜，近取诸身，远取诸物，于是始作八卦，以通神明之德，以类万物之情。"（《易传·系辞下》）"伏羲作九九之数。"（《管子》）

医药。"伏羲尝味百药而制针灸，明百病之理。"（《太平御览》卷七二一引《帝王世纪》）

音乐。"伏戏氏作瑟，造《驾辩》之曲。"（《楚辞·大招》王逸注）"女娲作笙簧。"（《世本·作篇》）

婚姻。"伏羲制嫁娶，以俪皮为礼。"（《路史·后纪》注引《古史考》）

其他发明创造也归结于不同的神话人物。如燧人氏钻木取火，神农氏是农业和医药的始祖，有巢氏是巢居的发明者，后稷是农业之神，仓颉是文字的创造者，后羿是弓箭的发明者，嫘祖是蚕桑的始祖等。

二 反映人类与自然斗争以及人类之间战争的神话

人类自从诞生以后，除了想要了解自然万物和人类自身的由来以外，人们的认识还必须面对最为现实的问题，即如何生存的问题。人们的生存环境即包括自然环境和社会环境，人类自诞生之日起，就不得不应对来自自然和社会的各种恶劣环境的挑战，人类就是在适应和战胜各种恶劣复杂的环境中发展壮大繁衍成长起来的。人类将祖先千百万年同各种环境斗争取得的胜利，以及在斗争中反映出的不屈不挠的意志都归结于某个神话英雄人物，创造出了许多神话。

　　1. 地震、火山、洪水、旱灾神话

　　女娲补天神话。女娲是人类创造之神，她还是拯救人类之神，面对自然灾难，她为人类重新创造一个新的天地：

> 往古之时，四极废，九州裂。天不兼覆，地不周载。火爁炎而不灭，水浩洋而不息，猛兽食颛民，鸷鸟攫老弱。于是女娲炼五色石以补苍天，断鳌足以立四极，杀黑龙以济冀州，积芦灰以止淫水。（《淮南子·览冥训》）

这可能是一次特大地震或火山爆发后引发特大洪水的记录，天崩地陷，洪水浩洋，人类虽然遭遇了灭顶之灾，付出昂贵的生命代价，但仍凭顽强的斗争意志，生存了下来，人们把它归功于人类之母女娲。

　　鲧禹治水神话。人们在与自然斗争中，从未有战胜地震、火山等灾害的记录，但是在与旱涝斗争中，人们一次次总结经验和教训，逐渐取得了主动权，有史以来历代大大小小的水利工程证明了这一点，而治水的始作俑者人们归结于鲧、禹父子：

> 洪水滔天，鲧窃帝之息壤以堙洪水，不待帝命。帝命祝融杀鲧于羽郊。鲧复（腹）生禹，帝乃命禹卒布土以定九州。（《山海经·海内经》）

这则神话歌颂了鲧牺牲自己以治洪水的不屈精神，他为了治水拯救人类，不惜盗天帝的息壤，他死后仍不忘治水，以腹生禹，子承父志，前仆后继。天帝对鲧的惩罚实即自然对鲧"堙"的方法的惩罚。据说禹治洪水采用"堙"、"疏"并举的方法，治服了洪水。[①] 鲧禹治水过程反映了人们在同自然的斗争中，不断总结经验教训，改进方法的历程。

　　精卫填海的故事写炎帝少女"女娃游于东海，溺而不返，故为精卫，常衔西山之木石，以堙于东海。"（《山海经·北山经》）也是遭受水害不屈抗争的故事。

---

　　① 详见袁珂编著《中国神话传说词典》第 284 页"禹"条，上海辞书出版社 1985 年版。

夸父逐日和后羿射日的神话也可看作是人类同干旱斗争的故事。①

　　夸父与日逐走，入日。渴欲得饮，饮于河渭，河渭不足，北饮大泽。未至，道渴而死。弃其杖，化为邓林。(《山海经·海外北经》)

夸父与干旱斗争，干渴而死，但其杖其身化为邓林(即桃林)，"夸父弃其杖，尸膏肉所浸，生邓林，邓林弥广数千里焉。"(《列子·汤问》)邓林广袤，其精神永存。

　　2．战争神话

　　远古的人类在与各种自然环境的斗争中，适应和利用自然环境，与自然相处相生，顽强地生存繁衍壮大起来。但人类的发展接着又面临着生存空间的狭小、自然资源的匮乏等问题，因此为了争夺更大更好的生存空间和自然资源，各氏族部落间常发生争斗，后发展为大规模的部落间的战争，人们把带领自己部落取得战争胜利的祖先加以神化，形成了一些战争神话故事。

　　中国战争神话主要是关于黄帝部落与其他部族的战争。父系氏族社会后期黄帝姬姓部族与炎帝姜姓部族在向东发展迁徙过程中发生了战争，"黄帝与炎帝战于阪泉之野，帅熊、罴、狼、豹、貙、虎为前驱，雕、鹖、鹰、鸢为旗帜。"(《列子·黄帝》)"黄帝与赤帝(炎帝)战于阪泉之野，三战然后行其志。"(《大戴礼·五帝德》)黄帝驱赶猛兽上阵助攻，以猛禽为其旗帜，经过多次艰苦的战斗打败了炎帝，实现炎黄两大部族的第一次大融合。黄帝战败炎帝后，炎帝之裔和部属蚩尤、夸父、刑天、共工等为炎帝复仇，又与黄帝及其后裔大战，蚩尤与黄帝作战呼风唤雨，十分激烈：

　　蚩尤作兵伐黄帝，黄帝乃令应龙攻之冀州之野。应龙蓄水。蚩尤请风伯、雨师纵大风雨。黄帝乃下天女曰魃，雨止，遂杀蚩尤。(《山海经·大荒北经》)

炎帝之裔共工与黄帝后裔颛顼争帝头触天柱不周山：

　　昔者共工与颛顼争为帝，怒而触不周之山，天柱折，地维绝。天倾西北，故日月

―――――――――
　　① 对"夸父逐日"的不同理解，龚维英归纳出有八种之多。见龚文《对神话"夸父逐日"的不同理解》，载《文史知识》1985年第9期第102页。本书采用王红旗"反映了与炎热和干旱所进行的不屈不挠的斗争"之说。

星辰移焉；地不满东南，故水潦尘埃归焉。（《淮南子·天文训》）

这几次战争进一步促进了中华民族的融合。值得注意的是在这些战争神话故事中，威力强大的自然力仍然为人性化的神所驱使，神话进一步借助丰富的想象力和表现力，设置宏大的场景，制造激烈的气氛，突出了人类不屈的精神。特别是共工与颛顼争帝故事，将自然现象如日月西坠、江河东流的解释与人们战争的结果结合在一起，突出共工"怒"之精神的巨大威力，想象奇特，深得神话的精髓。

中国古代神话对中国文化和文学产生了很大的影响。一、古代神话为后代作家、诗人的文学创作提供了非常丰富的文学素材和艺术形象。《诗经》中"洪水茫茫，禹敷下土方"（《长发》）对禹的歌颂，记述商族始祖契和周族始祖后稷的诞生灵异，屈原《离骚》、《天问》中记述的女娲、羿、鲧、禹等都是直接取材于神话的素材和形象。后代作家诗人在广泛吸取继承神话素材的基础上，创造出新的文学形象和作品。《庄子》借助于鲲鹏、藐姑射神人、悠、忽、混沌等神话形象为其构筑超然物我、逍遥翱翔的精神世界服务。《西游记》在漫长的演化成书过程中大量吸取了《山海经》、《淮南子》等文献中的神话素材，融合加工改造成孙悟空、猪八戒等新的形象以及系统化的神魔故事。二、古代神话故事中的女娲、鲧、禹、夸父、精卫、刑天等形象表现的百折不挠的顽强意志和坚定信念，对光明理想的追求和乐观积极的生活态度所形成的精神力量为后代文学所继承和发扬。屈原的"伏清白以死直"，"九死而不悔"，上下求索，四方求女，坚持固揽，对理想的追求，无疑从神话那里获得了巨大的精神支撑。陶渊明以"精卫衔微木，将以填沧海。刑天舞干戚，猛志固常在"（《读山海经》）自抒怀抱，讴歌自强不息、至死不屈的精神。从《西游记》孙悟空大闹天宫中可看到他与共工、刑天的叛逆精神一脉相承。三、古代神话中浪漫奔放的幻想也启发了后代作家的思维，拓展了他们想象力和表现力的空间，使他们在创作中突破了时空、物我、生死、人神的界限，过去未来任意驱遣，咫尺天涯凭我往来，千变万化随心所欲。我们可从庄子、屈原、李白的作品中看到纵横驰骋的超凡想象，光怪陆离的神奇夸张。至于笔涉神怪，心驰幻域的《西游记》更是"以锦绣之心，风雷之笔，涵天地于掌中，舒造化于指下，无者造之而使有，有者化之而使无。"（清黄越《第九才子书评鬼传序》）呼风唤雨、腾云驾雾、伏虎擒龙、降妖捉怪，神通广大；定风珠、芭蕉扇、风火轮、照妖镜、千里眼、顺风耳，无奇不有，将想象的天幕张大到极限。

第二章 《诗 经》

第一节 《诗经》概说

《诗经》是我国第一部诗歌总集,共有三百零五篇(另有六篇有目无辞的"笙诗"不计在内),四万余字,收入了自西周初期(公元前 11 世纪)至春秋中叶(公元前 6 世纪)约五百多年间的诗歌作品。原本称"诗"或"诗三百",汉代被奉为儒家经典,始称《诗经》。其产生的地域在今黄河、渭水两岸及江汉之北,即今陕西、山西、河南、河北、山东、湖北北部一带。它的作者大多已不可考,但从诗的内容来看,作者应包括了贵族至平民的社会各阶层人士。①《诗经》的编集,据说周代有公卿列士陈诗、献诗进谏的制度,汉代人还追记周代有王官采诗于民间,献于朝廷由太师(乐官)加以整理,以观政治和民风盛衰的制度,②它的成书是在数百年间不断采集整理制作完善的,至少在春秋初期就已形成了初具规模通行各国的总集,并且得到广泛的应用。《管子·山权数》引管子曰:《诗》者所以记物也。"说明在管子生前(前 645 年以前),《诗》已成为当时人们所共知的较为固定完整的结集。《史记·秦本纪》载秦

---

① 《诗经》的作者大多湮没无考,但根据诗文推测,《伐檀》应是一群伐木造车的工匠所作,《氓》是一位弃妇悔恨之词,《君子于役》的作者是一位丈夫在外服役的妇人。少数作品作者自报姓名,如"家父作诵,以究王讻"(《小雅·节南山》),"寺人孟子,作为此诗"(《小雅·巷伯》),"新庙奕奕,奚斯所作"(《鲁颂·閟宫》)。还有的作品一些史书记载其作者,如《左传·闵公二年》载"许穆夫人赋《载驰》"。至于《毛诗序》所云某诗为某人作多是附会之辞。

② 关于"献诗""陈诗"的记载有:《国语·周语上》:"故天子听政,使公卿至于列士献诗。"(《国语》卷一,上海古籍出版社 1978 年 3 月版 1982 年 9 月印本第 9 页)《礼记·王制》云:天子"命大师陈诗,以观民风"。(《礼记正义》卷十一,见《十三经注疏》中华书局 1980 年 10 月版第 1328 页)汉人追记"采诗"之说见《汉书·艺文志》:"故古有采诗之官,王者所以观风俗,知得失,自考正也。"(班固《汉书》卷三十,中华书局 1962 年 6 月版第 1708 页)《汉书·食货志》:"孟春之月,群居者将散,行人振木铎徇于路,以采诗,献之大师,比其音律,以闻于天子。故曰:王者不窥牖户而知天下。"(班固《汉书》卷二十四,第 1123 页)

穆公（前 659 年即位）语曰："中国以《诗》、《书》、《礼》、《乐》法度为政，然尚时乱，今戎夷无此，何以治，不亦难乎?"也说明《诗》已成为华夏为政的依据和法度。《国语·楚语上》载楚国大夫申叔对楚庄王（前 613 年即位）说："教之《诗》，而为之导广显德，以耀明其志。"可见《诗》已成为贵族学习的重要科目和教科书。《左传·襄公二十七年》中有吴公子季札在鲁国观乐的记载，鲁国演奏的周乐内容和顺序与今本《诗经》大致相同，说明当时的诗歌集已接近今天所见的本子。汉人认为孔子曾经将三千余首诗删选而编成今天的三百篇，此说并不可信。① 但孔子的确曾对周诗进行过加工整理"正乐"的工作，②为将《诗经》编定为儒家的教科书作出过贡献。

《诗经》三百零五篇古人将其分为风、雅、颂三类。③ 一般学者认为最初是按音乐标准分的。④ "风"是各地方的曲调，也称"国风"，共一百六十篇，包括周南、召南、邶风、鄘风、卫风、王风、郑风、齐风、魏风、唐风、秦风、陈风、桧风、曹风、豳风共十五国风。除豳风和二南中部分诗篇是西周的作品外，其余大部分是春秋初期至中期的作品。"雅"又称"夏"，西周京畿的乐调，雅声被称作中原的正声。雅又分为大雅和小雅，共一百零五篇。关于大小雅区别，至今未有圆满可信的解释。⑤ 大雅全都是西周的作品，用于朝聘、宴享等朝会典礼的乐歌，作者主要是贵族阶层。小雅大多是西周后期的作品，用于贵族社会的各种典礼和宴会的场合，还有少数民歌。小雅的作者有贵族、士

---

① 司马迁《史记·孔子世家》："古者《诗》三千余篇，及至孔子，去其重，取可施于礼义，上采契、后稷，中述殷、周之盛，至幽、厉之缺。"（《史记》卷四十七，中华书局 1959 年 9 月版第 1936 页）此说遭到后人的怀疑，唐人孔颖达曾说："书传所引之诗，见在者多，亡逸者少，则孔子所录不容十分去九，马迁言古诗三千余篇，未可信也。"（唐孔颖达《毛诗正义》，《十三经注疏》中华书局 1980 年 10 月第 1 版第 263 页）

② 《论语·子罕》："吾自卫反鲁，然后乐正，雅、颂各得其所。"

③ 将《诗经》分为"风"、"雅"、"颂"三类，最早见于上海博物馆收藏的战国晚期楚简中《孔子诗论》第二、三号简，按讼（颂）、夏（雅）、邦风（国风）顺序排列。见马承源主编《上海博物馆藏战国楚竹书（一）》，上海古籍出版社 2001 年 11 月版。

④ 宋郑樵云："风土之音曰风，朝廷之音曰雅，宗庙之音曰颂。"（《昆虫草木略序》，《通志》卷七十五，中华书局 1987 年 1 月版第 865 页）

⑤ 《毛诗序》认为："政有小大，故有小雅焉，有大雅焉。"朱熹既主张按音乐区分，又主张按内容区分，"大雅、小雅，亦古作乐之体格，按大雅体格作大雅，按小雅体格作小雅，非是做成诗后，旋相度其辞目为大雅、小雅也。"（宋黎靖德编《朱子语类》卷八十，中华书局 1986 年版第 2066 页）"问二雅所以分，曰：小雅是所系者小，大雅是所系者大，'呦呦鹿鸣'，其义小，'文王在上，於昭于天'，其义大。"（《朱子语类》卷八十，第 2068 页）近人余冠英认为："可能原来只有一种雅乐，无所谓大小，后来有新的雅乐产生，便叫旧的为大雅，新的为小雅。"（余冠英《诗经选》，人民文学出版社 1979 年版第 2 页）

大夫,也有一些下层人士。颂是宗庙祭祀的乐曲,共四十篇,分为周颂三十一篇,鲁颂四篇,商颂五篇。"颂"即"容"字,颂诗即配合表演、舞蹈的音乐,节奏缓慢,多不分章。① 周颂是西周前期的宗庙祭祀礼乐之歌。鲁颂是春秋时期鲁国祭祀乐歌,其中《闷宫》诗为署名奚斯的鲁国大夫作,可知此四篇诗约是鲁僖公时制作。商颂作年尚无定论,"或以为产生于商代,或以为产生于春秋。近代更有作于'宗周中叶'等说。"②

在雅、颂两部分诗中,以十篇为一什,用该什的第一篇诗名为什名,如小雅从《鹿鸣》至《南陔》十篇,称为"鹿鸣之什"。不够十篇的不立什,如鲁颂、商颂。零头数的诗归于最后的什内,如"荡之什"就有十一篇。

《诗经》成书后广泛应用于祭祀、朝会、宴享等各种典礼以及贵族交际礼仪和娱乐场所,还发挥着识物、讽谏、观政等多种作用。春秋时期,在当时政治、外交活动中人们为了显得彬彬有礼和更好地表情达意、修饰辞令,常以"赋诗言志"的方式来表达和应对,孔子曾说:"不学诗,无以言。"《诗经》成为周代人际交往的重要语言工具和推行礼乐教化的教科书。先秦诸子的著作中多处引《诗》为据。儒家学派创始人孔子更是注重以《诗》来教授弟子,对学《诗》重要意义和《诗》的内容都有系列的论述。③《诗》为孔门弟子相沿传习。秦焚《诗》、《书》,儒生或口耳相传,或泥封壁藏,将《诗》保存下来。汉代传诗有"今文三家诗",即鲁人申培的《鲁诗》,齐人辕固生的《齐诗》,燕人韩婴的《韩诗》,都用汉代隶书书写,在西汉文帝、景帝时立于学官。此后由鲁人毛亨、赵人毛苌所传的《毛诗》问世,用战国古篆书写,称"古文诗"。《毛诗》与"三家诗"在书写文字、文句、训诂、释义上都有差异。《毛诗》至东汉方立于学官。"三家诗"先后亡佚,而《毛诗》因事实多与《左传》同,训诂多与《尔雅》合,且不杂阴阳灾异之说,又得东汉贾逵、马融、郑玄等经学大师的推广而独传于今。此外1977年在安徽阜阳双古堆出土的汉简《诗经》是现存最

---

① 清阮元"'颂'字即'容'字也,故《说文》'颂,貌也'。……所谓商颂、周颂、鲁颂者,若曰商之样子,周之样子,鲁之样子而已。……《三颂》各章,皆是舞容,故称为'颂'。"(《研经室集》卷一《释颂》,清《皇清经解》本)王国维不同意"三颂皆为舞容"说,认为周颂三十一篇,惟《维清》等七篇为舞诗,"其余二十四篇为舞诗与否均无确证。"详见《观堂集林》卷二,中华书局1959年6月版,第111页。

② 详见姚小鸥《商颂五篇的分类与作年》,载《第三届诗经国际学术研讨会论文集》,香港天马图书有限公司1998年6月版,第765页。

③ 孔子对《诗》的论述最近又有新的发现,《上海博物馆藏战国楚竹书(一)》(上海古籍出版社,2001年11月版)中公布了战国楚简《孔子诗论》的内容。

早的古本,是与"三家诗"和《毛诗》不同的另一家传本,①它的出土证实了汉初《诗》学的昌盛。

在《毛诗》的每首诗题下,各有简述诗的题旨、作者、背景的文字,称作《毛诗序》("三家诗"和阜阳汉简《诗》也皆有序)。在《关雎》题解中总论《诗》的文字称作《诗大序》,它是文艺理论的重要文献。其他各诗序称作《小序》。关于《毛诗序》的作者、尊废等问题一直是两千年来《诗》学争论的焦点和核心,影响着《诗经》研究的发展。

第二节 《诗经》的思想内容

《诗经》反映了周代的社会面貌和人们的思想感情,它全面展现了周族从后稷到春秋中叶的一幅幅社会生活的历史画卷。依据诗的内容,一般可将三百篇分为下列几方面:

一 劳动生产的诗歌

《诗经》中有相当一部分诗歌反映了当时的劳动生产过程,唱出了劳动人民的喜怒哀乐。

《豳风·七月》的主旨究竟为何,学术界仍有争议,但它展现了一幅幅生产劳动的图景却是无可置疑的。它错综复杂地叙述了豳地农民一年四季无休止的劳动过程和劳动生活的各个方面,描写了各个季节的物候变化,并通过劳动过程的展示,让我们置身于当时的自然环境与社会环境之中:

> 七月流火,九月授衣。一之日觱发,二之日栗烈。
>
> 无衣无褐,何以卒岁!三之日于耜,四之日举趾。
>
> 同我妇子,馌彼南亩,田畯至喜。

农民们将自己一年到头从事劳动的过程,艰苦的生活境遇,嗟叹感伤的情绪,作了分月的铺叙。种田、蚕桑、渍麻、染织、制衣、打猎、酿酒、建房、藏冰等工作历历叙来,使人如临其境。

---

① 阜阳汉简《诗经》出自汉第二代汝阴侯夏侯灶之墓。夏侯灶卒于汉文帝十五年(前165)。这说明阜阳汉简《诗经》与"三家诗"是同时代的另一家传本。有关阜阳汉简《诗经》的研究详见胡平生、韩自强《阜阳汉简诗经研究》,上海古籍出版社1988年版。

《周南·芣苢》则再现了当时劳动妇女三五成群在旷野上兴高采烈摘芣苢的情景：

> 采采芣苢,薄言采之。采采芣苢,薄言有之。采采芣苢,薄言掇之。
> 采采芣苢,薄言捋之。采采芣苢,薄言袺之。采采芣苢,薄言襭之。

诗歌的节奏和韵律与劳动相结合,语言的反复,篇章的重叠,再三吟唱,表现了妇女们对劳动的热爱。

狩猎也是周代人们劳动的重要部分。《齐风·还》("还"古与"旋"通)是写两位猎手在打完狼后相遇,彼此称赞对方射艺的诗：

> 子之还兮,遭我乎猫之间兮。
> 并驱从两肩兮,揖我谓我儇兮。
>
> 子之茂兮,遭我乎猫之道兮。
> 并驱从两牡兮,揖我谓我好兮。
>
> 子之昌兮,遭我乎猫之阳兮。
> 并驱从两狼兮,揖我谓我臧兮。

猎手们互相夸奖对方好身手、好身段、好射法。

《周颂·良耜》是一首秋收后报答土神、谷神的祭歌,从中可以看到劳动生产的场面。读后我们似乎看见农民头戴斗笠,手握农具,在辛勤地播种、除草、施肥、收割、藏库等一幅幅丰富多彩的生动的劳动画面。

> 畟畟良耜,俶载南亩。
> 播厥百谷,实函斯活。
> 或来瞻女,载筐及筥,其饟伊黍。
> 其笠伊纠,其镈斯赵,以薅荼蓼。
> 荼蓼朽止,黍稷茂止。
> ......

《小雅·无羊》是首牧歌,诗中细致地刻画了牛羊下坡、饮水、戏耍、休息的情

景,栩栩如生,并夸奖了牧人的放牧技艺,如诗的第二章:

> 或降于阿,或饮于池,或寝或讹。
> 尔牧来思,何蓑何笠,或负其糇。
> 三十维物,尔牲则具。

古老的牧歌为我们描绘了周代畜牧生产的生动画面。

二 战争徭役的诗歌

《诗经》中反映的战争,有抵抗猃狁、蛮族、徐方、淮夷等部族侵扰的战争,也有春秋时期诸侯间的兼并战争,因此在《诗经》这类诗歌中我们既可以听到将士们同仇敌忾,共御外侮的高歌,也可以听到士兵们厌战思乡对穷兵黩武的怨恨。而繁重不堪的徭役则给人民的生活带来了田园荒芜、妻离子散、家破人亡的苦难,人民的怨声哀歌表达了强烈的不满。

《豳风·东山》是一位随周公东征三年幸获生还的老兵在归途中的歌唱。虽然周公率军平息管叔、蔡叔及殷人武庚的叛乱,这场战争是正义的,但带给士兵的依然是妻离子散和田园荒芜的悲哀。在"零雨其濛"的归途中,诗人想到自己九死一生,告别了那枕戈待旦、含枚疾行的军旅生活,心中不禁漾起阵阵喜悦。但沿途所见十室九空、荒芜残破的情景,又使他担心家中境况:

> 果赢之实,亦施于宇。伊威在室,蟏蛸在户,
> 町畽鹿场,熠耀宵行。不可畏也,伊可怀也。

由家园破败,进而担心起三年前新婚燕尔的爱妻,"鹳鸣于垤,妇叹于室",此时她正在怀念自己,还是已有变故?"其新孔嘉,其旧如之何"。全诗将现实之景与想象、回忆之境有机融合于一体,时空交错,将老兵亦喜亦忧,可畏可怀的心理演绎得淋漓尽致,真切生动地反映了战争给人们带来的苦难。

《邶风·击鼓》的作者是被卫国统治者州吁派到宋国戍边的兵士。《左传·鲁隐公四年》载:"公子州吁,嬖人之子也,有宠而好兵。"连年征战,《击鼓》作者"从孙子仲,平陈与宋,不我以归,忧心有忡",他回忆起临别与妻的誓言:"死生契阔,与子成说,执子之手,与子偕老。"而想到长年征战在外,无法与妻见面,对战争产生了怨恨。"于嗟阔兮,不我活兮!于嗟洵兮,不我信

兮。"他那撕心裂肺的呼告,是对战争给人民带来灾难的控诉。

《唐风·鸨羽》中那位长久在外服役的农民想到不能在家耕种侍养父母,不禁满怀怨愤地唱道:

> 王事靡盬,不能艺稷黍,父母何怙? 悠悠苍天,曷其有所!

两地相思牵挂,征役者的家中父母妻儿也同样想念服役的亲人,《王风·君子于役》中妻子看见鸡进窝,牛羊归栏,触景生情,更加关心自己的丈夫,唱出了夫妻离别的心酸:

> 君子于役,不日不月,曷其有佸? 鸡栖于桀,日之夕矣,羊牛下括。君子于役,苟
> 无饥渴。

《诗经》中部分征役诗也有一些同仇敌忾、情绪昂扬的诗,以《秦风·无衣》、《小雅·采薇》为代表。

《无衣》是秦襄公时人民为王伐戎的战歌。由于周幽王的荒淫无度,其岳父申侯勾结犬戎打进周都,周地沦陷,人民与秦襄公受平王之命以伐犬戎,他们唱道:

> 岂曰无衣? 与子同袍。王于兴师,修我戈矛,与子同仇。

表示出慷慨从军、共同御侮的决心。

《采薇》是西周末懿王时代的诗歌。《汉书·匈奴传》云:"周懿王时,王室遂衰,戎狄交侵,暴虐中国。中国被其苦,诗人始作,疾而歌之曰:'靡室靡家,猃狁之故。岂不日戒,猃狁孔棘。'"诗人认识到"靡室靡家,猃狁之故",因此,"一月三捷",要多打胜仗,才能保家卫国。但战争结束了,士兵们对战争给自己带来的身心创伤和疲惫感到无尽的哀怨:

> 昔我往矣,杨柳依依,今我来思,雨雪霏霏。行道迟迟,载渴载饥。我心伤悲,莫
> 知我哀。

虽然《诗经》中有些战争诗唱出了将士们的豪迈之声,但哀怨之声仍是战争徭役诗的基调。朱熹在《诗集传》中曾对战争徭役给人民带来的灾难评

说道："兵者，毒民于死者也，孤人之子，寡人之妻，伤天地之和，召水旱之兴。"道出了征役诗哀怨之声的根源。

三　婚姻恋爱的诗歌

《诗经》中的婚恋诗真实地反映了周代的男女恋爱、结婚及家庭生活的各个方面。《周礼·媒氏》："仲春之月，令会男女。于是时也，奔者不禁。"《周礼》规定每年早春二月让青年男女自由恋爱同居，朝廷不禁。《郑风·野有蔓草》写一位男子在野外偶遇一位女子，一见钟情，相爱成欢：

> 野有蔓草，零露漙兮。有美一人，清扬婉兮。邂逅相遇，适我愿兮！

《召南·摽有梅》是写一位待字闺中的女子希望得到男子的爱情及时成婚的心理：

> 摽有梅，其实七兮，求我庶士，迨其吉兮。

这位姑娘看见梅子已熟，纷纷落地，因而联想自己青春已逝，急切地盼望好男儿来迎娶她。

除了在二月相会之外，郑国的修禊节，陈国的巫风舞，卫国的桑林祭都是青年男女约会的最好机会。《郑风·溱洧》写三月到溱水洧水修禊的情景，男女们趁此机会相互示爱，互赠信物：

> 溱与洧，方涣涣兮。士与女，方秉蕳兮。女曰："观乎？"士曰："既且。""且往观乎？洧之外，洵訏且乐。"维士与女，伊其相谑，赠之以勺药。

《太平御览》引《韩诗章句》云："溱与洧，说人也。郑国之俗，三月上巳之辰，于此两水之上，招魂续魄拂除不祥，故诗人愿与所悦者俱往观也。"男女青年在这时调笑、赠花、约会，尽情游春。

《墨子·明鬼》篇中说："宋之有桑林，楚之有云梦也，此男女之所属而观也。"桑中、桑间是男女约会的地方。《汉书·地理志》云："卫地有桑间濮上之阻，男女亦亟聚会，声色生焉，故俗称郑、卫之音。"《鄘风·桑中》是写男女幽期密约于桑中之诗：

> 爰采唐矣？沫之乡矣！云谁之思？美孟姜矣！期我乎桑中，要我乎上宫，送我

乎淇之上矣！

在恋爱过程中，男女双方的不同情绪与性格在诗中也得到了展现。《郑风·子衿》写一位女子焦急地等待心上人的到来：

挑兮达兮，在城阙兮。一日不见，如三月兮！

《郑风·丰》是一位女子后悔没有答应男子求爱而患得患失之诗。男子走后，她怅惘地说："子之丰兮，俟我乎巷兮，悔予不送兮！"她想如果男子再来求婚，自己一定穿上锦衣，嫁他而去。"裳锦褧裳，衣锦褧衣。叔兮伯兮，驾予与归。"《郑风·狡童》是一位姑娘与心爱的人怄气，气得吃不下饭："彼狡童兮，不与我言兮。维子之故，使我不能餐兮！"而《褰裳》中的女子却不买男人的帐：

子惠思我，褰裳涉溱。子不我思，岂无他人？狂童之狂也且！

她拿得起，放得下，爽直而泼辣。

《出其东门》的男子面对游人如织、美女如云却不为所动，心里一直爱着自己穿着俭朴的妻子：

出其东门，有女如云。虽则如云，匪我思存。缟衣綦巾，聊乐我员。

《诗经》时代男女关系虽然较为自由奔放，但"父母之命，媒妁之言"的礼法也越加严苛起来。《郑风·将仲子》是一位姑娘告诫自己的情人不要过分超越礼法：

将仲子兮，无逾我里，无折我树杞！岂敢爱之，畏我父母。仲可怀也，父母之言，亦可畏也！

诗歌通过"呼告"的形式，刻画了女主人公对不合理的礼教束缚与恋爱自由的可畏可怀的矛盾心理。

《鄘风·柏舟》中的女主人说：

> 泛彼柏舟，在彼中河。髧彼两髦，实维我仪。之死矢靡它！母也天只，不谅
> 人只！

这位少女对母亲干涉阻挠自己的婚姻表示了强烈的不满。

在男尊女卑的社会里，女子即使结婚，也并非一帆风顺，因为男子有"出妻"的权利。《邶风·谷风》、《卫风·氓》等正反映了当时出妻的情况和弃妇的悲愤。《谷风》是一位弃妇诉苦的诗，嫁来夫家生活贫困，由于勤劳努力，"既生既育"，生活渐渐好起来，而男人却变心，另有新欢且"燕尔新婚"，却将结发妻子休弃回家。弃妇被弃回娘家，仍回忆着以前家庭的琐事，对过去的一切依依不舍。《氓》的女主人用悔恨的语调叙述她与氓恋爱、结婚和被弃的过程，她在被甜言蜜语的氓欺骗结婚后过的却是这样的生活：

> 三岁为妇，靡室劳矣。夙兴夜寐，靡有朝矣。言既遂矣，至于暴矣。兄弟不知，
> 咥其笑矣。

辛苦操劳，夙兴夜寐，却被殴打，她孤苦无告，甚至连自己的兄弟都不理解她。她愤怒地诉说：

> 女也不爽，士贰其行。士也罔极，二三其德。

最后以毅然决然的态度，与过去的生活决绝。

四　周族历史的诗歌

《大雅》里有五篇祭颂之歌，即《生民》、《公刘》、《绵》、《皇矣》、《大明》，反映周民族起源、发展以至建国的情况。

《生民》歌颂周族的始祖后稷，首先记叙后稷诞生和抚育的灵异，带有浓厚的神话色彩。后稷之母姜嫄履神的脚印而怀孕生下了后稷，这是母系社会婚姻形态的反映，与《商颂·玄鸟》"天命玄鸟，降而生商，宅殷土芒芒"讲述契母简狄吞玄鸟之卵而生契之事同属一类。后稷不仅诞生神异，养育神异，而且具有种艺神功：

> 蓺之荏菽，荏菽旆旆，禾役穟穟，麻麦幪幪，瓜瓞唪唪。

诗中歌颂后稷是播种五谷的天才，他教导并带领百姓务农，在有邰成家立

族，成为周族的始祖，被后人尊为农业之神。"稷"为五谷之神。

《公刘》歌颂了稷的曾孙公刘为免受其他部落的侵扰，带领周族由邰迁豳的历史：

> 度其隰原，彻田为粮。度其夕阳，豳居允荒。……涉渭为乱，取厉取锻。止基乃理，爰众爰有。

《绵》是歌颂文王的祖父古公亶父率领周族再次由豳迁岐的事迹。由于周族不断受戎狄的侵略，迁岐作为根据地，与姜女成婚。在太王的带领下，"乃疆乃理，乃宣乃亩"开辟田地，"度之薨薨，筑之登登"建筑房屋，"柞棫拔矣，行道兑矣"砍树开路。

《皇矣》叙述太王、王季的德行，描写文王伐密、代崇的战绩。《大明》描述武王伐纣的战绩，末二段描写武王陈兵誓师牧野，以及主将吕望的战绩，颇为生动：

> 殷商之旅，其会如林。矢于牧野："维予侯兴，上帝临女，无贰尔心！"牧野洋洋，檀车煌煌，驷骟彭彭。维师尚父，时维鹰扬。涼彼武王，肆伐大商，会朝清明！

五　祭祀、颂赞、宴飨诗歌

在《诗经》中有相当一部分王室或诸侯贵族祭祀神灵祖先，赞颂先人丰功伟绩，祈求福祐，以及宴飨宾客的诗歌，这些诗大多在"三颂"和"二雅"中，反映了周代祭祀礼乐文化的实况。《周颂·维天之命》说："维天之命，於穆不已。於乎不显，文王之德之纯。"祭祀赞颂上天，周王得天下是上天的意志。

统治者认为自己秉承天之意志来统治臣民，是民之父母，"岂弟君子，民之父母。"为保江山万代长久，祝祷自己长命，《大雅·既醉》云："君子万年，介以景福。"他们祝福丰收，并将丰收之成果奉献上苍和先祖，以保佑更大的幸福。

> 丰年多黍多稌，亦有高廪，万亿及秭。为酒为醴，烝畀祖妣，以洽百礼，降福孔皆。

反映君臣贵族宴飨的诗歌，有写君臣礼遇宾主相融的场景，如《小雅·

鹿鸣》云:"呦呦鹿鸣,食野之苹。我有嘉宾,鼓瑟吹笙。吹笙鼓簧,承筐是将。人之好我,示我周行。"也有写贵族豪宴,不能循礼自制、纵酒失态的情形,《宾之初筵》云:"宾之初筵,温温其恭,其未醉止,威仪反反。……宾既醉止,载号载呶。乱我笾豆,屡舞傲傲。"那些贵族君子未醉时装模作样,彬彬有礼,一醉后手舞足蹈,丑态毕露。

六 揭露丑恶残暴的诗歌

国风中一些诗歌对统治者以及社会现象中的丑恶和残暴进行了无情的揭露。《邶风·新台》讽刺卫宣公将儿媳半路夺下,纳为己有的乱伦行为。《左传·鲁桓公十六年》言其事:"卫宣公烝于夷姜,生急子(即伋),为之娶于齐而美,公取之。"《诗序》云:(宣公)"纳伋之妻,作新台于河上而要之。国人恶之,而作是诗也。"

> 新台有泚,河水弥弥。燕婉之求,籧篨不鲜。

全诗用借喻手法,以癞蛤蟆喻宣公的丑恶,揭露其伤天害理的行径。卫公子顽同庶母齐姜私通,人们觉得这种丑言秽行讲出来都会污嘴的,《鄘风·墙有茨》中唱道:

> 墙有茨,不可扫也。中冓之言,不可道也! 所可道也,言之丑也!

诗人对这种满口仁义道德,满腹男盗女娼的丑恶以无言来表示鄙弃。

《陈风·株林》是陈国人讽刺陈灵公淫于大夫夏御叔之妻夏姬的诗:

> 胡为乎株林,从夏南? 匪适株林,从夏南。

夏南是夏姬之子,人们故意用设问的口吻问陈灵公为何到株林去找夏南,言外之意,是找夏南的妈妈了。

《秦风·黄鸟》是秦人怨刺残酷的人殉制度的歌唱。《左传·鲁文公六年》:"秦伯任好卒,以车氏之三子奄息、仲行、铖虎为殉,皆秦之良也;国人哀之,为之赋《黄鸟》。"诗中写到三子被活埋时的情景:

> 临其穴,惴惴其栗。彼苍者天,歼我良人! 如可赎兮,人百其身!

见到殉葬前的凄惨场面,人们呼天求救愿意自身赎死。全诗充满悲惨无告的气氛,表达了对殉葬不人道的强烈抗议。

东周、春秋时代,诸侯兼并,战火连年,人民遭受着统治阶级敲骨吸髓般的剥削压迫,在水深火热中的百姓只有奋起反抗了。《魏风·伐檀》就是这种反抗情绪的集中表现:

> 不稼不穑,胡取禾三百廛兮? 不狩不猎,胡瞻尔庭有悬貆兮? 彼君子兮,不素餐兮!

劳动者在挥汗如雨的时候,想起自己辛勤劳动的果实为不劳而获者所有,不禁发出了尖锐的提问。

《魏风·硕鼠》中则将剥削压迫者比作贪婪的大老鼠,人们在不堪忍受的情况下,决定离开这块土地寻找没有耗子的"乐土":

> 硕鼠硕鼠,无食我黍! 三岁贯女,莫我肯顾。逝将去女,适彼乐土。乐土乐土,爰得我所。

《魏风·葛屦》则是一个为人作嫁的女子对那位装腔作势的女主人的强烈不满:

> 纠纠葛屦,可以履霜? 掺掺女手,可以缝裳? 要之襋之,好人服之。

贫女在严寒来临仍穿凉鞋,为主人缝制衣裳,女主人却不满意,"维是褊心,是以为刺。"

七 怨刺时政的诗歌

西周在文武成康时代,史称盛世,其后传至厉王,暴虐无道,上下离心,后汉郑玄《诗谱序》指出:"自是而下,厉也、幽也,政教尤衰,周室大坏,《十月之交》、《民劳》、《板》、《荡》,勃然俱作,众国纷然,刺怨相寻。"这些怨刺诗主要是"二雅"之中厉王、幽王时代的作品,作者是统治阶级内部不得志者和士人,诗歌内容是针砭时弊,直刺朝政,忧国忧民,或祈求王朝复兴,或哀叹国运将尽。《板》、《荡》指责厉王无道,变先王之法度,横征暴敛,正告他"殷鉴不远,在夏后之世"。《节南山》将造成王朝危难的责任归于太师尹氏,说他处事不公,结党营私,以致国家濒危,篇末指出,"以究王讻",乃刺幽王。《正月》、《十月之交》对权臣弄权,宵小当道,祸国殃民十分痛恨,《正月》哀叹国运将尽,痛心疾首:"燎之方扬,宁或灭之! 赫赫宗周,褒姒灭之!"《瞻卬》直刺幽王宠爱褒姒,以致任用小人,酿成大乱。还有一些诗对自己勤于王事却屡遭谗毁、劳逸不均的现象发泄了不满,《小雅·北山》说:

> 或燕燕居息,或尽瘁事国。或息偃在床,或不已于行。或不知叫号,或惨惨劬劳。
> 或栖迟偃仰,或王事鞅掌。或湛乐饮酒,或惨惨畏咎。或出入风议,或靡事不为。

六个对比,反复唱叹,强烈地表现了作者心中的愤愤不平。

第三节 《诗经》的艺术特点

《诗经》奠定了我国现实主义文学的基础,它面对现实,反映社会风貌,抒发人们喜怒哀乐的真情实感,通过艺术形象的表现手法为我们展现了一幅幅周代社会栩栩如生的生活画卷,显示了我国早期诗歌艺术的巨大成就,在艺术创作经验上给后世留下了宝贵的财富。

赋、比、兴手法的运用是古人对《诗经》主要艺术特点的归纳,最早见于《周礼·春官》:"太师教六诗:曰风、曰赋、曰比、曰兴、曰雅、曰颂。""六诗"又称"六义",《毛诗大序》云:"故诗有六义焉:一曰风,二曰赋,三曰比,四曰兴,五曰雅,六曰颂。"风、雅、颂是诗的分类,赋、比、兴是诗的表现手法。关于赋、比、兴的定义,历来说家众多,宋代李仲蒙和朱熹的解释较有代表性。宋李仲蒙云:"序物以言情,谓之赋;情尽物也。索物以托情,谓之比;情附物也。触物以起情,谓之兴;物动情也。"(宋王应麟《困学纪闻》引)他的解释是从赋、比、兴在以物传情中的不同关系和作用角度阐发的,揭示了赋、比、兴是《诗经》中联系内情与外物的重要纽带和方法,以此能更好地表情达意。朱熹的解释更为普及:"赋者,敷陈其事而直言之者也。比者,以彼物比此物也。兴者,先言他物以引起所咏之词也。"(《诗集传》)他是从赋、比、兴方法的本身来解释的。

赋即平铺直叙事物和感情。如《七月》诗把农夫一年四季的劳动一一铺叙出来。赋可以叙事描写,可以议论抒情。赋与比兴可以并用,但以赋为基础。赋中用比,比只是局部的,如《斯干》一诗用赋法铺陈营建宫室的情形,

第四章连用"如跂斯翼,如矢斯棘,如鸟斯革,如翚斯飞",来形容宫室的气势飞扬与宏伟。赋中用兴,兴句往往在章首或篇首,余皆用赋铺叙。如《谷风》一诗,首章用"习习谷风,以阴以雨"起兴,给全诗写女主人的悲剧结局定下了阴暗的基调。

　　比就是比方,打比喻。多譬善喻是《诗经》的重要特点。如《硕人》一诗用"手如柔荑,肤如凝脂,领如蝤蛴,齿如瓠犀"等一连串的比喻来形容庄姜的美丽。这是以日常生活中人们熟悉的东西来作比的。还有的是以人们易于理解的动作或感受作比,如《黍离》一诗"中心如醉","中心如噎",以"醉"、"噎"来比忧思之深,给人以深刻的印象。还有的比喻用具体形象的事物来描绘抽象的事物,"有力如虎"(《简兮》),"其直如矢"(《大东》),抽象的"力"、"直"的概念,皆因具体的虎、矢而形象化了。

　　兴是触物起情,①"先言他物以引起所咏之词也。"它的作用其一是启动引发下文情感,《摽有梅》因梅子落地而感触到时光流逝,引发了女主人希望及时获得爱情的情思。其二是起象征烘托作用,《谷风》中"习习谷风,以阴以雨"象征夫妻间笼罩着阴影,《桃夭》中"桃之夭夭,灼灼其华",烘托渲染了女主人出嫁时的喜庆气氛。其三是兼有写景叙事造境的作用,《蒹葭》诗三章的兴句"蒹葭苍苍,白露为霜","蒹葭凄凄,白露未晞","蒹葭采采,白露未已",都兼写了诗人追求伊人的时地,也通过三幅晚秋河滨不同时间的景物的渲染,烘托了作者等待伊人,由于时间的推移而愈益凄迷怅惘的心情,营造了朦胧凄清的秋色与孤寂感伤的相思浑然交融的意境。其四在开头起调节韵律,引发下文的作用,如《伐木》诗中"伐木丁丁,鸟鸣嘤嘤。出自幽谷,迁于乔木",形成了音节抑扬的美感。《诗经》中具有喻义的兴与比常易被人混淆,两者的区别是:从位置上看,兴多在发端,在所咏事物之前,故称作起兴,而比多数在诗中。从外物与情感发生关系看,比是"索物托情",兴是"触物起情"。从意义上看,比中两者总有类似点,而兴含比义时,有时起反衬作用,如《凯风》诗云:"睍睆黄鸟,载好其音。有子七人,莫慰母心。"以黄鸟的好其音,反衬七子不能慰藉其母,连鸟都不如。

---

① 　鲁洪生认为"兴不尽是'触物起情'"。……也有移情于物"索物托情"者,就其性质而言大致可分为三种:"其一,触景生情,情因景生,以眼所见实景起兴。……其二,借景言情,情非因眼前景引起,但情与景之间存在相似或相关的关系,可引发人们的联想感发,故借眼前景起兴。……其三,设景言情,以意念中想象的虚景起兴。"《毛传标兴本义考》,中国诗经学会编《诗经研究丛刊》第三辑,学苑出版社2002年7月版,第173页。

复叠也是《诗经》中常用的手法,它是将相同或相似的字、词、句、章重复或交错地加以运用,描摹情貌,形成一唱三叹,节奏鲜明,回环反复,韵律整饬的艺术效果。

叠字,古人称作重言。刘勰在《文心雕龙·物色》篇中论及《诗经》妙用叠字的艺术效果时云:"'灼灼'状桃花之鲜,'依依'尽杨柳之貌,'杲杲'为日出之容,'瀌瀌'拟雨雪之状,'喈喈'逐黄鸟之声,'喓喓'学草虫之韵,皎日嘒星,一言穷理;参差沃若,两字穷形,并以少总多,情貌无遗矣。"指出复叠字词以及双声叠韵,从单音字变成双音词,能更好地抒情状物。《诗经》中叠字产生了大量的摹声词,如"鼓钟将将"(《小雅·鼓钟》),"鸡鸣喈喈"(《郑风·风雨》),模仿自然万物的各种声音,拟貌传情,烘托氛围。

叠句,如《鹿鸣》"我有嘉宾,鼓瑟鼓琴,鼓瑟鼓琴,和乐且湛",不停地鼓瑟鼓琴,增添了宴请高朋的欢乐气氛。

叠章,一种情况是分章的诗每章中以相同的语句反复吟唱,如《东山》全诗四章,每章开头都吟唱这四句:"我徂东山,慆慆不归。我来自东,零雨其濛。"将东征归来的士兵那种错综复杂的心理,通过反复唱叹演绎出来,又与士兵不停地行进着的情形相吻合。还有一种情况是叠章并不是完全重复,而是通过个别词语的变化使各章间的内容逐渐深化,如《采葛》:"彼采葛兮,一日不见,如三月兮。彼采萧兮,一日不见,如三秋兮。彼采艾兮,一日不见,如三岁兮。"用三月、三秋、三岁的不同,表示随着时间的推移,对恋人思念更加强烈。

《诗经》中对各种修辞手法的运用已相当成熟。对偶,如《邶风·谷风》"就其深矣,方之舟之,就其浅矣,泳之游之",《卫风·河广》"谁谓河广?曾不容刀,谁谓宋远?曾不崇朝",文字变化多姿,声音和谐美妙,语句婉转流畅。夸张,正如刘勰所说:"是以言峻则嵩高极天,论狭则河不容刀,说多则子孙千亿,称少则民靡孑遗。"(《文心雕龙·夸饰》)指出《崧高》、《河广》、《云汉》等诗恰当地运用夸张,更富于表现力和感染力,产生了让人感觉更真切、更强烈、更深刻的艺术效果。其他手法如对比、排比、设问、顶真、呼告、拟人、借代等灵活运用,表情状物,不胜枚举。

《诗经》语言形式以四言为主,节奏明快、强烈,但往往随内容的表达和感情抒发的需要富于变化,特别是国风中的一些诗,如《伐檀》有五、六、七、八言的句式,《君子于役》、《木瓜》等夹有三、五言,突破了常用形式。《诗经》的音节韵律与排比、对比、顶真、复叠、对偶、设问、呼告等修辞手法巧妙结合,多用双声、叠韵,间杂兮、矣、只、思、也、乎、止等语气词,使得音韵和谐美妙,抑扬动听,富于音乐美。

《诗经》的艺术成就为中国文学奠定了坚实的基础,对后代文学产生了深远的影响。

第四节 《诗经》的影响

《诗经》是中国文学的奠基之作,在中国文学史上具有崇高的地位和极其深远的影响。

《诗经》中蕴含着丰富的人情事理,充满着真情美感善意,广泛深刻地描写反映了现实生活,积极热情地关注社会人生、国家命运,开创了中国诗歌的现实主义传统。前人将这种传统标举为"风雅"、"美刺"、"兴寄"精神,直接影响后代文人的创作。《汉书·艺文志》云:"春秋之后,周道浸坏,聘问歌咏不行于列国,学《诗》之士逸在布衣,而贤人失志之赋作矣。大儒孙卿及楚臣屈原离谗忧国,皆作赋以讽,咸有恻隐古诗之意。"这是说美刺讽谏的传统影响了战国时期荀子、屈原的辞赋创作。《史记·屈原贾生列传》云:"屈平之作《离骚》,盖自怨生也。《国风》好色而不淫,《小雅》怨诽而不乱;若《离骚》者,可谓兼之。"指出屈原《离骚》秉承了风雅美刺之旨。"汉初四言,韦孟首唱,匡谏之义,继轨周人"(《文心雕龙·明诗》),汉代诗歌"感于哀乐,缘事而发"(《汉书·艺文志》),也是对风雅美刺精神的继承。建安年间诗人在作品中体现出的慷慨任气的建安风骨更是对《诗经》现实主义的发扬,所谓"街谈巷说,必有可采;击辕之声,有应风雅"(曹植《与杨德祖书》),正是当时时代精神的写照。"风雅"、"美刺"、"兴寄"还成为后代文人进行文学革新,倡导关注时世、刚健挺拔文风的旗帜和口号。唐陈子昂批判六朝至唐的"兴寄都绝"、"风雅不作"的"逶迤颓靡"的文风(《与东方左史虬修竹篇序》),李白感叹"大雅久不作,吾衰竟谁陈"(《古风》其一),杜甫以"近风骚"来评价汉魏文学,以"亲风雅"来"别裁伪体"(《戏为六绝句》),元稹主张乐府诗应"寓意古题,刺美见事"(《乐府古题序》),白居易批评文坛"六义尽去矣","风雅比兴"当时"十无一焉",提出"文章合为时而著,歌诗合为事而作"(《与元九书》)等都是将《诗经》现实主义的传统作为标准来衡量文学发展的成败得失,提出革新的方向。《诗经》的现实主义一直成为中国文学发展的精神支持。

与《诗经》所展示的思想境界吻合一致的艺术格调和赋、比、兴的艺术手法也为后代作家所继承。梁代钟嵘《诗品》曾指出:"古诗其体源出于《国风》,陆机所拟十四首,文温以丽,意悲而远。……魏陈思王植(诗),其源出于《国风》,骨气奇高,词采华茂,情兼雅怨,体被文质。……晋步兵阮籍(诗),其源出于《小雅》,无雕虫之功,而《咏怀》之作,可以陶性灵,发幽思。"指出后代诗人创作中汲取了《诗经》思想境界与艺术境界的内质。赋、比、兴的表现手法也为后代文人继承并广泛运用于诗文创作中。赋的铺采摛文的写法被汉赋及后世辞赋、诗作所继承发展。比、兴的运用在后代诗文创作中产生委婉含蓄、形象生动、造设情景、烘托气氛、和谐节奏等多重艺术效果,成为艺术创作中形象思维必不可少的表现形式。赋、比、兴还成为后世文学批评家关注的研究对象,并由此衍生出赋言、兴寄、兴象、物感等多个命题,对我国的文学批评也产生了重要的影响。研究《诗经》的《诗经》学理论如《诗》教学说、汉代《诗》学与《诗序》理论、宋代朱熹《诗经》学理论等对后世文学的创作与批评产生了深远的影响。

至于《诗经》对我国文学的题材、结构、体裁、语言等多方面的影响更是不可估量。

第三章 历史散文

第一节 历史散文的产生和发展

历史是人类生活的行程,是人类生活的变迁。对人类生活的记载包括实物、图像、文字等都是历史的记录。文字的历史记录虽然不能代替客观存在的鲜活的历史,但为研究历史提供了丰富重要的材料。我国先秦时代的历史散文就是文字的历史记录的一部分。

关于文字的产生有所谓伏羲造书契和仓颉造字说,①但至今可考的大量较早的文字的历史记录是商代的甲骨卜辞。1898 年,在河南安阳小屯出土了大量的刻有文字的龟甲和兽骨,这些文字就是记载商代人占卜情况的卜辞。卜辞所记内容包括祭祀、战争、疾病、灾祸、农耕、风雨、狩猎等许多方面,文辞虽短小质朴,但也反映了卜者的思想情绪,一些较完整的卜辞还具备了散文的叙事要素。

历代出土的商周铜器铭文,人们称之为"金文",又因其大多铭刻在礼器(如鼎)和乐器(如钟)上,故旧称其为"钟鼎文",内容多为锡命、征伐、约契、祀典的记录。商周代铜器铭文比甲骨文更多地表现了统治者意志和历史的人生的主题意识,主要表现在铜器是统治阶级权力和财富的象征,在铜器上镂刻铭文,目的是纪念统治阶级的祖先,歌功颂德,记载人生重大的历史事件,以求永远传世。《礼记·祭统》云:"夫鼎有铭,铭者自名也,自名以称扬其先祖之美而明著之后世者也。"《左传·襄公十九年》臧武仲对季孙云:"……且夫大伐小,取其所得以作彝器,铭其功烈,以示子孙。"从文辞上来说,商代的铭文与甲骨文相类简单短小,而西周铭文最为整齐繁富,西周宣

---

① 《易·系辞下》曰:"上古结绳而治,后世圣人易之以书契。"孔安国《尚书·序》云:"古者伏羲氏之王天下也,始画八卦,造书契,以代结绳之政,由是文籍生焉。"《荀子·解蔽篇》曰:"好书者众矣,而仓颉独传者壹也。"《韩非子·五蠹篇》曰:"古者仓颉之作书也,自环谓之厶,背厶谓之公。"《吕氏春秋·君守篇》曰:"仓颉作书。"

王时代的毛公鼎有四百九十七字，是目前所见最长的铭文，记载了周宣王告诫赏赐毛公的言辞，侧重于记言。虢季子白盘铭记述了虢季子白与猃狁作战获胜，"折首五百，执讯五十"，向周王报捷获赏的情形，有一定细节描绘，且用韵文，反映出早期文章的形态。

历史散文的发展与我国古代"史"的设置密切相关。史主要从事宗教活动和起草、记载、保管文献活动。从文字结构上看，"史"是会意字，《说文解字》："史，从又持中。"章炳麟解释"中"字，"丨"是"以笔引书"，"口"象"册"形，①即将文字书写于册。传说夏有太史终古，商有内史向挚（《吕氏春秋·先识》），周代有太史、小史、内史、外史、御史、左史、右史等分工，见于《周礼·春官》、《礼记·玉藻》。王国维证明"史"不只是一种官职，还担任起草文件，宣读文件，记录某些活动，保管各种官文书，主持一些宗教活动等工作，而且还具有一定的政治权力。② 史虽是官方文献的记录者，但由于其分工的不同，如《礼记·玉藻》所言，帝王之事"动则左史书之，言则右史书之"，以及不同历史阶段的史官在史识、史德、史学、史才上的差异，导致了他们所撰写的史书不仅有详于记事、详于记言的差异，而且在思想境界、风格样式、叙事笔法上也呈现了多样化。随着社会历史的不断发展，先秦历史散文在不同的阶段也呈现了不同的历史风貌和语言风貌。

《尚书》亦称《书》，西汉以后称为《尚书》。汉儒尊之为经，故又称《书经》。"尚"即"上"，《尚书》是上古历史文献的汇编。《尚书》据传为孔子编定，原为一百篇，今存较为可靠的为《今文尚书》二十八篇。③《尚书》包括虞、夏、商、周书，但其中《虞书》《夏书》"是否为虞、夏时书，则大有问题，恐是周初或春秋时人所依托。"（梁启超《清代学者整理旧学之总成绩·辨伪书》）一般学界认为比较可信的是商、周之书。《尚书》的内容时间上与甲骨文、铜器铭文相近，却形成了较为完整的文章结构和规模，更具散文的特

---

① 见白寿彝著《中国史学史》引章炳麟《文始》卷七文，上海人民出版社1986年8月版，第5页。

② 见白寿彝著《中国史学史》，上海人民出版社1986年8月版，第3—5页。参见王国维《观堂集林·释史》，中华书局1959年影印本。

③ 《尚书》"原为一百篇，秦焚书时，博士伏生将之藏于壁中，汉初取出残存二十八篇，加上一篇伪《太誓》共二十九篇，用当时隶书写定，称《今文尚书》。汉武帝时，鲁恭王刘余从孔子宅壁中发现用先秦文字书写的《尚书》四十五篇，谓《古文尚书》，后因战乱散佚。东晋时梅赜献《古文尚书》，比《今文尚书》多二十五篇，又将原《今文尚书》二十九篇析成三十三篇，总成五十八篇。从宋代始，历代学者考定梅书为'伪《古文尚书》'。"（《中国文学大辞典》，上海辞书出版社1997年7月版，第67页）

征。汉代班固在《汉书·艺文志》中说："古之王者世有史官,君举必书,所以慎言行,昭法式也,左史记言,右史记事,事为《春秋》,言为《尚书》。"点明《尚书》为上古时王者之言的汇编,揭示《尚书》主要是记言的特点。故唐代史学家刘知几在其《史通·六家》中概括了《尚书》记言的六种主要文体,"盖《书》之所主,本于号命,所以宣王道之正义,发话言于臣下,故其所载,皆典、谟、训、诰、誓、命之文。"①《尚书》的语言虽然如唐代文学家韩愈所云"周诰殷盘,佶屈聱牙"(《进学解》),艰深古奥,但一些篇章记言仍能做到口吻毕肖,神情如见。《盘庚》三篇是《商书》的代表,商王盘庚欲迁都于殷,遭臣民反对,盘庚审时度势,在迁殷前后进行了三次讲演以说服臣民。全文感情充沛,言辞犀利,"往哉,生生! 今予将试以汝迁,永建乃家。"数千年之后,仍能感受到盘庚向臣民们发号施令的声口神情。为了说明问题,盘庚用了一些贴切形象的比喻,"若颠木之有由蘗",砍倒的树木又长出新芽,把旧都比作"颠木",把新都比作"由蘗";"予若观火,予亦拙谋,作乃逸。若网在纲,有条而不紊;若农服田力穑,乃亦有秋",将自己的威严比作燎火,将同心戮力比作如网在纲,有条不紊和尽力耕耘终有收获。接连三比,形象生动。再如揭示流言惑众之影响"若火之燎于原,不可向迩,其犹可扑灭?"以及不听劝诫,"若乘舟,汝弗济,臭厥载",像乘舟不渡坐待船朽一样,比喻都很恰切。

《周书》中收录的是周初至春秋前期的文献,文字较《商书》更流畅成熟。《无逸》是周公告诫成王不要贪图安逸的言论,围绕"所其无逸","知小人之依"的中心论题反复论证,据题抒论,条理分明,层次清楚。《秦誓》是秦穆公伐郑兵败后的追悔自责之词,语意恳挚,痛切自剖,口吻毕肖。记事如《顾命》篇,将成王临终嘱托,康王册命而立的过程和场面,诸侯朝享的礼仪叙述得井然有序,历历分明。《金縢》记叙了周公忠贞,金縢藏书,成王信谗而猜忌周公,天雷示警,成王启书打消疑虑的过程,情节离奇曲折,为后世许多故事所本。

《尚书》中的一些名句亦常为后人引述,如《尧典》中的"诗言志,歌永言,声依永,律和声",对后世诗乐理论影响甚大。《汤誓》中的"时日曷丧,予及

---

① (《尚书》)体例分为典(典范的经籍)、谟(通"谋",讨论策划国事的文体)、训(教诲开导的文体)、诰(统治者对臣民训诫勉励的讲话)、誓(征伐或交战前的誓师词)、命(君主奖励赏赐臣僚的命令)六种。(《中国文学大辞典》,上海辞书出版社 1997 年 7 月版,第 67 页)

汝皆亡",成为有道讨无道的传檄之语。《牧誓》中的"'牝鸡无晨',牝鸡之晨,惟家之索",后演为成语。《无逸》中周公所言"君子所其无逸,先知稼穑之艰难,乃逸则知小人之依",《秦誓》中"责人斯无难,惟受责俾如流,是维艰哉","邦之杌陧,曰由一人;邦之荣怀,亦尚一人之庆",都成为后世君子修身治道的名言。

《春秋》本是周代史书的通称,《墨子·明鬼》曾提及周、燕、齐、鲁皆有《春秋》,并云"吾见百国春秋",但这些史书皆已亡佚,今天我们所说的《春秋》是孔子根据鲁国史料编纂的史书的专称。

《春秋》是我国现存最早的编年体史书。它采用"以事系日,以日系月,以月系时,以时系年"(晋杜预《春秋左传集解序》)纲目式的记事方式,仅以一万六千余字记载了从鲁隐公元年至鲁哀公十四年(前722—前481),二百四十二年的历史。内容为周王室及各诸侯国政治、军事活动如朝聘、会盟、战争及日食、地震、水旱灾害等自然现象。它只是标题式记述时、地、人、事,缺少对人物性格、行为、事件的前因后果具体的描述,却将对人物、事件的褒贬评判寓于记事之中,采用是否记叙或选择排比顺序以及以含蓄谨严的"微言"蕴含着尊周礼、定名分、别尊卑、辨华夷的所谓"大义"的写法来叙述史实,被人称作"春秋笔法"。① 司马迁曾指出:"贬损之义,后有王者举而开之。《春秋》之义行,则天下乱臣贼子惧焉。"(《史记·孔子世家》)《左传·成公十四年》举君子曰云:"《春秋》之称,微而显,志而晦,婉而成章,尽而不污,惩恶

---

① 关于孔子作《春秋》的动因,孟轲云:"世衰道微,邪说暴行又作,臣弑其君者有之,子弑其父者有之,孔子惧,作《春秋》。《春秋》,天子之事也,是故孔子曰'知我者,其惟《春秋》乎! 罪我者,其惟《春秋》乎!'……孔子成《春秋》而乱臣贼子惧。"(《孟子·滕文公下》,中华书局1960年版,第155页)司马迁也说:"余闻董生(仲舒)曰:'周道衰废,孔子为鲁司寇,诸侯害之,大夫壅之,孔子知言之不用,道之不行也,是非二百四十二年之中,以为天下仪表。贬天子,退诸侯,讨大夫,以达王事而已矣。'子曰:'我欲载之空言,不如见之于行事之深切著明也,'夫《春秋》上明三王之道,下辨人事之纪,别嫌疑,明是非,定犹豫,善善恶恶,贤贤贱不肖,存亡国,继绝世,补敝起废,王道之大者也。"(《史记·太史公自序》,中华书局1959年版,第3297页)

而劝善。"被后人指为《春秋》义法的五条标准。① "春秋笔法"被后人无限夸大为字字寓褒贬,处处有大义。但也遭到了后代有识之士的谴责,"凡说《春秋》者,皆谓孔子寓褒贬于一字之间","此之谓欺人之学。"(宋郑樵《通志·灾祥略》)"春秋大义"成为后世政治原则和伦理规范的理论依据,对后代的政治伦理思想和史传文学的创作产生了很大的影响。

《春秋》文句过于简短且语义隐晦,因此出现了一些解释《春秋》的著作,较著名的有先秦时产生的《左传》和汉代写定的《公羊传》和《穀梁传》,被人称作"《春秋》三传"。《公羊传》是战国时齐人公羊高撰,至汉景帝时由公羊高后人公羊寿及其弟子胡母生写定。《穀梁传》为战国时鲁人穀梁赤撰,至西汉时,传其学之人将它写定。公羊高与穀梁赤皆为孔子学生子夏的弟子。《公羊》、《穀梁》主要从不同角度阐述《春秋》的"微言大义",即所谓"书法",也即"附经立传,经所不书,传不妄发",对《春秋》史实增补不多。《左传》则是叙事生动,史实丰富,以《春秋》为纲的编年史。

第二节 《左传》

《左传》即《春秋左氏传》的简称,又名《左氏春秋》。前人认为它是为传

---

① 晋杜预在其《春秋左氏经传集解序》中对这五条标准作了例证。其一所谓"微而显",即"文见于此而起义在彼"。例如《春秋》成公十四年:"秋,叔孙侨如如齐逆女。""九月,侨如以夫人妇姜氏至自齐。"两句对侨如的称呼有差别,前句言他衔君命出使,冠以族名"叔孙",以尊君命;后句写其与夫人俱还,不称族名,尊重夫人。其二所谓"志而晦",即"约言示制,推以知例"。以简约之言以示法制,推寻其事,以知其例。如《春秋》宣公七年"公会齐侯伐莱"。凡出师参与谋划叫"及",未参与而被迫出兵叫"会"。这里是说鲁宣公是被迫出兵的。其三"婉而成章",即"曲从义训以示大顺"。用婉转避讳方式记叙。《春秋》桓公元年:"郑伯以璧假许田。"按礼制诸侯间不能交换田地,只能说郑伯用璧来借鲁国的许田。其四"尽而不污",即"直书其事,具文见意"。是非曲直让事实来回答。《春秋》庄公二十三年:"秋,丹桓宫楹。"按礼制,诸侯不能将房柱等漆成红色,而桓公显然违礼了。其五"惩恶劝善",即"善名必书,恶名不灭,所以为惩劝"。《春秋》昭公二十年:"盗杀卫侯之兄縶。"不称齐豹的名字,而称其为"盗",表示谴责。只是《左传》和杜预的解释未必符合《春秋》的本义,这是应予注意的。

述《春秋》而作,作者为鲁国人左丘明。① 近人以为非一人一时之作,于战国初编定成书。《左传》记事起自鲁隐公元年(前 722),迄于鲁哀公二十七年(前 468),并附记灭智伯之事(前 454)。全书分六十卷,共十八万多字。《左传》以详细丰赡的史料记叙了春秋时期各国政治、经济、军事、外交、文化的重大事件和各方面历史人物的活动,反映了春秋时期的社会现实。

《左传》的思想内容非常丰富,是春秋时代统治阶级的意志和一部分有识之士思想的客观反映,在记述中和它所创设的"君子曰"、"君子是以知"等议论中也渗透了作者的思想倾向。贯穿于整部《左传》中的思想是重礼和重民。② 礼是周代宗法社会为维护统治秩序以及上下尊卑的等级制度而制定的道德行为规范。军国大事、外交往来、宗庙祭祀、人际交往都必须受礼的约束。"凡公行,告于宗庙;反行,饮至、舍爵、策勋焉,礼也"(桓公二年);"治兵于庙,礼也"(庄公八年);"齐侯来献戎捷,非礼也"(庄公三十一年)。甚至两军交战,君子也坚守尊卑之礼。齐晋鞌之战,晋军将领韩厥赶上已败逃的齐顷公战车,"韩厥执絷马前,再拜稽首,奉觞加璧以进"(成公二年)。晋楚鄢陵之战,晋将郤至多次与楚共王相遇,"见楚子,必下,免胄而趋风"(成公十六年)。"这种使后世很难理解的情形,正是反映了表现等级尊卑的礼是维护这个社会形态的核心思想和制度,较之两国之间一时性的矛盾要更为重要。"③

商代和西周的神权天命观往往与王权君命连为一体。春秋时王权削弱,神权天命观念也发生了动摇。一部分有识之士意识到民为邦本,对于调整统治者与被统治者的关系,重民比之神权天命更为重要。最为人所称道

---

① 《史记·十二诸侯年表序》:"(《春秋》成)七十子之徒口受其传指,为有所刺讥褒讳挹损之文辞不可以书见也。鲁君子左丘明,惧弟子人人异端,各安其意,失其真,故因孔子史记具论其语,成《左氏春秋》。"(《史记》,中华书局 1972 年版,第 509—510 页)孔颖达《春秋·序疏》引沈文何(503—563)语云:"《严氏春秋》引《观周篇》云:'孔子将修《春秋》,与左丘明乘,如周,观书于周史,归而修《春秋》之《经》,丘明为之《传》,共为表里。'"(清阮元校刻《十三经注疏》,中华书局 1980 年本,第 1705 页)《观周篇》是西汉《孔子家语》中的一篇,它也较早提及左丘明是《左传》的作者。后汉班固、晋杜预、唐孔颖达等皆从之。至唐代赵匡据《论语·公冶长》"巧言令色足恭,左丘明耻之,丘亦耻之"的语气认为左丘明是孔子前辈,怀疑《左传》为左丘明著。(见香港大学单周尧《香港大学〈左传〉学研究述要》,台湾《中国文哲研究通讯》第八卷四期第 145—146 页)瑞典汉学家高本汉尝试用《论语》、《孟子》来代表鲁国方言"鲁语",将其中助词与《左传》方言中的助词比较以证明《左传》非鲁国人所作。但亦非定论。亦见单周尧文。

② 见沈玉成、刘宁著《春秋左传学史稿》,江苏古籍出版社 1992 年 6 月版,第 84 页。

③ 见沈玉成、刘宁著《春秋左传学史稿》,江苏古籍出版社 1992 年 6 月版,第 88 页。

的是桓公六年随国季梁论民为神主:"所谓道,忠于民而信于神也。上思利民,忠也;祝史正辞,信也。今民馁而君逞欲,祝史矫举以祭,臣不知其可也。夫民,神之主也。是以圣王先成民而后致力于神。"在神权至高无上的地位动摇后,进而至于在君、民关系上也强调重视民之作用。"无民而能逞其志者,未之有也,国君是以镇抚其民"(昭公二十五年),"臣闻国之兴也,视民如伤,是其福也。其亡也,以民为土芥,是其祸也"(哀公元年)。《左传》对于那些灭绝人性、野蛮残忍的统治者给予谴责和揭露:"晋灵公不君,厚敛以雕墙,从台上弹人,而观其辟丸也。宰夫胹熊蹯不熟,杀之,置诸畚,使妇人载以过朝。"(宣公二年)对以人祭祀和殉葬,司马子鱼批评道:"祭祀以为人也。民,神之主也。用人,其谁飨之?"(僖公十九年)《左传》表现出的重民思想,反映了社会的发展和进步。

《左传》虽是一部编年体史书,却具有很高的文学价值。《左传》的文学成就体现在它的叙事、写人和记言上。叙事尤其是成功地描写战争是其显著的特点。据统计,终春秋之世,各种类型的军事行动多达四百八十三次,其中大规模的战争有十四次,①《左传》的描述却能做到绝无雷同。《左传》的作者往往能抓住各次战争的特征,对史料进行精心选择、剪裁、组织、安排,从不同的角度采用不同的写法来突出这些特征,给人以深刻印象。同写战争的胜负之因,由于抓住了不同特征,因而也各显其貌,异彩纷呈。如写秦晋韩之战先言秦伯为何伐晋:

> 晋侯之入也,秦穆姬属贾君焉,且曰:"尽纳群公子。"晋侯烝于贾君,又不纳群公子,是以穆姬怨之;晋侯许赂中大夫,既而皆背之;赂秦伯以河外列城五,……既而不与;晋饥,秦输之粟,秦饥,晋闭不粜。故秦伯伐晋。(僖公十五年)

列数晋背秦四条罪状,指出秦军是正义之师,是有道伐无道,揭示了战争的性质。宋代洪迈指出"观此一节,正如狱吏治囚,蔽罪议法,而皋陶听之,何所伏窜,不待韩原之战,其曲直胜负之形见矣"(《容斋随笔》卷六《左氏书事》)。

再如写秦晋殽之战,不正面描写战事,而用"蹇叔哭师"、"王孙满观秦师"、"弦高犒师"、"皇武子辞杞子"等一系列故事写秦军处处受阻,遂将秦军

出师不义以及劳师袭远的战略错误显露出来,预示秦军必败的结局。

晋楚鄢陵之战,先双管齐下分别写了晋、楚两国各自内部意见不一,皆无必胜的因素,而楚王与手下缺乏战争经验与作战的决心,主帅子反有才能却又饮酒误事,致楚仓皇败退,晋意外获胜。其中有一段这样描写楚王与伯州犁观晋军阵容的情形:

> 楚子登巢车以望晋军,子重使太宰伯州犁侍于王后。王曰:"骋而左右,何也?"曰:"召军吏也。""皆聚于中军矣。"曰:"合谋也。""张幕矣。"曰:"虔卜于先君也。""彻幕矣。"曰:"将发命也。""甚嚣且尘上矣。"曰:"将塞井夷灶而为行也。""皆乘矣。左右执兵而下矣。"曰:"听誓也。""战乎?"曰:"未可知也。""乘而左右皆下矣。"曰:"战祷也。"(成公十六年)

这段写了鄢陵之战前晋军频繁调度部署的情形,采取第三人称限知角度,由事件中心主角楚王与伯州犁的对答将其目中所见叙出,这种写法让人身临其境地感受到大战前的紧张气氛,又写出了楚王昏庸无知、不经战事、张皇失措的情态,为后面写子反醉酒,楚王言:"天败楚也夫!余不可以待。"乃乘夜逃走埋下了伏笔。

同为论战,曹刿论战(齐、鲁长勺之战)与子鱼论战(宋、楚泓之战)看似相近,其实不同。长勺之战战前曹刿向鲁庄公分析国情,主张取信于民。庄公采纳其言。战时曹刿把握反攻以及追击的时机,指挥鲁军击溃了齐军。战后补叙曹刿向庄公讲述胜利的原因。泓之战战前子鱼谏宋襄公不宜伐郑,宋襄公未听。战时,劝襄公乘楚未济、未成列两次战机出击,未被采纳,宋败。战后,宋襄公满口仁义为自己辩解,而子鱼则逐条进行反驳。论者皆以为长勺之战,以弱胜强,突出曹刿的远见卓识、精辟分析和沉着指挥,而泓之战则突出宋襄公的假仁假义、迂腐虚伪。其实除了取信于民,把握时机,正确指挥外,君侯是否能虚心采纳正确的意见,君臣是否同心同德也是战争胜负的原因之一,这两篇论战正是从正反两方面证实了这一点。

著名的晋楚城濮之战,也是以弱胜强的战例。作者并不把战争的胜负仅仅看作是交战双方军事力量的对比,而是注重两国政治状况,民心的向背以及外交策略的正确施展,将帅才干品格,战略战术巧妙运用等方面。晋采取措施使"民听不惑",突出"晋于是役也能以德攻"的特征,并运用外交手段,取得了齐、秦、宋国的支持,孤立了楚国。其间刻画了晋文公的老成持重,楚军主将子玉的刚愎自用。晋在战争中先用退避三舍方针,在道义上和战略上以退为攻,又采用避实就虚的战术抓住楚的同盟陈、蔡的薄弱部分进行打击。接着进攻楚军较弱的左翼,取得战争的胜利。全面展现了战争的广阔背景与各种综合因素,写得层次分明、曲折生动、井然有序。

孔子云:"言之无文,行而不远。"史必借文采而传,《左传》文章波澜壮阔,气象万千。唐代史学家刘知几对《左传》叙事之工,文字之妙评价甚高:"左氏之叙事也,述行师则簿领盈视,嗃呭沸腾;论备火则区分在目,修饰峻整;言胜捷则收获都尽,记奔败则披靡横前;申盟誓则慷慨有余,称谲诈则欺诬可见;谈恩惠则煦如春日,纪严切则凛若秋霜;叙兴邦则滋味无量,陈亡国则凄凉可悯。或腴辞润简牍,或美句入咏歌,跌宕而不群,纵横而自得。若斯才者,殆将工侔造化,思涉鬼神,著述罕闻,古今卓绝。"(《史通·杂说上》)刘知几道出了《左传》叙事则善于描摹情状,描写曲折细致,有声有色,逼真传神,记言则风格多样,纵横跌宕,宛转有致。

《左传》善于描写场面和人物言行。人们常举成公二年齐晋鞍之战的例子:

> 齐高固入晋师,桀石以投人,禽之而乘其车,系桑本焉,以徇齐垒。曰:"欲勇者贾余余勇!"……齐侯曰:"余姑翦灭此而朝食!"不介马而驰之。郤克伤于矢,流血及屦,未绝鼓音,曰:"余病矣!"张侯曰:"自始合,而矢贯余手及肘,余折以御,左轮朱殷,岂敢言病?吾子忍之!"(郑丘)缓曰:"自始合,苟有险,余必下推车,子岂识之?然子病矣。"张侯曰:"师之耳目,在吾旗鼓,进退从之。此车一人殿之,可以集事,若之何其以病败君之大事也?擐甲执兵,固即死也。病未及死,吾子勉之。"左并辔,右援枹而鼓,马逸不能止,师从之。齐侯败绩。逐之,三周华不注。

这段战争场面的描写扣人心弦,齐军的轻狂骄纵和晋军的浴血奋战,历历在目。晋军将帅血流如注仍相互激励,"援枹而鼓",冲锋陷阵,终于大败齐军。他们的英雄气概令人感奋,人物形象光彩照人。

《左传》写人物语言和外交辞令展现了人物不同的性格和风格,或激切犀利,或委婉典雅,或风趣幽默。僖公五年"宫之奇谏假道",僖公二十六年"展喜犒师",僖公三十年"烛之武退秦师",成公十三年"吕相绝秦"等都是脍炙人口的名篇。宋人洪迈曾举僖公二年晋太子申生伐东山皋落氏的这一段谈到《左传》人物语言之妙:"晋侯使太子申生伐东山皋落氏,以十二月出师,衣之偏衣,佩之金玦。《左氏》载狐突所叹八十余言,而词义五转。其一曰:'时,事之征也。衣，身之章也。佩，衷之旗也。'其二曰：'敬其事，则命以始。服其身，则衣之纯。用其衷，则佩之度。'其三曰：'今命以时卒，闷其事也。衣之尨服，远其躬也。佩以金玦，弃其衷也。'其四曰：'服以远之，时以闷之。'其五曰：'尨凉，冬杀，金寒，玦离。'其宛转有味，皆可咀嚼。"（《容斋随笔》卷六《狐突言词有味》）狐突洞察晋侯刁难疏远太子申生的举动，而用宛转的语言对此作出评论，一话五转且用排比对偶等手法，声韵和谐，"皆可咀嚼"。

唐代韩愈在他著名的《进学解》中云："《春秋》谨严，《左氏》浮夸。"即指《左传》相对《春秋》而言，文笔横肆精妙，丰富多彩。正如清人郑权《左氏浮夸辨》一文说："至于铺张扬厉，自古史官莫不皆然。……况乎周末文胜，其体如此。……丘明毕登篇牍，亦犹后世史书录载文笔诗赋也。"（《菊坡精舍集》卷五）指出了《左传》客观地反映了春秋战国之际文化发达、文采飞扬的空前盛况，而《左传》作者本人更是这一时代熔铸史材、叙述史事、驾驭语言的顶尖高手。

第三节　《国语》

《国语》是我国现存最早的国别史，分为《周语》、《晋语》、《鲁语》、《楚语》、《越语》、《齐语》、《郑语》、《吴语》，共二十一卷。《国语》以记言为主，也记载这八国的史事，记事起于周穆王，迄于赵、韩、魏灭智伯（约前967—前453）。关于《国语》的作者，司马迁曾在《报任安书》中云："左丘失明，厥有《国语》。"认为是《左传》的作者左丘明。然后人多有异议，一般人认为《国语》是汇编之书，非一时一人所作，约编定于战国时期。

同记春秋史实，《国语》与《左传》内容有相交重复处，又互有详略，《国语》长于记言，可补《左传》之不足。例如《左传》写重耳流亡到齐国，只想安逸过寄人篱下的生活，不图进取，其妻齐姜与从臣子犯施计醉遣重耳一节，《左传》仅十五字写就，而《国语》则具体生动地写出了子犯与重耳的对话：

> 姜与子犯谋，醉而载之以行。醒，以戈逐子犯，曰："若无所济，吾食舅氏之肉，其知厌乎！"舅犯走，且对曰："若无所济，余未知死所，谁能与豺狼争食？若克有成，公子无亦晋之柔嘉，是以甘食。偃之肉腥臊，将焉用之？"遂行。（《晋语》四）

《国语》的思想倾向与《左传》相近，继承了西周以来的敬天保民思想。在《邵公谏厉王弭谤》、《仲山父谏宣王料民》（《周语》上）等一些篇章中透露出了应重视民意,民心向背是政权是否巩固的基础的思想。"防民之口,甚于防川",成为千古至理名言。一些篇章对统治者骄奢淫逸,争权夺利,互相残杀的黑暗也有所揭露。《叔向论忧德不忧贫》(《晋语》八)批评了统治者"骄泰奢侈,贪欲无艺"的现象。《晋语》中对骊姬阴谋谗杀太子的种种伎俩给予充分暴露和刻画。

《国语》从整体上看文学成就不如《左传》,但也不乏精彩篇章。《邵公谏厉王弭谤》中用"王怒"、"王喜"、"王不听"三个短语,将浅薄无知、得意忘形的昏君形象刻画得入木三分。写邵公的谏词,比喻贴切,排比有力,从正反面说理,极有说服力。《王孙圉论楚宝》(《楚语》下)中楚大夫王孙圉出使晋国,席间赵简子以所佩白玉炫耀并嘲笑楚国无宝,王孙圉从容陈辞,楚国不以玉石为宝,而以人才和物产为宝,委婉回应了赵简子的挑衅,维护了楚国的尊严,也展现了《国语》长于辞令的特点。《国语》中一些章节如《范蠡佐勾践灭吴》等篇中范蠡的足智多谋、功成身退和勾践的积极进取、发愤图强形象也非常鲜明。《骊姬谮杀太子申生》等篇章,将骊姬的口蜜腹剑,阴险毒辣,优施的献媚邀宠,狠毒诡诈刻画得非常成功。

第四节　《战国策》

《战国策》是战国末、秦汉间人杂采各国史料和策士说辞编纂而成的史书,原称《国策》、《国事》、《短长》、《事语》、《长书》、《修书》,西汉刘向重新按国别时序校理编定为三十三卷,"以为战国时游士辅所用之国为之策谋,宜为《战国策》。"(刘向《校战国策书录》)全书分东周、西周、秦、齐、楚、赵、魏、韩、燕、宋、卫、中山十二国纪事,上继春秋,下迄秦统一(前453—前209)。

在先秦历史著作中,《战国策》记事的真实性,特别受到人们的怀疑。南宋晁公武的《郡斋读书志》卷十一就认为它"不皆实录,难尽信",将其由史部归入子部纵横家类。今天的学者研究认为其中有近四分之一是依托虚拟之作,特别是有关苏秦的言论和事迹,以史实与1973年长沙马王堆出土的帛书《战国纵横家书》证之,可见其错误更多。[①] 此外《战国策》重在策士的说辞,

---

① 见缪文远《战国策考辨》(中华书局1984年版)和《战国策新校注》(巴蜀书社1987年版),以及《战国纵横家书》(文物出版社1976年版)附录唐兰、杨宽、马雍的文章。《战国纵横家书》二十七章,其中十一章内容见于《史记》和《战国策》,另有十六章是佚书,可补战国史料的不足。

而战国一些重大历史事件却不见记录，已有的一些叙述也存在细节失真，任意夸大之处，因此使用《战国策》史料应予慎重。

《战国策》非一人一时所作，思想比较庞杂。它客观记述了战国时期"士"的崛起壮大以及他们在政治外交舞台上的活动，特别颂扬了他们"转危为安，运亡为存"（刘向《战国策叙录》）的政治和历史作用，充满对各类人才所独具的奇智、胆识、才干的赞赏和对他们的尊严及人生价值的肯定。所记人物消兵弭战、"为人排患、释难、解纷乱而无所取"（《赵策三》）者有之，重义轻生、沉毅勇决、不畏强暴者有之。更突出了那些不择手段利用权谋谲诈追逐名利，朝秦暮楚，奔走于各国之间的纵横策士的言行，对他们的奇策异智，谋议辞说所表现出的才干亦大加赞赏。客观地反映了战国时"捐礼让而贵战争，弃仁义而用诈谲，……贪饕无耻，竞进无厌，国异政教，各自制断"（刘向《战国策叙录》）的功利思想和社会现实。

《战国策》并不侧重于排比史实，而着重于人物形象塑造和人物言辞的表现。《战国策》继承了《左传》、《国语》已采用的在人物事迹、材料的安排上相对集中的方法，并将人物事迹集中于一篇文章中，为以人物为中心的纪传体开创了先例。[①]　人物记述的相对集中打破了编年体的格局，便于对人物进行浓墨重彩的描绘。

《战国策》塑造人物形象已不停留在据实而录的历史著作层面上，而是采用虚构的手法展开丰富的想象和夸饰渲染，更具有文学的色彩。例如写苏秦的事迹，就含有很多虚构想象的成分，司马迁说："世言苏秦多异，异时事有类之者皆附之苏秦。"（《史记·苏秦列传赞》）就道出了这一点。《秦策》描写其失意狼狈的情形云："说秦王书十上而说不行，黑貂之裘敝，黄金百斤尽，资用乏绝，去秦而归。嬴縢履蹻，负书担囊，形容枯槁，面目黧黑，状有愧色。归至家，妻不下纴，嫂不为炊，父母不与言。"刻画其发愤读书的情景，"读书欲睡，引锥自刺其股，血流至足。曰：'安有说人主不能出其金玉锦绣，取卿相之尊者乎？'"渲染其富贵还乡的情景，"父母闻之，清宫除道，张乐设

---

① 袁行霈主编的《中国文学史》第一卷第三章即提出此说，而强调是"继承了《国语》相对集中排同一人物故事的方法。"（《中国文学史》第一卷，高等教育出版社 1999 年 8 月版，第 99 页）其实《左传》已采用了此法，例如《左传》将僖公四年以后重耳流亡近二十年的经历都写在僖公二十三年中。"它写的是重耳流亡的总过程，可以说是纪事本末体。它写的又是这个重耳的事迹，也可以说是传记体。……《左传》把纪事本末体和传记体运用于编年史之中，作为编年体的补充，这是很重要的创举。"（白寿彝《中国史学史》第一册，上海人民出版社 1986 年 8 月版，第 231 页）

饮,郊迎三十里;妻侧目而视,侧耳而听;嫂蛇行匍伏,四跪自拜而谢。"最后让苏秦道出万千感慨:"嗟乎!贫穷则父母不子,富贵则亲戚畏惧,人生世上,势位富厚,盖可忽乎哉!"文章用对比的手法铺排夸饰其成败的荣耀与尴尬,精雕细刻其举止言行、外貌神情,还揭示其内心独白。既写了他作为纵横家的叱咤风云,横历天下,又写了他穷巷掘门之寒士刻苦自励与坎坷艰辛,还渲染了家人世人的前倨后恭、冷暖炎凉。通过苏秦形象的描绘,演绎了那个时代的世态人情以及一些士人的人生作为和价值取向。比起《左传》和《国语》来,《战国策》更能渗透到社会内部和人物心灵深处。

《战国策》刻画人物常以事显人,围绕表现人物性格而安排情节,设置矛盾,情节更集中曲折,造成波澜起伏,出人意料的艺术效果。《齐策四》写冯谖客孟尝君,由心中不平、弹铗三歌,自作主张、焚券市义,精心运筹、营造三窟等三个片断组成。弹铗之举,欲扬先抑,有意蓄势,先声夺人,展露了冯谖的不同凡响,冯谖以这种奇特方式不仅对劣等待遇提出抗议,而且也是为引起孟尝君之注目,更是对孟尝君胸怀为人的考验。正如王安石所说:"然使冯谖不自奋于三千食客之中,则亦老死而已矣。"(《读孟尝君传》)而焚券市义,又为以下营造三窟预设伏笔,将冯谖傲岸卓立,足智多谋的奇士风采一步步展现出来。《赵策四》"触龙说赵太后"一章一开始就将秦攻赵,赵求救于齐,齐要长安君为人质,太后不肯等几对矛盾揭示出来,特别是赵太后言"有复言令长安君为质者,老妇必唾其面",顿时使形势变得剑拔弩张,不可逆转,而老臣触龙的出场,由家常话说起则又使形势峰回路转,情节也由张而弛,最后柳暗花明,解决了矛盾。突出了触龙老成持重、深谋远虑而又循循善诱的人物形象。《齐策一》,邹忌与徐公比美,又与妻妾三问三答的情节,妙趣横生,富有戏剧性,又写出邹忌性格中的机智幽默成分。

《战国策》的语言风格前人概括为"其辞敷张而扬厉,变其本而加恢奇焉。"(章学诚《文史通义·诗教上》)一改《左传》的从容委婉,而变为铺张扬厉,气势恢宏,淋漓酣畅,辞采瑰丽。策士们的陈述为了增强气势大量运用夸张、排比、对偶的手法,如《秦策一》苏秦说秦惠王云:

> 大王之国,西有巴、蜀、汉中之利,北有胡貉、代马之用,南有巫山、黔中之限,东有崤、函之固。田肥美,民殷富,战车万乘,奋击百万,沃野千里,蓄积饶多,地势形便。此所谓天府,天下之雄国也。

为了盛夸秦国的强大,则将地势东西南北一一铺陈,田地、人民、战车、士兵逐项排列，驰说云涌，一气呵成。

　　《战国策》说辞为了增强说服力和语言的形象性常用寓言、典故、比喻来说明问题。《燕策二》苏代以鹬蚌相争来说明燕赵之争会使秦国坐收渔利。与之异曲同工的是《齐策》中淳于髡用疾犬逐狡兔，两败俱伤，使田父得利来谏齐王勿攻魏。这类寓言还有"亡羊补牢"、"狐假虎威"、"画蛇添足"、"南辕北辙"等。《楚策四》庄辛以最小的蜻蛉到黄雀、黄鹄被人逮杀设喻，说明自以为与人无争，但并不能守身保命。巧设譬喻由小到大，层层深入，使文章说理透彻，富有情韵。

　　《左传》、《国语》、《战国策》等历史散文对后代的叙事文学如史传文学、散文和小说创作等，在历史传统、叙事体例、叙事模式、历史题材、语言艺术等多方面产生了深远的影响，成为我国叙事文学的楷模。

第四章 诸子散文

第一节 诸子散文的兴起

诸子散文,是春秋战国时期各派学者的著作。诸子散文一般都是论说性散文。这种文体萌芽于商周,①而蓬勃发展,趋于成熟,并取得辉煌成就的却是春秋战国时期的诸子散文。

说理散文蓬勃发展于春秋战国时期,从根本上说,是由当时社会经济、政治、思想文化的发展所决定的,而其直接原因则是士的阶层的形成和百家争鸣局面的出现。

春秋战国时期,是一个需要人才,并且能够产生人才的时代。当时社会激烈动荡,兼并战争频繁发生。"《春秋》之中,弑君三十六,亡国五十二,诸侯奔走不得保其社稷者,不可胜数。"(《史记·太史公自序》)逮至战国,诸侯间的存亡斗争更为激烈,奋发图强就能捷足先登,扫灭群雄,统一全国;不图强则必然削弱萎缩,遭受蚕食鲸吞,最终灭亡。面临这种严峻局面,各国统治集团竞相争雄,在展开政治经济军事斗争的同时,也展开了智力资源的竞争。他们纷纷礼贤下士,争相延揽人才,一时养士之风盛行。② 这是事情的一个方面。另一个方面是,当时的社会提供了人才产生的条件。春秋时期,社会动荡,礼崩乐坏,分封制度解体,打破了贵族对文化教育的垄断。一部

---

① 《尚书》中的一些记言文字已经初步具备说理文的因素。参见张啸虎《中国政论文学史稿》,武汉出版社1992年10月第1版。

② 《史记·吕不韦列传》:"当是时,魏有信陵君,楚有春申君,赵有平原君,齐有孟尝君,皆下士喜宾客以相倾。吕不韦以秦之强,羞不如,亦招致士,厚遇之,至食客三千人。是时诸侯多辩士,如荀卿之徒,著书布天下。"《史记·孟尝君列传》:"孟尝君在薛,招致诸侯宾客及亡人有罪者,皆归孟尝君。孟尝君舍业厚遇之,以故倾天下之士。食客数千人,无贵贱一与文等。孟尝君待客坐语,而屏风后常有侍史,主记君所与客语,问亲戚居处。客去,孟尝君已使使存问,献遗其亲戚。孟尝君曾待客夜食,有一人蔽火光。客怒,以饭不等,辍食辞去。孟尝君起,自持其饭比之。客惭,自刭。士以此多归孟尝君。孟尝君客无所择,皆善遇之。人人各自以为孟尝君亲己。"

分贵族成员随着贵族身份的丧失，沦为平民，把他们的文化知识带到民间；而更为重要的是学府下移，民间聚徒讲学之风兴起。孔子首开私人讲学的先河，"以诗、书、礼、乐教，弟子盖三千焉，身通六艺者七十有二人。若颜浊邹之徒，颇受业者甚众"（《史记·孔子世家》），开创了儒家学派。墨子聚徒讲学，组织成颇有纪律的集团，形成墨家学派。战国之际，私人讲学之风更盛，孟子、荀子等都曾是同辈中的老师巨擘。这种局面使社会下层人士获得了接受教育、学习文化的机会，从而极大地开发了人才，使得人才源源不断地以空前的规模生产出来。需要和可能结合在一起，促成了事物的发展，"士"这一特殊阶层便迅速崛起。

时代的变革，历史的发展，需要新的思想和理论对社会现实作出解释，对社会未来作出设计。这个任务责无旁贷地落在社会的头脑——士集团的身上。于是，"英才特达，则炳耀垂文"（《文心雕龙·诸子》），纷纷推出自己的学说。"诸子十家……，皆起于王道既微，诸侯力政，时君世主，好恶殊方，是以九家之术蜂出并作，各引一端，崇其所善，以此驰说，取合诸侯。其言虽殊，辟犹水火，相灭亦相生也。仁之与义，敬之与和，相反而皆相成也。"（《汉书·艺文志》）他们竞相著书立说，讲学授徒，游说人主，相互之间也展开了激烈的论难，从而形成了百家争鸣的局面。

散文是见道明志、论难说理最便捷的文体，于是，以探讨哲理人生、研究社会为主要内容的诸子散文便勃然兴起。当时诸子蜂起，竞相争鸣，著述迭出，号称百家。而按其学术思想流派划分，司马谈把他们分归为六家：阴阳家、儒家、墨家、名家、法家、道德家。刘歆又分其为十家：儒家、墨家、道家、名家、法家、阴阳家、农家、纵横家、杂家、小说家。诸子中影响最大的是道家、儒家、墨家和法家。道家的代表人物是老子、庄子，代表性的著作有《道德经》、《庄子》。儒家的代表人物主要有孔子、孟子、荀子，代表性的著作是《论语》、《孟子》、《荀子》。墨家的代表人物是墨子，代表性著作是《墨子》。法家的代表人物是韩非子，代表性著作有《韩非子》等。诸子论著都是学术著作，它们以其深邃的思想，宏博的理论，奠定了中国传统思想文化的基础，影响了中国一代代知识分子。同时，它们又以其华美的词章，瑰丽的形象，多彩的风格，高超的技巧，丰富的想象，成为精美的文学作品，铸就了我国散文发展的黄金时代。

诸子散文是百家争鸣的产物，是随着争辩的风气发展起来的，作为文学体裁的散文也经历了一个逐渐发展的过程。春秋时代是诸子散文的兴起时代。道、儒、墨各家的奠基性著作都产生于这个时期。

　　最先面世的是老子《道德经》。①老子是道家学说的创始人。据《史记·老子韩非列传》，老子姓李，名耳，字聃，楚国苦县（今河南鹿邑）人，曾任"周守藏室之史"，约与孔子同时，但年长于孔子，孔子曾向他请教过周礼。老子平素"修道德，其学以自隐无名为务"，后来看到周室衰落，就离周西去。出函谷关的时候，在关令尹喜的强求下，"乃著书上下篇，言道德之意五千余言，而去，莫知所终。"老子是隐士一类人物，神龙见首不见尾，汉代时人们对他的情况就不大清楚了。所以司马迁又说，当时有人认为，与孔子同时的楚国人老莱子，还有战国时的周太史也是老子。

　　老子所著之书，世称《道德经》，也叫作《老子》，分上下两篇，共八十一章，五千余言。其最主要的内容是对"道"及其规律的论述。"道"是老子提出的一个哲学概念，它是宇宙的本原，也是宇宙间万事万物的根本规律。此外，在《老子》中，老子还以其道的学说为理论依据，提出了他的独具特色的治国之道、用兵之道和修身之道。老子的思想博大精深，对于中国思想文化的发展影响至为深远，对于世界思想文化也产生了并正在产生着极大的影响。②

　　短短五千言的《老子》，作为学术著作，具有难以伦比的哲学、政治学、人学等多方面的学术价值；作为文章，则闪耀着绚烂的文学色彩。它是以韵文为主，散韵结合的诗体散文，这是我国哲理性著作《易经》的文体的嬗变，也蕴含着《诗经》的风韵，是老子独创的一种文体。作为议论文，《老子》采用了形象思维和逻辑思维相结合的方法，显示出独特的魅力。例如："三十辐共一毂，当其无，有车之用。埏埴以为器，当其无，有器之用。凿户牖以为室，当其无，有室之用。有之以为利，无之以为用。"（《老子》十一章）这段论述运用了归纳推理的方法，但却借助物象来表述，不仅说理透彻，而且鲜明的物

---

　　① 刘勰："伯阳识理，而仲尼访问，爰序《道德》，以冠百氏。"就是说，《道德经》是诸子百家的开山之作。郭沫若《先秦天道观之进展》："老聃是百家的元祖。"章太炎《诸子学略说》："孔学本出于老。"1993 年在湖北荆门郭店楚墓葬中出土的竹简本《老子》，有力地支持了这种看法。

　　② 陈鼓应、白奚："老子不仅属于中国，也属于全世界，它是人类共同的文化遗产，早在唐代，《老子》就被译成梵文。目前，老子的思想正在引起世界各国的汉学家们的普遍关注乃至普通人越来越浓厚的兴趣，世界上被翻译最多的是《圣经》，其次就是《老子》，老子研究已成为世界性的课题。特别是在哲学领域，欧陆的现代哲学家们在东方找到了老子哲学，并试图将其与希腊哲学结合起来，为现代西方哲学开创出一条新的发展之路；一些开一代风气的现代大哲如海德格尔、伽达默尔等人，它们的哲学思路的提出都受到老庄思想的影响，这证明'并非只有西方哲学思想才能影响中国哲学，中国哲学反过来也能并且已经影响了西方哲学在现代的发展。'"（《老子评传》，南京大学出版社 2001 年 7 月版，第 16 页）

象能给人留下深刻的印象,引起丰富的联想。《老子》的表达方式和语言也具有鲜明的艺术特色。它调动了多种手法,构建词章,锤铸语言,使之变得非常精美。如,"大方无隅,大器晚成,大音希声,大象无形。"(四十一章)"其安易持,其未兆易谋,其脆易破,其微易散。为之于未有,治之于未乱。合抱之木,生于毫末;九层之台,起于累土;千里之行,始于足下。为者败之,执者失之。是以圣人无为,故无败;无执,故无失。民之从事,常于几成而败之。慎终如始,则无败事。是以圣人欲不欲,不贵难得之货;学不学,复众人之所过。以辅万物之自然而不敢为。"(六十四章)"持而盈之,不若其已。揣而锐之,不可长保。金玉满堂,莫之能守。富贵而骄,自遗其咎。功成身退,天之道。"(九章)"天网恢恢,疏而不漏。"(七十三章)"其政闷闷,其民淳淳。其政察察,其民缺缺。祸兮福之所倚;福兮祸之所伏。"(五十八章)这些词章,有赋比兴的表现手法,有理奥思远的哲论,也有辞藻华丽的美言。《老子》的某些篇章,还包含着丰富的情感。如:"荒兮! 其未央哉! 众人熙熙,若享太牢,若登春台。我独泊兮,其未兆。若婴儿未孩。傫傫兮,若无所归! 众人皆有余,我独若遗。我愚人之心也哉! 沌沌兮。俗人昭昭,我独若昏。俗人察察,我独闷闷。澹兮,其若海。飂兮,若无止。众人皆有已,我独顽似鄙。我独异于人,而贵食母。"(二十章)语调深沉,感慨系之,简直是一首哀怨动人的抒情诗。总的来说,《老子》的文章,神思恢宏,意超象外,析理入微,极具理趣之美;结构严谨,句式多变,言辞精炼,富有词章之美;常假比兴,形象生动,情感丰富,毕现形象之美,且讲求押韵,注重节奏,往复回环,亦不乏音乐之美。有人称其为散文诗,实非过誉;刘勰说它"五千精妙"(《文心雕龙·情采》),确非虚言。老子以道为学,以诗为文,并把它们有机结合起来,开创了我国散文以神理为体,以形文为用的文章体制。

《论语》比老子稍晚。它的体制与《老子》全然不同。这是一部语录体著作,主要记录了孔子及其弟子的言行,多是些叙说性文字或断语,篇幅短小简约,还未形成结构完整的单独篇章。但是,这些语录也具备了散文的基本特征,表现出了与《老子》不同的艺术特色。首先,《论语》刻画了较为鲜明的人物形象,虽然该书对于孔子的言行的记录都是片断式的,但是把这些片断缀合起来,就可以得到一个胸怀救世之志而又到处碰壁,意志坚毅而又循规蹈矩,严肃认真而又富有人情的颇为丰满的学者形象。有时寥寥几笔,就可把不同人物的不同情态刻画得活灵活现。如《侍坐》章,历来为人称道。还有孔子的一些弟子的形象,以及隐逸者的形象等都比较鲜明。其次,《论语》的语言也很有特点。孔子的学问以经济致用为目的,《论语》的文章也同样表现出了平易实用的特色。它以口语为文,亲切自然而又生动传神。语言平实而含义深刻,辞语俭约而意义丰赡,表达含蓄而意味深长。《论语》中还具有充沛的情感和形象化的语言。《论语》注重实用而又文质彬彬的文风深刻地影响到后世散文的创作,成为先秦说理文的主要形态。再次,《论语》确立了语录体的文体。语录体发轫于《尚书》,在《论语》中形成了一种专门的文体,为后来散文的发展奠定了基础。

与《老子》、《论语》不同,《墨子》的贡献则在于奠定了我国论辩性散文的基础。从文体上说,《墨子》虽然还保留着语录体的体制,但《墨子》中已经出现了专论体议论文。文章单独成篇,具有标示文章中心的标题,明确的中心论点,充分的论据,严密的推理和完整的结构,已经是体制完整的议论文了。《墨子》中的语录体与《论语》的语录体也截然不同。它不是对于日常生活中自然语言的实录,而是精心撰写的专题论文。这些文章中开头冠以"子墨子曰"四字,只是为了表明其内容出自墨子。此外,《墨子》中还有论难体、散论体等多种散文体制。《墨子》不仅首创了说理文的专论体,而且改进了辩论的方法。论证问题,《老子》多用象喻法和比附法,《论语》多用判断法。而墨子注重逻辑,创立了主要用逻辑论证来进行说理的辩论方法,这种方法成为我国议论文论证的最基本最主要的方法。刘大杰说:"论辩的散文,是由墨子开始的。……在中国散文的发展史上,墨子却有重要的地位。这并不是说《墨子》的文字有多么美妙,有了不得的艺术的成就。其重要处是中国议论辩证的文体,由他开始,并且他对于论辩文的方法的要旨,发表了许多重要的意见。我们读过他的《非攻》、《非命》、《明鬼》、《尚同》诸篇,知道他是一个条例谨严的议论家,这些文字都是最谨严、最明快的论辩文。后世的论辩文,几乎都逃不出他的式样和方法。"①这是很公允的论断。《墨子》文风质朴,语言平实,具有简洁明了的特点。

总之,春秋时代的散文,在论说文的体制、表现方法、语言等各方面都表现出了高度的艺术性,并且形成了不同的风格,从而奠定了诸子散文的基础。战国时期,诸子散文在春秋散文的基础上有了更大的发展。产生于这个时期的著作很多,著名的有《商君书》、《管子》、《文子》、《列子》、《晏子春秋》、《慎子》、《尸子》、《申子》、《公孙龙子》、《鹖冠子》、《吕氏春秋》等,而最具有文学性的当推《孟子》、《庄子》、《荀子》与《韩非子》。

---

① 刘大杰《中国文学发展史》上卷,百花文艺出版社1999年2月版,第58页。

《孟子》的文章在语录体的基础上有所发展。有些章节依然是《论语》式的片言只语的记录,而有的章节则出现了围绕一个中心进行反复论证的对话体文体。文章的篇幅明显增长了,有时为了论述一个问题,可以使用多达数千字的篇幅。例如《许行》章,为了辨明社会分工问题,《孟子》花费了两千多字的篇幅,这是前人的著作中所未见的。《孟子》对于散文的贡献主要表现在文章中强烈的感情和文中所表现出来的浩然气势,这大大增强了文章的感染力和表现力。《孟子》发展了辩论艺术,继承了前人形象说理的方法,善用比喻、寓言说理,使文章生动活泼,富有情趣。关于作家的主体修养,《孟子》提出知言养气说,首开中国文论气论之先河。《孟子》语言的文采和表现力远胜《墨子》,而其文章体制却不如《墨子》成熟,这也许与孟子墨守儒家家法,作文模仿《论语》有关。

《庄子》的散文极富创造性。首先,它运用了浪漫主义的创作方法来撰述说理文。文章很少使用逻辑方法进行辩论,而是多用寓言故事连缀成篇,用形象直接说理,理隐事中,意在言外,使人难以捉摸。其次庄子以超常的想象,用寓言故事塑造了一个恢诡谲怪的形象世界,骇世惊俗,瑰丽多姿。再次,《庄子》的语言如行云流水,天籁自然,具有诗的风韵。庄子文章的结构也很独特。是轮辐式的结构,即围绕一个中心来组织材料。文章每个段落之间,没有明显的逻辑联系,但是每一个段落都紧紧地指向文章的中心议题。从文章形式来看,与其说《庄子》是一部学术著作,倒不如说它是一部想象奇特,构思精妙的文学佳作。庄子天才卓绝,学铄古今,独创了这种独特的论说形式,后学难以为继,竟成绝响。

从文体看,《庄子》基本摆脱了语录体,文章具有专论体的倾向,但依然保留着对话体的成分。《庄子》还表现出了极高的艺术技巧。以意出尘表的想象,恢诡谲怪的艺术形象,汪洋恣肆的文风,词藻美富,天马行空,独步文坛,千百年来深刻影响着中国的文学创作。鲁迅称:"文辞之美富者,实惟道家。"老子发轫于前,庄子继轨于后,共同创造了散文艺术极品,在先秦诸子中独放异彩。

《荀子》与《韩非子》的出现,标志着议论性散文体制的成熟。《荀子》的散文,大都是一些长篇大论,文章具有标题,且论点明确,论据充分,论证严密,结构完整,成为成熟的专论体议论文。此后,这种文体成为我国说理散文的主要形式。《荀子》全面地吸收了老庄、孔孟、墨子的优点,练达实用,文质兼美。不仅说理清晰,论辩透彻,逻辑周密,特别实用,而且感情醇厚,形象鲜明,文辞美富,富有文学特色。《荀子》中还出现了谜语、赋等文学体裁。《韩非子》发展了

《荀子》的议论文,结构谨严,逻辑严密,言辞犀利,极富表现力与说服力,把议论文的写作水平提到了一个新的高度。韩非子还收集、整理、创制了大量的寓言故事,单独组织成篇,使寓言成为一种独立的文学体裁。

诸子在散文发展的过程中,各具特色,各有建树,但是如果从另外一个角度来看,它们又表现出一些共同的特点。

第一,关怀人生,关注社会,贴近现实。各家各派尽管主张不同,但都是抱着救世的主张来著书立说的。儒家为构建一个符合"仁义"的社会而奔走,知其不可而为之。道家尽管高谈玄妙的"道",语及天地自然万物,但是出发点和归宿,依然是人本身和社会。不管是主张政府无为的老子,还是主张因任自然的庄子,其目的都是为了使社会变得更加合理,使人生变得更为美好。墨子高举兼爱非攻、崇实尚贤的大旗更是对现实社会的政治、风习的直接干预。荀子以性恶论为出发点,以劝学为手段,主张以人的教育、人格的塑造为基点,从而建立一个合理的美好的社会,为社会设计了人治的蓝图。韩非子看透了人性中卑劣的一面,看到了社会存在对于人的思想个性形成的绝对作用,因而主张严刑峻法来治理社会。他们为社会而立说,为人生而著述的行为为后世"文以载道"、"文章合为时而著,歌诗合为事而作"的文学传统提供了范例,奠定了基础。

第二,议论中倾注了浓烈的情感。诸子具有深切的人文关怀,著文自然就把感情倾入文章之中了。儒家汲汲救世而屡屡碰壁,那种热切、叹惋、愤慨的情感随处可见。道家对于统治者近于绝望,但于世并未忘情,他们对于统治者的激愤、鄙视甚至憎恶的情感也显示在字里行间。墨家同情劳动者,反对战争,反对剥削,其宽厚仁爱之情溢于言表。荀子文风醇厚,情感也醇厚,他寄希望于人的素质的提高,以此来改良社会,改善人生,所以在反复论述中谆谆告诫,透露出他的仁厚之爱和殷切之心。韩非子文风冷峻,那是他在解剖严酷的现实时,不得不具有的冷静客观的态度的反映,然而,他治世的心却是极热的。他热切希望统治者能够采纳他的主张,把社会治理得有条不紊。他对于统治者昏暗不明的不满,对于自己怀才不遇的悲愤也都曲折地表现出来。

感情的倾入使文章变得灵动活现,增加了文章的表现力和打动人的力量,但是说理文感情过于强烈则可能情胜于理,流于偏激,影响说理的客观性和严密性,收到相反的效果。《孟子》即其例证。其文以气势取胜,这固然在很大程度上得益于感情强烈,然而,《孟子》也有强词夺理,咄咄逼人之嫌,这与感情过于强烈不无关系。

第三，象喻式的表达方式，形象的说理方法。议论文以说明道理为鹄的，最直接的方法是抽象思维、逻辑推论，可是这样的文章往往显得枯燥。诸子散文，在运用理性思维方法的同时，也运用了形象思维的方法。最主要的就是象喻式的表达方法的应用。这种方法从《论语》开始就有了。例如："岁寒，然后知松柏之后凋也。""逝者如斯夫，不舍昼夜。"言近旨远，化抽象的道理为生动可感的形象，极大地增强了文章的表现力。老子、墨子、孟子、庄子、荀子、韩非子都善用比喻。庄子、韩非子还大量借用寓言说理。这种方法使文章生动活泼，富有情趣，大大增强了表现力。

总的来看，春秋战国时期，诸子散文的体制、表现方法、语言艺术等文学特质，从简约到繁复，从零散到严整，从质朴到赡丽，从平实到精巧，不断发展，逐渐成熟。同时，各家各派的散文各有千秋，争奇斗艳，共同建造了我国散文史上第一座丰碑。他们成功的创作为后人提供了光辉的范例，他们艰辛的创造为后世文学的全面发展，浇筑了坚实的基础。诸子如日月经天，光耀古今，对于后世文学的发展有着永久的影响。

第二节　孔子与《论语》

孔子(前551—前479)，名丘，字仲尼，鲁国陬邑(今山东曲阜)人，是儒家学派的创始人。早年做过管仓库、畜牧的小吏，中年时招收弟子讲学，在鲁国一度做过中都宰和司寇，去职后，带领学生周游列国，晚年回鲁国整理文化典籍，曾整理过《诗》、《书》、《礼》、《乐》，并作《春秋》。孔子主张恢复周礼所规定的等级森严的政治制度，以"仁"为其思想核心，以"礼"为行为规范。主张"为政以德"，宣称"仁者爱人"，幻想"克己复礼"，但其一生在"知其不可而为之"的矛盾中度过，因而也笃信"天命"。

《论语》是孔子门人记录孔子及其学生言行的著作，约成书于战国初期。汉代有今文的《鲁论语》和《齐论语》以及古文《论语》三种。西汉末，安昌侯张禹以《鲁论》为基础，并参考《齐论》定为《张侯论》。东汉郑玄合《张侯论》及《古文论》，成为今本二十篇的《论语》。①

班固《汉书·艺文志》云："《论语》者，孔子应答弟子、时人及弟子相与言

---

① 1973年在河北定县八角廊西汉后期中山王墓发现的《论语》简本，李学勤认为"这个本子应早于《张侯论》，属于《齐论》的可能性似大一些。"(李学勤《简帛佚籍与学术史》，台北时报出版社1994年版，第10页)

而接闻于夫子之语也。当时弟子各有所记，夫子既卒，门人相与辑而论纂，故谓之《论语》。"从《论语》的编纂及成书可见，《论语》是语录体著作，非成于一时一人之手，因而全书篇与篇、章与章之间并无先后次第，也无共同的论题，每篇标题只是摘取首章首句中的两个字而已。《论语》记录的是孔子和学生的简单对话，还未形成形式完整、论证严密的说理文，但通过对话和问答方式阐述观点这一说理文特殊文体已在《论语》中萌芽，例如《先进》篇中《子路、曾皙、冉有、公西华侍坐》章以及《公冶长》篇中孔子与颜渊、季路言志章，都提出"志向"这一问题，孔子与学生围绕这个中心话题，各自表述了自己的观点和看法。

《论语》善于将抽象深奥的哲理用生动具体的形象展现出来，常用比喻和描摹的手法。多譬善喻是其特点，如"子在川上曰：逝者如斯夫！不舍昼夜。"（《子罕》）感叹时光如流水，使人更加珍惜人生年华。"岁寒，然后知松柏之后凋也。"（《子罕》）以冰天雪地中的松柏喻傲骨坚贞的人格。《论语》还常用如诗如画的笔描绘外化的动作和情景，展示抒写人物内在的心境，"莫（暮）春者，春服既成，冠者五六人，童子六七人，浴乎沂，风乎舞雩，咏而归。"（《子路、曾皙、冉有、公西华侍坐》）一幅春风咏歌图，展现曾皙的人生追求和理想。"饭蔬食，饮水，曲肱而枕之，乐亦在其中矣，不义而富且贵，于我如浮云。"（《述而》）粗茶淡饭，曲肱枕卧的文士家居图，抒写了孔子安贫乐道的人生境界。

《论语》虽是语录体著作，不专在塑造人物形象，但通过提供对话的语境以及富有很强表现力的人物举止言谈、语气声嗷，也展现了人物的性格和情感世界，如记孔子或怡心自赏："其为人也，发愤忘食，乐以忘忧，不知老之将至云尔。"（《述而》）或感叹忧伤："甚矣，吾衰也！久矣，吾不复梦见周公。"（《述而》）或击节情长："贤哉！回也，一箪食，一瓢饮，在陋巷。人不堪其忧，回也不改其乐。贤哉！回也。"（《雍也》）或怒烧中肠："（冉求）非吾徒也，小子鸣鼓而攻之可也。"（《先进》）再如子路的耿直刚勇，曾皙的谨慎雍容，子贡的机智聪明，以及楚狂、接舆的高远淡泊，长沮、桀溺的傲岸孤高等都给人以深刻的印象。

《论语》中更多的是大量言近旨远，形象隽永，富有哲理性的语句，成为格言警句，影响了几千年的中国文学乃至整个中国文化，至今仍保持着鲜活旺盛的生命力。

第三节　墨翟与《墨子》

墨子,名翟,年代略后于孔子,相传原为宋国人,后长期住在鲁国,是墨家学派的创始人,战国时期著名思想家。春秋战国之际,战乱频仍,兼并激烈,社会动乱,民生困苦。出身于社会下层的墨子,对此感受尤深,救世之心,更为迫切,他怀着"为万民兴利除害,富贫众寡,安危治乱"的理想,奔走于列国之间,宣传"兼相爱,交相利"的道理,反对大国进攻小国,谋求制止战争。并且提出了兼爱、非攻、尚贤、尚同、天志、名鬼、节葬、节用、非乐、非命等主张作为救世之策,同主张厚葬崇礼,亲亲疏疏,爱有差等的儒家展开了激烈的争论。与儒家学派同为战国时的显学。① 墨子不仅是思想家,而且是社会活动家。他把自己的门徒组织成民间团体,实践着艰苦的生活,也为制止战争而奔波。

墨子的思想体现在《墨子》一书中。此书是墨子与他的门人后学所著,《汉书·艺文志》载:"《墨子》七十一篇。"今存五十三篇。墨子尚俭务实,反对浮华,为文旨在说理,不事文饰。② 墨子的文章虽不华丽,但是,他注重说理,精研逻辑,为议论文的发展作出了杰出的贡献。

首先,墨子奠定了我国议论文的基础。墨子创制了结构完整的专论体议论文。墨子之前,论说性散文体制短小,一般是些简单的说明式、论断式的文字,而墨子首先创制了围绕一个主题,结构完整,条理清晰,推理严密的论说文。例如《辞过》,围绕着指责当时的人主生活奢侈这一主题,文章分别从宫室、衣服、饮食、舟车、蓄私五个方面进行了论述,然后指出了节俭的必要性和物质享用过度的危害性。文章结构谨严,观点明确,论述清晰,是一篇独立的完整的议论文。再如,《兼爱上》、《非攻》、《节用上》等都是结构完整的专论体议论文。这种文体后来成为我国议论文的主要形式。

---

① 《孟子·滕文公下》:"圣王不作,诸侯放恣,处士横议,杨朱、墨翟之言盈天下。天下之言不归杨,则归墨。"

② 《韩非子·外储说》:"楚王谓田鸠曰:'墨子者,显学也;其身体则可,其言多而不辩,何也?'曰:'昔秦伯嫁其女于晋公子,为之饰装,从衣文之媵七十人。之晋,晋人爱其妾而贱公女,此可谓善嫁妾而未可谓善嫁女也。楚人有买其珠于郑者,为木兰之柜,薰以桂椒,缀以珠玉,饰以玫瑰,辑以玉翠。郑人买其椟而还其珠。此可谓善卖椟矣,未可谓善鬻珠也。今世之谈也,皆道辩说文辞之言,人主览其文而忘其用。墨子之说,传先王之道,论圣人之言,以宣告人;若辩其辞,则恐人怀其文,忘其用,直以文害用也。此与楚人鬻珠、秦伯嫁女同类。故其言多不辩。"这段话,大体上说明了墨子文章的特色。

　　《墨子》运用了多种议论文的体制。《墨子》既有专论体,如前面提到的文章,也有论难式的体制。所谓论难式,就是设为主客二人,一问一答来讨论问题。这种体式肇始于《尚书》,盛行于战国、秦汉时期,如《孟子》、《黄帝内经》、《太平经》以及汉代的大赋都主要用的是这种文体。《尚书》中的论难比较简单,是一个求教者和一个讲解者在对话。而在《墨子》中,提问者所提的问题,已经含有驳难的成分,对话具有辩论的性质,从而使得文章更具辩论性。如《三辩》就是这样。《墨子》还运用了自问自答的议论体式,如《尚贤上》、《尚贤中》、《尚贤下》就是自问自答式的议论文。自问自答的议论体式,后人也经常应用。中医的《难经》就是如此。《墨子》中还有散论体论文。所谓散论,就是一篇文章所论述的不是一个中心,而是把对于不同问题的不同讨论收集在一篇文章中。《耕柱》就是这样的文章。

　　其次,《墨子》的议论文具有逻辑谨严,推论清晰,语言质朴,简洁明快的特点。例如《非攻》旨在论证攻人之国的非正义性,文章开头通过"今有一人,入人园圃,窃其桃李,众闻则非之,上为政者得则罚之"的事例推导出了"以亏人自利"属于不义行为,而不义行为应该受到谴责和处罚的道德行为准则。然后,逐步深入,又通过"攘人犬豕鸡豚者"、"入人栏厩,取人牛马者"、"杀不辜人也,扡其衣服,取戈剑者"的事例,进一步确立了"亏人愈多,其不仁兹甚矣,罪益厚"的评判准则。最后指出"今小为非,则知而非之。大为非攻国,则不知非,从而誉之为义。可谓知义与不义之辩乎?"文章逐层推论,环环相扣,逻辑严密,结论自然得出,具有很强的说服力。且论证从日常生活中取例,语言质朴,浅显易懂。

　　第三,墨子对于不同对象,运用不同方法进行辩论。对于门人弟子,循循善诱,旨在使其提高认识。如:"子墨子怒耕柱子。耕柱子曰:'我毋俞于人乎?'子墨子曰:'我将上大行,驾骥于羊,子将谁驱?'耕柱子曰:'将驱骥也。'子墨子曰:'何故驱骥也?'耕柱子曰:'骥足以责。'子墨子曰:'我亦以子为足以责。'"(《耕柱》)对于一般的认识不明者,或正面施教,或设喻启发,使其自己省悟。前者如墨子对鲁阳文君论忠臣(《鲁问》)。有人对鲁阳文君说,所谓忠臣,就是"令之俯则俯,令之仰则仰,处则静,呼则应"的人。他拿这种说法向墨子请教。墨子告诉他,"令之俯则俯,令之仰则仰,是似景也。处则静,呼则应,是似响也。君将何得于景与响哉?"指出了这种说法的荒谬性,然后正面告诉他真正的忠臣应是什么样子。后者如:"子墨子见齐大王,曰:'今有刀于此,试之人头,卒然断之,可谓利乎?'大王曰:'利。'子墨子曰:'多试之人头,卒然断之,可谓利乎?'大王曰:'利。'子墨子曰:'刀则利矣,孰将受其不祥?'大王曰:'刀受其利,试者受其不祥。'子墨子曰:'并国覆军,贼杀百姓,孰将受其不祥?'大王俯仰而思之,曰:'我受其不祥。'"(《鲁问》)对于论敌,特别是对于儒家学者,往往针锋相对,声色俱厉,充满战斗性。如,"子夏之徒问于墨子曰:'君子有斗乎?'子墨子曰:'君子无斗。'子夏之徒曰:'狗豨犹有斗,恶有士而无斗矣?'子墨子曰:'伤矣哉! 言则称于汤文,行则譬于狗豨,伤矣哉!'"(《非儒》)这里,墨子对于子夏之徒的不当言论,不是从道理上去和他理论,而是抓住儒家标榜仁义而取譬卑污的矛盾,给以嘲讽奚落。

第四,《墨子》尚质,不求文饰,但也常常借助形象说理,某些语词、篇章也显得生动有趣。例如:"鲁祝以一豚祭,而求百福于鬼神。子墨子闻之,曰:'是不可。今施人薄而望人厚,则人惟恐其有赐予己也。今以一豚祭,而求百福于鬼神,惟恐其以牛羊祀也。'"(《鲁问》)短短数语,借助祭祀揭示了一种常见的贪婪心理。墨子的一些比喻也很精彩。例如"甘瓜苦蒂,天下物无全美",用"甘瓜苦蒂"来比喻说明"物无全美",贴切生动,言简意明。又如"以其言非吾言者,是犹以卵投石也。今天下之乱,其石犹是也,不可毁也"(《贵义》),"人之生乎地上无几何也,譬之犹驷驰而过隙也"(《兼爱下》),"吾譬兼之不可为也,犹挈泰山以超江河也"(《兼爱下》),这些比喻都贴切生动,想象奇特,富有文学色彩。有时还能用纤细的笔触,刻画出鲜明的形象。如:"昔者,楚灵王好细腰,灵王之臣皆以一饭为节,胁息然后带,扶墙然后起。比期年,朝有黧黑之危。"(《兼爱中》)寥寥数笔,那些细腰之臣娇柔纤弱之态便活灵活现地呈现在读者面前。《公输》篇幅不长,对于人物着墨不多,但墨子、公输班、楚王三个人物各有特色。特别是墨子,当他听到楚国将要攻打宋国的消息后,"行十日十夜而至于郢",冒着生命危险前去制止战争,一个摩顶放踵以利天下的义士形象跃然纸上。

《墨子》中议论文的体制尚不统一,这说明当时的议论文体制正在发展阶段,还没有成熟,另一方面也说明墨子善于用多种方法来讨论问题,因而为我国议论文体制的发展,奠定了多方面的基础。

第四节 孟轲与《孟子》

孟轲,邹国(今山东邹县)人,生活于战国前期,[①]曾随孔子之孙子思的门

---

① 孟子的生卒年,史无记载,后人有许多说法,一般认为,他生于公元前 385 年前后,死于公元前 304 年前后。参见董洪利《孟子研究》,江苏古籍出版社 1997 年 10 月第 1 版。

人学习儒家学说。学成后,出游齐、魏、滕等国,向这些国家的国君讲述用仁义、王道治理国家、统一天下的方法。但当时"天下方务于合从(纵)连衡(横),以攻伐为贤,而孟轲乃述唐、虞三代之德,是以所如者不合。"(《史记·孟子荀卿列传》)诸侯们认为孟子的学说"迂远而阔于事情",都不用他,于是,他就"退而与万章之徒序《诗》、《书》,述仲尼之意,作《孟子》七篇。"(《史记·孟子荀卿列传》)

《孟子》七篇即:《梁惠王》、《公孙丑》、《滕文公》、《离娄》、《万章》、《告子》、《尽心》。后来东汉赵岐作《孟子章句》,分每篇为上下,这样,七篇就变成了十四篇。该书主要记载了孟子的言论,反映了他的思想和理论。孟子继承并发展了孔子的学说,提出了性善论的观点,主张统治者施仁政、行王道、统一天下,在历史上影响巨大,成了儒家学派仅次于孔子的代表性人物,被尊为亚圣。《孟子》一书的精华主要表现在哲学、政治、经济、道德、伦理、教育等方面,同时这部书富有文学色彩,是我国古代散文的典范。

《孟子》的文学特色主要表现在以下一些方面:

(一)气势浩然,辩锋犀利。《孟子》的文章素以气势磅礴、明快畅达、雄辩犀利的风格著称。这种风格表现在各种场合。孟子有着远大的理想和坚定的信念,他坚信自己主张的正确性和必胜性,所以,当他在讲述自己的政治主张时,充满自信,积极乐观,气势恢宏。例如:

> 齐人有言曰:"虽有智慧,不如乘势;虽有镃基,不如待时。"今时则易然也:夏后、殷、周之盛,地未有过千里者也,而齐有其地矣;鸡鸣狗吠相闻,而达乎四境,而齐有其民矣。地不改辟矣,民不改聚矣,行仁政而王,莫之能御也。且王者之不作,未有疏于此时者也;民之憔悴于虐政,未有甚于此时者也。饥者易为食,渴者易为饮。孔子曰:"德之流行,速于置邮而传命。"当今之时,万乘之国行仁政,民之悦之,犹解倒悬也。故事半古之人,功必倍之,惟此时为然。(《公孙丑上》)

这是一篇宣讲仁政必胜的道理的文字,文章以"时"、"势"为基点,全面分析了齐国当时的领土、民力、时势等有利因素,指出了仁政能够实行的历史必然性。理由充分,条理清晰,信心十足,语气坚定,且行文排比而下,一泻千里,充分表现了博大恢宏之气。

孟子继承了孔子"仁"的学说,具有民本思想,认为"民为贵,社稷次之,君为轻"(《尽心下》),把"爱人"作为个人道德修养和统治者施政的基本出发点。而当时的统治者或野心勃勃,只顾扩张,随意发动战争;或作威作福,穷奢极欲,极力盘剥百姓,而对于人民的生计乃至生存,却漠然视之。孟子对这种现实进行了严厉的批判。他抨击诸侯争霸的局面是"争地以战,杀人盈野;争城以战,杀人盈城,此所谓率土地而食人肉,罪不容于死。"(《离娄上》)他曾当面指斥梁惠王:"庖有肥肉,厩有肥马,民有饥色,野有饿莩,此率兽而食人也。"(《梁惠王上》)诸如此类,感情激愤,言辞激烈,他的言论和态度,出自于对正义的维护,对现实的揭露,自有一股浑厚的力量和凌厉的气势。

孟子生活在"圣王不作,诸侯放恣,处士横议,杨朱、墨翟之言盈天下。天下之言不归杨,则归墨"(《滕文公下》)的时代,作为儒家学派的继承人,他自觉地承担起了"闲先圣之道,距杨墨,放淫辞"(《滕文公下》)的重任,经常与其他学派的学者进行辩论。在辩论中同样表现出谈锋似刃,气势如虹的特点。例如,孟子与信奉农家学说的陈相关于社会分工问题曾有过一番辩论。在那次辩论中,他首先抓住农家学派的主张无法完全贯彻到其行为之中的破绽,反驳了对方"贤者与民并耕而食,饔飧而治"的主张,然后牢牢立足于社会分工的合理性这个基点,全面展开,长篇大论,层层进逼,直到论敌彻底缴械,充分表现出了他刚健的谈锋和如虹的气势。

在辩论中,孟子善于长驱直入,穷追不舍。例如:

曰:"王之所大欲,可得闻与?"

王笑而不言。

曰:"为肥甘不足于口与?轻暖不足于体与?抑为采色不足视于目与?声音不足听于耳与?便嬖不足使令于前与?王之诸臣,皆足以供之,而王岂为是哉?"

曰:"否!吾不为是也。"

曰:"然则王之大欲可知已,欲辟土地,朝秦楚,莅中国而抚四夷也。以若所为,求若所欲,犹缘木而求鱼也。"

王曰:"若是其甚与?"

曰:"殆有甚焉。缘木求鱼,虽不得鱼,无后灾;以若所为,求若所欲,尽心力而为之,后必有灾。"(《梁惠王上》)

当孟子询问齐宣王的"大欲"时,宣王避而不谈,于是孟子明知故问,一连提出了六个方面的问题,使对方无可逃遁,最后一语中的,迫使对方默认了自己的真实想法。文章一连串的追问,犹如一连串的炮弹,处处紧逼,势不可挡。

孟子文章的气势,是他人格力量的表现。首先,孟子自信真理在手,正义在胸,所以说起话来总是理直气壮,居高临下,甚至盛气凌人。他说:"我欲正人心,息邪说,放淫词,以承三圣者。岂好辩哉?予不得已也。能言距杨墨者,圣人之徒也。"(《滕文公下》)自立于"圣人"的立场,对于"邪说"、"淫词",当然是理直气壮的了。其次,孟子有独立的人格,高度的自信。他抱负远大,自许其高,曾说过:"如欲平治天下,当今之世,舍我其谁也?"(《公孙丑》)对于肉食者、对于流俗所孜孜以求的权势富贵,则傲然地给以藐视:"说大人,则藐之,勿视其巍巍然。堂高数仞,我得志,弗为也;食前方丈,侍妾数百人,我得志,弗为也;般乐饮酒,驱骋田猎,后车千乘,我得志,弗为也。在彼者,皆我所不为也,在我者,皆古之制也,吾何畏彼哉?"(《尽心》)在权势富贵面前,孟子不是匍匐在地的奴仆,而是卓然耸立的伟人,这样一个人格独立、杜立特行之士,说起话来自然不会畏首畏尾,看别人的脸色了。再次,《孟子》充沛的气势与其人格修养有关。文章的气势与作者心理的志气密切相关,而心理的志气与生理的气血密切相关。[1]《孟子》文气浩然,在很大程度上来自于他的养气。苏辙说过:"文者气之所形,然文不可以学而能,气可以养而致。孟子曰:'我善养吾浩然之气。'今观其文章,宽厚宏博,充乎天地之间,称其气之大小。"孟子通过对生理的气与精神的气的培养,[2]使他的气"至大至刚"、"塞于天地之间",表现在文章中,自然就气势浩然了。

(二)巧设机辟,善于辩论。孟子不仅好辩,而且善辩。他的文章非常重视辩论技巧。他惯用的手法是预设机辟,欲擒故纵,诱敌深入,使对方不知不觉入其彀中,被迫就范。如《梁惠王》:

> (孟子)曰:"有复于王者曰:'吾力足以举千钧,而不足以举一羽;明足以察秋毫之末,而不见舆薪。'则王许之乎?"曰:"否!""今恩足以及禽兽,而功不至于百姓者,独何与?然则一羽之不举,为不用力焉;舆薪之不见,为不用明焉;百姓之不见保,为不用恩焉。"

这里,孟子先用两个浅近的事例,让齐宣王自己说出孟子想要让他说出的话,然后类推下去,顺理成章地得出了齐宣王对百姓没有"用恩"的结论。齐宣王当然不愿意接受这个结论,但是这个结论是根据他所同意的逻辑推导

---

① 参看郭晋稀《文心雕龙注译》,甘肃人民出版社 1982 年 3 月版,第 348 页。
② 参看连登岗《论气功在中国古代哲学发展中的作用》,《中国哲学史研究》1987 年第 3 期。

出来的，他如果要反驳这个结论，就会陷入逻辑的自相矛盾之中，就只好不情愿地默认了。再如：

> 孟子谓齐宣王曰："王之臣有托其妻子于其友而之楚游者，比其反也，则冻馁其妻子，则如之何？"
> 王曰："弃之。"
> 曰："士师不能治士，则如之何？"
> 王曰："已之。"
> 曰："四境之内不治，则如之何？"
> 王顾左右而言他。

这里，他先诱使齐宣王得出了对于不称职、不尽责者，"弃之"、"已之"的结论，然后指出了齐宣王自己就不称职的事实，用子之矛，攻子之盾，逼得齐宣王无法回答，只好逃避，"顾左右而言他"了。

（三）长于譬喻，形象生动。孟子还常常借助形象来说理，使抽象的道理变得触手可及。如："今有无名之指，屈而不信，非疾痛害事也，如有能信之者，则不远秦楚之路，为指之不若人也。指不若人，则知恶之；心不若人，则不知恶，此之谓不知类也。"（《告子上》）他用人们手指有病懂得求医的事例，说明了心灵有病更需医治的道理。还有他的五十步与百步之喻，察秋毫与见舆薪之喻，绐兄之臂而夺之食，逾东墙而搂其处子之喻，鱼和熊掌不可兼得之喻，缘木求鱼之喻等等，或两两相比而其理自显，或设为反诘而答案自明，或想象奇特发人深省。他的比喻，既贴切简明，用浅显简捷的语言说明复杂深刻的道理，又形象生动，于警策中具幽默之趣，增强了文章的表现力。《孟子》中的许多妙喻因而成为成语，千百年来广为流传。

有时孟子用一些寓言故事来说明道理：

> 宋人有闵其苗之不长而揠之者，芒芒然归，谓其人曰："今日病矣！予助苗长矣！"其子趋而往视之，苗则槁矣。天下之不助苗长者寡矣。以为无益而舍之者，不耘苗者也；助之长者，揠苗者也非徒无益，而又害之。

这个故事形象地说明了违背自然规律，人为地助长事物的危害性，至今仍有极强的现实意义。再如"齐人有一妻一妾而处室者"的故事，用乞食坟祭却又以此冒充富贵、自令妻妾的"齐人"，来譬喻名利场中那些"求富贵利达者"。故事短小,但结构完整,情节生动,寥寥几笔,对于奔走在官场、名场、利场中那些只知富贵名利,不顾人格、不知羞耻之徒,可鄙可笑的嘴脸,刻画得入木三分。讽刺极为辛辣,具有浓烈的喜剧色彩,表现出了极高的艺术性。

(四)多方修辞,表现力强。除了譬喻,孟子还运用了别的修辞手法。他喜欢运用排比句。如:"然则小固不可以敌大,寡固不可以敌众,弱固不可以敌强。"(《梁惠王上》)"离娄之明、公输子之巧,不以规矩,不能成方圆;师旷之聪,不以六律,不能正五音;尧舜之道,不以仁政,不能平治天下。"(《离娄上》)"富贵不能淫,贫贱不能移,威武不能屈,此之谓大丈夫。"(《滕文公下》)排比句把许多事物排列在一起,表述中一气贯下,显得丰润显豁,坚实有力。孟子还喜欢使用反问句。如:"为肥甘不足于口与,轻暖不足于体与? 抑为采色不足视于目与? 声音不足听于耳与? 便嬖不足使令于前与?"(《梁惠王上》)"人见其濯濯也,以为未尝有材焉,此岂山之性也哉? 虽存乎人者,岂无仁义之心哉? 其所以放其良心者,亦犹斧斤之于木也,旦旦而伐之,可以为美乎?"(《告子下》)"巨屦小屦同贾,人岂为之哉? 从许子之道,相率而为伪者也,恶能治国家?"(《滕文公上》)一连串的反问显得理直气壮,咄咄逼人。孟子也喜欢运用对比句。例如:"庖有肥肉,厩有肥马,民有饥色,野有饿莩","得道者多助,失道者寡助。寡助之至,亲戚畔之;多助之至,天下顺之","今恩足以及禽兽,而功不至于百姓",这种语句反差极大,对比明显,给人留下强烈的印象。

(五)语言晓畅,警策动人。《孟子》的语言通俗晓畅,平实浅近而又精炼简约。刘熙载说:"孟子之文,至简至易,如舟师操舵,中流自在。"孟子为文本在说理,不祈古奥华丽,但求通俗易懂,加之他性情刚直,喜欢直抒胸臆,因而形成了平易率直的语言风格。但是,孟子的语言平实,却绝不平淡,相反,他的语言又总是精炼简约,警策动人的。有时,寥寥数语,揭示出某些带有普遍意义的规律。例如,"得道者多助,失道者寡助","天时不如地利,地利不如人和。"(《公孙丑下》)有时,用简洁的话语,告诉人们做人的道理与处事的原则,如"富贵不能淫,贫贱不能移,威武不能屈,此之谓大丈夫。"(《滕文公下》)"生亦我所欲也,义亦我所欲也;二者不可得兼,舍生而取义者也。"(《告子上》)有时,用浅近的语言说出了深刻而又丰富的政治经验与人生经验,如"徒善不足以为政,徒法不能以自行。""入则无法家拂士,出则无敌国外患者,国恒亡。然后知生于忧患而死于安乐也。"(《告子下》)"仁者爱人,有礼者敬人。爱人者,人恒爱之;敬人者,人恒敬之。"(《离娄下》)"尽信

《书》,则不如无《书》。"(《尽心下》)"养心莫善于寡欲。"(《尽心下》)这些话语,晓畅简洁,内涵丰富,意义深刻,警策动人。

在先秦诸子中,《孟子》的散文艺术成就仅次于《庄子》,影响深远,但是也存在着一些明显的缺陷。例如,孟子进行推理时,最常用的方法是比附和外推,这种论证方法缺乏必要的严密性和客观性,[1]不能保证结论的可靠性。孟子讨论问题,还常常自觉不自觉地偷换概念,从而诱导人(也许还有他自己)陷入误区,得出错误的认识。此外,孟子与论敌辩论时,务在必胜,常常攻其一点,不及其余,这在方法上,自然难免片面性之弊。

第五节 庄周与《庄子》

庄子,名周,战国时宋之蒙(今河南省商丘县东北)人,据《史记》与《庄子》得知,他生活在齐宣王、梁惠王时代,与孟子同时而稍晚。庄子"尝为漆园吏"(《史记·老子韩非列传》),但任职时间不会太久。平素主要靠自力为食,经常陷于贫困之中。曾"处穷闾阨巷,困窘织屦,槁项黄馘"(《庄子·列御寇》),也曾"衣大布而补之,正系履而过魏王",还曾乞贷于人。可是,他却极端蔑视功名富贵,拒绝为当权者用。《史记》载,楚威王曾派人聘他为相,他却厉词拒绝,说:"我宁游污渎之中自快,无为有国者所羁。终身不仕,以快吾志也。"《史记》说庄子"其学无所不窥","著书十万余言"。其所著之书即《庄子》。《庄子》,汉代著录五十二篇,现存三十三篇,分为内篇(七篇)、外篇(十五篇)、杂篇(十一篇)三部分,一般认为内篇是庄子所著,外篇和杂篇是庄子及其后学所著。

庄子继承了老子的道的学说而有所发展。他认为道的最高原则是自然,而所谓人治则是对人的天性的戕害。他以自然为准绳来衡量社会,衡量人生。反对对社会的人为治理,反对儒家的仁义礼乐等治世治人的学说,反对世俗的以自我为中心、追求感官享受的价值观念,而主张绝圣弃智,攘弃仁义,让人们返璞归真,恢复自然天性,并在此基础上,通过一种特殊的方法进行修炼,来与道冥合,从而提升人格,使之成为能够突破自然的束缚,得以"乘天地之正,而御六气之辩,游于无穷者"(《逍遥游》),在无限的时间与空间中获得绝对自由的"真人"。荀子说庄子"蔽于天而不知人"(《非十二

---

① 参见杨伯峻《孟子》,载《经书浅谈》,中华书局1984年7月第1版;郭绍虞《中国文学批评史》,上海古籍出版社1979年12月新1版。

子》)。

《庄子》本是学术著作,书中广泛地探讨了人生、社会、自然的各种基本问题。庄子才极高、学极博,思想博大精深,想象奇特宏丽,语言华美生动,使得《庄子》成为我国先秦诸子中文学成就最高的一部著作。鲁迅在《中国文学史纲》中说庄子:"著书十万余言,大抵寓言,人物土地皆空言无事实,而其文则汪洋辟阖,晚周诸子之作,莫能先也。"

《庄子》最具文学性的特点是它的浪漫主义的表现手法。作为一个思想家,庄子在讨论严肃的学术问题,阐述自己的看法时,并没有像大多数学者那样,正襟危坐,不苟言笑,用缜密的思维,严谨的推理,明晰的语言来阐述自己的思想,而是带着强烈的感情,运用艺术形象来表现自己的思想,这就使得《庄子》一书具有了浓厚的浪漫主义色彩。

(一)用寓言连缀成篇,以形象直接说理。庄子自述其表现手法为:"以谬悠之说,荒唐之言,无端崖之辞,时恣纵而不傥,不以觭见之也。以卮言为漫衍,以重言为真,以寓言为广。"(《天下》)所谓寓言就是把自己要说的话寄寓在他人他物他事中借以表达的语言。所谓重言,是引用别人的话,以增强可信性,借以自重的语言。所谓卮言是随着情况的变化而出于本心自然流露的随机应变的语言。实际上,这三者并无本质的不同,它们都是"谬悠之说,荒唐之言,无端崖之辞",也就是庄子塑造的或借用的形象化的语言。《庄子》的内容是"寓言十九,重言十七,卮言日出,以和天倪。"(《寓言》)也就是说,寓言是这本书的主要成分。《庄子》的寓言包括一些神话般的幻想故事、历史故事,也包括通常借事物寓意的故事等。运用寓言说理,在先秦诸子中并不罕见,但是别的学者,多是用寓言作为例证,来证明自己的观点,而庄子则是用寓言连缀成篇,使之成为直接表现思想的工具,这就创造了一种新的说理方法——形象说理。如《逍遥游》、《人间世》、《德充符》、《秋水》等篇都是如此。

庄子之所以用形象说理,是因为他认为"道不可言"(《知北游》),言不尽意,①就是说,逻辑性的语言的表达力是有限的,某些精妙的道理无法用逻辑性的语言说清楚,同时还因为他"以天下为沈浊,不可与庄语",于是索性把寓言故事作为事物本身直接呈现在读者面前,让读者自己去体悟。如为了说明对于社会不应人为治理的道理,他讲了这样一个故事:"南海之帝为儵,

---

① 《天道》:"世之所贵道者书也,书不过语,语有贵也。语之所贵者意也,意有所随。意之所随者,不可言传也。"

北海之帝为忽,中央之帝为浑沌,倏与忽时相遇于浑沌之地,浑沌待之甚善。倏与忽谋报浑沌之德,曰:'人皆有七窍,以视听食息,此独无有,尝试凿之。'日凿一窍,而浑沌死。"(《应帝王》)这里只是讲了一个故事而未下断语,却清楚地表达了统治者的治理是对人性的残害的观点。还有仲尼心斋(《人间世》)、颜回坐忘(《大宗师》)的故事形象表现了他体道的主张和方法。诸如此类,不一而足。《庄子》一书充满了寓言,虚构了形形色色的人、物、言、事。他随意编制故事,构成一篇篇文章;信手驱使虚构的人和物,诸如天地风云、河海山川、草木土石、人鬼神物乃至形影梦幻纷纷在纸上奔走,充当了他表达思想的符号。这种主要靠形象来表达思想的做法,是庄子的独创。

(二)想象奇特,形象新奇。庄子的寓言充满了奇特的想象,他塑造的各种形象构成了一个新奇的形象世界。诚如前人所说"意出尘表,怪生笔端",有的奋鳍翼于天地,恢宏扬厉,极尽雄宏之壮美。如北冥之鱼,躯体数千里,化而为鸟,其名为鹏,怒而飞,其翼若垂天之云。鹏迁往南冥,起飞时,激起的水柱高达三千里,它盘旋着上升,直到九万里的高空。(《逍遥游》)任公子钓鱼,蹲在会稽山上,用大钩长线,五十头牛作为鱼饵,投竿东海,"已而大鱼食之,牵巨钩锩没而下,鹜扬而奋鬐,白波若山,海水震荡,声侔鬼神,惮赫千里。"(《外物篇》)有的纳须弥于芥子,洞玄发幽,尽显细小之微妙。如庖丁之刃在骨肉的纹理之间悠游有余(《养生主》),触氏、蛮氏之国在蜗牛的触角上驱兵鏖战(《则阳》)。有的形状怪异,触目惊心;有的行为乖僻,骇世惊俗。前者如山木(《山木》)、支离疏(《人间世》)之俦,后者如庄子丧妻,鼓盆而歌(《至乐》),子来观化,甘为鼠肝(《大宗师》)之类。

庄子塑造的形象,不仅形象新奇,行为独特,而且天地万物莫不有情有信,莫不互通互化。譬如,罔两可以问影,骷髅能够论道,蝶与庄子互化,木鸡以德全而胜等等。他用自己塑造的形象,生动地表现了其万物平等,万物运化的思想。而在文学上给我们留下的则是超越象外,匪夷所思的想象。

庄子塑造的形象富有典型性。例如"真人"形象:"登高不慄,入水不濡,入火不热,是知之能登假于道者也若此。古之真人,其寝不梦,其觉无忧,其食不甘,其息深深,……古之真人,不知说生,不知恶死,其出不欣,其入不距,翛然而往,翛然而来而已矣。不忘其所始,不求其所终;受而喜之,忘而复之,是之谓不以心损道,不以人助天。是之谓真人。若然者,其心忘,其容寂,其颡頯,凄然似秋,暖然似春,喜怒通四时,与物有宜而莫知其极。"(《大宗师》)这种真人形象,在后世不仅成为道教的一种理想人格,而且也经常出现在文学作品中。还有《庄子》中的庄子这一人物,极具典型性,千百年来一直为许多知识分子所仰慕、效法。又如，鲲鹏、鸱枭、河伯、庖丁、匠石、斥鷃、山木等等，都是祖国文学史的画廊中熠熠发光的永存的文学形象。

（三）拟容取心，善用比喻。庄子善用比喻，其运用之妙，出神入化，历来为人称道。他的比喻贴切巧妙，形象生动，极具表现力。玄妙的哲理，一旦借助比喻，立即收到化玄妙为习见、变枯燥为机趣之效。如："泉涸，鱼相处于陆，相呴以湿，相濡以沫，不若相忘于江湖。"（《天运》）"井蛙不可以语于海者，拘于虚也；夏虫不可以语于冰者，笃于时也；曲士不可以语与道者，束于教也。"（《秋水》）"知无用而始可与言用矣。天地非不广且大也，人之所用，容足耳。然则厕足而垫之致黄泉，人尚有用乎？"（《外物》）第一个比喻用以说明人际关系与社会环境的关系。它形象地说明了在良好的生存环境中，每个人都能自足自乐，相互之间自然形成的淡漠的人际关系，要远胜于在艰苦的环境中迫于生存因互助而形成的密切的人际关系。第二个比喻说明了经验主义者认识上的局限。第三个比喻说明了无用之用。这些比喻，言简意赅，生动形象，以少少许胜多多许，一个比喻的功用简直抵得上一篇论文。

《庄子》的比喻形式多样，不拘一格。有的是一事一比，有的是一事数比或数事一比，特别是比喻的套叠更为绝妙。如《逍遥游》"夫水之积也不厚"一段，本来是用水和舟的关系来比喻说明风与大鹏之翼的关系，可是为了说明水和舟的关系，他又用杯水和芥草这种常见的事物来比喻说明。《庄子》比喻之多，罕有其匹，运用之妙，更为绝伦，与寓言一同构成了象喻性表达方法。

（四）感情强烈，爱憎分明。庄子一生崇尚真善美，憎恶假丑恶，且为人严肃认真，[1]性情至真至诚。在其著作中，对于他憎恶的丑恶现象和卑鄙小人，猛烈抨击，尖刻嘲讽，不遗余力。如，他直斥当时的时代是"处昏上乱相之间"（《山木》），他一针见血地指出"窃钩者诛，窃国者为诸侯，诸侯之门而仁义存焉"（《胠箧》）。对于统治者的昏乱，对于统治者给社会造成的危害，对于儒家鼓吹的仁义的虚伪性、当时社会道德观念沦为工具的可悲现实和

---

[1] 颜世安："庄子思想容易给人留下的印象是浪漫与虚无……对浪漫自由的赞许和对虚无软弱的批评，都抓住了庄子思想中某些重要的东西，但是，都未能从根源处理解庄子。庄子思想的精神根源，实际上是对人生痛苦的感受，……其中贯穿的东西，便是一种认真的精神。……这里的'认真'是指一种生命气质而不是技术态度。庄子对人生痛苦的体验，是由于做人太认真，以为人必须要有合乎理想的生活方式。马马虎虎的人，聪明取巧的人，都不会有他那样的人生痛苦感受。"（《庄子评传》，南京大学出版社1999年12月版，第50—53页）

越是干坏事越能得到社会承认的荒谬社会现象，给予了彻底的揭露和无情的抨击。如，曹商使秦的故事，用破痈舐痔，所治愈下，得车逾多的比喻（《列御寇》），辛辣地嘲讽了曹商一类靠出卖人格谋取富贵，不以为耻，反以为荣的市侩小人。诗礼发塚的故事（《外物篇》），惟妙惟肖地刻画了那些一边高唱着仁义道德高调，一边干着盗墓的无耻勾当的"仁义之士"的虚伪嘴脸。盗亦有道的故事（《盗跖》），深刻地揭露了道德伦理的工具性和局限性。

对于他喜爱的美好事物，则热情拥抱，极力赞颂。"藐姑射之山有神人居焉，肌肤若冰雪，绰约若处子；不食五谷，吸风饮露；乘云气，御飞龙，而游乎四海之外。其神凝，使物不疵疠，……之人也，物莫之伤，大浸稽天而不溺，大旱金石流、土山焦而不热。是其尘垢秕糠，将犹陶铸尧舜者也，孰肯分分然以物为事。"（《逍遥游》）欣羡之情，溢于言表。"旧国旧国，望之畅然。纵使丘陵草木之缗，入之者十九，犹之畅然！况见见闻闻者也，以千仞之台悬众间者也"（《则阳》），游子的故国之情，沛然流出，不能自已，千载之下，犹可感人。施惠死后，庄子送葬，在老朋友的墓前，他慨叹"自夫子之死也，吾无以为质矣！吾无以言之矣！"两个沉重的感叹句，真实地流露出作者良友永逝、曲高和寡、知音难遇的孤独寂寞和无奈。

（五）辞章华美自然，文风浩荡恣肆。庄子天才特出，又师法自然，独得天籁。其为人酷爱自由，不受束缚；作文也汪洋恣肆，以自适快意，因而呈现出浩荡恣肆的风格。《庄子》行文如天章云锦，随意舒卷明灭，好像没有章法；语言似行云流水，缘物曲折赋形，似乎没有定质。例如《逍遥游》短短四百余字，无端而起，突兀而变，物象迭出，场景频换，主旨隐约难明，章法变化多端，充分展现了其汪洋恣纵的风格。

他驾驭语言的能力也臻于炉火纯青、得心应手的地步。凡状物摹形，无不惟妙惟肖，绘声绘色；书写性灵，多能曲尽其妙，真切如见。兼之句式错落多变，用词新奇瑰丽，宛如诗歌一般，历来为人称道。如《逍遥游》中摹鲲鹏则"垂天""九万"，状斥鴳则"腾跃""数仞"，所写之物，无不各具情态，曲尽其妙。又如："大知闲闲，小知间间。大言炎炎，小言詹詹。其寐也魂交，其觉也形开。与接为构，日以心斗。缦者、窖者、密者。小恐惴惴，大恐缦缦。其发若机栝，其司是非之谓也；其留如诅盟，其守胜之谓也；其杀若秋冬，以言其日消也；其溺之所为之，不可使复之也；其厌也如缄，以言其老洫也；近死之心，莫使复阳也。喜怒哀乐，虑叹变慹，姚佚启态；乐出虚，蒸成菌。日夜相代乎前而莫知其所萌。已乎，已乎！旦暮得此，其所由以生乎！"（《齐物论》）这段文字句式多变，用语新奇，既肆铺陈，又约节奏，惟妙惟肖地刻画了人的心理的状态变化。

此外，《庄子》的篇章结构、语言风格都有着鲜明的特色。他的文章采用了轮辐式的结构，即围绕一个中心论点，用表面上各自独立的材料连缀成篇。《庄子》三十三篇的结构，基本上都是这样，而这三十三篇又是围绕一个中心相构成书的。

《庄子》是先秦诸子文学作品的巅峰，也是我国文化宝库中散文王冠上一颗璀璨的明珠，它对于后世的思想、文学、文化都产生了难以估量的影响。李白称赞他"南华老仙发天机于漆园，吐峥嵘之高论，开浩荡之奇言"（《大鹏赋》），郭沫若称《庄子》的文笔为"古今独步"，还说："不仅'晚周诸子之作，莫能先也'，秦汉以来的中国文学史差不多大半在他的影响之下发展。"（《庄子与鲁迅》）

第六节　荀况与《荀子》

荀子，名况，又称荀卿。生活于战国晚期，赵国人。五十岁时，到齐国游学，于同侪中齿尊学高，"最为老师"，曾"三为祭酒焉"。后来有人向齐王进谗迫害，他就到楚国去了，曾担任过兰陵令。后来终老于兰陵。

战国晚期，兼并战争激烈异常，亡国乱君接连不断。面临国家安危存亡，大多数诸侯国的国君不去寻求富民强国治世的正道，而是"营于巫祝，信机祥"，乞灵于鬼神。儒家学派的流裔鄙陋无能，只知墨守成规，对于当时社会面临的重大问题束手无策，而庄周这样的学者又无志于政治，对社会不负责任，"猾稽乱俗"。荀子对于这种情况非常痛心，"于是推儒、墨、道德之行事兴坏，序列著数万言而卒。"系统地研究总结了各家学派的学说，吸取了它们的精华，融会贯通，自成一家之言，从而成为我国学术史上一位承前启后的博大学者。

荀子的著作，汉时称为《孙卿子》，三十三篇。唐代杨倞为之作注，改称《荀子》。今存三十二篇，集中体现了荀子的学说。荀子是我国先秦各个学术流派的集大成者，他的著作内容涉及哲学教育、道德伦理、政治经济等各个方面。在文学方面，他也作出了自己的贡献。

首先，荀子对于文学的作用的认识，比起前人，大大进了一步。他提出，文学对于人的成长，具有养成作用。他说："人之于文学①也，犹玉之于琢磨

① 这里的"文学"，含义颇为宽泛，与现代的文学一词的概念并不相同，但是，它包含了现在所说的文学的含义。

也。诗曰:'如切如磋,如琢如磨。'谓学问也。和之璧,井里之厥也,玉人琢之,为天子宝。子赣、季路,故鄙人也,被文学,服礼义,为天下列士。"(《大略》)琢磨可以让玉变成器,"鄙人""被文学"可以变成"天下列士"。这就是说,文学对于人的成长具有养成作用。这比起孔子的"兴观群怨"及"言之无文,行而不远"的认识,显然要深刻得多。他还提出,文与道要兼顾,不能偏废;著文立义,要以"圣王"为师,要遵循礼义。这些说法成了后人为文要明道、征圣、宗经的主张的先声,从而奠定了传统文学观的基础。① 其次,荀子使议论文的写作有了进一步的发展。从体制上说,《荀子》的议论文,标志着议论文体制的定型。摆脱了前人语录式的体裁,采用一篇文章围绕一个中心展开论述的专题性学术论文的体制。从文章技巧上说,《荀子》也达到了新的高度。《荀子》中的议论文论点明确,推论清晰,逻辑严密,结构谨严,说理透彻,具有极强的说服力。例如《劝学》,中心议题是鼓励学习,全文共分四部分,第一部分论述了学习的目的在于提高素质,全身远祸。第二部分论述了学习的根本态度应该是持恒专一。第三部分讲述了学习的方法、步骤和对待求教者的态度。第四部分进一步指出学习应该完全彻底,取得真正的成就。文章紧紧围绕中心论题,层层递进,次第展开,说理全面而又透彻,议论精辟而又生动,论据充分,气势恢宏,充分展现了荀子议论文的特色。

荀子的文章,不仅以议论取胜,而且表达也富有特色,他继承了老庄孔孟惯用象喻性表达方法的传统,大量运用生活中常见的事物作为比喻,用来说明抽象高深的道理,深入浅出,辞理并茂,极大地增强了文章的生动性与说服力。例如:

> 南方有鸟焉,名曰蒙鸠,以羽为巢,而编之以发,系之苇苕,风至苕折,卵破子死。巢非不完也,所系者然也。西方有木焉,名曰射干,茎长四寸,生于高山之上,而临百仞之渊,木茎非能长也,所立者然也。蓬生麻中,不扶而直;白沙在涅,与之俱黑。兰槐之根是为芷,其渐之滫,君子不近,庶人不服。其质非不美也,所渐者然也。故君子居必择乡,游必就士,所以防邪辟而近中正也。

这段话旨在说明环境对于人的成长的重要性,但他不是用单纯逻辑论证的方法来说明自己的观点,而是从自然界撷取一连串的事例,借助丰满的形象

---

① 参见郭绍虞《中国文学批评史》,上海古籍出版社 1979 年 12 月新 1 版。

来说理,效果远远胜过单纯的逻辑推理。

　　荀子还大量地使用排比句、对偶句,以增强文章的气势;注意句子的音节结构,使得文章便于诵读;遣词用语更是千锤百炼,极具匠心。例如:

> 积土成山,风雨兴焉;积水成渊,蛟龙生焉;积善成德,而神明自得,圣心备焉。故不积跬步,无以致千里;不积小流,无以成江海。骐骥一跃,不能十步;驽马十驾,功在不舍。锲而舍之,朽木不折;锲而不舍,金石可镂。蚓无爪牙之利,筋骨之强,上食埃土,下饮黄泉,用心一也。蟹八跪而二螯,非蛇蟺之穴,无可寄托者,用心躁也。是故无冥冥之志者,无昭昭之明;无惛惛之事者,无赫赫之功。行衢道者不至,事两君者不容。目不能两视而明,耳不能两听而聪。螣蛇无足而飞,梧鼠五技而穷。诗曰:"尸鸠在桑,其子七兮。淑人君子,其仪一兮。其仪一兮,心如结兮。"故君子结于一也。

这段话气势充沛,语句精炼,排偶工整,形象生动,节奏明快,简直是诗一般的语言。

　　荀子在写作与语言上取得这样的成功,与他对言辩的认识是分不开的。他说过:"君子之于言也,志好之,行安之,乐言之,故君子必辩。凡人莫不好言其所善,而君子为甚。故赠人以言,重于金石珠玉;观人以言,美于黼黻文章;听人以言,乐于钟鼓琴瑟。故君子之于言无厌。鄙夫反是:好其实,不恤其文,是以终身不免埤污傭俗。故易曰:'括囊,无咎无誉。'腐儒之谓也。"(《非相》)他说的"辩"是善言辞,口才好的意思。荀子把言辩看作"君子"的必备素质,他在实践中的确也这样做了。

第七节　韩非与《韩非子》

　　韩非(约前280—前233),韩国贵族,生当战国末期。他有志于世,潜心研究治国之道。看到韩国日益削弱,多次上书韩王,而韩王却不用他。韩非对于统治者治国不得其方,好务虚名,不求实效,邪枉之臣得宠,廉洁正直之士不容于世的现实,深感悲愤,于是"观往者得失之变故,作孤愤、五蠹、内外储、说林、说难十余万言。"(《史记·老子韩非列传》)秦王嬴政看到韩非的著作后,非常赞赏,说:"嗟乎,寡人得见此人与之游,死不恨矣!"于是发兵攻打韩国,把韩非勒索了去,但是,还未及用,就被秦国的权臣,韩非的同学李斯等人迫害致死。

　　韩非子是荀子的学生，从学业传承的角度讲，应是孔门传人，但他"喜刑名法术之学，而其归本于黄老"。他以老子"道"的学说作为自己的理论根基，继承了荀子和前期法家的学说，在深入研究社会历史和现实的基础上，把它们融为一体，形成了自己以法术势为主要内容的完整的思想体系，从而成为先秦法家思想的集大成者。《史记》称"非为人口吃不能道说，而善著书"。所著《韩非子》，共五十五篇。此书本是写给君主们看的，内容主要是教导君主如何掌握、运用权力，驾驭臣下，统治百姓。韩非是一个君主集权主义者，主张一切大权集中于君主之手，让君主利用其地位的优势，运用权术驾驭臣下，用严刑峻法治理国家。

　　从文化思想方面来看，韩非是一个彻底的功利主义者，否认文化教育、文学艺术的社会功用，鄙视情感、美感的需要，主张"以吏为师"、"以法为教"（《显学》），认为"儒以文乱法"（《五蠹》）而称之为"蠹"，对于"修文学，习言谈"的社会风气大加抨击。而主张"言行者，以功用为之的彀"（《问辩》）。但他并不排斥著述，而且主张著述文字必须详尽鲜明。他说："书约而弟子辩，法省而民讼简，是以圣人之书必著论，明主之法必详事。"（《八说》）同时，由于他好学深思，善于观察，精于分析，著述认真，因而文章很有特色，对古代散文的发展颇有贡献。

　　韩非对于文学的贡献首推议论文的写作。他的议论文，逻辑谨严，议论透彻，具有很强的说服力。例如《五蠹》为了说明他的法治思想符合时代的要求，先从社会历史发展着手，逐个分析不同时代所面临的主要矛盾，以及解决这些矛盾的办法，确立了"世异则事异"、"事因于世而备适于事"、"圣人不期修古，不法常可，论世之事，因为之备"的观点，作为全篇文章讨论问题的前提，接着又分析了他所处的时代的主要矛盾及时代特点，认为他的时代具有"当今争于气力"，"仁之不可以为治"，"民者固服于势，寡能怀于义"的特点，最后提出"明主峭其法而严其刑也"的法治主张。这里对于问题的讨论，严格地遵循逻辑规则，同时又注重从历史和现实的实际出发，具体问题具体对待，从具体分析中得出结论。强大的逻辑力量，厚重的历史知识，加上作者透彻的议论，使得文章雄宏博大，理由充足，极具说服力。

　　韩非子的议论文，思想敏锐，辩锋犀利，具有很强的战斗力。例如，《难一》"历山之农侵畔"的故事，韩非针对儒家既要歌颂舜的德化，又要歌颂尧的明察的做法反诘道："然则仲尼圣尧奈何？圣人明察在上位，将是天下无奸也。今耕鱼不争，陶器不窳，舜又何德而化？舜之救败也，则是尧有失也。贤舜，则去尧之明察；圣尧，则去舜之德化：不可两得也。楚人有鬻盾与矛者,誉之曰:'吾盾之坚,物莫陷也。'又誉其矛曰:'吾矛之利,与物无不陷也。'或曰:'以子之矛,陷子之盾,何如?'其人弗能应也。夫不可陷之盾与无不陷之矛,不可同世而立。今尧、舜之不可两誉,矛盾之说也。且舜救败,一年已一过,三年已三过。舜有尽,寿有尽,天下过无已者;以有尽逐无已,所止者寡矣。"这里,揭示了"舜之德化"与"尧之明察"不可两存的逻辑矛盾,并且进一步从"舜有尽"与"天下过无已"之间的矛盾入手,对于儒家"德化"的学说,进行了严厉的批驳。分析透彻,言辞尖锐,行文语气斩截,气势逼人,犀利无比。

韩非的文章描写细致,剖析深刻,具有很强的表现力。庄子曾说过,儒者陋于知人心。孔孟之徒,重理想,尚空谈,但往往陈义过高,迂阔古板,不切事情。而韩非子恰恰相反,他根本不相信仁义道德的力量,而是一切从利害出发来看人看事,且聪明深刻,善于观察思考,对社会和人性研究得颇为透彻,特别是对于封建专制制度下的君主、官宦们的心理活动及种种权谋,有着深刻的了解,他常常把儒家所宣扬的仁义道德的外表撕得粉碎,而把人性中自私的一面,特别是宫廷内、官场上一些唯利是图、尔虞我诈的心理及行为剖析得细致入微,揭示得淋漓尽致。《备内》揭示了君主的妻妾嫡子盼望君主早点死去的心理动机;《八奸》刻画了君主的"同床"者、"在旁"者、"父兄"们利用特殊的关系,以售其奸,从而腐蚀君主,败坏国事的现象;《说难》描述了专制君主喜怒无常,猜忌无度,一切从个人好恶出发来决定事情的特殊心理;《孤愤》对于法术之士在专制制度下个人悲剧的历史必然性的论述,等等,无不洞微烛幽,入木三分,惟妙惟肖。《韩非子》对于人情世故剖析得非常深刻,对于事情的发展变化的分析更是细致入微,今人读之,如在眼前,这不得不归功于文章的表现力。

韩非的学术思想以黄老为皈依,深得老子虚静之旨,能够客观地看待事物,冷静地对待人生,同时,他又崇信法术势的力量,且为人自信、坚定、孤傲,这些表现在文章之中,形成了冷峻的风格。他学高才赡,生逢乱世,想有所作为而不得,所以文章中又隐隐透露出一种悲愤之气。如《说难》、《孤愤》。

总而言之,韩非子的散文,逻辑谨严,论辩透彻,条理清晰,具有很强的说服力与表现力,标志着先秦议论文的进一步发展。但是,他的散文也存在着明显的缺陷,这就是取例极端,不能从质量互变的角度把握事情的性质,所以,立论难免偏颇。司马迁对韩非子的评价是:"韩子引绳墨,切事情,明是非,其极惨礉少恩。"这个评价对于我们认识其人其文颇有参考价值。

韩非对文学的另一个贡献是在寓言方面。借助寓言进行形象说理，早在庄子、列子手中，就已驾轻就熟，荀子也曾借用寓言来说理，但是，在他们那里，寓言只是作为整篇文章的组成部分而存在，还没有成为一种独立的文体。使寓言独立出来，成为一种专门的文体，始于韩非子。他有意识地收集、整理、创作了大量的寓言故事，并把它们编辑成文集。据统计，《韩非子》中的寓言故事，多达三百余则，数量为先秦诸子之冠。《韩非子》中有许多篇，如《十过》、《喻老》、《说林》、《内储说》、《外储说》，都是寓言专辑。

韩非的寓言故事，主要取材于历史事迹和现实生活，形象化地表现了他的思想和他对社会人生的认识。例如：

> 董阏于为赵上地守，行石邑山中，涧深，峭如墙，深百仞，因问其旁乡左右曰："人有尝入此者乎？"对曰："无有。"曰："婴儿、痴聋、狂悖之人尝有入此者乎？"对曰："无有。""牛马犬彘尝有入此者乎？"对曰："无有。"董阏于喟然太息曰："吾能治矣。使吾法之无赦，犹入涧之必死也，则人莫之敢犯也，何为不治之！"（《内储说上七术》）

> 鲁人身善织屦，妻善织缟，而欲徙于越。或谓之曰："子必穷矣。"鲁人曰："何也？"曰："屦为履之也，而越人跣行；缟为冠之也，而越人被发。以子之所长，游于不用之国，欲使无穷，其可得乎？"（《说林上》）

> 郑人有且置履者，先自度其足而置之其坐，至之市而忘操之。已得履，乃曰："吾忘持度。"反归取之。及反，市罢。遂不得履。人曰："何不试之以足？"曰："宁信度，无自信也。"（《外储说上》）

第一则寓言表明了峻法严刑治国的思想。第二则寓言说明了物有所适，做事要看对象的道理。第三则寓言对于那些颠倒了理论与实践的关系，只知死抠理论，不知理论来自实践的教条主义者，是一种绝妙的讽刺。

韩非子的寓言不仅寓意深刻，说理贴切，而且构思精巧，形象生动，具有耐人寻味，警策世人的艺术效果。例如：

> 文公之时，宰臣上炙而发绕之。文公召宰臣而谯之曰："女欲寡人之哽耶，奚以为发绕炙？"宰人顿首再拜请曰："臣有死罪三：援砺砥刀，利犹干将也，切肉肉断而发不断，臣之罪一也；援木而贯脔而不见发，臣之罪二也；奉炽炉，炭火尽赤红，而炙熟而发不烧，臣之罪三也。堂下得无微有疾臣者乎？"公曰："善。"乃召堂下而谯之，果然，乃诛之。（《内储说下六微》）

故事中的"宰人",滑稽多智,辩言自保,化险为夷,给人留下深刻的印象,而借机陷害别人到头来却又自害的"堂下",也让人悚然。

韩非子中的许多寓言故事,如守株待兔、郢书燕说、画鬼最易、老马识途、滥竽充数、自相矛盾、买椟还珠等等,或寓意深刻,或形象生动,或妙趣横生,后世广为流传,至今常常被人征引,具有长久的艺术生命力。

第五章　屈原与楚辞

第一节　楚辞的产生与特点

"楚辞"一词,最早见于司马迁《史记·酷吏列传》,说明这一名称形成于西汉初年。在漫长的传播过程中,它已具有三重涵义:

第一,诗体。指出现在战国时代、楚国地区的一种新的诗体。

第二,作品。指战国时代一些楚国人以及后来一些汉人用上述诗体所创作的一批作品。

第三,书名。指汉人对楚国人、汉人所写诗歌辑选而成的一部书。

《楚辞》一书,既非出自一人之手,也非出于一个时代,它是不同时代的人们逐渐纂辑增补而成的。自战国至东汉,历三四百年,共分五个阶段:

(一)先秦:

离骚	第一	屈原
九辩	第二	宋玉

纂辑者可能是宋玉。此为《楚辞》雏形。

(二)西汉武帝时(前 140 年前后),增辑作品七篇:

九歌	第三	屈原
天问	第四	屈原
九章	第五	屈原
远游	第六	屈原
卜居	第七	屈原
渔父	第八	屈原
招隐士	第九	淮南小山

增辑者为淮南王宾客淮南小山,或即淮南王刘安本人。以上九篇作品的合集,是淮南王刘安以后、刘向以前的《楚辞》通行本。

(三)西汉元帝、成帝时(前 48—前 8 年间),增辑作品四篇:

招魂	第十	宋玉

九怀	第十一	王褒
七谏	第十二	东方朔
九叹	第十三	刘向

增辑者为刘向。

（四）班固以后、王逸以前（100 年前后），增辑作品三篇：

哀时命	第十四	严忌
惜誓	第十五	贾谊
大招	第十六	屈原或景差

增辑者已不可考。以上十六篇作品的合集，就是王逸作《楚辞章句》时所据的十六卷《楚辞》本。

（五）东汉后期（100—150 年左右），增辑作品一篇：

九思	第十七	王逸

增辑者为王逸。王逸撰《楚辞章句》，并附入自己的作品《九思》，成十七卷，即后世流传的十七卷本《楚辞》。①

逮及宋代，因其篇第混并，乃考其人之先后，重定其篇第，即：

离骚	第一	屈原
九歌	第二	屈原
天问	第三	屈原
九章	第四	屈原
远游	第五	屈原
卜居	第六	屈原
渔父	第七	屈原
九辩	第八	宋玉
招魂	第九	宋玉
大招	第十	屈原或景差
惜誓	第十一	贾谊
招隐士	第十二	淮南小山
七谏	第十三	东方朔
哀时命	第十四	严忌
九怀	第十五	王褒

———————————

① 汤炳正《楚辞编纂者及其成书年代的探索》，《江汉学报》1963 年第 10 期。

九叹　　　第十六　　　　刘向

九思　　　第十七　　　　王逸

这就是宋代以后通行的《楚辞》版本。而《楚辞》一书的纂辑过程与篇目内容，也透露了"楚辞"二字的意义：即屈原辞赋以及宋玉以下两汉人伤悼屈原、以事名篇的拟骚辞赋（或骚体赋）。

风骚并称，由来已久，为诗歌创作之典范。如宋代朱熹云："三百篇，性情之本。《离骚》，词赋之宗。学诗不本于此，是亦浅矣。"①所以，一般言及《楚辞》之特点，则必举及与之并称的《诗经》，探讨二者时代、地域、文化传统、性格、体制、句式、技巧、风格诸方面的差别，其中最重要的还是地域因素。丘琼荪云：

> 北人性刚，南人性柔；北人的意域偏于现实，南人的思想近于浪漫。北方山川雄浑，南方山水清幽；北人生活较难而朴质，南人生活较易而奢靡。②

刘师培分析得更具体，他说：

> 大抵北方之地，土厚水深，其间多尚实际；南方之地，水势浩洋，民生其地，多尚虚无。民崇实际，故所作之文，不外记事析理二端；民尚虚无，故所作之文，多为言志抒情之作。③

显然，地域因素首先影响到生活、气质、性格方面，其次影响到哲学方面，北方的哲学显示出理性的缜密，如《孟子》的面对现实，循循善诱，以理辩驳，议论风发；《荀子》的远虑深谋，缜密推理，深厚渊博，平心而论；《韩非子》的知微察变，条分缕析，高屋建瓴，峻峭刚强。而南方哲学则显得浩大渺远，如《老子》、《庄子》，杳冥深远，旨远义隐，纵而后反，寓实于虚，肆以荒唐谲怪之词，茫乎其不可测。它们往往摆脱对事物的理性分析与对个别事物的辩驳，力求从视、听、味、嗅、触诸方面对客观事物得出浑通而完整的体悟。

由生活的、哲学的地理因素而形成的两种迥然不同的特点，逐渐衍化为两种不同类型的风格、两种不同的表达方式以及不同的审美特征。梁启超

① 见宋魏庆之《诗人玉屑》卷十三，上海古籍出版社 1978 年 3 月第 1 版，第 267 页。
② 丘琼荪《诗赋词曲概论》，中国书店 1985 年 3 月影印版，第 29—30 页。
③ 刘师培《南北文学不同论》，《刘申叔遗书》第十五册，宁武南氏校印本。

梳理为:《诗经》乃中原遗声,大端皆主于温柔敦厚,属极质正的现实文学;而《楚辞》为南方新兴民族所创之新体,大端将情感尽情发泄,属富于想象力之纯文学。① 故刘勰亦云,"然屈平所以能洞鉴《风》、《骚》之情者,抑亦江山之助乎!"(《文心雕龙·物色》)

但值得注意的是,《楚辞》的上源是复杂、多元的,应包括保留下来的神话传说、《诗经》中的"陈风"、"二南"及楚地民歌、《老子》等,同时亦包括中原历史散文、哲理散文。《楚辞》与《诗经》在艺术形式上的差别不在表层的"四言"与"骚体",更多地体现在意境、情调、抒情技巧、比兴象征上。谈及《楚辞》的特点,人们往往引用宋代黄伯思的论述:

> 盖屈宋诸骚,皆书楚语,作楚声,纪楚地,名楚物,故谓之"楚辞"。若些、只、羌、谇、蹇、纷、侘傺者,楚语也。顿挫悲壮,或韵或否者,楚声也。湘、沅、江、澧、修门、夏首者,楚地也。兰、茞、荃、药、蕙、若、蘋、蘅者,楚物也。他皆率若此,故以楚名之。②

这一看法有一定的代表性,但并不全面。《楚辞》中的"楚语"、"楚声"、"楚地"、"楚物",所占比例较小,就"楚语"言,王逸《楚辞章句》确定二十一个词汇,李翘《屈宋方言考》确定六十八个,郭沫若《屈原研究》列举二十四个词汇,③游国恩在郭沫若的基础上增加七个,共三十一个,杨白桦《楚辞选析》认为《方言》、《说文》、《楚辞章句》中有楚方言词汇三十个左右,④姜书阁《屈赋楚语义疏》则列出楚方言词汇六十四个,⑤王延海《楚辞释论》定为六十六个,⑥可见《楚辞》是用当时通行的"雅言"写作的。再如,有人认为,"兮"是楚辞的特殊用法,但孔广森《诗声类》统计,《诗经》用"兮"字二百八十五次,其中《国风》二百五十八次,《小雅》二十七次。《楚辞》在此基础上有所发展,屈原、宋玉作品用得多一些,如《离骚》一百八十六次,《九章》三百三十八次,《九歌》二百六十二次,《九辩》一百四十三次。又如,屈原作品中提到的历史

① 见陈引驰编校《梁启超国学讲录二种》,中国社会科学出版社 1997 年 6 月第 1 版,第 80 页。

② 姜亮夫《楚辞书目五种》,上海古籍出版社 1993 年 2 月第 1 版,第 37 页。

③ 《郭沫若全集·历史编》第四卷《历史人物》,人民文学出版社 1982 年 9 月第 1 版,第 48—51 页。

④ 杨白桦《楚辞选析》,江苏古籍出版社 1987 年 12 月第 1 版,第 8 页。

⑤ 姜书阁《屈赋楚语义疏》,齐鲁书社 1983 年 9 月第 1 版,第 59—108 页。

⑥ 王延海《楚辞释论》,大连出版社 1997 年 4 月第 2 版,第 9—12 页。

人物八十一个,而属于楚国的只有接舆、堵敖、子文三人;屈原作品中提到的神祇二十四名,属于楚国的只有两位,即湘君、湘夫人。①

的确,楚国有八百年历史,先后灭国七十多,其疆域约占周王朝全部国土的二分之一,包括湖北、湖南、安徽、江西、江苏、浙江六个省的全部,以及陕西、河南、山东、广东、广西、贵州等省、区的部分地区,总面积近百万平方公里。历史悠久,地域辽阔,楚国本身就是南北文化交融、沟通的国家;楚辞上源作品的构成,也包含着文学创作、传播过程中的"先融合";而屈原身处战国中后期这一"大融合"的时代潮流中,加之"博闻强志,明于治乱,娴于辞令"的精湛修养,必然构成更高层次的南北文化融合,并在"集大成"的基础上自铸伟辞,达到"气往轹古,辞来切今,惊采绝艳,难与并能"(《文心雕龙·辨骚》)的艺术境界。

以屈原作品为主体的《楚辞》,是南北文化多层次相互交融的结晶,是丰富的前代典籍和绚丽的宗教文化汇聚而成的结晶。② 而且,《楚辞》的主源是中原文化,旁源是边裔(如扬越、楚蛮、巴人)文化,而其本源则可追溯到楚民族始祖祝融时代崇火、拜日、尚赤、尊凤的原始巫文化。③

第二节 屈原的生平与思想

作为楚辞的创立者和代表作家,屈原生活于楚怀王、楚顷襄王时代,后人据《离骚》"摄提贞于孟陬兮,惟庚寅吾以降"二句推测其出生年月日,诸说不一,邹汉勋定为楚宣王二十七年(前343)戊寅正月二十一日,郭沫若定为楚宣王三十年(前340)正月初七日,浦江清定为楚威王元年(前339)正月十四日,汤炳正定为楚宣王二十八年(前342)正月二十六日。又据《哀郢》、《怀沙》及《史记·楚世家》推测其卒年月日,亦无确证,黄文焕定为顷襄王十年(前289),林云铭定为顷襄王十一年(前288),蒋骥定为顷襄王十三四年或十五六年(前286—前283),刘梦鹏定为顷襄王二十一年(前278)。屈原生平资料见《史记·屈原贾生列传》、《史记·楚世家》、刘向《新序·节士》。屈氏与楚王同姓(芈),楚武王子瑕食采邑于屈,因以为氏。屈原年轻时曾得怀王信任,任左徒,史称博闻强志,明于治乱,娴于辞令,入则与怀王图议国事,以

---

① 蔡守湘、朱炳祥《论〈楚辞〉产生的文化背景》,《江汉论坛》1992年第6期。
② 李诚《楚辞文心管窥》,[台]文津出版社1995年9月第1版,第553页。
③ 张正明《楚艺术探源》,《艺术与时代》1990年第3期。

出号令；出则接遇宾客，应对诸侯。上官大夫与之同列，心害其能。怀王派屈原起草改革朝政的宪令，在草拟阶段，上官大夫代表保守势力要修改其中关键条文，屈原不同意。上官大夫恼怒异常，谗于怀王，云"王使屈平为令，众莫不知，每一令出，平伐其功，以为非我莫能为也"。刚愎自用、感情用事的怀王"怒而疏屈原"。屈原后任三闾大夫，掌王族三姓，曰昭、屈、景，"序其谱属，率其贤良，以厉国士"（王逸《楚辞章句》）。屈原疾王听不聪，谗谄蔽明，邪曲害公，方正不容，忧愁幽思而开始创作《离骚》。

楚怀王十六年（前 313），秦惠文王欲伐齐，令张仪厚币委质事楚，诱以商、於之地六百里，使楚绝齐。怀王贪而信张仪，遂绝齐。结果受骗，未得其地，怀王怒而伐秦，秦楚由是交兵。十七年（前 312），秦大破楚师于丹、淅，斩首八万，虏楚将屈匄，取楚汉中地六百里。十八年（前 311），秦因暂不能灭楚，愿割侵占的汉中之半以和楚，怀王云："愿得张仪，不愿得地。"于是张仪又至楚，用事者靳尚、宠姬郑袖使怀王释去张仪。时屈原出使齐国刚返，谏怀王云："何不杀张仪？"怀王悔，追张仪，不及。怀王二十四年（前 305），楚背齐合秦，往秦迎妇。一向坚持联齐抗秦的屈原因谏怀王合秦，被贬斥到汉北之地。怀王二十八年（前 301），秦与诸侯兵击楚，杀唐昧，取重丘。怀王二十九年（前 300），秦复攻楚，大破楚，杀二万，将军景缺死。怀王三十年（前 299），秦复伐楚，取八城。时秦昭王欲骗怀王入武关，怀王轻信欲行，屈原谏曰："秦，虎狼之国，不可信，不如毋行！"怀王之子子兰劝行，云："奈何绝秦欢？"怀王卒行，果为秦扣留。楚立怀王子横，是为顷襄王，以其弟子兰为令尹。顷襄王三年（前 296），怀王客死于秦而归葬，"楚人怜之，如悲亲戚"，楚人由是怪子兰劝怀王入秦，客观上则肯定了屈原判断之准确。子兰乃唆使上官大夫向顷襄王诽谤屈原，顷襄王怒而将屈原从汉北放逐到江南地区。①屈原"上洞庭而下江"，辗转沅、湘一带，故都日远，长年不复，"被发行吟泽畔，颜色憔悴，形容枯槁"，于无可奈何之际，自沉于汨罗江中。关于屈原的死，苏轼《屈原庙赋》有解释、体悟，"生既不能力争而强谏，死犹能冀其感发而改行。苟宗国之颠覆兮，吾亦独何爱于久生。"②

郭沫若说："他的时代的确是群星丽天的时代，而他在这个时代中尤其是有异彩的一等明星。"（《屈原研究》）屈原，作为中国文学史上的第一位大

---

① 周建忠《荆门郭店一号楚墓墓主考论——兼论屈原生平研究的困惑》，《历史研究》2000 年第 5 期；又，《屈原放逐问题证辨》，《南都学坛》2002 年第 4 期。

② 周建忠《屈原"自沉"的可靠性及其意义》，《云梦学刊》2002 年第 4 期。

诗人,是一座跨越时空的丰碑,也是一个丰富、复杂的"模式"载体。他是一位失败的政治家,却是一位成功的政治型诗人,他的思想受到儒、法、道等诸家影响而自成一家,他追求的"美政"内容为:君臣契合,举贤授能,对内实行改革,对外联齐抗秦。屈原在作品中从来没有直接点到先秦的哲学家、思想家等"诸子",如孔子、老子、墨子、孟子、吴起、商鞅等,相反提到了一些前贤,如挚(伊尹)、咎繇(皋陶)、傅说、吕望、宁戚、百里奚,往往吟唱他们生得其时,羡慕他们巧遇明君,向往他们有所作为;又提到不少"前修",如伯夷、比干、梅伯、箕子、彭咸、申徒、伍子胥、介子推,往往同情他们的不幸遭遇,佩服他们的忠而死节,追迹他们的以身殉节。[①] 可见屈原是着眼于君臣契合、身为忠臣这一角度,所以考虑的视野也不仅仅局限于楚国,他对出仕他国、别国得志也没有明显的非议。《离骚》曾借灵氛之口说:

> 思九州之博大兮,岂唯是其有女? 何所独无芳草兮,尔何怀乎故宇?

接着又借巫咸之口道出求仕标准:

> 勉升降以上下兮,求矩矱之所同。

屈原正是借灵氛、巫咸之口揭示了当时的社会风尚:"士无常君,国无定臣,得士者富,失士者贫。"(扬雄《解嘲》)他们往往大国观念牢固,有的还提出"王天下"、"定于一"的理想,而小国观念比较淡薄。对于有抱负的知识分子来说,仕于本国还是仕于别国,是没有爱国不爱国的区别的。而屈原对楚国执著深沉的热爱、眷恋,亦与他的忠君思想有关。屈原与楚王同姓,身为贵戚之卿,"君有大过则谏",面对"反复之不听",却未生"易位"之思(《孟子·万章》下)。作为臣子,屈原对楚怀王,还是有清醒、痛苦的认识的。《离骚》云,"曾歔欷余郁邑兮,哀朕时之不当。"即生不逢时,没有遇到明君在位、举贤授能的禹、汤、文武时代。楚怀王作为一国之君,面对内政的腐败黑暗,外交的复杂激烈,对手的强硬奸巧,在主观素质上完全不具备"明君"的条件,他虽不是暴君,不是桀、纣那样的无道之君,但他既不会挑、也挑不动这副艰巨的担子,因而在那天翻地覆的乱世,必然要被历史所淘汰。屈原把自己的

---

① 周建忠《屈原思想:有儒有法,然非儒非法》,见其著《楚辞论稿》,中州古籍出版社1994 年 6 月第 1 版,第 47—50 页。

理想寄托在这种人身上,李贽曾讥为"虽忠亦痴"(《焚书》卷五)。不过,我们还应该看到,屈原的忠君亦包含着对国家命运的关心,"恐皇舆之败绩",不只是担心国君不走正路而摔跟头,更担心国家日益削弱而有覆灭的危险。他对楚怀王的怨,有着恨铁不成钢的特定内涵,包含了无比强烈的对国家的爱。故司马迁称为"存君兴国"、朱熹称为"忠君爱国"。此外,战国是社会剧烈变动的时代,社会意识呈现出复杂的面貌,人们的价值取向、是非判断往往具有多重因素,但并不妨碍我们对屈原爱国思想的发掘与肯定。屈原既不是宗族观念极重的在朝贵族,也不是一个只爱楚国而目无"天下"、心胸狭窄的人,亦并非没有离楚他仕之念,但屈原至死不离开楚国,挚爱父母之邦,作为一种美好的情操、感情,虽然还不可能升华为一种排他性的、非信守不可的政治伦理道德——"爱国主义",但他的实践、追求、探索,却对中华民族"爱国主义"观念的逐步形成,具有不容忽视、无法回避的理论意义与实践价值。屈原成为"中华魂",成为忠心为国、敢赴国难、舍身殉国的志士的楷模。从这一角度出发,称屈原为"爱国者"、"爱国诗人",说屈原具有"爱国精神"、"爱国思想",也是比较合适的。[1]

平心而论,屈原的伟大之处,并非他那至死不离开楚国的实践行为,而是为我们提供了一个人生的进取模式,其内容包括:

(一)忠君爱国。他对楚国怀有"深固难徙"的钟爱,有一种超乎寻常的深沉眷恋情绪,本国没有希望,甚至遭祸殒身,但他仍然希望存君兴国;受到疏远、流放之后,他怨君更忠君,将"俗之一改"寄希望于君之一悟,因而有恋阙思君、表白陈情的倾诉,有抨击群小、以显己美的对比。

(二)独立不迁。屈原廓其无求,头脑清醒,独立于世,横而不流,他追求正直、光明,鄙视周容、佞曲,即使备受摧残,穷困茕独,谣诼攻击,无人支持,也不改弦易辙。为了美好人格、节操的保持,他牺牲了欢乐、升擢,也牺牲了自己的生命,更牺牲了比生命还宝贵的"修名"。

(三)上下求索。对理想、对真理、对美政的追求,执著不懈,不屈不挠。

(四)好修为常。屈原说过,"民生各有所乐兮,余独好修以为常。"一篇《离骚》,言修者凡十一,志行高洁,仍不断磨炼、提高、完善。

与众不同的是,屈原孜孜以求的是将执著不舍的深切眷恋、不屈不挠的斗争意志、坚韧不拔的求索精神、好修不懈的崇高品质,完美地结合在一起。

---

[1]　周建忠《屈原"爱国主义"研究的历史审视》,《中国文学研究》2002年第4期。

这种超越现实的理想模式、完人模式，是屈原的伟大、独特之处，亦是其痛苦、悲剧之源。屈原遭到接二连三的打击之后，面临的已不是"进与退"、"仕与隐"、"成功与失败"的选择，而是"玉碎与瓦全"的选择。屈原克服了短暂的思想动摇，以其生命与"修名"为代价，为我们自塑了一个完美的人格典型。屈原的悲剧，正源于自身无法解决的矛盾，而他的矛盾，正是他的人格的体现、他的"美"的张扬，而他，也就成了民族精神的完美象征。①

第三节　屈原的作品与艺术特色

关于屈原的作品，《史记·屈原贾生列传》提到《离骚》、《天问》、《招魂》、《哀郢》、《怀沙》。班固《汉书·艺文志》说屈原赋二十五篇，但没有列出具体篇目。王逸《楚辞章句》指出二十五篇为：《离骚》、《天问》、《九歌》（十一篇）、《九章》（九篇）、《远游》、《卜居》、《渔父》。还有一篇《大招》，屈原作还是景差作，王逸"疑不能明"；同时认为《招魂》为宋玉作。

对以上作品真伪的鉴定，一直是楚辞研究中的一个热点与难点，受到古今学者怀疑的作品有《招魂》、《远游》、《卜居》、《渔父》、《大招》。学术界基本认定屈原的作品有：《离骚》、《天问》、《九章》、《九歌》。关于屈原作品的分类，姜亮夫分为三类解读：《离骚》、《九章》等为一组，大多有事可据，是屈原创作重心，带有自传性，乃情愫与事实之纠合而成篇；《天问》为一组，是屈原思想与学术造诣、批判精神的表现；《九歌》为一组，从民间祀神乐曲整理加工而来，是代人或代神表述，更多地显示南楚文学传统的痕迹。而《离骚》、《九歌》两组，构成屈原作品的基本风格。②

屈原作品的艺术特色，主要体现为浓郁的浪漫主义色彩。除了大胆的夸张、奇特的想象，熔神话传说与现实生活于一炉外，最突出的是他的"香草美人之喻"。王逸《楚辞章句·离骚序》云：

> 《离骚》之文，依《诗》取兴，引类譬喻，故善鸟香草，以配忠贞；恶禽臭物，以比谗佞；灵修美人，以媲于君；宓妃佚女，以譬贤臣；虬龙鸾凤，以托君子；飘风云霓，以为小人。③

①　周建忠《屈原：民族精神的完美象征》，《社会科学报》1990 年 8 月 23 日第 2 版。
②　姜亮夫、姜昆武《屈原与楚辞》，安徽教育出版社 1991 年 8 月第 1 版，第 24 页。
③　宋洪兴祖《楚辞补注》，白化文等点校，中华书局 1983 年 3 月第 1 版，第 2—3 页。

其实,屈原已将《诗经》的比兴手法,上升为象征体系,其中包括动物系统、植物系统、事物系统、人物系统。如《离骚》提到的植物(香草树木)有二十四种,用来表现自己的高洁品质,表现楚国政治的黑暗,表现所树人才的变质,表现对美好理想的追求。① 屈原在作品中,喜爱以香草作衣服、佩饰,喜爱以香草作饮食,喜爱手持把玩香草,以香草作礼物,在充满香草的环境中漫步流连,有时以香草自称,有时又用来指称他最尊敬、追求的人,总之,他喜欢将一切事物、尤其是正面的事物与香草联系起来。如《橘颂》,屈原有感于橘树的一系列美质,"比物类志为之颂,以自旌焉"(王夫之)。屈原咏物,正是托物寄情,借物喻志,说橘时,则把橘树人格化,颂橘即以自比;说志时,则把人物化,自颂而借之于颂橘。表层与深层,喻体与喻意,浑然一体。林云铭评云,"看来两段中,句句是颂橘,句句不是颂橘;但见原与橘分不得是一是二,彼此互映,有镜花水月之妙。"(《楚辞灯》)显然,《橘颂》所表现的是一种性格、一种纯洁的向往、一种清醒的理念、一种人生的宣言,而最令人感动的是那深固难徙的乡国之情、孜孜以求的自励美质、独立不迁的人格保持——这些美质一直定格到屈原的晚年,并贯穿于艰难而漫长的人生探索进程之中。②

其次,屈原作品的"香草美人之喻"还表现为以男女关系象征君臣关系,即"男女君臣之喻"。如《离骚》将自己打扮成美女,并以香草为饰,以香草为饮食,表现自己的好修。他设想,君亦为美人,所以有"恐美人之迟暮"的感叹。他期望两美相投,君臣契合。因为假设自己为女性,所以又将群小嫉贤比为众女妒美,以男女婚约的变化喻君臣关系的改变,以美女被弃表现自己的见疏,以弃妇的哀怨、剖白表现自己的愤懑、希冀,而劝说之人亦托之于女性(如"女嬃")。诗人不甘心于自己的失意、侘傺,于是又将主人公幻化为男性,以求女的方式表现自己执著而强烈的追求,为了求君信任,他以执著追求表现自己的急切与忠诚,以终无所合表现自己的窘困苦恼,以闺中邃远难求喻楚怀王固执而不悟,以外出求女喻出仕他国。他向往的境界是不用行媒,君臣契合。这样,以男女关系象征君臣关系,既符合旧时的男女尊卑观念,又有利于表现强烈奔放、大起大落的激越情感,表现他所希望的与君主

① 周建忠《〈离骚〉香草论》,见其著《楚辞论稿》,中州古籍出版社 1994 年 6 月第 1 版,第 116—139 页。

② 周建忠《少年立志:〈橘颂〉》,见其著《楚辞与楚辞学》,吉林人民出版社 2000 年 6 月第 1 版,第 23—27 页。

的密切关系以及君臣契合的标准：双方志同道合，而且各有限制。当然，屈原作品的"求女"，也是对政治理想、道德理想、美学理想的追求。

　　屈原作品的艺术特色，还体现在"发愤抒情"文学传统的形成上。《惜诵》云："惜诵以致愍兮，发愤以抒情。"意谓悼惜国事，秉忠进谏，以表达忧恤之心；发泄悼惜诵谏之愤，申抒忠君爱国之隐。表现了一种借诗歌抒怨泄愤的创作意识，也对屈原作品的抒情性、个性化以及政治失落后的巨大苦闷作了说明。屈原具有敏感、忧郁、烦躁、幻想、情感丰富来得迅捷而又转换极快的个性，因此，我们在他笔下感受到的，往往是他的孤独、压抑。"众人皆醉吾独醒"，屈原的孤独是没有人理解他，《惜诵》云：

　　　　情沉抑而不达兮，又蔽而莫之白也。心郁邑余侘傺兮，又莫察余之中情。固烦
　　言不可结而诒兮，原陈志而无路。退静默而莫余知兮，进号呼又莫吾闻。申侘傺之
　　烦惑兮，中闷瞀之忳忳。

而他的对立面又是如此的强大、众多，有"党人"、"众女"、"时俗"、"举世"、"众人"、"众谗人"。故《离骚》一则曰："世并举而好朋兮"，再则曰："世溷浊而不分兮，好蔽美而嫉妒"，三则曰："世溷浊而嫉贤兮，好蔽美而称恶"，四则曰："世幽昧以眩曜兮。"

　　汉代楚辞作家庄忌《哀时命》深得屈子旨意，云："志憾恨而不逞兮，抒中情而属诗。"正谓心中怨恨我总不能称心，只有诗歌抒发我的悲情。这种源于"骏马抑以死，直士以正穷，贤者摈于朝，美女摈于宫"（《淮南子·说林训》）的现实苦闷、压抑，往往"哭之声发于口，涕之出于目"，"皆愤于中而形于外"（《淮南子·齐俗训》）。司马迁就是这样解读《离骚》创作动机的：

　　　　夫天者，人之始也；父母者，人之本也。人穷则反本，故劳苦倦极，未尝不呼天
　　也；疾痛惨怛，未尝不呼父母也。屈平正道直行，竭忠尽智以事其君，谗人间之，可谓
　　穷矣。信而见疑，忠而被谤，能无怨乎？屈平之作《离骚》，盖自怨生也。（《史记·屈
　　原贾生列传》）

杨慎评云，"太史公作《屈原传》，其文便似《离骚》。其论作《骚》一节，婉雅凄怆，真得《骚》之旨趣也。"

　　一　《离骚》

　　《离骚》是屈原的代表作，属于长篇自传性政治抒情诗。全诗三百七十

三句，二千四百九十字，为我国古代最长的政治抒情诗。此诗作于楚怀王时期遭谗见疏以后，是屈原前半生人生追求的回顾与总结，也是今后人生抉择的思考与宣言。从《离骚》中我们可以感受到诗人跳动的脉搏，心灵的创伤与人生的轨迹。关于"离骚"的涵义，淮南王刘安云："离骚，犹离忧也。"班固《离骚赞序》云："离，犹遭也。骚，忧也。明己遭忧作辞也。"①

关于《离骚》的创作目的，司马迁云："虽放流，眷顾楚国，系心怀王，不忘欲返，冀幸君之一悟，俗之一改也。其存君兴国，而欲反覆之，一篇之中，三致志焉。"（《屈原贾生列传》）班固云："屈原痛君不明，信用群小，国将危亡，忠诚之情，怀不能已，故作《离骚》。上陈尧、舜、禹、汤、文王之法，下言羿、浇、桀、纣之失，以风（讽）。"（《离骚赞序》）王逸云，"屈原执履忠贞，而被谗邪，忧心烦乱，不知所愬，乃作《离骚经》。……故上述唐、虞三后之制，下序桀、纣、羿、浇之败，冀君觉悟，反于正道而还己也。"（《楚辞章句·离骚经序》）可知，《离骚》是屈原遭怀王疏远之后一段时期内反思、追求、矛盾、痛苦之作，可分为三段：第一段，自"帝高阳之苗裔兮"至"岂余心之可惩"，抒忧述志，以劝其君，但其君不察；第二段，自"女嬃之婵媛兮"至"余焉能忍而与此终古"，上下求索，以悟其君，但其君不悟；第三段，自"索藑茅以筳篿兮"至"蜷局顾而不行"，不忍另择，以感其君，但其君不醒。故"尾声"表示，今后将追迹前修，力谏不释。于无可奈何之中，透露出庄严而崇高的悲剧意识。

气势恢宏的《离骚》首先从自叙平生着笔，历数内美，论修明志。他有众多的"内美"，如出身，姓同楚王；降生，幸逢大吉；得名，名嘉字懿。"又重之修能"，通过江蓠、辟芷、秋兰、木兰、宿莽等香草的采集、佩带，说明后天的努力，博采众善，自我约束，锻炼与完善。同时，在汲汲自修的过程中，还带有春秋代序、时不我待的紧迫感。季节更替，日来月往，激发了诗人的敏锐感受力，乃至于一草一木的细微变化，也会引起诗人的时间忧虑，故《离骚》一则曰："老冉冉其将至兮"，再则曰："及荣华之未落兮"，三则曰："恐鹈鴂之先鸣兮"，四则曰："及余饰之方壮兮"，五则曰："及年岁之未晏兮"，这比兴与直陈的交互表现，凝聚着诗人人生追求的可贵的时间意识。

其次，诗人全力揭露群小丑态，而其目的又是以明其节，以申其志，冀君明辨，所以对楚怀王的表白是通过对群小的抨击来实现的。屈原因信而见疑，忠而被谤，则自然会埋怨君王糊涂，听信谗言，不辨曲直，前后不一，变化

---

① 周建忠《楚辞研究热点透视》，《云梦学刊》2000 年第 3 期。此文之四《〈离骚〉题义》，收入各家之说三十种，可参阅。

难定。进而抨击群小，历举其罪过：竞进贪婪，不厌贪求；投机取巧，违背法度；背直追曲，苟合取容；嫉妒贤良，造谣中伤——这就是屈原所处的溷浊环境，他手指着群小，眼看着君王，既表白自己，又求君明鉴：美德善行，反而成了牵累；博采众善，反成罪过！自伤自叹之余，又将哲学视野从狭小的空间——楚国宫廷斗争飞越到悠久的时间：道不同，岂止不相为谋，简直冰炭不能相容；正直与邪曲怎能和平相处？小人得志，贤良受气，自古以来，不乏其例，有什么不能理解呢？既然为了理想与人格，受到打击与诬蔑，付出沉重的代价，也就不应该半途而废。所以再次表示：余心所善，九死不悔！即使忍尤攘垢、溢死流亡，即使郁邑侘傺、穷困失路，也在所不惜！因为为清白、为正义而死，正是前代圣人所嘉许的！这震撼人心的独白，是屈原用自己的生命铸就的宁为玉碎、不为瓦全的宣言。

接着，《离骚》从"为臣"的角度，转到"为君"的角度，向我们展示了一幅平民很少涉及的"君王世界"。为了使怀王醒悟，频频引证古代圣贤之遗训，又以亡国之君为鉴戒，导君先路，从而构成了古代统治者正反人物形象系列。正面有：汤、禹、周文王、周武王，三代开国之君之所以政兴名显，千古敬仰，是因为他们为政以德，圣哲茂行，具体表现为：谨慎敬畏，专心治国；遵循法度，毫无偏颇；举贤授能，黜退佞邪。反面有：启、羿、浇、桀、纣等，这五人之所以亡国危身，为天下笑，主要是为政失德，具体表现为：沉湎声色，康娱自纵；淫游佚畋，暴虐常违；菹醢贤能，听信谗佞。在两个系列中，屈原写正面人物虚而简，写反面人物实而详，有利于劝戒、开导怀王：盛衰之理在于人事，而人事又集中在最高统治者身上，人君之德又集中在自我约束、自我节制、严格要求自己上。《离骚》还反复叙述尧、舜耿介得路，三后用人唯贤，尤于汤、禹、武丁、文王、齐桓公举贤授能，不拘一格，君臣相得，遂建功业而欣欣羡慕，反复称道。屈原的苦衷与渴求，于此可见。

再次，《离骚》通过上下求索抒发了自己"进"与"退"的激烈思想斗争。诗人虚拟了一个"知音"——女媭劝导自己，希望自己随和顺从，作一些让步。但诗人不能接受劝告，故到古圣大舜那儿陈词，结果意气风发，驾龙乘凤，凭风飞行，寻求理想。这次行程声势浩大，仪从颇盛，有白龙、凤凰、日御羲和、月御望舒、风神飞廉、雷神雨师相助，不仅浩浩荡荡，堂堂正正，而且日夜兼行，风驰电掣。"纷总总其离合兮，斑陆离其上下"，天庭云霞的美好景观令人神往激动，但等待诗人的却是毫无精神准备的冷遇：天庭守门人漠然而视，不予理会，无法与上帝沟通相见。所以诗人再也抑制不住内心的愤慨：为什么天上人间都是这样混乱污浊，压制贤良，嫉妒高才，贤愚不分，是非颠倒？气愤之余，又决不愿轻易放弃："路曼曼其修远兮，吾将上下而求索！"从下文"三求女"来看，从"闺中既以邃远兮，哲王又不寤"之表喻与本旨对应来看，求女，即求君，求理想的实现。若从深层思考，屈原追求的，正是他的人生选择与价值取向：深固难徙的国家观念，君臣相得的美政标准，独立不迁的人格准则，好修为常的道德规范。①

最后，《离骚》抒发了"去"与"留"的矛盾与斗争。诗人在求女失败、上天入地无路可走的时候，请灵氛占卜，其结论为：出必有合，于楚无望；诗人怀疑，又请巫咸降神，结论为：远逝择君，速去可成。诗人因"恋楚情结"而生犹疑，继而自念，感到恋楚有祸，国无知音。三层推进，如出一辙，反复渲染"必去"之理念，正是势在必行——于是诗人"历吉日乎吾将行"，充分描写了这次出行的准备、原因、路线、地点，尤其渲染其行色：车马之盛，仪从之众，山川之广，心情之怡，而末四句则如苦人得喜梦，乍然惊醒，写出行的结果："仆夫悲余马怀兮，蜷局顾而不行。"因留恋楚国，行而复止。由此我们可以看到：屈原做出去楚决定是他保美质、为美政的惟一出路；但强烈的乡国之恋始终使他狐疑犹豫，不忍去楚；在"势在必行"这个理论基础上作出的"行而复止"的伟大举动，是诗人剖明心迹、感悟其君的深刻而独特的一种方式，更是他的"恋楚情结"的必然表现。

二 《九章》

《九章》凡九篇，即《惜诵》、《涉江》、《哀郢》、《抽思》、《怀沙》、《思美人》、《惜往日》、《橘颂》、《悲回风》。

关于《九章》的编辑，朱熹《楚辞集注·九章序》说，"屈原既放，思君念国，随事感触，辄形于声。后人辑之，得其九章，合为一卷，非必出于一时之言也。"一般认为，《九章》九篇并非出于一时一地，而皆为"随事感触"、直抒胸臆之作。司马迁曾分别提到《哀郢》、《怀沙》两个单篇，至西汉末年刘向编成《楚辞》一书，辑九首诗为一组，并定名为《九章》。刘向《九叹·忧苦》云，"叹《离骚》以扬意兮，犹未殚于《九章》。"清人戴名世《读扬雄传》亦提到，"《离骚》、《九章》皆忠臣爱君拳拳之意。"说明《离骚》、《九章》属同一性质的作品，后人将《九章》称之为"小《离骚》"。

关于《九章》各篇的作年，一般认为是屈原一生历程的写照。《橘颂》为屈原早年立志之作，《惜诵》、《抽思》、《思美人》三篇与《离骚》为同期作品，其

---

① 周建忠《〈离骚〉"求女"研究平议》，《东南文化》2001年第11期。

余五篇作于被放江南之后,是顷襄王时期的作品。从内容上来看,《九章》中每一首诗都与屈原生活中的一两件经历有关,其感情基调和脉络与《离骚》互为呼应。由于采取了"用赋体,无它寄托"(朱熹)的创作方法,《九章》如实描绘了楚王朝政治风云变幻莫测的情景,描绘了楚国由兴旺走向衰亡的过程,揭露楚国宫廷群小蔽君误国的罪恶,以及他们尔虞我诈、相妒以功、排斥贤才的种种丑行。同时,也强烈地表现了诗人生不逢时、遭遇排斥打击、使其伟大理想破灭的痛苦与不平,抒发了他热爱祖国、忠于楚王的情怀,表现了坚持理想、保持廉正的美好品德,以及不随波逐流、秉德无私的高尚情操。此外,《九章》善于描绘楚地的自然风物,如《涉江》、《惜往日》、《悲回风》,都有精彩的景色描写,楚地山川的灵秀,在诗中得到充分展示,显示了屈原自然的审美倾向。

(一)《惜诵》。此篇作于屈原初被楚怀王疏远、尚未离朝远去之时。明代汪瑗云,"大抵此作于谗人交搆、楚王造怒之际。"(《楚辞集解》)蒋骥亦云,"盖原于怀王见疏之后,复乘间自陈,而益被谗致困,故深自痛惜,而发愤为此篇以白其情也。"(《山带阁注楚辞》)本篇与《离骚》前半部分描写有重叠之处,可以看出,《离骚》是在《惜诵》基础上发展、成熟的。此篇开头介绍创作动机:"惜诵以致愍兮,发愤以抒情。"这是文学创作具有自觉意识的表现。而诗中"九折臂而成医"等名句,闪烁着理性的光辉。

(二)《涉江》。此篇为顷襄王时期屈原被流放江南的作品,记叙了诗人流放江南的行程:济江湘,乘鄂渚,上沅江,发枉陼,宿辰阳,最后进入溆浦。开头两句:"余幼好此奇服兮,年既老而不衰",饱含了诗人的愤懑、苦闷、冷峻、执著,是对他前半生的总结,也是他对被放江南作出的反应。所以"涉江"之"涉",不仅仅是被放逐的行程、路线、地点的旅途记录,更着重于诗人一生所涉的人生道路与追求。故此篇是一篇线索明瞭、水陆并行的游记,也是一篇悲愤凄怆、见景生情的苦难历程记,更是诗人一生上下求索、宁折不弯的行记。

(三)《哀郢》。此篇为屈原长期滞留流放之地、归郢无望之作。据东方朔《七谏》"平生于国兮,长于原野"可知,屈原出生于郢都(今湖北江陵),故《哀郢》一则曰:"去故乡"、"去闾"、"去终古之所居";一则曰:"出国门"、"发郢都"。诗人的思念亦分为两组,即"故都"、"郢路"与"故乡"、"首丘",而诗中的"龙门"、"夏之为丘"、"两东门"等,都是指郢都的城门宫殿。由此可知《哀郢》是一首思国念乡之作,是思乡,又是恋阙;是怨君,又是忧国。家、国、君,使"郢"成了诗人的聚焦点。此诗否定副词"不"先后出现十次,反映屈原明知其不可,却又欲罢不能。而积累长久的愤切之情,亦以反诘句出之,全篇以问始,亦以问终;问中有答,问而坚志。此诗的思乡名句,如"羌灵魂之欲归兮,何须臾而忘反","鸟飞反故乡兮,狐死必首丘",亦极感人。

(四)《抽思》。此篇为屈原流放汉北而作。诗中云,"有鸟自南兮,来集汉北。"抽,抒写;思,思绪。"抽思"就是把蕴藏在内心深处的无限思绪抒写出来。此诗先后出现了"少歌"、"倡"、"乱辞"等乐歌结构的形式,并以"少歌"为界,前半追述往昔,后半叙述滞留汉北之地的孤独情怀。

(五)《怀沙》。此篇为屈原自沉汨罗前的最后一篇作品,后人谓之"绝命诗"。怀,即归、依;沙,指水中(胡念贻说)。清代林云铭云,"此灵均绝笔之文,最为郁勃,亦最哀惨"(《楚辞灯》)。其中"定心广志,余何所畏惧兮"、"知死不可让,愿勿爱也",尤为动人。

(六)《思美人》。此篇作于楚怀王晚期。蒋骥《山带阁注楚辞》云,"此篇大旨承《抽思》立说,然《抽思》始欲'陈词美人',终曰'斯言谁告'。此篇始言'抒情莫达',终欲以死谏君。夫乍困者气雄而渐沮,久淹者心郁而逾激,势固然也。两篇皆作于怀王时,与《骚》经皆以彭咸自命。"

(七)《惜往日》。此篇亦为屈原晚期之作。钱澄之《屈诂》云,"《惜往日》者,思往日王之见任而使造为宪令也。始曰'明法度之嫌疑',终曰'背法度而心治',原一生学术在此矣。楚能卒用之,必且大治。而为上官所谗,中废其事,为可惜也。原之可惜,非惜己身不见用,惜己功之不成也。"

(八)《橘颂》。此篇为屈原早年咏物言志之作。

(九)《悲回风》。王夫之《楚辞通释》云,"此章亦以篇首名篇,盖屈原自沉时永诀之辞也。"当为《怀沙》、《惜往日》同期之作。

学术界亦有人怀疑《九章》中的《惜诵》、《惜往日》、《思美人》、《悲回风》可能不是屈原的作品。

三 《九歌》

《九歌》为抒情组诗,凡十一篇,即《东皇太一》、《云中君》、《湘君》、《湘夫人》、《大司命》、《少司命》、《东君》、《河伯》、《山鬼》、《国殇》、《礼魂》。王夫之《楚辞通释》以为,《礼魂》"乃前十祀之所用",属于"送神之曲"。

《九歌》之名,来源甚古,《离骚》、《天问》、《山海经》、《左传》都提到,乃夏代宫廷乐歌。夏亡后,《九歌》被巫风极盛的楚人所保留、增删,成为或东或西、非典非俗的楚国祭歌,既保留了夏代乐歌中的"东皇太一"、"河伯"二神,又增加了楚地的"二湘"与"国殇"。屈原又根据楚国祭歌加工改写为优美的抒情组诗。

屈原《九歌》前十篇各祀一神,可分为三类:第一,天神:东皇太一(天之尊神)、云中君(云神)、大司命(主人寿之神)、少司命(主子嗣之神)、东君(太阳神);第二,地祇:湘君、湘夫人(湘水配偶神)、河伯(河神)、山鬼(山神);第三,人鬼:国殇(死于国事者)。闻一多认为,《九歌》中有八篇属于哀艳的恋歌,用独白或对白的方式陈述悲欢离合的情绪。① 从现存《九歌》来看,只有"二湘"为配偶神,比较醒豁,其他六篇写到男女情爱,但不是夫妇神。《九歌》所祀十神,有些在考古发掘中已被发现,如 1965 年江陵望山一号楚墓出土的竹简记载,墓主人祭祀的对象中有"大水、句(后)土、司命等山川神祇";②1977 年江陵天星观一号楚墓出土的竹简记载,墓主人祭祀的鬼神有"司命"、"司祸"、"地宇"、"云君"、"大水"、"东城夫人"等。③ 这些发现,有利于对《九歌》神格的认定与研究。④

四 《天问》

《天问》是屈原创作的一部长篇抒情性哲理诗,全诗 374 句,1553 字。采用巫术降神中一问到底的句式,提出了一百七十多个问题,"怀疑自遂古之初,直至百物之琐末,放言无惮,为前人所不敢言"(鲁迅《摩罗诗力说》)。"天问"二字即"问天"之意,当然"天"的涵义不仅指宇宙天体,也包括"一切远于人、高于人、古于人之事"(姜亮夫《屈原赋校注》)。所以《天问》的内容主要有三个方面:其一,宇宙天体;其二,神话传说;其三,历史兴亡。郭沫若称赞此诗为中国文学史上"空前绝后的第一等奇文字","那种怀疑精神,文学的手腕,简直是前无古人而后无来者。"(《屈原研究》)

五 屈原的其他作品

屈原的其他作品,如《招魂》、《远游》、《卜居》、《渔父》、《大招》,学术界一直有人怀疑它们非屈原作,这是正常的学术争鸣。但在二十世纪二三十年代,有人提出屈原是箭垛式的人物,楚辞作于汉代,《离骚》为汉代淮南王刘安所作——这就是所谓"屈原否定论"。这些观点又在五十年代(中国),以

----

① 闻一多《什么是九歌》,《闻一多全集》第五卷,湖北人民出版社 1993 年 12 月第 1 版,第 346 页。

② 《战国楚竹简概述》,《中山大学学报》1978 年第 4 期。

③ 湖北荆州博物馆《江陵天星观一号楚墓》,《考古学报》1982 年第 1 期。

④ 周建忠《〈九歌〉研究十大热点鸟瞰》,中国人民大学《中国古代近代文学研究》1993 年第 4 期。

及七十、八十年代（日本）被重新提起。① 是考古文献解决了这一疑案：1983
年，考古工作者在阜阳汉简中发现了屈赋残简，一为《离骚》残句，仅存四字；
一为《涉江》残句，仅存五字。② 而墓主为西汉开国功臣夏侯婴之子汝阴侯夏
侯灶，夏侯灶卒于文帝十五年（前 165），比刘安入朝（前 139）早二十六年，从
而否定了刘安作《离骚》的怪论。

第四节　屈原在文学史上的地位与影响

屈原对后代的影响，主要表现在两个方面，一是政治思想上，一是文学
创作上。

郭沫若《屈原研究》说："由楚所产生出的屈原，由屈原所产生出的《楚
辞》，无形之中在精神上是把中国统一着的。"屈原精神是中华民族的优良传
统的重要组成部分。屈原追求的忠君爱国、独立不迁、上下求索、好修为常
的人格境界，刘安认为"可与日月争光"。影响于后人的，主要是他的爱国行
为与品行操守。在中国古代社会中，在人民反抗强暴、维护正义的时候，在
外族入侵、国难临头的时候，在遭受打击、身处逆境的时候，我们都能看到屈
原精神的体现与重演，屈原精神亦成了历代人们追求、抗争的动力与源泉。

屈原作品在文学上的影响，以东汉王逸《楚辞章句·序》的阐述最具代
表性：

> 屈原之辞，诚博远矣。自终没以来，名儒博达之士，著造辞赋，莫不拟则其仪表，
> 祖式其模范，取其要妙，窃其华藻，所谓金相玉质，百世无匹，名垂罔极，永不刊灭
> 者矣。

屈原在文学创作上的影响、地位主要表现在：一、开创了个性化的文学；二、
推动了爱国主义文学的形成、发展；三、开创了新的诗歌体裁；四、奠定了我
国浪漫主义诗歌的优良传统；五、提出了"发愤以抒情"的悲剧理论；六、形成
了中国山水文学发展的基础。

《楚辞》与屈原在国外的影响也是很大的。730 年《楚辞》传入日本；1972

---

① 参见黄中模《现代楚辞批评史》，湖北教育出版社 1990 年 7 月第 1 版；黄中模编
《中日学者屈原问题论争集》，山东教育出版社 1990 年 7 月第 1 版。
② 《阜阳汉简简介》，《文物》1983 年第 2 期。

年，日本首相田中角荣访华，毛泽东主席赠送的礼品就是朱熹的《楚辞集注》。在西方，《离骚》的翻译，先后有 1852 年费兹曼的德译本，1870 年圣·德尼侯爵的法译本，1879 年巴克的英译本，1900 年桑克谛的意大利文译本。1953 年，屈原被推举为世界文化名人。1959 年，英国学者霍克思出版了《楚辞》的全译本。《楚辞》在国外汉学界越来越受到关注，成为中外文化交流、研究的一个重要热点。

第五节　宋玉及其他楚辞作家

据《史记·屈原贾生列传》云："屈原既死之后，楚有宋玉、唐勒、景差之徒者，皆好辞而以赋见称。然皆祖屈原之从容辞令，终莫敢直谏。"这其中重要的楚辞作家是宋玉。

宋玉生平，历史记载均极简略，主要见于《汉书·艺文志·诗赋略》、《汉书·地理志》，又见于韩婴《韩诗外传》卷七、刘向《新序·杂事第一》、《新序·杂事第五》、王逸《楚辞章句》，且诸说不一。陆侃如《宋玉评传》考为：宋玉生年与屈原卒年相近；宋玉与威、怀、襄三王无君臣关系；宋玉与屈原等无师生关系；宋玉做过小臣，与荀卿仕楚相近；宋玉不久失职，作《九辩》；宋玉作《招魂》当在楚徙都寿春以后；宋玉穷得很；宋玉卒年与楚亡时相近。[1]

宋玉作品，据《汉书·艺文志》载，凡十六篇。现今相传为宋玉所作的，王逸《楚辞章句》收《九辩》、《招魂》；《文选》收《九辩》、《招魂》、《风赋》、《高唐赋》、《神女赋》、《登徒子好色赋》、《对楚王问》七篇；《古文苑》收入《笛赋》、《大言赋》、《小言赋》、《讽赋》、《钓赋》、《舞赋》六篇；南宋陈仁子《文选补遗》另收《微咏赋》；明人所辑《宋玉集》另收《高唐对》、《郢中对》。[2] 但可信而无异议的仅《九辩》一篇。随着 1972 年山东临沂银雀山汉墓《御赋》残简的发现，1978 年湖北随县曾侯乙墓七孔横笛的发掘，学术界逐步认为，宋玉作品包括：《九辩》、《风赋》、《高唐赋》、《神女赋》、《登徒子好色赋》、《对楚王问》、《大言赋》、《小言赋》、《钓赋》、《讽赋》、《笛赋》以及《御赋》残简。

《九辩》乃长篇抒情诗，长达二百五十句，鲁迅《汉文学史纲要》评云，"《九辩》本古辞，玉取其名，创为新制，虽驰神逞想，不如《离骚》，而凄怨之情，实为独绝。"全诗通过古乐旧题抒写悲秋、感遇、思君三项内容，其中关于

---

① 陆侃如《宋玉评传》，《努力周报》附刊《读书杂志》，1923 年第 17 期。
② 吴广平编注《宋玉集》，岳麓书社 2001 年 8 月第 1 版，第 5—6 页。

生平、年龄、去职、归隐等，大致可补宋玉生平研究之阙，然又不可拘泥考实，直指为生平事迹。其悲秋主题与借景抒情之法，及《高唐赋》、《神女赋》、《登徒子好色赋》等篇以铺陈之笔描绘女性神情体貌，在文学史上产生过较大影响。刘勰《文心雕龙·诠赋》称宋玉作品为"别诗之原始，命赋之厥初"，完成了《楚辞》到汉赋的过渡。

后代往往"屈宋"并称。如刘勰《文心雕龙·辨骚》云："自《九怀》以下，遽蹑其迹；屈宋逸步，莫之能追。"《时序》又云："屈平联藻于日月，宋玉交彩于风云。"《才略》复云："诸子以道术取资，屈宋以楚辞发采。"李白《夏日诸从弟登汝州龙兴阁序》："屈宋长逝，无堪与言。"杜甫《戏为六绝句》："窃攀屈宋宜方驾，恐与齐梁作后尘。"汤漳平认为，历来"屈宋"并称，是因为屈原、宋玉分别是"辞"与"赋"两种文体的代表作家。楚辞为屈原所创，而他的作品，又是《楚辞》作品的最高典范。宋玉是"好辞而以赋见称"，《九辩》为"辞"，不能代表他的主要文学成就，惟有经他的手而臻于成熟的"赋"（凡十一篇），才使他成为赋体文学之祖。[①]

与宋玉同时的楚辞作家还有唐勒，班固《汉书·艺文志》载"唐勒，赋四篇，楚人"，后皆失传。1972 年 4 月，山东临沂银雀山西汉早期墓葬中出土了"唐勒宋玉论驭赋（疑为宋玉赋佚篇）"残简，[②]凡二十六枚，保存文字二百三十二个。对照《淮南子·览冥训》，可知此赋是谈御术的。饶宗颐、谭家健、赵逵夫等学者认为残简作者为"唐勒"，而李学勤、朱碧莲、汤漳平认为残简作者为宋玉。[③]

另有宋玉、唐勒同时的楚辞作家景差，事见《史记·屈原贾生列传》，《汉书·艺文志》无载。今存作品，仍有争议。王逸《楚辞章句·大招序》云，"《大招》者，屈原之所作也，或曰景差，疑不能明也。"两说并存，但王逸的具体训释仍以"屈原创作"为主。

---

① 汤漳平《楚赋与道家文化》，《文学评论》1993 年第 4 期。

② 《银雀山汉墓竹简》第壹册，文物出版社 1985 年 9 月第 1 版。

③ 李学勤《〈唐勒〉、〈小言赋〉和〈易传〉》，《齐鲁学刊》1990 年第 4 期；朱碧莲《楚辞论稿》，上海三联书店 1993 年 1 月第 1 版，第 223 页；汤漳平《楚赋与道家文化》，《文学评论》1993 年第 4 期。

第二编

秦汉文学

绪　　论

秦始皇于公元前 221 年统一了中国,建立了中国历史上第一个专制的中央集权的封建国家。秦朝实行了政治、经济、文化的系列改革以适应统一的需要,但又实行焚书坑儒等极端专制主义的措施以钳制思想文化的发展,使学术文化遭受灭顶之灾,加之秦王朝仅有十五年的短命,因此在文学上几无成就可言。秦相李斯的《谏逐客书》吸取了先秦诸子文章和战国策论的特点,论证严密,铺陈排比,富于文采。

秦末农民起义推翻秦暴政统治,公元前 206 年汉高祖刘邦建立了强盛的大汉王朝。汉初采取了一些与民生息的政策,如制定律令、减轻田赋、宽政省刑等,使国力日益强盛。文化思想上除秦挟书律和妖言诽谤之罪,尊黄老无为之说,对各家学说也采取了宽容并蓄的政策,思想文化比较活跃自由。汉初文士承战国宏论和辞赋遗风围绕秦亡教训及如何兴国强权等问题各抒己见,以贾谊、晁错的作品为代表的政论文卓然兴起,它们借古喻今,针砭时弊,直抒胸臆。汉初辞赋完成由骚体赋向新体赋的转化。陆贾、贾谊的作品抒写政见和身世感慨,枚乘《七发》标志咏物为主、篇幅宏大、铺采摛文的汉大赋的形成。汉初为了娱乐和制礼作乐的需要,沿承秦制设置了乐府机构。一些楚歌广为传唱。

汉武帝进一步加强中央集权的统治,实行统一货币、均输平准、官营盐铁等经济措施,确保国力富足;北击匈奴,打通西域,扩大了对外经济、文化交流;罢黜百家,独尊儒术,确立了儒学的统治地位。帝国进入了空前强盛的时期。以司马相如为首的一大批辞赋家,"兴废继绝、润色鸿业",颂扬盛世,出现了《子虚》、《上林》等排比事类、穷极声貌的成熟的散体大赋。"史家之绝唱,无韵之《离骚》"的《史记》的问世,开创了纪传体史书,标志着我国叙事散文在体例上和思想内容上达到了前所未有的高峰。武帝时强化乐府职能,为"观风俗、知薄厚",采集赵、代、秦、楚之讴,使得"感于哀乐,缘事而发"的叙事乐府民歌得以记录流传。宣帝时桓宽编写的《盐铁论》针对现实展开争论,使政论文得以复兴。

西汉后期土地兼并,各类矛盾日益激烈,王莽篡权改制,更加激化了矛盾,导致绿林、赤眉的起义,西汉王朝随之覆灭。汉光武帝刘秀依靠豪强势力夺取政权,于公元 25 年建立了东汉王朝。东汉土地财富集中问题仍未解决,统治集团外戚、宦官长期争斗,吏治黑暗,社会矛盾更加尖锐,在黄巾起义和各路豪强割据势力的打击下,终于被魏取而代之。

西汉今文经学及董仲舒皆提倡以阴阳五行说评议时政,东汉光武帝也推崇谶纬之学,"儒者争学谶纬,兼复附以妖言。"桓谭、王充、张衡等反谶纬,批妖言。王充《论衡》、仲长统《昌言》、王符《潜夫论》抨击黑暗,婞直谠言,颇具先秦诸子风范。班固的《汉书》是在《史记》影响下的我国第一部纪传体断代史,其封建正统思想,使其内容偏于保守。扬雄、班固等人创作的大赋虽然热烈红火,但其思想内容和艺术框架总体上并没有超越西汉辞赋。东汉中叶以后大赋江河日下,代之以讥讽时政、"睹物兴情"的抒情小赋,蔡邕、赵壹、祢衡等是其代表。东汉文人五、七言诗日趋成熟。班固、张衡、秦嘉等推进了五言诗的发展。《古诗十九首》中浓厚的人生意识,高超的艺术技巧,标志着五言诗的成熟。

第一章　秦汉政论文

第一节　秦代散文

　　秦王嬴政二十六年(前221),战国七雄之一的秦国完成了吞灭六国的大业,实现了中国的统一,嬴政成为名符其实的"始皇帝"。至秦三世子婴,秦王朝在十几年间土崩瓦解。经过五年楚汉之争,汉王刘邦于公元前202年践天子位,天下归汉。这不足二十年的时间,便是秦代散文产生的时代背景。

　　现在通行的各种文学史,大都把《吕氏春秋》和李斯的《谏逐客疏》列为秦代散文。由于二者分别产生在公元前239年和前237年即秦王嬴政八年和十年,属于秦统一前的作品,故应列入战国时代。

　　秦代散文,以题材分,可分为四大类:颂祷文章、奏议文章、时论(即后代的政论文)文章、说客说辞。这四类文章都有一定的文学价值。

一　颂祷文

　　现在可以看到的秦代颂祷文,是著名的七篇刻石文,它们分别是公元前219年的《峄山刻石》、《泰山刻石》、《琅邪刻石》;公元前218年的《之罘刻石》、《东观刻石》;公元前215年的《碣石刻石》和公元前210年的《会稽刻石》。

　　从文学角度观照,这七篇刻石文各具风采,《泰山刻石》的庄严精深、《琅邪刻石》的铺张扬厉、《之罘刻石》的剔透颖锐、《东观刻石》的春海朝阳、《碣石刻石》的太平盛景、《会稽刻石》的翔实浑朴、清峻犀利,都给人以美感享受。而这七篇刻石给人的整体感觉,则是气势宏大、典雅峻峭,非四海一家的大帝国不能为。从语言上看,刻石文继承了《诗经》的四言句式,而且在韵脚上又基本整齐划一地为三句一韵(独《琅邪刻石》为两句一韵)。由于文字整齐简洁,韵脚疏宕,读来朗朗上口,竟无《雅》、《颂》的板滞沉闷。

　　关于刻石文的作者,《史记·秦始皇本纪》并未明言。清严可均辑《全上古三代秦汉三国六朝文·全秦文》,往往在刻石文下属名李斯,而《史记·李斯列传》又无记载。因此,我们对当今的通说"秦刻石文大多为李斯作"还是存疑为好。

二　奏议文

秦代奏议文章最具文学色彩的,当首推李斯的文章。他的《谏逐客疏》是千古美文。秦统一之后,李斯的《廷议焚书》导致了中国文化史上焚书坑儒的惨祸,为世人不齿。而一般文学史著作中提到的《行督责书》,也在历史上没起什么好作用。倒是给秦二世的《短赵高书》,语辞恳切犀利,情绪激烈愤慨,于痛切陈辞中熔铸了一定的文学审美因子。而其《狱中上书》中所浸润的,自然是出于秦代文章大家手笔的悲剧美:

> 臣尽薄才……终以胁韩弱魏,破燕、赵,夷齐、楚,卒兼六国,掳其王,立秦为天子,罪一矣。……缓刑罚,薄赋敛,以遂主得众之心,万民戴主,死而不忘,罪七矣。若斯之为臣,罪足以死固久矣。①

全文列举自己七大罪状,全是正话反说,为自己歌功颂德。然细按所颂功德,又均是事实,让人读来胸中同情与激愤搅动,为赵高的狠毒、二世的昏聩齿冷。但面对这篇奇文,人们又很难忘记李斯对同学韩非的薄情,对公子扶苏的出卖,对二世的阿谀迎合。心中的感受不免更为复杂。而面对上引第七条罪状即李斯自认为的功德,想想中国历史上第一暴政政权的首席执政官,又有《廷议焚书》、《行督责书》等施行暴政的纲领性白纸黑字在,让读者无法理解:此人怎能这样不知羞耻地为自己涂脂抹粉,因而使人面对悲壮庄严的作者,生发滑稽的感受。总之,李斯的《狱中上书》在作者来说,人之将死,其言也善,是充满文学意味的美文;在读者来说,则能享受纷繁复杂的、多层次的审美感受。因此,从文学视角观照,此文不让《谏逐客疏》。

在奏议文章中,还有一篇不太受人注意的制作,这就是秦代名将、万里长城修造总指挥蒙恬(?—前210)临死前向二世使者的剖白:

> 今臣将兵三十余万,身虽囚系,其势足以倍畔,然自知必死而守义者,不敢辱先人之教,以不忘先主也。②

---

① 《史记·卷八十七》。
② 《史记·卷八十八》。

下文则列举周公旦"金滕藏书"的典故，以及夏代关龙逄、殷代王子比干的例子，来剖白自己忠于秦王朝的心迹，读来十分感人。虽然这个剖白和李斯的《狱中上书》一样没有送到秦二世手中，但是却赖史书留传下来，让今人面对千古赤胆忠臣怆然心动。

三　时论文

秦代的时论文章，是汉初政论文的雏形。此类文章的主要作者，是推翻秦王朝过程中乃至楚汉相争期间，各政治集团的首领和大臣们。

刘邦（前256—前195），反秦起义的重要首领，楚汉之争的两主角之一，公元前202年践天子位号汉高祖。刘邦早年曾学书于里中。① 虽然在逐鹿中原的戎马倥偬中有"不喜儒"，辱骂、慢侮儒生的恶名，但此人天性狎侮，所慢侮的不只是儒生，封韩信时被萧何批评为"拜大将如呼小儿"。这并不说明他没文化，他的《大风歌》、《鸿鹄歌》是中国历史上帝王手笔中的千古绝唱；约法三章是驭繁就简的治国妙笔。汉初"天下既定，命萧何次律令，韩信申军法，张苍定章程，叔孙通制礼仪，陆贾造新语……"，被史家称作"规摹弘远"，即有大政治家的风范气度。《汉书·艺文志》载《高祖传》十三篇，注曰："高祖与大臣述古语及诏策也。"说明刘邦的文章，都是其口述、由记言官吏辑录下来的。此书不见《隋书·经籍志》，说明早亡佚，现在我们在史书中看到的刘邦时论，应出自此书。

刘邦《论封萧何》（前202）在《史记》卷五十三和《汉书》卷三十九中均有记载，刘邦把与萧何争功的功臣比做"功狗"，除了对他们抢夺胜利果实的行为表示不屑外，也不乏对这些功臣的善意戏弄，以刘邦狎侮的天性，这也是一种喜爱。而将萧何称为"功人"，则表示天性不羁的刘邦也有正经的时候，萧何是刘邦平生敬重的少数几个人之一，谈到萧何便收敛肃敬是刘邦的一贯态度。文中寥寥数语，给人多层次的审美享受：有让人开颜的幽默，有令人折服的犀利，有使人感佩的深刻，有叫人慨叹的衷情。

产生在战场上的《数项羽罪》（前201），刘邦出口成章，列数项羽十大罪状，②痛快淋漓，犹有战国遗风。

张耳（？—前203）、陈余（？—前205）是秦代两位有名的贤人，刘邦少时曾从张耳游。两人合作的《说陈涉》（前209）、陈余独撰的《遗章邯书》（前207），纵横捭阖，铺张扬厉，有战国遗风，值得一读。

---

① 《史记·卷九十三》："及高祖、卢绾壮，俱学书，又相爱也。"
② 《史记·卷八》、《汉书·卷一》均有著录。

萧何（？—前193）、张良（？—前188）、陈平（？—前178）是汉高祖刘邦的重要谋臣。萧何的《谏汉王王关中》（前206），上引《尚书·周书》，下引民间俗谚谶语，说服刘邦暂时接受项羽背信弃义的封赐，其辞锋不让战国策士。张良的《谏封六国之后》（前204）循循善诱，畅达铺陈出封建六国后裔的八个"不可"，惊得刘邦"辍食吐哺"，是时论散文中的上乘佳作。陈平少时"好读书，治黄帝、老子之术"，以三朝元老终，可惜没有作品传世。

四 说客说辞

秦代散文中的说客说辞，如果从史书中辑佚钩沉，可以再出现一本《战国策》之类的纵横家书。其中产生了很多流传至今的名言成语，是秦代散文中的瑰宝。这些说客大都活跃在亡秦起义、楚汉相争的烽火年代，天下汹汹，风起云涌，说客如果不能认真磨炼游说之辞，轻则失去晋身机会，重则还会危及性命。因此，这些说客说辞往往简洁畅达、凝炼深刻、犀利条畅、掷地有声。

郦食期（？—前203）、随何、蒯通是秦末三位著名的说客。郦食其有《说沛公袭陈留》（前207），其中初见沛公、游说沛公袭陈留乃至游说陈留令的说辞，辞采飞扬生动，"高阳酒徒"的形象跃然纸上。而《说汉王取敖仓》、《说齐王田广》（均在前204年）两篇说辞，运用大量排比句式，立论翔实，一气呵成，势如高山瀑布，应为汉初兴起之政论文的翘楚之作。

随何，史书无传，其人在秦末天下纷争的大舞台上，亦有精彩表演。前204年的《说淮南王布》，分析形势鞭辟入里，行文洋洋洒洒，终于使本来连面都不愿见的淮南王鲸布背楚向汉，除却了汉王一块心病。

蒯通，《汉书》有传，但未记其生卒年。《汉书·艺文志》录《蒯子》五篇，本传称其有八十一篇《隽永》存世，今俱不存。现存蒯通著名的说辞，有《说范阳令》（前209）、《说韩信》（前203），篇中战国策士遗风甚浓。前者欲擒故纵设说辞，危言耸听申己见；后篇中肯精辟分析天下形势，苦口婆心劝韩信分天下而自保，至今读来让人怦然心动。著名的"阪上走丸"，"野禽殚，走狗烹；敌国破，谋臣亡"等成语，就出自这两篇说辞。而衍生"中原逐鹿"这一成语的"秦失其鹿，天下共逐之"，也出自蒯通之口。崭露头角于楚汉相争，而在汉初才名大显的说客，主要有陆贾、叔孙通、娄敬。这三个人物史书都有传，但生卒年均不详。作为跨时代的过渡人物，他们在楚汉之争时期的说辞，是他们在汉王朝建立之后得以大展才华的敲门砖，正是这些说辞，奠定了他们在新的大一统时代的地位。《汉书·艺文志》录《陆贾》二十三篇，而本传载陆贾作《新语》十二篇，今俱失传,①公元前202年游说南越王尉佗的说辞,可见陆贾文采斐然。文章对尉佗动之以情,晓之以理,具有很强的说服力。

叔孙通本是鲁国薛(今属山东鲁南)人,秦时以文学选拔为待诏博士,在秦末群雄逐鹿时先投项梁,后从义帝怀王,再从项羽,终投刘邦,是一个在乱世中通权达变的儒生。他的《对秦二世》(前209),寥寥数语,阿谀拍马,欺上瞒下,双管齐下,虽面对残暴昏君为保全性命出于不得已,但也活画出了叔孙通其人的性格特征。

娄敬本是赴陇西兵役的齐地戍卒,前202年以《说汉高祖不都洛阳》惊动上层,得到留侯张良的支持。娄敬因此得到赐姓刘、拜郎中的奖掖,后以刘敬的名字封关内侯,扬名史册。《说汉高祖不都洛阳》以短短五百字的篇幅,祖述西周营成周洛邑的历史环境与新兴汉朝的不同,同时以人之相斗的制敌技巧譬喻控制天下的要领,捭阖自如,入情入理。而在行文上,又环环相扣,不失说辞的逻辑魅力。《汉书·艺文志》录《刘敬》三篇,今不传。看来这位终生"以口舌得官"最终竟封侯的戍卒,是一个在不崇尚读书的暴秦统治下沦落底层的读书人。

从以上叙述我们可以看出:秦代的刻石文、奏议文、时论文、说客说辞正是汉初政论文产生的全面准备,是上承战国论辩体哲理散文、下启两汉政论文的合理过渡。

第二节 西汉政论文

一 汉初政论文

十几年的秦朝暴政、五年的楚汉之争,给公元前202年诞生的汉王朝留下了不少值得思考的问题。新建立的汉王朝欲长治久安,除了"安得猛士兮守四方"的军事难题之外,还有一个"秦所以亡"的政治难题。在汉高祖的嘱托下,陆贾奋笔著《新语》,已如前述;而年轻的思想家贾谊(前200—前168)著书五十八篇,两人共同拉开了西汉政论文大量产生的序幕。

史载,贾谊为洛阳(今河南洛阳市)人,十八岁才学闻名郡中,二十岁被汉文帝征为博士,后遭元老重臣排挤,悲郁而死。刘向辑贾谊文名为《新书》十卷,其中的《过秦论》、《治安策》(《陈政事疏》)、《论积贮疏》名动当时,流芳后世。

---

① 现在传世的《新语》系后人伪托制作,对此专家多有考订。如郭预衡《中国散文史》(上海古籍出版社,2000年3月版,第231—232页)的考订,就比较详细,可参看。

《治安策》又名《陈政事疏》，系统阐述了作者的政治主张，揭露太平盛世表象下的社会隐患，痛斥"天下已安已治"论调的浅薄。文章开篇"臣窃惟事势，可为痛哭者一，可为流涕者二，可为长太息者六"，情感充沛激荡，振聋发聩之余，又使读者开门见山地把握行文脉络，至今仍为散文中的精品。

《论积贮疏》把公私积贮视为"天下之大命"，批判"背本趋末"、"公私之积犹可哀痛"的社会现象，敦促朝廷重视农业生产。在提出重大问题的同时，又注重为文，整篇文章清晰雅洁，诚恳透辟，情感真挚，具有很强的文学色彩，同时又具有极高的文章学价值。

另外贾谊《新书》中还有一些经常为人称道的文章，如《大政》、《数宁》、《时变》、《请封建弟子》等。贾谊政论文的总体特点是结构严整、体制宏大、气势飞动、情感充沛，同时语词恳切，形成了自己比较成熟的风格。

西汉政论文的另一位大家是晁错（前200—前154），他与贾谊同庚，成名稍晚于贾谊，但名气却一样大。文帝时晁错为博士、太子家令，景帝时为内史，上书请削藩，得罪权贵，在吴楚七国之乱中被斩于东市，成为政治斗争的牺牲品。

晁错最出名的文章是《论贵粟疏》、《言兵事疏》、《守边劝农疏》、《贤良文学对策》等。

《论贵粟疏》与贾谊《论积贮疏》题材相同，但所论更深一层，以为积贮的前提是务农贵粟。文章述古代圣王治国之法，联系当时农民的生活状况，深刻剖析了农贫商富所形成的社会危机。文风朴实无华，立论深刻，逻辑严密，情感恳切质实，具有很强的说服力，历代为世人所推崇。

《贤良文学对策》在立论上极似贾谊的《过秦论》。全文以对答诏策的形式结构，引举古代圣王治理天下的成功事迹，对上古太平盛世心向往之；又列举秦暴政亡国的惨痛教训，夹杂对秦世生民涂炭的叹惋；同时在肯定汉朝立国得天道民心的前提下，对时政提出恳切的建议。行文洋洋洒洒，要言精洁，痛快淋漓，让人在领会其观点的同时，得到阅读美文的享受。

晁错与贾谊的不同之处，是对汉政权太平盛世掩盖下的潜在危机，留意不够。由于他相信汉中央政权的顺天承运，才提出削藩主张，七王之乱起，社会危机暴露无遗，他本人则被杀，没有留意分析的机会了。

汉初散文家中值得称道的还有贾山。贾山生卒年不详，主要活动在文帝时期，曾在颍侯灌婴帐下供职。他传世的名文《至言》，洋洋洒洒四千言，借亡秦的教训讲治理天下的至理名言，行文上战国遗风甚浓。文中提出"定明堂，造太学，修先王之道"，是西汉中期罢百家尊儒术的林中响箭。

邹阳(? —前 129)的《上吴王书》、《狱中上书自明》，枚乘(? —前 141)的《上书谏吴王》也是汉初政论文的精品，值得一读。

二 西汉政论文的演变与《淮南子》

汉初政论文在当时特定的历史条件下，因为社会的需要，如火山喷发般弥漫了汉初文坛。它们除了为统治者天下初定后经营政权提供思想武器之外，又把秦代散文奠基的时政议论文大大向前推进。汉初天下平定，虽有藩王不时造反，但基本上是统治阶级上层的窝里斗，与暴秦酷政和楚汉逐鹿的大规模战争年代相比，社会环境基本上是安定的。因此文人有余暇精雕细琢，敷会《过秦论》之类的长篇大论，而不似秦代暴政与战乱中发言急促难成长篇。

这种热闹局面延续到汉武帝初年，已经趋于沉寂，到司马相如(约前179—前 118)《喻巴蜀檄 》、《难蜀父老》两篇政论极品中，可看出汉王朝已经从亡秦的阴影中走出来找到了自己。文章虽仍有战国遗风，但炎汉声威已经跃然纸上，忧患意识随着汉帝国的强大，已经淡隐。

作为农业民族，中国古人素有重经验、喜总结的习惯，正如孔子对三代文章作整理、《吕氏春秋》对战国文章作总结一样，《淮南子》对秦至汉初的思想，又来了一次大熔铸。因此，我们应当改变传统做法，对《淮南子》一书不再注重它的单篇价值，也不需硬是勘定它为道家还是杂家著作，而是应当注意对它的总体把握。这样，我们便应从该书总结秦至汉初思想的视角切入，挖掘它承上启下的过渡价值。

淮南王刘安(约前 179—前 122)，是汉高祖的孙子，其父刘长是汉文帝刘恒的弟弟。刘安于文帝十六年(前 164)袭父封地为淮南王，曾作《离骚传》，为研究评价屈原作品的开山。刘安"好读书鼓琴，不喜弋猎狗马驰骋……流誉天下"，在封国中招致宾客数千，编成十几万字的《淮南鸿烈》，史称该书体例为"内书"二十一篇，"外书"甚众(或曰三十三篇)，又有中篇八卷。现在存世的《淮南子》二十一篇，一般认为即该书的"内书"。

《淮南子》全书由《俶真训》、《道应训》、《修务训》等二十"训"组成，第二十一篇题《要略》，内有凡二十训的要旨，并说明作书的本意，应是全书的总序。书中毕集阴阳、道、儒、法、名家之说，而以道家思想为主，这是汉初占统治地位的黄老思想对作者、编者的影响所致。同时，该书在汉王朝独尊儒术实行文化专制主义政策的前夕，倡导"淡泊无为，蹈虚守静"[①]，是在高谈天道

---

① 《淮南子·高诱注·序》。

的大旗下与当局政策唱反调。联系当时的社会实际,《淮南子》的基本思想是保守的(参《俶真训》)。但《淮南子》中也有具积极意义的思想火花,如《道应训》中务求讲实效的社会实践方法;《修务训》中以造福人类为标准衡量人的行为,天才出自勤奋,注重实际,勇于探索,不迷信权威等思想,时至今日仍具有借鉴意义。

更为可贵的是《淮南子》中保存了大量的历史故事、神话传说、寓言故事等,如《女娲补天》、《羿请不死之药》等。这部书除了行文上极具文学色彩外,又成为后代文学撷取素材的丰富宝库。

三 西汉后期政论散文

在汉初黄老思想盛行时,贾山的《至言》已透露出尊崇儒术的信息。司马相如政论文中的大汉中心论衍发的大一统政治下的有为思想,是武帝黜百家、独尊儒术的舆论准备。《淮南子》鸿篇巨制,本有干预思想界,开历史倒车的趋势,面对儒家学术漫延天下,朝中巨臣多出儒门的社会大势,倡道家尊黄老,按说其对儒学重返历史舞台应构成重大阻力,但由于其编纂者因谋反被朝廷诛杀,这一思想势力自然土崩瓦解。此时,董仲舒(前179—前104)以《贤良对策》三篇(前134)脱颖而出,成为独尊儒术的大纛式人物。

董仲舒治《春秋公羊传》起家,本为西汉硕儒,《贤良对策》三篇流丽晓畅、凝炼简洁,且不说其对中国后世封建社会的政治思想建构影响深巨,便是在中国散文史上,也堪称文中精品。董仲舒另有《春秋繁露》,文学价值不及《贤良对策》。《贤良对策》本着《春秋公羊传》的"大一统"思想,反复阐述"天人相与"的天人感应观点,在文章的最后提出罢黜百家、独尊儒术的思想,主张"不在六艺之科,孔子之术"的学说,"皆绝其道"。比他稍后的司马谈、司马迁父子并没有买他的账,《论六家要指》(司马谈)站在社会实用的立场上,条分缕析阴阳、儒、墨、法、名五家思想,虽在评价上不偏不倚允当公道,但也透露出肯定道家,批驳儒家诸多观点的情绪。司马迁(前145—?)《报任安书》无论在思想上还是文风上,都上慕汉初政论文,于磅礴跌宕中遨游文笔,并不避忌对儒家思想以外之学术的仰慕赞许。

活跃在昭帝朝的桓宽,以《盐铁论》闻名后世。此书最后一篇《杂论》代表了桓宽个人的观点,已经以崇尚儒学为主了。稍后的刘向(前77—前6)、刘歆(前53—公元23)父子,则以著名通经大儒的身份写政论,其思想倾向自不待言。但向、歆父子俱不板滞陈腐,刘向的《极谏用外戚封事》、《谏营昌陵书》、《论星孛山崩疏》等名篇行云流水中见恳切挚情,具有很高的文学鉴赏价值。刘歆的《移让太常博士书》既是一篇精美的散文,又可称为一篇古代学术史论,具有双重的文化价值。另外他的《孝武庙不毁论》、《功显君丧服议》、《新序论》也都值得一读。

西汉后期政论散文中,比较有文学价值的还有贡禹(前 124—前 44)《奏宜放古自节》、《论钱币疏》、《乞骸骨书》,谷永(生卒年无考,活动在元、成帝两朝)《举方正对策》、《黑龙见东莱对》、《灾异对》,鲍宣(生卒年无考,活动在哀、平帝两朝)《上书谏哀帝》以及扬雄(前 53—公元 18)的《解嘲》、《解难》、《羽猎赋序》等。扬雄的《太玄》、《法言》名气很大,但文学价值不高,两篇为治文章学者的必读篇目。

第三节　东汉政论文

东汉谶纬之风盛行,思想界面临着令人窒息的桎梏局面。面对乌烟瘴气的迷信思想,揭竿而起针砭时弊的,还是政论散文。桓谭(约前 40—约公元 32)吹响了向谶纬迷信宣战的第一声号角,这就是他的传世名作《新论》。王充激赏《新论》道:“君山(桓谭字)作《新论》,论世间事,辨照然否,虚妄之言、伪饰之辞,莫不证定。”①可惜此书已佚,我们无从欣赏。现在存世的《陈时政疏》和《抑谶重赏书》,也具有很高的文学价值。

东汉一朝政论文的巨擘,当推王充(27—约 96)和王符(生卒年无考,活动在安、和、桓、灵四帝之间)。这两个人都是仕宦不得意之后闭门授徒著书的细族孤门之后,才学超群,不容于当世。王充的《论衡》全书现存八十四篇(原八十五篇,《招致》佚),其中最为世人称道的是《书虚》、《变虚》、《遗虚》等号称“九虚”九篇,《语增》、《儒增》、《艺增》等号称“三增”三篇以及《论死》、《订鬼》共计十四篇。② 这些篇章在当时语出惊人,被目为骇世之作,在中国思想史上有重要价值。《论衡》行文朴实无华,语言洗炼深刻,与当时盛行的虚夸文风如骈体文的刻意藻饰形成鲜明对比。但从论文角度考察,很多论据失之偏颇浮浅,难以服人。另外书中的有些观点在嫉虚妄中往往矫枉过正。但这无损于这部著作的伟大,作者向弥漫迷信毒雾的思想界挑战,观点或有不稳妥处、亦有部分论点不够彻底,但他嫉虚妄的态度却是决绝的。

值得注意的是,《论衡》中有些篇章,如《艺增》、《超奇》、《佚文》、《对作》、

---

① 《论衡·超奇》。
② 王充本人对这些篇章也颇得意,尝在《论衡·对作》中称:“若夫九虚、三增、论死、订鬼,世俗所久惑,人所不能觉也。”

《自纪》等篇中,对文学多有讨论,并提出了很多有价值的文学观点,在中国古代文论中涂上了重重的一笔。

王符的《潜夫论》,史称全书三十余篇,常为世人称道的有《论荣》、《考绩》、《贵忠》、《浮侈》、《实贡》、《爱日》、《述赦》诸篇。该书是一部愤世嫉俗之作,以针砭社会时弊为主,对当时的一些世俗观念乃至政治制度、官吏考核与选拔办法等,多有批判。世人多以王符论著是王充《论衡》的发挥,其实二者不同点很明显,与王充侧重于思想观念中的虚妄现象批判不同,王符更注重社会心理中的误区和政治制度弊端的揭露和批判。和《论衡》的恣意运笔无所依傍,甚至全面否定儒学先圣(《问孔》、《刺孟》)不同,《潜夫论》多引经据典,儒学气较浓而书卷气更重。在批判时弊时虽不失犀利,但多以温良典雅推论、以渊博学识服人,而不似王充之卓绝诡激。

与王充、王符并称东汉政论散文三大家的仲长统(180—220),曾经以《昌言》三十四篇、十余万字名动当时。今全书已佚,赖史书录《理乱》、《损益》、《法诫》三个整篇传于世。从三篇文字看,其主旨在揭露东汉末年外戚、宦官等豪门贵族的恶德恶行,并主张限制豪门贵族的兼并侵吞行为。在揭露批判时,字里行间往往触及当朝天子,可看出仲长统的耿耿气节;而在论述如何抑制豪强兼并土地时,又提出恢复井田制的荒唐主张,则可看出作者身处的时代给他造成的迷茫。从行文上看,以俊逸流宕、才思飞扬为整体特点,愤慨而不出恶语,忧愤而不自暴自弃,读者能在作者的条分缕析中安定思绪,疏解胸中块垒。

清人刘熙载说:"王充、王符、仲长统三家文,皆东京之佼佼者。分按之,大抵《论衡》奇创,略近《淮南子》;《潜夫论》醇厚,略近董广川;《昌言》俊发,略近贾长沙。"①是言甚为得之。

东汉政论文作者中可以名家的,还有李固(94—147)、崔寔(?—约170)、荀悦(?—209)三人。史称李固有文十一篇,大都亡佚,现存为世人称道的《遗黄琼书》,是政论文中的名篇。其文一反士人传统的"天有道则仕,无道则隐"观念,因为作者认为自古以来"善政少而乱俗多",越是乱世,有为的士子当挺身而出,奋不顾身,拨乱反正。为此,作者痛斥社会上"处士纯盗虚声"的现象。文虽不长,设问与铺陈杂错,变化多姿,具有很高的赏读价值。特别是文中"峣峣者易折,皎皎者易污。阳春之曲,和者必

---

① 《艺概·卷一》。

寡;盛名之下,其实难副"数语被毛泽东引用后,此文更是名声大振。

崔寔,史称曾有著作十五篇,并有《政论》数十条,如今前者全部亡佚,《政论》片断可于《后汉书》卷五十二本传中见到,为最可靠者。另《群书治要》、《全后汉文》亦有辑录,可参考。荀悦以著《汉纪》知名,又有《申鉴》五篇,也是政论文中的上品,体例摹扬雄《法言》,思想内容近王充《论衡》。尤其《俗嫌》、《时事》两篇,多为世人称道。

东汉末建安年间,曹氏父子的《让县自明本志令》、《遗令》(曹操),《与杨德祖书》、《与吴季重书》、《求自试表》(曹植)以及孔融《荐祢衡书》、《论孝章书》等,不但是政论文中的上品,也是文学苑囿里的奇葩,不可不读。

综观秦汉政论文,可以发现以下几个明显特点:一是每个时代的政论文,都与当时的时事政治同步,政论文所涉及的,都是那个时代亟需解决的焦点问题。二是篇幅的变化,阶段性非常明显。秦及楚汉相争时多篇幅短小的急就章,汉初多铺张扬厉的鸿篇巨制,到东汉干脆著书立说,出现了政论性的专著或个人文集。这一特点,是与当时的物质文化发展相适应的。但是不论篇幅长短,都无损于政论散文内容丰富、发论中的,并能切中时弊、补救时政。这一点在文章史上有重要意义。三是文风的变化。秦代刻石体似《诗经》的雅颂,而又明白晓畅;楚汉相争时说客说辞精巧犀利,往往一语中的;西汉政论上承秦代时论奏议,且追慕战国遗风,扬厉铺排,为汉赋构建体制时所宗法;东汉论文虽没有了西汉的气势,但春兰秋菊,各争风采,逐渐形成了作者的个体风格。

总之,秦汉政论文上承战国策士遗风,下启魏晋南北朝奏疏章表、书信札记、碑诔铭文,远接唐宋的韩柳欧苏,流波所及,清代"文必秦汉"的古文运动,也以秦汉政论散文为宗法。① 时至今日,治文学者,莫不知"书不读秦汉以下"的虽狷狭愤激、却发自肺腑的宏论。而在秦汉政论文中文学成就最高的,是汉初政论文,它是中国散文史上至今无人超越的高峰。

---

① 如清包世臣的说法:"至于秦汉之文,莫不洞达骀宕,刿目怵心……以此为师,方为善择。"(《再与杨季子书》)就代表了清代文人的普遍心态。

第二章 汉 赋

第一节 赋体文学的起源及兴盛原因

一 赋体源流

赋,《说文》解为"敛也"。但在现存许慎之前的古籍中这个意义并未被直接使用。《尚书·禹贡》中专有一段讲定赋分国的,原则是"底慎财赋"。而开篇记九州山川原泽(即地理概况)、贡物(物产之优者贡中央政府)、贡道(即进贡所必经的道路)时,还定下了各州土地的丰腴贫瘠程度,以"厥田惟某某(等级),厥赋惟某某(等级)"规定了赋税级别。这里"赋"纯属上交中央政府、或中央政府限定地方政府收缴的田地税。收取赋税至今被称为"聚敛",看来"敛"是田地税引申来的意义。汉初《毛诗大序》提出的诗之作法,有"六义",其中有"赋"一法,后代注解以"直陈其事"、"铺陈其事"。而《周礼》中把赋作为"六诗"之一。① 班固《两都赋·序》说"赋者,古诗之流也",应当宗法于此。

周代官僚阶层在社交乃至外交场合"赋诗断章",后代注家多解为"不歌而诵谓之赋",其实理解偏了,这里"赋"应当是《说文》中"敛"的意思,即随手拿(敛)来一首或一段诗应酬对答之义。但这种歪曲理解却歪打正着:因为《诗经》本是配乐的,应酬场合很难保证总有乐队相伴,即使有乐队,也很难配合"断章取义"的需要。所以在对答时顺手"敛"来的诗,只有朗诵而无法也没有必要歌唱配乐。《诗经》之后的屈原、荀卿作品,写来就不配乐(其实《九歌》应配乐),所以《汉书·艺文志》便直接认定他们的作品为赋了。② 而荀卿便是中国文学史上以"赋"为自己作品名篇的第一人。《汉书·艺文志》

---

① 《周礼·春官》:"教六诗:曰风、曰赋、曰比、曰兴……。"把赋作为六诗之一。此书成书年代虽有问题,但也不会晚于西汉末。

② 《汉书·艺文志》:"春秋之后……贤人失志之赋作矣。大儒孙卿(即荀子况)及楚臣屈原,离谗忧国,皆作赋以风,咸有恻隐古诗之意。"

称:"孙(荀)卿赋十篇。"现在存世荀卿赋五篇,这就是著名的《礼》、《知》、《云》、《蚕》、《箴(针)》。[①] 屈原之后的宋玉,其作品多被称作赋,[②]而其《风赋》、《高唐赋》、《神女赋》、《登徒子好色赋》等直接以赋命名的作品名动古今。刘勰《文心雕龙·铨赋》:"秦世不文,颇有杂赋",盖本于《汉书·艺文志》所录"秦时杂赋九篇"。这说明,在汉赋崛起于文坛之前,作为文体的赋,是经过了充分的准备阶段的。以现在所能见到的汉之前赋篇看,抒情赋、咏物赋、纪游赋、说理赋、述志赋等汉代盛行的赋体,都已经出现,有些成为咏诵千世的名篇。[③]

二　汉赋兴盛的原因

汉代在文学史上被称为大赋巨史的时代,汉赋,是赋体文学的高峰。赋体文学大盛于汉,主要是由以下四个方面的原因促成的。

首先,汉代经济的发展,为赋体文学的兴盛提供了足够的物质条件。秦王朝统一中国后不久,便采取了横征暴敛的政策,"竭天下之资财,以奉其政",再经过秦末起义和五年楚汉之争的兵燹之灾,到汉高祖刘邦定天下时,经济已经到了崩溃的边缘:"凡米石五千,人相食,死者过半";"自天子不能具醇驷,而将相或乘牛车。"[④]鉴于亡秦的教训,汉初统治者崇尚黄老之学,标榜无为而治,采取与民休息政策,使经济得以发展。到汉武帝时,"都鄙廪庾尽满,而府库余财。京师之钱累巨百万,贯朽而不可校;太仓之粟陈陈相因,充溢露积于外,腐败不可食。众庶街巷有马,阡陌之间成群……守闾阎者食粱肉,为吏者长子孙……。"[⑤]经济的发展,为文学创作提供了良好的物质条件。从以上引文可以看到,村长乡长乃至下层官吏都可以"食粱肉",从容长

---

① 《荀子·卷十八》有赋六篇,所列五篇与最后一篇《佹诗》体例不类,内容也以"天下不治,请陈佹诗"开头,既自称为诗,不应为赋。故后人多称荀卿赋五篇。

② 《汉书·艺文志》录宋玉赋十六篇,王逸《楚辞章句》载宋玉赋两篇,萧统《昭明文选》载宋玉赋七篇。

③ 1993年出土连云港东海县尹湾村汉墓的《神乌赋》是一篇基本完整而又亡佚了2000多年的西汉俗赋,赋写:一公一雌两只乌艰辛筑巢,有一天,雌乌外出取材,回到家中,发现一只盗乌在偷盗她的材料,于是雌乌和盗乌大吵起来,展开搏斗。结果,雌乌遭受重伤,雌乌将死之际招来公乌,授命托孤后投地身亡。雄乌大哀,但无处伸冤。只得"弃其故处,高翔而去"。《神乌赋》的出土对中国文学史的研究具有重要的意义。它展示了汉赋题材与风格的多样性,还激发了人们对赋源问题的重新探讨,使得"大多数学者认可了赋出民间说,……对于赋和俗文学的关系却已经有了崭新的认识。"(《〈神乌赋〉研究综述》踪凡 郭晓明《中国诗歌研究》第六辑第159—170页)

④ 《汉书·卷二十四上》。

⑤ 《汉书·卷二十四上》。

养子孙，子孙的受教育自然不成问题。受教育的众多士子为文坛提供了强大的后备队。同时，由于物质条件丰富，游学为文自无衣食之忧，而对于文学消费者，一篇好文章出来，即使出现"洛阳纸贵"的局面，也不影响抢购纸张传抄作品。赋体文学不是打油诗，是要有良好的教育基础作后盾的。汉代恰恰为士子们从事大规模文学创作提供了物质基础。

其次，汉初至武帝之前政治稳定，为汉赋创作出现高峰提供了良好的社会环境。史称汉初至武帝即位七十年间国家无事，即没有大范围的兵燹水旱等天灾人祸，社会环境比较安定。安定的社会环境，为士子受教育、文人搞创作提供了保障，即使武帝即位后发动开边战争，最初也没有破坏"公私仓廪俱丰实"的社会储备，反而鼓舞了文人们的大一统气概。空前的太平盛景和充满豪情的大一统气概，在赋体文学的高峰期充溢在散体大赋里。

再次，对外交往的扩大和宫廷园林的兴建，开阔了汉人的眼界，为赋体文学提供了丰富的表现题材。汉代开通河西走廊，扩大了对外交往，通商范围远达塔什干、布哈尔、撒马尔罕、阿富汗、波斯、印度乃至罗马，①而据《西京杂记》和《朝鲜考古图录》记载，汉朝和日本、朝鲜也有通商关系。汉赋中罗列的珍禽异兽、奇珍怪物，大都是人们在当时见所未见的，这便得之于对外交往的扩大。如前述，武帝即位时国库丰实，财力充足，所建造的甘泉宫、建章宫、上林苑、通天台、飞帘阁等，使得乃祖刘邦都嫌奢侈的长乐宫、未央宫相形见绌。这些富丽堂皇、豪华宏大的宫廷，和"左苍梧，右西极，丹水更其南，紫渊径其北。终始灞、浐，出入泾渭，丰、镐、潦、潏，纡余委蛇"（《上林赋》），遍养珍禽异兽的皇帝林苑，共同构成了炎汉一朝的宏丽风景线，两汉文人眼界大开，自然丰富了赋体文学的题材。

最后，西汉初年倡导的以清静无为简朴素淡为体的黄老之风，在汉武帝即位之后逐渐告退，为"铺采摛文"的汉大赋提供了发展空间；而统治阶级的提倡，又为赋体文学的兴盛准备了巨大的市场。汉武帝罢黜百家，独尊儒术，儒学很快被奉为经典，文人士子以儒学讨出身，开门授徒的硕儒便在故纸堆中寻求微言大义，经学日益繁缛，经书一字，注解或至万言，这无疑助长了文人铺采摛文、构制鸿篇巨制的风气。比如写"郑女曼姬"，无非是体态婀娜、衣饰华美、飘然若仙，在《子虚赋》中就被司马相如写成这种样子：

---

① 详细记载分别见《汉书》和《后汉书》的《西域传》、《西南夷传》以及《汉书》的《地理志》、《张骞传》等。

　　于是郑女曼姬，被阿緆，揄纻缟，杂纤罗，垂雾縠，襞积褰绉，纡徐委曲，郁桡溪
谷。衯衯裶裶，扬袘戌削，蜚襳垂髾。扶舆猗靡，翕呷萃蔡；下靡兰蕙，上拂羽盖；错
翡翠之威蕤，缪绕玉绥。眇眇忽忽，若神仙之仿佛。

　　这还是静态观察，下文还有在蕙圃中追逐游戏、在清池中游泳，更是极尽铺
张之能事。

　　汉朝统治者的提倡，也对汉赋的兴盛起到了推波助澜的作用。仅西汉
武帝之前，见于史书的喜好文学的帝、王，著名的就有吴王刘濞、楚王刘戊、
淮南王刘安、梁孝王刘武、河间献王刘德等。他们招贤纳士，延揽文人，创造
闲适的环境，①使得文人们朝夕论思，时时间作，日月献纳赋体作品。当时著
名的文人枚乘、邹阳、严忌、淮南小山等，都是这些诸侯王的座上宾；特别是
大文豪主父偃，遍游齐、燕、赵、中山等诸侯国，皆被奉为贵宾。

　　汉武帝刘彻本身就是个擅长文学的大才子，他传世的《秋风辞》属诗中
上品。据说武帝每逢宴会，必要论及赋体文学的创作。有汉一代，史书上明
确记载以赋得官的，起码有司马相如、东方朔、枚乘、王褒、张子侨、扬雄（以
上西汉）以及崔篆、李尤（东汉）等。统治阶级的提倡，无疑刺激了文人作赋
的积极性，到班固生活的东汉初年，流行于世的汉赋作品已达九百余篇，知
名作者有六十多人（据《汉书·艺文志》）。这样，在充足的物质条件、安定的
社会环境滋养下，在大汉帝国对外开放商路、对内大兴土木改变都市面貌的
全新文化氛围中，由于统治阶级上层的大力提倡和社会时尚的刺激，汉代眼
界大开并且"有闲"的文人们，适应社会文化发展的需要，创造了赋体文学的
辉煌，形成了赋体文学创作的高峰，开创了中国文学史上大赋巨史的时代。

第二节　汉赋的发展阶段及主要作家作品

一　汉赋的发展阶段

　　炎汉以公元9—25年（此期间为王莽新朝及淮阳王刘玄时代）为界，分为
西汉、东汉两朝。汉赋的发展，则分为三个阶段，西汉一朝，经历了汉赋的兴
起阶段和全盛阶段；东汉则为汉赋的成熟阶段。

　　汉赋的兴起阶段，处在汉初至武帝即位之间（前202—前140）的六七十

---

　　①　如《西京杂记·卷四》载"河间王德筑日华宫，置客馆二十余区，以待学士"便是一
例。

年间。《文心雕龙·诠赋》说："汉初词人，顺流而作，陆贾扣其端，贾谊振其绪……。"《汉书·艺文志》录陆贾赋三篇，今俱不传，又录贾谊赋七篇、枚乘赋九篇。这三个人物，就是汉赋兴起阶段的代表作家，只可惜陆贾的赋我们今天看不到了。贾谊是汉初的大才子，廷论口若悬河，动辄一泻千里，文挟战国遗风，势如高山瀑布。而在失意遭贬长沙之后，心境文风判若两人，却为后人提供了另一种美，体现在他贬谪期间写的《吊屈原赋》和《鹏鸟赋》中。枚乘正好在汉武帝即位那一年（前140）去世，我们把枚乘的去世作为汉赋兴起阶段的结束与全盛期的开端。

武帝建元元年（前140）至成帝元延三年（前10）的130年间，是汉赋的全盛阶段。这个阶段以一段凄迷的文学史上的佳话开始，而以一则文学史上令人叹惋的自我反省告终：

> 武帝自为太子闻乘名，及即位，乘年老，乃以安车蒲轮征乘，道死。（《汉书》卷五十一）

汉武帝的遗憾自不必说，枚乘若非年老不胜路途劳顿（虽然是安车蒲轮），那继《七发》而起的，一定是"越发"不可收拾。

> 雄以为赋者，将以风也，……往时武帝好神仙，相如上《大人赋》，欲以讽，帝反缥缥有凌云之志。由是言之，赋劝而不止明矣；又颇似俳优淳于髡、优孟之徒，非法度所存、贤人君子诗赋之正也。于是，辍不复为。（《汉书》卷八十七）

> 或问："吾子少而好赋？"曰："然。童子雕虫篆刻。"俄而曰："壮夫不为也。"（《法言·吾子》）

扬雄的忏悔式自省，虽然本于"文以载道"的传统观念，但从忧国忧民的责任心角度观照，总是要沉重得多。扬雄的《长杨赋》作于公元前10年，是汉赋全盛阶段的殿军之作。

班固说："汉兴，枚乘、司马相如，下及扬子云，竟为侈丽闳衍之词，没其风谕之义。"[①]班固虽然道学，但在评价汉赋全盛阶段时，分期是正确的。刘勰也说："枚、马同其风，王、扬骋其势。"[②]他们所说的，就是文学史家乐于称

---

① 《汉书·卷三十》。
② 《文心雕龙·诠赋》。

道的武昭宣元成时代,即汉赋的全盛期。扬雄辍笔不再写赋之后,政治也黑暗、混乱了约四十年时间,文学上自然没有什么可称道的作品。这期间,刘向、刘歆父子和扬雄相继谢世。但平帝元始三年即公元 3 年班彪的降生,则似乎是一道闪电,预示了汉赋又一个发展阶段的到来。

汉赋发展的第三阶段即成熟阶段的开始,应从光武帝刘秀建武元年(公元 25),二十二岁的班彪(班固的父亲)作《北征赋》算起;而这一阶段的结束,则应以献帝刘协建安二十三年、建安七子中陈琳、王粲、应玚、刘桢四人同时死于瘟疫为标志。① 这一年是公元 218 年。这一阶段近二百年,近于东汉一朝的时间,赋体文学作家前赴后继,虽然没有再现赋体文学全盛时期的辉煌,但却在千锤百炼中从各个方面完善了赋体文学本身,使得后代作赋者总难脱出汉赋的窠臼。

在这一阶段,汉赋全盛时期的各种题材几乎都被梳理了一遍:抒情赋出现了《北征》、《东征》、《述行》、《髑髅》等赋;写物赋出现了著名的《两京》、《两都》、《登楼》等赋;说理赋出现了《幽通》、《思玄》诸赋等等。这些汉赋全盛阶段创作的赋体文学品种,在东汉赋家手中显得更加圆融,并在体裁、词句使用、表达语式等方面都有一定的创新。同时在这一阶段,从抒情赋中派生出了具有市民情调的、反映爱情生活的赋篇,比如《定情赋》、《协合婚》、《神女》等赋;而在汉赋全盛期尚为数不多的咏物赋,在汉赋的成熟阶段却作品迭出,成蔚为大国之势。

建安时代,往往出现同一题目几篇赋篇存在的情况,则大都是文人(比如建安七子与三曹父子等)聚会时的游戏之作,但由于时代关系,也颇有新意。况且,这又是汉赋创作中的一种新形式,在开创后代诗歌唱和之风方面,功不可没。

综观汉赋的三个发展阶段,汉赋自始至终顽强保持了自己的几个基本特征,即长篇韵文(中可换韵)、故设问答、广陈事理、夸张描写、华丽辞藻、排比连类等,因而篇幅虽有长短之分,但一般体制都较为宏大,特别是汉赋的全盛阶段,长篇大幅特别多,它的余绪是东汉的《两都》、《两京》。正因为这一点,汉赋才和《史记》、《汉书》一起,被称作大赋巨史。

二　汉赋的主要作家作品

作为一种时尚追求,汉代文人,包括写巨史的司马迁、班固,几乎没有不

---

① 七子中的其他三子,孔融、阮禹已分别于建安十三年(208)和十五年(210)逝世;徐干死于建安二十三年(218)春。

涉猎赋体文学创作的。这就决定了汉赋在中国文学史上与唐诗、宋词、元曲并驾齐驱,成为汉民族历史上主要的文学样式之一,闻名于世。现根据上面对汉赋发展阶段的划分,来介绍汉赋的主要作家作品。

汉赋兴起阶段的主要作家,除前面提到的陆贾、贾谊、枚乘之外,应当提到的还有淮南小山和严(庄)忌。分述如下。

贾谊政论散文《过秦论》为汉初第一,并且后代少有企及者;而在骚体赋的创作方面,他的《吊屈原赋》和《鹏鸟赋》,也是独步当时、卓立后世的。

《吊屈原赋》是贾谊在朝廷中受到排挤,被派到南方任长沙王太傅时所作。当时贾谊刚离开京城,长沙地处卑湿,官又越做越小,心中本来已经很不是滋味,又恰逢渡湘水,自然想起沉江而死的同样不得志的屈原,于是写了这篇赋祭奠屈原,同时抒发自己的抑郁愤懑之情。文中对已经选择了死的屈原,大谈后退一步天地宽、死不如生。这无疑是作者对自己心情的安慰,用来坚定自己顺应逆境的信心:

> 谇曰:已矣! 国其莫吾知兮,子独壹郁其谁语? 凤缥缥其高逝兮,夫固自引而远去……所贵圣之神德兮,远浊世而自藏。……见细德之险征兮,遥增击而去之……

可惜贾长沙这种自我抒解故作旷达没有坚持到底,终于抑郁悲伤而死于失职的自责中。

《鹏鸟赋》也是贾谊任职长沙期间作的。史称:"贾生为长沙王太傅三年,有鸮飞入贾生舍,止于坐隅。楚人命鸮曰'鹏'。贾生既已谪居长沙,长沙卑湿,自以为寿不得长,伤悼之,乃为赋以自广。"[1]赋讲了一个故事:在初夏的一个落日西斜的下午,有一只鹏飞进贾谊的房间,落在主人座位的旁边,"貌甚闲暇",似乎没有闯入人宅被人所获的惊恐。主人觉得此事蹊跷,便打开卜筮书占吉凶,结果得到的谶语是"野鸟入室兮,主人将去"。因为谶语是俗人很难参透的,于是向鹏鸟请教:"予去何之? 吉乎告我,凶言其灾。淹速之度兮,语予其期。"结果鹏鸟给主人讲了一通人生应当旷达、不要疑神疑鬼的道理,勉劝主人"德人无累兮,知命不忧。细故蒂芥兮,何足以疑!"这是一篇文学内涵丰富的赋篇。从思想观念上,作者借鹏鸟之口,宣扬老、庄对待吉凶福祸生死的旷达态度,因而形成全赋缥缈恢宏寥廓的氛围,又不失

---

[1] 《史记·卷八十四》。

论理的精辟独到。在表现手法上,上承《诗经》的鸟语人言相辉映(比如著名的《鸱鸮》)、《楚辞》的问答交流渲内情(比如著名的《天问》、《风赋》)等艺术手段,结构成我国最早的以四言为主的问答赋,开创了后代写物赋、寓言赋、说理赋的先河。《文心雕龙·才略》说:"贾谊才颖,陵轶飞兔。议惬而赋清,岂虚至哉!"拿《鵩鸟赋》和后代的名篇相比,即便是相同体裁与表现手法的,都难以掩没贾长沙的峻逸清雅。

贾谊《吊屈原赋》和《鵩鸟赋》在文学史上的价值弥足珍贵。赋中的比喻,依托寓言式的警句,把抽象的思辨与愤懑的激情,通过具体的物象表现出来,并把符合社会心理定势的对立事物,比如鸾凤与鸱鸮、莫邪与铅刀、周鼎与康瓠、骐骥与罢牛蹇驴等,搭配起来构成尖锐对立的具象组合,进而淋漓尽致地勾勒出社会的黑白颠倒莨莠不分,充分显示出作者把握、驱驰物象的能力。尽管赋中还有其他足以称道的美学价值,但就此一点,即可令贾谊的赋不朽。

枚乘现存赋三篇,《柳赋》、《菟园赋》后人多疑为伪作,《七发》承骚体之余绪,开汉大赋之先河,成就了枚乘的才名。

《文选·李善注》称"《七发》者,说七事以启发太子也"[1],道出了《七发》的写作主旨与结构方式。赋的开篇,引入两个对话人物:"楚太子有疾,而吴客往问之。"接着吴客道出楚太子致病的原因,并建议进"要言妙道"治太子的沉疴。下面,便是这篇赋的主体"七发"。在吴客跌宕铺排的音乐、美食、良马、游观、畋猎、观涛等要言妙道启发下,太子虽然在听到畋猎盛况时"阳气见于眉宇之间,侵淫而上,几满大宅",从而"有起色矣",但还是因"仆甚愿从,直恐为诸大夫累耳"的担忧,仍归之于六种启发所得到的同一结果"仆病未能也",即因身体有病,不能欣赏、参与。只有吴客说出了如下一段话,太子才"霍然病已":

> 客曰:"将为太子奏方术之士有资略者,若庄周、魏牟、杨朱、墨翟、便蜎、詹何之伦,使之论天下之精微,理万物之是非,孔、老览观,孟子持筹而算之,万不失一。此亦天下要言妙道也,太子岂欲闻之乎?"于是太子据几而起,曰:"涣乎若一听圣人辩士之言!"涊然汗出,霍然病已。

---

[1] 《文选·卷三十四》。

《七发》中作者的思想观念、审美意趣与价值取向,充分反映在赋前的总序即吴客阐述楚太子病因,和这结尾的第七"发"中。作者认为:要全生保性身体健康,决不能沉湎于出舆入辇、洞房清宫、皓齿娥眉、甘醇肥浓的物质享受中。否则,身体损伤,连畋猎、观涛、游观、欣赏音乐的正常活动都无法参加。而对保养身心有利的,则是清心寡欲,注重丰富精神生活,多和"方术之士"中"有资略者"接触,多听他们"论天下之精微,理万物之是非"的要言妙道。

读《七发》如读《招魂》、《大招》等楚辞名篇,是因为它在体制上承袭了楚辞的铺排渲染饮食盛况、歌舞乐事、女色容态、宫室游观等手法,虽然在价值取向上不同,但文学价值可同日而语。读《七发》又如读《子虚》、《上林》、《甘泉》、《羽猎》等大赋,是因为它在谋篇布局上实际开汉大赋之先河。至于它比喻的惊警、辞藻的繁富、铺排渲染的回肠荡气,更为后世史家所称道。作为骚体赋的殿军之作,《七发》这种以七段文字构成文章本体的格式,引发了后代以"七"命文的诸多模仿,如《昭明文选》就曾将《七激》、《七依》、《七辩》、《七启》等单列为一种文体并称之为"七"。这也充分表明了枚乘的追慕者之盛。《七发》充溢的艺术魅力,造就了枚乘的不朽。

淮南小山是一个人还是一个文士群体,目前学术界尚有争论,但他或他们是淮南王刘安的门客,却看法一致。属名淮南小山的骚体赋名著,便是《招隐士》。《招隐士》为历代文人所喜爱,除了它描写的山林岫岩凄迷恐怖、朴野幽冷之外,主要是它饱含的对遁迹山林之士人的刻骨铭心的尊重与缠绵幽怨的思念之情,震撼了百代读者。这种情愫,正是历代统治者所缺乏、然而却又是最应当具备的。读《招隐士》赋,既可以重温《招魂》、《九歌》、《九辩》的凄美缠绵,又可以加深对曹操"青青子衿,悠悠我心,但为君故,沉吟至今"、"山不厌高,海不厌深"(《短歌行》)沉郁博大胸怀的理解。《招隐士》"绍楚辞之余韵,非他词赋之比"①,属骚体赋中的上品,很值得一读。

严忌本名庄忌,因班固写《汉书》时正值东汉明帝朝,明帝名刘庄,为避讳,班固在记录其事迹时便将庄忌改为严忌,庄忌遂以严忌闻名后世。他的著名骚体赋作品是《哀时命》。严忌写《哀时命》,主要是他自己的"时命"不好。史称严忌喜好辞赋,汉景帝却不喜欢辞赋,因而不得志。离开中央朝廷投奔诸侯王刘濞,又正值刘濞厉兵秣马准备反叛朝廷,怕受牵连转投梁孝

---

① 王夫之《楚辞通释·卷十二》。

王，虽深受器重，却又碰上梁孝王野心勃勃要与刘彻争夺皇位继承权。在政治斗争的漩涡中生发"哀时命"的感慨，是不足为奇的。严忌借祭屈原的苦酒浇胸中块垒，情真意切，所以有《哀时命》这样的抒情言志佳作。《哀时命》在愤慨时乖运蹇的同时，也表明了作者退隐求仙的心志："下垂钓于溪谷兮，上要求于仙者；与赤松而结友兮，比王乔而为偶。"这是他之前的骚体赋所未见的。就是在当时，梁孝王的宾客中像严忌这种情绪的也不多，枚乘的《柳赋》，邹阳的《酒赋》、《几赋》，乔如的《鹤赋》，公孙诡的《文鹿赋》等作品，都"表现的是梁园文人的自得心态，他们感到自己与明主遇合，没有任何失意和怅惘。"①正因为如此，严忌的《哀时命》在汉代赋体文学中的地位才弥足重要。比如在题材上，他既是汉代"悲士不遇"赋的开山，又是魏晋游仙诗的鼻祖。

汉赋全盛阶段是赋体文学大家群星丽天的时代，我们只能选择几个作家加以叙述。司马相如（约前179—前118）于景帝年间（前145）作《子虚赋》，拉开了汉代散体大赋的帷幕，汉赋的全盛时期由此开始。此赋因武帝的赞赏而名声大噪，司马相如因此也得到了武帝的召见。在召见时，武帝问司马相如《子虚》赋是否他作的，"相如曰：'有是，然此乃诸侯之事，未足观也。请为《天子游猎赋》，赋成奏之。'上许，令尚书给笔札。"②这《天子游猎赋》，便是现存的《上林赋》③。两篇赋中出现了三个对话人物，皆是假托。对此司马迁早有评论："相如以'子虚'，虚言也，为楚称；'乌有先生'者，乌有此事也，为齐难；'无是公'者，无是人也，明天子之义。故空藉此三人为辞，以推天子诸侯之苑囿。"④

在汉代散体大赋中，《子虚》、《上林》达到了劝、讽交融，以讽为主的境界，但又不是道学文章那种枯涩板滞的说教。两篇文章的描写极尽宏丽巨大，但又把这寥廓丰腴的艺术描写置于可笑的受嘲弄位置。齐王的浮夸、子虚的浅薄、乌有的自恋、亡是公的铺排，一个接一个被否定，而这四个环节，又是成就赋篇排山倒海巨丽之美的必要手段，它们都为亡是公的美政理想服务。亡是公的高明无与伦比，作者就是亡是公，汉武帝作为一代有作为的

---

① 李炳海《汉代文学的情理世界》，东北师大出版社2000年1月版，第44页。
② 《史记·卷一一七》。
③ 关于《子虚》、《上林》两赋与《天子游猎赋》的关系，历来聚讼纷纭。聂石樵、李炳海先生编写的《中国文学史·第一卷》，高等教育出版社1999年8月版，第189、200页，考订甚详，可参看。
④ 《史记·卷一一七》。

君主,必定喜欢亡是公的机警、渊博与智慧。

作品散韵结合,增加了行文的韵致;排比句的运用,增加了行文的气势;而长短句的交错,又使文章张弛有度,这是作者的行文之妙。赋篇山重水复、气势恢宏又不失跌宕婉转,文思流畅又时见波澜起伏,珍禽奇兽名花丽草满眼,而鹘飞鹰扬万马奔腾如画,则是作者的驱使物象之功。以汉大赋而论,《子虚》、《上林》是赋类文体之丰碑。

司马相如另有《哀二世》赋、《大人》赋、《长门》赋、《美人赋》等,都属于骚体赋的体式,虽不似《子虚》、《上林》独创散体大赋的巨制,但仍属骚体赋中的上品。

汉赋全盛阶段的另一个散体大赋巨子,便是扬雄(前53—公元18)。扬雄是一个高产作家,一般以为《甘泉》、《河东》、《羽猎》、《长杨》四篇赋是他的代表作,而这四篇赋又集中创作在成帝元延二、三年(前11—前10)间。史书载,扬雄仰慕司马相如的作品,"每作赋,常拟之以为式",终于得到"文似相如"的评价,被汉成帝召进朝廷。

《甘泉赋》是写甘泉宫的。甘泉宫建于秦代,至汉武帝时,在本以奢丽豪华著称的甘泉宫中又增修了很多宫殿。甘泉宫在当时是皇家气派的象征。扬雄待诏未央宫承明殿之后,第一次随成帝出行,便是去甘泉宫。扬雄作为一个"家产不过十金,乏无儋石之储"的穷文人,第一次亲眼目睹天子宫苑的华奢,心下以为不类上古圣王的制式,但这奢华宫室并非成帝所造,扬雄处在"欲谏则非时,欲默则不能已"的两难心境之中,于是在从甘泉宫回来后,写了《甘泉赋》来讽喻成帝。

但是《甘泉赋》的讽喻作用,比起《子虚》、《上林》来简直可以说是微乎其微。此赋满篇铺写宫苑的奇伟瑰丽,并附以美丽的神话比拟,盛赞甘泉宫"似紫宫之峥嵘",简直就是上帝的所在。并且在赋的末尾,还以"辉光眩耀,降厥福兮,子子孙孙,长亡极兮"来讨好皇帝。

在表现手法上,《甘泉赋》虽属散体大赋,但多用"兮"字,还有骚体赋的影子。

扬雄的《河东赋》、《羽猎赋》(或称《校猎赋》)、《长杨赋》,在讽喻意义的薄弱方面,与《甘泉赋》并无二致。

扬雄是个学者型的作家,他的赋富于书卷气,又不乏飞扬的文采,在艺术上追求赋的巨丽之美,并运用沉郁跌宕、锦簇花拥、飞腾跃动、遐思激扬等表现手法。在汉大赋的全盛阶段,为赋体文学锦上添花,其在文学史上的贡献,是有目共睹的。

扬雄的《蜀都赋》是东汉京都赋的先声；《逐贫赋》是"士不遇"题材苑囿里的奇葩；《太玄赋》是后代说理赋的先声；《酒赋》是滑稽赋的上品；《解嘲》、《解难》、《反离骚》是抒情赋中的佳醪，都值得一读。《汉书·艺文志》录"扬雄赋十二篇"，如今传世的扬雄赋起码有十五篇，这也是文学史上的一件趣事：沧海桑田两千年，扬雄的赋不但没佚失，反而多出一些篇什来。这也反映了后代文人对扬雄才学的认同。

汉赋全盛期的著名作家中还应当提及的，是枚皋（前156—？）、东方朔（前154—？）和王褒（约前88—约前55）。

史称武帝安车蒲轮征枚乘，枚乘因年老体弱死于途中，"诏问乘子，无能为文者"。但枚乘游于梁孝王门下时，尚娶一妾，生了庶子枚皋。"乘之东归也，皋母不肯随乘，乘怒，分皋数千钱，留于母居。"枚皋十七岁在诸侯王刘买手下为郎，遭谗遇罪，跑到长安，"会赦，上书北阙，自陈枚乘之子。上得之大喜，召入见待诏，皋因赋殿中……善之，拜为郎。"①枚皋虽然不通经术，但性格诙谐，才思敏捷，虽然为文嫚戏，但作赋速度快，武帝经常让他作赋抒写感受，竟成为汉赋全盛阶段乃至汉代文坛最高产的作家，"凡可读者百二十篇，其尤嫚戏不可读者尚数十篇"，《汉书·艺文志》录枚皋赋百二十篇。《西京杂记·卷三》说："枚皋文章敏疾，长卿制作淹迟，皆尽一时之誉。而长卿首尾温丽，枚皋时有累句。故知疾行无善迹矣。"枚皋之赋多为急就章，赋篇多，为后世称道者少。

东方朔字曼倩，也是汉赋中的高产作家之一，其《七谏》、《答客难》、《非有先生论》多为世人称道，颇值一读。王褒以《圣主得贤臣颂》起家，却以《洞箫赋》知名汉代文坛，此赋标志赋体文学中咏物赋的成熟，又是文学史上描写乐器、音乐的名篇。

除上述作家外，朱买臣、吾丘寿王、严助、主父偃、终军、倪宽、孔臧、董仲舒、司马迁、刘安以及刘向、刘歆父子等，也都是知名的赋作家。其中董仲舒《士不遇赋》、司马迁《悲士不遇赋》、刘歆《遂初赋》等，多为后人所称道。三篇赋或作于炎汉盛世之初，或作于盛世之际，或作于西汉衰世之中，却同样感到了境遇的不得意，是很值得玩味的士人感悟。

汉赋成熟阶段的作品，已经没有了前两个阶段赋体文学在体式上的扭突嬗变，更多的是作为一种重要的文学体裁，在作家们的手中辗转丰稔，越

---

① 本段引文，见《汉书·卷五十一》。

来越成为士人表情达志、得心应手的工具。既然赋体文学在体裁方面日益趋于成熟，我们在介绍这一阶段的作家作品时，便以分门别类的方法来叙述。汉赋在体裁上可分为骚体赋、四方赋、散体大赋、骈赋等，这只是作者的习惯问题，并不影响赋本身的价值取向、艺术追求及文学价值。我们按题材，把汉赋成熟阶段的作品分为咏物赋、抒情赋、说理赋、叙事赋四部分来介绍。

咏物赋。此类赋有描写大场面宏观景物的，也有描摹小物象具体用具、草木、鸟兽的。前者以班固《两都赋》和张衡《二京赋》为代表，此类赋史称京都大赋；后者以傅毅《舞赋》、祢衡《鹦鹉赋》、马融《长笛赋》为代表。这些赋篇和汉赋全盛期的同类赋作《子虚》、《上林》、《长杨》、《羽猎》、《洞箫》乃至前期的《鵩鸟赋》相比，虽然缺少了些排奡跌宕、腾跃飞扬的神韵，但却多了几分沉健稳实、精警透辟的圆融，这是成熟的标志。

东汉建都洛阳，从杜笃（？—78）作《论都赋》起，东都洛阳好还是西京长安好，成为世人议论的焦点。班固（32—92）写《两都赋》，于铺写西京繁华宏伟的基础上，纵论东京宏丽之合于制度。张衡（78—139）见班固《两都赋》，"薄而陋之"，于是立志超越班固，"精思傅会，十年乃成"《二京赋》，此赋体制宏丽大过班固《两都》，又多货殖、朝会、游侠、百戏、大傩等京城繁华景象的描写，况且写作本意便在讽谏承平日久"莫不逾侈"的统治阶层，所以讽喻劝诫之情力透纸背，遂成为汉赋中的佳篇。《两都》、《二京》上承相如、扬雄，下启《鲁灵光殿赋》（王延寿），是汉赋成熟阶段的京都大赋代表作。晋左思《三都赋》成，世人争相传抄以至洛阳纸贵，也无非被盛赞为"班张之流也"。可见班、张在咏物题材赋体文学中的崇高地位。另现存世的张衡《南都赋》，也是京都赋名篇，值得一读。而班固的《竹扇赋》则是可比肩《长笛赋》的咏物名篇。

抒情赋。抒情是贯穿汉赋发展全过程的题材之一。汉赋成熟阶段的抒情赋，以班彪、班昭父女的《北征》、《东征》、蔡邕的《述行》、张衡的《髑髅》、赵壹的《刺世疾邪》、王粲的《登楼》、曹植的《幽思》等最为著名。

班彪（3—54）是班固、班昭兄妹的父亲。史称"更始败，三辅大乱"的时候，班彪避难天水、河西一带，沿途看到王莽之乱以来，"十余年间，中外搔扰，远近俱发"①的战争场面，心中感慨系之，写了《北征赋》，主旨是反对战

---

① 本段引文，见《后汉书·卷四十上》。

争,主张德化,痛惜百姓遭兵燹之灾。此赋是汉赋成熟阶段的开山作品。

　　赵壹(生卒年不详,生活在东汉末桓灵之际)的传世作品有《穷鸟赋》和《刺世疾邪赋》,将汉末社会黑白颠倒的世情淋漓尽致地揭示出来。赋篇以"伊五帝之不同礼,三王亦又不同乐。数极自然变化,非是故相反驳"的貌似旷达、实则痛切失望的激愤之辞开始,痛陈了春秋、战国直至"于兹迄今"社会秩序的颓败、道德伦理是非曲直的沉沦扭曲,发出了"宁饥寒于尧舜之荒岁兮,不饱暖于当今之丰年"的决绝之辞。赋结尾的《刺世疾邪诗》二首,既是体制的独创,又成千古绝唱。

　　建安年间王粲(177—218)的《登楼赋》,抒发怀才不遇的哀愁,志深笔长,耿慨多气,是抒情赋中的精品之一。

　　说理赋。继扬雄的《太玄》之后,班固的《幽通》、张衡的《思玄》,是东汉说理赋中的双璧。《幽通》上接《鹏鸟》,讲性命真理,虽价值取向有所不同,但发想布局多有相同。后世陆机《文赋》虽趋于骈俪,且所论不同,但仍可看出血脉所系的关系。《思玄》明为说理,实为述志,读来颇似《楚辞·远游》。

　　叙事赋。在汉赋成熟阶段,唯有叙事赋这一题材不成熟,因为它是东汉后期的体式。此类赋的名篇,有张衡《定情》、杜笃《首阳山》、蔡邕《短人》、《协合婚》、曹植《出妇》以及建安七子均以《神女》命名的赋篇等。

　　其中张衡的《定情赋》仅存残篇,①但却能从中看出作者创作风格的多样化。建安十三年(208)在曹操举行的庆功会上,杨修及建安七子中的陈琳、王粲、应玚等,用《神女赋》这同一个篇名作的娱乐文章,各人的赋篇叙事清丽可喜。这些赋篇和宋玉的高唐神女相比,意境不见淡泊,叙事更见婉致细腻。

第三节　汉赋的艺术特征

　　如前述,汉赋在兴起、兴盛、成熟过程中,不管题材如何变化,始终保持了体式上的一些基本特征。要把握汉赋这些体式上的特征,就必须理清汉赋在体制上对前代文学样式的借鉴、继承与发展。同时汉赋的某些特征,也受当时的社会心理、时尚、价值取向的制约与影响。扬雄说:"长卿赋不似从人间来",其实任何一种文学样式,离开人间,无以完成。但有汉一代在赋体

---

　　①　此赋残文,见《艺文类聚·卷十八》。

文学方面所取得的艺术成就，确实让人惊羡它的仙风拂荡。

首先，汉赋代表作最明显的特征，表现在它的结构、体制上。

长篇巨制，是汉大赋最明显的特点。这固然得益于《诗经》中的颂诗及雅诗中部分史诗，尤其是《楚辞》构制长篇的艺术润泽。但是，汉帝国的少壮精神与大国气象，无疑是大赋体制宏伟的折射原体。与前代的巨制长篇比，汉赋一扫《诗经》的板滞庄重、《楚辞》的凄怨渺幽，而以雄风鼓荡、恣肆洋洒为体。因而虽为长篇，决无冗沓之累，反给人以痛快淋漓的审美感受。

铺陈排比，是《楚辞》与秦汉政论文的突出特点，汉赋作家拿来构制巨制宏篇，自然艺尽其用。且不说《子虚》、《上林》、《长杨》、《羽猎》等散体大赋，就是《招隐士》之类的缠绵悱恻之作，也决不逊色于《招魂》、《大招》的东西南北上天入地。润色鸿业的汉皇心理与大汉国民的自豪之情，是汉赋中大肆铺陈排比的精神支柱。

汉赋在结构布篇时常设主客问答以推衍行文，这无疑是继承了先秦语录文的问答样式以及《楚辞》中《渔父》、《天问》、《风赋》、《对楚王问》等前代文学体式的成功经验。但汉赋的"述客主以首引，极声貌以穷文"是手段，"假设问对以申其志"为目的，其中充溢了文人主体意识的觉醒，体现了处心积虑的主动创作意识。这一点，是前代文学样式所不及的。

其次，汉赋的节奏韵律，也显现出自己独特的个性特征。这就是四、六结合，韵、散相间。

四言句式是《诗经》的主体，六言句式是《楚辞》的主体，汉赋把四言六言融于一体，创造了四、六结合的文体。前期的骚体赋总于行文中带"兮"字，显露出脱胎于楚辞的痕迹，而后期的咏物、说理、抒情赋，又露出骈四俪六的端倪。纵观汉赋发展的全过程，没有脱离四、六句式。在中国文体学上，可以说汉赋是散文向骈文过渡的熔炉。这是一个有趣的文化现象。汉赋之所以能完成四、六句式的交融，主要得益于汉赋穷声貌以尽意的创作需要。要极尽风物的姿态，就要进行多角度，起码是正反、对应等两个以上方位的描摹。于是排比对偶句法在汉赋中得以蔓延。四六句式是排比对偶句法的最佳元件，自然得以在汉赋中展现其天作之合的无穷魅力。

秦汉之前的散文，如果用韵，便不行散文之法，若有长篇巨制，中间换韵而已。秦汉政论文首创了在散文中夹杂韵文的韵律构建方式。汉赋"受命于诗人，拓宇于楚辞"，本应是韵文，骚体赋用韵较密，诗骚痕迹较浓。但汉代散体大赋勃兴之后，韵、散疏宕错落，不斤斤于韵脚切换的流荡之风大炽，形成了汉赋韵、散疏宕结合的独特风格,所谓"切响浮声,引同协异"①,正是汉赋肇其端。

正是四、六为体,韵、散结合的全新表现方式,使得汉赋节奏跌宕错落、变化有致,扫荡了前代长篇巨制容易流于板滞的弊端;同时也使汉赋读起来朗朗上口,虽然是"不歌而诵",却也醒耳明目,让读者在节奏韵律方面,享受无穷美感。

以上两点是汉赋在体裁上的特征。从中可以看出,汉赋在继承、发展前代文学样式的基础上,形成了自己独特的结构体式、节奏韵律,成就了汉赋在中国文学史上伟丈夫的完美形象。但是汉赋的艺术价值,不仅体现在外部结构形式的完美上,更重要的是体现在它的表现手法上。

汉赋的表现手法,主要有以下四个方面:

语汇丰富。汉代经学盛行,为注经解经需要,小学盛行,而有些大辞赋家比如司马相如、扬雄,本人就著有小学类著作。因此汉赋中往往奇辞丽句满眼。这样丰富的语汇出现在一篇作品中,在文学史上竟成为空前绝后的现象。

雄辩夸张。战国纵横家、秦汉政论文以雄辩夸张著称于世;而楚辞的夸张铺陈又泽及后人,所谓"枚、贾追风以入丽,马、扬沿波而得奇,其衣被词人,非一代也"。汉赋在这方面虽多有继承,但自己表现出来的独创性,又是让人拍案惊奇的。汉赋写苑囿、写宫室、写场面乃至写都市,甚至小到写竹扇、洞箫等具体物象,无不淋漓尽致。雄辩而不失温丽,夸张而不失雅信,成就了汉赋独具的美学价值。刘勰说:要想不向司马相如、王褒请教作文之法,而达到"酌奇而不失其真,玩华而不坠其实"的境界,则必须"凭轼以倚《雅》、《颂》,悬辔以驭楚篇"②,决非对汉赋作家的溢美之辞。

情理交融。汉赋中说理赋、抒情赋自不必说,就是咏物赋包括咏物赋中的苑林京都大赋,都以情理交融见长。汉赋之前,先秦的说理议论文中带情,是哲人赤血热肠情愫的流露;楚辞中多抒情少说理;秦汉政论文虽然表面上看口若悬河似战国纵横之士,然痛心疾首流涕太息情真意切。他们的情与理,是互相依附中的相互显现,而不是作文者有意为之的艺术表现手法。汉赋从骚体赋开始,就把情理交融作为增强表现力的手法,由于作者毕竟有真情在,读来也能感人至深。值得指出的是散体大赋中的"劝百讽一",

①　刘师培《中国中古文学史·概论》,人民文学出版社 1959 年 11 月版,第 5 页。
②　本段引文,均见刘勰《文心雕龙·辨骚》。

由于汉天子宇内独尊喜怒由心,作家在"讽"时便需要更加小心地动之以情,然后才敢晓之以理,故而往往表现得比较隐晦。

物象繁富。这是汉赋在表现手法上最重要的特点。骚体赋以联想虚构喻象,让人重温楚辞的天国漫游,散体大赋实物形象美不胜收,抒情赋往往藉所见而发感,咏物赋自能连类而取譬,说理赋又时常托之于人们喜闻乐见或望而生厌的物象等等,都反映了汉赋这一文体物象丰富的特征。物象的繁富成就了汉赋内容富赡、构想奇丽的艺术品位。

第三章　两汉历史散文

汉王朝的统一与鼎盛带来了各类著述的繁荣,历史散文领域也取得质的飞跃。西汉、东汉相继问世的《史记》与《汉书》,即是我国古代历史散文中的杰出代表。特别是《史记》,第一次系统地写成中华民族的通史,创造了规模宏大、体制完备的以纪传体为主的记述历史的新形式,进一步继承与发扬了我国传统史学中"不虚美,不隐恶"的实录精神,把我国的史学发展推向了崭新的阶段。从文学方面来说,其传记文学的开创性、叙事见旨的深刻性、语言风格的典范性,给后代文学以巨大的影响。而《汉书》,则以其"正统"观点,以及史实的严密与文辞的严谨影响了后代的史学与文学。

第一节　司马迁的生平以及《史记》的成书、体例

司马迁是我国历史上第一个被认定史书撰写人身份的史学家,他同时也是文学家、思想家;在史学史上,他堪称史学之父。

司马迁(前145—?)①,字子长,夏阳龙门(今陕西韩城)人。出生于世代史官的家庭,父亲司马谈做了三十年的太史令。当时的太史令执掌天文历算,兼管皇家典籍等事。故司马谈精通天文地理、史事典籍,且对各家学说兼收并蓄,造诣很深。司马迁早年即在文史职官的家庭氛围的熏陶与学者父亲的指导下悉心学习。据《史记·太史公自序》,司马迁"年十岁则诵古文",能阅读非汉代通行隶书所记载的籀文古籍,足见早慧与勤奋。他还转

---

① 司马迁的生年,今存两种说法。一以为司马迁生于汉景帝中元五年(前145),见《史记》卷一三〇《太史公自序》张守节《正义》;王国维《太史公行年考》亦持此说(《观堂集林》卷十一)。另说为司马迁生于汉武帝建元六年(前135),见《史记·太史公自序》司马贞《索隐》,郭沫若、李长之持此说,郭文《〈太史公行年考〉有问题》见1955年第6期《历史研究》;李文《司马迁生年为建元六年辨》亦载1955年第6期《历史研究》。上一世纪八十年代又曾争论过。司马迁出生地,一向以为是陕西韩城,今又有司马迁出生山西河津一说,见黄乃管文《司马迁出生在今山西河津县说》,文载1983年第6期《晋阳学刊》。司马迁死年今无考,前人以为与汉武帝相始终。

益多师,向孔安国学习古文《尚书》,向董仲舒学习公羊派《春秋》。这些,不但为他日后创作《史记》奠定深厚的知识积累,也有利融会取舍各家精华,领悟独出机杼的史识。

司马迁入仕之前,曾有过一次相当广泛的漫游。"二十而游江淮,上会稽,探禹穴,窥九疑(嶷),浮于沅、湘;北涉汶、泗,讲业齐、鲁之都,观孔子之遗风,乡射邹、峄;厄困鄱、薛、彭城;过梁、楚以归。"(《史记·太史公自序》)这对他认识社会,寻稽史事,增强感性认识极有帮助。嗣后,司马迁担任郎中一职,作为汉武帝的侍从,就有更多的机会随武帝出巡或者出使。他曾经出使西南,远至昆明;东达碣石,观览大海;西至空峒(今甘肃平凉),搜集传说;北登长城,缅怀古迹。他游览名山大川,考察风物古迹,搜求史料逸事,拜访古老遗贤。由此而开阔了视野,丰富了识见,辨订了真伪,也累积了他创作的志趣。今从《史记》各篇什中有关自述的稽考中获知,司马迁有着极为广泛的交游,特别与亲历史实和熟悉史事者及其后人多有交往,如樊哙之孙樊他广、冯唐之子冯遂、苏武之父苏建、贾谊之孙贾嘉等,从这些人处获取有价值的史料,加深对传主的理解,从而使司马迁笔下的人物栩栩如生。

司马谈向有修史之志,他曾对司马迁说过:"自获麟以来,四百有余岁,而诸侯相兼,史记(当时泛指的史书)放绝。今汉兴,海内一统,明主贤君、忠臣死义之士,余为太史而弗论载,废天下之史文,余甚惧矣,汝其念哉!"(《史记·太史公自序》)然而天不假年,元封元年(前110),司马谈病重,自知不起,乃将他以前整理的一些史料,对司马迁作临终嘱托:"余死,汝必为太史。为太史,无忘吾所欲论著矣!"司马迁则含泪表示:"小子不敏,请悉论先人所次旧闻,弗敢阙。"(《史记·太史公自序》)自此,司马迁继承父亲遗志,下定了修史的决心。元封四年(前107),司马迁继任太史令;太初元年(前104),司马迁参与制订了著名的太初历。就在这一年开始了《史记》的创作。

正当司马迁潜心创作之时,却遭受了不测横祸。天汉三年(前98),司马迁友李广孙李陵率孤军深入匈奴境内,而以武帝宠姬李夫人兄李广利为统帅的后续大部队迟迟未至,以致寡不敌众,虽大挫敌人而终陷于败,只得投降匈奴。消息传来,朝廷震惊。武帝焦虑,群臣忧惧,乃肆意攻击李陵。而司马迁以为,若就事论事,则李陵已功过相当;而推想李陵平生作为,以为李陵"身虽陷败,彼观其意,且欲得其当(适当时机)而报于汉。"于是,"……适会召问,即以此指,推言陵之功,欲以广主上之意,塞睚眦之辞(指朝臣攻击)。"(《报任安书》)谁知武帝以为为李陵游说,即是委罪李广利,视为"诬上",论为宫刑。而司马迁"家贫,货赂不足以自赎,交游莫救,左右亲近,不为一言"(《报任安书》),然司马迁因《史记》"草创未就……惜其不成,是以就极刑而无愠色",忍受了这一奇耻大辱。就情理揆度之,似乎仅仅因为袒护李陵、指责李广利不至于获此重罪,故刘宋裴骃《太史公自序集解》引卫宏《汉书旧仪注》说:"司马迁作《景帝本纪》,极言其短及武帝过,武帝怒而削去之。后坐举李陵,陵降匈奴,故下迁蚕室(行宫刑处)。"似较合理,至于其时景帝的本纪先成,亦不是不可能。清人赵铭提出司马迁原定死刑,因《史记》未成,自请就服腐刑。汉时有死刑改腐刑的先例,今细味《报任安书》,亦合情理,可备一说。三年以后,司马迁才遇赦出狱,改任中书令,忍辱含垢,继续《史记》的创作。在《报任安书》中,有"仆窃不逊,近自托于无能之辞,网罗天下放失旧闻,略考其行事,综其终始,稽其成败兴坏之纪,上计轩辕,下至于兹,……凡百三十篇",可见其时,司马迁的《史记》已基本写完了。司马迁大约死于稍后的公元前87年左右,与汉武帝约略相始终。《史记》在汉代便有残失,可能司马迁尚未最终定稿,也可能是散失。在汉元帝、成帝时,博士褚少孙补写过《史记》,今本《史记》中的"褚先生曰",即为褚氏补作。

"史记"本是古代史书的通称,《史记》原名为《太史公书》,或称《太史公纪》,也省称《太史公》,东汉后期始专称其为《史记》。

《史记》不是官修的史书,而是司马迁私家修撰的。[①] 修史,传统上是政府行为,自周朝以来,分左史、右史,左史记言,右史记事。司马迁写作《史记》的动机目的与官修是有所区别的,《史记》重视文学性甚于史实性,不能不说"私修"是一项重要的原因;其或其以纪传体方式记载历史,即本于此。因为是"私修",可以自定体例,为方便行文,易于焕发文采,吸引读者等考虑,乃以人物命运遭际代替平板的流年叙事。意识到这一点,对准确理解把握《史记》的思想内容是十分必要的。

《史记》是通史,"上计轩辕(传说中中华民族的祖先黄帝),下至于兹(司马迁生活的汉武帝时代)",计三千年。《史记》的体例是全新的,是由司马迁一手创制的。此前的《春秋》、《左传》为编年体,《国语》、《战国策》是国别体,而《史记》则是记述人物为中心的纪传体。司马迁根据历史人物

---

① 《史记》之私修性质可从《太史公自序》中的司马谈终前嘱托与司马迁的临终继志可知。这里还涉及汉时太史令的职责是否有修史一项,以及司马迁叙其父云"世代太史"的内涵的问题。徐朔方先生《史汉论稿·司马迁不是史官,也不是世袭史官的后裔》辨之甚详,见该书第74—77页。

对历史所起作用的大小,分为"本纪"十二篇,"世家"三十篇,"列传"七十篇;"表"十篇是按世代年月谱列各个历史时期的大事,作为本纪记事的补充;"书"八篇则是记载天文、地理、政治、经济等典章制度的专篇。全书凡五十二万余字。其中本纪、世家、列传是全书的主体。此五种体例,除了表以外,在篇末一般均有以"太史公"领起的一段评赞。这些评赞,有的是补充自己调查得来的史实的说明,有的是用传说异闻加以印证,更多的是发表见解,表示褒贬的评述。

第二节　司马迁的史识与《史记》的思想内容

史书的思想内容由史识决定,史识又由复杂的主客观因素决定。《史记》的思想内容极为繁富复杂,这既与通史的客观要求有关,也与私家著述、作者的生平际遇、学养和世界观有关。

《史记》是通史,它要求有完备的品格,而中华民族传说中的始祖五帝、夏朝的史迹,文献上并无记载;就是记有殷商影迹的甲骨文,那时犹沉睡地下,所以只能依从传说。依从传说,就不免荒诞无稽的成分;材料缺乏,又不免简略。对司马迁说来,越是后来,材料越是丰富,也就越有驾驭与选择的余地。这样,整部《史记》前略后详,记述汉代史事的就占全书百分之四十。

作为私家著述的《史记》,少有官修史书的正统观念,在采取史料、选择传主、臧否评述诸方面有相当的主观色彩与自由度。叙事即秉笔直书,评论则不隐善恶。这在传主的选择上,尤其明显。本纪本是帝王君主正传,而项羽本是秦末义军中的一支,且为汉代开国皇帝刘邦的对立面,司马迁见到他在推翻暴秦中的作用,于是置于本纪之列。陈涉向被认为是"才能不及中人"的"氓隶之人,迁徙之徒"(贾谊《过秦论》),司马迁亦因其推翻暴秦的首功而将其列为与圣人周公孔子、公侯张良萧何并列的世家。这里可以看出司马迁不尚虚空的名位,具有以历史作用分类的朴素的唯物主义史学观。由于私家撰述,还可以将正史所鄙弃的小人物如优伶、游侠,不能登正史殿堂者如酷吏、佞幸亦列入传内。这里可以看出,在细小方面,不再以历史作用作为取舍的标准,而是以"趣味"、审美作用作为标准。今人读来,具有一定的野史意味。

司马迁正在写作《史记》而牵累遭受李陵之祸,蒙受奇耻大辱的腐刑,这也对创作动机、目的有着重大影响。从父亲处接受遗志,乃在"今汉兴,海内一统",为"明主贤君"颂德,为"忠臣义士"歌功,为他们治国作鉴,这也应当是司马迁的初衷。然而他后来顿遭横祸，备感怨愤，影响着修史的动机。这在他遭受腐刑以后写的《报任安书》中有鲜明的表示：

> 盖文王拘而演《周易》；仲尼厄而作《春秋》；屈原放逐，乃赋《离骚》；左丘失明，厥有《国语》；孙子膑脚，兵法修列；不韦迁蜀，世传《吕览》；韩非囚秦，《说难》《孤愤》；《诗》三百篇，大抵圣贤发愤之所为作也！此人皆意有郁结，不得通其道，故述往事，思来者。乃如左丘无目，孙子断足，终不可用，退而论书策，以抒其愤，思垂空文以自见。仆窃不逊……为……凡百三十篇。

因此，司马迁在受腐刑后"终不可用"的情状下，"述往事，思来者"，《史记》确实有"发愤"而作以及"思垂空文以自见"的意味。正是这一变故引起的思想转折，使得司马迁对悲剧人物更加关注，并赋予深切同情，借此表达自己心中的郁愤。

紧接以上引文的，还有一段著名的话，这就是"亦欲以究天人之际，通古今之变，成一家之言"。这里可以理解为之所以修史的夫子自道。"究天人之际"，指的是探求天意与人事、人道的关系（这里大者指朝代的兴替，小者指个人的成败际遇），司马迁在叙写《史记》的过程中，虽然免不了采用一些在"天意"、君权神授思想影响下的传说与荒诞故事，而评述史事时，对当时盛行的"天人感应"每持怀疑的态度。在《项羽本纪》的"太史公曰"中，对项羽把失败归为"天之亡我，非用兵之罪也"，则以"岂不谬哉"予以否定。在《伯夷列传》中亦有"天之报施善人，其何如哉？……余甚惑焉，倘所谓天道，是邪非邪？"表明了对天意天道的怀疑。所以，"究天人之际"不是已有的结论，而是表示作者探究的"预设目标"，——天人之间是否有感应？假如有，是怎样的关系？抑或并没有关系？"通古今之变"，即是"稽其成败兴坏之纪（另本'纪'为'理'）"，从朝代兴替的史实中探求某些必然的规律，以达到"居今之世，志古之道，所以自镜也"（《高祖功臣侯者年表》）的目的。"成一家之言"，亦即儒家所崇尚的"立功、立德、立言"中最难、最高层次的"立言"的问题。这里的内涵是极为丰富的，有司马迁开创的叙史新体制，有他的史识，有他的政见，亦即政治理想，等等。概而言之，"成一家之言"，是他希望自己写的《史记》，能如孔子《春秋》一样成为后世为人、处事、治国的宝典。《史记·太史公自序》中说道：

> 太史公曰："先人有言：'自周公卒五百岁而有孔子。孔子卒后于今五百岁，有能

绍明世,正《易传》,继《春秋》,本《诗》、《书》、《礼》、《乐》之际?'意在斯乎!意在斯乎!小人何敢让焉!"上大夫壶遂曰:"昔孔子何为而作《春秋》哉?"太史公曰:"……夫《春秋》,上明三王之道,下辨人事之际,别嫌疑,明是非,定犹豫,善善恶恶,贤贤贱不肖,存亡国,继绝世,补敝起废,王道之大者也。……故有国者,不可以不知《春秋》……为人臣者不可以不知《春秋》……故《春秋》者,礼义之大宗也。"

这里司马迁把写《史记》以"立言"的用意说得十分明白,他自许是很高的。

《史记》的思想内容,从史学的角度说,是客观地再现了我国古代三千年的文明史;从文学的角度说,是形象而深刻地反映了社会的本质。

(一)《史记》首先是整理记载了从中华民族的远古始祖黄帝到汉武帝时代的历史。内容涉及朝代兴替、政治军事、天文地理、社会经济、学术文化、少数民族、域外风情,为后人留下了一部较为可信的历史。虽然早期的历史是粗线条勾勒,但弥足珍贵,其保留史料的贡献,功德无量。而战国秦汉时期的历史,则详尽真实,足称信史。

(二)客观再现"英雄"与"奴隶"共同创造历史的真理。此前的史籍,是朝廷史官所修,是统治者的历史,"英雄"的历史。司马迁的《史记》,除了记述帝王将相在更迭政权中的事迹与作用以外,还叙写了贩夫走卒、辩士刺客、医师儒生、优伶术士、屠夫游侠等底层百姓,叙写了他们的智慧机巧,以及在重大事件中不可或缺的功用,客观说明他们也是创造历史的力量。《史记·刘敬叔孙通》中说道:"语曰:'千金之裘,非一狐之腋也;台榭之榱,非一木之枝也;三代之际,非一士之智也。'信哉!夫高祖起细微,定海内,计谋用兵,可谓尽之矣。然而刘敬脱挽辂一说,建万世之安,智岂可专邪!"这正是司马迁看到了下层百姓的智慧及其作用。把佣耕的戍卒陈涉推上世家的地位,当然更能说明问题。

(三)《史记》还具有百科全书式的品格,记述与保留了中华民族先祖的文化、文明。《史记·八书》较为集中地记载了先民百科知识以及国家典章制度、民间风俗礼仪的变迁。司马迁是太史令,是历法专家,参与制订太初历。《天官书》记载了许多星体、星座,并说明它们出现的时间与运行的情况;《平准书》记载了西汉币制的演进;《河渠书》记载了兴修水利及与自然灾害斗争的情况;《礼书》记载了礼仪的变化过程。在《史记》里出现了自然环境与人类的生存意识,认识到匈奴民族逐水草而迁移的习性并由此得出匈奴民族所以擅长攻战的原因。《史记》首创的《货殖列传》不但为工商业者列传,还记述了经商交易的情况,乃至商业活动中带有规律性的东西。

（四）尤为可贵的是,《史记》能以较为客观平等的态度记述当时的少数民族,展示我国古来就是多民族国家这一史实,还鲜明地体现了民族大一统的主张。《史记》中首创民族史传,在七十列传中达六篇之多,分别是《匈奴列传》、《南越列传》、《东越列传》、《朝鲜列传》、《西南夷列传》、《大宛列传》。记载了这些民族的风俗民情,记载了他们与汉民族的关系,还表达了中国境内的少数民族与汉族间不断融合的关系,甚至都是黄帝子孙的意思。

《史记》不但具有史书客观记载的特点,而且具有司马迁独有的鲜明的进步倾向。

为尊者讳,为贤者讳,为入史传者讳,记述君王,不但隐其恶,还当虚其美,这是《史记》以外的其他史书的共同倾向。但是《史记》却不是如此,司马迁对历史人物所持的褒贬尺度,能以较为实事求是的态度,客观的视角,展示传主的"真人"面貌。平民百姓是如此,帝王将相也是如此;历史上的帝王如此,当代的君王也是如此。司马迁对这些帝王,既写他们的功绩与作为,也写他们的缺失与不足,甚至暴露他们的残忍与暴虐。刘邦在推翻暴秦,统一全国,发展经济,强盛国力方面是起了十分重要的作用。当时封建统治者的御用文人、星相术家大谈阴阳五行之学,把开国君王刘邦渲染成君命天授之人。司马迁则把刘邦当常人写。既写刘邦的深谋远虑、从善如流、坚忍不拔而在夺取政权中所起的关键作用,也写他市井游民甚至歹徒的品性。刘邦起事前,游手好闲,不事产业,曾被父亲责备不如老二(刘邦行三)勤治家业。取得天下后,修筑宫殿,大宴群臣,当众臣之面,责问父亲:"始,大人常以臣无赖,不能治产业,不如仲(老二)力。今某业所就,孰与仲多?"叔孙通制定朝仪,引群臣礼拜,刘邦竟说"吾今日乃知皇帝之贵也",这两例体现了一副小人得志的嘴脸。司马迁特别用了它篇"互见"的手法,对刘邦的丑行作了无情揭露。在《项羽本纪》中,记述刘邦在项羽军追逐下,为轻车逃命,几次将自己的儿子孝惠、女儿鲁元往车下推,几次被车夫"收载"。一次项羽被围,军粮断绝。项羽以杀刘邦父亲作要挟,刘邦竟然说:"吾与项羽俱北面受命怀王,曰'约为兄弟'。吾翁即若翁也,必欲烹而翁,则幸分我一杯羹!"在《淮阴侯列传》里,借韩信之口,道出了"狡兔死,良狗烹;高鸟尽,良弓藏;敌国破,谋士亡",深刻揭露了最高统治者一旦取得政权,即残杀功臣的狰狞面目。

司马迁对历史上的帝王不予讳饰,对当代的帝王亦是如此。《太史公自序》中说曾作《今上(指武帝)本纪》,而今见的是《孝武(即武帝)本纪》,可能因触忌太多,已被改写。但是,司马迁还是通过它篇互见的手法,给予巧妙的讽刺与揭露。在《封禅书》里，记述了汉武帝的愚昧昏庸、荒唐滑稽；在《平准书》里记述了他的横征暴敛、穷兵黩武。而在《酷吏列传》里，通过酷吏的行为反映武帝以及武帝的统治。杜周治狱，"上所挤（打击）之者，因而陷之；上所欲释者，久系待问，而微见（现）其冤状。"王温舒任河内太守，大肆捕人，"连坐千余家"，"流血十余里"。按法令，立春后不能用刑，王竟遗憾地说："嗟乎！令冬月益展（延长）一月，足吾事（刑人）矣！"司马迁冷峻地说："其好杀伐行威不爱人如此！天子闻之，以为能，迁为中尉！"对历史上的暴君如夏桀、商纣、秦始皇的揭露自不待言。项羽的悲剧遭际，引起了司马迁极大的共鸣和同情，但是，司马迁并不因此而有所讳饰，还是揭露了他的目光短浅、刚愎自用、妇人之仁。

同情人民反对强暴的斗争。历来统治者把老百姓的反抗称为"作乱"，把"作乱"的百姓称为盗贼。但司马迁在《史记》里对历史上老百姓反抗强暴的斗争持同情歌颂的态度。他把陈涉列入"世家"，"桀纣失其道而汤武作，……秦失其政而陈胜发迹"，视陈涉与汤武同列。司马迁的反暴政的人民性倾向，使得历史上的反暴政的志士成了《史记》中歌颂的对象。

讴歌爱国志士和对历史有重大贡献的人物。司马迁对屈原爱国遭冤、怀石自沉充满同情。《屈原贾生列传》的"太史公曰"写道："余读《离骚》、《天问》、《招魂》、《哀郢》，悲其志。适长沙，观屈原所自沉渊，未尝不流泪，想见其为人。"字里行间，充满景仰与同情。在《廉颇蔺相如列传》中，充满激情讴歌了蔺相如的机智勇敢，特别是"先国家之急而后私仇"的崇高品质。在《李将军列传》中塑造了一个热爱士卒、身先表率、勇敢善战、清廉正直的爱国将领。这些鲜明的倾向充分表明了《史记》的进步性与人民性。

第三节　《史记》的文学成就以及地位影响

《史记》是史学巨著，也是文学名著。其体大思精，前无古人。作为叙事文学，特别是纪传体文学，具有开山意义与典范意义。

历史是过去的事件，修史就是记事。《史记》叙事的最大特点，不是就事记事，而是史迹故事化，叙事完整性。《史记》是记史与叙事结合最为完美的著作，司马迁是把历史当作文学作品叙写的，不因存史之真而失于板，也不因求事之华而失于真。每每使人读史而犹在鉴赏文学艺术。司马迁在叙述史迹的过程中，总是娓娓道来，有头有尾。《廉颇蔺相如列传》叙述的完璧归赵、渑池之会、负荆请罪三桩史迹完全故事化。《项羽本纪》中，选择叙述的史迹如巨鹿之战、鸿门宴、垓下之围，也都是故事化的。完整性是故事化的重要条件之一，两者相辅相成。在《陈涉世家》中，开头为叙述陈涉素有大志，记下了陈涉对一起佣耕的朋友一段"苟富贵，无相忘"、"若为佣耕，何富贵也"的对话。此篇的结尾处，描写陈涉称王以后，当年佣耕者来到陈涉宫殿惊叹陈涉的富贵，与篇首照应，使故事完整。而且，司马迁还通过"后续"的方式，接着写佣耕者不提防说出陈涉当年的窘相，陈涉乃轻信下人谗言"客（佣耕者）愚无知，专妄言，轻威"而"斩之"，正是揭示了陈涉失败的原因。而在"鸿门宴"上，项羽无意说出沛公左司马曹无伤言刘邦有"拒关称王"的野心，则在鸿门宴故事的末尾，不忘补上一句："沛公至军，立杀曹无伤。"可见司马迁叙事完备的用心。

　　《史记》之前，前人修史已经有编年叙述与分国叙述两种体制，司马迁弃而不用，创立纪传体。这在立意上，就是舍弃史中见人的旧体，另创以人统史的新制。从文学的角度说，以人统史的纪传体，更易驾驭，更富于艺术力量。因此这是修史方式的重大发展，是叙史文学化、叙事艺术化的重大标志。《史记》正是在人物描写方面具有极高的艺术成就。

　　（一）善于选择与提炼具有典型意义的事件与环境，突出表现传主的主导性格。司马迁在《留侯世家》中说："（张良）所与上从容言天下事甚众，非天下所以存亡，故不著。"这就表明司马迁对纷繁的历史事件，是从叙史与传人的角度精心选择的。蔺相如的形象是国家利益至上的忠主导下的智、勇、义，而作者选择叙写的"完璧归赵"正反映蔺相如的忠与智，"渑池之会"反映蔺相如的忠与勇，"负荆请罪"反映蔺相如的忠与义。李广以勇武闻名于史，以"数奇"同情于人。司马迁在其"与匈奴大小七十余战中"选择了"上郡遭遇战"、"雁门出击战"、"右北平之战"、"随卫青击匈奴"四次叙写。前三次极写其英勇无比，战功卓著而不及封侯，已隐其"数奇"。第四次统帅卫青徇私贪功，不允李广先锋之请，反令李广远绕东道接应，李广迷路，未能及时赶上，致使不能擒获单于。卫青责罪李广，李广不愿受辱而"自刭"，一代名将就此殒命，其"数奇"令人慨叹。在司马迁精心结撰的《项羽本纪》中，着重描写巨鹿之战、鸿门宴、垓下之围，三桩事件典型而深刻地展示了项羽由盛而衰，由衰而亡的三部曲。这些都非常鲜明地体现了司马迁选择典型事件的艺术匠心。而鸿门宴一节的叙述，又使我们窥知司马迁已经十分纯熟地掌握了利用典型环境塑造人物的技巧。从宴前的决定"击破沛公军"，到接受刘邦"臣之不敢倍（背）德"的谢罪，从趁谢罪之机以瓮中捉鳖的决策到被刘邦花言巧语迷惑导致临机措手的犹豫，从项庄樊哙对舞的剑拔弩张到刘邦如厕"间遁"的烟消云散,仅通过筵席的场景把项羽的既刚愎自用又优柔寡断,既匹夫之忍又妇人之仁刻画得深刻形象。还展示了刘邦的虚伪狡猾、张良的机智从容、樊哙的粗鲁勇敢、范增的深谋远虑。

(二)渲染细节,雕琢对话,精细刻画人物的个性。这是文学的艺术手段,司马迁运用得炉火纯青。陈涉的佣耕之叹可见其素有大志,张良为圯上老人进履可见隐忍在成大事中的作用,韩信受胯下之辱以见大丈夫能屈能伸,张汤审盗肉之鼠可见其日后审人之残酷。写士兵"乐从李广",只"士卒不尽饮,广不近水;士卒不尽食,广不尝食",尽见其因;写周亚夫治军,只"已而至细柳军,军士吏披甲,锐兵刃,彀弓弩,持满。天子先驱至,不得入",毕现其严。至于对话描写,鸿门宴张良招樊哙,樊哙只"此迫矣,臣请入,与之同命",足见其忠勇拼命。范增怂恿项庄舞剑,说"不者,若属皆且为所虏",以明刺刘之重要;及至刘邦逃脱,只作如下改:"吾属今为之虏矣!"其懊丧之情,溢于言表。韩信平齐,欲代齐王,有以下一节:

> (韩信)平齐。使人言汉王曰:"齐伪诈多变,反复之国也。南边楚。不为假(暂时代理)王以镇之,其势不定。愿为假王便。"当是时,楚方急围汉王于荥阳,韩信使者至,发书,汉王大怒,骂曰:"吾困于此,旦暮望若来佐我,乃欲自立为王!"张良、陈平蹑其足,因附耳语曰:"汉方不利,宁能禁信之王乎!不如因而立,善遇之,使自为守。不然,变生。"汉王亦悟,因复骂曰:"大丈夫定诸侯,即为真王耳,何以假为!"

韩信贪婪于齐王位,以冠冕堂皇之言要挟刘邦封他,野心可见端倪;刘邦自是洞若观火,故而大骂。张良、陈平权衡利弊,附耳建言。汉王亦悟而速改以"复骂",表示前骂意在亲昵。短短一段细节与对话,把韩信的贪婪与机诈,刘邦的敏捷与虚伪,良、平的审时度势刻画得活灵活现。

(三)同类合传,比照衬托,在比较中显现个性。在列传的构撰中,司马迁用了专传、合传、类传三种形式。专传是一篇一个传主;合传是两人以上合一篇传记,如《屈原贾生列传》、《孙子吴起列传》;类传则是同类之人,合为一篇,如《儒林列传》、《滑稽列传》等。合、类两传,每每打破时代界限,类比的用心十分明显,还给后人的研究带来了极大的方便。

司马迁在单篇以及相对独立的篇章中也十分自如地运用比较的方法。诸如秦廷惊变中的荆轲与秦舞阳,鸿门宴中的刘邦与项羽、张良与范增、项庄与项梁,《李将军列传》中的李广与程不识等。对比,是人物叙写中最容易显示不同个性以及区别同中之异、异中有同的方法。

　　心理描写在《史记》之前的记叙文中是极为罕见的,而在《史记》中却较为常见。司马迁常用的方法有独白,如《李斯列传》中李斯入仓见鼠感慨而作的独白;对话,如陈涉与佣耕者的对话;啸歌,如荆轲的《易水歌》、项羽的《垓下歌》等。心理描写能直抒传主胸臆,窥其理想志趣。

　　司马迁在记写史实的时候,还用了"互见法",即一篇中已叙之事,它篇省略。如"鸿门宴"一节叙写刘、项,难分主次;而其事既见于《项羽本纪》,则在《高祖本纪》中略去。这固然出于详略剪裁的需要,有时还在于褒贬历史人物的角度的选择。在《高祖本纪》里,作为本传,司马迁对刘邦多作正面描写,而凡是贬的方面,大多互见于它篇。

　　《史记》在中国文化史上有着崇高的地位与深远的影响。首先,《史记》达到了此前的历史著作与文学散文的顶峰,其开创的纪传体的修史体例成为以后正史的基本形式,所体现的"不虚美、不隐恶"的"秉笔直书"的史识,成为后来修史者称扬效法的榜样。诚如郑樵所说,"百代以下,史官不能易其法,学者不能舍其书。"作为在大一统王朝下产生的具有融会性质的《史记》,包蕴了中华民族的精神价值,成为精神文明丰富的宝藏。诸如立功、立德、立言的积极入世精神,言信行果、舍生取义的牺牲精神,立志高远、隐忍图存、百折不挠的进取精神,启迪后人,绵延至今。

　　《史记》是传记文学的典范,其提炼情节、塑造人物、锻炼语言的种种技巧为后代小说提供了宝贵的经验;是古代文言小说的源头,特别是我国文言小说第一座高峰的唐传奇的直线递承的源头。[①]《史记》也代表了古代散文的最高成就,其言而有物、文以载道的充实,简易平实、行云流水的明快,令后代的文章家推崇备至。唐代古文运动、宋代诗文革新运动、明代前后七子的复古运动、清代桐城派古文,莫不标举《史记》的风格。

　　《史记》中的人物与故事还成为后代小说戏剧的题材。宋元以后出现的讲史评话以及由此发展而成的历史演义,诸如《东周列国志》、《西汉通俗演义》等都有相当成分取材于《史记》。元代以后的戏曲取自《史记》的人物与故事的也有很多,著名的有《赵氏孤儿》、《马陵道》、《卓文君私奔相如》、《渑池会》,直至京剧《霸王别姬》等。

――――――――――

　　①　中国古代小说的源头向有神话传说、寓言故事、史传文学三端,而影响最大、联系最切当是史传文学。可参见孙逊、潘建国 1999 年第 6 期《文学遗产》中《唐传奇文体考辨》一文。

第四节　第一部断代史《汉书》

东汉班固撰写的《汉书》，是仿效《史记》纪传体形式而专写汉代（西汉）历史的史学著作，是我国第一部断代史，也是一部优秀的史传文学作品。后人每将司马迁与班固并提而为"班、马"，将《史记》与《汉书》对举而为"史、汉"。

班固（32—92），字孟坚，扶风安陵（今陕西咸阳东）人。父班彪，是光武帝时著名的学者，曾经采集前世遗事，参验异闻，著《史记后传》六十五篇（一说一百余篇），记述汉武帝以后的历史。班固二十三岁时，因父死返乡，承继父志，于汉明帝永平元年（58）在《史记后传》的基础上撰写《汉书》。永平五年（62）有人上书告发他私改国史，被捕入狱。弟班超上书明帝说明班固的著书意图，明帝阅读《汉书》部分书稿后，为其雪冤，即任兰台令史、典校秘书，并允其以朝廷名义复撰《汉书》。汉和帝永元元年（89），班固随大将军窦宪出征匈奴，在燕然山勒石纪功，班固作铭。永元四年（92），窦宪因擅权被赐自杀。班固株连入狱，死于狱中，时年六十一岁。班固死后，尚有八表与《天文志》未成，其妹班昭奉诏补写；马援侄孙马续作《天文志》。全书经四人手，而以班固为主。班固还是东汉有名的辞赋家，《西都赋》、《东都赋》都是汉赋名篇。

《汉书》记载汉高祖元年（前206）到王莽政权倾覆（23）间二百二十九年的西汉历史。计纪十二篇、表八篇、志十篇、传七十篇。凡《史记》已载之汉武帝太初以前部分，《汉书》多采用旧闻而略予增删。

《汉书》作为奉诏而修的官书正史，比司马迁多了官方的正统色彩。《史记》中的"本纪"的名目在《汉书》中易为"纪"，且只作为皇帝的传记。"世家"删去，"列传"简为"传"。《史记》中的《项羽本纪》、《陈涉世家》在《汉书》中合并为《陈胜项籍传》，可以窥见《汉书》的正统立场。班固在《汉书·司马迁传》里对司马迁有"是非颇谬于圣人"的指责，这指的应当即是史识方面的差异。作为官修正史，班固可以更为方便地利用国家图书资料，从而辨别真伪，采择真实可信的史料。除涉及汉代的皇帝以外，对历史的记述应当更加客观，更加真实，评述历史人物与历史事件也比较客观允当。而《史记》的私修性质，特别是司马迁后期遭遇李陵惨祸，致《史记》叙史有披露深刻、抨击有力之长，而评论难免主观偏颇之失。总之，作为文学，《汉书》比《史记》有所逊色，而作为史学，《汉书》对《史记》在某些方面是有所发展的。

作为一个有良知的历史学家，班固能重视客观历史的真实，据事直书，不少传记里暴露了西汉封建统治集团内的黑暗，赞颂了正直之士的品德与功绩，一定程度地反映当时人民的疾苦。在《霍光传》中，对外戚的专横跋扈以及爪牙仗势欺人的种种罪行，予以揭露与抨击。而在匡衡、张禹、孔光等所谓儒相的记述中，班固对他们"持禄保位"、利己误国的伪善嘴脸，予以有力的嘲讽。在《龚遂传》中，则写百姓"困于饥寒而吏不恤"，被迫铤而走险，客观反映了官逼民反的现象。在《循吏传》中，班固用"所居民富，所去民思"对能体恤百姓的正直的官吏文翁、朱邑、召信臣给以矜扬。《汉书》还热情赞扬了萧何曹参为相，能"从民之欲，而不扰乱。是以衣食滋殖，刑罚用稀"的功德。班固甚至能对汉武帝"征发烦数，百姓贫耗，穷民犯法，酷吏击断"，未能效法"文景之恭俭，以济斯民"的情形予以批判。总之，班固的史识，体现了相当的人民性。

作为史传文学，《汉书》的不少传记也写得十分成功。在《李广苏建传》中所附的苏武传记，可与《史记》中的佳篇媲美，特别是苏武对祖国的无比忠诚以及坚贞不屈的气节，给后人以无限的熏陶与激励，至今读来，犹令人回肠荡气，钦敬不已。传记写苏武出使匈奴期间，匈奴贵族缑王串通苏武的副手张胜阴谋策反，发动政变，苏武无辜受累。苏武为维护汉王朝的尊严，也维护自己的尊严，两次自杀而未果；显示出苏武的坚定立场与牺牲精神。接着叙写两位汉朝降臣卫律与李陵的逼降与劝降。卫律先是"举剑"恫吓，苏武面不改色；继以富贵利诱，苏武予以痛斥。"律知终不可胁"而"徙武北海无人处"以折磨苏武。苏武在北海牧羊，"掘野鼠去（同举）草食而食之"，"杖汉节牧羊，卧起操持，节旄尽落"，其坚贞忠勇，义迫云天。李陵与苏武既同朝为官，又相知为友，乃以朋友身份看望苏武。首先告诉苏武离国后发生的一连串不幸：苏武一兄一弟先后遭冤自尽，母亲亦已逝世，妻子年少更嫁。接着陈述自己初降时的痛苦，朝廷不察苦心。而武帝年岁已高，法令无常，臣下安危未知，且以"人生如朝露，何久自苦如此……尚复谁为乎"打动他。苏武答曰："自分已死久矣！王（单于）必欲降武，请毕今日之欢，效死于前！"李陵只得在羞愧与感慨之下离去。故事的结局是"武留匈奴凡十九岁，始以强壮出，及还，须发尽白。"苏武不屑死胁，不被利诱，不为情动，在异国绝域，无所企盼，只在以死许国。苏武是中华民族大一统以来第一个光彩照人的民族英雄形象，可谓辉耀日月，可歌可泣。

《汉书》在内容上值得注意的还有，《汉书》的"十志"是由《史记》的"八书"演进而来的，其中《汉书》新立的"艺文志"记述了我国汉代文化学术思想的源流,先秦诸子百家的是非得失,分类罗列了古代各家典籍的书目。自《汉书》以后,各代的正史大都有"艺文志"(《隋书》、《旧唐书》称"经籍志"),给文化学术研究带来了极大的方便。班固在传记中还喜欢全文收录传主的奏疏、辞赋等作品,保存了可观的政治、文学史料,这也是其历史价值的一个方面。

在东汉时期,还有一部《吴越春秋》,赵晔撰。该书叙述吴越争霸的故事,计十卷。《吴越春秋》从形式说兼有编年体与纪传体的体例,其实,它不是严格意义的史书,而是采择正史,杂糅传说,肆意踵事增华而重新构撰的文学作品。

《吴越春秋》以吴越争霸为线索,串联吴越争斗中的人物故事。该书在构造情节时,由于吸收大量的民间传说故事,加上作者的想象,使故事情节曲折多变,引人入胜。而有些地方则荒诞离奇,具有浪漫色彩。

《吴越春秋》注重人物形象的塑造,书中几个主要人物如伍子胥、范蠡、勾践等都写得十分成功。但《吴越春秋》的人物刻画已经超出历史真人的范畴,如伍子胥"身长一丈,腰十围,眉间一尺",专诸"确颡而深目,虎膺而熊背"。总之,《吴越春秋》是从史传文学过渡到历史小说、志怪神话小说的一个重要的中间环节。据此可以窥知史传文学演进到小说的一些信息。

第四章　两汉乐府诗和文人五言诗

第一节　乐府和乐府诗

　　汉代乐府诗歌是继以四言为主的《诗经》、骚体为主的《楚辞》以后产生的一种新的诗体。

　　乐府是秦代设置的政府机构,1977 年秦始皇陵附近出土的编钟上铸有"乐府"二字,可见它是执掌音乐的部门。西汉设立的乐府职能是管理音乐、舞蹈、杂戏等,①负责朝廷典礼时歌舞音乐杂戏的编集、排演和演出,是综合性的表演艺术管理部门。乐府还负责在上林苑组织、承办招待外宾和归降夷狄的大型演出活动。② 乐府所用的乐章一部分是帝王后妃以及文人所作,如汉高祖的《大风歌》,高祖唐山夫人所作的《安世房中歌》十七章,③还有武帝时文人所作《郊祀歌》十九章等,很大一部分采自民间。《汉书·礼乐志》云:"至武帝定郊祀之礼,……乃立乐府,采诗夜诵,有赵、代、秦、楚之讴,以李延年为协律都尉,多举司马相如等数十人造为诗赋,略论律吕,以合八音

---

　　① 乐府除管理音乐外,还管理着舞蹈、诸戏的工作。《汉书·霍光金日䃅传》:"大行在前殿,发乐府乐器,引内昌邑乐人,击鼓歌吹作俳倡。"(《汉书》,中华书局 1975 年版,第 2940 页)唐颜师古注曰:"俳优,谐戏也。倡,乐人也。"(同上,第 2943 页)《汉书·循吏传》:"又奏省乐府、黄门倡优诸戏,及宫馆兵弩什器减过泰半。"(同上,第 3642 页)贾谊《新书·匈奴》:"降者之杰也,若使者至也,上必使人有所召客焉。……令妇人傅白墨黑,绣衣而侍其堂者二三十人,或薄或掩,为其胡戏以相饭。上使乐府幸假之但乐,吹箫鼓鞀,倒挈面者更进,舞者、蹈者时作,少间击鼓,舞其偶人。"(《贾谊集》,上海人民出版社 1976 年版,第 71 页)

　　② 详见张祝平《西汉乐府职能新考》,《中国典籍与文化》2005 年第 1 期 89—93 页。

　　③ 《史记》卷二十四《乐书》:"高祖过沛诗《三侯之章》,令小儿歌之。高祖崩,令沛得以四时歌舞宗庙。孝惠、孝文、孝景无所增更,于乐府习常肆旧而已。"司马贞《索隐》:"按:过沛诗,即《大风歌》也。……侯,语辞也。《诗》曰'侯其祎而'者是也。兮,亦语辞也。沛诗有三'兮',故云三侯也。"(《史记》,中华书局 1959 年版,第 1177 页)《汉书·礼乐志》:"又有《房中祠乐》。高祖唐山夫人所作也。……孝惠二年,使乐府令夏侯宽备其箫管,更名曰《安世乐》。"(《汉书》,中华书局 1975 年版,第 1043 页)

之调,作十九章之歌。"①《汉书·艺文志》也载:"自孝武帝立乐府而采歌谣,于是有赵、代之讴,秦、楚之风,皆感于哀乐,缘事而发;亦可以观风俗,知薄厚云。"②这些记载说明乐府除负责组织文人制作歌诗,采集各地民谣加工制作成供朝廷宴飨、朝会、祭祀等各种礼仪活动所用的音乐外,还通过"采风观政"、"观风俗、知薄厚"了解人民的生活状况及思想情绪,修正统治政策的得失。

西汉乐府自武帝始规模日益庞大,空前繁盛。虽经汉宣帝、元帝两度下令裁减乐府人员,③但至成帝末年人员最多时仍达八百多人。④ 汉哀帝登基之初,改革朝政的第一件事就是下诏罢去乐府机构。⑤ 东汉虽然没有乐府名称的音乐机构,搜集和制作演唱歌诗由黄门鼓吹署负责,⑥但人们习惯上仍沿用乐府旧名称之,其采集的歌诗仍被后人称之为"乐府"。魏晋六朝文人用乐府题写作的诗也称为"乐府"。唐代的"新乐府"具有乐府诗的某些特点,但不用旧乐府题而自创新题。宋元以后又将乐府作为词、曲的别称。我们所说汉乐府诗常指采自民间的乐府民歌。

宋郭茂倩编的《乐府诗集》将自汉至唐的乐府诗分为十二类,汉乐府诗现存四十余首,主要分布在郊庙歌辞、鼓吹曲辞、相和歌辞、杂曲歌辞中。大多数乐府诗都是东汉的民歌。

---

① 班固《汉书》,中华书局 1975 年版,第 1045 页。

② 班固《汉书》,中华书局 1975 年版,第 1756 页。

③ 《汉书》卷八《宣帝纪》:"四年春正月,诏曰:'盖闻农者兴德之本也,今岁不登,已遣使者振贷困乏。其令太官损膳省宰,乐府减乐人,使归就农业。'"(《汉书》,中华书局 1975 年版,第 245 页)《汉书》卷九《元帝纪》:"初元元年……六月,以民疾疫,令大官损膳,减乐府员,省苑马,以振困乏。"(《汉书》,中华书局 1975 年版,第 280 页)

④ 据《汉书·礼乐志》载,是时汉哀帝即位欲罢乐府官,丞相孔光、大司空何武奏称乐府人员"大凡八百二十九人"。(《汉书》,中华书局 1975 年版,第 1074 页)

⑤ 《汉书》卷十一《哀帝纪》:"绥和二年……六月,诏曰:'郑声淫而乱乐,圣王所放,其罢乐府。'"(《汉书》,中华书局 1975 年版,第 335 页)

⑥ 杜佑《通典》卷二十五:"后汉有承华令,典黄门鼓吹,属少府。"(《通典》,中华书局 1988 年版,第 696 页)黄门鼓吹署负责宴乐群臣音乐。蔡邕《戍边上章·乐意》:"汉乐四品。……三曰黄门鼓吹,天子所以宴乐群臣,诗所谓'坎坎鼓我,蹲蹲舞我'者也。"(严可均辑《全上古三代秦汉三国六朝文·全后汉文》,中华书局 1987 年版,第 859 页)另外还负责招待外宾音乐。《后汉书》卷八十五《东夷列传》:"顺帝永和元年,其王(夫余王)来朝京师,帝作黄门鼓吹、角抵戏以遣之。"(《后汉书》,中华书局 1975 年版,第 2812 页)

第二节　汉乐府诗的思想内容

班固在《汉书·艺文志》中对乐府诗的产生用"皆感于哀乐,缘事而发"来概括,指出了汉代乐府诗植根于汉代的社会现实,抒写了人们真实的思想感情的特点。汉乐府诗是汉代社会历史的真实反映。

一　人民苦难的真实写照

《汉书·食货志》记载了汉代下层人民贫困无助,生存环境极度恶劣的事实:"贫民常衣牛马之衣,食犬彘之食","卖田宅,鬻子孙以偿债。"乐府诗中的一些诗正与这些史实相映照。《妇病行》中那个连年累岁卧病的贫妇行将告别人生时最不放心的是身后孩子无依无靠,嘱托丈夫:"属累君两三孤子,莫我儿孤且寒。有过慎莫笞笞。"然其担心却成现实,家中孩子"抱时无衣,襦复无里",丈夫只好"闭门塞牖,舍孤儿到市"去沿街乞讨,归家"入门见孤儿,啼索其母抱",丈夫无可奈何,无路可走,"行复尔耳,弃置勿复道",令人不忍卒读。《孤儿行》中的孤儿"父母在时,乘坚车,驾驷马",父母已去,兄嫂将他视同奴婢,令其行贾,"南到九江,东到齐与鲁","头多虮虱,面目多尘",还"不敢自言苦"。兄嫂命其冬天行汲,"足下无菲,怆怆履霜,中多蒺藜",夏日收瓜,"瓜车反覆,助我者少,啖瓜者多",孤儿无告,只得"愿欲寄尺书,将与地下父母",反映了封建剥削奴役关系也渗透到家庭伦理中来。封建的官僚统治更是对人民进行敲骨吸髓的压榨,《平陵东》中的义公,被官吏逮至大堂下,要他"交钱百万两走马",因"顾见追吏心中恻",只好"归告我家卖黄犊"。人民不堪忍受非人的生活境况和残酷的欺压,不得不铤而走险。《东门行》中的汉子,想追随造反的队伍,但转念家人,又回家来,看到的却是"盎中无斗米储,还视架上无悬衣",面对家徒四壁、坐以待毙的现实,随即想到"白发时下难久居",于是不顾妻子牵衣啼劝,义无反顾地"拔剑东门去",走上反抗的道路。

二　丑恶腐朽的揭露讽刺

一边是人民在生死线上痛苦挣扎、呻吟呼号,一边却是权贵富豪的骄奢淫逸、腐朽丑恶。在汉乐府诗中,两种人的生活形成了尖锐的对比。《鸡鸣》、《相逢行》、《狭斜行》等诗铺排了权贵们糜烂的生活。"黄金为君门,白玉为君堂,堂上置樽酒,作使邯郸倡,中庭生桂树,华灯何煌煌。"(《相逢行》)富丽堂皇、灯红酒绿、左拥右抱,一幅贵族豪绅淫乐图。"兄弟四五人,皆为侍中郎,五日一时来,观者满路傍。黄金络马头,颖颖何煌煌。"

(《鸡鸣》)"大子二千石,中子孝廉郎,小子无官职,衣冠仕洛阳。"(《长安有狭斜行》)高官显宦,高头大马,衣冠楚楚,一幅纨绔膏粱出行图。"荡子何所之,天下方太平,刑法非有贷。"(《鸡鸣》)作者警告他们不要任意胡为,以身试法。依仗权势富贵对民女侵犯骚扰正是这些人常干的勾当。《陌上桑》一诗中的五马太守,因见采桑女罗敷美貌,欲将其占为己有,罗敷巧妙机智地夸说自己夫婿的才华、相貌、官位、风度,让太守自惭形秽才保护了自己。《羽林郎》的那位"依倚将军势"的霍家奴,对当垆卖酒的胡姬死缠硬磨百般调戏,"就我求清酒,丝绳提玉壶。就我求珍肴,金盘脍鲤鱼。贻我青铜镜,结我红罗裙。"但被酒家女坚辞拒绝:"不惜红罗裂,何论轻贱躯!男儿爱后妇,女子重前夫。"这两首诗赞扬了坚贞美丽的秦罗敷和酒家胡姬,鞭笞了权贵好色之徒。

三　战争徭役的凄惨控诉

汉代虽号称治平强盛之朝,然开拓疆土的战争,抗击匈奴的战争,镇压反抗的战争连绵不断,无论是统治者的穷兵黩武,滥肆征伐,还是反抗侵略,战争给人民带来的只有家破人亡,生灵涂炭。《战城南》真实描绘了大战后"野死不葬乌可食",死尸横野,乌鸦任意啄食,"水深激激,蒲苇冥冥。枭骑战斗死,驽马徘徊鸣"的凄惨悲凉的场面。作者只得求乌鸦在啄吃尸体前替死者哀嚎几声,为之送葬,也对战争造成"朝行出攻,暮不夜归"的戮杀生命的残酷进行了诅咒。比起战死疆场的人,《十五从军征》中的那位十五从军,八十始归的老士兵还算是幸运的,然而迎接他的却是"松柏冢累累,兔从狗窦入,雉从梁上飞,中庭生旅谷,井上生旅葵"的一片废墟,老兵年迈无依,孑然一身。这首诗控诉了征役不仅给士兵本身带来伤害,而且还殃及家人。此外,《古歌》写道:"秋风萧萧愁杀人,出亦愁,入亦愁,座中何人,谁不怀忧?令我白头。胡地多飙风,树木何修修。离家日趋远,衣带日趋缓,心思不能言,肠中车轮转。"这是一位在北方服役的人抒写乡愁的诗,思乡之情,使得他坐立不安,难言之愁好像车轮在心上回环围绕辗来复去。征役造成人们心灵的痛楚是难以言尽的。

四　婚姻恋爱的不幸哀唱

乐府诗的恋爱婚姻诗与《诗经》一样,多数为女性作者,但却缺少《诗经》中的恋爱欢歌,大多数是由爱至恨的哀唱。《上邪》是中国爱情诗歌中的一朵奇葩。"上邪!我欲与君相知,长命无绝衰。山无陵,江水为竭,冬雷震震,夏雨雪,天地合,乃敢与君绝!"细嚼语气,这是女子被人误解后的自誓之词,作者指天为证,一气排列五种自然界绝无可能产生的现象表示自己对爱情的坚贞不渝,虽对爱人情真意挚,但仍可读出誓言后面恋爱关系中的裂痕。《有所思》中女主人对其爱人一往情深,精心准备了信物,"双珠玳瑁簪,用玉绍缭之",然当听说对方有二心时,由爱生恨,将礼物"拉杂摧烧之",还不解恨,更要"当风扬其灰"。《白头吟》中的女主人虽然心志高洁,忠于爱情,"皑如山上雪,皎若云间月"[①],但其只重钱刀不重爱情的爱人仍然三心二意,所以她在与之"相决绝",指责他"男儿重意气,何用钱刀为"的同时,又发出了"愿得一心人,白头不相离"的呼唤。《上山采蘼芜》是一位弃妇与故夫偶遇时的对话,构思奇特,不是正面写弃妇的无辜与哀怨,而是由故夫说出两次娶妻的对比和体会,写出了前妻的勤劳、善良、无辜,在弃妇平淡的问话中透示着心中的怨恨与不平。长篇叙事诗《古诗为焦仲卿妻作》(《孔雀东南飞》)所揭示的爱情悲剧的制造者,并非男性的二三其德,而是封建家长制。庐江小吏焦仲卿与妻刘兰芝两情弥笃,然焦母不喜儿媳,苛刻挑剔。焦难违母意,要刘暂回娘家,与刘盟誓决不相负,相机再娶。兰芝归家后,兄嫂逼其嫁给太守,兰芝不屈投水而亡,仲卿闻之亦自缢。作者不是从兰芝的角度来诉说不幸,而是从第三人称角度详细完整地叙述了这个婚姻悲剧,从而揭示了封建家长制不仅给女性带来不幸,而且也使男性成为受害者,扼杀了真情,吞噬了生命,有力地控诉了封建礼教的罪恶。

第三节　汉乐府诗的叙事艺术特点

汉乐府诗在中国诗歌史上有着重要的地位,它继承了《诗经》现实主义的传统并发扬光大,在诗歌叙事艺术上进行了新的创造。汉乐府诗中的叙事诗,特别是长篇叙事诗《孔雀东南飞》的出现,标志着中国古代叙事诗的成熟。

汉乐府叙事诗具有比较完整的故事情节,有的短篇叙事诗则注意选取具有典型性的生活片断和画面突出矛盾,并注意提炼具有个性的语言和行动等细节来刻画人物和表现主题。长篇叙事诗《孔雀东南飞》叙述刘兰芝和焦仲卿的婚姻爱情悲剧的整个过程。通过"辞归"、"送别"、"逼婚"、"殉情"四个情节的设置,展现了故事的开端、发展、高潮和结局。又以刘、焦夫妇关

---

① 此句有两解,一云"开头二句是比喻,言'君有两意'这件事已如雪如月,明明白白,无可隐瞒了。或以雪月比自己的纯洁来和对方比照,也可以通。"(余冠英选注《汉魏六朝诗选》,人民文学出版社1979年版,第36页)本文取第二解。

系线索和刘兰芝与焦母、刘兄关系线索双线并进,将矛盾不断推向前进。人物的形象和思想也不断地丰富和深化。《陌上桑》、《羽林郎》等诗则将秦罗敷机智巧妙地戏弄五马太守的骚扰,胡姬严辞拒绝羽林郎的调戏的整个故事过程叙述出来。《东门行》则像一出场景设在家中的独幕剧,选取了男主人出去造反后有所顾忌,再次回来的片断,集中表现了他还顾家中境况,思前想后,终于不顾妻子的拦阻,拔剑而去的思想斗争过程。《十五从军征》也是选取了老兵问道、做饭、泪眼东望三个片断,将老兵回家经过及见到的凄惨景象与心理感受表现得非常充分。细节描写在汉乐府叙事诗中比比皆是。《东门行》中男主人:"咄!行!吾去为迟!白发时下难久居。"个性化语言表现了他毅然决然去造反的态度。《陌上桑》中"行者见罗敷,下担捋髭须。少年见罗敷,脱帽着帩头。耕者忘其犁,锄者忘其锄",三种人带有喜剧色彩的动作细节,以形写神,展现了不同年龄个性的人的心理特征,也从侧面写了罗敷的美丽。《艳歌行》选取女主人为游子补衣,却遭到男主人的猜疑,"斜柯西北眄"的细节,更突出了在外受委屈,不如回家好的游子思乡的主题。

汉乐府叙事诗塑造人物形象注重通过人物言行举止,心理描写,以及景物描写等手段,展现人物的思想斗争和心路历程。《孤儿行》中孤儿行贾刚归却被差使上下奔走,"孤儿泪下如雨",汲水去"拔断蒺藜肠肉中,怆欲悲,泪下渫渫",这些苦楚,使孤儿由伤心到失望,产生生不如死的想法。《十五从军征》中我们也感受到老兵由希望到孤独、失望的心路历程。《有所思》中初叙女主人公对所爱一往情深,转写闻情人变心后的愤怒,愤怒之后,想到如何面对兄嫂的质问,又陷入欲断难断的担心中。正如清沈德潜所评说的"怨而怒矣。然怒之切,正望之深,末段余情无尽。"(《古诗源》卷三)《白头吟》截取女主人闻爱人负心后,与之决绝的片断,显然这时女主人的心态已由闻变的愤怒而走向冷静,"今日斗酒会,明日沟水头",她有礼而态度坚决地与旧情一刀两断,"躞蹀御沟上,沟水东西流",她徘徊在沟边,想到过去的情分,现已如同沟水各自奔流,而再度出嫁,不免又有些伤感,"凄凄复凄凄,嫁娶不须啼。愿得一心人,白头不相离",但愿嫁一个一心爱自己的人,与之白头偕老,展现了女主人与往事告别、向往未来的思想过程。

汉乐府叙事诗善于用铺陈夸饰来描写人物、场景,烘托渲染气氛。《陌上桑》中罗敷的美艳正是通过铺陈和夸饰结合的方法来完成的。"青丝为笼系,桂枝为笼钩。头上倭堕髻,耳中明月珠。缃绮为下裙,紫绮为上襦。"为了将罗敷写得尽善尽美,不仅写其打扮服饰,而且连她的劳动工具也极尽华美之能事。唯此仍嫌不够,再铺排写三种人对罗敷美貌的倾倒痴迷状态,从侧面衬托渲染了罗敷的美丽,浓墨重彩,富丽眩目。罗敷面对太守的调戏,极力夸说自己的夫婿,从才能、地位、容貌、风度等方面铺陈夸饰了其夫装扮之华贵,相貌之英俊,风度之翩翩,才能之出众,升迁之顺达,使太守相形见绌。《羽林郎》中写胡姬外貌,"长裙连理带,广袖合欢襦,头上蓝田玉,耳后大秦珠,两鬟何窈窕,一世良所无。一鬟五百万,两鬟千万余。"着重写其服装、头饰和发型,由此突出其胡人身份,将一个服饰飘逸,双鬟窈窕,明媚动人的胡女呈现在我们眼前。《相逢行》、《狭斜行》、《鸡鸣》三首诗,同出一炉,极力铺陈夸饰权贵之家的富贵荣华,气派声势。《相逢行》首言其家声名显赫,人无不知。次言其豪宅富丽堂皇,中有美酒佳酿,美姬妖倡,庭园华灯煌煌,鸳鸯对对,鹤鸣西厢,子弟高官显要,门庭生光。最后铺陈其悠闲的生活画面,"大妇织绮罗,中妇织流黄,小妇无所为,挟瑟上高堂,丈人且安坐,调丝方未央。"贵妇或织锦,或鼓瑟,老翁则调琴安坐,颐养天年,一派富贵闲适的风光。对这种腐朽淫乐的生活大加张扬实含奚落。

第四节 七言诗的初起与文人五言诗

受《诗经》的影响,汉初一些诗人仍习作四言诗,"汉初四言,韦孟首唱,匡谏之义,继轨周人。"(《文心雕龙·明诗》)韦孟的《讽谏诗》、《在邹诗》从内容到语言形式都模仿《诗经》中的《雅》《颂》之诗,没有创新之意。

楚汉相争,中原逐鹿,楚歌也流行至中原和汉代长安宫中。项羽留下的《垓下歌》:"力拔山兮气盖世,时不利兮骓不逝。骓不逝兮可奈何,虞兮虞兮奈若何!"慷慨悲壮。四面楚歌的悲剧也说明了楚歌在当时的盛行。汉高祖刘邦虽为胜者,但其《大风歌》在昂扬的气势下又内含担忧:"大风起兮云飞扬,威加海内兮归故乡,安得猛士兮守四方?"透露着作为王者的思考和成熟。汉武帝的楚歌《秋风辞》在悲秋惜时的情调中明显可见宋玉《九辩》的影响。

七言成句已见于《诗经》与《楚辞》中。荀子《成相篇》模仿民歌形式以七言为主:"请成相,世之殃,愚暗愚暗堕贤良。人主无贤,如瞽无相何伥伥。"其中七言句形成了前四后三的格式。汉代文人制作的七言诗片断,现存最早的当是汉武帝时司马相如等人作的《郊祀歌》中的部分篇章,如《景星》中"空桑琴瑟结信成,四兴递代八风生……上天布施后土成,穰穰半年四时荣",是典型的七言句式。西汉成帝时的《上郡吏民为冯氏兄弟歌》是一首较完整的七言歌谣："大冯君小冯君,兄弟继踵相因循。聪明贤知惠吏民,政如鲁卫德化钧。周公康叔犹二君。"(《汉书·冯野王传》)从其歌中多用历史典故来看,应是吏民中文人所作。另据《东方朔别传》载汉武帝元封三年(前108)与大臣联句的《柏梁台诗》是一篇完整的七言诗,但其真伪仍存疑问。①

五言诗的章节最早出现于《诗经·大雅·绵》第九章,六句皆五言。比较完整的最早的五言诗是《史记·项羽本纪》唐张守节《正义》所引《楚汉春秋》中虞姬和项王《垓下歌》之歌:"汉兵已略地,四方楚歌声。大王意气尽,贱妾何聊生?"前人以为它与项羽《垓下歌》文体不同而对之怀疑。那么《汉书·外戚传》所引高祖姬戚夫人所作《春歌》当为汉代现存最早的五言诗:"子为王,母为虏。终日春薄暮,常与死为伍。相离三千里,当谁使告汝。"此外还有《汉书·外戚传》记载的武帝时李延年的《李夫人诗》,比较可信。而传为文、景时代的枚乘诗,武帝时代的苏武、李陵诗,成帝时代班婕妤失宠后所作怨诗等皆被疑为后人依托或伪作,②然其艺术上却相当完美。汉乐府诗中也有些相当成熟完整的五言诗。

文人所作诗歌到东汉进入了发展繁荣的时期。班固的《咏史》被认为是现存最早的文人五言诗。《咏史》是咏西汉文帝时孝女缇萦上书救父的故事,与班固载于《汉书·刑法志》中缇萦事相为表里,也是较早的文人咏史诗,然其叙事平实,主旨在宣扬孝道,用史家笔法写诗,因而被称为"质木无文"(钟嵘《诗品序》)。

张衡的《四愁诗》是脱胎于骚体的七言诗,全诗共四章,第一章云:

> 我所思兮在太山,欲往从之梁父艰,侧身东望涕沾翰,美人赠我金错刀,何以报之英琼瑶。路远莫致倚逍遥,何为怀忧心烦劳。

其余三章将太山改为桂林、汉阳、雁门,按东、南、西、北顺序思恋寻找心爱之美人,却终因山高水阻,思远莫致,难以报答美人之厚爱,因此黯然神伤。诗中显然有所寄托。从中我们可以看到《诗经·蒹葭》的主旨、汉赋铺陈和楚

---

① 清顾炎武《日知录》卷二一据其注中人名官名与武帝时不符,断为后人所托。今人逯钦立不同意顾说云:"然考《汉书·武帝纪》,于建元六年即出大司农一官名,与此抵牾相同。吾人如信班书,不得独疑此诗,且此诗出《东方朔别传》,此《别传》即《班书·朔传》所本也。"(《先秦汉魏晋南北朝诗》,中华书局1983年版,第97页)

② 详见曹道衡《"苏李诗"和五言文人诗的起源》,《文史知识》1988年第2期第8—12页。

辞"美人香草"比兴之影响。诗中虽然写了"涕沾翰"、"怀忧心烦劳"等表达情感的语句,且重章叠句反复铺陈,但总觉造作,不够真挚自然,在立意、造境以及情感表达上终比《蒹葭》稍逊一等。

秦嘉、徐淑夫妇是中国文学史上最早的一对诗文伉俪。秦嘉,字士会。陇西人,桓帝时为郡上计吏,后入京为黄门郎,病卒于津乡亭。桓帝间,秦嘉为郡上计吏赴洛阳时,其妻徐淑病居母家,未及面别,相互以诗文酬答,以通款曲。秦病故后,徐淑也哀痛而卒。秦嘉有五言《赠妇诗》三首,自序云:"嘉为郡上掾,其妻徐淑,寝疾还家。不获面别,赠诗云尔。"徐淑亦有一首《答夫诗》,夫妻互赠诗篇,文辞凄婉,情深意长,成为文坛传颂的佳话。《赠妇诗》第三首如下:

> 肃肃仆夫征,锵锵扬和铃,清晨当引迈,束带待鸡鸣。
> 顾看空室中,仿佛想姿形,一别怀万恨,起坐为不宁。
> 何用叙我心,遗思致款诚。宝钗可耀首,明镜可鉴形。
> 芳香去垢秽,素琴有清声。诗人感木瓜,乃欲答瑶琼。
> 愧彼赠我厚,惭此往物轻。虽知未足报,贵用叙我情。

行将登途的躁动不安,无人话别的怅然若失,对妻子的无尽思念,对妻子病情的殷殷牵挂,使其万恨交集,愈觉形单影只,徘徊室中,起坐不宁。赠物寄情,想见妻子插钗鉴镜,容光焕发的姿形,充满对妻子病愈康复的希冀。诗作感情细腻而真挚,是爱情诗的优秀作品。

东汉末年,时逢桓、灵乱世,正直文人也多遭不幸,颂声不作,刺音不绝。代表作家有郦炎、赵壹、蔡邕等。郦炎(150—177),字文胜,范阳人。有文才,解音律,善辩论。灵帝时,州郡辟用,辞不就。后风病发作,妻始产而惊死,妻家讼之,熹平六年(177)二十八岁时死于狱中。郦炎现存五言《见志诗》二首,抒发了"舒吾陵霄羽,奋此千里足,超迈绝尘驱,倏忽谁能逐"的远大抱负以及"贤才抑不用,远投荆南沙,抱玉乘龙骥,不逢乐与和"的深沉感慨。诗歌体现了一种积极进取的人生态度和遭受压抑的不甘之心。赵壹的《刺世疾邪赋》后附《秦客诗》和《鲁生歌》二首五言诗,用秦客与鲁生对答的形式和对比的手法揭露了"文籍虽满腹,不如一囊钱,伊优北堂上,抗脏倚门边"(《秦客诗》)的现实,奸佞小人靠贿赂谄媚竟登堂入室,而正直之士文籍满腹却门边而立。更可悲的是"贤者虽独悟,所困在群愚"(《鲁生歌》),芸芸众生执迷不悟,也是造成这种是非颠倒的原因之一。蔡邕的《翠鸟诗》用寓言的形式写刚逃离猎人网罟惊魂未定的翠鸟来到若榴树下修整羽毛,抚慰心灵的情形。尽管若榴树"绿叶含丹荣",是一个很好的栖身处,翠鸟在这里振翼修形、引颈回盼,但仍对网罟心有余悸,它"驯心托君素,雌雄保百龄",感激保护者的庇护,再也不敢离开若榴树振翅高飞了。写出了东汉文人遭受政治迫害,生存环境受到威胁,无所依傍,只求全身避害的可怜可悲的境遇。

第五节 《古诗十九首》

《古诗十九首》作为一个整体最早著录于梁昭明太子萧统的《文选》卷二十九"杂诗"类,因作者失传,亦非一人一时之作,所以《文选》总题为"古诗"。学术界比较一致的看法是《古诗十九首》产生的时代大约在东汉末。①

《古诗十九首》的作者绝大多数是漂泊在外的游子,"其中思妇词不可能是本人所作,也还是出于游子的虚拟。在穷愁潦倒的客愁中,通过自身感受,设想到家室的离思,因而同一性质的苦闷,从两种不同角度表现出来。"②《古诗十九首》凝聚了那一代文士对人生问题的思考和探求。《古诗十九首》的作者是一些青壮年的游子,他们诗中的"坟茔"意象使他们从别人的死亡看到了人生的归宿和死神的狞笑:"出郭门直视,但见丘与坟。古墓犁为田,松柏摧为薪。白杨多悲风,萧萧愁杀人"(《去者日已疏》);"青青陵上柏,磊磊涧中石;人生天地间,忽如远行客"(《青青陵上柏》)。与"陵上柏"、"涧中石"相比,那陵下人的生命以及正活着的人的生命真如天地间的过客一样匆匆而过,更何况"古墓犁为田,松柏摧为薪",人死后不会留下任何痕迹。因而在《古诗十九首》中人生短促,人生如寄的感受尤为强烈:"人生非金石,岂能长寿考"(《回车驾言迈》);"人生寄一世,奄忽若飙尘"(《今日良宴会》)。他们对自然界的风物变化和时序变迁以及自己心理的衰老尤为敏感:"四顾何茫茫,东风摇百草。所遇无故物,焉得不速老"(《回车驾言迈》);"回风动地起,秋草萋已绿。四时更变化,岁暮一何速"

① 关于《古诗十九首》的作者和时代,自梁以后,众说纷纭。刘勰认为:"《古诗》佳丽,或称枚叔(即枚乘)。其《孤竹》一篇,则傅毅之词。"(《文心雕龙·明诗》)《玉台新咏》将《行行重行行》等八首题为枚乘杂诗。《文选·杂诗上》"古诗一十九首"题下,唐李善注云:"并云古诗,盖不知作者。或云枚乘,疑不能明也。诗云'驱马上东门',又云'游戏宛与洛',此则辞兼东都,非尽是乘,明矣。"

② 马茂元《古诗十九首初探》,陕西人民出版社1981年6月版,第18页。

（《东城高且长》）；"白露沾野草，时节忽复易"（《明月皎夜光》）；"过时而不采，将随秋草萎"（《冉冉孤生竹》）；"思君令人老，岁月忽已晚"（《行行重行行》）。他们想要减少黑夜的时间以延长生命的时光："生年不满百，常怀千岁忧；昼短夜苦长，何不秉烛游?"（《生年不满百》）他们看到了人生的终极，以死观生，感悟生命，探求人生的意义和价值，关注人生的命运和道路。

《古诗十九首》的作者有的从凋敝的乡村来到繁华的都市，有的从社会下层欲进身到社会上层，有的从亲人相聚到离乡背井，有的仕途失意心曲难申。各人境况不同，对人生的价值意义的理解不同，因而他们的人生抉择也不同。主张谋取权势，捷足先登，占据险要者有之，"何不策高足，先据要路津。无为守贫贱，轗轲常苦辛!"（《今日良宴会》）向往立身扬名以求流芳百世者有之，"盛衰各有时，立身苦不早。……奄忽随物化，荣名以为宝。"（《回车驾言迈》）享受美酒佳酿、华衣鲜服、醉生梦死者有之，"服食求神仙，多为药所误。不如饮美酒，被服纨与素。"（《驱车上东门》）追求佳音美女，满足声色之好者有之，"荡涤放情志，何为自结束? 燕赵多佳人，美者颜如玉；被服罗裳衣，当户理清曲。"（《东城高且长》）更多的则是厌倦天涯孤客、四处飘零的生活，祈求家室团聚，夫妻恩爱，平安度日："还顾望旧乡，长路漫浩浩。同心而离居，忧伤以终老。"（《涉江采芙蓉》）"兔丝生有时，夫妇会有宜；千里远结婚，悠悠隔山陂。"（《冉冉孤生竹》）"思还故闾里，欲归道无因。"（《去者日以疏》）在人生道路上他们更需要别人的理解和相知："昔我同门友，高举振六翮。不念携手好，弃我如遗迹。"（《明月皎夜光》）"不惜歌者苦，但伤知音稀! 愿为双鸿鹄，奋翅起高飞。"（《西北有高楼》）在本已短暂的人生中，如果再失去亲情和友情的慰藉，那么人生将黯然失色。

《古诗十九首》是汉代五言诗的成熟之作，取得了很高的艺术成就。梁刘勰说："观其结体散文，直而不野，婉转附物，怊怅切情，实五言之冠冕也。"（《文心雕龙·明诗》）钟嵘赞赏说："文温以丽，意悲而远，惊心动魄，可谓几乎一字千金。"（《诗品》上）给予很高的评价。《古诗十九首》善于用叙述、描写、议论方法营造情景交融的气氛，将外化了的内心体验蓄势蕴藉，然后一发感慨，水到渠成，令读者亦发同感，惊心动魄。请看《驱车上东门》一诗：

　　驱车上东门，遥望郭北墓。白杨何萧萧，松柏夹广路。下有陈死人，杳杳即长暮；潜寐黄泉下，千载永不寤。浩浩阴阳移，年命如朝露。人生忽如寄，寿无金石固。万岁更相送，圣贤莫能度。服食求神仙，多为药所误。不如饮美酒，被服纨与素。

"驱车"二句引领读者同载共观,累累坟茔,历历在目,触人感发,描写萧萧白杨,列列松柏,令人不寒而栗愈添阴森气氛。"下有"四句想象黄泉长眠不醒之人孤冷凄清的情景,以喻生命一去永不复返。"浩浩"二句承上启下由阴转阳,由生命的逝去议论岁月之无穷,生命之短促。"人生"四句强调生死更迭,代代相送,无人能免,乃不可抗拒之规律。"服食"二句言希冀长生之术,反而短寿,亦谓永生之不可能。"不如"二句一发慨叹,既然人死无免,不如醉生梦死,行乐及时吧,情绪颓废低迷,一落千丈。清人方东树指出其宛转蓄势的过程曰:"此诗意激于内,而气奋于外,一气喷薄而下,前八句夹叙,夹写,夹议,言死者。'浩浩'以下十句,言今生人。凡四转,每转愈妙,结出归宿。"(《昭昧詹言》卷一)《去者日以疏》、《回车驾言迈》、《明月皎夜光》、《西北有高楼》、《今日良宴会》、《行行重行行》等都善于营造气氛,蓄势蕴藉,渲染和衬托了作者的主观心情。清人陈祚明认为《十九首》所以为千古至文者,以能言人同有之情也。……《十九首》善言情,惟是不使情为径直之物,而必取其宛曲者以写之,故言不尽而情则无不尽"(《采菽堂古诗选》卷三),道出了《古诗十九首》艺术成功的关键在于善写人之共有的情感和以宛转蓄势之法抒写之,以调动读者同感。方东树形象地将这种营造氛围,蓄势宛转的写法描绘为"翩若惊鸿,宛若游龙;如百尺游丝宛转;如落花回风,将飞更舞,终不遽落;如庆云在霄,舒展不定"(《昭昧詹言》卷一),道出了它用笔的特征。

《古诗十九首》成功地借鉴了《诗经》、《楚辞》、《汉乐府》以及前人的艺术创作经验,巧用比兴,化用典故成语,语言自然流畅。它取景多用秋冬之景、月夜之景、荒凉萧索之景,色块灰暗冷淡,与其迷惘苦闷失意惆怅的感受和谐一致。《古诗十九首》的艺术风格影响了建安诗人、阮籍、陆机、陶渊明等人的创作。

第三编

魏晋南北朝文学

绪　　论

　　中国历史进入到魏晋南北朝，便开启了一个长期分裂的时代。这个历史时期的基本特点是从汉末大乱到三国鼎立，而后由西晋实现短暂的统一，之后又是南北朝的分裂。在中国历史上这是分裂时间最长的时代。它的突出特点是政权更迭频繁，社会动乱，民族矛盾尖锐。

　　文学史上所说的魏晋南北朝时期，始于东汉建安年代，迄于隋朝统一，约四百年。就社会特点来说，这一时期，由于国家分裂，政权不稳定，各种力量为争权夺势，进行了激烈的斗争，政权之间不断引发战争，造成政治上的腐败，经济上的凋敝，人民流离失所，而且由于集团间的权力之争，许多士人遭受杀身之祸，形成历史上少有的恐怖时代。同时，西部和北部少数民族不断向内地迁移，常与汉族统治力量发生矛盾冲突，以致引发民族战争。西晋后期，发生了宗室争夺皇权的"八王之乱"，外族首领趁势起兵，将汉族首领驱逐到了南方，他们占据并统治了北方地区，对汉族百姓进行了残酷的压迫，汉族与少数民族间的战争便不断发生。

　　在政治上，这一时期一个主要现象就是门阀制度的存在。东汉后期士族（豪门大族、世族）和庶族寒门之间形成尖锐对立。士族占据着优越的地位，在察举、征辟中形成了拥有特殊地位的阶层，具有很强的独立性和社会力量。魏文帝曹丕建立了"九品中正制"，承认豪门大族政治上的特权，士族子弟经过中正品第入仕，实际上品第人物的标准主要是门第的高下，这样便形成了士族相传的贵胄，造成政治权力的垄断。而寒门庶族几乎失去了仕进的机会，导致了"上品无寒门，下品无势族"（《晋书·刘毅传》）的局面。

　　门阀制度的存在，使士族与庶族间的矛盾不断激化并成为这一时期一个主要特点。庶族仕进的道路被堵塞了，引起他们的不平，他们在文学创作中发出了自己不平的呼喊。如左思的《咏史》其二："郁郁涧底松，离离山上苗；以彼径寸茎，荫此百尺条"，形象地反映了"上品无寒门，下品无势族"的社会状况。鲍照的《拟行路难》其三："对案不能食，拔剑击柱长叹息"，倾泻了寒士的不平。这些内容成为这一时期文学创作的一个亮点。

　　就思想状况而言，魏晋南北朝是中国历史上一个思想发展的重要历史时期,也是中国历史上思想最活跃的时期,是继战国"百家争鸣"以后又一个思想解放的时代。随着儒家的衰微,新的人生价值观、生活观、社会伦理观不断产生,哲学的本体论、思辨逻辑不断发展。

首先是玄学兴起,这是魏晋南北朝时期的主要思想。玄学的主要内涵是关于宇宙本体的讨论,以及各种事物名理的辨析,也涉及社会政治与伦理方面。老庄所谓"自然"哲学,成了当时的社会思潮。所谓"越名教而任自然"成为当时名士的思想行为,其内涵就是对个体生命价值的重视,表现自我。这些思想直接影响了名士的行为风度。名士们开始追求一种任达旷放的生活,形成所谓的"魏晋风度"。具体表现为形上思辨,清谈析理;任性率真,寄情山水,从根本上说是产生了一种新的觉醒——人的觉醒,尤其是个体自我意识的觉醒。在文学上表现为对艺术化人生的追求和个人本性的真实流露。

其次是佛学、道教的兴起。佛教从西汉之际传入中国后,一直未有多少社会影响,到了东晋、十六国时期,才迅速发展起来。佛经的翻译也达到了极盛,这对中国文化产生了深远的影响。佛教具有哲学和神学的内涵,它的唯心主义哲学体系颇为精致,与老庄学说有相通之处,因而受到士人喜爱。东晋时佛学与玄学相辅而行,僧人参与清谈,文人士子研究佛理,与僧人结交为朋友,为其撰文译经,成为一时风气。王羲之与诗僧支遁相交游,谢灵运为慧远撰写《佛影铭》等,沈约、刘勰等人都与佛教关系甚密。南朝帝王大都崇信佛教,梁武帝曾四次舍身到同泰寺为奴。寺庙建筑布满各地。佛经中许多有趣的故事流入民间,增加了中国文学的故事性;佛经中的大量词汇也进入文学语言的范围,丰富了中国文学语言宝库。

道教作为一种宗教产生于中国本土,它的正式形成始于东汉顺帝时。它与尊奉老庄哲学的道家在性质上不同。从渊源关系说,道教孕育于我国古代的巫和方士一流。它的内容比较庞杂,讲炼丹,讲求仙,讲养生之道。与佛教相比,道教没有严格的戒律,其最大特点是以各种方术来帮助人们享乐,给人以虚幻的满足,很具实用性,所以受到士族阶层的欢迎。在魏晋,产生了贵族道教,出现了像葛洪这样的教徒。嵇康、王羲之等人也受到道教的影响。在政治范围内,道教以"内道外儒"的面貌出现,教人顺天安命,做忠臣孝子,所以它又成为封建社会意识形态上层迷信的一个组成部分,成为封建统治阶级的有用工具。它影响到文学的精神,士人们追慕隐逸,向往山林,倾向于神鬼变异之谈,其诗文小说都受到不同程度的影响。

在南北朝时期,出现了儒、佛、道三教鼎立的局面。三教之间为争得优越的地位而展开斗争。儒学虽已失去了独尊的地位,但仍是社会思想的一个重要组成部分,仍以中国正统思想代表自居,儒家经典仍为士人必读的书籍。与汉代相比,佛教地位蒸蒸日上。北朝统治者虽然几次"灭佛",因为佛教寺院的发展夺去了他们的土地和劳动力,但是,佛教的存在是符合他们根本利益的,所以每次"灭佛"以后,佛教却更广泛地流行。

社会思想的自由和宗教的多样化,促进和影响了魏晋南北朝时期文学学术的发展和变化,文学、音乐、绘画等各种艺术形式都开始趋向于个人生活感情的表达。老庄的无为遁世、道教的神仙、佛教的厌世等各种思想杂糅,成为这一时期文学创作的主流。

这一时期文学也发生了巨大的变化,鲁迅称为"文学的自觉时代"(《而已集·魏晋风度及文章与药及酒之关系》)。所谓自觉就是说人们对文学创作及其发展的客观规律有了相当的认识和把握,能够按照自己的意志去驾驭文学创作的规律,从而进入一个相对自由的状态。文学开始脱离了经学的附庸地位,从"成教化,明人伦"的道德功利目的转为非功利的供人欣赏的艺术形式。

文学自觉的重要标志就是文学理论的繁荣和文学批评的兴起。(魏)曹丕《典论·论文》、(晋)陆机《文赋》、(梁)刘勰《文心雕龙》、(梁)钟嵘《诗品》等论著以及(梁)萧统《文选》、(陈)徐陵《玉台新咏》等文学理论与批评论著和总集的出现形成了文学理论与文学批评的高峰,这些论著贯穿着一个总的文艺思想,就是把文学与学术区分开来,努力探寻文学自身的特点和创作规律,开始重视文体的分类及文学本身的价值。这些自觉的文学新理念追求,带来了文学创作倾向和文学主题新的变化。在创作倾向上,一个显著的特点就是由言志走向缘情。陆机在《文赋》中论及文体特性时,明确提出"诗缘情而绮靡"。梁元帝萧绎在《金楼子·立言篇》中也说:"至如文者,惟须绮縠纷披,宫徵靡曼,唇吻遒会,情灵摇荡。"强调了文学创作中抒发感情的重要。当然,在魏晋南北朝的文学发展历程中,抒情化的倾向经过了一段曲折的历程。魏晋时期由于玄理的影响和政治的黑暗,在抒情中还不乏浓厚的理性色彩,如阮籍、嵇康及西晋一些作家。到了南北朝,作家抒写性灵明显加强,无论是诗、赋,还是文,作家都在抒发自己真实的人生感受。创作倾向上的变化带来了文学创作主题的变化。人生无常、游仙、隐逸成为魏晋南北朝文学的共同主题。整个魏晋南北朝是一个乱世,政治上的纷争使人的生命处于朝不保夕之中,因而文人便产生了生的忧惧和恐慌,常常感到生命的短促和脆弱,所以,他们一方面悲叹生命无常,一方面饮酒行乐,以期充分享受人生,这些思想感情毫无保留地倾泻在作品中,形成这一时期文学创作的基本主题。从曹操的《短歌行》到南朝江淹的《恨赋》,无不体现这一点。

与生命无常主题相关的内容是游仙。生命短暂,人们对长生不死的仙境充满了向往,曹植有《游仙》,张华有《游仙诗》,郭璞也有《游仙诗》多首,游仙的主题在魏晋南北朝文学中占有相当的数量,成为不可忽视的主题。

此外,对隐逸生活的向往和歌咏也是这时期文学的一个主题,左思、陆机都有《招隐诗》,陶渊明对田园生活的描写把隐逸题材的创作推向高峰。这种题材的兴起反映了魏晋士人对隐逸生活的企慕,也反映了老庄思想和玄学对士人心态及生命价值观的影响。①

魏晋南北朝文学发展的另一现象是文人集团的活跃,这是这一历史时期文学发展的一大特点。

文学受到普遍的重视,进入到文人的社交生活,成为一种高雅的娱乐和朋友间交流的媒介。这样就在文人群中形成了一个个文人集团。建安时代,以曹氏父子为首的文人结交成为中国文学史上第一个文人集团。魏末晋初有以阮籍、嵇康为首的"竹林七贤"和以何晏为首的"竹林名士",西晋有权臣贾谧,包括陆机、左思等人在内的"二十四友",东晋时又有以王羲之、谢安为中心的文学交游,宋代临川王刘义庆门下招纳了鲍照等文人,齐代在竟陵王萧子良周围形成了"竟陵八友",梁代昭明太子萧统、简文帝萧纲、梁元帝萧绎也各自组成了自己的具有相当规模的文学集团。这些文学集团的活动,对当时文学的发展演变起了重要作用。首先是刺激了文学的兴盛和发展,其次是在文学集团的活动中,文人互相影响,常常会产生新的现象,新的文学思想,形成文学风格的多样化,刺激了文学理论的发展。②

在文学发展中,许多新的文学体式形成并得到发展。在传统的诗、赋、散文体式中,诗歌形式多样丰富,魏晋文人大量的五言诗创作,使五言诗臻于成熟和完善。七言歌行体得以确立,曹丕《燕歌行》为文学史上现存最早的完整的七言诗,南朝鲍照进一步改进了七言诗的形式,扩大了其影响,为唐诗的发展奠定了基础。齐梁时期,由于声韵学的发展,周颙发现了汉语的四声,沈约把四声运用到诗歌的声律上,提出了"四声八病"之说,创造了一种新诗体即"永明体",为律诗的形成铺平了道路。梁陈时期,出现了以宫廷

---

① 本段内容借鉴袁行霈主编《中国文学史》,高等教育出版社 1999 年版,第 2 册第 8—10 页。

② 本段内容参考章培恒、骆玉明主编《中国文学史》第一册,第 298 页。

生活和女性美为题材的宫体诗,虽内容空洞,但体现了新的美学追求,扩大了诗歌的表现领域。诗歌以外,辞赋创作和汉代相比发生了重要转变,不仅数量多,而且明显出现诗赋合流的趋势。抒情咏物小赋增多,成为这个时期辞赋创作的主流。如王粲的《登楼赋》,鲍照的《芜城赋》,江淹的《恨赋》、《别赋》,庾信的《小园赋》、《哀江南赋》等,都是脍炙人口的抒情力作。散文创作也出现了新面貌,建安时期,以曹氏父子为代表,散文庄重典雅,有通脱之风。晋南北朝散文趋于骈化,文辞华美,对偶工整,为时代的美文。

小说发展是这一时期重要的文学现象。汉末巫风畅行,加之佛、道兴起,受宗教思想影响,出现了志怪小说,以干宝《搜神记》为代表,虽还不够成熟,但已初具小说规模,为后来唐传奇的创作积累了经验。随之又产生了志人小说。这与士族之间品评人物和崇尚清谈之风有关,代表作品是《世说新语》,其内容主要是记录魏晋名士的逸闻轶事,是研究魏晋名士风流的极好资料。志怪小说和志人小说的出现,标志着我国小说进入一个重要的阶段。

乐府民歌在南北朝时期得以集中出现,是继《诗经》和汉乐府以来我国诗歌史上又一新的发展。由于南北朝长期对峙,政治、经济、文化以及风俗民情都有明显的差异,所以南北民歌也呈现不同的风貌,表现出明显的地域色彩,南朝民歌多写爱情与相思,北朝民歌多反映北方现实生活和习性。《西洲曲》和《木兰诗》分别代表了南北民歌的最高成就和不同风格。

第一章　建安正始文学

第一节　建安诗坛

建安是东汉王朝最后一个皇帝献帝刘协（196—220 年在位）的年号。建安文学是魏晋南北朝文学的最初阶段，也是我国中古时期文学史上一个光辉灿烂的时期。

建安文学发轫于汉末大乱之际。东汉后期，外戚与宦官相继专权，桓帝到灵帝三十年间发生了两次党锢之祸，政治急剧腐败和经济凋敝，削弱了中央集权。土地兼并，大批农民破产，导致了公元 184 年的黄巾农民起义。在镇压黄巾起义过程中，割据势力不断壮大，为诛杀宦官，大将军何进调军阀董卓入京，结果酿成历史上有名的"董卓之乱"，进而形成了军阀割据的局面。

公元 196 年，曹操迎献帝，定都许昌，改年号为建安，从此挟天子以令诸侯。建安十三年（208），赤壁之战后，中国进入魏、蜀、吴三国鼎立的相对稳定时期。

社会的急剧变化，结束了汉代的政治大一统和思想大一统，异端思想突起，孕育了建安精神和建安文化。建安文人在乱世中不辍著述，面对汉末的政治与文化浩劫，他们珍惜文化，关怀时事，表现出一种可贵的人文精神。曹氏父子和建安七子创作了大量反映现实、反映人民疾苦的作品，曹操的《薤露行》、《蒿里行》，陈琳的《饮马长城窟行》，王粲的《七哀诗》，阮瑀的《驾出北郭门行》等，都是这种人文精神的具体体现。

汉一统思想的结束，使传统的经学师法、家法遭到破坏。繁琐的经学的衰落，推动了思想解放和文学观念的发展。文人从汉儒僵化的社会秩序中解放出来，开始以积极进取的精神面对人生，面对广阔的现实生活。他们开始追求不朽的功业、不朽的文章。曹丕在《典论·论文》中说："盖文章经国之大业，不朽之盛事。"曹植在建安时期也一再表白要"戮力上国，流惠下民，建永世之业，流金石之功，岂徒以翰墨为勋绩，辞赋为君子哉！"（《与杨德祖书》)对功业与文章的追求,成为建安文人的人生理想,也是建安诗歌发展的文化基础。文学从此不再是经学的附庸,走进了自觉的时代。

建安诗风,历来被称为"慷慨悲凉",刘勰《文心雕龙·时序》中说:"观其时文,雅好慷慨,良由世积乱离,风衰俗怨,并志深而笔长,故梗概而多气也。"这种悲凉慷慨的诗风来自于汉末文人新的思想意识和文学价值观,承接着汉末生命意识的潮流。由于汉末社会大乱,生离死别,生灵涂炭,加深了文人的悲剧意识,也加深了他们对生命的悲剧体验和对生命的理解。所以,强烈的生命意识与生命主题,是汉末文学的一大特色。《古诗十九首》就是突出的例证。建安文人承袭了汉末文学的这一主题,又有所发展。建安文人在重新认识和思考个体生命价值时,也更加关注社会人生的价值实现。他们主要不是感伤个人的生死之期,而是超越了个体生命意识,着眼于整个生灵,所以,在他们的作品中,既表现出生命的忧伤,也表现出强烈的责任感和人道主义萌芽。他们试图改变现实,把建功立业视为短暂生命的延续。因此他们忧时伤乱,抒发强烈的建功立业的愿望,同时也表现出力挽狂澜的信心。这就使建安诗歌产生了强烈的感染力,也就形成了"悲凉慷慨"的诗风。①

与悲凉慷慨诗风相适应的是建安诗歌的形式。建安文人继承汉乐府民歌的传统,并加以改造,创作了大量五言诗,使之成为建安诗歌的基本形式。

在汉代,乐府诗作为一种民歌形式,是社会性的集体创作,其内容多是祭神、祭天,或是反映民间疾苦,叙述性强而抒情成分少,语言上朴素无华。建安文人或采用乐府旧题,以现实主义的创作方法,抒写国家大事、个人壮志和抱负;或以乐府形式另立新题,将辞赋的语言声律带入乐府诗中,使五言古诗既具有乐府诗的质朴,又有文人化的升华,将五言古诗推向成熟。

此外,建安文人还在杂言、七言诗方面作尝试,如曹丕的《燕歌行》等,这对后来鲍照、庾信的杂言、七言诗创作起了推动作用。

代表建安诗风的作家除曹氏父子外,还有建安七子和女作家蔡琰。

"七子"之称出于曹丕的《典论·论文》:"今之文人,鲁国孔融文举,广陵陈琳孔璋,山阳王粲仲宣,北海徐干伟长,陈留阮瑀元瑜,汝南应玚德琏,东平刘桢公干。斯七子者,于学无所遗,于辞无所假,咸以自骋骥騄于千里,仰齐足而并驰,以此相服,亦良难矣。""七子"都是邺下文人集团的主要作家。汉末动乱,他们都有困苦流离的经历,又都有一定的政治抱负,想依附曹氏

① 参见于迎春《汉代文人与文学观念的演进》,东方出版社1997年6月版;钱志熙《魏晋诗歌艺术原论》,北京大学出版社1993年版。

父子作一番事业。所以他们的作品都反映了动乱的现实，表现了建功立业的雄心壮志，具有建安文学的共同特征。

"七子"中王粲文学成就最高，被刘勰称为"七子之冠冕"（《文心雕龙·才略》）。他诗赋并茂，诗以《七哀诗》为代表，描写了汉末动乱的现实，抒发了自己流落他乡，有志难骋的悲哀。其一：

> 西京乱无象，豺虎方遘患。复弃中国去，委身适荆蛮。亲戚对我悲，朋友相追攀。出门无所见，白骨蔽平原。路有饥妇人，抱子弃草间，顾闻号泣声，挥涕独不还。未知身死处，何能两相完？驱马弃之去，不忍听此言。南登霸陵岸，回首望长安。悟彼下泉人，喟然伤心肝。

此诗写于初平三年（192），董卓之乱中诗人避难荆州，途中亲见战乱给人民带来的灾难，使人触目惊心。诗人真实地记录了汉末现实，表达了对人民大生命的关怀与感慨。沈德潜评论说是"此杜少陵《无家别》、《垂老别》诸篇之祖也"（《古诗源》卷五），可见其实录精神对后代的影响。《七哀诗》其二，抒写了诗人滞留他乡的痛苦，也真切感人。全诗情调悲凉，语言简朴，颇能反映建安文学"世积乱离，风衰俗怨，并志深而笔长，故梗概而多气"的特点。

王粲在流寓荆州时作《登楼赋》，为其赋的代表作。赋中真实地描述了一个有才有志的士子流落他乡，怀才不遇的抑郁心情。作者将异乡风物之美和由此产生的思乡之情结合起来，因景生情，情景交融，具有浓厚的抒情味。篇幅短小，打破了汉大赋铺陈的体制，把赋引入抒情道路，为魏晋抒情小赋的创作开了先河。

孔融为"七子"中年辈较高的一个。他正直磊落，但又任情放纵，言论无所顾忌。在政治上反对曹操，被曹操以"败伦乱理"的罪名杀害。孔融在文学上的成就主要是散文。文词犀利，笔调诙谐。代表作有《与曹操论盛孝章书》。孔融在书中向曹操叙述了盛孝章处境的危困，希望曹操能像历史上重用贤才的人物一样，对盛孝章加以援助。从交友之道和为国求贤两方面劝说曹操，写得十分委婉而又有说服力。此外还有《荐祢衡表》，辞藻华美，但无矫饰之感，以气运词，言尽意畅，深得曹丕等人的喜爱。

擅长写诗且名气较大的刘桢，字公干，存诗二十余首。曹丕《典论·论文》说："公干有逸气，但未遒耳；其五言诗之善者，妙绝时人。"钟嵘《诗品》列为上品，说"其源出于古诗，仗气爱奇，动多振绝，贞骨凌霜，高风跨俗，但气过其文，雕润恨少；然自陈思已下，桢称独步。"刘桢写得最好的诗是《赠从

弟》三首,其二:

> 亭亭山上松,瑟瑟谷中风。风声一何盛,松枝一何劲。冰霜正惨凄,终岁常端正,岂不罹凝寒? 松柏有本性。

用比兴手法勉励从弟要像松柏一样保持高洁的节操,其实也是诗人品格的表现。其他二首立意笔法都与本篇相同。

此外,"七子"中还有陈琳、阮瑀、徐干等人。陈琳、阮瑀以擅写檄文著称,诗并不出名,但也有好诗问世。陈琳的《饮马长城窟行》借秦代筑长城深刻揭露了当时繁重的徭役给人民带来的痛苦与灾难。虽写历史题材,仍具有现实意义:

> 饮马长城窟,水寒伤马骨。往谓长城吏,"慎莫稽留太原卒!""官作自有程,举筑谐汝声。""男儿宁当格斗死,何能怫郁筑长城!"长城何连连,连连三千里。边城多健少,内舍多寡妇。作书与内舍:"便嫁莫留住。善待新姑嫜,时时念我故夫子!"报书往边地:"君今出语一何鄙!""身在祸难中,何为稽留他家子? 生男慎莫举,生女哺用脯。君独不见长城下,死人骸骨相撑柱!""结发行事君,慊慊心意关。明知边地苦,贱妾何能久自全?"

作者成功地运用了民歌所常用的对话形式,通过官吏和役卒、丈夫和妻子的对话把所要揭露的现实和要表达的思想生动地展现在读者面前,这在当时文人作品中是绝无仅有的。诗中长短句式也是民歌形式。所以沈德潜说这首诗可以和汉人乐府竞爽。(《古诗源》)此诗对后世影响很大,以叙事记言的乐府体式反映民生疾苦,为后来杜甫、白居易等诗人所继承和发展。

阮瑀《驾出北郭门行》描写了一个孤儿受后母虐待的痛苦,反映了汉末世风日下的社会现实:

> 驾出北郭门,马樊不肯驰。下车步踟蹰,仰折枯杨枝。顾闻丘林中,噭噭有悲啼。借问啼者出:"何为乃如斯?""亲母舍我殁,后母憎孤儿。饥寒无衣食,举动鞭捶施。骨消肌肉尽,体若枯树皮。藏我空室中,父还不能知。上冢察故处,存亡永别离。亲母何可见,泪下声正嘶。弃我于此间,穷厄岂有赀!"传告后代人,以此为明规。

这是一首风格极似民歌的乐府诗,无论从取材、表现手法还是语言特色,都可以看出它受到汉乐府民歌《孤儿行》《妇病行》这类诗的影响。

与"七子"相颉颃并以才华著称的女作家蔡琰,字文姬,是东汉末年著名文学家蔡邕的女儿,特有的家庭环境使她自幼接受了深厚的文化教养。《后汉书》载:"博学有才辩,又妙于音律。"董卓之乱中,被掳至南匈奴,嫁给左贤王,生二子,在胡地生活十二年。后被曹操用重金赎回,再嫁给陈留董祀。不幸的遭遇使她创作出有历史意义的诗篇,成为我国诗史上杰出的女诗人。现存题为蔡琰所作诗三首,有《胡笳十八拍》一首,另有五言体、骚体《悲愤诗》各一首,都是以她的身世为题材的自传体诗作,其作者问题仍有争论。这首《悲愤诗》长达一百零八句,是我国文学史上第一篇文人创作的五言长篇叙事诗。全诗真实生动地记叙了诗人在汉末大乱中的悲惨遭遇,也写出了人民的苦难和妇女的不幸命运,具有史诗的规模和悲剧气氛。其中写与儿子分别时的情景,尤能催人泪下:

> 儿前抱我颈,问母"欲何之?人言母当去,岂复有还时?阿母常仁恻,今何更不慈?我尚未成人,奈何不顾思!"见此崩五内,恍惚生狂痴。号泣手抚摩,当发复回疑。

在匈奴滞留的漫长岁月里,蔡琰无时不思念祖国,然终于得以归国,却要和亲生孩子离别,这生离死别之痛在母别子的情景中使母亲五脏俱焚,恍惚若痴。在去住两难中,突出表现了作者复杂、矛盾、痛苦的心情。情真意切,感人肺腑。此诗深受乐府叙事诗的影响,叙事与抒情相结合,将个人命运置于整个时代的悲剧中,从而艺术地再现了汉末社会现实,具有鲜明的时代性,可谓汉末实录。后人将此与《孔雀东南飞》并称为长篇叙事诗的双璧。

建安文学的风格特征,被后人标举为"建安风骨"、"建安风力"或"汉魏风骨"。所谓"建安风骨"当是指以曹氏父子、建安七子为首创作的作品所反映的内容和风格而言,反映社会动乱、抒发渴望国家统一的抱负是其内容,悲凉慷慨、刚健遒劲是其风格。风骨概念的提出,始于刘勰的《文心雕龙·风骨》:"《诗》总六义,风冠其首,斯乃化感之本源,志气之符契也。是以怊怅述情,必始于风;沉吟铺辞,莫先于骨。故辞之待骨,如体之树骸;情之含风,犹形之包气。结言端直,则文骨成焉;意气骏爽,则文风清焉。……故练于骨者,析辞必精;深于风者,述情必显;捶字坚而难移,结响凝而不滞,此风骨之力也。"刘勰所论是文学美学理想,但他注意到了建安文学的特色。钟嵘

《诗品》中直接使用了"建安风力"，后来陈子昂又标举"汉魏风骨"，都是以建安诗文为标准，论述诗歌的美学特征。

建安风骨是建安诗人所追求的诗歌世界的精神呈现，源于建安文人对时代与人生的深刻认识和体验，东汉末年的战乱，极大地激发了他们的政治热情，他们在诗中自然流露出慷慨激昂的情感，表现出以前作品少有的生气与感人力量。曹操"老骥伏枥，志在千里，烈士暮年，壮心不已"的积极进取精神格外强烈；曹植"戮力上国，流惠下民"，王粲《从军诗》"身服干戈事，岂得念所私"，都体现出悲凉慷慨精神，具有强烈的时代性，是建安风骨的基调。

第二节　曹操和曹丕

曹操（155—220），字孟德，小字阿瞒，沛国谯（今安徽亳县）人。祖父曹腾是个宦官，父亲曹嵩是曹腾的养子，官至太尉。曹操凭借家庭的势力，二十岁举孝廉，进入仕途。他任侠放荡，好权术，汉末大乱中，参与镇压黄巾起义，后来编收黄巾军，壮大了自己的军事力量。董卓之乱，他曾随袁绍讨伐董卓，后迎献帝迁都许昌，自任大将军和丞相，挟天子以令诸侯，成为北方的实际统治者。当时名士许劭称他为"治世之能臣，乱世之奸雄"[①]，曹操对这亦褒亦贬的评价颇为自得。

曹操是一位富有人文精神的政治家，他虽出身官僚，但常以士人自居，他自幼好学，又多才多艺，书法、音乐、围棋样样精通。戎马倥偬中，常常吟赋作诗。其子曹丕在《典论·自叙》中说曹操"雅好诗书文籍，虽在军旅，手不释卷。"王沈《魏书》中说他"文武并施，御军三十余年，手不舍书，昼则讲武策，夜则思经传，登高必赋，及造新诗，被之管弦，皆成乐章。"对文学的喜爱，使他成为汉末士人文化的继承人。他对学术文化的态度是肯定和倡扬的。他曾收罗人才，整理几近失传的汉代音乐和歌舞。[②] 他的人文精神还表现在政治理想上，他在《对酒》诗中，描写了理想社会是"治平之化，以礼为首；拨

① 《三国志·魏书·武帝纪》裴注引孙盛《异同杂语》。
② 《晋书·乐志上》："汉自东京大乱，绝无金石之乐，乐章亡缺，不可复知。及魏武平荆州，获汉雅乐郎杜夔，能识旧法，以为军谋祭酒，使创定雅乐。时又有散骑侍郎邓静、尹商善咏雅乐，歌师尹胡能歌宗郊祀之曲，舞师冯肃、服养晓知先代诸舞，夔悉总领之。远详经籍，近采故事，考会古乐，始设轩悬钟磬。"

敌之政,以刑为先",治平尚德行,有事尚功能。由此可以看出曹操的政治理想是要实现制度完美、道德水准极高的太平盛世。他所谓的"礼"就是人文之治。他的创作既反映了现实,也抒发了理想,开创了文学创作的新风气。

曹操对文学事业的贡献还在于他亲自建立了一个文学集团——邺下文人集团。这个集团的主要成员有王粲等建安七子和蔡琰。这些人原分散在各地,后被曹操聚集于邺下(魏郡),他们受到曹操的重用,担任各种职务,如王粲做侍中,阮瑀、陈琳是曹操的亲随书记,他们在曹氏父子的带动和鼓励下从事文学创作,写出了许多作品,掀起了文学史上的创作高潮。曹操对建安文学的发展、建安诗风的形成立下了不朽的功勋。

曹操创作分为诗文两部分,现存诗二十余首,都是乐府诗,用乐府诗的旧调旧题写新内容。主要有对生命的感怀,对社会现实的反映,个人建功立业理想的抒发。如《薤露行》、《蒿里行》都是乐府旧题,是挽歌,但曹操用此题写了汉末现实和对生命的感怀。《薤露行》:

> 惟汉二十世,所任诚不良。沐猴而冠带,知小而谋强。犹豫不敢断,因狩执君王。白虹为贯日,已亦先受殃。贼臣持国柄,杀主灭宇京。荡覆帝基业,宗庙以燔丧。播越西迁移,号泣而且行。瞻彼洛城郭,微子为哀伤。

这是建安诗歌最早表现生命主题的诗。诗从汉代灵帝用人不良写起,写何进被杀,董卓入洛,烧掠京城又强迫朝廷西迁长安。诗中所表现的是对百姓死亡,生灵涂炭的深深的悲哀。在曹操眼中,走向死亡的已不仅仅是个体生命,而是整个社会群体,这是对死亡的一种体验,对生命的一种感怀,是为人民大量死亡而作的挽歌。《蒿里行》:

> 关东有义士,兴兵讨群凶。初期会盟津,乃心在咸阳。军合力不齐,踌躇而雁行。势利使人争,嗣还自相戕。淮南弟称号,刻玺于北方。铠甲生虮虱,万姓以死亡。白骨露于野,千里无鸡鸣。生民百遗一,念之断人肠。

这首诗直接写关东州郡推袁绍为盟主,起兵讨伐董卓,然而由于各路军阀各自心怀异图,导致讨伐失败,继而袁绍与袁术兄弟又阴谋自立为帝,造成连年战祸,百姓大批死亡的历史事实。曹操的《军谯令》中说:"旧土人民,死丧略尽,国中终日行,不见所识,使吾凄怆伤怀。"此诗正是这种惨象的概括。明钟惺评为"汉末实录,真诗史也。"(《古诗归》)

　　这两首诗都继承了汉乐府"感于哀乐,缘事而发"的现实主义表现手法,真实地反映了汉末的社会现实,同时也表现了建安文人以时代的动乱为契机扩大自身的生命境界,将个人的生命感伤融入到大的生命关怀之中,为建安诗风的形成,为建安以至后代文人树立新的生命价值观奠定了基础。

　　曹操那些抒发人生感慨、渴望建功立业的作品,更具有鲜明的个性。如《短歌行》:

> 对酒当歌,人生几何?譬如朝露,去日苦多。慨当以慷,忧思难忘。何以解忧?惟有杜康。青青子衿,悠悠我心。但为君故,沉吟至今。呦呦鹿鸣,食野之苹,我有嘉宾,鼓瑟吹笙。明明如月,何时可掇?忧从中来,不可断绝。越陌度阡,枉用相存。契阔谈宴,心念旧恩。月明星稀,乌鹊南飞,绕树三匝,何枝可依?山不厌高,海不厌深,周公吐哺,天下归心。

这是一篇用于宴会的歌辞。全诗由两个主题组成:一是感叹生命的流逝,时光的有限;一是渴慕贤才,希望得到贤臣,与之共建大业。在"人生几何"的深深悲慨中,激荡着诗人欲建功业的高昂情绪,全诗的格调既悲凉慷慨又深沉雄浑。正体现了建安文学"志深而笔长,梗概而多气"的风格特征。

　　另一首脍炙人口的抒情之作《龟虽寿》(《步出夏门行》第四章),则更深切地认识到生命的短暂,自己追求的功业都要在这有限的生命内完成,诗人感受到了紧迫。但他却以"烈士暮年,壮心不已"的老当益壮的博大胸怀去面对人生,追求人生,从而奏出了建安诗歌高昂而又激越的生命乐章。

　　《观沧海》也是曹操的杰作。建安十二年(207),曹操北征乌桓凯旋归来,途中经过碣石,观海时写下了这首杰作。诗中描绘了大海的壮阔景象:"秋风萧瑟,洪波涌起。日月之行,若出其中,星汉灿烂,若出其里。"诗人的宏伟志向和豪迈激情都融会在大海的壮阔图景中,通过辽阔的沧海再现了诗人阔大的胸怀。所以沈德潜说:"《观沧海》有吞吐宇宙之象。"(《古诗源》)这是我国诗歌史上第一首比较完整的写景诗。

　　曹操诗中还有一部分游仙之作,其内容大抵是感叹生命的短暂与无常,幻想能得到永生,这是曹操对生命有深刻认识之后产生的一种求生意识。

　　曹操诗歌艺术上的特点也是很显著的。

　　一是直率地袒露自己的内心世界,形成了悲凉慷慨、沉郁雄健的风格。刘勰论及建安文学所谓"梗概而多气也"(《文心雕龙·时序篇》),这种梗概多气在曹操身上得到了最集中的表现。钟嵘《诗品》称"曹公古直,甚有悲凉之句"，都是较为精当的评价。

　　二是采用乐府古题写时事，如乐府古辞《薤露行》和《蒿里行》都是挽歌，曹操却第一个用来描写当时的社会现实。《步出夏门行》在古辞中本来是感叹人生无常或写升仙得道的曲调，曹操却用来抒写怀抱。他的诗既反映了现实，又有很深的感慨，语言质朴浑厚，不事雕琢，所以明代胡应麟说曹操诗是"汉人乐府本色尚存"（《诗薮·内编》卷一）。由于曹操的影响，运用古题写时事成为建安诗人的共同风气。

　　曹操写乐府诗，还善于运用传统的比兴手法，创造出具体鲜明的诗歌形象。如《步出夏门行·龟虽寿》以"神龟"、"腾蛇"起兴，以"老骥伏枥"形象地再现了诗歌的主题，诗人的情怀气郁回荡，产生了强烈的艺术感染力。

　　曹操散文也和诗一样富有创造性，以简洁朴素的文笔自由地表达真实的感情，不受任何束缚。如《让县自明本志令》叙述他的生平志向毫无掩饰，自称"设使国家无有孤，不知当几人称帝、几人称王"，在直率中夹有几分霸气。鲁迅先生说"汉末魏初的文章是清峻、通脱，在曹操本身也是一个改造文章的祖师……"（《魏晋风度及文章与药及酒之关系》），清峻、通脱为建安文学的一大特点。

　　曹操著述现存《魏武帝集》①、《孙子注》，黄节《魏武帝诗注》②。

　　曹丕（187—226），字子桓，曹操次子。建安十六年（211）为五官中郎将兼副丞相。建安二十二年（217）立为魏太子，建安二十五年（220）代汉称帝，国号魏，在位七年，死后谥为魏文帝。曹丕博学多识，勤于著述，现存诗歌约四十首，内容主要有三类，一类写自己作为公子的欢娱生活，一类抒情言志，一类写征夫思妇，乱离感伤。最为出色的是征夫行役，夫妇离别的诗篇。如其著名的七言诗《燕歌行》其二：

　　　　秋风萧瑟天气凉，草木摇落露为霜，群燕辞归雁南翔。念君客游思断肠，慊慊思归恋故乡，君何淹留寄他方？贱妾茕茕守空房，忧来思君不敢忘，不觉泪下沾衣裳。援琴鸣弦发清商，短歌微吟不能长。明月皎皎照我床，星汉西流夜未央。牵牛织女遥相望，尔独何辜限河梁？

---

　　①　《魏武帝集》为明代张溥辑散见诗、文等一百六十篇而成。收入《汉魏六朝百三名家集》中。丁福保《全汉三国晋南北朝诗》中也有《魏武帝集》四卷，所收作品略多于张溥辑本。

　　②　黄节《魏武帝魏文帝诗注》，考释颇详，并选录前人评语，可供参考。

《燕歌行》是一首乐府诗，属《乐府相和歌·平调曲》。此诗写一个女子对丈夫的思念，诗人用七言的形式，以婉转清丽的语言，细腻地描摹了女子在不眠的秋夜怀念丈夫的情态，全诗情思委曲，深婉动人，既有民歌通俗流畅的语言特色，又有自己的创造。这是我国现存第一首完整的七言诗，对后代歌行体诗的发展产生了重大的影响。

直接描写劳动人民的贫穷与苦难，如《上留田行》，揭示了当时社会"富人食稻与粱"、"贫子食糟与糠"的不平等现象；描写离别伤怀的如《见挽船士兄弟辞别诗》，写挽船士兄弟之别、夫妻离别的惨景，表现出曹丕对他人不幸遭遇的关注与同情。清人沈德潜说："子桓诗有文士气，一变乃父悲壮之习矣。"（《古诗源》卷五）所谓"变"，首先表现在风格上。曹丕较长时间生活在比较安定的环境中，生活范围较狭窄，限制了他诗歌的内容和气度，缺乏曹操慷慨悲凉的风格。诗中多写征夫思妇，感怀生命的哀伤情绪较浓，写来如泣如诉，所以形成一种婉转清丽的风格，表现出明显的文人化特色。《文心雕龙·才略》评说："子桓虑详而力缓。"其次表现在语言上，钟嵘《诗品》说曹丕诗"率皆鄙直如俚语"，是说曹丕的语言没有曹操的古直，也没有曹植的高华。但在向乐府民歌学习中，曹丕有自己的创新，能以婉转清丽的语言表达缠绵深致的情思，而浅切平易，无刻意雕琢之痕，这正是曹丕诗歌语言通俗化的独特之处。

在艺术形式上，曹丕也善于创造，他没有拘泥于五言或四言的形式，而是三言、四言、五言、六言、七言、杂言诸体兼备，对中国诗歌形式的发展做出了重大贡献。

曹丕的散文、诏令一类，语言风格和曹操的同类散文相近似。而书、论一类则有他个人的特色。其中《与吴质书》文学性很强。吴质是曹丕的朋友，后为振威将军，封列侯。建安二十二年（217），建安七子中的徐、陈、应、刘因瘟疫流行，一时俱逝。曹丕哀悼友人逝世，于第二年写了这封信。文中作者缅怀昔日游宴相处的盛况，对照眼前的冷落情景，极为感伤。文中流露的感情虽然比较低沉，但相当真挚动人，而且语言典雅，文笔流畅，有浓厚的抒情性，并且能把抒情、叙事、议论结合在一起，为汉代散文所不多见，可以称为六朝散文的开山之作。

曹丕今存赋作将近三十篇，在体裁和表现手法上摆脱了汉大赋的传统，篇幅一般比较短小，或叙物，或抒情，描写生动真切，富于感染力。如《寡妇赋》，阮瑀病逝后，其妻守寡艰辛，曹丕作此赋，表达同情，感情真挚。曹丕这样的赋虽不多，但对建安抒情小赋的发展起了推动作用。

曹丕还有一部重要的学术著作《典论》，是他做太子时的作品，可惜大部分篇章都已散佚或残缺不全，较完整的只有《自叙》和《论文》两篇。《典论·论文》是我国文学批评史上第一篇文学理论专论，占有重要的地位。

据《隋书·经籍志》曹丕著述，有集二十三卷，又有《典论》五卷，《列异传》三卷，后皆散佚。现存张燮编《七十二家集》中辑有《魏文帝集》，张溥《汉魏六朝百三名家集》中亦收入此集。近人黄节有《魏文帝诗注》。

第三节 曹 植

曹植（192—232），字子建，曹丕弟，是建安时期最负盛名的作家，《诗品》称他为"建安之杰"。曹植自幼随父亲曹操南征北战，军旅生活的熏陶，使他产生了强烈的政治热情和经久不衰的建功立业的愿望。曹植的生平和创作以建安二十五年（220）曹丕称帝为界分为前后两个时期。前期生活与曹丕一样比较优裕。由于曹植自幼聪慧，才思敏捷，曾得到曹操的偏爱，几乎被立为太子。但他恃才简倨，任性而行，缺少政治家的成熟与机敏，终使曹操不满而失宠。但受其父影响，对功名理想的追求却贯穿终身。

曹植前期诗歌创作内容大致有三个方面：一是宴饮游乐唱和酬答，反映了贵公子的生活情景。如《公宴》、《侍太子坐》、《斗鸡》等。这类作品大都辞采华丽，充满贵族气，显露出诗歌的娱乐性和社会交际的功能。也有一些诗表现了友人间的真挚感情，主要是赠答诗，如《赠徐干诗》。二是抒发个人的理想怀抱，如《白马篇》：

> 白马饰金羁，连翩西北驰。借问谁家子，幽并游侠儿。少小去乡邑，扬声沙漠垂。宿昔秉良弓，楛矢何参差。控弦破左的，右发摧月支。仰手接飞猱，俯身散马蹄。狡捷过猴猿，勇剽若豹螭。边城多警急，虏骑数迁移。羽檄从北来，厉马登高堤。长驱蹈匈奴，左顾凌鲜卑。弃身锋刃端，性命安可怀？父母且不顾，何言子与妻！名编壮士籍，不得中顾私。捐躯赴国难，视死忽如归。

诗中塑造了一位武艺高强，渴望卫国立功，不惜牺牲的游侠少年的形象，赞赏了游侠少年的爱国精神。游侠少年实际上是作者自我的化身。"名编壮士籍，不得中顾私。捐躯赴国难，视死忽如归"，表达了作者对建功立业的热切追求与渴望。另作于后期的《鰕䱇篇》："驾言登五岳，然后小陵丘。俯观上路人，势利唯是谋"，"抚剑而雷音，猛气纵横浮。泛泊徒嗷嗷，谁知壮士忧!"直抒胸臆,表现出积极进取的精神。这类诗作大都充满了乐观自信,洋溢着浪漫的情调,表现了作者豪迈的气概。

三是反映社会现实。曹植早年处于动乱的年代,随父转战中,目睹董卓之乱后社会的凋敝和萧条,写下了反映现实的诗篇。这类作品不多,今存只有《送应氏》和《泰山梁甫行》两首,很值得珍视。《送应氏》:

> 步登北邙阪,遥望洛阳山。洛阳何寂寞,宫室尽烧焚。垣墙皆顿擗,荆棘上参天。不见旧耆老,但睹新少年。侧足无行径,荒畴不复田。游子久不归,不识陌与阡。中野何萧条,千里无人烟。念我平常居,气结不能言。

诗人由送友人而写了友人所居的洛阳,当年曾为东汉的都城,经董卓之乱,成为一片废墟,从城市到农村,满目疮痍。诗写得沉痛而悲凉,表现了诗人对整个社会的哀伤。《泰山梁甫行》(黄节认为与《迁都赋序》同作,应为太和时期的作品)作者随曹操北征乌桓途中,海滨之地边民的贫苦生活在他心中激起了震荡:

> 八方各异气,千里殊风雨。剧哉边海民,寄身于草野。妻子象禽兽,行止依林阻。柴门何萧条,狐兔翔我宇。

全诗描绘了一幅当时边海人民贫困生活的图景,流露出作者对边地人民的同情。

曹植后期的生活与创作发生了巨大变化。曹丕继位后,不断猜忌迫害曹植,不断变更他的封地和爵位。曹植在曹丕父子的监视与迫害下忍辱苟活,抑郁悲愤,终于在四十一岁时死去。谥号为思,因其最后封地是陈,后世称为"陈思王"或"陈王"。

曹植后期诗歌创作主要是述说自己怀才不遇、壮志不遂的苦闷及所受迫害的悲愤。如《赠白马王彪》,此诗写于黄初四年(223),这一年五月,鄄城王曹植同任城王曹彰、白马王曹彪一同到京都洛阳朝会,任城王被曹丕害死,七月曹植与曹彪一同返回封地,但又受到监国使者的制止,不允许他们同路而行。曹植在悲愤中写下这首诗,揭露了骨肉相残的残酷,同时,对任城王的暴死表示深深的哀悼,对人生也表示了怀疑和否定。全诗融抒情、叙事、写景为一体,从不同角度表达了诗人复杂而悲愤的感情,具有强烈的抒情性,又具有浓郁的民歌风味,是我国文学史上有名的长篇抒情诗。《野田黄雀行》则表达了自己对朋友遭受迫害的愤怒：

> 高树多悲风，海水扬其波。利剑不在掌，结交何须多！不见篱间雀，见鹞自投
> 罗。罗家得雀喜，少年见雀悲。拔剑捎罗网，黄雀得飞飞。飞飞摩苍天，来下谢
> 少年。

曹丕继位后，与曹植亲近的朋友丁仪、丁廙兄弟俩都遭到杀害，曹植无力营
救他们，内心极其悲愤。这首诗是诗人的幻想，希望自己能成为诗中少年去
营救受难的朋友。全诗运用比喻象征的手法，形象地表达了作者的心情。
还有《吁嗟篇》，借蓬草被风所吹四处飘荡来象征自己漂泊不定的命运。

理想与现实的矛盾，不幸的生活境遇，促使曹植对人生进行深刻的反
思。作为建安时代的文人，曹植与同时代其他诗人一样，有开朗奋进的精神
和弘道济世的愿望，这是他早期诗中洋溢着自信的根本原因，他对自己的人
生价值也是充分肯定的。但是，当他的境遇发生变化，他的人格遭到现实的
否定时，便对人生产生了怀疑，于是写下了一些游仙诗，幻想到仙界中寻找
精神安慰，如《仙人篇》、《游仙诗》、《远游诗》等。《远游诗》：

> 远游临四海，俯仰观洪波。大鱼若曲陵，乘浪相经过。灵鳌戴方丈，神岳俨嵯
> 峨。仙人翔其隅，玉女戏其阿。琼蕊可疗饥，仰首吸朝露。昆仑本吾宅，中州非我
> 家。将归谒东父，一举超流沙。鼓翼舞时风，长啸激清歌。金石固易敝，日月同光
> 华。齐年与天地，万乘安足多。

诗中描写的仙境纯净高洁，是诗人理想人格的象征，也是对现实人生的
否定。

曹植的诗虽数量不多，但都有鲜明的个性。他的创作实践，把文人的艺
术修养带到民歌的创作中来，将文人诗与民歌紧紧结合起来，形成了自己独
特的风格。具体说有以下特点：

第一，利用乐府形式广泛抒发感情，使以叙事为主的乐府诗转为以抒情
为主。曹植是建安文人中第一个大量写作五言诗的诗人。他现存八十多首
诗中，五言诗占一多半。同时他也是第一个使乐府诗文人化的作家，他的诗
脱胎于汉乐府和《古诗十九首》，但有自己的创造和发展，表现出明显的文人
化趋向。

第二，用词华美而又形象生动，形成了"辞采华茂"的风格。"诗赋欲丽"

是建安文学的创作倾向,以曹植最为突出。钟嵘在《诗品》中评价曹植的诗是"骨气奇高,辞采华茂,情兼雅怨,体被文质"。曹植的诗歌语言既不同于曹操的古直,又不同于曹丕的婉丽,也与乐府的质朴有别,他讲究用词的华美工巧,色泽的鲜明,具有很强的表现力。如《赠徐干》中"惊风飘白日,忽然归西山","惊"、"飘"用得工巧,秋风急作使人惊恐惊悸,让人感到社会、人生的不安。一字之力,就将秋风的残酷和萧杀,人人难以自保之心都表现出来了。"惊"和"飘"在他的诗中多次用到。

　　第三,讲究写作技巧。曹植诗很少平铺直叙,其结构大多比较精致,常常以警语开头,突出和渲染气氛,使读者一开始就能感觉到诗人所要表达的思想感情。如《野田黄雀行》起首"高树多悲风,海水扬其波"来渲染环境的险恶,暗示出作者的处境和心情;《泰山梁甫行》起首"八方各异气,千里殊风雨"以各地气候的不同,烘托海滨之地的人民艰难的生活。沈德潜说曹植"极工于起调"(《说诗晬语》)。这种手法源于民歌的托物起兴,但更能起到警醒作用。这也是曹植学习民歌并加以改造而得到的艺术效果。

　　第四,善于运用比喻。曹植诗中的比喻不仅多,而且贴切,并且常常以全篇作比。如《野田黄雀行》以少年救雀比喻解救受难者——他的好友丁仪和丁廙兄弟,用风比喻险恶的环境,"利剑"比喻权力,整首诗就是一个完整的形象,具体生动地表达了诗人渴望大力者来解救难友脱险的心情。曹植诗歌的成就深得后人赞赏,谢灵运说:"天下才共一石,曹子建独得八斗,我得一斗,自古及今同用一斗。奇才敏捷,安有继之。"(李翰《蒙求集注》)这个推崇虽有些过分,但可见出曹植在魏晋南北朝文学史上的地位。

　　曹植的文学成就不仅限于诗歌,他的散文和辞赋也很出色。其散文不同于曹操的简约,也不同于建安其他文人的繁富,而更多地注意到了词语的工致和行文的流畅,具有充实的内容。刘勰《文心雕龙·章表》说:"陈思之表,独冠群才。"并指出其特色是"体赡而律调,辞清而志显,应物掣巧,随变生趣;执辔有余,故能缓急应节矣"。这虽是专指曹植的表而言,但也是曹植散文的共同特色。《与杨德祖书》是曹植早期作品,曹植在文中抒发了早期的生活理想和抱负,他虽然对自己的文学才能有高度的自信,但却不甘心仅仅做一个文学家,而是要为国为民建立一番功业,使自己名垂后世。文章抒情成分很浓,流露高度的自信和自负,可见出曹植文人的性格。《求自试表》作于后期,文中要求明帝给自己施展才华建功立业的机会,对自己现实的处境表示了强烈的不满和不安,并充满了"抱利器而无所施"的怨愤。全篇写得激情淋漓,声泪俱下,流宕着悲凉慷慨之气。

曹植赋今存四十余篇,都是抒情咏物的赋。就其创作倾向来说,它们是屈原《离骚》积极浪漫主义精神的继承。就其体裁形式来说,则是两汉抒情咏物小赋的继续和发展,代表着建安辞赋创作的新成就。如《洛神赋》熔铸神话题材,通过梦幻境界描写了一个神人恋爱的悲剧,充满着抒情气氛和浪漫主义色彩,为六朝抒情小赋的开端。

曹植作为建安文人的代表,他将汉魏士人的功业追求变为一种文学精神,传达出儒家士人的人格理想,塑造了慷慨激昂、壮志难酬的失意者形象。强烈的抒情性和现实境遇的描写使他的作品具有"建安风骨"的审美特征,成为建安诗坛杰出的代表。

曹植作品,《隋书·经籍志》著录有集三十卷,今存南宋嘉定六年刻本《曹子建集》十卷,辑录诗、赋、文共二百零六篇。另有明郭云鹏、汪士贤等所刻《陈思王集》,近人黄节《曹子建诗注》,今人赵幼文《曹植集校注》。

第四节　阮籍、嵇康与正始之音

正始是魏齐王曹芳的年号(240—248),但文学史上的正始时期则包括从正始到晋武帝泰始以前(240—265),即曹魏后期、魏晋之交的整个历史时期。这个时期以"玄学风流"著名。

曹魏王朝末期,统治集团内部争权夺势的斗争异常尖锐,承袭帝位的曹芳只有八岁,政权落入宗室曹爽和当时的军事重臣司马懿手中,二人之间展开了争权夺势的斗争。司马懿于嘉平元年(249)以阴谋手段诛杀了曹爽及周围的一大批名士,如何晏、夏侯玄等,并诛灭其三族。司马懿死后,司马师、司马昭掌权,废曹芳,并以同样的手段杀戮异己、翦除宗室、屠杀倾向曹氏集团的文士,造成了中国历史上少有的黑暗恐怖时代。在这种政治局面下,许多文人士大夫都采取了避世自全的态度。司马氏集团为掩饰自己的行为,又虚伪地提出"儒家名教":"以孝治天下。"面对恐怖与虚伪的现实,知识分子精神上的压抑和痛苦显得尤为尖锐和突出。

在这样的背景下,文人的政治理想出现了危机和幻灭,人生信仰也发生了改变,玄学开始盛行。玄学中包含的穷究事理的精神,导致了对社会现实富有理性的清醒认识。①

---

① 参见章培恒、骆玉明主编《中国文学史》,复旦大学出版社1996年版,第328页。

　　庄子思想中强调的精神自由也为玄学家所重视,他们提出"越名教而任自然",反对虚伪的礼法准则,主张真诚的道德回归。文学创作也发生了重大变化,建安文学中对理想功业追求的热情与自信不见了,代之而起的是对个体生命价值能否实现的忧惧,以及强大政治压力下的个人失意的悲哀。诗风也由建安时的慷慨悲壮变为词旨遥深,寄托深远。正始诗人开始逃避现实,以哲学的眼光理性地观察现实,把现实中的个人感受推广为对整个人类和历史的思考,这就使正始文学呈现出浓厚的哲理色彩。①

　　深刻的理性思考和尖锐的人生悲哀构成了正始文学的基本特点。②

　　正始之音的代表作家是阮籍、嵇康为首的"竹林名士",③有山涛、王戎、向秀、刘伶、阮咸七人,也称"竹林七贤"。其中阮籍、嵇康的文学成就最高。他们所创造的文学精神与时代思潮密切相关,所以人们称他们的创作为"正始之音"。

　　阮籍(210—263),字嗣宗,陈留尉氏(今河南开封)人,阮瑀之子。早年好读书,有济世志。正始年间曾任尚书郎、大将军曹爽参军,但两次以病辞归。司马氏执政,召为太傅府从事中郎,后相继为司马师、司马昭的僚属。晚年为步兵校尉,故世称"阮步兵"。阮籍性情高傲,思想敏捷,任性不羁,④处于魏晋交替的年代,一直在政治斗争的漩涡中挣扎。他对曹氏末年的庸碌、腐败深表不满,但又不愿与司马氏集团同流合污,所以便转为崇尚老庄思想,对现实的斗争采取隐遁避世的态度,终日醉酒佯狂维护自己的个性。阮籍和嵇康一样,反对司马氏提出的虚伪的礼俗,提出"自然"与其对抗;他的思想主流是玄学,其特征就是否定虚无,返朴归真,超然物外。但现实的处境不允许他任性而行,为得以自全,他只能与司马氏集团保持若即若离的关系,内心是极其痛苦的。他的不平和痛苦都通过诗文隐晦曲折地表现出来。

---

　　① 参见章培恒、骆玉明主编《中国文学史》,复旦大学出版社1996年版,第330页。
　　② 章培恒、骆玉明《中国文学史》,复旦大学出版社。
　　③ 正始时著名的隐士集团。《三国志·魏书·嵇康传》裴松之注引《魏氏春秋》:"(嵇)康寓居河内之山阳县,⋯⋯与陈留阮籍、河内山涛、河南向秀、籍兄子咸、琅琊王戎、沛人刘伶相与友善,游于竹林,号为七贤。"七贤中,刘伶纵酒,放浪形骸,后山涛、向秀、王戎都到司马氏门下做了官。
　　④ 《晋书·阮籍传》记载:"⋯⋯籍容貌瑰杰,志气宏放,傲然自得,任性不羁,而喜怒不形于色。或闭门户视书,累月不出;或登临山水,经日忘归。博览群籍,尤好庄老,嗜酒能啸,善弹琴。当其得意,忽忘形骸。时人多谓之痴。"(《晋书》卷四十九,第1359页)

　　阮籍的文学成就主要是《咏怀诗》八十二首。这是一组诗，并非一时而作，大约作于作者晚年①，是作者随感的辑录，一生思想感情的总结。其中许多诗篇触及到了人生的基本问题，表现出哲理性的思考，是理性与感情的结合，它的基本主题是忧生、忧世，对生命的感怀与体验完全是悲剧性的。如第三首：

　　　　嘉树下成蹊，东园桃与李。秋风吹飞藿，零落从此始。繁华有憔悴，堂上生荆杞。驱马舍之去，去上西山趾。一身不自保，何况恋妻子！凝霜被野草，岁暮亦云已。

以树木由繁华转为憔悴的过程，暗喻了魏晋之际的政治状况，表现了士人在当时处境下难以自保的忧患。又如其一：

　　　　夜中不能寐，起坐弹鸣琴。薄帷鉴明月，清风吹我襟。孤鸿号外野，翔鸟鸣北林。徘徊将何见？忧思独伤心。

阮籍对现实社会有理性的认识和把握，面对黑暗的现实，他始终采取"虚与委蛇"的态度，但内心深处却深深地感受到历史的悲哀，悲哀中产生了强烈的孤独感。诗中的明月、寒风、孤鸿、万籁寂静，都是诗人内心极度痛苦孤愤的象征。

　　对生的忧惧与人生的剧痛，使阮籍产生了隐逸求仙的思想。《咏怀》诗中往往杂有游仙的内容，表现出对神仙境界的向往与追求，对现实污浊的鄙弃。

　　《咏怀诗》的另一重要内容是对黑暗现实的否定和揭露。如三十一首：

　　　　驾言发魏都，南向望吹台。箫管有遗音，梁王安在哉？战士食糟糠，贤者处蒿莱。歌舞曲未终，秦兵已复来。夹林非吾有，朱宫生尘埃。军败华阳下，身竟为土灰。

此诗借古喻今，对曹魏统治者的荒淫、不勤于政进行了揭露，并指出了其必

_____

① 参见钱志熙《魏晋诗歌艺术原论》，北京大学出版社1993年版，第191页。

然灭亡的命运。第六十七首则揭露了礼法之士的虚伪,讽刺和抨击司马氏集团以假正经的举止来掩饰他们腐朽透顶的荒淫。

阮籍是特定时代的悲剧性人物,早年好《诗》《书》的文化修养造就了他积极向上的人生态度和对完美人格的追求,因此他也有强烈的建功立业的愿望,希望实现完美的人生境界。如三十九首:

> 壮志何慷慨,志欲吞八荒,驱车远行役,受命念自忘。良弓挟乌号,明甲有精光。临难不顾生,身死魂飞扬。岂为全躯士,效命争战场。忠为百世荣,义使令名彰。垂声谢后世,气节故有常。

作品歌颂了一个有志安边定远,为国立功的爱国英雄形象,表现了积极奋发、勇敢豪迈的精神和激昂的格调,这是作者理想抱负的一种寄托。

钟嵘《诗品》说阮籍的诗隐约曲折:"言在耳目之内,情寄八荒之表","厥旨渊放,归趣难求",这是阮籍诗歌的基本风格。这种风格的形成是时代所致,《文选》李善注说:"嗣宗身仕乱朝,常恐罹谤遇祸,因兹发咏,故每有忧生之嗟。虽志在刺讥,而文多隐避,百代之下,难以情测。"阮籍作诗,常常以比兴、象征的手法,隐晦曲折地表达感情、寄托怀抱,诱导人们反复思索,反复体味,造成了一种言外之意、弦外之音的艺术效果。

严羽《沧浪诗话·诗评》说:"黄初之后,惟阮籍《咏怀》之作,极为高古,有建安风骨。"就诗歌的精神来说,《咏怀》诗与建安风骨一脉相承。其语言的朴实平易,感情的真诚厚重,都是对建安诗歌传统的继承。同时开了以五言形式咏怀为题,抒写性情的组诗体制的先河,对后代作家的创作产生了很大影响。后代陶渊明的《饮酒》,陈子昂的《感遇》,李白的《古风》,都受到阮籍的影响和启发。

除诗歌以外,阮籍的散文也很出色,特别是著名的《大人先生传》,也和他的诗一样,流露出倜傥的性格和愤世嫉俗的思想。

阮籍著作,《隋书·经籍志》著录集十三卷。原集已佚。张溥辑《阮步兵集》,收入《汉魏六朝百三名家集》中。上海古籍出版社 1978 年出版《阮籍集》。近人黄节有《阮步兵咏怀诗注》,人民文学出版社 1957 年版。

嵇康(223—263),字叔夜,谯郡(今安徽宿县西南)人,是正始时期最著名的论说文作家。系魏宗室姻亲,曾为魏中散大夫,故后世称为"嵇中散"。其个性与阮籍一样,酷爱《老》《庄》,高傲耿直,任性而行,不拘礼法,善谈养生服食之事。但他对司马氏集团的态度比阮籍要激烈、明朗,在现实生活中往往锋芒毕露，嫉恶如仇，所以为司马氏集团所不容而被杀害，死时年仅三十九岁。嵇康临刑前，太学生三千人请愿，请以为师，无济于事。嵇康顾视日影，弹奏着自己创作的《广陵散》曲，从容壮烈地死去。①

嵇康擅长散文创作，但四言诗写得很好，脱出《诗经》的藩篱，既有高洁的志趣，也富于秀逸的风格。他的许多作品虽然带有浓厚的老庄思想的色彩，但愤懑不平之情明显可见。所以《文心雕龙·明诗》篇说："嵇（康）志清峻。"②钟嵘《诗品》说他"过于峻切"，如《幽愤诗》是因吕安事件牵连受诬陷而被拘捕入狱时所作，全篇述说自己耿直峻烈性格养成的原因及由此致祸的本末，追究自己不善于处世以至遭到别人陷害，并慨叹自由人生的难得。诗中明显流露出嵇康思想中的矛盾，他追求自由的个性，企望能超脱现实，但现实生活和刚正的个性又使他不能不辨是非，"奉时恭默"，所以招致杀身之祸。这首诗是他痛苦人生的总结，既反映了他性格与现实的矛盾，也揭示了他悲剧性命运的实质。《赠兄秀才入军》十八首是诗人送其兄嵇喜入司马氏军幕而作。嵇康不愿意嵇喜为司马氏做事，所以诗中虽表达了离别的痛苦与思念，饱含了对人生的感慨与追求，但却以隐士的高蹈情怀描写了其兄行军生活超然自得的境界，表现了作者的清思峻骨和人生乐趣，可见出"魏晋风度"。

这种风格也表现在他的散文中。《与山巨源绝交书》是一篇有浓厚文学意味和大胆反抗思想的散文，历来认为是嵇康散文的代表作。山巨源，即山涛，"竹林七贤"之一，与嵇康曾是知己之交，后入司马氏门下，从吏部郎转迁为散骑常侍。魏元帝景元二年到三年之间（261—262），司马昭利用威胁利诱手段拉拢士大夫，阴谋篡夺曹魏政权。山涛想帮助司马昭拉拢嵇康，希望嵇康能放弃与司马昭对抗的立场，嵇康断然拒绝，并写此信与山巨源绝交。在信中，嵇康痛骂山涛，怪他不该纠缠自己出仕。他是以满腔愤慨抨击时政的，但他没有直接从政治立场抒发自己的感情，而是陈述了自己不能就职的理由：崇尚老庄，任性而行；力言自己的本性不堪出仕。嵇康喜爱自由放纵的生活，不堪忍受礼法的羁勒。在放纵生活的叙述中，显示了他对当时世俗的轻蔑与傲慢，这充分表现在他总结的"七不堪，……二不可"中。"七不堪"中对官场龌龊难耐的叙述，实际是对司马氏的嘲讽，"二不可"是对司马氏政权的攻击，表现了作者鲜明的立场。全书风格嬉笑怒骂、锋利洒脱，贯注了他崇尚自然，追求自由的个性和反抗精神。嵇康性格的最大特点就是不妥

---

① 见《世说新语·雅量篇》注引王隐《晋书》。
② 牟世金、陆侃如《文心雕龙译注》，齐鲁书社1984年版，第65页。

协,因为这一点,他最不能容忍缺乏真纯的俗人,也正因此,他才坚决与山巨源绝交,以至最终走上刑场。这是他悲剧一生的所在。鲁迅说:"嵇康的论文比阮籍更好,思想新颖,往往与古时旧说反对。"(《魏晋风度及文章与药及酒之关系》)说到嵇康文的新颖,鲁迅列举了《难自然好学论》、《管蔡论》,嵇康在这些文章中不是人云亦云,而是标新立异,有自己的独到见解,特别是对传统的儒家思想敢于提出不同看法,表现出大胆的批判精神。

嵇康作文另一特点是说理缜密透彻。作为哲学家和史学家的嵇康有很强的哲学思辨能力,作文往往逻辑性很强,辨析细致入理。《与山巨源绝交书》、《声无哀乐论》、《难自然好学论》都体现了这一点。

阮籍和嵇康同为正始之音的代表,其风格一为遥深,一为峻切。他们都创造了在当时现实条件下用诗歌抒发感情,表达观点的手法,至此,诗歌真正成为文人表情达意的艺术手段。

嵇康著述,今存文十四篇,诗六十首,赋一篇。有明吴宽丛书堂藏抄校本《嵇康集》,鲁迅辑校《嵇康集》,戴明扬《嵇康集校注》。

第二章　两晋文学

公元265年，司马昭之子司马炎取代魏室，建立了晋王朝，史称西晋。晋王朝的建立，结束了三国分裂的局面，统一了中国。社会生产得到一定恢复，社会状况也明显好转，许多文人不禁欢欣鼓舞。一些文人为了家族和个人的利益，纷纷向统治集团靠拢，很多人成为权门下的宾客。任诞之风有所收敛，个人意识不断减弱。文学表现的范围变得狭窄，缺少充实、激动人心的内容，像建安风骨那样明朗刚健的作品和正始时期隐晦曲折地揭露现实的作品已经很少了。以陆机、潘岳等人为代表，开始讲究藻饰，注重形式技巧，形成了华丽的风气。正如刘勰所说："采缛于正始，力柔于建安。"（《文心雕龙·明诗》）但感伤生命仍为文学的主题，文学的抒情性也更受到重视。陆机在《文赋》中进一步强调了文学创作过程中的情感作用。

西晋年代不长，在文学史上分为太康和永嘉两个时期。太康是西晋武帝司马炎的年号（280—289），但文学史上的太康时期包括了自武帝泰始至惠帝光熙（265—306），即正始以后到西晋大乱之前四十多年的历史时期。这时期涌现了众多的作家，有所谓"三张（张载、张协、张亢兄弟）二陆（陆机、陆云兄弟）两潘（潘岳、潘尼叔侄）一左（左思）"之说。

太康以后，有永嘉之称，永嘉是西晋怀帝的年号（307—316），是晋朝大乱之时。西晋经过太康、元康的短暂繁荣和安定之后，发生了"八王之乱"，而后晋室开始分崩离析。至怀帝永嘉年间，因北方少数民族起义而陷入割据局面。晋室南迁，在江南建立偏安的政权，史称东晋。从永嘉起至东晋灭亡，百余年间，"玄言诗"占据诗坛。东西晋之际，诗坛上代表作家是以慷慨悲歌而著称的刘琨和以游仙诗为主导的郭璞。到了东晋，士族清谈玄理的风气日益兴盛，文人士大夫普遍使用抽象的语言来谈论哲理，文学失去了艺术本质特征而变得"理过其辞，淡乎寡味"（钟嵘《诗品序》）了。以专述老庄哲理而著称的代表人物是孙绰和许询。

东晋末年，山水诗兴起，陶渊明的田园诗给晋宋诗坛带来新的生机。

第一节 陆机、潘岳与太康诗风

陆机(261—303),字士衡,吴郡华亭(今上海松江县)人。出身士族。祖父陆逊,曾为东吴丞相;父亲陆抗,为吴大司马。陆机少时曾任吴牙门将,吴亡时,陆机二十五岁,退居旧里,闭门读书十年。太康末,与弟陆云同至洛阳,为当时诗坛领袖张华所赏识,名动一时,时称"二陆"。后出入贾谧门下,为"二十四友"之一。① 历仕太子洗马、著作郎、中书郎平原内史等职,世称"陆平原"。后成都王司马颖与河间王司马颙起兵讨长沙王司马乂,任命他为后将军、河北大都督,兵败,为司马颖所杀,年四十三岁。其诗文原有集,散佚。今有宋人辑《陆士衡集》十卷,中华书局点校本《陆机集》。今存诗一百零七首,文一百二十七篇。《晋书》有传。

陆机在文学上很有成就,作品数量丰富,才力富赡,形式华美,辞藻繁丽,在文学史上素有"陆海潘江"之说。钟嵘《诗品》引谢混语:"潘诗烂若舒锦,无处不佳;陆文如披沙简金,往往见宝。"钟嵘言:"陆才如海,潘才如江。"钟嵘对陆机的推崇,主要缘于陆机才冠当世,其诗、文、赋的成就都超过同时代人。在创作上将诗歌进一步推向文人化和贵族化,创立了两晋繁富华美的诗风。

陆机诗多为模拟乐府、古诗之作,内容与形式极少创新。拟古诗占其全部诗作一半以上。其中少量作品抒发了真情实感。如《门有车马客行》,写吴亡之后对故乡的怀念之情和亡国的感慨。《猛虎行》写人生的艰难,自己功业不成,进退维谷的苦闷。《赴洛道中作》抒情成分更浓,其一描写野旷无人,阴惨凄戾的旅途之景,"虎啸深谷底,鸡鸣高树颠。哀风中夜流,孤兽更我前。非情触物感,沈思郁缠绵。伫立望故乡,顾影凄自怜。"这种景象正是仕途险巇的写照。其二:

> 远游越山川,山川修且广。振策陟崇丘,安辔遵平莽。夕息抱影寐,朝徂衔思往。顿辔倚高岩,侧听悲风响。清露坠素辉,明月一何朗。抚枕不能寐,振衣独长想。

---

① 《晋书·贾谧传》:"谧好学,有才思。既为(贾)充嗣,继佐命之后,又贾后专恣,谧权过人主,……开阁延宾,海内辐凑,贵游豪戚及浮竞之徒,莫不尽礼事之。或著文章称谧,以方贾谊。渤海石崇……,皆傅会于谧,号曰二十四友,其余不得预焉。"

抒写了自己远别亲人的凄凉和孤独,也写出了旅途中对未来的茫然之感。这是陆机的真实感受,因而写得凄楚动人。清沈德潜对陆机诗作多有微辞,但在此诗之后却说:"二章稍见凄切。"(《古诗源》)

就艺术特点来说陆机诗表现为对语言的刻意雕琢和力求委婉,造成了繁冗乏力之病。首先表现在用字上,极力追求深奥而避免浅近。这一特点在他的拟古诗中尤为显著。如《古诗》:"涉江采芙蓉,兰泽多芳草。"而陆机拟作是"上山采琼蕊,穷谷饶芳兰",可见陆机在语言上的有意求深。还有《西北有高楼》,古诗与陆机拟作两首诗内容相同,所描写具体情景也很相似,但明显看出陆机拟作的华美深芜。其次是刻意追求辞句的排比对偶。《赴洛道中作》三首除首尾外,几乎都是对偶句,而且刻意求深,斧凿痕迹很明显。如《折杨柳行》:"邈哉垂天景,壮哉奋地雷。"《赠尚书郎顾彦先诗二首》:"大火贞朱光,积阳熙自南;望舒离金虎,屏翳吐重阴。"

陆机过分讲究辞藻的修饰和雕琢,显然受曹植影响。钟嵘《诗品》中说陆机:"源出于陈思,才高词赡,举体华美。"但曹植是"骨气奇高,辞采华茂",陆机忽略了"骨气奇高",偏重追求"辞采华茂",难免出现雕琢太重,辞句烦累之病,所以孙绰说:"陆文深而芜。"这种现象在陆机其他各体文章中也很明显。其后文章骈丽之风大兴,陆机的文风有很大影响。

陆机除诗以外,所著辞赋及文受到很高评价。其代表作有《吊魏武帝文》、《辨亡论》、《叹逝赋》、《演连珠》、《豪士赋序》等。《吊魏武帝文》感慨曹操功盖一世,却留不住生命,写得很凄婉。《辨亡论》论述了东吴兴亡之因,风格略似贾谊《过秦论》,但饱含了悼念故国的深情。《演连珠》是一篇取譬见义的精巧短文,流传久远而不衰。

其赋作中最著名的《文赋》,是用赋体作的论文,为中国文学批评史上的重要文献,也是两晋文学理论的代表作。

潘岳(247—300),字安仁,荥阳中牟(今属河南)人。少以才思敏捷见称于乡里,号为"神童"。曾任河阳令、著作郎、给事黄门侍郎等职,后世称"潘黄门"。也是贾谧门下"二十四友"之一。司马伦专政时,中书令孙秀诬其谋反,被诛,夷三族。原有诗文集十卷,后散佚。今存明人张溥辑《潘黄门集》一卷,收入《汉魏六朝百三名家集》中。

在文学上,潘岳与陆机齐名。钟嵘《诗品》也将潘岳诗与陆机诗同列为上品。这是因为潘岳与陆机的文学审美追求是相近的,其文风都在追求绮丽繁冗。所不同的是潘岳用语较浅近,与陆机的精美华丽相比略显平庸。

在创作内容上，潘岳工于言情，善写哀诔之文。今存诗仅十八首，《悼亡诗》就有三首，而且是他全部诗作的代表作。三首悼诗都是伤悼亡妻的，笔墨之间流露着深切的怀念之情，令人感动。如其一：

> 荏苒冬春谢，寒暑忽流易。之子归穷泉，重壤永幽隔。私怀谁克从，淹留亦何益。僶俛恭朝命，回心反初役。望庐思其人，入室想所历。帏屏无仿佛，翰墨有余迹。流芳未及歇，遗挂犹在壁。怅恍如或存，周遑忡惊惕。如彼翰林鸟，双栖一朝只；如彼游川鱼，比目中路析。春风缘隙来，晨霤承檐滴。寝息何时忘，沉忧日盈积。庶几有时衰，庄缶犹可击。

全诗按冬去春来、寒暑流易的时间与空间的顺序平铺直叙，表达了诗人哀怨欲绝的悲痛心情，语言浅近而感情深厚，诗中虽有意复词繁之处，但也被真情所掩盖。《悼亡诗》开了诗歌以"悼亡"为题写哀悼之情的先河。潘岳的《怀旧赋》、《寡妇赋》、《哀永逝文》等也都以善叙哀情著称。

陆机和潘岳是西晋诗坛的代表，他们的创作风格和特点代表了太康诗风。内容上拟古，形式技巧上讲究藻饰，风格追求繁缛，是太康诗风的总体特点。太康诗风的形成与时代密切相关。

太康时期是紧承大乱之后的相对稳定期，暂时的安定与繁荣景象，激发了文人投入政治生活的热情，所以他们积极参与政事并依附于权门。这就使他们诗歌的表现范围受到极大的局限。他们不可能有建安作家的慷慨悲歌，对政治的热衷又使他们不可能有阮籍、嵇康那样清峻遥深的风格意境，当然也不会有阮籍那样寄托遥深的作品。相反，他们多以才华自负，试图通过歌诗辞赋来展示自己的才华，所以便把创作的重点放在艺术技巧、文辞藻饰的训练上，形成了追求华丽藻饰，讲求声律对偶的繁缛诗风。

太康诗风的形成，反映了太康文人的文学观和美学观。陆机《文赋》是典型代表。陆机提出"诗缘情而绮靡"，是对"诗言志"儒家传统诗教的突破，也是诗歌美学观念上的突破。绮靡，指文辞的华丽，是对曹丕"诗赋欲丽"的继承。对声律的追求和讲究，是陆机极为重视的，是对建安诗歌形式的发展，也是太康文人文学思想的重要内容。《文赋》基本上反映了太康文学意识的觉醒和诗人对文学特点的认识与把握，是文学走向自觉的深化。

比较能代表太康诗风的诗人还有傅玄、张华、张协。

傅玄（217—278），字休奕，是晋初出身寒微的官僚，也是当时诗人中年辈最长的一个。他的思想比较开明，性格刚劲亮直。其诗歌创作主要以乐府为主,其中一部分乐府诗是歌功颂德的宗庙乐章。还有一部分能继承汉乐府民歌的现实主义传统,反映社会问题,如写男女爱情及妇女不幸的命运。《豫章行·苦相篇》反映重男轻女的习俗给女子带来的痛苦,对女子的不幸遭遇给予深切同情,很有现实意义。

> 苦相身为女,卑陋难再陈。儿男当门户,堕地自生神。雄心志四海,万里望风尘。女育无欣爱,不为家所珍。长大逃深室,藏头羞见人。垂泪适他乡,忽如雨绝云。低头和颜色,素齿结朱唇。跪拜无复数,婢妾如严宾。情合同云汉,葵藿仰阳春;心乖甚水火,百恶集其身。玉颜随年变,丈夫多好新。昔为形与影,今为胡与秦。胡秦时相见,一绝逾参辰。

《豫章行》是古乐府的曲调,傅玄依照旧题写新诗,显然是受到曹操乐府诗《短歌行》、《步出夏门行》等影响。

傅玄以男女爱情为题材的小诗往往善用比兴,宛转轻巧,有较高的艺术成就。如《杂言》:

> 雷隐隐,感妾心;倾耳听,非车音。

仅十二个字,生动地写出了思妇对丈夫如醉如痴的思念情态。

傅玄诗学汉魏,气调较为雄健。但过于模仿,语言有时流于质涩。

张华(232—300),字茂先,花阳方城(今河北固安西南)人。他出身寒微但官至显位,学问广博,知名较早。他的诗追求排偶和妍丽,钟嵘《诗品》说:“其体华艳”,“务为妍冶”。有代表性的诗是《情诗》五首。其内容或写闺中离妇思夫,或写远游旷夫恋妇,深情绵邈,哀艳动人。如其三:

> 清风动帷帘,晨月照幽房。佳人处遐远,兰室无容光。襟怀拥虚累,轻衾覆空床。居欢惜夜促,在戚怨宵长。抚枕独啸叹,感慨心内伤。

这是写离妇思夫,全诗构思精巧,融情入景,写得缠绵悱恻,一往情深,堪称爱情诗的佼佼者。

张协(255?—310?),字景阳,安平(今河北安平县)人。少有俊才,与其兄张载、其弟张亢齐名,时称“三张”。张协的才华超过其弟兄,也超过了陆机和潘岳等人。今有《张景阳集》一卷。他的诗情志高远,语言警拔。钟嵘

《诗品》说他的诗"词采葱蒨,音韵铿锵","巧构形似之言",这些特色都表现在他的杂诗中。《杂诗》十首是其代表作。其一:

> 秋夜凉风起,清气荡暄浊。蜻蜓吟阶下,飞蛾拂明烛。君子从远役,佳人守茕独。离居几何时,钻燧忽改木。房栊无行迹,庭草萋以绿。青苔依空墙,蜘蛛网四屋。感物多所怀,沈忧结心曲。

全诗内容是写离妇相思,作者借景抒情,通过景物的变化来抒发思妇对游子的深切怀念。这种抒情手法对后来抒情诗的创作产生了一定的影响。

第二节 左思、刘琨与郭璞

左思(生卒年不可确考①),字太冲,齐国临淄(今山东)人。出身寒微,不好交游,貌丑口讷,但博学能文。晋武帝泰始(265—274)年间,其妹左棻被召入宫,为武帝妃,左思随之移家洛阳,并任秘书郎。惠帝时曾为贾谧门下"二十四友"之一。后贾谧被诛,他便退出官场归隐。其实左思很有仕进愿望,但因门阀制度已经形成,仕进之路被世家大族所垄断,出身寒微的人不得不屈居下位,左思也官止秘书郎。他退居之后专意于典籍,以著作为能事。他的诗揭露了寒门出身的知识分子和士族门阀之间的矛盾,抒发了自己功业未遂的感慨和对士族权贵的蔑视。在形式主义诗风盛行的太康时期,唯有他的作品具有充实的现实内容和批判精神,代表了太康时期文学的最高成就。

左思的作品保存下来的很少,只有《文选》和《玉台新咏》所收的部分诗赋。其中诗十四首,以《咏史》和《娇女》最为有名。还有著名的《三都赋》。

《咏史》八首是划时代的杰作,突破了咏史诗的传统写法,不只咏史事,而是借咏古人古事来抒写自己的怀抱,从中表现作者鲜明的个性。如其一

---

① 《中国历代著名文学家评传》(山东教育出版社):"左思的生卒年,史无明载,从左棻的入宫时间,大体可以推知左思的生年。《晋书·后妃传》载:'棻少好学,善缀文,名亚于思,武帝闻而纳之。泰始八年(272)拜修仪。'实际上泰始八年是左棻入宫的时间。《晋起居注》云'咸宁三年(277)拜美人左嫔为修仪',此说比《晋书》可靠。左棻初入宫时最高的品轶不过是美人,她以文名被纳入宫,应比以美色选入宫的少女年长一两岁,她的入宫年龄大约在十八岁左右,此时左思至少二十岁。以此推断,左思大约生于公元252年或稍前。"

是《咏史》的总序,作者叙述了自己的才学和志向,他不仅有才,还懂武略,有志为国立功,功成身退,不受封赏,他同历史上许多知识分子一样,把人生价值的实现寄托在政治上,希望能为统一全国的大业做出贡献。在诗中,诗人表现了他的豪壮气度和胸襟:"铅刀贵一割,梦想骋良图。左眄澄江湘,右盼定羌胡。"对自己充满了信心。"功成身退"是左思理想的人生道路,这是一种很高的境界,和当时门阀制度下以钻营为利的势利小人形成了鲜明对比,更呈现出诗人的旷达胸襟和崇高境界。

但是诗人的才能在门阀制度下得不到施展,理想抱负得不到实现,因而感到压抑和不平。《咏史》深刻揭露了寒门士人有志难伸、怀才不遇的社会现实,猛烈抨击了门阀制度的不合理,坦率地表达了作者的愤慨。如其二:

> 郁郁涧底松,离离山上苗。以彼径寸茎,荫此百尺条。世胄蹑高位,英俊沉下僚。地势使之然,由来非一朝。金张藉旧业,七叶珥汉貂。冯公岂不伟,白首不见招。

涧底松虽然高大成材,但却处于山涧之下,而只有寸茎粗的小苗却高居山顶,这一高一低,一贵一贱的对比,深刻揭示了当时社会压抑人才,以势取人的不合理现实,指出了封建等级制度的本质特征,揭示了寒门出身的知识分子不幸命运的根本原因。

《咏史》八首的价值还在于表现了左思不流时俗的高傲性格和与门阀制度抗争的精神。这种精神与品格在第五首中表现尤为明显:

> 皓天舒白日,灵景耀神州。列宅紫官里,飞宇若云浮。峨峨高门内,蔼蔼皆王侯。自非攀龙客,何为欻来游?被褐出阊阖,高步追许由。振衣千仞岗,濯足万里流。

诗中表现出蔑视王侯的高傲和追步许由归隐的高尚情趣,体现出阔大高远的境界,流注着一股豪迈气概。

咏史始于班固,但班固《咏史》反复吟咏一事,写法上联缀着史传,很像传体,文辞质直,因而被钟嵘称为"质木无文"(《诗品序》)。建安时,曹植、王粲等人虽有咏史之作,文采也超过了班固,但写法上依然是专咏一事。而左思《咏史》打破了传统的写法,将咏史与咏怀结合起来,开了咏史的先河。钟嵘《诗品》评论说:"文典以怨,颇为精切,得讽谕之致。"诗中征引古事,语有来历,所以为"典";诗中抒发了作者的愤怒和不平,所以说"怨";它以古刺今,批评和揭露当时社会的弊端,所以有讽谕之致;不论是以古讽今,还是借古咏怀都非常贴切,也即是"精切"。尤其"得讽谕之致",是《咏史》的艺术效果,也是组诗主旨所在。从此咏史摆脱了单纯咏史的原始发展阶段,开始走上"吟咏性情,抒情言志"的轨道,这是左思在诗歌史上的一大贡献。

《咏史》的特点是情调慷慨激昂,文笔矫健雄劲;语言简劲,虽有工巧之致但不刻意雕琢。钟嵘《诗品》说左思诗"野于陆机",所谓"野",正是左思诗没有繁缛和雕琢的语言特色。而其慷慨激昂的情调被称为"左思风力"(钟嵘《诗品》),"左思风力"与"建安风骨"是一脉相承的,形成这种"风力"的正是诗中豪迈的情调和劲健的语言风格。

左思的《咏史》诗在文学史上产生了巨大影响,以进步的思想性和高度的艺术成就影响后人。杜甫《咏怀古迹》五首就取法于左思。唐代诗人大都咏史和抒怀结合,也取法于左思。所以左思在文学史上的地位是与他的《咏史》诗分不开的。

左思《咏史》之外,还有《招隐诗》、《杂诗》和《娇女诗》,又是另一种风貌。《招隐》、《杂诗》中对景物的刻画也很工巧,明显表现出太康特征。如《招隐诗》:"何必丝与竹,山水有清音。"以山水来寄托自己的情志,已近于东晋山水诗的意识,代表了文人对山水的新的认识。《娇女诗》描摹了少女纯真烂漫的稚童幽趣,其生动形象也是当时诗坛上少有的,说明诗已经摆脱了教化框架的束缚而走向日常生活。

左思还有《三都赋》,刘勰《文心雕龙·才略》说:"左思奇才,业深覃思。尽锐于《三都》,拔萃于《咏史》。"左思为写《三都赋》下过一番苦功。《晋书·左思传》记载:他曾拜见过熟悉蜀地情形的张载,"访岷邛之事,遂构思十年,门庭藩溷皆著纸笔,遇得一句,即便疏之。"《三都赋》问世之后,名重京师,当时的豪贵之家竞相传写,洛阳为之纸贵。但是左思《三都赋》仍循汉人旧径,从文学的角度来看,无法和《咏史》诗相提并论。

刘琨(270—317),字越石,中山魏昌(今河北无极县)人。出身士族,少时即以雄豪著名,好老庄之学。晋怀帝永嘉元年(307)出任并州刺史,后官至司空,曾多次和刘聪、石勒作战,兵败被幽州刺史段匹磾所杀,年四十八岁。刘琨是一个贵族阶级的爱国者,他的理想是匡扶晋室。在外族入侵的情况下,他辗转于北方抗敌,屡败而不悔。他将爱国之情倾注于诗歌,慷慨激昂,风格悲壮。如《扶风歌》:

朝发广莫门，暮宿丹水山。左手弯繁弱，右手挥龙渊。顾瞻望宫阙，俯仰御飞轩。据鞍长太息，泪下如流泉。系马长松下，发鞍高岳头。烈烈悲风起，泠泠涧水流。挥手长相谢，哽咽不能言。浮云为我结，归鸟为我旋。去家日已远，安知存与亡。慷慨穷林中，抱膝独摧藏。麋鹿游我前，猿猴戏我侧。资粮既乏尽，薇蕨安可食？揽辔命徒侣，吟啸绝岩中。君子道微矣，夫子固有穷。惟昔李骞期，寄在匈奴庭。忠信反获罪，汉武不见明。我欲竟此曲，此曲悲且长。弃置勿重陈，重陈令心伤。

此诗作于永嘉元年（307）刘琨出任并州刺史途中。作者从洛阳出发，路途极为艰险，胡寇充塞，刘琨募兵千余人，边战边进，此时已把生死置之度外。而朝廷并无抗战之心，后援难进，前途黯淡。诗中记述了这段艰难的历程，表达了对前途的忧虑和对现实的激愤，抒发了自己奋战到底的爱国之志。诗人把叙事抒情紧密结合在一起，深秋的景色，烈烈的悲风，荒凉的山野，都带着浓厚的愁苦色彩，烘托出作者的凄苦心情，感染力极强。从历史的经验看，"忠信反获罪，汉武不见明"，刘琨此次出征，生死荣辱尚难预卜，因而诗中明显流露出英雄失路的悲哀。但是刘琨毕竟是爱国志士，他以孔子"君子道微矣，夫子固有穷"自勉。英雄豪壮和失路悲哀的统一，构成了全诗悲壮、豪迈的风格。刘勰称刘琨诗"雅壮而多风"（《文心雕龙·才略》），钟嵘称他"善为凄戾之词，自有清拔之气"（《诗品》中），刘熙载说"刘公干、左太冲诗壮而不悲，王仲宣、潘安仁悲而不壮，兼悲壮者，其惟刘越石乎？"（《艺概·诗概》）由此可见，清刚悲壮，是刘琨全部诗歌的特色，直追建安风骨。

刘琨的传世之作只有三首，另有《答卢谌》、《重赠卢谌》，都是在北方抗敌时所作，每首诗都表现出强烈的爱国热忱。《重赠卢谌》是刘琨被段匹磾囚禁时作，诗多用比兴，表明了匡扶王室的志愿，同时也慨叹自己功业未就，不能奋进。笔调清拔，仍充满悲壮之气。

刘琨著作原有集，已佚。明人张溥辑为《刘中山集》。

郭璞（276—324），字景纯，河东闻喜（今属山西）人。博学多识，好经术，通五行、天文、卜筮之术。东晋初年任著作郎，后为大将军王敦记室参军。王敦谋反时,郭璞借卜筮谏阻,因而被杀,①年四十九岁。

郭璞是一位具有政治敏感和抱负的文人,东晋王朝建立,他看到统治集团内乱分裂,危机严重,便多次向晋元帝及明帝上疏献策,以巩固政权。但由于位卑言轻,他的抱负始终没有实现,因而其作品也表现出坎壈悲愤的感情。

郭璞的著作很多,曾注释过《尔雅》、《方言》、《穆天子传》、《山海经》等书。诗流传下来有二十余首,其中游仙诗有十四首,是他全部诗作的代表作品。

游仙诗的产生是中国诗歌史上特殊的现象,从屈原《离骚》开始,描写仙境的作品一直绵绵不绝。由于时代和作家不同,游仙诗的内容和风格也都各不相同。从内容来看,游仙诗明显分为两类:一类是借游仙咏怀,或是寄予慷慨的情怀,以反抗现实。如屈原、曹植、阮籍等人的作品。一类是纯写"列仙之趣"。如汉《乐府古辞·相和歌辞》中的《王子乔》、《仙人骑白鹿》等。郭璞的游仙诗则是借游仙以咏怀,具有一定的现实内容。如《京华游侠窟》:

> 京华游侠窟,山林隐遁栖。朱门何足荣,未若托蓬莱。临源挹清波,陵岗掇丹荑。灵溪可潜盘,安事登云梯。漆园有傲吏,莱氏有逸妻。进则保龙见,退为触藩羝。高蹈风尘外,长揖谢夷齐。

这是一首赋体诗,全诗巧妙运用了比兴与对比等多种艺术手法,用精警凝炼的语言抒发了自己高蹈隐逸、鄙视世俗的情志,从而表现出对现实的强烈不满。这种思想在第五首中表现更为明显:

> 逸翮思拂霄,迅足羡远游。清源无增澜,安得运吞舟。珪璋虽特达,明月难暗投。潜颖怨青阳,陵苕哀素秋。悲来恻丹心,零泪缘缨流。

诗人在此将哲理与抒情结合起来,道出了中国古代知识分子的人生悲哀,有

---

① 《晋书·郭璞传》载:王敦将反,温峤、庾亮请郭璞卜筮,郭沉吟未答,温、庾又让郭卜二人之吉凶,郭曰:"大吉。"其意暗示温、庾定能成功。温、庾便力劝明帝讨伐王敦。王敦将举兵时,也让郭璞占卜,璞曰:"无成。"王敦不悦,又使璞占卜自己的寿命,璞曰:"思向卦,明公起事,必祸不久。若往武昌,寿不可测。"王敦听后大怒曰:"卿寿几何?"郭璞曰:"命尽今日日中。"王敦怒不可遏,杀郭璞。由此见出郭璞的气节。

才有志却不被理解，才志无处施展，因而不如保留自己的清白和高洁去寻找神仙的自由境界。这是令人悲叹的事实。钟嵘说郭璞诗"坎壈咏怀，非列仙之趣"（《诗品》），是确切的。

西晋末年到东晋初年，诗坛上大畅玄言，钟嵘说其是"理过其辞，淡乎寡味"（《诗品序》）。而郭璞诗则不同，虽写隐逸或求仙，但都继承了《诗》、《骚》的比兴寄托传统，抒写坎壈之怀，语言华美，形象生动，风格挺拔俊逸，[①]如刘勰所说"景纯艳逸，足冠中兴"（《文心雕龙·才略篇》）。

第三节　孙绰、许询和玄言诗

玄言诗兴盛于东晋，一方面是魏晋玄学及清谈之风兴盛的结果，另一方面也与东晋政局及由此形成的士人心态有关。[②]

西晋经过太康、元康短暂的繁荣和安定之后，即发生了"八王之乱"[③]。汉魏以来内迁的北方少数民族的首领纷纷自立，建立了十六国统治，晋室被迫南迁，在江南建立了偏安的政权，史称东晋。

东晋政权建立后，一些大士族和士人纷纷南渡，也将玄学清谈之风带到东晋，而且日益兴盛。士人们为了在心理上逃避惨痛的现实，便将热情贯注于哲学领域，开始使用抽象的语言来谈论哲理，使文学变成枯燥无味的说理。当时佛学和玄学一样也受到重视，出现了玄释合流的局面。这给东晋士人带来很大影响，他们开始追求适意闲暇的生活，而这一生活的主体是山水清谈和玄理，东晋玄言诗便应运而生，并占据文坛，直至东晋灭亡。钟嵘《诗品序》中说："永嘉时贵黄老，稍尚虚谈，于时篇什，理过其辞，淡乎寡味。"

---

①　刘勰《文心雕龙·明诗》篇评郭璞在两晋文学史上的地位："江左篇制，溺乎玄风，嗤笑徇务之志，崇盛亡机之谈。袁（宏）、孙（绰）已下，虽各有雕采，而辞趣一揆，莫与争雄。所以景纯《仙篇》，挺拔而为俊矣。"

②　此句引袁行霈主编《中国文学史》第二册，高等教育出版社1999年版，第63页。

③　八王之乱是西晋皇族争夺政权的斗争。晋初大封同姓子弟为王，拥有军政大权。晋武帝死后，惠帝妻贾后与辅政的外戚杨骏争权。永平元年（291），贾后杀骏，以汝南王亮辅政，复使楚王玮杀亮，旋又杀玮。永康元年（300），赵王伦起兵杀贾后，又废惠帝自立。齐王同、成都王颖联兵讨伦，伦被杀，惠帝复位，同专权辅政。接着长沙王乂攻杀同，河间王颙又与成都王颖攻杀乂，颖专断朝政。东海王越奉惠帝攻颖失败，乘机进占洛阳。幽州刺史王浚与并州刺史司马腾打败颖，颙独占朝政。越再起兵攻颙，颙战败，与颖相继被杀。光熙元年（306），越毒死惠帝，另立怀帝，掌握大权。八王之乱历时十六年，严重破坏了生产经济。各少数民族贵族也乘机起兵，争夺政权。

"爰及江表,微波尚传,孙绰、许询、桓、庾诸公诗,皆平典似道德论,建安风力尽矣。"这就是玄言诗的兴起及其基本特点。玄学作为一种超世哲学,追求的不是人在社会中的客观存在,而更强调精神的升华与超脱,达到"形神超越"的境界。这种境界的产生,与大自然是分不开的,自然的美本身就体现了道家思想,所以许多玄言诗也借山水抒情,与山水结下不解之缘。代表人物是孙绰和许询。

孙绰(320—377),字兴公,太原中都(今山西平遥南)人。与兄孙统过江,居于会稽。官至廷尉卿,著作郎。少爱隐居,以文才著称。原有集,已佚,明人辑有《孙廷尉集》。现存诗十三首,都反映了浓厚的老庄思想。如《答许询》首章:

> 仰观大造,俯览时物。机过患生,吉凶相拂。智以利昏,识由情屈。野有寒枯,朝有炎郁。失则震惊,得必充诎。

诗中讲的是吉凶、智识、情利、得失的道理,充满了哲学玄理,全无文学趣味,有点像歌诀和偈语。有些诗借山水抒情,有一定的形象性。

> 萧瑟仲秋月,飚戾风云高。山居感时变,远客兴长谣。疏林积凉风,虚岫结凝霜。湛露洒庭林,密叶辞荣条。抚菌悲先落,攀松羡后凋。垂纶在林野,交情远市朝。澹然古怀心,濠上岂伊遥。

诗旨仍不离老庄之学,但并没有空谈玄理,而是通过对秋景的感应阐发了道家的人生态度。诗人对景物的观察很细,刻画也很鲜明:"抚菌悲先落,攀松羡后凋。"这里用了《庄子·逍遥游》"朝菌不知晦朔"的含义,"抚菌"而悲,这是悲秋之感,寓意人生的短暂。而苍松不畏严寒,采用《论语·子罕》"岁寒,然后知松柏之后凋"意,诗人投以羡慕之情,流露作者个人的志趣,也在表明自己的洁身自好。由此引出道家的人生观:要摆脱一切现实的束缚,任情遣性,返璞归真。作者将自己逍遥林野的生活看成如同庄子濠上观鱼,表明了对濠上之风的向往,也是人生态度的表白。此诗仍以宣扬道家玄理为主,但并不淡乎寡味,作者体悟自然而产生的悲羡之情,使诗情诗味立出。

许询(生卒年不详)也喜好山水,精通佛理,与孙绰同为"一时名流"。许询今存诗仅三首,都含有相当浓厚的老庄思想。孙绰和许询又都是佛教徒,和当时的名僧支遁有很深的交往,所以他们的诗又杂有佛理。支遁是佛教即色宗的创始人,但也深于老庄之学,他的诗玄佛互相渗透。有《咏怀诗》五首,是典型的玄言诗,既阐述了老庄哲理又有游仙味道,语言枯燥,内容空虚。

东晋的玄言诗虽然没有很高的艺术价值,但对后来谢灵运的山水诗、白居易等人的说理诗以及宋明理学之诗,都产生了很大影响。

第三章　陶　渊　明

　　在东晋诗坛上独树一帜，给诗歌注入新的生机的诗人是陶渊明。他以古朴自然的诗风，把诗歌提升到一种自然之美的境界，又以充满生活气息和生活哲理的率真自然的田园诗改变了空谈玄理的玄言诗，为后世田园诗的创作树起了一面旗帜。

第一节　陶渊明的生平经历与思想性格

　　陶渊明（365—427）[①]，又名潜，字元亮，号五柳先生。浔阳柴桑（今江西九江附近）人。卒后，他的朋友共谥为靖节先生。又因曾任彭泽令，亦称"陶彭泽"。

　　陶渊明生活在晋宋易代的复杂政治环境中。他的曾祖父陶侃是个孤寒的士人，早年曾受人奚落，后凭自己的武力官至晋朝的大司马。祖父陶茂做过太守。父亲也曾出仕，但官职很小，而且在陶渊明幼年时就去世了，家道日渐衰落。陶渊明二十九岁时开始出仕，任江州祭酒，但没多久就辞官回家。不久又召为主簿，也被陶渊明辞谢。

　　晋安帝隆安二年（398），陶渊明赴江陵，任荆州刺史兼江州刺史桓玄幕府。[②] 桓玄当时是反晋联盟的盟主，掌握着长江中上游的军政大权，伺机篡晋。陶渊明很失望，401 年冬天，正值母丧，便借故辞去官职。晋安帝元兴三年（404）陶渊明写了《荣木》诗，对自己一事无成颇有不安。这一年，刘裕起兵讨伐桓玄，入建康，任镇军将军，掌握了国家大权，给晋王朝带来了一线希

---

　　① 关于陶渊明的生卒年，争议颇多。颜延之《陶徵士诔》中记其卒年为宋文帝元嘉四年丁卯（427），对其享年却没有明确记载。沈约《宋书·陶潜传》说："享年六十有三。"历来多采此说。吴仁杰《陶靖节先生年谱》所作《辨证》认为当七十六岁。梁启超《陶渊明年谱》则主张享年五十六岁。古直《陶靖节年谱》考证当为五十二岁。袁行霈《陶渊明享年考辨》，对各家之说进行辨析，认为当为七十六岁（袁行霈《陶渊明研究》，北京大学出版社 1998 年版）。

　　② 参见张芝《陶渊明传论》，上海棠棣出版社 1953 年版。

望。于是陶渊明又出任刘裕的参军，①赴任途中作《始作镇军参军经曲阿作》，诗中流露出矛盾的心情，希望能有所作为，但又眷恋田园生活。刘裕为翦除异己势力，杀害了一些无辜的人，第二年即安帝义熙元年（405），陶渊明便改任建威将军江州刺史刘敬宣的参军。同年秋，又改任彭泽令。在任八十多天，便辞官归隐。

辞去彭泽令的原因，据《宋书》本传记载："郡遣督邮至，县吏白：'应束带见之。'潜叹曰：'我不能为五斗米折腰向乡里小人！'即日解印绶去职。"从此再没有做官。

陶渊明的生平以辞去彭泽令分为前后两个时期，此前，他处在出仕与归隐的矛盾中，经历了一段痛苦的历程。

晋宋之际，社会矛盾复杂，门阀统治遗存在士人群体思想中的观念与皇权政治的观念发生尖锐矛盾，新兴的霸权和皇权与门阀士族之间形成矛盾，门阀内部由清浊分流等原因造成矛盾，各种观念相互冲突。陶渊明面临矛盾的现实，需要建立起理性原则，作为自己人生观和艺术观的基本准则。

陶渊明熟谙儒学，服膺儒学，试图以儒家积极用世的精神，儒家的道德修养来解决这一矛盾。儒学在后世有两种表现：一种是真正的儒学精神，以济世弘道为原则，贞刚弘毅为人格；一种是统治者所说的儒术，即指礼教制度，为所谓礼俗之士所执守。前一种儒学精神存于人们心中，它是真正的儒学，也是魏晋名士们追求的理想境界，陶渊明称为"道"。《荣木》诗云："总角闻道，白首无成。"又《怀古田舍》："先师有遗训，忧道不忧贫。"这个"道"，就是儒家精神。他的曾祖父陶侃积极进取务实的精神对陶渊明的人格产生很大影响。但是，当时的社会使陶渊明无法实现弘道济世的理想，因而他一生都在出与入的矛盾中挣扎。在他的思想中，出与入是不可能统一的，他的《归园田居》诗明确表示要离开尘世，保留自己的人格；在《祭从弟敬远文》中说："余尝学仕，缠绵人事。流浪无成，惧负素志。"所谓"素志"，就是他追求的纯真的理想和人格。陶渊明崇尚自然的思想就是建立在这一基础之上的。他感到在官场中纯真的理想即将失去，自我即将坠失，这是最大的矛盾和痛苦，他无法用名教与自然合一的观念来解决。

因此，陶渊明只好到老庄哲学中寻找归宿。他对儒道采取了调和的态

---

① 关于陶渊明出任刘裕参军事，有不同说法。有人认为是出任刘牢之参军，可参见吴仁杰《陶靖节年谱》，陶澍《陶靖节年谱考异》，朱自清《陶渊明年谱中之问题》（《朱自清古典文学论集》，上海古籍出版社1981年版，第473页）。

度,形成了一种特殊的"自然"哲学,以"乘化委运"、"乐天知命"的生活态度来化解出与入的矛盾。当然,这种思想也有一定的社会基础。《庄子·缮性篇》说:"古之所谓隐士者,非伏其身而弗见也,非闭其言而不出也,非藏其知而不发也,时命大谬也。当时命而大行乎天下,则反一无迹;不当时命而大穷乎天下,则深根宁极而待,此存身之道也。"这种避难趋易、明哲保身、逃避现实的态度被理论化,成为道家哲学的出发点。为此隐逸之风大兴,隐士的行为也变为理论,而隐逸本身也有了价值与道理,成为不事王侯、高尚其事的风尚,被世人所推崇。陶渊明诗《咏二疏》就是称赞归隐行为的真情流露。在陶渊明看来,归隐行为与儒家所谓"达则兼济天下,穷则独善其身"达到了契合。由此他得出了他的人生结论:安贫乐道和崇尚自然。

崇尚自然是陶渊明诗歌的核心内容。自然是指导陶渊明生活和创作的最高准则,表现了陶渊明的社会理想和人生理想。陶渊明认为:人秉受天地之灵气而生,就应该避免世俗的牵扰,隐居山林、躬耕田园最符合人的本性。返回自然,就集中体现了陶渊明的人生哲学。在他看来,世俗的名禄好像罗网和樊笼,束缚人的本性,只有回到自发的状态与自然保持一致,才能得到自由。这是对老庄哲学的直接继承。陶渊明的崇尚自然与嵇康、阮籍的"越名教而任自然"不同,嵇康、阮籍反对司马氏的篡权,便故意破坏他们所标榜的名教,至于他们本心,倒是相信礼教的。而陶渊明终生信奉的人生哲学就是自然,所以,他不像阮籍、嵇康佯狂任诞,而是出于率真,本于自然,因而他的诗歌更接近自然化境地。

第二节　陶渊明的田园诗及其他

陶渊明现存诗歌一百二十多首,辞赋、散文十一篇。这些作品是他全部生活和对人生及现实态度的真实反映,也是他复杂精神世界的具体体现。陶诗的题材包括田园、咏怀、咏史、行役、赠别等,而最具特色,最能代表陶渊明思想的是田园诗。出与入的冲突,正是他艺术精神生发之处。在田园中他寻找自己的心灵归宿,展现他的人生矛盾和解决这些矛盾的理性精神,这使陶诗摆脱了玄言诗的虚幻境界,真实地展示了自己的人生理想和人生价值观。

表现自己对纯真、自由的向往及对田园生活的热爱,是陶渊明田园诗中重要的内容。如《归园田居》其一:

> 少无适俗韵,性本爱丘山。误落尘网中,一去三十年。羁鸟恋旧林,池鱼思故渊。开荒南野际,守拙归园田。方宅十余亩,草屋八九间。榆柳荫后檐,桃李罗堂前。暧暧远人村,依依墟里烟。狗吠深巷中,鸡鸣桑树颠。户庭无尘杂,虚室有余闲。久在樊笼里,复得返自然。

这首诗大约作于从彭泽令任上弃官归隐后的第二年,即晋安帝义熙二年(406)。在陶渊明看来,世俗的名禄就好像是一张捕捉鸟兽的罗网,束缚了人的自然本性,仕途生活好比"羁鸟"、"池鱼"一样,他渴求回到田园,获得自由。脱离仕途的轻松,返回自然的愉悦,使陶渊明淳朴真诚的个性得到充分的展现。第二首写道:

> 野外罕人事,穷巷寡轮鞅。白日掩荆扉,虚室绝尘想。时复墟曲中,披草共来往。相见无杂言,但道桑麻长。

这是诗人归隐田园后的生活情趣。诗中表达了脱离官场后清闲、淡泊的情志。晋安帝元兴三年(404),作者出任镇军将军刘裕参军,在赴任途中,作了《始作镇军参军经曲阿作》,诗中抒发了自己热爱田园,寄情世外的本性。"弱龄寄世外,委怀在琴书。被褐欣自得,屡空常晏如。"诗人向往书琴自娱的生活。为保持自己纯真的本性,诗人已经抱定返回田园的决心:"真想初在襟,谁谓形迹拘?聊且凭化迁,终返班生庐。"

陶渊明在抒写自己本性的同时,描写了田园生活的无限美好,歌颂了田园生活的自然淳朴,展现了自己理想的境界,这是与官场的污浊与丑恶相对照的诗化的境界。《饮酒》其五:

> 结庐在人境,而无车马喧。问君何能尔,心远地自偏。采菊东篱下,悠然见南山。山气日夕佳,飞鸟相与还。此中有真意,欲辨已忘言。

在和谐静谧的环境中,诗人悠然自得,体悟着自然的乐趣和人生的真谛。自然对人生的启示,难以用语言来表达,其实此中的真意在于领悟,不屑于说,也不必说。这正所谓"言者所以在意,得意而忘言"(《庄子·外物》)。

陶渊明还有很多田园诗写了自己亲自躬耕的艰辛和与农民交往的生活体验,充满农村生活气息,这些成为陶渊明田园诗最有个性、最有特点的部分。《归园田居》第三首:

种豆南山下，草盛豆苗稀。晨兴理荒秽，带月荷锄归。道狭草木长，夕露沾我衣。衣沾不足惜，但使愿无违。

这是一个躬耕者的亲身感受。陶渊明把劳动看作他崇尚自然的一个内容，是自然的一部分。劳动体现了陶渊明的一种信念，一种自食其力的生活方式。劳动中，人与自然构成了和谐的一体，日出而作，日入而归的劳动艰辛便升华为一种美好、自然的境界。

《庚戌岁九月中于西田获早稻》：

人生归有道，衣食固其端。孰是都不营，而以求自安。开春理常业，岁功聊可观。晨出肆微勤，日入负耒还。山中饶霜露，风气亦先寒。田家岂不苦，弗获辞此难。四体诚乃疲，庶无异患干。盥濯息檐下，斗酒散襟颜。遥遥沮溺心，千载乃相关。但愿长如此，躬耕非所叹。

陶渊明认为，衣食是人生存的首要条件，因而劳动是极其必要的，诗人强调了劳动的重要性，说明了自耕自给是合乎人生大道的。陶渊明体会到了劳动的艰辛，但更多的是劳动后的快慰和愉悦，因而更加坚定了躬耕的决心。同样内容的作品还有《丙辰岁八月中于下潠田舍获》，诗人归田以后已经度过了十二年躬耕生活，虽然辛苦，但诗人从中获了极大的满足与安慰，因此他以极大的热情歌颂了田园生活的美好。其内心感情的起伏变化写得极为真切，没有亲自参加劳动的体验是写不出来的。

陶渊明晚年物质生活发生了困难，陷入了饥寒交迫的境地。他的诗也写了自己困顿的生活以及在困顿生活中的思想斗争，在歌咏古代的隐者、贫士时表现了自己固穷守节的节操。如《怨诗楚调示庞主簿邓治中》：

天道幽且远，鬼神茫昧然。结发念善事，僶俛六九年。弱冠逢世阻，始室丧其偏。炎火屡焚如，螟蜮恣中田。风雨纵横至，收敛不盈廛。夏日长抱饥，寒夜无被眠。造夕思鸡鸣，及晨愿乌迁。在己何怨天，离忧凄目前。吁嗟身后名，于我若浮烟。慷慨独悲歌，钟期信为贤。

全诗以哀怨悲伤的基调，历述了自己不幸的遭遇和饥寒贫困的生活状况，现实使他对天地鬼神发生了怀疑，从切身的体验中认识到一切都在人事，因而希望庞、邓能成为自己贫苦中的知音。

《咏贫士》共七首,都是以写古代贤人安于贫贱的事来抒发自己不慕荣利,安贫守志的情怀。其二:

> 凄厉岁云暮,拥褐曝前轩。南圃无遗秀,枯条盈北园。倾壶绝余沥,窥灶不见烟。诗书塞座外,日昃不遑研。闲居非陈厄,窃有愠见言。何以慰吾怀?赖古多此贤。

陶渊明晚年的困顿在许多诗中都有表露。《饮酒》诗中说:"竟抱固穷节,饥寒饱所更。敝庐交悲风,荒草没前庭。披褐守长夜,晨鸡不肯鸣。"看来陶渊明的确经历了一段相当长的艰苦生活,在这种困境中他仍坚持隐而不仕,难能可贵。这在中国文学史上也是不多见的。

陶渊明还有一些咏怀诗和咏史诗。咏史诗是借古抒怀,无论是咏史还是咏怀,都继承了阮籍、左思诗歌的传统,围绕出仕与归隐这一矛盾冲突,抒发自己不与统治者同流合污、固穷守节的人格与情操。《饮酒》二十首为咏怀之作,诗人从多方面反映了自己的人生态度与节操。《拟古》九首抒发了忧国伤时的感慨,其中许多是托古讽今,表现得颇为隐晦曲折。《杂诗》其二抒发了诗人孤独苦闷,有志未骋的悲凉情怀,是咏怀诗中的代表作。

钟嵘《诗品》评价陶渊明的诗风:"其源出于应璩①,又协左思风力,文体省净,殆无长语,笃意真古,辞兴婉惬。每观其文,想其人德。世叹其质直,至如'欢言酌春酒'、'日暮天无云',风华清靡,岂直为田家语哉! 古今隐逸诗人之宗也。"钟嵘的话道出了陶诗的总体艺术风格:平淡自然,淳真亲切。

陶渊明平淡自然的风格由三个方面的因素决定,即天然淳朴的审美理想、正直率真的人格、田园题材的选择。这三方面因素又相辅相成,是统一的整体。

陶诗的艺术特色具体可概括为:

(一)淳真而亲切。陶渊明性格中自有"真率",他写的诗都是直写其事,无隐避、无虚浮、无夸张,而且带有真切的实际感受。在"真"的描写中,人性在至真至美的境界中得到了恢复。如《归园田居》"少无适俗韵,性本爱丘山",毫无保留地道出他的习性和性格。"相见无杂言,但道桑麻长"(《归园

---

① 应璩(qú),三国魏时作家,应场弟弟,博学工文,善为书奏,其诗语言通俗。

田居》),和农民交往中的寒暄,真实而亲切,没有在农村的切身体会是难以写出来的。"种豆南山下,草盛豆苗稀"(《归园田居》)的自嘲,毫不隐讳地道出了仕宦出身的他在农村的生活能力。正因为其诗内容的真实和感情的淳真,使人读来备感亲切。元代诗人元好问说:"此老岂作诗,直写胸中天。"(《论诗绝句》)朱熹也说:"陶诗所以为高,正待不意安排,胸中自然流出。""真"在陶诗中,是一种人格的追求,美学的追求,是他人生境界的追求。

(二)用白描的手法创造了优美而又高远超俗的意境。白描,是陶渊明创作的基本手法。田园风光景物的白描,使陶诗读起来就像一幅写生画,所画景物的色彩、线条都宛如实物实景,在不经意中勾画出事物的形态。无论是"方宅十余亩,草屋八九间",还是"暧暧远人村,依依墟里烟",都十分逼真。笔致轻闲,意态丰满。田园的景物形象自然、真切,韵味无穷。

陶诗在真实的描写中创造了一种优美超俗的艺术境界。陶诗不仅仅展示一幅幅客观的田园生活图画,而且使人在接触这些画面的同时,进入到一种境界。如《归园田居》,我们看到的不只是榆柳、桃李中的几间草屋,村落中的几缕炊烟,听到的不只是深巷中的犬吠,树头的鸡鸣,所有这一切都构成了一种境界:那就是安宁和静谧,淳朴和自然。陶渊明写诗,目的并不在于客观地描摹田园生活,而是要强调和表现这种生活中的情趣。因此,他在创作时,并不是随意摄取田园的景象、景物,而是把那些最能引起自己思想感情共鸣的东西摄取到诗中来,在平凡的生活素材中含有极不平凡的思想意境,使人感到亲切崇高,从中获得美的享受。苏东坡说:"观陶彭泽诗,初若散缓不收;反复不已,乃识其奇趣。"(惠洪《冷斋夜话》)这种奇趣,正是从意境中得来。

(三)语言平淡自然,质朴而又具有很强的表现力。这既是陶诗的语言特色,也是其艺术风格的体现。在陶诗中,很难找到惊人之语,都是质朴的田家语言,与生活口语接近。但读起来亲切悦耳,趣味益然。平淡中淡化了诗歌与读者的界限,使读者在不知不觉中步入诗歌的佳境中。如"种豆南山下,草盛豆苗稀","结庐在人境,而无车马喧",全都明白如话。元好问说陶诗是"一语天然万古新,豪华落尽见真淳"(《论诗绝句》)。

陶诗在自然平淡中又极富于哲理。既有情趣,又有理趣。如:"人生归有道,衣食固其端","落地为兄弟,何必骨肉亲","问君何能尔,心远地自偏",这些平淡自然的诗句,都像格言一样,言浅意深,发人深思。清人潘德舆《养一斋诗话》说陶渊明"任举一境一物,皆能曲肖神理",是很中肯的。苏东坡说陶诗"质而实绮,癯而实腴"(《东坡续集》卷三),说他的诗在平淡中有风采,质朴中有工致,简练中有深厚,因而声韵浑成。这些评价是确切的。

第三节　陶渊明的散文与辞赋

陶渊明的创作除诗歌外,还有散文和辞赋。散文包括传记赞述五篇和疏祭文四篇,辞赋三篇。篇数不多,但同样具有很高的艺术价值。它们与诗歌相得益彰,充分地展示了陶渊明的个性及精神世界。其中代表性的作品《五柳先生传》、《桃花源记》和《归去来兮辞》已经成为脍炙人口、流芳百世的名篇,在文学史上同样具有很高的地位。

《五柳先生传》是自传性散文,是陶渊明为自己作的传记。《晋书·陶潜传》曰:"潜少有高趣,曾著《五柳先生传》以自况。……时人谓之实录。"全文以纪传体的形式,叙写了五柳先生的性情、生活情趣和态度:"闲静少言,不慕荣利。好读书,不求甚解。每有会意,便欣然忘食。""常著文章自娱,颇示己志。"文笔简洁生动地刻画了一个不同流俗,不戚戚于贫贱,不汲汲于富贵的超凡脱俗、安贫乐道的隐士形象。

《桃花源记》是作者晚年的作品,以虚构的方式,描绘了一个没有战乱,没有压迫,没有剥削,人人劳动,平等自由,道德淳朴,安宁富裕的理想社会图景。这里"土地平旷,屋舍俨然;有良田、美地、桑竹之属;阡陌交通、鸡犬相闻",既有儒家幻想的上古之世的淳朴,也有老子宣扬的小国寡民的社会影子,是陶渊明田园诗的继续和升华,同样是与现实社会的污浊相对照的。它展示了作者的社会理想,也代表了当时人民对太平社会的向往。全文语言优美淳朴,有曲折生动的故事情节,近于唐人传奇小说,对后代文学创作产生了深远影响。

《归去来兮辞》是陶渊明辞赋中最著名的一篇。陶渊明从二十九岁初仕到归隐,整整十三年,坎坷仕途,使他饱尝了人世的艰辛,看透了官场的黑暗,他经过激烈的思想矛盾斗争之后,终于选择了归隐的道路。这一篇可看作是陶渊明与官场彻底决裂的宣言书。

陶渊明《感士不遇赋》,抒发了正直而有才华的士人怀才不遇,抱负无所施展的苦闷与不平,抨击了社会的腐朽和道德风尚的败坏,表达了自己远离尘俗的高远之志。《闲情赋》是陶渊明作品中仅有的一篇爱情赋。他在序中言其创作主旨为"将以抑流宕之邪,谅有助于讽谏",全文却以优美的语言抒写了对美女的倾慕之情,表达了对爱情的渴望与追求。感情纯真而热切,抒发淋漓尽致。作为爱情赋,具有不朽的价值。但萧统在《陶渊明集序》中说:

"余爱嗜其文,不能释手;尚想其德,恨不同时。故更加搜求,粗为区目。白璧微瑕者,惟在《闲情》一赋。扬雄所谓劝百而讽一者,卒无讽谏,何必摇其笔端。惜哉,无是可也!"由此,《闲情赋》难登大雅之堂,也成为文学史上争议的问题。对其是单纯言情还是另有寄托,展开了无休止的争论。

第四节　陶渊明在文学史上的地位

陶渊明作为魏晋玄学兴盛时代的诗人,以自己独特的风格开创了山水田园诗派,扭转了玄学之风,在文学史上应享有很高的声誉。但是,在当时,他只是以一个隐士著称,他的文学创作并没有得到应有的评价。这是因为他的作品不论从思想内容还是艺术风格来说,都与当时崇尚的华美文风不合,再加上他出身低微,因而得不到重视。就连他最要好的朋友颜延之为他作的《陶徵士诔》中,也只称誉他的人格,对其文学作品的价值只说了一句"文取旨达"。钟嵘《诗品》只把陶诗列入中品,远不及当时一些雕章琢句的文人。只有萧统编订了《陶渊明集》并为其作序,序中说"渊明文章不群,辞采精拔,跌宕昭彰,独超众类",陶渊明的创作才引起人们的注意。到了宋代,苏轼、朱熹给陶渊明以很高的评价,①拟陶、和陶之风渐起,陶渊明在文学史上的地位才真正确立起来,直到今天,成为享有世界声誉的伟大诗人。

陶渊明无论其人格还是创作,对后代都产生了深远的影响。

首先是其人格,陶诗所表现出来的光明峻洁的人格和不与黑暗势力同流合污的精神,深深地感染了后代文人,并且成为中国文人士大夫的榜样。很多仕途失意的文人在陶渊明身上找到了精神上的支持,认识到了新的人生价值。唐代大诗人李白"安能摧眉折腰事权贵"的傲岸不屈的性格与陶渊明"不为五斗米折腰向乡里小人",其精神是一脉相承的。高适在看不惯官场中的腐朽和统治者对待人民的残暴时写出了"转忆陶潜归去来"的诗句,学陶渊明与官场决裂。白居易、苏轼、陆游等莫不如此,南宋爱国词人辛弃疾高唱道:"须信此翁(指陶渊明)未死,到如今凛然生气,吾侪心事,古今长在。"(《水龙吟》)龚自珍称赞陶渊明:"陶潜诗喜咏荆轲,想见《停云》发浩歌;

① 陶澍《靖节先生集》附录"诸家评陶汇集"中引朱熹说:"晋宋人物,虽曰尚清高,然个个要官职,这边一面清谈,那边一面招权纳贿。陶渊明真个能不要,此所以高于晋宋人物。"《朱子语类》卷一百四十:"陶渊明诗,人皆说是平淡,据某看他自豪放,但豪放得不觉耳。"

吟到恩仇心事涌,江湖侠骨恐无多。"(《舟中读陶诗三首》)陶渊明的人格与精神已经成为中国文人士大夫的精神归宿。

其次是陶诗的艺术风格,已经成为中国历代文人所追求的境界。南朝鲍照、江淹学陶体仿作诗歌,以后拟陶、和陶相沿成风。杜甫:"焉得诗如陶谢手,令渠述作与同游。"(《江上值水如海势聊短述》)陆游说:"我诗慕渊明,恨不造其微。"(《读陶诗》)宋以后诗人在反对雕琢、提倡朴素的诗风时,常常以陶渊明诗为榜样。如晏殊和梅圣俞论诗时,反对生硬怪僻的诗风,提倡"宁从陶令野,不取孟郊新"。清末诗人黄遵宪把自己的诗集称作《人境庐诗草》,在诗歌创作上主张"我手写我口",显然受到陶诗朴素风格的影响。由此可见陶诗在艺术风格上给后代文人的影响是深远的。

同时,陶渊明的田园诗也为中国诗歌创作领域开辟了新的境界,树立了山水田园诗新的创作典范。唐代诗人王维、孟浩然、储光羲、韦应物、柳宗元等,都是陶渊明田园诗的继承者,并开田园诗派。清人沈德潜说:"陶诗胸次浩然,其中有一段渊深朴茂不可到处。唐人祖述者,王右丞有其清腴,孟山人有其闲远,储太祝有其朴实,韦左司有其冲和,柳仪曹有其峻洁,皆学焉而得其性之所近。"(《说诗晬语》)由此可见陶诗的影响。

陶渊明诗中酒与菊是不可缺少的内容,已成为陶渊明的象征。饮酒中对人生的回味,"采菊东篱下,悠然见南山"中对"真意"的体悟,已经成为陶渊明的化身,成为陶诗高远情致的代表,丰富了中国古代文学的表现领域。

陶渊明深受后代文人士大夫推崇,还有一个原因,就是道家思想的影响。道家的崇尚自然,回归自然,与自然融为一体的思想在他们身上有很深的烙印,所以陶渊明以自然为指归的精神很容易引起他们的共鸣,而回避现实矛盾,委运顺化的人生态度又为历代文人士大夫提供了人生解脱的最佳方式,他们与陶渊明的人生态度极为契合。

第四章　南朝刘宋诗坛

　　南北朝是指东晋灭亡到隋统一（420—589）的一百七十年时间，这是我国历史上一个分裂的时期。这一时期，南朝先后经历了宋、齐、梁、陈。四个朝代中，统治时间最长的是刘宋，不到六十年，最短的是齐，只有二十三年。这一时期是中国文学史上一个重要的发展阶段。刘宋至陈，元嘉文学、永明文学、宫体文学是三个主要发展阶段。元嘉是宋文帝的年号，只有三十年（424—453），这一阶段代表作家谢灵运和颜延之的创作活动，上起晋宋之交，谢灵运开创了山水诗，把自然美景引入诗歌，使山水成为独立的审美对象，可谓在诗界独树一帜；下及于大明、泰始之际，其间"才秀人微"的鲍照，不仅创作了雄健豪放的诗作，而且为七言、杂言乐府诗的发展开拓了道路。齐及梁初为第二阶段，即"永明体"形成、兴起阶段。著名诗人沈约、谢朓等人，将声韵学的成果运用到诗歌领域，遂形成讲究格律、对偶的永明新体诗。梁中叶至陈末为第三阶段，即以梁简文帝萧纲、梁元帝萧绎为代表的"宫体诗"兴盛的阶段。宫体诗多描写女性和宫廷生活，风格轻绮柔靡，在诗歌发展史上仍有一定积极意义。

第一节　谢　灵　运

　　晋宋之际，山水诗大量出现，并逐渐替代玄言诗。这是南朝诗歌的一个显著变化。谢灵运以其敏锐的感触、出众的才华，以及高级士族特有的审美情趣，真正完成了从玄言诗到山水诗的转变。"山水诗的出现，不仅使山水成为独立的审美对象，为中国诗歌增加了一种题材，而且开启了南朝一代新的诗歌风貌。继陶渊明田园诗之后，山水诗标志着人与自然进一步沟通与和谐，标志着一种新的自然审美观念和审美趣味的产生。"[①]

　　在中国文化精神中，人与自然的关系是融洽和谐的。作为中国文化精

---

　　① 袁行霈《中国文学史》，高等教育出版社 1999 年 8 月版，第 103 页。

神的重要支柱，儒家、道家乃至佛家思想中，都透露了对自然的热爱与欣赏。而六朝时佛学大兴，佛教徒尤好山水。不过最重视自然的还当首推道家。魏晋应运而生的玄学，其核心就是人与自然的关系问题。文人以老庄的道家思想落实到生活中，发现了自然之美，并进一步将自然之美拟人化。《世说新语·言语》记载：

> 简文入华林园，顾谓左右曰："会心处不必在远。翳然林水，便自有濠、濮间想也。觉鸟兽禽鱼，自来亲人。"
>
> 顾长康从会稽还，人问山川之美，顾云："千岩竞秀，万壑争流，草木蒙笼其上，若云兴霞蔚。"

这两段话都用拟人的手法，表现了人与自然的亲切关系。随着人与自然进一步的会心，还出现了人拟自然化的情况，从而显示出人与自然更深的亲和关系。如《世说新语·容止》载：

> 时人目夏侯太初朗朗如日月之入怀，李安国颓唐如玉山之将崩。
>
> 嵇康身长七尺八寸，风姿特秀。见者叹曰：萧萧肃肃，爽朗清举。或曰："肃肃如松下风，高而徐引。"山公曰："嵇叔夜之为人也，岩岩若孤松之独立；其醉也，傀俄若玉山之将崩。"

这完全是一种自然的人生。宗白华先生说过："魏晋的玄学使晋人得到空前绝后的精神解放。"[1]刘大杰先生认为："魏晋人的人生观……要求那种人生自然化的解放生活。"[2]"晋人向外发现了自然，向内发现了自己的深情。山水虚灵化了，也情致化了。陶渊明、谢灵运这般人的山水诗那样的好，是由于他们对于自然有那一股新鲜发现时身入化境浓酣忘我的趣味。"[3]他们随手采来，都成妙谛，境与神会，真气扑人。在此我们注意到中国人对于自然美的发现，促进了中国山水文学的诞生。以山水的形象来展现自己的内心

---

[1]　宗白华《美学散步》，上海人民出版社 2000 年 3 月第 9 次印，第 213 页、第 215 页。

[2]　刘大杰《魏晋思想论》，上海古籍出版社 1998 年 12 月版，第 103 页。

[3]　宗白华《美学散步》，上海人民出版社 2000 年 3 月第 9 次印，第 213 页、第 215 页。

世界就是一个很自然的结果。①

　　山水诗在此时兴盛还有多种原因。首先,它是文人士大夫崇尚山林隐逸生活的反映。士大夫无论在朝在野、得势失意,多以隐逸为高,以山林为乐土,因而在诗歌中描写山水之美,借以寄托内心的某种情怀。其次,它也是当时相对安定的社会环境的产物。东晋以来,南方经济有较大发展,南渡的世族地主,在江南修建园林别墅,过着优游山水的生活。秀丽宜人的自然风光,闲适幽静的山水园林奇趣,为山水诗诞生提供了土壤。第三,它还是文学自身发展的必然结果。早在《诗经》、《楚辞》的时代,诗中就出现了山水景物,②但是往往只是作为作品中的陪衬和比兴的媒介,还不能看作独立的山水作品。汉赋中已有专写山水的篇章。曹操的《观沧海》可算是中国文学史上第一首完整的山水诗。这些描写无疑为山水诗的写作提供了一定的艺术经验。第四,真正直接启迪了山水诗产生的应是魏晋玄学和东晋玄言诗。魏晋玄学"得意忘象"、"寄言出意"的思辨推理方法,使山水处于一种非常特别的地位,在人们的精神生活中起着一种非常特殊的作用,即山水是体会玄理最适宜的媒介。③ 东晋以来盛行的玄言诗,也往往借助自然山水体悟玄思理致,因而,本身就包含一定的山水成分,如孙绰的《兰亭》、《秋日》诗,或写春景,或绘秋色,皆表现了一种以外物为描写对象的趋势。到东晋后期,谢混的《游西池》玄言色彩较淡,已较集中地刻画山水景物,令人耳目一新。晋宋之际,山水绘画及理论也应运而生。这对山水诗的诞生和诗风转变,无疑也有着促进作用。

　　谢灵运(385 — 433),陈郡阳夏(今河南太康县)人,世居会稽(今浙江绍兴市)。祖父谢玄是淝水之战的主将。谢灵运因此袭封康乐公,时称"谢康乐"。灵运少好学,博览群书,文章之美,江左莫逮,从叔谢混特赏爱之。刘裕以宋代晋,他被降爵为侯,任散骑常侍。武帝刘裕去世时,诸子年轻,而次子庐陵王刘义真轻视其兄少帝,颇有野心。他激赏谢灵运、颜延之的才华,常称二人有宰相之才。谢灵运亦高自期许,便卷入上层斗争,多次诋毁执政大臣徐羡之等,终被出为永嘉太守,一年后称疾闲居。无论在任还是闲居,他总是纵情山水,

---

　　① 韦凤娟《试论魏晋玄学与山水诗的兴起》,见《中国文学史研究集》,中国社会科学院文学研究所古典文学研究室编,上海古籍出版社 1985 年 11 月第 1 版。
　　② 小郊尾一《中国文人山水诗中所表现的自然》,上海古籍出版社 1989 年 11 月版。
　　③ 韦凤娟《试论魏晋玄学与山水诗的兴起》,见《中国文学史研究集》,中国社会科学院文学研究所古代文学研究室编,上海古籍出版社 1985 年 11 月版。

肆意遨游,且"所至辄为诗咏,以致其意"。一方面以此举对抗当政,发泄不满,另一方面也在山水清音中得到心灵的慰藉。这时,他创作了大量清新优美、摹景抒情的诗篇,如《过始宁墅》、《登池上楼》、《游南亭》、《初去郡》、《七里濑》、《石壁精舍还湖中作》等,都是脍炙人口的佳作。元嘉三年(426)刘义隆即位,是为文帝。文帝聪颖机变而褊狭多猜,他深知谢灵运倔强不驯,有意严加裁制。谢灵运也感到自己的危险,只求隐退。刘义隆要他做秘书监,他屡辞不就,不得已到职,又称病不朝,结果仍请假回籍,第二次开始隐居生活。这时期的代表作有《入东道路诗》、《石门岩上宿》等。元嘉五年(428),免官还乡后,谢灵运纵游山水,又强索公湖,以广田宅,他这样行为不检,高傲横恣,令朝廷深为不安。于是,朝廷唆使地方官告他造反,迫使谢灵运赴京表白。元嘉八年(431),宋文帝派他担任临川内史,因谋反被人弹劾,流放广州期间,他仍到处游山玩水,不理政务。他在《临川被收》一诗中写道:"韩亡子房奋,秦帝鲁连耻。本自江海人,忠义感君子。"谢灵运兴兵反抗,事败被杀,年仅四十九岁。灵运性喜山水,多所吟咏,凡泉林幽壑、朝岚夕霞,尽收眼底,每一诗出,贵贱莫不竞写,远近钦慕,名动京师,遂成为中国山水诗之始祖。

谢灵运的文学成就主要表现在山水景物的成功刻画上。他的山水诗,大多作于出任永嘉太守以后。这些诗,以富丽精工的语言,生动细致地描绘了永嘉、会稽、彭蠡湖等地的自然景色。谢诗极貌写物,穷力追新,而内心苦闷则简笔勾勒,形成了写景为主,情寓景中的特色。如《入彭蠡湖口》:

> 客游倦水宿,风潮难具论。洲岛骤回合,圻岸屡崩奔。乘月听哀狖,浥露馥芳荪。春晚绿野秀,岩高白云屯。千念集日夜,万感盈朝昏。攀岩照石镜,牵叶入松门。三江事多往,九派理空存。灵物吝珍怪,异人秘精魂。金膏灭明光,水碧辍流温。徒作千里曲,弦绝念弥敦。

此诗作于元嘉九年(432)春作者前往临川赴任途中。开头八句景物刻画相当精妙,客游的倦怠之情与自然中的美妙山水相映衬,流露了作者内心"风潮难具论"的感受。"千念"两句写作者遭谗被贬,心中充满乡思离愁。余句不言愁而愁无极。"吊古之情正是深愁也。身世如斯,江湖满目,交集百端。乃至无语可述,金膏水碧,亦有天问之旨乎。"[①]

----

① 黄节《谢康乐诗注》卷四,人民文学出版社 1958 年 3 月版。

又如《石门岩上宿》：

> 朝搴苑中兰，畏彼霜下歇。暝还云际宿，弄此石上月。鸟鸣识夜栖，木落知风发。异音同致听，殊响俱清越。

这首诗写得淳朴自然，颇有韵味。尤其是"鸟鸣识夜栖，木落知风发"两句，更是自然清新，浅近如口语。诗以景物描写为主，景物之中，景物之外，别有深情远韵。全诗情寓景中，浑然一体。《登江中孤屿》：

> 江南倦历览，江北旷周旋，怀新道转迥，寻异景不延。乱石趋正绝，孤屿媚中川。云日相辉映，空水共澄鲜。表灵物莫赏，蕴真谁为传。想象昆山姿，绵邈区中缘。始信安期术，得尽养生年。

于山水赏悦中忘却内心的不平，在"表灵物莫赏，蕴真谁为传"的不遇中进入了"想象昆山姿，绵邈区中缘"的仙境，作者对山水的真情赏爱，确实达到了浓酣忘我的深度。这份机缘来自"云日相辉映，空水共澄鲜"的自然美景的激发，转而内化为一种天真高洁淡泊的人生境界，这种极貌写物，穷力追新的景物描摹在谢诗中是独特的，也是耐人寻味的。《南楼中望所迟客》、《登石门最高顶》、《石门新营所住四面高山回溪石濑茂林修竹》等诗，都在景物描写中，隐隐约约流露了"妙物莫为赏"、"惜无同怀客"的知音难遇的深深的孤独之情。

钟嵘评谢灵运诗："宋临川太守谢灵运，其源出于陈思，杂有景阳之体，故尚巧似，而逸荡过之，颇以繁富为累。嵘谓若人兴多才高，寓目辄书，内无玄思，外无遗物，其繁富宜哉。"这里是说谢灵运在刻画事物描摹情志时有很好的表现力。但是这类作品，正像骈文一样，一句话可以说清楚的，定要分成两句来写，而且字面上刻意安排，就不可能是充满激情一气呵成之作，而是惨淡经营，雕章琢句，以人工胜天工。[1]《诗品》说他"颇以繁富为累"，"繁富"用钟嵘的话来解释就是"若人兴多才高，寓目辄书，内无玄思，外无遗物"。这种客观写景，使谢灵运诗多自然景物的细致描摹，而整体上又不着痕迹。然"名章迥句，处处间起，丽典新声，络绎奔会，譬犹青松之拔灌木，白

---

① 周勋初《魏晋南北朝文学论丛》，江苏古籍出版社 1999 年 11 月版，第 92 页。

玉之映尘沙,未足贬其高洁也"。钟嵘评谢诗"高洁",既是指诗中的名句清新自然,也指其人品超凡脱俗。后来元稹论杜诗是"掩颜谢之孤高",就是赞赏颜延之和谢灵运的人品与诗品一样孤傲高洁。①

　　谢诗中景物描写是最为精彩的部分,这类描写具有清新自然的风格。如《于南山往北山经湖中瞻眺》一诗,于山水景物的描摹更加细致入微:

　　　　朝旦发阳崖,景落憩阴峰。舍舟眺迥渚,停策倚茂松。侧径既窈窕,环洲亦玲珑。俛视乔木杪,仰聆大壑灇。石横水分流,林密蹊绝踪。解作竟何感,升长皆丰容。初篁苞绿箨,新蒲含紫茸。海鸥戏春岸,天鸡弄和风。抚化心无厌,览物眷弥重。不惜去人远,但恨莫与同。孤游非情叹,赏废理谁通?

开头写"于南山往北山","舍舟"以下十四句,写诗人途中弃船登岸,眺望湖光山色:开阔的洲渚,茂密的松林,蜿蜒的蹊径,淙淙的流水,嫩绿的初篁,鲜紫的新蒲,自娱的群鸟,像是把景物分解成一个又一个镜头,生动地描绘出一幅春到江南的美丽图画。像这种清新优美,自然可爱的诗句,在谢诗中俯拾皆是。如"晓霜枫叶丹,夕曛岚气阴"(《晚出西射堂》);"云日相辉映,空水共澄鲜"(《登江中孤屿》);"首夏犹清和,芳草亦未歇……扬帆采石华,挂席拾海月……冥涨无端倪,虚舟有超越"(《游赤石进帆海》);"春晚绿野秀,岩高白云屯"(《入彭蠡湖口》);"野旷沙岸净,天高秋月明"(《初去郡》);"密林含余清,远峰隐半规"(《游南亭》)。这些诗句刻画自然景物,确实达到了如"芙蓉出水"的清新自然的境界,在艺术上力避直露浅俗,而且在语言描摹方面,经历了一番苦心琢磨和精心锤炼。

　　汤惠休、鲍照、萧纲等人针对谢灵运诗的艺术特点,也都作了评论:

　　　　谢诗如芙蓉出水。(《诗品》颜延之条引汤语)

　　　　延之尝问鲍照,己与谢灵运优劣。照曰:谢五言如初发芙蓉,自然可爱,君诗如铺锦列绣,亦雕缋满眼。延年终身病之。(《南史·颜延之传》)

　　　　谢客吐言天拔,出于自然,时有不拘,是其糟粕。(《梁书》卷四十九,萧纲《与湘东王书》)

---

　　① 元稹《唐故工部员外郎杜君墓系铭并序》;另见周建忠《颜延之的人品与文品》,《山东师大学报》1985 年第 5 期,《二谢的人品与文品》,《学术论坛》1983 年第 6 期。

以上三家论谢诗艺术特点，均认为谢诗出语自然不加雕饰，这正体现了谢诗在刻画景物方面超越前人的巨大成功。

　　谢灵运诗虽多名句，却较少佳篇。在结构上，多采用先叙出游，次写见闻，最后谈玄理或发感喟，如同一篇篇旅行日记，而又拖着一条玄言佛理的尾巴。如其著名的《登池上楼》：

> 潜虬媚幽姿，飞鸿响远音。薄霄愧云浮，栖川怍渊沉。进德智所拙，退耕力不任。徇禄反穷海，卧疴对空林。衾枕昧节候，褰开暂窥临。倾耳聆波澜，举目眺岖嵚。初景革绪风，新阳改故阴。池塘生春草，园柳变鸣禽。祁祁伤豳歌，萋萋感楚吟。索居易永久，离群难处心。持操岂独古，无闷征在今。

又《石壁精舍还湖中作》：

> 昏旦变气候，山水含清晖。清晖能娱人，游子憺忘归。出谷日尚早，入舟阳已微。林壑敛暝色，云霞收夕霏。芰荷迭映蔚，蒲稗相因依。披拂趋南径，愉悦偃东扉。虑淡物自轻，意惬理无违。寄言摄生客，试用此道推。

均体现了谢诗的突出特点。

　　谢灵运的山水诗在艺术上有自己的特点：首先，他以自然山水为独立的描写对象，力求形似逼真，为刘宋诗坛开启了清新自然的诗风。其次，从艺术表现上，谢诗善于抓住景物特征，进行精雕细刻，有些佳篇能做到以景为主情景交融。最后，谢诗语言追求选声练字，讲究丽典新声，具有"俪采百字之偶，争价一句之奇。情必极貌以写物，辞必穷力而追新"的艺术特点。

　　虽然谢灵运在诗歌创作上取得了很高的成就，但也存在着一些缺点。最明显的是玄言词句多，大大地损害了山水诗恬淡自然的意境。使用典故过多，有时给读者以艰涩之感，失掉了诗歌所应有的谐畅之情味。过分追求句子的对偶和文字的雕饰，有时难免露出斧凿之痕，往往有句无篇。结构多半用叙事—写景—说理的三段式，前后两部分往往枯燥乏味。谢灵运作为高门士族的代表，精通玄学佛理，这就决定了他的诗十分典型地反映了高门士族文人的精神风貌。他的诗作内容单薄，感情压抑平缓。由于远离现实生活，谢诗不再具有建安文人那种建功立业的激情和正始诗人忧惧祸患的苦闷后的狂放。

　　尽管如此，谢灵运仍然是扭转玄言诗风，开创山水诗派的第一位诗人，他开辟了诗歌表现的新领域，当时的不少诗人如谢惠连、谢庄、汤惠休、谢朓，唐代的王维、孟浩然、李白等都曾受到他的深刻影响。① 如王籍"为诗慕谢灵运"（《南史·王籍传》），伏挺"为五言诗，善效谢康乐体"（《南史·伏挺传》），萧晔"与诸王共作短句诗，学谢灵运体"（《南齐书·武陵王晔传》）。此外，后来何逊、阴铿、吴均的山水诗创作明显受谢灵运题材的启发。钟嵘称"谢客为元嘉之雄"，萧统《文选》列刘宋诗人十位，诗九十七首，其中谢灵运四十首，颜延年二十一首，而萧子显在《南齐书·文学传论》中称谢诗为一派。此后"颜谢"、"鲍谢"、"大小谢"并称都可看出谢灵运在齐梁文坛的影响。唐白居易《读谢灵运诗》说："谢公才廓落，与世不相遇。壮志郁不用，须有所泄处。泄为山水诗，逸韵谐奇趣。大必笼天海，细不遗草树。岂惟玩景物，亦欲摅心素。往往即事中，未能忘兴谕。因知康乐作，不独在章句。"白居易结合谢灵运生平来评论他的创作甚为恰当，从中也可窥见谢灵运对后世诗歌的影响。

从陶渊明到谢灵运的诗风转变，正反映了两代诗风的嬗递。② 如果说陶渊明是结束了一代诗风的集大成者的话，那么谢灵运就是开启了一代新诗风的首创者。在谢灵运大力创作山水诗的过程中，为了适应表现新的题材内容和新的审美情趣，出现了"情必极貌以写物，辞必穷力而追新"和"性情渐隐，声色大开"的新特征。这一新的特征乃是伴随着山水诗的发展而出现的，它成为诗运转变的关键因素，深深地影响着南朝一代诗风，成为南朝诗风的主流。而且这种诗风对后来盛唐诗风的形成，也有着十分积极的意义。

---

① 顾绍柏说："像唐代的王维、孟浩然、韦应物、柳宗元、孟郊，宋代的杨万里、范成大这些以山水田园诗著称的诗人，受灵运的影响自不必说了，就是在诗歌领域有着多方面成就的大诗人如李白、杜甫、白居易、苏轼、辛弃疾、陆游等，无不受到灵运山水诗的熏陶。到元、明、清乃至近代，凡是模山范水的人，大约头脑里免不了要出现灵运的影子。"《谢灵运集校注前言》，中州古籍出版社 1987 年版。

② 袁行霈说："陶渊明和谢灵运诗歌艺术的不同，不仅是他们个人的差异，也是时代风尚的差异。从陶渊明到谢灵运的转变，反映了两代诗风的嬗递。正如沈德潜《说诗晬语》所说：'诗至于宋，性情渐隐，声色大开，诗运转关也。'中国古典诗歌的发展，先后经历了重性情的阶段和重声色的阶段。一旦性情和声色完美地统一起来，就形成了诗歌的高潮，这就是盛唐时代的到来。"（《中国诗歌艺术研究·陶谢诗歌艺术的比较》，北京大学出版社 1996 年 6 月第 1 版）

第二节　颜 延 之

颜延之(384—456),字延年,琅琊临沂(今山东临沂市)人。先仕晋。入宋后,官至光禄大夫,故又称颜光禄。他自幼孤贫好学,博览群书,文章之美,冠绝当时。为人好酒疏诞,不肯曲阿权要。其子颜竣助孝武帝刘骏有功,执掌朝政,但"凡所资供",颜延之"一无所受",并对其子说:"平生不喜见要人,今不幸见汝。"《南史·本传》称他"居身俭约,不营财利,布衣蔬食,独酌郊野,当其为适,傍若无人"。他尊重陶渊明,写《陶徵士诔》;同情屈原,写《祭屈原文》。对屈原、陶渊明、阮籍、嵇康的人品与文章作了高度的评价。可见,他是一个方正之士。明人辑有《颜光禄集》。

南朝初期,颜延之与谢灵运齐名。《诗品》说:"谢客为元嘉之雄,颜延年为辅。"沈约《宋书·谢灵运传论》中也说:"爰逮宋氏,颜谢腾声。"颜谢在齐梁时代是被一致公认的元嘉诗坛代表。但颜延之文学上的成就远不能与谢灵运相比。他的诗歌刻意雕琢,句句用典,讲究对偶,所以钟嵘《诗品》说他"句无虚语,语无虚字","动无虚散,一句一字,皆致意焉"。《南史·颜延之传》记载,颜延之曾问鲍照,其诗歌跟谢灵运相比,谁优谁劣。鲍照回答:"谢五言如初发芙蓉,自然可爱;君诗如铺锦列绣,亦雕缋满眼。"铺锦列绣,非不艳丽,但缺乏动人的情致,终是没有生命力的。这类作品,典型地代表了当时形式主义的创作风尚。颜诗现存的大多数作品都是应酬唱和之作,这些诗较倾向于显示学问才华。"病在刻镂太甚,力作高雅,把诗歌热情诚挚的真意,消融在恭敬、冷静的客套语中去了。"[①]钟嵘《诗品》说颜延之的诗"其源出于陆机",这是指他们都有语言艰深、辞藻华丽、喜铺陈、重夸饰等艺术形式方面的特点。尤其是颜诗,得陆机诗歌铺陈整赡的长处,好用典故和对仗句式,是潘陆以来诗歌修辞化倾向的发展,因此颜诗的语言虽穷极典雅、华美,同时却形成了繁密深重的毛病。这在当时很能投合士族文人的口味。

不过,在特别的场合,颜诗往往一改典雅凝重的风格,而流露出一片真情。如《五君咏》、《北使洛》就是这样的作品。《五君咏》中的人物为西晋竹林七贤中人(山涛、王戎因入仕晋室被摒除),颜延之作诗吟咏以自明其志。其中《阮步兵》、《嵇中散》两篇尤为出色:

---

① 骆玉明、张宗原《南北朝文学》,安徽教育出版社1991年8月第1版。

阮公虽沦迹，识密鉴亦洞。沉醉似埋照，寓辞类托讽。长啸若怀人，越礼自惊众。物故不可论，途穷能无恸！（《阮步兵》）

中散不偶世，本自餐霞人。形解验默仙，吐论知凝神。立俗忤流议，寻山洽隐沦。鸾翮有时铩，龙性谁能驯。（《嵇中散》）

《阮步兵》咏阮籍虽隐晦其行迹，但内心明白如镜。"寓辞类托讽"，指出了阮籍的代表作《咏怀》诗刺讥世事的内容和隐晦曲折的风格。颜延年认为："嗣宗身仕乱朝，常恐罹谤遇祸，因兹发咏，故每有忧生之嗟。虽志在刺讥，而文多隐避，百代之下，难以情测，故粗明大意，略其幽者也。"①表明了他对阮籍为人和作品的独特见解。很显然，颜延之借咏阮籍，抒发了自己怨愤的情绪。《五君咏》以古事喻自己的怀抱，不但写出了竹林七贤中人的精神面貌，也暗寓自己的为人旨趣，倾向鲜明，语言淳朴，无用事之病，在南朝模山范水的诗坛上，表现出继承魏晋风度的独特成就。

颜延之于义熙十二年（416）因刘裕北伐，奉使到过洛阳，②途中写了两首诗，一为《北使洛》，一为《还至梁城作》，"文辞藻丽，为谢晦、傅亮所赏。"其中不乏佳句：

伊瀍绝津济，台馆无尺椽。宫陛多巢穴，城阙生云烟。（《北使洛》）

故国多乔木，空城凝寒云。丘垄填郛郭，铭志灭无文。木石扃幽闼，黍苗延高坟。（《还至梁城作》）

这里描写北地荒凉毁坏的残破景色，又充满故国山河黍离之叹，语言朴素，流露了内心悲怆的真情实感。确可称作"体裁绮密，然情喻渊深"（《诗品》）之作。

第三节　鲍　照

鲍照（约414—466），字明远，祖籍上党，后迁于东海（今江苏涟水附近）。出身寒微，少有文思，"幼性猖狂，因顽慕勇。"（《侍郎报满辞阁疏》）《南史》本传载：时临川王刘义庆招聚文学之士，鲍照虽已谒见义庆，却未蒙赏识，于是

①　萧统《文选》，唐李善注，上海古籍出版社1986年6月第1版。
②　见缪钺《读史存稿·颜延之年谱》，生活·读书·新知三联书店1963年3月第1版，第131页。

献诗言志。有人以为鲍照地位太低，想劝阻他，鲍照勃然大怒说："千载上有英才异士沉没而不闻者，安可数哉！大丈夫岂可遂蕴智能，使兰艾不辨，终日碌碌，与燕雀相随乎？"因此博得了刘义庆的赏识，当了临川王国侍郎。后充任过始兴王刘濬、衡阳王刘义季等国侍郎，入朝任过太学博士。《宋书·临川王义庆传》也提及鲍照在元嘉中因献《河清颂》被擢为中书舍人的事实。宋文帝爱好文学，不愿别人超过自己，鲍照为文故作"鄙言累句"以迎合其意，人称鲍照才尽。此外他还先后担任过海虞令、秣陵令、永嘉令等低级地方官，最后成为荆州刺史、临海王刘子顼的前军刑狱参军，兼掌书记之任。刘子顼举兵叛乱失败，鲍照被乱兵所杀。卒年五十余。

　　鲍照一直反抗士族门阀制度，同时他的一生又是郁郁不得志和悲剧性的。他尽管出身低微，很难取得较高的政治地位，却自始至终保持着强烈的不可遏止的功名欲望，在《飞蛾赋》中他写道："本轻死以邀得，虽糜烂其何伤，岂山南之文豹，避云雾而岩藏！"竭尽全力地显示才华，不顾一切地争夺政治地位，被他作为实现人生价值的唯一目标。因此，当个人的努力受到社会、政治的压抑时，往往激起他强烈的不平，他愤世嫉俗：

　　　　瓜步山者，亦江中渺小山也，徒以因迥为高，拒绝作雄，而临清瞰远，擅奇含秀，是亦居势使之然也。故才之多少，不如势之多少远矣。（《瓜步山楬文》）

这正是窥透鲍照作品所以构成独特风格的门径。在他的身上表现出来的不是儒家传统的入世精神，而是对个人人生价值的积极追求。尽管这种追求实现的可能性很小，但他仍然坚持不懈地进行着努力，甚至付出了生命的代价。因而，"鲍照的诗文常常是用一种急促的节奏倾泻出来的、充满着感情色彩的文字，冲动、激荡和紧张，其格调之险急、力度之强烈、色泽之浓郁、词藻之艳丽，形成了一种从未有过的，着意追求刺激的整体风貌。"[①]《南齐书·文学传》云："发唱惊挺，操调险急，雕藻淫艳，倾炫心魂，斯鲍照之遗烈也。"可见鲍照在当时已"自成一家"。

　　鲍照诗歌现存约二百首，其中乐府凡八十余篇，除《吴歌》三首、《中兴歌》十首为当时流行之五言四句体外，其余皆属古调，即拟汉乐府。这些作品有五言乐府和杂言乐府。作者将人生遭遇的各种悲愁苦闷和怨愤不平

---

　　① 骆玉明、张宗原《南北朝文学》，安徽教育出版社1991年8月版，第79页。

的意绪发而为诗,因而诗歌的突出内容,就是表现其建功立业的强烈愿望,抒写寒士备遭压抑的痛苦,其中充满对门阀社会的不满情绪和抗争精神,代表了寒士不平的呼声。

鲍照的主要贡献在乐府诗,特别是七言和杂言乐府诗。鲍照是到南北朝为止创作乐府诗最多的诗人,被誉为"乐府狮象"①。

鲍照的七言和杂言乐府诗中最杰出的代表作是《拟行路难》十八首。以诗中"余当二十弱冠辰"、"弄儿床前戏,看妇机中织"考之,这组诗当为作者少年之作。《乐府古题要解》说:"《行路难》,备言世路艰难及离别悲伤之意。"《行路难》在晋宋间已风行,不但歌辞感人,音乐也哀婉,到鲍照"亦有得于声道之助耳"②。也就是说,鲍照这十八首,仍是依据它的本来题旨所写的。这一组诗,表现了受压抑的下层知识分子对门阀制度的强烈愤慨——这是鲍照诗歌中最为普遍的主题。诗人或直抒胸臆,或托物寄怀,紧紧地围绕"人生"这一主题反复吟咏,极其强烈地抒发了诗人对于时光易逝、人生无常的悲哀,对于人世不平、世事多艰的愤慨,对于更高的人生价值与理想的追求。如《拟行路难》其一:

> 奉君金卮之美酒,瑇瑁玉匣之雕琴。七彩芙蓉之羽帐,九华蒲萄之锦衾。红颜零落岁将暮,寒光宛转时欲沉。愿君裁悲且减思,听我抵节行路吟。不见柏梁铜雀上,宁闻古时清吹音。

组诗开篇,诗人触物兴怀,不可遏止地咏叹他对时光易逝、人生无常的悲哀。"这种对于生死存亡的重视、哀伤,对人生短促的感慨、喟叹,从建安直至晋宋,从中上层直到皇家贵族,在相当长的一段时间中和空间内弥漫开来,成为整个时代的典型音调。"③鲍照在《拟行路难》十八首中所咏叹的正是这样一种"典型音调",而且他吟咏得格外集中、尖锐而强烈。

> 泻水置平地,各自东西南北流。人生亦有命,安能行叹复坐愁!酌酒以自宽,举杯断绝歌路难。心非木石岂无感,吞声踯躅不敢言。(《拟行路难》其四)

---

① 王夫之《古诗评选》,张国星校点,文化艺术出版社1997年3月版。
② 萧涤非《汉魏六朝乐府文学史》,人民文学出版社1984年3月版。
③ 李泽厚《魏晋风度》,载《中国哲学》第二辑;又见《美的历程》,安徽文艺出版社1994年1月版。

对案不能食，拔剑击柱长太息。丈夫生世会几时，安能蹀躞垂羽翼！弃置罢官去，还家自休息。朝出与亲辞，暮还在亲侧。弄儿床前戏，看妇机中织。自古圣贤尽贫贱，何况我辈孤且直！（《拟行路难》其六）

前首以自然界中的水泻地比喻人的家庭出身决定人的不同命运，由此突现出一个"愁"字，所叹者愁，酌酒为消愁，悲歌为泻愁，不敢言者更添愁。正如沈德潜所说，此诗"妙在不曾说破，读之自然生愁"（《古诗源》卷十一）。后首表现了才高气盛、敏感自尊的诗人在社会压抑下的苦闷。"弃置罢官去"以下数句，把诗人要求摆脱名利的羁绊，追求理想生活的意愿抒写得形象具体。最后两句体现了诗人对孤高、正直的内在人格的追求和坚持。又如《拟行路难》其三：

璇闺玉墀上椒阁，文窗绣户垂罗幕。中有一人字金兰，被服纤罗蕴芳藿。春燕参差风散梅，开帏对景弄禽爵。含歌揽涕恒抱愁，人生几时得为乐？宁作野中之双凫，不愿云间之别鹤。

这是一首托物抒情的七言诗，从字面上看它似乎是表现了一位贵妇在春天来临之际哀叹自己爱情的不幸，表达了她对美满爱情的强烈愿望。然而我们披文以入情地分析诗人的言外之意，不难看出它表现的仍然是诗人自己对于人生失意的感受。诗人为了表达对于理想人生的执著追求，由直抒胸臆而变为托物抒情，借盛年女子青春年华却独守空房得不到爱情的遭遇，比喻志士有才能却不得施展的不公平处境，从而哀叹诗人个人的不幸。

描写游子、思妇和弃妇的诗在鲍照诗中占有相当比例。这些诗歌的共同特点是哀怨凄怆，情感真挚，寓意鲜明。如《拟行路难》其十三，描写征夫思念家人和故乡的情怀："我初辞家从军侨，荣志溢气干云霄。流浪渐冉经三龄，忽有白发素髭生。今暮临水拔已尽，明日对镜复已盈。但恐羁死为鬼客，客思寄灭生空精。每怀旧乡野，念我旧人多悲声。"其十二则描写思妇对游子的思念："执袂分别已三载，迩来寂淹无分音。朝悲惨惨遂成滴，暮思绕绕最伤心。膏沐芳余久不御，蓬首乱鬓不设簪。"借普通百姓的悲哀描写人生多艰，以抒发诗人自己的共鸣。鲍照另有《梅花落》一诗：

中庭杂树多，偏为梅咨嗟。问君何独然？念其霜中能作花，露中能作实。摇荡春风媚春日，念尔零落逐寒风，徒有霜华无霜质！

这首诗用比兴手法借梅喻人,赞誉正直而有才华的寒士具有"梅"的坚强品性,同样悲悯其怀才不遇的不幸,而将那些"摇荡春风媚春日,念尔零落逐寒风,徒有霜华无霜质"的杂树,比作平庸无节操的权贵,其间,流露出对现实不合理现象的强烈不满和对正直人格的崇尚。这首诗与《拟行路难》主题是一致的,而直抒胸臆和托物抒情手法的交互运用亦与《拟行路难》异曲同工。

《许彦周诗话》说:"明远《行路难》壮丽豪放,诗中不可比拟,大似贾谊《过秦论》。"刘熙载《艺概》说:"明远长句,慷慨任气,磊落使才,在当时不可无一,不能有二。""鲍照《行路难》、《梅花落》这一类七言和杂言乐府,在音调句法方面都有全新的创造,是南朝文人乐府最杰出的作品。歌行里流转奔放一派从这里开端,对于唐诗有极显著的影响。"①这些评论,诗人是当之无愧的。

此外,鲍照的五言乐府和古诗,不少篇章都围绕一个基本主题。正如方虚谷在谈到他的咏史诗时所概括的那样:"明远多为不得志之辞,悯夫寒士下僚之不达,而恶夫逐物奔利者之苟贱无耻,每篇必致意于斯。"②而描写边塞战争,反映征夫戍卒的生活,是鲍照诗歌内容的一个重要方面。如《代出自蓟北门行》:

> 羽檄起边亭,烽火入咸阳。征骑屯广武,分兵救朔方。严秋筋竿劲,房阵精且强。天子按剑怒,使者遥相望。雁行缘石径,鱼贯度飞梁。箫鼓流汉思,旌甲被胡霜。疾风冲塞起,砂砾自飘扬。马毛缩如猬,角弓不可张。时危见臣节,世乱识忠良。投躯报明主,身死为国殇。

着力描写边塞将士誓死报国的决心和诗人建功立业的愿望,与"梗概多气"的建安诗风甚为相近。又如《代东武吟》写一位征战一生、年老归来的士兵的痛苦:

> 主人且勿喧,贱子歌一言。仆本寒乡士,出身蒙汉恩。始随张校尉,召募到河源。后逐李轻车,追房穷塞垣。密途亘万里,宁岁犹七奔。肌力尽鞍甲,心思历凉温。将军既下世,部曲亦罕存。时事一朝异,孤绩谁复论?少壮辞家去,穷老还入门。腰镰刈葵藿,倚杖牧鸡豚。昔如鞲上鹰,今似槛中猿。徒结千载恨,空负百年

---

① 余冠英《乐府诗选》,人民文学出版社 1953 年 12 月第 4 版,第 189 页。
② (元)方虚谷《文选颜、鲍、谢诗评》,(元)方回撰上海古籍出版社 1993 年 8 月版。

怨。弃席思君幄，疲马恋君轩。愿垂晋主惠，不愧田子魂。

最后两句是说希望国家像晋文公不捐弃席，像田子方对待老马那样避免老而见弃。描写人生各种愁怨，反映百姓疾苦和统治者横征暴敛，在鲍照诗中也占独特地位。《拟古》其六就是这方面的代表作品。

束薪幽篁里，刈黍寒涧阴。朔风伤我肌，号鸟惊思心。岁暮井赋讫，程课相追寻。田租送函谷，兽藁输上林。河渭冰未开，关陇雪正深。笞击官有罚，呵辱吏见侵。不谓乘轩意，伏枥还至今。

黄节注此诗说："幽篁里无薪，寒涧阴无黍。物之失所也。"此注甚确。"物之失所"正暗喻劳动人民失去土地，"收以乘轩、伏枥，相对成文，亦见人之失所。"陈胤倩曰："固是实事真至，此等最为少陵所摹。"方植之曰："极贱隶之卑辱，以寄慨不得展志大用于世也。而诗之警妙，皆杜韩所取则，亦开柳州。"鲍照的这些诗歌，不仅与《诗经·国风》和汉魏乐府民歌的传统精神一脉相承，而且在元嘉诗中也展现出崭新的时代精神。明人胡应麟云："宋人一代，康乐外，明远信为绝出，上挽曹、刘之逸步，下开李杜之先鞭。第康乐丽而能淡，明远丽而稍靡。淡故居晋宋之间，靡故涉齐梁之轨。"①其间透露了鲍照对齐梁诗歌有开启之功的消息。

鲍照诗歌的艺术风格俊逸豪放，奇矫凌厉，但在当时却被目为"险俗"或"险急"。首先，从诗歌的思想内容与情调来看，鲍照抒发了贫寒之士的人生感触，表现为昂扬激越之情，慷慨不平之气和难以压抑的怨愤。他通过描写边塞战争、征夫戍卒以及游子、思妇和弃妇的生活等各个层面，描绘了人生的艰难感受，写情曲折有致，收到了意苦笔曲的美学效果。这种情感使他从乐府里获得了解放，他代表了"向统治阶级要求民主的具体斗争"的艺术表现形式。② 在当时是清新的，也是更为有力的，因而鲍照成为南北朝最为杰出的诗人。

其次，从艺术形式、表现技巧等方面看，鲍照的诗歌尤其是乐府诗，多得益于汉魏乐府古诗及南朝民歌，他模拟的古诗，主要是古诗十九首、建安诗、阮籍《咏怀诗》、左思《咏史诗》等，因此风格比较刚健清新，他是建安风骨的

---

① 明胡应麟《诗薮外编》卷二，上海古籍出版社 1980 年版。
② 林庚《中国文学简史》，北京大学出版社 1995 年 7 月版。

继承者。鲍照《拟行路难》,其机杼出自陈琳《饮马长城窟》,这正是他高出同辈诗人的地方。他学习汉魏乐府,当时,不少文人也在学习民歌,但主要学习的是江南民歌和荆楚新声,鲍照却是"出入汉魏,自铸伟词,使汉乐府得以振拔","其为乐府,能稍存汉魏之宗旨,惟鲍照一人矣"(夏敬观《八代诗评》),这也是他不同流俗的地方。① 同时鲍照还注意学习南朝乐府民歌,创作了《吴歌》三首、《采菱歌》七首、《幽兰》五首、《中兴歌》十首等。学习民歌,在当时曾被文坛盟主颜延之等人轻视,鲍诗也被视为"俗"。鲍照就是在这些俗体调的诗中,以跳荡雄肆、酣畅淋漓的笔力,"慷慨任气,磊落使才"(刘熙载《艺概·诗概》),尽情发泄孤寒之士的慷慨不平和激愤之情。特别值得注意的是,鲍照模拟和学习乐府,不仅得其风神气骨,自创格调,而且还发展了七言诗,创造了以七言体为主的歌行体,变逐句押韵为隔句押韵,同时还可以自由换韵,从而为七言歌行体奠定了发展的基础。此外,他有意识地仿制民歌,逐渐形成了文人的五言绝句。

其三,鲍照诗歌的语言不避俚俗,汲取"里巷歌谣"的营养,"颇伤清雅之调"。他以一气呵成的七言,冲破了五言的藩篱。《鲍照集》中许多诗篇,语言硬朗奇特,多用散体,这是与当时风气格格不入的,与元嘉颜谢作风亦颇不相同。但他形成了俊逸的文势。"六朝文气衰缓,唯刘越石、鲍明远有西汉气骨,李杜筋于此。"②就此而言,鲍照的诗歌成就,远远超出了以颜延之为代表的"错彩镂金"式的士大夫的"雅致"。他的诗以凌厉之势和"发唱惊挺"的独特魅力,不仅在当时别开生面,而且也深得后代诗人与诗论家的赞许。如唐杜甫就曾以"俊逸鲍参军"(《春日忆李白》)来称美李白,宋代敖器之说"鲍明远如饥鹰独出,奇矫无前"(《诗评》),明代陆时雍说"鲍照才力标举,凌厉当年,如五丁凿山,开人世之所未有。当其得意时,直前挥霍,目无坚壁矣。骏马轻貂,雕弓短剑,秋风落日,驰骋平冈,可以想此君意气所在"(《诗镜总论》),清刘熙载说"'孤蓬自振,惊沙坐飞',此明远赋句也,若移以评明远诗,颇复相似",又说明远"惊遒绝人"(《艺概·诗概》),这些都足以说明鲍照诗歌突破时风、俊逸豪放、奇矫凌厉的风格在中国文学史上的突出地位。

---

① 刘文忠《中古文学与文论研究·鲍照诗文的艺术成就及其影响》,学苑出版社 2000 年 6 月版。

② (元)陈绎曾《诗谱》,见《历代诗话续编》,中华书局 1983 年 8 月第 1 版。

第五章 永明体与齐梁诗坛

第一节 沈约、谢朓与永明体

南齐永明年间（齐武帝萧赜年号，483—493），文坛上发生了重要的变化，文学创作中自然音律转变为人工音律。这是中国诗歌史上的一次新变。《梁书·庾肩吾传》称："齐永明中，王融、谢朓、沈约文章始用四声，以为新变，至是转拘声韵，弥尚丽靡，复逾于往时。"这时的诗歌创作呈现出新的面貌，在题材、内容上，继承前人已辟的蹊径有所拓展，在表现形式上，除上承建安以来渐重辞采、对偶和用典外，又进而讲求声律，转尚清绮。王闿运在《八代诗选》中直接称之为"新体诗"。这里的"新"，就是指声律而言。从此，"新体诗"成为古体诗与近体诗之间的一种过渡形式。

最初提出声律论的，当推陆机《文赋》，其次便是刘宋范晔《狱中与诸甥侄书》。[①] 自觉地运用声律论从事文学创作的，则是永明时代的文人作家。

声律论的兴起与四声的辨别有着密切的关系。《南史·陆厥传》载：

> 永明时盛为文章，吴兴沈约、陈郡谢朓、琅邪王融，以气类相推毂；汝南周颙，善识声韵。约等文皆用宫商，以平上去入为四声，以此制韵，有平头、上尾、蜂腰、鹤膝，五字之中，音韵悉异；两句之内，角徵不同，不可增减，世呼为"永明体"。

发现四声，并将它运用到诗歌创作中而成为一种人为规定的声韵，这就是永明新体诗产生的过程。四声是根据汉字发声的高低、长短而定的，音乐中按宫商角徵羽的组合变化，可以演奏出各种优美动听的乐曲，诗歌则可以根据字词声调的变化，按照一定的规则组合，以达到铿锵和谐、富有音乐节奏美

---

① 陆机《文赋》："暨音声之迭代，若五色之相宣。"范晔《狱中与诸甥侄书》曰："此中情性旨趣，千条百品，屈曲有成理。自谓颇识其数，尝为人言，多不能赏，意或异故也。性别宫商，识清浊，斯自然也。"明确提出清浊的声律概念。

的效果。沈约在强调文章音节抑扬的重要性时说:"夫五色相宣,八音协畅,由乎玄黄律吕,各适物宜。欲使宫羽相变,低昂互节,若前有浮声,则后须切响。一简之内,音韵尽殊;两句之中,轻重悉异,妙达此旨,始可言文。"(《宋书·谢灵运传论》)这与《南史·陆厥传》所云"五字之中,音韵悉异,两句之内,角徵不同"的要求是一致的。这也就是永明声律论的重要内容。由于永明体是第一次将四声原则运用到诗歌领域形成的五言新体诗,它不仅与参差错落、句子长短不一的古诗歌谣不同,且与汉魏平衡整齐的五言古诗也不同,所以又称"新体诗"。针对"自骚人以来,多历年代,虽文体稍精,而此秘未睹。至于高言妙句,音韵天成,皆暗与理合,匪由思至。张、蔡、曹、王,曾无先觉,潘、陆、颜、谢,去之弥远"(《宋书·谢灵运传》)的文学史现状,沈约提出声律理论的美学标准是:应该声调谐畅,音情顿挫,犹如五色相宣而变为锦绣。写作法则是:务使宫羽相变,不同声调的字互相搭配变化,使之高低互节,错落有致,即所谓的"若前有浮声,则后须切响",浮声相当于平声,切响相当于仄声。应达到这样的艺术效果:一句之中,音韵高低变化不同;一联(上下两句)之内,声调轻重悉异而谐美。把这种艺术形式固定下来,就形成必须遵循的"四声"法则。

在永明体产生的过程中,沈约所起的作用是不可忽视的。阮元《文韵说》云:"休文所矜为创获者,谓汉魏之音韵,乃暗合于无心,休文之音韵,乃多出于意匠也。"一出无心,一出意匠,即是从古诗到永明体的分别。其实问题的关键即在于沈约能将声律论的知识自觉应用到诗文创作的实践之中,而这一点正体现了他对诗歌发展的创造性贡献。

四声发现和永明体的产生,使诗人具有了掌握和运用声律的自觉意识,对于增强诗歌艺术形式的美感、增强诗歌的艺术效果,是有积极意义的。永明体的形式特征是:句式渐趋定型,以五言四句、八句为多,律句大量涌现,平仄相配的观念比较明确,但还没有形成粘的概念。此外,用韵由疏而密,押平声韵居多,押仄声韵很严,至于通韵很多已接近唐人。[1]

永明体开创之后,经历了一个完善阶段。永明体制的长短受到了宫廷文人的重视,总的倾向是追求篇幅短小。如《南齐书·武陵昭王晔传》记载:"晔与诸王共作短句诗,学谢灵运体,以呈,上报曰:'见汝二十字,诸儿作中最为优者。但康乐放荡,作体不辨有首尾,安仁、士衡深可宗尚,颜延之抑其

---

① 刘跃进《门阀士族与永明文学》,生活·读书·新知三联书店 1996 年 3 月版。

次也。'"齐高帝并非深知诗者,但他肯定萧晔二十字短诗是诸儿作品中最优秀的,在当时是有进步意义的。同时他指出康乐诗"放荡"、"作体不辨有首尾"的冗长之病,这一意见恐怕代表了当时普通人的观点。后来梁太子萧纲对当时诗风不满,在《与湘东王书》中批评时风"学谢不届其精华,但得其冗长",也是出于对永明新体诗篇幅短小的赞同。他明确表态:"吾辈知无所游赏,止事披阅,性既好之,时复短咏。""至如近世谢朓、沈约之诗,任昉、陆倕之笔,斯实文章之冠冕,述作之楷模。"当时谢朓、沈约谢世已近三四十年,但其诗歌体制对后世影响是很大的。可见,永明声律论和新体诗的出现,揭开了我国诗歌史上从比较自由的古体向格律严谨的近体转变的崭新一页,为齐梁文学的演变发展奠定了理论基础,也为唐代格律诗的最后形成和发展在形式上作好了充分的准备。

沈约(441—513),字休文,吴兴武康人。他一生经历宋齐梁三代,年寿既长,官位又高,在齐梁之际执文坛牛耳。父沈璞,宋文帝元嘉末为淮南太守。刘劭弑父自立,刘骏起兵讨伐,沈璞犹豫不敢响应,在刘骏即位后被杀。当时沈约年十三岁,逃窜他乡,遇赦得免。他自小孤贫流离,而笃志好学,昼读夜诵,博通群籍。仕宋,官至尚书度支郎。入齐,为文惠太子属官,素受信任倚重。永明中又常游于竟陵王萧子良藩邸。萧衍禅齐,沈约与范云共参决策大计。因功迁尚书仆射,封建昌县侯,累官至尚书令。但晚年与萧衍关系恶化,终至忧惧而死,年七十三岁,谥号"隐",故世人又称"沈隐侯"。

在永明体诗人中,沈约在当时甚有名望,诗歌成就也较为突出。《诗品》以"长于清怨"概括沈约诗歌的风格特色。这种特征主要表现在他的山水诗和离别哀伤诗中。

沈约的山水诗清新中透露出哀怨感伤的情调。如《登玄畅楼》:

> 危峰带北阜,高顶出南岑。中有陵风榭,回望川之阴。危险每增减,端平互浅深。水流本三派,台高乃四临。上有离群客,客有慕归心。落晖映长浦,焕景烛中浔。云深岭乍黑,日下溪半阴。信美非吾土,何事不抽簪?

写景清新而又自然流畅,尤其是对变化中景物的捕捉,使诗歌境界具有动态之势。作者以临高台映衬离群客的孤独形象,并将人物形象的"归心"与眼前景融为一体。又如《秋晨羁怨望海思归》:

　　　　分空临澥雾，披远望沧流。八桂暖如画，三桑眇若浮。烟极希丹水，月远望青丘。

全诗展示出空阔的水天一色、烟波浩荡的辽远景色，烘染出羁怨、思归之情，景阔情浓，堪称齐梁山水诗中的上乘之作。

　　沈约的离别诗具有"清怨"的特点。代表作为《别范安成》：

　　　　生平少年日，分手易前期。及尔同衰暮，非复别离时。勿言一樽酒，明日难重持。梦中不识路，何以慰相思？

作者通过少年与老年两个不同时期面对离别的不同心境的描摹，表达了"今日"极其复杂的惜别之情。摹写别情，如此深沉、婉转，这在永明新体诗中，应算是难得的成熟佳作。

　　沈约的《八咏》诗，无疑是其诗集中的压卷之作。诗作于出守金华时，共八首，这一组诗在永明以后的诗歌中可推为鸿篇巨制。八个诗题合在一起又恰成完整的五言八句。这种写法正是刚刚兴起的"赋得"体的衍化。[1] 当时萧子良已经病故，沈约瞻念前途，茫然无依，悲凉抑郁之情，在诗中一泻无余。八首中一、二两首，工稳典丽，怨而不怒。后六首奔放流逸，诗的体制也很特别，这类诗体对在南北战争中由南入北和北人学南的文人诗作影响颇大。这组诗形式自由，三五七言和辞赋、骚体杂糅，对齐梁赋体影响也很大。沈约的骈文也杂用了不少诗句，这种情况，发展到萧纲、萧绎、徐陵、庾信，即改变了辞赋的一代风气，形成了明显的诗赋分体又互相渗透的现象。

　　此外，沈约还是齐梁宫体诗的前驱。[2] 他的《六忆》是这方面的代表作品。"忆眠时，人眠强未眠，解罗不待戏，就枕更须牵。复恐旁人见，娇羞在烛前。"此外《梦见美人》、《临春风》、《洛阳道》等都是类似的作品。

　　总之，沈约对齐梁文学的影响，不仅表现在新体格律的倡导和创作实绩上，而且他以文坛领袖的身份奖掖后进上。对谢朓的诗，沈约说："二百年来无此诗也。"（《南史·谢朓传》）对何逊的才能，他也备加称誉，曾亲口对何逊说："吾每读卿诗，一日三复，犹不能已。"（《南史·何逊传》）其他如《南史》中

---

① 曹道衡、沈玉成《南北朝文学史》，人民文学出版社1991年版，第174页。
② 骆玉明、张宗原《南北朝文学》；又见傅刚《永明文学至宫体文学的嬗变与梁代前期文学状态》，《社会科学战线》1997年第3期。

《何澄传》、《刘显传》、《王筠传》、《刘孺传》、《谢举传》等都留下了沈约对他们奖誉勉励的记载。最能说明问题的是，刘勰著成《文心雕龙》后，负书于途伺候沈约的车驾，沈约读后大加赞赏，刘勰因而名播京师。据说钟嵘写成《诗品》后，意欲求誉于沈，遭到了拒绝，因而抱憾终身。不过沈约诗歌的成功之作，数量确实不多。王夫之《古诗评选》卷五评沈约《古意》诗："首尾裁净。'明月虽外照，宁知心内伤'，休文得年七十三，吟成数万言，唯此十字为有生人气。其他如败鼓声，如落叶色，庸陋酸滞，遂为千古晋诗宗祖。"

真正能够代表永明新体诗的艺术成就，而获得后人高度称誉的是"竟陵八友"中的谢朓。

谢朓（464—499），字玄晖，陈郡阳夏（今河南太康附近）人。其母为宋文帝第五女长城公主。他一生中大部分时间都在齐高祖、齐武帝两代诸王府任职。永明五年（487）预竟陵王萧子良西邸之游，永明九年（491）随王子隆至荆州，十一年（493）还京，为骠骑谘议领记室。明帝时，掌中书诏诰。建武二年（495），出为宣城太守，又以这一时期创作诗歌的成就最高，故后世称之为"谢宣城"。永元元年（499）三十六岁时在统治集团内部斗争中入狱死去。

谢朓和沈约、王融并称"永明体"创始人，但就诗歌成就而论，历来尤推谢朓为杰出，沈约称谢朓"二百年来无此诗也"，钟嵘《诗品》也记载，齐、梁人论诗，以为"谢朓古今独步"。

从谢朓现存的200余首诗歌来看，其风格初步形成于永明初期出入于萧子良西邸之时；成熟于永明八年（490）赴江陵任随王文学前后；至隆昌、建武而进入创作生涯中的极盛时期，在出入宣城期间尤多名作。

永明前期，谢朓在诗坛上虽没有取得很高的地位，但从现存诗作中，可见出他已初露才华。如著名的《游东田》：

> 戚戚若无惊，携手共行乐。寻云陟累树，随山望菌阁。远树暧阡阡，生烟纷漠漠。鱼戏新荷动，鸟散余花落。不对芳春酒，还望青山郭。

"远树"二句写远景静态，"鱼戏"二句写近景动态，两者都很生动传神，共同组成了一幅参差错落、动静相谐的春景画面，流露了作者在良辰美景中的愉悦心情。这一时期，谢朓与王融、王秀哲等人相唱和的一些五言四句的小诗尤具特色：

> 绿草蔓如丝，杂树红英发。无论君不归，君归芳已歇。（《王孙游》）

佳期期未归,望望下鸣机。徘徊东陌上,月出行人稀。(《同王主簿有所思》)

这些诗大多采用乐府旧题,写思妇怀念丈夫的心情,颇具民歌色彩。借自然景物烘染衬托思妇心理,篇幅短小却含意隽永。

永明末,自谢朓从江陵被召回建康之后,到他出任宣城太守期间,是他创作的旺盛期。他经历了离乡游宦、被谗失意,在远游江陵、出守宣城期间,又经历了朝廷上层的政治斗争,游历了许多山水名胜。这时期的创作以《暂使下都夜发新林至京邑赠西府同僚》最为著名:

大江流日夜,客心悲未央。徒念关山近,终知返路长。秋河曙耿耿,寒渚夜苍苍。引领见京室,宫雉正相望。金波丽鳷鹊,玉绳低建章。驱车鼎门外,思见昭丘阳。驰晖不可接,何况隔两乡。风烟有鸟路,江汉限无梁。常恐鹰隼击,时菊委严霜。寄言蹑罗者,寥廓已高翔。

这首诗作于永明十一年(493)。当时作者的心情处于极度矛盾与苦闷之中。清吴淇在《六朝选诗定论》中强调谢朓离开荆州是由于"遭谗",并且认为他"幸其不再返"及急于回到京邑与家人相见,这是很有道理的。"大江流日夜,客心悲未央",看似脱口而出,实则含意深厚,笼罩全诗。后面两句"徒念关山近,终知返路长",则表达了急于离开是非之地和盼望与家人团聚的心情。"秋河"六句写"关山近","驱车"六句写"返路长",表达了对萧子隆的依恋,"风烟有鸟路,江汉限无梁",写自己思萧不见,反而不如鸟儿可以自由翱翔,一往情深。"常恐鹰隼击,时菊委严霜。寄言蹑罗者,寥廓已高翔。"最后两句"言己翔乎寥廓,罗者无如何也"(沈确士语)。[①] 何义门曰:"玄晖俊句为多,然求其一篇尽善,盖不易得,如此沉郁顿挫,固是压卷之作。"方植之曰:"何云'压卷',愚谓极才思情文之壮,纵横跌宕,悲慨淋漓,空绝前后,太白、杜、韩无以尚之。"

从江陵还建康以后,谢朓思想中的矛盾进一步加深,他一方面目睹仕途险恶,另一方面又因受知于齐明帝和眷恋禄位而不愿离去。这种情绪在不少诗中都有流露,如出任宣城太守时写下的名篇《之宣城郡出新林浦向板桥》:

---

① 南朝齐谢朓著,曹融南校注集说《谢宣城集校注》,上海古籍出版社 1991 年 11 月版。

　　江路西南永，归流东北鹜。天际识归舟，云中辨江树。旅思倦摇摇，孤游昔已屡。既欢怀禄情，复协沧州趣。嚣尘自兹隔，赏心于此遇。虽无玄豹姿，终隐南山雾。

　　从作者的内心来说，本有"怀禄"与归隐的矛盾，所以尽管诗的情调比起前一首要欢快些，但在欢快中又隐藏着忧虑。两诗同以江水起句，前诗壮阔，而此诗摇曳多姿。"天际识归舟，云中辨江树"两句，凝神远眺，思绪起伏。清初王夫之曾评这两句说："语有全不及情而情自无限者，心目为政，不悖外物故也。'天际识归舟，云中辨江树'，隐然一含情凝眺之人，呼之欲出。从此写景，乃为活景。"（《古诗评选》卷五）

　　谢朓最突出的贡献，就是对山水诗的发展和新体诗的探索。在山水诗方面，他继承了谢灵运山水诗细致、清新的特点，但又不同于谢灵运那种对山水作客观繁富的描摹的手法，而是通过山水景物的描写来抒发情感意趣，达到了情景交融的境界，从而避免了大谢诗的晦涩平板及情景割裂之弊，同时还摆脱了玄言的成分，形成了一种清新流丽的风格。《晚登三山还望京邑》是谢朓的代表作，作于赴宣城太守任途经三山时：

　　灞涘望长安，河阳视京县。白日丽飞甍，参差皆可见。余霞散成绮，澄江静如练。喧鸟覆春洲，杂英满芳甸。去矣方滞淫，怀哉罢欢宴。佳期怅何许，泪下如流霰。有情知望乡，谁能鬒不变。

诗人用王粲《七哀》"南登灞陵岸，回首望长安"和潘岳《河阳县》"引领望京室，南路在伐柯"诗意开头，"白日"以下六句细致地描绘了春天晚霞时分帝京的美丽景色，而这明媚秀丽的景色又与诗人羁旅思乡的情怀自然融合，显得深婉含蓄，具有很强的艺术感染力。诗中"余霞散成绮，澄江静如练"为千古名句，被人称为"吞吐日月，摘摄星辰"之句，亦使李白感叹"解道澄江静如练，令人常忆谢玄晖"（《金陵城西楼月下吟》）。谢朓现存的山水诗约有四分之一是在任宣城太守的两年中写成的。这些山水诗几乎每篇都相当出色。如《宣城郡内登望》、《冬日晚郡事隙》、《游敬亭山》、《高斋视事》、《春思》、《新治北窗和何从事》、《郡内高斋闲望答吕法曹》等，都以细腻、深蕴的笔法，出神入化地讴歌了自然景色，并细密地织入了情感的丝缕：

茹溪发春水，阤山起朝日。兰色望已同，萍际转如一。巢燕声上下，黄鸟弄俦匹。边郊阻游衍，故人盈契阔。梦寐借假寐，思归赖依瑟。幽念渐郁陶，山楹永为室。（《春思》）

在描绘山川时，"语皆自然流出"（刘熙载《艺概》），而感情的移入，更使人读来"觉笔墨之中，笔墨之外，别有一段深情妙理"（沈德潜《古诗源》卷十二）。

谢朓能生动形象、深婉入微地表现人情物态之美，形成独特风格，这和他优异的艺术表现才能密不可分。他远祖诗、骚，近承建安以来曹植、陆机、谢灵运、鲍照等的诗歌成就，又从乐府民歌中吸取营养，涵泳蕴藉，终于取得如此卓越的造诣。

谢朓诗以短小体制为多，大抵紧凑凝炼，体制完密，工于结构。少数长篇也严整有度，浑然一体。他工于发端，如"大江流日夜，客心悲未央"、"朔风吹飞雨，萧条江上来"都给人以深刻的印象。钟嵘曾评他的诗"末篇多踬"，后人对此多予申辩。如陈胤倩说：玄晖"结句幽寻，亦铿湘瑟，而诗品以为'末篇多踬'，理所不然……恒见其高，未见其踬。"抑扬之间，却嫌稍过。实则谢朓诗篇末多写念归、思隐之情，不免雷同，有的稍嫌平庸，如"有情知望乡，谁能鬒不变"之类；有的也颇似大谢理语作结，殊乏理致。但小谢诗中多落笔遒劲，含意深远，全诗浑然一体，可见出谋篇结体之工。梁萧绎评："至于谢玄晖，始见贫小，然而天才命世，过足以补尤。"[①]正是指这一特点而言。

谢朓诗歌语言流丽的特点也很明显。他注意观察物象动静，恰当选用平易清亮的词语，贴切自然地加以表现，根据诗篇需要敷陈色彩，摹写音响，所以能曲尽物态之妙，在表现上富有清绮之致。如"红叶当阶翻，苍苔依砌上"，"眇眇苍山色，沉沉寒水波"，"鱼戏新荷动，鸟散余花落"。有时还自创新词，注意推陈出新。正因为他遣词造语的独特造诣，用字简练精切，所以形成了特有的清新自然之风。钟嵘评说"奇章秀句，往往警遒"。

谢朓的诗，音律、语调渐渐和谐，读来有一种特别的音韵节奏之美，这正是处于古体、近体之间的新体诗声律上逐渐成熟的表现。时人沈约在文风上提倡"三易"，《怀旧·伤谢朓》代表了他对谢朓诗的赏音之叹："吏部信才杰，文峰振奇响。调与金石谐，思逐风云上。岂言陵霜质，忽随人事往！尺

---

① 萧绎《金楼子·立言》。

壁尔何冤？一旦同丘壤！"可见谢朓诗已着重于声律和语调的追求，与谢灵运、鲍照在修辞上偏重对仗、隶事已不相同。诗歌走上律体化道路以及律诗的产生，在诗歌史上是一种进步。谢灵运和谢朓相去仅几十年，但他们的作品分别标志了南朝诗歌中两个不同的时期。二谢之间的异同，正是"元嘉体"和"永明体"的异同，也是五言古体和新体的异同，而不应局囿于个人风格、成就的高下得失。①

谢朓诗歌在文学史上有着特殊的地位和影响。首先他踵事前修，把山水诗写作推向更成熟的境地，为盛唐山水田园诗派的兴起开辟了道路。其次，他在艺术上创构了融情于景、寄意象外的意境，为盛唐之音中山水诗歌艺术达到顶峰提供了经验。其三，他的俪偶精切、音律渐谐的新体诗体制，实际上为唐人严整成熟的律、绝诗范式作了准备。其四，他独特的清丽圆融的语言风格，也有助于唐代清新朗润、优美自然的诗风的形成。胡应麟《诗薮》说"（李）供奉之癖宣城也，以明艳合也"，"世目玄晖为唐调之始，以精工流丽故"，都说明了这一点。李白"一生低首谢宣城"，杜甫曾盛赞"谢朓每篇堪讽诵"，白居易也曾称美"谢朓篇章"，"玄晖诗变有唐风"，这些评语足以说明以谢朓为最高成就的永明新体诗，正是中国诗歌迈向黄金峰巅的逻辑中介。我们从这里会真正认识谢朓对唐代诗歌的影响及其在我国诗歌史上的特定地位。

第二节　齐梁诗人集团与梁陈诗人

齐、梁之际，以皇室成员为中心的文学集团对文学尤其是诗歌发展的影响更深刻。其中规模最大的主要有三大文学集团：南齐竟陵王萧子良文学集团，梁代萧衍、萧统文学集团，萧纲文学集团。

竟陵王萧子良②，礼才好士，倾意宾客，一时天下文士，纷纷归附其鸡笼山西邸。其中文学成就较为突出，在当时名声最高的无疑是"竟陵八友"。《梁书·武帝本纪》："竟陵王子良开西邸，招文学，高祖（即后来的梁武帝萧衍）与沈约、谢朓、王融、萧琛、范云、任昉、陆倕等并游焉，号曰'八友'。"他们和周颙等人创制了"永明体"，推动了新体诗的发展。萧衍曾任子良司徒西

---

① 曹道衡、沈玉成《南北朝文学史》，人民文学出版社1991年12月版。
② 萧子良（460—494），字云英，南朝齐南兰陵（今江苏常州市西北）人，齐武帝萧赜次子，封竟陵王，官至太傅。曾集文士于鸡笼山西邸，抄五经百家成《四部要略》千卷。今存《梧桐赋》及书启等二十余篇。明人集有《南齐竟陵王集》。《南齐书》、《南史》有传。

阁祭酒之职,其诗才在当时即已显露,史称其"下笔成章,千赋百诗,直疏便就,皆文质彬彬,超迈今古"(《梁书·武帝本纪》)。

以梁武帝萧衍和昭明太子萧统及萧纲、萧绎为中心的文学集团,对梁代文学的繁荣起着重要的促进作用。萧衍(464—549),字叔达,南兰陵(今江苏常州西北)人。本与齐代王室同宗,趁齐内乱,夺取了帝位,入梁称帝后,仍然爱好文艺,尤能重用文士。梁武帝现存诗歌九十余首,有一大半是乐府诗,其中又大多是模仿民间乐府或受其影响的。他还改造西曲作了《襄阳蹋铜蹄歌》、《江南弄》、《上云乐》等新曲。其中《江南弄》七曲,均以七言与三言各三句组合而成,格式固定。后人讨论词的起源,有的认为即始于此。

萧统在中国文学史上最为人称道的业绩,是主持编纂了《文选》一书。《文选》是我国现存最早的一部诗文总集。其成书年代约在 526—531 年间。全书三十卷,以文体和题材分类,共分三十七体,各体之中,又依作品题材分为若干类,综计全书共收录了上起周秦下迄梁代的一百三十余位作家的近八百篇作品。《文选》的价值,不仅在于汇集了历史上大量的优秀文学作品,起到保存和流布的作用,而且,它还通过所选录的具体作品,明确了文学的范畴,提供了文学的范本。这对于推动文学沿着其自身的轨道发展,是有重要意义的。纵观萧衍、萧统文学集团,由于其中成员相互交叉,出入地点又是帝宫和东宫,他们宗经重教的文学主张又基本一致,因而我们可以把他们视为一个文学集团。

梁代后期,以萧纲、萧绎为中心的文学集团创作最为繁荣,其影响亦更为深远。梁陈两代的诗,以梁武帝中大通三年(531)昭明太子萧统逝世、萧纲继太子位为界可分为前后两个阶段。前一阶段基本上沿袭宋齐余风。萧统集团文士刘孝绰等编《文选》,所录诗歌皆以雅丽为准,对于冶艳、绮靡之作,不论是民间歌诗或文人创作皆摈而不录,这体现了编者的观点,也反映了当时的诗风。沈约、江淹、吴均、何逊等正是这时的主要作家。后一阶段,萧纲及其东宫文人徐摛、庾肩吾等提倡文学新变,盛行轻靡、冶艳的宫体。①萧纲令徐陵编《玉台新咏》,广收汉以来描写女性生活的诗歌,虽不遗雅正之作,而靡丽、冶艳之作亦大量收入,即标示他们所提倡的诗歌新趋向。这对

---

① 曹道衡、沈玉成认为:把宫体诗形成的时间定于中大通三年萧纲继位,这个说法并不确切。宫体形成要早于萧纲入主东宫,徐摛和庾肩吾就是宫体诗的开创者,只是随着萧纲入主东宫才正式获得了"宫体"这一名称。见《南北朝文学史》第十三章第一节《宫体诗的出现》,人民文学出版社 1991 年 12 月第 1 版,第 237—240 页。

梁后期及陈代诗坛影响颇大。

梁前期诗人中，江淹以模拟著名，何逊及晚于他们的阴铿则以山水诗成就最高，而吴均则既善写景，也善模拟，特别是乐府古诗的拟作，尤为人称道。

江淹（444—505），字文通，济阳考城（今河南兰考东）人。历仕宋、齐、梁三代。有《江文通集》十卷。他入梁时间很短，主要活动在宋末和齐代。江淹是以善于模拟著称的诗人，其《杂体诗三十首》分别模拟了自汉代《古别离》到刘宋汤惠休的三十家诗体，形神颇肖。如《刘太尉伤乱》写出了刘琨的爱国忧愤，《陶征君田居》拟陶渊明的田园诗，深得陶诗意境。另外，他的《效阮公诗十五首》模拟阮籍《咏怀诗》，不仅风格近似阮籍，而且还在表现阮籍的矛盾痛苦中寄托了自己的身世之感。

江淹的拟古诗立足于学习古代诗歌遗产，构成了这一时期诗歌发展的另一侧面，同时，也在一定程度上形成了自己的特色。如《游黄蘗山》、《铜爵妓》等作品，便显得笔力矫健，气调高古。"云色被江出，烟光带海浮"（《从萧骠骑新亭》）、"山川吐幽气，云景抱长怀"（《冬尽难离和丘长史》）等，情味悠长，均为写景名句。

吴均（469—520），字叔庠，吴兴故鄣（今浙江安吉）人。仕梁为郡主簿，又被建安王萧伟引为记室，后被任为奉朝请。有《吴朝请集》。他出身贫寒，诗文有清拔之气。文名虽盛，但耿直不阿的性格却为统治者所不容。梁武帝就曾说："吴均不均，何逊不逊。"（《南史·何逊传》）他的诗多写失意士人的不平。如《赠王桂阳》：

> 松生数寸时，遂为草所没。未见笼云心，谁知负霜骨！弱干可摧残，纤茎易凌忽。何当数千尺，为君覆明月？

这首诗表现了寒贱之士的雄心与骨气，沉郁愤激，明显受左思、鲍照的影响。他的诗还有乐府《行路难》等，已似后代七言歌行。

何逊（？—518），字仲言，东海郯（今属山东）人。曾仕梁为尚书水部郎。著有《何逊集》二卷。他的一些山水诗和抒情小诗，描绘入微，讲究声律，颇得谢朓风致，在当时就赢得了很大的名声。沈约、范云极为推赏，范云说："顷观文人，质则过儒，丽则伤俗；其能含清浊，中今古，见之何生矣。"（《梁书·何逊传》）梁元帝萧绎评说："诗多而能者沈约，少而能者谢朓、何逊。"（《梁书·何逊传》）人们把何逊与沈约、谢朓齐观，多少说明他的诗具有永明体

"清巧"、"形似"的特征。如《相送》："客心已百念,孤游重千里。江暗雨欲来,浪白风初起。"写与友人惜别的忧虑与惆怅,主要通过景物描写来表现对朋友的深挚情感,平易自然而又韵味深长。何逊也有许多写景佳句,如"岸花临水发,江燕绕樯飞"(《赠诸游旧》)、"游鱼乱水叶,轻燕逐风花"(《赠王左丞僧孺》)、"幽蝶弄晚花,清池映疏竹"(《答高博士》)、"野岸平沙合,连山远雾浮"(《慈姥矶》)等,深受谢朓影响。总之,何逊写景明显带有永明体特色,即自然之中更见精思巧撰,而声韵谐和,字字珠玑,又是永明体的圆美如弹丸"诗歌理想的表现"。① 故叶矫然《龙性堂诗话》初集赞曰:"何仲言体物写景,造微入妙,佳句实开唐人三昧。"

　　阴铿(? —565),字子坚,武威姑臧(今甘肃武威)人。仕梁为湘东王萧绎法曹参军,入陈后官至员外散骑常侍。著有《阴常侍集》一卷。他年辈虽较江、吴、何等人为晚,但其诗与何逊齐名,风格也接近,世称"阴何"。阴铿诗歌以写景见长,尤善于锻炼字句,如"山云遥似带,庭叶近成舟"(《闲居对雨》)、"莺随入户树,花逐下山风"(《开善寺》),都是在修辞、声律方面颇见匠心的写景佳句。沈德潜认为他"专求佳句"(《说诗晬语》)。但他也讲求谋篇布局,注意通篇的完整。如《江津送刘光禄不及》:

　　　　依然临江渚,长望倚河津。鼓声随听绝,帆势与云邻。泊处空余鸟,离亭已散
　　人。林寒正下叶,钓晚欲收纶。如何相背远,江汉与城闉。

此诗写江边送别友人,因迟到未及相见,伫立远眺,心情惆怅,于满目萧索中见出真情,堪称佳作。

　　何逊、阴铿是谢灵运、谢朓之后著名的山水诗人,多运用新体诗的形式,在斟酌音韵、锻炼词句、开拓意境上用过苦功。他们的一些新体诗,已接近唐人律诗,如阴铿《晚出新亭》:"大江一浩荡,离悲足几重。潮落犹如盖,云昏不作峰。远戍惟闻鼓,寒山但见松。九十方称半,归途讵有踪?"基本上已是一首合格的五律。杜甫曾说:"李侯有佳句,往往似阴铿。"(《与李十二白同寻范十隐居》)又说:"颇学阴何苦用心。"(《解闷十二首》)可见其对阴、何的推崇。

　　从梁至陈(531—589),诗坛上,特别在贵族和宫廷中流行着一种风格轻

---

　　①　傅刚《永明文学至宫体文学的嬗变与梁代前期文学状态》,《社会科学战线》1997年第3期。

艳柔靡的诗体,时人号之曰"宫体"。"宫体"之名,始于梁简文帝萧纲为太子时,"宫"即太子所居之东宫。《梁书·简文帝纪》载萧纲自言:"余七岁有诗癖,长而不倦。然伤于绮靡,时号'宫体'。"《梁书·徐摛传》则说,徐摛作诗"好为新变",他任萧纲的太子家令时,其"文体既别,春坊尽学之,'宫体'之号,自斯而起",可见宫体诗是一种"新变"的文体,具有轻靡的特点。其具体内容,《隋书·经籍志》说萧纲之诗"清词巧制,止乎衽席之间,雕琢蔓藻,思极闺闱之内。后生好事,递相放习,朝野纷纷,号为宫体"。可见,宫体诗主要指梁陈时期以描绘女性体态与生活为重要内容、风格绮丽轻柔的宫廷诗。后来,由于递相模仿,陈、隋以至唐以后同类诗作,习惯上也称为"宫体"。

宫体诗主要是南朝君主、贵族声色娱乐生活的反映。关于什么是"宫体诗",曾有过不同的说法。[①] 就其内容而言,主要是以宫廷中女性为描写对象。因而在情调上伤于轻艳,风格上也比较柔靡缓弱。这类诗歌共同的艺术特点,是注重词藻、对偶与声律。篇幅体制与永明体相同。刘宋时,谢灵运、汤惠休乃至鲍照都写过艳情诗,永明体作家沈约、王融、谢朓等人,更是如此,如沈约《梦见美人》、《夜夜曲》,谢朓《夜听妓》二首之类。永明体的讲究对偶声律和刻画精细,为宫体诗人提供了相应的形式。宫体诗的兴起,与南朝描写男女恋情的民歌也有密切联系,《玉台新咏》多收民间情歌及文人拟作。但民歌质朴自然,宫体诗则颇多彩饰;民歌感情真挚泼辣,宫体诗则不免带上贵族文人的生活情趣和审美观念,有的甚至流于浮薄骀荡,这是其不同之处。当然,宫体诗的兴盛,还受到了佛教的影响。[②]

宫体诗的代表作家是梁简文帝萧纲,梁元帝萧绎(508—555)及其周围的文人庾肩吾(487—553)、庾信父子,徐摛(474—551)、徐陵(507—583)父子,陈后主陈叔宝(553—604)及其侍从文人也可归入此类。庾氏父子和徐

---

① 商伟在《论宫体诗》一文中说:"宫体诗是市井间浮华风气同宫廷中奢侈享乐的生活汇合的产物,是市井的流行歌曲在宫廷中恶性发展的结果。"又说:"贵族是按照自己的兴趣来学习吴歌西曲的,因此一开始就表现出明显的选择性。而宫廷的生活气氛又使得被吸收进来的文学发生了相当的变化,从而形成了以表现宫廷生活为主的宫体诗。"(载《北京大学学报》1984年第4期,第66—74页)又汪春泓认为,佛教的兴盛与梁代宫体诗的产生有着更为直接的关系,见《论佛教与梁代宫体诗的产生》(载《文学评论》1991年第5期,第40—56页)。沈玉成认为宫体诗有三个特征:一是重声律,在永明体基础上踵事增华,要求更为精致;二是风格绮丽,下者则流于淫靡;三是内容上较之永明体更加狭窄,以艳情为多,其它大多是咏物和吟风月狎池苑的作品。徐陵正是这种宫体诗的鼓吹者和代表人物。(《宫体诗与〈玉台新咏〉》,《文学遗产》1988年第3期)

② 见张伯伟《禅与诗学·宫体诗与佛教》,浙江人民出版社1993年10月版。

氏父子的诗作又被称为"徐庾体"。①

萧纲(503—551),字世缵,梁武帝第三子,因长兄萧统早逝,被立为太子,并继位为帝,后为侯景所害。今传有《梁简文帝集》辑本,收在《七十二家集》及《汉魏六朝百三名家集》中。萧纲曾说:"立身之道与文章异,立身先须谨重,文章且须放荡。"(《与当阳公大心书》)这里的"放荡"就是无拘无束之意。从现存的二百多首诗来看,虽于主观感情和所写人、物都刻意描绘,然其病多在内容单薄,情韵不足。所作艳情诗,多比较含蓄,故其《乌栖曲》中两首甚至为颇有道学气的王夫之所激赏,称之有"远思远韵"、"不入情事自高"(《古诗评选》)。但他确有一部分艳诗写得比较"放荡",如《咏内人昼眠》、《倡妇怨情》、《咏舞》、《美人晨妆》等表现了封建文人腐朽的生活情趣。现举《咏内人昼眠》为例:

北窗聊就枕,南檐日未斜。攀钩落绮障,插捩举琵琶。梦笑开娇靥,眠鬟压落花。簟文生玉腕,香汗浸红纱。夫婿恒相伴,莫误是倡家。

写女性的睡态,文辞艳靡,描绘精致。宫体诗为后人所诟病,正是指这类诗。

宫体诗发展到陈代,更趋轻靡,如陈后主《玉树后庭花》、《乌栖曲》,江总(519—594)《宛转歌》、《闺怨篇》等,内容空虚,风格浮艳。

宫体诗虽然格调不高,但它的出现,作为诗歌发展史中的一环,也有其历史必然性和一定的贡献。其一,它对人体美的集中描绘与表现,拓展了审美对象的领域,对妇女形象、心理的刻画,不但对突破传统思想观念具有一定意义,而且对后代文学题材的创新有相当大的影响。如北朝庾信,唐代张若虚、李白、杜甫都能将宫体诗中的男女相思离别之情与边塞主题巧妙结合。宋词将男女相思离别作为歌唱的主题,也不同程度地受到宫体诗启发。又如,宫体诗人对美的细腻感受和精微表现,也是超越前人、启迪来者的。其二,它继永明体之后,使格律、对偶等诗歌艺术更趋成熟,从而推进了诗歌由古体向近体的转变,更是不争的事实。据统计,宫体诗中符合律诗格律的约占百分之四十左右,基本符合的就更多了。这说明,宫体诗对于后来律

---

① 徐陵曾把宫体诗与《诗经》并列,他与萧纲兄弟、庾肩吾父子等人相互唱和,其诗与庾信号称"徐庾体",轻艳流丽,一时成为诗坛的主要流派,影响极大。徐陵所作四十首诗与乐府,绝大部分属宫体范畴。

诗、特别是五律的形成,起了重要的推动作用。① 而宫体诗语言的风华流丽、对仗的工稳精巧以及用典隶事、诗篇体制等方面的艺术探索和积累,也同样为北朝和唐代诗人提供了足资借鉴的艺术经验。

---

① 宫体诗产生之后,一直受到后世评论者的普遍非议,五十年代以后尤其如此。八十年代,许多学者从不同角度对宫体诗重新加以审视,提出了一些新的看法,也引起了一些争议。其中章培恒与刘世南的争论比较惹人注目:章培恒在《复旦学报》1987 年第 1 期发表《关于魏晋南北朝文学的评价》一文,认为魏晋南北朝文学在一定程度上表现了对个人价值的新的认识和违背传统道德观念的个人创新的特色,其中的一个重要方面,就是美的创造,"遭人诟病的宫体诗,就是这样一种致力于创造美的文学。"并以萧纲《咏内人昼眠》为例,说它"比较真切地传达了一种美的印象,因而是一种进步"。文章刊出后,刘世南于《复旦学报》1988 年第 1 期发表《究竟应该怎样评价魏晋南北朝文学——与章培恒同志商榷》,对章文提出全面反驳,认为章文"抽掉了人的政治性亦即阶级性",因而"误入歧路"。尔后,章培恒又写了《再论魏晋南北朝文学的评价问题——兼答刘世南君》(《复旦学报》1988 年第 2 期),刘世南写了《二论魏晋南北朝文学评价问题——答章培恒君》(《江西师大学报》1989 年第 1 期),对包括宫体诗在内的许多重要问题展开了讨论,较有代表性。

第六章 北朝诗歌

　　北朝文学除民歌外，文人作品比起南朝来，是显得很消沉的，特别是北朝初期"五胡十六国"的一百多年，简直就是一段空白。诸游牧民族的长期混乱和野蛮统治，便是造成这段空白的主要根源。所以《魏书·儒林传》说："自晋永嘉之后，运钟丧乱，宇内分崩，群凶肆祸，生民不见俎豆之容，黔首惟睹戎马之迹，礼乐文章，扫地将尽！"直到北魏统一北方，494 年，魏孝文帝迁都洛阳，推行汉化政策，并锐意文学，北魏遂出现"三才"即温子升、邢邵、魏收。后来北魏分裂为东魏（534—550）和西魏（535—556），接着是北齐（550—577）取代了东魏，北周（557—581）取代了西魏。577 年北周灭北齐，北方又重新统一。从北魏到北周，北方所建立的朝代，历史上叫北朝。581年北周外戚杨坚建立隋，589 年，隋文帝灭陈，结束了南北对立的局面。

　　北朝诗歌相对南朝有些逊色，但亦自有特色，尤其是北人学南与南人入北的双向交融，遂使北朝东魏北齐、西魏北周诗坛别开生面。特别是庾信进入西魏北周，心怀屈仕敌国、思念故土的双重悒郁，诗风大变，并在北周形成"庾信体"，为南北文学融合、创新作出了杰出贡献。

第一节　庾信与西魏北周文学

　　庾信（513—581）是南北朝最末一位诗人，也是集南北朝诗歌之大成的一位诗人。信字子山，南阳新野（今河南新野）人。父庾肩吾，也有诗名。庾信自幼聪慧，博览群书，尤好《左传》。他的生活分前后两期。十五岁作昭明太子东宫讲读，十九岁作萧纲的东宫抄撰学士，深得萧纲宠信，文章与徐陵齐名，当时号为"徐庾体"。三十三岁出使东魏，"文章辞令，盛为邺下所称。"三十六岁，经历了侯景之乱，他沿江西上到江陵，梁元帝于 552 年建立梁都江陵，庾信为御史中丞、右将军，并在梁元帝身边校集部书。梁元帝承圣三年（554），西魏灭梁，庾信出使西魏，被扣留长安，屈身仕魏，后仕北周，官至骠骑大将军，开府仪同三司，故后人称他"庾开府"。这是庾信四十二岁到六十九岁的生活。这二十八年西魏北周统治者利用庾信的文学才能为他们服务，而庾信在亡国之痛外，还不得不承担了一种靦颜事敌的惭耻，最终老死于北方。他的诗文集《庾信集》二十卷，最早由北周滕王宇文逌编定，但后来散佚。今存者均为明人重辑本，最早的有正德十六年（1521）《庾开府诗集》四卷本，收录不全，且无文集。较完备者有万历间屠隆评点《庾子山集》十六卷，后收入张燮《七十二家集》及张溥《汉魏六朝百三名家集》中，并有《四部丛刊》影印本。为庾信集作注者有清吴兆宜《庾开府集笺注》十卷及倪璠《庾子山集注》十六卷。吴注较简明，倪注征引繁富，体例详密，后收入《四部备要》。今人许逸民校点《庾子山集注》质量较高，较为流行，足供参考。

庾信作品，以诗歌为主，现存二百五十六首，由于前后不同的生活经历，创作也大异其趣。其中少数作品如《和咏舞》、《奉和示内人》是他作为宫体诗人的代表作品，形式绮丽，内容贫弱，写作艺术上继承了永明诗歌体制短小、讲究声律的特点。《奉和山池》虽是早期作品，却表现了清新的风格：

> 乐官多暇豫，望苑暂回舆。鸣笳陵绝浪，飞盖历通渠。桂亭花未落，桐门叶半疏。荷风惊浴鸟，桥影聚行鱼。日落含山气，云归带雨余。

这是他与简文帝的和诗，全诗写的是秋天夕阳归去时分的宫苑山池景致。写得有声有色，情景交融。对偶精切，音韵和谐，笔致清新。对动词的提炼尤具独创性。其中景物描写动静结合。"桂亭花未落，桐门叶半疏"，有画意，"荷风惊浴鸟，桥影聚行鱼"，充满诗情雅趣，"惊"、"聚"二字一动一静，逗出"浴鸟"、"行鱼"之乐来，"日落含山气，云归带雨余"由近及远，虚实相生。大自然中的物象与秋夕时分的暮归主题十分协调，相映成趣，荷桂飘香，暮鸟嬉戏，碧水微波，游鱼与桥影相聚，山气衔日，云带雨余。作者在风景如画的水道上驾着车儿，踏着夕阳归去，听到鸣笳追逐着池中的浪花，开头的"暇豫"二字便得到了印证，"望苑暂回舆"的"暂"字充满依依惜别的深情。其艺术技巧可谓相当成熟，它代表了庾信早期诗歌的最高水平。

庾信现存诗歌绝大部分是后期作品，其中虽也不乏奉和应酬、歌功颂德、宫体艳情之作，如《和赵王看妓》之类，但这已不是后期诗歌的主流。抒写身世之悲、仕北之痛、故国之思、隐逸之念的诗作，成为庾信后期诗歌的重要主题。《拟咏怀》二十七首是他的代表作。其七曰：

> 榆关断音信，汉使绝经过。胡笳落泪曲，羌笛断肠歌。纤腰减束素，别泪损横波。恨心终不歇，红颜无复多。枯木期填海，青山望断河。

这种虽死也要回到自己祖国的顽强精神是很动人的。庾信的乡关之思，不仅包含亡国之痛，而且还有靦颜事敌的耻辱，如"让东海之滨，遂餐周粟"（《哀江南赋》），"遂令忘楚操，何但食周薇"（《谨赠司寇淮南公》）。内心的极端痛苦使他"见月长垂泪，花开定敛眉"（《伤往》），万端愁绪中，庾信深深自责，无可奈何中，陷入更深的痛苦。《拟咏怀》二十六写道：

> 萧条亭障远，凄惨风尘多。关门临白狄，城影入黄河。秋风苏武别，寒水送荆轲。谁言气盖世，晨起帐中歌。

前四句描写北国景象，萧索而阔大；后四句抒写一己愁怀，沉郁而悲壮。诗中连用别苏武、送荆轲和项羽自刎三个典故，表达了故国难归的悲痛心情。在《拟咏怀》中我们看到了庾信自己的身世和梁朝覆灭的经过，有强烈的自传性和现实性。所以陈沆评为："诗史之目，无俟杜陵。"（《诗比兴笺》卷二）再看《拟咏怀》其十一：

> 摇落秋为气，凄凉多怨情。啼枯湘水竹，哭坏杞梁城。天亡遭愤战，日蹙值愁兵。直虹朝映垒，长星夜落营。楚歌饶恨曲，南风多死声。眼前一杯酒，谁论身后名？

这是一首悲悼梁朝灭亡的诗。作者总是把国亡归于天意，不可挽回，其实梁元帝在江陵所建的临时政权，本已内外交困，更兼君臣短于武略，实在无法对抗入侵的西魏。作者面对国家的灾难，多用关于天象、占卜的典故，表达了自己对梁王朝灭亡的痛心。

庾信的乡关之思有着多样的表现，有时他诉诸明月："胡风入骨冷，汉月照心明。"有时又自比于远嫁长安的少妇，如《怨歌行》，这是一首很成熟的六言诗：

> 家住金陵县前，嫁得长安少年。回头望乡泪落，不知何处天边。胡尘几日应尽？汉月何时更圆？为君能歌此曲，不觉心随断弦。

非常明显，这正是作者自己的形象写照。在许多送别的小诗中，作者身临其境，触景伤怀，思念祖国的感情可谓一往情深。如"秦关望楚路，灞岸想江潭。几人应落泪，看君马向南"（《和侃法师三绝之一》）。有时庾信看到北方的景色,便触景伤情,幻化出江南风景:"树似新亭岸,沙如龙尾湾。犹言吟漠浦,应有落帆还。"(《望渭水》)当南北通好,故人入北,相送还南时,也勾起一段思乡情怀:"阳关万里道,不见一人归。惟有河边雁,秋来南向飞。"(《重别周尚书》二首之一)《晚秋》诗也表达了同样的情怀:"凄清临晚景,疏索望寒阶。湿庭凝坠露,抟风卷落槐。日气斜还冷,云峰晚更霾。可怜数行雁,点点远空排。""秋雁"成了诗人表达乡关之思的情感意象。以上抒写故国乡关之思的作品,是他诗歌中最感人最有价值的部分。

由于思想内容的变化和北方文化的熏染,庾信后期诗歌具有写实性和抒情性结合的特点,这一特点在北方影响了一批诗人,如李昶、王褒、滕王宇文逌、赵王宇文招、高祖宇文毓、裴政、裴文举、庾季才、刘臻、颜之仪、沈炯等人,都与庾信诗文风格相近。其中赵王宇文招向庾信学习,将南朝诗文艺术技巧与北地刚健质朴的文风融为一体,时人称为"学庾信体",词多轻艳。李昶诗文受到南朝徐陵的高度赞扬,徐陵认为他的诗具有写实精神,语句清新,言词哀断,文质相披,意致纵横,比兴手法的运用与悲壮的文风相和谐。这些评语与庾信晚期在北周的创作特点和风格是非常一致的。①

在诗的体裁方面,庾信也有所继承、发展和创造。他的诗作,三言、四言、五言、六言、七言、八言和杂言诸体,无不应有尽有。其中对唐诗有重大影响的是五言和七言中的各体。刘熙载《艺概》说:"庾子山'燕歌行',开唐初七言,'乌夜啼',开唐七律,其他体为唐五绝、五律、五排所本者,亦不可胜举。"其实他的《代人伤往》二首、《秋夜望单飞雁》,同样为唐七绝所本。所以,在诗体方面,庾信是通向诗歌高潮的一座桥梁。

---

① 李昶(516—565),又名李那,顿丘临黄人。幼年能文。宇文泰当权,诏策文笔皆出其手。徐陵写过《与李那书》,徐陵从周使殷不害处见到李昶的《陪驾终南》、《入重阳阁诗》、《荆州大乘寺》、《宜阳石像碑》等,写信高度评价李昶所作,称赞其诗咏题材为前人所无,而且"标句清新,发言哀断",表现出与盛行梁陈的"宫体诗"不同的创作倾向。李昶收到信后,写了《答徐陵书》,高度评价徐陵在文坛上举足轻重的地位及对北朝文学的影响,指明徐陵创作特色是"雕文"、"丽藻"、"缘情"、"风流"。这两封信反映出当时南北诗风虽然不同,但南北文人互相倾慕,通过书信交流创作经验和文学观。北周李昶以前不重视文章,《周书·本传》记载:"昶尝言:'文章之事,不足流于后世,经邦致治,庶及古人。'故所作文章,皆不留草稿。"这种情况,随着庾信入北有了改观。庾信作品中有《和宇文内史入重阳阁》、《陪驾幸终南山和宇文内史》、《和宇文内史春日游山》、《和李司录喜雨》。说明李昶从早年关注政事,到后来也爱好写诗。这一转变明显受到庾信的影响。

总之,庾信是集南北朝文学之大成的作家。他继往开来,初步融合南北诗风,为唐诗的繁荣作了必要的准备。杜甫赞曰:"庾信文章老更成,凌云健笔意纵横。"(《戏为六绝句》)"庾信平生最萧瑟,暮年诗赋动江关。"(《咏怀古迹》)都是对庾信后期作品的正确评价。

北朝诗人,庾信外,还有王褒。褒字子渊,瑯琊人。生卒年不详。[①] 他的生平和庾信极相似,初仕梁,江陵破,被掳入长安,因为有文学才华,也和庾信一样被拘留。尽管他希望"所冀书生之魂,来依旧壤;射声之鬼,无恨他乡"(《与周弘让书》),但还是不能不抱恨黄泉。庾信有长诗《伤王司徒褒》,可知他死在庾信之前。

他的诗现存四十九首。入北以后所作,也常常流露出一种"乡关之思",如《渡河北》:

> 秋风吹木叶,还似洞庭波。常山临代郡,亭障绕黄河。心悲异方乐,肠断陇头歌。薄暮临征马,失道北山阿。

"心悲"二句,和庾信的"胡笳落泪曲,羌笛断肠歌"正是同一心情。在宫体弥漫的六朝末年,像这样格调雄浑的诗是很少见的。

第二节 北魏、东魏、北齐诗歌

自孝文帝迁洛,文学繁荣发展。494 年到 577 年,对北朝文学影响最著的是齐梁诗风。北魏诗歌最早透露出南北文风交融的趋势。

北魏刘昶是南朝宋文帝第九子,他怀有异志,举兵反叛,但事与愿违,遂"开门奔魏,弃母妻,唯携姜一人,作丈夫服,骑马自随。在道慷慨为断句云云。因把姬手南望痛哭,左右莫不哀哽"。其诗云:"白云满鄣来,黄尘半天起。关山四面绝,故乡几千里?"(《南史·宋宗室及诸王传》)这首诗表现的是黄尘万丈的北方风景,这是南人眼中从未见过的奇异景色,借景歌唱了远

---

① 关于王褒的生平,陆侃如、冯沅君的《中国诗史》假定为 500? —563?,这是错误的。按《周书·王褒传》:褒"建德以后,颇参朝政"。建德共六年,即 572—577 年。又《周书·庾信传》载陈朝曾要求周朝放还王褒、庾信等十数人,据《陈书·殷不害传》事在陈太建七年,即公元 575 年。由此可见,563 年以后的十多年,王褒还健在。高祖惟放王克、殷不害等,信及褒并留而不还。因此王褒生卒年应是 515—576 以后。

离故乡的寂寞之情。

　　王肃于太和十七年（493）由南齐投降入魏。他入北后，娶了北魏陈留长公主。他在南方的原配谢氏（谢庄之女）后来也到了北方，作五言诗赠王肃，诗云：“本为箔上蚕，今作机上丝。得络逐胜去，颇忆缠绵时。”陈留长公主代王肃作答诗：“针是贯线物，目中恒纴丝。得帛缝新去，何能衲故时。”这两首诗均仿《子夜歌》体，比喻双关，这在谢氏并非难事，但出于北魏长公主之手，就充分表明了鲜卑汉化的情况和南北文学融合的趋势。据《魏书·王肃传》，王肃于魏之汉化，实有重大影响。《魏书·彭城王传》载元勰诗《问松林》：“问松林，松林经几冬？山川何如昔，风云与古同。”这种诗体实模仿齐梁时沈约《六忆》。《魏书·祖莹传》记载：“尚书令王肃曾于省中咏《悲平城诗》，云：‘悲平城，驱马入云中。阴山常晦雪，荒松无罢风。’彭城王勰甚嗟其美，欲使肃更咏，乃失语云，‘王公吟咏情性，声律殊佳，可更为诵《悲彭城诗》。’肃因戏勰，‘何意《悲平城》为《悲彭城》也？’勰有惭色。”祖莹机智，将错就错，吟咏“悲彭城，楚歌四面起。尸积石梁亭，血流睢水里”，王肃非常欣赏。彭城王元勰虽未听明白王肃的《悲平城诗》，但对王肃带来的“吟咏情性，声律殊佳”的诗却十分在行和喜爱。可见当时北魏人对诗歌的重视。

　　北魏诗歌中艺术上最成熟的要推萧综（501—529）的《听钟鸣》和《悲落叶》。萧综，号为梁武帝第二子，实为南齐东昏侯萧宝卷遗腹子。普通六年（525）投奔北魏。《洛阳伽蓝记》卷二《城东·龙华寺》记载“《听钟鸣》三首，行传于世”。《魏书·萧综传》记载了《听钟鸣》诗：

　　　　历历听钟鸣，当知在帝城，西树隐落月，东窗见晓星；雾露胐胐未分明，乌啼哑哑已流声。惊客思，动客情，客思郁纵横。翩翩孤雁何所栖，依依别鹤半夜啼，今岁行已暮，雨雪向凄凄，飞蓬旦夕起，杨柳尚翻低。气郁结，涕滂沱，愁思无所托，强作听钟歌。

另有《悲落叶》：

　　　　悲落叶，联翩下重叠。重叠落且飞，纵横去不归。长枝交荫昔何密，黄鸟关关动相失。夕蕊杂凝露，朝花翻乱日。乱春日，起春风，春风春日此时同。一霜两霜犹可当，五晨六旦已飒黄。乍逐惊风举，高下任飘扬。悲落叶，落叶何时还。凤昔共根本，无复一相关。各随灰土去，高枝难重攀。

这两首诗,选声炼色,表情达意,完全是南朝诗歌特色,但能融北国的奇异景色于南朝诗歌的情调之中,更增一往情深的思乡情绪,别具清新的风格。此外,这两首诗的诗格方面已经突破了诗歌工整的句型,正在走向散体,向词体发展。从诗歌句式的发展看,字数的增减和句式的错落正是作者表情达意的需要,越是丰富的思想感情越是会突破旧有句式的制约,而走向散体格调,萧综这两首诗便属这种情况。

北朝后期,出现了温子昇、邢邵、魏收三位作家。其中温子昇是北魏末期作家,邢邵生当魏齐之际,魏收是北齐作家。

温子昇,字鹏举,冤句人。《魏书》称其"文章清婉",声誉甚高。温子昇诗歌现存十首。其中有描绘他早年放纵豪爽生活的《白鼻驹》、《凉州乐歌》;有描绘封疆大吏、王侯生活的《安定侯曲》;有应制诗《从驾幸金塘城诗》;更多的是描写自我闲暇生活的诗,《春日临池诗》、《敦煌乐》,流露出一种富贵气息;最为有名的是《捣衣诗》:"长安城中秋夜长,佳人锦石捣流黄。香杵纹砧知近远,传声递响何凄凉。七夕长河烂,中夜明月光。蟋蟀塞边绝候雁,鸳鸯楼上望天狼。"全诗风格与南朝某些作家相似。沈德潜评这首诗"直是唐人"(《古诗源》卷十四)。

在北齐本土作家中,邢邵(496—?)①可算最著名的一位。今存诗八首,大多近于齐梁体制。其中《七夕》咏织女思会,缠绵悱恻,实为闺怨一流。《思公子》则模仿南方民歌:"绮罗日减带,桃李无颜色。思君君未归,归来岂相识。"但他的《冬日伤志篇》又较多保存了魏晋诗风:

> 昔时惰游士,任性少矜裁。朝驱玛瑙勒,夕衔熊耳杯。折花步淇水,抚瑟望丛台。繁华凤昔改,衰病一时来。重以三冬月,愁云聚复开。天高日色浅,林劲鸟声哀。终风激檐宇,余雪满条枚。遨游昔宛洛,踟蹰今草莱。时事方去矣,抚己独伤怀?

这是写故地重游的感慨。据《北齐书·魏收传》载,邢邵晚年"既被疏出",再加上孝昭帝高演杀杨愔,总揽政权以后,政治日趋混乱。邢邵本人与杨愔交谊甚笃,因此感受更为深切。诗人对洛阳的一草一木都是非常熟悉的,而随着自己年老多病,昔日繁华的洛阳城也因战乱而荒芜不堪,于是诗人抚今追

---

① 据《北齐书·袁聿修传》:武成帝大宁初年(561—562),袁聿修仍与邢邵有书信往来,说明邢邵还在世。参阅曹道衡《中古文学论文集》,中华书局1986年7月版,第427页。

昔,嗟叹不已。此诗寄寓深沉,情调颇类于阮籍的《咏怀》,表现出北方文学"重乎气质"的特点。

北齐中书令、著作郎魏收(506—572),现存诗十四首。其中《挟瑟歌》最有佳趣:"春风宛转入曲房,兼送小苑百花香。白马金鞍去未返,红妆玉箸下成行。"节奏轻快,色泽明丽,置于齐梁诗中,毫不逊色。

北齐本土作家较有名的还有刘逖、祖珽、裴让之,他们的诗歌既有学南倾向,又有本土特色。如刘逖《秋朝野望》:

> 驻车凭险岸,飞盖历平湖。菊寒花稍发,莲秋叶渐枯。向浦低行雁,排空转噪鸟。若将君共赏,何处减城隅。

又《对雨诗》:

> 重轮霄犯毕,行雨旦浮空。细落如含雾,斜飞觉带风。湿槐仍足绿,沾桃更上红。无由似玄豹,纵意坐山中。

祖珽的《望海诗》也是这类写景诗,但它不同于刘逖以细微事物为描写对象,而是大笔勾勒:

> 登高临巨壑,不知千万里。云岛相接连,风潮无极已。时看远鸿度,乍见惊鸥起。无待送将归,自然伤客子。

将大海辽阔景象与归鸟、客子的别离之情融为一体,诗句体式已基本与唐诗相近。祖珽《从北征诗》写得也自有特色:

> 翠旗临塞道,灵鼓出桑乾。祁山敛氛雾,翰海息波澜。戍亭秋雨急,关门朔气寒。方击单于颈,歌舞入长安。

这首诗没有描写从军征战的艰苦,没有过分渲染边塞生活的苦寒,而是表现了行伍的军威气势,充满了乐观向上、积极进取、夺取胜利的精神力量。

裴让之《从北征诗》:

> 沙漠胡尘起,关山烽燧惊。皇威奋武略,上将总神兵。高台朔风驶,绝野寒云

生。匈奴定远近,壮士欲横行。

尽管北地军旅生活艰苦而严峻,但边塞将士的军威神气与前一首祖珽诗中表现出来的精神面貌却非常一致。裴让之还有一首《公馆宴酬南使徐陵诗》,字里行间表达的是兄弟朋友之情。这首诗用长篇形式,反复申诉自己对徐陵的友情。感情真挚,语言流畅。

卢思道、薛道衡、杨素三人是隋代著名诗人,其实他们无论在政治上还是在文学上,主要活动都在北齐、北周。

卢思道(535—586),字子行,范阳(今河北涿县一带)人。今存诗近三十首,多创作于入隋之前,其中大部分精巧华艳,接近于南方诗的风格。最突出的如《采莲曲》:"曲浦戏妖姬,轻盈不自持。擎荷爱圆水,折藕弄长丝。珮动裙风入,妆销粉汗滋。菱歌惜不唱,须待暝归时。"写出了采莲人的美好姿态及莲塘的生动景致。尤其是最后两句,用虚拟笔法,令读者想象暮色中轻舟漾过莲蒲、歌声飘于水上的图画,灵动而有余味。《从军行》是他早年的作品,又是另一番风味:

> 朔方烽火照甘泉,长安飞将出祁连。犀渠玉剑良家子,白马金羁侠少年。平明偃月屯右地,薄暮鱼丽逐左贤。谷中石虎经衔箭,山上金人曾祭天。天涯一去无穷已,蓟门迢递三千里。朝见马岭黄沙合,夕望龙城阵云起。庭中奇树已堪攀,塞外征人殊未还。白雪初下天山外,浮云直上五原间。关山万里不可越,谁能坐对芳菲月。流水本自断人肠,坚冰旧来伤马骨。边庭节物与华异,冬霰秋霜春不歇。长风萧萧渡水来,归雁连连映天没。从军行,军行万里出龙庭。单于渭桥今已拜,将军何处见功名。

以七言歌行体写边塞风光、军旅生活,并结合闺妇怨思,本是梁、陈诗中已经很流行的写法。卢思道此诗虽主题与南朝诗大体相近,但突出了将士立功疆场的豪迈气概,着意描绘恢宏辽阔的境界,气势充沛,节奏爽朗,显示了与南朝同类诗歌的显著区别,实"已开唐人边塞诗的先河"。① 明人胡应麟《诗薮》称赞此诗:"音响格调,咸自停匀,体气风神,尤为焕发。"正是注意到了它的精神气质。卢思道的五言古诗《春夕经行留侯墓》中的留侯即汉高祖的谋臣张良,是一个令人敬仰的英杰。而卢思道为人颇自负,常有怀才不遇之

---

① 曹道衡《中古文学论文集》,中华书局 1986 年版。

感。此诗借凭吊古人抒发情怀，表面有点低沉，但绝非无力哀吟，而是深沉苍凉的感喟。其中的景物描写，将空间的旷阔和时间的悠远结合在具体形象中，"内涵非常丰满"。[①] 卢思道的《听鸣蝉》，是一篇感情沉郁的佳作。《北史》本传载："周武帝平齐，授思道仪同三司，追赴长安。与同辈杨休之等数人作听鸣蝉篇，思道所为，词情清切，为时人所重。新野庾信遍览诸同作者而叹美之。"全诗贯注的是一种国破家亡、背井离乡的无极悲哀。其间充满对新朝权贵的鄙视和自己无可奈何的失落感。作者希冀过一种自由自在的隐逸生活，不再为外物所累。这正是失国之士的典型心理，无怪乎为"同是天涯沦落人"的庾子山所叹美。

北齐中书侍郎、参太子侍读薛道衡的诗"大都以精雕细琢见长"，"这方面的功力，他已不减南朝诗人"，所以"南朝人对他的诗也很佩服。"[②]《隋书·本传》说他写作十分严谨。其诗篇中常常有很精巧的对仗。如著名的《昔昔盐》：

> 垂柳覆金堤，蘼芜叶复齐。水溢芙蓉沼，花飞桃李蹊。采桑秦氏女，织锦窦家妻。关山别荡子，风月守空闺。恒敛千金笑，长垂双玉啼。盘龙随镜隐，彩凤逐帷低。飞魂同夜鹊，倦寝忆晨鸡。暗牖悬蛛网，空梁落燕泥。前年过代北，今岁往辽西。一去无消息，那能惜马蹄。

这首写闺怨的诗，语言是典型的齐梁风格。其中"盘龙随镜隐，彩凤逐帷低"两句，前者写女子无心修饰，铜镜上的龙纹已为锈所隐没，后者写风吹帷帐，帷上所绣彩凤起伏欲飞，辞采华丽而精整。"暗牖悬蛛网，空梁落燕泥"两句，写出女子独居的凄凉冷落，连燕子都不再飞来，以此衬托其哀苦的心境，精炼之极。

薛道衡的《豫章行》及杨素的《出塞》二首，前篇具有很好的抒情效果，后者不失雄壮气势。薛道衡使陈时所作绝句《人日思归》，是传诵至今的佳作："入春才七日，离家已二年。人归落雁后，思发在花前。"开头两句如屈指计数，意态若见，无枯淡重复之感；最后以物候相衔，逗引人们的翩翩联想。语出简约，诗思悠远，辞意紧密，自是以少胜多的佳作。

此外，南朝后期避乱逃往北方的颜之推、萧悫、郑公超、萧祗、萧放、荀仲

---

① 钱钟书《管锥编》，中华书局 1979 年版。

② 骆玉明、张宗原《南北朝文学》，安徽教育出版社 1991 年版。

举等也写出了一些较好的诗歌,对北朝文学的繁荣作出了贡献。如郑公超
《送庾羽骑抱》:"旧宅青山远,归路白云深。迟暮难为别,摇落更伤心。空城
落日影,迥地浮云阴。送君自有泪,不假听猿吟。"萧悫《秋思》云:"清波收潦
日,华林鸣籁初。芙蓉露下落,杨柳月中疏。燕帏缃绮被,赵带流黄裾。相
思阻音息,结梦感离居。"这两首诗都写得十分自然。郑诗感情真挚,有唐人
送别气息;萧诗写秋夜思家,"芙蓉露下落,杨柳月中疏"两句,以毫不费力的
笔触,勾画出一幅秋夜的清美景象,给人以体味不尽的美感。当时颜之推即
曾激赏其"萧散宛然在目"①。颜之推有《古意》二首,其中一首写出仕梁元帝
受到宠信和江陵陷落后的悲痛。另《从周入齐夜度砥柱》则较近南朝的
诗体:

> 侠客重艰辛,夜出小平津。马以迷关吏,鸡鸣起戍人。露鲜华剑彩,月照宝刀
> 新。问我将何去,北海就孙宾。

这首诗与北齐诗歌形式一样,为近体诗格调,风格也比南朝作品质朴刚健。
从以上所述情况看,北朝诗歌发展到北朝末期,许多诗人的创作水平确已赶
上了南方。在意境创构、景色描写、诗歌形式、南北风格融合等方面都达到
了相当高度,从而为唐代诗歌繁荣准备了充分的条件。

---

① (北齐)颜广推著王利器集解《颜氏家训集解》,中华书局1985年版。

第七章　东晋南北朝民歌

第一节　东晋、南朝乐府民歌

东晋及南朝乐府民歌主要保存在郭茂倩《乐府诗集》中，大部分属清商曲辞。在清商曲辞中，它们又可分为三类：（一）吴声歌曲，凡三百二十六首；（二）神弦歌，凡十八首；（三）西曲歌，凡一百四十二首。

吴歌主要产生在长江下游地区，以建业为中心。《乐府诗集》说："《晋书·乐志》曰：'吴歌杂曲，并出江南，东晋以来，稍有增广，其始皆徒歌，既而被之管弦。'盖自永嘉渡江之后，下及梁陈，咸都建业，吴声歌曲，起于此也。"建业是从东晋到南朝各朝的首都，乐府机关就近采集这一带民歌，加工整理，配上音乐，就是吴声歌曲。吴声歌有相当一部分来自乡村，但更多的可能来自城市小市民之中，因而部分具有市民文学的特色。

东晋、南朝民歌的基本内容是表现爱情。如《子夜歌》：

> 始欲识郎时，两心望如一。理丝入残机，何悟不成匹？

> 夜长不得眠，明月何灼灼。想闻欢唤声，虚应空中诺。

上首写苦恋而不能成为眷属的沉痛，下首写苦恋以至于出现幻觉的痴情，主人公的心情声态，表现得惟妙惟肖。如非亲身所历，定不能道得如此真切。也有不少作品表明主人公对爱情的坚贞。如《子夜四时歌》：

> 渊冰厚三尺，素雪覆千里。我心如松柏，君情复何似？

有些作品则表现了对封建礼教的抗争，以至于以死徇情。如《华山畿》：

> 华山畿，君既为侬死，独生为谁施？欢若见怜时，棺木为侬开！

懊恼不堪止，上床解腰绳，自经屏风里。

这很容易使人联想起《孔雀东南飞》刘兰芝与焦仲卿的爱情悲剧故事。

当然，也有写爱情如愿的欢乐与执着的。如《读曲歌》：

怜欢敢唤名，念欢不呼字。连唤欢复欢，两誓不相弃！

打杀长鸣鸡，弹去乌白鸟。愿得连冥不复曙，一年都一晓！

这是何等的热烈和大胆！

《神弦歌》当是民间祭歌，写人神恋爱，充满了人情味，与传统乐府中那种庄严典雅的祭歌不同。如《娇女诗》：

北游临河海，遥望中菰菱。芙蓉发盛花，渌水清且澄。弦歌奏声节，仿佛有余音。

蹀躞越桥上，河水东西流。上有神仙居，下有西流鱼。行不独自去，三三两两俱。

这是从游客的角度去观察娇女的处境，推测她追求凡俗爱情的心情，为她的寂寞无侣感到遗憾与惆怅。近似的作品如《青溪小姑》："开门白水，侧近桥梁。小姑所居，独处无郎。"朱熹评《楚辞·九歌》说："比其类，则宜为《三颂》之属，而论其词则反为《国风》再变之郑卫。"(《楚辞集注·楚辞辩证》)《神弦歌》正是上承《九歌》的传统。它所祭的神多系"杂鬼"，而且祭神的目的是为了娱神，女巫们载歌载舞向神表达情愫，在歌舞中很自然地就把世俗的美好情感融会进去。

同吴声的缠绵悱恻相比，西曲则更多一点调谑幽默的气息。如《那呵滩》：

闻欢下扬州，相送江津湾。愿得篙橹折，交郎到头还！

篙折当更觅，橹折当更安。各自是官人，那得到头还？

这是男女对唱之词。前首女子希望男子再来相聚，却不肯直说，开个玩笑说但愿他中途篙橹折断，只得回来。后首男子解释说，自己正当官差，身不由己，即使篙折橹断，也不可能回来。这种传情的方式表面上很诙谐，但内在的感情却是极真挚恳切的。

西曲中有些作品可能是写妓女生活的。如《寻阳乐》："鸡亭故侬去，九里新侬还。送一却迎两，无有暂时闲。"表现了妓女屈辱痛苦的生活，反映了城市商业经济兴起后人际关系的商品化。

同吴歌一样，西曲中也不乏写情婉转深沉之作。如《拔蒲》：

> 朝发桂兰渚，昼息桑榆下。与君同拔蒲，竟日不成把。

这与《诗经·卷耳》中的"采采卷耳，不盈顷筐。嗟我怀人，置彼周行"有异曲同工之妙。又如《作蚕丝》：

> 春蚕不应老，昼夜常怀丝。何惜微躯尽，缠绵自有时。

东晋、南朝乐府民歌内容虽然比较单调，但由于所写之情极其真实，多从肺腑流出，所以读来仍令人感到清新可喜。艺术上的成功正是它们富于永久魅力的重要原因。具体说来，有如下几个特点：

第一，篇幅都比较短小，绝大部分系五言四句，类似于五言绝句。这种体式，与《诗经》民歌多用四言加重章迭句与汉乐府民歌多用杂言的效果显然不同。由于篇幅短小，写情可以比较集中，每一首突出一个最富于孕育性的情感焦点，不拖沓，不烦冗，点到即止，易于收到含蓄蕴藉、明洁空灵的效果。这种体式后来固定下来形成绝句，原因就是因为它最适合抒写瞬间的感情片断，能机动灵活地记录人们随时随地产生的感情火花。

第二，语言明白晓畅，清新自然。《大子夜歌》说："歌谣数百种，子夜最堪怜。慷慨吐清音，明转出天然。""丝竹发歌响，假器扬清音。不知歌谣妙，声势出口心！"其实不仅《子夜歌》如此，东晋、南朝民歌普遍都有此特点。这些民歌大部分都是用来演唱的，听众可能有贵族，但更多的是普通民众。唱的既是民众自己的心声，用的自然也是民众自己的语言，所以其中有不少俚语、俗语。沈德潜曰："晋人《子夜歌》、齐梁人《读曲》等歌，俚语俱趣，拙语俱巧。"（《古诗源》）正说出了这一特点。

第三，修辞手法相当巧妙。南朝民歌用得最多的修辞是谐音双关语。双关又有同音异字与同音同字两种。前者如《子夜歌》："今夕已欢别，合会在何时？明灯照空局，悠然未有棋！"以"棋"谐"期"；《懊侬歌》："我有一所欢，安在深阁里。桐树不结花，何由得梧子？"以"梧子"谐"吾子"。后者如《子夜四时歌》："自从别欢后，叹音不绝响。黄檗向春生，苦心随日长。"以黄蘖树的"苦心"谐自己相思的"苦心";《读曲歌》:"相怜两乐事,黄作无趣怒。合散无黄连,此事复何苦?""散"本是药名,这里谐聚散之"散"。南朝乐府中谐音相关的例子比比皆是,俯拾即得。由于大量运用双关,就避免了直接抒说,将难言之隐、难写之情以隐语出之,令人回味无穷。另外,比喻、烘托也是常用的手法。例如《估客乐》:"莫作瓶落井,一去无消息!"《三洲歌》:"愿作比目鱼,随欢千里游!"都用了新颖而别致的比喻。《长乐佳》:"红罗复斗帐,四角垂朱珰,玉枕龙须席,郎眠何处床?"前三句全系环境描写,最后一句才点出相见时的喜悦之情,显然具有烘托作用。

东晋、南朝乐府民歌的代表作是《西洲曲》:

> 忆梅下西洲,折梅寄江北。单衫杏子红,双鬓鸦雏色。西洲在何处?两桨桥头渡。日暮伯劳飞,风吹乌白树。树下即门前,门中露翠钿。开门郎不至,出门采红莲。采莲南塘秋,莲花过人头。低头弄莲子,莲子青如水。置莲怀袖中,莲心彻底红。忆郎郎不至,仰首望飞鸿。鸿飞满西洲,望郎上青楼。楼高望不见,尽日栏杆头。栏杆十二曲,垂手明如玉。卷帘天自高,海水摇空绿。海水梦悠悠,君愁我亦愁。南风知我意,吹梦到西洲。

此诗最早见于徐陵所编《玉台新咏》(宋本未录),题为江淹作。郭茂倩《乐府诗集》将它归入"杂曲歌辞",题为《古辞》。明、清选本或以为晋辞或题梁武帝作。它大概本为民歌,后经文人修改、加工而成。诗的内容是写一女子对心上人的相思。是一篇以写爱情心理细致入微见长的抒情佳作。在艺术上它有以下四个特点:

第一,在结构方面,善于运用景物来暗示时间季节的推移,在一篇之中写出四季相思,毫无牵合、拼凑痕迹。开头"忆梅下西洲,折梅寄江北",从冬春之际写起,以回忆自然领出。"日暮伯劳飞,风吹乌白树"暗暗过渡到夏天。"出门采红莲"由夏天转入秋天,而以秋天为描写重点。这样的结构方法,在以前的诗歌中是很少见的。写景在诗中不仅具有暗示时间的作用,而且具有烘托主人公心情的作用。"日暮伯劳飞",以伯劳好单栖衬托她的孤寂。"采莲"的描写有物我相怜之意。"忆郎郎不至,仰首望飞鸿"写出她的期待与盼望。"卷帘天自高,海水摇空绿"写出她无限的怅惘与空虚。沈德潜评此诗"续续相生,连跗接萼,摇曳无穷,情味愈出"(《古诗源》),正道出了它的特点之一。

第二,善于以动态描写来表现人物的心理变化。诗中的主人公有一系列的活动：首先是"忆"，忆中的情事有"下西洲"；接着是相思，由相思而折梅寄赠。以下有开门、出门、采莲、弄莲、置莲、望飞鸿、上青楼、徘徊栏杆头、入梦送梦诸动作的描写，这样就写出了主人公从春到秋，从白天到黑夜，从醒到梦都在追求不已的心理历程，写出了她的执着，对爱情的忠贞不贰。

第三，运用了丰富的修辞手法。其中最多的是接字钩句、谐音双关、比喻等。接字钩句即修辞学上所谓"顶真（针）"、"联珠"，如"风吹乌臼树，树下即门前"。上述几种手法往往综合运用，如"低头弄莲子，莲子青如水。置莲怀袖中，莲心彻底红"，既有顶真，又有双关和比喻："莲子"谐"怜（爱）子"，"莲心"谐"怜（爱）心"；"青如水"喻爱情之纯洁，"彻底红"喻爱情之热烈赤诚。这些修辞手法，既使作品连贯流畅，环环相扣，又使表达深厚含蓄。

第四，节奏明快，韵律和谐。全诗五言到底，四句一换韵，且韵脚平仄相间，读来琅琅上口，具有极优美的音乐效果。

东晋、南朝乐府民歌大量的写情之作，对后世爱情诗的发展有深远的影响。它们巧妙的修辞手法，为诗歌修辞宝库增添了新的内容，也为后世提供了丰富的可资利用的艺术源泉。它们短小灵活的抒情体式，为五言绝句的发展开了先路。

第二节　北朝乐府民歌

北朝乐府民歌主要保存在《乐府诗集》的《梁鼓角横吹曲》中。《乐府诗集·横吹曲辞》云："横吹曲，其始亦谓之鼓吹，马上奏之，盖军中之乐也。北狄诸国，皆马上作乐，故自汉以来，北狄乐总归鼓吹署。其后分为二部，有箫笳者为鼓吹，……有鼓角者为横吹，用之军中，马上所奏者是也。"故知鼓角横吹曲是当时北方民族所作的用于马上演奏的军乐，因为所配乐器有鼓有角，所以才称为"鼓角横吹曲"。前面的"梁"字，为《古今乐录》作者陈释智匠所加。今存六十六首。另外《杂曲歌辞》和《杂歌谣辞》中收有四首，共计七十首。今存的北朝乐府民歌大多是北魏时期所传，其中也有部分为十六国时的作品。当时有相当一部分是用鲜卑族和其他北方民族语言创作的，后来才译为汉语，所以《折杨柳歌》中有"我是虏家儿，不解汉儿歌"之语。也有一部分可能原来就是用汉语创作的。据《南齐书·东昏侯纪》、《南史·茹法亮传》的有关记载，以及梁武帝和吴均所作《雍台》诗，可知北朝鼓角横吹曲曾先后输入齐、梁，并由梁乐府保存下来。

北朝乐府民歌内容比南朝乐府民歌要丰富，而且情调也迥然不同：

第一，南朝乐府民歌大多产生于长江流域，那里山明水秀，风光绮丽，所以诗中景物也多秀美清丽，具有江南秀媚的特点。北朝乐府民歌大多产生于北方平沙大漠、草原旷野之地，所以诗中景象多具北方雄浑的特点。如《敕勒歌》：

> 敕勒川，阴山下。天似穹庐，笼盖四野。天苍苍，野茫茫，风吹草低见牛羊。

敕勒，是当时居于朔州（今山西北部）的一个民族。这首歌为北齐人斛律金所唱。本为鲜卑语，翻译为汉语演唱，故长短不齐。诗中所描绘的景象，典型地反映了北方地区的特点。那苍茫辽阔的草原，随风起伏的牧草，时隐时现的牛群和羊群，都显示出一种雄浑的气势，有力地烘托出北方民族开阔爽朗、乐观豪迈的胸襟和气质，这是南方乐府民歌中所没有的。

第二，在南北对峙的数百年中，南方相对比较安定，城市经济相对发达，统治者多沉湎于征歌买舞、寻欢作乐之中，民间也多温柔善媚之风，故诗中多以情爱为主。北方则长期战争不断，人民生活痛苦不堪，故诗中多反映动乱带来的凄苦之音。如：

> 男儿可怜虫，出门怀死忧。尸丧狭谷中，白骨无人收。（《企喻歌》第四首）
> 兄在城中弟在外，弓无弦，箭无栝，食粮乏尽若为活？救我来！救我来！（《隔谷歌》）

"尸丧狭谷中，白骨无人收"的景象，在建安诗歌中我们屡屡可以看到，北朝乐府民歌在反映乱离方面与建安时期的诗歌相通。后一首写士兵弓绝食尽、孤立无援之际呼天抢地求救的情景，读之令人心神震颤不已。

《陇头歌》三首抒写人民离乡背井、流离失所的苦痛，尤为深沉感人：

> 陇头流水，流离山下。念吾一身，飘然旷野。
> 朝发欣城，暮宿陇头。寒不能语，舌卷入喉。
> 陇头流水，鸣声幽咽。遥望秦川，心肝断绝！

歌中极言行役飘泊之苦，千载之下，读来仍不禁令人神伤。

北方民族的游牧生活以及长期不息的战争状态，培养了他们勇敢刚毅的性格，也造就了他们的尚武精神。这种尚武精神在诗中屡有反映。如：

健儿须快马，快马须健儿。跸跋黄尘下，然后别雄雌。(《折杨柳歌》第四首)

新买五尺刀，悬著中梁柱。一日三摩娑，剧于十五女。(《琅琊王歌》第一首)

男儿欲作健，结伴不须多。鹞子经天飞，群雀两向波。(《企喻歌》第一首)

胡应麟曾批评南朝乐府"了无一语丈夫风骨"，而称赏北朝乐府的"刚猛激烈"(《诗薮·杂编》卷三)，虽然话说得比较偏激，但是对它们的特点是概括得很准确的。

第三，同是爱情诗，南北乐府民歌也有不同。大抵南歌言爱情多委婉含蓄，意在表现一种温情，动人处常在缠绵悱恻之间。北朝乐府民歌言爱情则多爽快直露，意在表现一种坦诚，动人处常在不遮不掩、干脆利落之时。如：

门前一株枣，岁岁不知老。阿婆不嫁女，那得孙儿抱？(《折杨柳歌》第二首)

敕敕何力力，女子临窗织。不闻机杼声，只闻女叹息。问女何所思？问女何所忆？"阿婆许嫁女，今年无消息！"(《折杨柳歌》第三首)

驱羊入谷，白羊在前。老女不嫁，蹋地呼天！(《地驱乐歌》第二首)

谁家女子能行步，反著袆禅后裙露。天生男女共一处，愿得两个成翁妪！(《捉搦歌》)

月明光光星欲堕，欲来不来早语我！(《地驱乐歌》)

这种对待婚姻和男女情爱的态度是何等的直率、开放！可以见出北方民歌较少受封建礼教束缚的精神风貌。

北朝乐府民歌还有一些南朝乐府民歌所没有的内容。如反映贫富对立的："快马常苦瘦，剿儿常苦贫。黄禾起嬴马，有钱始作人！"(《幽州马客吟》)"雨雪霏霏雀劳利，长嘴饱满短嘴饥。"(《雀劳利歌》)也有写汉人反抗匈奴贵族的，如《杂歌谣辞》中的《陇上歌》，就是汉族人民歌颂陈安为反抗匈奴贵族刘曜而壮烈牺牲的作品。

北朝乐府民歌在艺术上也有自己的特色。大致说来，它的风格以古朴苍劲、悲凉慷慨为主，质直中显出粗犷，坦率中显出豪迈，与南歌的宛转柔靡形成鲜明的对比。在体裁方面，它除了五言四句之外，还有七言四句的七绝体，并发展了七言古体和杂言体，这是它比南朝乐府民歌更有创造性的地方。

北朝乐府民歌的代表作是《木兰诗》。这首诗在《乐府诗集》中属"梁鼓角横吹曲"。陈释智匠所撰《古今乐录》中已有著录,因此,其创作时代不会晚于陈代,可以肯定为北朝乐府民歌。从它的修辞情况看,它也可能经过文人的润色和加工。

诗的主人公木兰是一个极有光彩的女性形象。她不仅勤劳能干,而且深明大义、勇敢顽强。在国家面临强敌、征兵文书接连传来的时候,在父老弟幼的情况下,她女扮男装,代父从军,表现出崇高的自我牺牲精神。从军十二年,身经百战,出生入死,成了一位功勋卓著的"壮士",表明她能征善战,不仅武艺超群,而且智慧非凡。尤其可贵的是,凯旋归来以后,面对高官重爵、荣华富贵,她视之若浮云,义不受赏,只愿"送儿还故乡"。表明她从军的目的只是为了抵御外患,保家卫国,她的理想是与家人团聚,过和平安定的劳动生活。这样的思想境界,真正的光明磊落,可歌可颂。诗的结尾说:"雄兔脚扑朔,雌兔眼迷离,双兔傍地走,安能辨我是雄雌!"对木兰以一女子而能与男子并肩感到无比自豪。木兰这一形象,成功地显示了妇女自身的能力和智慧,有力地批判了传统的重男轻女的陋习。这是一位体现了中华民族广大妇女斗争精神和道德情操的理想化身,在她身上,展示了妇女要求平等、要求独立解放的光明前景。

从艺术的角度说,这首诗有三个特点:

第一,它是一首成功的叙事诗,在我国古代叙事诗的发展史上有重要地位。它与《孔雀东南飞》可以说是我国诗歌史上的"双璧",两者异曲同工,前后辉映。《孔雀东南飞》的叙事线索基本上采取双线,尤重场面的精细铺排,擅长营造悲剧气氛。《木兰诗》则全用单线,着重于木兰的经历,情节腾挪跌宕,出人意表。它也有精彩的场面描写,但下笔大刀阔斧,粗犷健迈,擅长渲染一种喜剧情调。《孔雀东南飞》读来使人悲不能禁,《木兰诗》读来则使人情志昂扬。

第二,语言修辞丰富多采,富于韵律美。从语言角度看,此诗既有古朴自然、似信口道出的口语(如开头"问女何所思,问女何所忆","东市买骏马,西市买鞍鞯,南市买辔头,北市买长鞭"等,均极本色),又有华丽工稳、精妙绝伦的律句("朔气传金柝,寒光照铁衣,将军百战死,壮士十年归"等),既多五言,又多杂言,这些都非常和谐地统一起来,造成一种活泼明快、流畅自然的语言风格。从修辞角度说,它运用了多种修辞手法,有夸张(如"万里赴戎机,关山度若飞")、有比喻(如"雄兔脚扑朔,雌兔眼迷离,双兔傍地走,安能辨我是雄雌")、有顶针(如"军书十二卷,卷卷有爷名"、"归来见天子,天子坐明堂")、有对偶(如"策勋十二转,赏赐百千强"、"当窗理云鬓,对镜贴花黄”）、有铺排（如“爷娘闻女来，出郭相扶将；阿姊闻妹来，当户理红妆；小弟闻姊来，磨刀霍霍向猪羊”）等等。运用了如此多的修辞手法，却未见雕琢斧凿之痕，未失古朴刚健、本色自然的民歌特色。本诗的押韵也体现了民间歌谣押韵的特色，它不避重字，通篇除开头数句押仄韵外，其余都平韵相转，而且转得很自然，读起来也觉铿锵谐和，具有音乐美。

第三，善于剪裁，取舍恰当，展示了一幅跌宕多姿的艺术画面。如十年战争生活，只用“万里赴戎机”六句加以概括，而对归家后的情景却作了详细描写，既给人以深刻的印象，也符合表现主题和塑造人物形象的需要。

北朝乐府民歌对当时和后世的影响也是很深远的。它慷慨悲凉、刚健豪壮的艺术风格为文人所称道。元好问诗云：“慷慨歌谣绝不传，穹庐一曲本天然。中州万古英雄气，也到阴山敕勒川。”（《论诗绝句三十首》其七）他的《歧阳》诗中有“歧阳西望无来信，陇水东流闻哭声”，后句就是化用《陇头歌辞》写成。其实在当时庾信、王褒、徐陵的作品中也都出现了陇头流水意象。如庾信“关山则风月凄怆，陇水则肝肠断绝”（《小园赋》），“莫不闻陇水而掩泣，向关山而长叹”（《哀江南赋》）。徐陵直接以《陇头水》标题，写出“回首咸阳中，唯言梦时往”（《其一》）、“陇头流水急，水急行难度”（《其二》）的军旅思乡情怀。王褒“心悲异方乐，肠断陇头歌”（《渡河北》）亦表达了相似的感情。这些正是乐府民歌对文人诗影响的实例。其中对后世影响最大的是《木兰诗》。木兰这个光彩照人的巾帼英雄形象，一直到现在还英气勃勃地出现在戏曲舞台上，成为鼓舞人民积极向上的精神力量。《木兰诗》中的一些表现方法，也常为后世文人所取法。①

---

① 参见马积高、黄钧主编《中国古代文学史》上，湖南文艺出版社1992年5月版。

第八章 魏晋南北朝辞赋

第一节 魏晋南北朝辞赋的特点

魏晋南北朝是我国辞赋发展的一个重要转变时期。这个时期的辞赋作家与辞赋作品，据严可均辑《三国六朝文》和陈元龙辑《历代赋汇》统计，有作品保存至今的作家有二百八十四人，保存至今的作品（包括残缺）有一千零九十五篇。其总数为今存汉赋（包括残缺）的六倍。而且辞赋作品在五十篇以上的作家有曹植（五十八篇）和傅玄（五十六篇），这也是以前未曾有过的盛况。这个时期辞赋的发展具有下述特点。

第一，抒情化的复归，并有明显的诗赋合流的趋势。先秦辞赋虽也有述理与体物的内容，但以屈原作品为代表的先秦辞赋，抒情化是其主导倾向，具有作家鲜明的个性特点。汉赋虽也有抒情之作，但主导倾向是以体物为主。自东汉末年开始，以抒情咏物为主的小赋逐渐增多。魏晋南北朝时期，虽仍有散体大赋，但咏物抒情小赋占了较大的比重，成为这个时期辞赋的主流。它们或表现对人生的执着追求，或反映现实人生的困苦，或描写自己的坎坷命运，或叙述田园山水的乐趣，或歌唱自己的生活情趣，或描绘日常生活中的各种事物以寄托自己的情思。一般篇幅短小，语言华美，表现出鲜明的个人特色。不仅内容逐渐诗化，形式也逐渐融入五、七言诗句；随着永明新体诗的产生，诗句逐渐律化，融入辞赋的诗句也逐渐律化。辞赋出现这种抒情化与诗赋合流的趋势，是当时哲学思想和文学观念演变的结果。

第二，语言趋向骈偶化，出现辞赋的一种新形式——骈赋。骈赋的基本特征就是语言骈偶化。骈偶是魏晋南北朝辞赋的主导倾向。这个时期的一些大赋，如何晏《景福殿赋》、谢灵运《山居赋》、沈约《郊居赋》、庾信《哀江南赋》，都是骈赋。所谓骈赋，就是用骈文的艺术写作辞赋。

第三，艺术风格由汉代散体大赋的堆垛板滞转变为清深绮丽。汉代散体大赋的特点之一是"铺采摛文"，但汉人理解的"文采"，只局限于文字的华美。因此，汉赋的语言风格往往是罗列名物，堆砌双声叠韵形容词。汉大赋的另一特点是"体物"，而汉人理解的"体物"，就是"极声貌以穷文"，只求形似，一般不注意情景交融。魏晋南北朝时期的辞赋一般都语言清新活泼，尤其是描写方面，往往借物抒情，托物言志，细腻地描写作者或作品中人物的不同心理状态，深入地揭示出人物的内心世界，很少枯燥板滞的铺叙和奇僻字的堆垛，而是情景相生，情与境会，具有鲜明的艺术形象，寄寓着作者的人生理想，或者是对现实中某种现象的讽刺。

第四，辞赋的题材大大扩展。汉大赋的题材，大都以宫殿、游猎、京都、歌舞为主，咏物赋也多是写帝王贵族身边之物。东汉以后，稍有变化，然其范围仍然狭小。到魏晋南北朝，辞赋的题材大大扩展，抒情、说理、咏物、叙事，各种内容都有；登临、凭吊、悼亡、伤别、游仙、招隐，各种人生题材都写到。其中最多的是咏物赋。但有寄兴者，或托物言志，或借物抒情，或托物以讽，如张华《鹪鹩赋》、谢惠连《雪赋》、谢庄《月赋》、鲍照《飞蛾赋》、元顺《苍蝇赋》、卢元明《剧鼠赋》，就不是一般的咏物赋，而是高度形象化的咏物抒情赋或咏物讽刺赋。这个时期，又是写景抒情的记游辞赋发展的时期。这类记游辞赋以作者游踪为线索，写景抒情，一般都写得情景交融，是很优美的山水文学。此外，还有一项重要题材，就是以作者的身世经历为线索，广泛联系作者所经历的历史事件，反映时代风云的变幻。反映这一题材的赋，如李谐《述身赋》、沈炯《归魂赋》、颜之推《观我生赋》、庾信《哀江南赋》，不仅本身有其重要的历史价值与艺术价值，对唐代诗歌发展的影响也是巨大的。

刘师培在《论文杂记》中说："建安之世，七子继兴，偶有撰述，悉以排偶易单行，即非有韵之文，亦用偶文之体，而华靡之作，遂开四六之先，而文体复殊于东汉。"他指出，建安时期是文风转变的重要时期。随着整个文风的转变，辞赋也处于重大的转变之中，这正是这个时期辞赋发展的重要特点。

第二节　魏晋辞赋

建安正始时期杰出的辞赋作家有王粲、曹植和阮籍、嵇康等人。

王粲《登楼赋》是他在荆州依附刘表时所作。所登之楼，或以为在江陵，或以为在襄阳，《文选》李善注引盛弘之《荆州记》以为是当阳县城楼。从赋中"北弥陶牧，西接昭邱"来看，以当阳城楼近是。王粲流落荆州，得不到刘表的重视，深抱怀才不遇的感慨；又眼见兵燹日炽，国家离乱，有家难归，内心充满悲愤与忧惧。故借登楼骋望之际，寓情于景，写下这篇小赋。赋描写了伤感乱离、思念故乡与自悲不遇三种感情。作者将这三种感情交织起来，展现了广阔的社会背景,揭示了流落他乡,寄人篱下,匏瓜徒系,井渫莫食的那种壮志难伸的悲愤,很好地表达了乱世中失意士子慷慨悲凉的情怀。作者本想假登楼以消忧,结果反而"气交愤于胸臆",以致"夜参半而不能寐兮,怅盘桓以反侧"。情感如谷中溪流,斗折蛇行,以舒缓深沉的笔调委婉曲折地表达出来,达到了情景融为一体的艺术效果。

曹植的赋大都是"触类而作"(《前录自序》),他的平生遭际,从个人的升沉哀乐,亲友的欢会离别,直至军国大事,无不形之于赋。这些赋,情之所至,或慷慨悲歌,或低回咏叹,或奋发激昂,或抑郁愁苦,或文采缤纷,或浅近如话,显示出多样的风格。而最著名、最能代表其艺术成就的是《洛神赋》。

赋序称"感宋玉对楚王神女之事,遂作斯赋"。它以浪漫手法,通过幻想境界,描写了一个神人相恋,而又无法结合,终于含恨分离的悲剧故事,充满着抒情气氛与神奇色彩。作者将一位端庄秀丽的美女形象刻画得十分生动传神:

> 其形也,翩若惊鸿,婉若游龙,荣曜秋菊,华茂春松。仿佛兮若轻云之蔽月,飘飘兮若流风之回雪。远而望之,皎若太阳升朝霞;迫而察之,灼若芙蓉出渌波。秾纤得衷,修短合度。肩若削成,腰如约素。延颈秀项,皓质呈露,芳泽无加,铅华弗御。云髻峨峨,修眉联娟。丹唇外朗,皓齿内鲜。明眸善睐,辅靥承权。瓌姿艳逸,仪静体闲。柔情绰态,媚于语言。奇服旷世,骨像应图。披罗衣之璀粲兮,珥瑶碧之华琚。戴金翠之首饰,缀明珠以耀躯。践远游之文履,曳雾绡之轻裾。微幽兰之芳蔼兮,步踟蹰于山隅。

特别是写她将至未至的神情,更刻画出了水上女神的特点,给人以若真若幻的感觉:"体迅飞凫,飘忽若神,凌波微步,罗袜生尘,动无常则,若危若安;进止难期,若往若还。"这种描写,其成就远非宋玉《神女赋》可以比拟。关于这篇赋的主题,《文选》李善注引《感甄记》,以为是曹植为感念甄后而作。此纯系小说家言,殊不足信。而何焯《义门读书记》则认为:"植既不得于君,因济洛以作为此赋,托词宓妃以寄心文帝,其亦屈子之志也。"较旧说为胜。然从与此赋同时所作的《赠白马王彪》一诗看,曹植对其兄曹丕绝无好感,用如此美丽多情的神女去比曹丕,似不合情理。

阮籍是"正始之音"的代表作家之一,他的辞赋也颇有特色,是"正始之音"的重要组成部分。阮籍赋今存七篇。他的诗"厥旨渊放,归趣难求",其赋也多闪烁其辞,不直接涉及时事,但其愤世嫉俗之情,却随时借题迸发,且辛辣尖刻。讽世尤切者为《猕猴赋》与《大人先生传》。《猕猴赋》以物喻人，把那些人面兽心的干进之徒的丑恶嘴脸刻画得淋漓尽致。

《大人先生传》在体制上融合问答体文赋与骚体赋两种体格，以问答展开辩论，以骚体进行描写，在赋体中是一种创造。赋着力表现的人物是大人先生。他鄙视现实，神游四海之表、天地之外，"应变顺和，天地为家，运去势颓，魁然独存，自以为能足与造化推移，故默探道德，不与时同"，这就是他应付乱世的方式方法。这位大人先生正是作者的自况。这个形象是《庄子》书中所描写的真人、神人的形象化，也是作者愤世嫉俗的感情的表露。赋中还借大人先生之口将那些礼法之士比作裤中的虱子，这种比喻极为生动巧妙，笔锋辛辣之至。而这正是阮籍愤世嫉俗之情的深刻表述。

陆机、潘岳、左思是西晋著名诗人，也是著名辞赋作家。

陆机赋今存二十九篇，其中较著名的是《叹逝赋》、《豪士赋》与《文赋》。

《叹逝赋》作于陆机四十岁时，是为悼念亡故的亲友而作，颇有"忧生之嗟"，情调十分悲凉。《豪士赋》是为讽谏齐王而作。《文赋》是继曹丕《典论·论文》之后一篇重要的文学理论批评著作。它对文章的构思过程及作文的艰苦，作了细致的描摹，对各体文章的不同风格作了具体的说明，指出"诗缘情而绮靡，赋体物而浏亮"。在文学批评史上有着不可磨灭的功绩。作品对许多抽象的理论问题作了形象的描绘。如描写作家的艺术构思"其始也，皆收视反听，耽思旁讯，精骛八极，心游万仞；其致也，情瞳眬而弥鲜，物昭晰而互进"，充分发挥了赋"体物"的特点，在艺术上也是有特色的。

潘岳赋以长于抒情见称，《秋兴赋》、《西征赋》、《闲居赋》是其的代表作。①

《秋兴赋》是潘岳三十二岁时所作。潘岳少年得志，泰始四年（268）二十二岁时即以《藉田赋》受人推崇。因才高而招致怨恨，栖迟十年，不得升迁。他沉沦下僚，内心苦闷，就写了《秋兴赋》。赋写得精美而清婉，丽而不繁，柔而不靡，别具一种清丽的风格。《西征赋》是他赴任长安令时所作。赋中详细记述了沿途所经之地的山川形胜、人物古迹及关中风土人情，寄寓了他对现实的感慨。此赋是前代述行赋的继续，但体制更大，征引更博，笔端仿佛萦绕着一股驱之不散的愁绪，落笔之处触景伤情，表现出一种凄

---

① 潘岳赋在当时比较有名，《文选》曾选录潘岳的八篇赋，即《藉田赋》、《射雉赋》、《西征赋》、《秋兴赋》、《闲居赋》、《怀旧赋》、《寡妇赋》、《笙赋》，加上赋体文《哀永逝文》则共有九篇。

婉的风格。刘勰称其"钟美于《西征》",可见其赞赏之至。《闲居赋》作于元康六年(296)潘岳五十岁闲居洛阳之时。他回顾三十年的宦海生涯,"八徙官而一进阶,再免,一除名,一不拜职,迁者三而已矣",可谓坎坷不平。因而心灰意冷,不免牢骚满腹,想退出官场,优游山林。赋展现了一幅京城和市郊封建庄园及其主人安乐生活的图景,描写了潘岳幽静高雅的"养拙"生活,抒发了他"有道吾不仕,无道吾不愚,何巧智之不足,而拙艰之有余"的不得志的牢骚。

左思的《三都赋》是其精心构制的作品。赋假设西蜀公子、东吴王孙与魏国先生三人论难,分别描写蜀都(四川成都)、吴都(建业,今南京市)、魏都(邺,今河北临漳)的山川城邑,物产习俗,田猎歌舞,典章制度。其特点在征实,它所强调的真,乃是物真事真,而非情真意真,所走的仍是汉大赋堆砌名物、铺张扬厉的老路。除《蜀都赋》中描写蜀地富饶及风俗两段较为警策外,大都缺乏精彩生动之笔。故此赋虽然"豪贵之家,竞相传写,洛阳为之纸贵"(《晋书·左思传》),但终因缺乏独创性而文学价值不高。

东晋比较杰出的辞赋作家是陶渊明。陶渊明的辞赋今存三篇:《归去来兮辞》、《闲情赋》和《感士不遇赋》。其赋抒情坦率真挚,风格平易自然,在魏晋时期独树一帜。《归去来兮辞》是陶渊明四十一岁辞去彭泽令退隐田园的第二年春天写的。作品描写了退隐田园时的愉快心情和隐居生活的乐趣,说明归隐的原因是"世与我而相违"。作者将隐居生活写得十分美好,并与污浊的官场相对比,表示他对官场生活的厌弃。赋中虽杂有乐天知命的消极思想,但他不与当权者合流,退隐农村、洁身自好,这在当时是有积极意义的。赋以清新流丽的语言描写他清幽恬淡的生活,将写景、抒情、哲理熔为一炉,达到浑然一体的境界,在艺术上已是炉火纯青。欧阳修说:"晋无文章,惟陶渊明《归去来辞》而已。"

第三节　南朝辞赋

南朝刘宋时期杰出的辞赋作家首推鲍照。谢惠连《雪赋》、谢庄《月赋》也是辞赋史上的名篇。

鲍照赋今存十篇,《芜城赋》是其最负盛名的代表作。这是一篇慨叹历史兴衰变化的吊古之作。芜城指广陵(今扬州),广陵在西汉时已成为繁华都市。到刘宋时,连遭破坏。先有元嘉二十七年(450)拓跋焘南侵,后有大明三年(459)竟陵王刘诞据此谋反,讨平后"帝命城中无大小悉斩"。鲍照大约于大明四年（460）至广陵，见其荒凉破败，乃作此赋以抒发今昔盛衰之感，故以"芜城"命篇。赋首先通过今昔盛衰的强烈对比，尤其描写城市荒芜一段更是凄清可怖，将一个"芜"字刻画得淋漓尽致，使人读后产生无限的悲伤与惆怅。然后在此描写的基础上直抒胸臆，以芜城之歌作结：

> 边风急兮城上寒，井径灭兮丘垄残。千龄兮万代，共尽兮何言！

华屋山丘，人生无常，任你盛极一时，到头来不过一抔黄土，不能不使人感慨万千。赋通过广陵城的盛衰变化，对统治者的穷奢极欲和"图修世以休命"的妄想进行了含蓄的讽刺，对乱后的荒凉破败寄寓了深沉的感慨。许梿《六朝文絜》说："宋孝武时，临海王子顼有逆谋，照为参军，随至广陵，见故城荒芜，乃汉吴王濞所都。濞以叛逆被灭，照因赋其事讽子顼。"据此则此赋更是有感而发。这篇赋运用华丽典雅的词藻，警策整齐的排句，清亮和谐的韵律，描写抒情，苍劲悲凉，凝练哀切，表现出独特的艺术风格。孙矿评为"情胜乎词"（《文选评》），正指出了它的特点。

谢惠连（397—433），陈郡阳夏（今河南太康）人。十岁能属文，本州辟为主簿，不就。元嘉七年（430），为司徒彭城王义康法曹行参军，世称"谢法曹"。年三十七卒。其赋今存五篇，以《雪赋》最著称。《雪赋》假设梁王与邹生、枚叟、司马相如一起赏雪而命相如赋雪展开描写，扣住雪"因时兴灭"的特点，写出雪随时入俗因物赋形的品格，将咏物与抒情结合起来。着重写人对雪的感受，将雪作为联系人的某种思想感情的审美对象。这在反映自然现象的文学作品中是一个很大的进展，是赋趋向诗化的重要演进。

谢庄（421—466），字希逸，陈郡阳夏（今河南太康）人，谢灵运族侄。历仕宋文帝、宋孝武帝、宋明帝三朝，官至中书令，加金紫光禄大夫，世称"谢光禄"。今存赋四篇，以《月赋》最有名。《月赋》假设陈王曹植与王粲月夜游吟的故事展开描写，尤其以描写皓月当空的一段最为传神：

> 若夫气霁地表，云敛天末，洞庭始波，木叶微脱。菊散芳于山椒，雁流哀于江濑，升清质之悠悠，降澄辉之霭霭。列宿掩缛，长河韬映，柔祇雪凝，圆灵水镜，连观霜缟，周除冰净。

天边的云气、洞庭的秋波、散芳的野菊、哀鸣的孤雁，以至如雪的大地、如水的天空，无不渲染出皓月的光辉。无一字写月，而无一字非月，别有一番迷人的境界。赋描写了月"胸胱警阙，腓魄示冲"的美德和"连观霜缟，周除冰净"的洁白，抒发了作者思贤念友、怀想美人的情怀。将"陈王初丧应刘"的悲愁、思贤念友的情怀与皎洁的月色融为一体。孙𬭯评为"只写月夜之情，非为赋月也"，正是此赋的重要特色。

从谢惠连《雪赋》与谢庄《月赋》，可以看到这时咏物赋的一些重要变化。内容上，多写人生悲感，善叙悲情，成为南北朝辞赋的重要特色。结构上，虽仍用"述客主以首引"结构篇章，但已不是用来铺排叙事，而是以之咏物抒情；不是用来结构鸿篇巨制，而是以之结构精巧的短章。语言上华美浓丽，精工锤炼，形成了独特的艺术风格。

齐梁陈时期从齐高帝萧道成建元元年（479）到陈后主陈叔宝祯明三年（589），共一百一十年，这是赋风的重要转变时期。这时的赋，词采更加艳丽，不但追求对偶精切，而且讲求声律和谐；句式逐渐趋向骈四俪六，隔句作对，有的则较多运用五、七言诗句，而且是律化的诗句，使赋更接近于抒情诗，出现诗赋合流的趋势。这段时期共有辞赋作家五十五人，辞赋作品一百七十八篇。杰出的作家首推江淹，萧纲、萧绎在当时也比较有名。

江淹是著名诗人，也是著名辞赋作家。今存赋二十八篇，是这时期存赋最多的作家，以《恨赋》、《别赋》最为著名。这两篇抒情短赋都有浓厚的感伤色彩，反映了当时社会士人失意的感伤情绪。

《恨赋》以人生不可避免的遗憾——死亡作为描写对象。赋一开始就以浓厚的悲伤情调作总体的描写："试望平原，蔓草萦骨，拱木敛魂。人生到此，天道宁论！"然后分别以秦始皇、赵王迁、李陵、王昭君、冯敬通、嵇康为代表，指出无论何人，不管志得意满还是潦倒一生，到头来都是魂归丘垅，一死了之。最后概括说：

> 已矣哉！春草暮兮秋风惊，秋风罢兮春草生。绮罗毕兮池馆尽，琴瑟灭兮丘垅平。自古皆有死，莫不饮恨而吞声！

春去秋来，华屋丘山，任何人也逃脱不了，这是历史发展的必然规律。这篇赋所表现的内容是东汉末年以后关于人的生命价值思考的概括。

《别赋》则以令人"黯然销魂"的离情别绪为描写对象。赋通过对各种人离别的描写，刻画了他们各自不同的心理状态，表现了他们离别时的感伤。将人们生活中这种普遍存在的感情加以概括，又从各种人的生活经历中体现出来，并显示其各自的特征，写得比《恨赋》更细腻，更富感染力。别情是人生普遍的生活体验，尤其在那个时代，社会动荡，人情冷漠，世态炎凉，变故频繁，人们随时都可能离别，一别就后会无期，更易产生"黯然销魂"之感。故赋所描写的别情，反映了一定的社会内容。作者家在北方，寄居江左，已有流落他乡之感，加以仕途失意，备尝颠沛流离之苦，故此赋也概括了江淹自己的生活体验，融进了自己的真实感情。

这两篇赋传诵不衰，还在于它的艺术成就。首先，以往的文学作品都是以具体的人物事件为描写对象，这两篇赋则把一种抽象的、普遍的感情作为描写对象，从题材到写法都很新颖别致。其次，作者运用多种艺术手法将抽象的感受具体化，使之成为可感可见的艺术形象，如《恨赋》选择历史上有代表性的六个人以表现其不同的遗憾，《别赋》则概括了七种不同情境的离别以表现不同的别情，使抽象的情感依附于具体的人或事。在描写上，有的突出各自的特点，如《恨赋》写秦王之恨，就写出了秦帝吞并天下的雄姿与雄图未毕的遗憾。有的通过环境景物的渲染，烘托出各色人物的心理，如《别赋》写行子的别愁，连风云车船都染上了感情色彩。有的用重彩描绘，如《别赋》写夫妻之别，就细腻地描写了思妇于春夏秋冬的不同感受，渲染了其空虚孤寂的心理。有的则用白描淡抹，如写恋人之别，只用眼前的春草春水、秋露秋月稍加点染，人物的心理就含蓄地表现出来。有的多角度多层次地描写，如《别赋》，或写临别的凄怆，或写别后的思念；或以明媚的春光烘托，或以凄清的秋景渲染；或只写春秋，或四季俱写，呈现出别情的多种姿态，使人读来不感到单调重复。就语言来说，词采艳丽，音调低回，骈四俪六而又参差错落，恰当地表现出那种凄神寒骨的内容。

江淹赋大都作于早期，风格于雕饰中呈苍劲之气，颇近晋宋赋而与齐梁赋不同。最能代表齐梁赋风的是萧纲、萧绎的赋。

萧纲赋今存二十三篇，其中较有特色的是写艳情的赋如《眼明囊》、《鸳鸯》和《采莲》等。这种艳情赋虽涉及女性美，但大体上都写得比较含蓄。如《采莲赋》，就塑造出一幅江南采莲图。

萧绎赋今存八篇，也较多涉及艳情。如《荡妇秋思赋》：

> 荡子之别十年，倡妇之居自怜。登楼一望，惟见远树含烟。平原如此，不知道路几千。天与水兮相逼，山与云兮共色。山则苍苍入汉，水则涓涓不测。谁复堪见鸟飞，悲鸣只翼！秋何月而不清，月何秋而不明？况乃倡楼荡妇，对此伤情。于时露萎庭蕙，霜封阶砌。坐视带长，转看腰细。重以秋水文波，秋云似罗，日黯黯而将暮，风

骚骚而渡河。妾怨回文之锦,君思出塞之歌。相思相望,路远如何! 鬓飘蓬而渐乱,心怀愁而转叹。愁萦翠眉敛,啼多红粉漫。已矣哉! 秋风起兮秋叶飞,春花落兮春日晖。春日迟迟犹可至,客子行行终不归。

这里用各种景物来烘托荡妇的心理,层层推进,字里行间,仿佛有倾吐不尽的哀怨和幽愤。最后以春日尚可期,客子之归不可期作结,尤见其善于设想。主人公虽名曰荡妇,但只细写其对客子的思念之情,实属闺怨、闺情一类,亦未涉及淫秽。

从萧纲、萧绎的赋中可以看到,梁陈赋已完全摆脱汉大赋的铺张扬厉,走向抒情化、骈偶化。这些赋文词清丽,情思绵邈,描写细腻,有南朝民歌中风情小调那种轻巧流丽的韵味。作为帝王,煞费苦心地在这种艳丽小赋上下工夫,难怪被后人指责为"亡国之音",但斥之为色情文学,则言过其实了。①

第四节 北朝辞赋

晋室南渡后,北中国长期沦为少数民族混战的战场,北方士族文人纷纷南渡。少数民族当时文化比较落后,故北朝文学远远不及南方。直到北魏孝文帝迁都洛阳,大力提倡汉化,才逐渐出现少量作品。梁末侯景之乱和西魏灭梁,南朝大批文人又流落到北朝。到北齐、北周时,北朝文学才开始繁荣,北朝辞赋的发展大体也是如此。北魏孝文帝以后,辞赋作家逐渐增多。他们的赋或讽刺现实,或反映政局的变化,或抒写情怀,思想内容和艺术技巧都有一定成就。如袁翻的《思归赋》,就抒发了作者仕途失意的苦闷,写得情景交融,词藻华美,音韵和谐,与南朝的一些抒情短赋十分相似,说明北魏后期的赋已达到一定的水平。

北魏分裂为东魏、西魏,不久又为北齐、北周所代替。这时,梁朝发生侯景之乱,梁朝覆亡。南朝许多辞赋作家流入北朝,比较著名的有颜之推。

颜之推(531—590后),字介,祖籍琅琊临沂(今属山东),东晋以来世居金陵。初仕梁为掌书记。元帝即位,官散骑常侍。西魏破江陵,被俘入关中,逃至北齐,官至黄门侍郎、平原太守。齐亡入北周,为御史上士。入隋,太子召为学士,不久病卒。他的《观我生赋》是一篇自传性作品。自注云:

---

① 参见马积高《中国文学史》(上),湖南文艺出版社 1992 年 5 月版。

"在扬都,值侯景杀简文而篡位;于江陵,逢孝元覆灭;至此而三为亡国之人。"据此,知此赋约作于577年北齐灭亡入北周之时。颜之推由梁入北齐,又入北周,亲见侯景篡弑、梁元帝与北齐后主覆亡。此赋对他亲身经历的这一系列历史事变作了概要的叙述,充满了对仇敌的愤怒,表现了对屈身事敌的羞愧和悔恨。能如此全面地反映重大的历史事件,这在赋史上是罕见的。在艺术上,疏朗的文词,遒劲的骨气,自成一种风格。

北朝最杰出的辞赋作家是庾信。

庾信赋今存十五篇。《春赋》、《七夕赋》、《灯赋》、《对烛赋》、《镜赋》、《鸳鸯赋》、《荡子赋》等七篇为在梁时作,而《三月三日华林园马射赋》、《小园赋》、《枯树赋》、《伤心赋》、《象戏赋》、《竹杖赋》、《邛竹杖赋》、《哀江南赋》等八篇则为在西魏、北周时作。

他在梁时的赋大抵描写宫廷生活,用典较多,对仗工稳,辞藻华美,音节和谐,构思精巧,喜用五、七言诗句入赋,但有纤弱之弊。到北方以后的赋,因受北朝文风的熏陶,加之身世之痛,于绮艳之中夹入慷慨之气,形成慷慨悲凉的新风貌。内容则着重表现国破家亡之痛和故国乡关之思,感情真挚,都是血泪迸溢之作。其最杰出的代表作是《哀江南赋》。

《哀江南赋》作于何时,目前尚难论定。① 倪璠《庾子山集注》定为周武帝天和年间(566—571),大体可信。庾信亲身经历了侯景之乱与梁朝的覆亡,又长期羁留北方,屈仕北朝。他作此赋的目的是"伤身世",但更主要的是"哀江南",即哀悼梁朝的覆亡。他有意总结梁朝灭亡的历史教训,故全赋对梁朝灭亡前后的历史巨变叙述得较为详细,此赋成为一轴规模空前的历史画卷。赋前有用骈文写的长序,叙述侯景之乱与江陵败亡的经过及自己在此期间流离颠沛的经历,以说明作赋的意图,抒发其羁留北国的痛苦与对故国的思念。序重在抒情。赋则论史与抒情并重,着重写了自己的家世及侯景之乱前后的经历,概述了江陵败亡和陈氏篡梁的历史,最后回顾了自己播迁的经历,抒发了乡关之思。赋中所写梁武帝时文恬武嬉,军政废弛,梁武帝本人好大喜功,梁元帝自私忌刻,置国难家仇于不顾而大肆残杀异己的丑恶面目,均可补史书之略,也反映了作者独特的见识。其中描写梁朝君臣文恬武嬉的一段说:

---

① 关于《哀江南赋》的写作年代,陈寅恪先生认为作于周宣政元年(578)(《清华学报》13卷1期);鲁同群先生认为作于庾信入北之初557年;牛贵琥先生持568年说;林怡认为作于北周天和元年(566)。

于时朝野欢娱，池台钟鼓。里为冠盖，门成邹鲁。连茂苑于海陵，跨横塘于江浦。东门则鞭石成桥，南极则铸铜为柱。橘则园植万株，竹则家封千户。西赆浮玉，南琛没羽。吴歈越吟，荆艳楚舞。草木之遇阳春，鱼龙之逢风雨。五十年中，江表无事。班超为定远之侯，王歙为和亲之使，马武无预于甲兵，冯唐不论于将帅。岂知山岳暗然，江湖潜沸。渔阳有闾左戍卒，离石有将兵都尉。天子方删诗书，定礼乐，设重云之讲，开士林之学。谈劫烬之灰飞，辨常星之夜落。地平鱼齿，城危兽角。卧刁斗于荥阳，绊龙媒于平乐。宰衡以干戈为儿戏，缙绅以清谈为庙略。

《哀江南赋》不仅内容丰富，其艺术构思与描写技巧也达到很高的水准。首先，它采用自传体与史诗性相结合的结构方式，叙述中穿插描写与抒情，作者的史识与强烈悲慨的故国情思珠联璧合，是这篇赋的突出特点。全赋以个人身世为线索，以历史事件为中心，深刻揭露梁统治者的昏庸腐朽，尤其是梁元帝的自私忌刻，反映了梁朝覆亡前后的历史巨变。以如此巨大的篇幅反映如此深刻的历史内容，在赋史上实属罕见。其次，以情为宗，以气为主。"不无危苦之辞，唯以悲哀为主"是本赋的创作审美原则。"庾文之胜处，即气不可及"，以建安为师，故情余于文，气足以掌控全局。如：

忠臣解骨，君子吞声。章华望祭之所，云梦伪游之地。荒谷缢于莫敖，冶父囚于群帅。硎谷折拉，鹰鹯批攫。冤霜夏零，愤泉秋沸。城崩杞妇之哭，竹染湘妃之泪。水毒秦泾，山高赵陉。十里五里，长亭短亭，饥随蛰燕，暗逐流萤。秦中水黑，关上泥青。于时瓦解冰泮，风飞电散。

浑然千里，淄、渑一乱。雪暗如沙，冰横似岸。逢赴洛之陆机，见离家之王粲。莫不闻陇水而掩泣，向关山而长叹。况复君在交河，妾在清波。石望夫而逾远，山望子而逾多。才人之忆代郡，公主之去清河。栩阳亭有离别之赋，临江王有愁思之歌。别有飘飘武威，羁旅金微。班超生而忘返，温序死而思归。李陵之双凫永去，苏武之一雁空飞。……

至于终篇，"如大曲之入破，一气到底，而句法变化，议论锋起，貌虽俪体，直是散行。"①而连续驱遣"之"、"而"、"於"、"曰"、"焉"、"不有"、"其何"等虚字，纯任自然，不假雕凿，与刻镂堆砌完全不同。虚实相生，疏密相间，文采富

① 饶宗颐《文辙》，《文学史论集》第 431 页，见《论庾信〈哀江南赋〉》，台湾学生书局 1991 年版。

丽,故庾赋不仅以气取胜,情采尤不可胜,与前期轻艳侧媚文风迥异。陈沆说:"或谓子山终餐周粟,未效秦庭。虽符麦秀之思,终惭采薇之操。然六季云扰,多士乌栖。康乐、休文遗讯心迹。求共廉颇将楚,思用赵人;乐毅奔郸,不忘燕国者,又几人哉!'首邱'之思,亦可尚已。"①庾信以骈赋的形式,虚实相生的手法,将自己亲身经历的侯景之乱和未亲历的梁亡悲剧,生动全面真实地展现成时代画卷,用典繁密而达到使事无迹的浑然境界,形成既沉郁雄健,又顿挫有致的独特风格。庾信《哀江南赋》成为骈赋划时代的杰作。

《小园赋》也是庾信羁留北方、思归故国而不可得时所写的一篇悲凉苍劲的抒情赋。赋一开始就叙述自己本为长安羁旅,只求容身之所,不求高堂华屋,表示屈仕北朝,并非本意。接着写小园的自然景色,将其描绘得清新可喜,表现出庾信似乎安于恬淡的闲适心情。但赋中反复强调其心情凄苦,以致园中任何景色,均唤不起他愉悦的心情,说明他的闲适只不过是丧失生机后的麻木,初步写出了他满腹的愁苦。最后庾信将自己的愁苦心境与身世遭遇联系起来,抒发自己被迫羁留北方的苦痛,把满腔的家国之恨倾泻出来,词情极其悲苦。庾信热爱故乡故国,深以屈事异邦为耻,盼望南归。但北周始终留住他不放,使他极为痛苦。倪璠说:"《小园赋》者,伤其屈体魏周,愿为隐居而不可得也。其文既异潘岳之《闲居》,亦非仲长之乐志,以乡关之思,发为哀怨之词也。"(《庾子山集注》)正指出了这篇赋内容上的特色。这是一篇骈赋,辞采华丽,对仗工整,而且骈四俪六,隔句作对。全文用典多而不堆砌,尤其是将口语写进骈俪的句子,别具风味。如"一寸二寸之鱼,三竿两竿之竹","欹侧八九丈,纵横数十步","榆柳两三行,梨桃百余树",语言清新自然,于华艳中又显现清淡的色彩。总之,此赋借"小园"美景反衬矛盾心情,艺术上达到了纯熟的"老成"境界。

庾信是南北朝辞赋集大成者。《北史·文苑传》指出当时南北不同的文风说:"江左宫商发越,贵于清绮;河朔词义贞刚,重乎气质。"南朝与北朝辞赋同样有这种差异。庾信则融合南北赋风为一体。他的赋既具有南朝赋的"发越清绮",又具北朝赋的"贞刚气质",从而形成一种绮丽苍劲、发越悲凉的风格。他是赋史上最杰出、最重要的辞赋作家之一。

---

① (清)陈沆《诗比兴笺》卷二,上海古籍出版社1981年版。

第九章　魏晋南北朝骈文与散文

　　魏晋南北朝是我国文章由散文逐渐向骈文转变，骈文取代散文，成为
"一代之文学"，几乎独占文章园地的时期。①

　　骈文，即骈俪文，也叫骈偶、四六等。两马并驾曰骈，两人并耕曰偶。以
两两相对的句子构成的文章，就叫骈文。所谓相对，首先是指句意的排比，
其次指句法上的对仗工整；在声律方面，骈文一般要求平仄相对，声韵相协；
往往以用典为工，以博雅见长，通过典故的广泛运用，扩大作品的艺术容量，
收到词约而意博的效果。

　　骈文和散文是相对而存在的。散文是一种比口语精练，而又不受形式
约束的自由体文章；骈文则是一种以对偶为主的规范化、格律化的文章。它
们不仅有不同的体制要求，而且有各自的特色，情调和风格有明显的差别：
散文讲求伸缩离合之法，以错综变化为能，骈文则强调句式的对仗，以整齐
工巧为美；散文往往以气势取胜，开合顿挫气势磅礴，骈文着重声律词采的
排比，上抗下坠，铿锵有声；散文以简练、朴质、平淡、本色为高，骈文则以典
雅、含蓄、凝练、浓丽为贵；散文长于叙事析理，骈文则便于写情状物。

　　魏晋时期，人们进一步认识到文学的重要特点就是词采华丽，文人大量
地自觉运用骈偶，从而使骈文与散文分道扬镳，各自发展。不过，魏晋骈文
对偶声律都不甚严格。比较严格的骈文，始自任昉、庾信以后。概言之，骈
文滥觞于汉魏，形成于魏晋，盛行于南北朝。

第一节　建安魏晋时期的骈文与散文

　　建安曹魏时期是我国散文史上一个开风气的时代。这时期文章的一个

---

　　①　骈文、骈俪文的名称出现较晚，大约在唐以后。南北朝时，只有文笔之分。《文心
雕龙·总术》："今之常言，有文有笔，以为无韵者笔也，有韵者文也。"故清李兆洛《骈体文
钞序》说："自秦迄隋，其体递变，而文无异名；自唐以来，始有故之目，而且六朝之文为骈
俪。而为其学者，亦自以为与古文殊路。"到了宋代又称骈文为"四六文"。

显著变化是清峻、通脱，另一个变化是抒情化和骈偶化。曹氏兄弟及建安七子的文章大都骈散兼行而以偶句为主，加上这个时期的作家"志深而笔长，梗概而多气"（《文心雕龙·时序》），文章更是笔带感情，一唱三叹，慷慨悲凉，于整饬中带着清刚疏朗之气，形成一种独特的艺术风格。这个时期散文的代表作家为三曹、诸葛亮和七子中的孔融、陈琳、阮瑀与嵇康、阮籍，此外，如繁钦、杨修、吴质及陆凯、韦昭等人的文章也都写得颇有情致。

曹操，鲁迅说他是"改造文章的祖师"，"文章从通脱得力不少，做文章时又没有顾忌，想写的便写出来"（《魏晋风度及文章与酒及药之关系》）。他的文章确实具有豪爽、坦率、自然、通脱的风貌。如他在《让县自明本志令》中诉说了自己的心曲之后说：

> 今孤言此，若为自大，欲人言尽，故无讳耳。设使国家无有孤，不知当几人称帝，几人称王。或者人见孤强盛，又性不信天命之事，恐私心相评，言有不逊之志，妄相忖度，每用耿耿。

鲁迅说："这几句话他倒并没有说谎。"因为当他于建安十五年（210）作此文时，三国鼎立之势初定，北方尚在用兵，曹操虽已有相当势力，但并非踌躇满志，所以肯推心置腹。张溥说："《述志》一令，似乎欺人，未尝不抽序心腹，慨当以慷也。"（《汉魏六朝百三名家集》）这"抽序心腹"就使文章显得自然。他的《遗令》也不依旧有格式，竟讲到遗下的衣服和婢妾伎人的处置，发自肺腑，有动人心脾之处，反映了他临终时的思想感情。他的《举贤勿拘品行令》说得更加大胆：

> 今天下得无有至德之人放在民间，及果勇不顾，临敌力战；若文俗之吏，高才异质；或堪为将守，负污辱之名，见笑之行；或不仁不孝，而有治国用兵之术；其各举所知，勿有所遗。

鲁迅说："曹操征求人才时也是这样说，不忠不孝不要紧，只要有才便可以，这又是别人所不敢说的。"（《魏晋风度及文章与酒及药之关系》）

曹操的文章敢言无忌，形式自由随便，语言朴质自然，不尚华词，开创了清峻、通脱的建安文风。

曹丕的文章语言渐趋华美，骈偶气息重，抒情气氛浓，代表着文章由质趋华的倾向。如《与朝歌令吴质书》就以整齐的语句，华丽的词藻，抒写对挚友的深情。吴质是曹丕的下属,但该文并无盛气凌人之意,只是抒情叙旧,写得文情并茂。这种文章在此之前是罕见的。即使议论文章曹丕也写得情致缠绵,一唱三叹。如《典论·论文》:

> 盖文章经国之大业,不朽之盛事,年寿有时而尽,荣乐止乎其身,二者必至之常期,未若文章之无穷。是以古之作者,寄身于翰墨,见意于篇籍,不假良史之辞,不托飞驰之势,而名声自传于后。故西伯幽而演《易》,周旦显而制礼,不以隐约而弗务,不以康乐而加思。夫然则古人贱尺璧而重寸阴,惧乎时之过已。而人多不强力,贫贱则慑于饥寒,富贵则流于逸乐,遂营目前之务,而遗千载之功。日月逝于上,体貌衰于下,忽然与万物化迁,斯志士之大痛也。

这段文章骈偶中带着散文的气势,以感慨发端,论述文学事业的历史地位,不装腔作势,只是款款道来,是说理也是抒情,极富感染力。曹丕的文章代表着建安文风骈偶化、抒情化的特色。

曹植的文章与其兄风格相近,而且更加靡丽恣肆。如《与吴季重书》:

> 前日虽因常调,得为密坐,虽燕饮弥日,其于别远会稀,犹不尽其劳积也。若夫觞酌凌波于前,箫笳发音于后,足下鹰扬其体,凤叹虎视,谓萧曹不足俦,卫霍不足侔也。左顾右盼,谓若无人,岂非吾子壮志哉? 过屠门而大嚼,虽不得肉,贵且快意,当斯之时,愿举泰山以为肉,倾东海以为酒,伐云梦之竹以为笛,斩泗滨之梓以为筝,食若填巨壑,饮若灌漏卮。如上言,其乐固难量,岂非大丈夫之乐哉! 然日不我与,曜灵急节,面有逸景之速,别有参商之阔。思欲抑六龙之首,顿羲和之辔,折若木之华,闭蒙汜之谷,天路高邈,良久无缘,怀恋反侧,何如何如?

文章词如泉涌,文采焕发,表现了吴质的豪情与作者对吴质的思念,写得极为恣肆,已近乎有意为文了。他的《与杨德祖书》是一封专门论文的书信,叙述邺下文人集团的形成,讨论文学批评的弊病,倾吐自己的抱负与壮志,充满抒情韵味。语言则有骈有散,整齐而不板滞,读来确有唱叹之妙。他的表章,如《求自试表》抒写其"擒权馘亮"、"杀身靖乱"的愿望与抱负,《求通亲亲表》叙述其"婚媾不通,兄弟永绝"的孤独和"愿陛下沛然垂诏,使诸国庆问,四节得展"的哀求,都写得很动感情。文章骈散兼行,抒写其受迫害的哀声,富有真情实感,这种文字即使在魏晋南北朝也不可多得。

孔融、陈琳、阮瑀、应玚的文章同样富有时代特色。七子之首的孔融,曹丕称其"体气高妙,有过人者"(《典论·论文》)。他的文章今存者不多,且多为节录,但确实写得"气扬采飞"。如与曹操《论盛孝章书》,叙述当时名士盛孝章的危困处境,从友情出发呼吁曹操给予拯救,并举燕昭王为例,说明凡有为之君,一定要招贤纳士,延揽人才,希望曹操对盛孝章加以援引。文章语言恳切,词意委婉,感情真挚,作者的精神气质亦溢于言表。

陈琳、阮瑀是以表章书记著称,曹丕称"孔璋(陈琳)表章殊健,微为繁富","元瑜(阮瑀)书记翩翩,足致乐也"(《又与吴质书》),从今存陈琳、阮瑀的表章书记来看,确实有"殊健"、"翩翩"的特点。陈琳《为袁绍檄豫州》、《为袁绍与公孙瓒书》、《檄吴将校部曲》,阮瑀《为曹公作书与孙权》,都是以洋洋洒洒的词藻,夸张形势,引征今古,陈说利害,具有很大的威慑力。这种文章确实"壮有骨鲠"[①],体现了建安文章"慷慨以任气,磊落以使才"的特点。

诸葛亮的文章以《出师表》最负盛名。此表作于建兴五年(227)诸葛亮第一次出师北伐之时。主要劝导刘禅要广开言路,励精图治,严明赏罚,举贤使能,以完成刘备未竟的统一事业,表明"兴复汉室"的坚定意志,表现了诸葛亮忠恳勤恪、贤明正派的思想性格和对蜀汉的无限忠诚,受到历代推重。文章叙事详切著明,说理透彻晓畅,字里行间,感情充溢,宛如一位长者向后辈谆谆教导,表现出对后辈的无限关切。特别是文中十三次提到先帝,流露出对刘备的深厚感情,中间写知遇之恩一段,更是感人肺腑。全文以散句为主,插入一些骈句,使文章介于骈散之间,整齐而有变化;语言朴质,语气舒缓,周详恳切,与文章的感情色彩十分协调。

嵇康最著名的文章是《与山巨源绝交书》,这是嵇康公开和司马氏决裂的宣言书。文章亦骈亦散,以散文的气度,带动骈句,语势灵活,足以代表这个时期骈文的成就和特色。这个时期,骈文还只要求语句大体整齐,并不讲求对偶的工整,语言也大都朴质自然,与建安文风的通脱一脉相承。

晋代的骈文渐趋凝练,散句逐渐少见,对偶追求工整,语言力求典雅,用典日趋繁富,标志着骈文的成熟。这时骈文的代表作家首推陆机、潘岳。

陆机骈文的代表作为《吊魏武帝文》、《豪士赋序》等。《吊魏武帝文》似是讽刺曹操面对死亡的痴愚,实际上它着重表达的是对短促人生的无可奈何的慨叹,这是汉末以来对个体生命价值的一种自觉,是对生死问题的强烈关注。这是一篇内容十分深刻的抒情文。语言基本整齐,属对大体工整,整

---

① 刘勰《文心雕龙·檄移》:"陈琳之檄豫州,壮有骨鲠。"

饬凝炼,已初具骈文的规模。而《豪士赋序》则排偶属对整齐,阐述事理和用典也较前繁密,建安时期那种骈散兼行、随势变异的疏畅谐婉之气正在逐渐消失,"大体圆析,有似连珠,但嫌舒缓耳,然自是对偶文章之先声"(孙钅广批胡刻《文选》)。说明骈文正在向严密凝滞的方向发展。

潘岳以"尤善为哀诔之文"(《晋书》本传)著称,其代表作是《马汧督诔》。此文所哀悼的马敦,元康六年(296)在氐羌族首领齐万年围攻下,苦守汧阳,后却以小嫌受屈而死。诔文以大量的篇幅真实地描绘了当时羌中的危急形势,以及马敦在激烈的防守战中的忠勇果敢和机智,这个为历史学家所不注意的小人物的事迹,在这里得到具体的记录。作者最后以深切的同情,深刻揭示了现实的不合理,表现了强烈的正义感。潘岳集中有哀诔之文近十篇,大都是为已死的统治者谀墓的应酬之作,只有这篇诔是一篇有现实意义的作品。张溥说:"予读安仁《马汧督诔》,恻然思古义士,犹班孟坚之传苏子卿也。"(《汉魏六朝百三名家集题辞》)文章属对不甚工整,也不以气势跌宕见长,而以语句的整练取胜,表现出骈文与散文的不同风格。

李密(224—287)《陈情事表》作于晋武帝泰始三年(267)。时晋武帝立太子,征密为太子洗马,密以祖母刘氏年高病重,无人赡养,上书陈情。文中陈述自幼与祖母相依为命,暂时不能奉诏的苦衷,把个人处境与祖孙间的深厚感情写得婉转凄恻,"一片至情,从肺腑中流出,令人心动"(孙钅广批胡刻《文选》)。文章以偶句为主,对偶似整非整,有骈文的整饬,亦具散文的疏畅,读来别有情韵;语言朴质生动,词真意切,如"茕茕孑立,形影相吊"、"日薄西山,气息奄奄"等已成为成语。这些使它与诸葛亮《出师表》同为天地间之至文。

这时值得一提的散文著作是陈寿《三国志》。《三国志》文笔简洁,"时人称其善叙事,有良史之才"(《晋书·陈寿传》)。如《蜀书·诸葛亮传》中的《隆中对》一段就写得很精彩。这段文章语言简练,描写生动,尤其记诸葛亮的答辞,分析形势,提出兴复汉室的具体办法,表现出诸葛亮的远见卓识,写得虎虎有生气,逼近史迁。《三国志》的传论,于散体中略带骈偶,已不同于《史》、《汉》。如《诸葛亮传论》说:"诸葛亮之为相国也,抚百姓,示仪轨,约官职,从权制,开诚心,布公道;尽忠益时者虽仇必赏,犯法怠慢者虽亲必罚,服罪输情者虽重必释,游辞巧饰者虽轻必戮;善无微而不赏,恶无纤而不贬;庶事精练,物理其本,循名责实,虚伪不齿。"不仅句法趋于整齐,而且词义亦趋于整齐排对,已具有骈文的基本特征。只是语言质朴,音节自然,属对不严,于整齐的语句中仍保存着散文的气势。

东晋文风与西晋不同。西晋尚繁缛,东晋则尚淡远。惟其尚淡远,故语句虽多骈偶,却不尚华美而以情韵取胜;或以散句为主,不尚气势而以情致见长。王羲之的《兰亭集序》与陶渊明的文章就分别代表这两种情况。

王羲之(321—379),字逸少,会稽(今浙江绍兴)人,祖籍琅琊(今山东临沂)。官至右军将军,会稽内史,世称"王右军"。以书法著称,亦有较深的文学造诣,现存辑本《王右军集》。其《兰亭集序》最为世所推重。晋穆帝永和九年(353)三月三日,王羲之与谢安、孙绰等会于会稽兰亭,临流畅饮,赋诗抒怀。这篇序即为此而作。序文记述了宴集的盛况,并即事抒情,对人生聚散无常、年寿不永发出深沉的感叹。通篇着眼于"生死"二字,虽情调有些低沉,却表现了时人对个体生命价值的强烈关注。文章大体骈偶,但清新疏朗,情韵绵邈,以朴质平淡的语言直抒胸臆,于苍茫慨叹之中,自有无穷逸趣,正代表了东晋骈文清淡的风貌。

陶渊明文今存者不多,都写得真淳淡泊,全无师心使气之感。如《五柳先生传》:

> 先生不知何许人也,亦不详其姓字,宅边有五柳树,因以为号焉。闲静少言,不慕荣利。好读书,不求甚解,每有会意,便欣然忘食。性嗜酒,家贫不能常得。亲旧知其如此,或置酒而招之。造饮辄尽,期在必醉;既醉而退,曾不吝情去留。环堵萧然,不蔽风日,短褐穿结,箪瓢累空,晏如也。常著文章自娱,颇示己志,忘怀得失,以此自终。赞曰:黔娄有言"不戚戚于贫贱,不汲汲于富贵",其言兹若人之俦乎! 酣觞赋诗,以乐其志,无怀氏之民欤? 葛天氏之民欤?

文章不到二百字,以省净的语言,平淡的笔调,描绘出自己和平恬静的性格和与众不同的兴趣。语句长短参差,疏密相间,是一篇别具一格的自传。此外,《与子俨等疏》追述平生的思想和经历,告诫儿子要互相友爱,笔端饱蘸感情,写到家人父子之情,尤为深至。《自祭文》对自己一生行事毫无悔恨之意,表现了陶渊明的骨气。《祭程氏妹文》也写得凄恻动人。《桃花源记》用平易浅显的语言,叙述故事,描绘形象,抒写他清静恬淡的胸怀和超越现实的理想,也代表了东晋散文清淡的风貌。

第二节　南朝的骈文与散文

南朝文章的发展,总的趋势是由质趋文,更向骈偶发展,达到成熟境地。

具体的特点有：第一，骈偶日严，对仗渐工，而且骈四俪六，隔句作对，出现"四六"之体。文章由散体向骈体发展，至此趋于完美。吴讷《文章辨体序说·古赋》曰："至晋陆士衡辈《文赋》等作，已用俳体。流至潘岳，首尾绝俳。迨沈休文等出，四声八病起，而俳体又入于律矣。徐庾继出，又复隔句对联，以为骈四俪六；簇事对偶，以为博物洽闻。有辞无情，义亡体失；此六朝之赋所以益远于古。"这里批评的是骈赋，其实骈文的发展是与之同步的。第二，数典用事，更趋繁密，也是骈文发展的趋向。正如钟嵘《诗品序》所说，这个时期"文章殆同书抄"，虽主要就诗而言，但骈文的发展也大体如此。这是一种时代风尚。

宋代是文风转变的重要时期。骈文讲求词采与用典，颜延之的诗文就以用事繁密、词采雕饰著称，鲍照评其为"铺锦列绣"、"雕缋满眼"（《宋书·颜延之传》）。他的《三月三日曲水诗序》就几乎是"句无虚语，语无虚字"，雕章琢句，文藻富丽；但词浮于意，不见真情实感。这类文章多为奉命而作的应酬文字。他也有富于真情实感的好文章，《陶征士诔》即是宋代骈文的一篇佳作，体现了作者深沉的思想。此文为哀悼好友陶渊明而作。诔前的序文赞美了高隐之士的难能可贵，为歌颂陶渊明作铺垫。然后描写陶渊明"少而贫病，居无仆妾，井臼弗任，藜菽不给"的清苦生活，歌颂他"道不偶物，弃官从好"，"心好异书，性乐酒德，简弃烦促，就成省旷"的闲适性情，刻画出陶渊明率意任真的精神面貌。颜延之与陶渊明肝胆相照，情趣相投，一旦痛失挚友，一片真情便流注笔端：

> 赋诗归来，高蹈独善。亦既超旷，无适非心，汲流旧巘，葺宇家林，晨烟暮蔼，春煦秋阴，陈书缀卷，置酒弦琴，居备勤俭，躬兼贫病，人否其忧，子然其命，隐约就闲，迁延辞聘，非直也明，是惟道性。纠缠斡流，冥漠报施，孰云与仁，实疑明智。谓天盖高，胡愿斯义，履信曷凭，思顺何置。年在中身，疢维痁疾，视死如归，临凶若吉。药剂弗尝，祷祀非恤，傃幽告终，怀和长毕。

前几句如淡墨素卷，勾勒出山林隐士的悠闲生活和安贫乐道的精神世界；后几句悲悼陶渊明享寿不永，并点明对生命之理的透彻省悟。从陶渊明挂印归来到安然去世，作者仅用了一百三十六字，可谓要言不烦，在简洁的文辞中，包含了对友人深挚的理解和真诚的情谊，行文风格，也和陶渊明有些相近。谭献评曰："予尝言文词不外事理，而运动之者情也。似此事理情交至，六经九流而外，此类文字，古今数不盈百。"（谭献评《骈体文抄》）"事理情交至"，确实道出了这篇文章的特点。文章中很多有关陶渊明生平的叙述，是后代历史学家研究陶渊明的极可贵的原始资料。①

鲍照的《登大雷岸与妹书》也是这个时期一篇有独创性的骈文，又是文学史上今存较早的一篇用骈文写成的家书，开骈文体书信的先河。其描写远望庐山的一段非常传神：

> 西南望庐山，又特惊异。基压江湖，峰与辰汉相接。上常积云霞，雕锦缛，若华夕曜，岩泽气通，传明散彩，赫似绛天，左右青霭，表里紫霄。从岭而上，气尽金光。半山以下，纯为黛色。信可以神居帝郊，镇控湘、汉者也。

这幅望中所见的庐山壮美画景，许梿《六朝文絜》评为"烟云变幻，尽态极妍，即使李思训数月之功，亦恐画所难到"，良非过誉。书信之文，如此以写景为主，以前是没有的。谢灵运写了山水诗，鲍照写了山水文，开拓风气，从此山水诗文便蔚为大观。②

南朝宋代文章以骈文为主，散文值得一提的只有范晔的《后汉书》。

范晔（397—445），字蔚宗，宋顺阳（今河南淅川）人。博涉经史，善为文章，通晓音律，官至太子詹事。后因谋立彭城王刘义康为帝，事泄被杀。《后汉书》是范晔删削自东汉至宋十几家后汉史籍整理而成。全书纪十卷，列传八十卷，共九十卷。《后汉书》的成就虽不及《史记》、《汉书》，但整理剪裁之功，不在班固之下。范晔不满现实，不肯媚事权贵，表现在《后汉书》中，则"贵德义，抑势利，进处士，黜奸雄；论儒学则深美康成，褒党锢则推崇李杜。宰相多无述，而特表逸民，公卿不见采，而惟尊独行"（王鸣盛《十七史商榷·范蔚宗以谋反诛》条），说明其进步倾向鲜明。范晔于书中首立《文苑列传》，记载了后汉许多作家的事迹，显示范晔对文学创作的重视。有些人物传记写得真切动人，如《范滂传》写范滂临刑前诀别母亲与儿子的情状：

> 其母就与之诀，滂白母曰："仲博（滂弟）孝敬，足以供养，滂从龙舒君（滂父）归黄泉，存亡各得其所。惟大人割不可忍之恩，勿增感戚。"母曰："汝今得与李、杜齐名，死亦何恨！既有令名，复求寿考，可兼得乎？"滂跪受教，再拜而辞。顾谓其子曰："吾

---

① 胡国瑞《魏晋南北朝文学史》，上海文艺出版社 1980 年 10 月版，第 235 页。

② 莫砺锋《南朝山水文三论》，载《魏晋南北朝文学论集》，南京大学出版社 1997 年 10 月版。

欲使汝为恶,则恶不可为;使汝为善,则我不为恶。"行路闻之,莫不流涕。

　　这段文章以参差错落的散句叙述故事,写得慷慨悲凉,颇有悲剧色彩。范晔最自负的是书中的序论,它们与传记部分不同,都是用骈文写成,见解精辟,笔势放纵,属于踵事增华之文。如《宦者传论》综核史实,全面总结东汉王朝宦官篡权乱政的历史教训,细致地分析了宦官易于得宠的种种原因,愤怒地斥责了宦官权势煊赫、气焰嚣张、生活骄奢的种种罪恶。全文以议论为主,大量使用形象性的描写,语言以骈俪为主,间杂散句,音节浏亮,痛快淋漓的气势寓之于整齐密丽的句法之中。最末一段描写宦官的骄奢和造成的危害,尤为酣畅。《后汉书》的序论《文选》选入较多,①绝非偶然。

　　齐梁至陈是骈文发展的鼎盛期。丘迟《与陈伯之书》就是一篇值得一读的佳作。陈伯之原任梁江州刺史,后叛降北魏,天监四年(505)领兵与梁军相抗。时丘迟为梁军统帅萧宏记室,乃作书劝其归降。丘迟在信中先指出陈伯之投降北魏的错误,再申述梁朝宽大为怀,既往不咎的政策,以解除陈伯之归降的顾虑;接着分析南方兵威之盛,北魏衰败即将灭亡之势,给陈伯之指明出路;然后描写江南的优美风光,从感情上唤起陈伯之的故国之思。文章还利用当时的民族矛盾,处处注意用民族自尊心去激励陈伯之,使他意识到屈膝于异族统治者的可悲可耻。全文说之以理,晓之以义,动之以情,写得委曲尽情。其中"暮春三月,江南草长,杂花生树,群莺乱飞"数语,将江南春景与阵前故国军容结合,更是令人移情。陈伯之得信,即从寿阳率众八千归降,其中当然有实际的利害关系,但这封信是起了一定的推动作用。

　　孔稚珪的《北山移文》是一篇有辛辣讽刺意义的作品。孔稚珪(448—501),字德璋,南齐会稽山阴(今浙江绍兴)人。官至太子詹事,加散骑常侍。博学能文,爱山水,不乐世务。有《孔詹事集》。《北山移文》所写周颙,据五臣注《文选》吕向注:"钟山在都北。其先周彦伦(周颙的字)隐于此山,后应诏出为海盐令,欲却过此山。孔生乃假山灵之意移之,使不许得至。"考《南齐书·周颙传》,颙曾为剡令、山阴令,未尝为海盐令,一生仕宦不绝,未尝有隐而复出之事。其在钟山立隐舍,乃供暇日休息之用。吕向所说,不符史实。② 其实,这篇文章乃是朋友间调笑戏谑的游戏文字。但文章借北山山灵

---

　　① 《文选》选录的《后汉书》序论有《皇后纪论》、《后汉二十八将论》、《宦者传论》、《逸民传论》。参看《文选》卷四十九、卷五十。

　　② 见曹道衡、沈玉成编著《南北朝文学史》第 196 页,人民文学出版社 1991 年版。

口吻，揭露出那些"身在江湖，心悬魏阙"的假隐士的虚伪面目，反映了当时一般士大夫趋名嗜利的丑恶现象。文章把周颙暂隐北山时装出的大隐士的神气和"鹤书赴陇"以后"志变神动"的庸俗官僚的丑态作了鲜明对比，然后以拟人化的手法，对北山草木进行细致刻画，使它们都具有嬉笑怒骂的声响和姿态，文章严肃而又诙谐，充满幽默的情趣，确为我国古代一篇著名的讽刺杂文。

任昉也是这个时期著名的骈文作手。任昉（460—508），字彦昇，乐安博昌（今山东寿光）人。仕宋、齐、梁三代。为官清正，文思敏捷，与沈约齐名，有"沈诗任笔"之称。他擅长表奏书启，今存亦多为骈体应用文告及疏奏之类，有文采而又显得渊博。如《奏弹曹景宗》就是一篇有名的疏奏。文章作于天监三年（504）任御史中丞时，主要揭露郢州刺史曹景宗奉命率步骑三万救援义阳，中途却逗留三关，按兵不进，致使义阳陷落、三关失守。这篇文章就是弹劾曹景宗畏敌不前，延误军机的罪行。文章虽用典繁密，语句排偶，词采敷设，但写得义正词严，气势劲健壮盛，具有威慑的力量，而无绮靡繁缛之病。谭献评为"可谓笔挟风霜，骏迈曲折，气举其词"（见《骈体文抄》）。

这个时期还有许多描写自然美景的骈体书信，更是山水文学中的珍品。这种书信还有其独特的艺术风格，即语言清新，以骈为主，但只求语意对称，不求对偶工整，读来清新峻拔疏朗，别具风味。如陶宏景的《答谢中书书》：

> 山川之美，古来共谈。高峰入云，清流见底。两岸石壁，五色交辉。青林翠竹，四时俱备。晓雾将歇，猿鸟乱鸣。夕日欲颓，沉鳞竞跃。实是欲界之仙都。自康乐以来，未复有能与其奇者。

这封信只有六十八字，描写山水却有动有静，色彩明丽，历来被视为名文。

吴均的文章也具有这种特点。他善于以骈文写书信，今存《与施从事书》、《与顾章书》、《与朱元思书》三篇，俱以写景见长。特别是他的代表作《与朱元思书》，生动地渲染了自富阳至桐庐一带流水的澄澈湍急，山势的魏峨险峻，并通过蝉鸣鸟噪，更衬托出山间的幽静深邃。文章音韵和谐，语言流畅，观察细致，描写入微，风格清新，意境高远，宛如一幅优美的深山绝谷图。《梁书·吴均传》称"均文体清拔有古气，好事者或学之，谓之吴均体"。这是骈文的一种清新峻拔的风格，对萧纲等人的骈文颇有影响。

萧纲的诗赋以"艳情"著称，而其骈文则清新秀丽，真朴自然，词采雅淡，感情真挚，寓疏朗于骈俪之中，清隽而挺拔，实是抒情妙品。他的书信和一部分铭诔哀辞大都具有这种特点。如《与湘东王令悼王规》：

威明昨宵奄忽殂化，甚可痛伤！其风韵道正，神峰标映，千里绝迹，百尺无枝，文辩纵横，才学优赡。跌宕之情弥远，濠梁之气特多，斯实俊民也。一尔过隙，永归长夜，金刀掩芒，长淮绝涸。去岁冬中，已伤刘子，今兹寒孟，复悼王生；俱往之伤，信非虚说。

寥寥短章之中，叙述了王规才学情性之美，表达了对王规之死的痛惜，抒写了生死契阔、幽冥永隔的哀伤，真情毕露。全文用典不多，词采也不华丽，只是款款道来，却情意醇厚，与吴均山水文有异曲同工之妙。

刘勰《文心雕龙》与钟嵘《诗品》，都是这一时期著名的骈文论著。《文心雕龙》"探幽索隐，穷形尽状，五十篇之内，百代之精华备矣"（《四六丛话》卷三十一），"彦和之书，可谓最早之中国文学史、文学批评与修辞学。然即以文章而论，亦骈文中最大之著作，析理绵密，设词妥惬，只词片义，衣被华厦，余风至今未泯，呜呼盛哉！"①《文心雕龙》全书共有五十篇，分为上下两编，各二十五篇。按照各篇内容的性质，上编自《原道》至《辩骚》五篇，阐明文学的本源，指出文学创作应取法的准则，如作者所谓的"文之枢纽"，乃是文学的总论。《明诗》至《书记》二十篇，乃是论辩文体。作者对于每一文体，都必探讨其源流，阐释其名称及含义，指出在这一文体上某些作家作品的得失，并在理论上提出创作要点。下编中，除了最后一篇《序志》为全书的序言，其余亦可分为两类，其中如《体性》、《指瑕》、《时序》、《才略》、《知音》、《程器》等六篇是关于批评的，从作家作品及时代风气以至批评态度和方法，凡有关文学批评的各方面问题，无不涉及。其余则是讨论创作问题的，大致看来，其中有的是关于构思的，如《神思》、《养气》二篇；有的是关于结构布局的，如《定势》、《镕裁》、《附会》、《总术》等四篇；有的是关于表现方法原则的，如《风骨》、《通变》、《情采》、《比兴》、《夸饰》、《隐秀》、《物色》等七篇；有的是关于形式技巧的，如《章句》、《声律》、《丽辞》、《事类》、《练字》等五篇。以上所举各篇性质的分别，不过就其内容的主要方面而言。其实，在绝大部分篇幅中都是兼包创作和批评两方面的。其中《神思》篇曰：

---

① 刘麟生《中国骈文史》，东方出版社 1996 年 3 月版，第 50 页。

　　是以陶钧文思，贵在虚静，疏瀹五藏，澡雪精神。积学以储宝，酌理以富才，研阅以穷照，驯致以怿辞。然后使玄解之宰，寻声律而定墨；独照之匠，窥意象而运斤。此盖驭文之首述，谋篇之大端。

储备书卷，斟酌事理，精研音律，运思意象，谋篇布局，都通过对仗精美的文字阐述得清楚明晰。这在六朝骈文中是非常杰出的。同时《文心雕龙》对文学与现实的关系，文学内容与形式的关系，都提出了正确的原则；《文心雕龙》还重在文学批评，其中如《体性》、《指瑕》、《才略》、《程器》等，乃是对于作家作品的批评，《时序》是以史的眼光对各个时代文风的评述，《知音》则是对于批评的方法及态度的讨论。在对具体作家作品的批评中，刘勰较多注意其艺术风貌及表现手段。《程器》指出历代文人"不护细行"之病，标举屈（原）、贾（谊）等人的文行并美以为典范，对作家提出品德修养的要求。

　　最后有一点值得注意，就是在《文心雕龙》中，我们看不到陶渊明和鲍照的影子。这是由儒家正统思想及当时的文学风尚和门阀观念等形成的偏见影响所致。因此，刘勰的这部著作无可讳言地存在着一些不足之处。

　　钟嵘《诗品》是专以五言诗为批评对象的独创性著作，语言骈散相间，以骈为主。把从两汉至梁代的一百二十二位作家，分为上、中、下三品，对每位作家扼要品评，而在上、中品里，又指出每家诗体的本源。

　　《诗品序》是这部著作的一个重要组成部分，面对骈俪文高度发展的状况，钟嵘指出："观古今胜语，多非补假，皆由直寻。……大明、泰始中，文章殆同书抄。……尔来作者，浸以成俗。遂乃句无虚语，语无虚字，拘挛补衲，蠹文已甚。但自然英旨，罕值其人。"他欣赏诗歌的"自然英旨"，因而主张诗语要"直寻"。"若专用比兴，患在意深，意深则词踬。若但用赋体，患在意浮，意浮则文散，嬉成流移，文无止泊，有芜漫之累矣。"对于用事、比兴，钟嵘并非一概反对，而是主张恰当运用。

　　对当时诗坛有意识地讲求音节调和，钟嵘也表明了自己的看法：

　　四声之论……王元长创其首，谢朓、沈约扬其波。三贤或贵公子孙，幼有文辩，于是士流故使文多拘忌，伤其真美。余谓文制，本须讽读，不可蹇碍，但令清浊通流，口吻调利，斯为足矣。

钟嵘对诗歌刻意追求用事、声律的风气提出了反对意见，提出"自然英旨"、"直寻"的吟咏性情观，在当时是具有现实意义的。

在诗歌的本体特征上，钟嵘既主张"气之动物，物之感人，故摇荡性情，形诸咏舞"的感物说，与刘勰的看法不谋而合；同时他还注意到文学与社会生活的关系：

> 至于楚臣去境、汉妾辞宫，或骨横朔野，或魂逐飞蓬；或负戈外戍，杀气雄边；塞客衣单，霜闺泪尽；或士有解佩出朝，一去忘返；女有扬蛾入宠，再盼倾国。凡斯种种，感荡心灵，非陈诗何以展其义！非长歌何以骋其情！

这与刘勰文学与现实关系的观点互相补充，其识见是很卓越的。

在诗体上，他肯定五言对于四言的优越性，显示了他在诗体发展上的进步观点。在追溯五言的起源时，他把"郁陶乎予心"和"名余曰正则"当作"五言之滥觞"则是不恰当的。五言句在《诗经》中已经很多，他不举《诗经》而举晚出的《楚辞》，未免失之轻率。而"郁陶乎予心"乃是伪作，其他如李陵诗也是后人伪制，他却贸然引用而据以立论，其错误不言自明。①

当时还有与吴均清拔风格相对立的"徐庾体"的秾丽。徐指徐陵，庾指庾信。徐陵（507—583），字孝穆，东海郯（今山东郯城一带）人。梁时官至东宫学士，陈受禅，累迁尚书左仆射，中书监，领太子詹事。有《徐孝穆全集》六卷。在梁时，他与庾信同为"宫体"作家，"文并绮艳，故世号为徐庾体焉"（《周书·庾信传》）。他的文章今存者不少，且多长篇大论。其最著名者为《玉台新咏序》。这是一篇最能代表徐庾体风格的文章。文中描绘了一位艳妆丽质的贵族妇女，在"绛鹤晨严，铜蠡昼静"的时刻，她"无怡神于暇景，惟属意于新诗"，于是"燃脂冥写，弄笔晨书，撰录艳歌，凡为十卷"，秾艳之极。而全文几乎全用典故来叙写，语言极其华美，且复骈四俪六，隔句用对，与吴均的骈文呈现完全不同的艺术风格。

第三节　北朝的骈文与散文

北朝文章家向称温子昇、邢邵、魏收三大家。他们的著作，除魏收《魏书》之外，存者不多，且多模仿南朝文风。

北朝最杰出的骈文大家是北周庾信。《四库总目》说："其骈偶之文，则

---

①　胡国瑞《魏晋南北朝文学史》，上海文艺出版社1980年10月版，第277页。

集六朝之大成,而导四杰之先路,自古迄今,屹然为四六宗匠。"可见其在骈文史上地位之重要。《庾子山集》中骈文共有十卷,数量丰富。但大量作品是表启碑铭之类,是庾信与北周贵族周旋应酬之作,形式精美,价值不大。比较有意义的还是那些寄寓故国之思的作品,《哀江南赋序》、《思旧铭并序》是其代表作。

《思旧铭并序》是为伤悼梁观宁侯萧永而作。萧永是梁宗室,西魏攻破江陵时,与庾信同时羁留北方,后饿死异域。庾信面临他乡友亡之变,十分伤感,就写了此铭悼念他。铭前小序追溯了在故国破亡之际两人的共同遭遇及在羁旅之中又与之长绝的悲伤,形象地描绘出在国家重大变故中贵贱同归于尽的可悲情景:

> 河倾酸枣,杞梓与樗栎俱流;海浅蓬莱,鱼鳖与蛟龙共尽。焚香复道,讵敛游魂?载酒属车,宁消愁气?芝兰萧艾之秋,形殊而共瘁,羽毛鳞介之怨,声异而俱哀。所谓天乎,乃曰苍苍之气;所谓地乎,其实抟抟之土。怨之徒也,何能感焉!

通过对朋友的伤悼,抒发了作者故国沦亡、身世飘零之痛,写得声泪俱下,感情真挚。全文用典繁密,句式四六,平仄相间,音韵铿锵。

庾信《为梁上黄侯世子与妇书》是为梁宗室上黄侯萧晔之子萧懿立言,而实为自哀之词,写得情真意切。许梿称书中"想镜中看影"诸语"艳极韵极,恐被鸳鸯妒矣",谭献则以"气举其辞"评之。[①] 庾信的骈文,"所贵取法六朝,在通篇气局耳。"[②]这些评语都说明庾信骈文已达到情文气并茂的高境。

北朝的散文比南朝发达,产生了《水经注》、《洛阳伽蓝记》、《颜氏家训》这三部著名的杰作。不过这些著作也受到骈文的影响,与汉魏散文风格颇不相同。

《水经注》四十卷,作者郦道元(?—527),字善长,北魏范阳涿(今属河北)人。[③] 官至御史中丞。《水经》原是三国时人写的一部记载全国水道的地

---

① 李兆洛选辑《骈体文钞》卷三十,中州古籍出版社1991年版。
② 孙德谦《六朝丽指》。
③ 《魏书》、《北史》皆作"范阳涿鹿人"。《魏书·地形志》范阳郡有涿无涿鹿。据《水经注·巨马河》:"巨马水又东,郦亭沟水于酈县东,东南流,历紫渊东,余六世祖乐浪府君,自涿之先贤乡,爰宅其阴。"据此郦道元当为涿人而非涿鹿人。请参阅段熙仲《郦道元评传》,见《中国历代文学家评传》第一册。

理书,原书十分简略。郦道元经过许多实地考察并参考他所收集的四百余种资料,对原书作了大量的阐述与补充;同时,因水及山,因地及人,记载了水道两岸的名胜古迹、神话传说和风土人情,写成《水经注》,全书共三十万字,十倍于原作。这部书突出的成就是对各地秀丽的山川景物、自然风光作了生动的描述,是魏晋南北朝山水散文中的佳作。如三十四卷记三峡:

> 自三峡七百里中,两岸连山,略无阙处。重岩叠嶂,隐天蔽日,自非亭午夜分,不见曦月。至于夏水襄陵,沿泝阻绝。或王命急宣,有时朝发白帝,暮到江陵,其间千二百里,虽乘奔御风,不以疾也。春冬之时,则素湍绿潭,回清倒影。绝巘多生怪柏,悬泉瀑布,飞漱其间,清荣峻茂,良多趣味。每至晴初霜旦,林寒涧肃,常有高猿长啸,属引凄异,空谷传响,哀转久绝。故渔者歌曰:"巴东三峡巫峡长,猿鸣三声泪沾裳!"

这段文章先描写两岸高山重叠,江流奔腾湍急,以说明山势的雄伟。后描写"春冬之时"和"晴初霜旦"的凄清幽寂,以表现不同季节不同时间的景色特征。全文仅一百五十余字,却以精练的语言,生动的描写,把壮丽的山河呈现于读者眼前,使人对三峡奇景无限向往。此外,"黄牛滩"一节写"如人负刀牵牛,人黑牛黄,成就分明"的岩石,用"三朝三暮,黄牛如故"以形容迂回的江水,也非常朴素生动。《河水注》"孟门山"一段,写黄河"崩浪万寻,悬流千丈,浑洪赑怒,鼓若山腾",雄伟的气势,跃然纸上。书中这种简洁精美的描写,比比皆是,对后世游记文学的发展影响很大。大量的民歌民谣及神话传说的引用,也是这部书拥有艺术魅力的重要原因。

《洛阳伽蓝记》五卷,作者杨衒之,北平(今河北遵化)人,生卒年不详。仕北魏抚军府司马、北齐期城郡太守等职。伽蓝是梵语的音译,即寺庙之意。北魏孝文帝太和十九年(495)迁都洛阳,大量修建寺庙园林,到孝静帝天平元年(534)因被高欢所逼而迁都于邺,这些建筑大都毁于兵火。东魏孝静帝武定五年(547),杨衒之因行役至洛阳,见到"寺观灰烬,庙塔丘墟",因产生"黍离之悲"而写了这部书。作者写这部书的目的,据《广弘明集》说:"见寺宇壮丽,损费金碧,王公相竞,侵渔百姓,乃撰《洛阳伽蓝记》,言不恤众庶也。"的确,杨衒之写这部书,目的不是为了宣扬佛教,而是通过叙述佛寺园林的盛衰经过,揭露统治者"侵渔百姓"的罪恶。首先,该书揭露了北魏王公贵戚穷奢极欲的腐朽生活。如《城西·王子坊》一节描写了河间王元琛极为奢侈豪华的生活,他公开宣称:"晋世石崇乃是庶姓,犹能雉头狐掖,画卵雕薪,况我大魏天王,不为华侈!"他的奢侈令"立性贪暴,志欲无极"的章武王元融见了,也"不觉生疾,还家卧三日不起"。其次,揭露了统治者的贪婪本性。如《王子坊》一节写到胡太后赐百官绢帛,任其自取,而元融与陈留侯李崇"负绢过任,蹶倒伤踝",一笔勾勒,人物的贪婪本性暴露无遗。第三,揭露了统治阶级内部的互相残杀。如《城内·永宁寺》一节记述了尔朱荣之乱,史实详尽周备,可补正史之不足。此外,书中还记载有不少民情风俗,神异故事,而且描写生动,形象鲜明。

郦道元《水经注》、杨衒之《洛阳伽蓝记》的产生皆非偶然。两晋以来,记山水地理风俗之作勃兴。仅《隋书·经籍志》所载,除《山海经》、《水经》等十余种为晋以前人所作之外,属晋以后人所作者约有一百三十多种。郦、杨二书盖为集大成之作。《水经注》借引前人之处颇多,共计达四百多种。其或郦道元本人的撰述亦多为约取他人文字而成,因为他并未到过江南,而《水经注》写山水却最多最好。总之,二书文笔之佳均无可否认,然从文学史的角度来看,则实有赖于前人在技巧上的积累,是一时风气的产物。

《颜氏家训》二十篇,颜之推著。这是一部以儒家思想训诫子弟如何立身治家的书,在封建时代影响很大。从总的思想倾向来说,该书并无多少可取之处。然而,由于作者学识渊博,阅历丰富,所以在对当时社会习俗的记载中,于士族风尚亦有所揭露。如《教子篇》举北齐一士大夫公然对人说:"我有一儿,年已十七,颇晓书疏。教其鲜卑语及弹琵琶,稍欲通解。以此伏事公卿,无不宠爱。"《名实篇》写一个"近世大贵"在居丧服礼时,竟以"巴豆涂脸,遂使成疮,表哭泣之过"。《勉学篇》载:"贵游子弟,多无学术,至于谚云:上车不落则著作,体中何如则秘书。"这些描绘着墨不多,但人物无耻、虚伪和不学无术的面目跃然纸上。此外,《文章》、《书证》及《音辞》等篇,在文论、训诂、音韵诸方面都留下了一些重要的资料和见解。颜之推提出文章要以内容为本,以形式为末,但"并须两存,不可偏弃",还肯定当时文学的进步,认为"贤于往昔多矣",这些见解无疑都是很正确的。①

---

① 参见马积高《中国文学史》(上),湖南文艺出版社1992年5月版。

第十章 魏晋南北朝小说

第一节 小说溯源

"小说"一词,最早见于《庄子·外物篇》:"饰小说以干县令,其于大达亦远矣。"这里的"小说"与"大达"对举,显然是指一些不合大道的琐屑言论,与我们今天的小说概念不同。东汉桓谭《新论》说:"小说家合残丛小语,近取譬论,以作短书,治身理家,有可观之辞。"(《文选》江淹《李都尉从军》李善注引)开始肯定了小说也是一种书面著作,使小说一词初步具有了文体学上的意义。其后班固《汉书·艺文志》中有了"小说家"之称,并说:"小说家者流,盖出于稗官,街谈巷语,道听途说者之所造也。"把民间流传的奇事异闻、神话传说等看作小说,无疑又跨进了一步,较接近后来的小说了。

我国古代小说有一个漫长的形成过程,其源头可追溯到远古的神话和传说。鲁迅在《中国小说史略》中说中国小说"探其本根,则亦犹他民族然,在于神话传说"。神话故事以神为中心,历史传说虽有现实人物为根据,但也往往被涂上神异的色彩,它们是我国志怪小说的最初源头。先秦典籍中记载神话传说较多的《山海经》和《穆天子传》,与托名东方朔的《神异经》、《十洲记》,以及托名班固的《汉武故事》、《汉武帝内传》等志怪小说,便有明显的承传关系。

然而,由于我国特殊的文化环境,远古神话不很发达,且较零散。我国古代不仅没有产生汇集神话的鸿篇巨制,而且现存大多为较原始的神话,神的自然属性强而社会属性弱,不够成熟,因此很难像西方那样,直接成为叙事性文学的土壤。从远古神话传说这个源头到小说的正式形成之间,有一个中间环节,这就是中国特别发达的史传文学。

中国在秦汉以前,基本上是一种史官文化,史学著作数量多,包罗也极丰富。它不仅将古代哲学、文学、地理、博物、农医等门类纳入自己的体系,而且还搜罗、记载了大量的神话传说、灵怪异事。如《左传·昭公元年》载有高辛氏二子不合,上帝使之变成参商二星的神话,而《国语》则更多诬怪之语。把诡秘荒诞的神话与确凿可靠的历史事实融为一体，这是我国古代史书的一大特色。惟其如此，古代史书才成为后代志怪小说的孕育者，甚至成为后代小说的先导。同时，史学与文学，大体上都以人物、事件为中心，两者颇多相通之处。先秦历史散文如《左传》、《国语》、《战国策》等，对于人物、事件已有较生动的记述；而《论语》、《孟子》、《庄子》、《晏子春秋》等先秦诸子散文，也多为对孔子、孟子、庄子、晏子及其门徒生平言行的纪实，带有一定的传记色彩。到太史公的《史记》开创"以人系事"的纪传体，更是运用多种艺术手段，通过复杂的事件来表现生动的人物形象，实际上已具备了叙事性文学的特征。这些都给魏晋小说提供了一定的经验。

《史记》之后，随着纪传体成为我国正史的主要体例，一大批杂史杂传逐渐兴起。班固《汉书·艺文志》载小说十五家，共一千三百八十篇，鲁迅认为"托人者似子而浅薄，记事者近史而悠缪"（《中国小说史略》）。《汉书·艺文志》中所载，虽已散佚，但这类似子非子、近史非史的杂史杂传，我们仍可以看到。如陆贾的《楚汉春秋》（辑本），刘向的《新序》、《说苑》、《列女传》、《列士传》，韩婴的《韩诗外传》和袁康的《越绝书》、赵晔的《吴越春秋》等，这类作品不像正史那么严谨，而大量采录奇闻轶事，并杂以虚诞怪妄之说，情节更曲折，描写更细致，颇富小说意味。显然，这些杂史、杂传，是我国史传走向小说的一种过渡形式。

魏晋南北朝是我国古代小说形成并逐渐繁荣的时期。这个时期的小说作品数量较多，内容丰富，出现了前所未有的盛况。从内容看，大略可分为两大类：一类是谈鬼神怪异的"志怪小说"，一类是记录人物轶闻琐事的"轶事小说"，或称"志人小说"。①

第二节 志怪小说与《搜神记》

魏晋南北朝时期志怪小说的大量产生，除了上述文学自身的条件外，与

---

① "轶事"一词，首见于《史记·管晏传赞》："至其事，世多有之，是以不论，论其轶事。"轶事，同逸事，主要指史书中失载之琐事。但"轶事小说"的提出，大约始见于近代。尽管以《世说新语》为代表的这类作品，从《隋书·经籍志》到新旧《唐书·艺文志》，始终都列于"小说家"一类中，但具体提法则不同。刘知几《史通·杂述》称之为"琐言"，胡应麟《少室山房笔丛》归入小说家类"杂录"一体，而纪昀《四库总目》则列之于"小说家类杂事之属"，均未提及"轶事小说"。故鲁迅又从"志怪小说"进而推衍出"志人小说"一词。

当时社会上宗教迷信的盛行也有着必然的联系。战国晚期至西汉，方士神仙之说盛行，至东汉逐渐形成道教，而佛教亦渐入中土。汉末以来，社会动荡不安，战乱频仍。面对人生的种种磨难，人们或信佛教，以求精神上的解脱；或崇道术，妄想羽化登仙，长生不死。释、道二教大行于世，而神鬼怪异之事，亦为人们所乐道。鲁迅在《中国小说史略》中说："中国本信巫，秦汉以来，神仙之说盛行，汉末又大畅巫风，而鬼道愈炽；会小乘佛教亦入中土，渐见流传。凡此，皆张皇鬼神，称道灵异，故自晋迄隋，特多鬼神志怪之书。"当时有些志怪小说就直接出自宗教徒之手，如道士王浮的《神异记》、佛教徒王琰的《冥祥记》等。而文人作品如张华《博物志》、干宝《搜神记》等，虽不同于赤裸裸的宗教宣传，但也大多相信"人鬼乃皆实有"，具有浓厚的迷信色彩。

释、道二教不仅刺激了志怪小说的兴起，同时还极大地影响着它的内容和形式。如葛洪《西京杂记》、王嘉《拾遗记》等，就多炼丹服药、白日升天的内容；而当时许多流传甚广的佛教故事，其基本结构、主要情节，也常为志怪小说所采用。

这个时期志怪小说数量很多，据统计不下八十种（参见程毅中《古小说简目》），但至今大多散失。基本保存或保存少数片段的尚有三十余种，其中东晋干宝《搜神记》较为完整，影响最大，代表着魏晋志怪小说最高成就。干宝（？—336），字令升，晋新蔡（今属河南）人。他少年时勤奋学习，广阅典籍，颇有学问，是著名的史学家。西晋末以才器召为佐著作郎，因平杜弢有功，赐爵关内侯。东晋元帝时，曾任史官。后任山阴令，迁始安太守、散骑常侍。著有《晋纪》二十卷，时称"良史"。另著有《春秋左氏义外传》等。

干宝喜爱阴阳术数，搜集了许多"古今神祇灵异人物变化"的故事，撰成《搜神记》三十卷。《搜神记》今本二十卷，总计四百六十四则，为后人所辑。据《自序》，干宝撰《搜神记》的目的是"发明神道之不诬"，以证明鬼神之实有。可见，他主观上是想通过此书宣扬迷信思想。但由于作者撰述态度较严谨，故事来源广泛，不少优秀的民间故事和神话传说得以保存下来，而且客观上曲折地反映了劳动群众的感情与愿望，具有较广泛的社会意义。

以《搜神记》为代表的志怪小说，其积极意义在于，借助神异题材，反映广大人民的思想和愿望。具体内容包括下列几个方面：

（一）反映统治阶级的凶恶残暴和人民的反抗斗争。《搜神记》中的《范寻》记载扶南王范寻饲养猛虎、鳄鱼，有犯罪者，投与虎、鳄，不噬，乃赦之。荒谬残暴，令人发指。《东海孝妇》、《淳于伯》等故事，也对刑罚妄加、吏治黑暗的现实作了深刻的揭露。又如《拾遗记》中的《怨碑》抨击了秦始皇建陵时生殉工人的残暴。表现人民反抗斗争的作品以《搜神记》中的《干将莫邪》（又作《三王墓》）和《韩凭夫妇》为代表。前者记述楚国巧匠干将莫邪为楚王铸剑，三年方成，却被楚王杀害，其子赤日夜思报杀父之仇。此时楚王梦见有人找他报仇，便以千金购赤之头。为报仇，干将莫邪之子赤毅然自刎，将头交给"山中行客"。接着，在作者的笔下出现了惊心动魄的一幕：

> 客持头往见楚王，王大喜。客曰："此乃勇士头也，当于汤镬煮之。"王如其言，煮头三日三夕，不烂。头踔出汤中，瞋目大怒。客曰："此儿头不烂，愿王自往临视之，是必烂也。"王即临之。客以剑拟王，王头随堕汤中；客亦自拟己头，头复堕汤中。三首俱烂，不可识别。乃分其汤肉葬之，故通名"三王墓"。

情节离奇怪诞，却十分形象地揭露了楚王的凶残暴虐，表现了劳动群众不畏强暴的反抗精神和豪侠重义的可贵品格。《韩凭夫妇》记述宋康王霸占韩凭的妻子何氏，韩凭被囚自杀，何氏亦从高台跳下身亡。何氏在遗书中要求将她与韩凭合葬，楚王大怒，将两人分葬。"宿昔之间，便有大梓木，生于二冢之端，旬日而大盈抱，屈体相就，根交于下，枝错于上。又有鸳鸯，雌雄各一，恒栖树上，晨夕不去，交颈悲鸣，音声感人。宋人哀之，遂号其木曰相思树。"这个故事曲折完整，哀婉动人。其中对统治者无耻罪行的怨愤，对韩凭夫妇生死不渝爱情的赞扬，无疑体现了下层人民的思想倾向。

（二）反映封建社会青年男女要求婚姻自主的愿望。《搜神记》中《父喻》写父喻与王道平相爱，订立婚约。王出征九年不归，父喻被父母逼迫出嫁他人，"结恨致死"。三年后王道平归，哭于喻坟前，父喻复活，两人结为夫妻。《吴王小女》记吴王夫差的小女紫玉与韩重相爱，吴王不许，紫玉气结而死。韩重到墓前吊唁，与紫玉魂魄相会，入冢三日三夜，尽夫妇之礼。这些故事，客观上揭露了封建婚姻的罪恶，也通过为情而死、因情复生等离奇情节，讴歌了青年男女坚贞的爱情。又如《幽明录》中的《庞阿》写石女灵魂离体与庞阿相会，《搜神后记》中的《李仲文女》写人鬼恋爱，《续齐谐记》中的《青溪庙神》写人神恋爱等，都曲折地反映了青年男女对自由爱情的向往。

（三）反映人民不怕鬼怪、铲除妖魅的无畏精神。《宋定伯捉鬼》（并见《列异传》与《搜神记》）记述宋定伯夜行遇鬼，毫不畏惧，并且从容镇定地麻痹它，最后捉住了鬼变成的山羊，卖掉后得钱千五百。《搜神记》中类似这样捉狐杀鬼的故事还有好几则，它们大多生动有趣，尽管作品并未否认鬼魅的存在，但客观上反映了人民的机智勇敢，以及正义必然战胜邪恶的信念，具有积极意义。《李寄》(《搜神记》)更是一篇斩杀妖魅、为民除害的著名故事：越闽东部山区有条大蛇危害人民，"或与人梦，或下谕巫祝，欲得啖童女年十二三者"，当地各级官吏竟年年索取少女祭蛇，已送掉了九位无辜少女的生命。一位名叫李寄的平民少女挺身而出，决心为民除害：

> 寄乃告请好剑及咋蛇犬。至八月朝，便诣庙中坐，怀剑将犬。先将数石米糍用蜜鏊灌之，以置穴口。蛇便出，头大如囷，目如二尺镜。闻糍香气，先啗食之。寄便放犬，犬就咋咋，寄从后斫得数创。疮痛急，蛇因踊出，至庭而死。寄入视穴，得九女髑髅，悉举出，咤言曰："汝曹怯弱，为蛇所食，甚可哀愍！"于是寄女缓步而归。

作品塑造了一个机智勇敢、气概非凡的少女形象，对官吏的昏庸残忍也有所针砭。最重要的是它有着鼓舞人民与妖邪展开斗争的客观效果。

此外，这个时期的志怪小说中还保存了一些美丽动人的民间传说。如《搜神记》中的《嫦娥奔月》、《董永》等，充满着劳动人民的生活理想与美好愿望，千百年来一直为人们所喜爱。

志怪小说处于我国小说发展的初期。从创作主体看，并不是自觉地进行小说创作；从作品的艺术形式看，一般篇幅短小，写法上重事件叙述而不重人物刻画，只是粗陈梗概。当然也有些作品技艺比较成熟，如《干将莫邪》、《韩凭夫妇》、《李寄》等，结构完整，描写生动，人物性格刻画比较成功，并能运用细节描写等手法，显得简短精悍，已初步具备了短篇小说的规模。

魏晋南北朝志怪小说对后世小说的发展产生了巨大而深远的影响。首先，它给后代的小说创作提供了丰富的素材。如唐代传奇小说沈既济的《枕中记》就源于《幽明录》中的《焦湖庙祝》，明清以后的小说和戏曲，也从六朝志怪小说中吸取了不少故事题材和情节。其次，中国小说史上说狐道鬼这一流派的形成，也肇始于这个时期的志怪小说，如宋代洪迈的《夷坚志》、清代蒲松龄的《聊斋志异》等，均与之有一脉相承的关系。

第三节　轶事小说与《世说新语》

以记录人物轶闻琐事为主要内容的轶事小说，脱胎于以人物为中心的史传文学，尤与《新序》、《说苑》等杂史一脉相承。这类小说在魏晋南北朝的盛行，社会原因是多方面的。其中最主要的原因是汉末、魏晋以来品评人物、崇尚清谈的社会风尚。轶事小说就是士族人物玄虚清谈和奇特举动的记录。鲁迅在《中国小说史略》中指出："汉末士流,已重品目,声名成毁,决于片言。魏晋以来,乃弥以标格语言相尚,惟吐属则流于玄虚,举止则故为疏放……终乃汗漫而为清谈。渡江以后,此风弥甚……世之所尚,因有撰集,或者掇拾旧闻,或者记述近事,虽不过丛残小语,而俱为人间言动,遂脱志怪之牢笼也。"同时,那些贵族子弟要想求取声名仕进,也必须学习名士的言谈、风度,故《世说新语》之类小说就成为当时必读的"教科书"。有些帝王新贵也颇重此道,梁武帝就曾敕命殷芸编撰《小说》。在这样的社会环境下,文人学士以熟悉故事为学问,竞相炫耀,以示渊博,编撰小说乃蔚成风气。

这个时期的轶事小说大都已散佚,流传至今、比较完整的主要有刘宋的《世说新语》,它是魏晋轶事小说的集大成之作,是这类小说的代表作品。在此之前,主要有《笑林》《西京杂记》《语林》等。

《世说新语》,原名《世说》,唐时称《世说新书》。其编纂者刘义庆(403—444),彭城(今江苏徐州)人,宋武帝刘裕的侄子,封临川王,官至尚书左仆射、中书令。《宋书·刘道规传》说他"为性简素,寡嗜欲,爱好文义","招聚文学之士,近远必至"。此书约是刘义庆与门下文人共同编纂而成。全书按内容分类记事,共有德行、言语、政事、文学等三十六篇,记述从后汉到东晋间名士们的遗闻轶事。其中一些故事取自《语林》《郭子》,文字也间或相同。梁刘孝标为之作注,广征博引,涉及四百多种古书,因而受到人们的珍视。

《世说新语》中有些作品反映了当时豪门士族的奢侈和残忍,下面是《汰侈》中的两段记载:

> 石崇每要客燕集,常令美人行酒。客饮酒不尽者,使黄门交斩美人。王丞相与大将军尝共诣崇,丞相素不能饮,辄自勉强,至于沉醉。每至大将军,固不饮以观其变。已斩三人,颜色如故,尚不肯饮。丞相让之,大将军曰:"自杀伊家人,何预卿事!"

> 武帝尝降王武子家,武子供馔,并用琉璃器。婢子百余人,皆绫罗绔袴,以手擎饮食。蒸㹠肥美,异于常味。帝怪而问之,答曰:"以人乳饮㹠。"帝甚不平,食未毕,便去。

石崇杀人劝酒,王敦冷眼旁观,以此为豪阔,真是骇人听闻。王武子用人乳喂猪,连皇帝也甚感不平。可见这些高门士族、皇亲国戚的生活到了何等豪奢的程度,而他们的本性又是多么冷酷凶残!

《世说新语》中有大量作品描写名士们不同常人的言行与风度。如《任诞》写刘伶纵酒放达，脱衣裸形于屋中，别人讥笑他，他却说："我以天地为栋宇，屋室为裈衣，诸君何为入我裈中？"同篇记毕茂世的话："一手持蟹螯，一手持酒杯，拍浮酒池中，便足了一生。"纵酒放达，任诞不羁，即为名士风度。甚至傲慢不逊也成为一种清高的美誉，如《雅量》中写道：

> 顾和始为扬州从事。月旦当朝。未入顷，停车州门外。周侯诣丞相，历和车边。和觅虱，夷然不动。周既过，反还，指顾心曰："此中何所有？"顾搏虱如故，徐应曰："此中最是难测地。"周侯既入，语丞相曰："卿州吏中有一令仆才。"

顾和在周侯面前搏虱而谈，竟被视为有令仆才，可见当时评价人的标准。另如谢安的镇定大度，嵇康、阮籍的旷放脱略与不拘礼法等，书中都有生动的记述。由于魏晋以来政治黑暗，一般士人不敢直接议论朝政，只好在纵酒放荡中求平衡，在悟玄清谈中求解脱。因此，透过《世说新语》所记载的名士们潇洒飘逸的魏晋风度，正可以窥见他们痛苦忧愤的心灵。

值得注意的是，《世说新语》还记载了一些有意义的片断，如《言语》写王导克复神州的主张，《桓公入洛》写桓温"神州陆沉"之叹，均表现出一种可贵的爱国精神。又如《德行》记管宁因蔑视富贵与华歆割席而坐，《自新》记周处的悔过自新等，直到今天仍有一定的积极意义。此外，《世说新语》所记，往往以自然对抗名教，注重个人才情与能力，从而在一定程度上反映了摆脱封建礼教束缚、崇尚个性自由、争取人格独立的时代精神和历史发展趋向。

《世说新语》基本上是客观记载人物、事件，一般是用大笔勾勒，较少刻意描绘。其中有些作品在艺术上有较高成就。《中国小说史略》说它"记言则玄远冷隽，记行则高简瑰奇"，准确而精练地概括了它在艺术上的特点。具体说来，《世说新语》的艺术成就表现在如下几个方面：

第一，它往往通过记述片言只语或简单事件来表现人物性格。《世说新语》每一则少的十五六字，多的不过三四百字，一般在百字左右，却能抓住中心，刻画人物的性格特征。如《企羡》中写孟昶见王恭"乘高舆被鹤氅裘"，乃叹曰："此真神仙中人！"仅此一语，便传神地写出了他羡慕富贵的心理。又如《忿狷》中写道：

> 王蓝田性急。尝食鸡子，以箸刺之，不得，便大怒，举以掷地。鸡子于地圆转未止，仍下地以屐齿蹍之，又不得，瞋甚，复于地取内口中，啮破，即吐之。

短短的篇幅中,用一连串的动作,绘声绘色地描写出蓝田侯王述的性急,给人留下深刻印象。

第二,作者善于摄取富有特征的细节,通过对比的手法,突出人物性格。如《雅量》中"谢安泛海"的故事,用孙绰等人的慌乱,反衬谢安从容镇定的"雅量"。

第三,语言简洁生动,隽永传神。首先,通常能抓住关键,三言两语便表达得清楚明白,如《俭啬》:"王戎有好李,卖之恐人得其种,恒钻其核。"一件事仅三句话十六字,便写出了王戎自私吝啬的本性。其次,《世说新语》中的人物语言大多符合人物的身份与个性。如《言语》记王导在新亭对泣的气氛中慷慨陈词:"当共戮力王室,克复神州,何至作楚囚相对!"准确地体现了这位号称"江东(管)夷吾"的宰相的身份和气概。而《汰侈》中所记"自杀伊家人,何预卿事"的话,也只有王敦这样性格残忍的人才说得出来。再次,《世说新语》中既保留了大量口语,又从中提炼出许多含意隽永的文学语言,大大增强了作品的生动性。如"阿奴"、"老贼"、"登龙门"、"阿堵"等通俗流畅、明白如话的口语俯拾皆是,而"难兄难弟"、"拾人牙慧"、"咄咄怪事"等成语也不少见。明代胡应麟《少室山房笔丛》说:"读其语言,晋人面目气韵,恍然生动,而简约玄澹,真致不穷。"《世说新语》的语言,确实具有简洁隽永、经久弥新的活力。

魏晋南北朝的轶事小说中,《世说新语》对后代的影响最大。唐代王方庆的《续世说新语》、宋代王谠的《唐语林》及孔平仲的《续世说》、明代何良俊的《何氏语林》、清代吴肃公的《明语林》等,都是对《世说新语》的仿效之作。直到民国初年,还有易宗夔作《新世说》。同时,《世说新语》还给后世的小说、戏曲提供了丰富的素材,如《三国演义》中"望梅止渴"、"七步成诗"等情节,皆取自此书。①

----

① 参见马积高《中国文学史》(上),湖南文艺出版社 1992 年 5 月版。

第四编

隋唐五代文学

绪　　论

　　唐代文学是我国古代文学发展进程中一个光辉灿烂的鼎盛期。文苑诗林百花齐放，争奇斗艳。巨匠大师群英荟萃，名篇佳什浩如烟海，体制繁富完备，风格多姿多彩，题材内容博大深厚，前所未有。诗歌代表了唐代文学的最高成就，清康熙年间彭定求等人编纂的《全唐诗》及后人辑录的《全唐诗续拾》、《全唐诗外编》共收录了近52000首诗，有姓名的作者达2300多人。散文与诗歌相辉映，功在新变，为其持续发展开辟了广阔的空间。清嘉庆年间董浩等人编纂的《全唐文》收罗了唐、五代作家3035人，文20025篇。小说演进至唐代，迈入了一个崭新阶段，今天尚可见到的唐人小说还有220多种。词与变文是唐代出现的新文体，对繁荣后世文学发挥了作用。

　　文学植根于社会生活的土壤，又与宗教哲学、其他艺术门类相互联系、相互渗透。唐代文学的空前昌隆，首先与李唐王朝国力强盛，经济繁荣密切关联。唐继隋后，在汲取前朝速亡教训的同时，对文帝所创隋制多有遵循。初、盛唐时期，由"贞观之治"到"开元盛世"，励精图治长达百余年，唐朝渐臻于极盛，成为当时世界上最强大的封建帝国。中、晚唐虽有战乱，却因开发南方，维护了南北交通，凭借前期奠定的基础，经济和文化仍有一定发展，王朝在国外的声威依旧很高，这是文学兴盛的前提条件。

　　其次，强大的综合国力铸就了唐人恢宏的胸怀气度，对异质文化持有兼容的心态。唐太宗"一视华夷"的思想，不仅保障了国内各民族间的文化融合，也促进了对外文化的交流。异国的物质产品与精神产品畅通无阻地涌进国门，丰富了境内的生活内容。更应指出的是，终唐一代传统儒学虽为国家意识形态的根本，但思想领域儒、释、道并存却是不争的事实。多元文化的碰撞与激荡，对文人认知结构和创作心理的形成，产生了深刻的影响，为文学创作增添了新鲜的活力，创作方法、题材与风格都出现了明显的变化。

　　再次，文学创作队伍的整体文化素养，非先前各朝可比。科举制度为庶族士人和寒门弟子入仕提供了机会，而朝野重视的进士科考试，以诗赋取士，有力地激发了天下士子研练诗文的积极性。文化积累和交流的结果，使唐代士子接受音乐、舞蹈、书法、绘画等多种艺术的培养和熏陶成为可能。

士子入仕前漫游山川都邑,隐居林下,寄读庙观等风尚,以及仕进路上经受入幕或贬谪生活的历练,均是唐前不能相提并论的。特别是封建社会极盛期的壮观景象,安史之乱社会大悲剧的惨状,力图中兴的风发意气,大帝国崩解前的凄风苦雨,更是唐代士子们独有的阅历和体验。具有高度文化素养的大批中下层文人,一旦入主文坛,便形成了足以冲垮豪门士族垄断文学的进步势力。他们创造性地借鉴昔贤,奋力驰骋才华,自由发抒性灵,勇敢开拓新题材,刻苦提高艺术技巧,留下了后难为继,泽被千古的文学业绩。

唐诗是一代文学的标志,是我国古典诗歌之冠冕。唐朝是当之无愧的诗国,杰出诗人数以百计,而参与歌吟者,上自帝王将相,下至社会底层的平民,如伶工、歌伎、婢妾、商贾、医卜、渔樵、僧道等,既是诗歌的作者群,又是诗歌的欣赏者,这是我国历史上诗歌勃兴的罕见气象。唐人全面发展汉魏六朝出现的各种诗体,"三、四、五言,六、七杂言,乐府歌行,近体、绝句,靡不备矣"(《诗薮·外编》卷三),尤将五、七言古今体诗的创作推向了巅峰,可谓"诗至有唐,菁华极盛,体制大备"(《唐诗别裁·凡例》)。

唐诗的发展呈波浪式态势。初唐前三四十年,诗坛梁陈宫掖之风仍较强劲,后五十年"四杰"、沈宋、陈子昂继起,对诗歌形式美不断探索的结果使律诗定型,而对六朝文风的深入批判,则使风骨逐渐复归,为唐诗的繁荣作了重要的准备。从玄宗即位到代宗大历初年的半个世纪,整个诗苑如花木逢春欣欣向荣。每种诗体均有革新变化,题材开发也呈现了新貌,以孟浩然、王维为代表的诗人群,因描绘田园的风情意趣、山水的壮美清幽而大展丰采;以高适、岑参为代表的边塞诗人,因把征戍军旅生活和边陲风光写得慷慨激壮、瑰奇俊迈而独占一席之地。伟大诗人李白与杜甫的创作,如双峰并峙,是今昔认同的古典诗歌成就的高标。自大历到贞元中,唐诗滑坡,出现了高潮后的低谷。大历诗人的作品虽有个性,总体上格调卑弱,气骨顿衰。从贞元后期至长庆年间,唐诗再度兴盛。元、白诗派远绍《诗经》美刺传统,近嗣杜甫正视现实精神,他们风格平易的乐府诗新人耳目。韩、孟诗派受杜甫刻意求新、富于创造性的影响,以奇崛险峭的诗风,另辟蹊径。两派之外的刘禹锡、柳宗元独自树立,各有贡献。长庆以后,中兴梦破,士人生活走向平庸。其间志高才俊的"小李杜"竭力开新,杜的七绝清新俊爽,李的七律深情绵邈,二者超胜前辈,但唐诗盛极而衰的大趋势,却无计挽回。唐季濒亡的五六十年,诗人不少,成就不大。皮日休、聂夷中、杜荀鹤追踪元、白,反映民生疾苦的幽愤之作,是震古烁今唐音的最后呐喊。

唐代散文是在骈散两体之争中不断发展的,始终带有政治功利的色彩。

早在隋代,李谔等人为适应新兴王朝的政治需要,提出改革文风,激烈批评骈文,却因缺乏取而代之的新文体,文坛照旧是骈文的世界。入唐后,陈子昂大量采用古文写作,"时人钦之"(《旧唐书·文苑传》),引起震动。然骈文积习甚久,主导地位并无动摇。天宝晚年,萧颖士、李华、独孤及、梁肃、柳冕,踵武前修,要求建立尚简古、切实用的散文取代骈文,以利政教之用,由于才力匮乏,空言明道,少有传世名篇。贞元、元和之间韩愈、柳宗元崛起,打着复古旗帜,志在革新政治。其历史功绩,在于针对文体、文风、文学语言的变革,提出了一系列理论主张,推出了一大批古文精品,广为流传效法,并且奖掖后生,形成了队伍。古文创作焕然一新,抨击时弊,鞭挞丑恶,抒发不平之鸣,表现天地显得格外开阔。新的文体、文风,非复秦汉古文旧貌,而是充分吸纳和转化骈散两体已取得的成就,创造出了一种可以自由表达思想内容、展示个性风格的新的散体文。韩、柳之后,古文压倒骈文的优势渐趋削弱,骈文重新风行。直至晚唐,罗隐、皮日休、陆龟蒙等小品文作家异军突起,批判现实尖锐深切,被誉为"一塌糊涂的泥塘里的光彩和锋芒"(鲁迅《小品文的危机》)。纵观唐代散文,无论初、盛唐时的骈文,还是中唐古文,晚唐小品文,都有千古传诵的佳作。唐代是诗的国度,亦是文的国度。

唐代传奇的面世,标志着中国古代文言小说的成熟。传奇虽源出六朝志怪,却洗涤了志怪宗教色彩,旨在表现人事,对现实或历史的素材进行艺术加工,开始有意识地写小说。在诗歌、古文、史传等多种文学体裁的滋润中,传奇的娱乐性增强,作品的情节结构较为完整,刻画人物细致、生动,提高了艺术形象的审美意义。初盛唐是传奇的发育期,还带有六朝志怪的胎记。中唐传奇创作进入成熟和高潮阶段,《霍小玉传》、《柳毅传》、《李娃传》、《莺莺传》等优秀作品,足以代表唐传奇的风貌和水平。

与传奇有一定关系的变文,产生于寺庙讲唱佛经故事。它是散韵结合的新文体,对后世说唱一类通俗文学的发展有过影响。

词是一种合乐歌唱的新诗体,它萌芽于隋唐之际,与燕乐的兴盛相关。现存的敦煌曲子词,大都出自民间艺人之手。中唐始有文人词出现,题材与技法皆带模拟痕迹。晚唐五代文人词逐渐发展,艺术的创造性日趋增益,在西蜀和南唐两地先后繁荣。西蜀有温庭筠、韦庄为代表的花间词派,多绮罗香泽之词。南唐有冯延巳和李璟、李煜父子,常常以词抒发缠绵深婉之情。而国灭沦为囚徒的李煜,词作宣泄故国之思、亡国之痛,洗尽脂粉气息,扩大了词的境界,提升了情感的表现力,推动了词的发展。

第一章　隋及初唐文学

　　隋及初唐文学，上承复杂多变的魏晋南北朝文学，下与声光大振的盛唐文学相接，是一个跨越朝代的特殊的文学发展阶段。如何适应一统江山的要求，融合南北文学，在传承中吐故纳新，营造文学新气象，为此，历经百余年，几代人留下了辛勤探索的足迹和至今仍有着文学价值的精神产品。

第一节　隋代文学

　　隋代文坛，诗歌独展风采。它的发展大致可分为文帝和炀帝两个时期。

一　文帝时期

　　文帝时期始于杨坚篡北周而建隋（581），终至文帝谢世（604）。文帝作为开国君主推行了许多有利于社会安定、经济繁荣、国势富强的政策，为文学的发展提供了必要的外部条件。基于政治的原因，杨坚称帝之初力主改革文风。[①] 泗州刺史司马幼之因"文表华艳"而被"付有司治罪"（《资治通鉴》卷一七六）。治书侍御史李谔随之上书斥责南朝文风的危害："江左齐梁，其弊弥甚……竞一韵之奇，争一字之巧。连篇累牍，不出月露之形；积案盈箱，唯是风云之状。世俗以此相高，朝廷据兹擢士，禄利之路既开，爱尚之情愈笃。"（《上隋高祖革文华书》）文帝深以为然，将此奏章颁示天下。这对南北诗风的融合是一种不可取代的助力。

　　文帝时期隋诗新貌已见端倪，诸如男女之情糅进了边塞诗中，而赠答送别和咏物之作，常用比兴寄托人生感慨。节奏韵律和句法变化的锤炼工夫也非六朝可比。南北作家汇集，文学队伍扩大，相互间的交流与影响更为深入广泛。来自北朝的诗人卢思道、薛道衡、杨素等，他们的诗歌透露了南、北文学合流、交融的消息。

　　卢思道（532—583）写诗长于七言，《从军行》是公认的代表作。诗篇描

---

　　① 王祥《试论隋诗渊源走向与隋唐之际诗坛》一文较为深透地分析了隋文帝主张文风改革的复杂动机。文载《文学评论丛刊》第 1 卷第 1 期，江苏文艺出版社 1997 年版。

写边塞荒寒景物,在悲凉气氛的烘托下,表现征人闺妇别离相思之苦,对凭借战争猎取功名的将军委婉致讽。情兼忧怨,内有苍劲的骨力。多造偶句,又化用了不少汉代故事,风格遒丽,堪称早期七言歌行体的佳品。明代胡应麟认为此作与薛道衡《豫章行》均有"音响格调,咸自停匀,体气丰神,尤为焕发"(《诗薮·内编》卷三)的艺术美,可与初唐歌行以比高下。

薛道衡(540—609)入隋后诗歌创作成就胜于卢思道。其《昔昔盐》是历来为人称道的名篇,描写征人之妻空守闺阁的痛苦和对亲人的悬念,文辞秀雅,注重骈偶。虽情调偏于南诗,但"暗牖悬蛛网,空梁落燕泥"一联,以白描手法,借人物生活的环境旁衬思妇冷落孤寂的意绪,在闺怨诗中独具韵致。《出塞》诗以悲壮的色调皴染辽阔苍茫的边塞景物,情辞慷慨,风格刚健朴质,类如北诗。他的短隽之作《人日思归》,五言四句把节物变化与游子思归扭结起来,一笔两枝,寓情于景,有着很强的美感弹性。

杨素(544—606)是久历征战的风雅重臣,《隋书》本传称誉他的创作是"词气宏拔,风韵秀上"。他的从军纪实之作《出塞》二首所展现的塞外荒寒与军旅征战的艰苦,是他统兵赴边与突厥作战的生活体验,景阔情深,粗犷爽迈,北歌的底色自然呈露。他晚年写的《赠薛播州诗十四章》连篇迭唱,长达七百余字,从思国写到忧身,深沉的历史感和怀慕知己的友情,伴随着悲凉幽咽之音,格调高雅,气韵浑成,人许"为一时盛作"(《隋书·杨素传》)。可惜杨素、薛道衡分别在杨广嗣帝位前后去世,因此,北朝诗风的影响力明显受到削弱,南北文学的融合出现了新的态势。

二 炀帝时期

炀帝时期是指杨广在位(605—617)的十余年。史称"初习艺文,有非轻侧之论"(《隋书·文学传序》)的杨广,当了皇帝便奢侈荒淫,一反隋代前期的文道。聚集在他身边的南朝文人学士,投其所好,推波助澜,致使齐梁浮艳诗风复炽。然而,炀帝虽有意效法南朝隶事研词的技巧,写了像《宴东堂》、《喜春游歌》等吟咏宫闱艳情,轻薄荡逸有似陈后主的作品,但他的不少诗篇却雅正有体,风骨可感,仍带些北朝诗刚健劲直的风神。这里姑且不论《饮马长城窟行》、《白马篇》等笔摄早年征战生活的诗歌,也不必援引写于大业年间的《纪辽东》二首、《云中受突厥主朝宴席赋诗》一类故意张扬声威的内容,只要赏阅一下《早渡淮诗》、《季秋观海诗》、《望海诗》等写景状物之篇,则不难推知炀帝时期炽盛的"南风",并没有把隋诗的特色席卷而去,令齐梁诗风的原貌卷土重来。即使由梁、陈入隋的文人虞世基、王胄、庾自直等,他们的诗歌创作也不是原地踏步。

综观隋代诗歌的创作，尽管数量不多，内容单薄，没有完全摆脱齐梁诗风阴影的笼罩，但与前朝总体相比，已有突破，南北诗风合流的纡徐走势不难看出。卢思道、杨素等人的边塞诸作可视为唐代边塞诗的先导。炀帝《夏日临江诗》、王眘《七夕诗》二首、王胄《别周记室诗》等，标志着六朝五言诗向唐代五律转化的过程，卢思道《从军行》、薛道衡《豫章行》为初唐四杰七言歌行体的写作提供了有益的艺术借鉴。

隋代国祚不长，融合南北诗风又缺乏自觉的理论引导，仅处于自发的无序状态，因而文学发展的阶段性成果极为有限。但是，南北朝诗向唐诗过渡，隋朝迈出了不可或缺的第一步。

第二节　贞观文坛

从文学自身的流变考察，由隋入唐南北文学的融合就未尝间断。唐代建国伊始，统治集团接受了杨隋速亡的严重教训，把巩固王朝政权作为一切政策措施的出发点，不可避免地催发了文学的变化。与隋代比较，它明显表现为：理论上阐述了对南北文学传统的清醒认识；实践上无论创作题材还是形式技巧均有改观，这在初唐贞观年间（627—649）的文坛上体现得较为清楚。唐太宗是此际文坛的核心，虞世南、魏徵等宫廷文人则是他的羽翼，他们的文学主张和作品产生了很大的导向作用。而归隐田园的王绩却自弹心曲，为贞观诗苑培植了一簇引人注目的奇葩。

一　虞世南和魏徵

虞世南（558—638）和魏徵（580—643）皆是唐太宗敬重的名臣。前者年逾花甲竟被秦王李世民延揽进文学馆，成为秦府"十八学士"之一，太宗赞美其德行、忠直、博学、文辞、书翰为五绝。后者对贞观之治卓有功勋，太宗高度评价其直言谏诤的精神，称他是鉴戒自己的一面镜子。两人在当时都曾从政治教化的角度阐述过文学观点，反映了他们对南北朝文学的看法。《唐会要》卷六五载有太宗"戏作艳诗"，令虞世南唱和，他断然拒绝并上书谏曰："圣作虽工，体制非雅。上之所好，下必随之。此文一行，恐致风靡。轻薄成俗，非为国之利。赐令继和，辄申狂简；而今之后，更有斯文，继之以死，请不奉诏旨。"他的诗歌创作可视为隋唐之际诗风递嬗的实例。① 其《从军行》二

---

① 关于评价虞世南入唐之后的诗歌创作对诗风渐变的影响，参见朱明伦《唐诗纵论》第一章第一节，辽宁大学出版社1995年版。

首清代沈德潜评为："犹存陈隋体格而追琢精警，渐开唐风。"（《唐诗别裁》卷一）《出塞》诗写壮士誓死报效君国的豪情，歌颂了"耿介倚长剑"的英雄气概。篇中名句"雾锋黯无色，霜旗冻不翻"被盛唐岑参点化为"风掣红旗冻不翻"（《白雪歌送武判官归京》）。其咏物小诗，如《蝉》的独创性亦为后人注目。当然，虞世南的诗歌仍保留着南朝文士追求华美典雅的积习。

贞观文坛的魏徵，创作成就高于虞世南，他的《述怀》诗借典故抒发胸襟伟抱，表达了以身许国的壮志，意气风发，言情激越。沈德潜认为它是唐诗五言古体的开新之作，"气骨高古，变从前纤靡之习。盛唐风格，发源于此。"（《唐诗别裁》卷一）他的文章以谏疏为主，竭力为当朝政治服务。贞观十一年（637）他写了《谏太宗十思疏》，强调"居安思危，戒奢以俭"。太宗把它置于案头，时时警戒。两年后又上《十渐不克终疏》，从十个方面指出"贞观之初"的善政，未能善始善终。太宗"深觉词强理直"，写之于屏风上，朝夕诵读。史称其平生写有二百余奏，皆能针对时弊直言不讳，深识卓见，掷地有声，是唐初直谏之文的代表。魏徵对文学如何健康发展的问题有着清醒的认识，他在《隋书·文学传序》中明确阐述了合南北之长，以建立新文风的观点，这是站在政治大一统的立场上审视南北文学的传统，比虞世南批判梁陈宫体，强调诗教作用的理论意义要深远得多。

二　唐太宗

唐太宗（599—649）是我国历史上的一代英主，有着雄才大略，重视文治武功。他作为贞观文坛的盟主，对初唐诗风转变所起的作用远超同时的文人。现存诗歌百余首，居唐朝诸帝之首，亦为贞观诗人之冠。其《帝京篇》十首，诗前之序堪称文论短章，旨在倡导诗文创作力避"释实求华"、陷于"淫放"，而要变靡靡之音为雅正之曲。这组诗反映唐帝国新貌，是贞观诗歌多见的题材内容。艺术上胡应麟评价说："唐初五言古，殊少佳者"，"惟文皇《帝京篇》，藻赡精华，最为杰作。"（《诗薮·内编》卷二）毛先舒对太宗这类诗歌的看法是"虽偶丽，乃鸿硕壮阔，振六朝靡靡"（《诗辩坻》卷四）。太宗的咏史、述志之诗也表现了政治家的眼光，如《登三台言志》、《还陕述怀》等，思想纯正，心系苍生社稷。他描写征战、歌颂统一的诗篇很有特色。《饮马长城窟行》是历代久咏不衰的乐府古题，但太宗此诗倾吐的静胡尘、安关塞、止干戈、立功名的抱负却是一般文士所没有的。而《经破薛举战地》豪壮的诗句，充分显示了无畏的英雄气概。太宗诗几乎全是五言，①高棅称之"为唐世五言古风之始"（《唐诗品汇》卷一）。在诗歌体式、声律、对偶等方面也很讲究，这对探索诗歌审美价值是有益的。但在他的影响下，宫廷应制唱和的诗篇歌功颂德、点缀太平、追求精工典雅成了时尚。

三　王绩

贞观年间诗歌创作能跳出宫廷牢笼，开拓笔底一片新天地的作家，惟有王绩。王绩（约589—644）是隋末大儒王通的弟弟，早年受儒家思想熏陶，怀有济世之志，出任过隋六合县丞、唐太乐丞，皆不得意，弃官归隐终生不仕。今存诗五十余首，无一应制、奉和之作。只有《赠梁公》等三首记录他与初唐上下官员平淡的交往。余下的内容多写蛰居乡里的隐姿逸态，如《野望》、《田家》三首、《过酒家》五首等。这类摄录田园生活的作品很少有描绘自然风光的完整画面，大都在乡间庭院的人境中，时或闪动着诗人的身影，时或隐含着落寞孤愤的情绪。如"促轸乘明月，抽弦对白云。从来山水韵，不使俗人闻"（《山夜调琴》），"此日长昏饮，非关养性灵。眼看人尽醉，何忍独为醒"（《过酒家》其二），"风鸣静夜琴，月照芳春酒"（《山中叙志》）等。写得朴素真切、颇具田园风味的诗，应是《野望》："东皋薄暮望，徙倚欲何依。树树皆秋色，山山唯落晖。牧人驱犊返，猎马带禽归。相顾无相识，长歌怀采薇。"诗中出现的田园隐士，外观悠闲自适，内心却孤独苦闷。现实生活里找不到同道者，只能追怀古人，"阮籍生涯懒，嵇康意气疏"，"草生元亮径，花暗子云居"（《田家三首》其一）。《醉乡记》一文，幻想与阮籍、陶渊明并游醉乡，"没身不返"。《野望》是贞观时代最早的一首五律，《唐诗别裁》卷九评曰："五言律前此失严者多，应以此章为首。"

王绩以阮、陶自况，仅是寻求寄托。他的诗歌不如阮籍写得深刻尖锐，也缺乏陶诗的理想光芒。他的突出贡献是以平淡疏野的诗文风格自拔于宫廷文学之外，在南北文风的融合日趋加深中，他比贞观诸家走得更远。明代杨慎称之为"王杨卢骆之滥觞，陈杜沈宋之先鞭"（《升庵诗话》卷二）。《四库全书总目》评其佳作"能涤初唐俳偶板滞之习，置于开元、天宝弗能别也"。

---

① 唐太宗现存诗中只一首七言诗《饯中书侍郎来济》，一首《两仪殿赋柏梁体》，其余皆是五言古诗。

第三节　高宗武周时的宫廷文人

从唐高宗永徽元年（650）至睿宗延和元年（712）的六十余年，唐代社会经济发展，人民生活较为安定，综合国力不断增强。但统治集团内部斗争空前激烈，帝位几易其主，年号频频更换。政治舞台上强有力的人物武则天，先与高宗共同执政，然后代子摄政，最终称帝自立国号为周，这段历史称为高宗武周年代。此时的文坛景象已非贞观旧貌，一批年轻的诗人崛起于宫廷之外，他们不满宫廷诗风，努力培育新硕果。不过宫廷的文坛中心地位仍未改变，最高统治者多有较深的文学修养，对诗歌创作有着浓厚的兴趣。在频繁的游宴活动中"帝有所感，即赋诗，学士皆属和"，侍从文人"惟以文华取幸"（《唐诗纪事》卷九）。宫廷诗的创作很快繁荣起来，表现技法上形成了对偶的规范化，律诗的定型化。高宗朝显赫一时的上官仪，武周时的"文章四友"，备受武则天恩宠的沈佺期、宋之问，则是宫廷诗人群里的佼佼者。

一　上官仪

上官仪（约605—664），陕州（今河南陕县）人。仕太宗、高宗两朝，官至三品西台侍郎。他跻身朝官，出入宫廷，陪伴皇帝庆宴游赏、应诏奉和，变为新贵，是受太宗、高宗优宠的典型宫廷诗人。他的诗现存二十首，内容局限于宫廷生活，单调乏味。《旧唐书》本传说他"本以词采自达，工于五言诗，好以绮错婉媚为本。仪既贵显，故当时多有学其体者，时人谓之'上官体'"。

"绮错婉媚"是"上官体"的主要特征，讲求对仗精工、辞藻华丽、色调音韵之美，人们争相仿效，名噪一时。上官仪的《早春桂林殿应诏》、《奉和山夜临秋》是"上官体"雅致柔美的代表作。诗中体物写景，自铸新词，以动态意象巧引内情外化，营构富有美感的诗境，展示了作者的诗才，但是刻意求工、雕琢成癖的匠气淹没了他的才华。反倒是偶然兴会之作，成了"吉光片羽，仅传人口"（《唐音癸签》卷五）的佳品，《入朝洛堤步月》则是一个例证。

应诏奉和之诗需要快速灵敏，精致工巧，而对偶技法适应这种要求。于是上官仪总结前人经验，把六朝以来诗歌的对仗方法归纳出所谓的"六对"、"八对"的程式。

二　文章四友

杜审言、李峤、苏味道、崔融合称"文章四友"，是武周时的著名宫廷诗人，均以律诗见长，研练诗艺也都有一定工夫。其中杜审言诗才最高，李峤存诗最多，苏味道与崔融两位文章大手，好诗不多。

　　杜审言(约 645—708)，杜甫的祖父，高宗朝进士。一生仕途不顺，官位不高，身在宫廷时间较短，应制奉和之作较少，写了一些不假雕饰、形象鲜明而颇有生活实感的诗篇。如《登襄阳城》、《渡湘江》等描写山川景物、表达羁旅宦情的诗便是明证。在诗艺上，他对近体律、绝研练工夫深厚，擅长五律，成就不亚于沈佺期、宋之问。许学夷《诗源辩体》卷十三说："五言律体实成于杜、沈、宋，而后人但言成于沈宋，何也？审言较沈宋复称俊逸，而体自整栗，语自雄丽，其气象风格自在，亦是律诗正宗。"其《和晋陵陆丞早春游望》为胡应麟誉为"初唐五言律第一"(《诗薮·内编》卷四)。他的七律有《守岁侍宴应制》、《大酺》、《春日京中有怀》，虽然个别诗句平仄未谐，开创之功却不可否认。①"初唐无七言律，五言亦未超然。二体之妙，杜审言实为首倡。"(《诗薮·内编》卷四)胡应麟的话公允地道出了他在诗史上的地位。

　　李峤是一个比较典型的御用文人。《大唐新语·文章》载：长寿三年(694)，武则天在定鼎门内铸起了高 90 尺、直径 1.2 丈的八棱铜柱，美其名曰："大周万国述德天枢"，"武三思为其文，朝士献诗者不可胜纪，唯峤诗冠绝当时。"足见武则天年代，李峤诗名已著。现存诗二百余首，咏物五律就有一百二十首，数量可观，然形神兼备者绝少。王夫之评曰："李峤称大手笔，咏物尤其属意之作，裁剪整齐，而生意索然，亦匠笔耳。"(《薑斋诗话》卷二)他的歌行体《汾阴行》写盛衰沧桑之意，据《唐诗纪事》载，安史乱后，避难蜀中的玄宗听到梨园弟子演唱此诗，曾两赞"峤，真才子也"。与其诗相较，他的制书表状之文，还留有不少六朝词臣的习气。

　　在"四友"中苏味道存诗只十余首，多为五言八句，其中《正月十五夜》写长安城元宵节狂欢之夜的热闹场景，宛然如画，久为传诵。苏处世圆滑，遇事表态模棱两可，《旧唐书》本传说当时人称他"苏模棱"。《大唐新语·谀佞》记载"则天朝，尝三月降雪"，他立即要草表称贺，说明这位才华富赡的文士，也是善写"谀佞"之文的老手。利用文章为武则天歌功颂德，他与崔融是同调。《新唐书》本传说崔融"为文华婉，当时未有辈者，朝廷大笔，多手敕委之"，其超常之处，不惮"思苦神竭"写出令当权者满意的文章。《启母庙碑》、《武后哀册》是活标本。他有从军塞外的经历，边塞题材的诗歌写得较出色，如《关山月》、《塞垣行》等，非纤弱宫廷诗风可比。

----

　　① 金圣叹赞颂杜审言《春日京中有怀》为七律定式，说："斯真卓尔旷代之奇事"，"呜呼，岂不伟哉！"见《贯华堂选批唐才子诗七言律》卷四。

三　沈佺期、宋之问

沈佺期(约 656—713)、宋之问(约 656—约 713)是与"四友"先后，在武周、中宗朝颇有文名的两位宫廷诗人，因其声望相当，世称"沈宋"。两人是高宗上元二年(675)的同榜进士，皆谄事权贵，急功好利，人品卑下，后遭贬窜。沈存诗一百五十余首，宋存诗近二百篇。两者诗歌多是宫廷应制之作，外表华艳而内容空洞，常以美化封建统治者为旨归。另有表达官场失意或闲适游旅兴味的诗，亦无甚可取之旨。但他们被贬流放期间，尝到了和置身宫禁、优游岁月的馆阁生活截然不同的滋味，人生处境的落差所触发的真情实感，借助娴熟的诗艺酿就了神貌兼得、情韵俱佳的作品。如宋之问的《度大庾岭》是远窜泷州途中的有怀之诗，因物感发，寓情于景，曲吐迁谪失意的愁怨。尾联用含蓄深婉的情语，把悲与盼的复杂感情自然对接，一唱三叹，余味无穷。五绝《渡汉江》是他自贬所逃归路上写的，妙将空间悬隔、音书断绝、时间久远三层意思，递进递深，强化了贬居遐荒的孤愁巨痛。两人比较，宋长于五言律，而沈善作七律，沈佺期的《遥同杜员外审言过岭》把触目邈远的自然景观和凄苦迷茫的心境打成一片，倾吐孤立无援的悲伤情怀，情景交融，韵味深永，通篇声律和谐，是早期成熟七律的样板。

沈、宋两人诗歌创作的主要成就，是对声律的积极探索和实践，在几代诗人取得的经验之上，他们完成了律诗定型化的任务，后人对此功绩看得十分清楚。在他们离世的百年，元稹首称："沈、宋之流，研练精切，稳顺声势，谓之为律诗。由是而后，文体之变极焉。"(《杜君墓系铭并序》)自此，《新唐书·宋之问传》及明、清诗论家都曾给予明确的肯定。[①] 进而言之，从南齐永明年间沈约提出"四声八病"之说，到五律定型成果的问世，沈宋等人的具体贡献，可简要归纳为：把讲求平上去入的"四声律"简化为只分平仄的"二声律"；由消极地防止"八病"变为主动地运用和谐的声韵规律；将"两句之中，轻重悉异"(《宋书·谢灵运传论》)发展成两联间平仄需粘，[②] 实现通篇粘对不失，声律调谐流畅美听。以此为起点，又推演出近体七言诗的声律格式。我国古代诗歌的发展，从六朝到盛唐总体上是沿两

---

① 王世贞说："五言至沈宋，始可称律。"(《艺苑卮言》卷四)胡应麟《诗薮·内编》卷四、沈德潜《说诗晬语》卷上等，对沈宋促进律诗定型的功绩均有评说。

② "粘"指近体诗平仄格式的一种规则，即上一联的对句如系平头或仄头，下一联的出句必须相应的亦是平头或仄头。详见王力《汉语诗律学》，上海教育出版社 1962 年版，第 72 页。

路前进的,"一是风骨的复归;一是形式美的探索。"① 律体的成熟和完备,正是沈宋为主的初唐诗人探索诗歌形式美的结果。

第四节 四杰与刘希夷、张若虚

一 初唐四杰

"初唐四杰"的提法最早见于唐中宗时郗云卿编辑的《骆宾王文集序》,有云:骆宾王在"高宗朝,与卢照邻、杨炯、王勃文词齐名,海内称焉,号为四杰,亦云卢骆杨王四才子"。他们是新兴的一代诗人,年辈不一,诗歌创作各具特色,"王勃高华,杨炯雄厚,照邻清藻,宾王坦易。"(陆时雍《诗镜总论》)然而他们也有很多共同点:"年少而才高,官小而名大"(闻一多《唐诗杂论·四杰》),出身庶族,活动于宫廷之外,社会阅历丰富。在国势昌隆、充满希望的时代氛围里,他们怀有饱满的政治热情和从事文学艺术创作的积极性。在仕进之路上,他们的理想与现实发生了尖锐的矛盾,而行为浪漫、狂放狷介、恃才傲物的禀性气质又颇受时人谤议,始终蹉跎官场,屡遭打击,竟致潦倒终身,空怀报国之志。然而他们却继承寒士文学的传统,不满宫廷诗歌的创作模式,出于相同的认识,勇敢地举起反潮流的旗帜,批判"龙朔文场变体"(《王勃集序》)。他们于"唐诗开创期中负起了时代使命"(《唐诗杂论·四杰》),力图摆脱齐梁诗风,自觉创新,写出了一些声律、风骨兼备的诗篇。他们如"龙文虎脊"、"过都历块"(杜甫《戏为六绝句》)的骏马,踏出了一条不同于宫廷文学的新路,为雄壮厚重、光耀人寰的一代唐音登上历史舞台,拉开了序幕。他们远播的文名,可与江河同流而久传千古。

王勃(650—676),字子安,王通的孙子,王绩的侄孙,绛州龙门(今山西河津)人。今存王勃的作品有明末崇祯年间张燮汇编的十六卷《王子安集》(四部丛刊本),以及清代蒋清翊的《王勃全集笺注》。后来罗振玉从日本又收录逸文三十篇。现可见王勃各类体裁的文章百余篇,其中序文七十多篇,《滕王阁序》是其中最出色的名作。《全唐诗》录存子安诗两卷九十余首,五言律、绝占一半多。描绘自然风光的写景诗和表达羁旅思乡、赠别怀人的抒情诗较为成功。《送杜少府之任蜀川》应为五律的精品,而怀乡之诗《山中》当是五绝佳篇。两者皆为人熟知:

① 张采民《略论初唐宫廷诗》,见《中国首届唐宋诗词国际学术讨论会论文集》,江苏教育出版社1994年版,第13页。

城阙辅三秦，风烟望五津。与君离别意，同是宦游人。海内存知己，天涯若比
邻。无为在歧路，儿女共沾巾。

长江悲已滞，万里念将归。况属高风晚，山山黄叶飞。

前者可贵之处就在于一洗常人送别诗中"有别必怨，有怨必盈"（江淹《别
赋》），只限于低吟缠绵悱恻的感伤滥调，而表现出乐观旷达的襟怀，充满着
奋发向上的时代气息，令人鼓舞和振作。"海内存知己，天涯若比邻"一联，
转愁别成告慰，变悲凉为豪放，情真语直，格调雄健，是人们历来激赏的名言
俊语。全诗的命意高标千古，虽受曹植《赠白马王彪》的影响，但能以凝练爽
朗的笔调出之，风骨一体，显露了唐诗的新风貌。后篇将羁愁乡思与苍凉寥
廓的山川秋景糅合起来，形成一种悲凉浑阔的意境。王勃七言诗也有优秀
之作，《滕王阁》在景物的描写中注入强烈的忧喜之情，带有明显社会性，给
人以深沉的历史感。《采莲曲》学习乐府民歌又出新境。《秋夜长》、《临高
台》形式活泼，富于变化。他那些为后世称道的诗歌是他革新主张的成功实
践，意义之大，"遂使繁综浅术，无藩篱之固；纷绘小才，失金汤之险。积年绮
碎，一朝清廓，翰苑豁如，词林增峻。"（杨炯《王勃集序》）

杨炯（650—693），华阴（今属陕西）人。现存其文集有《四部丛刊》影印
明代童佩所编《杨盈川集》十卷本，今有中华书局版徐明霞校本行世。《旧唐
书》本传引张说语："杨盈川文思如悬河注水，酌之不竭，既优于卢，亦不减
王。"杨炯同王勃相似，均为学者型的作家，有着多方面的才能。但从现有的
三十三首诗歌来评估，在四杰中他的成就最低。诗体无一篇七言作品，题材
内容也无甚开拓，明钟惺称四杰诗说："王森秀，非三子可比。卢稍优于骆，
杨寥寥数作，又不能佳，何其称焉。"（《唐诗归》卷一）然而，他的几首写边塞
题材的五律倒有些特色，《从军行》是久为传诵的名篇：

烽火照西京，心中自不平。牙璋辞凤阙，铁骑绕龙城。雪暗凋旗画，风多杂鼓
声。宁为百夫长，胜作一书生。

诗作写书生渴望投笔从戎、抗敌御侮、建功立业来实现人生价值，真实地反
映了当时读书人的精神境界和社会责任感。语言遒健，色调壮美，在初唐诗
中是不多见的。

　　卢照邻(约 630—689),字升之,幽州范阳(今河北涿县)人。其诗文流传于今者,可见《四部丛刊》影印明代张燮刻《幽忧子集》七卷、附录一卷本,中华书局版徐明霞校《卢照邻集》。《四库全书总目》说:"一生所作,大抵欢寡愁殷。有骚人之遗响,亦遭遇使之然。"生命的悲剧,使得卢照邻的诗文充满对疾病的无奈,与仕途坎坷的悲愤。文章里的《狱中学骚体》、《五悲文》、《释疾文》三篇,联系古代一些有才无命的文人,痛陈自身的灾难,千载之下读来依然感人肺腑。九十余首诗,各体皆备,七言歌行成就最著,《长安古意》是辉煌的一篇。它反映了初唐诗人用骈赋特点改造歌行体,以实现诗体革新。作品内容貌似宫体诗,实则由写宫廷生活转至描绘都市盛况;以歌颂对爱情热烈的追求代替艳情淫秽的笔墨;把张扬皇家声威、美化封建统治者,变为揭露上层社会的荒淫堕落、官僚集团互相倾轧的丑态。诗人不是带着醉醺醺的眼光去观赏物质世界,却将深沉的反省、冷峻的批判和嘲讽浸透在描写叙事之中。非宫体诗所能及,是"一个破天荒的大转变","生龙活虎般腾踔的节奏,首先已够教人们如大梦初醒而心花怒放了。"(闻一多《宫体诗的自赎》)艺术上以赋为诗,富丽铺排,纵横交错,力求展示全景画面。行文遣词"鱼龙百变",虽未洗净六朝粉黛,却能于丽句中嵌入清词。声韵调配妙在变化,极尽情词音韵之美,可称诗的赋化或赋的诗化。歌行体扩充了篇幅,提高了表现力,减少了赋冗长的铺叙,增强了抒情性和音乐性。

　　骆宾王(619—684?),婺州义乌(今属浙江)人。《旧唐书》本传说中宗复位令人搜访已散逸的"宾王诗笔","集成十卷,盛传于世",到了明清两代,流传版本卷数多寡不同,文字脱漏错误甚多。清人陈熙晋多方辑录,分体编年,加以考订,成《骆临海集笺注》,今有中华书局重排本,是了解骆宾王诗文较好的版本。他流传下来的各体文章四十八篇,以骈文为多,《讨武曌檄》是被人激赏的名篇。《全唐诗》辑其作三卷,计一百三十余首,在四杰中存诗最多。主要内容是抒写个人身世遭逢和建功立业的宏伟抱负,晚年的《咏怀》有一定代表性。他曾两度从军塞上,亲身的实践开拓了诗境。《边城落日》、《夕次蒲类津》、《至分水戍》、《边夜有怀》等在初唐边塞诗中大放异彩。他的咏物诗或图形绘貌,宛肖如生;或因物抒怀,内蕴深厚。如《在狱咏蝉》,借蝉自咏,抒发遭谗获罪、身陷囹圄的不幸和悲怨。在比兴中宛转附物,亦人亦物,若即若离,将心中情曲曲泄出笔端。用典自然,运化无迹,增强了诗的美感和艺术张力。闻一多指出:"卢骆擅长七言歌行,王杨专工五律。"(《唐诗杂论·四杰》)歌行体是骆诗的亮点,《帝京篇》、《畴昔篇》、《代女道士王灵妃赠道士李荣》等都具有时代意义,篇内五言、七言错杂,叙事、抒情交融,大量用典却平易通畅,是唐诗中少见的鸿篇巨制。《帝京篇》与卢照邻《长安古意》并称初唐歌行双璧。无论思想内容、意蕴旨趣,还是炼局谋篇、表现技法,都有着不少相似之处。胡应麟评说初唐歌行体发展:"垂拱四子,一变而精华浏亮,抑扬起伏,悉协宫商,开合转换,咸中肯綮。七言长体,极于此矣。"(《诗薮·内编》卷三)

四杰的诗歌创作犹如汉魏六朝诗与盛唐诗之间的关键链环,首先能够以历史眼光正确认识他们在文学史上地位的是杜甫。① 在他看来四杰的"当时体",既不是六朝诗风的延续,也不是《诗》、《骚》形式的再现。四杰的作品反映了唐王朝上升时期的社会心理、时代意识和审美情趣,他们对唐诗发展作出了独特的贡献。简要说可归结为三点:

第一,积极拓展诗歌创作题材,为诗的表现领域打开了新天地。闻一多有过精辟之论:"宫体诗在卢骆手里是由宫廷走到市井,五律到王杨的时代是从台阁移至江山与塞漠。"(《唐诗杂论·四杰》)其他如送别怀人、羁旅眷乡、自然风光等题材都是他们笔摄的对象,明显地突破了宫体诗狭小的范围。激励他们的创作转向社会生活的根源,是"背面有厚积的力量撑持着。这力量,前人谓之'气势',其实就是感情。有真实感情……能使人们麻痹了百余年的心灵复活。"(《宫体诗的自赎》)第二,诗情诗境得到一定程度的净化,饱满乐观的情绪、昂扬进取的精神,似春风吹拂诗苑。由于四杰将积极强烈的功名事业心,及遭受恶势力摧残所激起的郁勃不平之气融入诗中,故使作品思想严肃,迸发了时代热情。第三,继承和发扬了前人艺术经验,竭力探求适于表达情志的诗歌形式。卢、骆的贡献在于发展歌行体,王、杨的功绩则在建设五律,促其定型。他们遂令"诗律精严,文辞雄放,滔滔混混,横绝无前。唐三百年风雅之盛,以四人者为之前导也。"(胡应麟《补唐书骆侍御传》)如果说在律诗趋向成熟阶段王、杨主要影响了沈、宋,那么歌行体转型过程中卢、骆主要催发了刘希夷、张若虚的写作。

二　刘希夷、张若虚

刘希夷、张若虚继踵卢、骆,长于歌行,两人的创作成就,标志着六朝后期所酝酿发展的歌行体已完全成熟。他们的建树影响之大,竟使歌行在卢、骆之后,成了唐代诗坛一种重要体裁。

刘希夷(651—约679),汝州(今河南临汝)人。《全唐诗》收其诗一卷,二

---

① 四杰的浪漫行为和孤傲性格遭到时人谤议,他们的诗歌在后来相当长的一段时间内不为诗家所推重。今存《唐人选唐诗》十种,只有最后一种《搜玉小集》仅仅选录了四杰的五律和五古诗。杜甫在《戏为六绝句》中高度评价了四杰的诗歌成就。

十八题、三十五首,《全唐诗补编》辑其诗七首。他身后有孙季良编选《正声集》,"以刘希夷诗为集中之最,由是大为时人所称。"(《大唐新语》)明代高棅在结合具体作家的创作特点描述初唐诗的发展时,把"刘希夷有闺帏之作",视为"初唐之始制"的一例(《唐诗品汇·总序》)。就他的存世诗篇看,《代悲白头翁》是备受后人推崇的名篇。通首从少女写到老翁,咏叹青春易逝,富贵无常。抒情婉转,炼句谋篇,独出机杼。与卢、骆歌行比较,不仅其秾丽繁富,纵横恣肆,委婉流畅不减卢、骆高处,而且章法、句法缜密精练更胜一筹。因善于吸纳乐府民歌和齐梁、初唐宫体的对偶、用典、设喻、比衬、声韵规则和叙议穿插等诗艺,锤炼出新,独标风采。诗中"年年岁岁花相似,岁岁年年人不同"一联,复沓徘徊的句式,形成回环跌宕之美,情深意远,韵味隽永。刘希夷注重淘漉前人的成果,熔裁提纯,创造出婉丽明畅的风格和以象尽意、情理相生的诗境,为写歌行的继响者开辟了一条门径。

张若虚,扬州(今属江苏)人。唐中宗神龙年间,以"文词俊秀"而"名扬于上京",开元年间与贺知章、张旭、包融并称"吴中四士"。平生所作诗亦多散逸,《全唐诗》仅录存《代答闺梦还》、《春江花月夜》两首。数量虽少,却"孤篇横绝,竟为大家。"(王闿运《王志·论唐诗诸家源流》)《春江花月夜》原为乐府清商曲吴歌旧题,相传为陈后主所制(《旧唐书·音乐志》),后来多用之写游子思妇的离愁。诗人敢于推陈出新,大力转化传统题材,调遣灵动的笔墨描绘多姿多彩的洁美世界,探索人生宇宙的奥秘,吐露游子思妇的离愁别绪和纯真笃实的爱情,表现出对青春年华的珍惜和对美好生活的向往。叹息与企盼交织,依恋潜蕴着欣慰,哀怨沁透出温情,立意摆脱了前人的窠臼,风调突破了宫体的约束,委实高手不凡。难怪闻一多赞之为"诗中的诗、顶峰上的顶峰。"(《唐诗杂论·宫体诗的自赎》)作者凭题目五字运思,由月融贯春、江、花、夜。始自月升,终止月落,其间四语一转,蝉联而下,韵律节奏同步变换,各种意象纷至沓来,"五字炼成一片奇光"(钟惺《唐诗归》卷六),构成幽美深邃的境界。诗篇因景寓情,借物叩理,旨在求索物象后面的意蕴,达到物我冥契,情、景、理兼容的艺术高度。它的出现预示着姹紫嫣红、百花争艳的盛唐气象即将诞生。

第五节　陈子昂

从唐王朝建立到睿宗景云中约九十年左右时间,是盛唐诗歌的准备期,在对六朝诗歌的继承和革新中为盛唐诗歌高潮的到来夯实了基础。殷璠在

《河岳英灵集叙》里概括了这个渐进的过程："武德初，微波尚在；贞观末，标格渐高；景云中，颇通远调。"陈子昂踵武四杰，于高宗调露(679)年间到睿宗景云(710)中，肩负起开启一代诗风的历史重任，活跃文坛之上，力倡革新理论，扫荡浮靡余习，为唐诗的健康发展做出了重大贡献。在"有唐一代诗功为大耳，正如夥涉为王，殿屋非必沉沉，但大泽一呼，为群雄驱先"(胡震亨《唐音癸签》卷五)，无愧是一位树立唐音丰碑的奠基人。

一　陈子昂的生平思想和文学主张

陈子昂(659—700)，字伯玉，梓州射洪(今属四川)人。少年时代是一位"驰侠使气"的豪家子，曾与博徒为伍，慷慨好施，"至年十七八未知书"。既而醒悟，折节向上，锐意进取。入乡学谢绝门客，专心攻读，"数年之间，经史百家，罔不该览"(卢藏用《陈氏别传》)，为从事文学创作打下了深厚的根底。二十一岁出蜀入京，征程水旅豪情满怀，所作怀古诗追忆历史上的贤相名臣，流露了"江山代有才人出"的自负意绪。"游太学"、"历抵群公"，在社交中获取文名。① 二十四岁中进士，上书论政，为武则天赏识，拜麟台正字。"由是海内词人靡然向风，乃谓司马相如、扬子云复起于岷、峨之间矣"(赵儋《旌德碑》)，旋擢右拾遗。他以拥护武周政权的忠臣自任，从儒家兼善天下的思想出发，立朝论奏，直言不讳。上《谏用刑书》、《上军国利害事三条》、《谏雅州讨生羌书》等奏章，针对武氏集团滥施刑罚、穷兵黩武等弊政提出了批评。不料遭致武三思陷害，"坐缘逆党"，被捕入狱。获释后，"默然不乐，私有挂冠之意"(《陈氏别传》)。陈子昂为官十余年中曾两次从军，先是垂拱二年(686)出征西北，未经年而返。万岁通天元年(696)秋，他刚出狱不久便随建安王武攸宜出东北边陲，讨契丹叛部。遇军情失利，进谏统帅，非但忠告不被采纳，反被贬为军曹。回军第二年(698)，他以父年迈多病为由，辞职还乡，结束了仕宦生活。归隐居丧期间，武三思勾结县令段简，"附会文法"，勒索钱财，又将他害死在狱中。现存《陈伯玉文集》最早刻本是明弘治间杨澄校正本，为《四部丛刊》影印。今中华书局版徐鹏校本是最完善的本子。

陈子昂是一位思想复杂的士子，时代的文化背景，家庭的特殊影响，②使

---

① 计有功《唐诗纪事》卷八引《独异记》载，陈子昂花高价买胡琴，然后砸碎胡琴以引起轰动，把自己的文章遍赠在场的围观者，于是"一日之内，声华溢郡"。除这件逸事外，卢藏用《陈氏别传》亦云："(陈子昂)历抵群公，都邑靡然属目矣，由是为远近所称。"

② 陈子昂祖父陈辩，少习儒学，有豪侠之气，以豪英刚烈闻名州县。父亲陈元敬从小博览群书，儒学、老庄、纵横家、阴阳家、黄老仙道皆有涉猎。

他既好纵横任侠，又崇信佛老神仙，而青年时代还接受了儒家学说的熏陶，立下了匡时济世的壮志。他登上政治舞台，就以饱满的热情不断上疏谏言，提出以治国安民为核心的一系列政治主张。他把武则天看作理想中的明君，没料到他的忠心和谋略与帝王的追求存在较大的错位。他的悲剧性的结局，赵儋说得明白："陈君道可以济天下，而命不通于天下；才可以致尧舜，而运不合于尧舜，悲夫！"（《旌德碑》）和他的政治思想紧密联系的，是其文学创作主张。他意识到了文学本身日益发展的形式和长期贫乏的内容之间存在着矛盾。在他看来，作为当时主要文学体裁的诗歌应当进行一场革新。

他的诗歌革新主张集中体现在《修竹篇序》中：

> 文章道弊，五百年矣。汉魏风骨，晋宋莫传，然而文献有可征者。仆尝暇时观齐梁间诗，彩丽竞繁，而兴寄都绝，每以永叹，思古人，常恐逶迤颓靡，风雅不作，以耿耿也。一昨于解三处见明公《咏孤桐篇》，骨气端翔，音情顿挫，光英朗练，有金石声。遂用洗心饰视，发挥幽郁。不图正始之音，复睹于兹，可使建安作者，相视而笑。

这篇序文，对六朝以来的文学历史作了深刻的反省，以高度的前瞻性指出了文学创作的正确方向。其中反映了具有时代精神的进步文学观：第一，他明确表示片面追求诗歌创作形式的唯美倾向是病态文学。五百年的"文章道弊"就在于诗人热衷于去写徒具繁彩而无灵魂的作品。第二，富有创见性地提出了医治六朝文风痼疾的方法，即继承古代诗歌批判现实的优良传统，弘扬建安文学表现功业理想和人生意气的时代精神。力倡"风雅兴寄"、"汉魏风骨"，实质是在具有复古色彩的旗帜下，要求诗歌反映时代的现实生活，进行内容的真正革新。第三，推出了诗歌创作的美学标准。它不仅要有充实内容和美刺作用，而且不可缺少气势飞动、音节顿挫、声韵铿锵、明朗皎洁、光彩照人的审美价值，读之使人"洗心饰视，发挥幽郁"，有着强烈的感染力。可见，诗序是倡导文学革新的宣言书，犹如春雷一声，振聋发聩。后人赞颂道："陈拾遗横制颓波，天下侦之翕然一变。"（李阳冰《草堂集序》）"子昂始变雅正，卓然独立，超迈时髦……继往开来，中流砥柱。上遏贞观之微波，下决开元之正派。"（高棅《唐诗品汇·五言古诗叙目》）肯定他革新六朝及初唐诗的功绩，几乎是历代诗论家的共识。

二　陈子昂的诗文创作成就

《全唐诗》录存其诗一百二十余首。《感遇》诗三十八首、《蓟丘览古》七首、《登幽州台歌》等是优秀的代表作。《感遇》是汇集诗人一生不同时期部分作品的组诗,大都是有感政事而发的篇章,大致可归为三类。一是直陈时事,抨击弊政,讥讽世道昏暗和封建统治者丑行的作品。《圣人不利己》斥责武则天恣意挥霍民脂民膏,广建佛寺,愚弄人民,致使府库空虚,天下疲敝。《呦呦南山鹿》、《蜻蛉游天地》揭露武氏集团大兴冤狱,滥杀无辜,实行恐怖统治。《荒哉穆天子》、《昔日章华宴》等,借古讽今,鞭挞统治阶级奢侈腐化,纵欲享乐。《市人矜巧智》、《深居观元化》活画出世俗小人蝇营狗苟,尔虞我诈的丑态。这些诗歌从不同侧面暴露当时社会的罪恶,具有强烈的现实意义。二是边塞诗。初唐以从戎报国为主题的作品屡见不鲜,而反映妄开边衅,给人民带来灾难与痛苦的诗篇却很少;写征夫闺妇离愁别怨的内容多,刻画因战争使百姓背井离乡的惨况几乎无人涉笔。《丁亥岁云暮》、《朝入云中郡》、《苍苍丁零塞》等,从不同角度和层面丰富了这类诗歌的思想,并与李白《古风》第十四、杜甫《兵车行》前后辉映。三是抒发志在报国、积极用世的政治理想,及感慨身世,宣泄抱负受挫的幽愤。如《感遇》第三十五:"本为贵公子,平生实爱才。感时思报国,拔剑起蒿莱。西驰丁零塞,北上单于台。登山见千里,怀古心悠哉。谁言未忘祸,磨灭成尘埃。"此作浓缩了平生的遭际和思想历程。早年追踪前贤,投笔从戎,冀求建功立业。然而现实无情,抱才招祸,美好的夙愿和为之奋斗的事业统统化为云烟。《兰若生春夏》、《吾爱鬼谷子》诗中,一种落寞心境、怨艾之情,宛转曲露,自负自伤的复杂人生感受难以馨言。《感遇》诗内容广泛,思想感情复杂,反映现实的深度和广度是同时代的其他诗人所不能望其项背的。

《蓟丘览古》七首和《登幽州台歌》皆是诗人出征东北边陲之时写的。概观这些诗皆为凭吊古迹,颂美先贤功业,抒发生不逢时、壮志成虚的悲叹。诗人忠耿之心无人理解,抑郁侘傺之际,"因登蓟北楼,感昔乐生、燕昭之事,赋诗数首。"(《陈氏别传》)诗篇沟通古今,旨意遥深,特别是《登幽州台歌》,诗人于高台悲风中眼望茫茫四野,神思徜徉。历史的反思,失意的忧伤,世道艰难的体验,生命苦短的悲哀,如涛似浪涌上心头,万种情思化为震撼千古的浩叹。"古今诗人多矣,从未有道及此者。此二十二字真可泣鬼。"(黄周星《唐诗快》卷二)

他的赠别、行旅、写景诗亦有可称道的篇什。《度荆门望楚》描写由蜀入楚跃进视野里的山川景色,虚实远近各尽其妙,胡震亨评其为"王、孟二家之祖"(《唐音癸签》卷九)。《春夜别友人》写景抒怀,均极佳妙。《送客》语浅情深,清新秀丽,王夫之誉为"唐人五言佳境,力尽此矣"(《唐诗评选》卷二)。《晚次乐乡县》沈德潜许以"开少陵之先"(《唐诗别裁》卷九)。《送魏大从军》、《白帝城怀古》等诗亦有别具手眼之处。

陈子昂诗歌从根本上抛弃了宫体,继承《诗经》、《楚辞》托物寄意的比兴手法,如幽兰、修竹、翡翠、白鸥,乃至神话中的青鸟、玄凤都被赋予了新的生命,成为诗人情操和理想的化身。他汲取建安文学的美质,或师法曹、刘"梗概而多气"的风调,或吸取阮籍诗的深沉蕴藉,熔铸为雄浑刚健与沉郁幽婉共存的风格。那些直陈时弊兼带政论锋芒的作品偏重于前者,而歌唱理想,抒写幽愤的诗章与后者相通。他擅长五古、五律,元代方回认为:"天下皆知其能为古诗,一扫南北绮靡,殊不知律诗极精。""不但《感遇诗》三十八首为古体之祖,其律诗亦近体之祖也。"(《瀛奎律髓》卷一)虽有过誉之处,确非无根游谈。其古诗为张九龄、李白的先导,朱熹说李白"《古风》两卷,多效陈子昂,亦有全用其句处。"(《朱子语类》)陈子昂诗亦有瑕可指,思想感情混杂着祸福无常、求神访仙等糟粕,而且艺术形象不够丰满,议论多,形式板,部分诗易引起枯燥乏味之感。但他完成诗歌革新的功业却如日月高悬,万代仰止。"沈宋横驰翰墨场,风流初不废齐梁。论功若准平吴例,合著黄金铸子昂。"(《论诗绝句》)元好问的话证明了陈子昂在诗史上获得的盛誉。

初唐近百年文章还是以骈俪为主,陈子昂文集里的对策、奏议一改当时流行的骈骊之体,破骈为散,特具一格。他长于政论,兼有秦汉文章的简古朴拙及贞观奏疏的直切锋锐。论事析理,识度深,气魄大,义正辞质,刚健高朗,展现出崭新的文章写作观,颇受时人喜爱。"洛中传写其书,市肆闾巷,吟讽相属,乃至转相货鬻,飞驰远迩。"(《陈氏别传》)现存一百一十多篇文章,其奏疏章表成就突出,《谏灵驾入京书》、《谏政理书》、《上军国利害事》、《谏用刑书》等,关注社稷民生,充溢匡世济时之情,言之有据,立论高远,表现出强烈的忧患意识和使命感。此外,墓铭、序文等作品也有革新者的风范,虽沿骈体,但散文倾向明显,盛唐之后的古文家都看到了他敢为人先的开创之功。李华说:"陈子昂文体最正。"(《萧颖士文集序》)韩愈称:"国朝盛文章,子昂始高蹈。"(《荐士诗》)足见他对唐代古文创作影响深远。

第二章　盛唐文学

公元八世纪的前五十多年，是唐王朝的鼎盛期，也是我国古代诗歌创作光彩夺目的黄金时代。在这短短的几十年里，文苑诗林名家辈出，群芳竞艳，诗坛景观欣欣向荣。诗人能够在更广阔的天地里挥笔泼墨，各展长才。林林总总的题材内容，丰富多样的风格情调，齐光并耀，相映成辉，形成了空前壮丽的盛唐气象。史之盛唐可从社会政治、经济的变化，划分开元与天宝两个阶段，诗之盛唐却宜从诗人的创作活动来揭示和描述其发展历程。

第一节　盛唐前期诗人

盛唐前期较有影响的诗人，概略来说是：资深位显的张说、张九龄；职低诗少的王翰、王之涣；诗名远扬却终生未仕的孟浩然。为了强调他们在唐代诗史上的特殊地位，本节只介绍资深位显的两位诗人。

一　张说

张说（667—731），字道济，一字说之，其先范阳（今河北涿州），世居河东（今山西永济），又徙家洛阳（今河南洛阳）。玄宗朝，曾官中书令，封燕国公。《旧唐书》本传评述他的人品和文品："为文俊丽，用思精密"，朝廷大述作多出其手，"天下词人，咸讽诵之，尤长于碑文、墓志，当代无能及者。喜延纳后进，善用己长，引文儒之士，佐佑王化。"玄宗称他是"当朝师表，一代词宗"，与许国公苏颋号"燕许大笔"。其存世文章有影宋刻本《张说之集》三十卷，[①]及明人所辑《张燕公集》二十五卷，《全唐文》录存十三卷。大略说来其文众体皆备，各有特点。较能体现张说风格的是论政、论事之文。这位文章家还是活跃在开元诗坛的歌手，流传于世的诗三百五十首，除大量应制诗外，也有不少朴实凄婉、浑厚老成的诗篇，其中抒情写景之作常为人称道。《邺都

---

① 据万曼说："1934 年傅增湘氏在邢詹亭家却获得影宋刻蜀本三十卷的《张说之集》。""傅氏认为'此本为椒花吟舫据家藏宋本录出，断然无可致疑'。"详见万曼《唐集叙录》，中华书局 1980 年版，第 41 页。

引》凭吊故都，虽有初唐诗人咏同类题材所流露的昔盛今衰之慨，但颂扬曹操文才武略，寄托自己的雄心壮志倒是歌行中的新意，而悲壮的辞情更似盛唐七古风韵。沈德潜评："声调渐响，去王杨卢骆体远矣。"（《唐诗别裁》卷五）他的五律《幽州夜饮》煞尾点题，表露边将守疆卫国的重大责任，"不作边城将，谁知恩遇深。""此种结，后惟老杜有之。远臣宜作是想。"（《唐诗别裁》卷九）他用同题《巡边在河北作》分别以七言、五言古体表达重义轻死，许身报国的夙愿，皆可从朴素诗语中见真挚之情。他的山水诗较为出色的作品是被贬岳州时写的，"既谪岳州，而诗益凄婉，人谓得江山之助云"（《新唐书》本传），对照今存他在岳州作的近四十首诗，可知此评得体。

总之，张说留给开元文坛的实绩，在奖后进、育新人的同时，以自己的诗文作品影响着唐代文学的发展方向，[①]发挥着承前启后的作用。

二 张九龄

张九龄（678—740），一名博物，字子寿，曲江（今广东韶关）人。他是开元年间一个老实淳厚、多才多艺的宰相。《四库全书总目提要》说他"文章高雅，亦不在燕、许诸人下"，"文笔宏博典实，有垂绅正笏气象"，"所撰制草，明白切当，多得王言之体。"流传于世的文章可见《四部丛刊》影明成化本《曲江集》二十卷，《全唐文》录存十一卷。最能反映其卓见与特色的文章，是《上封事书》一类奏疏论政的文字。现存诗二百二十余首，应制和酬答赠送之作很多。最有文学价值的诗章，是他在荆州所写的《感遇诗》十二首，均为兴托讽谏之作，对促进初唐诗风向盛唐深入转化有着一定的效力。如《兰叶春葳蕤》远绍骚体，近嗣子昂，以兰、桂自况，剖白洁美之心，标举做人的原则。愿效贤人君子进德修业，洁身自好，鄙弃沽名钓誉以赚得富贵利达之丑行。再如其七："江南有丹桔，经冬犹绿林。岂伊地气暖，自有岁寒心。可以荐佳客，奈何阻重深。"取屈原《桔颂》旨意，用丹桔喻己之坚贞德操，宣泄奸佞得势，济世不能的幽愤。诗论家从《感遇诗》里清楚地看到了张九龄对唐音日盛的功勋。明胡应麟指出："唐初承袭梁、隋，陈子昂独开古雅之源，张子寿首创清淡之派。盛唐继起，孟浩然、王维、储光羲、常建、韦应物，本曲江之清淡，而益以风神者也。"（《诗薮·内编》卷二）清刘熙载认为："唐初四子沿陈、

---

① 梁肃《补阙李君前集序》指出："唐有天下凡二百载而文章三变，初则广汉陈子昂以风雅革浮侈；次则燕国公张说以宏茂广波澜；天宝以还，则李员外、萧功曹、贾常侍、独孤常州比肩而出。"胡震亨《唐音癸签》卷五称张说"律体变沈、宋典整前则，开高、岑清娇后规"。

隋之旧,故虽才力迥绝,不免致人异议。陈射洪、张曲江独能超出一格,为李、杜开先。"(《艺概·诗概》)他的五古写作能得骊珠,五律中也有美玉,如《望月怀远》把雄浑阔大的意境与深挚缠绵的情思融成一片,显得气韵清远,自然引发丰富的美感。《湖口望庐山瀑布泉》以俊逸彩笔描绘山水奇观,诗情画意格外生色。沈德潜说李白《望庐山瀑布》的名联:"海风吹不断,江月照还空",张九龄"此诗正足相敌"(《唐诗别裁》卷九)。

　　一言以蔽之,盛唐前期的二张,扩大了陈子昂的文学成果,特别是在创作实践上进一步证实其诗歌革新理论的深远意义,有力地提升了诗歌的艺术个性。清代贺裳说了几句不大引人注意的话,却触及到了诗美的本质问题,他表示张九龄的诗所以令人爱赏,是因为在那里能见到诗人的自我。①

第二节　孟浩然、储光羲、常建

　　山水田园是盛唐诗人普遍撷取的题材,以之酿造出数量繁富,诗美艺高,光耀文苑的精品佳作。许多很有才华的文士先后继起,卓然成家,在山水田园诗的创作领域里,雄踞一席之地。孟浩然、储光羲、常建三位诗人,年辈不等,而他们作品的思想内容和风格、技法却有着共同的倾向。人们通常把他们视为山水田园诗人群内的重要成员,是不无道理的。然而,"文变染乎世情",山水田园诗的盛行是和社会文化环境密切联系的。开元年间社会安定、经济富庶,给文士们提供了悠闲安适生活的物质条件。大量田庄别业的存在成了半官半隐或等候选调、待时出仕的隐居场所。佛、道二教的流行又为文士寄情山水、观照自然风光美,造成了一种宽松的从艺氛围。所有这些都是山水田园诗繁荣的必要社会文化基础。其次,文学自身的继承与发展也是不可忽视的因素。自晋宋陶渊明、谢灵运以来,田园山水诗的写作不断积累艺术经验,精神意蕴不断补充新质。到了盛唐前期,经张说、张九龄等人的踵事增华,及其效慕者的共同努力,山水田园诗便进入了新的发展阶段。

一　孟浩然

　　孟浩然(689—740),襄阳(今湖北襄樊)人。他一生经历比较简单,大部

---

① 贺裳称:"初唐人专务铺叙,读之常令人闷闷……求其雅人深致,实可兴观,惟陈拾遗、张曲江两公耳。《感遇》诗世所共知,余尤喜(张九龄)其《答綦毋学士》曰:'旬雨不愆期,由来自若时。尔无言郡政,吾岂欲天欺!'肯道此语,生平宁复作昧心事。又《与弟游家园》:'善积家方庆,恩深国未酬。'岂徒媒利梯荣之念不入胸中,即托明哲以自全,亦岂其志哉!"见《载酒园诗话》张九龄条。

分时间是在家乡即汉代庞德公栖隐过的鹿门山附近的涧南园过着闲适生活。他曾怀着积极用世之心,于开元十一年(723)首次进京求仕,未果。五年后再度入京应试,落第。暂留京洛求官不得,开始漫游吴越,创作了大量山水诗。晚年,荆州长史张九龄辟他为从事,未经年便辞职归里。诗人一生长期蛰居林下,固守田园,但其宿志怀抱时有表露,力图先隐乡曲,刻苦攻读,立义表、全高尚,博得社会声誉后达到入仕目的。结果科考与求官的努力均归失败,在乐观与抑郁并存的隐逸生活中为世人留下了姿容孤清秀爽的诗篇,首开盛唐诗大力描写山水田园的风气。其诗由王仕源于天宝初年编为《孟浩然集》,录存二百一十八首。

孟浩然的诗歌,大部分是描绘自然风光的山水诗。这类作品或于漫游行役中摄录山川景物,或于送别、怀友之际即景兴会。如《彭蠡湖中望庐山》、《早发渔浦潭》,前首以雄壮声情与全诗对山色、峻姿、气势的形容相配合,收到了奇风异彩的审美感受,后篇以勃勃的生机和明丽的色调烘染日照江湖的开阔景象。两诗同具"精力浑健,俯视一切"(潘德舆《养一斋诗话》卷八)的神韵。《自浔阳泛舟经明海》、《江上思归》等写景与羁旅情思融成一片,将自然高远的画面染上了一层冷色,蕴含有孤高的意绪和悠然的兴味。《宿桐庐江寄广陵旧游》是画境与眷情结合的巧构之章:

> 山暝听猿愁,沧江急夜流。风鸣两岸叶,月照一孤舟。建德非吾土,维扬忆旧游。还将两行泪,遥寄海西头。

从主体感受取势,意笔作画,淡墨轻勾水声山色、清风明月,景色触发怀友眷情,有泪无声,怨而不怒,于冲和平淡之中深蓄远韵。《晚泊浔阳望香炉峰》,神往庐山却从远处起笔,强化"始见香炉峰"的欣喜,妙在不动声色地表露了向往名山的底蕴。临尾暮钟传响,令意念里的庐山神采,"不着一字,尽得风流"。著名五绝《宿建德江》,即兴白描,清旷的夜景笼罩一股淡淡哀愁,清幽淡墨勾勒出开张、辽远之势。这些只是浩然山水诗特色的一个方面。而具有"壮逸之气"、豪迈之感的诗篇亦垂手可得。《望洞庭湖赠张丞相》"气蒸云梦泽,波撼岳阳城",可与杜甫《登岳阳楼》"吴楚东南坼,乾坤日夜浮"两句媲美。又如《与颜钱塘登障楼望潮作》、《广陵别薛八》等,笔势连贯,充满生气,景语凝神,内含风力。他的《秋登万山寄张五》、《夜归鹿门歌》等则是写故乡山水名胜的诗,在迷人之景、雅兴幽情中尚能见到隐者的面影。

孟浩然田园诗数量少于他的山水之作,但能于传统中展露新颜。《过故人庄》中淳厚朴实的风俗人情,恬静优美的田园风光,馨香浓郁的乡土气息,都得到了生动的体现。诗人将身经目见之境以平淡之笔出之,宛如沉浸在生活之中,陶醉于农家之乐,"句句自然,无刻画之迹。"(《瀛奎律髓》)"通体清妙","语淡而味终不薄"(《唐诗别裁》卷九)。《东陂遇雨率尔贻谢南池》中"好雨知时节"的欣喜之情,跃然纸上,白描笔墨活现田家盎然生气。《夏日南亭怀辛大》清新爽气,沁人心脾。"荷风送香气,竹露滴清响",可"与古人争胜于毫厘"(《唐宋诗举要》引皮日休语)。与陶渊明相比,那种追求人生真谛的精神,愤慨世道污浊的情绪,节士"猛志"的闪光,"秋熟靡王税"的思想火花,在孟诗中全然隐去。描写田家生活的闲情雅趣则是孟诗的基调,但不能因其思想单薄而忽视他的艺术创新。

孟浩然在盛唐山水田园诗人群中是接武二张之后的先导者。他运用格律严整的形式写出了意态纷呈的诗篇,显示了非凡的才艺。"赋诗何必多,往往凌鲍谢"(杜甫《遣兴五首》其五),杜甫如此推重,可知其所负的盛誉。他从取材和旨趣两个方面沟通山水行旅与田园隐逸的写作,把陶渊明的感受和谢灵运的观赏融为一体。常常直寻兴会,"遇景入咏,不钩奇抉异,龌龊束人口,涵涵然有干霄之兴,若公输氏当巧而不巧者。"(皮日休《郢州孟亭论》)他善用白描把捕捉到的形象以水墨写意的画法表现出来,风清骨秀,韵致飘逸。苏轼说他的诗"韵高而才短,如造内法酒手,而无材料"(《后山诗话》引),"才短"说明用典少,"无材料"是生活天地窄小所致。而他的恬淡清远的诗风,淡化意象、突出兴味、注重传神的艺术经验,在王维之前为山水田园诗的创作拓新一境。

二　储光羲

储光羲(约707—约762),润州延陵(今江苏丹阳)人。他是盛唐大力创作田园诗的名家,《全唐诗》录存其诗二百二十余首。《田家杂兴》八首、《田家即事》、《杂咏》五首、《同王十三维偶然作》十首等,可视为其代表作。殷璠称美"储公诗,格高调逸,趣远情深,削尽常言,挟风雅之道,浩然之气"(《河岳英灵集》卷中),在盛唐山水田园诗人群体中,表现出明显的独创性。他能注意观察乡间生活的细节,逼真描绘某些时刻特有的静趣和具体的劳动情境。储诗五古百首之多,亦不乏长篇。小诗虽少却颇具民歌风神,《钓鱼湾》则为人乐道。

三　常建

常建,字里不详。据《唐才子传》卷二载,开元十五年(727)与王昌龄同榜进士,官止一尉,不得意而隐居。《全唐诗》录存其诗近六十首,山水诗占三分之一以上。因他的出世避俗思想较一般诗人浓厚,故其山水诗形成了以仙境和禅境为主的基本特色。前者如《宿五度溪仙人得道处》、《梦太白西峰》、《张天师草堂》、《张山人弹琴》等,这些诗的创作是在吸取郭璞《游仙》表现手法的基础上,在审美观照的层面把游仙与山水融合,推出了化仙境入山水的诗歌新境界。与禅境相关的诗有《白湖寺后溪宿云门》、《题破山寺后禅院》等,后篇是五律,颔、颈两联"曲径通幽处,禅房花木深。山光悦鸟性,潭影空人心",被看作为诗禅联姻的妙语。常建写边塞、战争内容的诗流传至今的有十余首,《吊王将军墓》是其代表作。他的边塞诗多为人们忽略。

第三节 王 维

在盛唐的山水田园诗人群体中,王维是稍后于孟浩然的又一位拓疆者,两人的创作实践突破了"诗言志"的理念,为诗歌发展增添了新质,提升了诗歌的美学意义。由于他们的身世经历、性格志趣、艺术修养、仕隐心态和生活地域等条件的差异,在诗歌取材、造境、风格诸方面,各标丰韵,形成了山水田园诗创作在南北两地争奇斗妍的新局面。

一 王维的生平思想

王维(701—761),字摩诘,原籍太原祁(今山西祁县),迁至蒲州(今山西永济)。他能诗善画,精通音乐,擅长书法,各种艺术造诣颇深。少年时就和弟弟王缙离开家乡赴长安、洛阳活动,出入王公、贵戚之门。开元九年(721)中进士,任大乐丞。因伶人私演黄狮子舞受牵累,贬任济州司库参军,后隐居淇上、嵩山。① 张九龄拜相,擢之为右拾遗。再调任监察御史,奉使出塞,于河西节度使兼判官。两年以后回京,任殿中侍御史知南选。旋北归,四十岁之后开始过着亦官亦隐的生活。安史之乱长安陷落,他被执,署以伪职。两京收复,论罪,责授太子中允,迁中书舍人,转尚书右丞,卒于官。流传于今的王维诗集有《四部丛刊》影印元本,中华书局上海编辑所据乾隆刻本《王右丞集笺注》校勘后出版。《全唐诗》录存其诗四百余首。

王维的思想大约以张九龄被贬为界,分为前后两期。前期怀有政治抱负,锐意进取,主要活动在京、洛,受到王公贵族的赏识,与蛰居襄阳乡下的孟浩然境遇大不一样。张九龄初遭打击,王维持有时贤共识,称颂张九龄

---

① 王维大约在开元十三年被贬往济州任司库参军。三载后离开济州于开元十六年暮秋回京,因无当权者引荐,不久遂隐居淇上。后来其弟王缙在登封县作官,王维便从淇上到嵩山隐居。详见葛晓音《山水田园诗派研究》,辽宁大学出版社1993年版,第218页。

"不卖公器，动为苍生谋"（《献始兴公》），反映他支持开明政治和求仕为官的正直态度。张九龄因李林甫排挤而被罢相，政局逆转，国事日非，王维逐步走上一条回避政治斗争，寻求隐以守节，追求精神解脱的生活道路。他前期写作的边塞诗和幽愤诗，表现了乐观浪漫、渴望建功立业、不甘消沉的士子意气。后期，他先在终南山、蓝田辋川等地隐居，身为官吏却全身远祸于林下，写出了许多表现坚持自由高洁人生信念，充满空静绝俗审美理想的山水田园诗。安史乱后的五年间，他心灰意冷，虔心奉佛，以禅诵为事。"晚年惟好静，万事不关心"（《酬张少府》），是他悲观厌世情绪的自白。

二　王维的诗歌成就

王维的诗歌成就是多方面的，依据题材归类，大体可以看出，前期创作的幽愤诗和边塞诗较为出色，后期则以山水田园诗著称于世。

王维的幽愤诗多是将心中的不平之气化为激愤的诗篇，有着较为强烈的批判精神。《济上四贤咏三首》（《崔录事》《成文学》《郑霍二山人》）尖锐讽刺权贵的骄纵跋扈，对遭遇坎坷的才士表示深切的愤懑。相似主题的作品还有《寓言》二首等诗，其《偶然作》其五云："夫婿轻薄儿，斗鸡事齐主。黄金买歌笑，用钱不复数。""客舍有儒生，昂藏出邹鲁。读书三十年，腰间无尺组。被服圣人教，一生自穷苦。"可与李白的"珠玉买歌笑，糟糠养贤才"（《古风》其十五）、"吟诗作赋北窗里，万言不值一杯水"（《答王十二寒夜独酌有怀》）视为同调。

王维的边塞诗一般认为写于早期的有《少年行》、《燕支行》等，描写英武将士跃马横戈、驰骋沙场的战斗豪情，与不畏艰苦、献身祖国的崇高品质。《陇头吟》、《老将行》反映了因壮志难酬、军功不赏所引起的愤慨和悲哀。从中也折射出诗人待时建功的壮怀："愿得燕弓射天将，耻令越甲鸣吾君。莫嫌旧日云中守，犹堪一战取功勋。"（《老将行》）他在前往河西节度使幕劳军过程中，写下了对边塞奇异风光的惊叹和奉使赴边的自豪感：

> 单车欲问边，属国过居延。征蓬出汉塞，归雁入胡天。大漠孤烟直，长河落日圆。萧关逢候骑，都护在燕然。（《使至塞上》）

广袤无垠的大漠，孤烟直上，即刻把视线引向空际，画面的立体感亦凸显出来；长河似练横贯荒原，将画面截成两段，圆圆落日的余晖把苍天大地涂上了统一的色调，使画境显得格外雄浑壮观。诗人勾勒的塞外景观映照了声威远震的国势与其走马边陲的豪逸气概。还有《观猎》、《从军行》、《出塞作》

等诗,或激情洋溢,表现出盛唐的时代精神,或视野开阔、灵感平添,显示诗家的创作活力。如《陇西行》:"十里一走马,五里一扬鞭。都护军书至,匈奴围酒泉。关山正飞雪,烽戍断无烟。"以逆挽技法突出军情峻急,用侧面点染引发联想边戍的战斗气氛,简笔造境却逼真地再现了生活实感。他的《凉州郊外》、《凉州赛神》等篇,描写塞上军民生活图景,是唐诗边塞题材新的突破点,似破土的幼苗,预示着边塞诗的创作必将迎来烂漫的春天。

充分展示王维过人诗才的作品,还是大都写于后期的田园山水诗。在这类诗歌中他拓宽了驰骋才艺的天地,其田园之作充溢牧歌情调,表现闲逸萧散的旨趣和恬淡自适的心境。《渭川田家》写环境的宁静,村景的优美,乡农的安详引起诗人欣羡之意。《春中田园作》描绘农忙时节的田家气象,生活节拍加快了,牧歌中跃荡着活泼欢愉的音符,但又十分和谐、朴素。不难觉察,王维诗中的田园恰好与仕途形成对照,是隐者心态形象的写照。《田家》诗云:"柴车驾羸牸,草屩牧豪豨。夕雨红榴拆,新秋绿芋肥。饷田桑下憩,旁舍草中归。住处名愚谷,何烦问是非。"农家生活的劳苦艰辛,日子的清贫繁忙,在王维眼里变得潇洒有趣,闲逸自在,是超脱尘俗宦情的乐园。尤为特殊的是他以画家的目光静观村野景色,经过提炼和美化使田家风光具有很高的观赏价值和诗美神韵。如《新晴野望》:

新晴原野旷,极目无氛垢。郭门临渡头,村树连溪口。白水明田外,碧峰出山后。农月无闲人,倾家事南亩。

诗篇妙取空间转换,步迁景移,强化视觉审美效果,突出画面明净清丽的色调。《田园乐》七首好像村野田园生活片断的剪辑,刻画兀立世外的隐士的赏心乐事。他的《积雨辋川庄》、《辋川别业》、《山居秋暝》等,旨趣不外乎强调田园生活的闲适淳朴和林下隐居的幽胜。王维对田园诗的创新之处,突出表现在把封建文士的田园意识转化为高雅优美的诗篇,丰富了诗美的艺术内涵。

王维山水诗的写作吸收了谢灵运诗歌精致清雅的旨趣,改造其平铺直叙的笔路和堆垛意象的呆板布局。人们常以王维《蓝田山石门精舍》与大谢的《石壁精舍还湖中作》,比较说明王维选择意象、设计章法的新变化。在扬弃大谢以来山水诗的传统上,王维又不同于孟浩然那样淡化山水意象,侧重表现心灵感受,求得象外之旨,而是精心选择激荡自己心绪的直觉对象,捕捉其形貌特征,以娴熟的白描绘制出千姿百态、清新自然的诗章,将盛唐山水诗的创作推向了高峰。那些描写北方山河雄姿壮貌之诗，气象峥嵘，意境开阔，填补了山水诗领域的空白。如《华岳》写华山奇峭峻拔、直插太清的叠翠，又以传说勾勒，宣扬西岳雄峙秦中的神威。笔力沉厚，山与水兼写，满纸苍翠。与《汉江临泛》合称双璧的《终南山》则是另样的笔墨：

> 太乙近天都，连山到海隅。白云回望合，青霭入看无。分野中峰变，阴晴众壑殊。欲投人处宿，隔水问樵夫。

大笔疏墨概写山之总貌，转而工笔巧绘因动而变、因地而异的奇幻山景。结尾拉开山和人的距离，反衬山的高峻深广。又如《渡河到清河作》、《早入荥阳界》、《晓行巴峡》等，既有北国雄藩大郡水土风俗之美，又有长江峡谷晚春清晨的山水情趣，深切表现了对美好江山和古老文明的热爱。王维有不少山水诗和闲居行役、交友往来联系在一起。《送梓州李使君》、《送邢桂州》、《崔濮阳兄季重前山兴》等诗里精彩动人的景物描写，俯拾即是。还须指出的是王维一部分山水诗与隐逸生活难以剥离，往往写空寂之境、孤高落寞的情怀。《鸟鸣涧》中闲、静、空、落四字连成一气，谱就了短诗的基调。再以月出敷色，以鸟鸣出响，反衬山中静谧，令美感的辩证效果更加引人入胜。类此有《竹里馆》、《鹿柴》等，皆旨归静趣，清幽绝俗。《辋川集》中不少绝句都带有这种情调。王士祯说："王、裴辋川绝句，字字入禅。"（《带经堂诗话》卷三）当然纯系夸大其词，但如果说化禅理入诗境，还是有一点道理的。

王维其他题材的诗歌，如《送元二使安西》、《九月九日忆山东兄弟》、《杂诗三首》、《相思》等属于送行、爱情、怀人的作品，也深受人们喜爱。

不同艺术相互渗透、相互借鉴是创造艺术美的一个普遍的道理。王维集多种才艺于一身，这对他的诗歌创作必将产生深刻影响。苏轼曾说："味摩诘之诗，诗中有画；观摩诘之画，画中有诗。"（《东坡志林》）由此证明，王维以画入诗的结果，形成了他的山水诗富有诗情画意的基本特征。首先，可以从其诗篇看出绘画的"经营布置"技巧，"白水明田外，碧峰出山后"（《新晴野望》）就是近景、远景层次明显的画面。《渭川田家》用诗末"闲逸"二字倒贯通篇意象，构成完美诗境，诗中对虚实、远近、大小各种关系的处理妙含画理。"江流天地外，山色有无中。郡邑浮前浦，波澜动远空"（《汉江临泛》），虚实相间，若隐若现，犹如一幅大气恢宏的水墨画。《终南山》写山势山景之后，结穴处点上一笔"欲投人处宿，隔水问樵夫"，大小比衬，形成反差，体现了构图技巧的强烈艺术效果。至于"大漠孤烟直，长河落日圆"更是妙手营构,三维图画自然天成。

其次,他凭借画家对光线、色彩的特殊敏感,准确适时地捕捉自然景物的形象特征,反映千汇万状的景观。"雨中草色绿堪染,水上桃花红欲燃"(《辋川别业》),"日落江湖白,潮来天地青"(《送邢桂州》),"桃红复含宿雨,柳绿更带朝烟"(《田园乐》其六),"荆溪白石出,天寒红叶稀。山路元无雨,空翠湿人衣"(《阙题》),诗人的高妙就在于画境饱含诗的意蕴,而诗的旨趣又以形象传出,达到形神兼备、"意境两浑"的艺术高度。

再者,王维深谙音乐,尤善弹奏,他将曲趣入诗,形成乐声诗。《史鉴类编》曰:"王维之作,如上林春晓,芳林微烘,百啭流莺,宫商迭奏,黄山紫塞,汉馆秦宫,芊绵伟丽于氤氲杳渺之间,真可谓有声画也。"①他的诗笔最常见的是以声状态,借声衬托自然之物的形态。风声里的松竹、溪喧乱石的山涧流水、鸟鸣猿啼的丛林叠嶂,因声联想,其态可见。还有以声传情,将声化乐。诗中的声音好像音乐,具有描写性,如"入春解作千般语,拂曙能先百鸟啼"(《听百舌鸟》),"啼莺绿树深,语燕雕梁晚"(《闺人赠远》其三),花红柳绿成了鸟儿翱翔、歌唱的自由世界,春天的生机、天籁的美妙缺少不了鸟鸣的"和弦"。而鸡啼、犬吠、牛叫、人语相互交织,令人逼真地感受到幽静秀雅的田园山水风光及浓郁的生活气息。

最后,王维诗语言凝炼含蓄,清新明快,句式、节奏变化灵活,音韵响亮、和谐,具有音乐美。其诗兼擅各体,五言古、律被视为"清淡之宗"(《诗薮·内编》卷四),七言古、律在盛唐山水田园诗人群体中功力独著,五、七绝甚至六绝诗都有佳作。王维诗风格多样,慷慨悲壮、雄浑刚健者有之,秀丽精工、高洁丰润者有之,而以淡雅幽远为主。对其诗风形成影响最大的,莫过于《楚辞》、陶渊明和谢灵运。他学陶之自然浑成,取谢之细丽精工,染有骚体的一往情深,含英咀华,成为盛唐诗坛开宗立派的大师。

第四节　王之涣、李颀、王昌龄、崔颢

本节介绍的这四位诗人,是活跃在开元、天宝诗坛上"偏精独诣"的名家。他们各人存世诗歌的数量多少不等,却既有鲜明的艺术个性,又都保持着盛唐气象共有的风貌。他们诗歌的题材内容不尽相同,但是均有成功的

---

① 详见《王右丞集笺注》,上海古籍出版社1984年版,第511页。

边塞之作和感人的阳刚之气。

一　王之涣

王之涣(688—742),字季凌,原籍晋阳(今山西太原)人,高祖时迁居绛州(今山西新绛县)。少时击剑任侠,后折节读书,官至县尉。据唐薛用弱《集异记》卷二云"开元中,诗人王昌龄、高适、王之涣齐名",时有交往唱和。他的艺术修养很高,每篇诗成往往为乐工传唱,可惜作品散亡太多。现仅存绝句六首。《凉州词二首》其一:"黄河远上白云间,一片孤城万仞山。羌笛何须怨杨柳,春风不度玉门关。"起笔写雄阔苍凉的边地之景,以远川高山衬托一座孤城,透露戍守者的艰危处境和责任的重大。转而以笛声化静为动,引发征夫离愁。妙在以宽慰语吐幽怨情,故折一层,深化诗意,慷慨沉挚。或评"神气内敛,骨力全融,意沉而调响"(吴逸一《唐诗正解》),"神韵格力,俱臻绝顶"(李锳《诗法易简录》),不为过誉。《登鹳雀楼》是人们耳熟能详的一首五绝。诗人登高远眺,骋怀抒感,以辽阔远大之景,写高瞻远瞩之识。取境与议论结合,哲理与诗情统一,气象恢宏,志高心壮,堪称千古绝唱。

二　李颀

李颀(?—约753),祖籍赵郡(今河北赵县),家于嵩阳(今河南登封),曾官新乡县尉。今存明刊本《李颀诗集》一卷,《全唐诗》录存其诗一百二十余首。其中较有影响的是边塞诗、赠答送别诗、音乐诗。他的边塞诗不过五首,却能显示出艺术个性。《古意》、《古从军行》是独出机杼的上乘之作。前者写性格豪侠的边庭将士渴望建立功业的心情,及其眷乡怀亲的离愁别怨,从不同侧面反映军旅生活情绪的复杂性。后者抨击唐代统治者穷兵黩武,大肆开边的弊政,遥想汉武帝兴兵西征的场景,从史料中挹取"公主琵琶"、"玉门被遮"、"葡萄入汉"的事象,创造出具有现实意义的诗情画境,产生很强的艺术感染力,达到了托古讽今的批判目的。

李颀描写音乐的诗《听董大弹胡笳弄兼寄语房给事》,在盛唐诗坛占有一席之地。诗人巧将听觉形象转化为视觉形象,以形绘声,意象玲珑:

> 董夫子,通神明,深山窃听来妖精。言迟更速皆应手,将往复旋如有情。空山百鸟散还合,万里浮云阴且晴。嘶酸雏雁失群夜,断绝胡儿恋母声。川为净其波,鸟亦罢其鸣。乌孙部落家乡远,逻娑沙尘哀怨生。幽音变调忽飘洒,长风吹林雨堕瓦。迸泉飒飒飞木末,野鹿呦呦走堂下。

调动"通感"的技法,巧智百出,又将超现实的意象和生活中常见之景糅合起来，形容音乐的美妙神奇。在视觉和听觉的结合上摹音设喻，由多种感觉的相互作用唤起欣赏者捕获丰富的审美意象，深刻领略乐曲的风骨。他的另一首音乐诗《听安万善吹觱篥歌》也采用相同手法，用博喻绘制多姿多彩的意象，传达出音乐的美感。可以说李颀是唐代诗人运用"通感"塑造音乐形象的先行者。

赠答送别之作占李颀诗半数以上，《送陈章甫》、《别梁锽》、《赠张旭》等是富有创新性的名篇。他对不同气质、不同性格的人物，分别进行逼真描摹，塑造了血肉丰满的艺术形象。

李颀诗歌古律兼备，尤以驾驭古体的能力见长。他的五古诗占现存诗歌的三分之一，其优秀作品意蕴深厚，清响可诵。《送王昌龄》是"一意浑融，前后互映的佳品"[①]。《登首阳山谒夷齐庙》更是浑而不露，吊古情、历史感，几度旋曲，最终由景物映托而出，意境浑成，古调犹存。他的七古风格秀丽、雄浑，亦不乏激昂慷慨之音，明人胡应麟将他与高适、岑参、王维并称（《诗薮·内编》卷三）。李颀还是创作律诗的高手，五律多参拗句，虽拗而秀。七律名篇"皆可独步千载"（《诗薮·内编》卷三），此论看似偏颇，如从炼意、炼句重在顾及通篇神韵的角度看，其对后世影响不可低估。

三 王昌龄

王昌龄（？—756），字少伯，京兆长安人。中年考取进士后，又中博学宏词科，但仕途蹭蹬，两度遭贬，任龙标尉。安史乱起，为亳州刺史闾丘晓杀害。其存世诗集有明刊本《王昌龄集》三卷。《全唐诗》云："集六卷，今编诗四卷。"不知据何本，录存诗一百八十余首。他诗名较著，有"诗家夫子"之誉，又以七绝称胜，号"七绝圣手"。能代表王昌龄诗歌成就的，大体说是边塞诗、赠别诗和宫怨、闺怨诗这三类，前一种声誉最高，而且他是开元时期写边塞之作最多的歌手。这部分诗歌多用乐府旧题连篇迭唱，旨意鲜明，诗艺精纯。有的讴歌驰骋沙场的将士勇猛善战，艰苦无畏的英雄气概。如《从军行七首》其四："青海长云暗雪山，孤城遥望玉门关。黄沙百战穿金甲，不破楼兰终不还。"在荒漠艰苦环境衬托下，戍边将士以保卫疆土为己任、勇于为国献身的志向，显得更加豪迈。有的讽喻边将昏庸无能，体恤戍卒的劳苦艰辛。如《出塞二首》其一："秦时明月汉时关，万里长征人未还。但使龙城飞

---

① 贺贻孙称：李颀《送王昌龄》因第二句有"暮情"二字，自此后，不独夕阳微波，月上乌鸣，夜来花界，梦里金陵，种种暮景，而满篇幽澹悲凉，字字皆"暮情"也。暮景易写，暮情难描，此为独绝。见郭绍虞《清诗话续编》，上海古籍出版社1983年版，第173页。

将在，不教胡马度阴山。"诗从千年之前、万里之外落笔，以委婉讽今收束，囊括古今，精警隽永。而他的《塞下曲四首》、《塞上曲》、《代扶风主人答》诸作直接揭露战争的弊端，是伴随着忧民情怀对盛世社会问题的思考。

王昌龄诗名在开元、天宝之际蜚声朝野，许多时贤才俊喜与交往酬唱。因此他的赠别送行之诗为世人称道者所在多有。《芙蓉楼送辛渐二首》其一是公认的诗家绝唱："寒雨连天夜入吴，平明送客楚山孤。洛阳亲友如相问，一片冰心在玉壶。"诗人贬任江宁丞，被谗遭诬，自然是满腹委屈。正巧友人北归，临途话别，心事茫茫如连天寒雨，形单影只似平明孤山。然而心胸坦荡，节操自持，足可变毁谤为警钟，化委屈以自律，挫折再大，信念不渝。托物述怀，"其词自潇洒可爱"（俞陛云《诗境浅说续编》）。比喻精美，语意双重，既是对亲友的告慰，又是向不平世道的抗争，确实"神骨莹然如玉"（周珽《唐诗选脉会通》）。还有《送魏二》、《卢溪别人》、《送柴侍御》等，都能"含不尽之意，见于言外"。

反映妇女生活命运和思想情绪的诗人，于盛唐时代出类拔萃者，王昌龄应是其中的一位。他把诗笔伸向闺门宫闱，成为那里少妇、妃嫔的代言人。如沈德潜评《春宫曲》说："王龙标绝句，深情幽怨，意旨微茫。'昨夜风开露井桃'一章，只说他人之承宠，而己之失宠，悠然可思，此求响于弦指外也。"（《说诗晬语》上卷）类似篇章有《西宫春怨》、《西宫愁怨》、《长信秋词五首》等，而令人触目心酸的是后者组诗其三："奉帚平明金殿开，暂将团扇共徘徊。玉颜不及寒鸦色，犹带昭阳日影来。"诗中用汉代班婕妤故事，揭露封建统治者的罪恶。"玉颜"两句，多重类比，批判深刻而富于创造性，唤起人们无限的同情与愤怒。他的《闺怨》视角独特，捕捉少妇刹那间的心理感触，在丈夫功名利禄与幸福爱情生活的选择中，揭示她的不幸和痛苦。黄生说："闺情之作，当推此首第一"（《唐诗摘抄》），是很有眼力的。在诗人的作品里也能看到妇女的笑脸和喜悦，《采莲曲二首》描写了美丽活泼的采莲女的欢快心情和迷人的劳动环境。《越女》写陶醉于爱情的少妇心态。《青楼曲二首》以细腻委婉的笔法揭示将军的妻子因丈夫为国立功而感到光荣和欣慰。这是诗人摄录的盛唐社会生活的一个侧面，时代色彩鲜明。

王昌龄能跨越个人狭窄的生活小天地，以独特的审美视角，深入广泛的社会范围，提炼蕴藏着诗美的素材，着力挖掘事象的思想内涵和人物的内心世界。构思求新，笔路求巧，取象造境颇具远神余韵，表情达意呈露回荡之姿。在唐代诗国里他与李白齐光并耀，同造七绝之极。

四　崔颢

崔颢（？—754），汴州（今河南开封）人。开元十一年（723）登进士第，在此之前曾漫游长江中下游，写下了《维扬送友还苏州》、《舟行入剡》、《入若耶溪》等行役、送别之诗和《长干曲》一类富有民歌风味的短歌。其称美于诗史的力作《黄鹤楼》："昔人已乘黄鹤去，此地空余黄鹤楼。黄鹤一去不复返，白云千载空悠悠。晴川历历汉阳树，芳草萋萋鹦鹉洲。日暮乡关何处是，烟波江上使人愁。"《诗源辩体》卷十七云："崔颢七言律，有《黄鹤楼》，于唐人最为超越。太白尝作《鹦鹉洲》、《凤凰台》以拟之，终不能及，故沧浪谓'唐人七言律当以崔颢《黄鹤楼》为第一'。"其实，此为律诗变体，前两联古体散调不忌声律，后半首整饬归正，不破常规。这种变格与诗的意脉妙含，起始借传说生发，昔人黄鹤杳然无踪，顺势兴叹，气概苍莽。转而写眼前之景，别开一境，但以"鹦鹉洲"典故隐喻，使通首旨意衔接。全篇文势流走，波澜起伏，又首尾呼应，神完气足。

诗人于开元中期至天宝初年曾在河东节度使幕任职（傅璇琮《唐代诗人丛考·崔颢考》），军旅生活的真实体验，使他创作了格调较为高亢的边塞诗。《辽西作》、《雁门胡人歌》描写边地风情和新奇的景色；《赠王威古》、《古游侠呈军中诸将》等表达慷慨报国之志和不畏艰苦的豪情。

崔颢诗律、绝皆有佳篇，七古可与王维、李颀等人争胜，章法、句调等技法，"既自成家"，如《邯郸宫人怨》这样的长篇，"叙事几四百言，李、杜外，盛唐歌行无赠于此。而情致委婉，真切如见。"（《诗薮·内编》卷三）乃至影响中唐元稹、白居易长篇歌行的创作。

第五节　高　适

从文学发展史的角度说，以边塞生活为题材的诗，渊源可追溯到魏晋南北朝之前。[①] 到了隋季唐初边塞诗的写作日渐增多，而盛唐之际蔚为大观，许多著名诗人的笔下出现了不少创新之作。与之相关的主要原因，不外乎唐王朝国力强盛、疆域辽阔，在经济文化等方面和边地少数民族政权及外国邻域的交

---

① 《晋书·乐志》曰："《出塞》、《入塞》曲，李延年造。"《西京杂记》曰："戚夫人善歌《出塞》、《入塞》、《望归》之曲。"而《古乐府》卷三认为"候骑出甘泉，奔命入居延。旗作浮云影，阵如明月弦"是流传下来的《出塞》诗的古辞。见郭茂倩《乐府诗集》，中华书局1979年版，第二册第309—318页。

往日趋频繁。边事增多了,边塞战争也屡屡发生,更多的人关心边塞,向往军功,尚武精神和爱国热情亦空前高涨。为谋求仕途出路而投身戎幕的文士,或为发扬踔厉的军旅生活所感染,或因种种不合理的现象而愤怒,或是受壮美山川的陶醉而获得新的灵感。高适、岑参等人就是在这样的文化背景下,创作了体现盛唐社会风貌和时代精神的边塞诗。

一　高适生平及其边塞诗内容

高适(约700—765),字达夫,渤海蓨(今河北景县)人。其早年生活已不能详知,从他的诗文推断,幼年曾随父旅居岭南,父死后长期流寓宋中(今河南商丘),生计艰难,甚至出现过"以求丐取给"(《旧唐书》本传)的窘况。他在困境中学得了一身文武本领,于是充满信心,前赴京师求取功名,"二十解书剑,西游长安城。举头望君门,屈指取公卿。"结果美好的愿望落空,却对社会有了深一层的认识:"白璧皆言赐近臣,布衣不得干明主!"(《别韦参军》)他失望而返,"托身从畎亩"(《酬庞十兵曹》),以务农为业。这期间,他除南游荆襄外,更多的是凭吊梁宋地区的名胜古迹,怀古组诗《宋中十首》便是漫游梁宋的成果。自开元十八年(730)至二十一年(733),他北上幽蓟,打算从戎边塞,但仍然未获报国立功的机遇。天宝三年(744)秋,与李白、杜甫相遇,同游梁园,结下友谊,是为文坛千载美谈。八年(749)中有道科,授封丘尉,大失所望。在县尉任上送兵再度到蓟北,目睹边弊丛生,引起心中无限愤慨,南返封丘不久辞官。天宝十二年(753)入河西节度使哥舒翰幕,充掌书记。安史乱后任左拾遗,佐哥舒翰守潼关。兵败,奔赴行在,见玄宗陈述军事,表示坚决抗击安史叛军,被擢为侍御史,谏议大夫。他在朝"负气敢言,权幸惮之"(《旧唐书》本传),官至淮南、西川节度使,终散骑常侍,是唐代著名诗人中唯一取得较高政治地位者。现存世的高适作品有《四库全书》影宋抄本《高常侍集》,凡诗八卷,文二卷。《四部丛刊》影印明活字本诗八卷,无文。《全唐书》录存诗二百四十多首。

高适的诗歌内容丰富,其中思想价值最高的是边塞诗。这部分作品可以概括为:第一,歌颂边庭将士保国御房、奋勇杀敌的英雄气概和战斗豪情。如他在河西节度使幕任职时写的《塞下曲》,前十二句描写惊心动魄的战斗场面,后八句讴歌边将武功,盛赞戎马功业的荣光:"万里不惜死,一朝得成功。画图麒麟阁,入朝明光宫。大笑向文士,一经何足穷。古人昧此道,往往成老翁。"《送白少府送兵至陇右》祝愿白少府胜利完成为临洮前线增援生力军的任务,在保卫祖国西线安全的大业上建树奇功:"军容随赤羽,树色引青袍。谁断单于臂?今年太白高。"昂扬的基调,一腔豪情,溢于言表。还有

《送董判官》、《送李侍御赴安西》等,皆可看出以守疆保国为荣的壮怀。第二,像组诗《蓟门行五首》其一,为孤苦零丁的边塞老兵代言,倾诉了他们的痛苦和不幸。其二,对戍边战士惨遭压榨的生活处境,表示深切的同情。其三,在讥刺边将奢侈专横的同时,表达了对长期征战不得返乡归里的戍卒的关切。《蓟中作》追记前往东北边陲送兵路上所见的情景,和对唐玄宗宠信安禄山的不满,揭露了边庭潜伏"安史"作乱的政治危机。《答侯少府》中有诗人对边塞士卒悲苦的表态:"边兵若刍狗,战骨成埃尘。行矣勿复言,归欤伤我神。"第三,提出消弭边患、民族和睦的理想。《九曲词三首》其二、其三描绘了边地百姓和平安定的生活景象。《睢阳酬别畅大判官》勾勒了化干戈为玉帛的情境:"边庭绝刁斗,战地成渔樵。榆关夜不扃,塞口长萧萧。"《信安王幕府诗》:"夜壁冲高斗,寒空驻彩斿。倚弓玄兔月,饮马白狼川。庶物随交泰,苍生解倒悬。四郊增气象,万里绝风烟。"从解除百姓苦难,取得国泰民安的角度预祝大军胜利,在开元年间表明这样的战争观,实属可贵。第四,如《营州歌》、《部落曲》似姊妹篇,生动逼真地描写边地少数民族的风情习俗,两相对照,颇有异曲同工之妙。

高适边塞诗能驰誉当时、扬名后世,是和其思想内容广泛深刻、艺术表现独自创新密不可分的。前人评其诗歌"尚质主理"(《唐音癸签》卷五引陈绎曾语)是中肯之论。诗人边塞诗表现的强烈爱国精神,对边政问题的思考,其认识深度、思想境界远超其他诗人的边塞之作,著名的《燕歌行》便是高适边塞诗成就的集中反映。这首七言歌行是诗人在出塞生活的基础上,因感于边帅张守珪"隐其败状而妄奏克捷之功"(《旧唐书·张守珪传》)的时事而写的。作品融合诗人的蓟门见闻,艺术地概括了矛盾交织的边塞战争,具有高度的典型意义。诗篇以描写一次战争为中心,依其进程逐步辐射,把天子与军队、统帅与士卒、胡骑与唐军、征人与闺妇,纵横交错联系起来,多侧面、全方位地揭示边塞战争的复杂性和酿成边弊的深刻社会原因,而弊端的核心就是将帅骄奢。骄则轻敌,奢则无力,最终导致战争失败。诗人抓住这个核心,采用叙议结合的方法,对边帅展开了讽刺。其间景物点染有力地烘托了战争的残酷和惨败。"战士军前半死生,美人帐下犹歌舞"二句是诗眼,由此引发出军队被围,征人怨愤,闺妇"断肠",以至战争给人民带来的深重灾难。结尾以评论笔调写战士献身祖国的宿志和思念良将的迫切心情,在深化主题、强化对比的过程中进一步讥讽,取得一篇三致意的效果。无论思想内容还是表现艺术,高适《燕歌行》都是对边塞诗的突破。通篇既写了战争的艰苦,士卒的英勇和爱国挚情,又揭露了军中官兵苦乐悬殊,批判将帅骄奢腐化，主旨深刻厚重。表现手法上，四面写来、八方辐凑的结构，气氛渲染和强烈对比的运用，均具匠心。语言遒俊流转，语调谐美，慷慨悲壮，酣畅淋漓，无愧为文学史上边塞诗的杰作。

二　高适诗歌的创新性

高适出身比较贫寒，生活阅历丰富，三次出塞，浪迹四方，怀有济世理想和匡时才能，却长期沉沦下僚。这使他能够接触普通百姓的生活，在较深的层面上认识社会与人生。他又是一个刚直骨鲠，"喜言王霸大略，务功名，尚节义"（《旧唐书》本传），有积极用世精神和忧患意识的爱国爱民的士子。所以，他一旦于仕途中承担重任，就能忠荩果敢，"险难之际，名节不亏"（《旧唐书》本传）。他作为"一位'人世间'的诗人"（郑振铎《插图本中国文学史》），敢于面对现实，坚持自己的艺术个性，追求创新。

他的创作为盛唐诗歌开拓了题材和意境，享有"独步诗名在"（杜甫《闻高常侍亡》）的称赏。在开元诗坛上高适又是最早反映农村凋敝和农民疾苦的诗人，《自淇涉黄河途中作十三首》其九、《东平路中遇大水》是他关心民瘼的证据。尤为难得的是诗人看到了农民悲惨的处境，在于天灾和赋税的双重压迫："惆怅悯田农，徘徊伤里闾。曾是力耕税，曷为无斗储？"（《苦雨寄房四昆季》）因此他提出给农民减免赋税的主张。在《封丘县》中他对欺压、搜刮百姓感到悲愤。他深刻认识到农民的贫苦与统治者的腐化是联系的，在《效古赠崔二》、《行路难二首》里，辛辣地嘲讽了剥削阶级的荒淫堕落。直到晚年他身居高位仍然发出"罢人纷争讼，赋税如山崖"（《酬裴员外以诗代书》）的警世呼告。

赠答送别之诗是盛唐极为常见的作品，出自高适之手，也带有激昂豪放的性格特点。如千古传诵的诗作《别董大二首》其二："千里黄云白日曛，北风吹雁雪纷纷。莫愁前路无知己，天下谁人不识君！"送别不作伤心语，以苍凉壮阔的北国风光，烘托旷达磊落的襟怀，使人备受鼓舞和激励。《送田少府贬苍梧》："江山到处堪乘兴，杨柳青青那足悲！"《送桂阳孝廉》："即今江海一归客，他日云霄万里人！"在高适诗中相类者并不罕见。

高适的诗作能将传统转化为超越前人、自铸新貌的滋养。杜甫说他"方驾曹刘不啻过"（《奉寄高常侍》）、"文章曹植波澜阔"（《追酬故高蜀州人日见寄》），宋育仁《三唐诗品》指出："高适其源出于左太冲，才力纵横，意态雄杰。"这是从他深厚的文学修养来概括其慷慨激昂、豪迈悲壮风格形成的传统因缘，而前文提到的诗人自身具备的创新素质，更是风格成因的重要条件。其实，高适诗风的艺术魅力，杜甫就有过评赞："当代论才子，如公复几人？骅骝开道路，鹰隼出风尘。"（《奉简高三十五使君》）严羽说得直接："高岑之诗悲壮，读之使人感慨。"（《沧浪诗话·诗评》）高、岑之诗可以视为"盛唐之音"的响亮音符，高适的《燕歌行》充分显示出这种特征。就是其《营州歌》、《别董大》、《见薛大臂鹰作》、《咏马鞭》这类短诗，同样是遒文壮采，表现出朝气蓬勃的时代风尚。高适擅长古体诗，七言歌行尤胜，"时见沉雄，时见冲澹，不一色；其沉雄直不减杜甫。"（《原诗·外篇下》）他的《邯郸少年行》、《古大梁行》、《送浑将军出塞》、《人日寄杜二拾遗》等写得古朴森茂，前三篇豪侠之气风发泉涌，词情激烈，后首一唱三叹，凄楚动人，杜甫诵之"泪洒行间"（《追酬故高蜀州人日见寄并序》）。殷璠评"适诗多胸臆语，兼有气骨"（《河岳英灵集》卷上），高适常常直抒胸臆，叙议兼行，多用赋法，少比兴寄托，真中见美，大气磅礴。故王士禛说："高悲壮而厚，岑奇逸而峭。"（刘大勤《师友诗传续录》引）刘熙载进一步说："高常侍、岑嘉州两家诗，皆可亚匹杜陵，至岑超高实，则趣尚各有近焉。"（《艺概·诗概》）可知，"岑峭"、"岑超"是指雄放飘逸的浪漫色彩，而"高厚"、"高实"恰好揭示了深沉厚重的现实感和真实性。高适诗的语言特点，胡应麟认为"常侍意胜词"（《诗薮·内编》卷五），实际上不刻意雕琢，真情直吐，刚健爽朴，精炼遒劲，饱含着强烈感情的语言，才是高适诗歌艺术品格的组成部分。

第六节　岑　参

一　岑参生平

岑参（约 715—770），祖籍南阳（今属河南），生于江陵（今属湖北）。他出身于没落的官僚贵族家庭，早年孤贫，从兄受书，"能自砥砺，遍览史籍"（杜确《岑嘉州诗集序》）。青年时为求仕奔波于洛阳与长安之间，并漫游河朔、邯郸、大梁等地。天宝三载（744）进士及第，踏上仕途。五年后，投笔从戎到安西节度使幕府掌书记，经两个春秋又回到长安。天宝十三载（754）应安西北庭节度使封常清的召辟，任节度判官。安史乱后，归凤翔（肃宗行在地），任右补阙。此后十余年，先出任虢州长史，再充关西节度判官，任雍王李适的掌书记，回京三度为郎。入蜀，曾在嘉州刺史任上不满一载，解职东归未果，客死成都寓所。今传岑氏作品有宋刻本《岑嘉州诗集》四卷本，明刻岑集中最著名者是熊相刊的七卷本，《四部丛刊》据此藏本影印。今有上海古籍1981 年版陈铁民、侯忠义《岑参集校注》，《全唐诗》录存其诗近四百首。

岑参是天宝诗坛创作边塞诗的一位卓越诗人，自杜甫始就将他与高适并称,①成为盛唐边塞诗人中的杰出代表。他的一生两度出塞,三任武职,久佐戎幕,足迹踏遍西北边陲,写下了大量奇风壮彩的诗篇。

二　边塞诗作的内容和艺术特色

岑参边塞诗计有六十余篇,占其现存诗歌相当大一部分,集中反映了岑诗的成就,按其内容归类大致可分为三方面。

(一)以雄壮有力的笔触描绘积极奋发的戎马生活和英勇无畏的战斗豪情、饱满昂扬的爱国精神。如:"官军西出过楼兰,营幕傍临月窟寒。蒲海晓霜凝马尾,葱山夜雪扑旌竿。"(《献封大夫破播仙凯歌六首》之二)征途的艰苦,将士顽强乐观的精神浮漾纸上。有的直接写行军、战斗的场面:"将军金甲夜不脱,半夜军行戈相拨,风头如刀面如割。马毛带雪汗气蒸,五花连钱旋作冰,幕中草檄砚水凝。"(《走马川行奉送封大夫出师西征》)塞上狂风,大漠苦寒,在威武强悍的将士面前显得多么的微弱。这力量来自忠勇报国之心,"四边伐鼓雪海涌,三军大呼阴山动。虏塞兵气连云屯,战场白骨缠草根。剑河风急雪片阔,沙口石冻马蹄脱。亚相勤王甘苦辛,誓将报主静边尘。"(《轮台歌奉送封大夫出师西征》)这类诗歌格调高昂,气势雄伟,表现了效命疆场的开阔胸襟和坚韧不拔的爱国之志,成为岑参边塞诗的主旋律。

(二)以浓墨重彩描绘西北边疆的奇异风光,以及对奇特自然现象、地理形貌、气象变化的惊异感觉。《白雪歌送武判官归京》是卓异的代表作。此篇咏雪送别之诗充分体现了岑参超常的审美能力。作品开篇入题,奇境翩然而至,"奇才奇气,奇情逸发"(方东树《昭昧詹言》),令人耳目一新。究其妙谛,在于奇而不怪,诗中的情与境都是诗人对现实生活的审美体验,诗笔兼备奇而能丽,把雪挂林木奇妙地比喻为春风吹绽了的满园梨花,明媚绚丽。而冰天雪地中"冻不翻"的战旗,红白相映,奇美如画。诗人把塞上罕见之景,战友珍贵之情,以联想、取喻、夸张、巧构的手法,淋漓尽致地表现出来。戍边将士的豪情及爱生活、爱祖国的纯洁心灵也随之呈现在读者面前。西域边塞是岑参大展诗才的用武之地,"无边的沙漠,卷石的狂风,火山的烈焰,热海的蒸腾,甚至塞外的歌声、霜雪",②都逸不出诗人的审美视野,涂上诗美的亮丽光彩。《火山云歌送别》的火云烧空,《热海行送崔侍御还京》的

---

① 杜甫《寄彭州高三十五使君适虢州岑二十七长史参三十韵》:"高岑殊缓步,沈鲍得同行。意惬关飞动,篇终接混茫。"此为高、岑并称的例证。

② 彭兰《岑参》,详见《中国历代著名文学家评传》,山东教育出版社 1983 年版,第二卷第 294 页。

炎气蒸塞,《走马川行》的飞沙走石,无不瑰奇壮美,赫然在目。

(三)以怡悦深情的笔调描写边塞风俗,表现民族之间的友好情谊。如《田使君美人舞如莲花北铤歌》、《酒泉太守席上醉后作》等把少数民族的音乐、歌舞写得绘声绘色,神采飞扬。《赵将军歌》、《与独孤渐道别长句兼呈严八侍御》反映了各族人民之间互相往来,共同娱乐,情感交流,亲如一家。诗人的边塞诗中也有揭露边将骄奢腐朽,同情士卒疾苦的作品,《玉门关盖将军歌》、《首秋轮台》、《送狄员外巡按西山军》等,虽远没有高适《燕歌行》思想深刻,却同样触及了社会的深层矛盾。

除边塞诗外,岑参还写了很多赠别酬答,感叹身世,忧怀民生,眷乡行役等内容的诗章,其思想意义和审美价值亦不可否定。如《逢入京使》的思乡挚情,《与高适、薛据同登慈恩寺塔》"风秀熨贴"①的美感,《入剑门作寄杜杨二郎中》对江山雄奇壮伟的震惊等,均是从不同侧面感受着人生的厚味。

岑参诗歌独特的风姿意态和艺术特色是十分明显的,并早就引起了世人的注目和喜爱。与诗人同时代的文论家殷璠,于《河岳英灵集》中选录其作品,称许"岑诗语奇体峻,意亦造奇",杜甫亦说"岑参兄弟皆好奇",这里的"奇"是指岑诗追求标新立异,以自创为工。他的诗题不沿用乐府旧题,而自立新题。其表现手段无论写景状物、描绘场面,还是刻画人物都能视角独特、激情奔放,又巧用夸张、比喻、设色等技法,创造出瑰丽的画面、鲜明的形象和深永峻茂的意境。与高适相比,两家诗风慷慨悲壮是一致的,岑参诗缺少深沉的现实感而多了一些浪漫气息,他的峭丽飘逸与高适的浑厚质实也有明显的差异。两家都以七言歌行见长,岑参还善将近体诗的韵调、格律运用到歌行中,并吸收民歌刚健活泼、清新浏亮等特点,打破长诗双句用韵的格式,破偶为奇,或疏或密,参差错落,给人一种突兀、峭拔之感。岑诗"语奇",并非遣僻词、造怪句,而是化熟为新,常中见奇,"奇而入理"、"奇而实确"(《北江诗话》卷五),是植根于深厚的生活沃土中的艺术奇葩,符合人们的审美理想。所以岑参诗"每篇堪讽诵"(杜甫《寄岑嘉州》),"每一篇绝笔,则人人传写,虽闾里士庶,戎夷蛮貊,莫不讽诵吟习焉。"(杜确《岑嘉州诗集序》)这也有利于促进盛唐诗歌百花争艳局面的形成,"嘉州之奇峭,入唐以来所未有,又加以边塞之作,奇气益出,风会所感,豪杰挺出,遂不得不变出杜公矣。"(《石洲诗话》卷一)翁方纲的话即深含此见。

---

① 仇兆鳌说:"同时诸公登塔,各有题咏。薛据诗已失传,岑、储两作,风秀熨帖,不愧名家。"见《杜诗详注》,中华书局1979年版,第一册第106页。

第三章　李　白

李白是中国诗歌史上与屈原、杜甫并称的伟大诗人。他的"壮浪纵恣，摆去拘束"的诗歌，①不仅形象地表现了昌隆兴旺时期封建帝国的精神面貌，也反映了当时的社会现实，又是诗人为实现生命价值而不断追求和奋斗的人生写照。李白诗歌代表了盛唐的诗风，他天才的创作为唐代诗歌发展和繁荣立下了开创性的功绩，并对后世诗歌创作产生了深远的影响。他的人格魅力和不朽的文学成就一直被视为我们民族文化的一份珍贵遗产。

第一节　李白的生平和思想

李白主要生活在唐王朝由全盛转向衰落的玄宗、肃宗两朝。他的思想是复杂的，而且在其人生历程中又有着阶段性的变化，但贯穿其一生的主导方面，则是儒家"兼济天下"的思想。

一　李白的生平

李白（701—762），字太白，号青莲居士，出生在西域碎叶（今中亚吉尔吉斯共和国的托克马克），②幼时随父移居四川绵州昌隆（今江油县）青莲乡。他的一生大致可分为五个时期：

（一）青少年的蜀中生活：李白在蜀中接受启蒙教育，开始的读本是用天干地支编写的教材《六甲》。十岁学习诸子百家，模拟《文选》进行写作练习，十五岁已能写出鸿篇巨制的大赋（《上安州裴长史书》）。他有了一定的文学修养之后，又转向学剑术、结交豪侠和访道求仙，曾与"逸人东严子隐于岷山之阳"（《上安州裴长史书》）数年。二十岁以诗文干谒益州长史苏颋，受到称美。在蜀中也去过青城、峨嵋等山漫游，还往渝州拜谒了才高行直的刺史李

---

① 元稹《杜君墓系铭并序》："余观其壮浪纵恣，摆去拘束，模写物象及乐府歌诗，诚亦差肩于子美矣。"仇兆鳌《杜诗详注》，中华书局1979年版，第2236页。

② 李白的出生地问题有不同说法，今从郭沫若关于李白出生于中亚碎叶说。《李白与杜甫》，人民文学出版社1971年版，第3页。

邕。这些对李白豪荡任侠性格和恣肆奔放诗风的形成有一定影响。

（二）首次漫游与"酒隐安陆"：开元十三年（725），李白离开蜀地，游洞庭、登庐山，下襄阳、过金陵，东至扬州、汝海（今河南临汝），足迹遍及半个中国。开元十五年（727），李白来到安陆（今属湖北），不久便和前宰相许圉师的孙女结婚。开元二十二年（734）秋，他告别安陆，先来洛阳，再移家东鲁，与栖隐在那里的孔巢父等五人交往甚密，时号"竹溪六逸"。自此到开元末的数年间，他又北上太原，南达扬州，西至随州，奔走数郡，以期得到援引。虽然仕进之路仍无希望，但他却饱览了祖国的名山大川，凭吊了历史古迹，结识了道士司马承祯、诗人孟浩然、地方官吏韩朝宗等社会上不同身份的名流。丰富的生活积累催发了他的诗歌写作，使得他文名远播，耸动京师。

（三）长安三年：短暂的岁月，竟成了李白人生和诗歌创作的重要转折期。天宝元年（742）秋季，李白获悉地方州县已有向朝廷举荐自己的消息，他告别了居住东鲁的亲人，欣喜入京。① 天宝二年（743）春天玄宗召见，命他待诏翰林院以备顾问。身为布衣而充任翰林，"置于金銮殿"，"问以国政，潜草诏诰"（李阳冰《草堂集序》），看似备受礼遇和重用。不久，李白在京城太清宫与身任太子宾客的前辈诗人贺知章相遇，年逾八十的老人为其飘逸倜傥的风度所倾倒，直呼李白为"谪仙"。然而唐玄宗赏识李白的只是他的文才，要他做一个宫廷文人，对他"遭逢圣明主，敢进兴亡言"（《书情赠蔡舍人雄》），主动议政，谈论国事，则不感兴趣。他蔑视权贵、傲岸放达的性格，更成了权贵们进谗诽谤的口实。朝廷以其非廊庙之器而赐金放还。李白在天宝三年（744）夏以放达自慰的态度离朝出京，不足三载的长安生活使其思想发生了深刻变化。他认识到封建统治集团的腐败和丑恶，也意识到封建帝国存在的矛盾和潜伏的危机。长安三年又是李白诗歌创作旺盛期，除部分应制诗外，主要写了大量的旧题乐府和组诗《古风》中的一些篇什，内容广泛，诗艺创新，不乏千古传诵之作。

（四）"十载客梁园"的再度漫游：李白自出京之后，便以梁园（今开封）和东鲁为中心，南达吴越，北抵燕赵，开始了新的漫游生涯。天宝四年（745）初夏，李白在洛阳和杜甫相会，至汴州又遇到高适，三人同游梁宋，寻幽探胜，抵掌论文，把酒赋诗，真诚的友谊，创作的雅趣，使他们感到未曾有过的快乐。其后李、杜携游东鲁，成了莫逆之交。与杜甫分手后，李白于天宝十年

---

① 李白入长安问题，学术界有一入长安说、二入长安说、三入长安说。今从天宝初李白首次入长安的说法。

(751)秋天北上塞垣,游历燕赵近两年,觉察了安禄山的反迹,《赠江夏韦太守》诗中真实地反映了此时焦灼、忧虑的心情。当他怀着为国运而不安的幽绪,往来于宣城与金陵、广陵之间,徜徉于清溪、南浦的胜景之时,一场波及全国、长达八年的安史之乱发生了。这个时期李白诗歌有了新发展,如《将进酒》、《梦游天姥吟留别》、《答王十二寒夜独酌有怀》、《宣州谢朓楼饯别校书叔云》、《书怀赠南陵常赞府》等作,表明诗人傲骨弥坚,抨击时弊、关怀民生之情愈深。

(五)安史之乱时期:祸乱爆发之初,诗人即遭奔亡之苦,由梁园随流民逃往江南,奔走在宣城、溧阳一带,复避地剡中,后西上庐山,隐居屏风叠。李白不甘心在天下扰攘之际,成为一个于世无济之人,于是他应永王李璘之邀入其幕府,准备为国效命。不料肃宗将永王视为异己势力,仅两个月就消灭了李璘集团,李白被俘投浔阳狱治罪。至德二年(757)岁暮,判处他长流夜郎(今贵州正安县),西行至奉节时遇大赦而返。放归途中仍关心现实,写了不少感时念乱之作。上元二年(761)秋,诗人已六十一岁,还打算前往临淮(今江苏泗洪)入李光弼幕府讨贼,不幸中途因病折回,往依族叔当涂令李阳冰处,宝应元年(762)十一月病逝。诗人生命末了的一段旅程,拳拳报国赤忱之心在作品中表现得仍十分鲜明,而其写景、抒情和自叙身世之诗,则是他最后为唐诗抹上的一道亮丽色彩。

唐人李阳冰所编《草堂集》二十卷,已佚。今存宋刻本《李白诗文集》。清王琦注《李太白文集》三十六卷,是李白诗文集中最完善的注本。中华书局出版的《李太白全集》是以王琦注本为底本校点、整理后面世的。

二　李白的思想

李白的思想是斑驳复杂的,很久以来人们从他的存世诗文及同时或稍后人所留下的文字材料中,抽绎出了较为明确的看法。普遍认为李白的思想既有儒家积极用世、为国建功立业、名垂青史的价值观念,又有道家隐逸放达、追求遗世独立、精神自由的人生态度,还有任侠仗义、兀立傲岸的游侠意识和自负自夸、游说干谒的纵横家色彩,以及道教的求仙、修炼、长生不老的幻想。总之,李白的思想直接受到初、盛唐时期流行的儒、道、侠等各种社会思潮的影响。其中,终身未曾蜕变的主要成分是济苍生、安社稷,"兼善天下"的儒家思想,与自我设计的"一生欲报主,百代期荣亲"(《赠张相镐》),大展宏图,做一番事业,然后功成身退的人生之路。不过,在他人生的不同阶段里,还有着不尽相同的表现。

在蜀中和第一次漫游的初期,即青少年阶段,李白仗义任侠、求仙隐逸的思想较突出。值得注意的是李白把任侠和隐逸统一起来，认为像战国时鲁仲连一类的高士替人排难解纷，"事了拂衣去，深藏身与名"（《侠客行》），是自己学习的榜样。其目的是结交豪雄，博得声誉，或由隐而仕，走"终南捷径"①，实现其政治抱负。

李白在安陆妻故相许圉师孙女之后，他"兼济天下"的儒家思想便公诸于世人，要"申管晏之谈，谋帝王之术，奋其智能，愿为辅弼，使寰区大定，海县清一。"（《代寿山答孟少府移文书》）此后，直到进京入翰林，他不断游说投谒，就是要成为卿相，一佐明主建立功业。当他被谗见疏，离开长安再度漫游期间，他采取求仙访道来排遣政治失意的苦闷，尽管内心儒家用世的情结未泯，可是道家与道教的出世思想却占主导地位。

安史乱前，李白看到唐王朝政治危机日趋深重，出于对国运的关心，和"怀恩欲报主"的感情，"投佩向北燕"（《赠宣城宇文太守兼呈崔侍御》），深入虎穴观察安禄山动静。对杨国忠发动征南诏战争给人民带来的灾祸予以揭露，"将无七擒略，鲁女惜园葵"（《书怀赠南陵常赞府》）。安史乱后到诗人逝世，其报国济世的思想十分强烈，即使蒙冤受罪，心灵深处仍是"过江誓流水，志在清中原。拔剑击前柱，悲歌难重论"（《南奔书怀》），"中夜四五叹，常为大国忧"（《赠江夏韦太守》）。在壮志成空的临终之时，还唱出了"大鹏飞兮振八裔，中天摧兮力不济。余风激兮万世，游扶桑兮挂左袂。后人得之传此，仲尼亡兮谁为出涕！"②（《临终歌》）诗人在弥留之际以孔子自况，未能实践积极用世的儒家人生观而遗恨终身。

第二节　李白诗歌题材内容的新开拓

如果将李白现存的近千首诗歌放入古代诗史中与前人的作品进行比较，便不难发现李白是继初唐陈子昂之后，能够自觉地发扬从《诗经》、屈赋到建安文学所形成的古典诗歌关心政治、反映现实的优良传统的诗人。③ 李

---

① 终南捷径之说，出自《新唐书·卢藏用传》。卢藏用入仕前曾隐居终南山，后来被召授左拾遗。有一次，他指着终南山对道士司马承祯说："此中大有佳处。"承祯徐曰："以仆视之，仕宦之捷径耳！"

② 这首《临终歌》是李华为李白所写碑文中提到的："年六十二，不偶，赋《临终歌》而卒。"《李太白全集》作《临路歌》，"路"字因形近致讹。

③ 详见王运熙、杨明《李白》一文，收入《中国历代著名文学家评传》第二卷，山东教育出版社1983年版。

白又是生活在中国封建社会由盛转衰的历史时期,有着复杂思想、强烈个性和创新意识的诗人,因此,他的创作开拓了诗歌的表现领域,在盛唐诗坛上他与杜甫一起成为弘扬传统、奋力创新的卓越代表。

第一,李白诗歌关心国运民生,自觉描写社会现实生活,表现了忧国忧民的情怀。李白在组诗《古风》其一中明确地宣告了自己肩负着文化建设的历史重任:"《大雅》久不作,吾衰竟谁陈。""我志在删述,垂辉映千春。希圣如有立,绝笔于获麟。"《古风》其三十五辛辣讽刺了无视诗教功能,而用心于欺世盗名的写作态度。在李白诗集中因事命笔、逼真写实却旨意遥深的作品俯拾即是。《古风》其四十六展示出这样一幅图画:

> 一百四十年,国容何赫然!隐隐五凤楼,峨峨横三川。王侯象星月,宾客如云烟。斗鸡金宫里,蹴鞠瑶台边。举动摇白日,指挥回青天。当途何翕忽,失路长弃捐。独有杨执戟,闭关草太玄。

王琦注《李太白全集》引《唐书·五行志》云"玄宗好斗鸡,贵臣外戚皆尚之",又以萧士赟的话揭示诗的蕴意:"白日青天以比其君,斗鸡蹴鞠,明皇所好。此等得志用事,举动指挥,足以动摇主听。"繁盛强大的唐帝国,朝中宠臣是在逸豫玩乐中讨得君主的信任和重用的,国家的前景怎能不令人担忧。

实际上,李白诗歌对唐王朝存在的各种严重政治问题与社会弊端都有一定程度的反映和批判。首先,诗人较早地揭露了盛唐时期统治集团的昏庸与腐败。《古风》其二十四云:"中贵多黄金,连云开甲宅。路逢斗鸡者,冠盖何辉赫。鼻息干虹蜺,行人皆怵惕。"宦官得势,气焰熏天,诗中勾勒的这副丑态,对了解后来宦官为害唐代社会,有着难得的认识价值。在《乌栖曲》中以吴王夫差荒淫耽色而招亡国之祸为史鉴,向玄宗后期荒淫误政敲了警钟,寓意高远。《本事诗》载贺知章见此,叹赏苦吟曰:"此诗可以泣鬼神矣!"《古风》组诗的许多篇章斥责奸佞当道、贤路阻塞的社会现象,"奈何青云士,弃我如尘埃。珠玉买歌笑,糟糠养贤才"(其十五)、"白日掩徂晖,浮云无定端。梧桐巢燕雀,枳棘栖鸳鸾"(其三十九)、"苍榛蔽层丘,琼草隐深谷。凤鸟鸣西海,欲集无珍木"(其五十四),诗人运用比兴和对照的方法大胆鞭笞了朝政乖谬、是非颠倒的黑暗现实。

其次,李白诗歌犹如政治风云的晴雨表,反映了重大的时局变化。《留别于十一兄逖》记录了对安禄山发动叛乱阴谋的警惕,而《远别离》提醒玄宗不可纵容贼臣、姑息养奸,倘若大权旁落,则下场可悲。在安史乱前玄宗与杨国忠君臣屡起边衅,数征南诏,使无辜人民惨遭战争灾祸,王朝国势也因之削弱。李白以诗歌形式表达了强烈的反对态度,指出:"乃知兵者是凶器,圣人不得已而用之。"(《战城南》)他的《古风》其三十四痛斥黩武之非,体贴征夫之悲,"与杜甫《兵车行》、《出塞》等作,工力悉敌,不可轩轾。宋人罗大经《鹤林玉露》乃谓(李)白作为歌诗,不过狂醉于花月之间,社稷苍生曾不系其心膂,视(杜)甫之忧国忧民,不可同年语。此种识见真蚍蜉撼大树,多见其不知量也。"(《唐宋诗醇》卷一)此论真可谓知李白者。另一首《书怀赠南陵常赞府》诗,确与杜甫《兵车行》、《出塞》为同时之作,其系念国运民生之情如出一辙,爱国精神与人道主义充溢于字里行间。安史之乱以后李白写下的诗歌,流传至今的还有二百余首。战乱期间,李白虽没有在水深火热的兵燹之灾中挣扎,但是他的《古风》其十九、《奔亡道中五首》、《扶风豪士歌》、《猛虎行》等诗,能以独特的视角反映叛军暴行、百姓罹难,以及社会动乱的惨状、天下有心人的家国之忧;而《赠韦秘书子春》、《永王东巡歌十一首》、《南奔书怀》诸作,又为认识肃宗兄弟同室操戈、殃及国计民生这一历史真相提供了值得思索的消息。乾元二年(759)唐军九节度之师溃于安阳,李白写了《豫章行》,它与杜甫《新婚别》可以相互发明,使人懂得时代的灾难一旦降临,无辜的人民需要付出多大的牺牲。同时还写了集中最长的一首诗《赠江夏韦太守》,详述自己人生经历和国难民艰萦怀的思绪,愤怒声讨了叛军的罪恶。"通篇以交情时势互为经纬,汪洋浩瀚,如百川之灌河,如长江之赴海,卓乎大篇,可与(杜甫)《北征》并峙。"(《唐宋诗醇》卷五)

再者,李白直接写普通劳动人民生活题材的作品,尽管数量不多,但是表现的思想内容却给人别开生面之感。如《丁都护歌》中纤夫的艰辛与悲苦,组诗《秋浦歌》其十四描绘冶炼工人的劳动场面,其十六叙述田舍翁夫妻夜以继日的渔猎情景。这种题材不只开元、天宝诗坛罕见,就是在我国古代诗史上亦属凤毛麟角。《宿五松山下荀媪家》以诗人的感激之情突出山里老人的古道热肠、淳厚善良,简单的特写镜头给人留下了丰富联想。

表现妇女生活和命运是古代诗歌的传统题材,但是李白的诗却突破了闺怨、宫怨的范围,在更广阔的生活背景下为妇女们写心画像。《子夜吴歌》其三、其四描写月下捣衣、彻夜絮袍的思妇,她们没有对辛苦和孤独的怨恨,而对和平生活的企盼成了她们的精神支柱。《北风行》写战争夺走丈夫生命的媚妇无限悲怆的感情。《长干行》和《江夏行》写商妇对正常家庭生活的渴望;揭示其复杂的忧怀,在思恋苦闷之外又多了一层"愁水复愁风"的担惊受怕。《东海有勇妇》描述女侠的刚勇和豪气,她高强的武艺、为夫报仇的义举,可谓巾帼之杰。《采莲曲》、《秋浦歌》其十三简笔素描少女劳动的欢快和开朗活泼的性格,具有民俗风情之美。这些篇什很大程度上丰富了妇女题材诗歌的内容。当然,李白诗集中还有相当数量的作品,如《独不见》、《玉阶怨》、《妾薄命》、《怨歌行》、《白纻辞》、《寒女吟》、《春思》、《秋思》等,旨趣、命意未超出宫怨闺情诗的传统内容,只能说另有技巧而已。

第二,高唱理想壮志,宣泄悲愤怨怒,张扬个性,展示自我,表现了蔑视权贵和桀骜不驯的叛逆性格,以及自负独立、不肯屈己下人的抗争精神,为诗歌创作开辟了前无古人的新境界。①

其一,抒发雄心抱负及主观理想与客观现实的矛盾所引起的悲愤,是李白诗歌的主要内容,也是区别于同时代其他诗人的显著标志。在国力强大的盛唐,文人才士都有着极为相似的人生价值取向,由此产生了普遍存在的远大抱负和强烈的自负心理。而李白非同寻常的是以不世之才自居,以彪炳史册的人物自许,宣扬要建树惊世骇俗的功业。《梁甫吟》诗中表示自己迟早会像吕尚、郦食其那样得遇明主,一施政治长才,"逢时壮气思经纶","风期暗与文王亲";"东下齐城七十二,指挥楚汉如旋蓬。"《赠长安崔少府叔封昆季》又吐露了对诸葛亮的艳羡:"鱼水三顾合,风云四海生。"希冀君臣相得,以成就不亚于管仲辅佐齐桓公称霸春秋的伟业:"无令管与鲍,千载独知名。"有时李白或许觉得历史人物还不足以比方壮怀,所以径自取来寓言里的意象,托物言志:"大鹏一日同风起,抟摇直上九万里。假令风歇时下来,犹能簸却沧溟水。"(《上李邕》)真是神思飞跃,想落天外。如李白这样极富浪漫气质,大胆驱遣诗歌意象,标举宏图远志,完全称得上前无古人。

然而,当他凤愿受挫,心灵承受着冷酷的打击时,表现理想与现实的矛盾、执着的追求与失意的痛苦,就成了他开拓诗歌题材内容的又一新途径。如《行路难》三首、《将进酒》、《宣州谢朓楼饯别校书叔云》、《梁园吟》等,这些篇章都是诗人离开翰林,赐金放还后的作品,展示了充满矛盾的时代环境里封建士子复杂的精神世界,以及主客观冲突在其心灵深处碰撞所迸发的声光,为诗歌艺术带来了惊心动魄的感人力量。就是在同篇诗内,一面愤然疾呼:"大道如青天,我独不得出";一面倾吐衷曲:"剧辛、乐毅感恩分,输肝剖胆效英才。"由于壮志未酬,李白奋斗了一生,也痛苦了一生。类此交织着希望与失望,进取与颓放,忧喜俱来的作品,从诗人早年投谒地方官吏遭冷遇

---

① 详见王运熙、杨明《李白》一文,收入《中国历代著名文学家评传》第二卷,山东教育出版社1983年版。

始，直到长流夜郎获赦后，贯穿一生。可以说李白在表现内心世界波澜壮阔的矛盾斗争及张扬个性、展示自我方面，是屈原之后最杰出的代表。

其二，在描写对权贵的态度和追求个人自由的内容上，所表现的狂放不羁的性格及兀傲不驯的抗争精神，远超当时与前代诗人。同封建文人士子比较，他的拔俗不群之处，在于不为求取恩宠而向权势屈膝逢迎。相反，他处理人际关系，坚持"出则以平交王侯，遁则以俯视巢、许"（《送烟子元演隐仙城山序》）的态度，在王侯权门和荣华富贵面前不丧失独立的人格："安能摧眉折腰事权贵，使我不得开心颜"（《梦游天姥吟留别》），"黄金白璧买歌笑，一醉累月轻王侯"（《忆旧游寄谯郡元参军》），"乍向草中耿介死，不求黄金笼下生"（《设辟邪伎鼓吹雉子斑曲辞》），是诗人不同流俗、刚正不阿品格的表露。李白并不是鄙视和抨击一切权要高官，而是反对上层贵族的腐朽势力，其集中表现反权贵思想的作品《答王十二寒夜独酌有怀》能够突破个人得失的局限，把权贵的罪孽和整个政治形势对接，暴露现实社会的黑暗和丑恶，批判尖锐而带有普遍的认识价值。

与反权贵，轻王侯，傲岸不屈的抗争精神密切关联的，是追求个人自由的狂放不羁的性格。他在青年时遇到司马承祯，特地写了一篇《大鹏赋》，反映了诗人向往无拘无束的自由生活。直到晚年豪兴未减，还要"我且为君捶碎黄鹤楼，君亦为吾倒却鹦鹉洲"（《江夏赠韦南陵冰》）。孤立地看这类诗似乎无甚意义，如果放在森严的封建礼法和庸俗的社会关系使人窒息的时代背景下去思考，便觉得李白诗的可贵。"摧残槛中虎，羁绁韝上鹰，何时腾风云，搏击申所能"（《赠新平少年》），诗人渴望挣脱礼法的羁绁，以便腾风凌云，得到个人的自由。但是，这种愿望只能到幻境中去找出路，到梦里、醉乡、山林、神仙世界寻求精神的寄托。实际上李白诗歌的乐观进取、豪迈自信，和时而流露的悲观厌世、消极颓废，是盛唐社会"五色迷离"的一种折光。

第三，李白描写山水题材的诗歌不拘一格、千姿百态，展示了山水诗创作的新变化。诗人一生多半是在漫游中度过的，而道家、道教思想的熏染，使他更是"五岳寻仙不辞远，一生好入名山游"（《庐山谣》），足迹遍及祖国的许多名山大川，饱览了各种优美风光。因此在李白大量的山水诗中寄情之作有着明显的开拓性，如《蜀道难》纯凭想象描绘出蜀道奇险峻危的山川，是诗人积郁的满怀愁绪和人生艰难之感，借自然界的山高路险，喷薄而出。作品反复惊叹："蜀道之难，难于上青天！"成为全诗的主旋律，将诗人心中之难和笔底的蜀道之难融为一体。诗中的山水图画是人化的自然风貌，或者说是主观精神境界的自然化。《梦游天姥吟留别》从写湖月的幽美、海日的壮观、山径层巅的惊奇到洞天福地的金碧辉煌，旨在梦破述志，抒发对光明、自由的渴求，对黑暗现实和权贵恶势力的愤懑。陈沆《诗比兴笺》云："太白被放以后，回首蓬莱宫殿，有若梦游，故托天姥以寄意。"《庐山谣》被评为"天马行空，不可羁绁"（《唐宋诗醇》卷六），《西岳云台歌》磅礴的气势如黄河落天冲向大海，奔腾无阻。不仅这些长篇山水诗打破了传统的写实手法，将胸中豪情流泻笔端，描绘出伟丽惊人的山水奇观，有的短章小诗如《望庐山瀑布》其二、《望庐山五老峰》、《横江词》六首等也有着强烈的主观感情色彩，虚摹山水，神驰象外。总之，无论巨制短篇，诗人笔下的自然景观都显示了一种对非凡事业的向往，透发出一股冲决束缚、追求自由的热情。这部分诗歌为我国古代山水诗的发展，做出了巨大的贡献。

李白另一类山水诗偏重于自然景物的内蕴，祖国的锦绣河山，一经诗人形诸笔墨便异彩纷呈，展现独特的美感。有的清新秀朗，还有的如《独坐敬亭山》、《谢公亭》、《山中问答》等，或因地起意，或即景生情，写景、议论一笔双绘，静趣中深含超迈之神。总而言之，李白山水诗创作，能于盛唐偏精独诣的山水诗人群体之外，眼路一新，别辟疆域，取得了后人难以企及的成就。

第三节 李白诗歌艺术的传承与创新

诗歌艺术的传承与创新是推动诗歌持续发展的必备条件。李白以自己的审美个性对前人积累的创作经验进行筛滤、熔铸，在传承与创新过程中提升了古代诗歌的艺术品位，在塑造形象、抒情表意、驾驭诗体、驱遣语言和构建风格等诸多方面，开辟了新途径，有力地促进了诗苑盛唐气象的到来。

第一，李白的诗歌创作深受屈原、曹植、鲍照等人诗美的浸润，无论抒情还是叙事、写景之作，通常带有强烈的主体精神，生动地展示出个性鲜明的自我形象。杜甫称赞他的诗篇有着"笔落惊风雨，诗成泣鬼神"（《寄李十二白二十韵》）的艺术感染力，其中的一个奥秘是作品的艺术形象融贯着诗人的灵魂，使之产生宛如狂飙回旋，火山喷发的震撼人心的强大力量。例如世人熟知的抒情名篇《宣州谢朓楼饯别校书叔云》，以起落无端，断续无迹的笔墨，勾勒了飞动健举的形象，逼真地呈露出李白忧愤郁悒和豪情逸兴两相瞬变的复杂心境，及其高洁的理想和豪放天真的性格。

在李白之前，将人的主体精神和心灵境界运用诗歌外化为艺术形象，屈原的《离骚》和《九章》早已成为现实。三国时代的曹植感应着屈赋中诸多符合"自我"的因素，继往开来，凭借诗歌创作，艺术地反映了他的复杂身世和内心世界。南朝刘宋时的鲍照,逢世不平,壮志成空,屈原、曹植的诗作,促发了这位才士用笔写心,其诗章著有浓郁的主观感情色彩。

李白继承了前人的诗艺,又能技法独出,塑造自我形象,展示个性品格,既不同于屈原《离骚》以综合性自述体和《九章》用片段的生活实录表现自我苦斗与求索的人生,也不像曹植对人物情态动作、内心世界进行细腻刻画,也有别于鲍照"字字炼,步步留,以涩为厚,无一步滑"(方东树《昭昧詹言》)的表现手法。李白诗歌重在突出自己的生活感受与波澜起伏的情绪,就是写景咏物也当作抒情的依托。他笔下的山:"太白与我语,为我开天关。愿乘泠风去,直出浮云间。"(《登太白峰》)他眼中的水:"黄河落天走东海,万里泻入胸怀间。"(《赠裴十四》)诗人描绘的天马:"嘶青云,振绿发,兰筋权奇走灭没。腾昆仑,历西极,四足无一蹶。"(《天马歌》)在这些宏伟巨大、气势非凡的物象之中,始终跳跃着诗人鲜活的灵魂。

与诗人自由浪漫的精神气质及追求表现自我的意识相联系,李白诗歌的抒情方式也独具一格。他精于用诗表达豪迈气概和激昂情怀,常将彩笔纵横驰骋,取得了意气挥斥、矫健逼人的艺术效果。他的代表作《江上吟》,开端以遨游江上起兴,顺势推宕,"如骏马蓦坡,可以一往称快"(《古今词论》)。全诗读过只觉得一片神行,其旷达的胸襟,忘机的理趣,随自然声调表露无遗。煞尾情调激扬,酣畅恣肆,显出扛鼎之力。《将进酒》的诗情忽翕忽张,一气盘旋,雄放中有深远宕逸之神。清代徐增认为"太白此歌最为豪放,才气千古无双。"(《而庵说唐诗》)李白的诗是性格的诗,他洒脱不羁的秉性最易点燃似火的激情。有的诗篇开端起情,若雷鸣电闪:"大道如青天,我独不得出"(《行路难》其二);有的结尾以重槌擂鼓,把感情抒发推向高潮:"苍梧山崩湘水绝,竹上之泪乃可灭"(《远别离》),"黄河捧土尚可塞,北风雨雪恨难裁"(《北风行》);有的多种感情交织在一首诗中,如《梦游天姥吟留别》、《赠别从甥高五》等,通篇感情色彩不断变化,使得诗人笔下的自我形象充满了生命活力。

第二,李白传承庄子的美学精神,突破常人思维模式的束缚,展开丰富而奇幻的想象,打破物我界限,赋予天地万物以人的意志和情感,创造出波诡云谲的诗境。诗人寄情于自然万象,物我融洽,诡谲纵逸,以诙谐风趣的笔调抒发了豁达超脱的情怀,这就是李白对想象的妙用。自然界的山水、风月一经他的观照,铸为诗中意象便能生发出灵性:"相看两不厌,只有敬亭山"(《独坐敬亭山》),山成了审美的知己;"且就洞庭赊月色,将船买酒白云边"(《游洞庭五首》其二),湖水成了富翁;"举杯邀明月,对影成三人"(《月下独酌四首》其一），明月变为生活里的伙伴；"春风知别苦，不遣柳条青"（《劳劳亭》），风则是善解人意的好友。李白凭着想象对社会与自然现象进行艺术加工，使之产生诱人的魅力。

还应指出，李白神奇莫测、出人意表的想象，又常常是利用描述神话传说、历史故事、虚幻之境来实现的。在广阔的空间里捕捉超越现实的意象，构成了李白诗恣肆宏丽的艺术特征。他的《蜀道难》、《梦游天姥吟留别》、《梁甫吟》等都是很典型的例证。李白受到了庄子哲学思想和文学创作经验的熏陶，在盛唐精神的培育下形成了高昂豪迈、自由进取的个性。当黑暗腐朽的社会现实打击他时，他没有学庄子只追求逍遥自由、超脱于尘世之外的人生态度，而与屈原相似，在理想与现实的矛盾冲突里奋斗。因而李白艺术想象的天地比庄子多了入世心态的亮色，龚自珍说："庄屈实二，不可以并，并之以为心，自白始。"（《最录李白集》）可谓卓识。

第三，李白注重从前辈诗人的创作及绚丽多姿的民歌作品中汲取丰富的艺术滋养，坚持因革出新，表现了自如驾驭多种诗体的娴熟技巧。尤其对乐府、歌行和五、七言绝句用力最专，颇有独创性。据统计，在李白诗集中，被普遍认同的乐府诗和歌行体诗，约占全集的四分之一，仅乐府诗就有一百四十九首，约占全部作品的六分之一。李白继承了乐府民歌反映社会现实生活的传统，学习其比兴的表现方法，[1]深受其纯真质朴的情感陶冶，他的创作实践充分地证明了这一点。李白不少乐府诗的声情神貌，与汉乐府多有相通之处，如《荆州歌》以盎然真趣再现了民间古风。李白拟六朝、或沿用六朝旧题的乐府达五十余篇，大都继承了民歌清新健康、明朗婉媚的情韵，又融合着唐音的风味。总体上说，乐府诗在李白手中或被赋予时代精神，如《丁都护歌》、《出自蓟北门行》、《侠客行》等，或用以抒写自我情怀，如《将进酒》、《梁甫吟》、《行路难》等。

李白歌行的长短，素无定体，句式以七言为主，或间以杂言；乐府诗也有属于此体者。[2] 李白诗集内以歌、行、吟为题的七古长篇，均可视作歌行体。这类体裁篇幅较长，容量也大，句式因情而定，长句畅达奔放，短句简洁急促，特别适于表达矛盾冲突的思绪和狂放不羁的豪情。如《襄阳歌》、《宣州

---

① 清代陈沆《诗比兴笺》收有李白运用比兴手法的乐府诗多达二十四首，而且新奇精巧，特色明显。

② 关于歌行体诗与乐府体诗的界限，至今仍有不同看法。这里依据通常的说法，把用乐府旧题写的七言、或以七言为主的古体诗，也视作歌行体诗。

谢朓楼饯别校书叔云》、《少年行》、《猛虎行》、《江上吟》、《梁园吟》、《梦游天姥吟留别》等，都表现出李白诗才富赡，把歌行创作推向了新高峰。

李白五、七言绝句共一百五十九首，写得语浅情深，意味隽永。脍炙人口的佳作俯拾即是，为后人奉为唐代绝句的典范。胡应麟说："太白五七言绝，字字神境，篇篇神物。"（《诗薮·内编》卷六）沈德潜认为："五言绝句，右丞、供奉；七言绝句，龙标、供奉，妙绝古今，别有天地。"（《唐诗别裁》卷二十）五绝如《静夜思》、《独坐敬亭山》、《劳劳亭》等被誉为"妙绝古今"、"奇警无伦"的佳作。七绝如《望庐山瀑布》、《早发白帝城》、《黄鹤楼送孟浩然之广陵》、《赠汪伦》等，这类兴到神会、自然天成的名篇，不胜枚举。

第四，李白诗歌的语言风格呈现多样化的特色。其中雄奇飘逸、豪迈奔放者有之，清新俊爽、明丽精美者亦有之。前者主要体现在乐府、歌行体诗中，后者与五、七言绝句相吻合。然而不同风格却出于相同的美学原则，这就是庄子独标的自然朴素之美在我国古代形成的艺术精神。"清水出芙蓉，天然去雕饰"（《赠江夏韦太守良宰》），李白的诗句形象地表达了对先哲美学思想的传承，及对自己的语言风格的概括。进一步说，李白驱遣语言创造诗美，不雕琢、不拘泥，用笔写人生、写性格，一任天真本色。杜甫评价其诗的风格魅力时说："白也诗无敌，飘然思不群"（《春日忆李白》），"笔落惊风雨，诗成泣鬼神"（《寄李十二白二十韵》），以及李白自我描述进入创作境界的豪兴："兴酣落笔摇五岳，诗成笑傲凌沧州"（《江上吟》），都含有这层意思。

李白在诗歌语言风格上所取得的创新硕果，是靠他认真学习汉魏六朝乐府民歌，有选择地吸纳前代优秀诗人的语言技巧，采来百花酿成了蜜。他的《长干行》、《子夜吴歌》、《乌栖曲》、《襄阳曲》、《大堤曲》等都不同程度接受了吴声歌曲和西州曲的营养。即使他自己立题创作的许多诗，如《越女词五首》等，天真活泼、清新自然的语言风格也酷似来自民间的歌声。李白在批判错彩镂金、华靡文风的同时，继承和发扬了从屈原到庾信等人的语言艺术成就。他的《远别离》是学习楚辞的，《古风》组诗中的"美人出南国"、"燕赵有秀色"和《东海有勇妇》与曹植的《杂诗·南国有佳人》、《美女篇·媒氏何所营》、《精微篇》的风格、韵调接近。清代牟愿相说："曹子建气骨奇高，词采华茂，左思得其气骨，陆机摹其词采。左一传而为鲍照，再传而为李白。"

（《小瀚草堂杂论诗》）话虽武断却有根据。李白对谢朓的倾慕屡见于诗作，①而其语言风格的形成也有庾信的影响。"清新庾开府，俊逸鲍参军"（杜甫《春日忆李白》）的品评，是最好的印证。李白传承前人遗产，不是一味学古、泥古，而是淘漉出符合"自我"的因素，熔铸成具有个性的语言风格，在丰厚的历史文化积淀中提升诗歌艺术，登上了一般诗人难以企及的高度。

第四节 李白诗歌的影响

李白的诗歌不仅在我国文学史上具有崇高的地位，享有不朽的盛名，产生了深远的影响，而且已成为世界文学的一部分。

在我国文学发展的进程中，李白是融合屈原和庄子艺术精神的杰出代表。屈原吸纳先秦文化、创作楚辞新体诗的非凡创举，及其作品表现出的追求理想、坚守节操、不与邪恶势力同流合污、忧国忧民的主人公形象，和通过幻想、神话、象征手法结合身世创造诗美的艺术开拓精神，令李白倾心仰慕。庄子崇尚自然朴素之美，提倡"法天贵真，不拘于俗"的美学思想，李白亦与之共鸣。以这种开放心理，采撷六朝优秀诗人的精华，打下了坚实的创作基础。他跻身诗坛，以惊世的艺术功力不断扩大诗歌题材，丰富诗歌的表现技法，超越前人，开创了诗歌艺术的新境界，"往往风雨争飞，鱼龙百变。又如大江无风，波浪自涌，白云从空，随风变灭，诚可谓怪伟奇绝者矣"（《唐宋诗醇》卷六），很快赢得了同时代的苏颋、贺知章、杜甫、任华诸人的推许。

李白以诗歌创作的理论和实践，清除了六朝诗风引发的积弊，完成了陈子昂诗歌革新的伟业。李阳冰《草堂集序》说："卢黄门云：'陈拾遗横制颓波，天下质文，翕然一变。'至今朝诗体，尚有梁、陈宫掖之风，至公大变，扫地并尽。"这充分反映李白对繁荣和发展唐诗的巨大功绩，早在当时已被普遍认同。李白身后其诗歌"集无定卷，家家有之"（刘全白《碣记》），影响更为广泛和深远。韩愈说："李杜文章在，光焰万丈长。"（《调张籍》）中唐之后李杜成了文士心中的明灯，引导着诗歌创作的方向。李贺、杜牧、苏轼、陆游、辛弃疾、高启、杨慎、黄景仁、龚自珍等诗苑名家，无不从李白诗中获得灵感和启迪。"明窗数编在，长与物华新"（陆游《读李杜诗》），李白诗歌的生命力，

---

① 李白对谢朓的倾慕之词，屡见于诗中，如"三山怀谢朓，水澹望长安"（《三山望金陵寄殷淑》），"谁念北楼上，临风怀谢公"（《秋登宣城谢朓北楼》），"诺谓楚人重，诗传谢朓清"（《送储邕之武昌》）等。

在后人建设新文学的过程中不断强化。

李白的诗歌很早就走出国门,他的《哭晁卿衡》已载入日本史典。像"李白这样一位在世界文学史中也占有一席之地的优秀诗人",在日本、新加坡、韩国等亚洲邻邦,从翻译他的作品到进行专题研究,已有很长的历史。现在正"拥有各种各样的研究者","各种各样研究方法",①取得了丰硕的成果。在欧、美和澳大利亚等地,参与李白研究的学者有增无减。在德国从十九世纪末人们接触到李白的诗歌始,至今出现了不少著名的汉学家,有的在研究中提出了深刻的见解。② 上个世纪初美国的意象派作家十分崇尚李白。而俄罗斯在 1911 年就开始以俄文翻译李白的诗,随后对李白创作的研究逐渐深入。1999 年在浙江新昌召开的"李白与天姥"国际学术会议,参加者有日本、韩国、俄罗斯、美国、德国、加拿大、澳大利亚等十几个国家的学者。可见,李白是世界诗人,他的诗歌是世界文学的组成部分。

---

① 详见日本著名学者松浦友久先生《李白诗歌抒情艺术研究》"中文版序",刘维治译,上海古籍出版社 1996 年版。

② 德国科隆大学教授吕福克在《西方人眼中的李白》一文中称:"若无中国文人在文学史上的努力及辉煌成就,我们在西方的艺术爱好者,就不会意识到世界文学的存在。而李白则不仅仅是个人名,而且是世界文学史上一个来自古老中国文化的宝贵遗产。"详见《中国李白研究》1999 年集,安徽文艺出版社 2000 年版。

第四章　杜　甫

　　在我国古代灿若繁星的诗人中,杜甫以其杰出而独特的贡献,博得了
"诗史"和"诗圣"的美誉。他辉煌的诗歌创作成就,为生生不息的民族文化
建设,提供了宝贵的思想资料和艺术经验。他在唐王朝从兴盛到衰败的转
折期,以苍凉悲壮、波澜壮阔、不同凡响的诗歌创作,反映特定时代的生活,
出色地把握了时代的脉搏,一部杜诗便成了时代的一面镜子。他和李白作
为诗国盛唐气象的化身,犹如天幕上的"双子星座",光耀千秋。

第一节　杜甫的生平和思想

　　杜甫一生经历了睿宗、玄宗、肃宗、代宗四朝,他亲眼看到了国家由盛转
衰的急剧变化,在告别满怀理想、裘马轻狂的青年时代之后,饱尝了仕途坎
坷、饥寒跋涉的游子漂泊的人间苦楚。在儒、道、佛三家并存的社会环境里,
他的思想是矛盾复杂的,而忠君忧国、仁民爱物始终是其主导。

一　杜甫的生平

　　杜甫(712—770),字子美,是西晋名将、京兆杜陵(今西安市东南)人杜
预十三世孙,故自称京兆人。其十世祖南迁襄阳,史书称杜甫为襄阳人。曾
祖父杜依艺定居巩县(今河南巩义市),杜甫生于此地。祖父杜审言,初唐著
名诗人。父亲曾任奉天(今陕西乾县)县令。其家世为"奉儒守官,未坠素
业"(《进雕赋表》)。杜甫的一生大致可划分为四个时期。

　　(一)早年读书与漫游:杜甫接受过很好的蒙学教育,作诗与练字是重要
的内容。他在《壮游》诗中说:"七龄思即壮,开口咏凤凰。九龄书大字,有作
成一囊。"少年良好的教育对培育他的文学艺术素养,起到了重要的作用。
适逢开元盛世,二十岁南下吴越游览佳山丽水,凭吊名胜古迹。四年后返回
洛阳参加进士科考试落榜。次年又东游齐、赵。从他《壮游》诗中可知,这次
近五年的漫游生活,轻松愉快,富有浪漫色彩。三十岁再返洛阳,历时三年,
巧遇"赐金放还"的李白,两位诗坛巨星相逢,为文苑留下了千古美谈。

　　杜甫自弱冠走出书斋,前后三次漫游,饱览神州河山,陶冶了性情,开拓

了视野,成为诗人一生创作的准备期。从他流传的《望岳》、《房兵曹胡马》、《画鹰》等近三十首早期作品看,已具备了巨大的创作潜力。

(二)长安求仕的十载风霜:天宝五年(746),三十五岁的杜甫怀着"致君尧舜上,再使风俗淳"的政治理想,来到长安。次年,他参加了玄宗特诏选拔一艺之长人士的考试,李林甫玩弄诡计,令应试者全部落第,还上表称贺"野无遗贤"。杜甫大为失望,困境中投诗权门,拜谒达官,向皇帝献《雕赋》、《进雕赋表》,结果如石沉大海。开始尝到了人间的辛酸,发出了"纨袴不饿死,儒冠多误身"的愤怨,倾吐"朝扣富儿门,暮随肥马尘。残杯与冷炙,到处潜悲辛"的牢骚。但他不放弃出仕的机会,天宝十年(751)又献三篇"礼赋",获玄宗赏识,令其待制集贤院,命宰相考其文章。种种努力的结果是被授予右卫率府兵曹参军八品小官。十载风霜、穷困潦倒使杜甫的思想发生了变化,他逐渐认识到了现实政治的黑暗,黎民生计的艰难,人间世道的不平。他用手中的笔揭露现实的丑恶,抒发内心的郁闷之气。今存这个时期的杰作如《兵车行》、《丽人行》、《前出塞九首》、《后出塞五首》、《自京赴奉先县咏怀五百字》等共一百一十余首诗,是他当时精神面貌的真实反映。

(三)战乱中陷贼与仕途坎坷经历:天宝十四年(755)杜甫得官,十一月去奉先县探望家室。此际,波及全国、长达八年之久的安史之乱爆发了。这是大唐帝国由盛而衰的转折点,亦是杜甫人生与创作的转折点。次年五月杜甫带领全家避难白水。潼关失守,玄宗逃往成都,杜甫一家随难民逃亡,到达鄜州羌村,得知肃宗于灵武即位,孤身投奔新皇帝,不料途中被俘,押送长安。他陷贼八、九个月,亲眼目睹京城百姓惨遭蹂躏,感受了国破家亡的悲痛,写下了《月夜》、《悲陈陶》、《悲青坂》、《春望》、《哀江头》等著名诗篇,伤时爱国之心,彰灼于字里行间。至德二年(757)四月杜甫逃离长安,抵达肃宗行在凤翔,官拜左拾遗。旋因疏救房琯触怒肃宗,许他去鄜州探家。他怀着复杂的心情抵家后创作了《羌村三首》、《北征》等名篇。仲秋两京相继收复,肃宗回长安,杜甫携家眷入京复任原职。次年贬为华州司功参军。仕途蹭蹬,理想受挫,遭受沉重打击之后,杜甫的创作更加直面现实。如《洗兵马》、"三吏"、"三别",就是离开宫廷不久创作的反映社会面貌和民生实况的大放异彩之作。杜甫在司功参军任上不足一年,乾元二载(759)七月,离华州西往秦州(今甘肃天水),经同谷(今甘肃成县)于岁末来到成都。他在"万里饥驱"的秦蜀道上,历时五个多月,写下了《秦州杂诗》二十首、《乾元中寓居同谷县作歌七首》等组诗。他的诗歌创作进入了高峰期,题材扩大了,思想内涵厚重了，赢得了"图经"、"诗史"的称号。①

（四）晚年漂泊西南的生活之旅：上元元年（760）春，靠亲友资助于成都西郊浣花溪畔营建了草堂。在《堂成》诗里以"飞鸟"、"语燕"寄托携妻儿定居的欢乐。但好景不长，代宗宝应元年（762）七月，杜甫送成都尹严武还朝，至绵州遇西川兵马使徐知道叛。为了避乱他辗转于梓州、阆州等地。广德二年（764）春，严武再镇蜀，他才回成都。经严武举荐杜甫出任节度参谋，检校工部员外郎，不足半年卸任。永泰元年（765）严武卒，杜甫失去依靠，于是离蜀沿江东下，大历元年（766）春由云安迁居夔州（今四川奉节），仅两年又乘舟出峡，欲返洛阳。孤舟为家，漂泊水上，大历五年（770）冬，伟大的诗人在由潭州往岳阳途中的舟内，永远离开了人间，终年五十九岁。杜甫晚年是诗歌创作的丰收期，现存杜诗的绝大部分是这个时期面世的，尤以七律精妙绝伦、炉火纯青。如《秋兴八首》、《登高》、《蜀相》、《诸将五首》、《闻官军收河南河北》等诗，久咏不衰。

二　杜甫的思想

杜甫的思想在其创作实践和生活道路上，表现出较为复杂的面貌，但占有主导地位的仍与"奉儒守官，未坠素业"的家族文化传统息息相通。作为祖祖辈辈从政为官的后代，杜甫深知欲施展自己的才能，实现政治理想，首先必须摆正自己的位置，对君王要忠贞不渝。在封建社会最高统治者被视为国家的象征，君与国很难剥离，忠君和爱国总是交织在一起的。他关心国家命运，渴望时局安定、社稷中兴的爱国之情，自然也是对君王的悃诚之心。从早岁"致君尧舜上，再使风俗淳"（《奉赠韦左丞丈二十二韵》），到晚年"安得覆八溟，为君洗乾坤"（《客居》），诗人忠君爱国、匡时济世的思想，无论在朝在野、境遇穷达，都没有改变。而且因社会动乱、生活困顿，诗人逐步接近平民百姓，更多地认识社会底层的生活，所以儒家的仁民爱物、民为邦本的观念，很容易成为诗歌创作的思想基础。至于诗人曾揭露皇帝的罪过，批评其政治失误，这正是封建士子忠君的一种表现。

无须讳言，杜甫思想受到了佛、道二教及道家学说的影响。人们不难在杜甫的诗歌里找到反映他对佛、道颇有情趣的作品，如《巳上人茅斋》、《和裴

---

① 《杜诗详注》卷七引刘克庄评《秦州杂诗》二十首，曰："若此二十篇，山川城郭之异，土地风气之宜，开卷一览，尽在是矣。网山《送薪帅》云'杜陵诗卷是图经'信然。"又，孟棨《本事诗·高逸》云："杜（甫）逢禄山之难，流离陇蜀，毕陈于诗……故当时号为'诗史'。"

迪登新津寺寄王侍郎》、《丈人山》、《赠李白》、《写怀》二首等。在他留给人间最后的一首诗里还说："葛洪尸定解，许靖力难任。家事丹砂诀，无成涕作霖。"（《风疾舟中伏枕书怀……》）儒、佛、道三者并存，是盛唐社会开放心态的产物，即使是忠君忧国、仁民爱物思想浸透灵魂深处的杜甫，接受一定的佛、道思想影响也是不足为怪的。

第二节　杜甫诗歌题材内容的新开拓

杜甫作为我国诗史上承前启后的集大成者，他把自己的全部心血都倾注到了诗歌创作之中。现存他的一千四百多首诗，犹如巨大的历史画卷，广泛而深刻地描绘了诗人生活时代的社会面貌，形象地表达了诗人生活之旅的真情实感。一部杜诗，题材内容宏阔厚重，展示出非凡的拓新精神。

其一，感时念乱的忧患意识，心怀天下的爱国情结。杜甫的创作活动，主要在安史之乱前后。他与一般诗人的区别就在于能够正视现实，关注时局的动向，透过五光十色的生活表象，敏锐地觉察到社会潜伏的危机，预感可能降临的灾殃。天宝十一年（752）秋，诗人与高适、岑参、储光羲等人同登慈恩寺塔，每人以同题赋诗。杜甫《同诸公登慈恩寺塔》与诗友们的作品命意完全不同，他将深邃的思考与独自的感受一气贯融，发出了警世之语。如钱谦益所释："高标烈风，登兹百忧，岌岌乎有漂摇崩析之恐，正起兴也。泾渭不可求，长安不可辨，所以回首而思叫虞舜"，"瑶池日晏，言天下将乱，而宴乐之不可以为常也。"（《钱注杜诗》卷一）时隔三年，在著名的《自京赴奉先县咏怀五百字》里，他再次表达了对时局的忧虑："群冰从西下，极目高崒兀。疑是崆峒来，恐触天柱折。"联系全篇描写的途中见闻和感受，明显透露出"山雨欲来风满楼"的天下动乱的消息。诗人的描写直观形象，涵纳着深忧远虑的理性意念，而心怀天下的爱国之情是杜甫创作心理启动的契机。

天宝后期玄宗好大喜功，东征西讨，战事频繁。杜甫对此举引起的恶果，以诗歌形式向统治者敲了警钟："边庭流血成海水，武皇开边意未已！"（《兵车行》）"君已富土境，开边一何多？"（《前出塞》其一）杜甫之前的诗人写边塞战争题材，要么抒发从戎尚武豪情、描绘风光景物，要么围绕参战将士的各种情况驰纵诗笔。而杜甫在他开拓的题材新疆域中，发表了忧国的意绪和政治预见。安史乱中，诗人许多作品生动地反映了爱国的赤诚，他的《悲陈陶》、《悲青坂》、《哀江头》等诗，直吐平叛势态恶化的怆痛，而《塞芦子》提出了捍卫复兴根据地灵武的军事部署："芦关扼两寇，深意实在此。谁能叫帝阍，胡行速如鬼。"

时局危殆，诗人心系国运，竭虑铲除祸根之策。形势大好，依然不忘国事，力求消弭隐患。在两京收复，朝野上下出现一派熙洽气象之时，杜甫忧怀未释，警惕平叛举措失当可能酿成的弊端："京师皆骑汗血马，回纥倭肉蒲萄宫"，"攀龙附凤势莫当，天下尽化为侯王。汝等岂知蒙帝力，时来不得夸身强"（《洗兵马》），杜甫的忧虑后来变成了事实，回纥劫长安是国家的阵痛，藩镇拥兵自重、割据地方却是唐王朝无法根治的毒瘤。总之，"有关国家兴亡的大事，在与杜甫同时代的诗人中却绝少反映"，[①]而"杜甫之诗，随举其一篇，篇举其一句，无处不可见其忧国爱君，悯时伤乱"（叶燮《原诗》外篇上）。杜诗所以能有这种境界，关键是诗人不管自身境遇如何，志在兼济天下："其穷也，未尝无志于国与民。其达也，未尝不抗其易退之节。早谋先定，出处一致矣！"（《杜诗详注》卷四引《庚溪诗话》）

其二，揭露统治者罪恶的批判精神，反映百姓苦难的爱民情怀。我国古代诗歌从《诗经》、《楚辞》到唐前的文人作品里，揭露统治者罪恶，反映平民百姓疾苦的内容屡见不鲜。但像杜甫那样从维护国家利益出发，自觉地站在"邦以民为本"（《送顾八分文学适洪吉州》）的立场上，抨击上自皇帝下到各级官吏种种罪行，表现同情百姓苦难的爱民情怀，还是找不到先例的。杜甫的创作扩展了这类重大社会题材的表现领域，深化了作品内容的意蕴，使人们从诗文中认识封建社会本质的视野更加开阔了。他的《自京赴奉先县咏怀五百字》大段描绘玄宗君臣在骊山行宫的荒淫生活，转而反振一笔，惊呼"朱门酒肉臭，路有冻死骨"。诗人写统治者穷奢极侈和人民饥寒交迫，深层的旨意是强调由此产生的社会政治危机严重威胁了国家的命运，以至引发了诗人"忧端齐终南，澒洞不可掇"的深广愁思。

杜甫晚年在夔州看到了元结《春陵行》和《贼退示官吏》这两首顾恤百姓苦难，反对官吏横征暴敛、残民邀功的作品之后，激赏之余写了《同元使君春陵行》，肯定了元结诗勇于批判官吏的罪责，称赞其为灿若秋月华星的不朽之作。杜甫在他的诗前小序里说："今盗贼未息，知民疾苦，得结辈十数公，落落然参错天下为邦伯，万物吐气，天下小安可待矣。"这里把百姓、官吏、国家三者关系讲得明明白白，诗人谴责统治者罪恶的批判精神，同情

---

① 肖涤非、郑庆笃《杜甫》指出："有关国家兴亡的大事，在与杜甫同时代的诗人中却绝少反映。"详见《中国历代著名文学家评传》第二卷，山东教育出版社 1983 年版，第 251页。

苍生苦难的爱民情怀,其思想基础正根系于此。"万姓疮痍合,群凶嗜欲肥"(《送卢十四侍御》),"必若救疮痍,先应去蟊贼"(《送韦讽上阆州录事参军》),诗人的爱与憎来自于理性的自觉。他见到一棵病桔,就联想到玄宗荒淫生活给唐王朝造成的恶果:"惜昔南海使,奔腾献荔枝。百马死山谷,到今耆旧悲。"(《病橘》)目睹肃宗、代宗纵令宦官执掌兵权,祸及国运,则怒斥:"关中小儿坏纪纲!"(《忆昔二首》其一)诗人对宰割百姓的地方军阀、贪官污吏,同样恨之入骨,认为他们狠如狼、凶似虎:"群盗相随剧虎狼,食人更肯留妻子。"(《三绝句》)"哀哀寡妇诛求尽,恸哭秋原何处村?"(《白帝》)诗人在《遣遇》、《岁晏行》等作品里尖锐地控诉统治者腐化堕落、鱼肉百姓,最终把整个社会搞得百孔千疮。杜甫的脉搏是和国家、人民的安危苦乐一起跳动的。

杜甫之前,还没有哪一位诗人像杜甫那样,把批判统治者罪恶的愤怒,同情人民疾苦的爱心,关心国家利益的精神打成一片,在更为广阔、真实的社会背景下描写广大人民群众的生活和精神面貌,揭示他们苦难的根源。

其三,反映战乱的社会悲剧,表达复杂的战争观点,是杜甫拓展诗歌题材内容的又一个重要方面。安史乱作,杜甫沦为战火中的难民,饱尝逃亡的艰危。自身陷贼后,敌人暴戾恣睢的滔天罪行,百姓惨遭蹂躏与祸辱的情状,经过浩劫到处留下兵燹之灾的伤痕,所有这一切,杜甫都历历在目。往昔国家富强兴盛之时,"稻米流脂粟米白,公私仓廪俱丰实。九州道路无豺虎,远行不劳吉日出。"(《忆昔二首》其二)今与昔的反差必然引起忧国忧民的诗人的震撼和巨痛。与黎民百姓同呼吸、共患难,这就是杜甫在同时代的诗人中最早把目光投向战乱之灾,最全面而深刻地反映战乱造成的社会大悲剧的原因。在《彭衙行》里能看到诗人举家逃难而牢记终生的感受,《悲陈陶》则是战乱屠杀生灵罪行的纪实。他的《述怀》暴露了安史叛军嗜杀成性的凶相:"比闻同罹祸,杀戮到鸡狗","几人全性命,尽室岂相偶?"五古长篇《北征》摄录了战乱后的悲惨景象。杜甫不仅通过揭露战争的残酷性和破坏性声讨安史之乱,而且对地方大小军阀勾心斗角挑起的战祸,以及党项、羌、吐蕃、回纥的进犯侵扰,亦表示非常痛恨。如他的《草堂》、《光禄坂行》、《天边行》、《阁夜》、《三绝句》、《逃难》等诗,从不同侧面对祸国害民的战乱进行控诉。另一方面,杜甫不是一概地反对战争,对讨伐叛离朝廷的战争,抗击外敌入侵,保卫国家安全的军事斗争均采取拥护和赞同的态度。他客居蜀地得知官军在河阳打了胜仗,于《恨别》中激动地说:"闻道河阳近乘胜,司徒急为破幽燕",盼望李光弼一鼓作气,彻底摧毁敌人的巢穴。代宗广德元年（763）春，诗人听到史朝义兵败自杀，部将相继归降，河北州郡悉平的消息，惊喜若狂，写下了被赞为老杜"平生第一快诗"（浦起龙《读杜心解》）的《闻官军收河南河北》。

杜甫对战争的态度是复杂的。他旗帜鲜明地反对玄宗末年穷兵黩武、开边扩土，反对安史叛乱、地方军阀混战，以及吐蕃、党项等统治集团挑起的侵扰唐王朝的战争。他是从国家、百姓的利益出发，认定战争的性质的。诗人曾说"蜀道兵戈有是非"（《黄草》），表明杜甫注意到各种战事的复杂性。著名组诗"三吏"、"三别"反映了杜甫战争观的复杂性。组诗创作背景是乾元二年（759）春，邺城一役官军大败，唐王朝为挽回败局，大肆捉丁拉夫补充兵源，广大人民承受着灾难的摧残，杜甫把这血泪现实化为不朽的诗篇，成为战乱造成的社会悲剧的剪影。"三吏"、"三别"展示了战乱把人民推进了苦难的深渊，毁掉了人民的生存家园，深刻而真实地表现出矛盾纠缠的社会现实和诗人内心的感情世界。人们在《新安吏》中看到了"中男绝短小，何以守王城"与"送行勿泣血，仆射如父兄"自相矛盾的诗句。类此，《石壕吏》的老妪，已是家破人亡，还要"急应河阳役，犹得备晨炊"。《新婚别》的年轻夫妇，被逼"暮婚晨告别"，新娘倒劝勉丈夫，"勿为新婚念，努力事戎行"。《垂老别》"子孙阵亡尽"的老人，还是抛下老妻，奔赴战场，表示"安敢尚盘桓"。足见"三吏"、"三别"，有揭露兵役残酷，同情人民疾苦之意，又有歌颂人民爱国精神之旨，这是时代特征和诗人矛盾心理的投影。①

其四，咏物、题画、论诗，取材独辟新径；叙友情、谈亲情，内容别开生面。杜甫以灵动的诗笔，摄取新的诗料，给人触处生辉之感。例如春雨是众多诗人笔涉的对象，杜甫写它则采用了略貌取神的处理手段，在心物相交时，捉住猝然迸发的审美感受，"随风潜入夜，润物细无声"（《春夜喜雨》），突出其滋润万物毫不声张的高尚品质。《水槛遣心二首》（其一）是歌咏自然风光的短章名作，诗人审美视野中的物质世界由澄江、幽树、晚花、细雨、微风、游鱼、飞燕、房舍等构成。但诗人写物淡墨轻勾，只是作为遣心的触媒，旨趣所在是宣泄优游闲适的心情。大自然的景物人人可见，杜甫以独特的视角熔裁铸合，丰富了传统题材的表现内容。他惯常运用的方法是将身世之感、仁

---

① 《杜诗详注》卷七于《垂老别》诗后引胡夏客语，云："《新安》、《石壕》、《新婚》、《垂老》诸诗，述军兴之调发，写民情之怨哀，详矣，然作者之意，又不止此。国家不幸多事……上能用其民，下能应其命，至杀身弃家不顾，以成一时恢复之功。"详见《杜诗详注》第二册，中华书局 1979 年版，第 537 页。

民爱物的精神寓于笔下之景，极大地丰富了写景咏物诗的意蕴。诗人越到晚年，转化景语为情语的这种开发题材内涵的手法越成熟。如《江汉》、《客亭》、《宿江边阁》、《宿府》、《登楼》、《登高》等皆是情、景交融的精品，而七律杰作《秋兴八首》的开篇，把人生老大、国运之衰糅进自然之秋的描写中，联系密洽，浑然一体。后人评说"子美《秋兴》八篇，可抵庾子山一篇《哀江南赋》"（杨伦《杜诗镜铨》卷一三引王梦楼语），可知话出有因。

杜甫咏物诗发扬了托物言志的传统，钟惺认为杜甫的咏物诗，"于诸物有赞羡者，有悲悯者，有痛惜者，有怀思者，有慰藉者，有嗔怪者，有嘲笑者，有劝诫者，有计议者……咏物至此，神佛圣贤帝王豪杰具此，难着手矣。"（《杜诗详注》卷七引）

杜甫是唐代诗人中创作题画诗数量最多、成就最著、影响最深者。[①] 他的《杨监又出画鹰十二扇》、《题壁上韦偃画马歌》表现了爱国思想。《天育骠骑歌》抨击黑暗势力，为忠良之士遭迫害而鸣不平。《丹青引赠曹将军霸》则是以题画诗评品人物、阐述艺术理论的先导。杜甫这类诗的内容远远突破了他之前题咏山水、翎毛、走兽等的局限，提升了题画诗的品位。

杜甫是以绝句论诗的开创者。谈艺论文引入诗中，李白《古风》其一"大雅久不作"，应比杜甫《戏为六绝句》要早许多。但杜甫能"别开异径"（李重华《贞一斋诗话》），用一首绝句谈一个诗论观点，把多首连缀成组诗，表达完整的艺术见解。这种创体也是元好问《论诗绝句》的滥觞，成为我国古代诗歌理论的载体。另外杜甫《解闷十二首》、《江上值水如海势聊短述》、《偶题》等篇，亦是为人乐道的论诗作品。

古代文士用赠送酬答之诗表达情谊，是普遍的交往方式。杜甫与众不同的是把怀亲念友和忧国忧民之情结合起来，写得十分深挚，呈现出高尚的人性美。他一生酬赠和追怀李白的诗共有十一首，而《梦李白二首》怀人中深寓时代感愤，动人心弦。《奉送严公入朝十韵》对世交朋友表示"四海犹多难，中原忆旧臣"，"公若登台辅，临危莫爱身"，别情厚望与匡时报国之心，水乳交融。《送郑十八虔贬台州司马》描写诗人心目中"才过屈宋"、"道出羲皇"、"德尊一代"的挚友郑虔的不幸遭际，实则为时代的悲剧。诗人作品里表现的骨肉亲情、伉俪之爱，也无不浸染着时代的特征。陷贼长安时的《月夜》在兵荒马乱、两地分离的境遇下，倾吐怀念妻子、儿女的沉挚深厚的感

---

① 详见朱明伦《唐诗纵论》，辽宁大学出版社 1995 年版，第 173 页。

情,格外催人泪下。在《彭衙行》、《北征》、《羌村三首》(其一)等诗里,父爱与亲情都展示得那样的纯真美好。他的《忆弟二首》、《得舍弟消息》、《月夜忆舍弟》等皆是写战乱中的兄弟之情。总之,杜甫为表现友情与亲情的人性美,又开了新生面。

一部杜诗所以能具有"浑涵汪洋,千汇万状"(《新唐书·本传》)的大气象,是和诗人在创作过程中不断开拓题材相联系的。那些反映当时社会重大问题和人民生活内容的作品,无疑是杜诗的精华。而日常生活存在的一思一事,哪怕是闪现的憧憬与希望,过眼的云烟与浪花,只要诗人发现了美,一经点化,无不诗意盎然,成为杜甫诗歌不可分割的一部分。正因如此,杜诗才是血肉丰满的一代诗史,具有永恒价值的民族遗产。

第三节　杜甫诗歌艺术的传承与创新

杜甫运用丰富多彩的艺术技法,表现包罗万汇的题材内容,达到了珠联璧合、完美无缺的境界。其诗赋法的妙用、律诗的新变、语言的锤炼、风格的打造等诸多方面,为文苑诗家高扬了创新的旗帜。

第一,杜甫在叙事诗里妙用赋笔,舒卷随心,艺术效果显著。赋笔写诗肇始于《诗经》"雅"、"颂"两类作品,汉魏六朝乐府与文人创作中的叙事诗,赋笔则是基本的表现手段。从诗歌艺术的实践考察,凡是铺陈叙事,不以比、兴描摹景物而抒情议论皆可看作是赋笔。杜甫发扬传统,提高了赋笔的表现功能,首开"即事名篇"创作之路,把叙事诗的写作推向了一个新阶段。

一是杜甫叙事诗的对话和细节描写,远超前人赋笔的技巧。例如《兵车行》创造了代人述言的对话方式,借役夫的血泪控诉,强烈谴责了开边政策的罪恶。《石壕吏》差吏与老妇的一段对话,首创藏问于答法。《新婚别》以初嫁新娘口吻道出的泣别语,塑造了一位内心世界复杂的"贫家女"形象。这些形式灵活而个性鲜明的对话,惟妙惟肖地刻画了不同身份人物的神貌,增强了反映社会现实的深度。

以赋笔描写细节,叙事诗《北征》、《羌村三首》是典型的篇章。前者写自凤翔回鄜州探家,归途中的见闻,与亲人相聚悲喜交集的情境,多是工笔细描。后者是"连章体"的组诗,从诗人还家的情节中抽选三个生活片段,以细节组接,为读者留下联想的空间。如"妻孥怪我在,惊定还拭泪",反常的心态、恐怖时代的阴影,连同惊喜与伤感之情,一笔泄出。"娇儿不离膝,畏我复却去",语含父子亲情和战乱期间惧怕亲人离散之意,又暗点诗人不能匡济国难的悒郁心理。金圣叹说娇儿很精灵,"早见此归不是本意,于是绕膝慰留"。① 杜甫诗的细节描写带有浓郁的生活气息,并在实写中曲包深意,从某一视角展现广阔的历史生活画面,揭示社会本质。

二是李重华《贞一斋诗话》里所说的:"作诗善用赋笔,惟杜老为然。其间微婉顿挫,总非平直。"他的《北征》、《昔游》、《壮游》、《茅屋为秋风所破歌》等诗,以伏笔照应、转折层进、交错摹景抒情来掀起波澜,改变前人赋笔平板滞直的毛病。而将爱憎和评判寓于客观叙述、描写之中,以获得"微婉顿挫"的艺术效果,也是杜诗善用赋笔的表现。如《丽人行》严格写实,把杨氏姐妹的"美人相"、"富贵相"、"妖淫相"、"罗刹相"自然串联起来,似无诗情摇曳,却是"无一刺讥语,描摹处语语刺讥。无一慨叹声,点逗处声声慨叹"(浦起龙《读杜心解》)。《石壕吏》、《三绝句》等,诗人强烈的思想倾向,凭着冷静描述不动声色地流露出来,非同平直乏味的赋笔,毫无余韵。

三是杜甫有时将叙事与议论、抒情结合,间或穿插写景,有效地扩大了赋法的表现功能和应用范围,甚至使叙事诗和抒情诗对接起来。《自京赴奉先县咏怀五百字》是最有代表性的作品,"诗凡五百字,而篇中叙发京师,过骊山,就泾渭,抵奉先,不过数十字耳。余皆议论,感慨成文。"(《杜诗详注》卷四引胡夏客语)其实,篇内也间有描写途中景物。再如《述怀》、《瘦马行》、《自京窜至凤翔喜达行在所》等,无不把叙、议、情、景融合一体,对社会生活作典型的艺术概括。这是杜甫诗歌创作对前人的超越。

第二,杜甫律诗的新变,成就卓著,贡献巨大。杜诗众体兼备,各体皆工。仇兆鳌《杜诗详注》"凡例"说:"昔人谓五古、七律入圣,五律、七古入神",五、七言绝句,"与太白、少伯分道而驰"。律诗在唐代是一种新兴的诗体,杜甫的律诗有开疆拓土之功。据浦起龙《读杜心解》统计,五、七律诗占现存杜诗二分之一以上,其中五律六百二十六首。胡应麟在评论初、盛唐五律名家各自的功绩时说:"唯工部(五律)诸作,气象嵬峨,规模宏远,当其神来境诣,错综幻化,不可端倪。千古以还,一人而已。"(《诗薮·内编》卷四)杜甫旅食长安之前,五律的写作技巧几近成熟。安史乱后,诗人五律反映社会现实生活的深广程度,与其五古、七古同步迈上了创作的高峰。《春望》、《月夜》、《对雪》等吟咏,堪称五律绝调,而《秦州杂诗二十首》是杜甫五律最高成就的代表作。晚年的《旅夜书怀》与李白《渡荆门送别》对照,可谓"青出

---

① 详见《金圣叹选批杜诗》,成都古籍书店 1983 年版,第 45 页。

于蓝,而胜于蓝"①。

杜甫七律在唐代独树一帜,他的创作实现了对七律的革新。杜甫之前,诗人多用七律颂圣唱酬、流连光景,抒写闲情逸趣。② 杜甫改造了七律的应制诗性质,赋予它深刻的现实性。在《蜀相》、《恨别》、《野老》、《闻官军收河南河北》、《九日》、《白帝》、《又呈吴郎》、《登楼》等诗中,杜甫采用七律的艺术形式,写时事、议国政,诉民瘼、刺百弊,为利民兴国立言,鞭挞各种丑恶。黄子云《野鸿诗的》评杜诗说:"七律则上下千百年无伦比。其意之精密,法之变化,句之沉雄,字之整练,气之浩瀚,神之摇曳,非一时笔墨所能罄。"

杜甫七律艺术手法的独到之处确实不少。举其要者,首先在表情达意上,加大了议论的成分。叶燮说:"唐人诗有议论者,杜甫是也。"(《原诗·外篇》下)如《将赴成都草堂途中有作先寄严郑公五首》就"新松"、"恶竹"发议论,抨击危害社会的恶势力,一吐忧时之叹。诗中议论不是以文布道,而是巧用物象、画面透发命意。他的《咏怀古迹五首》、《登楼》、《野望》、《又呈吴郎》等诗,篇中议论与形象刻画水乳交融,意趣盎然,启人联想。

其次是在严整的格律之内,运用抑扬交错、虚实对照、动静互衬、疏密相间的技法,充分体现了艺术辩证法。如《闻官军收河南河北》通首虚实两全,抑扬兼备,使作品产生神行象外的艺术魅力。杜甫晚年的七律写得纵横恣肆,极尽变化之能事,妙诀是技巧中包含着艺术的辩证法。

再者为自创七言拗律,即在诗语声调平仄的组合上,打破固定的匀称音节格式,成为一种特殊的声律。有时在拗律中插入古体诗的句式,形成"律中带古",随着音节和词语的变化,摄象造境变得情深意远。像《白帝城最高楼》、《九日》、《立春》等拗体七律,是诗人不肯苟守绳墨,俯仰随人,于常调之外别创一体,以峻峭奇崛之姿为七律增添异彩。此外,诗人的传承与创新精神,还表现在七律组诗上。"连章体"组诗的渊源可追溯到曹植的《杂诗》、《赠白马王彪》,而对杜甫有直接影响的是庾信的《拟咏怀》二十七首和其祖父杜审言的《和韦承庆过义阳公主山池》五首。杜甫能以格律森严的七律体

---

① 《杜诗详注》卷十四《旅夜书怀》诗后引黄生评曰:"太白诗'山随平野尽,江入大荒流',句法与此(星垂平野阔,月涌大江流)略同。然彼止说得江山,此则野阔星垂,江流月涌,自是四事也。"

② 程千帆、张宏生《七言律诗中的政治内涵》一文指出:"在杜甫之前,初唐或由初入盛的诗人计创七律二百四十六首,除极少几首外,内容不外包括应制颂圣,即景抒怀,寄远赠别,登临怀古等几类,而尤以第一类为最多。"《文艺理论研究》1988 年第 2 期第 81 页。

联篇咏唱,是诗坛上的创举。如议论精警、老健深厚的《诸将五首》,沉雄博丽、体大思精的《秋兴八首》,皆是前无古人,后无来者的杰作。黄庭坚说"杜之诗法出审言,句法出庾信,但过之耳"(陈师道《后山诗话》引),一语道破了杜诗传承与创新的事实。

第三,千锤百炼与丰富多彩的诗歌语言,是杜诗艺术传承与创新的组成部分。诗歌语言是诗人审美心理的图像。杜甫表示"为人性僻耽佳句,语不惊人死不休"(《江上值水如海势聊短述》),说明诗人自觉地追求语言美,把创作与生命价值取向紧紧联系起来。为了达到诗歌语言"毫发无遗憾"(《敬赠郑谏议十韵》)的目标,认准了重要的途径在于学习。"新诗改罢自长吟","颇学阴何苦用心"(《解闷十二首》其七),坦率自述学习语言所下的苦功和选择的对象。宋代范晞文和杨万里早就举出很多例证,求索杜甫向六朝诗人学习语言的经验。① 杜甫正是以"读书破万卷"(《奉赠韦左丞丈二十二韵》)的惊人毅力,才形成诗歌语言千锤百炼、丰富多彩的特征。具体表现为:

其一,语言鲜明、精当,具有高度概括力。如写人间世道黑暗,贫富反差,惨不忍睹,则曰:"朱门酒肉臭,路有冻死骨"(《自京赴奉先县咏怀五百字》),"富家厨肉臭,战地骸骨白"(《驱竖子摘苍耳》),"高马达官厌酒肉,此辈杼柚茅茨空"(《岁晏行》);写社会动乱,人心惶恐,到处阴森可怖,便说:"天下郡国向万城,无有一城无甲兵"(《蚕谷行》),"野哭千家闻战伐,夷歌几处起渔樵"(《阁夜》),"豺狼塞路人断绝,烽火照夜尸纵横"(《释闷》)。强烈的对比,触目惊心的现实景况,浓重的感情色彩,催人泪下。

其二,遣词造句生动形象,色彩斑斓,富有表现力。清代贺裳《载酒园诗话又编》指出杜甫笔底的明妃:"'一去紫台连朔漠,独留青冢向黄昏。画图省识春风面,环珮空归月夜魂。'生前寥落,死后悲凉,一一在目。"而《丽人行》写贵妃姊妹,语言色彩却与此截然不同:"态浓意远淑且真,肌理细腻骨肉匀。绣罗衣裳照暮春,蹙金孔雀银麒麟。"人物的妆饰、神态,备受恩宠的娇贵相,和盘托出,活灵活现。诗人讴歌大自然的钟秀妩媚,则用清词丽句:"泥融飞燕子,沙暖睡鸳鸯"(《绝句二首》其一),"留连戏蝶时时舞,自在娇莺恰恰啼"(《江畔独步寻花七绝句》其六),"桤林碍日吟风叶,笼竹和烟滴露梢"(《堂成》),设色亮丽,鲜艳如画。当赞叹雄伟壮丽的山川形胜时,诗语也

---

　　① 详见《历代诗话续编》(上),中华书局1983年版,第439页。另见《古典文学研究资料汇编·杜甫卷》(上编)第三册,中华书局1964年版,第647页。

变得奇崛峭拔,横放杰出:"白帝高为三峡镇,瞿塘险过百牢关"(《夔州歌十绝句》其一),"吴楚东南坼,乾坤日夜浮"(《登岳阳楼》)。可见,不论林林总总的社会现象,还是千姿百态的自然景观,诗人凭借高超精湛的语言工力,做到了意到墨随,即物赋形,诗笔经处情貌无遗。

其三,筛选口语、俗语入诗,明白晓畅,通俗自然。如"挽弓当挽强,用箭当用长。射人先射马,擒贼先擒王"(《前出塞九首》其六),这是浅近的谣谚体句式。"父母养我时,日夜令我藏。生女有所归,鸡狗亦得将"(《新婚别》),无人不知的俗语,从新娘子口中说出,分外亲切,令人特别觉得其人心灵的纯真高洁。在《兵车行》、"三吏"、"三别"、《茅屋为秋风所破歌》等作品中,都有来自当时口语的诗句,具有闻声临境的审美感受。

杜诗语言如地负海涵般的蕴意,天机云锦似的美妙,敲金戛玉一样的美听,字字工绝,句句千钧。其原因就在于,诗人依据词性、色彩、声调等特殊功能,多方炼字、炼句,以获神韵取胜。工深力专,千古独步。正像人们经常乐道的那样,诗人锤炼得精彩处,一字有神,境界全出。①

第四,在传承与创新中打造诗风。元稹是最早评述杜诗风格成因与特征的诗论家。他在《唐故检校工部员外郎杜君墓系铭并序》中指出,杜诗"上薄风雅,下该沈宋,言夺苏李,气吞曹刘,掩颜谢之孤高,杂徐庾之流丽,尽得古今之体势,而兼人人之所独专","诗人以来未有如子美者。"诗歌风格是作品内容与形式二者高度统一所显示的特色,杜甫过人的地方,就是在充分吸纳和转化前人思想成果和艺术经验的前提下,熔铸自家的诗风,所以杜诗风格的内涵非常厚重深邃。

杜诗风格的主要特征是沉郁顿挫,这里首先蕴含着忧时伤乱、心系天下安危的忧患意识,仁民爱物、忠君恋阙的情结。其次是作品以苍劲有力的笔触,描绘出广阔真实的时代生活画面,形成雄浑绵邈的意境,充溢着凝重深沉的忧郁色彩和悲剧气氛。再次为采用千回百折、深曲跌宕、反复低回、吞吐含情的表现手段。还有与作品思想兴味相适应的谨严格律、铿锵声韵,及低昂相济、洪细相依的音调节奏。在总体上,作品给人以一种沉雄浑厚、苍莽悲壮、博大精深之感。如杜甫五古《自京赴奉先县咏怀五百字》、《北征》、《无家别》、《八哀诗》、《壮游》,七古《悲陈陶》、《哀江头》、《同谷七歌》、《岁晏行》,五律《春望》、《对雪》、《秦州杂诗二十首》、《登岳阳楼》,七律《阁夜》、《登

---

① 详见《原诗·一瓢诗话·说诗晬语》"老杜善用'自'字"条目的内容,人民文学出版社1979年版,第141页。

高》、《秋兴八首》、《咏怀古迹五首》等，均可看出杜诗主要风格特征。

　　诗歌创作伴随着杜甫的一生，他的诗风也不是一成不变的，而是呈现出多样化的特点。如《洗兵马》的热烈奔放，《瞿塘两崖》的雄浑苍劲，《春夜喜雨》的清圆工致，《卜居》的明快质朴，《江畔独步寻花七绝句》的萧散自然等。杜诗风格的多样化与其传承和创新的艺术实践是分不开的。叶燮曾说："杜甫之诗，包源流，综正变。自甫以前，如汉魏之浑朴古雅，六朝之藻丽秾纤，澹远韶秀，甫诗无一不备。然出于甫，皆甫之诗，无一字句为前人之诗也。"（《原诗·内篇》上）联系形成风格的各种因素来考虑，诗人旅食京华期间的创作，是沉郁顿挫风格由发轫到成熟的阶段，从陷贼到奔蜀的诗歌，这种风格得到充分发挥而大放异彩，出川之后的诗风亦大体如此。而诗人少壮时代和成都草堂稍为安定的岁月，其诗风自有别调。

第四节　杜甫诗歌的影响

　　杜甫在我国诗歌发展史上是一位承前启后、继往开来的伟大诗人。中唐白居易称美杜诗"贯穿今古，规缕格律，尽工尽善"（《与元九书》），元稹在《唐故检校工部员外郎杜君墓系铭并序》中高度评价杜甫在文学史上的地位，得到宋明学者广泛的认同。黄庭坚曾强调过，如要真正体味杜诗的真髓，"非广之以《国风》、《雅》、《颂》，深之以《离骚》、《九歌》，安能咀嚼其意味，阒然入其门耶？"（《大雅堂石刻杜诗记》）秦观谓杜甫是"集诗文之大成者"（《淮海集·韩愈论》），陆游的《读杜》诗也说："千载诗亡不复删，少陵谈笑即追还。尝憎晚辈言诗史，《清庙》《生民》伯仲间。"明代诗论家胡应麟进一步赞扬了杜甫推动诗歌发展的辉煌业绩："大概杜有三难：极盛难继，首创难工，遭衰难挽。子建以至太白，诗家能事都尽，杜后起集其大成，一也；排律近体，前人未备，伐山道源，为百世师，二也；开元既往，大历继兴，砥柱其间，唐以复振，三也。"（《诗薮·内编》卷五）实际上杜诗对后世的影响是多方面的、极为深远的。

　　诗人自创"即事名篇"的新题乐府诗，直接催发了中唐元稹、白居易等人的新乐府创作，以至蔚为大国。杜甫劈山开路的独创品格，培育了韩愈、孟郊等人刻意求新的精神。晚唐皮日休、聂夷中、杜荀鹤等人，沿着杜诗紧密联系生活的道路继续迈进。入宋之后，杜诗受到更为广泛的重视，宋人不仅被杜诗仁民爱物、伤时忧国的精神境界所感染，也为其诗艺的创新所倾倒。宋初较早把眼光投向现实的诗人王禹偁，他的追求是："本与乐天为后进，敢期子美是前身。"(《喜诗句类杜》)欧阳修慨叹:"风雅久寂寥,吾思见其人。杜君诗之豪,来者孰比伦。"(《子美画像》)王安石、苏轼等北宋诗坛大家多有颂美之语。爱国名臣李纲在抗金御侮的斗争中深切体会到读杜诗,"犁然有当于人心,然后知为古今绝唱"(《校定杜工部集序》)。宋末民族英雄文天祥在狱中诵杜诗,集杜句,蓄养浩然正气。从北宋到清末广大的仁人志士,多从杜诗里汲取精神力量。

杜诗艺术的独创性和巨大的审美价值,在后世一直引起强烈的反响。白居易早就断言杜诗将"吟咏流千古,声名动四夷"(《读李杜诗集因题卷后》)。杜诗对创作的导向作用在中晚唐即有体现,"(杜)公之诗,支而为六家:孟郊得其气焰,张籍得其简丽,姚合得其清雅,贾岛得其奇僻,杜牧、薛能得其豪健,陆龟蒙得其赡博"(《杜诗详注•附编》引孙仅言),虽提法有些离谱,影响却不可勾销。晚唐李商隐学习杜甫律诗的写作技巧卓有成效,宋代江西诗派尊杜甫为祖师,效法杜诗形成风气。宋人蔡梦弼说:"自唐迄今,余五百年,为诗学宗师,家传而人诵之。"(《杜诗详注•附编》引)明、清两代李梦阳、李攀龙、沈德潜等人研习杜诗技巧,仍是乐此不倦。

随着杜诗影响的不断扩大,杜诗的搜集、整理和研究,千余年来未曾间断。《新唐书•艺文志》载有《杜甫集》六十卷,另有唐人樊晃所编《小集》六卷。至宋六十卷本已散佚,学子对杜诗的辑佚和编纂做了大量工作,许多笺注或集注本先后问世。元明时期还出现了大量的批选杜本。清代研究杜诗的收获成果空前,其中流行较广的注本有钱谦益《笺注杜工部集》、浦起龙《读杜心解》、仇兆鳌《杜诗详注》、杨伦《杜诗镜铨》。今天,杜甫诗歌已经成为中华民族乃至世界人民的一份珍贵的文化遗产。

第五章 大历诗风与中唐前期诗坛

安史之乱后,唐王朝国势陵夷,中央权威遭到严重削弱。生活于中唐前期的诗人,大多身经从安定繁荣到灾难迭生的沧桑巨变。在乱世中成长并走上诗坛的这群作家,面对满目疮痍的社会,艰难坎坷的人生,追怀盛世的辉煌,感慨乱世的黯淡,再也无法激起前辈那样昂扬浪漫的情怀,饱经忧患的歌喉吟唱着忧郁、哀怨并时带激愤的音调。由于盛世文化的惯性作用,此时的诗坛既存有盛唐诗风的流风余韵,也体现了自己时代的鲜明个性。

第一节 大历十才子及李益的边塞诗

一 大历十才子

代宗即位后,最终平定了安史之乱,而且两次击退吐蕃大规模的入侵,十年来一直处于风雨飘摇中的王朝至此方才稳定。大历年间,代宗一方面采取措施延揽士人,重用文臣,提高文人地位,力图改变战乱中武将擅权的状况,另一方面对平叛中产生的一批新的重臣权要极力厚赏笼络,以保证他们效忠王室,这些举措的实施,使得战乱后的长安出现了浮华奢侈之风。虽然此时国步维艰,民生困窘,开、天盛世早已随风而去,但是,新兴的权贵仍旧沉醉在中兴的幻象之中。他们一边歌舞升平,在奢华的豪宴中醉生梦死;一边广揽文士,大兴文场,以文雅之事装点自身形象。诗人们作为权贵宴集中的文化点缀,云集长安,展现诗艺,逞才求名。这一政治文化背景与现实创作环境,促成了大历京城诗人群的产生。"大历十才子"就是其中的代表。

"大历十才子"之说,首见于姚合在文宗开成年间所编的唐诗选本《极玄集》李端的小传中:"(端)与卢纶、吉中孚、韩翃、钱起、司空曙、苗发、崔峒、耿

沣、夏侯审唱和,号十才子。"①十才子风尘追游数十载,情好甚密。由于门第
不显、官小位卑且性格软弱,缺少拯时济物的才能,他们不得不寻求权贵作
为自己的生存依托。他们均与大历权臣元载、王缙关系密切,趋奉于其门之
下,陪侍于燕饮之间,以诗才沽名争价,取悦他人。由于他们的创作活动多
出现在酒席上的分题限韵、酬唱赠答的社交场合,并由此称盛于诗坛,因此,
创作活动的社交化成为这一诗人群体的又一明显特点。

十才子诗歌内容以酬赠送别、感伤身世、隐逸思归为主,存在着贫乏狭
窄、唯美伤感的倾向。虽然他们大多在战乱中经历过避难流亡之苦,亲眼目
睹了血与火的社会灾难,也创作过一些直接反映社会动乱、人民疾苦的诗,
如卢纶的《逢病军人》,钱起的《秋霖曲》,李端的《代村中老人答》,耿沣的《宋
中》等,但也仅是客观反映而缺少思想深度。面对前所未有的民族苦难和个
人不幸,他们没有悲痛欲绝的呼号,只是发出深深的忧叹,并极力将其化解
在静穆的山光水色中。读他们的作品,可以感受到大历年间中下层士子普
通的生活场景,领略其萧索的意绪和哀伤的情怀。他们在诗中从不涉及具
体的人事和世情,广阔的社会生活在诗中化为模糊的背景,诗人只是在各种
情境中倾诉不知所从的迷惘和惶惑之情。完全可以这样说,十才子的诗弱
化了现实而强化了现实的感伤。

十才子诗歌在艺术风格上的主要特征是省净精约。具体表现为以下三
个方面:一是意象的精巧。诗中极少激情的袒露,而是多以情景接合的移情
方式,将诗人内心的情绪晕染在寒山秋水、古渡荒城、颓塔破寺、旷野废墟之
中,意象简明,组合灵巧。二是诗体的工整。诗篇大多趋向短制,以音律谐
美的近体为主,其中尤以五言律诗居多。即便是很少的古体,也带有明显的
律化倾向。且格律严整,字句精工。三是语言的炼饰。诗人追求诗中的语
意含量,注重字句的刻削烹炼,精于制作清词丽句,诗中时见警句名联,耐人
吟味。

大历诗风的出现标志着盛唐文学向中唐转变,十才子在唐诗发展史上
的作用和影响,可用明代胡应麟的"神情未远,气骨顿衰"(《诗薮·内编》卷

---

① "大历十才子"有多种不同说法:《新唐书·艺文志》:"卢纶与吉中孚、韩翃、钱起、
司空曙、苗发、崔峒、耿沣、夏侯审、李端皆能诗,齐名,号'大历十才子'。"王士禛《分甘余
话》卷三:"唐'大历十才子'传闻不一。江邻几所述乃卢纶、钱起、郎士元、司空曙、李益、
李端、李嘉祐、皇甫曾、耿沣、苗发、吉中孚共十一人;或又云有夏侯审。按,发、审诗名不
甚著,未可与诸人颉颃;且皇甫兄弟齐名,不应有曾而无冉;又韩翃同时盛名而亦不之及,
皆不可解。"因姚合与十才子时代最近,其说当最可信,因取其说。

三)八字加以概括。《四库全书总目·钱仲文集提要》也说:"大历以还,诗格初变。开、宝浑厚之气,渐远渐漓,风调相高,稍趋浮响。升降之关,十子实为之职志。"大历十才子推崇王维清静高流的名士人格,追慕其清丽秀雅的山水田园诗模式,他们的许多作品都与王维诗风极为相似,在气象上尚存盛唐余韵。但是,十才子的才气既不如盛唐大家那样宏肆杰逸,感情又不似后者那么浓烈执着,他们欲袭盛唐之境界,却乏盛唐之精神,气格远不及盛唐。其诗意象雷同,境界狭小,缺少个性。加之过多刻削,造成工巧有余,浑厚不足,给人以浮浅之感。

十才子存诗数量悬殊,成就高下不一,较著名者是钱起和卢纶二人。

钱起(710?—782?),字仲文,湖州(今浙江湖州市)人。天宝九载(750)登进士第,授秘书省校书郎。大历中,历任祠部员外郎、司勋员外郎。建中初,任考功郎中。现存《钱考功集》十卷,主要有《四部丛刊》影印明活字本,清康熙年间席启寓琴川书屋刻《唐人百家诗》本。今人王定璋撰有《钱起诗集校注》,浙江古籍出版社 1992 年版。

钱起早年曾与王维唱和,其诗深得王维神韵,清气中时露工秀。高仲武《中兴间气集》评其诗:"体格清新,理致清淡,越从登第,挺冠词林。文宗右丞,许以高格。右丞没后,员外为雄。芟齐梁之浮游,削梁陈之靡嫚,迥然独立,莫之与群。"推之为十才子之冠冕。钱起的五律淡雅秀媚,风味悠然,《和万年成少府寓直》、《裴迪南门秋夜对月》、《送征雁》均为集中佳作。如《裴迪南门秋夜对月》:

> 夜来诗酒兴,月满谢公楼。影闭重门静,寒生独树秋。鹊惊随叶散,萤远入烟流。今夕遥天末,清晖几处愁。

诗写秋夜月色,全从他物着笔作侧面描写。中间二联体物工细,动静相衬,绘景如画。空灵窅远之中融入清洁幽柔之月色,透出末句月下怀人之"愁"意。诗笔清健,意境幽深。

卢纶(748?—798?),字允言,蒲州(今山西永济县)人。大历六年(771)补阌乡尉,郁郁不得志,有过十余年的幕府生活。贞元十三年(797)超拜户部郎中。现存《卢户部诗集》,主要有明正德间铜活字本《唐五十家诗集》六卷本,明正德十年刘成德刻三卷本。今人刘初棠撰有《卢纶诗集校注》,上海古籍出版社 1989 年版。

卢纶在十才子中享寿较永,交游颇广,与盛唐诗人声气相接。其五言诗佳者,无论写景或状人,能以精炼的语言,表达复杂的情感,从中可见王维对他的影响。他的七律数量在十才子中最多,也最有特色,虽有时失于熟滑,但悲壮处却能深得杜诗神髓。代表作为《晚次鄂州》:

> 云开远见汉阳城,犹是孤帆一日程。估客昼眠知浪静,舟人夜语觉潮生。三湘衰鬓逢秋色,万里归心对月明。旧业已随征战尽,更堪江上鼓鼙声。

诗以沉郁之笔绘阔朗之境,抒写旅途漂泊、急切思归之情。颔联兴在象外,卓然名句,从乘客眠于舟中的独特感受,点出昼夜之间的江景变换,曲尽水程之况。尾联又巧妙地将凄苦的乡思与纷乱的国愁相关合,大大深化了诗的内涵。

卢纶最为人所熟悉和称道的还是他具有盛唐之音的边塞诗,《和张仆射塞下曲》六首是其名篇,其二、三两首历来被视为杰作:

> 林暗草惊风,将军夜引弓。平明寻白羽,没在石棱中。
> 月黑雁飞高,单于夜遁逃。欲将轻骑逐,大雪满弓刀。

诗以雄健挺拔之笔,抒慷慨豪迈之情,把边塞将军的从容不迫、矫捷神勇,士卒的英姿飒爽、威震敌胆,表现得淋漓尽致。

二　李益的边塞诗

李益(748—827?),字君虞,郡望陇西姑臧(今甘肃武威),定居洛阳。大历四年(769)登进士第。建中年间在军幕十多年。回朝后累历秘书监、太子宾客等职,终礼部尚书。现存《李君虞集》,主要有明嘉靖三十二年刻《唐二十六家诗集》二卷本。今人范之麟撰有《李益诗注》,上海古籍出版社1985年《唐诗小集》本;郝润华辑有《李益诗歌集评》,甘肃人民出版社1997年版。

李益诗名早著,其诗题材广泛,形式多样。而他涉笔最多,成就最高的还是边塞诗。他在《从军诗序》中自称:"从事十八载,五在兵间,故其为文,咸多军旅之思。或因军中酒酣,或时塞上兵寝,相与投剑秉笔,散怀于斯文,率皆出于慷慨意气,武毅犷厉。"由于其诗直接产生于金戈铁马的塞上风烟中,具有丰厚坚实的生活基础,诗人的性情面目真切自然地流露其中,形成了意态绝健、情思悱恻的独特风貌,尤其是他雄浑高奇、声情并茂的边塞七言绝句,可与太白、龙标鼎足而三。

清人张澍在《李尚书诗集序》中指出:"君虞以飒爽之气,写征戍之情,览

关塞之胜,极辛苦之状。当朔风驱雁,荒月拜狐,抗声读之,恍见士卒踏冰而
鞍瘃,介马停秣而悲鸣,讵非才之所独至耶?"要言不烦地概括出李益边塞诗
三大内容:写征戍之情,览关塞之胜,极辛苦之状。

（一）抒发边塞将士安边定远,以身许国的壮烈情怀。如《塞下曲》:

> 伏波惟愿裹尸还,定远何须生入关。莫道只轮归海窟,仍留一箭射天山。

诗中以马援、班超和薛仁贵自喻,表现将士们慷慨从戎,立功沙场,不怕牺牲
的豪迈精神。这类作品还有《边思》、《上黄堆峰》、《暮过回乐峰》、《再赴渭北
使府留别》等,它们均与王昌龄的边塞之作神情酷肖,实为盛唐边塞诗的
余响。

（二）描写边塞雄奇瑰丽的自然风光,展现多彩多姿的军旅生活。如《暖
川》:

> 胡风冻合鸊鹈泉,牧马千群逐暖川。塞外征行无尽日,年年移帐雪中天。

诗以壮美阔大之笔勾勒出边塞独特的节候风情,如展图画。此外《塞下曲四
首》之一中"燕歌未断塞鸿飞,牧马群嘶边草绿",《度破讷沙二首》之一中"眼
前风来沙旋移,终年不省草生时",一绘春色之优美,一写冬气之苦寒,其新
奇之境直追盛唐岑参的边塞同类之篇。

（三）表现军人久戍边庭、厌战思归的浓重乡愁。这在李益边塞诗中最
具时代特色和独特个性。如《夜上受降城闻笛》:

> 回乐烽前沙似雪,受降城外月如霜。不知何处吹芦管,一夜征人尽望乡。

《从军北征》:

> 天山雪后海风寒,横笛偏吹行路难。碛里征人三十万,一时回首月中看。

两诗构思相似,均用抗爽之笔、夷宕之音绘悲凉之境,抒恻恻情思:沙飞月
皎,雪厚冰寒,举目凄然,于此闻芦笛之声,随朔风而起,戍卒怎能不思乡念
切!《历代诗发》赞其"如空谷流泉,调高响逸",洵为的评。

李益的边塞诗以七绝最为世称。明代胡应麟认为:"七言绝,开元之下,

便当以李益为第一。如《夜上西城》、《从军》、《北征》、《受降》、《春夜闻笛》诸篇,皆可与太白、龙标竞爽,非中唐所得有也。"(《诗薮·内编》卷六)清代沈德潜也把李益的七绝与刘禹锡的并提,认为二人"音节神韵,可追逐龙标、供奉"(《唐诗别裁集》卷二十)。在风格上,李益的边塞诗以悲壮婉转、凝练含蓄见长,尤其善于以含蕴深厚、情景交融的手法,刻画戍边将士复杂的心理。由于其诗极富形象感和音乐美,且诗中色彩、音律、情感的表现水乳交融,因而当时即每被乐工和画师被之管弦,施诸图缋,流布天下,可见影响之大。

第二节 刘长卿和韦应物的山水行旅诗

大历年间,当十才子在北方京城周旋于权贵之间,迎往送来,浅斟低唱之时,刘长卿、韦应物或由于仕宦,或由于贬谪,在江南一带长期生活。仕途失意、壮志难酬的哀怨,在青山白云、春风芳草之中暂时得到排遣。他们创作于此间的山水行旅诗,使盛唐王、孟山水田园诗的清音再次回响在中唐江南的青山绿水间。

一 刘长卿

刘长卿(726? —790),字文房,宣州(今安徽宣城)人,郡望河间(今属河北),早年寓居洛阳。约于天宝后期登进士第,释褐长洲县尉,摄海盐县令,随后两遭贬谪。建中二年(781),迁任随州刺史。晚年在杜亚淮南节度使幕任职。现存《刘随州集》十卷,《补遗》一卷,主要有《四部丛刊》影印明正德间刻本,清康熙年间席启寓琴川书屋刻《唐人百家诗》本。今人储仲君撰有《刘长卿诗编年笺注》,中华书局 1996 年版。

刘长卿一生历经玄、肃、代、德四朝,安史之乱后移居江南,"以诗驰声于上元、宝应"(《唐诗纪事》卷二十六),他是肃、代年间最重要的诗人之一,在唐诗发展史上,首开中唐风气,是纯正大历诗风的代表。

刘长卿的经历在大历诗人中最为坎坷多艰。早年困于场屋,屡试不第。白首为官,因刚而犯上,两遭迁谪。晚岁又由于藩镇作乱而丧失州职。坎坷不平的身世,刚正倔强的品性,熔铸在诗歌创作中,构成了凄婉清切、幽健深沉的基调。由于时代精神的变迁,刘长卿诗作中即使是关切国运、忧虑民瘼之篇,也常常是哀叹嗟伤之情多,济危拯溺之志少,缺乏杜诗那种慷慨激昂的气骨精神。《奉使至申州伤经陷没》、《送河南元判官赴河南句当苗税充百官俸钱》、《松江驿楼北望故园》、《闻王师收二京因书事寄上浙西节度李侍御中丞行营五十韵》等描写羽檄干戈后,鸟雀空城,榛芜满路,荒田野火,人烟

凋零的惨景,抒发忧时伤乱的情怀。名作为《穆陵关北逢人归渔阳》:

> 逢君穆陵路,匹马向桑乾。楚国苍山古,幽州白日寒。城池百战后,耆旧几家
> 残。处处蓬蒿遍,归人掩泪看。

诗写幽州兵乱后屋舍皆空,人民俱尽的残破景象,真实地反映出战争对社会生产的严重破坏,悲景悲调,凄伤动人。尤其是颔联以"楚国"、"幽州",绾住南北两地,在沉郁苍凉的广阔背景中,暗示出时局的黯淡和诗人的殷忧,精工贴切,刻挚浑成,酷似老杜句格。刘长卿还在许多诗作中倾诉冤屈,指斥权奸,表达自己的满腔忧愤,如:"独醒翻取笑,直道不容身"(《登干越亭作》),"地远明君弃,天高酷吏欺"(《初贬南巴至鄱阳题李嘉祐江亭》),"地远心难达,天高谤易成"(《按覆后归睦州赠苗侍御》)等,从中可见他对黑暗势力的不屈抗争。

"风景随笔摇,山川入运筹"(《湖南使还留辞辛大吏》),刘长卿尤其擅长描写山川风景,且情不虚情,情皆可景;景非滞景,景总含情。与王、孟山水诗宁静恬淡的基调相对,他的山水行旅诗"最得骚人之兴,专主情景"(《唐音癸签》卷七)。在幽冷凄清的景色中融入自己的不幸身世,抒发漂泊之苦,离别之愁,失意之怨,情调寂寞感伤。如《馀干旅舍》:

> 摇落暮天迥,青枫霜叶稀。孤城向水闭,独鸟背人飞。渡口月初上,邻家渔未
> 归。乡心正欲绝,何处捣寒衣。

此诗前六句叙尽客邸秋夜萧索、孤清冷落之景,烘托出诗人凄清冷寂的情怀。尾联翻出新境,推进一层,关合情景,写足乡情愁思。又如《经漂母墓》:

> 昔贤怀一饭,兹事已千秋。古墓樵人识,前朝楚水流。渚蘋行客荐,山木杜鹃
> 愁。春草茫茫绿,王孙旧此游。

诗写暮春过漂母墓而低回凭吊之事。通篇有议无议,似论非论,叙事、写景、抒怀交相结合,感慨沧桑,悲叹身世,言外有无穷浩叹意。此类佳作尚有七律《登余干古城》、《长沙过贾谊宅》等。

刘长卿诗众体皆工,尤长于近体,其中五言律诗最为人称道,他也曾自许为"五言长城",七言律绝佳作亦多。在风格上,他的诗体物情深,工于铸

意；清夷闲旷，饶有怨思。语言淡雅洗练，流畅自然，极富表现力。卢文弨在
《刘随州文集题辞》中推崇他的诗："虽不以浣花翁之博大精深，牢笼众美。
然其含情悱恻，吐辞委宛，绪缠绵而不断，味涵泳而愈旨，子美之后，定当推
为巨擘。"诚为的评。刘诗不足之处在于：一是意境的雷同和狭小，"景不越
于目前，情不逾于人我，无复高足阔步，包括宇宙，综揽人物之意。"①二是遣
词造句的类似和重复，"大抵十首以上，语意稍同，于落句尤甚，思锐才
窄也。"②

二　韦应物

韦应物（737—792?），京兆长安人，世居杜陵（今陕西西安市东南）。十
五岁时为玄宗三卫近侍。安史之乱后，入太学折节读书。广德元年（763）出
任洛阳丞。历任滁州、江州、苏州刺史以及左司郎中等职，晚年贫居于苏州
城外永定寺。现存《韦苏州集》十卷，主要有上海自强书局影印宋刊本，《四
部丛刊》影印明太华书院刻本。今人陶敏、王友胜撰有《韦应物集校注》，上
海古籍出版社 1998 年版。

韦应物的诗歌创作明显分为前后两个时期。前期诗作具有较为广阔的
现实内容。《温泉行》、《白沙亭逢吴叟歌》，怀恋盛世，讽刺荒纵；《睢阳感
怀》、《经函谷关》，歌颂英烈，追源祸端；《广德中洛阳作》、《京师叛乱寄诸
弟》，谴责战乱，渴望安定。在中唐诗人中，他也是较早揭露藩镇割据的严重
危害的诗人之一。此外，其《饯雍聿之潞州谒李中丞》、《寄畅当》二诗，一抒
慷慨不平之气，一述杀敌立功之志，气势壮大，昂扬奋发，带有刚健明朗的盛
唐之风。

作为一名清正廉洁，关爱民生的循吏，韦应物对百姓的苦难寄予了深切
同情，《始至郡》、《采玉行》、《夏冰歌》、《高陵书情寄三原卢少府》，哀恤民瘼，
揭露诛求，感情沉痛激愤。尤其可贵的是，他还常常为自己坐食俸禄却不能
为民解忧而自愧自责："自惭居处崇，未睹斯民康"（《郡中燕集》），"身多疾病
思田里，邑有流亡愧俸钱"（《寄李儋元锡》），这种真诚、自律的人道精神，赢
得了后人的交口赞誉。

韦应物后期创作的大量田园山水诗，最能体现他诗歌的艺术风格和成

---

① 清贺裳《载酒园诗话又编》，《清诗话续编》，上海古籍出版社 1983 年 12 月版，第
331 页。

② 唐高仲武《中兴间气集》卷下，《唐人选唐诗新编》，陕西人民教育出版社 1996 年 7
月版，第 502 页。

就。在大历诗人普遍因片面追求"理致清淡"而诗风渐趋浮薄之际，韦应物却能度越流辈，直探陶潜与王、孟阃域，以其独特的个性、出众的才能，使山水田园诗派的传统格局又一次在中唐发出绚丽的光彩。他的诗融陶诗之冲淡、王诗之清寂、孟诗之淡远于一炉，以大历诗的轻利笔调加以陶铸，形成自己闲婉和雅、澄澹萧散的一家之风。如《寄全椒山中道士》：

> 今朝郡斋冷，忽念山中客。涧底束荆薪，归来煮白石。欲持一瓢酒，远慰风雨夕。落叶满空山，何处寻行迹？

诗写清秋寂寞，风雨怀人，于简淡中见深挚之情。作者纯以想象中的景物和细节，描绘山中道士离尘绝俗的生活场景，将自己的关切、向往之情淡化于其中。通篇随意点染，情趣恬古，结语冷然一问，隐去人物，向外拓出落叶纷飞的无边空间，更觉飘渺空灵，无迹可寻。又如《观田家》：

> 微雨众卉新，一雷惊蛰始。田家几日闲，耕种从此起。丁壮俱在野，场圃亦就理。归来景常晏，饮犊西涧水。饥劬不自苦，膏泽且为喜。仓廪无宿储，徭役犹未已。方惭不耕者，禄食出闾里。

此诗描写仲春一日农家田耕的全过程，以及自己的感慨。遣句写景，淡笔轻染，寓目即书，娓娓道出，故沈德潜评曰："韦诗至处，每在淡然无意，所谓天籁也。"①不仅如此，诗的后半段还将田家苦引入田园牧歌，直面农民仓无宿储而徭役未已的悲惨处境，并深为自己的不耕而食而惭愧。其高度的理性精神，标志着中唐田园诗主旨已经开始发生变化。

韦应物的山水田园诗，资质天然，若不经意，而通体浑融，一片清空，意境完整而自然。与大历诗人相同，他在诗中字句的锤炼上也倾注了心力，这方面又见出谢灵运山水诗追求精工的传统对他的影响。他的诗中名联警句很多，如"乔木生夏凉，流云吐华月"（《同德寺雨后》），"寒雨暗深更，流萤度高阁"（《寺居独夜》），"漠漠帆来重，冥冥鸟去迟"（《赋得暮雨送李胄》），"野水烟鹤唳，楚天云雨空"（《游溪》），"绿阴生昼静，孤花表春余"（《游开元精舍》）等等，无不巧言切状，神志俱现，可谓字字如画，句句如歌。

---

① 清沈德潜《唐诗别裁集》卷三，中华书局 1975 年 10 月版，第 49 页。

　　作为山水田园诗派传统格局的卓越后劲，韦应物的诗风受到历代评论家的一致称许，其中苏轼在《书黄子思诗集后》中所言二语最得韦诗精髓："发秾纤于简古，寄至味于淡泊。"韦应物的田园山水诗对柳宗元和晚唐苦吟诗人都有影响。

第三节　元结、顾况的拟古诗

　　安史之乱后，下层人民遭受着战乱与苛政的双重折磨，生存艰难，这使那些关注现实的诗人受到极大刺激。他们效法杜甫，自觉地用诗歌讽谕时政，反映民生疾苦，表达自己强烈的同情心。元结、顾况的拟古诗，以内容真实深切、形式古雅质直为特点，将儒家诗教精神与写实传统相结合，为随后而起的元、白新乐府诗歌创作开拓了一条新路。

一　元结

　　元结（719—772），字次山，自号聱叟、漫叟，河南鲁山人。天宝十二载（753）进士及第。安史乱起，避难民间。乾元二年（759）被荐，擢右金吾兵曹参军。以监察御史充山南东道节度使参谋，招缉义兵抗击史思明，进迁水部员外郎，历任道州刺史、容州刺史，授容管经略使。拜左金吾卫将军，御史中丞。现存《元次山集》十卷，《拾遗》一卷，主要有《四部丛刊》影印明湛若水校本。今人孙望有《元次山集新校本》，中华书局 1960 年版；聂文郁撰有《元结诗解》，陕西人民出版社 1984 年版。

　　元结与杜甫同时而稍晚，亲身经历了安史之乱的血雨腥风，儒士忧道悯世之心激发出强烈的拯时救溺之志。在文学思想上，元结继承陈子昂的复古主张，批评近世作者"拘限声病，喜尚形似，且以流易为辞，不知丧于雅正"（《箧中集序》），大声疾呼恢复风雅精神，汉魏传统，要求诗文"极帝王理乱之道，系古人规讽之流"（《二风诗论》），发挥救时劝俗，拾遗补阙的社会功能。这种功利主义的文学观，实际上是对传统儒家诗教讽谕论的继承和张扬。

　　元结的诗歌创作是其文学主张的具体实践。他的诗歌多采五言古诗的形式，反映现实，干预时政。代表作《系乐府十二首》，直承汉乐府"感于哀乐，缘事而发"的现实主义传统，或抨击世情的淡薄势利，发泄怀才不遇的愤懑；或反映民生的疾苦辛酸，揭露社会的黑暗不公，如《贫妇词》、《去乡悲》、《农臣怨》等，模拟汉乐府的形式与意象，古音古调，直而不野，处处表现出作者与时风相左的复古心态。

　　元结后期创作走出了前期单纯拟古，缺乏个性的模式，戛然独造，"自写胸次,不欲规模古人,而奇响逸趣,在唐人中另辟门仞",①形成了独抒真情,急切危苦的个性风格。儒家诗教精神与创作情感至此在诗中得到较好的统一。尤其是他在任道州刺史后,面临奉官与爱民的矛盾抉择时,他坚定地站在同情苦难人民的立场上,谴责统治者横征暴敛,鱼肉百姓的罪行,并反躬自责,为自己不能尽安民之职而深感内疚。其中最杰出的是《舂陵行》和《贼退示官吏》二诗,前诗悲悯"千家今有百家存"的乱亡州县、疲困遗民,为民请命,坚定表示宁可待罪安民,也决不邀功残民的决心;后诗痛斥使臣对百姓搜刮,毫无人性,甚于山贼,并流露出厌恶官场,弃官归隐的意愿。元结的浩然正气得到了杜甫的强烈共鸣,杜甫在《同元使君舂陵行》诗并序中,盛赞元结及诗:"道州忧黎庶,词气浩纵横。两章对秋月,一字偕华星。"此诗直到清代,影响仍存,施补华许之云:"诗忌拙直,然如元次山《舂陵行》、《贼退示官吏》诸诗,愈拙直愈可爱。盖以仁心结为真气,发为愤词,字字悲痛,《小雅》之哀音也。"②

元结诗古质朴实,确是《诗经》、汉乐府现实主义创作传统的嫡传,他因事生感、以诗议政的手法,实开后来元、白新乐府诗歌之先声。但他一味注视古朴的五言古诗,对律诗重视不够,其诗也存在着古朴有余,生动不足的缺点。

二　顾况

顾况(727?—816?),字逋翁,自号华阳山人,苏州海盐(今浙江海盐)人。至德二载(757)登进士第。贞元三年(787)为校书郎。迁著作佐郎,贬饶州司户参军。晚年弃官隐居茅山。现存《华阳集》,主要有清光绪影宋本《唐人五十家小集》二卷本。今人王启兴、张虹撰有《顾况诗注》,上海古籍出版社1994年《唐诗小集》本。

顾况的文学主张与元结相近,推重风雅,要求诗歌反映现实,关心民瘼,强调其"理乱之所经,王化之所兴"(《悲歌序》)的教化作用,反对追求文采之丽。在大历、贞元诗坛上,他积极倡导儒家诗教,成为元结的同调。

与元结一样,顾况喜作古体诗,尤擅歌行。其代表作《上古之什补亡训传十三章》,从形式到内容均模拟《诗经》,"上古之什"即仿《诗经》而称;"补亡",意为补辑《诗经》之亡佚。整章均为四言体,取首一、二字为题,并加小序,揭出诗之主题。如"上古,愍农也","筑城,刺临戎也","陵霜之华,伤不

---

①　清沈德潜《唐诗别裁集》卷三,中华书局1975年10月版,第40页。

②　清施补华《岘傭说诗》,载《清诗话》,上海古籍出版社1963年9月版,第981页。

实也"，"采蜡，怨奢也"等，继述风雅，悯农刺时。词句古奥而流调可讽，然词旨不圆，而失之艰涩生硬。其中为"哀闽"而作的《囝》实为篇中优秀之作：

> 囝生南方，闽吏得之，乃绝其阳。为臧为获，致金满屋。为髠为钳，如视草木。天道无知，我罹其毒。神道无知，彼受其福。郎罢别囝，吾悔生汝。及汝既生，人劝不举。不从人言，果获是苦。囝别郎罢，心摧血下。隔地绝天，及至黄泉，不得在郎罢前。

全诗即事直书，冤号满纸。诗中揭露了闽吏为谋取钱财，掠儿童而阉割为奴的残忍行为。其中父子诀别，一语一答，至情所感，酸入心脾，极具震撼人心的力量。诗中方言的运用，声情毕肖，取得了"以其俚朴，反近风雅"（《唐诗归》）的效果。此组诗对元、白新乐府创作有很大启迪，其"首章标其目"，即直接为白居易所取法。

顾况的古题乐府诗也极有特色，《行路难》三首、《悲歌》六首，感慨世路艰险，抒发胸中不平。或长短错落，或一气流注，感情沉郁愤懑。《公子行》勾画轻薄公子的日常生活，使人如见膏粱纨袴之状，讽意自见。《弃妇词》悲怆直致，被贺裳推为集中第一，"如'记得初嫁君，小姑始扶床。今日君弃妾，小姑如妾长。回首语小姑，莫嫁如兄夫。'虽繁弦促节，实能使行云为之不流，庭花为之翻落。"①

顾况的诗歌敢于大胆尝试，极富创造精神。他既有古朴艰奥的"风雅"体，又有想象奇特的浪漫歌行，如《行路难》三首、《龙宫操》、《送别日晚歌》等。在中唐前期诗坛上，他是一位富有独创精神，承前启后的重要诗人。

---

① 清贺裳《载酒园诗话又编》，《清诗话续编》，上海古籍出版社 1983 年 12 月版，第 340 页。

第六章 元白诗派与新乐府诗歌创作

继元结、顾况等拟古诗人之后,贞元、元和之际,以白居易、元稹为首,包括张籍、王建、李绅等一批诗人,继承杜甫"即事名篇"的新题乐府手法,以光大儒家传统诗教说为己任,直面痛苦人生,揭露社会弊端,共同创作了大量"新乐府"诗,形成了一个以尚俗、崇实、务尽为特色的诗派。

第一节 白居易、元稹的新乐府理论

"新乐府"一词,最初出自白居易的《新乐府序》,它是指上继《诗经》和汉乐府民歌"感于哀乐,缘事而发"的现实传统,以自拟新题的方式写作的乐府诗。早在东汉末年,以三曹、七子为代表的建安诗人,就已开始用乐府旧题描写时事。安史之乱中,杜甫更进一步突破古题的局限,改用新题,"即事名篇,无复依傍",为乐府诗的发展开辟了新途径。从古题到新题,不仅消除了诗题与内容的不协调,而且因事起意,诗人可以更加灵活自由地歌咏时事,抒发感情。杜甫之后,元结、顾况都采用过新题乐府的形式反映现实,他们的创作直接为元白诗派的新乐府诗导夫先路。

新乐府诗派与韩孟诗派以及韩、柳的古文创作同时兴起于贞元、元和之际,是唐室中兴,士风振作的反映。安史之乱后,藩镇、宦官、外患三大痼疾,如影随形地威胁着唐帝国的生存,成为唐人心中挥之不去的梦魇。尽管代宗、德宗、顺宗等即位之初都有过重振朝纲,中兴王室的抱负和行动,一些进步的改革家也曾大声疾呼,图变求治,但终因腐败势力的强大,归于失败。苟且偷安、追求享乐的社会风气弥漫全国,影响及于文坛。大历、贞元几十年间,不少诗人浮沉宦海,诌谀权贵。作品多脱离现实,粉饰太平。元和初年,宪宗颇能励精图治,虚心纳谏,力图振举纲纪,臻乎治平,士人们再次萌发中兴之望。政治情势的变动,引起了士人思想意识的变化。崇古学、尚儒术,蔚为一时风气,变革创新成为时代精神,从而形成了关注现实,奋发进取的昂扬士风。士人们以辅时及物为己任,以力挽狂澜相期许,诗歌和散文也开始了革新创变,从而形成了元和文坛众彩纷呈的繁荣景观。

作为元白诗派的代表人物,白居易的独特贡献在于,在全面总结自《诗经》以来诗歌创作经验的基础上,把正统儒家诗歌理论与当时社会改革思潮相结合,再次将功利主义的传统诗教说大大向前推进了一步,建立起独具中唐时代特色的诗歌理论,并在新乐府诗歌创作中加以实践。白居易的诗歌理论,主要集中在《新乐序》、《寄唐生》、《读张籍古乐府》等诗文中,其中以《与元九书》最为全面完整。在新乐府诗人中,元稹也在《乐府古题序》、《叙诗寄乐天书》、《唐故工部员外郎杜君墓系铭并序》等文章中,提出了与白居易基本一致的理论主张。白居易诗论的要点主要表现在以下四个方面:

(一)为时为事的创作原则。白居易鲜明提出"文章合为时而著,歌诗合为事而作"(《与元九书》),主张诗歌应"为君为臣为民为物为事而作,不为文而作"(《新乐府序》),要负起"补察时政","泄导人情"的历史使命,发挥"救济人病,裨补时阙"的社会功能。

(二)讽谕美刺的创作内容。白居易特别强调诗歌的美刺作用,应"篇篇无空文,句句必尽规","惟歌生民病"(《寄唐生》),"但伤民病痛"(《伤唐衢》)。要求诗人做到"风雅比兴外,未尝著空文",反对"嘲风雪,弄花草"(《与元九书》)。

(三)崇实尚俗的创作追求。白居易认为诗歌应"系于意,不系于文",做到文直事核,题旨鲜明,通俗易懂,"其辞质而径,欲见之者易谕也;其言直而切,欲闻之者深诫也;其事核而实,使采之者传信也;其体顺而肆,可以播于乐章歌曲也。"(《新乐府序》)

(四)形式与内容的辩证统一。白居易以情义为内容,言声为形式,认为其关系应是"根情,苗言,华声,实义"(《与元九书》),强调形式必须服务于内容,认为只有通过优美的韵律和铿锵的语言表达出的真情实感,才具有感化人心的力量。

应该看到,白居易的新乐府诗歌理论过分注重道德、伦理的说教,相对忽略了诗歌的艺术特性,有违诗歌的艺术法则,这就不可避免地给他们的创作带来了一定的负面影响。

第二节　白居易的诗歌创作

白居易(772—846),字乐天,晚年自号香山居士、醉吟先生。祖籍太原,移居下邽(今陕西渭南县东北)。青少年时代,家境贫寒,且遭战乱,南北奔走,备尝流离之苦,使他有机会接触下层人民,了解社会弊政、民生疾苦。这种经历对他以后的思想形成和诗歌创作都产生了一定影响。

　　白居易早年勤学不懈，苦节读书，"以至于口舌成疮，手肘成胝"（《与元九书》）。贞元十六年（800）登进士第，十九年（803）与元稹同以"拔萃"登科，任校书郎。元和元年（806），又应制举"才识兼茂明于体用科"，及第，授周至县尉。迁任翰林学士、左拾遗等职。此间，恰逢宪宗有心求治，开言纳谏，白居易激发起兼济天下的热情，他曾"闭门累月揣摩当代之事"（《策林序》），写成《策林》七十五篇，力主改革时政。在左拾遗任上，他有阙必规，有违必谏，论执强鲠，情辞切至。"身是谏官，月请谏纸，启奏之外，有可以救济人病，裨补时阙，而难于指言者，辄咏歌之"（《与元九书》），写下了大量的讽谕诗，如《秦中吟》十首，《新乐府》五十首。这一时期他有意识地用诗歌来表达自己的主张，作为奏疏的补充。其取材之典型，揭露之深刻，招致权贵的忌恨。元和十年（815），平卢节度使李师道派人刺杀主张平藩的宰相武元衡，刺伤御史中丞裴度，白居易出于义愤首先上疏，"急请捕贼，以雪国耻"（《旧唐书》本传）。权贵们怒其越职奏事，造谣中伤，借机把他贬为江州司马。

　　江州之贬是白居易政治生活的重要转折点，从此他逐渐走向消沉，"兼济天下"的热情为"独善其身"的冷淡所代替。随着创作新乐府环境的丧失，他的讽谕诗也随之减少。

　　从大和三年（829）开始，白居易先后以告长假的方式辞去苏州刺史、刑部侍郎、太子少保等职。此后又曾历任秘书监、河南尹，以太子宾客、太子少傅分司东都，最后以刑部尚书致仕，在洛阳度过了他的晚年。这期间，他诗酒流连，又与僧人结社参禅，以醉吟为乐，寻找精神寄托，留下了大量的闲适诗。现存白居易文集，主要有南宋绍兴年间所刻《白氏文集》七十一卷本；《四部丛刊》影印日本那波道园覆宋活字刻本《白氏长庆集》七十一卷本。今人顾学颉校补《白居易集》，中华书局 1979 年版；朱金城撰《白居易集笺校》，上海古籍出版社 1988 年版。

　　白居易今存诗文近四千篇，其中诗歌三千八百多首，数量之大，在唐代诗人中首屈一指。他的诗歌真实再现了中唐时代复杂多变的社会风貌，展现了自己由积极入世、勇敢抗争到消极避世、妥协退让的痛苦心路历程，是研究中唐社会和士人心态变化的珍贵资料。

　　白居易五十一岁时，将自己所写诗歌编为讽谕、闲适、感伤和杂律四类，"夫以讽谕之诗长于激，闲适之诗长于遣，感伤之诗长于切；五字律诗、百言而上长于赡,五字七字、百言而下长于情。"①白居易曾自云:"故仆志在兼济,行在独善。奉而始终之则为道,言而发明之则为诗。谓之'讽谕诗',兼济之志也;谓之'闲适诗',独善之义也,故览仆诗,知仆之道焉。"(《与元九书》)讽谕诗和闲适诗大致代表了白居易前期和后期诗歌创作的内容和成就。

"美刺兴比"、"意激而言质"(《与元九书》)的讽谕诗,是白居易关注现实、"兼济天下"政治抱负的集中体现,也是他新乐府理论的实践成果。这类诗共一百七十多首,以《新乐府》五十首,《秦中吟》十首为代表。其主要内容大致有如下四方面:

(一)揭露统治阶级横征暴敛,深切同情下层人民的疾苦。这类诗歌以"惟歌生民病"为主题,用写实手法表现了中唐社会贫苦人民的不幸遭遇,其中以《观刈麦》、《杜陵叟》、《采地黄者》、《重赋》和《卖炭翁》为代表。如《观刈麦》中叙述了农民"足蒸暑土气,背灼炎天光。力尽不知热,但惜夏日长"的辛勤劳动后,接着描写一位贫苦农妇拾穗充饥的辛酸场景:

> 复有贫妇人,抱子在其旁。右手秉遗穗,左臂悬敝筐。听其相顾言,闻者为悲伤。家田输税尽,拾此充饥肠。

农民的饥寒交迫使诗人悲伤,官吏的苛敛贪暴更使诗人切齿痛恨,他在诗中仗义执言,代民抒愤:"夺我身上煖,买尔眼前恩!"(《重赋》)"剥我身上帛,夺我口中粟。虐人害物即豺狼,何必钩爪锯牙食人肉!"(《杜陵叟》)白居易还常常在诗中对人民的苦难流露出自责自咎的心情,体现了正直儒士民胞物与的情怀。

(二)抨击豪门贵族的骄奢淫逸,批判中唐社会的各种弊政。上层贵族的挥霍享乐是建立在劳动者的血汗之上的,在《红线毯》、《买花》、《轻肥》、《歌舞》等诗中,白居易对贪官污吏残民邀宠,达官贵人穷极奢华,宦官中尉骄纵横行等劣行进行了大胆深刻的揭露和批判。他常常在鲜明的对比中突显尖锐的阶级对立:"一丛深色花,十户中人赋!"(《买花》)"是岁江南旱,衢州人食人!"(《轻肥》)"岂知阌乡狱,中有冻死囚!"(《歌舞》)面对弊政丛生的社会问题,举凡两税法、宫市、进奉以及佞佛求仙等等,白居易都在诗中进行了批判,明确表达了自己的观点。

---

① 唐元稹《白氏长庆集序》,《元稹集》卷五十一,中华书局 1982 年 8 月版,第 555 页。

（三）抒发渴望收复失地的爱国主义思想,谴责穷兵黩武的侵略战争。中唐国力衰退,外患频仍,国土日蹙,失地难复,白居易对此痛心疾首。在《西凉伎》中,他借老兵之口发出浩叹:"凉州陷来四十年,河陇侵将七千里。平时安西万里疆,今日边防在凤翔!"他恨边防武将手握重兵,却无动于衷:"遗民肠断在凉州,将卒相看无意收!""如今边将非无策,心笑韩公筑城堡。相看养寇为身谋,各握强兵固恩泽!"(《城盐州》)冷峻的笔锋直透其不可告人的隐私。《新丰折臂翁》叙写了一位"头鬓眉须皆似雪"、"左臂凭肩右臂折"的新丰老翁,为躲避从征而自残右臂,表达了人民对侵略战争的怨恨。

（四）关注妇女命运,同情她们的不幸遭遇。"须知妇人苦,从此莫相轻!"(《妇人苦》)白居易十分关心处于社会最底层的劳动妇女的不幸遭遇。《井底引银瓶》描写为追求自由爱情受迫害而被逐的青年女子的婚姻悲剧。《母别子》中写丈夫显贵后喜新厌旧,弃妇被迫与亲子分离的惨景,抒发诗人的不平和愤慨。《上阳白发人》描写"离隔亲族"、"幽闭怨旷"的宫女的寂寞哀怨,批判了扼杀人性,断送妇女青春和幸福的宫女制度,表现了诗人进步的社会理想和人道精神。

白居易讽谕诗不但具有丰富的现实内容,明确的政治目的,强烈的战斗精神,而且有着独特的艺术成就:

（一）主题专一,事件典型。白居易绝大多数讽谕诗均为"一吟悲一事"(《秦中吟序》),主题专一,不另出他意。诗中往往选取最具典型化的人和事加以描写,以少总多,并在诗的末尾揭出主旨,所谓"首句标其目,卒章显其志"(《新乐府序》),使主题更加鲜明而集中,令人一目了然。

（二）成功的外貌、心理刻画。白居易重视采用外貌、服饰、心理等细节描写,塑造出生动感人的人物形象,如《上阳白发人》中"小头鞋履窄衣裳,青黛点眉眉细长。外人不见见应笑,天宝末年时世妆",写宫女服饰之奇;《卖炭翁》中"满面尘灰烟火色,两鬓苍苍十指黑",写老翁外貌之异,"可怜身上衣正单,心忧炭贱愿天寒",述老翁内心之苦。由此更加突出了人物个性,给人以难忘的印象。

（三）强烈鲜明的对比。在《缭绫》、《轻肥》、《买花》、《歌舞》等诗中,白居易先尽情描摹权贵豪门荒乐淫靡的生活,然后陡然一转,树起对立面,用对比法突出贫富、苦乐、轻重的矛盾,怵目惊心,深刻揭示出尖锐的阶级对立,使作品的主题大大深化。

（四）通俗平易的语言风格。白诗的语言浅近晓畅,接近口语,却每每能做到用常得奇,平易中见精粹。正如袁枚《续诗品》所说:"意深词浅,思苦言甘。寥寥千载,此妙谁探?"

白居易讽谕诗的艺术缺陷也非常明显:"情意失于太详,景物失于太露,遂成浅近,略无余蕴";"其词伤于太烦,其意伤于太尽,遂成冗长卑陋。"①

"童子解吟《长恨》曲,胡儿能唱《琵琶》篇",②在中唐诗坛上,白居易是以著名的感伤诗《长恨歌》和《琵琶行》为更多的民众所熟悉的。

《长恨歌》写于元和元年(806),叙写唐玄宗和杨贵妃的爱情悲剧。诗中一方面对玄宗迷恋女色、荒政致乱予以揭露和讽刺,另一方面又对悲剧的制造者和受害者寄予深切的同情,歌颂了他们的坚贞爱情。诗人以多情之笔,述多情之事,为绝妙之词,情文相生,哀感顽艳,读后令人低回不尽。

《长恨歌》有相当高的艺术成就。它成功地运用了现实主义和浪漫主义相结合的手法,诗的前半部分是写实,后半部分是浪漫的虚构想象,而在其中又融入精确的现实描写,使人感到真实可信。故事完整,形象鲜明,情节曲折,描写细致。语言流丽自然,优美动人。作者尤善于以景衬情,观景会情,用凄清冷落之景写出悲凉情味,笔意宕漾,使人如聆三峡猿啼。

《琵琶行》写于元和十一年(816),正是作者被贬江州的次年。诗中琵琶女飘零憔悴、沦落天涯的不幸遭遇,概括了当时歌妓们共同的悲惨命运。"同是天涯沦落人,相逢何必曾相识?"诗人从琵琶女的身上看到了自己的影子,同病相怜之情油然而生。他把琵琶女引为同调,视为知己,并借之抒发自己遭谗受贬,仕途失意的满腹怨愤,表现了对被侮辱妇女的深切同情,有力揭露了当时社会政治的黑暗。与《长恨歌》相比,《琵琶行》更具现实批判意义。全诗比兴相纬,寄托遥深,以音乐形象为媒介,将艺人沦落之叹和文人失意之慨相糅合,其意微以显,其音哀以思,其辞丽以则,取得了极佳的艺术效果。诗中精彩的音乐描写历来为人们所激赏,诗人采用一连串精妙的比喻,把飘忽不定、转瞬即逝的乐音表现得声情并茂,感人至深,读后似觉声犹在耳。全诗结构细密,情节曲折,加之浓重的气氛烘染和传神的细节描写,使其成为唐代长篇叙事诗中的杰作,与《长恨歌》同为千古绝调。

白居易后期创作的"知足保和,吟玩情性"(《与元九书》)的闲适诗及杂律诗,在白诗中数量最多。随着时事日非,白居易后期宦情愈淡。他终日陶醉于赋诗放歌、饮酒宴乐的生活,其见之吟咏的闲适之作,充斥着身闲禄厚、

① 宋张戒《岁寒堂诗话》卷上,《历代诗话续编》本,中华书局1983年8月版,第457页、459页。
② 唐宣宗《吊白居易》,《全唐诗》卷四,中华书局1960年4月版,第49页。

知足安分、踌躇满志的庸俗气味,繁复刻露,颓唐俚俗,令人生厌。为此,白居易曾遭到后人不少讥评。

白居易的杂律诗有不少精品,其五律题材颇广,除送别、寄赠外,咏物、感怀之作亦甚多。最为人传诵者还是早年应试之作《赋得古原草送别》,"野火"一联,刻化跳脱,生机勃然,信是名句。《宴散》中"笙歌归院落,灯火下楼台",也以善于写出富贵气象为后人所赏。他的七律浅俗近情,但失之轻率平滑。其中《钱塘湖春行》允为佳作:

> 孤山寺北贾亭西,水面初平云脚低。几处早莺争暖树,谁家新燕啄春泥。乱花渐欲迷人眼,浅草才能没马蹄。最爱湖东行不足,绿杨阴里白沙堤。

诗写西湖早春风景,平平八句,自然清丽。中间两联,紧扣时令,选择早莺、新燕、乱花、浅草等典型景物,渲染早春气氛,传达出诗人对西湖美景的由衷喜爱。尤其是颔联,随物赋形,工笔细描:"横开,则为'寺北'、'亭西';竖展,则为低云、平水;浓点,则为'早莺'、'新燕';轻烘,则为'暖树'、'春泥'。写湖上真如天开图画也。"①其他如五绝《问刘十九》、《勤政楼西老柳》,七绝《暮江吟》、《大林寺桃花》等均是即景寓情的佳作。

白居易的诗自擅天然,情致曲尽,语言平易,雅俗共赏。他独具一格的通俗诗风,影响宋诗者甚巨。他的诗不仅在当时为社会大众所喜爱,而且远播西域,传入日本、朝鲜等国。在文学史上,他是一位享有国际声誉的诗人。

第三节 元稹及张籍、王建等乐府诗人

元稹、张籍、王建,都是白居易志同道合的诗友,元白诗派的中坚,他们的新乐府诗歌创作也取得了令人瞩目的成就。

一 元稹

元稹(779—831),字微之,洛阳(今河南洛阳市)人。贞元九年(793),年方十五以明经擢第。十九年(803),中书判拔萃科。元和元年(806),登才识兼茂明于体用科,除左拾遗。上疏论政,为宰臣所恶,出为河南县尉。元和四年(809),为监察御史,因得罪权臣和宦官,贬江陵士曹参军,出外达十年

---

① 清金圣叹《贯华堂选批唐才子诗》,江苏古籍出版社1985年9月版,第282页。

之久。元和末，转依宦官。后虽官至宰相而为时论所薄，卒于武昌节度使任上。现存《元氏长庆集》六十卷，主要有文学古籍刊行社 1956 年影印明弘治影宋抄本；上海古籍出版社 1994 年影印宋蜀刻本《新刊元微之文集》（残本）。今人冀勤点校《元稹集》，中华书局 1982 年版。

元稹和白居易齐名，世称"元白"。元和四年（809），元稹初读李绅《乐府新题》二十首，深受触动和启发，于是取其"病时之尤急者"，继作《和李校书新题乐府》十二首；元和十二年（817），元稹又和刘猛、李余古题乐府十九首。今存元稹乐府诗共七十二首，其中古题乐府五十三首，他是同时兼取古题和新题乐府两种形式反映现实的一位杰出作家。

元稹的乐府诗反映现实面相当广泛。有哀叹民生疾苦的，如《阴山道》、《织妇词》、《采珠行》等。代表作为《田家词》：

> 牛吒吒，田确确，旱块敲牛蹄趵趵，种得官仓珠颗谷。六十年来兵簇簇，月月食粮车辘辘。一日官军收海服，驱牛驾车食牛肉。归来收得牛两角，重铸锄犁作斤劚。姑春妇担去输官，输官不足归卖屋。愿官早胜仇早复，农死有儿牛有犊，誓不遣官军粮不足！

诗写连年战争，农民疲于运输，粮食征尽，祸及耕牛，揭露官军借平乱之名，行害民之实的强盗行径。结语两句，正言反语，充满怨愤。

元稹乐府诗中还有批判荒逸，抨击奸佞的，他的《连昌宫词》是与白居易《长恨歌》并称的优秀长篇叙事诗。通篇采用对话体，通过宫边老人之口抒发今昔盛衰之感，揭露批判了安史之乱前朝政的腐败，并进而追溯招致祸乱的根源。此诗的体裁也极其新颖，陈寅恪先生《元白诗笺证稿》论之云："元微之《连昌宫词》实深受白乐天、陈鸿《长恨歌》及传之影响，合并融化唐代小说之史才诗笔议论为一体而成。其篇首一句及篇末结论二句，乃是开宗明义及综括全诗之议论，又与白香山《新乐府序》所谓'首句标其目，卒章显其志'者有密切关系。""总而言之，《连昌宫词》者，微之取乐天《长恨歌》之题材，依香山新乐府之体制，改进创造而成之新产品也。"

元稹的悼亡诗字字真挚，声与泪俱，是古今悼亡诗的杰作。其中《遣悲怀》三首为诗人悼念亡妻韦丛之作，组诗选择夫妻日常生活中平淡而难忘的生活片断，刻画出安于贫贱、善解人意的贤妻形象，从中寄托着对亡妻的沉痛悼念和无尽思念。诗中警句"顾我无衣搜荩箧，泥他沽酒拔金钗"，"诚知此恨人人有，贫贱夫妻百事哀"，"惟将终夜长开眼，报答平生未展眉"，悲凉哀惨，痛骨锥心，给人留下极其深刻的印象。

二　张籍、王建

张籍（766？—830？），字文昌，吴郡（今江苏苏州市）人，迁居和州乌江（今安徽和县）。贞元十五年（799）进士及第。元和元年（806），补太常寺太祝，十年不调。元和十一年（816），始任国子助教，后经韩愈推荐为国子博士。历任水部员外郎、主客郎中，终国子司业。现存《张司业集》八卷，主要有涵芬楼《续古逸丛书》影印宋蜀刻本。中华书局上海编辑所 1959 年点校本《张籍诗集》。今人李冬生撰《张籍集注》，黄山书社 1989 年版。

王建（766—830？），字仲初，颍川（今河南许昌市）人。早年求学山东，与张籍同窗。元和年间，官昭应县丞。长庆元年（821）至大和初（827），历任太府寺丞、秘书郎、秘书丞、殿中侍御史。大和三年（829）左右，出为陕州司马。晚年退居咸阳原上。现存《王司马集》八卷，主要有南宋陈解元书铺刻本，明毛晋汲古阁刻本。中华书局上海编辑所 1959 年点校本《王建诗集》。

张籍、王建均出身贫寒，才高志壮，但仕途淹蹇，潦倒终生。在贞元、元和年间，他们同以乐府诗齐名诗坛，并称"张王"与"张王乐府"。

张籍、王建的乐府诗继承了汉乐府民歌"感于哀乐，缘事而发"的现实主义精神，或旧曲新声，哀时托兴，或新题古义，即事名篇，真实反映了中唐社会广阔的社会生活。张籍作品中，有"夫死战场子在腹"（《征妇怨》）的征妇，"苗疏税多不得食"（《野老歌》）的野老，"杵声未尽人皆死"（《筑城词》）的役卒。王建诗中有"臆穿足裂忍痛何"（《水夫谣》）的水夫，"姑未得衣身不著"（《当窗织》）的织女，"采珠役象为岁赋"（《海人谣》）的海人等等。诗人从不同的角度将苦难和痛苦、忧怨和愤恨诉诸笔端。同时，对于采药求仙的帝王，承主恩泽的边将，恃势杀人的"羽林"，也作了尖锐的揭露和鞭挞。白居易曾在《读张籍古乐府》中高度评价张籍："尤工乐府诗，举代少其伦。为诗意如何？六义互铺陈。风雅比兴外，未尝著空文。"

张王乐府题材广泛，内容丰富，"于征戍迁谪、行旅离别、幽居官况之作，俱能感动神思，道人所不能道。"①如张籍的《江南曲》：

> 江南人家多橘树，吴姬舟上织白苎。土地卑湿饶虫蛇，连木为牌入江住。江村亥日长为市，落帆度桥来浦里。青莎覆城竹为屋，无井家家饮潮水。长干午日沽春

---

① 傅璇琮主编《唐才子传校笺》卷四，中华书局 1989 年 3 月版，第 161 页。

酒,高高酒旗临江口。娼楼两岸悬水栅,夜唱竹枝留北客。江南风土欢乐多,悠悠处处尽经过。

诗写江南水乡风光和居民水上生活,题材新颖,意境清深,洋溢着浓厚的乡土气息,此诗曾被姚合誉为绝妙之作。此外《采莲曲》写采莲女的劳动欢乐,《寒塘曲》写打鱼少年的活泼憨态,《江村行》写江南水乡的生产,均如一幅幅图画,逼真再现了美丽的江南风情。王建的《江南三台词》、《雨过山村》等也属此类作品。

张王乐府多为短篇七古,善用比兴和白描手法,以俗言俗事入诗,而能道出人心中事。与白居易新乐府诗相似,他们也善于在诗的结尾两句用警策之句突出主题,形成强烈的震撼效果。语言既通俗凝炼又清丽深婉。"文昌善为哀婉之音,有娇弦玉指之致;仲初妙于不含蓄,亦自有晓钟残角之韵。"①比较而言,张籍成就在王建之上,"王促薄而调急,张风流而情永,张为胜矣。"②

张籍的五言律诗工于匠物,体清韵远,在大历诗风外独标一格,影响晚唐诗风者甚大。清代李怀民在《重订中晚唐诗主客图》中推之为"清真雅正主"。王建以白描见长的《宫词》一百首,在唐人宫词中别开生面,遂得独树一帜,当时和后世仿作颇多。

在新乐府诗歌创作中首开风气的李绅(772—846),字公垂,润州无锡(今江苏无锡市)人,是元、白的好友。他的《乐府新题》二十首,是已知最早标明新乐府的诗,惜已亡佚。正是在他的启发下,元稹、白居易才开始写作新题乐府,并最终形成一时之创作热潮。今存《悯农》二首,为李绅早年所作,哀贫恤农,启人深思,曾为吕温激赏,③千百年来,传诵不衰。

---

① 清贺裳《载酒园诗话又编》,《清诗话续编》本,上海古籍出版社 1983 年 12 月版,第 355 页。

② 清毛先舒《诗辩坻》卷三,《清诗话续编》本,上海古籍出版社 1983 年 12 月版,第 49 页。

③ 《云溪友议》载:"初,李公(绅)赴荐,常以《古风》求知吕化光,温谓齐员外煦及弟恭曰:'吾观李二十秀才之文,斯人必为卿相。'果如其言。"

第七章 韩孟诗派与中唐其他诗人

贞元、元和诗坛,众派争流,人才辈出。与元白诗派的浅近通俗相对,韩愈、孟郊为代表的韩孟诗派则以奇崛险怪另开新局。同时,李贺的奇诡,刘禹锡的豪劲,柳宗元的清峻,也都自成一家,共同组成了诗坛的灿烂景观。

第一节 韩孟诗派

如果说元白诗派以张扬儒家诗教传统为旨归,直面现实,干预时政,揭露社会弊端,力图改造外部世界,那么,韩孟诗派则以"不平则鸣"为旗帜,光大屈原以来"发愤以抒情"的骚客精神,以矫激怨怼之词,主要揭示士人郁结不平的内心世界。这一诗派的重要作家,还有贾岛、卢仝等人。

一 韩愈

韩愈(768—824),字退之,河内河阳(今河南孟县)人。郡望昌黎,故世称韩昌黎。韩愈三岁而孤,由兄嫂抚养成人。贞元八年(792)进士及第。贞元十九年(803)任监察御史,因上书言事,贬阳山令。宪宗时,累官至太子右庶子,随宰相裴度平淮西吴元济,以功迁刑部侍郎。因谏迎佛骨触怒宪宗,贬潮州刺史,量移袁州刺史。穆宗时,召为国子监祭酒,历京兆尹及兵部、吏部侍郎。谥文,世又称韩文公。现存韩愈诗文集,主要有上海涵芬楼影印宋刻本《五百家音辩昌黎先生文集》四十卷,《外集》十卷,附录一卷;宋廖莹中《世彩堂昌黎先生集注》四十卷,《外集》十卷,遗文一卷,此本经明代徐时泰覆刻后称东雅堂本,最为流行;《四部丛刊》影印元刊本《朱文公校昌黎先生文集》五十一卷;《四部备要》本《昌黎先生集》五十一卷,系东雅堂刊本,附廖莹中辑注,加上清陈景云《韩集点勘》,堪称善本;上海扫叶山房影印雅雨堂刻本《编年昌黎诗注》十二卷。近人马其昶撰《韩昌黎文集校注》,古典文学出版社 1957 年版;今人钱仲联撰《韩昌黎诗系年集释》,古典文学出版社1957 年版;童第德撰《韩集校诠》,中华书局 1986 年版;屈守元、常思春主编《韩愈全集校注》,四川大学出版社 1996 年版。

韩愈的诗歌今存三百七十多首,其成就仅次于散文。有的诗歌深刻反映出中唐贞元至元和时期复杂动荡的社会生活和自己"报国心皎洁,念时涕汍澜"(《龊龊》)的济世情怀。他两次因仗义执言、为民请命而被贬远荒,但始终壮志不衰,初衷难移。《赴江陵途中寄翰林三学士》一诗从耳闻目睹中写出天灾人祸惨景,抨击官吏不恤民病,雪上加霜:

> 是年京师旱,田亩少所收。上怜民无食,征赋半已休。有司恤经费,未免烦征求。富者既云急,贫者固已流。传闻闾里间,赤子弃渠沟。持男易斗粟,掉臂莫肯酬。我时出衢路,饿者何其稠! 亲逢道边死,伫立久咿嚘。归舍不能食,有如鱼中钩。

凄婉恳恻,笔墨直追少陵。《汴州乱二首》、《次潼关先寄张十二阁老使君》、《元和圣德诗》等谴责藩镇作乱,歌颂平藩战争;《猛虎行》、《读东方朔杂事》、《南山有高树行》讽刺小人为非作歹;《谢自然诗》、《华山女》揭露佛道迷信危害。韩愈的这些诗,与元白新乐府诗的现实主义精神是一脉相通的。

韩诗独具个性特色的还是大量的歌咏山水、写景记游、酬赠抒怀之作。其哀伤自己忠直而遭贬的《左迁至蓝关示侄孙湘》历来被视为是他格律诗中的优秀作品:

> 一封朝奏九重天,夕贬潮阳路八千。欲为圣明除弊事,肯将衰朽惜残年。云横秦岭家何在? 雪拥蓝关马不前。知汝远来应有意,好收吾骨瘴江边。

元和十四年(819)正月,韩愈因抗疏谏佛骨得罪贬潮州刺史。此诗在无罪被贬的忧愤中,交织着直言敢谏、见危致命的勇气和衰朽残年、思乡念亲的哀伤。感情深沉,结构精工。《诗境浅说》评之为"义烈之气,掷地有声,唐贤集中所绝无仅有。"[1]

韩愈对中唐诗歌的贡献在于,以充溢的才气,雄健的笔力,突破传统美学的藩篱,力矫大历清丽纤弱之风,在李白的雄奇豪放与杜甫的沉郁奇险的基础上,融入个人情性,精思结撰,出之以奇僻拙拗之语,开出千古未有之面目。"其壮浪纵恣,摆去拘束,诚不减于李;其浑涵汪茫,千汇万状,诚不减于杜。而风骨峻嶒,腕力矫变,得李杜之神而不袭其貌,则又拔奇于二子之外,而自成

---

① 俞陛云《诗境浅说》丙编,1984年12月上海书店影印本,第61页。

一家。"①

　　用"险怪"二字概括韩愈诗风的特色,已成人们共识。韩愈自己就曾在《醉赠张秘书》中夫子自道:"险语破鬼胆,高词媲皇坟。"晚唐司空图也在《题柳柳州集后序》中评说道:"韩吏部歌诗数百首,其驱驾气势,若掀雷抉电,撑扶于天地之间,物状奇怪,不得不鼓舞而徇其呼吸也。"韩愈之诗反传统,求新奇,独自树立,主要体现在以下两个方面:

　　一是怪奇险恶的艺术境界。韩愈诗中很少表现传统诗歌经常表现的悠然心会、含蓄冲淡的中和之美,而是着力追求一种以丑为美的艺术效果。诗中雄杰怖厉的意象构造,给人以魂魄俱动的强烈感受。在他的笔下,美丽的女子成了"木石生怪变,狐狸骋妖患"(《谢自然诗》)的木怪狐精;鼾睡的男子成了"有如阿鼻尸,长唤忍众罪。马牛惊不食,百鬼聚相待"(《嘲鼾睡》)的地狱变相;珍异的赤藤杖变成充满血腥气味的"赤龙拔须血淋漓"(《赤藤杖歌》)。他安慰孟郊丧子之痛,却说"鸱枭啄母脑,母死子始蕃。蝮蛇生子时,坼裂肠与肝"(《孟东野失子》),开导孟郊说子女只会给父母带来不幸。真是思奇语奇,未经人道之语。韩愈诗中这种匪夷所思的想象和阴森恐怖的场景,令人有耳目一新之感。

　　二是以文为诗的写作手法。韩愈的诗歌具有散文化倾向,首先是诗中多记叙铺陈。如《山石》就是一篇七言押韵的游记,全诗按照时间顺序逐层铺写,由黄昏而深夜、而清晨,依次叙述游寺、宿寺和离寺的情景,层次清晰。诗中选材典型,描写生动。写黄昏朦胧,巧用"蝙蝠飞"三字渲染;写深夜幽静,仅用"百虫绝"概括;写天明雾浓,却以"无道路"暗示。诗末自然引出感慨。通篇散行而能错综变化,除诗末四句议论,余则一句一景,如展图画。《南山》诗102韵,连用七叠字句和51个"或"字句式,铺写终南山脉全貌,四时景象变幻,气势磅礴,把终南山写得雄壮奇伟,气象万千。又如著名的《陆浑山火》中,连用五十一个"或"字句式,形容铺排山火蔓延、群兽逃窜情形,完全是赋体手法。《嗟哉董生行》,如实介绍董生行止,则又是人物传记的写法,与他的古文《送董邵南游河北序》结构、节奏几乎一致。其次是诗中好发议论。如《山石》一诗末尾写诗人游山后的感叹:"人生如此自可乐,岂必局束为人靰? 嗟哉吾党二三子,安得至老不更归。"抒情与议论结合,既吐露了作者对山中自由生活的无限留恋,又曲折表达了受官场羁缚的痛苦。第三是将散文句法引入诗中。韩愈有意打破诗的传统节奏和圆润和谐之美。传

————————————

　　① 清爱新觉罗·弘历《唐宋诗醇》,《四库全书》。

统五言诗的节奏是上二下三,七言则是上四下三。韩愈却不循此例,语多折拗。如"乃一龙一猪"(《符读书城南》),"在纺绩耕耘"(《谢自然诗》),上一下四;"知音者诚稀"(《知音者诚稀》),"望夫山上石"(《有所思联句》),则又上三下二;七言中的"月十四日三更中","忍令月被恶物食"(《月蚀诗效玉川子作》)是上三下四,皆不同于传统的节奏。为了避免和谐圆润,追求古朴刚健,遣词用字力求生僻,用奇字,押险韵,因难见巧,愈险愈奇,如《病中赠张十八》等。

韩愈在诗歌艺术上的大胆探索创新无疑是可贵的。叶燮在《原诗》中说:"唐诗为八代以来一大变,韩愈为唐诗之一大变。其力大,其思雄,崛起特为鼻祖,宋之苏、梅、欧、苏、王、黄,皆愈为之发其端,可谓极盛。"高度肯定了韩愈在唐代诗坛继往开来的关键作用,以及他对宋代诗人产生的巨大影响。当然,韩愈的刻意求新求奇,有时矫枉过正,他的部分诗歌怪诞有余,散化过分,僻词涩语,不堪卒读。

二 孟郊

孟郊(751—814),字东野,湖州武康(今浙江德清市)人。早年隐居嵩山,称处士。贞元十二年(796)进士及第,十六年(800)选任溧阳尉。元和初,郑余庆为湖南尹,奏为水陆转运判官。后郑出镇兴元,召为参谋,卒于途中。现存《孟东野诗集》十卷,主要有近人陶湘影印士礼居藏宋刊本;明毛晋汲古阁刻本;《四部丛刊》影印明弘治刻本。今人华忱之校订《孟东野诗集》,人民文学出版社1959年版;华忱之、喻学才撰《孟郊诗集校注》,人民文学出版社1995年版;韩泉欣撰《孟郊集校注》,浙江古籍出版社1995年版。

孟郊与韩愈交情笃厚,其人其诗备受韩愈推崇。当时人们也往往将二人并称,有"孟诗韩笔"①之说。

孟郊是中唐著名的苦吟诗人,一生穷困潦倒。他孤僻寡合、刚正不阿的性格,使他为"工巧取媚"的社会所不容。但令人可敬的是,孟郊始终没有低下高傲的头,"贫贱不能移"的儒学精神是他终生信守的准则。

> 白日照清水,浅深无隐姿。君子业高文,怀抱多正思。砥行碧山石,结交青松枝。碧山无转易,青松难倾移。落落出俗韵,琅琅大雅词。……愿存坚贞节,勿为霜霰欺。(《答友人》)

---

① 唐赵璘《因话录》卷三载:"韩文公与孟冬野友善。韩公文至高,孟长于五言,时号孟诗韩笔。"

从孟郊的自述中,可见他碧山青松般的坚贞操守。是苦难的生活和险恶的世道迫使孟郊走上苦吟之路,他所努力追求的是,把人世间的不幸和自己的穷愁失意,凝结成饱含血泪的矫激之音,以苦涩凄冷之心,幽怨愤激之情,发为"不平则鸣"的倔强抗争,表现对不合理社会的深恶痛绝。

尤其可贵的是,孟郊并没有仅仅局限于自己啼饥号寒的生活,儒者的仁爱之心使他对现实社会给予了更多的关注。在《赠郑夫子鲂》中,他自述:

> 天地入胸臆,吁嗟生风雷。文章得其微,物象由我裁。宋玉逞大句,李白飞狂才。苟非圣贤心,孰与造化该。勉矣郑夫子,骊珠今始胎。

他要以圣贤之心,观照现实人生。他的作品具有丰富的社会内容。《感怀》、《汴州离乱后》、《乱离》、《伤春》等诗作,以惊心动魄之笔展现时代的动乱和人民的苦难,愤怒谴责怙乱谋叛的藩镇集团,忧国伤时;在《织妇辞》、《寒地百姓吟》和《长安早春》中,通过下层人民食不果腹、衣不遮体的苦寒与贵族豪门骄奢淫逸、腐朽享乐的鲜明对照,揭露了尖锐的阶级对立,寄予了诗人的愤愤不平;《择友》、《寒溪九首》抨击世道险恶,人情淡薄,表明自己在污浊社会中坚守正道直节的凛然正气。

在中唐诗坛上,孟郊以他孤高绝俗的思想和雄鸷的才力,一反温柔敦厚的传统儒家诗教,创新词,开新调,走出了一条不同的艺术创作道路。他不写律体而专工五古,"自六朝诗人以来,古淡之风衰,流为绮靡。……东野独一洗众陋。其诗高妙简古,力追汉魏作者。"[1]孟郊以"入深"、"搜胜"、"升险"、"逃俗"为美学理想,戛戛独造,创新出奇,力矫圆熟精巧的大历诗风。重炼意,穷入冥搜,常用出人意表的想象和异乎寻常的思维方式,对摄取的意象加以描述、形容、组合,达到熟中求生,平中显奇,变常为新的审美效果,为此他付出了巨大的努力。"朝餐动及午,夜讽恒至卯。"[2]他的苦吟真正达到了"刿目鉥心,刃迎缕解。钩章棘句,掐擢胃肾。神施鬼设,简见层出"[3]的程度,这种苦吟之风上承杜甫,也直接开启了晚唐苦吟诗派。

三　贾岛

贾岛(779—843),字浪仙,一作"阆仙",范阳(今属北京市)人。早岁为

---

① 宋费衮《梁溪漫志》卷七,《学海类编》本。
② 唐韩愈《答孟郊》,《全唐诗》卷三四○,中华书局1960年4月版,第3820页。
③ 唐韩愈《贞曜先生墓志铭》,《韩昌黎集》,商务印书馆1958年8月版,第5卷,第60页。

僧,法名无本。元和年间,在洛阳以诗投韩愈,为其所赏,遂反俗。举进士,累试不中。开成二年(837),坐飞谤责授长江县主簿。五年(840),迁普州司仓参军。会昌三年(843),转授普州司户参军,未及受任卒。现存《长江集》十卷,主要有《四部丛刊》影印明翻宋本。今人李嘉言有《长江集新校》,上海古籍出版社1983年版。

贾岛一生穷愁,虽"日日攻诗亦自强,年年供应在名场"①,但遭时不遇,累举不第,饥寒交迫。其个性介僻,徘徊歧路,终生卑微,多与孟郊相近。因此,在心理上更易接近孟郊,人生感受每多共鸣。对孟郊诗作,视为师范。

贾岛的诗歌创作,从思想和艺术上都继承了孟郊的苦吟精神。他刻苦作诗,务求新异,这从他的自述中可以得到证明。《寄贺兰朋吉》云:"苦吟遥可想,边叶向纷纷";《秋暮》云:"默默空朝夕,苦吟谁喜闻。"姚合也称其"狂发吟如哭"(《寄贾岛》)。这些诗句无不反映出贾岛对诗歌艺术的不懈追求与执着情结。但是,与孟郊相比,贾岛作诗的目的已经发生了变化。如果说孟郊的苦吟是为了用不同凡响之语来抒发幽愤,以此打动读者,甚至感动鬼神的话,而到了贾岛,则已变成为了超拔穷窘之境,用高超的写作技巧来赢得人们的欣赏,以此来补偿生活中的缺憾。因此,孟郊的苦吟是为人生的,贾岛的苦吟则是为艺术的。

贾岛与孟郊有着相似的遭遇,因此他的精神世界也与孟郊相通。虽然贾岛的经验世界是狭隘、寂寞和阴暗的,但是"位卑未敢忘忧国",与杜甫、孟郊一样,贾岛在诗中也常常抒发自己用世报国之志。《代边将》中"三尺握中铁,气冲星斗牛。报国不拘贵,愤将平虏仇",慷慨豪放,气吞斗牛;《逢旧识》中"旧宅兵烧尽,新宫日奏多。妖星还有角,数尺铁重磨",悲愤交加,壮志不衰;《代旧将》中"落日收病马,晴天晒阵图。犹希圣朝用,自镊白髭须",老骥伏枥,志在报国。贾岛渴望建功立业的思想在《剑客》中展示得最为直露:

十年磨一剑,霜刃未曾试。今日把示君,谁为不平事!

声情壮烈,侠气纵横中透显出奇崛的志向。

贾岛对孟郊既有继承的一面,更有发展和创新的一面。孟郊以五古取胜,极少创作五律。贾岛把孟郊五古幽僻奇险的意境、苦涩寒峭的风格引入

---

① 唐姚合《送贾岛及钟浑》,《全唐诗》卷四九六,中华书局1960年4月版,第5631页。

五律,独开生面,为五言律诗的创作开辟了一条新的途径。因为他比孟郊更
注重于艺术的表现,不懈的追求终于使他的诗艺从一个层次上升到另一个
层次。"奸穷怪变得,往往造平淡"(《送无本师归范阳》),贾岛的苦吟并不是
走向险怪,而是如古井清茶、寒潭冷月,苦涩而又清淡,幽冷而又孤高。苦心
孤诣、穷思冥搜后却出之以平淡之语,因而尤能精警动人。他的五律,"从细
小处见奇,实能造幽微之境,而于事物理态体认最深。"①他用诗歌表现生活
中一切寻常的事物,甚至是那些被人们一直忽视、也不屑注目的偏僻角落里
的东西,化平凡为孤绝,变腐朽为神奇,使自己陶醉其中,并从中享受到艺术
创造的乐趣。把艰苦的诗歌创作视为人生理想和追求的重要组成部分,看
成超拔逆境、解脱痛苦的重要手段,正是在这一点上,贾岛赢得了晚唐苦吟
诗人的普遍推崇。

四　卢仝

卢仝(?～835),河南济源(今河南济源县)人,自号玉川子。定居洛阳。
与孟郊、韩愈交往甚密。现存《玉川子诗集》三卷,主要有《四部丛刊》影印旧
抄本;清人孙之騄撰《玉川子诗集注》五卷,为《四库全书》收录。

《唐才子传》称卢仝"性高古介僻,所见不凡近",他的诗趋险尚怪,故为
粗犷。想象神奇恢诡,多用奇言僻字及散文句法,力求生新拔俗。其代表作
《月蚀诗》,计一千六百七十七字,横恣出奇,变化莫测,讥切时政,惊绝一时。
韩愈深所叹服,曾效其体而作《月蚀诗效玉川子作》。卢仝也有婉转流丽,妖
媚艳冶之作,如《有所思》更是灵气往来,风致翩翩:

> 当时我醉美人家,美人颜色娇如花。今日美人弃我去,青楼珠箔天之涯。天涯
> 娟娟姮娥月,三五二八盈又缺。翠眉蝉鬓生别离,一望不见心断绝。心断绝,几千
> 里。梦中醉卧巫山云,觉来泪滴湘江水。湘江两岸花木深,美人不见愁人心。含愁
> 更奏绿绮琴,调高弦绝无知音。美人兮美人,不知为暮雨兮为朝云。相思一夜梅花
> 发,忽到窗前疑是君。

全诗反复咏唱对美人的相思眷恋之情,寄托了遇合无常,知音难求的身世际
遇之慨。飘逸俊秀的风韵,清丽自然的语言,深得太白乐府诗之神髓。此诗
置之太白集中,亦为高作。

---

① 陈延杰《贾岛诗注序》,上海商务印书馆 1937 年版第 4 页。

第二节 李 贺

在元和诗坛上，年轻的李贺，以自己独特的视角、非凡的智慧、天才的想象，笔补造化，独树一帜。在唐代繁星丽天的诗歌天国里，他是一颗烁烁闪光的耀眼明星。

李贺（790—816），字长吉，河南福昌（今河南宜阳县）人。李贺早慧多才，七岁能辞章，名动京邑。元和二年（807）至洛阳，以诗谒韩愈。愈读其《雁门太守行》，大为赞赏，劝其举进士。毁之者谓父名晋肃，晋进同音，李贺举进士有犯父讳，韩愈为作《讳辩》以解之，然终未登一第。元和六年（811）始官奉礼郎。八年（813），辞归昌谷闲居。又游潞州，十一年（816）病归，卒于家，年仅二十七岁。现存李贺诗文集，主要有明毛晋汲古阁覆刻北宋赵钦止本；武进董康诵芬楼覆宋本，吴兴蒋汝藻密韵楼覆宋本，题《李贺歌诗编》四卷。李贺诗歌的笺注本，以清代乾隆间王琦的《李长吉歌诗汇解》最为详备。中华书局1959年汇集王琦、姚文燮以及方扶南批注《李长吉诗集》三书，以《三家评注李长吉歌诗》为名出版。今人叶葱奇疏注《李贺诗集》，人民文学出版社1959年版。

李贺短暂的一生充满不幸。早年家境贫困，乞贷度日，刻苦的攻读，执着的苦吟，最终造成心力交瘁，多病早衰，为了求仕，他不得不南北奔走，忍受饥寒。可悲的是虽年少才高，胸中满腔的愤郁不平之气，只得借苦吟加以排解。为此，李贺呕心沥血，投入了毕生精力。艰难困苦的遭遇对李贺来说是不幸的，但它却有幸为中国文学玉成了一位极富艺术个性的天才。

抒发怀才不遇的悲愤是李贺诗歌的主要内容。李贺才高志大，但仕途被塞，抱负难伸。冷酷的现实，使他处于极大痛苦之中。在二十三首《马诗》中，他托物抒怀："此马非凡马，房星本是星。向前敲瘦骨，犹自带铜声。"以马自喻，表达了"无人织锦韂，谁为铸金鞭"、"夜来霜压栈，骏骨折西风"的忧愤。《开愁歌》直抒失路忧愤："我当二十不得意，一心愁谢如枯兰。衣如飞鹑马如狗，临歧击剑生铜吼！"感生命短促，悲志向蹉跎。李贺悲怆抑郁的情感在《秋来》一诗中表现得更加动人心魄：

桐风惊心壮士苦，衰灯络纬啼寒素。谁看青简一编书，不遣花虫粉空蠹。思牵今夜肠应直，雨冷香魂吊书客。秋坟鬼唱鲍家诗，恨血千年土中碧。

衰梧飒飒,络纬啼寒,凄风苦雨的秋夜,苦吟中的诗人感时光消逝,痛壮心难伸,肠为之惊直。他仿佛听到"才秀人微,取湮当代"的鲍照雨夜还在坟墓间吟诵着自己的诗句,因为抱恨泉壤,土中碧血千年也未能消释啊! 诗中意境之幽冷沉郁,情调之凄苦怨愤,产生了一种倾炫心魂的力量,深刻地表现了千古才人怀才不遇的深广忧愤。此外,《致酒行》、《浩歌》、《赠陈商》等也是同类主题的作品。

"深刺当世之弊,切中当世之隐",①是李贺诗歌的又一重要内容。李贺用锐利的诗笔揭露和讽刺中唐社会的种种丑恶现象,诸如帝王的昏庸、宦官的骄横、藩镇的跋扈、贵族的荒淫等等。《苦昼短》嘲笑妄求长生,至死不悟的封建帝王,"刘彻茂陵多滞骨,嬴政梓棺费鲍鱼!"金盘承露,入海求仙,结果仍难逃一死。唐代帝王服食求仙者甚多,宪宗晚年迷信丹药,不听劝谏,李贺在此借古讽今之意甚明。《马诗》中则直斥烧金炼丹之虚妄可笑:"武帝爱神仙,烧金得紫烟。厩中皆肉马,不解上青天!"《吕将军歌》针砭宦官擅权统军,"榼榼银龟摇白马,傅粉女郎火旗下。恒山铁骑请金枪,遥闻箙中花箭香",统兵征战的宦官如傅粉女郎,箭袋中还散发着阵阵花香,这样的人竟然在阵前指挥作战,这是多么辛辣的嘲讽!《贵主征行乐》则勾勒征行中的贵主逢邑使酒,醉卧帐中,视作战为儿戏,揭露将帅非人,真才弃置。《公无出门》描绘了一幅天昏地暗,野兽遍布的图景,《猛虎行》写猛虎食人,官府束手无策。这实际是中唐藩镇割据,祸害百姓的形象写照。《荣华乐》、《秦宫诗》、《贵公子夜阑曲》揭露权贵之家冶游无度,日掷万金的荒淫糜烂生活。

由于在现实世界中寻找不到出路,李贺常常把自己的理想寄托于幻想的天国。他在诗中建构出美好、欢乐、永恒的仙界,以此安顿自己孤寂痛苦的灵魂,曲折表达他对黑暗现实的憎恶与否定。《梦天》描写梦入月宫,俯视尘世的轻松超然。《天上谣》极写天上的悠闲愉适:

> 天河夜转漂回星,银浦流云学水声。玉宫桂树花未落,仙妾采香垂珮缨。秦妃卷帘北窗晓,窗前植桐青凤小。王子吹笙鹅管长,呼龙耕烟种瑶草。粉霞红绶藕丝裙,青洲步拾兰苕春。东指羲和能走马,海尘新生石山下。

天河漂着繁星,行云如水流淌。楼阁玲珑,桂树飘香。仙人们或采花作珮,

---

① 清姚文燮《昌谷诗注自序》,《三家评注李长吉歌诗》,中华书局1959年1月版,第192页。

卷帘远眺，或吹笙娱乐，呼龙种草，或结伴踏春，芳洲拾翠，一切都是那么自由而和谐。这与"更变千年如走马"的人世间相比，形成多么强烈鲜明的对照！此诗表现了诗人在穷愁潦倒之际，渴望超脱现实，进入理想天国，寻求永恒幸福的热切愿望。

李贺还有一些反映民生疾苦，谴责官吏横征暴敛的诗篇。《感讽》五首之一描写蚕事方起，"狞色虮紫须"的县官已来催租。民妇为应付勒索，只得备酒饭招待，恳求宽限延时："越妇拜县官，桑牙今尚小。会待春日晏，丝车方掷掉。越妇通言语，小姑具黄粱。县官踏餐去，簿吏复登堂。"官吏诛求无厌，狡诈贪婪的丑恶面目在此暴露无遗。《老夫采玉歌》描写老夫冒死采玉的艰苦劳动：

> 采玉采玉须水碧，琢作步摇徒好色。老夫饥寒龙为愁，蓝溪水气无清白。夜雨冈头食蒉子，杜鹃口血老夫泪。蓝溪之水厌生人，身死千年恨溪水。斜山柏风雨如啸，泉脚挂绳青袅袅。村寒白屋念娇婴，古台石磴悬肠草。

风雨如晦的山中，饥寒的老夫正从悬崖上冒死潜水采玉，命如悬丝之时，还一心挂念着家中幼弱的娇儿，而这一切痛苦都是为了满足统治者的奢侈享乐。老夫的悲惨遭遇，竟使杜鹃为之啼血，蛟龙为之发愁！诗人出奇的想象和真切的心理刻画，表现了对劳动人民的深切同情。

李贺是继屈原、李白后，又一位杰出的浪漫主义诗人。他善于学习和继承前代诗人的优秀艺术传统，兼取众长，熔古铸今。他的诗挹取楚辞之情韵，汉魏乐府之精神，李白之奇想，杜甫之琢炼，韩愈之奇险以及南朝乐府的清丽浓艳，融会贯通，独辟蹊径，形成自己幽深诡谲的诗歌风格。其诗歌艺术特色具体表现在以下四个方面：

一是丰富奇特的想象。王世贞《艺苑卮言》中认为"长吉师心，故尔作怪，多有出人意表者"。的确，"师心"二字揭出了李贺诗歌构思跳出前人窠臼，独辟蹊径的匠心。他多以主观的心理感受为线索，很少对社会背景、事件经过、人物活动、景物特征作客观的描写。他的想象时空交错，物象频换，境界屡移，变幻莫测，完全依着自己意绪的流动。如《官街鼓》：

> 晓声隆隆催转日，暮声隆隆呼月出。汉城黄柳映新帘，柏陵飞燕埋香骨。碨碎千年日长白，孝武秦皇听不得。从君翠发芦花色，独共南山守中国。几回天上葬神仙，漏声相将无断绝。

诗人由京城日暮时的鼓声产生联想,思绪忽而是京城新生的黄柳,忽而又是柏陵上赵飞燕的香冢,求长生而未得的秦皇和汉武,再由此想到人的衰老甚至神仙的死亡。思绪忽上忽下,忽古忽今,忽人忽仙,飘忽不定,完全摆脱了对客观事物官街鼓声的描叙,也摆脱了时空的束缚。李贺的想象有时又是那么思落天外,奇特新鲜。"石脉水流泉滴沙,鬼灯如漆点松花"(《南山田中行》),描写秋天原野的荒寂幽冷;"提出西方白帝惊,嗷嗷鬼母秋郊哭"(《春坊正字剑子歌》),形容匣中宝剑的威慑锋利;"焉知肠车转,一夕巡九方"(《感讽六首》之一),极写少女相思情切。他写炎热:"毒蛇浓吁洞堂湿,江鱼不食衔沙立"(《罗浮山人与葛篇》);写严寒:"三尺木皮断文理,百石强车上河水"(《北中寒》);写冰冻:"争滠海水飞凌喧,山瀑无声玉虹悬"(《北中寒》)。他可在天上钓鱼:"斜竹垂清沼,长纶贯碧虚"(《钓鱼诗》);他能用剪刀裁天:"欲剪湘中一尺天,吴娥莫道吴刀涩"(《罗浮山人与葛篇》)。在他的笔下,芙蓉会哭泣,香兰会欢笑。李贺绝妙奇特的想象力,在文学史上是独一无二的。

二是诡丽幽冷的意境。仕途的失意和个人生活的困顿,使李贺心中总是笼罩着一层浓郁的愁云。当凄苦的灵魂在阴冷的时代铁砧上锻造着诗篇时,诗句、诗意、诗境无不带着冷意,透露着凄神怆骨的哀激之思。"巨鼻宜山褐,庞眉入苦吟。非君唱乐府,谁识怨秋深"(《巴童答》)。在他的诗中,"死、恨、愁、涕、泣、寒、涩、迷"等写恨传恨,表现凄苦迷惘心态的词处处可见。在他的眼中,似乎一切都在愁:"别浦今朝暗,罗帷午夜愁"(《七夕》);"东方风来满眼春,花城柳暗愁杀人"(《河南府试十二月乐词·三月》)。一切都有恨:"恨血千年土中碧"(《秋来》);"无情有恨何人见"(《昌谷北园新笋四首》其二。一切都在哭泣,一切都在死去:"老兔寒蟾泣天色"(《梦天》);"忆君清泪如铅水"(《金铜仙人辞汉歌》);"竹黄池冷芙蓉死"(《河南府试十二月乐词·九月》)。诗人在表现这种悲苦心态时,又常常是在秾缛富丽之中迸发出悲怆凄厉之声,酣歌醉舞、兴高采烈之时洒下黯然神伤之泪。如《河南府试十二月乐词·二月》歌辞:

> 二月饮酒采桑津,宜男草生兰笑人。蒲如交剑风如熏。劳劳胡燕怨酣春,薇帐逗烟生绿尘。金翘峨髻愁暮云,沓飒起舞真珠裙。津头送别唱流水,酒客背寒南山死。

此诗前八句描绘风和日丽、花鸟芳妍的仲春风光以及美人的酣歌醉舞,气氛浓艳热烈。但诗末一句陡转:"酒客背寒南山死",南山都要死去,何况人呢?秾丽之中深蕴着凄冷的情调,构成诡丽幽冷的诗境。

三是精妙绝伦的比喻。李贺诗中,无论写景、状物、抒情、摹声,无不广泛运用奇巧的比喻。他笔下的太阳是"炎炎红镜东方开"(《河南府试十二月乐词·六月》);月亮是"江上团团贴寒玉"(《江南弄》);泪水是"粉泪凝珠滴红线"(《龙夜吟》);竹丛是"绿粉扫天愁露湿"(《梁台古意》);高山庙宇则是"古祠近月蟾桂寒"(《巫山高》);雾霭是"玉烟青湿白如幢"(《溪晚凉》);积水是"荒沟古水光如刀"(《勉爱行二首送小季之庐山》之二)。他写石工采石劳动的壮观:"端州石工巧如神,踏天磨刀割紫云"(《杨生青花紫石砚歌》);写小松的姿态:"蛇子蛇孙鳞蜿蜿,新香几粒洪崖饭"(《五粒小松歌》);写骏马的强健筋骨:"向前敲瘦骨,犹自带铜声"(《马诗》之四);写琴声的抑扬顿挫:"别浦云归桂花渚,蜀国弦中双凤语。芙蓉叶落秋鸾离,越王夜起游天姥。暗佩清臣敲水玉,渡海蛾眉牵白鹿"(《听颖师弹琴歌》)。在著名的《李凭箜篌引》中,他用昆山玉碎、凤鸣九天、荷花泣露、香兰含笑、石破天惊分别形容箜篌声音的清脆、嘹亮、凄切、欢快和高亢等急剧变化,或以声写声,或以形绘声,或以境喻声,层出不穷的比喻把音乐的境界描绘到丝丝入微的地步。

四是奇峭冷艳的语言。李贺诗中喜用"刮、轧、割、拗、断、挝、焚、斩、截"等动词表示大幅度的动作,用"恨、死、惊、哭、鬼、泣、血"等冷寂之词表示强烈的感情,用"金、铜、铅、石"等坚硬沉重之物为喻,着力塑造"郎食鲤鱼尾,妾食猩猩唇"(《大堤曲》)这一类带有蛮风和血丝的美。喜欢用极具冷艳色调的语言,表达对事物的强烈印象和内心感受,如"寒绿"、"颓绿"、"冷红"、"青紫"、"碧绿"、"漆炬"、"酸风"等。他还常常把多种色彩交织起来,构成一幅幅浓艳斑驳、令人目乱神迷的画面。如《雁门太守行》:

> 黑云压城城欲摧,甲光向日金鳞开。角声满天秋色里,塞上燕脂凝夜紫。半卷红旗临易水,霜重鼓寒声不起。报君黄金台上意,提携玉龙为君死。

诗歌前六句用六种色调,黑云、金甲、秋色、夜紫、红旗、重霜,色调之中又有冷暖相间的搭配:大片的黑云中突出一小块日光,浓重的紫塞上现出半卷的红旗。这六句中没有一句正面描写作战经过,完全通过色彩和色彩的比衬,给人以感官刺激,造成浓烈的悲壮气氛和心理效果,突出了守边将士见危受命、临难捐躯的忠勇行为与诗人的赞颂之情。

李贺诗歌想象奇特，意境凄冷，语言峭丽的特色，形成了"长吉体"迥然异趣的一家之风。吴汝纶《跋李长吉诗评注》说："昌谷诗上继杜韩，下开玉谿，雄深俊伟，包有万象，其规模意度，卓然为一大家。"充分肯定了长吉诗的创造精神、审美价值以及在文学史上的重要地位。李贺诗的缺陷也是明显的，清人丁仪《诗学渊源》指出："绮织既艰，时露斧凿；刻意求工，转寡高致；音韵贵逸，或流而忘返；声调贵响，或亢而转窒。"

第三节　刘禹锡和柳宗元

中唐诗坛上，刘禹锡和柳宗元也以各具个性风格的诗篇而闻名，"子厚骨耸，梦得气雄，元和之二豪也。"[①]

一　刘禹锡

刘禹锡（772—842），字梦得，洛阳（今河南洛阳市）人。贞元九年（793）与柳宗元同登进士第，又登博学宏词科。十一年（795），授太子校书。十六年（800），为徐泗濠节度掌书记，又任淮南节度掌书记。十九年（803），入朝为监察御史。顺宗在位期间，刘禹锡和柳宗元作为王叔文集团的主要成员，参与了"永贞革新"。失败后，贬朗州司马，历连州、夔州、和州刺史。后入朝为主客郎中。以太子宾客分司东都，官终检校礼部尚书。现存《刘宾客文集》三十卷，《外集》十卷，主要有南宋绍兴八年董棻刻本，日本平安福井崇兰馆所藏宋刻本，今有董康影印本，《四部丛刊》又据此本影印。今人瞿蜕园撰《刘禹锡集笺证》，上海古籍出版社 1989 年版。

刘禹锡和柳宗元同为中唐朴素唯物主义哲学家，他的《天论》与柳宗元的《天说》相补充，提出了"天与人交相胜"、"还相用"的著名观点，阐明了自然界和人类社会相互作用，相互依存的辩证关系。刘禹锡幼年曾拜著名诗僧皎然为师，文学思想深受其影响。他对诗歌意在言外、词近旨远的审美特质有较深的认识。在《董氏武陵集纪》中他提出："片言可以明百意，坐驰可以役万景，工于诗者能之。""诗者，其文章之蕴邪？ 义得而言丧，故微而难能；境生于象外，故精而寡和。"认为诗人只有在心虚神静中体察事物，得其神髓，"因定而得境，故翛然以清；由慧而遣词，故粹然以丽"（《秋日过鸿举法师院送归江陵序》），才能创作出清丽自然、淡而味长的好诗。刘禹锡的诗论

---

① 清管世铭《读雪山房唐诗序例》，《清诗话续编》，上海古籍出版社 1983 年 12 月版，第 1555 页。

无疑是从皎然到司空图诗歌理论的过渡，值得重视。

刘禹锡比白居易具有更高的政治热情和用世之心。他早年参与王叔文政治革新集团，失败后二十多年流贬不赦，但始终砺节守正，傲兀达观，其坚持理想和刚强轩昂之性至死不变。他的大部分优秀诗歌多作于贬谪期间，在巴山楚水的流放生涯中，他接近人民，关心现实，诗歌中充溢着强烈的批判精神和铮铮气骨，与同贬南荒的挚友柳宗元遥相呼应，并称"刘柳"。

刘禹锡的政治讽刺诗，观点鲜明，锋芒毕露。《元和十年自朗州承召至京戏赠看花诸君子》是诗人贬官在外十年后，回长安游玄都观所作：

> 紫陌红尘拂面来，无人不道看花回。玄都观里桃千树，尽是刘郎去后栽。

诗中借桃花讥讽气焰煊赫的满朝新贵，并对翻覆无常的朝政深致慨叹。此诗刺痛当权者，刘禹锡再次被贬。十四年后，朝局再变，刘禹锡又被召回。旧地重游，昔日桃树已荡然无存，他为之又作《再游玄都观》一诗：

> 百亩庭中半是苔，桃花净尽菜花开。种桃道士归何处，前度刘郎今又来。

诗借玄都观内景色的今昔巨变，嘲弄政敌如昙花一现，表现了对迫害者的蔑视。刘禹锡的政治讽刺诗有时还托讽禽鸟，寄词草树，借咏物加以表现。

刘禹锡的咏史怀古诗以其众多的杰作给予晚唐五代诗坛以深远影响。这类诗作，大多借古喻今，托古寄怀，寓意深刻，犀利警拔。《韩信庙》："将略兵机命世雄，苍黄钟室叹良弓。遂令后代登坛者，每一寻思怕立功。"全诗在伤叹韩信功高被戮的不幸遭遇中，寄寓着"永贞革新"集团成员的惨痛经历。又如《蜀先主庙》：

> 天地英雄气，千秋尚凛然。势分三足鼎，业复五铢钱。得相能开国，生儿不象贤。凄凉蜀故妓，来舞魏宫前。

此诗咏刘禅不能效法先主贤德，终于荒淫亡国的史事，嗟叹盛世不返，贤君难遇的现实，沉着苍凉的语句中包含不尽的吊古伤今情怀。《金陵五题》借景传情，含蓄隽永，其中尤以《石头城》、《乌衣巷》二首最为杰作：

> 山围故国周遭在，潮打空城寂寞回。淮水东边旧时月，夜深还过女墙来。（《石

头城》）

> 朱雀桥边野草花，乌衣巷口夕阳斜。旧时王谢堂前燕，飞入寻常百姓家。（《乌
> 衣巷》）

六代繁华，灰飞烟灭，山川依旧，人事全非。诗人就眼前景物寓盛衰兴废之情，在今古苍茫，宇宙无穷的沉思中，透露出对衰微王朝的深深殷忧。《西塞山怀古》也是一首以古讽今之作：

> 王濬楼船下益州，金陵王气黯然收。千寻铁锁沉江底，一片降幡出石头。人世
> 几回伤往事，山形依旧枕寒流。今逢四海为家日，故垒萧萧芦荻秋。

此诗歌咏晋吴兴亡的事迹，慨叹地形之险不足恃，而历史上割据一方的局面，终归统一。诗的末尾，用今昔对比的手法，对各地拥兵自重，企图分裂国家的藩镇提出了委婉的警告。

刘禹锡在贬谪南方的二十多年里，深入巴楚人民中间，有意识地了解当地风土人情。他从民歌中吸取营养，激发起蓬勃的创作热情。"请君莫奏前朝曲，听唱新翻杨柳枝"（《杨柳枝词九首》之一），他以屈原《九歌》为榜样，仿效改造当地民歌俚调，写下了不少民歌体诗词，如《竹枝词》、《踏歌词》、《浪淘沙》、《淮阴行》等。或绘南国风情，如《踏歌词四首》之一：

> 春江月出大堤平，堤上女郎连袂行。唱尽新词欢不尽，红霞映树鹧鸪鸣。

或记月夜对歌，如《堤上行三首》之二：

> 江南江北望烟波，入夜行人相应歌。桃叶传情竹枝怨，水流无限月明多。

或写男女爱情，如《竹枝词九首》之二：

> 山桃红花满上头，蜀江春水拍山流。花红易衰似郎意，水流无限似侬愁。

或叹人心险恶，如《竹枝词九首》之七：

> 瞿塘嘈嘈十二滩，此中道路古来难。长恨人心不如水，等闲平地起波澜。

或慨劳动辛酸，如《浪淘沙九首》之六：

> 日照澄洲江雾开，淘金女伴满江隈。美人首饰侯王印，尽是沙中浪底来。

这些诗歌取材新颖脱俗，情调开朗活泼，语言流畅优美，具有含思婉转，绘景如画的鲜明特色。

　　刘禹锡参与改革，长流不赦，但始终傲兀不屈，直面惨淡人生，他的感慨身世之作骨力豪劲，绝少感伤的低沉情调。如《酬乐天扬州初逢席上见赠》：

> 巴山楚水凄凉地，二十三年弃置身。怀旧空吟闻笛赋，到乡翻似烂柯人。沉舟
> 侧畔千帆过，病树前头万木春。今日听君歌一曲，暂凭杯酒长精神。

这是一首回赠白居易的诗作。"沉舟"一联，针对白诗中"举眼风光长寂寞，满朝官职独蹉跎"的伤叹和安慰，诗人健笔力挽，唱出高亢超迈之音。

　　刘禹锡晚年和白居易一样都为体弱多病所困扰，但他总能以乐观开朗之胸襟对待。他所吟秋景老境，无衰飒哀婉之气，而有慷慨挺劲之力。明瞿佑《归田诗话》中用"英迈之气，老而不衰"称之，可谓深得其实。如《始闻秋风》：

> 昔看黄菊与君别，今听玄蝉我却回。五更飕飗枕前觉，一年颜状镜中来。马思
> 边草拳毛动，雕眄青云睡眼开。天地肃清堪四望，为君扶病上高台。

诗人对秋天情有独钟，一反历来文人悲秋的感伤传统，曾在《秋风引》、《秋词二首》中唱出过昂扬奋进的励志之歌。此诗以满怀深情之笔写与秋风的倾心交谈，用骏马、鸷雕"聆朔风而心动，盼天籁而神惊"（《秋声赋》）的生动刻画，象征自己内心炽热的爱国之情。他一直在等待着时机，一颗渴望为国建功立业的雄心老而弥坚，令人赞叹。

　　胡震亨《唐音癸签》中这样评价晚年刘禹锡："播迁一生，晚年洛下闲废，与绿野、香山诸老，优游诗酒间，而精华不衰，一时以诗豪见推。公亦自有句云：'莫道桑榆晚，为霞尚满天。'盖道其实也。"屡遭打击，历经坎坷，但刘禹锡刚强不屈。正是对信念的坚持，对理想的执着，使得他后期诗歌不时显露出一股咄咄逼人的英风豪气，成就高于白居易闲适诗之上。

二　柳宗元

柳宗元(773—819),字子厚,河东(今山西永济县)人。贞元九年(793)进士及第,十四年(798)登博学宏词科,授集贤殿正字。十九年(803),自蓝田尉拜监察御史里行。顺宗即位,擢为礼部员外郎,协助王叔文改革。宪宗继位,贬为永州司马。元和十年(815)应召回京,又出为柳州刺史,四年后卒于柳州。现存柳宗元文集,主要有宋刻《新刊增广百家详补注唐柳先生文集》四十五卷(简称百家注本);上海蟫隐庐影印宋廖莹中世彩堂刻本《河东先生集》四十五卷,1958 年中华书局上海编辑所据此本断句排印。今人吴文治等人点校《柳宗元集》,中华书局 1979 年版;王国安撰《柳宗元诗笺释》,上海古籍出版社 1993 年版。

柳宗元是唐代杰出的散文大家,也是一位优秀的诗人。他的一百六十多首诗作,大多作于被贬永州之后。"投迹山水地,放情咏离骚"(《游南亭夜还叙志七十韵》),信而见疑、忠而被谤的政治遭遇和同样的放逐环境,使柳宗元对屈原更多了一份理解和倾慕,其诗歌深受《离骚》精神的影响,深厚的现实内容中激荡着强烈的情感。《田家》三首,真实地反映了农民所受的沉重压榨,堪称中唐田园诗的代表作。如第一首:

> 蓐食徇所务,驱牛向东阡。鸡鸣村巷白,夜色归暮田。札札耒耜声,飞飞来乌鸢。竭兹筋力事,持用穷岁年。尽输助徭役,聊就空舍眠。子孙日以长,世世还复然。

诗中深刻地揭示出中国农民的悲惨命运,他们从黎明到天黑,终年辛勤劳作在田园,可最后全部的收获都被剥夺,自己一无所有,只能世世代代忍饥受寒。《掩役夫张进骸》是为一名普通的役夫所写的挽歌,表达了"为役孰贱辱,为贵非神奇"的平等观念。《韦安道》歌颂韦安道慷慨慕义的高尚品格,谴责谋叛割据的藩镇势力。柳宗元还有一部分即物寓意之作,如《跂乌词》、《笼鹰词》、《放鹧鸪词》等,采用七言歌行的形式,以动物为喻,抒发弃置蛮荒的感叹。

柳宗元的抒情诗,大多抒写流窜边荒的苦闷和去国怀乡的哀怨。代表作《登柳州城楼寄漳汀封连四州刺史》:

> 城上高楼接大荒,海天愁思正茫茫。惊风乱飐芙蓉水,密雨斜侵薜荔墙。岭树重遮千里目,江流曲似九回肠。共来百越文身地,犹自音书滞一乡。

诗人登楼远望,面对大荒海天,倾诉一腔孤愤,遥寄怀人深情。"惊风"一联,融情入景,比兴隐微,既写眼前实景,又暗示险恶处境。全诗景起情生,以情作结,岭外荒远凄迷的景象中,融入了诗人悲凉激楚、愤郁不平的浓烈情思。又如《别舍弟宗一》:

> 零落残魂倍黯然,双垂别泪越江边。一身去国六千里,万死投荒十二年。桂岭瘴来云似墨,洞庭春尽水如天。欲知此后相思梦,长在荆门郢树烟。

诗用时空对比映衬之法,巧妙地将离别之苦、迁谪之恨、怀乡之痛、相思之梦糅合在一起,令人不胜衰飒之感。

　　柳宗元的山水诗与其山水游记一样,在寻幽探胜、模山范水中深蕴着骚人逐臣的忧愤和悲叹。如《南涧中题》:

> 秋气集南涧,独游亭午时。回风一萧瑟,林影久参差。始至若有得,稍深遂忘疲。羁禽响幽谷,寒藻舞沦漪。去国魂已游,怀人泪空垂。孤生易为感,失路少所宜。索寞竟何事,徘徊只自知。谁为后来者,当与此心期。

诗人为了排遣愁闷而出游,初入南涧,在回风萧瑟、秋林摇曳的清景中,似乎"有得"、"忘疲",心情稍舒。入深复见"羁禽"、"寒藻",触物伤情,再次勾起去国怀乡之悲。积郁难遣中,只能独自在林中徘徊、忧叹。全诗在孤冷幽静的景物刻画中,传达出诗人被贬后孤独苦闷的心情。柳宗元还善于在山水诗中用清绝超拔的意境,寄托自己清高孤绝的品性。如《江雪》:

> 千山鸟飞绝,万径人踪灭。孤舟蓑笠翁,独钓寒江雪。

空江风雪中,远望则鸟飞不到,近观则四无人踪,而独有扁舟渔父,一竿在手,悠然于严风盛雪间。寒江独钓的渔翁,正是诗人超尘绝俗清高形象的绝好写照。又如《渔翁》:

> 渔翁夜傍西岩宿,晓汲清湘燃楚竹。烟销日出不见人,欸乃一声山水绿。回看天际下中流,岩上无心云相逐。

诗写渔翁夜宿晨行的生活。宿西岩,述居处幽静;汲清湘,状饮食高洁。清晨,缕缕烟霭随渔翁在朝霞中消失,只有橹桨之声还在青山绿水中回荡,片片白云仍在岩上舒卷追逐。潇洒悠然的渔翁身上,寄托着诗人摆脱浊世羁绊,追求自由安宁的梦想。

　　柳宗元的诗歌语言峻洁,气体明净,善于从幽峭孤寂的意境中,表现其孤高哀怨之情。蔡绦说:"柳子厚诗,雄深简淡,迥拔流俗,至味自高,直揖陶谢。然似入武库,但觉森严。"(《西清诗话》)概括了柳诗直承陶渊明、谢灵运山水田园诗的艺术表现传统,形成雄浑简淡,幽峭清峻的独特风格。由于遭遇相似,柳宗元对屈原及其作品表现出更多的体认。沈德潜在《唐诗别裁》中指出:"柳州诗长于哀怨,得骚之余意。""愚溪诸咏,处连塞困厄之境,发清夷淡泊之音,不怨而怨,行间言外,时或遇之。"柳诗在淡泊闲适的外衣下蕴含着浓烈深沉的哀怨,这是他之所以区别于其他山水田园作家的主要原因。大致说来,"靖节清而远,康乐清而丽,曲江清而淡,浩然清而旷,常建清而僻,王维清而秀,储光羲清而适,韦应物清而润,柳子厚清而峭。"①

----

① 　明胡应麟《诗薮·外编》卷四,上海古籍出版社 1958 年 10 月版,第 186 页。

第八章　晚唐前期诗歌

　　文宗大和之后，唐帝国日趋没落，藩镇桀骜，宦官猖獗，朋党相争，外患频仍，封建政权的腐朽性越来越充分地暴露出来。"甘露之变"后，宦官操纵着皇帝的生杀废立，外朝大臣俯首听命。杜牧、李商隐、温庭筠的秾艳感伤，许浑、张祜等人的清迥苍凉，无一不笼罩着衰败时代的阴影。

第一节　杜　牧

　　杜牧和李商隐是晚唐前期诗坛上两位成就较高的诗人，文学史上常常把他们与李白、杜甫相并提，称之为"小李杜"。

　　杜牧（803—852），字牧之，京兆万年（今陕西西安市）人。祖父杜佑，曾相德宗、顺宗、宪宗三朝，精于吏事，勤于著述，所撰《通典》是我国第一部记载历代典章制度的巨著。杜牧幼年曾有过一段锦衣玉食的生活，但从十岁起，随着祖父、父亲相继去世，家道急剧衰落。贫困的生活，曾使他"食野蒿藿，寒夜无烛"（《上宰相求湖州第二启》）。大和二年（828），杜牧进士及第，又中贤良方正直言极谏科，释褐弘文馆校书郎，试武卫兵曹参军。不久，参江西观察使沈传师幕。大和七年（833），为牛僧孺辟为淮南节度推官、监察御史里行，转掌书记。九年（835），入为监察御史。会昌二年（842）后，出任黄州刺史、池州刺史、睦州刺史、湖州刺史。官终中书舍人。现存《樊川文集》二十卷，《别集》一卷，《外集》一卷，主要有《四部丛刊》影印明嘉靖翻宋刻本，1978 年上海古籍出版社据此本点校印行；清冯集梧《樊川诗集注》，最为精审，有清嘉庆间裕德堂刻本、中华书局 1962 年标点本。今人陈允吉校点《杜牧全集》，上海古籍出版社 1997 年版。

　　杜牧生逢唐王朝"四郊多垒"的多事之秋，内心受到强烈的刺激和震动，拯时济世的使命感油然而生，他决心成为"圣贤才能多闻博识之士"，担当起"树立其国"（《注孙子序》）的时代重任。他一生以"大儒"而"知兵"者自居，不愿碌碌为文人，自言："性颛固不能通经，于治乱兴亡之迹，财赋兵甲之事，地形之险易远近，古人之长短得失……必期不辱恩奖。"（《上李中丞书》）他针对晚唐现实形势，为《孙子》作注。在武宗会昌年间对藩镇、回鹘的军事行动中，多次上书宰相，画陈方略，常为采用，其才气之杰出，被后人称之为唐长庆之后第一人。

杜牧论文提倡以意为主，反对只重形式、追求艳丽的弊病。在《答庄充书》中，他提出："凡为文以意为主，以气为辅，以辞彩章句为之兵卫。""苟意不先立，止以文采辞句绕前捧后，是言愈多而理愈乱。"他的文章，也多是直接针对现实，有为而发的。在诗歌创作中，杜牧早年在流落江湖，十年幕府时，宴游走马，追求声色，曾创作了许多艳情诗。但文宗大和之后，随着国势的急剧衰落，忧国忧时之心愈炽，诗歌思想也发生极大变化，他推崇杜甫、韩愈的壮伟阔大，抨击元稹、白居易"元和体"的浅俗淫靡。在《献诗启》中他声言："某苦心为诗，惟求高绝。不务奇丽，不涉习俗，不今不古，处于中间。"杜牧重文意、求高绝的文学思想，使他在文学实践中能够始终足踏现实的土地，开拓出自己的一片天地。

杜牧诗歌的一个重要内容是感怀时事，抒发自己忧国忧民之情以及壮志难酬的悲愤。《新唐书·杜牧传》论杜牧："刚直有奇节，不为龌龊小谨，敢论列大事，指陈病利尤切至。"大和元年（827），朝廷用兵沧州，讨伐李同捷。杜牧感愤国难，为之而作《感怀诗》，直白表露了对时事的深切忧虑和无路请缨的悲腔郁闷。诗中沉痛地回顾了安史之乱后藩镇跋扈，四海动荡，黎民憔悴的历史，深叹长庆后君昏相庸，措置乖方，"坐幄无奇兵，吞舟漏疏网"，终使河北三镇"取之难梯天，失之易反掌"，元和中兴之功毁于一旦。抚今追昔，诗人激愤难平："关西贱男子，誓肉虏杯羹！请数系虏事，谁其为我听！"慷慨悲歌中激荡着一股强烈的急切用世精神。十五年后，他在黄州刺史任上所作的《郡斋独酌》诗里，忧世之心更加深沉，他为税重伤民而愤："太守政如水，长官贪似狼。征输一云毕，任尔自存亡"；他为抱负难伸而伤："平生五色线，愿补舜衣裳。弦歌教燕赵，兰芷浴河湟。腥膻一扫洒，凶狠皆披攘！生人但眠食，寿域富农桑。孤吟志在此，自亦笑荒唐！"在《河湟》一诗中，诗人通过今昔对比，对朝廷大臣不思收复，富贵闲人醉生梦死无比义愤，字里行间表达了对沦陷区人民切盼恢复的深切同情。诗人对沦陷区人民的关切，在《早雁》诗中表现得更加真切动人：

> 金河秋半虏弦开，云外惊飞四散哀。仙掌月明孤影过，长门灯暗数声来。须知胡骑纷纷在，岂逐春风一一回。莫厌潇湘少人处，水多菰米岸莓苔。

此诗为会昌二年（842），回鹘南侵，诗人忧念边地流徙人民而作。诗中以惊雁喻北方逃难流浪的人民,其中"仙掌"一联,写雁过长安,孤苦冷寂,喻朝廷冷漠,无人关心,婉曲地抒发了诗人对苦难人民的真挚同情和对统治者麻木不仁的极大忧愤。杜牧经常在诗中呼吁早日收复失地,渴望为国建功立业:"何当提笔侍巡狩,前驱白旆吊河湟"(《皇风》);"谁知我亦轻生者,不得君王丈二殳"(《闻庆州赵纵使君与党项战中箭身死长句》)。

杜牧的咏史怀古诗,通过对历史片断的追忆,观照古今迁替,揭示兴亡规律,体现自己对历史的冷峻沉思。如《故洛阳城有感》:

> 一片宫墙当道危,行人为汝去迟迟。荜圭苑里秋风后,平乐馆前斜日时。锢党岂能留汉鼎,清谈空解识胡儿。千烧万战坤灵死,惨惨终年鸟雀悲。

洛阳故城迭经战乱,昔日繁华荡然无存,秋风凄凄,鸟雀悲鸣。诗人俯仰其间,追寻兴废之由,通过"锢党"和"清谈"两个历史事件的剖析,透射了深邃的洞照和领悟。

针砭奢侈淫乐,总结兴亡教训,也是杜牧咏史怀古诗的一大主题。《过华清宫三绝句》抨击荒亡,深寓劝戒:

> 长安回望绣成堆,山顶千门次第开。一骑红尘妃子笑,无人知是荔枝来。
> 新丰绿树起黄埃,数骑渔阳探使回。霓裳一曲千峰上,舞破中原始下来。
> 万国笙歌醉太平,倚天楼殿月分明。云中乱拍禄山舞,风过重峦下笑声。

诗中选取"妃子笑"、"探使回"、"禄山舞"三个具体而典型的场景来概括历史,写尽玄宗晚年沉湎酒色,醉生梦死,宠信奸邪,执迷不悟的昏庸荒淫,形象地揭示出骄奢致乱的历史教训,语言冷峭,造句惊人,不作议论而褒贬自明。

杜牧有的咏史怀古诗,叙议结合,极具史论色彩。如《赤壁》:

> 折戟沉沙铁未销,自将磨洗认前朝。东风不与周郎便,铜雀春深锁二乔。

"古战场上一根折戟引动了诗人的历史怅惘,然而诗人不是从正面去抒写这种怅惘,而是从侧面勾出。这种以调侃的口吻写出的怆痛是最深的怆痛。"[1]

---

[1]　肖驰《中国诗歌美学》,北京大学出版社 1986 年 11 月版,第 141 页。

杜牧知军事，好谈兵，怀抱用世之心，但始终郁郁不得志。"东风"二句，借讥讽周瑜侥幸取胜，寄托了自己生不逢时的深沉苦闷。

杜牧的写景诗，善以清丽的语言，白描的手法，描摹自然之美，抒发对祖国山河的热爱以及自己俊爽豪迈的心情。在诗人笔下，春天的江南桃红柳绿，莺歌燕舞，烟雨空濛，充满如诗如梦的情韵和意境。《江南春》：

千里莺啼绿映红，水村山郭酒旗风。南朝四百八十寺，多少楼台烟雨中。

词采清丽，风调悠扬。《长安秋望》描写秋天的北国天空澄澈，纤云不生，明洁的秋色与峻拔的高山相互映衬，显得格外高朗开阔：

楼倚霜树外，镜天无一毫。南山与秋色，气势两相高。

在诗人眼中，春色固美，但秋色更佳，《山行》：

远上寒山石径斜，白云深处有人家。停车坐爱枫林晚，霜叶红于二月花。

秋行山中，寒山白云，素雅淡洁，霜叶流丹，美于春花。诗人超拔于流俗之外，陶醉于秋色之中，充分显示了爽朗的个性和开阔的胸怀。

杜牧的诗歌不仅内容丰富，而且艺术上有极鲜明的特色。他的古体诗感慨时事，直抒胸臆，笔力峭拔，意气纵横，在苍莽雄直中显示出清旷超拔的隽逸与清新。他的七言律诗，骨气豪宕，往往于拗折峭健之中见风华掩映之美。其中尤以题材广泛，风格多样的七绝成就最高。其咏史绝句，善用唱叹有情的笔致，翻新出奇，发警策透辟的议论。如《题乌江亭》、《赤壁》、《题桃花夫人庙》、《题商山四皓庙》等。其写景抒情之篇，意境幽美，韵味隽永，善于通过景物的描写，蕴藉含蓄地抒写怀抱，表现情思。贺裳在《载酒园诗话又编》中说："杜紫微诗，惟绝句最多风调，味永趣长，有明月孤映，高霞独举之象。"杜牧诗歌语言凝练含蓄，抒情性很强，善于融写景、叙事、议论、抒情于一体，又擅长以软语抒豪情，形成豪爽俊逸、清丽明快的风格特色，刘熙载在《艺概》卷二中用"雄姿英发"四字概括之，可谓中肯而准确。

第二节　李 商 隐

李商隐（813—858），字义山，号玉谿生，又号樊南生，怀州河内（今河南沁阳县）人。幼年丧父，家境贫寒，早年发愤苦读，以古文为士大夫所知。大和三年（829），入天平军节度使令狐楚幕为巡官，深受赏识，开成二年（837），因楚子令狐绹推荐，李商隐登进士第。不久，入泾原节度使王茂元幕为掌书记。王茂元爱其才而以女妻之，以此卷入牛、李党争之漩涡。终生坎坷仕途。开成四年（839），李商隐经吏部试，授秘书省校书郎，调弘农尉。会昌二年（842），以书判拔萃，任秘书省正字。此后，他一直在桂林、徐州、梓州等地作幕僚。大中九年（855），罢梓州幕，归长安。次年，任盐铁推官。大中十二年（858），回郑州闲居，不久即忧郁病逝。现存李商隐诗文的笺注本，最为详备精审者，当是乾隆四十五年刊冯浩《玉谿生诗集笺注》三卷，《樊南文集详注》八卷。今人刘学锴、余恕诚集前人之大成，撰成《李商隐诗歌集解》，中华书局1988年版；《李商隐文编年校注》，中华书局2002年版。

李商隐是晚唐文学成就最高的作家。在文学思想上，他与杜牧一样，对传统文学观提出了大胆的挑战，体现了晚唐文学思想的典型特征。他宣称自己的创作态度是"直挥笔为文，不爱攘取经史，讳忌时世"，他致力于追求个人艺术的独创性。在诗歌创作上，李商隐特别强调博采众长，言志缘情，独抒性灵。在《献相国京兆公启》中，他以"师旷荐音、后夔作乐"比喻自己的诗歌，自云："其或绮霞牵思，珪月当情，乌鹊绕枝，芙蓉出水，平子四愁之日，休文八咏之辰，纵时有斐然，终乖作者。"他要用绮丽之文词，抒写要眇之情思，追求幽约深细的朦胧美，所谓"盖以徘徊胜境，顾慕佳辰，为芳草以怨王孙，借美人以喻君子"（《谢河东公和诗启》）。李商隐的诗文理论不仅是对韩柳为代表的"文以载道"古文理论的背离，而且也是对元白新乐府创作中极力提倡的"为时、为事"而作理论的彻底否定。这种通达的文学观念使他在创作中能摆脱束缚，勇于开拓，取得了令后世瞩目的成就。

"虚负凌云万丈才，一生襟抱未曾开"，李商隐的好友崔珏在《哭李商隐》诗中沉痛悼念李商隐的这联诗句，准确地概括了他一生的不幸遭遇。李商隐志大才俊，但生逢晚唐衰世，又无端卷入党争，政治上郁郁不得志。不仅如此，李商隐早年爱情受挫，中年爱妻夭亡，一生中屡屡为情感所折磨。曲折的人生经历，复杂的人事环境，加以敏锐多感的禀性，对李商隐的诗歌创作产生了极大影响，因而体味、审视、表现自己的情感世界，成为他诗歌创作中最引人注目的内容特征。他的抒怀言志诗,或通过写景、叙事、议论,表现自己的志向和操守,或在咏物、咏史中标明理想和爱好。这些诗善于把不幸的身世和衰败的时局以及悲剧的人生体验相融合,字里行间凝聚着自己壮志难伸的深深忧闷。如《安定城楼》:

> 迢递高城百尺楼,绿杨枝外尽汀洲。贾生年少虚垂涕,王粲春来更远游。永忆江湖归白发,欲回天地入扁舟。不知腐鼠成滋味,猜意鹓雏竟未休。

文宗开成三年(838),李商隐试博学宏词,受牛党排斥落选,客游汀州,登楼感怀而作此诗。极目汀洲,百感交集,诗人想到了宇内藩镇的割据称雄,宫廷宦官的擅权乱政,朝中大臣的朋党纷争,君王的软弱无能,不禁忧愤万分。他为自己虽抱有经国济世的才略,却与贾谊、王粲一样不为世用而悲。诗中对嫉贤妒能的小人给予辛辣的嘲讽。由于政治上的失意苦闷,李商隐感怀诗大多充满了浓烈的愁苦之情,如《夕阳楼》:

> 花明柳暗绕天愁,上尽重城更上楼。欲问孤鸿向何处,不知身世自悠悠。

鸟语花香的春景本来是美丽而怡人的,但在抑郁的诗人眼中更加重了心绪的悲凉。阳春烟景带来的不是欢乐兴奋,而是充塞天地、弥漫人间的愁苦。远天孤鸿飞过,诗人猛然领悟到自身的命运与其相像。全诗传达的那种登楼的疲乏感,漫天愁绪的压抑感,目送孤鸿的孤独感,不仅寄寓了诗人沉沦不遇的身世之感,而且隐隐折射出衰微时代的阴暗投影。

李商隐的咏物、咏史之作,交融着诗人的心灵和人格。他写《蝉》:

> 本以高难饱,徒劳恨费声。五更疏欲断,一树碧无情。薄宦梗犹泛,故园芜已平。烦君最相警,我亦举家清。

诗中以蝉自喻:居高而饮露,喻自己清高而自持;有恨而费声,喻坎坷而不遇。全诗蝉人合一,彼此难分。李商隐还通过对历史人物的歌咏,抒发自己壮志难酬的悲愤。如《筹笔驿》:

> 猿鸟犹疑畏简书,风云长为护储胥。徒令上将挥神笔,终见降王走传车。管乐有才真不忝,关张无命欲何如? 他年锦里经祠庙,《梁父》吟成恨有馀。

此诗在痛惜诸葛亮志业未成的遗恨中，隐含着自己生不逢时，素志难伸的满腹辛酸。

　　李商隐的政治诗内容深刻，情感悲愤。中唐后期，宦官势力恶性膨胀。大和九年（835），文宗与宰相谋诛宦官，惨遭失败。宦官仇士良等人穷凶极恶地动用军队对朝臣进行血腥屠杀，史称"甘露之变"。朝野震慑，人人自危。从此，"宦官气益盛，迫胁天子，下视宰相，陵暴朝士如草芥。"①在宦官恐怖暴力下，李商隐以极大的胆量和勇气，在事变后用诗笔真实记录了晚唐社会这次"天荒地变"的政治动乱。《有感二首》、《重有感》、《故番禺侯以赃罪致不辜事觉母者他日过其门》、《曲江》、《哭遂州萧侍郎》、《哭虔州杨侍郎》均为这方面的名篇。诗人惊心动魄地描写了宦官在长安纵兵大掠，滥杀无辜的场面，"鬼箓分朝部，军烽照上京"（《有感二首》之一），京城到处刀光剑影，一片恐怖气氛。"谁瞑衔冤目，宁吞欲绝声"，无辜者被惨杀，死不瞑目，幸存者岂能忍恨吞声？诗人对宦官的凶残深恶痛绝，指责他们是一群"凶徒"。在《重有感》中，他急切地呼吁刘从谏兴义师，讨群贼，平定宦官之乱，以使"昼号夜哭并幽显，早晚星关雪涕收"，为无辜者伸冤，为朝廷效力。对敢于与宦官集团作斗争的正直之士，李商隐表达了由衷的敬佩和仰慕。《赠刘司户蕡》中他为刘蕡忠勇刚直却迭遭迫害深致不平，"已断燕鸿初起势，更惊骚客后归魂"，哀痛刘蕡不但惨遭下第，而且继以"罪"贬，从此进用无由。"万里相逢欢复泣，凤巢西隔九重门"，诗人和刘蕡一样为国事倾危、君门万里忠言难以上达而痛惜忧伤。

　　对藩镇分裂割据的揭露和抨击，对平藩战争的支持和歌颂，表现了李商隐鲜明的政治态度。在《淮阳路》中，他用"荒村倚废营，投宿旅魂惊"，展现藩镇叛乱带来的严重危害；在《韩碑》中，他借歌颂削平淮西军阀吴元济的宰相裴度，尽情赞美武宗时力主平藩的宰相李德裕。

　　李商隐还有不少政治诗，是以咏古讽今的形式出现的。这些诗集中批判了统治者昏聩腐朽、奢侈糜乱、迷信方士、穷兵黩武等丑行。《富平少侯》讽刺敬宗沉湎声色，误国亡身。《吴宫》、《北齐》、《华清宫》、《马嵬》等，揭露荒淫亡国的封建帝王，给晚唐统治者提供借鉴。《瑶池》借周穆王故事说明神仙之虚妄，讽喻唐代帝王访道求仙的愚昧可笑。《贾生》借汉文帝召见贾

---

① 宋司马光《资治通鉴》卷二四五，中华书局 1956 年 6 月版，第 7919 页。

谊之事影射晚唐统治者不能真正重用人才,不管人民死活的虚伪行径。

使李商隐在中国文学史上卓然名家的是他的爱情诗。这类诗一般都以"无题"为题,也有截取诗中开头二字为题的。对象大致有两类:一类是写给妻子王氏的,另一类是写给其他女子的。李商隐与王氏感情笃厚,相濡以沫十多年,他的有关王氏的爱情诗,一往情深,动人心魄。这里有婚前的倾心爱慕:"唯有绿荷红菡萏,卷舒开合任天真"(《赠荷花》);有初婚的喜悦和激动:"雾夕咏芙蕖,何郎得意初"(《漫成三首》之三);有抒写婚后的离别之情和相思之苦,如《夜雨寄北》:

> 君问归期未有期,巴山夜雨涨秋池。何当共剪西窗烛,却话巴山夜雨时。

诗人滞迹巴山,又当夜雨,却思剪烛西窗,将此夜之愁向妻子细诉。全诗即景见情,语浅情深。眼前景反作日后怀想,备为沉挚动人。王氏去世后,李商隐写了不少悼亡诗,情挚意真,哀感凄恻。如《正月崇让宅》:

> 密锁重关掩绿苔,廊深阁迥此徘徊。先知风起月含晕,尚自露寒花未开。蝙拂帘旌终辗转,鼠翻窗网小惊猜。背灯独共余香语,不觉犹歌《起夜来》。

重门紧闭,绿苔惨然,夜露犹寒,月光暗淡。诗人徘徊虚室,伤逝悼亡,凄怆欲绝。全诗如泣如诉,如梦似幻,是血泪凝成的篇章。

李商隐那些对象不详的爱情诗,题目多为《无题》,形式多为七律。这类诗抒写缠绵悱恻的爱情和相思的痛苦,深情绵邈,含蓄蕴藉,典型地表现了晚唐中下层士人爱情生活的心态。无题诗很少描写具体的人物与事件,常常通过意境的渲染和刻画,表达一种复杂难言的生命体验,那种希望与失望,痛苦与留恋,执着的追求与绝望的悲哀相交织的矛盾心理,正与晚唐江河日下的时代特征相映。它们或赞爱情的忠贞不渝:"春蚕到死丝方尽,蜡炬成灰泪始干"(《无题》);或怅对方的远隔难寻:"刘郎已恨蓬山远,更隔蓬山一万重"(《无题四首》);或慰心心相印:"身无彩凤双飞翼,心有灵犀一点通"(《无题二首》);或抒相思之苦:"春心莫共花争发,一寸相思一寸灰"(《无题四首》);或惜见面匆匆:"扇裁月魄羞难掩,车走雷声语未通"(《无题二首》)。这些诗寄托遥深,感情真挚,语言典雅,其深邃迷离的意境,一往情深的风致,哀怨凄伤的格调,至今在文学史上仍然闪烁着迷人的光芒。

李商隐的一些写景小诗,意境新颖,构思奇巧,寄情深沉。如《宿骆氏亭寄怀崔雍崔衮》：

　　　　竹坞无尘水槛清，相思迢递隔重城。秋阴不散霜飞晚，留得枯荷听雨声。

以枯荷雨声渲染长夜相思不寐，情景交融，浑涵无迹。通首空灵婉曲，神韵悠然。

　　作为晚唐诗坛的巨擘，李商隐既善于学习继承，更善于发展和创新。朱鹤龄认为："义山之诗，乃风人之绪音，屈宋之遗响，盖得子美之深而变出之者也。"[1]汪增宁进而论曰："有唐诗人，要以子美、退之为极则。然终唐之世无学杜者，独玉谿之诗胚胎于杜；亦无学韩者，而玉谿咏韩碑，即效其体。盖其取法崇深，以成自诣。至于歌行得长吉之幽微而险怪务去，近体匹飞卿之明艳而稳重过之，中晚以来诸家罕有敌者。"[2]李商隐的诗远绍屈原的骚体比兴，博采齐梁诗的精工浓艳，杜诗的谨严沉郁，李贺的冷丽幽凄，韩愈的恢诡险怪，融合铸炼，独辟蹊径，形成自己深情婉曲，典丽精工的独特风格，为我国古代诗歌发展作出了新的贡献。李商隐诗的风格特征主要由下列几方面构成：

　　（一）结体森密，旨趣遥深。李商隐的诗独运神思，抒写新意，从不作平直之语。于感时伤事之中，能得风人之旨，隐含美刺之义，给人以韵味无穷的感受。朱鹤龄指出："唐至太和后，阉人暴横，党祸蔓延，义山厄塞当途，沈沦记室。其身危，则显言不可而曲言之；其思苦，则庄语不可而谩语之。计莫若瑶台琼宇，歌筵舞榭之间，言之者可无罪，而闻之者足以动。其《梓州吟》云：'楚雨含情俱有托。'早已自下笺解矣。"[3]最能体现这一特色的是他的咏史、无题诸作及一部分咏物诗。

　　（二）用典使事，精工灵活。李商隐是唐代诗人中用典最多的作家，举凡史事传说、神话典故，他都能驱驾自如，灵活运用，使诗的主题更加鲜明。如《安定城楼》一诗连用四典：贾谊垂涕，王粲远游，范蠡泛舟五湖，庄子嘲笑惠施，自然贴切地把自己遭遇挫折但壮怀不坠的复杂情怀表现得婉曲而深刻。

---

　　① 清朱鹤龄《笺注李义山诗集序》，刘学锴、余恕诚《李商隐诗歌集解》，中华书局1988 年 12 月版，第 2023 页。
　　② 清汪增宁《李义山诗集笺注序》，刘学锴、余恕诚《李商隐诗歌集解》，中华书局1988 年 12 月版，第 2031 页。
　　③ 清朱鹤龄《笺注李义山诗集序》，刘学锴、余恕诚《李商隐诗歌集解》，中华书局1988 年 12 月版，第 2022 页。

这是典故的正用。《贾生》一诗则反用典故:"宣室求贤访逐臣,贾生才调更无伦。可怜夜半虚前席,不问苍生问鬼神!"严有翼分析此诗道:"诗文用故事,有直用其事者,有反其意而用之者。王元之谪守黄冈谢表云'宣室鬼神之问,岂望生还',此直用贾谊之事。李义山'可怜夜半虚前席,不问苍生问鬼神!'虽说贾谊,然反其意而用之矣。自非学力高迈,超越寻常拘挛之见,不规规然蹈袭前人陈迹者,何以臻此焉。"①

(三)语言凝练,对仗工稳。李商隐特别注重锤字炼句,使诗歌章无碍句,句无疵字。他尤其善于选择内涵丰富的词语铸造诗境,从而引起人们更多的联想。如"集鸟翻渔艇,残虹拂马鞍"(《楚泽》),用"翻"、"拂"二字,绘出水禽飞舞嬉戏,残虹行空如练的美景;"一条雪浪吼巫峡,千里火云烧益州"(《送崔珏往西川》),用"吼"、"烧"二字,写尽入川时旅途的奇险艰难;"直登宣室螭头上,横过甘泉豹尾中"(《少年》),用"直"、"横"二字,画活少年皇帝的轻狂浮躁。"沧海月明珠有泪,蓝田日暖玉生烟"(《锦瑟》)一联,不但对仗工稳,而且月、珠、泪、日、玉、烟等字的选用,无不给人以珠圆玉润的感受。又如"已闻佩响知腰细,更辨弦声觉指纤"(《水天闲话旧事》),从声响中体味女性姿容;"气凉先动竹,点细未开萍"(《细雨》),从细微处感受自然风物。均体物精微,用语工切。

李商隐的诗歌对唐末唐彦谦、韩偓等人以及宋初西昆体诗人直至明清的不少诗人,对唐宋婉约词人以及明清爱情传奇都产生了不同程度的影响。应该指出,李商隐诗也有因刻意求深、用典过多而流于晦涩费解的缺点。

第三节 温庭筠以及晚唐其他诗人

晚唐诗坛,除杜牧、李商隐两位名家外,其余如温庭筠、许浑等人,也以自己各具特色的创作,在当时产生了一定的影响。

一 温庭筠

温庭筠(801?—866?)②,本名歧,字飞卿,太原祁(今山西祁县)人。才思

① 明周敬、周珽辑注《唐诗选脉笺释会通评林》卷五八"晚唐七绝上",崇祯乙亥刻本。

② 关于温庭筠的生卒年,异说颇多。夏承焘《温飞卿系年》定其生于元和七年(812),卒于咸通十二年(871);周祖譔主编《中国文学家大辞典·唐五代卷》定于812?—870?;今从陈尚君《温庭筠早年事迹考辨》(《中华文史论丛》1981年第2辑)以及傅璇琮主编《唐才子传校笺》之说。

敏捷,每入试,押官韵作赋,凡八叉手而八韵成,时号"温八叉"、"温八吟"。由于无人荐引,屡举进士不第。又生性傲岸,讥嘲权贵,为执政者所恶,长期遭到压抑,一生中仅担任过方城尉和国子监助教之类的小官。现存温庭筠诗文集,主要有《四部丛刊》影印钱曾述古堂抄宋本《温飞卿集》七卷,《别集》一卷;清初顾予咸、顾嗣立撰《温飞卿集笺注》九卷,有秀野草堂刻本,上海古籍出版社 1980 年据此点校出版。

温庭筠的诗在当时与李商隐齐名,时号"温李"。虽然他的诗歌无论是思想还是艺术均不及李商隐,但他却是晚唐第一位大量填词的作家,对词的发展有一定的贡献。温庭筠擅长乐府和七言古诗,他学习吴歌西曲和梁陈宫体诗的表现手法,又借鉴李贺诗奇诡艳丽的特色,形成了色彩斑斓、意象富丽的一家之风。他的咏史诗大多借对南朝君主荒淫亡国的咏叹,讽刺时君之昏聩,具有较强的现实针对性。《鸡鸣埭曲》通过前后盛衰的强烈对比,突出了纵情享乐,必将覆灭的深刻教训。在《春江花月夜词》中,诗人借南朝统治者竞逐繁华,悲恨相续的历史悲剧,对晚唐统治阶级不思进取,沉醉宴乐的行为迎头棒喝:"四方倾动烟尘走,犹在浓香梦魂里。后主荒宫有晓莺,飞来只隔西江水!"

温庭筠的乐府艳情诗,擅长通过景物的铺叙和细腻的情态刻画,表现女性的内心世界,抒情委曲动人。《湘宫人歌》抒写被幽闭宫女愁苦寂寞的怨情;《苏小小歌》同情下层妇女对自由爱情的渴望和追求;《张静婉采莲曲》通过一幕男女爱情悲剧的咏叹,歌颂女主人公对爱情的坚贞和执着。温庭筠的这类诗篇有意仿效南朝民歌,常用比兴、顶真、双关等修辞手法,但篇幅加长,设色浓丽,词藻繁密,与他的婉约词有相通之处。

温庭筠的近体诗大多感怀、写景之作,主要有两种风格类型:一是沉郁苍凉者,代表作为《苏武庙》、《五丈原》、《过陈琳墓》等;二是清丽秀润者,代表作为《题望苑驿》、《春日野行》、《利州南渡》等。前者如《过陈琳墓》:

> 曾于青史见遗文,今日飘蓬过此坟。词客有灵应识我,霸才无主始怜君。石麟埋没藏春草,铜雀荒凉对暮云。莫怪临风倍惆怅,欲将书剑学从军。

极写墓地荒凉,吊陈琳实是自吊。"飘蓬"二字最见身世,报国无路,用世无门,惺惺相惜,千古同怀。全诗抑扬顿挫,沉痛悲凉。后者如《利州南渡》:

> 澹然空水带斜晖,曲岛苍茫接翠微。波上马嘶看棹去,柳边人歌待船归。数丛

沙草群鸥散，万顷江田一鹭飞。谁解乘舟寻范蠡，五湖烟水独忘机。

诗写南渡嘉陵江时所见情景。从江上晚色起笔，中间写渡江情景，"波上马嘶"，"柳边人歇"，如画般地绘出渡头劳人情意迫促之状，最后即景兴感，抒发自己澹然遗世，与鸥鹭为友的志向。全诗语言清爽隽秀，意境幽远淡雅。

二 许浑

许浑（788—860?）①，字用晦，润州丹阳（今江苏丹阳市）人。大和六年（832）进士及第。开成中，任当涂尉，摄当涂、太平二县令。大中初，入朝为监察御史。大中三年（849），谢病退归润州丁卯桥别墅。起为润州司马，官终睦、郢二州刺史。现存许浑诗集，主要有常熟归止庵影抄宋书棚本《丁卯集》二卷，《四部丛刊》据此影印；涵芬楼《续古逸丛书》影印宋蜀刻本《许用晦文集》二卷，《拾遗》二卷。今人罗时进撰《丁卯集笺证》，江西人民出版社1998年版。

许浑与杜牧、李商隐同时，擅长近体诗。今存五百余首诗，全部为五、七言律绝，其中七律在当时诗坛颇负盛名。他是继中唐刘禹锡之后，又一位以怀古咏史名家者。代表作《凌歊台》、《故洛城》、《金陵怀古》、《途经骊山》等，高棅赞之为："其今古废兴、山河陈迹，凄凉感慨之意，读之可为一唱而三叹矣。"②《咸阳城东楼》也历来为人们传诵：

一上高楼万里愁，蒹葭杨柳似汀洲。溪云初起日沉阁，山雨欲来风满楼。鸟下绿芜秦苑夕，蝉鸣黄叶汉宫秋。行人莫问当年事，故国东来渭水流。

诗以雄浑之笔描绘了秋日傍晚咸阳西楼所见之景。蒹葭秋水，杨柳衰烟，宛如茫茫汀洲，凄清之景勾起诗人无尽愁绪。云起日沉，雨来风满中，诗人独倚危楼，远望夕阳残照下的秦苑汉宫惨淡满目。追抚山河陈迹，俯仰古今兴废，不禁发出深沉的感慨。全诗意境宏阔，气韵沉雄。许浑的这类咏史怀古诗，大多即景生情，诗中历代兴亡的前朝遗迹，往往是触引诗人情感的直接媒介。诗人常常把历史的空寂沉静与自然的永恒生机并置，以此形成强烈

---

① 许浑生卒年，尚有异说。闻一多《唐诗大系》订为生于公元791年，《唐才子传校笺》推测卒年在858年3月之后。此据罗时进《丁卯集笺证》中"前言"说。

② 明高棅《唐诗品汇》卷八一《七言律诗叙目·正变》，上海古籍出版社1982年8月影印明汪宗尼校订本，第707页。

对照,蕴藉含蓄地传达出怀古伤今的浓烈情思。

　　许浑的行旅酬赠之作也较有特色。他善于将婉曲的心意融于景物之中,晕染出一幅幅深邃隽永的图景。如《秋日赴阙题潼关驿楼》:

　　　　红叶晚萧萧,长亭酒一瓢。残云归太华,疏雨过中条。树色随山迥,河声入海遥。帝乡明日到,犹自梦渔樵。

此诗描写潼关山川形胜,在雄浑开阔的境界中,展现祖国江山壮丽多姿的景色。"残云"一联尤为警策,写景切当,诗句弥工。高步瀛《唐宋诗举要》中引吴北江之语称此诗:"高华雄浑,丁卯压卷之作。"

　　许浑的律诗圆稳工整,属对精切,用字清新,标志着唐代律诗的纯熟。他的许多名篇佳句,精丽工致,情味隽永,耐人讽诵。不足的是立意布局,缺少变化;写景赋物,句多雷同。

第九章　唐末及五代诗歌

　　咸通元年（860），懿宗继位后，任用奸相，纳贿树私，崇奉佛教，奢靡无度，贬逐忠良，刑杀无辜，其倒行逆施终于酿成严重的社会动乱。从浙东裘甫起义到徐州庞勋兵变，唐王朝为平定内乱，连年用兵，民力困弊。乾符元年（874），王仙芝、黄巢起义，给风雨飘摇的帝国以致命一击。僖宗光启以后，大规模的农民起义虽暂告平息，代之而起的又是宦官骄横、诸镇交乱，皇帝车驾终日不能宁处，最终朱温篡逆而亡唐祚，中国历史从此进入五代十国多政权并存的分裂割据局面。

　　唐末五代是中国历史上最黑暗动荡的时代，干戈遍地，篡弒相寻，生产力受到极大破坏。昏乱的时世，给士人的心灵蒙上灰暗沉重的阴影，胡震亨指出："咸通而后，奢靡极，衅孽兆，世衰而诗亦因之气萎语偷，声繁调急，甚者忿目裶吻，如戟手交骂者有之。王化习俗，上下交丧，而心声随焉，岂独士子罪哉！"①这一时期活跃于诗坛上的主要作家有皮陆诗派与韦庄、郑谷等人，聂夷中、曹邺、刘驾等古风诗人，罗隐、杜荀鹤、李山甫等格律诗人，以及五代西蜀、江南的一些诗人。此期诗坛，鲜明地打上了衰亡时代的烙印。

第一节　皮陆诗派与韦庄、郑谷的诗歌创作

　　皮陆诗派这一名称，最早见于明人胡震亨《唐音癸签》卷二十五："皮、陆以萍合唱和吴中，因而齐称。"此指皮日休在咸通年间出佐苏州幕府时，与陆龟蒙相识，并由此而形成的唱和群体。与之同时或稍后，韦庄、郑谷的诗歌也产生了广泛的社会影响。

一　皮日休

　　皮日休（834？—883？），字逸少，后改袭美，襄阳竟陵（今湖北天门）人。年轻时曾隐居襄阳鹿门山，自号"间气布衣"、"醉吟先生"、"鹿门子"。咸通

――――――――――――

　　①　明胡震亨《唐音癸签》卷二十七，上海古籍出版社 1981 年 5 月版，第 286 页。

八年（867）进士及第。苏州刺史崔璞召为军事判官，与陆龟蒙等交游唱和。后入朝任著作郎、太常博士。广明元年（880），黄巢攻入长安，以皮日休为翰林学士。巢败，被杀。① 现存皮日休诗文集，主要有明正德庚辰袁表刻本《皮子文薮》十卷；《四部丛刊》影印明软体字本。《文薮》为皮日休自编集，并不包括他的全部作品。今人萧涤非、郑庆笃整理本《皮子文薮》，把《文薮》以外的诗文作为附录收入，最为完备精审，上海古籍出版社1981年版。

皮日休是唐代继王通、韩愈之后又一个以张扬儒家道统为己任，力图挽救颓败国势的思想家。在诗歌创作上，他自觉继承了杜甫、白居易的现实主义传统，《三羞诗》三首和《正乐府》十首，深刻地反映了晚唐社会尖锐复杂的阶级矛盾，对挣扎在死亡线上的贫苦人民寄予了深切的同情，它们是继元结《系乐府》、元白《新乐府》后又一组现实主义的大型组诗。《三羞诗》三首作于咸通七年（866），其一伤朝臣忠謇遭斥，得罪南衙，讽刺小人当道，君子难容。其二揭露边将黩武，战火连连，从中可见唐王朝军政之腐败。其三描写淮右人民在大灾之年转死沟壑的惨景：

> 天子丙戌年，淮右民多饥。就中颍之沸，转徙何累累。夫妇相顾亡，弃却抱中儿。兄弟各自散，出门如大痴。一金易芦蔔，一缣换怘茈。荒村墓鸟树，空屋野花篱。儿童啮草根，倚桑空羸羸。斑白死路傍，枕土皆离离。

诗人深为自己"晏眠而夕饱，朝乐而暮娱"的生活"羞不自容"。其叙事议论的结合，语言的质朴平易，主题的显豁专一，与白居易《新乐府》、《秦中吟》"一吟悲一事"合若符契。《正乐府》针对当时社会"可悲可惧者"加以咏歌，以期引起统治者的警觉注意。

皮日休的诗篇多角度地深刻反映了晚唐社会的黑暗与广大人民的疾苦，是晚唐诗坛现实主义的优秀作品。如《橡媪叹》：

> 秋深橡子熟，散落榛芜冈。伛偻黄发媪，拾之践晨霜。移时始盈掬，尽日方满筐。几曝复几蒸，用作三冬粮。山前有熟稻，紫穗袭人香。细获又精舂，粒粒如玉

① 皮日休之死历有三说：《北梦琐言》、《南部新书》、《郡斋读书志》、《直斋书录解题》等书，皆谓为黄巢作谶语，语涉讥刺而被杀。陆游《老学庵笔记》引《该闻录》则谓"巢败被诛"。北宋尹洙《大理丞皮子良墓志》中则云，黄巢败后，皮日休南逃吴越，依钱镠，"官太常博士，赠礼部尚书。"此取萧涤非之说。

珰。持之纳于官，私室无仓厢。如何一石余，只作五斗量？狡吏不畏刑，贪官不避赃。农时作私债，农毕归官仓。自冬及于春，橡实诳饥肠。吾闻田成子，诈仁犹自王。吁嗟逢橡媪，不觉泪沾裳。

诗以橡媪起结，中间展开狡吏贪官公开残酷剥削农民的情景，极具典型性。重重对比，层层剖析。篇末更以田常事作衬，斥责晚唐统治者不施仁政，必将失去人心。笔锋犀利，尤为惊警深刻。

二　陆龟蒙

陆龟蒙（？—881？），字鲁望，自号"甫里先生"、"天随子"、"江湖散人"，苏州吴（今江苏吴县）人。举进士不第，后隐居松江甫里。现存《甫里先生集》二十卷，主要有明万历乙卯许自昌刻足本；《四部丛刊》影印黄丕烈校本。

陆龟蒙与皮日休情好甚密，世称"皮陆"。他的一些反映民生疾苦的小诗精警而深刻，如《筑城词二首》：

> 城上一掊土，手中千万杵。筑城畏不坚，坚城在何处。
> 莫叹将军逼，将军要却敌。城高功亦高，尔命何劳惜。

以质朴浅近之语，抒戍卒悲怨愤悱之情。正语反说，讽刺不露。又如《新沙》：

> 渤澥声中涨小堤，官家知后海鸥知。蓬莱有路教人到，应亦年年税紫芝。

诗写渤海边刚刚淤起小荒洲，连每天在海上飞翔的海鸥还不知道，而官府即已准备榨取赋税了。小诗夸张而尖刻地讽刺了官府贪得无厌的剥削已到了无孔不入的地步。想象奇特，发人深省。

陆龟蒙隐居松江期间创作的山水田园诗，以清新明丽的语言，描画吴中秀美的山川风光，表达自己的山林恬适之趣。其《自遣诗三十首》是其中颇具代表性的作品。如其一：

> 五年重到旧山村，树有交柯犊有孙。更喜卞峰颜色好，晓云才散便当门。

诗写远客乍归，满目新奇，流露出对家乡田园山水的无限依恋心情。又如其二十五：

　　一派溪随箬下流，春来无处不汀洲。潋滟未碧蒲犹短，不见鸳鸯正自由。

描写南国水乡春色，可谓诗中有画。《怀宛陵旧游》也是情景融会的佳篇：

　　陵阳佳地昔年游，谢朓青山李白楼。唯有日斜溪上思，酒旗风影落春流。

通首以"佳地"二字贯下，次句写宛陵名胜，文士风流，三、四句用俊逸之语绘出一幅绝妙景致：斜辉映溪，风动酒旗，影照春流，巧妙传达出诗人对旧游佳地的魂牵梦萦之情。

三　韦庄

　　韦庄（836—910），字端己，京兆杜陵（今陕西西安东南）人。乾宁元年（894）进士及第。授校书郎，迁左补阙。天复元年（901），王建辟为掌书记，自此遂居蜀中。天祐四年（907），助王建称帝，建立前蜀，历左散骑常侍，判中书门下事，官终吏部侍郎，平章事。现存韦庄诗文集，主要有明毛晋汲古阁刊本《浣花集》十卷，《补遗》一卷；《四部丛刊》影印明朱承爵刻本。今人向迪宗校订《韦庄集》，人民文学出版社 1958 年版。

　　韦庄生逢晚唐五代乱世之秋，长期颠沛流离，饱经忧患，他的那些忧国忧民，伤时感世之作，直承杜甫、白居易的现实主义传统，真实地反映了唐末动荡的社会面貌，对劳动人民的苦难寄予深切的同情。如《悯耕者》：

　　何代何王不战争，尽从离乱见清平。如今暴骨多于土，犹点乡兵作戍兵。

诗中极写唐末藩镇兼并战争之激烈与农民受祸之惨烈，代人民发出了渴望天下清平的呼声。《汴堤行》也是同类主题之作：

　　欲上隋堤举步迟，隔云烽燧叫非时。才闻破虏将休马，又道征辽再出师。朝见西来为过客，暮看东去作浮尸。绿杨千里无飞鸟，日落空投旧店基。

读此诗自然使人联想起曹操反映汉末战乱的《蒿里行》，它们同为怵目惊心的乱世实录。韦庄还在咏史诗《台城》、《金陵图》、《上元县》等诗中，借对南朝史迹的凭吊，寄寓自己对唐末社会动乱的哀挽。如《台城》：

江雨霏霏江草齐，六朝如梦鸟空啼。无情最是台城柳，依旧烟笼十里堤。

江雨霏霏，江草凄迷，六朝繁华，如梦而逝。诗人赋凄凉之景，想昔日盛时，无限感慨中渗入了浓烈的伤今之情。

韦庄的长篇叙事诗《秦妇吟》，以史笔和诗情结合的手法，真实地记载了黄巢起义军攻占长安以及同官军反复争夺京师的经过，其场面之惨烈，情节之动人，描写之细腻，语言之凝练，不愧为唐代长篇叙事诗的杰作。诗成之日，万口交诵，时人号之为"《秦妇吟》秀才"①。长诗以自己的亲身见闻，用饱含真挚感情的诗笔，借秦妇之口，截取变乱中长安一隅当下之事，以少总多地反映出京都陷落时玉石俱焚，"家家流血如泉沸，处处冤声声动地"的悲惨情景，千载之下，仍是追魂摄魄之笔：

> 西邻有女真仙子，一寸横波剪秋水。妆成只对镜中春，年幼不知门外事。一夫跳跃上金阶，斜袒半肩欲相耻。牵衣不肯出朱门，红粉香脂刀下死。南邻有女不记姓，昨日良媒新纳聘。瑠璃阶上不闻行，翡翠帘间空见影。忽看庭际刀刃鸣，身首支离在俄顷。仰天掩面哭一声，女弟女兄同入井。北邻少妇行相促，旋拆云鬟拭眉绿。已闻击托坏高门，不觉攀援上重屋。须臾四面火光来，欲下回梯梯又摧。烟中大叫犹求救，梁上悬尸已作灰。

此段淋漓尽致地描述了黄巢部众攻入长安时疯狂烧杀淫掠，殃及无辜百姓的残暴行径，深刻地揭示了农民战争的破坏性及其最终不可避免走向失败的文化心理根源。惨绝人寰的凄惨场景历历如在目前，读来只觉满纸腥风，血泪交迸，不能竟篇！尤其可贵的是，韦庄还大胆直率地揭露了官军的残暴更有甚于黄巢，并进而痛陈时政之恶，生民之艰：

> 千间仓兮万丝箱，黄巢过后犹残半。自从洛下屯师旅，日夜巡兵入村坞。匣中秋水拔青蛇，旗上高风吹白虎。入门下马若旋风，磬室倾囊如卷土。家财既尽骨肉离，今日残年一身苦。一身苦兮何足嗟，山中更有千万家。朝饥山草寻蓬子，夜宿霜中卧荻花。

---

① 宋孙光宪《北梦琐言》卷六，上海古籍出版社 1981 年 11 月版，第 47 页。

诗人以无比激愤之情发出严正控诉,正是这些纪律败坏,纵暴大掠的官兵更将百姓逼入绝境,苦难的人民已是生无宁日。由此凸现了全诗的主旨,所谓"寇来如梳,兵过如篦",这样腐败的王朝,不亡何待!《秦妇吟》中悲惨生动的战乱描述,扣人心弦,催人泪下。它丰富的现实内容和高度的艺术技巧,至今仍值得人们认真学习和思考。

韦庄的诗歌继承了白居易流畅自然的诗风,长于白描,意境淡远,词语清丽,情致深婉。他是唐末较有成就的诗人,也是一位杰出的词人。

四　郑谷

郑谷(851?—910?),字守愚,袁州宜春(今江西宜春县)人。光启三年(887)进士及第。历官鄠县尉,右拾遗、补阙,仕至都官郎中。天复年间,见时局艰危,隐退宜春仰山华堂,直至去世。

郑谷生活于晚唐万方多难的动荡岁月,亲历流离战乱。孤寒的出身,使他困于举场十六年,及第后七年才授一尉。不幸的时代,坎坷的经历,使他的诗作中流动着一股悲凉之气。他在逃避战乱,漂泊江湖时所创作的大量奔亡诗,真实地再现了刀光剑影中诗人惊惧仓皇的无限凄苦,如"乡园几度经狂寇,桑柘谁家有旧林"(《作尉鄠郊》),"宗党相亲乱离世,春秋闲论战争年"(《宗人作尉唐昌》),"诏书罪己方哀痛,乡县征兵尚苦辛"(《巴江》),"十口飘零犹寄食,两川消息未休兵"(《漂泊》),这些诗句将个人的怨愤与时代的悲愁糅合在一起,具有一定的社会意义。此外,《感兴》、《贫女吟》反映民生疾苦,《渚宫乱后作》描写江陵兵火后的破败景象,《蜀江有吊》哀悼弹劾宦官而惨遭虐杀的孟昭图等,都是直接反映社会时事的诗篇。

郑谷的咏物诗思深理切而别有寄托,体物入微而流转生趣。代表作七律《鹧鸪》最为人传诵:

> 暖戏烟芜锦翼齐,品流应得近山鸡。雨昏青草湖边过,花落黄陵庙里啼。游子乍闻征袖湿,佳人才唱翠眉低。相呼相应湘江阔,苦竹丛深春日西。

诗中着力表现鹧鸪声所引起的哀怨凄切的情韵。青草湖边,黄陵庙里,在古色苍茫之地,当雨昏花落之时,三两鹧鸪,哀音啼遍。游子闻声而青衫泪湿,佳人才唱而翠眉愁低。凄迷幽回的意境中,传达出游子思妇的沉重愁怀。全诗构想精妙,疏宕轻灵,洵为晚唐咏物绝唱,诗人也由此赢得"郑鹧鸪"的美誉。

郑谷的五、七言绝句风神绵邈,词意婉约,犹有盛唐余韵。如抒发离别情绪的名篇《淮上与友人别》：

> 扬子江头杨柳春，杨花愁杀渡江人。数声风笛离亭晚，君向潇湘我向秦。

客中送客，倍觉销魂。扬子江，分手之地；杨柳春，分手之时；杨花飞，分手之境。离亭欲别，正笛声凄其，别情何堪！前三句蓄势已足，落句拨明，直叙南北分携，茫茫别意，尽从两"向"字传出，倍觉悠然情深，余韵不尽。宋宗元《网师园唐诗笺》评之云："笔意仿佛青莲，可谓晚唐中之空谷足音矣。"

第二节 聂夷中、曹邺等古风诗人

懿、僖两朝黑暗动荡的政局和下层寒士困顿失意的人生际遇，形成了唐末诗人褊狭的性格，传统的儒家政教文学观渐趋变异。从聂夷中、曹邺等古风诗人到杜荀鹤、罗隐等格律诗人，正体现出这一变化的趋势。前者偏重于对时世黑暗和民生疾苦的客观暴露，后者则转向对世道人情的无情嘲讽。他们的创作已经消泯了那种"救济人病，裨补时阙"的政治功利目的，更多地和个人的身世感伤结合起来，表现出日益强烈的怨刺色彩。

一 聂夷中

聂夷中（生卒年不详），字坦之，河南中都（今河南沁阳县）人，咸通十二年（871）进士及第。授华阴县尉。其诗集《聂夷中诗》，唐宋后散佚。《全唐诗》卷六三六编其诗为一卷。今人任三杰撰《聂夷中诗注析》，山西人民出版社1987年版。

聂夷中工诗，尤长五言古诗，《唐才子传》卷九谓其"性俭，盖奋身草泽，备尝辛楚，卒多伤俗闵时之举，哀稼穑之艰难。适值险阻，进退惟谷，才足而命屯，有志卒爽，含蓄讽刺，亦有谓焉。古乐府尤得体，皆警省之辞，裨补政治，乐而不淫，哀而不伤，正国风之义也。"指出他的诗直承《诗经》、乐府传统，意在劝讽。聂夷中以古题和新题乐府反映田家苦难的诗最有价值。如《咏田家》：

> 二月卖新丝，五月粜新谷。医得眼前疮，剜却心头肉。我愿君王心，化作光明烛。不照绮罗筵，只照逃亡屋。

此诗真实描写了唐末在沉重的剥削下难以为生的贫苦农民的悲惨处境，反映了农民大起义前后农村破产，人口大量逃亡的社会现实。剜肉补疮，比喻精辟，揭露深刻。后半首对比鲜明，讽刺委婉，愿君王之心化作光明之烛，正谓朝政黑暗，君王昏庸，不施仁政。又如《田家》：

> 父耕原上田，子劚山下荒。六月禾未秀，官家已修仓。

父耕子劚，极言农民之辛劳；六月修仓，可见征敛之急迫。强烈的对比中，表达了诗人对农民的同情，对官家的愤恨。在《闻人说海北事有感》中，诗人更具体地展示了广大农村凋零荒凉的惨景：

> 故乡归路隔高雷，见说年来事可哀。村落日中眠虎豹，田园雨后长蒿莱。海隅久已无春色，地底真成有劫灰。荆棘满山行不得，不知当日是谁栽？

简洁明了的语言，真朴自然的风格，怜贫悯家的情怀，使聂夷中的诗被后人广为传诵。

二　曹邺

曹邺（生卒年不详），字邺之，桂州阳朔县人。大中四年（850）进士及第。咸通初年，迁太常博士。历祠部郎中、洋州刺史。现存《曹祠部诗集》二卷，主要有明浙江刻本；清席启寓《唐诗百名家全集》本。今人梁超然、毛水清撰《曹邺诗注》，上海古籍出版社 1982 年《唐诗小集》本。

曹邺出生孤寒，为应举求仕，曾十年困居长安，饱尝辛酸和苦难，这使他对当时社会的种种矛盾有着切身的认识和体会。曹邺的诗歌汲取乐府民歌的营养，用通俗活泼的形式，冷峭锋利的语言，反映了唐末广阔的社会生活。如《捕渔谣》：

> 天子好征战，百姓不种桑。天子好年少，无人荐冯唐。天子好美女，夫妇不成双。

诗用民谣的形式，以匕首投枪般凌厉的锋芒，猛烈抨击唐末最高统治者好战好色，昏庸腐朽的本质，可谓大胆尖刻。又如《官仓鼠》：

> 官仓老鼠大如斗，见人开仓亦不走。健儿无粮百姓饥，谁遣朝朝入君口？

此诗用官仓中的老鼠比喻那些贪婪奢靡的官吏。身大如斗,言其私饱自肥;见人不走,言其明目张胆。末句通过责问,表达了人民的无比愤恨。在《奉命齐州推事毕寄本府尚书》诗中,诗人描述了自己到齐州查办刺史贪赃枉法事件的经过,深刻揭露了晚唐吏治黑暗,官员腐败的社会现实,显示了受命执法,严罚恶吏,为民请命的铮铮风骨:"社鼠不可灌,城狐不易防。偶于擒纵间,尽得见否臧。截断奸吏舌,擘开冤人肠!"《筑城三首》、《出自蓟北门行》、《战城南》控诉唐末军阀穷兵黩武、劳役兵役给人民带来的深重灾难。《甲第》、《贵宅》等谴责达官贵人奢侈荒淫的生活。这些作品大都尖锐泼辣,古朴刚健,表现了诗人关心现实,正直不苟的人格情操。

曹邺还有许多哀叹自身穷愁潦倒的作品,虽立意不高,但从中可见唐末下层寒士生活的艰难。如《翠孤至渚宫寄座主相公》:

> 万里一孤舟,春行夏方到。骨肉尽单羸,沈忧满怀抱。羁孤相对泣,性命不相保。开户山鼠惊,虫声乱秋草。白菌缘屋生,黄蒿拥篱倒。对此起长嗟,芳年亦须老。……全家到江陵,屋虚风浩浩。中肠自相伐,日夕如寇盗。其下有孤侄,其上有孀嫂。黄粮贱于土,一饭常不饱。天斜日光薄,地湿虫叫噪。惟恐道忽消,形容益枯槁。

凄凉的景物刻画,困窘的生活描述,言简而词苦,对认识唐末社会普通士子的日常生活场景极具典型意义。

第三节 杜荀鹤、罗隐等格律诗人

与古风诗人多用五言古诗和乐府形式反映现实不同,杜荀鹤、罗隐等格律诗人则多用近体诗讽刺唐末世道人情,抒发苦闷激愤之情。

一 杜荀鹤

杜荀鹤(846—904),字彦之,号九华山人,池州石埭(今安徽石台县)人。大顺二年(891)登进士第。天祐元年(904),朱温奏为主客员外郎、知制诰,充翰林学士,遇疾,旬日而卒。现存杜荀鹤文集,主要有宋蜀刻本《杜荀鹤文集》三卷,1980年上海古籍出版社据此影印;明毛晋汲古阁刊本《唐风集》三卷;清康熙年间席启寓刻《唐人百家诗》之《杜荀鹤文集》三卷本。

杜荀鹤现存三百多首诗,均为律诗和绝句。由于出身微贱,缺少奥援,他屡败科场,流落江湖,备历艰辛。在诗中他多次自云:"江湖苦吟士,天地最穷人"(《郊居即事投李给事》);"回头不忍看羸童,一路行人我最穷"(《长安道中有作》)。穷困潦倒的处境并没有消磨他的济世之志,"男儿出门志,不独为身谋"(《秋宿山馆》);"共有人间事,须怀济物心"(《与友人对酒吟》)。身逢唐末"农夫背上题军号,贾客船头插战旗"(《赠秋浦张明府》)的战祸频仍、民不聊生的乱世之秋,杜荀鹤自觉继承杜甫、白居易的现实主义传统,用诗歌反映民瘼,揭露时弊。他曾鲜明地提出自己的诗歌宗旨是:"言论关时务,篇章见国风。"(《秋日山中寄李处士》)其《自叙》云:"诗旨未能忘救物,世情奈值不容真。平生肺腑无言处,白发吾唐一逸人。"他自名其诗集为《唐风集》,直白表露了对《诗经·国风》美刺精神的继承效法。

杜荀鹤的诗揭露了唐末战乱和赋税徭役给人民带来的巨大灾难。《旅泊遇郡中叛乱示同志》描写黄巢起义中,各地军阀趁火打劫,屠杀平民的情形:

握手相看谁敢言,军家刀剑在腰边。遍搜宝货无藏处,乱杀平人不怕天。古寺拆为修寨木,荒坟开作甃城砖。郡侯逐出浑闲事,正是銮舆幸蜀年。

烟尘干戈中,军阀残害百姓,凶残似虎豹。而地方官吏虐民邀功,更狠毒赛豺狼。《再经胡城县》云:

去年曾经此县城,县民无口不冤声。今来县宰加朱绂,便是生灵血染成。

官匪劫掠,赋敛苛重,战乱不已,诛求无度。广大农村十室九空,贫苦人民无以为生,终日挣扎在死亡线上。

大乱后,历经劫难、侥幸余生的村叟和寡妇,仍在敲骨吸髓无处不有的租税盘剥下,过着非人的生活。《乱后逢村叟》云:

经乱衰翁居破村,村中何事不伤魂?因供寨木无桑柘,为点乡兵绝子孙。还似平宁征赋税,未尝州县略安存。至于鸡犬皆星散,日落前山独依门。

《山中寡妇》云:

夫因兵死守蓬茅,麻苎衣衫鬓发焦。桑柘废来犹纳税,田园荒后尚征苗。时挑野菜和根煮,旋斫生柴带叶烧。任是深山更深处,也应无计避征徭。

杜荀鹤的近体诗,以七言律诗成就尤高。他以七律写乐府题材,揭露黑暗现实,同情人民疾苦。他善于将现实生活的尖锐矛盾加以典型化,集中表现于一联之中,具有震撼人心的艺术效果。

在风格上,杜荀鹤的诗清浅直白而流畅自然,虽喜以俗词口语描绘形象,但多从呕心沥血的苦吟中得来:"生应无辍日,死是不吟时"(《苦吟》),"到头身事欲何为,窗下功夫鬓上知。乍可百年无称意,难叫一日不吟诗"(《秋日闲居寄先达》),表现出严肃刻苦的写作态度,他是姚、贾苦吟之风在唐末的优秀传人,被后世称为"杜荀鹤体"。

二　罗隐

罗隐(833—909),字昭谏,自号江东生,新城(今浙江富阳市)人。本名横,后因屡试不第,遂改名为隐。咸通末,入湖南幕,为衡阳主簿。后依吴越王钱镠,辟为掌书记。转司勋郎中,充节度判官、盐铁发运副使。后梁开平二年(908),钱镠表授吴越国给事中,官终盐铁发运使。现存罗隐诗文集,今人雍文华校辑《罗隐集》,收录罗隐全部著作,中华书局1983年版;潘慧惠撰《罗隐集校注》,浙江古籍出版社1995年版。

随着唐末社会政治的急剧腐败,科举之路对于广大贫寒士子格外艰难。黄滔在《司直陈公墓志铭》中说:"咸通、乾符之际,龙门有万仞之险,莺谷无孤飞之羽。才名则温歧、韩铼、罗隐,皆退黜不已。"罗隐少聪敏,善属文,诗笔尤俊拔不群,他从二十岁起开始应举,却十试不第,流离落魄,满腔怨愤,发之于诗文,内中充满不平之鸣与忠愤之气。《唐才子传》谓其"恃才忽睨,众颇憎忌。自以当得大用,而一第落落,传食诸侯,因人成事,深怨唐室。诗文多以讥刺为主,虽荒祠木偶,莫能免者",大致概括了罗隐诗歌的内容和风格。

罗隐屡试不中,他的失意诗在长歌当哭中对唐代科举制度和腐朽政治深讥冷嘲。如《曲江春感》:

> 江头日暖花又开,江东行客心悠哉。高阳酒徒半凋落,终南山色空崔嵬。圣代也知无弃物,侯门未必用非才。一船明月一竿竹,家住五湖归去来。

诗以曲江胜景反衬自己心尽气绝的伤心之情。中间二联皆反语冷嘲,包含无限愤激之意。尾联结以归隐五湖,旷怀洒落中透出孤傲峭拔之气。他的《感弄猴人赐朱绂》感情尤其沉痛愤激:

十二三年就试期，五湖烟月奈相违。何如买取胡孙弄，一笑君王便著绯。

曾慥《类说》引《幕府燕闲录》载，唐昭宗因兵乱播迁，随驾艺人仅有一名弄猴者。猴颇驯，能随班起居，昭宗赐弄猴人以绯袍，号"孙供奉"。罗隐感此而致慨。诗中用"十二三年"与"一笑"作对比，倾诉了晚唐士子多少失意伤心的血泪。《唐诗快》指出："弄猴人乃赐朱绂，则朱绂亦不值一钱矣。唐末时事至此，安得不亡！"

罗隐反映时事的作品，内容广阔，情感忧伤，"其诗自光启以后，广明以前，海内乱离，乘舆播迁。艰难险阻之事，多见之赋咏。"[①]《中元甲子以辛丑驾幸蜀四首》记录了黄巢起义，僖宗奔蜀的史事，"几时睿算歼张角，何处愚人戴隗嚣？""白丁攘臂犯长安，翠辇苍黄路屈盘。"《江亭别裴饶》："乾坤垫裂三分在，井邑摧残一半空。"《送王使君赴苏台》："两地干戈连越绝，数年麋鹿卧姑苏。疲甿赋重全家尽，旧族兵侵太半无。"描写战乱给国家和人民造成的巨大破坏，反映了诗人的忧国忧民之心。

罗隐的咏史诗，或讥刺黑暗现实，或批判传统偏见，借古讽今，抒怀泄愤。如《筹笔驿》：

抛掷南阳为主忧，北征东讨尽良筹。时来天地皆同力，运去英雄不自由。千里山河轻孺子，两朝冠剑恨谯周。唯余岩下多情水，犹解年年傍驿流。

诗中惋惜诸葛亮一生风烈，却为时势所限；而后主不贤，谯周误国，断送其功业，造成千载遗恨。全诗感慨苍凉。又如《西施》：

家国兴亡自有时，吴人何苦怨西施！西施若解倾吴国，越国亡来又是谁？

诗中批驳了"女色亡国"的传统成见，鲜明地表达了自己对成败兴亡原因的观点。见解之卓，迥出时人。

罗隐的咏物诗，别有深心。不求状物之巧，意在借题嘲讽，寓意深远。如《金钱花》讥豪门贪婪：

---

① 清王士禛《五代诗话》卷五，人民文学出版社1998年12月版，第225页。

占得佳名绕树芳,依依相伴向秋光。若教此物堪收贮,应被豪门尽劚将。

《蜂》嘲横行乡里,聚敛无厌:

不论平地与山尖,无限风光尽被占。采得百花成蜜后,为谁辛苦为谁甜?

罗隐的诗讽刺尖刻,感情激愤,而好为俚俗,流传极广。如"耳边要静不得静,心里欲闲终未闲"(《寄右省王谏议》),"今朝有酒今朝醉,明日愁来明日愁"(《自遣》),"只知事逐眼前去,不觉老从头上来"(《水边偶题》),"自家飞絮犹无定,争解垂丝绊路人"(《柳》),"谩向山头高举手,何曾招得路行人"(《仙掌》),皆脱口而出,明白如话。钱良择《唐音审体》评其诗:"气雄调响,罕与为匹。然唐人蕴藉婉约之风,至昭谏而尽;宋人浅露叫嚣之习,至昭谏而开。"可谓平正之论。

第四节　五代十国诗歌

五代虽是一个军阀混战、社会动荡的黑暗时代,但"干戈之际,犹有诗人"(《古今诗话》)。持续战乱和武夫专权,迫使中原大批文人避难南奔。而南方各地,尤其是西蜀、江南相对稳定的生存环境,宽松的政治氛围,以及君主好文尚士的儒雅之风,为文学发展提供了有利条件。由于时代衰乱和作家才力等因素的制约,加之唐末诗风巨大惯性的作用,介于唐诗和宋诗两大诗歌艺术高峰之间的五代诗歌,呈现出明显的过渡性特点,"格致卑浅",[①]成就不高。此期较为重要的诗人有韩偓、贯休、齐己、李建勋等人。

一　韩偓

韩偓(842—923),字致光,自号玉山樵人,京兆万年(今陕西西安市)人。为李商隐连襟韩瞻之子,小字冬郎,十岁能诗,李商隐许为"雏凤清于老凤声"。龙纪元年(889)登进士第,佐河中幕。历任左拾遗、谏议大夫、中书舍人、兵部侍郎、翰林学士承旨,参与机密,深得昭宗倚重。天复三年(903),因忤朱温被贬濮州司马。晚年,入闽依王审知。现存韩偓诗文集,主要有《香奁集》一卷,明毛晋汲古阁刻《五唐人诗集》本,上海医学书局据此影印;《玉

---

① 宋魏庆之《诗人玉屑》卷十六引《室中语》评语,《四库全书》本。

山樵人集》一卷,附《香奁集》一卷,《四部丛刊》影印旧抄本;清吴汝纶撰《韩翰林集评注》三卷,《香奁集》三卷,《补遗》一卷,武强贺氏刻本。

韩偓是唐末五代的杰出诗人,他的创作以天复三年(903)被贬为界,分为前后两期。前期作品以百首香奁诗为代表,多写男女艳情,远承齐梁宫体,近法义山《无题》。体情细腻真挚,格调清新自然。如《偶见》:

> 秋千打困解罗裙,指点醍醐索一尊。见客入来和笑走,手搓梅子映中门。

此诗惟妙惟肖地画出打罢秋千,笑走避客的少女形象,稚气活泼,娇痴如见。后来李清照的《点绛唇》(蹴罢秋千)词即由此诗演变而出。又如《已凉》:

> 碧阑干外绣帘垂,猩色屏风画折枝。八尺龙须方锦褥,已凉天气未寒时。

通首布景,由阑干、绣帘、屏风而至锦褥,迤逦写来,纯是景物,而景中有人,不露情思,而情愈深远。吴闿生《韩翰林集跋》称之为"含意悱恻,词旨幽眇,有美人香草之遗",不为无因。

韩偓后期历经患难战乱,国亡家破,当宗社颠覆之际,窜身于戈戟森罗之中,峥嵘于奸雄群小之间,身世乱离所感,发为苍凉激楚之音,诗风大变。《四库全书总目·韩内翰别集一卷》提要论其:"虽局于风气,浑厚不及前人,而忠愤之气,时时溢于语外。性情既挚,风骨自遒,慷慨激昂,迥异当时靡靡之响。其在晚唐,亦可谓文笔之鸣凤矣。"韩偓的诗歌用近乎编年体的方式再现了唐末动荡的历史,"往往借自述入直、扈从、贬斥、复除,互叙朝廷播迁,奸雄篡弑始末,历然如镜,可补史传之缺。"[①]如《故都》:

> 故都遥想草萋萋,上帝深疑亦自迷。塞雁已侵池籞宿,宫鸦犹恋女墙啼。天涯烈士空垂涕,地下强魂必噬脐。掩鼻计成终不觉,冯驩无路学鸡鸣。

天祐三年(906),朱温杀宰相崔胤,逼迫昭宗迁都洛阳,八月,弑昭宗。韩偓满腔悲愤而作此诗。诗人遥想家国沦亡,故都丘墟,伤心欲绝。诗中愤朱温阴险毒辣,恨自己无力报国,哀婉悱恻之中回旋着一股勃郁不平之气,撼人

---

① 明毛晋《韩内翰别集跋语》,《四库全书》本。

心魄。唐亡后，韩偓作《感事三十四韵》，历叙昭宗反正、凤翔劫迁、谋诛宦官、朱温篡唐等重大史实，抒发自己面对王朝倾覆，"郁郁空狂叫，微微几病癫。丹梯倚寥廓，终去问青天"的痛不欲生的悲愤情感。《自沙县抵尤溪县，值泉州军过后，村落皆空，因为一绝》描写战乱后广大农村残破荒芜之景：

> 水自潺湲日自斜，尽无鸡犬有鸣鸦。千村万落如寒食，不见人烟空见花。

韩偓长于七言律绝，其诗兼融杜甫的沉郁苍劲，李商隐的深曲婉丽于一体，哀音怨怒，自树一帜。纪昀《书韩致尧〈翰林集〉后》论其："诗格不能出五代诸人上，有所寄托，亦多浅露。然而当其合处，遂欲上躏玉谿、樊川，而下与江东相倚轧，则以忠义之气发乎情，而见乎词，遂能风骨内生，声光外溢，足以振其纤靡耳。"可谓中肯之语。

二 贯休

贯休（832—913），婺州兰溪（今浙江兰溪县）人。俗姓姜，字德隐。七岁出家，二十岁受具足戒。移住婺州五洩山寺，修禅十年。乾宁初，谒浙东钱镠。西游江陵依成汭，居龙兴寺，后被谮流放黔州。入蜀，为王建所重，赐号"禅月大师"，为建龙华院居之。现存《禅月集》二十五卷，《补遗》一卷，主要有《四部丛刊》影印宋抄本，明毛晋汲古阁刊本，《金华丛书》十二卷本。

贯休是唐末五代影响甚巨的诗僧。在唐末五代干戈遍地的动荡岁月中，贯休满怀急切的忧世用世之心，"为僧难得不为僧"，"长将二雅入三乘"，[1]他用诗歌抨击时弊，揭露丑恶，为民请命，处处表现出"爱平不平眉斗竖"（《义士行》）的义士气质。《唐才子传》卷十赞其："一条直气，海内无双。意度高疏，学问丛脞。天赋敏速之才，笔吐猛锐之气，乐府古律，当时所宗。虽尚崛奇，每得神助，余人走下风者多矣。"他是继李白、杜甫、元稹、白居易、温庭筠之后，又一位重要的乐府诗人。

贯休诗题材广泛，内容丰富，真实地反映了唐末五代政治动乱、军阀纷争、权贵骄奢、生民疾苦等重大现实问题。《古塞下曲四首》、《古塞上曲七首》、《胡无人》、《战城南》等诗，描写戍卒悲苦，谴责穷兵黩武，伤痛满眼，情感悲愤。如《古塞下曲四首》之二：

---

① 唐杜荀鹤《赠休禅和》，《全唐诗》卷六九二，中华书局 1960 年 4 月版，第 7961 页。

战骨践成尘,飞入征人目。黄云忽变黑,战鬼作阵哭。阴风吼大漠,火号不得
出。谁为天子前,唱此边城曲。

诗中描绘的边境战场阴森悚怖的惨烈图景,可与他《经古战场》中的"莫道路
高低,尽是战骨;莫见地赤碧,尽是征血"参读,这是对不义战争的血泪控诉。

贯休同情人民疾苦,愤恨酷吏的贪残,在《偶作五首》之一中,他用蚕妇
的悲惨遭遇,深刻揭露了统治者的残酷剥削:"尝闻养蚕妇,未晓上桑树。下
树畏蚕饥,儿啼亦不顾。一春膏血尽,岂止应王赋。如何酷吏酷,尽为搜将
去!"在《东阳罹乱后怀王慥使君五首》之五中,更把酷吏贪残与农民起义联
系起来,揭示出当时尖锐的阶级矛盾以及世乱道丧的严重形势:

无人与奏吾皇去,致乱唯因酷吏来。刳剥生灵为事业,巧通豪谱作梯媒。

贯休还写有许多嘲讽豪门贵族穷奢极欲的诗。《公子行》讥刺贵族公子
"金玉其外,败絮其中"的愚妄;《少年行二首》鞭挞纨袴子弟骄奢残暴,好赌
浪荡;《富贵曲》极写豪门挥霍无度,饮食无节,结尾冷然发问:"宁知耘田车
水翁,日日日炙背欲裂!"对比鲜明,发人深省,谴责之意尽在其中。

贯休的诗骨气浑成,意境卓异,语言质朴,不避俚俗。吴融《禅月集序》
论其在唐末五代诗坛之地位时说:"上人之作,多以理胜,复能创新意,其语
往往得景物于混茫自然之际,然其旨归,必合于道,太白、乐天既殁,可嗣其
美者,非上人而谁。"

第十章　韩、柳与唐代散文创作

唐代散文是继先秦两汉之后，我国古代散文史上又一繁荣兴盛的时期。在将近三百年时间内，三千多名作者，创作了两万两千多篇作品，作家之众，作品之富，堪称空前。尤其是韩愈、柳宗元所倡导的古文革新，以明确的理论和骄人的实绩，把唐代散文的发展推向了高峰。

第一节　韩、柳之前的唐代古文

所谓"古文"，即秦汉以来通行的散文，是与讲究声律、辞藻、用典和排偶的"骈文"相对而言的。它以散句单行、不拘格式为基本特征。唐以前并无"古文"之名，"古文"作为一种文体概念，由韩愈最先提出。① 曾国藩明确指出，"古文"乃"韩退之氏厌弃魏、晋、六朝骈俪之文，而反之于六经、两汉，从而名焉者也。"②刘师培更具体阐明："唐人以笔为文，始于韩柳"，"夫二子之文，气盛言宜，希踪子史。而韩门弟子有李翱、皇甫湜诸人，偶有所作，咸能易排偶为单行，易平易为奇古，复能务去陈言，辞必己出。当时之士，以其异于韵语偶文之作也，遂群然目之为古文。"③

韩、柳的古文革新在中唐形成巨大声势，乃是一定历史条件下，文体与文学发展的历史潮流，并非某一人之力所能为。

我国散文发展至先秦时代，已经取得了辉煌成就。诸子之文，明析事理，气盛辞壮；史家之文，文约事丰，简明生动。皆以意为主，不拘形式。散文的骈俪化，是两汉散文和辞赋发展的结果。刘师培在《论文杂记》中指出：

---

① 把"古文"作为与"骈文"对立的文体概念，明确提出者是韩愈。见《师说》、《与冯宿论文书》、《考功员外卢君墓志铭》、《题欧阳生哀辞后》等文。

② 清曾国藩《曾文正公全集·书札》卷十四《复许仙屏》，吉林人民出版社1995年10月版，第2256页。

③ 刘师培《论文杂记》，人民文学出版社1959年11月版，第120页。

西汉之时，……若贾生作论，史迁报书，刘向、匡衡之献疏，虽记事记言，诏书简册，不欲操觚率尔，或加润饰之功，然大抵皆单行之语，不杂骈俪之词；或出语雄奇（如史迁、贾生之文是），或行文平实（如晁错、刘向之文是），咸能抑扬顿挫，以期语意之简明。东京以降，论辩诸作，往往以单行之语，运排偶之词，而奇偶相生，致文体迥殊于西汉。

魏晋以来，随着"文学的自觉时代"的到来，作家越来越重视文学作品的形式美，文学逐步朝着重摛藻、对偶、隶事、声律的方向发展，文风日趋"绮丽"，骈体文由此兴起，至六朝而达到鼎盛。不少作品一味追求骈俪，"竞一韵之奇，争一字之巧；连篇累牍，不出月露之形；积案盈箱，唯是风云之状。"①骈文这种空洞浮艳、雕绣藻绘的唯美主义倾向，使之成为表达思想和反映现实的桎梏，阻碍着散文的健康发展。因此，在骈文发展的同时，也就产生了改革这种文体的要求。

北魏苏绰，首开复古风气，仿《周书》而作《大诰》。虽糠粃魏晋，务存质朴，然食古不化，聱牙佶屈，不可卒读。隋朝李谔痛文风轻薄，上书请革文华。文帝为之普诏天下，要求公私文翰，并宜实录，以行政命令强制推行文章改革。然而单纯追求实用而反藻饰，并未触及骈文根柢。况且李谔之文，"虽志存于典谟，而词不离于偶对；碌碌丽词，不免风气所囿乎。"②终隋一代，文章仍皆不脱俪偶。

隋唐之际的王通，以儒家道统自命，在《中说·天地篇》中强调文章要"贯乎道"，"济乎义"，"上明三纲，下达五常"，"征存亡，辩得失"，初具文以载道的观念，为韩、柳古文理论之先声。但王氏一意拟古，仿儒典作《元经》，重道轻文，对文学本身特点并无认识。至唐初，陈子昂出，"始变雅正"，大张"复古"旗帜，主张诗文恢复风雅比兴传统和汉魏风骨，他的散文，"属词皆以经典为本，时人钦慕之，文体一变"（《旧唐书》本传），被视为古文革新的开端。韩愈在《荐士》诗中说："国朝盛文章，子昂始高蹈"，充分肯定了他的开创之功。天宝之后，涌现出了萧颖士、李华、元结、独孤及、梁肃、柳冕等一批倡导古文的作家。他们在理论和实践两方面都为韩、柳的古文革新奠定了坚实的基础。

---

① 隋李谔《上隋文帝论文书》，周祖譔《隋唐五代文论选》，人民文学出版社 1990 年 5 月版，第 2 页。

② 钱基博《中国文学史》上册，中华书局 1993 年 4 月版，第 249 页。

　　萧颖士为文，宗经尚用，推崇贾谊、陈子昂，自云"平生属文，格不近俗，凡所拟议，必希古人。魏晋以来，未尝留意"，"经术之外，略不婴心"（《赠韦司业书》）。李华强调道为文本，文切实用，"文章本乎作者，而哀乐系乎时。本乎作者，六经之志也；系乎时者，乐文武而哀幽厉也"（《赠礼部尚书清河孝公崔沔集序》）。独孤及批判骈文华而不实，"有饰其辞而遗其意者，则润色愈工，其实愈丧"（《赵郡李公中集序》），提倡文章本乎王道，源于五经。梁肃要求文以明道，"故道德仁义，非文不明；礼乐刑政，非文不立。文之兴废，视世之治乱；文之高下，视才之厚薄"（《独孤及集后序》）。柳冕更进一步发展了萧颖士等人的理论，宗经色彩更浓，倡古文，重教化，"文章本于教化，形于治乱，系于国风"（《与徐给事论文书》）。但是，综观这一时期的古文理论，不仅缺乏明确性和系统性，而且存在着重道轻文的片面性。在创作上，除元结的古文较有成就外，其余诸家均存在着"言虽近道，辞则不文"的弊端，正如柳冕所自云"虽知之不能文之，纵文之不能至之"（《与滑州卢大夫论文书》）。因此，唐代古文革新的最终完成，不得不有待于韩、柳了。

第二节　韩愈、柳宗元的古文理论

　　《旧唐书·韩愈传》云："大历、贞元之间，文字多尚古学，效扬雄、董仲舒之述作，而独孤及、梁肃最称渊奥，儒林推重。愈从其徒游，锐意钻仰，欲自振于一代。"中唐大历、贞元时期，倡导"古学"已形成风气。至元和之初，伴随着社会政治改革潮流的来临，文学革新也在诗文领域里蓬勃展开，元白的新乐府创作和韩柳的古文革新，正是在这种历史条件下产生的。韩、柳鉴于当时思想领域儒道衰微，文坛上骈文势力仍盛的局面，大力推进古文革新。在政治上，要求恢复儒学道统，整饬封建秩序，挽救危局，促进"中兴"。在文学上，极力反对六朝骈文，要求革除浮艳文风，用质朴自由的秦汉式散体古文传载古道。韩愈以文坛领袖自居，首倡古文，一时"韩门弟子"甚众，李翱、皇甫湜、李汉等同声相求，推波助澜，文坛盟友柳宗元更给予最强有力的支持，古文革新至此蔚然成风，并取得丰硕成果。宋初姚铉《唐文粹序》回顾此时由于文体的改革和解放，造成散文极大发展及其昌盛局面时，不禁感慨系之："世谓贞元、元和之间，辞人咳唾，皆成珠玉，岂诬也哉！"

　　作为古文革新的积极倡导者，韩愈、柳宗元所提出的系统明确的理论主张，对我国文学思想和散文理论的发展产生了深远的影响。他们古文理论的具体内容主要有以下几个方面：

（一）文以明道，注重实用。文以明道是韩愈古文理论的中心论点。他在《争臣论》中说："君子居其位，则思死其官。未得位，则思修其辞以明其道。"又说："愈之所志于古者，不惟其辞之好，好其道焉耳。"（《答李秀才书》）"愈之为古文，岂独取其句读不类于今者邪？思古人而不得见，学古道则欲兼通其辞。通其辞者，本志乎古道者也。"（《题欧阳生哀辞后》）韩愈所说的"古道"，指的是正统的儒家之道，他解释说："吾所谓道也，非向所谓老与佛之道也。尧以是传之舜，舜以是传之禹，禹以是传之汤，汤以是传之文武周公，文武周公传之孔子，孔子传之孟轲，轲之死，不得其传焉。"（《原道》）这就是"道统"，而韩愈自己正是以孟轲之后的道统继承者自居的。面对佛老猖獗，杨墨交乱，儒道崩坏的现实，韩愈要"障百川而东之，回狂澜于既倒"（《进学解》），恢复道统的决心是如此之大，乃至发出"使其道由愈而粗传，虽灭死万万无恨"（《与孟尚书书》）的豪迈誓言。韩愈提倡的古道是以儒家仁政为主，以除弊救时为宗旨，具有鲜明的现实针对性。柳宗元也在其《答韦中立论师道书》中明确声明："始吾幼且少，为文章，以辞为工。及长，乃知文者以明道。"在他们看来，道是目的，文是手段；道是内容，文是形式。好"古道"，必爱"古辞"；好"古辞"，必写"古文"。而"古文"是传"道"的工具。

（二）不平则鸣，穷言易好。韩愈继承了我国古代诗"可以怨"的传统，从自身的坎坷遭遇和生活感受出发，提出了文学创作是"不平则鸣"的产物，把明道与批判社会不公，抒发郁愤结合起来，这无疑是中国古代封建社会中一个富有民主精神和反抗精神的重要命题。他在《送孟东野序》里说道："大凡物不得其平则鸣。草木之无声，风挠之鸣。水之无声，风荡之鸣。其跃也，或激之；其趋也，或梗之；其沸也，或炙之。金石之无声，或击之鸣。人之于言也亦然。有不得已者而后言，其歌也有思，其哭也有怀。凡出乎口而为声者，其皆有弗平者乎！"在韩愈看来，文学主要是表现作家思想感情和愿望的。"鸣"产生于"不平"，这其实是司马迁《诗》三百篇，大抵圣贤发愤之所为作也"、"此人皆意有所郁结，不得通其道也"（《太史公自序》）的"发愤"著书说的更进一步发展，它是对文学积极干预现实，对不合理现象愤怒抗争的鼓励和肯定。与此相联系，韩愈还在《荆潭唱和诗序》中提出了"穷苦之言易好"的可贵论题："夫和平之音淡薄，而愁思之声要妙；欢愉之辞难工，而穷苦之言易好也。是故文章之作，恒发于羁旅草野。至若王公贵人，气满志得，非性能而好之，则不暇以为。"只有真正有"不平"，才能"善鸣"，即有无真实、强烈的感情，是决定文学作品成败的关键。韩愈的"不平则鸣"、"穷而后工"的思想，对宋以后许多文学家产生了很大影响。

（三）闳中肆外，气盛言宜。韩愈、柳宗元都非常重视作家的内在修养。柳宗元强调："文以行为本，在先诚其中"（《报袁君陈秀才避师名书》）；"文章，士之末也，然立言存乎其中。"（《与杨京兆凭书》）韩愈更具体指出，作家的内在修养包括儒学修养和艺术修养两方面。前者应"行之乎仁义之途，游之乎《诗》、《书》之源。无迷其途，无绝其源，终吾身而已矣"（《答李翊书》）；后者应"上规姚姒，浑浑无涯。周诰殷盘，佶屈聱牙。《春秋》谨严，左氏浮夸。《易》奇而法，《诗》正而葩。下逮庄、骚、太史所录。子云、相如，同工异曲。先生之于文，可谓闳其中而肆其外矣。"（《进学解》）修养就是养气，"气盛则言之短长与声之高下者皆宜。"柳宗元也以亲身体会说明了这一问题："吾每为文章，未尝敢以轻心掉之，惧其剽而不留也；未尝敢以怠心易之，惧其弛而不严也；未尝敢以昏气出之，惧其昧没而杂也；未尝敢以矜气作之，惧其偃蹇而骄也。"（《答韦中立论师道书》）韩、柳强调作家应加强修养，保证了文以明道的原则得以贯彻。

（四）含英咀华，词必己出。韩、柳倡导与创作古文，反对骈文，并非形式主义的拟古和粗暴简单的否定，而是自觉地遵循文学自身的发展规律，对前人积累的艺术经验去粗取精，含英咀华，将其有价值的积极成果加以吸收，融入自己的创作实践。对骈文，他们舍弃其僵化的形式，而在句式、声韵、词藻等方面继承了它的艺术技巧，大大增强了文章的表现力。另一方面，韩愈更强调学习古人应该"师其意，不师其辞"（《答刘正夫书》），要求"惟陈言之务去"（《答李翊书》），扬弃陈词滥调，大胆创造适于表达自己思想的新辞汇。他在《南阳樊绍述墓志铭》中鲜明提出"词必己出"的观点，对蹈袭前人的风气痛下针砭，热情呼吁文章的独创性。柳宗元自述为文旁推交通，各取所长，反对盲目师古，食古不化。他尖锐批评"荣古虐今者"，"渔猎前作，戕贼文史"（《与友人论文书》）的恶劣做法，主张"先穷昔人书，有不可者而后革之"（《与刘禹锡论〈周易〉九六书》）。在张扬复古的大潮中，柳宗元尊重古人但又不迷信古人，并能针对文坛上出现的不良偏向提出批判，尤其难能可贵。

韩、柳在中唐古文革新中所提出的一系列理论主张，不仅保证了古文创作始终在明确的理论和原则的指引下健康发展，而且为丰富我国古代文学理论的宝库作出了杰出贡献。韩、柳既理论引导，又率先垂范，以杰出的古文创作成就，树立了新文体的威望，开拓了散文的应用范围，奠定了以唐宋八大家为代表的散文传统，对我国文学的发展产生了深远的影响。

第三节　韩愈的古文实绩

韩愈是我国文学史上继司马迁之后，又一位杰出的散文大家。他的古文创作，是他政治思想的具体表现，也是他古文理论的具体实践，代表着唐代古文革新的最高成就。

韩愈的议论文包括政治、哲学、文艺论文和其他杂论，内容广博，思想丰富。《守戒》、《论淮西事宜状》、《论佛骨表》、《论天旱人饥状》、《子产不毁乡校颂》等，议论国家大事。《原道》、《原性》、《原人》、《原鬼》等，阐述哲学思想。《南阳樊绍述墓志铭》、《送孟东野序》、《荆潭唱和诗序》、《答李翊书》等，谈文论艺。《原毁》、《师说》、《讳辩》、《杂说其四》、《获麟解》等，杂论各种问题。这类文章大都"因事陈辞"，针对现实，有所为而作，实为其文以明道信念下的不平之鸣，其特点是"发言真率，无所畏避"（《旧唐书》本传），观点鲜明，说理透辟，逻辑严密，具有强烈的主观感情色彩。《论佛骨表》为元和十四年（819）韩愈谏宪宗迎佛骨所上奏疏。他以非凡的胆略和气魄，从维护唐王朝长治久安的统治秩序和皇帝无上尊严的立场出发，犯颜直谏，勇触逆鳞，以大量历史事实为根据，以先王之教化为武器，以中国为本位，无情地揭露抨击了宪宗迎佛骨、崇佛教的荒谬与危害。文中摆事实，讲道理，开篇即大量引证"书史"资料，让历史事实说话。先说佛教未流入中国以前的情况，君主都是长命百岁，"时天下太平，百姓安乐寿考"；再谈佛教流入中国以后的情况，历代帝王，无不"事佛渐谨，年代尤促"。其间，梁武帝奉佛尤诚，结果为侯景所逼，饿死台城，国亡身灭，"事佛求福，乃竟得祸。"通过大量历史事实的前后对比，从正反两方面自然归纳出"佛不足事"这一无可辩驳的中心论点。然后从远到近，由古及今，再以唐高祖排佛的遗志与宪宗佞佛的表现，先王的礼法与宪宗崇佛的行为，处处对比，从正反两方面证明"佛不足事"，事佛有害。最后提出"永绝根本"的排佛措施。文章感情激越，鲠言无忌，服之以理，动之以情，具有极强的感染力和说服力。特别是他那种"佛如有灵，能作祸祟，凡有殃咎，宜加臣身"的自我牺牲精神，"宜付有司，投诸水火，永绝根本"的坚决彻底的反佛态度，千古之下，义烈英风尤在人心。《原毁》直接针对当时朋党纷争，士人间相互排挤倾轧的病态社会风气，探求毁谤恶习之本原。通过对当时社会现象的精辟分析和生动描写，揭露了"今之君子"所以要诋毁后进之士的根本原因是"怠与忌"，"怠者不能修而忌者畏人修"。文章用古今"君子"责己、待人的不同态度的对比，谴责了"今之君子"百般挑剔、诋毁后进之士的恶劣风气,深刻揭示了他们的卑劣心理,指责了由此而造成的"事修而谤兴,德高而毁来"的不正常现象,发出"士之处此世,而望名誉之光、道德之行,难矣"的不平之鸣。此文在写作手法上,每段开头,都先用三言两语提出一个观点,然后铺陈开去,进行论证。层次分明,一目了然。段与段之间,均采用对比加排比的写法,一气贯注,环环紧扣,对比鲜明,是非自见。并在论点与论据的逻辑关系中,辅之以人物声音笑貌的描写,增加了文章的生动性与表现力。这种独具个性特色的写法,在《师说》、《答李翊书》、《原道》等论文中都有体现。

　　韩愈的叙事散文包括传记散文和应用散文。他的传记散文在师法《史记》、《汉书》传记文传统的基础上,加以创造发展。《张中丞传后叙》生动叙述了张巡、许远、南霁云等英雄死守睢阳,英勇抗敌的感人事迹,绘声绘色,可歌可泣。文章的主旨本在驳斥攻击张巡等平叛功臣的谰言,但以叙为议,叙议结合。结构上以张巡为中心,以许远、南霁云为陪衬,每个人物只选取几个典型细节加以描写,着力为人物传神。其中南霁云乞师贺兰一段尤其精彩:

　　　　南霁云之乞救于贺兰也,贺兰嫉巡、远之声威功绩出己上,不肯出师救。爱霁云之勇且壮,不听其语,强留之,具食与乐,延霁云坐。霁云慷慨语曰:"云来时,睢阳之人不食月余日矣。云虽欲独食,义不忍;虽食,且不下咽。"因拔所佩刀,断一指,血淋漓,以示贺兰。一座大惊,皆感激,为云泣下。云知贺兰终无为云出师意,即驰去。将出城,抽矢射佛寺浮图,矢著其上砖半箭,曰:"吾归破贼,必灭贺兰,此矢所以志也。"

作者运用高度典型化的方法,精心选材,将求援经过,一语带过,只选取贺兰宴请南霁云的一个场面加以记叙,着重记述了南霁云的言论和行动。壮士不忍独食的慷慨陈词,断指斥贺兰的细节刻画,四座惊佩感激泣下的气氛烘托,栩栩如生地勾勒出一个忠勇果敢的英雄形象。全文叙事波澜迭起,段落间侧接横出,变化莫测,"语已毕而异峰突起,势欲连而横风吹断,随事曲注,不用钩连,而神气毕贯,章法浑成,直起直落,言尽则意止。而生气奋动,笔有余势,跌宕俊迈,盖学太史公而神行气化,不为字模句拟之貌似者也。"①韩

---

　　①　钱基博《韩愈志·韩集籀读录》,转引自孙昌武《韩愈选集》,上海古籍出版社1996年6月版,第295页。

愈的应用散文,主要是一些墓志碑铭类文字。代表作《柳子厚墓志铭》,选取柳宗元一生中四个片断,突出而具体地概括了柳宗元一生的不幸遭遇,刻画了一位"议论证据今古,出入经史百子"的杰出古文家形象。文中有的段落夹叙夹议,在形象的对比中,有力地抨击了落井下石者的可耻嘴脸,揭露了当时社会的冷酷无情;有的段落层层递进,深刻地阐述了"不平则鸣"、"穷而后工"的精辟见解。《南阳樊绍述墓志铭》也是此类感情真挚、发自肺腑的文字。

韩愈的抒情散文多见于祭文和赠序中。《祭十二郎文》抒发作者与十二郎的生死离别之痛,通篇情意刺骨,无限凄切,被誉为"祭文中千年绝调"。作者以痛哭为文章,把家庭琐事的诉说,与对十二郎的深切悼念交织在一起,亲切的叙述和浓郁的抒情融为一体,充分表达了作者恳挚的骨肉之情和宦海浮沉的人生感叹。字字血,声声泪,哀情满纸。清林云铭《韩文起》卷八评此文说:"祭文中出以情至之语,以兹为最。盖以其一身承世代之单传,可哀一;年少强且早逝,可哀二;子女俱幼,无以为自立计,可哀三;就死者论之,已不堪道如此,而韩公以不料其死而遽死,可哀四;相依日久,以求禄远离不能送终,可哀五;报者年月不符,不知是何病亡,何日殁,可哀六。在祭者处此,更难为情矣。故自首至尾,句句俱以自己插入伴讲:始相依,继相离,琐琐叙出;复以己衰当死,少而强者不当死,作一疑一信波澜。然后以不知何病,不知何日,慨叹一番。末归罪于己,不当求禄远离,而以教嫁子女作结。安死者之心,亦把自家子女,平平叙入。总见自生至死,无不一体关情,悱恻无极,所以为绝世奇文。"《送李愿归盘谷序》曾被苏轼夸张地誉为唐代第一篇奇文。作者独具匠心地运用对比反衬、叙议相生的手法,前以盘谷之得名起,后以盘谷之可乐结,中间滔滔长文,皆复述李愿之语以刻画三种人:一种是声势显赫的得意权贵;一种是隐居山林的高洁之士;一种是追名逐利的无耻小人。作者以冷峻之笔,对权贵和小人的种种丑行,进行了穷形尽相的逼真描摹:

> 其在外,则树旗旄,罗弓矢,武夫前呵,从者塞途,供给之人,各执其物,夹道而疾驰。喜有赏,怒有刑。才畯满前,道古今而誉盛德,入耳而不烦。曲眉丰颊,清声而便体,秀外而惠中,飘轻裾,翳长袖,粉白黛绿者,列屋而闲居,妒宠而负恃,争妍而取怜。……伺候于公卿之门,奔走于形势之途,足将进而趑趄,口将言而嗫嚅。处秽污而不羞,触刑辟而诛戮,侥幸于万一,老死而后止者,其于为人贤不肖何如也?

庸俗官僚志满意得,穷奢极欲,喜怒无常,装腔作势之丑态,利欲熏心之徒钻营拍马,仰人鼻息,不择手段,寡廉鲜耻之嘴脸,在作者笔下暴露无遗,而君主之昏庸,吏治之腐败自可从中想见。文章嬉笑怒骂,淋漓酣畅,充满了强烈的愤世嫉俗的批判精神。

韩愈的古文内容广博,众体兼善。其议论文缜密雄健,汪洋恣肆;记叙文简洁生动,形象鲜明;抒情文情深意挚,真切感人,具有多样的艺术特色。而雄健奔放、波澜壮阔历来被公认为是对他艺术风格的总概括。韩愈的弟子皇甫湜称他的文章"如长江秋清,千里一道,冲飙激浪,瀚流不滞"(《谕业》),"茹古涵今,无有端涯;浑浑灏灏,不可窥校"(《韩文公墓志铭》)。宋代苏洵也说:"韩子之文,如长江大河,浑浩流转,鱼鼋蛟龙,万怪惶惑,而抑遏掩蔽,不使自露。"(《上欧阳内翰第一书》)韩愈在古文革新中的杰出成就,使他成为一代宗师,备受后人景仰。苏轼在《潮州韩文公庙碑》中所言,最足以说明韩愈在文学史上的不朽地位:"文起八代之衰,而道济天下之溺;忠犯人主之怒,而勇夺三军之帅。此岂非参天地,关盛衰,浩然而独存者乎?""匹夫而为百世师,一言而为天下法。"韩愈是一位集前人之大成,开后人无数法门的大家,他是我国散文艺术园林中的一棵根深叶茂的常青树。

第四节　柳宗元的古文实绩

柳宗元和韩愈齐名,都是唐代古文革新的杰出领袖。二人的创作各具特色,自有所长,"昌黎以善纵见长,河东以能炼取胜。昌黎之博大,固非河东所及;河东之谨严,岂亦昌黎所得为?"[①]他们是唐代散文史上并峙的双峰。

柳宗元的古文按体裁可分为议论文、传记、寓言和游记四种,内容涉及社会政治、经济、军事、文化、宗教、哲学、历史等诸多方面,形式活泼多样。他的议论文包括哲学论文、政治论文和文学论文。《贞符》、《时令论》、《断刑论》、《天说》、《天对》等,批判神怪迷信,宣扬唯物主义。《封建论》、《六逆论》、《晋文公问守原议》、《谤誉》、《驳复仇议》、《敌戒》等,论古箴今,为现实服务。《答韦中立论师道书》、《报崔黯秀才论为文书》、《答吕道州温论国语书》、《与友人论为文书》等,论文明道,针砭文坛弊端。这些论文具有思想新

---

① 清陶元藻《泊鸥山房集》卷十一《与蔡芳三论韩柳文优劣书》,嘉庆癸酉衡河草堂刊本。

颖，识见卓异，"议论证据今古，出入经史百子，踔厉风发"①的突出特点。《封建论》是针对中唐藩镇割据的社会现实而发的议论。文章首先揭出"封建非圣人意"的中心论点，接着从分析社会发展入手，以周、秦、汉、唐的史实为依据，比较论证分封制与郡县制的优劣，并有力驳斥各种鼓吹恢复分封制的谬说，指出郡县制取代分封制是社会发展的必然趋势，具有极强的说服力。苏轼说："昔之论封建者，曹元首、陆机、刘颂及唐太宗时魏徵、李百药、颜师古，其后则刘秩、杜佑、柳宗元。宗元之论出，而诸子之论废矣。虽圣人复起，不能易也。"（《东坡志林·论封建》）吴汝纶赞其写作艺术说："体势雄俊，辞理廉悍劲古，宋以来无之。"②

《捕蛇者说》是一篇带有文艺性的议论文。作者从唐代的现实出发，就孔子的"苛政猛于虎"一语立意，通过对蒋氏一家三代冒死捕蛇抵当赋税的悲惨遭遇，及其乡邻十室九空的记述，揭露了统治阶级横征暴敛的罪恶，揭示了中唐社会尖锐复杂的阶级矛盾，表现了作者对劳动人民的深切同情。文章突出运用了对比和衬托的手法：以毒蛇和苛政比，以蒋氏和乡邻比，用永州异蛇的剧毒和永州人争奔捕蛇相衬托，用蒋氏三代捕蛇的悲惨遭遇和他不愿更此役、复旧赋相衬托，都是为了说明"赋敛之毒有甚是蛇"的道理，从而大大增加了文章的感染力和揭露效果。

柳宗元的传记文包括两类：一类是以史实为据的人物传记，如《段太尉逸事状》、《童区寄传》、《处士段弘古墓志》等；另一类是用传奇笔法写作的传记文，类似寓言小品，如《宋清传》、《种树郭橐驼传》、《梓人传》等。这些文章，学习《史记》、《汉书》之法而能自成一体，描写生动，剪裁精当，无论记事、记言，都能曲尽其妙；感情深隐，笔致内敛，善于在客观描写中，让自己的感情倾向自然流露出来，酷似司马迁笔法。《段太尉逸事状》择取段秀实三件逸事加以记叙：严惩郭晞的士兵，卖掉自己的马代民还谷，拒纳叛逆朱泚的礼物，以此显现段秀实的刚正、仁厚和节操，描绘了一个忠义慷慨，有勇有谋，清廉爱民，临财不苟的清官形象，同时也揭露了唐代社会的黑暗和贵族、军阀残害人民的罪恶。作者善于将人物置于激烈的矛盾冲突中，用细节展现人物形象，揭示人物内心世界。如文中写段秀实卖马代民偿租一节：

---

① 唐韩愈《柳子厚墓志铭》，《韩昌黎集》卷三十二，商务印书馆 1958 年 8 月《国学基本丛书》本，第 69 页。

② 高步瀛《唐宋文举要》甲编卷四，中华书局 1963 年 2 月版，第 459 页。

(焦令)谌盛怒,召农者曰:"我畏段某耶?何敢言我?"取判铺背,以大杖击二十,垂死,舆来庭中。太尉大泣曰:"乃我困汝!"即自取水洗去血,裂裳衣疮,手注善药。旦夕自哺农者,然后食。取骑马卖,市谷代偿,使勿知。

寥寥数笔,焦令谌的骄横残暴,百姓的苦难无告,段秀实的宽厚仁爱,均形神逼肖地出现在读者眼前。而在冷静客观的叙写中,作者对不法豪强的贬斥,对苦难人民的同情,对为民请命的清官的礼赞,都力透纸背,情在词中,爱憎极其分明。《处士段弘古墓志》着重表现其"刚峭少合,尤潒落"的性格特点。文中仅择三事加以叙写:"闻襄阳节度使于頔好人大言,遂干以兵法,一见甚喜。居月余,视頔终不可与立功,又遁去",表现其既急于用世,又不求苟合的处世态度;"陇西李景俭、东平吕温,高气节,尚道艺。闻其名求见,大欢,留门下,或一岁,或半岁。与言不知日出",表现他的交友之道;"途过桂,桂守旧知君,拒不为礼。君愤怒,发病不肯治。曰:'平生见大人,未尝相下,今穷于此!年加老,接接无所容入也,益困于俗笑,吾安用生为?埋道边耳!'居六月,死逆旅中",写其悲惨的结局和刚烈峻峭的性格。作者通过人物自己的一系列语言行动,使一个有才华,有气节,而又不得志的豪侠之士的形象栩栩如生,呼之欲出,极具个性特色。

柳宗元用传奇法写作的传记文,大多借此寓彼,托物寄意,用来"发抒己议,类庄生之寓言"①。《梓人传》借梓人之事论述宰相治国之道。文章记叙和议论相结合,举梓人之事以陈宰相之理,通篇均以梓人与宰相对举、相比而成文。前面写梓人,着重叙事;后面论宰相,着重说理。前面叙梓人之事,以作者对梓人之观感为线索:先写梓人自许"舍我,众莫能就一宇",可是,他自己的床缺了腿却不能修理,竟借口"将求他工","余甚笑之,谓其无能而贪禄嗜货者";后叙作者在京兆尹官署里的施工场地目睹梓人指挥若定、得心应手的情景,"余圜视大骇,然后知其术之工大矣";继而"叹曰","是足为佐天子相天下法矣"。通过由"笑"到"骇"到"叹"的变化,叙述了梓人高超的技艺,同时也逐步揭示了梓人之道的内容,成为下面论述宰相之道的基础。作者认为梓人是"能知体要者","足为佐天子相天下法矣"。由此生发议论,连续使用六个"犹"字,以梓人为譬喻,从正反两个方面来论述宰相治国之道。然后又深入一步,补论宰相应守道不屈。最后水到渠成,用"余谓梓人之道

① 清爱新觉罗·弘历《唐宋文醇》卷十一《河东柳宗元文》,《四库全书》本。

类于相,故书而藏之"一句结出全篇题旨。文章立论明彻,说理透辟,表现了柳宗元论说文的特色。同时,它又具有柳宗元传记文的特点,善于用简朴生动的语言勾勒人物形象。全文叙议结合,浑然一体,和谐完整地体现了文章的中心思想。《种树郭橐驼传》也体现了这种特色。

柳宗元的寓言讽刺小品均作于被贬永州之后。他继承了先秦诸子善用寓言故事作比喻的传统,或针砭时弊,或鞭笞丑类,或剖析人情,短小警策,幽默含蓄,充分发挥了讽刺文学的艺术特长。在著名的《三戒》中,柳宗元根据对现实生活的细致观察和深刻体验,成功地塑造了麋鹿、驴子和老鼠的艺术形象。借题发挥,托物寓意,深刻地揭露了中唐社会政治生活中那些依仗权势,恃宠而骄,不学无术,外强中干,窃时肆暴,胡作非为的一类人物的丑恶面目和可悲下场,讥切时弊,意近风骚,现实性和战斗性极强。《蝜蝂传》借蝜蝂为喻,无情地讽刺了贪得无厌、拼命向上爬的封建官僚的丑恶行径,揭露了当时社会的黑暗面。愤世嫉俗的主观激情,含蓄隽永的叙事喻理,精练犀利的语言艺术,构成了柳宗元寓言极富个性化的特点。在柳宗元手中,寓言从历史、哲学和政论著作中分离出来,成为独立的、完整的文学作品。柳宗元是我国寓言文学的完成者,他在寓言史上的开创性和示范性作用,有力地促进了后世寓言的发展。

柳宗元散文创作中最富艺术独创性的是山水游记。这类作品大多写于永州。《新唐书·柳宗元传》说:"既窜斥,地又荒疠,因自放山泽间,其堙厄感郁,一寓诸文。"柳宗元在永州十年,心情抑郁烦闷,经常寻山访水,在自然美景中排遣愁怀。他曾在诗中声明:"投迹山水地,放情咏《离骚》。"(《游南亭夜还叙志七十韵》)借描写山水来抒写自己的不幸遭遇和对现实的不满,寄托自己被贬后的忧苦心情和渴望在政治上有所作为的思想,是柳宗元在长期贬谪生活中所写的一系列优秀游记作品的重要特点。"材不为世用,道不行于时",[1]是柳宗元最大的不幸和苦恼。他在游记中常借美好的山水被弃置,来抒发自己的怀才不遇之情,《永州八记》正是他游记中的骚体文。《钴鉧潭西小丘记》在交待小丘的位置后,接着用比拟手法对小丘上的群石进行精细刻绘:

　　其石之突怒偃蹇,负土而出,争为奇状者,殆不可数。其嵚然相累而下者,若牛

---

①　唐韩愈《柳子厚墓志铭》,《韩昌黎集》卷三十二,商务印书馆 1958 年 8 月《国学基本丛书》本,第 71 页。

马之饮于溪；其冲然角列而上者，若熊罴之登于山。

在作者的生花妙笔下，无知的奇石被赋予了蓬勃的生命。在买小丘、修小丘、游小丘之后，作者写道：

> 噫！以兹丘之胜，致之沣、镐、鄠、杜，则贵游之士争买者，日增千金而愈不可得。今弃是州也，农夫渔父过而陋之。贾四百，连岁不能售。而我与深源、克己独喜得之，是其果有遭乎！书于石，所以贺兹丘之遭也。

写小丘的被冷落、被弃置，实际上是暗喻自己的政治遭遇和处境；同情小丘的不幸并为之不平，实际上是抒发自己被贬南荒的天涯沦落之叹；贺小丘之有遭，也隐藏着作者渴望被重新起用的殷殷期盼。

准确地捕捉自然景物特征，用细腻的笔触，精炼准确地加以描绘，是柳宗元山水游记最主要的艺术特征。《至小丘西小石潭记》是一篇情景交融，绘形绘声的佳作。作者以小石潭为刻画重点，着力描绘了小石潭的秀丽景色。全文匠心独运，妙笔传神，将所见、所闻、所感组织成一幅完美和谐的立体山水图，远近相交，动静相衬，情景相融，显示了作者描写自然景物时"漱涤万物，牢笼百态"(《愚溪诗序》)的卓越技艺。

柳宗元的散文，不仅具有丰富的社会内容和强烈的思想性，而且具有独到的艺术特色。他的挚友韩愈许之为"雄深雅健，似司马子长"[1]。《旧唐书·柳宗元传》称其文"精裁密致，璨若珠贝"。在中国散文史上，韩、柳并称，风格各异。韩文雄豪奇崛，柳文简练峭密。韩文如波涛滚滚的长江大河，柳文似凄清幽深的幽篁曲涧，一壮美，一幽美。韩文得孟轲之气，柳文承楚骚之泽。作为唐代散文冠冕的韩、柳文，对我国散文的发展，产生了深远的影响。

第五节　晚唐讽刺小品文的兴起

唐代古文在韩、柳之后，逐渐走向衰微。一方面，纷乱的政局使士人难以有所作为，他们感伤颓废，消极避世，沉迷声色。与此相应，诗风浮艳，文

---

[1] 唐刘禹锡《唐故柳州刺史柳君集序》，《刘梦得文集》外集卷七，《四部丛刊》本。

风柔靡,骈体文再度崛起于文坛。另一方面,韩、柳后继者普遍缺乏渊博的学识和恢宏的才气,片面追求语怪辞奇,致使文章艰深难解,古文创作之路越走越窄。在晚唐社会的急剧动荡中诞生的讽刺小品文,可说是韩、柳古文之后,唐代散文的最后辉煌。

晚唐小品文的兴起,是由时世黑暗,作家遭遇坎坷,文网宽松以及韩、柳古文革新的影响等多种因素促成的。史载:"自懿宗以来,奢侈日甚,用兵不息,赋敛愈急。关东连年水旱,州县不以实闻,上下相蒙,百姓流殍,无所控诉,相聚为盗,所在蜂起。"①自咸通元年(860)起,民变兵变不断,最后酿成历时十年之久的黄巢起义。晚唐小品文作家均为出身寒微,怀抱利器的有志之士。他们生逢乱世,迭遭排挤压抑,目睹朝政昏乱,生民涂炭,忧世愤世之心发为峭直峻刻之文,对晚唐社会中一系列现实弊端,进行了大胆揭露,无情剖析。其思想之敏锐,议论之精辟,措词之激烈,锋芒之凌厉,可谓一空前人。其中以皮日休、陆龟蒙和罗隐的小品文最有成就。

皮日休的小品文与他的诗歌和散文一样,多为"上剥远非,下补近失"(《文薮序》)之作,表现出强烈的现实批判精神。皮日休对晚唐朝政的腐败充满了失望和愤恨,他用犀利的笔锋,愤激的言辞,表达了自己对于社会的深刻洞察和批判。《读司马法》揭露暴君罪恶以及皇权政体与人民利益的根本对立:

> 古之取天下也,以民心;今之取天下也,以民命。唐虞尚仁,天下之民从而帝之,不曰取天下以民心者乎? 汉魏尚权,驱赤子于利刃之下,争寸土于百战之内,由士为诸侯,由诸侯为天子,非兵不能威,非战不能服,不曰取天下以民命者乎? 由是编之为术,术愈精而杀人愈多,法益切而害物益甚。呜呼,其亦不仁矣!

原来,所谓创业垂统,救民涂炭的帝王都是残忍而血腥的屠夫!"古之杀人也,怒;今之杀人也,笑";"古之置吏也,将以逐盗;今之置吏也,将以为盗";"或曰:'我善治苑囿,我善视禽兽,我善用兵,我善聚赋。'古之所谓贼民,今之所谓贼臣。"(《鹿门隐书》)作者痛斥那些善于用兵聚敛的各级官吏如杀人越货的强盗。天子置吏为盗,即是无道之昏君,对于这样的独夫,人民可以用暴力把他推翻:"尧舜,大圣也,民且谤之。后之王天下者,有不为尧舜之

---

① 宋司马光《资治通鉴》卷二五二,中华书局 1956 年 6 月版,第 8174 页。

行者,则民扼其吭,捽其首,辱而逐之,折而族之,不为甚矣!"(《原谤》)这比孟子评价周武王革命,"闻诛一夫纣矣,未闻弑君也"的说法更加彻底和激烈。

"散发林皋,秽浊世界,以江湖而抱廊庙忧"[1]的陆龟蒙虽退隐乡里,仍心忧天下。他的著名小品文均收在《笠泽丛书》中。《野庙碑》借"碑"出论,刺时警世。作者先写碑之来历和立碑用意;次叙瓯越间百姓的愚昧无知,敬神祀鬼,种种祭赛,荒唐可笑,令人慨叹;接着笔锋一转,陡然转入对高踞百姓之上的各级官吏作威作福、凶暴无耻嘴脸的抨击:

> 今之雄毅而硕者有之,温愿而少者有之。升阶级,坐堂筵,耳弦匏,口粱肉,载车马,拥徒隶者,皆是也。解民之悬,清民之喝,未尝怵于胸中。民之当奉者,一日懈怠,则发悍吏,肆淫刑,驱之以就事。较神之祸福,孰为轻重哉?平居无事,指为贤良,一旦有大夫之忧,当报国之日,则徊挠脆怯,颠踬窜踣,乞为囚虏之不暇。此乃缨弁言语之土木耳,又何责其真土木耶?

作者映衬类比,借神讽人,在"无名之土木"与"缨弁言语之土木"的鲜明对照中,突出晚唐官吏鱼肉百姓比神还贪婪,坑害百姓比鬼还狠毒,因此官比神更坏。文章形象鲜明,语言犀利,揭露深刻,讽刺辛辣,表现了作者愤世嫉俗、忧国忧民的情怀。《招野龙对》通过野龙与驯龙的对话,揭示了乱世士人的两种人生抉择和不同命运。文章以机智的词锋,冷隽的笔调,对唐末迷恋爵禄、依附权势的士人予以轻蔑的嘲讽,从侧面揭露了统治者笼络手段的虚伪和狡诈,表现了作者乱世中隐居江湖,全身远祸的心态。

罗隐自编其讽刺小品,名之为《谗书》。他在《谗书重序》中自叙著述用意:"盖君子有其位,则执大柄以定是非;无其位,则著私书而疏善恶,斯所以警当世而戒将来也。"李慈铭论《谗书》特色云:"大率愤懑不平,议古刺今,多出新意。颇以峭削自喜。"[2]《英雄之言》推衍《庄子·胠箧》"窃钩者诛,窃国者为诸侯"的道理,无情地剥开了自古"英雄"的画皮:

> 夫盗亦人也,冠履焉,衣服焉;其所以异者,退逊之心、正廉之节,不常其性耳。视玉帛而取之者,则曰牵于寒饿;视家国而取之者,则曰救彼涂炭。牵于寒饿者,无

---

① 明许自昌《甫里集序》,《全唐文纪事》卷一一八,清同治刻本。
② 清李慈铭《越缦堂读书记·八·文学》,中华书局 1963 年 3 月版,第 636 页。

得而言矣；救彼涂炭者，则宜以百姓心为心。而西刘则曰："居宜如是！"楚籍则曰："可取而代！"意彼未必无退逊之心、正廉之节，盖以视其靡曼、骄崇，然后生其谋耳。

文章把"视玉帛而取"的盗贼与"视家国而取"的英雄放在一起对比，巧用刘邦、项羽无意中吐露真情的"英雄之言"，指出"牵于寒饿"的"盗"是民，而"救彼涂炭"的"英雄"才是真正的盗。这是对晚唐军阀割据，相互攻伐的严厉批判，更是对自古以来以"救彼涂炭"自命的帝王强盗本质的愤怒声讨！晚唐宦官乱政，朋党争权，朝纲紊乱，罗隐认为其根源均来自帝王昏聩败德和刚愎自用，而帝王身边谄佞之徒的谀美之词更加剧了政治的黑暗。《汉武山呼》指出"万岁"之声正是不祥的预兆，"一山之呼"，就使汉武帝"逾辽越海，劳师弊俗，以至百姓困穷"，"千口万口"高呼"万岁"，后果自然更不堪设想。言外之意是封建帝王不可避免地要变成昏乱残虐的暴君，这是对君主专制政体的大胆怀疑和挑战。

　　鲁迅先生在《小品文的危机》中说："唐末诗风衰落，而小品放了光辉。但罗隐的《谗书》，几乎全部是抗争和愤激之谈；皮日休和陆龟蒙，自以为隐士，别人也称之为隐士，而看他们在《皮子文薮》和《笠泽丛书》中的小品文，并没有忘记天下，正是一塌糊涂的泥塘里的光彩和锋芒。"晚唐小品文以其独特的思想，过人的胆识，毕露的锋芒，体现了唐末作家关心现实，指陈时弊的勇气，在唐代散文史上留下了最后的光辉。

第十一章　唐代传奇与敦煌通俗文学

　　唐代传奇是指唐代文人创作的文言短篇小说。中唐元稹的《莺莺传》原题《传奇》；晚唐裴铏把所撰的小说集命名为《传奇》。宋代的诸宫调，以传奇、灵怪作为题材，入曲说唱；小说、话本，也分为烟粉、灵怪、传奇等几派。可见"传奇"在唐宋人看来是传述奇闻异事的意思，他们并没有把唐人小说通称为传奇。直到元人虞集才对"传奇"这一概念下了比较明确的定义，他在《写韵轩记》中说：

　　　　盖唐之才人，于经艺道学有见者少，徒知好为文辞，闲暇无所用心，辄想象幽怪遇合、才情恍惚之事，作为诗章答问之意，傅会以为说，盍簪之次，各出行卷，以相娱玩，非必真有是事，谓之传奇。元稹、白居易犹或为之，而况他乎！①

把"传奇"作为唐代小说的一种通称。此后，这一称呼遂逐渐固定下来。随着时代的变迁和文学的发展，"传奇"一词的含义也不断发生变化：在南宋和金代，它也指诸宫调，元代也指杂剧，明清则指用南曲演唱的戏剧。

　　唐代传奇标志着中国文言短篇小说的成熟，是唐代文学继诗歌、散文后的又一重大收获，后人把它与诗歌一起誉为"一代之奇"。

第一节　唐代传奇的产生和发展

　　小说的观念经历了一个历史演变过程。《汉书·艺文志》著录小说十五家，认为"小说家者流，盖出于稗官，街谈巷语，道听途说者之所造也"。颜师古注引如淳解释说："街谈巷说，其细碎之言也。王者欲知闾巷风俗，故立稗官使称说之。"此说与东汉初年桓谭《新论》中"若其小说家，合丛残小语，近取譬论，以作短书，治身理家，有可观之辞"之论一脉相承。此时的小说，主

---

　　①　元虞集《道园学古录》卷三十八，《四库全书》本。

要指那些随笔札记的细事琐语。因为它与经世治国的著作相比仅仅是"小道",不足挂齿,所以班固将小说家斥在九流之外。魏晋六朝,当时人所谓小说,还大多是指介于子史之间的作品,而更近于史。直到唐初,人们还没有把小说看成是真正的文学作品。

唐传奇是中国古代小说发展的新阶段,它是远继古代神话传说和史传文学的创作传统,近承魏晋六朝志怪小说和志人小说的创作经验,逐步加以发展演变而成的一种新型文学样式。古代神话神奇奔放的幻想,新奇夸张的描绘,史传文学记事而描绘细节,记言而摹拟声情的本领,对唐代传奇作家影响巨大。鲁迅在《中国小说史略》中曾说:"小说亦如诗,至唐代而一变,虽尚不离于搜奇记逸,然叙述宛转,文辞华艳,与六朝之粗陈梗概者较,演进之迹甚明,而尤显者乃在是时则始有意为小说。"这是对唐传奇文学特征的准确概括。唐传奇主要是从史部的传记演进而来,无论志怪还是传奇,最初都归在杂传类。传奇中的故事有很大一部分是由六朝志怪演化而来,但艺术成就却不同,正如鲁迅所言:"传奇者流,源盖出于志怪,然施之藻绘,扩其波澜,故所成就乃特异。"(《中国小说史略》)而叙事写人,则继承并发展了史传文学的表现手法,尤其受到"杂史"类中人物传的启发。今存唐传奇作品中不少以"传"命名,如《任氏传》、《李娃传》、《霍小玉传》等,即表明它们之间的联系。此外,民间传说或市人小说是唐代传奇的又一渊源。如《李娃传》即是根据民间流传的"一枝花话"改编加工而成。中国小说发展至唐传奇,作者已摆脱了史家"实录"的传统观念,进行有意识的艺术虚构,大胆追求艺术之美。同时,改变了六朝小说粗陈梗概的简单叙述方式,开始注重人物、情节和生活场景的细致描写。与此前小说相比,唐传奇无论是题材范围、思想内容,还是创作精神、艺术方法,都发生了根本性的变化,它标志着我国古代小说作为一种独立的文学体裁至此已经真正成熟。

唐代传奇的产生和发展首先是唐代的社会政治、经济生活和文化高度发达的结果。唐代是中国封建社会的上升时期,政治开明,社会安定,生产力提高。在农业生产发展的基础上,手工业、商业、运输业、金融业都空前发达,出现了长安、洛阳、扬州、成都等商业经济繁盛的大都会,大批富商巨贾、中小商人、城市手工业者以及广大市民聚集其间,使社会生活日趋丰富,社会关系日益复杂,这就为文学提供了种种新鲜的素材,从而使小说在题材方面逐渐脱离了六朝神仙鬼怪的内容,开始反映丰富复杂的社会矛盾、现实生活中的各种人物。以记载奇闻轶事为主的传奇,正是为了迎合广大市民阶层追奇猎艳的文化娱乐需求而出现的。

唐代文学全面繁荣,各种文体间相互渗透影响,对传奇小说的发展也有重要推动作用。传奇小说中诗文结合、叙述与诗情交融的特征,表现出诗歌和小说关系的日益亲密;韩柳的新体古文,为传奇创作提供了最富表现力的自由文体,古文家韩愈、柳宗元都曾写过传奇体古文,如《毛颖传》、《李赤传》等。此外,唐代的通俗文学,如说话、变文、俗赋等的表现方式、艺术技巧对传奇也有一定的启发和影响。

唐代科举中形成的"温卷"风气,在某种程度上也刺激了传奇的发展。据宋赵彦卫《云麓漫钞》记载:"唐世举人,先借当世显人以姓名达主司,然后投献所业,逾数日又投,谓之'温卷',如《幽怪录》、《传奇》等皆是也。盖此等文备众体,可见史才、诗笔、议论。"由此吸引了一批具有高度文化素养和文学才能的文人写作传奇,从而保证了传奇作者数量和作品质量的不断提高。

今存唐代传奇,主要收集在北宋李昉等编集的《太平广记》中,《文苑英华》、《太平御览》、《全唐文》中也有收录。明清人汇编的《说海》、《唐人说荟》,常将传奇"妄制篇目,改题撰人",所以鲁迅特"发意匡正","斥伪返本",辑录了《唐宋传奇集》,今有文学古籍刊行社 1956 年版。其中较完备的是汪国垣校录的《唐人小说》,古典文学出版社 1955 年版。

唐代传奇的发展大体可分为三个阶段:

(一)初盛唐是唐传奇的产生期。此期的传奇创作处于由六朝小说向传奇过渡阶段。作品的题材尚未脱离六朝志怪小说的范围,以社会现实生活为描写对象的作品极少。但是篇幅已较为完整,描写已渐趋细致,情节已较多变化,在艺术手法上与六朝志怪小说相比已有了明显提高。此期作品存世很少,成就不高。代表作有王度的《古镜记》、张鷟的《游仙窟》、无名氏的《补江总白猿传》。

(二)中唐是唐传奇的繁盛期。从德宗建中初到文宗大和初近五十年,是公认的唐传奇的鼎盛阶段。名家辈出,佳作如林,相当多的作品直接取材于现实社会中最为敏感的问题,无论从思想到形式都显得丰富多彩。有的描写仕途坎坷,官场黑暗;有的表现离合悲欢,男女情爱;有的取材历史,讽喻现实。作品的艺术也更趋成熟,结构复杂,情节曲折,描写细腻,文笔优美,人物形象生动,性格鲜明。代表作有沈既济的《任氏传》、《枕中记》,白行简的《李娃传》,许尧佐的《柳氏传》,元稹的《莺莺传》,蒋防的《霍小玉传》,李朝威的《柳毅传》,陈玄祐的《离魂记》,陈鸿的《长恨传》、《东城老父传》,李公佐的《南柯太守传》等。

(三)晚唐是唐传奇的演变期。此期传奇作品的数量不下中唐,并出现了许多汇辑单篇而成的传奇专集。由于政治昏暗,战乱四起,社会动荡,佛道思想重又盛行,加之在藩镇割据和激烈的党争中,社会上兴起了"游侠"之风,传奇作品中出现了很多反映神仙鬼怪、仗义行侠的内容,而反映时事和爱情的内容则大为减少,表现出疏离社会现实的倾向,一定程度上体现出向六朝志怪回归的趋势。在艺术上,词语雅化,偶对增多,故事简略,逐渐失去了传奇的情趣和结构,走上了稗史别传的道路,表现出衰微的趋势。这一时期影响较大的传奇专集有牛僧孺的《玄怪录》、李复言的《续玄怪录》、袁郊的《甘泽谣》、皇甫枚的《三水小牍》、裴铏的《传奇》。较有特色的作品是裴郊的《红线》,裴铏的《昆仑奴》、《聂隐娘》,皇甫枚的《飞烟传》、《温京兆》,杜光庭的《虬髯客传》,牛僧孺的《郭元振》,薛调的《无双传》等。

第二节　唐代传奇的思想内容

唐传奇直面现实生活,饱含时代气息,大大增强了小说的社会现实意义,它是古代小说的重大发展,也是我国现实主义小说创作的先声。唐传奇的题材大致包括爱情婚姻、文人仕途、豪侠行义、历史故事以及神仙怪异等,神仙怪异又往往穿插于各类题材之中。

唐传奇中数量最多,成就最高的是以表现男女婚姻为主题的作品。这些作品,描写青年男女为了争取婚姻自由幸福与封建礼教不屈抗争,讴歌了他们对于爱情的坚贞不渝。《任氏传》中狐女任氏纯真、善良、高尚,她深爱"贫无家"的郑六,帮助其成家立业,而郑六明知任氏是狐妖,仍然执着地爱着她。任氏忠于爱情,不但敢于反抗企图恃富施暴的豪门公子,而且不惜冒难蹈险,以身殉情。在她的身上,体现着广大妇女的优秀品质,反抗强暴的可贵精神和追求美好生活的强烈愿望。《李娃传》中的李娃是一个聪明、美丽而又坚强、热情的妓女,起初她虽身不由己地与鸨母一起,设计把金尽囊空的郑生赶走,可是当郑生流浪街头,沦为乞丐,饥寒交迫之时,她见其"枯瘠疥疠,殆非人状"之惨景,心中油然而生悔恨和爱怜之意,毅然不顾一切地将垂死的郑生收留下来。数年殷勤看顾和护读,不仅使郑生励志于学,"一上登甲科",而且又使他"益自勤苦",进一步"应直言极谏科,策名第一",后官至方面大员,李娃亦受封为汧国夫人。作品通过两个社会地位悬殊的青年男女历尽周折,终于赢得爱情幸福的描写,歌颂了人世间真挚的爱情。

同情被凌辱、遭遗弃的不幸女子,谴责薄情负心的士子追求名利、玩弄女性的无耻行径,也是唐传奇爱情小说的重要主题,最震撼人心的是《霍小玉传》。小说描写歌妓霍小玉与书生李益的爱情悲剧。贵族青年李益与长安名妓霍小玉热恋时,发誓要与霍小玉永结夫妻,"粉身碎骨,誓不相舍"。痴情的霍小玉一开始就清醒地看到门第等级的森严,知道"盟约之言,徒虚语耳",自己总有一天被遗弃,所以只向李益要求同她共度八年有限时光,然后任其"妙选高门",自己便"舍弃人事,剪发披缁",遁入空门。但李益登科后,立即负心另娶大族卢氏之女,背弃当初盟约。为寻找李益,小玉"数访音信",求神问卜,最后"赂遗亲知,使通消息",为此家资耗尽,忧恨成疾。侠士黄衫客激于义愤,在小玉病危之际,挟持李益至小玉处。小玉悲恨填膺,怒火中烧,痛斥李益负心之罪,举酒酹地,说出自己复仇的誓言,长恸号哭而亡。死后化为厉鬼,闹得李益夫妻不和,终身不得安宁。作品控诉了封建社会对妇女的残酷迫害,歌颂了霍小玉对爱情的执着忠贞,谴责了李益自私和冷酷的恶行,具有深刻的思想意义。《莺莺传》描写了张生与崔莺莺两个贵族男女从相爱到分离的故事。名门闺秀崔莺莺寓居蒲州普救寺,与借住此地的书生张生相爱,在婢女红娘的帮助下,莺莺最终冲破封建礼教的束缚,私下与张生结合。张生赴京赶考后将莺莺抛弃。一年后,莺莺嫁了别人,张生也另有所娶。后来,张生还以表兄的身份要与莺莺见面,遭到拒绝。小说最后为张生"始乱终弃"的薄幸冷酷行为辩护,发出"天之所命尤物也,不妖其身,必妖于人"的女人祸水论,称张生此举为"善补过者"。研究者多认为这与作者元稹自身经历和思想有关。① 小说以它形象的力量表明了这样一个道理:在冷酷的封建社会里,一切对爱的追求,对幸福的向往,对美好生活的期待,终究会被无情毁灭。莺莺的悲剧命运反映了她纯真、热切的个性与冷酷虚伪的社会之间不可调和的矛盾。小说客观上暴露了封建士大夫阶层道德的堕落丑恶,行为的卑鄙无耻。

表现唐代士人的人生观和思想矛盾,描写仕途坎坷、官场黑暗,讽刺当时知识分子追求功名利禄的痴迷不悟,是唐传奇中又一重要内容。《枕中记》中的卢生是个热中躁进的人物,一心追求"建功树名,出将入相,列鼎而食,选声而听,使族益昌而家益肥"。一次,在邯郸道上等待店主给他煮黄粱饭时,枕着道士吕翁给他的枕头进入梦乡:他娶高门士族崔氏女为妻,举进士,节节上升,出将入相,镇守边塞,征服吐蕃,在朝执政十余年,号为贤相。

① 从宋代迄今,许多研究者都认为张生的事迹和元稹本人的经历基本相同,张生即元稹的化身。宋人王铚作《〈传奇〉辨证》首立此说,今人卞孝萱《元稹年谱》也有详细考辨。

历经宦海风波,"两窜岭表,再登台铉。出入中外,回翔台阁。三十余年间,崇盛赫奕,一时无比。"可是,醒来时却是黄粱未熟,自己仍躺在吕翁身旁,故称"黄粱一梦"。《南柯太守传》讲的是淳于棼醉后入梦,游槐安国,国王招为驸马,命他任南柯郡太守。在郡二十年,功业显赫,"赐食邑,赐爵位,居台辅",威福日盛。后与檀罗国交战失利,公主病故,遂遭流言中伤,被贬放归。回到家中,才从梦中醒来。醒后寻至大槐树下,有一大穴,发掘后发现槐安国原是槐树底下的一个蚁穴,南柯郡仅是槐树的南枝。作品所反映的思想倾向与《枕中记》相同,都是托笔梦幻,实写人生。作者站在屈居下僚,才能和抱负得不到施展的士人立场上,对那些无才无德,凭借某种关系夤缘高升的新贵大僚,作了无情的鞭挞和讽刺,深刻揭露了当时社会官场的黑暗和政治的险恶。作者以蚁窟影射朝廷,比"贵极禄位,权倾国都"的庸碌之徒为蚁聚,其讥刺之情、鄙夷之态溢于言表。

唐传奇中还有一些以当时历史事件为素材加工写成的故事。《长恨传》描写唐明皇和杨贵妃的爱情悲剧,对唐玄宗的好色纵欲、荒政致乱进行了谴责和批判。小说揭露了玄宗后期因宠幸杨妃,使杨家叔父昆弟皆列位清贵,姊妹封国夫人,杨国忠则"盗丞相位,愚弄国柄",终于酿成安史之乱。《东城老父传》先写斗鸡童贾昌的发迹,贾昌因驯鸡、斗鸡,深得玄宗宠幸,命为五百小儿长,天下号称"神鸡童",享尽荣华富贵,以致民间有"生儿不用识文字,斗鸡走马胜读书"之叹。小说极力描写当时京城斗鸡的盛况:"上之好之,民风尤甚。诸王世家、外戚家、贵主家、侯家,倾帑破产市鸡,以偿鸡值,都中男女,以弄鸡为事;贫者弄假鸡。"对玄宗君臣上下骄奢淫逸、纵欲享乐多有讽刺。安史之乱后,贾昌流落民间,投靠僧寺为生,昔日之荣华烟消云散。他向作者追述往日盛事,恍如梦境。贾昌的一生经历,映照出唐代由治而乱,由盛而衰的转变过程,从中可以看到唐代历史的一个侧面。

唐传奇表现豪侠行义的作品多产生于晚唐,反映了人们在乱世中渴望英雄锄强扶弱、拯救世风的社会心里。《虬髯客传》以历史人物李靖与杨素宠妓红拂的爱情故事为线索,综合豪侠、爱情、历史、志怪于一体,描写有志图王的虬髯客的神异事迹。小说中的红拂是个美丽多情的少女,她赏识李靖,主动私奔,结为夫妇;她识别出虬髯客不是寻常人,与之结为兄妹,从而得到其丰厚的财富资助,支持了李世民的事业。小说塑造了几个性格鲜明的人物形象:红拂的聪慧敏锐,虬髯客的豪爽慷慨,李靖的沉着宽容,后人称之为"风尘三侠"。《昆仑奴》描写忠义侠胆、武功高强的黑奴磨勒为主人崔生设谋划策,把大官家里的红绡妓偷了出来,使之终成眷属的故事。《红线传》写红线用奇计平息了一场军阀为争夺土地而进行的攻伐,使"两地得保其城池,万人全其性命",歌颂了红线的勇敢机智。此外,《无双传》中的古生,《柳氏传》中的许俊均为勇于为人排难解纷,帮助人们成全美满婚姻的侠义之士。在他们身上,寄托了当时人民的理想。

受六朝志怪小说的影响,唐传奇中存有不少记叙神仙怪异的作品。牛僧孺的《郭元振》写郭元振智斩为害一方的猪怪,拯救无辜少女的故事。小说中猪怪幻化为乌将军,能为人祸福,声势煊赫,郭元振砍断它的手腕之后,乡老却认为是伤了他们的"镇神",竟然要杀郭致祭。经过郭元振的反复开谕,他们才恍然大悟。小说告诫人们,要分清善恶,敢于斗争。李复言的《李卫公靖》写李靖骑天马降雨救旱,因济民心切多降雨却反而造成大水灾。小说告诉人们,凡事都要遵循一定的法则,否则会事与愿违,适得其反。在唐传奇中,甚至连那些描写爱情的作品,如《离魂记》、《霍小玉传》中,也常常夹杂一些神怪情节,从中可见六朝志怪传统内容的深刻影响。

第三节　唐代传奇的艺术成就与影响

唐代传奇,是从古体小说发展到近体小说的桥梁,它是标志中国小说成熟的里程碑。唐传奇是作家"揉变化之理,察神人之际,著文章之美,传要妙之情"[①],是有意识的艺术创造,它虽然篇幅短小,但与六朝粗陈梗概的记怪志异之作相比,已不可同日而语。唐传奇在人物塑造、情节结构、细节描写和语言技巧方面,都取得了相当高的成就。

(一)鲜明生动的人物形象。唐传奇中塑造了许多性格鲜明,各具特色的人物形象,尤其是妇女形象:热情深沉的李娃,痴情刚烈的霍小玉,温顺执着的倩娘,美丽善良的任氏,矜持端庄的莺莺,智勇双全的红线,敢作敢当的步飞烟,明智果断的红拂,无不栩栩如生,跃然纸上,在读者心中留下了难忘的印象。在塑造人物形象时,传奇作者调动了多种艺术手法,首先是善于运用细节描写,揭示人物的性格特征和内心世界。《任氏传》中描写任氏和郑六第一次相遇在路上,郑六被任氏之美所吸引,小说写其"策其驴,忽先之,忽后之,将挑而未敢","先之",意在引起对方的注意,"后之",是为了观察任氏的反应,这一细节揭示了郑六此刻微妙的心理:爱的冲动和不敢唐突。其

---

① 唐沈既济《任氏传》,《唐宋传奇选》,人民文学出版社1964年5月版,第6页。

次,运用对比手法突出人物性格。《霍小玉传》中用霍小玉的痴情同李益的负心进行对比。霍小玉同李益分别后,信守着二人的约定,千方百计寻找李益。而李益却一到家门即撕毁盟约,允婚卢氏,并严密封锁消息,极力躲避。一方面,是霍小玉为了寻李益用尽了家资,最后不得不典卖首饰器玩,甚至连父亲赠作纪念的玉钗,也拿去变卖;另一方面,则是李益为了同卢氏结婚,外出筹办了百万巨款。最后,霍小玉为李益重病在床,奄奄一息;李益却喜气洋洋地进城来同卢氏举行婚礼。李益的负心,正反衬出霍小玉的痴情之甚,因而其遭遇也就更令人悲悼。鲜明的对比,不但把霍小玉和李益的性格写得更加深刻,而且把小说的悲壮气氛,渲染得更加强烈。《李娃传》中写荥阳公子郑生因与李娃交往用尽钱财,以致落魄凶肆,为人唱挽歌。父亲荥阳公视之为"污辱吾门",不但不肯相认,还"去其衣服,以马鞭鞭之数百",使郑生"不胜其苦而毙",最后连尸体也不予收殓。可是,当郑生在李娃的救助下应直言极谏科,"策名第一,授成都府参军"后,荥阳公又提出同他"父子如初"。小说通过荥阳公对郑生前后不同态度的对比,突出了他的虚伪、冷酷和残忍。再次,通过环境烘托和气氛渲染来刻画人物。《红线》中写红线的"盗合"绝技,不作正面实写,完全采用侧面映衬之法。受命之初,注重描写其"乌蛮髻"、"紫绣袍"等异乎寻常的装束行具,使红线的神行术显得更加玄妙。在"盗合"的紧要关头,又竭力铺陈田承嗣"寝帐"中"兵器森罗"的环境和"如病如昏"的气氛,红线的隐身术也就不难想见。一直到红线胜利归来时,作者依然注目于"晨飚动野,斜月在林"等途中见闻和"晓角吟风,一叶坠露"等主观感受。这种虚中见实的手法,把红线的豪侠技艺表现得变幻莫测,有助于引发读者的艺术联想。

（二）精心巧妙的艺术构思。唐传奇具有完整而严谨的结构,神奇而多变的情节。《离魂记》全文只有五百字,但故事完整,叙述井然,故事发生的时间、地点,人物的身份、性格、外貌以及人物活动的场景都交代得非常清楚,有前因后果。在结构上,以时间为序,脉络清楚,描写了倩娘与王宙一生的三个阶段:成年前,五年漂泊,后四十年。以五年漂泊为重点,叙述中又具有"直至之奇",在情节安排上,作者巧布疑阵,运用奇特的想象,构想出"离魂"情节,将在现实中不能结合而又幻想结合的梦境,升华为"真实"的境界,以幻写真,幻中有真,迷离恍惚,使读者如堕五里雾中,直到魂体合一,才真相大白,表现了作者高超的艺术构思。《南柯太守传》则打破现实和梦幻的界限,以梦境来结撰故事,虚拟一"蚁国"作为人物活动场所,把梦境和现实结合起来,借出入蚁穴写出仕途的沉浮,人生的坎坷。开头,介绍了淳于棼的身份及入梦的环境。接着详写主人公梦中荣悴悲欢的一生经历,其中包括入赘为驸马、备受荣宠,出守大郡、享尽二十年富贵,兵败妻丧、被逐梦觉三个段落,情感大喜大悲,情节陡起陡落,离奇神异,变幻莫测。结尾处,写淳于棼梦醒后发穴寻梦,引导人们把梦境重温了一遍,梦后的现实好像是梦境的继续,梦中的荣华繁盛和现实的冷落寂寞又恰成了强烈的对比。这样的结尾,诱发人们思考宦海的旅程和人生的意义,鲁迅先生赞扬它"假实证幻,余韵悠然"①,一语道出了作者的艺术匠心。《柳毅传》围绕龙女争取婚姻自主这一主线安排情节,展开矛盾,波澜起伏,枝节蔓延,引人入胜。本来,龙女回宫已是欢庆团圆的结局,作者却巧设钱塘君说媒一事,又起一波;继而柳毅回家连娶三妻,眼见好姻缘无望,却于篇末点出卢氏即龙女。整篇小说构思出乎意料,又入乎情理,充分体现出"作意好奇"的特点。

(三)凝炼优美的语言风格。唐传奇的语言融合了诗和古文之长,也适当地吸收了一些口语以及骈文的技巧,形成了精炼富赡,活泼流畅,极富表现力的语言特色。描摹人物情态,于细腻处尽其委曲,于简要处传其精神。如《任氏传》七处写任氏之美,却没有一处雷同,其中写韦崟派家僮去侦视任氏容貌,家僮回报一节,全用侧面描写,淋漓尽致地渲染出任氏的美丽动人:

> 乃……使家僮之惠黠者,随以觇之。俄而奔走返命,气吁汗洽,崟迎问之:"有乎?"又问:"容若何?"曰:"奇怪也! 天下未尝见之矣!"崟姻族广茂,且夙从逸游,多识美丽。乃问曰:"孰若某美?"僮曰:"非其伦也!"崟遍比其佳者四五人,皆曰:"非其伦。"是时,吴王之女有第六者,则崟之内妹,艳如神仙,中表素推第一。崟问曰:"孰与吴王家第六女美?"又曰:"非其伦也。"崟抚手大骇曰:"天下岂有斯人乎?"

这一节文字有声有色。"奔走返命,气吁汗洽",绘出家僮为任氏之美所震惊、飞奔返报的情景。"迎问之"、"又问",写出韦崟迫不及待想知道结果的心情。三用"非其伦也",托出任氏绝顶之美。"抚手大骇",写出消息对韦崟的巨大震撼力。接着写韦崟亲自去看任氏,正面叙述却只有寥寥数语:"迫而察焉,见任氏戢身匿于扇间。崟引出就明而观之,殆过于所传矣。"虚实相映,更加突出了任氏之美。又如《柳毅传》中写钱塘君怒吼着飞去泾川,为龙女报仇的一段文字:

---

① 鲁迅《中国小说史略》第九篇《唐之传奇文(下)》,《鲁迅全集》第 9 册,人民文学出版社 1973 年 12 月版。

　　　　语未毕，而大声忽发，天坼地裂，宫殿摆簸，云烟沸涌。俄有赤龙长千余尺，电目血舌，朱鳞火鬣，项掣金锁，锁牵玉柱，千雷万霆，激绕其身，霰雪雨雹，一时皆下，乃擘青天而飞去。毅恐蹶仆地。

这一具有丰富想象的描写，把钱塘君刚毅直率、勇猛无敌的神威表现无遗，读来使人惊心动魄。接着写钱塘君救回龙女之后：

　　　　（洞庭）君曰："所杀几何？"曰："六十万。""伤稼乎？"曰："八百里。""无情郎安在？"曰："食之矣！"

寥寥十多字，钱塘君嫉恶如仇却又过于暴戾鲁莽的性格、神情已呼之欲出，跃然纸上。《李娃传》中郑生与长髯者斗唱挽歌的一段对比描写也极具神韵："有长髯者，拥铎而进，翊卫数人。于是奋髯扬眉，扼腕顿颡而登，乃歌《白马》之词。恃其夙胜，顾眄左右，旁若无人。齐声赞扬之，自以为独步一时，不可得而屈也。"而后，接写郑生登台，"整衣服，俯仰甚徐，申喉发调，容若不胜。乃歌《薤露》之章，举声清越，响振林木。曲度未终，闻者歔欷掩泣。"绘声绘色的场面描写，竞争者的神情、风度、技艺、心理以及观众的反应无不细腻传神地表露无遗，唐传奇语言描写的优长在此得到充分展现。

　　与古体小说相比，唐传奇在题材、体裁和艺术手法上都有所创新。从此，这种文言短篇小说成为文学史上一种具有独特民族风格的文学形式，历代相承，发展至清代，终于出现了蒲松龄《聊斋志异》那样的"用传奇法，而以志怪"的杰作，与唐传奇遥相呼应，代表了我国文言小说的又一高峰。

　　唐传奇不仅在小说创作的思想内容、艺术手法和语言技巧方面都作出了可贵的贡献，而且还为之后的宋元话本和元杂剧、明清传奇提供了丰富的素材。元郑德辉的《迷青琐倩女离魂》取材于《离魂记》；元尚仲贤的《洞庭湖柳毅传书》、明黄惟楫的《龙绡记》取材于《柳毅传》；明吴长儒的《练囊记》、清张国寿的《章台柳》取材于《柳氏传》；明汤显祖的《紫箫记》、《紫钗记》取材于《霍小玉传》，《南柯记》取材于《南柯太守传》；元石君宝的《李亚仙花酒曲江池》、明薛近兖的《绣襦记》取材于《李娃传》；金董解元的《西厢记诸宫调》、元王实甫的《西厢记》取材于《莺莺传》；明张凤翼的《红拂记》取材于《虬髯客传》；元白朴的《唐明皇秋夜梧桐雨》、清洪昇的《长生殿》取材于《长恨传》。此外，宋元话本、明清拟话本中不少作品，其题材也来自唐传奇。如李公佐的《谢小娥传》就是明凌濛初《初刻拍案惊奇》中《李公佐巧解梦中言，谢小娥智擒船上盗》的题材来源；白行简的《三梦记》就是明冯梦龙《醒世恒言》中《独孤生归途闹梦》的题材来源。这说明了唐传奇对白话小说的影响。

第四节　敦煌通俗文学

1899 年初夏，在甘肃省敦煌县鸣沙山千佛洞的第 288 号石窟中，发现了大量的被封藏了九百多年的藏书和绢画。它们绝大多数是写本，一小部分是木刻本，均以长卷的形式收藏，总数达两万多卷。不久，这批珍贵的卷子即被最早的发现者英国人斯坦因、法国人伯希和大量劫走。至今敦煌石室藏书分散在世界各大图书馆里，其中收藏最多的是伦敦不列颠博物馆、巴黎国家图书馆和北京图书馆。此外，日本、前苏联以及各国一些私人也收藏了一些。但精品大都集中在英、法两国。

敦煌石室藏书中有经卷、文学作品、帐籍等宝贵的文化资料，它为研究唐代社会的历史、经济、哲学、宗教、文化艺术以及西域中古史和东西方交往，提供了极其珍贵的原始资料。敦煌文物以其不朽的艺术价值和历史文献价值赢得了崇高的声誉，引起中外学者的极大关注，随之进行的专门研究，以致在社会科学领域内形成了"敦煌学"这一专门学科。敦煌学涉及面很广，而通俗文学又是其中重要的一个研究对象。

敦煌文学作品中包括唐诗、唐末五代词，而最多的是形式和后代弹词类似的有说有唱的说唱体作品。这些说唱故事材料，因有不少与佛经故事有关，所以最早被称为"佛曲"，继而又称为"俗讲"，最后才由郑振铎先生根据其中有些卷子上原有的题目，采用了"变文"的名称，并且得到学界的公认。然而直到今天，对"变文"这一名称的起源及其概念的内涵尚存在不同的认识。目前，人们通常所称的"敦煌变文"，除宣讲佛经的讲经文、讲唱故事的变文外，还包括石室藏书中发现的唐人话本、俗赋、词文等通俗文学作品，远比"变文"的实际含义广泛。我国学者王重民、王庆菽等人集数十年之功，在国外辛勤搜集、摄照、抄录、校勘，编成《敦煌变文集》一书，辑录变文及其他通俗文学作品共七十八篇，是研究变文较完善的辑本，有人民文学出版社 1957 年本。此外，周绍良编有《敦煌变文汇录》，上海出版公司1954 年版。

早在公元七世纪末期以前，唐代寺院中盛行一种"俗讲"，记录这种俗讲的文字,名叫"变文"。变文是寺院中僧侣向听众作宣传的说唱体作品,是俗讲的话本。它是用接近当时口语的通俗文字写成的,一般说来有说有唱,散韵结合。说白用浅近文言,杂有四六句式,唱词有七言的,有六言的,还有一种三三七句式的。说唱的材料,大多取自佛经中的故事,也有不少取自民间传说和历史故事。说唱变文的有僧徒,也有女艺人。在说唱的同时还要展示与说唱内容相配合的图画,并作出相应的表情,来加强艺术效果,那些图画与讲唱相辅而行,称为"变相"。晚唐诗人吉师老《看蜀女转昭君变》一诗,传神地描绘了一个蜀中女艺人转动画卷,富有表情地说唱《王昭君变文》时的情景:

> 妖姬未著石榴裙,自道家连锦水滨。檀口解知千载事,清词堪叹九秋文。翠眉
> 颦处楚边月,画卷开时塞外云。说尽绮罗当日恨,昭君传意向文君。

为我们提供了千余年前变文说唱的一个比较直观的概念。

变文的内容大致有两类:一是佛教故事,二是世俗故事。

讲唱佛教故事的变文,主要宣传佛教教义。一切宗教为了宣传教义,都要借重于音乐、说唱。佛教自然也不例外。佛教于公元一世纪自天竺传入中国。不久,就出现了梵呗、唱导,韵散并用,说唱兼行,比较容易取悦听众。不少人来寺院变场是以看把戏娱乐为主,顺便接受宗教宣传。更有的专心观看演出,根本忘了教义。为了适应宣传教义、取悦群众的需要,寺院僧徒不得不在宗教教义中加进一些世俗喜闻乐见的内容。唐赵璘《因话录》记载晚唐俗讲大师文溆讲唱变文时,"假托经论,所言无非淫秽鄙亵之事,不逞之徒,转相鼓扇扶树,愚夫冶妇,乐闻其说,听者填咽寺舍,瞻礼崇奉,呼为和尚。教坊效其声调以为歌曲。"今存佛教故事的变文,虽意在弘扬佛法,但它充分发挥了佛教文学想象奇特瑰丽、布局宏大壮伟的特点,把佛经里的短小故事、抽象经说演绎铺张成情节曲折、绘声绘色的长篇佳构,惊人心弦,引人入胜。《维摩诘经变文》直接演绎《维摩诘经》,其中插入叙述释迦佛吩咐门徒探问维摩诘生病情形,想象丰富,描写生动,颇具文学色彩。《降魔变文》写佛弟子舍利弗与外道六师斗法,舍利弗先后变化成金刚、狮子、鸟王等,战败了六师所化出的宝山、水牛和毒龙。其充满奇幻色彩的描写,直接开启了后代《西游记》、《封神演义》等神魔小说的先河。《大目乾连冥间救母变文》写目连之母青提夫人不信佛教,酿成罪孽,被打入地狱苦海。其子目连借助佛法,遍寻地狱,终于将其母救出苦海。作品

讴歌了经磨历劫,万死不悔的精神。其中对各种地狱惨景的描写,正是人世间黑暗现实的曲折反映。

讲唱世俗故事的变文,多取材于历史故事和民间传说,也有现实生活中的人事,其内容具有鲜明的现实性,反映了广大民众的爱憎心理。《孟姜女变文》揭露秦始皇役使人民修筑长城,造成大量死亡的暴行;《伍子胥变文》叙述伍子胥为父兄复仇的经过,谴责了楚平王的荒淫残暴,表现了人民反抗暴君,同情和支持忠臣义士的思想感情;《张义潮变文》、《张淮深变文》直接描写晚唐时事,歌颂了抵御外族入侵、收复失地的民族英雄,表达了沦陷区人民回归唐朝的民族感情,富有爱国思想;《王昭君变文》写昭君出塞故事,反映了昭君对故国的深切思念。与佛教故事变文相比,世俗故事变文文学性有了大大提高,塑造了不少个性鲜明的人物形象。在说白和唱词的关系上,唱词已不再仅仅是前面散文叙述的重复,而多用于刻画人物的内心活动,抒发人物的思想感情。如《伍子胥变文》中渔人送子胥渡过吴江后,覆舟自沉而死,"子胥愧荷渔人,哽咽悲啼不已,遂作悲歌而叹曰":

> 大江水兮淼无边,云与水兮相接连;痛兮痛兮难可忍,苦兮苦兮冤复冤。自古人情有离别,生死富贵总关天。先生恨胥何勿事? 遂向江中而覆船。波浪舟兮浮没沉,唱冤枉兮痛切深。一寸愁肠似刀割,途中不禁泪沾襟。望吴邦兮不可到,思帝乡兮怀恨深。傥值明主得迁达,施展英雄一片心。

唱词情景交融,深切地抒发了伍子胥旧恨与新仇交织、愧疚与哀伤夹杂的心理以及渴望遭逢明主、施展抱负的壮志。这种说唱分工的逐步明确,充分发挥了散文的叙事功能和诗歌的抒情功能,标志着变文艺术的一大进步。

唐代变文无论是其题材还是体制形式,在中国文学史上都具有开拓作用,对唐以后通俗文学产生了很大影响。唐传奇诗文相间或诗文相辅而行的形式源自变文;宋元以后的话本、拟话本等白话小说是其流裔;诸宫调、宝卷、鼓词、弹词等说唱文学是其分支;甚至明清长篇小说在叙述中插入大段诗词韵文的形式,也是受到了变文的影响。

第十二章　唐五代词

第一节　词的起源和演进

词是唐五代兴起的一种合乐而歌的新诗体，起初只称之为"曲"、"曲子"，而不叫"词"，直到五代后蜀欧阳炯在《花间集序》中才把"曲子"和"词"连缀成一个词，称为"曲子词"①。而作为一种抒情诗体特称的"词"这一名称，则更为晚出，正如王重民先生《敦煌曲子词集·叙录》所指出的："特曲子既成为文士摛藻之一体，久而久之，遂称自所造作为词，目俗制为曲子，于是词高而曲子卑矣。遂又统称古曲子为词。"显然，曲与词的关系，在乐曲歌辞中，本是一个事物不可分离的两个方面。清人刘熙载《艺概·词曲概》云："词即曲子词，曲即词之曲。"宋翔凤《乐府余论》也说："以文写之则为词，以声度之则为曲。"词在产生之初，原是紧紧依附音乐的，直到后来，由于种种原因，才逐渐脱离音乐而成为一种新的独特诗体。词的别称很多，除长短句、诗余外，又有乐府、乐章、歌曲、倚声、琴趣等名称。

词究竟起源于何时，一直是宋以来研治词史的学者争执不休的一个问题，归纳起来，主要有先秦说、南朝说、隋代说、盛唐说、中唐说五种意见。词既然是依曲填写，讲究声律的，所以在齐梁声律说未产生之前，根本不可能产生词。南朝虽产生了声律说，梁武帝曾作《江南弄》七首，全为杂言，但它是由乐府吴声西曲改制过来的，属于清商乐系统，严格说来，只是沿用乐府古题写的诗，而不是依照当时流行的乐曲节拍填写的唱辞，因而不能视为词的雏形。词在隋唐时代伴随着当时新兴的音乐——燕乐而兴起。隋统一了南北朝，将胡部乐和中原乐综合起来，成为当时的新乐——燕乐，它是一种极富生命力的抒情音乐，词正是为这种新兴音乐的不同曲调所谱写的歌词。宋人王灼在《碧鸡漫志》卷一中说："盖隋以来，今之所谓曲子词者渐兴，至唐

---

①　五代欧阳炯《花间集序》："因集近来诗客曲子词五百首，分为十卷。"《唐宋文举要》下册，中华书局1963年2月版，第1589页。

稍盛。今则繁声淫奏,殆不可数。"张炎《词源》也说:"粤自隋、唐以来,声诗间为长短句。"均说明了词的起源和音乐的密切关系。唐沿隋制,在音乐和文学方面日益发展,词就随之而兴起。

和其他文学艺术一样,词最初也是在民间产生的。《旧唐书·音乐志》称:"自开元以来,歌者杂用胡夷、里巷之曲。""胡夷"之曲,是指四裔少数民族的乐曲;"里巷"之曲,指来自民间的俗乐曲调;而"杂用",当指"里巷之曲"的胡化和"胡夷"之曲的汉化。歌者综合运用这些乐曲,成为新声,即"燕乐",它区别于过去的"雅乐"、"清乐"。隋唐曲子歌辞正是伴随着燕乐而产生的。在唐代,商业发达,经济繁荣,城市得到很大发展,市民阶层迅速壮大,为适应城市居民娱乐生活的需要,伎乐得以繁兴。曲子演唱的地点由贵族之家,渐次扩展到市井歌楼舞榭,以至伸向寺院变场,赢得了一般文人和市民的普遍爱好。曲子就此成为群众喜闻乐见的一种形式,日益流行起来。开元、天宝年间,崔令钦《教坊记·曲名表》所录曲调名三百四十多种,可见当时曲子词在民间流行的盛况。白居易《杨柳枝》诗云:"《六幺》《水调》家家唱,《白雪》《梅花》处处吹。古歌旧曲君休听,听取新翻《杨柳枝》。"正是中唐曲子词风行社会的真实记录。

起初,为了配合新声,乐工们往往喜欢全取或摘取当时名人现成的诗句,权充乐曲歌辞。文人倚声填词,经过了一个过渡时期。缪钺先生指出:"盖唐代以诗入乐,诗句齐整,而乐谱参差,以词就谱,必加衬字,久之,感其不便,于是或出于乐工之请求,或由于诗人之自愿,依乐谱之音律,作为长短句之新词,以便歌唱,所谓'逐弦吹之音,为侧艳之词'。而词体遂兴。"①《全唐诗》在词部的小注中论词体构成时也说:"唐人乐府原用律绝等诗,杂和声歌之,其并和声作实字,长短其句以就曲拍者为填词。"中唐名家张志和、王建、白居易、刘禹锡等,已开始用齐言和长短句来谱写乐曲歌辞。如白居易有《忆江南》词,刘禹锡与之唱和,也填《忆江南》词,并在词下自注云:"和乐天春词,依《忆江南》曲拍为句。"这是迄今所知文人依曲填词最早的记载。由此可以推断,词在中唐以后逐步向定型化的方向发展。

词萌芽于隋,经过唐代三百年的培养发育,到了晚唐温庭筠时代已经根深苗壮了。进入五代,更有了长足的发展,形成不同的风格流派。至两宋,它迅速发展成为一道波澜壮阔的巨流,掀开了文学史上崭新的一页。

---

① 缪钺《诗词散论·论词》,上海古籍出版社 1982 年 11 月版,第 52 页。

第二节　敦煌曲子词和早期文人词

一　敦煌曲子词

敦煌石室藏书中发现的敦煌曲子词，绝大多数是唐代民间作品，标名作者姓名的只有六首，此外均为无名氏之作。作品产生的时间从七世纪中期到十世纪四十年代之末，上下几及三百年，而以盛唐时期者居多。它的发现，为词起源于民间这一论断提供了最有力的证据。敦煌曲子词最主要的写本是《云谣集杂曲子》，共三十首，它是我国第一部词的选本。本世纪以来，敦煌曲子词经过整理校订，已经汇集成书的主要有王重民的《敦煌曲子词集》三卷，商务印书馆 1950 年 1 月初版，后又于 1956 年 12 月修订，定著为曲子词一百六十二首（内七首残）；任二北《敦煌曲校录》，上海文艺联合出版社 1955 年版，收录敦煌曲词五百四十五首。

敦煌曲子词的作者队伍相当庞大，题材相当广泛，风格多样。王重民《敦煌曲子词集叙录》曾指出：“今兹所获，有边客游子之呻吟，忠臣义士之壮语，隐君子之怡情悦志，少年学子之热望与失望，以及佛子之赞颂，医生之歌诀，莫不入调。”任二北《敦煌曲初探》更将所校录的五百余首曲词分为二十类：疾苦、怨思、别离、旅客、感慨、隐逸、爱情、伎情、闲情、志愿、豪侠、勇武、赞颂、医、道、佛、人生、劝学、劝孝、杂俎。可见早期词本也是无事不可入，无意不可言的。敦煌曲子词真实地反映了当时广阔的社会生活和人民的思想感情，概括起来主要有以下几个方面：

（一）表现男女情爱。这是敦煌曲子词中数量最多的作品。它们或抒发对始终不渝、纯洁无瑕爱情的追求和向往。如《菩萨蛮》：

> 枕前发尽千般愿，要休且待青山烂。水面上秤锤浮，直待黄河彻底枯。白日参辰现，北斗回南面。休即未能休，且待三更见日头。

词中叠用六种眼前不可能出现的自然现象作为盟誓，表示海枯石烂永不变心，这是对热烈真挚爱情的礼赞，与汉乐府民歌《上邪》异曲同工。或谴责荡子的负心背义。如《望江南》：

> 天上月，遥望似一团银。夜久更阑风渐紧，为奴吹散月边云。照见负心人。

或反映下层妇女的不幸命运和痛苦心灵。如《望江南》：

> 莫攀我，攀我太心偏。我是曲江临池柳，者人折了那人攀。恩爱一时间。

（二）表达爱国情怀。它们或赞颂爱国将领心向祖国，坚守边疆，奋起抗敌，保卫国土的英雄事迹。如《菩萨蛮》：

> 敦煌古往出神将，感得诸蕃遥钦仰。效节望龙庭，麟台早有名。　　只恨隔蕃部，情恳难申吐。早晚灭狼蕃，一齐拜圣颜。

或表现"靖难论兵扶社稷，恒将筹略定妖氛"（《望江南》）的少年将军平定边患，杀敌立功的豪迈精神。如《望远行》：

> 少年将军佐圣朝，为国扫荡狂妖。弯弓如月射双雕，马蹄到处阵云消。　　休寰海，罢枪刀，银鸾驾上连霄。行人南北尽歌谣，莫把尧舜比今朝。

（三）抒发征夫、思妇思乡怀远之痛。它们或抒发征夫久戍边疆，厌战思归的凄苦情绪。如《破阵子》：

> 年少征夫军帖，书名年复年。为觅封侯酬壮志，携剑弯弓沙碛边。抛人如断弦。　　迢递可知闺阁，吞声忍泪孤眠。春来春去庭树老，早晚王师归却还。免教心怨天。

或写闺中思妇渴望征夫早日回归的焦灼心情和对和平幸福生活的渴求。如《鹊踏枝》：

> 叵耐灵鹊多谩语，送喜何曾有凭据？几度飞来活捉取，锁上金笼休共语。　　比拟好心来送喜，谁知锁我在金笼里。欲他征夫早归来，腾身却放我向青云里。

（四）反映文士生活和精神面貌。它们或抒发唐代士人江湖流浪，沉沦坎坷的辛酸。如《菩萨蛮》：

> 数年学剑攻书苦，也曾凿壁偷光露。堑雪聚飞萤，累年事不成。　　每恨无谋

识，路远关山隔。权隐在江河，龙门终一过。

或表露对现实悲观失望后，驾扁舟，执钓竿，潇洒江湖的决然态度。如《浣溪沙》：

> 卷却诗书上钓船，身披蓑笠执鱼竿。棹向碧波深处去，几重滩。　　不是从前为钓者，盖缘时世掩良贤。所以将身岩薮下，不朝天。

敦煌曲子词代表了词的初期形态。朱祖谋《云谣集杂曲子·跋》称"其为词朴拙可喜，洵倚声椎轮大辂"，可谓会心之言。敦煌曲子词还保留着民间文学所固有的朴素的原始形态，它们借调叙事，随意生发，自由活泼，表现了广阔的社会生活内容，尚未如后世文人词那样为"艳科"所范围。在形式上，它们还没有完全定型，可以根据修辞造意的需要添加衬字、衬句，表现出某种灵活性，不像后来文人词"调有定格，字有定数，韵有定位"那样严格。它们还大量使用俗语方言，并协方音。风格的明快质朴，语言的爽直俚白，比喻的丰富生动，是敦煌曲子词的共同特点。敦煌曲子词的发现是文学史上举世瞩目的一件大事，它为了解早期词的体式，昭示词体的演进发展过程，打开了一扇足以窥见奥秘的窗口。

二　早期文人词

词作为一种新兴的文学样式从民间崛起后，很快风行于社会。它的蓬勃生机和清新明快的风格宛如一股清爽的气息吹进诗国，逐渐引起了一些文人的注意，他们尝试着按照度曲的需要来填词。武则天执政后，注重新声，于是有李景伯、沈佺期等人所作的《回波乐》，成为文人曲子词的先驱。唐玄宗更是酷爱新声，他所作的《好时光》说："彼此当年少，莫负好时光"；正体现出富有朝气的花团锦簇的开元盛世的艺坛风貌。正是在这充满蓬勃创造力的时代艺术氛围里，孕育出了李白的《菩萨蛮》、《忆秦娥》两首艺术精品，显示出了文人词的创作已臻于成熟：

> 平林漠漠烟如织，寒山一带伤心碧。暝色入高楼，有人楼上愁。　　玉阶空伫立，宿鸟归飞急。何处是归程？长亭更短亭。（《菩萨蛮》）

> 箫声咽，秦娥梦断秦楼月。秦楼月，年年柳色，霸陵伤别。　　乐游原上清秋节，咸阳古道音尘绝。音尘绝，西风残照，汉家陵阙。（《忆秦娥》）

这两首词是否果出于李白之手,历来聚讼纷纭,莫衷一是。自明代胡应麟、胡震亨以来,不少人从形式和意调等方面否定其为李白所作,而唐圭璋先生则坚信它们为李白所作。① 《菩萨蛮》为望远怀人之作,通篇写旅愁,以景入情,情景交融,苍茫高浑,一气回旋,具有强烈的艺术感染力。《忆秦娥》借闺怨以抒伤今怀古之情,寄托遥深,饱含着繁华梦歇,不堪回首之慨。"西风"八字,只写境界,兴衰之感都寓其中。王国维《人间词话》赞为"寥寥八字,遂关千古登临之口"。宋代黄昇在《花庵词选》中推崇这两首词为"百代词曲之祖"。

继李白之后,在文人曲子词创作上取得突出成就的是张志和、韦应物、刘禹锡和白居易。

张志和(生卒年不详),本名龟龄,金华(今属浙江)人。唐肃宗时待诏翰林,后隐居江湖间,自号"烟波钓徒"。《渔歌子》五首其一是他的代表作:

> 西塞山前白鹭飞,桃花流水鳜鱼肥。青箬笠,绿蓑衣,斜风细雨不须归。

展现的是一幅江南春江垂钓图,语言清丽洗炼,形象鲜明逼真。其中浪迹江湖、逍遥自得的渔父形象,正是作者清高脱俗、追慕自由的精神面貌的写照。

韦应物所作词今存《三台》、《调笑》各二首。其《调笑》二首之一历来为人传诵:

> 胡马,胡马,远放燕支山下。跑沙跑雪独嘶,东望西望路迷。迷路,迷路,边草无穷日暮。

这是较早的一首描写草原风光的词。它借写一匹失群的骏马,日暮时在广漠的草原上东西驰突,终至边草路迷,四顾苍莽,无路可归的迷惘情态的描绘,暗喻"世人营扰一生,其归宿究在何处?"②语言清新,托想深微。

在早期文人词的创作中,刘禹锡和白居易以作品多、造诣高著称。刘禹锡今存词作四十九首,《忆江南》为其杰作:

---

① 唐圭璋先生在《文学遗产》(1981 年 2 期)《读词续记》一文中说:"余窃怪近人论李白词,何以不信记盛唐曲目之《教坊记》,反而信晚唐小说之《杜阳杂编》? 又怪近人论李白词,何以不信两宋人之选录,反而信明人之臆说?"

② 俞陛云《唐五代两宋词选释》,上海古籍出版社 1985 年 9 月版,第 12 页。

　　春去也！多谢洛城人。弱柳从风疑举袂，丛兰裛露似沾巾，独坐亦含嚬。

　　伤春之词，却从春将去而恋人着笔，柳飘离袂，兰浥啼痕，以物比人，极写春之多情，更加烘托出末句多情少女惆怅惜春之情之难堪。词风婉丽，别饶风趣。况周颐称此词："流丽之笔，下开北宋子野、少游一派。唯其出自唐音，故能流而不靡，所谓'风流高格调'，其在斯乎？"[1]
　　白居易今存词三十七首，最精彩的是《忆江南》二首：

　　江南好，风景旧曾谙。日出江花红胜火，春来江水绿如蓝。能不忆江南？
　　江南忆，最忆是杭州。山寺月中寻桂子，郡亭枕上看潮头。何日更重游？

词中回忆作者昔日任杭州刺史时的美好生活片断。前一首写杭州春色，用比喻的手法，逼真地描绘出江南水乡的秀丽景色：灿烂阳光下百花盛开，万紫千红，如火如荼；春江潮涌，碧绿清澈，水天一色。后一首写杭州秋景，着重突出对天竺赏月和钱塘观潮的神往和怀念。二词纯用白描，如话家常，但直叙里有委宛曲折，平铺中有跌宕起伏。笔底深情，蔼然可掬。
　　白居易词韵味隽永、耐人寻味的还有《长相思》：

　　汴水流，泗水流，流到瓜洲古渡头，吴山点点愁。　　思悠悠，恨悠悠，恨到归时方始休，月明人倚楼。

全篇从一个月下凭楼远眺的女子的角度描写，直到结尾一句，方才巧妙点破。河水长流，象征着爱人的远去不归，同时也象征着她的相思之长。山愁也正是她离愁别恨的反映。"此词若晴空冰柱，通体虚明，不着迹象，而含情无际。"[2]
　　早期文人词多小令，受民间词的影响较大，题材广泛，意境清丽，语言精炼，在词句形式和风格意境等方面都与诗相近，呈现出诗向词过渡的特色。

---

① 清况周颐《蕙风词话》卷二，人民文学出版社 1960 年 4 月版，第 22 页。
② 俞陛云《唐五代两宋词选释》，上海古籍出版社 1985 年 9 月版，第 19 页。

第三节　温庭筠与花间词人

　　文人词发展到晚唐五代，随着作家人数的增多，艺术经验的积累，逐步突破了近体诗的句式、格式的限制，大量风格、情调、体式全新的词源源而出，达到了可与近体诗分庭抗礼的地步。但与民间词相比，此时的词内容狭仄，多数渲染女性的缱绻风情和娇娆之态，逐渐成了花间、尊前用以侑觞佐欢的消遣品。它们的代表便是温庭筠及其影响下出现的花间词。

　　五代时，后蜀赵崇祚选录温庭筠、皇甫松、韦庄、薛昭蕴、欧阳炯等十八家词五百首，编为《花间集》十卷。其中除温庭筠、皇甫松、孙光宪外，大都是蜀人或者是流寓入蜀的。他们在词风上大体相近，因此，后世统称之为"花间词人"或"花间派"。《花间集》现存南宋刻本三种。今人李若冰撰《花间集评注》，开明书店 1935 年版；李一泯撰《花间集校》，人民文学出版社 1958 年版；华仲彦撰《花间集注》，河南中州书画社 1983 年版。

　　《花间集》是我国第一部文人词集，它的产生环境和选录标准，可从欧阳炯《花间集序》中找到答案：

　　　　镂玉雕琼，拟化工而迥巧；裁花剪叶，夺春艳以争鲜。……《杨柳》、《大堤》之句，乐府相传；《芙蓉》、《曲渚》之篇，豪家自制。莫不争高门下，三千珠琲之譬；竞富尊前，数十珊瑚之树。则有绮筵公子，绣幌佳人，递叶叶之花笺，文抽丽锦；举纤纤之玉指，拍按香檀。不无清绝之词，用助娇娆之态。自南朝之宫体，扇北里之倡风。何止言之不文，所谓秀而不实。

五代干戈遍地，生民涂炭，而西蜀有高山大川之险，得免战祸之灾。加之物产丰富，经济繁荣，社会安定，那些割据军阀和上层贵族以及士大夫文人，在乱世中苟且偷安，日夜宴饮，弦歌不绝，花间词正是为了适应他们声色享乐需要而写作的。

　　花间词风格以剪红刻翠，香软浓艳为主，内容多花间月下，男女之情，此外还有少量的咏史征戍、行旅写景之作。由于温庭筠艳丽婉约的词风对花间派中大多数词人的创作都有极大影响，所以后人推之为花间派鼻祖。

一　温庭筠

　　温庭筠是我国词史上第一个大量填词的作家。他精通音律，才思富丽，"能逐弦吹之音，为侧艳之词"（《旧唐书·温庭筠传》）。在他之前，词以里巷俗曲入于文士之手，只是偶一为之。至温庭筠，所作既多，创调亦众，他对词的格律的规范化作出了重要贡献。他的《握兰》、《金荃》二词集都已散失，所存词散见于《花间集》和《尊前集》等书里。近人王国维辑成《金荃词》一卷，共得六十八首。张璋、黄畬编《全唐五代词》收温庭筠词七十一首，上海古籍出版社 1986 年版。

清人刘熙载《艺概·词曲概》说："温庭筠词精妙绝伦，然类不出乎绮怨。"温庭筠的词，大都描写思妇、宫女及娼楼女子的生活和相思离别之情。虽题材狭窄，思想价值不高，但由于词人长期沦落于秦楼楚馆之中，对下层妇女的不幸命运有所理解和同情，又善于在词中寄托自己怀才不遇的情感，加之他在音乐声律上的精深造诣，写来促节繁音，抑扬宛转。

温庭筠的词向以秾丽绵密著称。他的词特别讲究藻饰，裁红剪翠，雕金镂玉，以色彩秾丽为美。如《菩萨蛮》十四首之一：

> 小山重叠金明灭，鬓云欲度香腮雪。懒起画蛾眉，弄妆梳洗迟。　　照花前后镜，花面交相映。新贴绣罗襦，双双金鹧鸪。

此词通过女子晨起梳妆一事以写其闺怨。首句绣屏掩映，初日东升，金碧生辉，见其环境之富丽；次句写鬓发如云，香腮如雪，"欲度"二字，勾画出晴日小风下主人公醒后娇卧未起的情状；三、四句写其梳妆打扮的神情动作，而"懒"、"迟"二字又巧妙地透露出内心的慵倦凄苦之情。过片以下，全以"妆"字着手，写簪花、照镜、穿衣，层层推进，章法井然，针缕绵密。"簪花"为饰，愈增艳丽。"襦"由"罗"制，兼之以"绣"，复加"新贴"、"金鹧鸪"，光彩照人，炫人眼目。末句"双双金鹧鸪"，以鹧鸪的成双成对，反衬她的孤独寂寞，与上片"懒"、"迟"相呼应，从而使题旨自见。温庭筠的词中喜欢用"金凤凰"、"金鹦鹉"、"金翡翠"、"玉笛"、"玉筝"、"玉炉"、"玉楼"、"画幌"、"画楼"等雍容华贵、富于色彩的字眼，给人以强烈的印象和感受。

温词向以绮丽浓郁著称，但也有清丽自然、疏淡明快之作。如《更漏子》：

> 玉炉香，红蜡泪，偏照画堂秋思。眉翠薄，鬓云残，夜长衾枕寒。　　梧桐树，三更雨，不道离情正苦。一叶叶，一声声，空阶滴到明。

纯用白描写秋思离情。"通篇自昼至夜，自夜至晓，其境弥幽，其情弥苦。上片,起三句写境,次三句写人。画堂之内,唯有炉香、蜡泪相对,何等凄寂。
迨至夜长衾寒之时,更愁损矣。眉薄鬓残,可见辗转反侧、思极无眠之况。
下片,承夜长来,单写梧桐夜雨,一气直下,语浅情深。"①又如《梦江南》:

> 梳洗罢,独倚望江楼。过尽千帆皆不是,斜晖脉脉水悠悠,肠断白蘋洲。

写女子倚楼望归舟之形象,于轻描淡写中,灌注炽烈之情。通篇意境开阔,
情致幽远。

温庭筠"客观"、"纯美"的词境,沟通了诗画之界。其化景物为情思,并
最终回归理性的构思特色,花前月下、艳丽精工、流金溢彩的形象特点,奠定
了他在词史上的突出地位。从他开始,词律始趋严整,文采声情、修辞意境
都有突破和创新。至此,词终于与诗正式分离,作为一种独立的文学样式与
诗并驱文坛。温词香而软的词风为后世婉约词人所取法,对五代词和宋词
的发展都产生了深远的影响。

二 韦庄

花间派词人中,可与温庭筠比肩的是韦庄,二人并称"温韦"。韦庄存词
五十五首,数量仅次于温庭筠。内容也大多男欢女爱、离愁别恨、流连光景
之篇。由于时代和生活经历的不同,温、韦词的创作目的和情感特征也产生
了差异。温庭筠生活于黄巢起义前的晚唐宣宗大中前后,社会相对安定。
虽一生潦倒,但他依转于权贵之门,混迹于妓馆酒楼,其词均为娱宾遣兴的
应歌之作,多为代言体,极少个人真情的流露。而韦庄生逢唐末五代分裂动
乱的岁月,一生中有四分之三时间都是在穷苦和漂泊中度过,因此他的词受
民间词的影响较大,往往注重个人真情的抒发,表现出独特的个性色彩。如
《菩萨蛮》五首之二:

> 人人尽说江南好,游人只合江南老。春水碧于天,画船听雨眠。垆边人似月,
> 皓腕凝霜雪。未老莫还乡,还乡须断肠。

极写江南景物之丽和人物之美,一气直下,略无挂碍。最后以"未老莫还乡"
一句陡转,反跌出"还乡须断肠",似直而纡,似达而郁,意谓江南虽好,我仍

---

① 唐圭璋《唐宋词简释》,上海古籍出版社 1981 年 7 月版,第 7 页。

思还乡。但今日若还乡，目击离乱，只会让人柔肠寸断。通篇将平生漂泊之感、离乱之痛和思乡之情融注在一起，浅语表情，弥觉深切。又如《荷叶杯》：

> 记得那年花下，深夜，初识谢娘时。水堂西面画帘垂，携手暗相期。　　惆怅晓莺残月，相别，从此隔音尘。如今俱是异乡人，相见更无因。

此词伤今怀昔，凄怨的回忆，分明交织着词人身世飘零之感，跳动着他痛苦的灵魂。在使词从"娱宾遣兴"的工具变为抒情达意的手段上，韦庄作出了重要贡献。

韦庄的诗和词都有着浓郁的民间气息，这和他长期浪迹江湖，接触了较多的民间歌曲有关，其中清丽自然的江南吴歌对他熏陶尤多。他的一些词表情显露自然，语言明秀而口语化。如《思帝乡》：

> 春日游，杏花吹满头。陌上谁家年少，足风流。妾拟将身嫁与，一生休。纵被无情弃，不能羞。

这里流露的全是一片心声，冲口而出，不假妆饰，用直截决绝之语，直诉一往情深的爱慕之情。笔墨酣恣隽爽，不着力而自胜，极富敦煌民间曲子词的韵味。

韦庄词用清新流畅的白描笔调，表达真挚深沉的感情，使晚唐五代词由"绮罗香泽"的深闺重新回到风清月白的民间，抒写个人情志，从而使词逐渐摆脱完全依附于音乐，徒供歌唱的艳曲地位，成为具有独立生命，可以自由抒情写意的文学创作，提高了词的地位。他上承白居易、刘禹锡，下开李煜、苏轼、辛弃疾词的先河，在词的发展史上作出了独特的贡献。

三　孙光宪

孙光宪（？—968），字孟文，自号葆光子，陵州贵平（今四川仁寿县）人。后唐时为陵州判官。入宋后任黄州刺史。孙光宪雅善小词，今存词八十四首，数量之多，为唐五代词人之冠。孙光宪的词也以描写艳情为主，风格清疏秀朗，与韦庄相近。他另有一些其他题材内容的词，颇值得注意。如《风流子》：

> 茅舍槿篱溪曲，鸡犬自南自北。菰叶长，水葓开，门外春波涨绿。听织，声促，轧轧鸣梭穿屋。

描写田舍风光,具有浓郁的生活气息。作者把槿篱茅舍和鸡犬鸣梭之声写进词里,扩大了词的内容,下开后来苏轼、辛弃疾同类词的先声。又如《定西番》:

> 鸡禄山前游骑,边草白,朔天明,马蹄轻。 鹊面弓离短韬,弯来月欲成。一只鸣髇云外,晓鸿惊。

这是一首描写边塞风光的词,风格雄健,色调明朗,意境开阔。孙光宪此类词在《花间集》腻粉浓香外另开新境,给人以耳目一新之感。

四 鹿虔扆

鹿虔扆,字里不详。后蜀进士。广政年间(938—950)曾任永泰军节度使、检校太尉等职,蜀亡不仕。今存词六首。其代表作为《临江仙》:

> 金锁重门荒苑静,绮窗愁对秋空。翠华一去寂无踪。玉楼歌吹,声断已随风。
> 烟月不知人事改,夜阑还照深宫。藕花相向野塘中。暗伤亡国,清露泣香红。

此为痛悼前蜀亡国而作。全篇摹写亡国后的情境,通过景物的衬托,气氛的烘染,曲折地传达出自己沉痛的感情。尤其是下片,移情及物,用烟月的无知和藕花的有情作为鲜明的对比,反衬人之悲伤。末句点出题旨,苍凉沉痛,字字血泪。这首词在《花间集》中,可算别具风神之作。

五 李珣

李珣(855—930?),字德润,先世是波斯人,旅居梓州(今四川三台)。今存词五十四首,大抵抒写男女之间的离情别绪和对隐居生活的赞美。其中最为引人注目的十七首《南乡子》,从各个不同的侧面展示了南方的风土人情,具有浓烈的地方色彩。如:

> 归路近,扣舷歌,采真珠处水风多。曲岸小桥山月过,烟深锁,豆蔻花垂千万朵。
>
> (其三)
>
> 乘彩舫,过莲塘,棹歌惊起睡鸳鸯。带香游女偎伴笑,争窈窕,竞折团荷遮晚照。
>
> (其四)

均以浅语写景而生动可爱。寥寥数笔,南国风情历历如画。笔力精湛,格调清新，为词家特开新采。

　　花间词诞生于晚唐五代这样一个昏乱的时代环境中，却充满着一股富贵气、脂粉气。其言情多为伤春伤别，写景不出闺阁园亭，内容狭窄，风格香软。陆游对此曾深有感慨："方斯时，天下岌岌，生民救死不暇，士大夫乃流宕至此，可叹也哉！"①然而，它的出现，自有独特意义：一方面，它所嗜尚的阴柔美，典型地体现了中唐以来人们所特有的审美趣味和审美音调，尤其迎合了晚唐五代人们在特定环境下的审美需求，引起了人们广泛的心灵共振，揭启了中国美学史的新篇章。另一方面，它情真而调逸，思深而言婉的绮艳婉丽的词风，为千古词章奠定了一种"正宗"风格的基础，对宋词产生了直接而深远的影响。

第四节　李煜与南唐词人

　　五代时期，与西蜀花间词人遥相呼应的是偏安江南的南唐词人。宋初陈世修在《阳春集序》中说："金陵盛时，内外无事。朋僚亲旧，或当宴集，多运藻思，为乐府新词，俾歌者倚丝竹歌之，所以娱宾而遣兴也。"这说明，以"娱宾遣兴"为宗旨的南唐词与以"助欢佐乐"为目的的花间词一样，均是为适应上层贵族酣歌醉舞的享乐生活需要而产生并发展起来的。南唐君臣与西蜀君臣相比，具有较高的文化和艺术修养，在追求花月歌酒的物质享受和感官刺激外，更有着高雅的精神生活追求。他们多才多艺，直接涉足艺术领域。产生于这样一种艺术氛围中的南唐词，与花间词相较，文野之分、粗细之别显而易见。尤其是它以文雅的词风，抒发深广的忧患意识的特征，更为花间词所莫及。南唐词的主要代表人物是冯延巳和李璟、李煜父子。

一　冯延巳

　　冯延巳（904—960），字正中，一名延嗣，广陵（今江苏扬州市）人。南唐开国君主李昪以为秘书郎，使与李璟游处，为元帅府掌书记。李璟即位，备受宠幸，为翰林学士承旨。不久，进中书侍郎，拜平章事（宰相）。后因力主用兵失败，屡遭攻击，罢相，为太子少傅。今存《阳春集》，主要有明吴讷《唐宋名贤百家词》本，光绪十五年王鹏运四印斋本。今人陈秋帆撰《阳春集

---

① 明汲古阁覆宋本《花间集》陆游跋语。

笺》，南京书店1933年版。

《阳春集》存词一百一十九首，其中有与他人杂见者，可以确信为冯延巳的近一百篇。冯延巳是唐五代词人中存词最多的一位词家。冯词也以写女子闺思别绪的艳情居多，不过，他已不像花间词人那样侧重于妇女外貌、服饰的精雕细刻，而是更多地通过景物环境的描写，着意探索、抒写积聚于人物内心深处无法排遣的哀愁，并时或寄托自己的怀抱和对时事的感触，因而他的词清新明丽，委婉情深，显得格外空灵而有神致。如《鹊踏枝》：

> 萧索清秋珠泪坠，枕簟微凉，展转浑无寐。残酒欲醒中夜起，月明如练天如水。
> 阶下寒声啼络纬，庭树金风，悄悄重门闭。可惜旧欢携手地，思量一夕成憔悴。

抒写女子相思无眠之苦况，以景语写别情。作者抓住秋夜最典型的景物加以描绘：皎洁的月光，清澈的天空，无人的深院，紧闭的重门，络纬啼寒，秋风拂树，这一切把"萧瑟清秋"的气氛全部渲染出来。结尾用重笔夸张揭出词旨，情思凄婉，写情曲折、含蓄。细味词意，其中也深蕴着词人由于时序惊心、美人迟暮而引起的对现实人生的忧虑之情。又如《采桑子》：

> 花前失却游春侣，独自寻芳。满目悲凉，纵有笙歌亦断肠。 林间戏蝶帘间燕，各自成双。忍更思量，绿树青苔半夕阳。

此词触景感怀。上片写花前寻芳无侣的悲凉，笙歌原来可乐，但无人同赏，只会更加令人肠断；下片，因见双蝶、双燕，又勾起自己的孤独之感。"绿树"句，以景结，夕阳西下的惨淡冷瑟正与上片"满目悲凉"句呼应。通篇在景物意象的描写中抒发自己的悲凉心境，意蕴深厚，内涵丰富，其中或许隐寓着词人忧生念乱的沉痛哀伤。

王国维《人间词话》以"和泪试严妆"为冯延巳的词品，极有见地。冯延巳在南唐国势岌危时当政，急功好利，又无政治远见，在位期间，"纪纲颓弛，吏胥用事"，轻脱贪求，动多徇私，同僚孙晟斥之为"谄佞险诈"①。时人将之与其弟冯延鲁等四人目之为朝廷"四凶"，其声名狼藉由此可见。虽说善柔

---

① 清吴任臣《十国春秋》卷二十六《冯延巳传》，中华书局1983年12月版，第364页。

其色而官至宰相,仕途通显,但面临周师南逼,国势日削的艰难时世,加之朝廷正直之士对他的弹劾、指责,也常常使他感到惶恐迷乱,这种复杂的感情不可能不在词中有所流露。通读冯词可以发现,冯延巳在描写寻欢作乐,登临赏景时,总是隐含着挥之不去的忧愁和哀伤;高华秾丽背后,隐藏着无限的悲凉。他的词中,愁、恨、伤、泪、惆怅、悲哀、寂寞、断肠等词触目皆是,处处荡漾着哀美的氛围,这与冯氏所处社会环境和个人身世遭遇都有联系。

冯词写艳情而能清丽秀雅,抒哀愁而能思致深婉,尤其是他在词中第一次深刻而动人地抒写了封建时代文人所共同怀有的对于"人生无常"和"世事难料"的悲哀,其情感之真实,意境之凄美,将晚唐以来的婉约词风向前推进了一步。王国维论其词:"虽不失五代风格,而堂庑特大,开北宋一代风气。"(《人间词话》)刘熙载《艺概·词曲概》指出:"冯正中词,晏同叔得其俊,欧阳永叔得其深。"冯词是花间词向北宋词过渡的桥梁,若就对北宋词人的影响而论,冯延巳可与温庭筠、韦庄鼎足三分,其地位自不容忽视。

二　李璟

李璟(916—961),字伯玉,初名景通,后因避周讳改名璟,徐州人,南唐烈祖李昇长子。保大元年(943)于金陵嗣位称帝,在位十九年,曾因惧怕后周军事压力,去帝号,改称国主。周亡后,又向宋进贡。谥元宗,史称中主或嗣主。

李璟即位之初,承先世余烈,将士用命,扩地很广。然而,不久就因任用佞臣,不纳忠谏,以致兵败地削,国势从此一蹶不振,不得不向后周奉表称臣,岁贡方物,在忧愁风雨中度过了一生。他在政治上无所作为,但多才艺,喜文士,好读书,"时时作为歌诗,皆出入风骚"(《钓矶立谈》)。今存词四首,《应天长》写孤零无依的苦闷,《望远行》写所怀未遂的心愿。最为人传诵的是《摊破浣溪沙》二首:

> 手卷真珠上玉钩,依前春恨锁重楼。风里落花谁是主,思悠悠。　青鸟不传云外信,丁香空结雨中愁。回首绿波三峡暮,接天流。

> 菡萏香销翠叶残,西风愁起绿波间。还与韶光共憔悴,不堪看。　细雨梦回鸡塞远,小楼吹彻玉笙寒。多少泪珠无限恨,倚阑干。

这两首词都是写男女恋情,一写春恨,一写秋思,景况难堪,幽恨无垠,绮艳中寓沉郁悲凉之致,其文学形象的内蕴已超出了题材本身。王国维《人间词话》称其"菡萏"两句"大有众芳芜秽,美人迟暮之感",正是看到了词里所流露的忧患意识和感伤色彩,是与南唐国运的衰微和词人内心的危苦紧密相关的。李璟词这种不假雕琢,直抒胸臆,情景融洽,跌宕昭彰的艺术表现手法,为李煜所继承。

三 李煜

李煜(937—978),字重光,初名从嘉,号钟隐,又称莲峰居士,中主李璟第六子。少聪慧,善属文,工书画,通乐理。宋建隆二年(961)嗣位,更名煜,在位十五年。开宝八年(975),宋军攻破金陵,李煜出降,封违命侯。宋太宗登基,封陇西公。太平兴国三年(978)七月,被太宗赐酒毒死。赠太师,追封吴王,以王礼葬洛阳北邙山。李煜存词三十多首,后人将之与其父李璟之词合编为《南唐二主词》,笺注本有清光绪二十年刊刘继增《南唐二主词笺》;民国二十五年唐圭璋荟萃诸本,参究得失,成《南唐二主词汇笺》,此本最为精审;詹安泰注《李璟李煜词》,是目前最易见、通行的读本,人民文学出版社1958年版。

李煜的词以他亡国被俘为界,分为前后两期。前期作品主要描写豪华的宫廷生活和艳情韵事。如《玉楼春》:

> 晚妆初了明肌雪,春殿嫔娥鱼贯列。笙箫吹断水云间,重按霓裳歌遍彻。
> 临风谁更飘香屑?醉拍阑干情未切。归时休放烛花红,待踏马蹄清夜月。

描写宫中纵情游乐的情形。上片叙嫔娥美艳众多和奏乐歌唱的盛况,下片描写宫殿香气氤氲与词人陶醉情态,结尾写踏月归去,极清超之致。又如《浣溪沙》:

> 红日已高三丈透,金炉次第添香兽,红锦地衣随步皱。　　佳人舞点金钗溜,酒恶时拈花蕊嗅,别殿遥闻箫鼓奏。

此词写宫中歌舞酣饮之盛,虽极豪华妍丽之致,"但时至日高三丈,而金炉始添兽炭,宫人趋走,始踏皱地衣,其倦勤晏起可知。恣舞而至金钗溜地,中酒而至嗅花为解,其酣嬉如是而犹未满足,箫鼓尚闻于别殿。作者自写其得意,如穆天子为乐未央,适示人以荒宴无度,宁止杨升庵讥其忕富贵耶?"[1]李

---

① 俞陛云《唐五代两宋词选释》,上海古籍出版社1985年9月版,第123页。

煜继位时，赵匡胤已代周称帝，虎视南唐，李煜被迫奉宋正朔而称臣。他深感国势已去，难以挽回，于是苟且偷安，沉湎声色。以上二词正是他吟咏宴游，醉生梦死生活的真实写照。《菩萨蛮》三首（"花明月黯笼轻雾"、"蓬莱院闭天台女"、"铜簧韵脆锵寒竹"）则是李煜和小周后幽期密约场景和心情的再现，虽未脱花间艳词旧套，但由于作者切身的体会和精细的描写，给人以强烈的心灵撼动。

李煜前期词中还有一些描写离情别绪的佳作。如《清平乐》：

> 别来春半，触目柔肠断。砌下落梅如雪乱，拂了一身还满。　　雁来音信无凭，路遥归梦难成。离恨恰如春草，更行更远还生。

开宝四年（971），宋灭南汉，移师汉阳。李煜闻讯大惧，遣七弟从善朝宋，表示愿去唐号，称江南国主。宋太祖赵匡胤意欲召李煜归顺，即拜从善泰宁军节度使，留京师。"后主闻命，手疏求从善归国。太祖不许。……而后主愈悲思，每凭高北望，泣下沾襟，左右不敢仰视。由是岁时游宴，多罢不讲。"[①] 此词为怀念从善而作，在怀人念远中融入国势危殆、祸在旦夕所引起的心灵巨创和无由摆脱困境的沉重忧思。上片言愁之欲去仍来，犹落花拂了又满；下片言人之愈离愈远，犹草之更远还生，皆加倍写出离愁。通篇即景生情，声情郁抑，妙在无一字一句刻意雕琢，纯是自然流露，自能婉妙动人。

李煜后期词主要抒写他对"往事"、"故国"的无限眷恋和国破家亡、任人宰割的深悲巨痛。从国主降为囚徒，从终日风情旖旎到日夕以泪洗面，天上人间的巨大反差，使他的词由前期的婉转缠绵一变而为沉郁凄怆。在短短的两三年中，他备受人间的艰辛和侮辱，往日的美好生活只能在梦中追寻，而梦醒后更加重了这无尽的悲苦和悔恨。《浪淘沙》云：

> 帘外雨潺潺，春意阑珊。罗衾不耐五更寒。梦里不知身是客，一晌贪欢。
> 独自莫凭栏，无限江山。别时容易见时难。流水落花春去也，天上人间！

五更梦回，寒雨潺潺，梦中之欢，益增醒后之悲！凭栏远望，故国难归，旧日生活有如春去难寻。结尾"流水"两句，沉痛郁结中爆发出凄厉之哀鸣："水

---

① 宋陆游《南唐书》卷十六《从善传》，《四部备要》本。

流尽矣,花落尽矣,春归去矣,而人亦将亡矣。将四种了语,并合一处作结,肝肠断绝,遗恨千古!"①追思过往,考虑将来,一切都已失去,只能偷息人间,忍受磨折。在深愁巨恨中的李煜无由自拔,以至美好的事物,也都成了引起他反感的对象。《虞美人》云:

> 春花秋月何时了,往事知多少! 小楼昨夜又东风,故国不堪回首月明中。
> 雕栏玉砌应犹在,只是朱颜改。问君能有几多愁,恰似一江春水向东流。

感怀故国,悲愤已极;追怀往事,痛不欲生! 满腔恨血,万斛愁恨,喷薄而出,令人不堪卒读。此词呼天抢地的汹涌情感,使猜忌毒辣的宋太宗赵光义为之震动,李煜因而招来了杀身之祸。

李煜的词情真意挚,尤其是他后期的作品,几乎全用愁、恨交织而成,字字血,声声泪,千百年来,打动了无数读者的心。李煜是五代词坛上最杰出的作家,他在中国词史上的重要地位,是由他别开生面、独树一帜的艺术风格所决定的。具体而言,主要有如下几点:

一是直抒胸臆,率直纯真。李煜所写的都是发生在身边的真实生活,所吐露的是发自肺腑的真情实感。无论是描写男女之情,还是抒发亡国之痛,他都不加隐饰,一泻无余。《菩萨蛮》记录他和小周后的爱情生活,洋溢着火一般炽烈的感情:

> 花明月暗笼轻雾,今宵好向郎边去。刬袜步香阶,手提金缕鞋。 画堂南畔
> 见,一向偎人颤。奴为出来难,教郎恣意怜。

幽深静谧的环境气氛,情人约会时细微的心理动作,在词人笔下表现得淋漓尽致。他写亡国之恨、故国之思,也是直吐心声:"往事已成空","往事只堪哀","人生愁恨何能免? 销魂独我情何限","多少恨","自是人生长恨水长东","故国梦重归,觉得双泪垂",均用切身的感受,饱含血泪直接倾泻自己的深哀隐痛,如泣如诉,感人肺腑,催人泪下。

二是题材扩大,意境拓展。王国维《人间词话》说:"词至李后主而眼界始大,感慨遂深,遂变伶工之词而为士大夫之词。"李煜之前的花间词人,主

---

① 唐圭璋《唐宋词简释》,上海古籍出版社 1981 年 7 月版,第 44 页。

要描写男欢女爱、离情别绪,题材和意境都很狭窄。李煜打破了"词为艳科"的传统格局,把自己深沉的家国之恨铸入词中,由花前月下到江山家国,从闺阁庭院到社会人生,扩大了词的题材,提高了词的地位。为了适应内容的需要,他在词的表现手法上也多有创新。他善于通过完密巧妙的构思,将抽象的情思融入具体的景物中,创造出物我无间,情景交融的典型意境。如《乌夜啼》:

> 无言独上西楼,月如钩。寂寞梧桐深院,锁清秋。　　剪不断,理还乱,是离愁。别是一番滋味在心头。

秋夜梧桐深院之景中,融进了作者无言、寂寞的苦况,与"别是一番滋味"的离愁契合无间,给人以极深的印象。此外如"船上管弦江面渌,满城飞絮辊轻尘","千里江山寒色远,芦花深处泊孤舟"(《望江梅》),"四十年来家国,三千里地山河"(《破阵子》),气象恢宏,境界开阔,其意境的开拓,给人以深刻鲜明的印象。

三是语言朴素,凝炼传神。李煜的词多用白描,不雕饰,不用典,语言明净质朴,生动自然而极富表现力。他还巧妙设喻,将非常抽象的感情、意念转化为具体可感的形象,使语言显得格外形象生动。俞平伯先生《读词偶得》对此赞赏备至:"于愁则喻春水,于恨则喻春草,颇似重复,而'恰似一江春水向东流'以长句一气直下,'更行更远还生'以短语一波三折,句法之变换,直与春水春草之姿态韵味融成一片,外体物情,内抒心象,岂独妙肖,谓之入神可也。虽同一无尽,而千里长江,滔滔一往,绵绵芳草,寸接天涯,其所以无尽则不尽同也。词情调情之吻合,词之至者也。"可谓慧眼识珠。

李煜以鲜血和生命书写的词章,在唐五代词家中独标风姿。他直抒胸臆、直吐心声的风格,影响至于苏、辛词派的"满心而发,肆口而成",仅从这一点看,已是超出了"《花间》范围"(《人间词话》)。胡应麟《诗薮·杂篇》指出:"后主目重瞳子,乐府为宋人一代开山。盖温韦虽藻丽,而气颇伤促,意不胜辞。至此君方为当行作家,清便宛转,词家王、孟。"推之为宋词的开山祖师。李煜在词史上的重要地位,当从此处认识。

全国教育科学"十五"规划课题项目

江 苏 省 高 等 学 校 精 品 教 材

中国古代文学史

（第二版）下册

主　编　周建忠

副主编　张祝平　王育红

南京大学出版社

目　录

第五编　宋代文学

绪　论 ……………………………………………………………………… (485)

第一章　多样化的宋初文学 …………………………………………… (491)

　第一节　香山派和王禹偁 ………………………………………………… (491)

　第二节　晚唐体诗人 ……………………………………………………… (493)

　第三节　西昆体的盛与衰 ………………………………………………… (494)

　第四节　宋初散文的复兴 ………………………………………………… (496)

第二章　北宋前期词风和柳永的新变 ………………………………… (498)

　第一节　晏殊、欧阳修等人的词风 ……………………………………… (498)

　第二节　范仲淹、王安石的词作 ………………………………………… (502)

　第三节　柳永对词文学的贡献 …………………………………………… (504)

第三章　欧阳修及北宋中期的诗文革新 ……………………………… (508)

　第一节　欧阳修的地位和文学革新主张 ………………………………… (508)

　第二节　北宋中期的散文创作 …………………………………………… (511)

　第三节　北宋中期的诗歌创作 …………………………………………… (514)

第四章　苏轼 …………………………………………………………… (520)

　第一节　苏轼的经历和人格 ……………………………………………… (520)

　第二节　苏轼的文艺思想 ………………………………………………… (522)

　第三节　苏轼的散文 ……………………………………………………… (524)

　第四节　苏轼的诗歌 ……………………………………………………… (525)

　第五节　苏轼的词 ………………………………………………………… (532)

　第六节　苏轼的影响 ……………………………………………………… (537)

第五章　北宋后期文学 ………………………………………………… (538)

　第一节　北宋后期的文学创作队伍 ……………………………………… (538)

　第二节　黄庭坚和江西诗派 ……………………………………………… (540)

　第三节　北宋后期的词人 ………………………………………………… (545)

第六章　南宋初期的文学 ……………………………………………… (549)

　　第一节　李清照 ……………………………………………（549）

　　第二节　张元干、张孝祥等爱国词人 …………………………（553）

　　第三节　陈与义与江西诗派的流变 ……………………………（556）

第七章　中兴四大诗人 …………………………………………（559）

　　第一节　杨万里 ……………………………………………（559）

　　第二节　范成大 ……………………………………………（561）

　　第三节　陆游的人生经历和创作变化 …………………………（563）

　　第四节　陆游的诗歌 ………………………………………（564）

　　第五节　陆游的词、散文 …………………………………（570）

第八章　辛弃疾和辛派词人 ……………………………………（573）

　　第一节　辛弃疾的人生经历和创作变化 ………………………（573）

　　第二节　辛弃疾词的思想内容 …………………………………（575）

　　第三节　辛弃疾词的艺术成就 …………………………………（578）

　　第四节　辛派词人 …………………………………………（581）

第九章　南宋后期的文学 ………………………………………（585）

　　第一节　姜夔与姜派词人 …………………………………（585）

　　第二节　四灵派与江湖诗人 ……………………………………（592）

　　第三节　文天祥与宋末爱国遗民诗人 …………………………（595）

第十章　南宋散文和宋话本 ……………………………………（598）

　　第一节　南宋散文 …………………………………………（598）

　　第二节　宋话本 ……………………………………………（601）

第十一章　辽金文学 ……………………………………………（606）

　　第一节　辽文学概述 ………………………………………（606）

　　第二节　金文学概述 ………………………………………（607）

　　第三节　元好问 ……………………………………………（609）

　　第四节　《西厢记诸宫调》 …………………………………（611）

第六编　元明文学

绪　论 ……………………………………………………………（615）

第一章　元代前期杂剧 …………………………………………（623）

　　第一节　元杂剧的兴盛 ……………………………………（623）

　　第二节　元杂剧的形式 ……………………………………（625）

第三节　关汉卿及其杂剧创作 ……………………………………（626）

第四节　王实甫与《西厢记》 ……………………………………（631）

第五节　元前期其他主要杂剧作家作品 …………………………（637）

第二章　元代后期杂剧 ……………………………………………（645）

第一节　杂剧的南移和衰微 ………………………………………（645）

第二节　郑光祖与《倩女离魂》 …………………………………（646）

第三节　其他主要杂剧作家和作品 ………………………………（647）

第三章　元代散曲 …………………………………………………（649）

第一节　散曲的兴起及其体裁特点 ………………………………（649）

第二节　元前期散曲的主要作家和作品 …………………………（650）

第三节　元后期主要散曲作家作品 ………………………………（653）

第四章　元末南戏 …………………………………………………（657）

第一节　南戏的形成及特征 ………………………………………（657）

第二节　高明与《琵琶记》 ………………………………………（658）

第三节　元末四大南戏 ……………………………………………（661）

第五章　元代诗文 …………………………………………………（663）

第一节　元前期诗文 ………………………………………………（663）

第二节　元后期诗文 ………………………………………………（665）

第六章　明代诗文 …………………………………………………（668）

第一节　明初诗文 …………………………………………………（668）

第二节　台阁体和茶陵诗派 ………………………………………（677）

第三节　前后七子 …………………………………………………（679）

第四节　归有光与唐宋派 …………………………………………（687）

第五节　公安派和竟陵派 …………………………………………（690）

第六节　明后期诗歌 ………………………………………………（696）

第七节　明末小品文 ………………………………………………（699）

第七章　历史小说《三国志演义》 ………………………………（704）

第一节　《三国志演义》的版本、成书过程与作者 ……………（704）

第二节　《三国志演义》的思想内容与题旨 ……………………（705）

第三节　《三国志演义》的叙事艺术与艺术成就 ………………（708）

第四节　《三国志演义》的影响 …………………………………（710）

第八章　英雄小说《水浒传》 ……………………………………（711）

第一节　《水浒传》的版本、成书过程与作者问题 ……………（711）

第二节　《水浒传》的思想内容与主题 ·······················（712）

第三节　《水浒传》的叙事线索以及人物塑造的艺术 ·······（714）

第四节　《水浒传》的深远影响 ·······························（716）

第九章　神魔小说《西游记》 ·································（718）

第一节　《西游记》题材的来源、演化及其作者 ···········（718）

第二节　《西游记》的情节线索、人物形象与内容题旨 ···（719）

第三节　《西游记》的艺术特色 ·······························（721）

第四节　《西游记》影响下的其他神魔小说 ···············（722）

第十章　世情小说《金瓶梅》 ·································（724）

第一节　《金瓶梅》产生的时代、背景以及版本、作者 ···（724）

第二节　《金瓶梅》的基本内容、人物以及对社会的折射 ···（725）

第三节　《金瓶梅》在文学史上的成就与地位 ···········（726）

第四节　明代四大奇书小结 ·································（728）

第十一章　拟话本"三言"、"二拍"以及其他短篇小说 ·····（730）

第一节　单刊话本、积集话本到拟话本专集 ···········（730）

第二节　"三言"、"二拍"的思想内容 ·······················（732）

第三节　"三言"、"二拍"的艺术成就 ·······················（734）

第四节　明代的文言小说 ·································（736）

第十二章　明代散曲与民歌 ·································（739）

第一节　明代散曲 ···（739）

第二节　明代民歌 ···（745）

第十三章　明代戏剧 ·······································（748）

第一节　明代杂剧 ···（748）

第二节　明代传奇 ···（751）

第三节　汤显祖与《玉茗堂四梦》 ·······················（757）

第四节　沈璟和吴江派 ·····································（763）

第七编　清代文学

绪　论 ···（767）

第一章　清代诗词文 ·······································（773）

第一节　清代前期诗词 ·····································（773）

第二节　清代中期诗词 ·····································（789）

第三节　清代后期诗词 ···（798）

第四节　清代散文 ···（810）

第二章　蒲松龄与《聊斋志异》 ·····································（822）

第一节　蒲松龄的生平、创作与《聊斋志异》的成书 ·········（822）

第二节　《聊斋志异》的思想内容 ··································（824）

第三节　《聊斋志异》的叙事模式与艺术特色 ···············（827）

第四节　《聊斋志异》的影响 ··（830）

第三章　吴敬梓与《儒林外史》 ·····································（832）

第一节　吴敬梓的家世生平 ···（832）

第二节　《儒林外史》的思想内容 ·································（834）

第三节　《儒林外史》的艺术特色 ·································（837）

第四章　中国古代小说的顶峰——《红楼梦》 ·················（841）

第一节　《红楼梦》的版本、作者家世及其自叙传性质 ·····（841）

第二节　《红楼梦》的结构方式与叙事线索 ···················（843）

第三节　《红楼梦》的人物形象、悲剧意识与巨大的认识意义 ···（844）

第四节　《红楼梦》的美学理念、艺术手法及其影响 ·········（847）

第五章　清后期小说的嬗变 ···（851）

第一节　侠义公案小说及其代表《三侠五义》 ···············（851）

第二节　狭邪小说及其代表作《品花宝鉴》、《花月痕》 ···（854）

第三节　四大谴责小说 ··（854）

第六章　清代戏剧 ···（858）

第一节　苏州派和其他作家作品 ···································（858）

第二节　洪昇与《长生殿》 ··（862）

第三节　孔尚任与《桃花扇》 ·······································（866）

第四节　清中后期戏剧 ··（870）

主要参考书目 ···（873）

第五编

宋代文学

绪　论

　　宋代文学是继唐代之后的又一高峰。除诗歌比唐代略为逊色外,散文、话本及其他艺术成就,均不在前代之下;宋词的高度繁荣,更可谓空前绝后,以其内在、含蓄的美学特质,让后人望尘莫及。文学样式与创作成果的丰富,作家群体的众多,风格流派的成熟,在中国文学史上都是异常突出的。宋代文学的杰出成就和鲜明特色,以及先天不足的方面,无一不同宋代社会的特点和文人的风貌息息相关。

一　宋代社会的特点

　　赵匡胤、赵光义兄弟借"陈桥兵变",从后周王室孤儿寡母手中夺取了皇位。经过近 20 年的努力,平定了中原和南方,结束了五代十国的分裂局面。鉴于藩镇割据、宦官专权的历史教训,加上兵变夺权现实经历的自我反思,赵宋王朝在"王道"和"文治"上狠下功夫,采取了一系列维护社会安定的有效措施。

　　1. 在政治上,重文抑武,广开科举。宋太祖"杯酒释兵权"之后,扩大举士规模,吸收大批庶族文人进入统治集团,一些人还成为高层行政权力的执掌人。科举不受门第限制,"布衣、草泽,皆得充举";宋太祖还下诏明示:"昔者,科名多为势家所取,朕亲临试,尽革其弊矣"(《宋史·选举志》一)。仅宋初 30 年间,取士总数多达 17300 余人,比较彻底地铲除了门阀势族,形成了以文官制度为基础、以君主专制为中心的空前完善的中央集权体制。随着文人地位的普遍提高,带来了文人队伍的快速增长和文人思想的逐步成熟。

　　2. 在经济上,农业生产"租佃化"程度快速提高,有效刺激了农民的生产积极性。赵宋王朝顺应历史发展趋势,承认中唐以来土地所有权变化的事实,允许土地自由买卖。由于种植面积的迅速扩大,品种和数量的不断增加,促使丝、茶、糖、盐等商品生产和交换规模不断扩大,都市商业空前活跃,五代十国时期的一些都城(如临安、洛阳、金陵、扬州等)都打破了旧时的格局,工商业者面街而居,随地经营,形成了和近代城市相同的市容特征。都城东京商铺绵延,仅政府注册的商店就多达 6400 多家。商业的空前繁荣既满足了城市生活的物质需求,也刺激了日益增长的文化需求。

3. 在文化上,儒、佛、道三家思想并行,出现互补合流的趋向。宋真宗曾作《尊儒术论》、《崇释论》,以为佛教和儒家思想"异迹而道同","释道二门,有补于世"。随着活字印刷术的发明和应用,文献整理和收藏成为社会时尚,书籍可通过书肆进行商品化运作。随着《太平御览》、《册府元龟》等大型类书的编定,《资治通鉴》、《新唐书》、《新五代史》、《续资治通鉴长编》等大批史籍相继出版,还产生了"百科全书式"的《梦溪笔谈》、城市风俗作品《东京梦华录》、美术杰作《清明上河图》,充分展示了中国古代文化的全面繁荣。

二　宋代文人的风貌

赵宋王朝从"重文抑武"的治绩中,看到了国家的前途和希望。宋太祖曾自豪地说:"五代方镇残虐,民受其祸,朕今用儒臣干事者百余人分治大藩";不仅如此,还立下"不得杀士大夫及上书言事人"的誓碑。随着文人数量的大幅度增加和文人地位的快速提高,宋代文人的精神风貌呈现出以下三个特征:

一是参政意识和改革精神普遍增强。由于文人同政治的关系逐步密切,文人对政治、军事要务的直接参与,形成了"当仁不让"、"进退皆忧"的精神风貌。随着一些政治改革主张被采纳,政治革新人物地位的快速提高,参政意识成为宋代文人普遍的社会心理。以范仲淹、王安石为代表的"庆历新政"和"熙宁变法",都是在这种政治思潮中逐步孕育和产生的。"靖康之难"到来之际,诗人社会责任感的普遍高涨,同样源于这种思想基础。

二是文人的文化底蕴和学术素养普遍提高。由于宋代社会文化的逐步繁荣,随着科举考试对文学、思想和政治才能的全面要求,激发了文人的进取之心,教育事业随之繁荣兴旺。宋代不仅官学发达,县学普遍建立,私学规模也逐步扩大,著名的白鹿洞、岳麓、石鼓、应天府等书院,都可容纳上千学生。这些为宋代文人文化素养的普遍提高奠定了广泛的基础。文人社会交往的频繁增加,以及人们在交际活动中对文学艺术素养的普遍重视,则为文人综合素质的养成,提供了广阔的社会生活土壤。

三是文人思想和精神矛盾加剧。由于民族矛盾和政治矛盾的逐步突出,经世强国的崇高理想同专制王朝可能提供的政治参与机会,发生了越来越严重的冲突。这种冲突在北宋由公开的党争逐步转变成地位和权力的争夺与更迭,最终演变为政治上的无情打击和残酷迫害;在南宋则表现为复国抗金思想同朝廷偏安苟且政策的尖锐矛盾。严峻的政治动荡给文人政治前途与社会生活带来不可测度的恐惧和忧虑,使他们的政治热情、思想情绪产生大起大落的变化。这种起落和变化,又促使宋代文人把个人命运和国家兴旺同自己笔下的文学创作联系在一起，发扬"穷而后工"的创作精神，为宋代文学的丰富性敞开了多侧面的创作空间。

三　宋代文学的特色、规律和成就

从形式上讲，宋代文学极其丰富，诗、词、文、话本、戏剧，应有尽有；从数量上看，宋代文学以诗、文、词创作数量最多，而且各自都有侧重不同的生活领域，各自都有独具特色的审美空间；从后人眼中认定的美学成就上看，宋代文学成就最高的是词，其次是诗歌，然后才是散文。但是，依照宋代文学家的审美眼光和创作投入来看，他们最用心、最富思想的是散文；最使气、最注豪情的是诗歌；最无奈、最寄隐痛之情的是词。

宋代文学中压倒一切的主体特色是恢宏的议论和充实的才学，且这两大特色最为集中地表现在散文创作之中。具体表现为政论散文中鲜明的政治思想和激越的论辩风格；表现为历史散文中深刻的历史观照和现实讽喻精神；表现为文艺散文中千回百折的才思和通脱自由的智慧；表现为理学著作中精密的哲理运思和高超的思辨水平。宋人把这种方法用到诗歌创作中，即"以文为诗"，被后人称为宋诗最重要的发明和创造；宋人把这种方法由诗中再移植到词章创作，即"以诗为词"，又被后人誉为宋词最重要的发明和创新；辛弃疾直截了当地"以文为词"，自然也就没有理由不赢得无数文学史家的赞誉。

于是，宋代文学主体特色和宋代文学审美价值的二律背反现象就异常清晰地显现出来：距离"议论"和"学问"最远的词，创作成就最高，诗歌创作成就次之，散文成就反而落到最后。

道理其实很简单，文学毕竟是文学，要靠形象、感情、内涵和意境来打动人、征服人。宋代文人过于政治化，所以他们舍得花那么多心思去写政论文，但文章再好，毕竟不是文学；宋代文人经历曲折，有许多痛苦想要表现，却又不好意思大大方方地写到诗里，只好在酒绿灯红之下，在夜静更深之后，在只身回归自我的时刻，悄悄地、委婉真切地写在"小词"之中。而当后人用"真实"和"美"这两把尺子来度量长短的时候，无数宏辞博学的宋文，数不清的宋诗，都只好极不情愿地让位于宋词了。因此，要了解宋代文学的成就，还得从宋词开始。

1. 宋代词人和宋词的成就

宋代词家辈出，佳作如云，风格特色鲜明，创作流派成熟，继承脉络清晰，创新成就十分突出。宋词有两种风格：一为婉约，一为豪放。宋人以"婉约为正宗"，因为晚唐、五代的《花间集》和南唐词，无一不是低回委婉的；而且,她"要眇宜修,能言诗之所不能言",可借绵绵私情,在高手如林的诗坛上别开生面。北宋前期,晏殊、欧阳修等人以翰墨写小词,在婉约中注入更多的含蓄和雅致,但他们好面子,也因为词作叙写的内容遭受过非议,因此不敢(其实也不能)多写。幸好出了个不怕别人伤面子的柳永,专心写词,努力创制长调,大胆使用俚语,让自己的歌词成了市井生活中不可缺少的"流行歌曲",也给后人树立了专心创作的榜样,提供了可资广泛借鉴的创作形式。苏轼采用《念奴娇》、《水调歌头》等长调,写下了豪放与旷达的千古绝唱,继承范仲淹的豪放气格,"一洗绮罗香泽之态",开创了豪放词派;南宋词人辛弃疾沿着这条路,将爱国思想、复国壮志和豪放风格铸为一体,带动和影响了大批爱国词人,在作家队伍和作品数量两个方面,使豪放词真正形成可同婉约词比肩的重要流派。北宋后期的婉约词经过秦观、贺铸的复雅,文人气质更鲜明,作品更为典雅和精致,经过周邦彦的大量创调,在南宋绵远流传。李清照的《漱玉集》以其真切的儿女私情和尖锐、敏感的内心矛盾打动读者,使人看不到男性婉柔中的虚拟和做作,真正感受到"正宗"婉约词不同寻常的震撼力。其后,虽经姜夔、吴文英等人的精工细作,婉约词终因内容狭窄,无力再度兴旺。

宋词正是在婉约与豪放此起彼伏的震荡旋律中尽显风采,成为宋代最有境界和韵致、最具美学品位和艺术感染力的"一代之文学"。宋词可同唐诗比肩并峙,代表着中国古代诗歌的最高成就;而且通过自身独特的音乐形式,在唐诗和元曲之间架设了一道承先启后的桥梁。

2. 宋诗的优势与弱点

从思想内容看,宋诗的优势十分明显:它更为广泛、更为丰富、更为深刻地反映了社会和生活。宋诗敢于大胆、直接地议论时政,自始至终地表现爱国主义思想,广泛深刻地描写民生疾苦,精心细致地描绘民风民俗。不仅如此,品评艺术、叙写哲理,达到了"无事不可入"、"无理不可穷"的境界,令后世望尘莫及。

从艺术特色上看,宋代诗人面对唐诗而不想服输,另辟蹊径。他们凭借超越唐人的政治优势和文化品位,直笔"以议论为诗","以才学为诗",增强了诗歌的意蕴、理趣和学识含量;却比唐诗少了激情、含蓄和形象意味。宋人发展了韩愈以散文入诗的技法,使宋诗沿着两个方向充分展示了各自的特色:苏轼以才情驾驭诗笔,"大放厥词,别开生面,成一代之大观";黄庭坚细密工致,"点铁成金",于平淡中造奇绝,甚至故作拗律、故压险韵,显示了"以文字为诗"的苦心孤诣和不凡实力。

南宋王朝的偏安苟和,激起无数诗人的愤慨,深刻的救国思想和高昂的报国激情,给南宋诗坛平添了无限活力。山重水复的世事艰难、壮志如山的恢宏气概,成全了"六十年间万首诗"的奇迹,造就了伟大的爱国主义诗人陆游。在救国无望的沉寂中,杨万里、范成大将爱国热情化作对民生疾苦的伤感和对山水田园的眷念,使南宋诗坛泛起晚霞般美丽而幽寂的亮色。

和唐诗比较,宋诗有弱点也有长处,正像缪钺先生所说:"唐诗以韵胜,故浑雅,而贵蕴藉空灵;宋诗以意胜,故精能,而贵深折透辟。唐诗之美在情辞,故丰腴;宋诗之美在气骨,故瘦劲。"亦如钱钟书先生所言:"唐诗多以丰神情韵擅长,宋诗多以筋骨思理见胜。"

3. 宋代的文艺散文

宋代散文是一座瑰丽而壮观的殿堂。立论的高远、论证的严密和切中时弊的针对性,把宋代的政论散文推到极致;历史散文的丰富、生动与深刻,加上直截了当的现实讽喻精神,把宋代文人的思想活力永远载入史册;宋代的理学文章极尽辩驳之能事,将透辟的理念、生动的意象合为一体,给中国哲学以鲜活的灵性。这些都是中国文化宝库中的精品,然而它们都不属于文学。因此,这里只能叙说一下宋代的文学性很强的散文,即如今天人们所说的"文艺散文"。从王禹偁的《待漏院记》到范仲淹的《岳阳楼记》,从欧阳修的《醉翁亭记》和《秋声赋》,到王安石、苏轼的《游褒禅山记》、《石钟山记》,再到苏轼的前、后《赤壁赋》,无不呈现出完美的结构形式:以叙事为铺垫,以抒情掀波澜,通过叙事与抒情的起伏跌宕为议论蓄势,最后通过别开生面的观点"亮相",将作家的情怀和志趣烘云托月般表现出来。宋代文艺散文的成功,不仅在于结构技巧的成熟,而且在于对抒情主人公性格形象的深刻展示。宋代著名文学家思想层面和精神气质的个性特征,其实大多都是通过这类散文表现出来的。

南宋散文中的爱国思想和理学精神都十分鲜明和突出,前者如李纲的《议国事》、辛弃疾的《美芹十论》,后者如朱熹、陆九渊的明理之辩,只是它们都在文学家族之外。以趣味性为追求目标的笔记文也逐渐开始兴起,洪迈的《容斋随笔》和陆游的《老学庵笔记》是其中的代表,虽则没有太多的文学价值,但对以后的小品文,却有着不小的影响。

4. 宋代的其他文学样式

城市和商业的发达促进了市民人口的增长,而文学的普及又直接刺激了市民的文化消费需求,"说话"艺术随之发达起来。根据《东京梦华录》等书的记载,说话艺术有了固定的表演场所——"勾栏、瓦子",而且规模很大,仅东京东南角就有"大小勾栏五十余座","内中瓦子"若干,"可容数千人"。据宋末元初周密的《武林旧事》所载:说话艺术包括"演史"、"说话"、"小说"、"说诨话"、"商谜"、"合笙"六个门类;仅临安城内,有名有姓的男女艺人多达107 人。留下了大量的话本小说,开创了白话小说繁荣的先河,带来了中国小说发展史上的一大变迁。

戏剧艺术也有了较大的发展。《武林旧事》记录的宋代官本杂剧戏目多达 280 余种,温州一带还开始流行南戏。宋代杂剧和南戏的发展,成为中国戏剧的重要源头,为元杂剧的繁荣提供了先决条件。金代曲艺作品《西厢记诸宫调》,其内容和形式都为元代戏剧艺术所借鉴。一个伟大的戏剧文学时代,便由此拉开了历史的序幕!

第一章　多样化的宋初文学

　　宋代初期,赵氏王朝推行"重文抑武"的政策,在保持政治稳定和经济发展的同时,广开科举,重视教育和文化,取得了可喜的成果。正如苏轼所说,"宋兴七十余年,民不知兵,富而教之,至天圣、景祐极矣"。① 宋初 70 余年间的文学创作,主要体现在诗歌创作和散文理论两个方面。"宋铲五代旧习,诗有白体、昆体、晚唐体",② 宋初三个流派的诗歌创作,昭示了一个多样化文学时代的到来,却未能真正铲除五代旧习。相比之下,宋初的散文家极力倡导"革弊复古","兴复古道",促使朝廷昭示天下:"矫文章之弊","务明先圣之道"。③ 从理论和创作两个方面,既为宋代散文的繁荣准备了基础条件,也给"明道"、"重理"的议论倾向埋下了深深的伏笔。

第一节　香山派和王禹偁

　　"香山派"又称"白体诗派",由白居易的字而得名。宋初诗人李昉、徐铉等,都是从五代入宋的,他们不仅成为宋代开国振兴文教的骨干,也应赵宋王朝粉饰太平的需要,把五代的应酬诗风推而广之。他们从形式上模仿白居易同元稹、刘禹锡互相吟和的"元和体",编成许多"酬唱诗集",如李昉、李至的《二李唱和集》,李昉等人的《禁林宴会集》、徐铉等人的《翰林酬唱集》等。这些作品满足了宋初宫廷文人的社交需求,书写了他们流连光景的闲雅与舒适,内容单一,格调不高。虽然学习了白居易"浅近易晓"的言语风格,却丢了敢于"直陈"和"讽喻"的思想和勇气。

　　王禹偁(954—1001),字元之,济州巨野(今山东巨野)人,太平兴国八年进士。他是香山派诗人中学习白居易最彻底的代表,是宋诗创作史上"独开

---

① 《六一居士集叙》,《苏轼文集》卷十,中华书局 1986 年版,第 316 页。
② 方回《送罗寿可诗序》,《桐江续集》卷三二。
③ 《续资治通鉴长编》卷一〇八、一〇六,中华书局 1985 年版,第 2461—2530 页。

有宋风气"的第一位诗人。①

　　王禹偁自幼喜爱白诗,注重学习白诗创作方法,早年虽然也写过大量具有闲适风格的吟和诗,却更注重学习白居易的讽喻精神。他以国事为重,忠于谏官的职守,经常直陈朝政得失,不断触怒权贵,得罪皇帝。正如他诗中所述:"丹笔方肆直,皇情已见疑"(《吾志》)。三次被黜京职,谪迁外任。淳化二年(991),上书为徐铉辩诬,触怒了轻信妖言的宋太宗,被贬为商州团练副使。召还京师任翰林学士后,又因"谤讪"罪,于至道元年(995)出知滁州。真宗即位后应召回朝,受命编修《太祖实录》,又因秉笔直书,于咸平元年(998)出知黄州,故后世亦称他为"王黄州"。

　　王禹偁有胆有识,刚正不阿,虽屡遭陷害却不改初衷。他晚年在《三黜赋》中表白过自己的为人和志向:"屈于身兮不屈其道,任百谪而何亏!"这种为坚持正义而坚贞不屈的人品和精神,在宋初文坛上无疑为后人树立了榜样。苏轼在《王元之画像赞》中,曾如此称颂他:"故翰林王公元之,以雄文直道,独立当世",虽处"一时之屈",却赢得"万世之信"。②

　　王禹偁的诗作现存500多首,收入《小畜集》和《小畜外集》。其代表作品有《畬田词》、《对雪》、《感流亡》、《寒食》、《村行》等,大多为谪居商州时期的作品。《畬田词》五首是歌颂商州农家互助劳动的诗篇,具有独特的社会学价值。其二云:

> 北山种了种南山,相助力耕岂有偏。愿得人间皆似我,也应四海少荒田。

以平易晓畅的民歌格调展示"相助力耕"的独特劳动方式,于清新和畅中自然流露出作者的联想和议论,十分自然贴切。

　　《对雪》和《感流亡》,是近似白居易《重赋》、杜甫《北征》一类直接感发现实的作品。在这类诗作中,作者直接控诉了"聚民膏血"的统治者,对"室无环堵"、"地无立锥"的平民,③则寄予深切的同情。《寒食》、《村行》均为格律谨严的七言诗,借景抒情,咏物言志,颇有杜诗凝重老练的风格。结句多以议论的笔调收束,显出一丝达观的心态,从内在风格上开始流露出宋诗"以

---

① 《小畜集·序》,《宋诗钞》,中华书局1986年版,第13页。
② 《苏轼文集》卷二一,中华书局1986年版,第603页。
③ 王禹偁《端拱箴》,王延梯《王禹偁诗文选》,人民文学出版社1996年版,第217页。

议论入诗"的特质。如《寒食》：

> 今年寒食在商山，山里风光亦可怜。稚子就花拈蛱蝶，人家依树系秋千。郊原晓绿初经雨，巷陌春阴乍禁烟。副使官闲莫惆怅，酒钱犹有撰碑钱。

这类诗作所寻求的艺术境界，反映出作者"学白崇杜"的自我超越。王禹偁在《送丁谓序》中曾称誉"诗效杜子美"的丁谓诗，在《日长简仲咸》中又赞颂"子美集开诗世界"的贡献。他还因自己的诗句同杜甫"暗合"而兴奋无比，以诗自励："本与乐天为后进，敢期杜甫是前身。"①足见王禹偁在宋初诗坛上独树一帜的精神。后人以为："元之独开有宋风气，于是欧阳文忠得以承流接唱"，②的确是切实妥当的评价。

第二节　晚唐体诗人

晚唐体诗人指宋初追踪、模仿唐代贾岛、姚合诗风的一派诗人。因宋代习惯把贾、姚当作晚唐诗人，所以称其诗为"晚唐体"。晚唐体诗人的构成比较复杂，有朝廷重臣，有隐逸文士，也有众多的僧人。

寇准（961—1023），字平仲，华州下邽（今陕西渭南）人，太平兴国五年进士，官至宰相，是"澶渊之盟"的功臣。寇准自幼丧父，家境贫寒，发奋读书，进士及第时年仅19岁。他忠正报国却累遭谄逐，故喜山林之思，同晚唐体诗人有广泛交往，被尊为晚唐体的盟主。其诗常怀宦情羁思，感慨凄惋。寇准为人诚信忠直，写诗也不随意依傍前人。③七言绝句诗法最为娴熟，如《夏日》：

> 离心杳杳思迟迟，深院无人柳自垂。日暮长廊闻燕语，轻寒微雨麦秋时。

深院杳思而生归乡之情，微雨轻寒中遥想麦收的农事，闲静之中隐伏着沉甸甸的忧思，有一种质朴的故土清香。

林逋、潘阆、魏野、曹汝弼等隐逸之士，是"晚唐体"中创作成就最突出的

---

① 《诗林广记后集》卷九引《蔡宽夫诗话》，中华书局1982年版，第397页。
② 《小畜集·序》，《宋诗钞》，中华书局1986年版，第13页。
③ 参见钱钟书《宋诗选注》，人民文学出版社1988年版，第9页。

一派，其中尤以林逋名气最大。自称为"梅妻鹤子"的林逋，以描摹湖山胜景为主要内容，抒写隐士轻放闲逸、孤芳自赏的独特心态。虽无高远宏阔的意境，却不乏清丽动人的情调和境界。如《山园小梅》（二首之一）：

> 众芳摇落独暄妍，占尽风情向小园。疏影横斜水清浅，暗香浮动月黄昏。霜禽欲下先偷眼，粉蝶如知合断魂。幸有微吟可相狎，不须檀板共金樽。

这首诗历来被誉为"咏梅诗"的压卷之作。尤其是"疏影"、"暗香"一联，形神兼备，情景殊妙，既概括了梅树梅花的气质特征，又注入诗人清纯洁净的美感意识，其出神入化的笔法，极为后人称道。南宋格律派词人姜白石的咏梅自度曲，就以《暗香》、《疏影》为名，可见林逋诗歌审美旨趣、魅力之所在。

"九僧诗人"是模拟"晚唐体"最逼真的一派。"九僧"即指希昼、保暹、文兆、行肇、简长、惟凤、惠崇、宇昭、怀古九位僧家诗人。他们效法诗僧贾岛，潜心殚思苦吟，内容多为山林幽景和隐逸生活的描写，创作形式多集中于五律，尤其专注于五律颔、颈二联对偶的精雕细琢。"九僧诗人"以惠崇为代表，他工诗善画，同其他八位僧侣诗友都有诗文往来。其代表作品，则是与寇准的一首唱和诗《池上鹭分赋得明字》：

> 雨绝方塘溢，迟徊不复惊。曝翎沙日暖，引步岛风清。
> 照水千寻迥，栖烟一点明。主人池上凤，见尔忆蓬瀛。

诗作极尽工巧，用字结句甚为严密，颇见推敲的功夫。全诗集静、动、光、影为一体，具有鲜明的透视效果。结句巧用反衬点染，顿然凸现出鹭鸶"引步风清"的神韵，将作者心中逍遥自在的隐逸情怀表露得极有分寸感和层次美。

第三节 西昆体的盛与衰

西昆体是宋初诗坛上声势最盛的诗歌流派，因《西昆酬唱集》而得名。宋初馆阁大倡吟和风习，到真宗朝臻于极盛，西昆体就是这一时期的产物。宋真宗景德二年（1005），杨亿、钱惟演、刘筠等18位馆阁文士应诏编纂《历代君臣事迹》，历经八年成书，诏题《册府无龟》。其间的酬唱诗作结集之后，杨亿根据《山海经》和《穆天子传》中关于"昆仑之西有群玉之山，是为天子藏书之府"的传说,将这本成于秘阁的诗集题名为《西昆酬唱集》。由于西昆体诗人集中于秘台馆阁,身居高位,故《西昆集》刊行后,不少文人争相效仿,在宋初诗坛上产生过广泛的影响。

西昆诗人大多师法李商隐,片面追求李诗雕采巧丽的一面,却无其炽烈的情感和深刻的思想,故难以同李商隐诗歌相提并论。以用典为例,李商隐巧妙借用典故所包含的象征意味寄托自己的情绪,常能烘托出一种朦胧迷离的情境,内蕴深涵中有一种无可比拟的艺术张力。西昆体则常常借堆砌材料来显示学识,由于缺乏真情实感,诗中的典故像一堆毫不相干的哑谜;而他们追求的绚丽绮瑰,则不过是一堆五颜六色的浮华辞藻,毫无感人之处。

杨亿、刘筠、钱惟演是西昆体的代表,《西昆集》中杨、刘、钱三人的诗作分别为 75 首、73 首和 54 首,约占全书作品总数的 4/5,可见他们作为西昆盟主的特殊地位。杨亿(974—1020),字大年,建州浦城(今福建浦城)人,淳化三年(992)赐进士第,曾为翰林学士。刘筠(970—1030),字子仪,大名(今河北大名)人,咸平进士,《宋史》本传称其"文辞善对偶,尤工为诗。初为杨亿所识拔,后遂与齐名,时号'杨刘'。"钱惟演(977—1034),字希圣,钱塘(今浙江杭州)人,五代吴越王钱俶之子。三人中除钱氏依附奸臣丁渭有损名节外,杨、刘二人无论在朝与外任,均能奖掖后进,保持名节。

评价杨亿和刘筠,不能单看《西昆集》中的酬唱之作。应当说,《西昆集》只是他们初入馆阁时期随波逐流的作品。西昆体的张扬和影响,更多的因素是赵宋皇朝的提倡,对有宋以来酬唱风习的蔓延,《西昆集》不过起了推波助澜的作用。前人把宋初酬唱吟和的形式主义文风完全归咎于杨、刘,也是有失公允的。《西昆集》之外,杨亿还有《武夷新集》20 卷,其中不乏贴切生活、内容充实的作品。刘筠的作品对真宗求仙祀神、兴造宫观,也时有讽喻,在一定程度上体现了对时政的批判。

西昆体的余绪一直延续到宋仁宗时期的文坛,晏殊、宋庠、宋祁、文彦博、赵抃、胡宿等人的不少诗作,亦被后人划入"西昆体"的范围。但由于西昆体题材过于狭窄,形式过于单调,偏重模仿而缺乏创意,其衰落的命运是不可避免的。随着宋代社会问题的凸现,社会矛盾的加剧,人们在渴望政治改革的同时,也渴望对文学价值取向的调整。在这种渴望中产生的诗文革新,既是对酬唱风气的否定与批判,无疑也是对宋初文坛积极向上精神的继承和发展。

第四节　宋初散文的复兴

　　宋初文士多数是从后周、南唐和后蜀入宋的,其守骈固对、浮华艳靡之风和五代如出一辙,这种风气为正统文人所不满。于是,出现了柳开、王禹偁、石介等人变革散文的主张。

　　柳开(947—1000),大名(今河北大名)人,开宝六年进士。柳氏年轻时自名肩愈,字绍元,意思是要"肩负韩愈的使命","光大柳宗元的事业"。后改名开,字仲塗,意思是"将开古圣贤之道于时也,将开今人之耳目使聪且明也。必欲开之为其塗矣,使古今由于吾也"。① 柳开属于赵宋王朝推行"重文抑武"政策调动起来的第一批文人,对国家和社会有很强的责任感。军事上主张以武力收复失地,政治上主张改革变法,他曾上书宋真宗:"若守旧规,斯未尽善;能立新法,乃显神机。"②为了表明其军事强国的主张,他曾借古讽今,以无比愤慨之情,写下了《代王昭君谢汉帝疏》,借王昭君对汉元帝和重臣、大将的百般嘲弄,尖锐地讽刺了赵宋王朝贪安苟和的外交政策。

　　在散文创作上他主张"宗经、明道",反对五代以来轻浮侈靡的文风。他极力推崇文学的政治功能,直承曹丕"文章为经国之大业"之论,把华而无实的文章,看作误国亡政的祸患。他认为:

　　　　文取于古,则实而有华;文取于今,则华而无实。实有其华,则曰经纬人之文也,政在其中矣。华而无实,则非经纬人之文也,政亡其中矣。(《答臧丙第二书》)

这在当时,不能不说是一种进步的观点。

　　柳开效法韩愈,以儒家思想为正统的散文创作观念,却没有守住韩柳散文"文从字顺"的表现技法。正如清人所评:"宋朝变偶俪为古文,实自开始。惟体近艰涩,是其所短耳。"③因此,他在宋初散文领域的开创性和局限性都是非常明显的。其局限性,主要来自于重"道"而轻"文"的观念。

　　王禹偁的散文创作,同他的诗歌创作具有等量齐观的价值。在复兴散

---

① 《补亡先生传》,见程千帆、吴新雷《两宋文学史》,上海古籍出版社1991年版,第23页。
② 《宋史·柳开传》,中华书局1985年版,第13025页。
③ 《四库全书总目》卷一五二,中华书局1965年版,第1305页。

文的潮流中,他是理论与创作高度统一的作家。他提倡平易畅达的表现形式,主张"远师六经,近师吏部(韩愈),使句之易道,义之易晓"。[1] 对于"文"与"道"的关系,他认为文章的目的在于"传道而明心",但他对道的解释不像柳开那样仅限于伦理纲常,而是融"惠民"、"重教"为一体,并将这种"道义"普遍地扩展到国计民生;他所说的"明心"是指散文家自身的道德完善。这种把政治功能、文化功能和教育功能结合为一体的文道观念,是王禹偁对宋初散文理论的重要贡献。

在散文写作上,王禹偁在宣传儒家思想的同时积极表达自己的政治主张,抒发自己的内心感受,力求客观叙事和主观抒情的结合与融会。在散文形式上,王禹偁反对形式主义的骈体文,却不一概排斥整齐对偶的句式。他的散文名篇《待漏院记》多为四字句,中间两个主要段落,连字句排列都几乎完全相等,将贤、奸两类宰相的思想品行,作了十分完整的对照描述,其爱憎分明的侠义挚情跃然纸上。另如《黄州新建小竹楼记》则骈散结合,生动活泼地描述了竹楼内外的急雨声、密雪声、鼓琴声、咏诗声、围棋声、投壶声,六对排句交相呼应,既增强了语句的节律之美,又将浓重的抒情意味凝聚其中,声情并茂,风致极佳。

石介(1995—1045),字守道,兖州奉符(今山东泰安)人,曾躬耕于徂徕山下,人称"徂徕先生",天圣八年进士。他以恢复道统为己任,对西昆派的浮华文风十分痛恨。因著《怪说》三篇,针对西昆派应制时文进行了猛烈的抨击,谴责其"盲天下人目,聋天下人耳"的用心,批判其"缀风月,弄花草,淫巧侈丽,浮华纂组"的怪异文风。石介在对西昆派尖锐批判的同时,表露了强烈而又单纯的"卫道"意识。因此,无法求得更多的同道,也无力创作优秀的散文。

---

[1] 《答张扶书》,王延梯《王禹偁诗文选》,人民文学出版社1996年版,第249页。

第二章 北宋前期词风和柳永的新变

在后人看来，词是宋代成就最高的文学样式；而在宋人看来，词和诗文不可同日而语。诗文是展示思想才华的传统形式，词则属于当时的"酒吧文学"之类，不过是诗人闲情余味的表现，故以"诗余"名之。由于这种因素的存在，像欧阳修这样的大文学家，不可能对词的创作投入太多的精力；像范仲淹这类抱负宏大的政治家，在对词文学进行革新时也有许多保留，其笔力、感情和思想还是更专注于《岳阳楼记》一类的古文。词和诗在题材上的严格分工对词文学的发展是一种限制，这种限制也客观地反映出文学创作中形式和内容的依存关系。宋仁宗当朝时期，社会经济逐渐恢复，达到空前繁荣的境地。随着商业的不断发达，城市规模迅速扩展；随着科举选士规模的不断扩大，市井文化交流也不断拓宽；随着市民文化需求的不断增长，教坊歌行应时而生。歌曲唱词的商业需求，逐渐成为词文学发展兴盛的重要推动力量。柳永词作的新变，正是这种需求刺激下的重要收获。

第一节 晏殊、欧阳修等人的词风

晏殊（991—1055），字同叔，抚州临川（今江西抚州）人。七岁能文，十四岁即以"神童"赐同进士出身，官至参知政事、枢密使。有《珠玉词》传世，现存词作 141 首。

晏殊词虽然深受南唐冯延巳的影响，却把南唐词深婉俊洁的特点发展得较为含蓄、典雅和清淡，并以此为自己词作创意的骄傲。他曾批评前人"吟富贵不离金玉"的"乞儿相"，自己"每吟咏富贵，不言金玉锦秀，而唯说其气象，若……'梨花院落融融月，柳絮池塘淡淡风'之类是也"。①

晏殊词作有三个鲜明的特点：

其一，善于表现对自然景物敏锐而细腻的感受，使词作的抒情风格显得

---

① 吴处厚《青箱杂记》卷五，中华书局 1985 年版，第 46 页。

含蕴而温厚,具有更为深厚的文化意蕴和美学容量。如《浣溪沙》:

> 一曲新词酒一杯,去年天气旧亭台。夕阳西下几时回？　　无可奈何花落去,似曾相识燕归来。小园香径独徘徊。

词作描写时空变化给人生带来的微妙心理描写,将抒情主人公的深切忧思淡淡地表露出来,使人在"无可奈何"的惆怅中感受到"似曾相识燕归来"的调节和补充,而那无穷无尽的"徘徊"中的忧思,却依然永无休止地萦绕在读者的心头。这正是晏殊词艺术魅力之所在。

其二,善于借用典型的景物描写创造出一种既有思想理念又无议论痕迹的表现方式,使词作显现出别致高远的艺术境界。如《蝶恋花》:

> 槛菊愁烟兰泣露,罗幕轻寒,燕子双飞去。明月不谙离恨苦,斜光到晓穿朱户。昨夜西风凋碧树,独上高楼,望尽天涯路。欲寄彩笺无尺素,山长水阔知何处？

词中并无一个"秋"字,却让人在"菊愁"、"兰泣"中感觉到中秋时节无法消解的离愁别苦。在"昨夜西风凋碧树"的背景中,那个幽然而至的"独上高楼,望尽天涯路"的形象,却有着无限的张力,将词境带入一种无比深邃和高远的情景和理念之中,让人回味无穷。难怪国学大师王国维将这一苦心孤诣的独创佳境,比作追求学问的"第一种境界"。

其三,选字用词清新自然,具有"珠圆玉润"的音乐美。诚如清人所评,晏殊"左宫右徵,和婉而明丽,为北宋倚声家初祖"。[①]

由于晏殊以含蓄典雅的技法,对五代艳丽词风进行了校正,使词逐渐渗进文人士大夫的创作领域,这对宋词的繁荣无疑也是一种开创性的贡献。

欧阳修的词远不及散文和诗歌的规模和影响,但也多有可观,词作收入《六一词》和《醉翁琴趣外篇》,现存245首。

欧阳修的词风同晏殊比较接近,历来有"晏欧"之称。其创作形式以小令为主,内容风格多以婉约之笔写柔曼之情,题材以相思离别、伤春悲秋及男欢女怨居多,受南唐冯延巳一派的影响很深。所不同的是,欧词描写手法的着力处不在体态色相,而在于细腻的神态与心理刻画方面。因此,比晏殊

---

① 冯煦《宋六十一家词选例言》。

词感情更真挚，意味更深永。如《蝶恋花》：

> 庭院深深深几许？杨柳堆烟，帘幕无重数。玉勒雕鞍游冶处，楼高不见章台路。雨横风狂三月暮。门掩黄昏，无计留春住。泪眼问花花不语，乱红飞过秋千去！

全词近于白描，以细腻的笔触将暮春景色和人物心理融为一体，特别是"门掩黄昏，无计留春住"两句，将特定的人物、情景和心态交融如织，于浓重的笔调中渐释出一种隐痛难忍的情愫，让人久久难以忘怀。

在题材的开拓方面，欧词也作了一些突破传统的尝试。欧词常常将自然风光同仕宦生活融会在一首小词之中，拉近了小词创作与上层文人心理的距离。如《朝中措》：

> 平山阑槛倚晴空，山色有无中。手种堂前垂柳，别来几度春风。　文章太守，挥毫万字，一饮千钟。行乐直须年少，樽前看取衰翁。

水墨画一般淡雅的背景中，人物形象呼之欲出，深挚、自然、爽朗、豪放，别有情致和通脱自如的多重意识交织在一起，烘托出淳美至深的感人情景。难怪叶嘉莹先生如此评价欧词："莫怪尊前咏风月，人生自是有情痴。"①

在题材开拓方面最有特色的，是作者晚年退居颍州西湖所写的 10 首《采桑子》，其最末一首云：

> 平生为爱西湖好，来拥朱轮，富贵浮云，俯仰流年二十春。　归来恰似辽东鹤，城郭人民，触目皆新，谁识当年旧主人！

轻快朴质的民歌风味中透露出物是人非、吾心依旧的淡淡惆怅，给人一种旷然如释的超脱感。这种"与民同乐"心理的自然流露，有着很强的真实性和典型性，因而具有较高的美学价值。

追求风格的多样化，是欧词有别于前代词作的又一个特征。欧词中亦有寄豪放于深情的作品。如《玉楼春》：

---

① 《灵谿词说》，上海古籍出版社 1987 年版，第 103 页。

　　樽前拟把归期说，未语春容先惨咽。人生自是有情痴，此恨不关风与月。

　　离歌且莫翻新阕，一曲能教肠寸结。直须看尽洛城花，始共春风容易别。

王国维先生在《人间词话》中认为此词"于豪放中有沉着之致，所以尤高"。上阕后两句的超脱和下阕后两句的感悟相呼应，着实有一股通脱的豪气注于其间，饱含深雄沉静之美。

　　正是由于欧词在手法、题材和风格三个方面的开拓，才使其产生"疏隽开子瞻，深婉开少游"的影响，[1]在宋词发展史上起到承前启后的桥梁作用。

　　张先（990—1078），字子野，乌程（今浙江吴兴）人，天圣八年（1030）进士。他是宋代较早专注于词章创作的文人，有《张子野词》，存词作163首。

　　张先词题材较为单一，多限于花香月色、离愁别恨的精致描写，故时人有"张三中"之评，即说他的词专写"心中事"、"眼中泪"、"意中人"。在技法上则偏重于炼字，多有精妙佳句，自负地自称为"张三影"。

　　张先词作中也有一些情韵含蓄、意境婉丽的作品，如《青门引》：

　　　　乍暖还轻冷，风雨晚来方定。庭轩寂寞近清明，残花中酒，又是去年病。　　楼头画角风吹醒，入夜重门静。那堪更被明月，隔墙送过秋千影。

词作的字里行间，透露出婉约词的"本色"风格，既典雅含蓄，又委婉动情。从用语和词境两个方面，都能让人看到它同100多年后《易安词》的"草蛇灰线"般的照应，这正好说明张先词不同寻常的影响力。

　　张先是北宋年寿最高的词人，在世88年，历经从晏殊、欧阳修到柳永、苏轼的时代。他早年以小令起势，声名紧随"晏欧"，后来亦写慢词，对柳永产生过一定影响。

　　晏几道（1038—1110），字叔原，号小山，晏殊第七子。词作260首，收入《小山词》。黄庭坚曾为《小山词》作序，给晏几道的人品画了个小相：一是不依傍权贵；二是文章不肯做"新进士语"；三是不会持家，虽"费资千百万"，却落得"家人寒饥而面有孺子之色"的悲苦；四是过分相信别人，到了"人百负之而不恨，己信人，终不疑其欺己"的地步。这些说法难免有些夸张，但晏几道是个书生气十足又不肯趋炎附势的贵胄子弟，却是可以确信的。

---

①　冯煦《宋六十一家词选例言》。

晏几道的词风同晏殊比较接近,只是更为曲折轻婉,带着晏殊词中所没有的感伤情调。所写题材则更集中于歌肆宴饮,接近《花间》风致。如《临江仙》:

> 梦后楼台高锁,酒醒帘幕低垂。去年春恨却来时,落花人独立,微雨燕双飞。
> 记得小蘋初见,两重心字罗衣,琵琶弦上说相思。当时明月在,曾照彩云归。

这是一首用"意识流"手法巧妙点染的令词。将"梦后"、"去年"、"记得"、"当时"四重时态及其人物情思叠合在一起,却没有任何拼接的痕迹。通篇只用形象说话,将切切情思含蓄蕴藉于形象之中,思绪万端,意味无穷。这种用明丽画面和深婉情思交织出来的忧伤,正是小山词独有的情致和风格。

第二节 范仲淹、王安石的词作

范仲淹(989—1052),字希文,吴县(今苏州)人。两岁丧父,家境贫寒,刻苦上进,奋发有为,大中祥符八年(1015)进士。他是"庆历新政"的中坚,以革弊强国为己任。作为励精图治的政治家,他的创作并不多,但诗文均有令人仰止的作品,《赠钓者》和《岳阳楼记》就是代表。

范仲淹的词作今存仅有五首,却以其深邃的思想、炽烈的真情、深刻悲壮的风格异军突起,独步词坛,开宋词豪放派之先河。《苏幕遮》是他早期的作品:

> 碧云天,黄叶地,秋色连波,波上寒烟翠。山映斜阳天接水,芳草无情,更在斜阳外。 黯乡魂,追旅思。夜夜除非、好梦留人睡。明月楼高休独倚,酒入愁肠,化作相思泪。

这首念远伤别的作品,表面同"晏欧"较为接近,但风格更爽朗,意境更开阔。开篇即不同凡响,用语凝练概括,视角阔大,有高瞻远瞩的气势。"碧云天,黄叶地",从大处着笔,了了数字,竟成了描述秋景的千古名句。下片因景生情,尽抒离恨,开合有致,前后浑然一体。虽选材于离恨梦语,却荡气回肠,尽显男儿气质。再如《御街行》歇拍数语:"都来此事,眉间心上,无计相回避。"也于深婉真挚之中,孕育着一种"于无声处"的张力,为后代词家所推崇和借鉴。

范仲淹对宋词的突出贡献，主要体现在那首豪放初试、惊雷乍开般的作品《渔家傲》中：

> 塞下秋来风景异，衡阳雁去无留意。四面边声连角起，千嶂里，长烟落日孤城闭。　　浊酒一杯家万里，燕然未勒归无计。羌管悠悠霜满地，人不寐，将军白发征夫泪。

这首词是范仲淹受命为陕西经略安抚副使任上的作品。他一到任，肃整军威，号令严明，屡挫犯宋之敌。当时曾有一谚："军中有一范，西贼闻之惊破胆！"（孔平仲《谈苑》卷四）《渔家傲》描述的，就是这一时期西北边陲宋军戍边的题材。

词作上阕描写边塞荒凉，大军戍守的艰苦环境："四面边声连角起，千嶂里，长烟落日孤城闭"，其艺术视点超绝尘寰，气势磅礴，景致逼真。下阕"燕然未勒归无计"，真切道出作者和无数爱国将士灭敌报国的雄心壮志。"人不寐，将军白发征夫泪"，则充满对长久戍边、思乡怀亲的将士所寄予的无限同情，也饱含作者对国事的深刻忧虑，对国家长治久安的强烈期盼。"羌管悠悠霜满地"一句，写得最恰到好处，是这首词"秋思"的主体，烘托出一幅极有时代特色与生活真实的广阔背景，将气势磅礴的边塞秋景和深刻沉挚的感情抒发融铸为一个艺术的整体，使这首突破传统风格的词作，焕发出超乎传统的豪气和魅力。因此，从本源上说，豪放词"突破艳科樊篱"的创举，实则以范仲淹为先路。

王安石词作不多，有辑本《临川先生歌曲》，今存 29 首。其词意境开阔，感慨深沉，语调高昂，风格独特。最有名的是《桂枝香·金陵怀古》：

> 登临送目，正故国晚秋，天气初肃。千里澄江似练，翠峰如簇。归帆去棹残阳里，背西风、酒旗斜矗。彩舟云淡，星河鹭起，画图难足。　　念往昔、繁华竞逐，叹门外楼头，悲恨相续。千古凭高，对此谩嗟荣辱。六朝旧事随流水，但寒烟、芳草凝绿。至今商女，时时犹唱，后庭遗曲。

以词笔直书历史，王安石算是先例。这首词题为《金陵怀古》，上阕极目金陵晚秋暮色，犹如一幅横涯无际的"澄江秋色图"；下阕凭吊六朝"繁华竞逐"、"悲恨相续"的过眼烟云，化用杜牧《泊秦淮》旧句，借"商女无识"叹世态炎凉，表达了作者对现实政治的感慨。尺幅千里，尽收历朝旧事，通篇弥漫着难以寻觅的沧桑之感。《历代诗余》卷一一四引《古今诗话》说:"金陵怀古,诸公寄调《桂枝香》者三十余家,惟王介甫为绝唱。"足以说明这首词的份量。

第三节 柳永对词文学的贡献

柳永(987? —1053?),原名三变,字景庄,晚年改名永,字耆卿,崇安(今福建武夷山)人。仁宗景祐进士,官至屯田员外郎,故称"柳屯田"。有《乐章集》,传世词作 213 首。

柳永是北宋专心致力于词章创作的第一人。由于对音乐的熟悉,也出于对词文学的热爱,柳永潜心创作的同时大胆革新创制,在丰富慢词长调、拓展内容题材、改进词章写作技法三个方面做了长期的努力,取得了突出的成就。

1. 大量创制慢词,扩大了词体的含量和空间

在晚唐至五代的 100 多年间,词的体式一直以小令为主,这种情形一直延续到宋朝初期。与柳永同时的晏殊、张先,和稍后的欧阳修等作品较多的词人,所写长调不过 30 余首,而柳永创作的慢词就多达 87 种 125 首。柳永对慢词长调的大量研创,从根本上改变了小令一统词坛的格局。

令词体制短小,少则 20~30 字,多则 50~60 字,容量有限,表现力不足;慢词篇幅增加,少则 80~90 字,多达 100~200 字,少数长调还超过 200 字。篇幅体制的扩大,有效增加了词的内容含量,增强了词的表现力。宋人所用的 800 多种词调中,有 100 多种是柳永新创或首次使用的。因此前人都认为,词至柳永而"体制始备",为词文学的繁荣和辉煌,从形式体制方面创造了必要的条件,奠定了良好的基础。

2. 开拓题材内容,扩展了词文学表现生活的广度和深度

从《敦煌曲子词集》中发掘的唐五代词,原本来自民间,是表达普通民众生活情趣的作品。到了文人手中以后,词的内容日益离开世俗生活,这种以牺牲词文学普遍的社会娱乐功能来提高审美层次的方式,代价实在大了一点。生活际遇使柳永接近社会底层,他顺应市民需求,迎合大众娱乐和审美心理,在自己的词作中展示丰富的社会生活画面,借以表达人们的生活情趣、思想矛盾和精神痛苦,从而大大拓宽了词的内容题材。柳永从三个方面扩大了词的内容题材:

一是深入刻画、正面表现女性的生活愿望和男女恋情。这类词作大多

描写同妓女生活有关的题材。或写她们的神态气质，或写她们的真挚情感，或写她们的渴望与追求，都表现得情真意切，超乎前人。也有少数词作，描写劳动妇女的美丽爽朗、活泼可爱与生活情致，意境清新动人。柳永尤其擅长表现男女恋情，不管是相见之欢，还是离别之苦，都写得情意深浓，缠绵悱恻，富有很强的感染力。如《雨霖铃》：

> 寒蝉凄切，对长亭晚，骤雨初歇。都门帐饮无绪，留恋处，兰舟催发。执手相看泪眼，竟无语凝噎。念去去、千里烟波，暮霭沉沉楚天阔。　　多情自古伤离别。更那堪、冷落清秋节！今宵酒醒何处？杨柳岸、晓风残月。此去经年，应是良辰、好景虚设。便纵有、千种风情，更与何人说。

上阕前三句，寥寥数语点明时间、地点和独特的情景氛围。中间部分，借"兰舟催发"，烘托出生离死别的"特写"画面。巧妙的对比之中，将男女主人公双方别离伤感的不同特征，表现得如此细腻充分。下阕换头二句纵横交织，展示出作者独特抒情方式的历史维度，深刻而厚重。以下又是一组心理活动的对比描写：先是游子对别后茫然孤旅的揣测，后是歌女寂寞伤怀、万般惋惜中的自惜与自爱，万般凄恻之中各有一种孑然独立的人格显现。这是那些不以真情投入的词人所无法表达出来的。

二是将游子思乡、仕途疲惫的感伤同怀才不遇的愤懑结合起来，表现知识分子无可奈何的伤感和失落。如《八声甘州》：

> 对潇潇暮雨洒江天，一番洗清秋。渐霜风凄紧，关河冷落，残照当楼。是处红衰翠减，苒苒物华休。惟有长江水，无语东流。　　不忍登高临远，望故乡渺邈，归思难收。叹年来踪迹，何事苦淹留？想佳人、妆楼颙望，误几回、天际识归舟。争知我，倚栏杆处，正恁凝愁。

上片写景"暮雨"、"霜风"、"残照"，一句紧似一句，风扫落叶般托出"红衰翠减、苒苒物华休"的浓缩凄景。只一个"休"字，便将眼前秋景同人物心理融为一体，人和自然的悲愁相凝结，静观着"无语东流"的长江水。下片两组对比，排列得极有情韵：不忍看眼前景色，不愿想"年来踪迹"！尖锐的心理矛盾加深了"归乡"情结，把无法解脱矛盾的抒情主人公（作者自己），推到了伤感的极顶——"归思难收"，宦途的步履更难收！——万般无奈之下，还得寻求另一种（也许是惟一的一种）排解方式：只有想想那位期待慰藉的"她"啰！

可是，在最后一组对比中，诗人却不得不失望地告诉自己：世上实在不可能有人真正体悟我这个仕进无门的落魄文人！在这种尖锐的矛盾冲突中，词人的心灵得到了一种真正属于艺术的升华。类似的升华，我们只有在苏轼、李清照、辛弃疾等人最为优秀的作品中才能重新找到。

三是大量描写风光胜景，为词文学在诗歌表现领域内夺取了一席重要的地位。如《迎新春》、《破阵子》，展示了京城的无比繁华；《倾杯乐》、《透碧霄》，描写了汴梁"交光星汉"的夜景；历来最受人称道的《望海潮》，更是充分展示了诗一般的容量和境界：

> 东南形胜，三吴都会，钱塘自古繁华。烟柳画桥，风帘翠幕，参差十万人家。云树绕堤沙，怒涛卷霜雪，天堑无涯。市列珠玑，户盈罗绮，竞豪奢。　　重湖叠巘清嘉，有三秋桂子，十里荷花。羌管弄晴，菱歌泛夜，嬉嬉钓叟莲娃。千骑拥高牙，乘醉听箫鼓，吟赏烟霞。异日图将好景，归去凤池夸。

这是一首书赠友人孙何的写景词，据《鹤林玉露》记载，孙何要去钱塘做太守，柳永写下这首词送给他。词人以高度概括的笔调，层次丰富地展现了钱塘（今杭州）美丽如画的风光景致和无比繁华的市容市貌。字字玑珠，句句如画。"烟柳画桥"、"户盈罗绮"、"三秋桂子"、"十里荷花"等典型的描写，更是神采奕然，无比诱人。罗大经《鹤林玉露》卷一说："此词流播，金主（完颜）亮闻歌，欣然有慕于'三秋桂子，十里荷花'，遂起投鞭渡江之志。"历史人物的真实心理未必如此，但这首词无可比拟的艺术魅力却是客观存在的。

3. 留意创作技巧，丰富艺术手法，增强了词文学的表现力

首先，为了充分满足慢词长调的表现空间和思想容量，柳永将汉大赋和唐代叙事长诗中铺叙和白描等技法引入词章创作。既展示了风雨无际、起伏无边的壮阔画面，又让人历历在目，如游画中从而丰富了作品的诗情画意。这一特色，在以上列举的三首长调中都显现得非常出色。

其次，柳永用字遣辞很少使用典故，既求典雅又不避浅俗，有的甚至以市井俚语入词，促进了词文学的口语化和通俗化。例如：

> 系我一生心，负你千行泪。（《忆帝京》）
> 岸边两两三三、浣纱游女，避行客、含羞笑相语。（《夜半乐》）
> 但尊前随分，雅影艳舞，尽成欢乐。（《女冠子》）
> 早知恁地难拼，悔不当时留住。（《昼夜乐》）

镇相随，莫抛躲，针线闲拈伴伊坐。（《定风波》）

不成雨暮与云朝，又是韶光过了。（《西江月》）

假使重相见，还得似、旧时么？（《鹤冲天》）

句句明白如话，又不失典雅风格，具有炉火纯青的语言功力。以市井俚语入词，激活了语言的生命力，形成浅近质朴的口语化特征。柳永的这种技法创新，使词文学重新回归民间，成为市民喜闻乐见的文学形式，大大推动了当时历史条件下文化艺术的普及。认识和评价柳永的文学贡献，这是不可轻视和缺少的重要环节。

此外，柳永将叙事、写景、抒情结合为一体，使词文学这种独特的艺术形式，达到"不减唐人高处"的境界。这是柳永处处失意的身世之慨、宦途苦觅的不死之心、专注词作的不舍之情熔铸而成的。在他人，词不过是一种酒足饭饱之后、灯红酒绿之中的消遣；而在柳永，词是他生活的来源，是他情感的寄托，也是他人生价值独一无二的体现方式。可以说，他借以相依为命的歌肆词场，是他用全部生命和执著情感，辛勤浇灌的精神家园！

据说，柳永因《鹤冲天》词中有"忍把浮名、换了浅斟低唱"之语，宋仁宗就对他产生厌恶，廷试时竟然叫他"且去浅斟低唱，何要浮名！"非常可贵的是，柳永并不为此而屈服和自愧，从此自称"奉旨填词柳三变"，并常用"才子词人，自是白衣卿相"（《鹤冲天》）以自况。这一切充分说明，在词文学创作中将叙事、写景、抒情融为一体，是柳永复杂遭际和独特追求的艺术结晶。

柳永对词文学的贡献是独特而卓著的。在人们肯定和渴望纯文学的时代，柳永难能可贵的独立人格和精神境界，尤其应当受到尊重、肯定和赞美。

第三章　欧阳修及北宋中期的诗文革新

北宋中期是指以欧阳修主盟文坛,诗文革新成就卓著,以苏轼创作为高峰的兴盛时期。这一历史时期具有三个突出的社会特点:

1. 由于"重文抑武"政策的长期推行,科举制度的稳定发展,大批庶族文人经过选拔和历练不断成熟,成为一支重要的政治力量。范仲淹、欧阳修、王安石、苏轼等,就是其中最杰出的代表。这一阶层勇于言事、风节凛然的思想作风,给朝政带来了生机与活力。

2. 由于"三冗"现象的长期存在,"积贫积弱"的国力让赵宋王朝深感忧虑。因此,想借助政治改革和文化调整来缓和矛盾,增强国力,摆脱困境。"庆历新政"、"熙宁变法"以及一系列取士标准和文风改革措施的推行,都是在仁宗和神宗的支持下进行的。这些改革和调整,是封建政治成熟的一种标志。

3. 大批庶族文人迅速崛起,必然要寻求报效国家和展示才华的"用武之地",但赵宋王朝可能提供的"政治参与"机会却极其有限。这就迫使大批高素质人才用更多的精力投入诗文创作,借以展示自身的才华。而多种社会矛盾给他们带来的刺激和压力,则为其文学创作准备了丰富的内容、进步的思想和大胆展露个性的精神气度。

这些社会条件,决定了北宋中期文学的创作走向,为这一时期的诗文革新,提供了宝贵的历史机遇。

第一节　欧阳修的地位和文学革新主张

一　欧阳修在北宋文坛的地位

欧阳修(1007—1072),字永叔,号醉翁,又号六一居士,庐陵(今江西吉安)人。自幼家境贫寒,靠勤奋聪敏学成,仁宗天圣八年进士。欧阳修是北宋文坛的领袖,这一重要地位是由三方面的原因和条件所决定的。

首先,他具有突出的业绩、深厚的学问和高尚的人格魅力,影响力十分广泛。他虽然出生于一个清廉的低级官吏家庭,四岁丧父,生活极为艰辛,连纸笔都买不起，母亲郑氏只好教他用芦苇秆在沙地上练习写字。他以过人的毅力和上进心投入学业，24 岁即以礼部第一和殿试甲科的成绩考中进士，先后结识了尹洙、梅尧臣、范仲淹、苏舜钦等人。他政绩突出、博学多才，注重修养，与宋祁同修《新唐书》，又自著《新五代史》，诗文创作和学术著述都有卓著的成就。他有比较浓厚的"民本"思想，勇于革新，敢于维护正义，支持"庆历新政"，对吏治、军事、贡举均提出过明确的改革主张，社会声望极高，有很大的影响力。

其次，他革新科举，褒掖后进，培养提拔了大批杰出人才。嘉祐二年（1057），51 岁的欧阳修以礼部尚书之职主持科举考试，借助仁宗多次下诏申斥浮靡文风的有利因素，他严厉排斥险怪奇涩的"太学体"，提倡经世致用的文风。这不仅对革除文弊、端正文风起到了决定性的作用，而且慧眼识真才，极力举荐王安石、苏洵等人，选拔出苏轼、苏辙、曾巩等大批英才。他为诗文革新准备了人才基础，为促进北宋中期文学艺术的全面繁荣创造了得天独厚的条件。

再次，他拥有切合实际、富有调和特征与包容精神的文学革新主张。在革除"太学体"的同时，他对"道统"思想占统治地位的古文观念并不完全否定。在承认道对文的决定作用的前提下，他提出"言以载事而文以饰言"的观点；在批评和校正西昆体的同时，他也客观地表示："时文虽曰浮巧，然其为功，亦不易也"（《与荆南乐秀才书》），并承认杨亿是"一代之文家"。这种合理肯定他人历史功绩的态度，产生了积极的效果，为诗文革新减少了阻力和障碍，使之达到既弃"太学"险怪、又绝"西昆"浮靡的彻底功效。

二　欧阳修的文学革新主张

同空泛论道而不注重创作的古文家柳开、孙复、穆修、石介等人不同，欧阳修的一系列文学主张，是在自己丰富的文学创作实践中不断总结的，是以经世致用、繁荣文化、客观反映社会和人生为出发点的。因此欧阳修倡导的文学革新主张，在思想、内容、创作规律和态度等方面，均有比较系统和深刻的表述。

在思想上，欧阳修肯定道的作用，而又突破道的局限。他在认真学习、深入领悟韩愈古文思想精华的同时，能以发展的眼光看待古文的历史使命。他充分肯定韩愈得意门生李翱散文创作的现实感和所寄托的深厚意味。李翱在《幽怀赋》中曾写道：

念所怀之未展兮，非悼己而陈私！自禄山之始兵兮，岁周甲而未夷。何神尧之郡县兮，乃家传而自持！税人生而育卒兮，到高城以相维。何兹世之可久兮，宜永念而退思。

欧阳修初读"然后置书而叹，叹已复读，不自休。恨翱不生于今，不得与之交；又恨予不得生翱时，与翱上下其论也"。① 由此不难看出，欧阳修的古文观念是偏重文学的，不是为道统服务的。

正是源于这种思想，他强调"道纯"，认为"道纯则充于中者实，中充实则发为文者辉光"（《答祖择之书》）。在他看来，空疏艰涩的贯道之文，"言之所载者不文而又小，则其传也不章"；好的散文，"其言之所载者大且文，则其传也章。"②"道纯"是建立在文章内容的充实（大）和文章形式的感人（文）之上的。因此，他告诫人们学习古人不可囿于一隅、自我封闭，更不能买椟还珠、取其平庸和弊端。他认为"古人之学者非一家，其为道虽同，言语文章未尝相似"，"孟韩文章虽高，不必似之也，取其自然耳。"

在文学内容和功用方面，他在强调"明道"的同时，也强调"履身"、"施事"和"信世"，以经世致用为目标。他认为当时的古文家"未始不为道，而至者鲜焉"，其根本原因就在于"弃百事不关于心"。因此，他认为文章应当"不为空言而期有用"，"君子之学也务为道，为道必求知古；知古明道，而后履之以身，施之于事，而又见于文章而发之，以信后世"。他反对重道废文的道统观念，强调内容和形式的统一，认为"言以载事而文以饰言，事信言文，乃能表现于后世"。在他的文学思想中，"道"、"事"、"言"、"文"是互相依存的关系，是一个和谐统一的整体。

在对文学创作和发展规律的认识方面，他关注社会人文际遇和作家感情的关系和作用，在全面吸收司马迁"发愤"说、韩愈"不平则鸣"等进步思想的基础上，揭示了"穷而后工"的创作规律。他认为：

> 凡士之蕴其所有而不得施于世者，多喜自放于山巅水涯之外，见虫鱼草木风云鸟兽之状类，往往探其奇怪。内有忧思感愤之郁积，其兴于怨刺，以道羁臣、寡妇之所叹，而写人情之难言，盖愈穷则愈工。然则非诗之能穷人，殆穷者而后工也。（《梅圣俞诗集序》）

---

① 《读李翱文》，《欧阳修全集》卷七二，中华书局 2001 年版，第 1049 页。
② 《代人上王枢密求先集序书》，《欧阳修全集》卷六八，中华书局 2001 年版，第 985 页。

这是对创作规律的最客观、最能反映本质的揭示。尤其是在科举广开、大量举仕者闲置、冗员候补的北宋，创作规律的如此揭示，给身处穷境的知识分子指出了面对现实、注重积累、奋发有为、广泛书写"世事人情之难言"的创作道路。这对安抚无数焦虑躁动的心灵，具有无比切实的功效；对提高无数文人诗家的自信精神和思想境界，也具有非常实在的意义和价值。

在创作态度上，欧阳修强调作家个人修养，力戒浮躁，鼓励严谨与勤奋。他强调要像韩愈那样"养其根而竢其实，加其膏而希其光"，如果轻浮、性急，就会"愈力愈勤而愈不至"；文章不可"勉强"为之，"须得自然之至"。他在诗文创作上一直保持严肃的态度，文章时常要反复修改，有时修改多达数十遍。他勤于政事，关注百姓，只有靠挤时间勤奋写作。他说自己平生文章，多得于"马上"、"枕上"和"厕上"；为文的经验，全在于"多看、多做、多商量"（《后山诗话》）。从本质上讲，欧阳修"浅易近人"、"不为空言"的文风，正是在这种创作态度支配下形成的。

第二节　北宋中期的散文创作

北宋中期是散文鼎盛的时期，也是散文家层出不穷的年代。"唐宋八大家"中的六位大家，均产生在这一阶段。除欧阳修、苏轼之外，王安石、苏洵、苏辙、曾巩，还有司马光等，都是散文创作成就卓越的名家。

欧阳修丰富的散文实绩，是他作为文坛领袖最重要的基础。内容丰富、思想深刻、个性鲜明、风格平易、笔触曲折舒婉，是其总体特色。正如苏洵所说："执事之文，纡余委备，往复百折，而条达疏畅，无所间断；气尽语极，急言竭论，而容与闲易，无艰难劳苦之态"。① 这种曲折舒婉、从容畅达的艺术风格，是欧阳修个性与文风合二而一的集中表现。

欧阳修传世的散文作品有 500 多篇，各类文体齐备，议论、抒情及书信序跋，均有许多享誉古今的名篇。《与高司谏书》、《朋党论》、《醉翁亭记》、《秋声赋》、《泷冈阡表》、《五代史伶官传序》、《读李翱文》、《黄梦升墓志铭》等，是最为出色的代表作品。前人以为最能体现欧阳修散文风格的是书信序跋类作品，他的序跋为"序之最工者"，清人刘大櫆又称其《黄梦升墓志铭》"当为

---

① 《上欧阳内翰第一书》，曾枣庄、金成礼《嘉祐集笺注》，上海古籍出版社 2001 年版，第 328 页。

墓志第一"。《古文观止》中欧阳修散文入选多达 13 篇,这些优秀篇章,都是历代汉语言文学教材必选的内容。

王安石(1021—1086)字介甫,号半山,抚州临川(今江西抚州)人,仁宗庆历二年进士,时年仅 21 岁。他是熙宁变法的实际推行者,曾被列宁誉为"中国十一世纪的改革家"。他的改革主张,系统地表现在政论散文之中。

王安石在散文方面的杰出贡献,均表现在议论性散文方面。王安石的政论文,在思想、立意和逻辑思维诸方面,均代表着当时的最高水平。其鲜明的特色在于,超凡脱俗的胸襟、超然卓著的思想、切中时弊的眼光和对论证材料的高超驾驭能力合为一体,使论证产生无可辩驳的逻辑力量。王安石政论文的代表作品有《上仁宗皇帝言事书》、《答司马谏议书》、《乞制置三司条例》、《本朝百年无事札子》等,清人刘熙载以"瘦硬通神"(《艺概·文概》)来概括其独特的艺术风貌。游记和杂文是王安石散文的又一类代表,如《游褒禅山记》、《伤仲永》、《读孟尝君传》等,都是脍炙人口的佳篇。这类散文在写作上均由叙事入手,从他人容易忽略的角度深入发掘,于平凡之中揭示出超凡脱俗的哲理。

王安石是杰出的政治家,因此他特别强调散文的实用功能:

> 且自谓文者,务为有补于世而已矣。所谓辞者,犹器之有刻镂绘画也。诚使巧且华,不必适用;诚使适用,亦不必巧且华。要之以适用为本,以刻镂绘画为之容而已。[①]

正如他的观念中将"适用"和"巧且华"相对立一样,他的论文常以气势取胜,不屑于循循善诱的曲笔。因此,气势过盛是其弱点。论理虽精辟深刻,却因气势过盛,带来他人接受心理的障碍,这是王氏一些观点不被人理解、容纳的原因之一。

苏洵(1009—1066),字明允,眉州(今四川眉山)人,与其子苏轼、苏辙同列名于"唐宋散文八大家"。

苏洵散文收入《嘉祐集》,北宋就有《类编增广老苏先生大全文集》刊行。其作品以史论为主,《权书》10 篇、《论衡》10 篇最为有名,代表作品有《六国论》、《管仲论》等。另有《送石昌言使北引》、《张益州画像记》、《木假山记》,

---

① 《上人书》,《王文公文集》卷三,上海人民出版社 1974 年版,第 45 页。

均是别具风格的优秀散文。苏氏三父子均有《六国论》，尤以苏洵立论最有见地，可见其散文成就之一斑。苏洵潜心研读六经之论、百家之说，考证古今治乱之迹，很少受道统观念影响，博取诸子百家之长，不回避义利法术。其文"皆有为而作，精悍确苦，言必中当世之过"。① 苏洵散文最突出的风格是"博辨宏伟"，②"指事析理，引物托喻，侈能尽之约，远能见之近；大能使之微，小能使之著；烦能不乱，肆能不流。"③

苏辙（1039—1112），字子由，嘉祐二年（1057）进士。著有《栾城集》等，其散文取材及风格均与苏洵相近。苏辙在创作理论上推崇孟子的"养气"说，认为作家的修养、学问和见识是文章优劣的决定因素。他说：

> 文不可以学而能，气可以养而致。孟子曰："我善养吾浩然之气。"……太史公行天下，周览四海名山大川，与燕、赵间豪俊交游，故其文疏荡，颇有奇气。此二子者，岂尝执笔学为如此之文哉？其气充乎其中而溢乎其貌，动乎其言而见乎其文，而不自知也。（《上枢密韩太尉书》）

苏辙散文创作成就较高，著名的篇章有《六国论》、《上枢密韩太尉书》、《黄州快哉亭记》、《武昌九曲亭记》、《墨竹赋》等，前三篇均入选《古文观止》。其散文风格汪洋淡泊，纵横有致，又不乏秀隽深醇之气，苏轼评其"文如其为人，故汪洋淡泊，有一唱三叹之声，而其秀杰之气，终不可没。"④

曾巩（1019—1083），字子固，生于建昌南丰（今属江西），嘉祐二年进士。年少时与王安石为密友，后深受欧阳修赏识。作为古文革新的积极支持者，他全面接受欧阳修的文学主张，但在文道关系上他更重视道的作用。他为文讲求自然淳朴，不追求辞采情致，以议论、记叙为主，几乎没有抒情作品。后人评其"深于经术，得其理趣；而流连光景，吟风弄月，非其好也"（刘壎《隐居通议》卷七）。因此，深受理学家所青睐。关于他的散文风格，《宋史·曾巩传论》作过较为切当的概括："纡徐而不烦，简奥而不晦，卓然自成一家。"

曾巩散文作品众多，计1100多篇，收入《南丰先生元丰类稿》，代表作品

---

① 《兔绎先生诗集序》，《苏轼文集》卷十，中华书局1986年版，第313页。
② 欧阳修《故霸州文安县主簿苏君墓志铭》，《欧阳修全集》卷三五，中华书局2001年版，第512页。
③ 曾巩《苏明允哀词》，《曾巩集》卷四一，中华书局1984年版，第560页。
④ 《答张文潜县丞书》，《苏轼文集》卷四九，中华书局1986年版，第1427页。

有《上顾阳舍人书》、《王平甫文集序》、《越州赵公救灾记》、《墨池记》等。

司马光（1019—1086），字君实，陕州夏县（今山西省）人，家居涑水乡，人称"涑水先生"，仁宗景祐五年进士。其散文成就主要体现在历史散文方面，《资治通鉴》中的《赤壁之战》、《淝水之战》、《李愬雪夜入蔡州》等，都是脍炙人口的叙事散文名篇。

司马光的散文风格质朴简洁，文笔流畅，叙事清晰，形象生动。他善于通过语言描写表现人物的典型性格，尤以战争场面描写最为动人，有很强的文学色彩，对后世的史传文学和历史小说都有深远的影响。

第三节　北宋中期的诗歌创作

一　梅尧臣、苏舜钦的诗歌创作

梅尧臣（1002—1060），字圣俞，宣城（今属安徽）人。梅诗今存《宛陵集》，共 2800 多首，他是北宋中期传世诗作最多、也是最早以诗出名的诗人。故受到欧阳修、王安石、苏轼、陆游等人的赞誉，被南宋理学家尊为宋诗的"开山祖师"。从现实主义诗歌发展的历史线索来看，他的确起到上承中唐、下开两宋的历史作用。

梅尧臣主张继承白居易的新乐府精神，借鉴《诗经》的美刺和《春秋》的褒贬，发挥诗歌的社会教育功能。其诗歌内容的两大主题，是同情民生疾苦和表达愤世嫉邪。

他写了许多同情民生疾苦的诗篇，著名的有《田家》、《陶者》、《田家四时》、《汝坟贫女》、《田家语》、《小村》等。《汝坟贫女》诗题下有《序》云："时再点弓手，老幼聚集，大雨甚寒，道死者百余人，自壤河至昆阳老牛陂，僵尸相继。"于是，诗人以老杜笔法写道：

> 汝坟贫家女，行哭音凄怆。自言有老父，孤独无丁壮。郡吏来何暴，县官不敢抗。督遣勿稽留，龙钟去携杖。勤勤嘱四邻，幸愿相依傍。适闻闾里归，问讯疑犹强。果然寒雨中，僵死壤河上。弱质无以托，横尸无以葬。生女不如男，虽存何所当？拊膺呼苍天，生死将奈向！

作为一个下级官员，他有"郡吏来何暴，县官不敢抗"苦衷。但面对老父"僵死壤河上"、贫女"行哭音凄怆"的惨景，作者也忍不住发出"拊膺呼苍天，生死将奈向"的悲叹，深刻揭露了官府抓丁拉夫的暴行，反映了百姓内殃外患

的悲惨遭遇,颇有杜甫"三吏"、"三别"的遗味。另如《陶者》:

> 陶尽门前土,屋上无片瓦。十指不沾泥,鳞鳞居大厦。

运用明白如话的对比,揭露社会的不公,寄托作者同情弱者、痛恨富豪的社会价值观。从中也让人清晰地感受到梅诗是从民歌中汲取丰富营养的。

梅尧臣给自己的诗歌创作树立了一个极高的标准:"状难写之景如在目前,含不尽之意见于言外"(欧阳修《六一诗话》引梅语)。同时他也说:"作诗无古今,唯造平淡难"(《读邵不疑学士诗卷》)。梅诗创作的特点就是"古雅平淡",能借平白如话的语言寄托对社会的批判。梅氏对宋诗的贡献则在于:"去浮靡之习,超然于昆体积弊之际;存古淡之道,于诸大家未起之先。"①其革新除弊、承先启后之功,是不可磨灭的。

苏舜钦(1008—1048),字子美,祖籍梓州铜山(今四川中江),生于开封,景祐元年进士。苏氏诗文兼治,但对诗歌的贡献更为突出,与梅尧臣齐名。苏舜钦诗歌的取材注重表现民生,更注重反映国事、痛陈时弊。《吾闻》、《庆州败》,前者表达了"气欲吞逆羯"、"梦过玉关北"的爱国激情,后者揭露了主将腐败导致边战累挫的原因。有的诗句则放言指责高层统治者不思国计民生、一味养尊处优、排斥异己的行为及恶果:

> 高位厌梁肉,坐论挽云霓。岂无富人术,使之长熙熙。(《城南感怀呈永叔》)
> 苟非高贤独赏激,终古弃卧于穷津。世人爱憎逐兴废,使我吟叹伤精神!(《和菱溪石歌》)

诗中揭露的事实和表达的愤懑,都深刻地切中时弊。

此外,苏舜钦还有不少写景抒情诗,描绘自然风物意境开阔,带有鲜明而又质朴的感情色彩。例如:

> 别院深深夏席清,石榴开遍透帘明。树阴满地日当午,梦觉流莺时一声。(《夏意》)
> 春阴垂野草青青,时有幽花一树明。晚泊孤舟古祠下,满川风雨看潮生。(《淮

---

① 《四部丛刊》本《宛陵先生集》附录。

中晚泊犊头》)

这些诗情感率真自然,用语平实而不乏生气,颇有唐人遗风。

同梅尧臣相比,苏舜钦诗歌取材的生活面更为宽广一些,揭露社会更直接、更大胆,语言表达更明快、更慷慨淋漓。

梅、苏二人诗作,均有失直露和粗糙。一方面是对西昆体矫枉过正所致,另一方面还是艺术功力略有欠缺。

二 欧阳修和王安石的诗歌创作

欧阳修对文坛的影响和推动,主要表现在诗文革新主张和散文创作上。他的诗歌不如散文那样辉煌,却也平易清新,不失大家风范。在诗歌创作上,梅尧臣和苏舜钦对他起了一些影响,"可是他对语言的把握,对字句和音节的感性,都在他们之上"。① 而且,"在'以文为诗'这一点上,他为王安石、苏轼等人奠了基础。"②

欧阳修传世诗作 860 余首,约为王安石诗作数量(1500 多首)的一半。他们二人在诗歌创作上曾有不解的缘分,王安石第一次拜见欧阳修,就赢得这位师长的赠诗:"翰林风月三千首,吏部文章二百年。老去自怜心尚在,后来谁与子争先?"(《赠王介甫》)然而,这由衷的赞誉和期望,并没有真正打动这个可畏的后生。王安石在《奉酬永叔见赠》中回答道:"欲传道义心虽壮,学作文章力已穷。他日若能窥孟子,终身何敢望韩公?"表现出政治家和文学家的不同追求。

两人诗歌题材却十分相似,都以反映社会问题、咏史怀古、写景寄情为主要内容。年轻时,他们都写过反映民间疾苦的作品。欧阳修的《食糟民》,把"日饮官酒诚可乐"的官吏和"釜无糜粥度冬春"的贫民相比较,鞭挞了官吏用租米酿酒作乐、稻农却买酒糟充饥的黑暗现实,揭露了宋代社会的阶级矛盾;王安石的《河北民》,描写"家家养子学耕织,输与官家事夷狄","老小相携来就南,南人丰年自无食"的社会现实,暴露了"冗兵、冗费"的社会弊端。

二人中年都写过表现边患的诗作。欧阳修 36 岁出使河东,48 岁出使契丹。此期所写《边户》,表现了民族分裂给北宋边民带来的痛苦:"虽云免战斗,两地供赋租","身居界河上,不敢界河渔",对朝廷不思靖国安边表示了

①② 钱钟书《宋诗选注》第 24 页,人民文学出版社 1989 年版。

强烈的不满。王安石40岁时送契丹使者北归,写下了《塞翁行》、《出塞》、《入塞》等诗,描写了边塞人民渴望统一、安定的迫切心情。如《入塞》:

> 荒云凉雨水悠悠,鞍马东西鼓吹休。尚有燕人数行泪,回身却望塞南流。

通过边塞人民对祖国分裂的感伤,鞭挞宋王朝屈辱苟和给国家和人民带来的灾难,崇高的民族感和深邃的历史感融为一体,给人以深厚无比的回味。

《明妃曲》是王安石最著名的吟史诗。作品从既定的史实中翻出层层新意,表现了作者独具慧眼的认识水平和审美能力:

> 明妃初出汉宫时,泪湿春风鬓脚垂。低徊顾影无颜色,尚得君王不自持。归来却怪丹青手,入眼平生未曾有?意态由来画不成,当时枉杀毛延寿。一去心知更不归,可怜著尽汉宫衣。寄声欲问塞南事,只有年年鸿雁飞。家人万里传消息:"好在毡城莫相忆。"君不见咫尺长门闭阿娇,人生失意无南北。

王氏从"意态由来画不成"翻出无限新意,借毛延寿被"枉杀"反衬汉主的昏庸和残暴。"家人万里传消息"以下数句,极近人情事理,以史为鉴宽慰明妃,将"人生失意无南北"的哲理,明白如话地表达出来,展示了诗人深邃的历史情怀。

欧阳修叹服王氏《明妃曲》吟史怀古的意蕴和腕力,也写了两首《明妃曲和王介甫作》。其一云:

> 胡人以鞍马为家,射猎为俗。泉甘草美无常处,鸟惊兽骇争驰逐。谁将汉女嫁胡儿,风沙无情貌如玉。身行不遇中国人,马上自作思归曲。推手为琵却手琶,胡人共听亦咨嗟。玉颜流落死天涯,琵琶却传来汉家。汉宫争按新声谱,遗恨已深声更苦。纤纤女手生洞房,学得琵琶不下堂。不识黄云出塞路,岂知此声能断肠?

欧阳修以草原大漠为背景,烘托出王昭君艺高曲美的动人神韵,转而在"玉颜流落死天涯,琵琶却传来汉家"两句中,翻出深刻的文化内涵,衬托出王昭君独一无二的历史贡献。此诗同王安石原诗难分伯仲,各有千秋。

欧阳修和王安石的写景寄情诗,技巧都更为圆熟,达到了"意与言合,言随意遣"的境地。他们一个是"庆历新政"的支持者,一个是"熙宁变法"主持人,都有宦海沉浮的苦恼与忧虑,其心路历程中常常可以找到相似的片段。

《别滁》和《泊船瓜洲》，就是这种片段的真实写照：

> 花光浓烂柳轻明，酌酒花前送我行。我亦且如常日醉，莫教弦管作离声！（欧阳修《别滁》）
>
> 京口瓜洲一水间，钟山只隔数重山。春风又绿江南岸，明月何时照我还？（王安石《泊船瓜洲》）

《别滁》为欧阳修告别滁州时所写，《泊船瓜洲》为王安石离开金陵时所作。二者都表达出前路迷惘的沉思和忧虑。"莫教弦管作离声！""明月何日照我还？"沉甸甸的叹息，无边无际的怅然，在跨越时空的心灵感应之中，烘托出无比浓重的沧桑感。

他们两人所不同的是：一个是政治素质极高的文坛盟主，一个是文学素养很深的政治改革家；欧阳诗以七律最工，王诗以七绝见长。二人诗中的情致韵味，仍有相通之处：

> 春风疑不到天涯，二月山城未见花。残雪压枝犹有橘，冻雷惊笋欲抽芽。夜闻归雁生乡思，病入新年感物华。曾是洛阳花下客，野芳虽晚不须嗟。（欧阳修《戏答元珍》）
>
> 江北秋阴一半开，晓云含雨却低回。青山缭绕疑无路，忽见千帆隐映来。（王安石《江上》）

欧阳修的《戏答元珍》，老辣工稳，不减杜甫的严密；"冻雷惊笋欲抽芽"一句，其用字的功夫不减韩愈；结句于寂寞伤感之中豁然敞露达观胸怀。只可惜如此境界的诗作，在欧阳修的诗集中并不多见。王安石的《江上》，寥寥数语，极尽委婉含蓄之妙，在雨雾茫茫的江面景色描绘中，翻出别开生面的意境，让人们似乎看到陆游笔下"柳暗花明又一村"的经典艺术雏形。

欧阳修诗歌艺术特色在于，语言平易老辣，意境自然清新。不足在于，随和大度中显出用力不足、手法不精的缺憾。王安石诗歌艺术特色是技法上追求"下字工，用事切，对偶精"；[1]题材讲求丰富性，尤其注重对重大政治题材的表现；艺术风格朴实硬朗，不尚华艳却有丰肌健骨；特别善于将精辟

---

[1]　金性尧《宋诗三百首》，上海古籍出版社1986年版，第93页。

的议论和生动的形象巧妙融合,展示出积极向上的精神面貌。不足在于:事典过多,"以学问为诗"的倾向比较突出;重道轻文,有强调作品思想性而忽略艺术性的偏向。

第四章　苏　轼

　　苏轼是北宋诗文革新的集大成者，是继欧阳修而起的更为杰出的文坛领袖，也是宋代乃至整个中国文化史上少有的全能的天才。

　　苏轼的贡献是多方面的。在文学理论上，他强调"文"和"艺"的重要，以自觉的意识和系统的思想丰富了美学理论，登上了北宋文艺美学的高峰。他的文艺散文尤其是抒情小赋，以其深永隽婉的风格和流畅潇洒的笔调，显示了最为深刻、最为诱人的艺术境界。他的诗歌题材内容丰富，思想深邃而又通脱，技巧纯熟而又自然，代表了北宋诗歌的最高水平。他的词章创作更是显示了无与伦比的艺术才华，他"以诗为词"，提高了词的表现力，不仅"一洗绮罗香泽之态"，开创了豪放词派，而且"寄妙理于豪放之外"，以超乎尘寰的情思，把宋词浓丽深婉的特色提升到一个崭新的境界。

　　不仅如此，他在书法、绘画等艺术领域均显示出卓越的艺术才华，为无数后人所称道。他用自己的思想和人格，塑造出中华文化史上复杂而又完美的性格典型，为无数后人所赞美和效仿。他的思想和艺术，他的才华和精神，不仅仅属于他所处的时代；他的思想和艺术所潜在的价值，还会随着时间的推移，越来越显出更加奇异的光彩。

第一节　苏轼的经历和人格

　　苏轼(1037—1101)字子瞻，号东坡居士，眉山(今四川眉县)人，仁宗嘉祐二年进士。苏轼出身在一个比较清寒而富文学传统的家庭，祖父苏序"读书务知大义"，"诗多至千余篇"；[①]父亲苏洵虽 27 岁始发愤读书，却"通六经、百家之说，下笔顷刻数千言"(《宋史·苏洵传》)。母亲程氏修养很高，常用为正义英勇献身的古人事迹启发教育孩子。弟弟苏辙与苏轼同年举进士，父子三人同列于唐宋古文八大家。

---

　　①　曾巩《赠职方员外郎苏君墓志铭》，《曾巩集》卷四三，中华书局 1984 年版，第587 页。

苏轼21岁一举成名，其才华、文章震惊朝廷内外，被称为"天下奇才"。欧阳修曾预言苏轼"他日文章必独步天下"，可以接替自己在文坛上的地位和使命。

苏轼一生历尽曲折和艰辛，受尽迫害和磨难。进士及第不久，母亲程氏病故；凤翔府判官任期刚满归京，父亲又逝。服丧三年归朝，正值王安石变法，由于苏轼不同意"取天下之才与民争利"的改革目的，而他提出的"择吏用人"、"节以廉取"和力求"渐变"等主张不被采纳，便主动请调外任，先后在杭、密、徐、湖四州司职。虽然政见不一，也说过一些反对新法的话，却"因法便民"，勤于职守，并对邑政进行积极改革。

元丰八年（1086）宋神宗病故，哲宗年幼，高太后临朝，启用司马光为相，50岁的苏轼入朝受命为中书舍人、翰林学士、知制诰。由于他体恤民情，对司马光"专欲变熙宁之法，不复校量利害、参用所长"提出批评，于元祐四年出知杭州，之后又先后派知颍州、扬州、定州。他一心专力于治绩，兴修水利、开办医坊、减赋赈灾、严整军纪、加强边备，在力所能及的范围内革弊兴利。

哲宗亲政后复用新党，贬发元祐旧臣，苏轼连贬英州、惠州、儋州（今广东英德、广西钦州、海南儋县），历尽人世艰辛，直至元符三年宋徽宗即位，才遇赦北还。靖国元年（1101）七月病逝于常州。

苏轼去世的消息一传开，"吴越之民相与哭于市，其君子相与吊于家，讣闻四方，无贤愚皆咨嗟出涕，太学之士数百人，相率饭僧慧林佛舍"。[①] 尽管奸臣蔡京奏请朝廷严禁发卖苏轼的文集，但越禁文集越流行，越禁苏轼越受人推崇和敬仰。

苏轼年轻时"奋厉有当世志"，在为秘阁制科考试所写的25篇《进论》和25篇《策论》中，他力劝仁宗整肃吏治，认为"当今之患""失在于任人"，并从政治、经济、军事等方面提出改革建议。正是由于他有成熟的思想和对社会的深刻了解，故虽然不同意王安石变法的许多内容，却能分辨是非，对限制势族特权、加强国防力量等主张，都曾表示赞同。而且，当司马光毫无分辨地全盘否定新法时，他同样坚持自己维护百姓利益的观点，体现了他不计个人得失、勇于坚持正义主张的可贵精神和人格。

在离朝外任的长期生活中，他总是尽职尽责，把强烈的"民本"思想落实

---

① 苏辙《亡兄子瞻端明墓志铭》，《栾城后集》卷二二。

和体现到自己的政绩之中。而在"乌台诗案"后的黄州四年和62岁后受尽磨难的南谪生活中,他以佛老思想及与百姓相互亲近的感情来支撑自己。

在65岁遇赦北归途中,他写下了"九死南荒吾不恨,兹游奇绝冠平生"的豪迈诗句。就在去世前不久,他还在《自题金山画像》中说:"问汝平生功业,黄州、惠州、儋州!"的确,苏轼那种以冷静的情绪和积极进取的精神来面对生活逆境和政治迫害的态度,是中国古代伟大文化品格的杰出典型。

第二节 苏轼的文艺思想

一 "有意而言"的创作主张

苏轼强调"有意而言",把它看成创作最重要的指导思想。他认为,创作应当"有意而言,意尽而言止","不得意,不可以用事,此作文之要也"。这一主张是针对当时的不良文风提出来的:

> 自昔五代之余,文教衰落,风俗靡靡,日以涂地。圣上慨然太息,思有以澄其源,疏其流,明诏天下,晓谕厥旨。……士大夫不深明天子之心,用意过当,求深者或至于迂,务奇者怪僻而不可读。(《谢欧阳内翰书》)

"贯道"论驱使下的诗文,虽有纠正"风俗靡靡"的作用,却走上"务奇者怪僻而不可读"的歧路。原因就是不知道"用意"的真正价值,不能"酌古以驭今,有意于济世之实用"。[①] 既要为着当今的现实需要去继承前人的精华,又要切合"济世之用"的现实目标,这就是苏轼"有意而言"的实质。

二 "言必中当世之过"的现实主义创作态度

在苏轼看来,文学创作不仅要"有意",而且要"有为",有匡正社会弊端的作用,做到"言必中当世之过,凿凿乎如五谷必可以疗饥,断断乎如药石必可以伐病"。[②] 这种创作态度和精神不仅在当时是先进的,而且具有长远和广泛的理论价值。正是由于这种态度的支配,苏轼处处力求做到"早岁便怀齐物志,微官敢有济时心"(《次韵柳子玉过陈绝粮二首》其二),并在自己的创作中,始终如一地坚持现实主义精神。

---

① 《答虔倅俞括》,《苏轼文集》卷五九,中华书局1986年版,第1793页。
② 《凫绎先生诗集叙》,《苏轼文集》卷十,中华书局1986年版,第313页。

三 "随物赋形"、"尽物之变"的创作方法

苏轼把绘画艺术和文学创作结合起来,从中总结出带规律性的创作方法,极大地丰富了文学创作理论。苏轼以"流水之变"在绘画艺术中的表现为分析对象,认为"画奔湍巨浪,与山石曲折,随物赋形,尽水之变"。客观事物是在发展的,创作就应当在"随物赋形"的过程中注重观察,"尽物之变"才能表现艺术的真实。

四 求"真"、重"理"、"寄味淡泊"的美学标准

苏轼认为追求形式并不足取,"似犹可贵,况其真者",[①]"山石竹木,水波烟云,虽无常形,而有常理。……常形之失,止于所失,而不能病其全;若常理之不当,则举废之矣"。[②] 苏轼所说的"真",既是生活的真实,也是艺术的真实。他认为"凡人勉强于外,何所不至? 惟考之其私,乃见真伪"。[③] 要把生活真实上升到艺术真实,必须全面考察,不被外部现象所迷惑。苏轼所说的"理",是客观事物的自然规律,是保证客观事物真实性的标准(即"常理")。

在求真、重理的前提下,苏轼以"寄味淡泊"作为自己创作追求的美学境界,强调"发纤浓于简古,寄至味于淡泊"。[④] 他曾这样总结自己的创作经历:"渐老渐熟,乃造平淡,其实不是平淡,乃绚烂之至也"。[⑤] 可见,这种"平淡"是炉火纯青的美学境界。

五 对创作规律进行了系统总结

首先,苏轼强调了继承与创新的关系。他不满于宋初诗人一味描摹前人的做法,对"好奇务新"的时弊提出批评,他认为合乎艺术规律的方法应当是"出新意于法度之中,寄妙理于豪放之外"(《书吴道子画后》),形成"自是一家"的独特风格。

其次,苏轼强调了观察和积累对于创作的决定作用。他认为,"求物之妙,如系风捕影",必须通过严密的观察,使事物"了然于心",才能在具体的表达中"了然于口与手",这样才称得上"辞达"。如同画竹子,先要"执笔熟

---

① 《石氏画苑记》,《苏轼文集》卷十一,中华书局 1986 年版,第 365 页。
② 《净因院画记》,《苏轼文集》卷十一,中华书局 1986 年版,第 367 页。
③ 《跋欧阳家书》,《苏轼文集》卷六九,中华书局 1986 年版,第 2185 页。
④ 《书黄子思诗集后》,《苏轼文集》卷六七,中华书局 1986 年版,第 2124 页。
⑤ 《与侄儿书》,见郭预衡《中国古代文学史》,上海古籍出版社 1998 年版,第 105 页。

视",营度经岁,做到"成竹于胸",才能"振笔直遂",须臾而成。① 反之,如果做不到"作诗火急追亡逋",就必然产生"清景一失后难摹"的遗憾。②

再次,进一步揭示了"穷而后工"的创作规律。在苏轼看来,"秀语出寒饿,身穷诗乃亨"。③ 他告诉人们,"欲令诗语妙,无厌空且静"(《送参寥师》)。身处穷境而不为世事所累,加上诗人特有的"清空"心境,才能写出秀语佳篇。正如他对自己经历所作的评价:"问汝平生功业,黄州、惠州、儋州!"苏轼正是用自己执着的人生实践和丰富的创作成果,充分证明了"穷而后工"的创作规律。

第三节　苏轼的散文

苏轼在散文写作方面下的功夫很深,他以深刻的思想、扎实的功力和奔放的才情,将欧阳修开创的散文风格和成就发展到新的高度,为散文创作开拓了新的天地。

苏轼对自己的散文有很切实的评价:

> 吾文如万斛泉源,不择地皆可出。在平地滔滔汩汩,虽一日千里无难。及其与山石曲折,随物赋形,而不可知也。所可知者,常行于所当行,常止于不可不止。(《自评文》)
>
> 大略如行云流水,初无定质,但常行于所当行,常止于所不可不止,文理自然,姿态横生。(《与谢民师推官书》)

可见,苏轼对自己的散文是很自负的。苏轼散文作品很丰富,主要有谈史议政、叙事记游、书札题记、杂文笔记四个主要类别。

谈史议政的散文主要写于仕晋初期,虽部分带有制科气息,大多均能有的放矢,很有功夫和见地。如《进策》、《思治论》等,透彻分析了社会矛盾,有力针砭时弊,提出了系统的改革主张。如《留侯论》,一扫"圯上老人授书"的神秘色彩,论证了秦末隐士对张良的启迪,还历史以真实面貌;并借古喻今,

---

① 《文与可画篔筜谷偃竹记》,《苏轼文集》卷十一,中华书局 1986 年版,第 365 页。
② 《腊日游孤山访惠勤惠思二僧》,《苏轼诗集》卷七,中华书局 1982 年版,第 318 页。
③ 《次韵仲殊雪中西湖》,《苏轼诗集》卷三三,中华书局 1982 年版,第 1750 页。

说明社会变革、人才磨砺的客观规律。

叙事游记类可分为叙事和抒情两个方面。以叙事为主的散文,如《方山子传》、《喜雨亭记》、《超然亭记》、《石钟山记》等,或借助生活片断和细节来形象地展示人物性格,或通过对事件前因后果的完整叙述,揭示社会现象,表达作者的思想见解。

苏轼的抒情散文,艺术成就和认识价值都很高。最有代表的是前《赤壁赋》,作者以文为赋,将叙事、写景、抒情和议论,水乳交融地结合为一个艺术整体,于自然平淡中寄托无限意味,在波光月影中深蕴无穷哲理。将人生与自然、恢弘与精微、情结与思致、畅怀与妙理表现得淋漓尽致,是苏轼旷达情怀的真实写照,堪称抒情散文的千古绝唱。

书札题记类则紧扣散文的社会功用价值起笔论事,书札如《上梅直讲书》、《答秦太虚书》等,随笔挥洒,不作任何雕饰,畅怀所叙,一吐为快。或诚挚赞叹先贤,或热心奖掖后进,情真而意切,使人洞见肺腑。这类散文最能显现作者坦诚开朗、风趣万端的个性。题记类散文如《南行前集叙》等,紧扣文学艺术的特征和规律,阐发了对文艺创作的真知灼见。

苏轼的杂文笔记也很富于独创性。他的杂文如《日喻》、《稼说》等,是记述治学心得的作品,角度新颖,别有洞天。《日喻》通过"瞎子猜日"无法捉摸和"南人居水"习渐自得的比较,说明了对事、对人全面考察的必要性,把通过实践检验认识上升为必然规律,具有深厚的哲理性。

后人对苏轼散文评价很高,黄庭坚在《东坡先生传》中说他"喜笑怒骂皆成文章",宋濂在《文原》中说"宋之文章莫盛于苏氏"。总之,苏轼散文平易自然、真率畅达,叙述描写有行云流水之势,议论抒情有气势恢弘之功,而且极富浪漫达观的情怀,更添一种以诗为文的神妙境界。这些特色的充分展示,将宋代散文升华到一重令后人望尘莫及的超然境界。

第四节　苏轼的诗歌

苏轼现存 2700 多首诗作,无论在揭示历史生活的深度和广度方面,在抒写性情胸怀的丰富程度方面,还是在诗歌美学的提炼和升华的层次上,都代表着宋诗的最高成就。

一　苏轼诗歌的思想内容

苏诗思想内容十分丰富,主要体现在四个方面:反映社会现实,描写自然、民俗,表现自我情怀,品味艺术、人生。

1. 反映社会现实，是苏轼自觉抒写的重大主题。

出于对国运兴衰和民生疾苦的迫切关注，作者严格遵循"有为而作"、"言必中当世之过"的创作主张。一方面，苏诗敢于大胆针砭时弊，把诗歌作为鞭挞黑暗的嘲讽；另一方面，苏轼处处关心民生疾苦，将诗歌当作体恤黎民的慰抚。苏轼的政治讽刺诗，如《李氏园》通过具体事件的描绘，揭露封建官僚为满足个人贪欲而不顾百姓死活的罪行；《荔枝叹》则把批判的锋芒直指最高统治者：

> 十里一置飞尘灰，五里一堠兵火催。颠坑仆谷相枕藉，知是荔枝龙眼来。飞车跨山鹘横海，风枝露叶如新采。宫中美人一破颜，惊尘溅血流千载。永元荔枝来交州，天宝岁贡取之涪。至今欲食林甫肉，无人举觞酹伯游。我愿天公怜赤子，莫生尤物为疮痏。雨顺风调百谷登，民不饥寒为上瑞。君不见武夷溪边粟粒芽，前丁后蔡相笼加。争新买宠各出意，今年斗品充官茶。吾君所乏岂此物？致养口体何陋耶！洛阳相君忠孝家，可怜亦进姚黄花。

这是苏轼晚年贬谪惠州的作品，诗人初见荔枝、龙眼，顿时想到李林甫为讨好杨贵妃而使百姓"惊尘溅血流千载"的罪恶，借以讽刺宋代官僚士族"争新买宠"的种种丑态。"吾君所乏岂此物？"笔锋一转，直接指向当朝皇帝，显示了作者正气无畏的胆识。

苏轼早年即对贫富悬殊、苦乐不均的现实极为关注，发出"但恐城市欢，不知田野怆"（《许州西湖》）的感慨。后来谪迁辗转，目睹天下百姓困苦，写了不少"悲歌为黎元"的诗篇，如《吴中田妇叹》、《五禽言》等皆是。

2. 描写自然和民俗，是苏诗最为广泛的题材。

苏轼一生足迹所至，无论穷达，常以饱览风土民情、山水景致为快意，创作了大量写景诗。嘉祐四年（1059）由三峡出川途中所写的《江上看山》、《巫山》、《入峡》等100多首诗，将巴山蜀水极富动感地表现出来，显示出奇异的诗才。苏轼两度杭州任职，写下了《游金山寺》、《望海楼晚景》、《望湖楼醉书》、《饮湖上初晴后雨》等诗，使长江夜色、江南雨晴、西湖美景在苏诗中留下了异常动人的形象。诗人在密州、彭城、胶东所写的《登常山绝顶广丽亭》、《百步洪》、《登州海市》，逼真地描绘了江北的风物名胜。晚年远放岭南，以新奇无比的诗笔，写下了《食荔枝二首》、《汲江煎茶》、《儋耳山》等诗，既描绘了南国景色，又表达了诗人同惠州百姓和黎族人民的融洽和亲密。

苏轼对于民风民俗的描写，丰富了宋诗的创作题材。在诗人笔下，节候物态、世俗众生、风土人情,无一不可入诗。如描写传统风俗的《端午遍游诸寺》、《中秋月》、《守岁》,描写民间生产特色的《无锡道中赋水车》、《秧马歌》、《石炭》等,以充满生活情趣的笔触,描绘出亲切感人的风俗画面。值得一提的是,许多关于民风民俗和生产生活场面的描写,还常常寄托着诗人挥之不去的忧思,饱含着诗人对世事的困惑。例如《山村五绝》(其二、三、四):

> 烟雨濛濛鸡犬声,有生何处不安生。但令黄犊无人佩,布谷何劳也劝耕?
> 老翁七十自腰镰,惭愧春山笋蕨甜。岂是闻韶解忘味,迩来三月食无盐。
> 杖藜裹饭去匆匆,过眼青钱转手空。赢得儿童语音好,一年强半在城中。

这首组诗写于诗人杭州通判任上。当时,政府为发展农业生产,常派人到乡里劝耕、佩犊;为了保持中央财政,长期推行食盐专卖等政策,给百姓生活带来诸多不便。作品描写了山村农民极富时代气息的生活画面,采用淡淡的嘲讽,将诗人对时政的批评和对百姓的同情和盘托出,表现了诗人开明勤政、亲民务实的内心世界。

3. 表现自我情怀,是苏诗的又一重要主题。

苏轼在宋代政治漩涡中漂泊,经历了无数曲折和打击。然而诗人在严守儒家思想的同时,吸收道、佛两家的思想精华,使自己身处穷势而不惊不躁,形成了敢于大胆张扬自我情怀的个性特征。诗人特别善于从日常生活细节和自然现象中,领悟崭新的至味妙理,发前人之所未发,通过自己独步万象、超绝尘世的卓越方式宣泄情怀,塑造了一个超然达观的"坡仙"形象:

> 未成小隐聊中隐,可得常闲胜暂闲。我本无家更安往,故乡无此好湖山。(《六月二十七日望湖楼醉书五绝》其五)
> 罗浮山下四时春,卢橘杨梅次第新。日啖荔枝三百颗,不辞长作岭南人。(《食荔枝二首》其二)

以上二诗,均为苏轼人生遭际中困苦降临时的作品。第一首写于出判杭州初期,诗人以"聊隐"、"暂闲"自慰,以"故乡无此好湖山"自宽自解,于无限苦涩之中品出悠然自适之感。第二首写于南谪惠州的艰难岁月,南国四季如春的景色和丰富的物产,竟如此打动这位饱经风霜的老人,居然让他发出"日啖荔枝三百颗,不辞长作岭南人"的叹喟。这种自我情怀的旷达表露,在我国古代诗歌中是很不多见的。

4. 品味艺术和人生，是苏诗独步美学境界的题材领域。

苏轼在水墨画和书法创作上，均有很高的艺术造诣，有不少精妙的作品。也写过不少的品诗、题画和鉴赏书法的诗篇，如《读孟郊诗》、《书王定国所藏〈烟江叠嶂图〉》、《石苍舒醉墨堂》等。在品评他人艺术作品的同时，展示了诗人独特的审美情趣和深刻的艺术见地。苏轼还能像品味艺术一样品味人生，这种本领是很少有人可以企及的。在同乃弟苏辙第一次分手时，诗人写下了《和子由渑池怀旧》：

> 人生到处知何似？应似飞鸿踏雪泥。泥上偶然留指爪，鸿飞那复计东西。老僧已死成新塔，坏壁无由见旧题。往日崎岖还记否？路长人困蹇驴嘶。

子由送兄远行，其送别诗中有"相携话别郑原上，共道长途怕雪泥"一韵，为兄长远行担忧。苏轼便通过昔日长途跋涉赴汴京途中艰辛的回忆，借"老僧已死"、"旧题壁坏"的变迁，引发出人生别离的不可回避，从中概括出天道世事不可穷尽、个人业绩如同"飞鸿踏雪"的人生哲理。严格地讲，这是一种切近人生和社会的宇宙观，不能仅用"禅悟"二字局限其对人生价值的认识。苏轼一生中可以坦然面对无数艰难和迫害，不仅仅是由于他对儒、释、道三家思想的接受与融会，更为重要的是他的思想中具有"乐天安命"的本性，具有"民本"意识所决定的亲民友善的真情。因此，他比别人更能透视社会，更能感悟事理，更能品味和享受人生。正如《题西林壁》所言：

> 横看成岭侧成峰，远近高低各不同。不识庐山真面目，只缘身在此山中。

这是苏轼"乌台诗案"劫后余生、"苦觅穷通"得来的大彻大悟，它标志着诗人世界观的一个飞跃。所有的世事真相、所有的人生况味，均可深涵其间。人生在世，不论处庙堂之高，还是居江湖之远，都可以找到体现个人价值的机会和空间。要真正悟得人生的这一真谛，就必须从功名利禄、个人得失中大方超脱地走出来！

正是源于苏轼对人生和世事的深刻领悟，使他的"民本思想"，从"皇权意识"的庐山迷雾中走出来，以一个勤政爱民的地方官员去关注"今年粳稻熟苦迟，庶见霜风来几时"（《吴中田妇叹》）的生活细节，感受"远来无物可相赠，一味丰年说淮颍"（《召还至都门先寄子由》）的人生快意；以一个诗人的胸襟去抒发"日啖荔枝三百颗"、"兹游奇绝冠平生"的畅达。这些都是苏诗善于品味人生的明证。

此外,苏轼诗歌题材还有一个很特别的内容即"和陶"。苏轼人生经历中曾写了许多《和陶诗》,岭南数载,他"饱吃惠州饭,细和渊明诗"(黄庭坚《跋子瞻和陶诗》)。这类独特题材的取用,反映了苏轼善于学习和借鉴的态度和精神。

二 苏轼诗歌的艺术特色

认识苏轼诗歌的艺术特色,应当从两个层面进行总结。一是总体特色,即从苏轼全部诗作中进行总结;二是个性特色,即从苏轼最优秀的代表作品进行概括。

苏诗的总体特色集中代表了宋诗的总体风格特征,即以才学为诗,以议论为诗。这种风格的形成同宋代政治、文化氛围有着密切的联系。赵宋王朝重视类书的编纂,随着印刷术的演进,《册府元龟》、《太平御览》、《资治通鉴》等大型类书得以广泛刊行,为读书人提供了接受前人文化遗产的良好条件。加上社会风尚和科场评价对"用事"技巧的重视和强调,就促成了"以学问入诗"的风习。与其他人不同的是,苏轼在"以学问为诗"的同时,兼"以才情入诗"。因此,他的诗"才思横溢,触处生春,胸中书卷繁富,又足以供其左抽右旋,无不如意"(赵翼《瓯北诗话》卷五)。而且,毕竟苏轼的学问与常人不同,据说宋神宗评价苏轼时将他与李白相比,称"白有轼之才,无轼之学"(陈岩肖《庚溪诗话》卷上)。苏轼学问博大精深,以其入诗,自然根深叶茂,硕果累累,光彩照人。

苏轼也讲求"以议论为诗"。苏诗发展了宋诗好议论的特点,比前人更喜欢议论,也更善于议论。但他多用古体,革新前人方法,以散文笔法入诗。再加上为国立言、为民思患的胆识,使他的议论避免了同代人苍白无味的毛病。例如《荔枝叹》,诗人在谴责"宫中美人一破颜,惊尘溅血流千载"的历史现象之后,发出"我愿天公怜赤子,莫生尤物为疮痏"的议论,进一步针对现实发出"吾君所乏岂此物?致养口体何陋耶"的呼吁,并直接指责新宠纳贡的流弊。议论层层深入,却没有淡化诗歌的意味,使这首史诗般的作品,体现出流畅自然而又深刻警醒的丰富意味。

从独特艺术个性的角度看,苏轼诗歌的艺术风格体现在以下三个方面:

1. 以体物之心,唤起物我交融之情景。

诗人将细致敏锐的观察力同精微丰富的表现力完美结合,无论描写风光、物态和人情,都能做到"有必达之隐,无难显之情",充分体现生活与艺术同真的生命活力。如《游金山寺》:

我家江水初发源,宦游直送江入海。闻道潮头一丈高,天寒尚有沙痕在。中泠南畔石盘陀,古来出没随涛波。试登绝顶望乡国,江南江北青山多。羁愁畏晚寻归楫,山僧苦留看落日。微风万顷靴文细,断霞半空鱼尾赤。是时江月初生魄,二更月落天深黑。江心似有炬火明,飞焰照山栖乌惊。怅然归卧心莫识,非鬼非人竟何物?江山如此不归山,江神见怪惊我顽。我谢江神岂得已,有田不归如江水!("江心"以下四句,苏诗自注云:"是夜所见如此。")

诗写于苏轼首次外放杭州通判途中。全诗分为三层,望江水,看落日,寻思不解之谜。诗一开篇即借"我家"和"宦游"四字,将"长江入海"和诗人宦游弥合为一体。"闻道"以下四句,借僧人指点拓宽江流四季变化之奇景。石盘陀"古来出没随涛波"的无穷变化,引起诗人对世事沉浮的联想,去国怀乡之情骤然而生,遂有"试登绝顶望乡国"之念。弥望中可见的惟有"江南江北青山多",青山叠嶂阻隔了乡国之念,但满目青山毕竟皆为秀色,迷茫中有一丝自慰自宽。但毕竟远谪他乡,免不了"羁愁畏晚"的归意,"山僧苦留看落日"一句中"苦留"二字,反衬出诗人"畏晚寻归"的迫切,又自然引出"看落日"的细节描写,波光、赤霞、江月,充满无限生机与动感。从"是时"到"月落"的过渡,又反衬出江上夜景之无穷魅力。"江心似有炬火明,飞焰照山栖乌惊",大有王维笔下的诗情和画意,而且平添无比神秘。最后一层写诗人"怅然归卧"后对不解之谜的深思,悬念的自然推演,将诗人的"体物之心"表现得如此细腻。在诗人充满怀乡情思的猜测中,无由而生的江心炬火飞焰,原是江神厌我不归的警示吧!最后一句是诗人对江神的歉疚与解释:"我有田不归,实在是不得已的事情,您看那一泻千里的江水,人生在世就如同这大江中的一朵浪花,滔滔水势所迫,谁能作出由得自己的选择?"如此妙笔,可昭"必达之隐",可示"难显之情"。

此种笔意在苏诗中随处可见。《新城道中》:"东风知我欲山行,吹断檐间积雨声";《六月二十七日望湖楼醉书五绝》(其二):"水枕能令山俯仰,风船解与月徘徊";《初到黄州》:"长江绕郭知鱼美,好竹连山觉笋香";《和晁同年九日见寄》:"遣子穷愁天有意,吴中山水要清诗";《舟中夜起》:"舟人水鸟两同梦,大鱼惊窜如奔狐";《六月二十日夜渡海》:"参横斗转欲三更,苦雨终风也解晴"等等。物态人情,俱为一体;体物之妙,惟可心领神会,充分体现出苏诗物我交融的生命活力。

2. 以奇妙的联想,展示引人入胜的魅力。

苏诗以丰富、新鲜和贴切的比喻见长，浓墨重彩，妙趣横生，使创作冲动形象化，于梦幻驰骋中显浪漫与豪情。他以"飞鸿雪泥"比俗人奔波无定，用"紫金蛇"喻长空闪电，以"初如食小鱼"比喻读书品味，用"横看成岭侧成峰"暗示事物的多面性。相映成趣，意味至深。更有"欲把西湖比西子，淡妆浓抹总相宜"这一绝佳无比的千古妙喻。又如《百步洪二首》（其一）：

> 长洪斗落生跳波，轻舟南下如投梭。水师绝叫凫雁起，乱石一线争磋磨。有如兔走鹰隼落，骏马下注千丈坡。断弦离柱箭脱手，飞电过隙珠翻荷。四山眩转风掠耳，但见流沫生千涡。险中得乐虽一快，何异水伯夸秋河。我生乘化日夜逝，坐觉一念逾新罗。纷纷争夺醉梦里，岂信荆棘埋铜驼。觉来俯仰失千劫，回视此水殊委蛇。君看岸边苍石上，古来篙眼如蜂窠。但应此心无所住，造物虽驶如余何。回船上马各归去，多言谂谂师所呵。

诗中以"斗落"、"跳波"、"投梭"、"绝叫雁起"、"一线磋磨"，比喻水势之惊险；以"兔走"、"鹰落"、"骏马下注"、"断弦离柱"、"飞箭脱手"、"飞电过隙"、"眩风掠耳"，比喻水流之湍急，极写游人行船历险惊心动魄的刺激。由此引出后半段关于世事人生的宏论。

苏轼对此诗颇为满意，诗序中自称原本"以为李太白死，世间无此乐三百余年矣！"静观诗中珠联璧合的奇思博喻，的确有李白《蜀道难》、《梦游天姥》中的气势与恢弘。浪漫洒脱处虽不及李白诗情，畅达精深处却多有超越。正如钱钟书先生所言："李白以后，古代大约没有人赶得上苏轼这种豪放。"不仅如此，钱先生还认为苏诗比喻的生动和丰富，"衬得《诗经》和韩愈的例子都呆板滞钝了"。①

3. 以丰富的才情和卓绝的胆识勤奋创作，展示了对多种诗体得心应手、自由驰骋的驾驭能力。

苏轼的七古"波澜浩大，变化不测"，如《吴中田妇吟》、《荔枝叹》、《送李公恕赴阙》、《法惠寺横翠阁》等，都妙笔驰骋，奇气横溢。五古如《寒食雨》、《馈岁》、《次韵张安道读杜诗》等，则写得朴实甘醇，词清味永。七律、七绝也写得很出色，如《和子由渑池怀旧》、《初到黄州》、《六月二十日夜渡海》、《望湖楼醉书》、《题西林壁》、《纵笔》等，均是脍炙人口的佳作。且看他的《六月

---

① 《宋诗选注》，人民文学出版社 1989 年版，第 62 页。

二十日夜渡海》：

> 参横斗转欲三更，苦雨终风也解晴。云散月明谁点缀，天容海色本澄清。空余鲁叟乘桴意，粗识轩辕奏乐声。九死南荒吾不恨，兹游奇绝冠平生！

这是一首内容与形式、含量和气质都无可比拟的佳作。首联以写景入笔，"也解"二字将情景融为一体，使自然与含蓄达到神妙弥合的境地。颔联巧立设问，以"本澄清"对"谁点缀"，和谐应答之中，显示"自然规律本来如此"的彻悟。颈联连用两个典故，以"鲁叟乘桴"对"轩辕奏乐"，于宏放之中显豁深厚的文化蕴含，使境界为之大开。尾联直抒胸襟："九死南荒吾不恨，兹游奇绝冠平生！"内涵极深，气度非凡，将诗人无可比拟的情怀一泻千里。全诗工整严密，遣词用语得心应手，奇情妙理自由驰骋，既豪放无比，又宽慰无限，更超迈卓绝、美伦万古。

第五节　苏轼的词

一　苏轼对词风的变革和贡献

以文为诗，即用散文的流畅笔法来写诗，始自韩愈，为北宋以来许多诗人所继承，到了苏轼，才将这一新的艺术表现方式提高到完美的境界。与此同时，苏轼又开始提倡"以诗为词"的创新手法，给词这一文学样式带来了更为彻底的变革。

以诗为词，或者说词的诗化，不仅意味着词境的空前扩大，还表现为作家个性的充分显现。柳永之前的词人，在填词时，总是要小心翼翼地考虑：什么样的生活与感情，才用词来表现？柳永虽然在一定程度上打破了这种界限，在其创作中大胆抒写城市平民的生活情调和审美情趣，但题材的单一格局依然存在。苏轼开始以词来反映广阔的生活，凡是别人用诗来写的题材，他都可以随心所欲地写入词里。于是，词不仅可以用来言情说爱、伤离念远，而且可以用来怀古、咏史、说理、谈禅，甚至还可以抒发去国还乡的感情，同诗一样达到"无意不可入，无事不可言"的程度。在苏轼笔下，词可以加题目，添注小序；作家的鲜明个性、深刻思想、精神面貌，以及对人生世事的种种态度，都可以自由地写进词章，从而扩大了词的境界和含量。

与这些内在因素相联系，苏轼用自己独特的方式填词，他不愿意为迁就声律而扭曲感情和思想。这种新型词风的出现,使得词可以不再仅仅以音乐歌词的身份存在于艺坛,而是日益明确地以抒情诗的身份登上诗坛,从而增加了词的社会功能,提高了词文学的社会地位。正如胡寅《酒边集序》和王灼《碧鸡漫志》所评:

> 柳耆卿后出,掩众制而尽其妙,好之者以为不可复加。及眉山苏氏一洗绮罗香泽之态,摆脱绸缪宛转之度,使人登高望远,举首高歌,而逸怀浩气,超然乎尘垢之外,于是《花间》为皂隶,而柳氏为舆台矣。(《酒边集序》)
>
> 东坡先生非心醉于音律者,偶尔作歌,指出向上一路,新天下耳目,弄笔者始知自振。(《碧鸡漫志》)

苏轼这种横放杰出、以诗为词的创作实践,是对于晚唐、五代以来词文学传统的重要扬弃。这种变革不仅显示了词体解放的实绩,同时还为南宋以辛弃疾为首的爱国词人开辟了先路。

要而言之,苏轼对词的贡献体现在三个方面:在内容上,打破了"词为艳科"的樊篱,无意不可入,无事不可言,拓展了词的表现领域。在表现方法上,"以诗入词",既增强了词章创作的自由度和表现力,又提高了词文学的社会地位。在风格气度方面,开创豪放词,扩大了词的境界,让人们看到逸怀浩气的奔放,为南宋辛派词人的群体开拓奠定了基础。

二 苏词的代表作品和艺术风格

前人多将苏词的特色概括为"豪放",给一般读者造成某种错觉,似乎苏词只有豪放一派。其实,苏词风格是多样化的。既超迈豪放,又至情深婉;既放达深旷,又隽秀清逸。真可谓"寄慨无端,别有天地"。①

1. 超迈豪放类。如:

> 老夫聊发少年狂,左牵黄,右擎苍。锦帽貂裘,千骑卷平冈。为报倾城随太守,亲射虎,看孙郎。　　酒酣胸胆尚开张,鬓微霜,又何妨? 持节云中,何日遣冯唐? 会挽雕弓如满月,西北望,射天狼。(《江城子·密州出猎》)
>
> 大江东去,浪淘尽、千古风流人物。故垒西边,人道是、三国周郎赤壁。乱石穿空,惊涛拍岸,卷起千堆雪。江山如画,一时多少豪杰。　　遥想公瑾当年,小乔初

---

① 陈廷焯《白雨斋词话》卷一,人民文学出版社 1983 年版,第 12 页。

嫁了,雄姿英发。羽扇纶巾,谈笑间,强虏灰飞烟灭。故国神游,多情应笑我,早生华发。人生如梦,一尊还酹江月。(《念奴娇·赤壁怀古》)

《江城子》写于熙宁八年(1075)密州太守任上,是苏轼最早的豪放词作。作品不仅描绘了"千骑卷平冈"的壮阔场面,抒发了欲学"孙郎射虎"的豪情,还表达了渴望抗敌报国的雄心壮志。全词气势宏大,语调高亢,无比洒脱,给人以全新的感受。

《念奴娇》写于元丰五年(1082),即作者贬居黄州的第三年,是词文学史上最杰出的豪放词之一。作品笔力雄健,意气纵横,将小词提升为史诗性的力作,这是一个了不起的艺术创举。苏轼巧借"人道是、三国周郎赤壁"的传言,移花接木,就眼前"大江东去"的景色起势,以高度浓缩的笔墨勾勒出无比壮阔的历史画卷,宣泄自己的人生情怀,充分表现了"自是词中缚不住者"的个性品格。苏公此词影响极大,后人填词常将《念奴娇》词牌改换为《大江东去》、《酹江月》,足见其影响力的巨大和深远。

2. 至情深婉类。如:

十年生死两茫茫,不思量,自难忘。千里孤坟,无处话凄凉。纵使相逢应不识,尘满面,鬓如霜。　夜来幽梦忽还乡,小轩窗,正梳妆。相顾无言,惟有泪千行。料得年年肠断处,明月夜,短松冈。(《江城子·乙卯正月二十日夜记梦》)

似花还似非花,也无人惜从教坠。抛家傍路,思量却是,无情有思。萦损柔肠,困酣娇眼,欲开还闭。梦随风万里,寻郎去处,又还被、莺呼起。　不恨此花飞尽,恨西园、落红难缀。晓来雨过,遗踪何在,一池萍碎。春色三分,二分尘土,一分流水。细看来、不是杨花,点点是离人泪。(《水龙吟·次韵章质夫杨花词》)

缺月挂疏桐,漏断人初静。谁见幽人独往来,缥缈孤鸿影。　惊起却回头,有恨无人省。拣尽寒枝不肯栖,寂寞沙洲冷。(《卜算子·黄州定慧院寓居作》)

《江城子》是苏轼为夫人王弗所写的"悼亡词"。词作写于王弗去世十年之后,正可谓"不思量,自难忘"。词作上阕深念相隔千里、不能为亡妻祭扫的愧疚,叹息自己劳累奔波、鬓发如霜的无奈;下阕借梦境中"相顾无言,惟有泪千行"的特写,将"十年生死两茫茫"中积淀的无比深情,渲染到目不忍视、耳不忍闻的极至。

《水龙吟》词中,作者将随风飘零、无力自主的"杨花",幻化为柔肠寸断的"思妇",将无数落英比作"点点离人泪"。诗人的多情并非在于寻求自我的慰藉，而是以纯洁美好的愿望，对女性的遭际寄托普遍的关注与同情。

《卜算子》历来被人们尊为宋代令词的极品。词中"幽人"与"孤鸿"形影难分，心性合一，顿使情景、意念、声息和心灵，了无痕迹地融为一体。于朦胧的意识流动中，若隐若现地浮露出梳理不清的绵绵情思，让人沉浸在挥之不去的隐痛之中。其艺术魅力实在妙不可言。黄庭坚评价苏公此词"笔下无一点尘俗气"，"语意高妙，似非吃烟火食人语"（《跋东坡乐府》）。

3. 放达深旷类。如：

> 明月几时有？把酒问青天。不知天上宫阙，今夕是何年。我欲乘风归去，又恐琼楼玉宇，高处不胜寒。起舞弄清影，何似在人间。　　转朱阁，低绮户，照无眠。不应有恨，何事长向别时圆。人有悲欢离合，月有阴晴圆缺，此事古难全。但愿人长久，千里共婵娟。（《水调歌头》丙辰中秋，欢饮达旦，大醉，作此篇兼怀子由）

词作选取的是一个极普遍的题材，中秋赏月、思亲怀友原本是自古的习俗、世人之常情。但苏公出手非凡，"发端从太白仙心脱化，顿成奇逸之笔"（郑文焯《大鹤山人词话》）。抒情主人公在飘然幻觉之中奇思妙想，最终又落笔于人世悲欢。刚刚责备明月圆照之不公，转而又发体物之心，用人世"悲欢离合"喻月轮"阴晴圆缺"；终以誓愿作结，企盼亲人平安长久，共享人生欢悦。清空高远的境界之中，将诗人的旷达情怀如月如水般袒露无遗。面对这完美高洁、神韵天成的艺术精品，古今才人无不叹为观止！《苕溪渔隐丛话后集》如此评价："中秋词，自东坡《水调歌头》一出，余词尽废。"虽然不免有些夸张，但亦见苏词之出类拔萃、高蹈通脱、超绝前人。

又如苏轼贬居黄州所写的那首让人过目不忘的《定风波》：

> 莫听穿林打叶声，何妨吟啸且徐行。竹杖芒鞋轻胜马，谁怕？一蓑烟雨任平生。　　料峭春风吹酒醒，微冷，山头斜照却相迎。回首向来萧瑟处，归去，也无风雨也无晴。

突如其来的一场春雨，淋得路人惊慌失措、狼狈逃躲。面对眼前的情形，这位饱经风霜的长者，却获得了关于世事和人生的深刻领悟。诗人刚刚经过"乌台诗案"，劫后余生的他，对生活中的一切都淡然处之，这种心理素质是旁人所难以想象的。一场小小的春雨算得了什么，正是由于它的洗礼，给了诗人与众不同的感受,"竹杖芒鞋轻胜马"。虽然春雨湿身,只不过"料峭春风吹酒醒";微微清冷,则似乎感应了上苍,顿使"山头斜照却相迎"。这些独特的感受,来源于诗人"一蓑烟雨任平生"的磨砺和精神。凭借这种精神,他面对生活突变,采取"何妨吟啸且徐行"的逍遥心态,直面遭遇,享受遭遇,并从这种享受中领悟世事人生的真谛——"回首向来萧瑟处,归去,也无风雨也无晴"!平铺直叙的白描,在诗人独特的思想跳动中随意拼接,使这位饱经沧桑、洞悉世事、潇洒自如的智者的达观形象,活脱脱跃然纸上。

4. 隽秀清逸类。如:

> 簌簌衣巾落枣花,村南村北响缫车,牛衣古柳卖黄瓜。　　酒困路长惟欲睡,日高人渴漫思茶,敲门试问野人家。(《浣溪沙》五首之四)

> 林断山明竹隐墙,乱蝉衰草小池塘。翻空白鸟时时见,照水红蕖细细香。村舍外,古城旁,杖藜徐步转斜阳。殷勤昨夜三更雨,又得浮生一日凉。(《鹧鸪天》)

> 花褪残红青杏小,燕子飞时,绿水人家绕。枝上柳绵吹又少,天涯何处无芳草。

> 墙里秋千墙外道,墙外行人,墙里佳人笑。笑渐不闻声渐悄,多情却被无情恼。

(《蝶恋花》)

《浣溪沙》写于元丰元年(1078)徐州太守任上。原是一气相贯的五首"组词",前有小《序》:"徐州石潭谢雨道上作五首。潭在城东二十里,常与泗水增减,清浊相应。"五首小词均写徐州的乡村景色与农民的劳作。此类题材入词,之前确实少见。此词前三句写所触、所闻、所见,画面感很强,后三句写诗人路长人困、敲门问茶的情景。生机勃勃,自然清逸,具有十分亲切的感染力。

《鹧鸪天》写于黄州,是作者午后"杖藜徐步"的观感。上下阕全以白描手法着笔,景致鲜明,准确而又生动;音节起伏、和谐、优美,具有清新秀丽的乐感。上阕写景尤为鲜明,远景、近景,动态、静态,听觉、嗅觉,全都调动起来,配合得恰到好处。语工、意切,而不露斧凿之痕,可谓清逸中的佳品。

《蝶恋花》为苏轼晚年被贬惠州时所作。上阕描绘暮春景色,浅露"春光已逝"的忧思,"天涯何处无芳草",出语隽秀,深含逸放之气,暗托"人间何者非梦幻,南来万里真良图"(《四月十一日初食荔支》)的乐观与深沉。下阕纯用叙事笔调,由墙内笑声渐息,引出道上行人的猜疑与推测,平中见奇,别有情致,意味隽永而甘醇。

第六节　苏轼的影响

苏轼对后代文学创作和文人思想,都有着广泛、深刻而久远的影响。这种影响主要表现在三个方面:

一是创作成就的影响。苏轼在诗、词、文三方面的创作都是杰出的。他以无比丰富的作品,全面反映了北宋的社会生活,表达了作者对人生的热爱和对事业的追求,体现了自由、上进、乐观的情趣,展示了作者独立的人格和鲜明的个性。他凭借深刻的美学审视和杰出的艺术表现力,使他的散文如行云流水、挥洒自如;使他的诗歌千姿百态,境界大开;使他的词作在创立豪放风格的同时,显露出百花竞妍的风采,从而"指出向上一路,新天下耳目,弄笔者始知自振","使人登高望远,举首高歌,而逸怀浩气超然乎尘垢之外"。

二是文学创作群体优势的影响。苏轼继承欧阳修的事业和精神,注重培养新秀,奖掖后进。被后人称为"苏门四学士"的黄庭坚、秦观、晁补之、张耒,以及北宋后期的其他诗人如陈师道、李廌等,都得到苏轼的培养、指点和鼓励。这些人的创作,将北宋诗文革新成果推而广之,形成优势明显的风格与流派,对繁荣当时的文学创作发挥了群体优势;对南宋文学流派的形成和壮大,产生了重要的影响。

三是处世态度和人格魅力的影响。苏轼以"民本"意识为基础,以儒、佛、老三家思想的积极方面为支柱。无论在朝与外任,均不辱使命,潜心民事、政务。即便革职远谪,亦不堕高志,竭尽心力,笔耕不辍。他一生苦斗,务实上进,旷达超尘。这种精神,在很大程度上超越了前代圣贤的"穷达"观念,成为后代进步文人效法的榜样。南宋的陆游、辛弃疾,金代的元好问,明朝的袁宏道,清朝的陈维崧、查慎行等,对他的创作方法和处世之道均有鲜明的继承。就是在当代,苏轼的才情逸致和人格魅力,仍旧享誉海内外。正如叶嘉莹所言,"千古豪苏擅胜场","行云流水见高风"。① 亦如余秋雨所说:"他的作品是中国文人的通用电码,一点就着,哪怕是半山夜雨、海峡相隔、素昧平生。"②

---

① 叶嘉莹《论苏轼词》,《灵谿词说》,上海古籍出版社 1987 年版,第 191、215 页。
② 余秋雨《苏东坡突围》,《收获》,1993 年第 4 期。

第五章 北宋后期文学

所谓北宋后期,是指自哲宗亲政至徽宗当政末的 35 年。这一时期的基本特征是:在政治上,帝王不思进取,蔡京等人专权,随着派别之争的渐消,社会思潮跌落。在经济方面,由于政治改革反复过程中"扰民事端"的停息,民间生产较为平稳;由于朝廷不思边患、贪图享乐,都市生活继续维持繁华的表象。在文化方面,由于"元祐党人"普遍遭受打击迫害,黑暗政治压力逐步加剧,诗文创作个性化特征大为减弱;词文学创作题材生活面大为缩小,风格也为都市文化需求所左右。因此,北宋后期文学发展呈现出三个基本规律:一是北宋中期培养起来的创作队伍,其群体优势得到明显发挥;二是诗歌创作在形式上有突出变化,形成了宋诗的格调和模式;三是词文学出现"复雅"倾向,对词调格式丰富化、内在气质文人化两个方面,均产生了一定的推动和发展。

第一节 北宋后期的文学创作队伍

苏轼继承并发扬欧阳修奖掖后进的做法,不以自己的好尚强求青年作家,而是鼓励个性、风格的自由发挥。黄庭坚和陈师道都曾多次经苏轼指点,但他们并没有照搬苏轼;秦观诗骨力不足,曾受到苏轼的批评,但苏轼却将秦观的《踏莎行》(雾失楼台)写在自己的扇面上,倍加欣赏和怀念。① 这样的诱导、培养和鼓励终于结出硕果,江西诗派的崛起,更是明证。

"苏门四学士"即黄庭坚、秦观、晁补之和张耒的并称。四人均得到苏轼的指点、奖掖和推荐,在众多的门生和崇拜者中,苏轼最看重这四人。他曾说过:"如黄庭坚鲁直、晁补之无咎、秦观太虚、张耒文潜之流,皆世未之知,而轼独先知之。"② 由于苏轼的推荐,四人很快名满天下。

---

① 胡仔《苕溪渔隐丛话》卷五十引《冷斋夜话》语,载《苕溪渔隐丛话前集》,人民文学出版社 1981 年版,第 339 页。

② 《答李昭玘书》,《苏轼文集》卷四九,中华书局 1986 年版,第 1439 页。

在"苏门四学士"中,张耒、晁补之的文学成就不如黄庭坚、秦观。

张耒,字文潜,同苏轼交往甚密,文章崇尚自然。他在《贺方回东山乐府序》中说:"文章之于人,有满心而发,肆口而成,不待思虑而工,不待雕琢而丽者,皆天理之自然,而情性之道也。"他的诗歌创作效法白居易和张籍,多写民生疾苦,风格平易。周紫芝《竹坡诗话》以他为"本朝乐府第一"。

晁补之,字无咎,诗风与张耒接近,乐府诗具有浓厚的民歌风味,词风效法苏轼,不作绮艳之语。《四库全书总目》《鸡肋集》提要赞其"古文波澜壮阔,与苏氏父子相驰骤。诸体诗俱风骨高骞,一往俊迈,并驾于张(耒)、秦(观)之间";《晁无咎词》提要称其"词神姿高秀,与轼实可肩随"。虽有几分过誉,仍可见出其诗词的大致风格。

"苏门六君子"即"苏门四学士"与李方叔、陈师道的合称。这个称谓最早源于苏轼晚年给李方叔的一封信:

> 比年于稠人中,骤得张、秦、黄、晁及方叔、履常辈,意谓天不爱宝,其获盖未艾也。比来经涉世故,间关四方,更欲求其似,邈不可得。以此知人决不徒出,不有益于今,必有觉于后。①

从中可清晰了解苏轼对六人的爱惜和期望。苏轼在《与李方叔书》中曾深谈过识人荐才的标准:"务相勉于道,不务相引于利",必须"因其言以考其实"。同时还说到自己推荐陈师道(履常)的具体原因和过程。由此可见,后人对"苏门六君子"的合称,是有充分依据的。

"后苏门四学士"是李格非、廖正一、李禧、董荣的并称。他们都崇拜苏轼,深受苏轼思想影响,都有一定的创作成就,尤以李格非文名最盛,他的《洛阳名园记》在当时就很有名,从他对女儿李清照的影响,可见一斑。

所谓"四学士"、"六君子"、"后四学士",均非同一种风格或流派,也不是严格意义上的创作团体。由于他们受苏轼的影响程度不同,个人禀赋和爱好各有差异,创作题材和体裁各有侧重,因此创作风格和成就也各有不同。但他们在创作思想和创作活动方面的彼此沟通,显示了北宋后期文学活动的群体优势。

在诗歌创作上形成文学流派的,是以黄庭坚、陈师道为代表的"江西诗

---

① 《答李方叔十七首》(之十六),《苏轼文集》卷五三,中华书局 1986 年版,第 1581页。

派";在词文学创作上自成风格的,是秦观与贺铸。

第二节 黄庭坚和江西诗派

一 黄庭坚的生平与贡献

黄庭坚(1045—1105),字鲁直,号山谷道人,晚年又号涪翁,洪州分宁(今江西修水)人,英宗治平四年进士。黄庭坚出身于文学氛围浓厚的家庭,父亲黄庶有诗名,著《伐檀集》,专学杜甫、韩愈;舅父李常是有名的藏书家,为他自小博览群书提供了优越条件。黄庭坚出道后,深受朝臣文彦博、司马光器重,参与校订《资治通鉴》。他仰慕苏轼,曾向徐州太守任上的苏轼写信呈诗,苏轼赞其"古风二首,托物引类,真得古诗人之风"。[①] 两人此后常有往来吟和。

以哲宗亲政为界,黄庭坚的经历可分为前后两期。前期较为顺利,作过学官、太和县令,直至起居舍人,并参与《神宗实录》编修。后期以哲宗亲政后外放开始,新党以"《实录》多诬"为迫害他的依据,先出知宣州、鄂州,后贬为涪州别驾;徽宗即位后,以所著《荆州承天院塔记》有"幸灾谤国之意"为由,远放宜州(今属广西),61岁死于贬所。现存著作有《豫章黄先生文集》、《山谷诗集注》等。

黄庭坚有全面的艺术才华,尤工书法,兼长行、草,取诸家之长,纵横奇绝,自成风格,与苏轼、米芾、蔡襄并称"宋四家"。其文学创作强调"文章最忌随人后"(《赠谢敞王博喻》),"自成一家始逼真"(《以右军书数种赠邱十四》),文学主张与创作实践均以"自成一家"为目标,进一步强化了"以学问为诗"的创作技法,为宋诗在形式上定了格。因此,许多人将其与苏轼并列,合称"苏黄"。

由于受黄庭坚文艺主张和诗歌创作风格的深刻影响,形成了以他为中心的"江西诗派",以大量的创作成果,体现了宋诗突出的艺术风格。这种统一流派和风格的形成,在中国文学史上有着特殊的地位,对后世文学,尤其是明清诗文创作中众多风格、流派的发展,具有直接而重要的影响。

二 黄庭坚的诗歌

黄庭坚的文学创作,以诗歌成就最为突出。其传世诗作共1900余首,以

---

① 《答黄鲁直》,《苏轼文集》卷五二,中华书局1986年版,第1532页。

题材内容划分,可分为三个主要类型:

一是关注和反映国事民生的作品。这类作品的取材有三个不同角度:首先,对所见所闻直笔叙写和感慨,如《流民叹》、《上大蒙笼》等;其次,通过咏史题材寄托理想和抒发见解,如《老杜浣花溪图序》、《书摩崖碑后》等;再次,借送别酬赠表达政见和时评,如《送范德孺知庆州》、《寄王定国》等。

二是题画、论诗、咏物之作。这类作品不仅表现了他深厚的美学修养和较高的文化品位,而且从一个独特的侧面反映了他公正、坚毅的节操和丰富、健康的情趣。同时,对这类题材的发挥,反映了他对苏轼风格的亲近和继承。题画诗如《题竹石牧牛》,论诗诗如《子瞻诗句妙一世》,咏物诗如《和答钱穆父咏猩猩毛笔》等,均较好地展示了作者的才华和情趣。

三是对自我性情的袒露和表现。这一类型的作品,表现了诗人身处不幸却孤傲高洁、卓然独立的精神品格,揭示了诗人个性同社会现实的矛盾和冲突,同时也流露出低沉的情绪和幽婉的格调。这类作品,以其表现的深刻、描写的真实打动读者,艺术成就最高。如《雨中登岳阳楼望君山》、《登快阁》、《寄黄几复》等,均为北宋后期诗歌中的上佳作品。

黄庭坚诗歌的艺术特色,在宋诗中极有代表性。其主要特征可从三个方面加以概括:

1. 在创作方法上,以"点铁成金"、"夺胎换骨"等理论指导创作,把"以学问为诗"推到极致。这种革新,有其深刻的根源和充分的准备。黄庭坚崇尚杜甫和韩愈,杜甫讲求"读书破万卷,下笔如有神",韩愈为文、作诗,开以用典露才学、以议论掀气势之风习,这些都给他带来深刻的启示。他曾说:

> 老杜作诗,退之作文,无一字无来处。盖后人读书少,故谓韩杜自作此语耳。古之能为文章者,真能陶冶万物,虽取古人之陈言入于翰墨,如灵丹一粒,点铁成金也。

（《答洪驹父书》）

这是他对创作方法改革的认识根源。

北宋后期,大批士人接连遭受打击,告别了政治舞台,也告别了可以用诗文批评时政的时代;"以议论入诗"的思想触觉,自然偏向悟禅穷理一面。黄庭坚早年也写过一些敢于反映现实的作品,但眼睁睁看着"乌台诗案"等文祸的发生,使他不得不逐渐退缩。他还以此为前车之鉴告诫友人:"东坡之文妙天下,其短处在好骂,慎勿袭其轨也。"这是他对创作方法改革的政治根源和生活准备。

北宋是活字印刷术发明、推广的时代，也是类书编纂活跃的时代，参加过《资治通鉴》校订和国史编修的黄庭坚，对"翰墨清香"有一种很自然的亲近感，加之政治上的失意，很容易堕入故纸堆，并希望以此求得创作之捷径。《冷斋夜话》卷一载：

> 山谷云："诗意无穷，而人之才有限，以有限之才，追无穷之意，虽渊明、少陵不得工也。然不易其意而造其语，谓之换骨法；窥入其意而形容之，谓其夺胎法。"

这是他对创作方法改革的文化准备和美学目标。

由此可见，黄庭坚对宋诗创作方法的改革，以完整的理论体系和价值目标作基础，因此，具有形成创作流派的感召力和凝聚力。

黄庭坚推进创作方法的改革，其认知水平和文化、美学起点都是很高的。就他个人而言，局部效果也是明显的。他的一些佳作，的确让人看到一种"化腐朽为神奇"的艺术腕力：

> 我居北海君南海，寄雁传书谢不能。桃李春风一杯酒，江湖夜雨十年灯。持家但有四立壁，治病不蕲三折肱。想得读书头已白，隔溪猿哭瘴溪藤。（《寄黄几复》）

诗中第一、第六两句采自《左传》典故，第五句借用《史记·司马相如传》"家居四壁立"的故事；第八句化用韩愈旧句，造语自然清新，了无痕迹。"桃李春风一杯酒，江湖夜雨十年灯"，对仗工稳，神、情、意、境，交错融合，味道极深厚，艺术概括极富创意，几乎可以作为北宋晚期文人生活的形象缩影，历来备受称誉。

2. 在表现风格上，追求兀然独造、生新瘦硬的意境和情韵；在语言运用上，表现为对"尚奇生新"的惨淡经营。

前人多以"尚奇"、"瘦硬"概括黄庭坚诗的表现风格。这种独特风格使其在欧、苏之后，显出另一种健挺孤峭、标新立异的艺术个性特质。让渴盼已久的北宋晚期文人，于微茫之中看到了一丝体现个人价值的灿然星光！这丝星光的闪现来自"学杜尊韩"的召唤力，也来自黄氏独蹈艰奇的美学魅力。他在布局谋篇、选词造句、用事炼意等方面深下功夫，惨淡经营，让与他同时代的无数饱学之士们，觉得找到了一种可以摹仿的模式。体现黄庭坚此种诗风的作品，多数都不好理解；韵致高绝而又明快一些的作品较少，《登快阁》算是其中的一首：

> 痴儿了却公家事,快阁东西倚晚晴。落木千山天远大,澄江一道月分明。朱弦
> 已为佳人绝,青眼聊因美酒横。万里归船弄长笛,此心吾与白鸥盟。

字里行间,让人感到某种类似杜诗的骨力,又仿佛有李白的豪放,且不乏宋人特有的见识。但就造句炼意的风格看,尤其是颔、颈两联的奇异对仗所显示的瘦硬奇崛,则全是黄诗独有的"本色"。

为了不蹈前人后尘,便苦心孤诣地求助于奇冷险僻的文字筛选与组合。于是,只能采用他人未用过的技法,如用鲜花来比喻英俊男人,用"马龁枯萁喧午枕"来形容诗人的烦躁,用"露湿何郎试汤饼"来代表秋夜冷月,用"公如大国楚,吞五湖三江"来赞美苏诗的气象……这种味道正是许多人喜欢他的原因,也成为一些人不喜欢他的缘由,并由此给宋诗留下了"以文字为诗"、"味同嚼蜡"的名声。

3. 在题材选择上,具有多样化特征,透露出清新流畅、古朴自然的情致和韵味。

诗毕竟要描写生活,表达感情,这类作品虽然算不上黄诗的"本色",却流露出诗人热爱生活、渴求真情的一面。如《雨中登岳阳楼望君山》二首:

> 投荒万死鬓毛斑,生出瞿塘滟滪关。未到江南先一笑,岳阳楼上对君山。
> 满川风雨独凭栏,绾结湘娥十二鬟。可惜不当湖水面,银山堆里看青山。

第一首前两句气势不凡,让后人仿佛看到杜甫步履蹒跚的身影,又感到南宋大诗人陆游诗笔豪放的一丝行踪。第三四句流水成趣,轻松自然。"未到江南先一笑"意味颇深,和苏轼"南来万里真良图"有一种心照不宣的感应,而且让人觉得更清纯,更天真。第二首化用唐人名句,让人对其立意用字的功夫肃然起敬。面对刘禹锡"遥望不当湖水面,白银盘里一青螺"的名句,黄庭坚看到了那一丝细微的遗憾;在自己笔下略加点染,顿然化出内涵深厚、景深辽远的意境:"可惜不当湖水面,银山堆里看青山"。以议论入手,用假设情境推出"浪中看山"的绝妙奇观,让后人从另一个侧面,领悟到诗人善学前人、务求新变的突出优点。

三　江西诗派

所谓"江西诗派",是指北宋晚期以黄庭坚诗歌创作理论为中心所形成的诗歌流派。其理论宗旨是"夺胎换骨"、"点铁成金",强调"无一字无来处"

的创作方法,强化了"以学问为诗"的宋诗风格特色,因吕本中所作《江西诗社宗派图》而得名。江西诗派崇尚杜甫,在创作中确立了宋诗的主体风格。

《江西诗社宗派图》,为北宋末年诗人吕本中所作,尊黄庭坚为诗社之祖,下列陈师道等25人,因黄庭坚是江西人,又因其余25人中有11人籍贯亦属江西,故以"江西"冠名。"宗派",原本为禅宗用语,因当时禅宗流行,黄庭坚、陈师道等人都有习禅的经历,故借这个时尚的词汇来给诗派命名。

江西诗社宗派图
黄庭坚

陈师道	潘大临	谢 逸	洪 刍	饶 节	僧祖可
徐 俯	洪 朋	林敏修	洪 炎	汪 革	李 錞
韩 驹	李 彭	晁冲之	江端本	杨 符	谢 薖
夏 倪	林敏功	潘大观	何 顗	王直方	僧善权
高 荷					

吕本中所列的25人,有诗作传世的仅有10人,其中以陈师道创作成就最为突出。江西诗派对南宋诗坛影响深广,南宋初年陈与义等大批爱国诗人紧随其后,杨万里、陆游、姜夔等人也在艺术上受到熏陶。南宋末年,诗人方回把陈与义列入江西诗派,提出"一祖三宗"之说,即以杜甫为"祖师",以黄庭坚、陈师道、陈与义为"三宗"。

陈师道(1053—1101),字履常,一字无己,号后山居士,彭城(今江苏徐州)人。家境贫寒,16岁即师从曾巩,因不满新学和党争而不应科举。元祐二年因苏轼等联名推荐,授为徐州州学教授,调颍州教授。哲宗即位,被目为苏轼余党,罢职家居。元符三年(1100),起为秘书省正字,次年病逝。

陈师道的文学成就主要表现在诗歌创作方面。依他所说,"初无诗法",后见黄庭坚诗,爱不释手;把自己过去的诗稿全部烧了,开始学习黄诗技法。之后,又发现黄庭坚的诗作"过于出奇,不如杜之遇物而奇也",转而苦学杜甫,并深得杜诗技法。他的一些律诗、绝句,叙写个人际遇,表现得十分伤感。如《示三子》:

去远即相忘,归近不可忍。儿女已在眼,眉目略不省。喜极不得语,泪尽方一晒。了知不是梦,忽忽心未稳。

陈师道家境贫寒,到了"家无副衣"的地步。元丰七年(1084),岳父郭概任西川提刑,陈师道的妻儿随郭入蜀;他自己因为老母无依,不能同往,因有《送内》一首,言"父子各从母,可喜亦可悲"的心情。《示三子》所表现的情状,为作者数年后与子女相见前的喜悦和酸楚,用笔很有几分杜甫《北征》的意味。朴实无华的诗句,将诗人的心理、情态表露得分外真切。

第三节　北宋后期的词人

秦观、贺铸、周邦彦是北宋后期最重要的词人。在思想内容的深度和表现社会的广度上,他们都远不及苏轼。这既和北宋末年的社会环境有关,也和他们生活与思想的局限性有关。他们变俗为雅,用文士的雅兴感悟尘世,深化了词的含蓄之美,促进了词体的文人化。后人称之为"复雅"。

秦观(1049—1100),字少游,又字太虚,高邮(今属江苏)人。元丰八年(1085)进士,是宋词"复雅"的代表。他是在苏轼的直接帮助和鼓励下成长起来的,政治上又受苏轼的牵连列入旧党,一贬再贬,52岁死于藤州(今属广西)。与苏轼旷达超脱和黄庭坚随遇而安的生活态度不同,秦观的主体情绪是感伤和痛苦。

秦观并不想陷于政治斗争,只是由于牵连而招致不幸的命运。他天性柔弱,情感细致,内心总是被悲愁哀怨所缠绕,无力自解。因此,"愁"成为他词境中最常见的主题,如《千秋岁》:"春去也,飞红万点愁如海";《浣溪沙》:"自在飞花轻似梦,无边丝雨细如愁",都是他的名句。而他的词,正如王国维在《人间词话》中所说,"最为凄婉"。

秦观传世词作160多首,题为《淮海居士长短句》,其内容大多局限于抒写个人愁怨情怀和吟唱男女情爱两类。属于前一类题材的名作有《踏莎行·郴州旅舍》、《如梦令》(遥夜沉沉如水)、《虞美人》(碧桃天上栽和露)等,情绪低沉,饱含挥之不去的伤感。如《踏莎行·郴州旅舍》:

> 雾失楼台,月迷津渡,桃源望断无寻处。可堪孤馆闭春寒,杜鹃声里斜阳暮。
> 驿寄梅花,鱼传尺素,砌成此恨无重数。郴江幸自绕郴山,为谁流下潇湘去?

这首词尾两句曾被苏轼书于扇面,常以怀念。词中所写凄幽之境和感伤之情,达到出神入化的境地,无路可寻的处境和无法排遣的愁苦,"砌成此恨无重数",给人以触目惊心、难以抑制的感伤。

吟唱男女情爱题材的名作,有《浣溪沙》(漠漠轻寒上小楼)、《满庭芳》(山抹微云)等,而尤以《鹊桥仙》(纤云弄巧)最能代表秦词风格:

> 纤云弄巧,飞星传恨,银汉迢迢暗度。金风玉露一相逢,便胜却人间无数。
> 柔情似水,佳期如梦,忍顾鹊桥归路。两情若是久长时,又岂在朝朝暮暮。

词作以神话故事入题,以作者感情体验的联想为线索,通过对牛郎、织女相见与别离的典型心理描写,深刻表达了"金风玉露一相逢,便胜却人间无数"和"此情若是久长时,又岂在朝朝暮暮"的爱情观。在秦观所处的时代,这种思想和情调是极罕见、极宝贵的。

秦观词最突出的特色在于善于通过凄迷的景色和婉转的语调,表达感伤的情绪,做到情辞相称,意韵兼胜。他对私人感情的言说极有分寸,表现出真切、婉柔、执着、健康的情调。这也是他赢得当行词家声誉的重要原因。

贺铸(1052—1125),字方回,自号庆湖遗老,卫州(今河南汲县)人。他家境优越,有豪侠意气,不肯迎合权贵。曾任通直郎、泗州通判等职,晚年退居苏州。贺铸喜欢自度曲,作词讲求韵律,有《东山词》传世。

贺铸词在题材、风格上都作过多方探索,大抵早年间作豪放,晚岁多写闲愁。他的《六州歌头》,用激越苍凉的情调,表达报国无门的不平:

> 少年侠气,交结五都雄。肝胆洞,毛发耸。立谈中,死生同,一诺千金重。推翘勇,矜豪纵,轻盖拥,联飞鞚,斗城东。轰饮酒垆,春色浮寒瓮,吸海垂虹。闲呼鹰嗾犬,白羽摘雕弓,狡穴俄空,乐匆匆。 似黄粱梦,辞丹凤,明月共,漾孤篷。官冗从,怀倥偬,落尘笼,簿书丛。鹖弁如云众,供粗用,忽奇功。笳鼓动,渔阳弄,思悲翁。不请长缨,系取天骄种,剑吼西风。恨登山临水,手寄七弦桐,目送归鸿。

词人大胆揭露北宋王朝"官冗从,怀倥偬"、"供粗用,忽奇功"等社会弊端,并将其同唐人"白羽摘雕弓"的报国实绩相比照,抒发作者"剑吼西风"、"目送归鸿"的豪气与伤情。这种词风,为南宋爱国词人开了先河,创了先调。

贺铸词的主调是叙写愁情,主体风格为秾丽工稳,秾丽中带一股凄凉,伤感中显一缕幽洁。贺铸的仕途及生活并不顺利,心中本有一种说不出的伤情,于是就借助比兴等手段含蓄表露,虽然所写的多是景语,但景中有情,暗含着自己的身世与伤感,颇有《离骚》遗韵。如《青玉案》:

凌波不过横塘路,但目送芳尘去。锦瑟华年谁与度? 月桥花院,琐窗朱户,只有春知处。　　飞云冉冉蘅皋暮,彩笔新题断肠句。若问闲情都几许? 一川烟草,满城风絮,梅子黄时雨。

词作情境极似李商隐的《锦瑟》,情韵委婉而又深沉。下阕巧立设问,用"一川烟草,满城风絮,梅子黄时雨"比喻无边"闲愁",极有创意,形象鲜明,意味深长。因此,赢得了"贺梅子"的美称。

贺铸和黄庭坚、秦观都有过密切的交往。秦观逝后,黄庭坚作《寄贺方回》诗云:"解道江南肠断句,只今惟有贺方回。"

周邦彦(1056—1121),字美成,号清真居士,钱塘(今浙江杭州)人。在宋徽宗朝提举大晟府,精通音乐,他创制过许多词调。有《清真集》传世。

周邦彦词作的内容,大多为男女恋情、别愁离恨羁旅行役和咏物等。他的成就主要在于,融合前代诸家之长,使词章创作更加精致和细腻。其艺术特色,主要表现在二个方面:形式上创制新调,讲求章法,注重语言锤炼;表现手法善于铺叙与白描,通过曲折往复的描写,展示一吟三叹的摇曳之美。这些特色,在他的小令和长调中均有杰出的表现。如《苏幕遮》:

燎沉香,消溽暑。鸟雀呼晴,侵晓窥檐语。叶上初阳干宿雨,水面清圆,一一风荷举。　　故乡遥,何日去? 家住吴门,久作长安旅。五月渔郎相忆否? 小楫轻舟,梦入芙蓉浦。

上阕写景,字斟句酌,缓缓铺开,处处贴切;下阕抒情,表达久别故园的愁闷,结束以水乡别致的小景作特写,给人以梦怀萦绕、挥之不去的淡淡忧伤。

他创制的长调《六丑》,最能展示曲折往复、回环摇曳的情调风格,很适宜表达婉约细腻的情味。如《六丑·蔷薇谢后作》:

正单衣试酒,怅客里、光阴虚掷。愿春暂留,春归如过翼,一去无迹。为问花何在? 夜来风雨,葬楚宫倾国。钗钿堕处遗香泽,乱点桃蹊,轻翻柳陌。多情为谁追惜? 但蜂媒蝶使,时叩窗槅。　　东园岑寂,渐蒙笼暗碧。静绕珍丛底,成叹息。长条故惹行客,似牵衣待话,别情无极。残英小,强簪巾帻。终不似一朵,钗头颤袅,向人敧侧。漂流处、莫趁潮汐。恐断红、尚有相思字,何由见得。

词作以"散板"式的节奏,起落有致地叙说情丝心痕:不说人惜花,却说花恋人;不惜已簪之"残英",偏惜欲去之"断红"。最后,又从红叶上可能载负的"相思"恋情,衬出恋人千丝万缕的痴情,深藏无限的情节空间。显示出匠心独运的思致,使全词结构更加曲折,意味更显深婉。"愿春暂留"的愿望,与"春归如过翼,一去无迹"的严酷现实交错如织,难分难解;立意深邃,深得顿挫之美。"长条故惹行客"以下数句,极尽描摹之能事,运笔叙写中突出了铺叙手法,有效拓宽了词作的叙事容量,给南宋词人"以文为词"的创新,敞开了方便的门径。

第六章　南宋初期的文学

公元1127年,金人大举南侵,汴京陷落,宋徽宗、宋钦宗被俘,史称"靖康之难",北宋灭亡。其后,康王赵构在南京(今河南商丘)即位,后又被迫迁都临安(今浙江杭州),半壁江山的南宋从此开始。北宋王朝的溃灭和汉族政权的南迁,是中国历史上的一个重大转折,和战之争代替了北宋长期以来的新旧党争,并普遍而深刻地影响了南宋前期文人士大夫的社会心理。残山剩水的感觉深深刺痛了有着民族正义感的文人士大夫,使得词的创作从北宋末期秦楼楚馆的浅斟低唱走上了烽火连天路的慷慨悲歌,诗歌的创作从北宋末年流连书斋的江西诗派回归杜甫忧时伤世的爱国主义诗歌传统,从而在文学创作中奏响了爱国主义的主旋律。在以爱国主义思想为基调的文学热潮中,岳飞、张元干、张孝祥、曾几等是代表,而恪守婉约正宗的李清照词在南渡后也渗入了社会现实的内容。

第一节　李清照

南北宋之交,女词人李清照以其不可逼视的艺术才华横空出世,在漫长的男权中心社会对女性压抑贬损的文化背景中,具有特别重要的意义。

李清照(1084—1155?),号易安居士,山东济南章丘人。她是由北宋入南宋的著名女作家,工诗、善文,精通金石学,尤以词著称于世。她出生在一个书香之家,父亲李格非以文章名世,深受苏轼的器重,母亲王氏也知书能文,李清照从小濡染于这样的家庭氛围中,加之其资质超凡,"性偶强记",少时即有才名。十八岁时,她与当朝宰相赵挺之的儿子、太学生赵明诚结婚,婚后生活美满,两人一起切磋诗文,研究金石学,校勘古籍。1127年,金人南侵,李清照随丈夫南奔避难。1129年,赵明诚病亡,从此,李清照孑然一身,流落江南,先后漂泊于杭州、绍兴、台州、金华一带,大约在1155年前后病故。李清照现存的诗文词集皆为后人所辑,有四印斋本《漱玉词》一卷,王仲闻整理本《李清照集校注》等。

李清照是一位才力华赡的女作家,不仅精于填词,诗文创作也极为出色。其诗风豪气纵横，笔触犀利，与"别是一家"的词作形成鲜明反差，特别是南渡以后，多忧国伤时之作，表现了她对国家命运的深切关怀。如那首笔力千钧的《夏日绝句》："生当作人杰，死亦为鬼雄。至今思项羽，不肯过江东。"《金石录后序》是其散文名篇，回忆与丈夫赵明诚一起收集、校录规模庞大的金石文物的往事，充沛深沉的感情、委屈周备的结构和精彩焕然的细节，不仅具有学术价值，更是南宋第一挚情之文，其感荡人心的艺术魅力，与唐宋八大家的散文相比也毫不逊色。

在宋词的发展过程中，李清照以其杰出的贡献，"不徒俯视巾帼，直欲压倒须眉"（李调元《雨村词话》），在"柳俗"、"苏豪"、"周律"之外，形成了独具特色的"易安体"，这样的成就与其对词体的独特认识有关。其早年的《词论》系统地探讨了词创作的具体规范，面对词的本体在北宋文人雅化中可能被诗歌传统淹没的情况下，提出了词"别是一家"之说，从内容到形式来界定词的音乐和文学特性，相对于诗歌显现出自己的独立面目，从而保持词在文学上的独立地位。她的词论独树一帜，在创作上毫无专制社会男权压迫下女性的卑弱之气，不独有"闺房之秀"，更有"文士之豪"（沈曾植《菌阁琐谈》）。

李清照的词创作以靖康之难为界，可分为前后两个时期，前期词主要体现了一位少女、少妇悠闲风雅的生活情趣，其中有对自然风物的沉醉，如《如梦令》（常记溪亭日暮）；有青春少女对爱情幸福的向往追求，如《点绛唇》（蹴罢秋千）；有闺中少妇离愁的柔情寸断，如《醉花阴》：

薄雾浓云愁永昼，瑞脑消金兽。佳节又重阳，玉枕纱厨，半夜凉初透。　　东篱把酒黄昏后，有暗香盈袖。莫道不销魂，帘卷西风，人比黄花瘦。

抒写与丈夫分别索居的孤苦之愁，道出了压抑在内心深处的情感，曲尽人意的剖白，清新淡雅的格调表现出作者深于言情的特点。

但李清照前期词复杂幽深的心绪又不是闺情相思所能容括得了的，"自明以来，堕情者醉其芳馨，飞想者赏其神骏"（沈曾植《菌阁琐谈》），就其前期词作的内容而言，既有其"芳馨"的一面，也有其"神骏"一面。李清照父家和夫家虽然有政治上的沉浮变化，但都属于显赫的士大夫阶层，其前期生活堪称华堂美食，锦衣香车。但对于李清照这样一个才力与思力俱超逸非凡，且在士大夫中才名颇著的女子，被排挤在男性政治功名事业之外，自己的才华找不到现实的实现途径，整日只能局限于"庭院深深深几

许"的逼仄紧张的女性生活空间内,这种苦闷有时甚至突破其一贯的婉约词风,使她写出"绝似苏辛派"的雄奇之作,如《渔家傲》:

> 天接云涛连晓雾,星河欲渡千帆舞。仿佛梦魂归帝所,闻天语,殷勤问我归何处?　　我报路长嗟日暮,学诗谩有惊人句。九万里风鹏正举,风休住,篷舟吹取三山去。

这是词人以游仙的形式唱出的雄放之歌,是其精神生活和词作中的"神骏"之笔。置身于广漠无垠的太空,词人不顾"路长"、"日暮",在九万里风的推动下作精神的探寻,反映了李清照企求突破现实沉闷狭小生活圈子的强烈愿望。从天界开阔动荡、千帆竞舞的景象与云雾迷蒙的封锁暗淡氛围对比中,可见到李清照雄心难泯的奇情,又见出其在现实中知其不可为的压抑。

金兵的南侵和北宋的灭亡结束了词人相对平静幸福的生活,国破、家亡、夫死,国家的败亡和个人的惨痛遭遇交织,从而在个人悲剧呈现中映射出时代的悲剧,具有了较前期词作更为广阔的社会内容。如《永遇乐》:

> 落日镕金,暮云合璧,人在何处?染柳烟浓,吹梅笛怨,春意知几许。元宵佳节,融和天气,次第岂无风雨?来相召,香车宝马,谢他酒朋诗侣。　　中州盛日,闺门多暇,记得偏重三五。铺翠冠儿,捻金雪柳,簇带争济楚。如今憔悴,风鬟霜鬓,怕见夜间出去。不如向、帘儿底下,听人笑语。

这是一种极度内敛、萧瑟的生命之悲,融合天气、回忆中的中州盛日、衣鲜人丽的闺门女子都只为反衬如今风鬟霜鬓向帘儿底下听人笑语的孀妇的凄恻悲怆。这已不仅仅是一己之悲,而是时代苦难的浓缩,故经历了南宋灭亡惨变的刘辰翁说:"余自乙亥上元诵李易安《永遇乐》,为之泣下。今三年矣,每闻此词,辄不自堪"(《须溪词·永遇乐序》)。李清照后期词的代表作还有《声声慢》(寻寻觅觅)、《武陵春》(风住尘香花已尽)等。

李清照词的创作是独具特色的,形成了具有个性色彩的"易安体",其艺术特点主要表现在以下几个方面:

一是神骏自傲的抒情女主人公形象的塑造。在以往男性词人笔下的女性形象,大多卑弱柔顺,是男性据自己的愿望对女性作出的缺乏变化与活力的设定,而李清照词中的女性形象却是鲜活灵动的,其中,"倚门回首,却把青梅嗅"(《点绛唇》)的娇憨羞怯,"沉醉不知归路"(《如梦令》)的豪情与稚趣,"云鬓斜簪,徒要叫郎比并看"(《减字木兰花》)的风流自赏,"九万里风鹏正举"豪迈高远等等,不一而足,都很难被预定的模式所拘束,而其间神骏自傲的精神气质自然与男性词人笔下弱质深闺的女性形象区分开来,给人带来鲜活的感受,同时也引来正统士大夫的惊呼:"闾巷荒淫之语,肆意落笔。自古缙绅之家能文妇女,未见如此无顾忌也"(王灼《碧鸡漫志》卷二)。

二是直率大胆与委婉含蓄的抒情艺术。从表面看来,"易安体"词喜用明确的抒情语言,如"伤心枕上三更雨"、"愁损北人、不惯起来听"、"寂寞深闺,柔肠一寸愁千缕"、"莫道不消魂"、"试灯无意思,踏雪没心情"等等,几乎每一首词中,都能找到这样的明显的抒情性句子。李词的抒情虽然时常呈现出强烈的主观色彩,但情绪在流动和转折中,常常愈转愈深而变得深婉含蓄。如"花自飘零水自流。一种相思,两处闲愁。此情无计可消除,才下眉头,又上心头"(《一剪梅》),纯乎离情的自我转折吞吐,深幽婉曲;而"寻寻觅觅,冷冷清清,凄凄惨惨戚戚"(《声声慢》)更是"幽咽泉流"式的情感呈现。李词这一情感充溢、自流成文、愈转愈深的特点在一些短小的令曲中也有表现,如《如梦令》:"昨夜雨疏风骤,浓睡不消残酒。试问卷帘人,却道海棠依旧。知否? 知否? 应是绿肥红瘦!"短短的三十三个字,情绪的变化却一波三折,腾挪有致,甚至包含着一种戏剧冲突。所以,李词的抒情艺术是直率大胆与委婉含蓄的辨正统一。

三是自然清新的语言。易安体的语言,并无格律派词人的雕琢用功,缺少那种绮藻纷披的锦色,但表情达意尽态极致,显示出口语化的亲切利索,给人以自然清新之感。首先是其以故为新,如"庭院深深深几许",她自说取自欧阳修的小令,而与自己的词意浑然相融。其次是以俗为雅,张端义说她的词"皆以寻常语度入音律。炼句精巧则易,平淡入调者难"(《贵耳集》),指出她能把未经修饰的生活语言恰当地度入音律,显示了高度的艺术功力,如"不如向帘儿底下,听人笑语"(《永遇乐》)、"守着窗儿,独自怎生得黑"(《声声慢》)、"一枝折得,人间天上,没个人堪寄"(《孤雁儿》)、"甚霎儿晴,霎儿雨,霎儿风"(《行香子》)等,疏散流利,口吻轻悄婉转。还有是她往往自铸新辞,如复迭手法的运用,《声声慢》中前 14 个叠字和后 4 个叠字,被张端义称为"公孙大娘舞剑手,本朝非无能词之士,未曾有一下十四叠字者"(《贵耳集》)。叠句如"旧时天气旧时衣,只有情怀,不似旧家时"(《南歌子》)、"惟有楼前流水,应念我,终日凝眸。凝眸处……"(《凤凰台上忆吹箫》)等词句,造成回环婉曲的抒情效果。再如对语言组织的创新,"宠柳娇花"、"绿肥红瘦"即是,另外如"柳眼梅腮,已觉春心动"是修辞上的逆转,以人的腮、眼和心的感觉,来比拟初春时的青春风情,新奇动人。以上三个方面的特点都带有她特有的心灵感知色彩和审美情趣,是形成其语言风格的重要基础。

四是庄重典雅的词品,李清照词多抒写恋情相思,且喜用俗语,但却能保持高雅的林下风范。如"莫道不消魂,帘卷西风,人比黄花瘦"(《醉花阴》)是深闺怀人的境界,与柳永"衣带渐宽终不悔,为伊消得人憔悴"(《凤栖梧》)含义相近,但选择了自甘素淡的菊花为比,衬托出抒情主人公不同凡俗的高标逸韵,司空图《诗品》即以"落花无言,人淡如菊"作为"典雅"的风格象征。李清照词善用俗语,本来词中使用俗语大约有两种情况,其一是以俗语写男女调情之词,另一类是用于游戏笔墨,两类都缺乏深挚的情意和庄重典雅的格调,而李词则不一样,《声声慢》、《永遇乐》等词中都有大量的俗语,"这次第,怎一个愁字了得"、"守着窗儿,独自怎生得黑"、"不如向帘儿底下,听人笑语"等,通俗中见典雅,浅近中见清新。

总之,李清照在文学上的才华和成就,使人们习惯于把她和其他词作大家相提并论:"男中李后主,女中李易安,极是当行本色"(沈谦《填词杂说》)。"婉约以易安为宗,豪放以幼安称首"(王士禛《花草蒙拾》)。而其影响所及则并不局限于婉约词人,姜夔、辛弃疾、刘辰翁等人都曾受其影响。

第二节　张元干、张孝祥等爱国词人

南渡初期,特别是宋金和议成为定局之前,乐观的具有坚定信念的爱国主义精神,是文坛上高扬的主旋律。在词的创作上,创作态度由率易转向严肃,内容由关注自身转向对国运的关注,风格由闲适、绮艳转向慷慨激昂。于是爱国和忧政的情志成为一股洪流,使词的"言志"功能得到了前所未有的开发和利用。在这样的转化中,张元干、张孝祥和李纲、胡铨、岳飞等人是具有代表性的,他们以词的创作参与了抗金复国的政治斗争,上承苏轼的思想、艺术传统,下开辛弃疾爱国词派的先河。

张元干(1091—1161),字仲宗,号芦川居士,永福(今福建永泰)人,他出仕于宣和元年(1119),曾为李纲行营的属官,积极主张抗金。李纲罢相后,他也获罪被贬。绍兴元年(1131),高宗任用秦桧为相,他不屑与奸佞同朝,愤而辞官。后又因赠词给主战派胡铨和李纲,遭到秦桧的迫害,于绍兴二十一年(1151)被下狱削籍。著有《芦川归来集》和《芦川词》,存词185首。在南北宋词风转变上,他是一位承前启后的重要作家,他在北宋末年的词以清丽婉转为特色,而南渡以后所作则关心时事,抒发感慨,充满了"梦中原,挥老泪,遍南州"(《水调歌头》)的慷慨悲愤之情,成为南宋爱国词的先导。《四库全书总目》卷一九八《芦川词》提要认为:"其词慷慨悲凉,数百年后尚想其抑塞磊落之气。"代表作品如其声振词坛的《贺新郎·送胡邦衡待制》:

> 梦绕神州路。怅秋风、连营画角,故宫离黍。底事昆仑倾砥柱,九地黄流乱注。聚万落、千村狐兔。天意从来高难问,况人情、老易悲难诉。更南浦,送君去。
> 凉生岸柳催残暑。耿斜河、疏星淡月,断云微度。万里江山知何处,回首对床夜语。雁不到,书成谁与。目尽青天怀今古。肯儿曹、恩怨相尔汝。举大白,听金缕。

高宗绍兴八年(1138),高宗向金拜表称臣,枢密院编修胡铨上书,请斩秦桧等人,而被贬福州,十二年,又遭迫害,被除名编管新州,张元干写下此词为胡铨壮行,抒写自己对河山沦陷的悲痛,对投降求和者的愤慨,对胡铨的战斗精神的支持鼓励,表现了他不畏强暴的一面。张元干因此而被捕下狱,并被削籍为民。后来他自订词集时,却将两首因此而得罪的《贺新郎》编为压卷之作,而把早年所写"堪与《片玉》、《白石》并重不朽"(毛晋《芦川词跋》)的婉丽之作置于后,可见他对自己能突破原有风格,使作品贴近时代、服务于社会政治是有着自觉性的。

张孝祥(1132? —1169?),历阳乌江(今安徽和县)人,字安国,号于湖居士。绍兴二十四年(1154),被高宗亲自擢为廷试第一,因上疏申理岳飞冤情,触犯秦桧,被诬下狱。秦桧死后,才得出任为秘书正字。孝宗隆兴元年(1163),张浚举荐他为中书舍人,继任建康留守,又因积极赞助张浚北伐而被主和派弹劾落职。著有《于湖词》。《四库全书总目》卷一九八《于湖词》提要谓其词:"忠愤慷慨,有足动人者。"为辛弃疾词出现的前奏,其豪迈之作如《六州歌头》:

> 长淮望断,关塞莽然平。征尘暗,霜风劲,悄边声。黯销凝。追想当年事,殆天数,非人力,洙泗上,弦歌地,亦膻腥。隔水毡乡,落日牛羊下,区脱纵横。看名王宵猎,骑火一川明。笳鼓悲鸣,遣人惊。　念腰间箭,匣中剑,空埃蠹,竟何成! 时易失,心徒壮,岁将零,渺神京。干羽方怀远,静烽燧,且休兵。冠盖使,纷驰骛,若为情。闻道中原遗老,常南望、翠葆霓旌。使行人到此,忠愤气填膺,有泪如倾。

这是一首令人"有泪如倾"的忠愤之词,声情激越顿挫,风格慷慨沉雄,"淋漓痛快,笔墨饱酣,读之令人起舞"(陈廷焯《白雨斋词话》)。据《朝野遗记》记载：此词作于建康留守席上，抗金名将张浚读毕，为之感慨罢席。

而另一方面，其词"寓诗人句法，维轨东坡，观其所作，气概亦几近之"。的确，在才情横溢、风格清旷等方面，多与东坡近，如其《念奴娇·过洞庭》：

> 洞庭青草，近中秋、更无一点风色。玉鉴琼田三万顷，著我扁舟一叶。素月分辉，明河共影，表里俱澄澈。悠然心会，妙处难与君说。　　应念岭海经年，孤光自照，肝肺皆冰雪。短发萧骚襟袖冷，稳泛沧浪空阔。尽吸西江，细斟北斗，万象为宾客。扣舷独啸，不知今夕何夕。

冰雪一般的忠肝义胆和表里澄澈的湖光月色相辉映，陈应行说"读之泠然洒然，真非烟火食人辞语"（《于湖词序》），王闿运说此词"飘飘有凌云之气"（《湘绮楼评词》），清旷之气直逼东坡，这也正是其所追求的境界。①

与张元干同时的主战派的士大夫李纲、胡铨等"南宋四大名臣"和抗金将领岳飞，虽然都不是以词知名，但由于他们抗金态度最坚定，站在南宋和战之争的前列，所以他们的词里所表现出来的炽烈的爱国激情和奋发有为的精神往往为一般词家所不及，如岳飞的《满江红》。②

作为一个民族英雄，岳飞的才能主要表现在政治、军事上，因此其作品极少。但该词字字忠愤，激荡着洗雪"靖康耻"的无畏的战斗豪情，"何等气概！何等志向！千载后读之，凛凛有生气焉"（陈廷焯《白雨斋词话》），此等气概、志向，确实是一般词家难以追步的。

---

①　叶绍翁《四朝闻见录乙集》载孝祥"尝慕东坡，每作为诗文，必问门人曰：'比东坡何如？'"

②　关于该词是否为岳飞所作，自 1962 年夏承焘先生据余嘉锡先生《四库提要辨证》中的质疑寻出疑点后，引起了海内外学术界的长期争鸣，但最终基本认同为岳飞词。详见方然《论岳飞和他的〈满江红〉——兼谈传统考证对创作心理的忽略》，载《中国人民大学书报资料中心·中国古代近代文学研究》1989 年第 2 期。

第三节 陈与义与江西诗派的流变

形成于北宋末年的江西诗派影响了整个南宋诗坛①,北宋末年,吕本中、陈与义、曾几等几位江西诗派后续成员目睹北宋沦亡,宋室南迁,自己身经流落之苦。靖康之难的鼙鼓,不仅改变了宋朝的国运,也迫使江西诗派诗人不得不直面惨淡的人生,他们的创作为江西诗派注入了新的活力,补救了前期作家的一些缺失,呈现出新的风貌。

吕本中(1084—1145),字居仁,世称东莱先生,祖籍寿州(今安徽寿县),开封人,少以门荫入仕,宋高宗绍兴六年(1136)赐进士出身,官至中书舍人兼侍讲,兼权直学士院,因忤秦桧而罢官,著有《东莱先生诗集》,又有《东莱诗外集》三卷,存诗 1270 首。

吕本中是第一个提出江西诗派这一概念的诗人,但与黄庭坚、陈师道的瘦硬拗涩诗风不同,他的创作实践大多以锤炼之中不失平易圆活为主要特征,如"风声入树翻归鸟,月影浮江到客帆"(《晚步至江上》)等皆如曾几所评:"其圆如金弹,所向如脱兔"(《读吕居仁旧诗有怀其人作诗寄之》)。

靖康之难后,吕本中有一些爱国之作,风格悲凉,特别是其创作了一些伤时感乱和主张抗战的诗篇,如《城中纪事》、《怀京师》等,有着一定的纪实性。在《兵乱寓小巷中作》一诗的叙写中饱含着对历经战祸的灾民的深切同情,在《兵乱后杂诗五首》中,他一方面愤怒地把进犯者比作豺狼,一方面痛斥祸国殃民的投降派:"万事多反复,萧兰不辨真。汝为误国贼,我作破家人。"从这些诗作中可看出,他在创作实践中矫正了江西诗派瘦硬艰涩风格的同时,也在某种程度上矫正了这一诗派脱离现实的弊病。

吕本中在南渡初期江西诗派诗人中年辈较高,是江西诗派发展转化过程中的一个关键性人物,但诗歌创作成就最高的是陈与义。

陈与义(1090—1138),字去非,号简斋,洛阳人,徽宗时任过太学博士等职,入南宋后官至参知政事。在金兵大举进犯时,他自陈留避难南奔,流徙

---

① 宏观上,江西诗派经历了很长的发展阶段,大约可分三期。第一期是产生期,其代表人物是黄庭坚、陈师道,他们并未自称江西诗派,只不过他们的创作理论与实践都成了后代的楷模,被奉为派列之宗。第二期为确立与扩展期,代表人物是吕本中、曾几、陈与义等,他们承前启后,体现着江西诗派的成熟与变化。第三期为余波期,其影响波及中兴四大诗人,但他们都始从江西派入而终不由江西派出,能够自具面目。

于今湖北、湖南、广西、福建、浙江境内，五年后才抵达临安，结束流亡生活。今有上海古籍出版社 1990 年出版的《陈与义集校笺》三十卷。

　　陈与义诗大致以靖康之变为界，分前后两期，前期服膺黄庭坚、陈师道①，创作上与黄、陈差异不大，所以他被称为江西诗派"一祖三宗"的三宗之一。如果没有靖康之难，在诗歌创作上他很可能继续走黄陈的老路。靖康之难所带来的社会激烈而深刻的大变动以及他本人所经历的颠沛流离的生活，使他能深切体会出杜甫诗歌所独有的精神气质，他曾深有感触地说："但恨平生意，轻了少陵诗"（《避虏入南山》）。南渡后的一些诗作感时抚事，慷慨激越，寄托遥深，如《伤春》：

　　　　庙堂无策可平戎，坐使甘泉照夕烽。初怪上都闻战马，岂知穷海看飞龙。孤臣霜发三千丈，每岁烟花一万重。稍喜长沙向延阁，疲兵敢犯犬羊锋。

这是诗人在流亡生活中写下的诗篇，讽刺朝廷的逃跑无能，抒写自己对国家命运喜忧交加的关注心情。诗的内容和风格，颇似杜甫的《诸将》，所以杨万里说他"诗风已上少陵坛"。

　　乱离生活给陈与义的创作所带来的变化，不仅出现了前所未有的新的题材、内容，而且体现在与前期作品题材相同的题画诗和咏物诗也发生了质的变化，如《牡丹》：

　　　　一自胡尘入汉关，十年伊洛路漫漫。青墩溪畔龙钟客，独立东风看牡丹。

由赏花而感时局，抒写诗人内心无法排解的家国之恨。

　　这一时期的重要诗人还有曾几。曾几（1084—1166），字吉甫，祖籍赣州（今江西），后徙河南府（今河南洛阳）。秦桧专权时曾侨居上饶七年，秦桧死复出，官至秘书少监、集英殿修撰、敷文阁待制，有《茶山集》。

　　曾几论诗与吕本中一样主禅悟和"活法"，并形成自己清新活泼的诗风。靖康之难后，他有一些感时伤世的作品，如《寓居吴兴》：

　　　　相对真成泣楚囚，遂无末策到神州。但知绕树如飞鹊，不解营巢似拙鸠。江北

---

　　① 陈与义对黄、陈评价很高，曾称赞"山谷措意也深"（晦斋《简斋诗集》引）。又曾说陈师道的诗"不可不读"（徐度《却扫编》）。

江南犹断绝，秋风秋雨致淹留？低回又作荆州梦，落日孤云始欲愁。

首联写南渡的臣子们虽然未忘中原，但却没有恢复之志；颔联表面上是写自己漂泊不定的生涯，暗中则讽刺高宗狼狈南逃，与陈与义“初怪上都闻战马，岂知穷海看飞龙”用意相近，不过更为含蓄；后两联写自己对山河破碎、风雨飘摇的局势的忧虑，情调较为低沉。

曾几在江西诗派中是承前启后的人物，他“一饭不忘君，殆与杜甫之忠爱等”（《四库全书总目·茶山集》），他的爱国精神与诗法都对陆游影响极大，正所谓“咄咄逼人门弟子，剑南已见一灯传”（赵庚夫《题曾文清公诗集》）。

第七章　中兴四大诗人

　　南渡后,在现实的灾难动荡和江西诗派诗人主观求变的爱国主义诗歌创作潮流中,出现了中兴四大诗人①:尤袤、杨万里、范成大、陆游,形成了南宋诗歌创作的高潮。他们虽然都是从江西诗派入手进行诗歌创作,但却能够冲决江西诗派的樊篱,呈现出独特的时代特色和个性特色。其中陆游是整个中国古代文学史上最伟大的爱国主义诗人之一,杨万里开创了独具特色的"诚斋体",范成大的使金组诗的纪实性和田园组诗对传统田园诗的超越在文学史上也有着重要意义。尤袤的作品大都失传,清康熙时,其后裔尤侗搜辑他的诗,成《梁溪遗稿》一卷。

第一节　杨　万　里

　　杨万里(1127—1206),字廷秀,号诚斋,吉州吉水(今江西)人。宋高宗绍兴二十四年(1154)举进士后,相继得到张浚、虞允文等人举荐,历任国子博士,知漳州、常州,秘书少监等职。光宗即位后,召为秘书监,并以焕章阁学士的身份作过伴金使。后因得罪权臣韩侂胄,以宝文阁待制致仕,家居十五年,屡召不赴。在韩侂胄草率北伐时,杨万里留下"吾头颅如许,报国无路,惟有孤愤"(《宋史》本传)的绝命书忧愤而死。杨万里一生以诗擅名,存诗四千二百余首。

　　杨万里是一位通儒学讲品节的人,《宋史》把他列入《儒林传》,但他并没有盲从周、程诸家之说,而是变通应用②。反映到诗歌创作上就是不断变革,方回《瀛奎律髓》卷一云:"杨诚斋诗一官一集,每一集必一变。"杨万里在《荆溪集自序》中说:"予之诗,始学江西诸君子,既又学后山五字律,既又学半山

―――――――

　　①　元代方回跋尤袤诗说:"自中兴以来,言诗者必称尤、杨、范、陆"(《跋遂初尤先生尚书诗》)。

　　②　参见程杰《论杨万里"诚斋体"与其哲学思想之关系》一文,载《宋诗学导论》,天津人民出版社1999年版。

老人七字绝句,晚乃学绝句于唐人。"后来自出机杼,形成了独具风格的诚斋体。其创作态度率性而为,具有活脱通透的特点,具体表现如下:

一是在幽默诙谐的喜剧性情调中透出理趣。诚斋体的题材兴趣主要在自然风物,以至姜夔有"处处山川怕见君"(《送朝天续集归诚斋时在金陵》)的戏言。但杨万里的趣味有别于王维、孟浩然的山水诗传统,在其笔下山水从神性自然转向了人化的自然①,诗歌情调也从宁静典雅肃穆变为热闹活泼欢快,有一种幽默诙谐的意趣,如:

> 莫言下岭便无难,赚得行人错喜欢。正入万山圈子里,一山放出一山拦。(《过松源晨炊漆公店》)
> 前山欺我船兀兀,结约江妃行小诵。乘我船摇忽远逃,见我船定还孤出!老夫敢与山争强,受侮不可更禁当。醉立船头看到夕,不知山于何许藏?(《夜宿东渚放歌三首》之一)

在这里,山已不再具有传统山水诗博大永恒的神性,而是拟人化的自然外物,在人与山形成的喜剧性关系中,透露出诗人对人类认识水平的怀疑和反思,幽默诙谐中寓含了理趣。

二是善于表现日常生活中瞬间感受的隽永滋味。如"草根未响渠先觉,不待黄鹂第一声"(《题胡季亨观生亭》)这样的诗句,不能不让人惊异诗人观察的精细和感觉的敏锐,能在他人忽略处难见处提炼诗情,如:

> 泉眼无声惜细流,树阴照水爱晴柔。小荷才露尖尖角,早有蜻蜓立上头。(《小池》)
> 梅子留酸软齿牙,芭蕉分绿与窗纱。日长睡起无情思,闲看儿童捉柳花。(《闲居初夏午睡起二绝句》其一)

三是想象新奇,构思新巧别致。杨万里特别善于捕捉自然景物的特征和变化,同时又善于融入自己超人意表的想象和构思,避免了平庸直露而深婉多致,使得诗歌的艺术形象生动而饶有趣味,正是"浅意深一层说,直意曲一层说,正意反一层说"(陈衍《石遗室诗话》),如《戏笔》其一:

---

① 参见程杰《论诚斋体》一文,载《宋诗学导论》,天津人民出版社 1999 年版。

野菊荒苔各铸钱,金黄铜绿两争妍。天公支与穷书客,只买清愁不买田。

四是语言通俗、活泼、自然清新。杨万里继承乐府诗传统,从民间口语中提炼出明快活泼、雅俗共赏的语言入诗,与江西诗派矜奇炫博、生新瘦硬的语言大异其趣。

杨万里作为一个正直的士大夫,也时有忧念家国的作品,表现出高度的爱国主义精神,如其奉命到国境线上迎接金朝派来的使者时写下的组诗《初入淮河四绝句》:

船离洪泽岸头沙,人到淮河意不佳。何必桑乾方是远,中流以北即天涯。(其一)

中原父老莫空谈,逢着王人诉不堪。却是归鸿不能语,一年一度到江南。(其四)

诗人来到宋金交界的淮河边上,百感交集,写下了这组沉痛忧伤的诗篇,风格沉郁。杨万里还有一些关怀劳动人民和普通妇女的诗篇,如《视旱遇雨》、《悯农》、《农家叹》、《插秧歌》等,写出了生活在社会底层的卑微人物的苦难,感情真切。

杨万里在当时诗坛的声誉很高,但是清人叶燮指责杨万里诗"几无一首一句可采"(《原诗》外篇),在率性而为的"大自在"中,杨万里也确有一些粗率之作,在追求标新立异,摆脱传统时,"不但洗净铅华,且粗头乱服矣"(陈訏《诚斋诗选评语》),但他毕竟是南宋一位自具面目的作家。

第二节　范　成　大

范成大(1126—1193),字致能,号石湖居士,吴郡(今江苏苏州)人,宋高宗绍兴二十四年(1154)进士,曾四任疆臣大吏,拜参知政事,是南宋前期地位较高的作家之一[1],著有《石湖居士诗集》,写诗一千九百余首,今有上海古籍出版社 1981 年出版的《范石湖集》三十四卷,收录较全。

范成大诗中成就最高的是使金组诗七十二首绝句和田园组诗《四时田

---

① 生平事迹见于北山《范成大年谱》,上海古籍出版社 1987 年版。

园杂兴》六十首。宋孝宗乾道六年（1170），范成大以资政殿大学士身份出使金国，要求收复河南陵寝之地并改变接受金国书信的仪节。行前，"区处家事，为不还计"，至金，大义凛然，词气慷慨，并冒死违例私自上书，最终全节而归，朝野震动。在使金过程中，写诗一卷和日记《揽辔录》一卷。范成大这一组以七言绝句写成的诗是使金北上途中的纪行之作，有着明显的纪实性和抒情性。出使金国使范成大看到靖康之难后北中国的山河风土和念念不忘恢复的沦陷区人民，其感发吟咏是多方面的：

> 狐冢獾蹊满路衢，行人犹作御园呼。连昌尚有花临砌，肠断宜春寸草无！（《宜春苑》）
>
> 女僮流汗逐毡轺，云在淮乡有父兄。屠婢杀奴官不问，大书黥面罚犹轻。（《清远店》）
>
> 州桥南北是天街，父老年年等驾回。忍泪失声询使者："几时真有六军来？"（《州桥》）

其中有纪述金人统治区触目惊心的荒凉残破，有揭露金人统治的残暴，有中原遗民忍死以待的希望，在现实纪录中饱含着诗人沉痛的感慨，"沉痛不可多读，此则七绝至高之境，超大苏而配老杜者矣"（潘德舆《养一斋诗话》）。

《四时田园杂兴》六十首是范成大退居石湖写下的一组田园诗。形式与使金组诗一样，以七绝连缀成一个整体，容纳较为广阔的农村生活图景，体现范成大以笔记为诗的特点①。组诗分春日、晚春、夏日、秋日、冬日五组，各十二首，一年四季农民的劳动生活和农村的风土人情一一纳入诗境，一方面不同于陶、谢、王、孟为代表的田园诗浪漫的、理想化的牧歌情调，另一方面也不同于张籍、王建、聂夷中等人关于农家生活的讽喻诗，虽然其早年有意识效法王建②，写有一些同情人民疾苦和揭露残酷的封建剥削的诗篇，但范成大在《四时田园杂兴》中则有意把两者综合在一起，其中有批判揭露的语句，但更多的是着意于村社风俗和四时农事，如：

---

① 参见程杰《论范成大以笔记为诗》，《南京大学学报》1989 年第 4 期。
② 范成大中进士后出任滁州司户参军时，写了不少有关行旅、风土、名胜的作品。特别是其一组悯农诗，标明"效王建"，共有《乐神曲》、《缲丝行》、《田家留客行》、《催租行》四首都真实地反映了农民生活，后又写了更为出色的《后催租行》。

蝴蝶双双入菜花,日长无客到田家。鸡飞过篱犬吠窦,知有行商来买茶。(《晚春田园杂兴》之三)

采菱辛苦废犁锄,血指流丹鬼质枯。无力买田聊种水,近来湖面亦收租!(《夏日田园杂兴》之十一)

新筑场泥镜面平,家家打稻趁霜晴。笑歌声里轻雷动,一夜连枷响到明。(《秋日田园杂兴》之五)

诗人笔下的农村,有着浓厚的乡土生活气息,有艰难的生计,也有优美的风光;有不堪剥削的血和泪,也有淳朴高尚的风习和心灵,风格安详和雅,即使是对不合理现象的暴露,也避免了疾言厉色的声腔口吻,表现出范成大"识土风"的志趣。①

第三节　陆游的人生经历和创作变化

陆游(1125—1210),字务观,号放翁,越州山阴(今浙江绍兴市)人。陆游生于靖康之难前夕,随其父陆宰辗转流徙,饱经战乱之苦。"我生学步逢丧乱,家在中原厌奔窜"(《三山杜门作歌》)。父亲陆宰是一个学者和藏书家,同时也是一个坚决的主战派,所以陆游回忆幼时"亲见当时士大夫相与言及国事,或裂眦嚼齿,或流涕痛哭,人人自期以杀身谔戴王室"(《跋傅给事贴》)。另外,陆游所师从的曾几也是一位爱国主义诗人,"略无三日不进见,见必闻忧国之言"(《跋曾文清公奏议稿》)。现实的苦难、家教、师教对陆游思想影响都非常深刻,使他从小就立下了"上马击狂胡,下马草军书"(《观〈大散关图〉有感》)的雄心大志,并激励陆游终生为恢复大业鼓与呼,由此而产生了大量感人至深的爱国主义诗歌。

陆游的诗歌创作道路与其生平经历相适应,可分为少工藻绘,中务宏大,晚造平淡三个时期。第一个时期为入蜀前(46岁前)以藻绘为工时期。陆游说自己"少小喜读书,终夜守短檠"(《幽居记今昔事》)。29岁参加进士考试,居秦桧之子孙秦埙前,在报签榜名时被排挤除名。直到三十四岁在秦桧死后才开始出任福州宁德县主簿、镇江通判等职,因"交结台谏,鼓唱是非"(《宋史》本传),赞助张浚北伐而罢职家居五年,这一时期写诗看重技巧。

---

① 范成大在《腊月村田乐府》诗序中说:"余归石湖,往来田家,得岁暮十事,采其语各赋一事,以识土风。"范成大退居石湖后的大部分诗歌都是"识土风"的产物。

　　第二个时期为入蜀后(46—65岁)"务宏大"时期。乾道五年(1169)十二月,陆游被起用为夔州通判,次年夏赴任,开始了他一生中最为重要的八年入蜀生活。在陕南南郑王炎幕府中,在这宋金交界之地,陆游过栈道,入剑阁,奔驰各地,与前方战士同射骑、出猎、饮酒、彩舞、警惕敌情、枕戈待旦,度过了一段火热畅情的军中生活,从而写下了大量慷慨激越的爱国佳作,对这种创作上的变化,陆游曾说"我初学诗日,但欲工藻绘,中年始稍悟,渐若窥宏大"(《示子遹》),并由此反省早年"我昔学诗未有得,残余未免从人乞"(《九月一日夜读诗稿有感,走笔作歌》),而"四十从戎驻南郑……诗家三昧忽见前,屈贾在眼原历历。天机云锦用在我,剪裁妙处非刀尺"(同上)。从戎南郑,找到了最适合陆游性情的宏肆奔放的诗歌风格,这是对其才华的解放,达到了"不蹑江西篱下迹,远追李杜与翱翔"(姜特立《陆严州惠剑外集》),所以陆游大量的爱国主义名篇都产生在此之后,如《金错刀行》、《关山月》、《胡无人》等,为了纪念这段难忘的生活,他把平生诗文集分别命名为《剑南诗稿》和《渭南文集》。

　　但这种畅情快意的军中生活毕竟短暂,王炎被朝廷调离川陕,幕府解散,五十一岁时,陆游应范成大之邀前往四川制置司及成都安抚署作参议官,这期间陆游被人以"不拘礼法,恃酒颓放"加以讥弹,因而自号为"放翁"。淳熙五年(1178)东归后,陆游历任福建路常平盐公事、江西常平提举、知严州等职。在此期间,虽为官清廉,却两遭物非而罢官。

　　第三个时期是晚年家居(66岁以后)"造平淡"时期。从绍熙元年(1190)陆游六十六岁以后,直到嘉定二年(1210)去世的二十年之间归居山阴,这一时期的作品虽然仍然一定程度留有中期的豪壮风格,但退居生活的各个方面成了他最习见的诗题,风格渐趋闲适淡泊。对于陆游而言,这正是"志士仁人,抱恨入地"(《跋傅给事帖》)的悲愤的另一种表现方式。

第四节　陆游的诗歌

　　陆游是我国文学史上继屈原、杜甫之后最为杰出的爱国主义诗人,他师法广泛,渊源众多[1],屈原、陶渊明、王维、李白、杜甫、岑参等都是其推崇仿效的对象。其一生创作丰富,他自己说"六十年间万首诗"(《小饮梅花下作》),这在中外古今的诗史上都是少有的纪录。他在编集时删削了一些早年的作

---

　　[1]　参见袁行霈《陆游诗歌艺术探源》,载《中国诗歌艺术研究》第349页,北京大学出版社1998年版。

品，现传《剑南诗稿》八十五卷，尚存九千三百多首。现以钱仲联《剑南诗稿校注》(上海古籍出版社 1985 年版)所收较为完整。

一 陆游诗歌的思想内容

陆游诗歌的题材广泛，"一草一木，一鱼一鸟，无不裁剪入诗"(赵翼《瓯北诗话》)。但其中爱国主义主题无疑是其诗歌的最强音，贯穿其一生的作品，至死不渝。八十一岁高龄时仍然慷慨高歌"一闻战鼓意气生，犹能为国平燕赵"(《老马行》)。临终绝笔诗《示儿》念念不忘的仍是抗金恢复大业：

死去元知万事空，但悲不见九州同。王师北定中原日，家祭无忘告乃翁。

但陆游并没有停留在抒发忧念家国的思想感情之上，或者停留于从旁观者角度指点责令当权者和将士去抗金光复中原，他是要求自己直接投入到火热的对敌战斗中，以身许国。"平生万里心，执戈王前驱。战死士所有，耻复守妻孥"(《夜读兵书》)。在其诗中常可看到其不甘以诗人终老的抒写，如《剑门道中遇微雨》)：

衣上征尘杂酒痕，远游无处不消魂。此身合是诗人未？细雨骑驴入剑门。

令人落魄"消魂"的乃是诗人此时从汉中业已解散的王炎幕府中赴成都范成大幕府，就此结束了火热的军中生活。诗中蕴含着对失地未收，报国未成，并不甘心充当行吟驴背的诗人的复杂矛盾心情。陆游称自己"本意灭虏收河山"(《楼上醉书》)，而只是在失意之后，"蹭蹬乃去作诗人"(《初冬杂咏》)，所以他在诗中始终以一个抗敌志士的身份去为恢复大业抗争呼号。这就是在绍兴和议后，宋金对峙渐成定局，文坛上爱国主义呼声渐弱的情况下，陆游仍能高唱爱国主义旋律的重要原因。陆游所担心的是"后人但作诗人看，使我抚几空咨嗟！"(杨大鹤《剑南诗钞序》引)所以杨大鹤说："知放翁之不为诗人，乃可以论放翁之诗"(同上)。

其爱国主义激情的核心是"王师北定中原"，所以一部《剑南诗稿》处处"皆寄意恢复"(叶绍翁《四朝闻见录》)，且如著名的《金错刀行》：

黄金错刀白玉装，夜穿窗扉出光芒。丈夫五十功未立，提刀独立顾八荒。京华结交尽奇士，意气相期共生死。千年史册耻无名，一片丹心报天子。尔来从军天汉滨，南山晓雪玉嶙峋。呜呼，楚虽三户能亡秦，岂有堂堂中国空无人！

个人的功业热情、幻想源自于对恢复大业的坚定信念,风格雄肆奔放。

陆游这种炽烈的爱国主义情感除直抒之外,还渗透在各种题材之中,正如《唐宋诗醇》卷四二所评:"其感激悲愤、忠君爱国之诚,一寓于诗,酒酣耳热,跌宕淋漓。至于渔舟樵径,茶碗炉熏,或雨或晴,一草一木,莫不著为歌咏,以寄其意。"

与陆游强烈的爱国主义思想感情相伴随的是志士失路之悲和强烈的现实批判精神。

陆游所处的朝代,绍兴和议订立,宋金对峙已成定局,恢复的希望已经渺茫,庙堂之上文恬武嬉,讳言用兵,屈辱苟和,划疆守盟已成为基本国策。在此局势下,必然地造成了爱国志士报国无门的悲剧:"生逢和亲最可伤,岁辇金絮输胡羌。夜夜太白收光芒,报国欲死无战场!"(《陇头水》)所以陆游诗中多写壮志难酬之悲愤,如《书愤》:

> 早岁那知世事艰,中原北望气如山。楼船夜雪瓜洲渡,铁马秋风大散关。塞上长城空自许,镜中衰鬓已先斑。出师一表真名世,千载谁堪伯仲间?

从中可看出陆游所经历的乃是一个由激昂到消沉的时代,其对恢复事业也由追求而幻灭,塞上长城的自许被投闲置散、无所事事的命运暗暗消磨了,只余下对诸葛亮的一腔企羡。这种沉重悲愤的心情是当时社会政治的典型反映。

中原恢复无望、志士失路的悲剧促使诗人去探究现实政治的原因,"公卿有党排宗泽,帷幄无人用岳飞"(《夜读范致能〈揽辔录〉,言中原父老见使者多挥涕,感其事作绝句》),"诸公可叹善谋身,误国当时岂一秦?"(《追感往事》其五),正是这样的衮衮诸公误国,才使自己的壮志长图形诸梦寐,对此,诗人是有着强烈的现实批判精神的。他在《关山月》中严厉地谴责道:

> 和戎诏下十五年,将军不战空临边。朱门沉沉按歌舞,厩马肥死弓断弦。戍楼刁斗催落月,三十从军今白发。笛里谁知壮士心,沙头空照征人骨。中原干戈古亦闻,岂有逆胡传子孙?遗民忍死望恢复,几处今宵垂泪痕!

诗中三幅画面相互映照,鲜明地表现了作者的爱憎,同时揭露了南宋社会复杂而尖锐的矛盾,也揭露了这错综的矛盾的关键在于下诏和戎,苟且偷安。

陆游对现实的批判精神并未局限于朝廷的屈辱苟安,同时也涉及农村的阶级压迫和剥削,在诗中屡屡谴责官府对农民的过度诛求:"有司或苛取,兼并亦豪夺。正如横江网,一举熟能脱"(《书叹》),"县吏亭长如饿狼,妇女怖死儿童僵"(《秋获歌》)。《农家叹》一诗充分揭露在南宋统治者的残酷剥削下,农民生活陷入悲惨境地。

陆游的一生,与抗金恢复大业紧密相连,所以其诗歌的题材内容有着强烈的现实政治色彩,但是,其诗中执著的爱情歌咏和闲逸情趣的抒写也给人留下深刻印象。在陆游诗歌中,能够与其抒写许国之心与未酬之志的作品情感执着强烈相类的,是他为前妻唐氏所作的爱情诗①,因为这两种情感,不管是其爱国主义情感还是对前妻的追念,都是至死不渝的,直到临死前一年,他还有诗作追怀悼念这一段往事:"也信美人终作土,不堪幽梦太匆匆"(《春游四首》其四)。其中最有名的是庆元五年(1199)诗人七十五岁时写下的《沈园》二首:

> 城上斜阳画角哀,沈园非复旧池台。伤心桥下春波绿,曾是惊鸿照影来。
>
> 梦断香消四十年,沈园柳老不吹绵。此身行作稽山土,犹吊遗踪一泫然。

时隔四十多年,年逾古稀的诗人故地重游,还是禁不住潸然泪下,可见此情之深挚,所以此诗被评为"绝等伤心之诗"②。

闲逸情趣的抒写是陆游诗歌中的一个重要方面,并受到后世读者的普遍喜爱,甚至超过了对爱国主义的诗篇的喜爱。③ 在陆游的万首诗中,数量最多的还要数表现自己日常生活,如游赏、读书、作诗等。在这些诗作中,更多表现的是作者的闲逸情趣,但往往能从细微处发掘出隽永的滋味,所以受到人们的普遍喜爱,如《临安春雨初霁》:

---

① 唐氏本为陆母侄女,却不得陆母喜欢,两人被迫离婚,唐氏改嫁赵士程,绍兴二十五年(1155),两人在沈园相遇,陆游于沈园壁上题《钗头凤》,唐氏不久即抑郁而死。相关记载见周密《齐东野语》卷一及刘克庄《后村诗话续集》卷二,陈鹄《耆旧续闻》卷十略同。另可参看于北山《陆游年谱》,上海古籍出版社1985年版。

② 近人陈衍《宋诗精华录》卷三评曰:"无此绝等伤心之事,亦无此绝等伤心之诗。就百年论,谁愿有此事? 就千秋论,不可无此诗!"

③ 参见钱钟书《宋诗选注》中对陆游诗歌在后世影响的论述,人民文学出版社1989年版,第170页。

> 世味年来薄似纱,谁令骑马客京华。小楼一夜听春雨,深巷明朝卖杏花。矮纸斜行闲作草,晴窗细乳戏分茶。素衣莫起风尘叹,犹及清明可到家。

诗写客中春感,以清新笔调和寂寞冷淡的心情,表达对官场生活的厌倦,其中"小楼"一联被广为传诵。陆游闲居山阴老家二十余年,对农村的田园风光、乡土节物、民风民俗有着生动的描绘,如:

> 莫笑农家腊酒浑,丰年留客足鸡豚。山重水复疑无路,柳暗花明又一村。箫鼓追随春社近,衣冠简朴古风存。从今若许闲乘月,拄杖无时夜叩门。(《游山西村》)

> 小园烟草接邻家,桑柘阴阴一径斜。卧读陶诗未终卷,又乘微雨去锄瓜。(《小园四首》其一)

前一首在乡土节物、民俗民风的深情描叙中寓含理趣;后一首中"卧读陶诗"与"微雨锄瓜"自然衔接,既闲雅怡然,又富有乡土生活气息。

二 陆游诗歌的艺术特色

陆游的爱国主义诗歌在艺术风格上最大的特点是兼具沉郁悲壮与豪迈激越。人们喜欢把陆游比为杜甫,称誉他的诗为一代"诗史",同时也有人把陆游呼为"小李白"[1]。他所吸取的是杜甫的忠爱缠绵,忧时伤世的现实感怀,形成其沉郁悲壮的诗风。还吸取李白的奇情壮思,纵横恣肆的抒情气势,形成其诗歌踔厉风发、豪迈激越的一面,而舍弃了杜甫叙事诗的情节性和李白诗歌光怪陆离的奇情幻景。陆游这种取舍本于胸中对"征战恢复之事"的激情和坚定信念,当这种激情受制于现实环境的压抑时,便形成沉郁悲壮的风格,而当这种激情冲决现实的束缚时,便形成其飞动激越的诗风。所以陆游在反映现实的诗篇中,呈现出高度的概括性和抒情性,如《关山月》把巨大的现实内容压缩在12句诗中,舍弃了具体的情节,层与层之间感情跳跃性很大,深沉激愤,悲慨苍凉。

而当陆游借助非现实的诗歌意象来抒发在现实中无法实现的报国理想时,其诗往往突破现实的压抑感、沉郁感而变得慷慨激昂、意气风发。记梦诗就是其典型的体现,这是陆游诗中的一种独特的形式,据赵翼《瓯北诗话》

---

① 明代毛晋《剑南诗稿跋》载:"孝宗一日御华文阁,问周益公曰:'今代诗人,亦有如李太白者乎?'益公以放翁对。由是人竟呼为小太白。"

统计,陆诗全集中记梦诗有九十九首之多①,其代表作如《五月十一日夜且半,梦从大驾亲征,尽复汉唐故地。见城邑人物繁丽,云西凉府也。喜甚,马上作长句,未终篇而觉,乃足成之》:

> 天宝胡兵陷两京,北庭安西无汉营。五百年间置不问,圣主下诏初亲征。熊罴百万从鸾驾,故地不劳传檄下。筑城绝塞进新图,排仗行宫宣大赦。冈峦极目汉山川,文书初用淳熙年。驾前六军错锦绣,秋风鼓角声满天。首蓿峰前尽亭障,平安火在交河上。凉州女儿满高楼,梳头已学京都样。

当诗人报国激情在现实中找不到任何突破口的时候,只有借梦中的壮丽景象的抒写一吐胸中的压抑。结尾两句,出人意表地给人以温柔绮丽之感,从生活风习的改换中见出时局的重大变化,充分显示陆游诗笔的超卓。梦境越生动、精细,感情就越强烈,风格就越是飞动激越。

其实,陆游的爱国主义诗篇不同的风格,是其内心爱国主义激情流走发抒方式的不同造成的,这就使其诗歌呈现出高度的抒情性,这对过于冷静、内敛的北宋诗风是一种反拨。②

陆游诗歌的另一个特点是语言风格的多样性。陆游是中国古典诗歌的集大成者,其诗歌语言技巧渊源各派,显示出风格的多样性,但能够与诗歌的题材内容和思想感情相吻合。在抒写抗金恢复之志的诗篇中,语言雄肆奔放,多用壮语,慷慨悲壮,激越飞动,如《长歌行》:

> 人生不作安期生,醉入东海骑长鲸。犹当出作李西平,手枭逆贼清旧京。金印煌煌未入手,白发种种来无情。成都古寺卧秋晚,落日偏傍僧窗明。岂其马上破贼手,哦诗长作寒螀鸣?兴来买尽市桥酒,大车磊落堆长瓶。哀丝豪竹助剧饮,如巨野受黄河倾。平时一滴不入口,意气顿使千人惊。国仇未报壮士老,匣中宝剑空有声。何当凯旋宴将士,三更雪压飞狐城。

该诗被人推为陆游诗的压卷之作(方东树《昭昧詹言》卷十二),其雄放恣肆

---

① 据今人统计,《剑南诗稿》中写梦的诗达 157 首,这些记梦诗的核心仍是"征战恢复之事"。详见张健《陆游》,台北河洛图书出版社 1977 年版,第 114—121 页。

② 参见日本吉川幸次郎《关于陆游》一文的论述,载《中国诗史》,安徽文艺出版社 1986 年版。

的语言风格与李白《将进酒》相类。而描写自然风光、吟咏农村生活则妙语天成，多用平淡语、通俗语，风格婉丽清新；描写闲适生活，则多用工致、精美的语言，"名章俊句，层见叠出，令人应接不暇"（赵翼《瓯北诗话》）。陆游诗十分注意语言的锤炼："锻诗未就且长吟"（《昼卧初起书事》），"转枕重思未稳诗"（《初夜暂就枕》），他与江西诗派不同处在出语自然平易，言简意深，达到语言风格完全适应情感内容的程度，所以赵翼说他的诗："观者并不见其炼之迹，乃真炼之至矣"（《瓯北诗话》）。

陆游诗以近体见称，近体中尤以七律、七绝最佳。北宋及南宋杨万里、范成大等人律诗成就较差，而陆游"一生精力，尽于七律，故全集所载，最多最佳"（陈讦《剑南诗选题词》）。从表现形式上看，陆游律诗最大成就就在于对仗工整，大多每首至少有一联佳对，既流利，又奇健，出人意表而无生涩之感，如"小楼一夜听春雨，深巷明朝卖杏花"（《临安春雨初霁》），所以刘克庄说："古人好对偶被放翁用尽"（《后村诗话》前集）。陆游的七绝达到了宋代的最高水平，"雄健者不空，隽异者不涩，新颖者不纤"（陈衍《剑南摘句图》），如《剑门道中遇微雨》。

陆游诗也有不足之处，如某些诗语意重复，有人摘其雷同之句多达四十余联（朱彝尊《书剑南集后》）。一些诗有句无篇，一些诗过分浅易，但"诗至万首，瑕瑜互见，评者以为譬之深山大泽，包含者多，不暇剪除荡涤，非如守半亩之宫，一木一石可屈指计数，可谓知言矣"（《唐宋诗醇》综评）。

第五节　陆游的词、散文

陆游不仅是宋代伟大的爱国诗人，同时也是一位爱国词人，存词一百四十多首，可见其未尝专心致力于词的写作，而仅以写诗的余力为之。这与陆游对词体的认识有关，其对词的态度大体是自否定而渐趋于肯定的，这不能不局限其在词的创作上的成就。但是，作为一个才气大、工力深的作家，即使是以余力而为之，也有着不可忽视的成就。

陆游词中最具现实意义的是回忆军中战斗生活，抒写功业理想、感慨壮志难酬的词章，风格豪迈与辛词相类，与自己的同类诗歌相似，"其激昂感慨者，稼轩不能过"（刘克庄《后村诗话》），如《汉宫春·初自南郑来成都作》：

羽箭雕弓，忆呼鹰古垒，截虎平川。吹笳暮归野帐，雪压青毡。淋漓醉墨，看龙蛇、飞落蛮笺。人误许、诗情将略，一时才气超然。　　何事又作南来，看重阳药市，元夕灯山。花时万人乐处，欹帽垂鞭。闻歌感旧，尚时时、流涕尊前。君记取，封侯事在，功名不信由天。

陆游毕竟以余力为词，对词体本身深婉含蕴体认不足，不免浅率质直之处，如该词的结尾就稍嫌发露。因此王国维在《人间词话》中论及陆游词时说："剑南有气而乏韵。"这也就是其词不及辛词之处。

但陆游也有些词能够避免浅率发露之缺点而具有"遒峭沉郁"的特点，如《诉衷情》：

当年万里觅封侯，匹马戍梁州。关河梦断何处，尘暗旧貂裘。　　胡未灭，鬓先秋，泪空流。此生谁料，心在天山，身老沧洲！

将感慨今日之不遇暗藏于追念昔日之意气风发中，见出委曲含蕴之美。

陆游咏物词《卜算子·咏梅》，风格清雄旷达，其孤高自许的抒情主人公形象与苏轼《卜算子·缺月挂疏桐》相像：

驿外断桥边，寂寞开无主。已是黄昏独自愁，更著风和雨。　　无意苦争春，一任群芳妒。零落成泥碾作尘，只有香如故。

陆游词中还有写爱情之作，如《钗头凤·红酥手》，这是陆游与前妻唐氏之情事在词中惟一的抒写，也可见出陆游对此情的珍重①，和陆游相关的爱情诗一样，是以绝等伤心之笔写绝等伤心之事，深幽婉丽。

陆游词内容广泛，风格多样，但由于他对词的态度的影响，虽兼采众长，"而皆不能造其极"（《四库全书总目》卷一九八《放翁词》）。

陆游不仅是诗人、词人，而且也是一位散文家，有"四海文章陆放翁"（宋杜旟《陆务观赴召》）之誉，其为文上承苏轼、韩愈、曾巩而独具特色②，著有

---

① 参见叶嘉莹《论陆游词》，《唐宋词名家论稿》第 229 页，河北教育出版社 1998 年版。作者认为，这与陆游对词的认识有关，以陆游对唐氏感情之严肃深挚，他不愿意将此情写入他所视为"渔歌菱唱"的流宕嬉戏的歌词之中去。
② 陆游自说"文章本天成，妙手偶得之"（《文章》），学苏轼作文，崇尚自然。而其子子遹在《〈渭南文集〉跋》中说："先太史之文，于古则《诗》、《书》、《左氏》、《庄》、《骚》、《史》、《汉》；于唐则韩昌黎；于本朝则曾南丰：是所取法。然禀赋宏大，造诣深远，故落笔成文，则卓然成一家，人莫测其涯。"

《渭南文集》、《老学庵笔记》、《陆氏家训》等，形式多样，内容广泛。直陈时政方略、畅谈国计民生的如《上二府论都邑札子》、《静镇堂记》、《铜壶阁记》等篇；记叙个人生活琐事的如《书巢记》和《东篱记》等篇，大都修洁可诵；其《入蜀记》描写沿江景物，是一部优秀的游记散文集；而其晚年所作的十卷的《老学庵笔记》则是一部既有史料价值又有学术价值的笔记作品。

陆游在文学史上有着举足轻重的作用，在各个领域都能广泛吸取前人的成果，尤其是在诗歌领域中更是集前人的大成，所以在当时就享有盛誉，并不断受后人推崇。刘克庄称其为"过江后一人"（《题放翁像二首》）；赵翼甚至认为"宋诗以苏陆为两大家……而不知陆实胜苏也"（《瓯北诗话》）。陆游诗歌的爱国主义思想在当时和后世更是影响深远，如其《示儿》一诗在南宋后期深入人心，刘克庄、林景熙都有诗应和①。在南宋中后期"暖风薰得游人醉，直把杭州作汴州"（林升《题临安邸》）的浮靡世风中，陆游的爱国主义诗章无异于黄钟大吕，正如梁启超所言："诗界千年靡靡风，兵魂消尽国魂空。集中什九从军乐，亘古男儿一放翁"（《读陆放翁集》）。

①　当宋与蒙古会师灭金时，刘克庄写下了《端嘉杂咏》："不及生前见虏亡，放翁易箦愤堂堂。遥知小陆羞时荐，定告王师入洛阳。"而当宋亡之后，爱国遗民诗人林景熙的《书陆放翁诗卷后》中有"青山一发愁濛濛，干戈况满天南东。来孙却见九州同，家祭如何告乃翁！"

第八章　辛弃疾和辛派词人

北宋中期，苏轼创作豪放词，虽然"一洗绮罗香泽之态，摆脱绸缪宛转之度"(胡寅《酒边集序》)，"指出向上一路"(王灼《碧鸡漫志》)，但终北宋之世，知音稀少，和者不多，甚至还遭一些人的讥讽。另外，他的词中表现出一种开朗旷达，飘逸潇洒的风貌，而反映激荡的现实，抒写深沉的忠愤，显示雄奇豪迈的气魄的作品则为数不多。

辛弃疾词则不同，他以其才兼将相的英雄口吻，高度的社会责任感，充沛的爱国热情，来歌唱他所生活的风雷激荡的时代，意境深厚壮阔，声音高昂悲壮。他又凭借自己深厚的艺术修养，以更为无视陈规的魄力，丰富了豪放词的表现艺术，使它更加仪态万方，风格多样，从而进一步把词从旧日的樊篱中解放了出来，使它能更充分地发挥其社会功能。因而，王士禛认为"豪放惟幼安称首"不是没有道理的。这样的风格极大地感染了同时代的仁人志士，进而相互酬唱，形成了南宋词创作中的辛派词人创作群体。

第一节　辛弃疾的人生经历和创作变化

辛弃疾(1140—1207)，字幼安，号稼轩，山东济南人。在他出生前十三年，中原已经沦入金人铁蹄之下，祖父辛赞因族中人口众多，无法举家南迁，只有出仕金国，但时刻希望有机会"投衅而起，以纾君父所不共戴天之愤"(辛弃疾《进〈美芹十论〉札子》)，所以常带着自己的孙儿"登高望远，指画山河"，并曾两次让辛弃疾游历燕山，要辛弃疾趁机了解北方的山川形势和敌人的部署虚实等。

绍兴三十一年(1161)，金主完颜亮大举南犯，受到南宋名将虞允文强有力的狙击，完颜亮为部下所杀。金人的内乱和败北，激励了沦陷区人民反抗敌人的决心和信心，一时义军风起云涌，声势大盛。辛弃疾高举义旗，毅然组织了一支两千多人的队伍。不久率部投归农民义军首领耿京，耿京采纳辛弃疾的建议，次年派辛弃疾到建康与南宋朝廷洽商协同作战之事，事毕归来却惊闻叛徒张安国杀耿京投降金兵，义军大部分溃散。辛弃疾立即率五十骑于敌营五万之众中生擒叛徒，并号召万人共同南归，一路渴不暇饮，饥不暇食，把叛徒缚送建康，斩首示众，伸张抗敌正气。辛弃疾由此名重一时，"壮声英慨，懦士为之兴起，圣天子一见三叹息"（洪迈《稼轩记》）。此时的辛弃疾才二十三岁，却已经表现出非凡的智勇。

南归后的辛弃疾，一方面在军事政治上表现出超人的胆略，另一方面在地方任上，又表现出文治的才能。乾道元年（1165）年向孝宗献《美芹十论》，乾道六年（1170）献《九议》给宰相虞允文，精辟地分析了当时的敌我形势，并提出进取方略，有力回击了"南北有定势，吴楚之脆弱不足以争衡中原"之类的投降论调，显示了辛弃疾经纶济世之才。41岁在湖南创建飞虎军，被金人称为"虎儿军"，颇为畏惮。乾道八年（1172）任滁州太守时，把久遭兵燹的滁州整顿成"流通四来，商旅毕集，人情愉愉，上下绥泰"（崔敦礼《代严子文滁州奠枕楼记》）。在江西，辛弃疾采取果敢措施，制止囤积粮米，使人民顺利渡过了严重的灾荒。这样一个具有壮怀伟志、文武全才的辛弃疾，生当国家危难之时，本应堪当大用，但被南宋朝廷视之为"归正人"，还不断受人造谣中伤。二十三岁南归后，十年间只是任些签判、通判之类的闲职，继则在两湖及江西任提刑、转运、安抚使等职，且每任时间都不长。从孝宗淳熙九年（1182）到宁宗嘉泰二年（1200）的二十年间，除在光宗绍熙三年至五年出任福建路提刑、大府寺卿等职外，其余十数年都是投闲置散，居处在上饶的带湖之滨和铅山的瓢泉之旁，"却将万字平戎策，换得东家种树书"（《鹧鸪天·有客慨然谈功名》）。1203年到1205年，韩侂胄发动北伐，起用辛弃疾为绍兴和镇江知府，时已六十四岁的辛弃疾，"不以久闲为念，不以家事为怀，单车就道，风采凛然"（黄榦《与辛稼轩侍郎书》）。开禧元年又回到铅山，开禧三年（1207）赍志而殁。

青年时代曾跃马横戈，壮年时代曾经力挽颓势的英雄人物，在四十二岁就开始被投闲置散，只有"笔作剑锋长"（《水调歌头·席上为叶仲洽赋》），英雄不能在战场上成就功业，而只有成就于文学之上，这本身就是悲剧。辛弃疾"负管乐之才，不能尽展其用，一腔忠愤，无处发泄……故其悲歌慷慨，抑郁无聊之气，一寄之于词"（徐釚《词苑丛谈》卷四引黄梨庄语）。正因为其词是其一生壮志无成，满腔忠愤的结晶，所以才能"于剪红刻翠之外，屹然别立一宗"（《四库全书总目·稼轩词》提要）。

辛弃疾有词六百多首，是宋代词人中作品最多的一家，邓广铭《稼轩词编年笺注》（上海古籍出版社1993年版增订本）共收辛词六百二十六首，是现存较完善的本子。

第二节　辛弃疾词的思想内容

　　北宋词是文人、士大夫之词，或者说是词人之词，而南渡后张元干、张孝祥等人的词作已突破这了规范，到辛弃疾则纯乎是英雄之词。其特殊的思想个性、武略才情、身世遭际以及在此基础上形成的慷慨悲歌，形成了辛词特定的思想内容。

　　首先是故土牵魂与现实批判。辛弃疾北人南归的特殊身份，决定其对沦陷区的感情比一般人要深挚得多，他的故乡、祖宗庐墓、亲戚故旧都在金人蹂躏之下，而且在当时万方多难、南北分离的特殊时局下，这种对故土的深挚之情必然地导向对国家的忠义之心。这种基于个人深切之痛而形成的政治情感，反复出现于其词作中，形成基调。其词中经常有"西北有神州"、"西北望长安"等这类的句子，充满了词人对故国的一片深情，而《菩萨蛮·书江西造口壁》是其中最具代表性的一首：

　　　　郁孤台下清江水，中间多少行人泪！西北望长安，可怜无数山。　　青山遮不住，毕竟东流去。江晚正愁予，山深闻鹧鸪。

这是词人"借水怨山"（周济《宋四家词选》）之作，寄寓的是对中原失地和沦陷区遗民深切的忆念，对恢复大业的坚定信念及对前景的隐忧，笔锋中包含着极为含蓄的感叹情调，"忠愤之气，拂拂指端"（卓人月《古今词统》），具有一种特别沉雄的风格。

　　对故土的深挚之情，对沦陷区父老乡亲的深切忆念，对"补天裂"的理想实现的急切热望，使辛弃疾对南宋朝廷偏安江左的局势极端不满，使其对现实保持理性的批判精神，对只知划疆守盟、不思复国雪耻的小朝廷，对只图个人利益、不顾国家安危，只会清谈、实则误国的投降派，表现出极大的愤慨与谴责批判。在《美芹十论》、《九议》中，他对"逡巡自爱而留贼以固位"、"营幕之间饱暖有不充，而主将歌舞无休时；锋镝之下肝脑不能保，而主将雍容于帐中"的文臣武将早有批判，在词中，他同样毫不隐讳地抒写自己的爱憎，使其词呈现出强烈的现实批判精神，如"渡江天马南来，几人真是经纶手？长安父老，新亭风景，可怜依旧。夷甫诸人，神州沉陆，几曾回首"（《水龙吟·甲辰岁寿韩南涧尚书》）。是讽刺朝廷的苟且偷安，称南宋的局势是"掩鼻人间臭腐场"（《鹧鸪天》），把苟且偷安之人及投降势力比作"陌上尘"（《鹧鹧天》),是"寒与热,总随人"的"甘国老"(《千年调》),以见出"剩水残山无态度"(《贺新郎》)的可耻与无能。另外还表达偏安误国的大气候下英雄豪杰被压抑打击的愤慨"汗血盐车无人顾,千里空收骏骨"(《贺新郎》)。

辛弃疾词作内容的另一个重要方面是英雄形象的摹写与战争场面的再现。从辛弃疾的身世经历来看,他首先是一个英雄、壮士,亲历火热战斗生活,他追求的是挥戈上马、恢复故土,而且事实表明,他也确有兵家韬略,而不仅仅是文人一厢情愿的功名自许①。但生当南宋朝廷偏安江左、苟且偷安,其英雄的才情武略在现实中找不到实现的途径,"报国欲死无战场"(陆游《陇头水》)是南宋英雄豪杰共同遭遇的悲剧,他只有把这种才情韬略放于词作中来加以表现。在他的词里,有不少是直接描写他经历的抗金斗争,表现出杀敌报国的雄心壮志和英雄本色,其中"道男儿、到死心如铁"(《贺新郎·同父见和再用前韵》)的英雄形象与"燕兵夜娖银胡䩮,汉箭朝飞金仆姑"(《鹧鸪天·有客慨然谈功名》)的战争场面,使辛词从北宋词的吟咏风月或者超旷豪迈的作品中突现出来,显示出自己的强烈个性。他是那样深情地回忆早年的战斗生活场面,"壮岁旌旗拥万夫,锦襜突骑渡江初"(《鹧鸪天》);他是那样倾心于英雄形象的雕铸,"少年横槊,气凭陵,酒圣诗豪余事"(《念奴娇》)、"季子正年少,匹马黑貂裘"(《水高调歌头·舟次扬州》)。在这方面最具有代表性的是《破阵子·为陈同甫赋壮词以寄之》:

> 醉里挑灯看剑,梦回吹角连营。八百里分麾下炙,五十弦翻塞外声,沙场秋点兵。　　马作的卢飞快,弓如霹雳弦惊。了却君王天下事,赢得生前身后名,可怜白发生!

在"志士凄凉闲处老"(陆游《病起》)的难堪现实中,词人对早年战斗生活的无限追怀和鲜明记忆在梦境中生动呈现了,出征前那热烈豪迈的气氛与"沙场秋点兵"的肃穆威严,突出的是主帅(也即词人自己)的英雄形象。下片开首二句笔调峻急轻快,预示着战争的胜利,表现主帅举重若轻、豪情满怀的英雄气概。在梦中,英雄个人的功业热情是那样天然地与国家人民利益水乳交融于一体,而现实却是"可怜白发生"。

---

　　① 邓广铭认为不能单纯以词人看待辛弃疾,尽管他在词坛上享有盛名并产生了极大影响。其军事韬略不是如李白等纯乎诗人所抒"谈笑静胡沙"、"谈笑安黎元"等诗句表现的那样,仅为一种向往或幻想。参见《辛弃疾词鉴赏》的序言,齐鲁书社1986年。

在唐宋词史上,只有在辛弃疾的词里,我们才能见到大量的意气风发的壮伟英雄形象与飞动壮阔的战争场面的出色描写。

辛词另一方面的抒写内容是壮志难酬的悲愤。辛弃疾"整顿乾坤"、"补天裂"的宏大志向在南宋苟且偷安的现实局势中必然遭到压抑,他基本上是在无所遇合、无所作为的环境中度过一生的,其一腔悲愤贯注于词中,形成其词勃郁不平之气。一般而言,他这种壮志难酬的悲愤主要寓含于伤春悲秋和登临怀古之中,前者如《水龙吟·登建康赏心亭》、《摸鱼儿·淳熙己亥……》,后者如《永遇乐·京口北固亭怀古》。在这些词作中,借登高望远所获得的高峰体验倾泻其失志之悲①,如《水龙吟·登建康赏心亭》:

> 楚天千里清秋,水随天去秋无际。遥岑远目,献愁供恨,玉簪螺髻。落日楼头,断鸿声里,江南游子,把吴钩看了,栏杆拍遍,无人会,登临意。　休说鲈鱼堪脍。尽西风、季鹰归未。求田问舍,怕应羞见,刘郎才气。可惜流年,忧愁风雨,树犹如此。倩何人,唤取红巾翠袖,揾英雄泪。

登高望远,秋色无边,江山壮丽,吴钩看了,栏杆拍遍,胸怀报国大志,耻于归隐谋私,可谓豪矣,壮矣! 但怅望失地,光复无望,"江南游子"落日哀鸿一般的孤危处境,年光如水,英雄失路,又何其沉痛悲凉! 这是慷慨沉郁的悲歌,唱出词人赤心报国的雄心壮志和沸腾的激情,同时又表达了词人无路请缨的悲愤和痛苦。

辛词中也有一部分抒写闲逸之趣的作品,辛弃疾42岁即落职闲居,一生被迫赋闲近二十年,与鸥鹭为伴,消磨壮志。但他又是极有性情之人,田园山水景物在他的眼中是那样安宁平静,此间词作显示出辛弃疾胸怀之博大静穆,与其他词作相比,显现出一种闲逸之趣,如:

> 茅檐低小,溪上青青草。醉里吴音相媚好,白发谁家翁媪。　大儿锄豆溪东,中儿正织鸡笼。最喜小儿无赖,溪头卧剥莲蓬。(《清平乐》)

但稼轩毕竟忠愤满怀,郁结太深,即使在这类作品中也往往隐含着一种牢骚怨艾和不满,物我浑融,从山水田园景物的描绘中透露出高洁品行或者

---

① 参见陶尔夫《"稼轩体":高峰体验与词的高峰》,《文学评论》1993年第3期。

自嘲的悲慨,如"富贵非吾事,归与白鸥盟"(《水调歌头·长恨复长恨》),"买山自种云树,山下劚烟菜。百炼都成绕指,万事直须称好,人世几舆台"(《水调歌头·君莫赋幽愤》)。

第三节 辛弃疾词的艺术成就

辛弃疾是一位倾全力填词的作家,与北宋晏欧甚至苏轼以诗文创作之余力填词不同,辛词是其一生情感与意志的本体呈现,所以辛弃疾可以比之为诗家的杜甫、陶渊明、屈原①。在艺术上,也"屹然别立一宗",具体而言表现在下面几个方面:

一是飞动腾跃的艺术形象的塑造。辛弃疾以英雄豪杰的胆识与谋略来结撰词章,自是"绮罗香泽"、"剪红刻翠"的婉约词所不能局限的,词人一腔豪情及受挫压抑的忠愤勃郁之气激荡在词作中,形成辛词特有的飞动腾跃的艺术形象,其涉及军事题材的作品如《破阵子》、《水调歌头·舟次扬舟》、《鹧鸪天·有客慨然谈功名》等词作自不用说,虎虎生风的英雄硬汉形象,雄阔激烈的战争场面,无不是这类艺术形象的代表。但辛词中这类纯然豪壮之词并不多,不过即使是日常生活中的风雨山水一类的寻常景物也同样因豪情流贯而充满飞动腾跃的力量感,如"小窗入静,棋声似解重围"(《新荷叶》),静夜棋声幻化为突出重围的兵戈之声;"夜半狂歌悲风起,听铮铮阵马檐间铁。南共北,正分裂"(《贺新郎》),听檐间铁马也如铮铮阵马。而最典型的是《沁园春·灵山齐庵赋,时筑偃湖未成》:

> 叠嶂西驰,万马回旋,众山欲东。正惊湍直下,跳珠倒溅;小桥横截,缺月初弓。老合投闲,天教多事,检校长身十万松。吾庐小,在龙蛇影外,风雨声中。 争先见面重重,看爽气朝来三数峰。似谢家子弟,衣冠磊落;相如庭户,车骑雍容。我觉其间,雄深雅健,如对文章太史公。新堤路,问偃湖何日,烟水濛濛。

这是辛弃疾第二次被弹劾罢官后在铅山闲居时所作。上片是山水物象的军事化,将群山拟为回旋奔驰的战马,将松林拟为等待检阅的兵阵,而"惊湍直下,跳珠倒溅"则似战事之激烈,甚至自己的闲居之屋也处于一种风雨动荡、

---

① 参见袁行霈《辛词与陶诗》和刘扬忠《稼轩词与老杜诗》,分别载于《文学遗产》1992 年第 1、6 期。

龙蛇飞腾的气氛中。外在景物，无论动静，都是词人豪情壮怀盘旋郁结的力量凝铸而成的雕塑一般的形象，虎虎有生气。下片以人的风神韵味写群山，也有异曲同工之妙。

二是辛词的语言能用古，也能用俗。辛词的语言在突破诗、词、文等不同样式的语言界限上，比苏轼等人更为大胆，在用典方面，五代、宋初词极少用典，苏轼用典远不及辛弃疾多且广，周邦彦用典多只限于唐人诗句，而辛弃疾则从经、史、子、小说中随意撷取，经过他融铸后，形成富于个性色彩的语言。所以宋末刘辰翁论及苏辛二家对词之开拓时，便曾谓："词至东坡，倾荡磊落，如诗如文，如天地奇观，岂与群儿雌声学语较工拙；然犹未至用经、用史，牵《雅》、《颂》入郑、卫也。自辛稼轩前，用一语如此者且掩口。及稼轩横竖烂漫，乃如禅宗棒喝，头头皆是"（《辛稼轩词序》）。这准确地指出了辛词融铸书面语言的能力。如《沁园春·带湖新居将成》：

> 三径初成，鹤怨猿惊，稼轩未来。甚云山自许，平生意气；衣冠人笑，抵死尘埃。意倦须还，身闲贵早，岂为莼羹鲈脍哉！秋江上，看惊弦雁避，骇浪船回。　　东冈更葺茅斋，好都把，轩窗临水开。要小舟行钓，先应种柳；疏篱护竹，莫碍观梅。秋菊堪餐，春兰可佩，留待先生手自栽。沉吟久，怕君恩未许，此意徘徊。

该词融合汉代蒋诩三径、晋朝张翰莼鲈的故事，《离骚》中春兰秋菊，《北山移文》中鹤怨猿惊的成语，以及从口语中提炼出来的明白晓畅而又富于感染力的语言，构成一个和谐的整体。

另一方面是辛词往往藉俗语抒写田园风光，如《西江月·夜行黄沙道中》；有时又以俗语的游戏性质抒写自身的悲慨，如"少年使酒，开口人嫌拗。此个合和道理，近日方晓；学人言语，未会十分巧。看他们，得人怜，秦吉了"（《千年调》），所用语言都是当时的俗语，似自嘲，实是骂世，嬉笑怒骂中透露出词人愤世嫉俗之情。

总之，辛词在语言上，既善于用精美的文学语言，又善用通俗的口语；既善以散文句式入词，又善于点化前人诗句成语入词，在语言表达上也达到了集优荟萃，炉火纯青的境界。

三是辛弃疾词风的多样性。对辛词的风格，一般以豪放称许，的确，辛弃疾把天下大事、家国兴亡、"老兵"的爱憎和沙场征战精神都纳入词的审美范畴，抗金复国成为辛词的主旋律，为读者展示了不同于婉约词的新视界，所以辛词在审美上实现了以阴柔为美的婉约词向以阳刚为美的豪放词的转换，形成其"横绝六合，扫空万古，自有苍生以来所无"（刘克庄《辛稼轩集序》）的豪放词风。

但是举凡大家，大都是"正而能变，变而能化，化而不失本调，不失本调而兼得众调"（胡应麟《诗薮》）。辛词豪放词风的变体是丰富多样的，"如春云浮空，卷舒起灭，随所变态"①，有寓刚健于温柔，寓悲愤于闲适，寓庄严于谐谑等诸端，而最具有特色的乃刚柔相济这一体，如《摸鱼儿》：

> 更能消、几番风雨，匆匆春又归去。惜春长怕花开早，何况落红无数。春且住，见说道、天涯芳草无归路。怨春不语，算只有殷勤，画檐蛛网，尽日惹飞絮。　　长门事，准拟佳期又误。蛾眉曾有人妒。千金纵买相如赋，脉脉此情谁诉？君莫舞。君不见、玉环飞燕皆尘土。闲愁最苦。休去倚危栏，斜阳正在、烟柳断肠处。

这是辛词中"色貌如花，肝肠似火"之作，在如花的色貌之下表达的却不是柔情寸断，而是似火的肝肠，是其一腔忠愤之情，体现了辛弃疾一贯的创作风格，"百炼钢"化为"绕指柔"，以雄豪之气驱遣花间丽语，在悲凉的主旋律上弹奏出百转千回，哀艳欲绝的温婉之音。

辛词的佳处不在其能豪放，也能婉约，而在于能把两者融会一体，摧刚为柔，"潜气内转"②。以英雄豪杰之气写词而能保持词体曲折含蕴之美，这是其词超越苏词，也是千百年以后的词家感到难以为继的突出之处。所以陈廷焯在《白雨斋词话》卷一曾说："稼轩一体，后人不易学步。无稼轩才力，无稼轩胸襟，又不处稼轩境地，欲于粗莽中见沉郁，其可得乎？"周济的《介存斋论词杂著》对此说得更明确："后人以粗豪学稼轩，非徒无其才，并无其情。稼轩固是才大，然情至处，后人万不能及。"

辛弃疾在词史上是一位划时代的作家，正如《四库全书总目·稼轩词》提要所云："其词慷慨纵横，有不可一世之慨，于倚声家为变调，而异军特起，能于刻红剪翠之外，屹然别立一宗，迄今不废。"他的成就不仅影响了南宋的爱国词坛，而且晚清和近代也深受其影响。

---

① 范开《稼轩词序》评辛弃疾词"其词之为体，如张乐洞庭之野，无首无尾，不主故常；又如春云浮空，卷舒起灭，随所变态，无非可观"，其中"张乐洞庭之野"是关键，语出《庄子·天运》："北门成问于黄帝曰：帝张咸池之乐于洞庭之野，……其声能短能长，能柔能刚，变化齐一，不主故常"。说明辛词风格中最有特点的是"能柔能刚"。

② 谭献《谭评词辨》中评《水龙吟·登建康赏心亭》："裂竹之声，何尝不潜气内转。"

第四节　辛派词人

　　关于辛词的成就和影响，周济说过："苏、辛并称。东坡天趣独到处，殆成绝诣，而苦不经意，完璧甚少。稼轩则沉着痛快，有辙可循，南宋诸公，无不传其衣钵，固未可同年而语也"（《宋四家词选·目录序论》），指出辛词在影响上超过了苏词，南宋的豪放派爱国词都是"传其衣钵"者。和辛弃疾同时或稍晚的时代里，受辛词影响的词人约五十多家，著名的如陆游、陈亮、刘过、刘克庄、刘辰翁等，文学史上称之为辛派词人。他们与辛词相同之处是具有共同的爱国主义思想感情，以文为词，惯作壮语，多用长调，有着豪放的风格。但不足之处是粗豪有余，清逸不足，且反映社会的深度与广度不如辛词。这其间，陈亮与刘过是成就较高者。

　　陈亮（1143—1194），字同甫，婺州永康（今属浙江）人。一生未曾为官，临死前一年（宋光宗绍熙四年）才考取进士，授签书建康府判官，未赴任就去世了。著有《龙川文集》，其《龙川词》存词七十四首。

　　陈亮和辛弃疾交谊深厚，孝宗淳熙十五年（1188），他自浙江东阳远道去访退居在上饶的稼轩，同游鹅湖，极论世事①，别后曾连章唱和，陈亮的《贺新郎》三首词风雄放恣肆，与稼轩词相类。刘熙载云："陈同甫与稼轩为友，其人才相若，词亦相似"（《艺概》）。其《龙川词》都是意气豪纵、直抒胸臆之作。"龙川词一卷，读至卷终，不作一妖语、媚语，殆所称不受人怜者欤？"（毛晋《龙川词跋》）据说其每一首词写成后，"辄自叹曰：'平生经济之怀，略已陈矣'"（叶适《书龙川集后》）。因此其词中十分鲜明地反映了他的政治主张和以复国为己任的高度的责任感，有些词干脆就是"极论世事"，如《水调歌头·送章德茂大卿使虏》：

　　　　不见南师久，漫说北群空。当场只手，毕竟还我万夫雄。自笑堂堂汉使，得似洋洋河水，依旧只流东。且复穹庐拜，会向藳街逢。　　尧之都，舜之壤，禹之封。于中应有，一个半个耻臣戎。万里腥膻如许，千古英灵安在，磅礴几时通？胡运何须问，赫日自当中。

---

　　① 关于辛弃疾与陈亮的"鹅湖之会"，参见邓广铭《辛稼轩年谱》相关记载，另见刘乃昌《辛弃疾论丛·辛弃疾与陈亮的鹅湖之会》，齐鲁书社1979年出版。

强烈的民族自豪感和必胜的信心充溢其间,这在稼轩词中也是不多见的。但艺术上散文化、议论化,略嫌质直,原因正如他自己所评"粗块大脔,饱有余而文不足"。而《念奴娇·登多景楼》一首,同样激越昂扬,充溢着豪迈之气,但跌宕沉著,比前一首含蕴深致。

刘过(1154—1206),字改之,自号龙洲道人,吉州太和(今江西泰和县)人。"少有志节,以功业自许,博学经、吏、百氏之书,通知古今治乱之略,至于论兵,尤善陈利害"(殷奎《复刘改之先生墓事状》)。平生以义气著称,力主抗金,宋光宗时,曾上书朝廷,提出恢复中原的方略,不被采用,从此流落江湖,潦倒终身,自称"四举无成,十年不第,大宋神州刘秀才"(《沁园春》),更加狂放不羁①。有《龙洲词》,今存78首。

黄昇说:"改之,稼轩之客……词多壮语,盖学稼轩者也"(《花庵词选》卷五)。其词有意识效法稼轩,只不过比稼轩更豪放不拘,如《六州歌头·题岳鄂王庙》凭吊爱国英雄岳飞,《沁园春·张路分秋阅》抒写"不斩楼兰心不平"的壮志,《沁园春·寄辛稼轩》寄托"算整顿乾坤终有时"的信心,无不慷慨激昂。但刘过词大多缺乏稼轩词内在的沉着婉转,变得粗豪有余而顿挫不足,所以冯煦在《宋六十家词选例言》中说:"龙洲自是稼轩附庸,然得其豪放,未得其宛转"。但其词也有自成一家,别具面目者,如《沁园春》:

> 斗酒彘肩,风雨渡江,岂不快哉!被香山居士,约林和靖,与东坡老,驾勒吾回。坡谓"西湖,正如西子,浓抹淡妆临镜台"。二公者,皆掉头不顾,只管传杯。　　白云"天竺飞来。图画里、峥嵘楼观开。爱纵横双涧,东西水绕;两峰南北,高下云堆"。遄曰"不然,暗香浮动,争似孤山先探梅。须晴去,访稼轩未晚,且此徘徊。"

稼轩招刘,刘赠词答以不能赴招,但这层意思却借苏轼、白居易、林逋三人交相劝阻曲折而又风趣地传达出来,且又关合三人咏西湖诗作,语言舒卷自如,无拘无束,有明显的散文化倾向。

南宋后期,辛派词人的代表是刘克庄(1187—1269),字潜夫,自号后村居士,福建莆田人,其词集现存三种版本,以《疆村丛书》本《后村长短句》收词最多,《全宋词》又加补辑,共有二百六十四首。在南宋后期姜夔影响较大的词坛上,刘克庄依然追随辛弃疾,"粗识国风关睢乱,羞学流莺百

---

① 刘过的生平事迹参见上海古籍出版社1978年版《龙洲集》附录中有关传记资料。

唭，总不涉闺情春怨"(《贺新郎·席上闻歌有感》)，所以其词有广泛的社会内容，"拳拳君国，似放翁；志在有为，不欲以词人自域，似稼轩"(冯煦《六十一家词选》)。伤时念乱者如《玉楼春》："男儿西北有神州，莫滴水西桥畔泪"。同情民瘼者如《满江红》："帐下健儿休尽锐，草间赤子俱求活。"

其词的主导风格是豪迈奔放，雄健疏宕，如《沁园春·梦方孚若》：

何处相逢，登宝钗楼，访铜雀台。唤厨人斫就，东溟鲸脍；圉人呈罢，西极龙媒。天下英雄，使君与操，余子谁堪共酒杯？车千辆，载燕南赵北，剑客奇材。　　饮酣画鼓如雷，谁信被晨鸡轻唤回。叹年光过尽，功名未立；书生老去，机会方来。使李将军，遇高皇帝，万户侯何足道哉！披衣起，但凄凉感旧，慷慨生哀。

抒发自己壮志未伸的感慨，气象开阔，情绪振奋。与辛词相较，刘克庄词喜议论，散文化特点明显，气势稍弱，骨力略逊，是"效稼轩而不及者"(张炎《词源》)。

在宋亡时，能够继承辛词传统的代表是刘辰翁和文天祥。刘辰翁(1232—1297)，字会孟，号须溪，庐陵(江西吉安)人，以耿直得名，曾任濂溪书院山长，宋亡后隐居不出，持节自守①。他的《须溪词》现存词三百五十多首，况周颐《蕙风词话》卷二说："《须溪词》风格遒上似稼轩，情辞跌宕似遗山"。指出由于他身受亡国之痛，其词在风格上似稼轩豪纵，而精神实质上与元好问的纪乱诗有相通之处，以词记录亡国历史，"暮年诗、句句皆成史"(《金缕曲》)。但其词于沉痛中时见悲壮之情，如《柳梢青·春感》：

铁马蒙毡，银花洒泪，春入愁城。笛里番腔，街头戏鼓，不是歌声。　　那堪独坐青灯，想故国、高台月明。辇下风光，山中岁月，海上心情。

在山河易主，风俗改换的不堪现实中，词人向往的是仍在南国坚持抗元的斗争生活。

文天祥在国难当头之时，以"国家兴亡，匹夫有责"的高度自觉的社会责任感和历史使命感，不顾个人的安危和得失，自觉承担起救国的重任，留名青史，可歌可泣。同时，以他视死如归的崇高气魄、悲壮激越的声腔为两宋词史作了

---

① 刘辰翁的生平事迹参见吴企明《刘辰翁年谱》，载《中国韵文学刊》总第五期(1990年12月)。

辉煌的收束。其词忠愤激烈,如《沁园春·题潮阳张许二公庙》:

> 为子死孝,为臣死忠,死又何妨!自光岳气分,士无全节;君臣义缺,谁负刚肠。骂贼睢阳,爱君许远,留得声名万古香。后来者,无二公之操,百炼之钢。　　人生翕欻云亡,好烈烈轰轰做一场!使当时卖国,甘心降虏,受人唾骂,安得流芳?古庙幽沉,仪容俨雅,枯木寒鸦几夕阳。邮亭下,有奸雄过此,仔细思量!

此词决非一般的咏史怀古词可比,其中凝结着作者光照千秋的人格力量和中国文化精神的主要精华,"此等作品,不可以寻常词观之也"(刘永济《唐五代两宋词简析》)。

第九章　南宋后期的文学

南宋后期，统治集团已习惯了屈辱苟安的局势，特别是在韩侂胄北伐失败、开禧和议签订之后，更是讳言用兵，光复中原几成梦想。加之北方金朝内部矛盾日趋严重并出现政变，自顾不暇，实已无力南侵。这样，宋金对峙的局面就更为稳定。恢复中原的呼声逐渐被粉饰太平的歌吟所淹没，统治集团乐于在残山剩水之中寻求安逸。这种政治风气直接地影响了文学创作，一般文人逐渐变得沉酣于轻歌曼舞，游离于政治斗争之外。在词坛上虽然还有辛派后继刘辰翁、刘克庄等人，但主要还是以姜夔为代表的姜派词人，诗坛上出现了四灵派、江湖派，他们流连光景，吟玩性情日趋流行。而在南宋灭亡时，涌现出以文天祥为代表的一批爱国主义作家，他们慷慨悲凉的歌唱，使南宋文学的爱国主义主旋律得到了辉煌的再现。

第一节　姜夔与姜派词人

以姜夔为代表的姜派词人，主要是继承北宋周邦彦的词法，恪守歌词必须合乐的准则，力求保持雅正婉约的传统格调。但由于社会环境已与北宋不同，他们也不能完全超脱现实，不能不受辛词的影响，因此，他们的作品中也多少带有一些家国兴亡的感叹与哀伤。

姜夔（1155—1221?）字尧章，别号白石道人，饶州鄱阳（今江西波阳县）人。少年时随父流寓于湖北汉阳，二十二岁开始，出游江淮、扬州一带，三十多岁时，认识了当时有名望的诗人萧德藻，成为其侄女婿，由此认识了杨万里、范成大等人，并与他们唱和交游。姜夔是一个典型的江湖游士，终身布衣，平时依附于萧德藻、范成大、张鉴等，靠他们资助为生，但孤高耿介，曾辞谢张鉴欲送其田庄和为他买取官爵的美意。晚年失去依傍，十分贫困，死无以殓①。他所走的是高人雅士的道路，这使他的创作有一种真诚高洁的情

---

① 姜夔生平事迹详见夏承焘《唐宋词人年谱·姜白石系年》及其《姜白石词编年笺校·行实考》。

感,但又局限了其作品反映生活的深度和广度。姜夔存词八十四首。

在姜夔词中,对个人生活及身世之感的抒发占了最大的比重。他早年孤苦无依,备受飘零流落之苦,其《红梅引》中有"漂零客,泪满衣"的句子,正是这种凄婉低沉之情,成为其毕生创作中的基调。其次,恋情词占有较大比重。还有咏物词,姜词中咏梅的有二十八首,咏柳的有二十五首,这些作品往往另有寄托,但隐约难辨,难以指实,如咏蟋蟀的《齐天乐》、咏荷花的《念奴娇》都是备受赞赏的。最有名的是其自度曲《暗香》、《疏影》,两首词调名来自林逋的《山园小梅》中诗句"疏影横斜水清浅,暗香浮动月黄昏",是姜夔咏梅的名作。但如前人所一致肯定的,它们决不是单纯的咏物之作,在对梅花刻画的同时更多的是抒写由梅花而引起的联想,是有所寄托的。

姜夔江湖雅士的身份决定其不可能像陆游、辛弃疾那样为现实大声呼号,只能像《疏影》、《暗香》那样若有若无、隐晦曲折地托事寓意。但他毕竟身处万方多难的时代,其词中也有较为直接抒写家国之恨的作品,如写于二十二岁的自度曲《扬州慢》:

> 淮左名都,竹西佳处,解鞍少驻初程。过春风十里,尽荠麦青青。自胡马窥江去后,废池乔木,犹厌言兵。渐黄昏,清角吹寒,都在空城。　杜郎俊赏,算而今,重到须惊。纵豆蔻词工,青楼梦好,难赋深情。二十四桥仍在,波心荡,冷月无声。念桥边红药,年年知为谁生!

词作一方面显示了词人非凡的才华,一方面感慨今昔,既神往于唐代杜牧在扬州的风流际遇,又为眼前这座名城遭受金人蹂躏后的一片萧条而悲怆。姜夔晚年受辛弃疾的影响,有过一些雄健之作,如与辛弃疾唱和的四首即是,其中《永遇乐·次稼轩北固楼词韵》是姜词中感慨国事、抒发爱国思想最明显的一篇,但这类词作在姜词中毕竟只是少数。而且正如谭献《复堂词话》所说:"白石、稼轩,同音笙磬,但清脆与鞺鞳异响,此事自关性分。"同为忧国哀时之作,呈现面貌却不同。

姜词的艺术特点与其诗歌创作实践及诗论紧密相关。姜夔作诗最初学江西诗派,取法黄庭坚,亦步亦趋,"一语噤不敢吐",但后来"始大悟学即病,顾不若无所学之为得"(《白石道人诗集自序》),这直接影响了他的词风,"读其说诗诸则,有与长短句相通者"(谢章铤《赌棋山庄词话》)。

姜词的语言清刚峭拔、瘦硬凝练,这是因为其以江西诗风清劲瘦硬的特点,革除柳、周词中绮靡软媚之病。即使写爱情,也从不用华丽秾密的语句,

而出之以淡雅疏宕的笔触,如其为合肥恋人所写的恋情词《踏莎行·自沔东来,丁未元日至金陵,江上感梦而作》:

> 燕燕轻盈,莺莺娇软,分明又向华胥见。夜长争得薄情知,春初早被相思染。
> 别后书辞,别时针线,离魂暗逐郎行远。淮南皓月冷千山,冥冥归去无人管。

词作无意于两情欢愉的展现,而是极写相思离别的苦况,以清刚之笔写柔情浓愁,其中"淮南皓月冷千山"的寒凉旷远实为恋情词中少见。另外如"数峰清苦,商略黄昏雨"(《点绛唇》)、"嫣然摇动,冷香飞上诗句"(《念奴娇》)、"虚阁笼寒,小帘通月"(《法曲献仙音》)等,都是姜夔在江西诗派影响下铸造出来的既清新、又峭拔的词句。

　　姜词兼具清空、骚雅之长。所谓清空是指意念的空灵含蓄,对事物的描写避免直接刻画,而是遗貌取神,虚处着笔,从侧面烘托出来。如《小重山令》"九疑云杳断魂啼,相思血,都沁绿筠枝",是见梅怀人之作。但作者不直接写人,却用典咏物,以湘妃之血泪染红了梅花的枝条作比,来暗喻对情人的刻骨相思。这种技巧,张炎比之为"如野云孤飞,去留无迹"。但因为琢句过甚,也有如《人间词话》所说:"虽格韵高绝,然如雾里看花,终隔一层"之弊。评家的不同见解,使我们辩证地看出了这种笔法的优缺点。至于骚雅,主要是指姜词继承《诗经》、《楚辞》的传统,能寓意见志,有比兴,有寄托。如《八归》:"送客重寻西去路,问水面、琵琶谁拨。最可惜,一片江山,总付与啼鴂",暗示了哀时之感。宋翔凤《乐府余论》说:"其流落江湖,不忘君国,皆借托比兴于长短寄之。如《齐天乐》,伤二帝北狩也。《扬州慢》,惜无意恢复也。《暗香》、《疏影》,恨偏安也。盖意愈切而辞愈微,屈、宋之心,谁能见之?乃长短句中复有白石道人也。"把形象刻画、环境烘托、心理描写和比兴寄托熔于一炉,运用夸张、比喻、象征和联想等手法来渲染气氛,造成虽起伏跌宕而仍然含蓄不露的艺术效果。①

　　音节谐婉是姜词艺术特征之一。他精通音律,对于审音协律非常重视,他的歌曲中有十七调自注工尺旁谱,为后世研究宋词歌法的重要资料。姜

---

　　①　可参读陈廷焯《白雨斋词话》卷二中关于姜夔的论述:"南渡以后,国势日非,白石目击心伤,多于词中寄慨。不独《暗香》、《疏影》二章,发二帝之幽愤,伤在位之无人也。特感慨全在虚处,无迹可寻,人自不察耳。感慨时事,发为诗歌,便已力据上游。特不宜说破,只可用比兴体,即比兴中亦须含蓄不露,斯为沉郁,斯为忠厚。"

夔所以谨守音律,是要藉音律的谐美以衬托词中的情辞,而并不要拘守音律以妨害词意。他把词意放在第一位,让格律服从于自己的情辞,在《长亭怨慢》小序中词人说:"予颇喜自制曲,初率意为长短句,然后协以律。"可见词人是以律就词,而非以词就律①。所以,他的词作,音律谐婉,而又不伤词意。

姜词在艺术上还有一个特征是词前往往配有韵味绝佳的小序,其本身就有独立的文学价值,如《扬州慢》、《暗香》、《疏影》前的小序。

在北宋词坛能开拓局面而发生影响者,当推柳永、苏轼、周邦彦,而在南宋,则是辛弃疾与姜夔。姜词虽深受周邦彦的影响,但由于其能化绵密为清疏,意趣超远,醇雅蕴藉,所以能在周邦彦之外另立宗派,其影响已不仅仅局限于南宋。清代浙派词人把他奉为宋词中的第一作家,比之为诗中的老杜,虽誉之过甚,但也说明他的确是宋代词坛上独具特色的作家。

吴文英(1207?—1269?),字君特,号梦窗,晚年别号觉翁,四明(今浙江宁波市)人。吴文英的生平事迹,缺乏详细记载,生卒年也众说纷纭②。与姜夔一样,他也是一位以布衣终老的江湖游士,但不同之处在于他喜欢结交显贵,以词章曳裾侯门,充当其门客幕僚,但却并不希求仕禄,也不肯趋附钻营,所以潦倒终生,是一个狷介自好之士。

吴文英存词三百四十一首,以数量言,在南宋词家中仅次于辛弃疾和刘辰翁,吴文英论词与姜夔相类。③

吴文英词作的思想内容不外乎感旧怀人,伤今怀古,应酬唱和之作,生活画面不够广阔。大约五十首左右的感旧怀人之作多写恋情,其中,词人也隐约曲折地透露出自己对风雨飘摇的时局的忧患,如"几番时事重论,坐中共惜斜阳下"(《水龙吟》);"看故苑离离,城外禾黍"(《绕佛阁》)。

梦窗词的价值主要体现在艺术成就上。对梦窗词的评价历来意见不同,尹焕《〈梦窗词〉序》:"求词于吾宋者,前有清真,后有梦窗。此非焕之言,

---

① 参见缪钺《论姜夔词》,载《灵谿说词》第 456 页,上海古籍出版社 1987 年版。
② 今人陈邦炎在《吴梦窗生卒年管见》(《文学遗产》1983 年第 1 期)一文中推定吴氏约生于嘉定五年(1212)左右,卒于咸淳八年(1272)到德祐二年(1276)之间。夏承焘在《唐宋词人年谱·吴梦窗系年》推定吴氏生于 1200 年前后,卒于 1260 年前后。谢桃坊《吴文英事迹考辨》(《词学》第五辑)一文中推定吴氏生于 1207 年左右,卒于 1269 年左右。
③ 沈义父《乐府指迷》根据吴文英所讲归纳为四点:一、音律欲其协,不协则成长短之诗;二、下字欲其雅,不雅则近乎缠令之体;三、用字不可太露,露则直奔而无深长之味;四、发意不可太高,高则狂怪而失柔婉之意。

四海之言也"（见《中兴以来绝妙词选》卷十）。但张炎在《词源》中的评价影响最大："吴梦窗词如七宝楼台，眩人眼目，碎拆下来，不成片段。"后人往往据此贬责梦窗词①，认为其词文辞灿然，但却扑朔迷离，晦涩难懂，不成片段，难以寻绎贯穿于美丽辞句之下的情感意脉。之所以产生这样的接受效果，最重要的是其完全摆脱了传统的理性逻辑关系拘束，纯然的以情驭象，具体而言，表现在以下几个方面②：

　　首先是时空交错杂糅的结构方式。梦窗词不再遵循现实意义上的客观时空逻辑关系，其词中时空结构开合起落听任于感触情绪之流向，打碎人物、事件、景物的完整形象，并将这种破碎的形象作为表情意象，因此，显示不出明确的段落或呼应的线索，如《齐天乐·与冯深居登禹陵》。该词前半阕有"倦凭秋树"，点明时节是秋天，而词之结尾忽然又有"岸锁春船"之语，季节忽然跨越，中间又无铺垫、交待。从下片开端"寂寥西窗久坐……同剪灯语"三句可看出该词写夜间与故人在灯下之晤对，而其下却陡然承以"积藓残碑"三句，从当下转为日间在禹陵之登览，其所写者忽而为西窗之剪灯夜雨，忽而为禹庙之断壁残碑，忽而为黑夜，忽而为白昼，中间时空跳跃又无说明性词句勾连，自然容易使人感到零乱晦涩。其长达 240 字的自度曲，也是词史上最长的词调《莺啼序》，在时空错综组接上更是起落无迹，扑朔迷离。周济在《介存斋论词杂著》中说："梦窗每于空际转身，非具大神力不能。"正是指这种独特的艺术功力。其思维并不是线性延展，而是随潜意识流动而起伏跳跃，意脉前后旋转，把远近高低、上下古今不同时空景物摄取在同一幅画面里，不习惯者往往讥之为"不成片段"，王国维也因此"取其词中之一语以评之曰：'映梦窗，凌乱碧'"（《人间词话》）。

　　另一方面，其词作的遣词及意象组合也显示出反传统理性，重瞬间感触的特征。他喜用怪字，遣词往往出人意表，给人造成一种陌生感、突兀感，甚至是一种强烈的感官刺激，如"箭径酸风射眼，腻水染花腥"（《八声甘州·陪

---

　　①　胡适《词选》中说："《梦窗四稿》中的词，几乎无一首不是靠古典与套语堆砌起来的。张炎说'吴梦窗词如七宝楼台……'，这话真不错"。胡云翼在《宋诗研究》一书中引申发挥张炎之说："专在用事与字面上讲求，不注意词的全部脉络，纵然字面修饰得很好看，字句运用得很巧妙，也还不过是一些破碎美丽的辞句，决不能成功整个的情绪之流的工艺作品"，并说"南宋到了吴梦窗，则已经是词的劫运到了了。"

　　②　参见叶嘉莹《拆碎七宝楼台——谈梦窗词之现代观》及《论吴文英词》，分别载于《迦陵论词丛稿》（河北教育出版社 1998 年版）和《灵谿说词》（上海古籍出版社 1987 年版）。

庾幕诸公游灵岩》)中以"酸"写风,以"腥"写花,以"腻"写水,都超出了一般的描状之辞。《高阳台·丰乐楼》中有"搅翠澜,总是愁鱼",以"愁"写鱼也是生新之辞。像"冷薰沁骨悲乡远"这样的句子,也不是一般的通感所能解释清楚的。梦窗词还喜用艳字,如"檀栾金碧,婀娜蓬莱,游云不蘸芳洲"(《声声慢·陪幕中饯孙无怀于郭希道池亭》),"藻国凄迷,曲澜澄映,怨入粉烟蓝雾。香笼麝水,腻涨红波,一镜万妆争妒"(《过秦楼·芙蓉》),这些艳字的使用,造成其词强烈的装饰性,有"炫人眼目"之感。

梦窗词意象组合密丽,与姜夔词的"清空"不同而显出"质实"之特点,但因其意象组合方式的生新,往往是"梦窗密处,能令无数丽字——生动飞舞,如万花为春,非若珊瑚蹙绣毫无生气也"(况周颐《蕙风词话》卷二)。如"彩扇咽寒蝉,倦梦不知蛮素"(《霜叶飞》)中的"彩扇"与"寒蝉"两个意象以"咽"来连接,将今日之寒蝉之昔日之彩扇作现实时空混淆,将寒蝉之"咽"移至彩扇下,写持扇佳人蛮素之悲咽,次句之倦梦是今日寒蝉声中所感,却与往日佳人组合,情景合一。

再有梦窗词喜用僻典,如《齐天乐·与冯深居登禹陵》一词中的"翠萍湿空梁,夜深飞去",写会稽山上的禹庙,引用了一个非常冷僻的关于梅梁的神话故事,如不知晓梅梁典故,就无法理解词句。

吴文英有些词写得流丽雅正,如追念亡妾的词作《风入松》①:

> 听风听雨过清明,愁草瘗花铭。楼前绿暗分携路,一丝柳、一寸柔情。料峭春寒中酒,交加晓梦啼莺。　　西园日日扫林亭,依旧赏新晴。黄蜂频扑秋千索,有当时、纤手香凝。惆怅双鸳不到,幽阶一夜苔生。

全词语言纯雅而一往情深,眼前的重柳和秋千,幻化出伊人的倩影,而门前阶上经夜丛生的青苔,隔断了来往的路径,只能空余惆怅。

总之,吴文英词在艺术上承周邦彦、姜夔,但不守成法,刻意创新,成为一位自具面目的词家。

姜派词人除吴文英外,还有史达祖、张炎、王沂孙、周密等。

史达祖,字邦卿,号梅溪,汴京(今河南开封市)人。他大约比姜夔小

---

① 据夏承焘先生《吴梦窗系年》中的考证,梦窗有二妾,一死一遣,"集中怀人诸作,其时夏秋,其地苏州者,殆皆忆苏州遣妾;其时春,其地杭者,则悼杭州亡妾"。载中华书局 1961 年出版的《唐宋词人年谱》第 469—470 页。

十岁,曾为权臣韩侂胄的堂吏,备受宠信。韩侂胄北伐失败被杀,连及史达祖受黥刑并被贬谪流放,后不知所终。有《梅溪词》一卷,存词一百十二首。

史达祖词风与姜夔相类,后世评家喜姜史并提①,其词作中最有名的是咏物词《双双燕·咏燕》和《绮罗香·咏春雨》,被公认为南宋咏物词的代表作,其妙处在于通篇不从正面着题,只从侧面烘托,而物象情景,宛在目前,如前一篇咏燕,无一句提及燕字,然而刻画燕子的形态特征却异常逼真,与姜夔咏物词提空描写、空际传神是一致的。

王沂孙,字圣与,号碧山,又号中仙,会稽(今浙江绍兴市)人,其生平事迹遗传甚少,入元后曾担任庆元路儒学的学正②。其词集名《碧山乐府》,又名《花外集》或《玉笥山人词集》,存词六十四首。

王沂孙不仅取法姜夔,也博采周邦彦、吴文英等诸家长处,从而形成自己的独特风貌。其词工于咏物,并于咏物词中使事用典以寄托兴亡之感,"碧山咏物诸篇,并有君国之忧"(张惠言《词选》卷二),代表作如《齐天乐·蝉》、《眉妩·新月》。前一首以病翼枯形的秋蝉自比,感慨于国破无托之余,还要目睹这人间灾难,充满家国之恨,但王沂孙词也有晦涩之病。

张炎(1248—1320?),字叔夏,号玉田,晚号乐笑翁,祖籍秦州成纪(今甘肃天水),后居临安。他是南宋抗金名将张俊六世孙,宋亡时,祖父被杀,家产被抄没,全家也因此被籍为奴,晚年穷困潦倒③。其词集名《山中白云》或《山中白云词》,与《白石道人歌曲》合称为双白词,存词三百零二首。张炎二十九岁前贵族公子的生活和沦落之后的凄凉对其创作有巨大影响,其词作多写身世之感、亡国之痛。如其著名的咏物词《解连环·孤雁》,以失群孤雁自比,一方面写出了自己飘零潦倒的心理,同时也寄托了失去家园故国的沉痛哀思。

张炎词清虚俊爽的风格,凄怆缠绵的情调,与姜夔接近,张炎的出现,扩大了姜夔的影响。他不仅是一个词人,而且还是一个出色的词论家,其《词源》与稍前沈义父的《乐府指迷》,同是中国文学批评史最早的词论专著。张

---

① 清代谢章铤《赌棋山庄词话》卷一一说雍正、乾隆间,学词者"家白石而户梅溪"。其《词洁》也说:"今之治词者,高手知师法姜、史。"

② 王沂孙生平事迹参见王筱芸《碧山词研究》,南京出版社1991年版。

③ 张炎生平事迹参见杨海明《唐宋词论稿·张炎家世考》(浙江古籍出版社1988年版)和《张炎词研究》(齐鲁书社1989年版)。

炎的《词源》总结了从姜夔到自己的词学理论,他以自己的创作和理论为南宋姜派词人作了总结。

第二节 四灵派与江湖诗人

永嘉四灵是指温州地区的徐照、徐玑、赵师秀和翁卷四位诗人。徐照(? —1211),字道晖,又字灵晖,自号山民,家境贫穷,以布衣终其一生,著有《芳兰轩诗集》。徐玑(1162—1214),字致中,又字灵渊,历任建安主簿、永州司理等卑职,著有《二薇亭诗集》。赵师秀(1170—1220),字紫芝,又字灵秀,别号天乐,绍熙元年(1190)进士,曾任上元县主簿,筠州推官,著有《清苑斋诗集》。翁卷字续古,又字灵舒,曾在江淮边帅幕中供职,一生落拓,大约卒于淳祐三年(1243)以后,著有《苇碧轩诗集》。他们四人字中都带有一个灵字,诗风相近,同出叶适之门,所以合称为永嘉四灵或四灵派。

四灵派的出现,是对江西诗派艰涩因袭、毫无生气诗风的一种反拨,具体表现如下:

一是反对江西诗派"资书以为诗"(刘克庄《韩隐君诗序》),提倡"捐书以为诗"(同上),即爱好生造与苦吟,尤其讲究句法、字法,"日锻月炼",如翁卷:"传来五字好,吟了半年余"(《寄葛天民》)。徐玑:"五字极难精","磨砻双鬓改,收拾一篇成"(《书翁卷诗集后》)。徐照:"君爱苦吟吾喜听,世人谁更重清才"(《宿翁卷书斋》)。

二是追求野逸清瘦之趣,融入了山水田园诗的意趣,追求空灵淡泊的境界。四灵的生活际遇都比较清苦,所以与贾岛、姚合的诗情一拍即合,如赵师秀的《龟峰寺》:

> 石路入青莲,来游出偶然。峰高秋月射,岩裂野烟穿。萤冷粘棱上,僧闲坐井边。虚堂留一宿,宛似雁山眠。

诗作字句洗练,清雅可诵,境界幽洁。这类诗作与贾岛诗风相类,充满着禅意僧气,在其他几个诗人的作品中也常见,如:"闲灯妨远梦,寒雨乱愁吟"(翁卷《寄赵灵秀》),"铎音山殿静,萤影石池深"(赵师秀《太平山读书》),"殿净灯光小,经残磬韵空"(徐玑《宿寺》)。

三是创作内容上淡漠现实,多以抒发个人感受,吟咏田园、流连光景为主要内容,"所用料不过花、竹、鹤、僧、琴、药、茶、酒,于此数物一步不可离,而气象小矣!"(方回《瀛奎律髓》卷十)。正如翁卷所言"有口不须谈世事,无机惟合卧山林"(《行药作》),"楚辞休要学,易得怨伤和"(《送蒋德瞻节推》)。

总之,四灵诗以清苦、幽深、枯健、小巧取胜。正如当初极力称赞四灵的叶适所言,他们的诗作"敛情约性,因狭出奇"(《题刘潜夫〈南岳诗稿〉》),指出他们的生活范围不广,思想蕴涵不深,所以诗歌平淡清瘦,缺乏奔放的热情和昂扬的气魄,艺术上只注重炼字修辞,而忽略了全篇的结构和意境。但四灵诗人也有一些清新流畅,雅致圆润的诗篇,如翁卷的《乡村四月》:"绿遍山原白满川,子规声里雨如烟。乡村四月闲人少,才了蚕桑又插田。"这是一幅绝妙的江南农村初夏的风俗画;再如赵师秀《约客》:"黄梅时节家家雨,青草池塘处处蛙;有约不来过夜半,闲敲棋子落灯花。"描绘出富有诗意的江南雨夜和抒情主人公清幽孤寂的情怀。

江湖派是一个由江湖游士所组成,成分复杂而且没有组织形式的松散的创作群体①。江湖诗派之名是由杭州书商陈起编刊《江湖集》而得,并因此引起江湖诗祸而扬名于世。刘克庄《落梅》中"东风谬掌花权柄,却忌孤高不主张",陈起"秋雨梧桐皇子府,春风杨柳相公桥"等诗句被当成讽刺朝政的证据。这场文字狱的结果是《江湖集》被劈板禁毁,且诏禁士大夫作诗。诗禁解除后,《江湖集》又陆续出版过一些,今存《江湖小集》、《江湖后集》等书,作者约百人,情况十分庞杂,基本上都反对江西诗派而崇尚晚唐诗,但格局较四灵稍为开阔,取材也较广泛,艺术手术也较为灵活多样。这些人从身份上讲,大多是布衣或小官员,但也有身居高位的显贵,如刘克庄、洪迈等;从人品而言,有豪气不除,热衷于功名事业者,如戴复古、刘过;有渔歌樵隐者,如四灵诸人;也有沽名钓誉、趋炎附势者,流品很杂;从师法渊源及风格特征看,也很难一概而论。

江湖诗人生活在社会较低层,接触面较广,所以他们曾写过一些反映现实,同情民生疾苦的悯农诗,如乐雷发的《逃户》:"不知携老稚,何处就丰年?"真实地反映出在内忧外患的双重窘境中逃荒农民走投无路,进退失据的绝境。

但江湖诗人更擅长的是写景抒情之作,如叶绍翁《游园不值》:"应怜屐齿印苍苔,小扣柴扉久不开。春色满园关不住,一枝红杏出墙来"。这样的

① 参见张宏生《江湖诗派研究》,中华书局 1995 年出版。

诗作可看作四灵诗风的延续。

江湖诗派中能自出机杼而取得成就的名家不多,其中刘克庄和戴复古是代表。刘克庄(1187—1296),字潜夫,号后村居士,莆田(今福建莆田)人,二十三岁时以门荫补将仕郎步入仕途,因江湖派诗祸,前程受阻,直到淳祐六年(1246),已届六十岁的刘克庄被宋理宗赐同进士出身,后官至工部尚书兼侍读。著有《后村先生大全集》,存诗4500首。刘克庄因官位显赫,著述甚丰,年寿较高,无形中成为四灵之后江湖诗人的领袖。他的诗初受"四灵"诗人的影响,后转而学习陆游,有很多讽喻时政、伤时感乱和关心人民疾苦的作品。他在《有感》中说:"忧时原是诗人职,莫怪吟中感慨多。"可见其自觉以诗反映现实,特别是在乐府诗中,反映了当时社会生活中一些比较重大的问题,如其《军中乐》与高适《燕歌行》"战士军前半死生,美人帐下犹歌舞"一样深刻揭露了南宋末年军政的黑暗和腐败。《军中乐》和《国殇行》都是刘克庄以抗战为主题写成的组诗。

刘克庄的缺点是贪多率意,有些作品带有江湖诗人熟滑的通病,而且在江湖诗祸后渐趋消极,"克庄晚节颓唐,诗亦渐趋潦倒"(《四库全书总目》卷一九五《后村诗话》提要)。

戴复古(1167—1248?),字式之,号石屏,天台黄岩(今浙江省)人。平生不事科举,惟好漫游,以布衣终老,著有《石屏诗集》,存诗905首。

戴复古曾从陆游学诗,反对当时一些诗人流连光景和过分追求文字技巧,推崇感遇伤时的陈子昂和忧国忧民的杜甫,他的很多诗歌指斥朝政,反映民瘼,"多闵时忧国之作"(马金汝《书石屏诗集后》),他自称"听谈天下事,愁到酒樽前"(《秋怀》),所以其诗歌价值大大高出于一般江湖诗人之上,如其《庚子荐饥》二首之一:

> 饿走抛家舍,纵横死路歧。有天不雨粟,无地可埋尸。劫数惨如此,吾曹忍见之?官司行赈恤,不过是文移!

写出了在连续饥荒下,人民走投无路的惨状,"官司"虽标榜"赈恤",不过仅停留于书面,是欺骗百姓的幌子,诗人的悲愤之情充溢在"吾曹忍见之"的质问中。另外,他的一些诗作有一种江湖狂士的英拔之气,如《频酌淮河水》一诗格调高古雄浑,正所谓"冰雪涤其胸襟,江山助其气势"(宋世荦《〈重刻石屏〉集序》)。

第三节　文天祥与宋末爱国遗民诗人

宋理宗端平元年（1234），金国覆灭，恭帝德祐二年（1276）二月，临安失陷，祥兴二年（1279）二月六日，陆秀夫在崖山背负幼主蹈海，南宋灭亡。在这种天崩地裂的巨变面前，作家们虽然同是身经蹂躏和压迫，蒙受亡国的耻辱与悲痛，但作品中却反映出两种不同倾向：一种是以文天祥为代表，以其光辉的爱国主义诗篇唱出了激昂慷慨的战歌；另一种以汪元量等为代表，在不可逆转的时代的万劫奇变中，唱出了血泪凝成的悲歌和挽歌，但都表现了高尚的民族气节。总之，在宋元易代之际，南宋文学的爱国主义主旋律得到了重现和强调。

文天祥（1236—1282），字履善，号文山，吉州庐陵县（今江西吉安）人。宝祐四年（1256），理宗亲自拔他为举进士第一名，历任瑞州、赣州。恭帝元年（1275），江上报急，诏天下勤王，文天祥出于高度的爱国热情"尽以家资为军费"（《宋史》本传），聚万人而赴国难，德祐二年正月，文天祥在临安临危受命为右丞相兼枢密使，并派他出城与元军谈判，被拘留，后脱逃，继续率兵抗元。宋端宗景炎三年（1278）兵败被俘，被囚四年，坚贞不屈，从容就义。有《文山先生全集》，存诗九百三十多首。

文天祥的诗歌创作明显的以其起兵抗元为界。前期诗作寄意于林泉山水，受江湖诗人影响较深，但从德祐二年起兵勤王开始，危急的国势，火热的战斗生活，知其不可为而为之的爱国热情，使其诗歌进入了一个全新的境界。那些记录战斗生活，随时准备以身殉国的诗章放射出耀眼的爱国主义、英雄主义的光芒。其诗篇的表现内容有两个方面：一方面是为了捍卫民族利益不惜牺牲自己生命的忠义情怀和浩然正气；另一方面是由于宋朝覆灭命运的不可逆转而产生的不可排解的悲痛及对故土的深切怀念。在其爱国之作中最能披露自己赤子忠臣的碧血丹心的是《过零丁洋》：

> 辛苦遭逢起一经，干戈寥落四周星。山河破碎风飘絮，身世浮沉雨打萍。惶恐滩头说惶恐，零丁洋里叹零丁。人生自古谁无死？留取丹心照汗青。

最后两句表现了这位伟大的爱国英雄大义凛然，视死如归的崇高民族气节，千百年来感奋鼓舞着人们。诗作既是对自己一生从容无愧的回顾，同时又是自己忠义情怀的呈现,纪实性与抒情性高度融合。再如其光照千古的《正气歌》颂扬了历史上忠臣义士的高风亮节,深刻地体现了他们无私无畏的道德力量,诗与序结合,相得益彰,同样是纪实性与抒情性的结合。后一方面内容的代表作是《金陵驿》,这是文天祥被押赴燕京,路过金陵时的作品。诗人忧念的不是个人的生死存亡,而是国家受异族入侵的屈辱和苦难,同时极写自己对故国家山的怀念与不屈意志,死后也要"化作啼鹃带血归"。

在文天祥诗中还有一部分形式特别的《集杜诗》,这是诗人至元十七年(1280)在狱中所作,用杜甫的诗句集成二百篇五言绝句,广泛地记录宋亡前后的历史过程。每首诗前"悉有标目次第,而题下叙次时事,于国家沦丧之由,生平阅历之境,及忠臣义士之周旋患难者,一一详志其实,颠末粲然,不愧诗史之目"(《四库全书总目》),而抒情部分主要通过所集杜诗诗句体现,与同期其他爱国诗创作一样体现了纪实与抒情的结合,使其成为杜甫的忠实继承者,其诗歌创作也堪称为一部诗史。

总之,文天祥在抗元斗争中丰富的、磅礴激烈的内心活动使他后期创作突破了一般南宋后期诗人的狭小格局,形成豪迈雄浑,足可惊天地、泣鬼神的爱国主义诗章。

文天祥的抗元斗争和爱国主义诗篇,在当时就感染和鼓舞了许多人,谢枋得、谢翱、林景熙和郑思肖等人就是文天祥的追随者,虽然他们在方式上有别于文天祥[①],但都同样表现了崇高的民族气节。其中谢翱是文天祥的故友(1249—1295),字皋羽,自号晞发子,福州长溪(今福建霞浦县南)人。曾从文天祥起兵抗元,宋亡后不仕,著有《晞发集》,存诗近三百首。他与文天祥有着共同的保卫国土的崇高志向和献身精神,文天祥的牺牲,给他带来难以愈合的心灵创伤,因此其作品中感人至深的是哭祭文天祥的《登西台恸哭记》、《哭所知》、《书文山卷后》,有代表性的如《西台哭思》:

> 残年哭知己,白日下荒台。泪落吴江水,随潮到海回。故衣犹染碧,后土不怜才! 未老山中客,惟应赋《八哀》。

---

① 谢枋得(1226—1289),字君直,号叠山,信州弋阳(今江西)人,曾起兵抗元,入元后,誓不屈节,后被押到大都,不食而死。林景熙(1241—1310),字德旸,号霁山,温州平阳(今浙江)人,入元后不仕,曾冒死收拾被元军掘出的南宋帝后的遗骨改葬于兰亭等处。郑思肖(1241—1318),福州连江(今福建省)人,宋亡后改名思肖,字忆翁,号所南,以示思念赵氏不忘故国,坐卧不向北,画兰不画土,根露于外,喻故土沦亡。

他以哀痛欲绝的笔触,抒写自己对战友,也是最敬爱的民族英雄的深切悼念,沉痛感人,这样的诗是以血泪写就的。

入元后,谢翱为了能让自己的诗在严酷的形势下得以传播,其诗歌创作意旨深密,意象隐晦,近于唐代李贺、李商隐的诗,如《效孟郊体七首》、《过杭州故宫》等,所以元初人任士林评论其诗:"所为歌诗,其称小,其指大,其辞隐,其义显,有风人之余,类唐人之卓卓者"(程敏政《宋遗民录》卷二)。

在宋末元初的诗坛上,还有汪元量、真山民、方凤等诗人,他们的作品,是对宋朝发出的落叶哀蝉一般的挽歌,主导情绪是哀怨的、消沉的,其中汪元量是成就比较突出的。

汪元量(1241—1317?),字大有,号水云,钱塘(今浙江杭州)人。宋亡前,度宗时,以琴艺供奉宫掖,宋亡后随三宫北迁,住大都十年,后求为道士,不知所终。著有《湖山类稿》。

宋亡前,汪元量诗作主要受江湖派影响,但身经乱离,对杜甫的诗尤为倾心:"少年读杜诗,颇厌其枯槁;斯时熟读之,始知句句好"(《草地寒甚,毡帐中读杜诗》),由于其特殊的身份,亲眼目睹了亡宋后母后、幼主及宫廷侍从被掳北行的惨景,对亡国去国的悲苦,感慨尤深,所以其诗"多纪国亡北徙事","周详恻怆"(《宋诗钞》:《〈水云诗钞〉小序》),其代表作是《醉歌》10 首,《湖州歌》98 首,《越州歌》20 首。这些组诗如同长卷纪实画对南宋王朝的覆灭过程作了多角度、多层次的展示,如记录谢太后及幼主降元以及被虏北上的作品:

> 乱点连声杀六更,荧荧庭燎待天明。侍臣已写归降表,臣妾签名谢道清。(《醉歌》其五)
> 暮雨潇潇酒力微,江头杨柳正依依。宫娥抱膝船窗坐,红泪千行湿绣衣。(《湖州歌》其十六)

这些诗作,是诗人在那沧桑巨变的时候,用饱蘸血泪的笔,写下的宋亡的伤心史,所以其友人李珏说:"水云之诗,亦宋亡之诗史也"(《〈湖山类稿〉跋》)。

第十章 南宋散文和宋话本

南宋文学诗词创作以爱国主义为主旋律取得了很高的成就,出现了辛弃疾和陆游这样的大家。在散文创作中,有着与诗文创作一致的爱国主义思想内容,但更切近社会政治现实,从而强化了散文的政治功能和社会意义。笔记散文创作的繁荣也是南宋散文发展的一个特点,使得散文创作更加自由随意,并使其具有多层次的价值。除此而外,新兴的、富有民间特色的话本的兴盛,标志着市民文学、白话文学的空前发展与繁荣,同时也是中国小说发展史上的一大变迁。①

第一节 南宋散文

南渡以后,散文创作较为活跃,虽然总体成就不及北宋,但却具有自身的时代特点和艺术特色②。由于宋室南渡,在国家存亡的危急声中,反对投降、主张抗战,成了当时一切文学作品的重大主题。许多正直的士大夫,继承北宋诸大家关心现实、直陈时弊的传统,或上书言政、提出坚决的抗战主张,或记事述怀,抒写国破家亡的悲愤,使一度在北宋末年低落的古文创作重新振作,"散句"和"散文"的概念也在这时形成。

南宋散文创作在不同时期呈现出不同的特点。南渡初期抗金名将和爱国志士上书言事或誓师北伐的政论文,充溢着慷慨忠勇之气,感人肺腑,彪炳史册,可与日月争辉。如宗泽的《乞毋割地与金人疏》、《请驾还汴疏》、李纲的《论天下强弱之势》、《请立志以成中兴疏》、陈东的《上高宗第一书》,张浚的《论复人心张国事疏》等。这些作品秉笔直书,而不暇斤斤计较艺术技巧,这一特点一直贯穿至宋亡时文天祥等人的作品中。其中胡铨和岳飞的上书最为动人心魄。

---

① 参见鲁迅《中国小说的历史的变迁》中相关论述,人民文学出版社 1991 年版。
② 参见王琦珍《南宋散文评论中的几个问题》中关于南宋散文的发展过程及总体成就的论述,载《文学遗产》1988 年第 4 期。

　　胡铨(1102—1180)，字邦衡，号澹庵，庐陵(江西吉安)人。宋高宗建炎二年(1128)进士。胡铨的散文成就突出地表现在奏书上，以不畏强暴，直言无隐见称。一改承平时代上书言事的谦恭与迂回，置个人生死于度外，语气愤激，无所忌惮。高宗绍兴八年(1138)上书愤怒驳斥秦桧、孙近、王伦向金人屈膝求和的决策，表示"义不与桧等共戴天"，请诛此"三人头，竿之藁街"，并直接责问皇帝："竭民膏血而不恤，忘国大仇而不报，含垢忍耻，举天下而臣之，甘心焉。……天下后世谓陛下何如主也?"词气慷慨激烈，议论中时时迸发出大声的欷歔感叹："堂堂大国，相率而拜仇敌，曾童孺之所羞，而陛下忍为之耶?""国势陵夷，不可复振，可为恸哭流涕长太息矣!""臣有赴东海而死耳，宁能处小朝廷求活耶?"这就是胡铨有名的《戊午上高宗封事》，能够使"奸谀胆落"(王庭珪《送胡邦衡之新州贬所》)，怯者奋起，在社会上广为传诵，人人"争愿识面，虽北廷亦因是知中国之不可轻"(周必大《胡忠简公神道碑》)。胡铨也因此而被贬监广州盐仓，后又被除名编管新州。孝宗即位，他被重新起用，又写了《上孝宗论兵书》、《上孝宗封事》等力主抗战的奏疏，义正辞严，表现出一个爱国志士的凛然正气。

　　抗金名将岳飞在高宗即位南京之时就曾上书反对朝廷准备南逃的打算，建议"为今之计，莫若请车驾还京，罢三州巡幸之诏，乘二圣蒙尘未久，虏穴未固之际，亲帅三军，迤逦北渡。则天威所临，将帅一心，士卒作气。中原之地，指期可复"。当时身为下级军官的岳飞的这篇《南京上高宗书》，高屋建瓴，气势劲健，已有统帅的远大目光，而《五岳盟誓记》则俨然是以散文写就的《满江红》，其忠义慷慨之情，感人肺腑。

　　南宋中叶的政论文激荡着复国雪耻的爱国主义激情，但内容更多的是侧重于较为冷静地分析敌我形势，为朝廷出谋划策，而这更需要学识与眼光，论兵论政合而为一，文章趋于纵横驰骋，大都气概恢宏，笔势浩荡。如辛弃疾的《美芹十论》和《九议》，切实地分析了敌我形势，并提出可行的抗金计划，显示了他卓越的才能与见识，其次还有陈亮、叶适也是这一时期具有代表性的作家。

　　陈亮是南宋著名的政治家，他在淳熙五年(1178)连上孝宗皇帝三书，时隔十年，又上第四书，建议朝廷"痛自克责，誓必复仇，以励群臣，以振天下之气，以动中原之心"。他平时爱好考索"古人用兵成败之迹"，因此，除了大声疾呼振作以外，还提出了如何运用兵机"奇变"，建立攻守据点等具体策略。在这些书奏里，针对当时道学家空谈性命的风气痛加批驳，愤慨指斥"今世之儒士，自以为得正心诚意之学者，皆风痹不知痛痒之人"。他这些气势纵横言人所不敢言的政论文,正如他对自己的评价是"堂堂之阵,正正之旗,风雨云雷交发而并至,龙蛇虎豹变见而出没,推倒一世之智勇,开拓万古之心胸"(《甲辰答朱元晦书》)。

叶适(1150—1223),字正则,浙江永嘉人。淳熙五年(1178)进士,历任太常博士、尚书左选郎、吏部侍郎。他是坚决的主战派,晚年被夺去官职,退居温州城外水心村讲学,因此自号水心居士。著有《水心文集》二十九卷和《水心别集》十六卷。叶适也是南宋自成一派的唯物主义思想家,在学术上与朱熹、陆象山鼎足而三。像陈亮一样,他在朝廷和地方上任职期间,一直不断向朝廷上书。淳熙十五年的《上孝宗皇帝札子》是这些奏议的代表作,具体分析敌我形势,指出南宋偏安以来,上下偷惰,习以成风,公卿大夫已没有恢复之志,因此要雪耻复国,必须解决"四难"和"五不可"。"国是难变,议论难变,人才难变,法度难变;加以兵多而弱不可动,财多而乏不可动,不信官而任吏不可动,不任人而任法不可动,不用贤能而用资格不可动"。在指陈弊政的同时还提出了改革的建议,比陈亮更实际。这些思想也反映在他的《上光宗皇帝札》、《上宁宗皇帝札子》等文章中。

南宋末期,由于文坛派别多,门户之见过深,加之散文创作自身的各种弊端,宋末文章呈现衰落之势。但当元军南犯、国家危亡之际,以文天祥为代表的一批仁人志士以强烈的爱国激情熔铸为火热的战斗檄文,从而使得文风为之一振。与南宋前期中期散文以上书言事为主要内容不同,这一时期散文创作以自身忠义情怀的剖白为主。

文天祥在其战斗历程中,除留下许多光辉的诗篇外,还留下了风节凛然的散文作品,最有代表性的是《〈指南录〉后序》。文章叙述他从德祐元年(1275)赴阙勤王、次年出使元营,后脱身到福州复拜右丞相这一时期的遭遇,文情悲壮,字里行间充满了激昂慷慨的忠烈之气。此外,谢翱为纪念文天祥而作的《登西台恸哭记》,谢枋得在抗元失败后所作的《却聘书》,也都以沉痛苍凉的感情和大义凛然的风节闻名于世,成为南宋爱国之音的遗响。

南宋还出现了大量的笔记体散文,是作家随手记录、不受结构体制约束的、生动活泼而富于知识性与可读性的杂记式文体。"意之所之,随即记录"(洪迈《容斋随笔》自序)。这种文体可追溯至先秦,如韩非子的《说林》,就是一部优秀的笔记之作,至汉魏六朝,逐步定型并得以发展,"笔记"作为一个专有名词也得到了确认。其中,《世说新语》是笔记著作的优秀代表。到唐宋,笔记著作空前繁荣,北宋宋祁首先将他的三卷笔记式著作正式命名为笔记,从此,笔记便成为文体的专名。相比之下,唐人笔记中志怪荒诞成分较重，宋人笔记则学术水平、史料价值更高，而就宋代而言，南宋笔记成就高于北宋笔记，北宋笔记多为文人不经意的随手札记，南宋笔记多为文人经意之作，其代表作有洪迈的《容斋随笔》、罗大经的《鹤林玉露》、周密的《武林旧事》、陆游的《老学庵笔记》、范成大的《吴船录》等。

南宋笔记散文的内容较为博杂，"上撢骚雅，旁弋史传，证引竺乾龙汉诸章，下及琐录稗说，左掇右蕑，悉为吾用"（洪迈《〈猗觉寮杂记〉序》）。大体而言，可将笔记分为故事、史料、考索三大类，所以笔记散文的价值是多方面的，其中，有很多笔记本身就是优秀的散文，具有很高的文学价值。如：

> 真西山论菜云："百姓不可一日有此色，士大夫不可一日不知此味。"余谓百姓之有此色，正缘士大夫不知此味。若自一命以上至于公卿，皆是咬得菜根之人，则当必知其职分之所在矣，百姓何愁无饭吃？（罗大经《鹤林玉露》卷二"论菜"条）

> 西湖天下景，朝昏晴雨，四序总宜；杭人亦无时而不游，而春游特盛焉。承平时，头船如大绿、间绿、十样锦、百花、宝胜、明玉之类，何翅百余；其次则不计其数。皆华丽雅靓，夸奇竞好。而都人凡缔姻、赛社、会亲、送葬、经会、献神、仕宦、恩赏之经营，禁省台府之嘱托，贵珰要地，大贾豪民，买笑千金，呼卢百万，以至痴儿騃子，密约幽期，无不在焉。日糜金钱，靡有纪极，故杭谚有'销金锅儿'之号，此语不为过也。（周密《武林旧事》卷三"西湖游幸都人游赏"）

前一则别具识见，令人警醒，后一则记录都市风情，避开眼前风景，追怀引人入胜的往昔繁华，生动地展示了承平时代争豪竞奢的世俗风习，将追忆、纪游与方志结合起来，包含深情，文笔清新雅致。这些笔记小品大多能做到着墨不多，却生动而又深刻，对明末风行一时的小品文的影响无疑是深远的。

第二节　宋 话 本

话本是宋元间说话人演讲故事所用的底本[①]，是随民间"说话"伎艺发展

---

① 鲁迅《中国小说史略》第十二篇《宋元话本》："说话之事，虽在说话人各运匠心，随时生发，而仍有底本以作凭依，是为话本。"该书的日译者增田涉撰《论话本的定义》，载《古典文学知识》1988 年第 2 期，提出了不同的见解。他认为话本就是故事、传说、传闻的意思。周兆新《"话本"释义》载《国学研究》第二卷，北京大学出版社 1994 年版，对此也提出质疑。

而成的民间白话通俗小说。宋元话本,主要是从"说话"这种艺术中产生的。唐宋时代的"说话",接近于现代的说书、讲故事,即口传故事。"说话"这种艺术在文献资料中有清楚记载,唐代郭湜的《高力士外传》中说:"每日上皇与高公(力士)亲看埽除庭院,芟薙草木,或讲经论议,转变说话,虽还近文律,终冀悦圣情。"李商隐《骄儿诗》和段成式的《酉阳杂俎》也都记载了唐时的说话伎艺。而说话艺术大为盛行则在宋代。原因是多方面的:

首先是城市经济的繁荣。宋初统一全国,结束晚唐、五代长期割据的混乱局面,这就为社会经济的恢复创造了有利条件。北宋时期随着农业生产恢复发展,手工业和商业也发展起来,随之而起的是形成了更多的商业都市,如汴京、兴元、成都等。南宋领土虽然不及北宋三分之二,但由于东南地区富庶的自然条件,社会经济仍向前发展。随着城市经济的繁荣,市民阶层也壮大起来,在某些大城市里聚集着大量的手工业者、商人、小业主等。他们在文艺娱乐方面有别于士大夫阶层,与老百姓审美趣味相适应,大都小邑设立了勾栏瓦舍。在这种专门的娱乐场所,各种声、乐、伎艺兴盛一时,民间艺人说书讲故事的"说话"伎艺是其中非常重要的一个组成部分。

其次是随着说话伎艺的兴盛,在宋代,说话艺术不但职业化,而且专门化。从事说话艺术的人称为说话人,人数众多的说话人还互相联络,成立一种行会组织,称为书会,书会中专为说话人编写底本的作家称为才人。这说明已经有一批人以此作为职业,而且由于相互之间的竞争,出现了细致的分工,依据所表述的题材和主题,形成了四种主要的家数(派别)。据灌园耐得翁《都城纪胜·瓦舍众伎》记载,说话的四家是小说、讲经、讲史、合生(或说浑话),后一种以演出者的敏捷见长,与前三类以叙事取胜不一样。说话艺术的职业化、专门化都为话本在宋代的兴盛和成熟奠定了基础,出于竞争的需要,他们必须在题材和艺术上不断地更新提高,才能使自己立于不败之地。①

还有,古代文言小说对宋元话本的影响也不可忽视。值得一提的是宋代文士创作整理的文言小说与白话小说两者间彼此渗透,互为影响,文言小说为民间艺人讲述故事提供了丰富的创作素材。当时的说话人必须精读的《太平广记》、《夷坚志》、《绣莹集》、《东山笑林》和《绿窗新话》等都是宋人编

---

① 关于说话艺术的职业化、专门化,据《武林旧事》卷六所载,当时仅临安一地的诸色伎艺中,就有讲小说的名家蔡和、孙奇等五十二人,演史的名家乔万卷、周八官等二十三人,说经的名家长啸和尚和余信庵等十七人。

纂的宋人小说集。如南宋洪迈个人撰著的志怪小说集《夷坚志》几乎成为南宋说话人的工作手册,其中大量故事被改编为白话小说。①

今传宋元话本不是一时一地一人的创作,这就使我们难以判断现有作品的创作年代,而只能大致依据这些作品反映的内容和《醉翁谈录》、《也是园书目》、《述古堂书目》等文献的相关记载来判断。现有比较可靠的宋代小说话本主要见于《京本通俗小说》、《清平山堂话本》以及《三言》等书。

话本的概念有广义和狭义之分,广义的包括说话四家所有的作品,狭义的则是单指小说一家的白话短篇小说。小说是宋代说话诸家中最为盛行的,如《都城纪胜》所说,其他诸家"最畏小说人,盖小说者,能以一朝一代故事,顷刻间捏破"。小说对现实的反映更直接、及时,情节又无须证实,结构短小精悍,可以自由发挥等,这些特点与讲史、说经相比较是极其吸引听众的优势所在。

宋元小说话本在体制结构上与其口述表演的特点相适应分为题目、入话、正话、结尾四个部分。入话部分与正文有着相似或相反意义上的联系,是说话人在正文开讲前候客、垫场、吸引听众用的,可以是诗文,也可以是小故事;正话即故事的主体,有韵文穿插,说话人为渲染故事场景或人物风貌,往往穿插骈文或诗词;煞尾是在正话之后用一首诗总结全篇,劝诫听众。

在题材内容上,小说话本主要以"烟粉"、"公案"②,也即爱情与讼狱小说的思想价值和艺术价值最高。

爱情小说"多采闾巷新事"(凌濛初《拍案惊奇自序》),与唐传奇以才子佳人为主角不同,宋元话本中爱情小说中的主角多为城市平民,且多着意于女性形象的塑造。她们大多有着强烈的反封建意识,无视封建道德的权威,为了爱情和自由,她们赴汤蹈火,在所不辞,甚至超越生死之界。这些下层女性没有像崔莺莺、杜丽娘、林黛玉等"诗礼传家"的贵族少女在爱情上持矜持忸怩之态和悲戚的感伤意绪,如《碾玉观音》中的璩秀秀,聪明美丽,因家贫而沦为女奴,却不安于奴隶的命运,主动大胆地去争取爱情婚姻幸福和人身自由,表现了一种超越生死的爱,一种超越生死的对自由的追求。在宋元小说话本中,像璩秀秀这样坚定而狂热的女性形象很多,如《闹樊楼多情周

---

① 如《清平山堂话本》卷一《简贴和尚》,本事出于《夷坚支志》景集卷三《王武功妻》;《古今小说》卷二十四《杨思温燕山逢故人》,本事出于《夷坚志》丁集卷九《太原意娘》。

② 宋代罗烨《醉翁谈录》"小说开辟"条记载了小说家话本计分八类:灵怪、烟粉、传奇、扑刀、杆棒、神仙、妖术。

胜仙》中的周胜仙主动地追求汴京樊楼酒店里的范二郎,为情而死,死了又活,活了又死。她在和范二郎梦中欢会时说:"奴两遍死去,都只为官人。今日知道官人在此,特特相寻,了其心愿。"她们对爱情幸福追求的不屈意志和反封建、反剥削、压迫的胆识与勇气正是通过这样一些超现实的情节呈现出来的,代表着市民阶层要求冲破封建樊篱所表现出来的一种美好的理想。也正因为这样,使得宋元小说话本中的爱情故事与一般的以才子佳人为主人公的爱情小说大异其趣,脱离了缠绵悱恻、低回感伤的意绪。

公案小说则更为直接地描写政治与社会问题,如《错斩崔宁》通过一些从表面上看来近于偶合的情节,集中地揭露了封建法制的黑暗和封建吏制的官僚主义者草菅人命的罪行。小说写破落子弟刘贵与妻王氏回岳父家庆寿,岳父借其十五贯钱作本钱,酒醉独归,戏言娶陈二姐,致使陈二姐误认为刘贵卖自己得十五贯钱,是夜先借住邻家,不料刘贵夜间为盗所杀。第二天一早陈二姐上路,遇少年崔宁,相伴而行,被人追及,指为恋奸杀夫,扭送衙门,严刑逼供,屈打成招,二人被判死刑。这一错判、错斩的过程,充分暴露了官府昏庸、吏治腐败,此等荒唐判决,居然"部复申详,倒下圣旨",批准行刑示众,这就把揭露的矛头指向了上层,并说明这种情况在当时的普遍性。这就是导致普通老百姓"无事家中坐,灾祸从天降"的凶险难测的现实命运的根本缘由,这是当时政治黑暗、现实社会动荡不安的具体反映。

小说话本在情节处理及人物塑造上的成就是突出的,首先是故事情节更加曲折动人。说话人必须讲惊心动魄、生动活泼的故事才能吸引听众。因话本是从"说话"发展而来,所以以情节取胜是话本的一大传统;其次是在人物形象塑造上不但长于动作、语言描写,还长于心理描写,如《错斩崔宁》中陈二姐听到刘贵戏言卖自己以后的一系列动作、对话、心理描写,显示了作者塑造人物形象时的不凡功力。再次是语言上既善于吸收生动的民间俗语、俏皮语,又兼有古典诗词文赋的长处,具有生动的表现力。

宋代讲史家的话本又称为平话,是后来通俗演义的先驱,同时也是中国文学史上最早出现的长篇历史小说。平话的"平",是评论的意思。讲史话本比起史书来更多一些民主性和反抗性,在尊重史实的基础上进行加工创作,"讲史之体,是叙史实而杂以虚辞","大抵史上大事,即无发挥,一涉细故,便多增饰"(鲁迅《中国小说史略》)。说话人讲述历史故事时,往往用自己的观点对历史人物进行评价,对历代兴亡总结教训,体现了市民阶层的爱憎和褒贬,代表作品是《五代史平话》、《全相评话五种》、《大宋宣和遗事》等。

讲史话本在艺术上总体上来说不如小说话本,但在文学史上的地位也不容忽视。首先，与小说话本大多是短篇不同，讲史话本篇幅较长，不能一次讲完，于是就分了回，有了回目，这就是后来章回小说分回的起源；其次，在语言上，由于讲史话本往往取材于前代正史或杂史，而这些书都是用文言写的，所以讲史话本也夹杂着浅近的文言，以通俗的文言文来从事历史小说的写作，后来便形成了传统；再次，讲史话本往往成为后世长篇历史小说创作的题材来源，如《水浒传》由《花和尚》、《武行者》等平话及《大宋宣和遗事》而来；《三国演义》由《三国志平话》而来；《封神演义》由《武王伐纣平话》而来等等。

话本在我国小说发展史上有着重要的地位。首先，话本是下层人民特别是城市平民的文学。它不只是以市民作为主角来反映市民生活和意识，而且主要是市民的立场来观照和表现生活，以不同于封建阶级的爱憎来歌颂或暴露社会上的各种人和事，从而显示了市民的道德观点和审美情趣，突破了六朝小说和唐传奇的局限，社会内容扩大了，现实性增强了，其社会影响是广泛而空前的，为后来小说开辟了广阔的道路。

另外，话本小说开始了我国文学语言上的一个新的阶段，采用了白话文体，这种语言有着浓厚的生活气息和强大的表现力，为大众所喜闻乐见，为后来小说、戏曲所普遍采用，从此以后，文言作品的比重在古典文学中逐渐减轻了，白话作品的比重则逐步加重。

第十一章 辽金文学

　　辽是契丹民族所建立的王朝,916 年辽太祖耶律阿保机创建契丹国,947年辽太宗耶律德光更改国号为大辽,1125 年天祚帝被金军俘虏,辽亡,共历九帝 209 年,其中与北宋相峙 166 年。

　　金是女真族建立的王朝,它于宋徽宗政和五年(1115)建国,到宋理宗端平元年(1234)为蒙古所灭,共 119 年,其间,与北宋相峙 11 年,和南宋对峙108 年。辽、金都定都于北京地区。

　　辽金两朝,在我国历史上是民族迁徙、民族交流空前活跃的时期,辽金文学在不同程度上都表现出"强效华风"(范成大《揽辔录》)的汉化倾向,重视汉文化修养,文学创作意识逐渐加强,并以此相尚,特别是金代,"宛然一汉户少年子"的金熙帝也视开国旧臣为"无知夷狄"(《大金国志》卷十二),可见金人对汉民族文化的倾慕。但当他们在接受汉民族文化的同时,保存下来的游牧民族勇武强悍的文化特征和广袤苍凉的地域特征成为他们文学创作中区别于汉民族文学创作的风格特色。所以,辽金文学以雄健磊落的独特风貌为北雄南秀的中华文学提供了重要范本。比较而言,辽代文学成就赶不上金代,而金代成就最高的诗人是元好问。

第一节 辽文学概述

　　辽在建国之初,经济落后,加之战争频繁,不暇文治,其中部分地区还过着游牧生活。到了建都燕京之后,在政治、经济、文化各个方面受汉民族的影响愈来愈大。出于对汉文化的倾慕,他们参考汉字,创制了契丹文,翻译了不少汉语典籍,尤其仰慕唐代的白居易。而在契丹人汉化过程中,由于统治者与先进文化的接触较多,学习汉文化的条件较为优越,所以汉化最早和最深的往往是上层决策性的人物,这时出现的作家多是皇室和贵族①。辽代

---

① 参见赵翼《廿二史札记》卷二七中的《辽族多好文学》一节。

皇族宗室中首推耶律倍（899—936），是辽太祖耶律阿保机的长子，契丹名图欲，神册元年（916）被立为太子。阿保机死后，述律后立德光为帝，耶律倍被迫流亡国外。史称他"工辽汉文章"（《辽史》本传），其诗如《海上诗》："小山压大山，大山全无力。羞见故乡人，从此投外国"。据《辽史》本传载，该诗是他让位其弟耶律德光后仍见疑忌，决心远适他国时所作，诗人利用汉字"山"的意象与契丹文"可汗"的意思的巧合，巧妙地透露出自己的怨怒凄凉之情，可谓寄意深微，赵翼称之"情词凄婉，言短意长，已深有合于风人之旨矣"（《廿二史札记》卷二七）。

　　在辽代文学创作中，女作家亦十分活跃，其中尤为出色的是两位后妃①。一位是辽道宗宣懿皇后萧观音（1040—1075），她"工诗，善谈论，自制歌词，尤善琵琶"（《辽史·后妃传》）。她有的诗作中有着契丹族粗犷豪爽的风格，如她随道宗畋猎秋山至伏虎林时，奉诏即兴所赋诗作《伏虎林应制》。但当她被道宗冷落疏远，对道宗皇帝的宠爱感到绝望之时写下了十首《回心院词》，从宴寝起居日常生活诸方面联章铺叙，反复咏叹，将一个孤处深宫的女子的不幸和幽怨委婉地表现出来，如泣如诉，至悲至切，并深寓望幸之意，后人评为"怨而不怒，深得词家含蓄之意"（徐釚《词苑丛谈》）。

　　另外一位是天祚帝的文妃萧瑟瑟，其影响不如萧观音大，但她的《咏史》却有较强的现实批判性。借秦二世、赵高事讽刺朝政的昏暗，用人失据，疏远忠良，情辞激切直露，抒写自己对时局的深重忧虑。

第二节　金文学概述

　　宋钦宗靖康二年（1127），金人铁蹄南下，不仅侵占了中原的大量物质财富，还获取了大量图书资料，同时也带走不少汉族文人，四库馆臣由此得出"中原文献，实并入金"（《四库提要》卷一百九十《御定全金诗》提要）之结论，这为金文化发展、文学创作的繁荣奠定了基础。加之金统治者在立国后更注重文治，所以，"一代制作能自树立唐宋之间，有非辽世所及"（《金史·文艺上》），文学成就明显高于辽代。

　　金代文学的发展可分为三个时期。第一个时期是由金开国至海陵朝（1115—1161），活跃于文坛的多是宋辽旧臣，"太祖得辽人韩昉而始言文，太

---

　　①　参见张晶《辽金诗史》关于辽代契丹诗人的论述，东北师范大学出版社1994年出版，第34—109页。

宗入宋汴州取经籍图书,宋宇文虚中、张斛、蔡松年、高士谈辈后先归之,而文字猥兴,然犹借才异代也"(庄仲方《金文雅》)。这些"借才异代"的入金文人,他们仕金往往有着难言的苦衷,从当时的道德标准来看,处于进退失据的境地,于是便以"南朝词臣北朝臣"的身份抒写去国怀乡的愁苦之情,如宇文虚中、吴激、蔡松年作品中总是表现出被迫仕金后的矛盾苦闷心情。由于这些作品饱含着真挚的感情,往往具有撼动人心的艺术力量,除了南北朝时期由南朝仕于西魏、北周的庾信的作品外,这类作品并不多见。

这一时期奠定了金代文学发展的基础,并初步显示出南北融合的趋向。

第二时期是金世宗、章宗时期(1162—1208)。金国社会稳定,统治者"留意儒术","欲以文治太平"(党怀英《重建郓国夫人殿碑》),统治者对汉文化的接受吸纳显现出更为主动的姿态,所以这一时期文学呈现出发达态势,在形式上更为全面,不但传统诗词文创作逐渐走向成熟,而且戏曲(院本杂剧)和讲唱文学(诸宫调)也很发达。据元人陶宗仪《辍耕录》载,金院本剧目有六百九十种之多,大多产生于这一时期。诸宫调的代表作《西厢记诸宫调》也出自章宗年间。而诗词创作更趋于成熟,具有了北方民族特点和地域的特色,与前期诗词创作有所不同,所以元好问在比较蔡松年父子作品时认为蔡松年等人成就虽高,"然皆宋儒,难以国朝文派论之,故断自正甫为正传之宗"(《中州集·蔡太常小传》)。这一时期的文人大多是在金朝的土地上成长起来的,他们的作品或以昂扬的格调取胜,或以闲适的情趣见长,表现了由动乱走向复兴的社会现实。代表作家是蔡珪、党怀英、王庭筠等。

第三个时期是宣宗、哀宗、末帝时期(1209 至金灭)。此时金已逐渐衰败,迫于蒙古军队强大攻势,金室被迫南迁,大片土地沦入敌手,兵连祸结,内外交困。这一时期国势虽然渐趋衰弱,文风却蒸蒸日上。诗歌创作中以激越悲凉之笔反映时危世乱和民生疾苦,但乱世迹象多于末代气息,不失悲壮豪迈之气。如"北人以杀戮为耕作,黄河不尽生人血"(赵秉文《饮马长城窟行》),"万井中原半犬羊,纵横大剑与长枪"(李俊民《乱后寄兄》)等,赵元的《邻妇哭》、《修城去》和宋九嘉的《途中书事》,更是这类作品的代表。

这一时期,涌现了一批慷慨任气的诗中豪侠,主要作家有赵秉文、李纯甫、王若虚等,而元好问是这一时期也是金代最伟大的作家,体现出"燕赵自古多感慨悲歌之士"的豪迈之气。

第三节 元 好 问

元好问(1190—1257),字裕之,号遗山,太原秀容(今山西忻县)人,祖先出于鲜卑拓跋氏。师从著名学者郝天挺,早有才名,被誉为"元才子"。① 金兴定五年(1221)中进士,历任镇平、内乡、南阳等县令,后入朝任左司都事,行尚书省左司员外郎等职。金亡后隐居家乡,致力于金代史料收集,并编辑了金诗总集《中州集》。

元好问工诗、词、散文,尤以诗歌成就最高,是金代乃至宋代最杰出的诗人之一,在古代文学批评史上也占有重要的地位。受杜甫《戏为六绝句》以诗论诗的启发,针对金诗多承袭前代,模仿气息浓厚的状况,写下了著名的《论诗绝句三十首》,评论汉魏迄于唐宋一千多年间的重要诗人和诗歌流派,阐述自己的文学主张。提倡雄豪刚健的诗歌风格,反对纤弱柔靡的诗风,特别赞美《敕勒川》一类的作品:"慷慨歌谣绝不传,穹庐一曲本天然。中州万古英雄气,也到阴山敕勒川"(《论诗绝句三十首》其七)。同时他还特别追慕建安风骨:"曹刘坐啸虎生风,四海无人角两雄。可惜并州刘越石,不教横槊建安中"(同上其二)。另一方面,在其诗论中,他提倡自然真淳,反对雕饰刻露。他认为"眼处心生句自神,暗中摸索总非真"(同上其十一),所以他特别推崇陶渊明"一语天然万古新,豪华落尽见真淳"(同上其四)。

元好问存诗一千四百余首,在金代诗坛首屈一指。这些诗作能够"上薄《风》《雅》,中规李杜,粹然一出于正,直配苏黄氏"(郝经《遗山先生墓铭》)。元好问生活在金元更替之际,金为元所灭之前,他的诗作主要是暴露金末"秕政日多"、"苛刻成风"的现实,反映民生疾苦。

在金亡前后,当诗人自己被这场时代的丧乱卷进去而举家流亡,亲眼目睹了民众在战乱中极度痛苦的生活时,个人的不幸、民众的不幸和国家的不幸交融一体,忧愤满膺,吟诵成篇,写下了一批反映金元交替之际社会历史变动的纪乱诗,正如赵翼在《题元遗山集》中所言:"国家不幸诗家幸,赋到沧桑句便工。"这些纪乱诗是元好问诗歌创作中最有价值的一部分。

元好问纪乱诗的价值首先体现在纪实性和抒情性的高度融合之上。这些诗作广泛而深刻地记录了蒙古军南下中原,围攻金朝都城,烧杀抢掠的种

---

① 元好问生平事迹,见《金史》卷一二六本传和清施国祁《元遗山诗集笺注》卷首《年谱》。

种暴行,如《癸巳五月三日北渡》之一:

> 道旁僵卧满累囚,过去毡车似水流。红粉哭随回鹘马,为谁一步一回头。

这是诗人在蒙古军队拘羁下由金朝都城汴京北渡黄河时所作,诗中逼真地
再现了诗人在中原大地上目睹的凄惨情景,描写金人亡国被虏的场景,有
着一种史诗性质。元好问的这类诗篇往往与历史大变故密切相连,如其
《岐阳三首》之二写于1231年蒙古军围攻岐阳之时;两年后,蒙古军包围金
都汴京,元好问写下了《壬辰十二月车驾东狩后即事五首》之二。这些诗篇
可谓是杜甫诗歌之后的又一部诗史,而在这些与历史变故密切相关的诗篇
中,又寓含着诗人“秋风一掬孤臣泪,叫断苍梧日暮云”(《即事》)的亡国之
痛,有着强烈的抒情性,所以,元好问的纪乱诗是纪实性与抒情性的高度结
合,与杜甫同类诗歌已非常接近。

　　其次,元好问纪乱诗独特的艺术价值体现在虽纪丧乱,但依然保持雄浑
苍茫的境界,避免了亡国之音低迷的哀吟伤叹,显得苍劲悲凉,能在悲哀中
显出郁勃的力量,如《岐阳》三首之二:

> 百二关河草不横,十年戎马暗秦京。岐阳西望无来信,陇水东流闻哭声。野蔓
> 有情萦战骨,残阳何意照空城?从谁细向苍苍问,争遣蚩尤作五兵?

感情悲怆激越,境界雄浑苍茫,特别结尾两句质问苍天蚩尤,尤为慷慨不平,
其力度感甚至超过了杜甫的同类诗作《悲陈陶》,这是金末文人豪杰气质的
典型体现①,元好问在评价其知己李汾时曾说:“虽辞旨危苦,而耿耿自信者
故在,郁郁不平者不能掩,清壮磊落,有幽并豪侠歌谣慷慨之气”(《中州集》
卷十),这完全可看成是他自己纪乱诗风格的夫子自道。在其最为擅长的七
律中,深受杜甫的影响,功力深厚、沉郁顿挫。所以赵翼《瓯北诗话》卷八说:
“唐以来律诗之可歌可泣者,少陵十数联外绝无嗣响,遗山则往往有之”。元
好问诗歌的这一特点的形成是因为“生长云朔,其天禀本多豪健英杰之气;
又值金源亡国,以宗杜丘墟之感发为慷慨悲歌,有不求工而自工者。此固地
为之也,时为之也”(赵翼《瓯北诗话》卷八)。

---

① 　参见胡传志《金代文学特征论》,《文学评论》2000年第1期。

元好问也是金代最杰出的词人，现存词作三百余首，数量、质量在金代都是首屈一指的。这些词作与其诗歌有相似之处，继承发扬苏辛清雄豪迈的风格，而又多亡国之际的沉咽悲凉，如《水调歌头·赋三门津》、《木兰花慢·游三台》，如与其诗比较，纪实成分减少了，主观抒情成分加强了。

第四节　《西厢记诸宫调》

诸宫调是宋金时期流行于民间的一种说唱艺术。它用同一宫调的若干曲牌联成短套，再用多种不同宫调的短套连成长篇以演唱故事，中间夹以散文说白勾连，有说有唱而以唱为主。这种形式大约起自北宋时期，北宋熙丰年间就有艺人孔三传首创诸宫调形式"编成传奇灵怪，入曲说唱①"，后来分化成南北两派。南派主要以笛伴奏，北派以琵琶和筝伴奏，故又称"弦索"或"搊弹"，如《西厢记诸宫调》，又称《西厢搊弹词》或《弦索西厢》。

现存的诸宫调作品有三种：董解元《西厢记诸宫调》、无名氏的《刘知远诸宫调》、王伯成的《天宝遗事诸宫调》。前两种是金人作品，后一种是元人作品，这其中董解元《西厢记诸宫调》是现存宋金时期惟一完整而又代表了诸宫调艺术水平的作品。《刘知远诸宫调》写后汉高祖刘知远与其结发妻子李三娘悲欢离合的故事，艺术上较为粗糙，可能出自民间艺人之手。

董解元的生平事迹不详，"解元"是当时对读书人的敬称，据元人钟嗣成《录鬼簿》、明人朱权《太和正音谱》等书记载，仅知其为"金章宗（1190—1208）时人"，"仕于金"，余皆不可考。

《董西厢》源于中唐元稹的传奇作品《莺莺传》（又名《会真记》），北宋时秦观、毛滂用《调笑令》，赵令畤用《商调蝶恋花》鼓子词歌咏过张生和莺莺的故事，但都较为简单，内容上变化不大。而《董西厢》则从故事主题、情节、人物形象、语言等多方面对原作进行改造，使之成为王实甫《西厢记》以前写崔张爱情故事最完善的作品。

元稹《莺莺传》写张生开始时热烈追求崔莺莺后又无情抛弃她的悲剧故事。其中透露出作者"女人祸水"的陈腐封建观念，把崔莺莺视为尤物，"不妖其身，必妖于人"，因而自己始乱终弃的恶行反而成为"善补过"的德行，作

---

① 据王灼《碧鸡漫志》卷二："熙丰元祐间……泽州孔三传者首创诸宫调古传，士大夫皆能诵之。"另有吴自牧的《梦梁录》卷二十"妓乐"条载："说唱诸宫调，昨汴京有孔三传编成传奇灵怪，入曲说唱。"

者这一层伪善的面纱引起了后人不断的指责①。但真正抛弃这种陈腐观念，能够蔑视封建礼教，热烈颂扬自由爱情追求的作品是《董西厢》，从维护封建男权专制的《莺莺传》一变而为莺莺张生为追求美满婚姻无视封建婚姻制度相偕出走作为结局，使原本止于哀感顽艳的传奇故事成为一个充满乐观进取精神的喜剧，这是《董西厢》的突出成就。

与主题变化相适应，人物形象也发生了变化。张生从一个始乱终弃的伪善文人一变而为封建叛逆者的形象，为了爱情，他可以"不以进取为荣，不以干禄为用，不以廉耻为心，不以是非为戒"（卷一），封建道德律令在真挚的爱情面前土崩瓦解。崔莺莺从一个听任命运摆布的弱者变为一开始内心虽有矛盾冲突，但最终毅然冲破封建礼教追求爱情幸福的贵族少女形象。除此，作者还加强了其他人物的塑造，如老夫人在《董西厢》中成为冷酷和反复无常的封建势力的代表，是情节发展的一大关键。红娘原在《莺莺传》中是一个无足轻重的丫环，而在《董西厢》中却热心为崔张奔走，勇敢机智地与老夫人周旋，从此，红娘成为一个家喻户晓的人物形象，并被赋予了特定内涵。作品在人物形象塑造上，生动细腻，通过神色表情、举止行为、内心独白等多种手法，刻画人物的内心世界。

《董西厢》共用宫调一百八十八套，五万余言，《董西厢》结构更为宏伟，情节更多曲折变化。以老夫人在兵乱中许亲，事后悔婚，莺莺与张生真诚相恋，红娘义责老夫人，老夫人再度许亲与再度悔婚为线索，设计了相逢、联吟、闹场、兵围、宴请、琴挑、掷简、相思、问病、拷红、许亲、送别、惊梦、婚变、出走、团圆等情节，使矛盾冲突不断尖锐化。

在语言上，《董西厢》善于将古典诗词与民间口语融铸一体，既清新质朴又富于神韵，如"莫道男儿心如铁，君不见满川红叶，尽是离人眼中血！"后来王实甫《西厢记》仿效其变为"晓来谁染霜林醉，总是离人泪"，可见出它们之间的继承关系。

当然，《董西厢》也有不够成熟之处，如情节不够集中，人物形象不够完整，但它对后世戏曲、说唱文学的影响是深远的。

---

① 北宋毛滂咏莺莺的《调笑转踏》中斥张生为"薄情年少如飞絮"，赵令畤《商调蝶恋花词》十二首中有"弃掷前欢俱未忍。岂料盟言，陡顿无凭准。地久天长终有尽，绵绵不似无穷恨"。

第六编

元明文学

绪　论

元朝是中国历史上第一个由少数民族建立的大一统政权。自成吉思汗于公元 1206 年建立大蒙古国以来，经过几代人的南征北战，先后于公元 1234 年灭金统一北方，1279 年灭宋统一全国。九十余年后，被朱元璋领导农民起义推翻，由明代之，前后共一百三十余年。这在中国历史上大一统王朝中时间算是较短的。但是由"马上得天下"的元蒙王朝，却开辟了"北逾阴山，西极流沙，东尽辽左，南越海表"（《元史·地理志》）的辽阔疆域，同时又带有游牧民族落后奴隶制的特点，从而使得整个元朝在政治、经济、文化各方面都呈现出特殊的形态。这对文学必然产生巨大的影响，使其打上深刻的时代烙印。

政治上，元蒙统治者为维护其统治，实行"四等人制"（一等蒙古人，二等色目人，三等北方汉人，四等南人）。各级政权多掌握在蒙古人手里，法律上甚至规定蒙古人打死汉人不偿命，充其量不过流放充军。尽管元世祖忽必烈逐渐懂得"必行汉法乃可长久"（《元史·许衡传》）的道理，在后来的政策措施上有所松动，但毕竟要一个过程。整个元代，民族歧视和民族压迫政策一直程度不同地贯穿始终，即使某些在朝中作官的汉人也备受倾轧，忍气吞声。这从元杂剧中许多草菅人命的糊涂官和横行霸道的衙内形象的描写可以得到真实反映。

经济上，元蒙统治者因游牧民族的习性，执政之始不太懂得农业生产的重要性，而且十分贪婪，大肆掠夺南方财富，使广大人民群众包括下层文人物质生活处于极端贫困之中。但是，元代的商业和手工业却畸形发展，大都（北京）和东南沿海一带城市人口相当集中，交通也极为便利，物资与文化交流频繁。如中国的印刷术、火药、造纸术、指南针都是元代传入欧洲的。威尼斯人马可·波罗在他的游记里说，当时的大都是世界上无与伦比的大都市，"百物输入之众，有如川流不息"。又说"娼妓为数尤伙，计有二万有余"。商业的发达，城市人口的增多（尤其是妓女），为元代戏曲歌舞的繁荣提供了客观环境和物质基础。元杂剧中不少关于商人、士人、妓女三角恋爱的故事正是当时社会生活的反映。

　　文化上,以武力征服中原的元蒙统治者不得不向汉民族文化靠拢和转化。元世祖忽必烈改国号为"元",就是取《易》"大哉乾元"之义,说明他已经以汉文化为正统。但是,元朝毕竟时间不长,加上民族歧视的基本国策和文化差异,最终未能建立稳定的政治秩序和完备的法律制度。在思想意识形态领域里,传统的儒教独尊地位削弱,佛道两教地位有所提高,甚至受到统治者的崇信。尤其是元代前期三十年不设科举,致使大批读书人失去晋升机会,沦落到社会底层。即使后来恢复科举,得中者也大多官职卑微。由于这种文人社会地位的大幅度下降(有"九儒十丐"之说),整个思想统治相对宽松的环境,再加上统治者对戏曲歌舞的爱好,致使大批文人与艺人(包括妓女)组成可观的创作群体,他们既通过出卖才艺谋取生活资料,同时也在自己创造的精神产品——戏曲和散曲中表达人生感慨和审美情趣,形成了迥异于以前文学的独特奇观。

　　概而言之,中国文学到了元代,发生了新的转折,原来占据文坛统治地位的诗歌、散文被新兴的叙事文学戏曲小说取而代之,尤其是元曲(剧曲和散曲)成为"一代之文学"(王国维《宋元戏曲考》)的标志,并对明清文学产生了深远的影响。

　　首先,杂剧在元代文学园地里是一朵独放异彩的奇葩,标志着中国戏剧真正走向了成熟。在此之前,古代戏剧经历了漫长的发展过程。从先秦歌舞、汉魏百戏、隋唐戏弄到宋杂剧,戏剧的基本要素(歌舞、表演及叙事形式)日臻完善。金末元初,杂剧在继承和融合金院本和诸宫调的基础上应运而生。它的成熟和繁荣,是元代特定社会环境和戏剧艺术内部发展规律合力作用的结果,可谓瓜熟蒂落,水到渠成。从现存的资料可知,元代杂剧的创作和演出十分繁盛。一般以大德年间(1297—1307)为界,分为前后两期。前期杂剧高度繁荣,不仅作家作品数量可观,而且质量很高。关汉卿、王实甫、白朴、马致远等均是富有成就的代表作家。《窦娥冤》、《西厢记》、《墙头马上》、《汉宫秋》等名剧皆产生于这一时期。演剧活动中心多集中在大都、真定、汴梁、平阳、东平等北方经济繁荣的城市和周围乡村。后期杂剧南移到东南沿海城市,以杭州为中心。数量和质量均不如前期,呈现衰微趋势。元杂剧今存剧目五百三十多种,大部分已经散失。据《元曲选》和《元曲选外编》,留存剧本仅一百六十二种。题材内容可分为爱情婚姻、公案、历史、豪侠、神仙道化等几大类,反映了异常广阔的社会生活画面,折射出元代文人的特殊心态,是观照和研究元代各阶层人物心灵的生动文本。据《录鬼簿》和《续录鬼簿》记载,元杂剧作家队伍有名姓者二百二十多人,估计还有许多遗漏。他们大多是职位卑微、志不得伸的下层文人,对社会黑暗和民间疾苦有深切的体会和认识,因而表现出极大的创作热情,有的组织"书会"终生创作,有的与艺人合作,甚至"偶倡优而不辞",以自己的聪明才智为元杂剧的繁荣作出了不可磨灭的贡献。

元杂剧是用北方的曲调演唱的,在体制上有一定的规范。与此同时,在南方地区还有一种用南方曲调演唱的戏剧,叫做"戏文"或"南戏"。这种自南宋以来就在东南沿海一带流行的戏剧,在体制、声腔、乐器、风格等方面都与杂剧不同,多描写爱情婚姻和家庭伦理道德方面的题材,比较贴近下层人民的生活。今存剧目有二百一十多种,较重要的作品有《荆钗记》、《白兔记》、《拜月亭》、《杀狗记》,简称"荆、刘、拜、杀"。到了元代末年,出现了高明的《琵琶记》,通过赵五娘、蔡伯喈的家庭悲剧,反映了封建时代道德伦理等社会问题。该剧对后来戏剧影响甚大,代表了元代南戏艺术的最高成就。

作为叙事文学的重要品种之一,话本小说在元代城市经济文化繁荣的社会环境中继续发展。尤其在曾是南宋京城的杭州,"说话"伎艺相当繁盛。今存讲史类话本《全相平话五种》、《新编五代史平话》、《大宋宣和遗事》、《薛仁贵征辽事略》;说经类话本《大唐三藏取经诗话》等均刊于元代。近年发现的小说类话本《红白蜘蛛》(残页)亦刊于元。由此可见,这时的说话艺术不仅拥有相对稳定的听众,在题材的选择和审美情趣上迎合市民阶层的需要,而且通过刊印说话人底本以扩大传播范围,获得更多的听众和读者,并成为后来《三国演义》、《水浒传》、《西游记》等长篇小说和冯梦龙《三言》等短篇小说题材的直接蓝本。

散曲作为"元曲"的一部分,是元代文学中富有时代精神和独特艺术形式的新兴诗体。它以和乐歌唱和长短兼备(套数与小令)的表达方式,在文人的笔下达到几乎可以无所不写的境地,大大拓展了较之传统诗词更为广阔的表现范围,形成了既俗且辣的独特艺术风格。如杜仁杰的《般涉调耍孩儿·庄稼不识勾栏》,生动地描写了一个乡巴佬进城看戏的过程和场景。睢景臣的《般涉调哨遍·高祖还乡》,以一个乡民的眼与口去观感和嘲讽,将"天威咫尺"的气氛与流氓无赖出身的皇帝形成鲜明对比,造成强烈的喜剧效果,展示了元代市井社会的风俗和心理。在描写爱情题材上,散曲更表现出直露和大胆。如名伶珠帘秀"便是牡丹花下死,做鬼也风流"(《正宫醉西施·无题》)的呼喊,迥异于传统诗教"温柔敦厚"的审美趣味。在描写反映文人士大夫阶层精神生活方面,元散曲表现出对王图霸业和富贵功名的否定,常常把屈原和陶潜作对比,强调个人"自适"的可贵,反映了元代文人人生观与价值观的显著特征。

与元杂剧散曲相比,元代诗歌显得成就不高。但是作为"正宗"文学的诗歌,仍然是广大文人抒发思想情感和人生追求的主要形式,百年间作家作品都很可观。元前期主要作家有戴表元、郝经、刘因、赵孟頫等,元中期代表作家是虞集、杨载、范梈、揭傒斯"四大家"。他们在不同的时期,因个人所处的社会境遇各不相同,所以诗歌内容和表现的心态也不一样。但在诗歌创作上却有一个共同的倾向,即力矫宋诗重理智而轻感情之弊,崇尚唐诗乃至汉魏六朝诗风,主张恢复唐诗重视抒情的传统。这对明代"前后七子"提倡"诗必盛唐"创作倾向有一定的影响。元代后期诗歌主要作家有萨都剌、杨维桢、高启、顾瑛、王冕等。他们大多居住在经济比较发达的东南江浙一带,又生活在元末社会日趋动荡时期,诗歌中透射出一种鲜明的自我意识和崇尚功利的思想色彩,某些诗作反映了当时社会现实,富有真情实感,代表着元诗的成就。

明朝(1368—1644)是中国封建社会后期的一个王朝。它在朱元璋领导红巾军推翻元朝统治中建立,在李自成领导的农民起义中覆灭,历时276年。明初,开国皇帝朱元璋从农民起义领袖转化为地主阶级总代表,十分懂得"弦急则绝,民急则乱"(《洪武实录》)的道理,在各方面采取了一系列巩固和加强其政权统治的措施,体现了与以前王朝不同的特点。政治上,废除了实行一千多年的丞相制,将军政大权集于皇帝一身,同时大兴党狱,杀戮功臣,进一步强化了中央集权制。经济上,移民垦荒,减轻赋税,惩治贪官豪富,造黄册和鱼鳞册,将农民束缚在土地上,既便于统治,又有利于发展农业生产。思想文化上,采取笼络和高压两手政策。一方面,巩固和加强程朱理学的正统地位,创立八股科举取士制度,笼络知识分子。这对士人的处世态度和人生哲学影响甚大,形成了明人"朝气作八股,暮气作诗文"的文坛现象。另一方面,强制读书人为朝廷服务,凡不合作者,便残酷迫害,如著名诗人高启不受征召而被腰斩。此外,农民出身又曾作过和尚的皇帝朱元璋,政治上神经高度过敏,制造了不少荒唐可笑的文字狱。如他见浙江府学教授林元亮替人作《谢增俸表》中有"作则垂宪",杭州府学教授徐一夔贺表中有"先天之下,天生圣人,为世作则"等语句,便认为是影射自己作过红巾军,当过和尚,立即将他们处死。在这种封建皇权的淫威之下,文人们一个个谨小慎微,必然会对明朝前期文坛产生直接影响。

　　自明初到成化（1368—1487）的一百多年，可以视为明代文学的前期。在这个政治比较稳定，经济不断发展，思想文化统治措施比较有力的时期里，文学上却相当衰微冷落，显著地表现出物质生产与精神生产发展的不平衡性。诗文方面，较有成就的作家是明初的宋濂、刘基、高启等。他们经历了元末社会的动荡和新朝的建立，有着相当的生活体验和感受，因而笔下的诗文具有一定的现实内容。自明成祖于"靖难之役"中夺得政权，迁都北京之后，诗坛出现了以"三杨"（杨士奇、杨溥、杨荣）为代表的"台阁体"。他们以粉饰太平，歌功颂德为能事，因位高权重而影响长达百年之久。随后出现了以李东阳为代表的自称宗法杜甫而追求声调格律的茶陵诗派。戏剧方面，出现了以朱权、朱有燉为代表的一批杂剧作家，和邱濬、邵灿等"以时文为南曲"的传奇作家。他们的作品与"台阁体"相呼应，多是粉饰太平和道德教化之作，共同形成了文学上的一股浊流。小说方面，在元明之际出现了《三国演义》、《水浒传》两部划时代的长篇章回小说，均在有关话本、杂剧和民间传说的基础上加工改造而成，而大量的刊布流行则是在嘉靖以后。除瞿佑的《剪灯新话》和李昌祺的《剪灯余话》两部文言短篇小说集外，一百年间，小说创作领域几乎是一片空白。

　　明代自弘治、正德以后，进入了中后期，整个社会情况发生了显著变化。经济上随着农业生产的发展，手工业和商业也兴盛起来。与此同时，封建社会体制内部的固有矛盾必然凸现出来，以皇室贵族为代表的地主阶级大肆兼并土地，聚敛财富，使广大农民失去生产资料，不得不流向城市，为城市工商业的发展提供了大量劳动力。到了嘉靖、万历年间，东南沿海一带城市工商业发展非常迅速，尤其是纺织、采矿、冶铸、造纸、印刷、制糖、轧棉等行业更为突出，如苏杭一带的纺织业出现了"机户出资，机工出力"（《万历实录》）的资本占有者与雇佣劳动者的关系。正是这种封建社会母胎中产生的资本主义生产关系萌芽，体现出看似微小然却具有强大生命力的"新质"，反映在思想文化领域，就是文人和市民阶层的精神面貌发生了重大变化，出现了文学艺术的空前繁荣，体现了鲜明的时代特征。政治上，宦官干政和内阁专权交替出现，厂卫横行，党争激烈在中后期政治中非常突出，随之而来的内忧外患日益严重。万历后期到崇祯朝，外有东北女真族对关内虎视眈眈，内有农民起义如火如荼。虽然，万历初期首辅张居正一度杀伐决断，改革弊政，但毕竟时间较短，积重难返。接踵而来的是党争不断，内耗严重，持续达半个世纪以上。最高统治者以至整个官僚士大夫阶层生活日渐荒淫腐化，意志颓废。整个明王朝终于在阶级矛盾、民族矛盾和统治阶级内部矛盾的重重困扰中走向衰落,最后被农民起义推翻。所有这些,在有关描写忠奸斗争、昏君暴政和社会市井生活等文学作品中得到了反映。

与这一时期文学发展直接相关的是思想文化领域中出现了前所未有的新气象。著名思想家王守仁继承和发展了陆象山的"心学",针对程朱理学"性即理"的外在权威性和言行虚伪性,提出了"心即理"的著名论点。虽然其主观上是想挽救地主阶级政治危机,企图在儒学内部进行一次深刻的调整,但在客观上却具有反对偶像,蔑视权威,张扬自我,尊重个性的重大思想意义。随着商品经济的发展、市民阶层的壮大、资本主义生产关系萌芽的出现和统治阶级文化统治的逐渐松动,又出现了代表平民哲学的泰州学派。这一学派在王守仁"心学"基础上,进一步着眼于人的生活需要和精神追求,认为"天理就在人欲中","吃饭穿衣就是人伦物理"。尤其是后期代表人物,杰出的启蒙思想家李贽提出了著名的"童心说",有力地揭露了程朱理学和封建礼教的虚伪,启发了人性的觉醒,大胆否定了传统的权威和偏见,带来了一次巨大的思想解放,给明中后期文学创作提供了强有力的思想武器。如在文学的评价上,他一反前人的传统偏见,重视小说、戏曲等通俗文学价值,称《水浒》为"发愤之作",称《西厢》为"化工之文"。从而对当时的文坛产生了积极影响,出现了一大批体现时代先进思潮的杰出作家和作品。

明代中后期文学创作的空前繁荣,体现了明代文学的高度成就。小说方面,由于印刷术的空前发达和市民阶层日益增长的精神需求,形成了创作与消费的良性循环,体现了商品化和职业化的特点。长篇小说《西游记》的出现,既是历来西游故事的总结,又是古代浪漫主义艺术的结晶。第一部文人独创的长篇小说《金瓶梅》的问世,宣告了作家自觉地以长篇小说形式反映现实,关注社会人生的开始,成为小说史上开风气之先的划时代作品。其他长篇小说有历史演义类《新列国志》、《英烈传》等,神魔小说类《封神演义》等,数量甚多。短篇小说以冯梦龙编撰的"三言"和凌濛初的"二拍"等拟话本为代表,是当时社会各阶层人物生活的形象画卷,其中某些描写爱情自由和个性解放的作品体现了时代先进思潮的特征。这些小说不仅拥有广大的读者群体,而且对后代小说也产生了积极的影响。

戏曲方面,这一时期,不仅数量多,而且质量高。徐渭的《四声猿》,以其勇敢的反传统的批判精神和独特的艺术风格代表了这一时期杂剧创作的成就。传奇作品,继《宝剑记》、《鸣凤记》、《浣纱记》等重要作品之后,出现了划时代的杰作《牡丹亭》,作者汤显祖深受泰州学派的影响,自觉地以戏剧形式"以情反理",在批判残酷虚伪的封建礼教的同时,热情歌颂了追求爱情幸福的合理要求,体现了个性解放的时代精神。晚明剧坛上,出现了以汤显祖为代表的"临川派"与以沈璟为代表的"吴江派"的论争。两派在文采与格律上各执一端,争论激烈,偏颇中各有一定的道理,为后来"合则双美"的创作理论和实践提供了有益的借鉴。

诗文方面,明中期出现的"吴中四才子"和"前七子"以其创作实践和理论主张给文坛带来了新的气象。尤其是李梦阳和何景明为首的前七子,提出"文必秦汉,诗必盛唐"的创作主张,打着复古的旗号进行文坛革新,扭转了文坛风气,推翻了"台阁体"的统治。由于他们的革新拿不出新的理论武器,只能以复古来树立自己的权威,所以必然会带来流弊,结果是过分拘泥于"古法",创作中留下模仿的痕迹。不过,他们毕竟是懂得文学特性的流派,李梦阳晚年感叹"真诗乃在民间"(《诗集自序》),说明他意识到文学创作需要真情实感,模仿是没有出路的。

在"前七子"掀起第一个文学复古浪潮之后,明嘉靖、隆庆年间出现了以唐顺之、王慎中为首的"唐宋派"与以李攀龙、王世贞为首的"后七子"之间的对峙。"唐宋派"以唐宋八大家古文为楷模,主张文道合一,反对"前七子""文必秦汉,诗必盛唐"的主张,实际上也是以复古的旗帜反对复古,只不过所树的偶像不同罢了。加之"唐宋派"在创作成就上远不如"前后七子",所以无力取而代之。"后七子"在继承"前七子"文学主张的同时,更强调文学形式——格、调、法的重要性,偏离了文学本质这个重心,因而也很难有突破和发展。随着晚明个性解放思潮的兴起,文坛出现了以"三袁"为代表的"公安派"。他们提出"独抒性灵,不拘格套"的"性灵说",紧紧抓住了作家与作品这一直接而又特殊的关系,和文学应该反映人的真情实感的特性,对"前后七子"复古理论确是狠命一击,从而跃居文坛统治地位。正如钱谦益所说"中郎(袁宏道)之论出,王、李之云雾一扫,天下之文人才士始知疏瀹心灵,搜剔慧性,以荡涤摹拟涂择之病,其功伟矣"(《列朝诗集小传》)。但是,公安派只强调作家心灵感受与独创,而对生活乃创作之源这一根本问题重视不够,所以题材狭小,创作成就不高。继之而起的"竟陵派"更是发展了这一流弊,鼓吹"心灵无涯,搜之愈出",抒发一种压抑郁暗的心理,显得幽辟孤峭,缺少生气。值得一提的是明末的小品文,它以轻松灵动而又富有情趣的笔调,表达文人独特的领悟和感受,无论是内容还是形式,都可视为对道统散文的背离,使散文这一最为灵活的文学样式获得一次解放,并对后世产生了积极影响。

　　明代文坛，流派纷呈，团体林立。正统的诗文在不断否定的过程中呈波浪式推进。尤其在明末，有些文学团体染上了鲜明的政治色彩。作为通俗文学的小说戏曲达到了前所未有的繁荣，较好地反映了社会本质的某些方面，取得了高度成就，是反映明代社会特征的一面真实鲜明的镜子。总之，在中国文学发展与演变的过程中，明代文学自有其重要的历史地位。

第一章　元代前期杂剧

第一节　元杂剧的兴盛

元代是我国戏曲成熟和繁荣的时期。戏曲作为综合艺术,作为代言体的表现方式,就剧本言,它需要人物和故事情节,曲词和宾白,包含着小说、诗歌和散文诸要素;就演出言,它需要相对固定的剧场和一定的观众,通过舞台实践达到艺术效果。相对于诗歌、散文、小说等文体,戏曲发展起来比较缓慢。

我国戏曲的萌芽可以追溯到原始社会的歌舞。《诗经》、《礼记》、《楚辞》等古籍记载了诸多含有戏剧因素的上古宗教仪式、礼仪风俗。如商代盛行巫风,巫以歌舞事神;周代年终有蜡祭,庆祝丰收,娱人娱神。至迟在春秋时期,出现了"优"。优出入宫廷,以为王侯歌舞调笑取乐存身,留下了著名的"优孟衣冠"的典故,从而成为戏曲表演的代称。

汉代盛行角抵戏,汇集当时民间各种奇技和歌舞表演,故又称"百戏"。其中"东海黄公"的表演带有故事性。自南北朝到隋唐时期,出现了一些歌舞小戏,如"代面"、"踏摇娘"等。《旧唐书·音乐志》云:"代面出于北齐。北齐兰陵王长恭,才武而面美,常著假面以对敌,尝击周师金墉城下,勇冠三军。齐人壮之,为此舞以效其指麾击刺之容,谓之《兰陵王入阵曲》。""代面"即假面,对于戏曲中脸谱的形成有所影响。"踏摇娘"又作"踏谣娘",崔令钦《教坊记》载:"北齐有人姓苏,齇鼻,实不仕,而自号为郎中。嗜饮酗酒,每醉辄殴其妻,妻衔悲,诉于邻里。时人弄之,丈夫著妇人衣,徐行入场,行歌,每一叠,旁人齐声和之云:'踏谣和来,踏谣娘苦和来!'以其且步且歌,故谓之'踏谣';以其称冤,故言'苦'。及其夫至,则作殴斗之状,以为笑乐。"表现出以悲为喜的审美倾向。这一时期,又有参军戏,要两人表演,一为戏弄者,叫苍鹘;一为被戏弄者,叫参军,以口头表演为主,互相调笑为乐。这对后来戏曲角色的形成以及插科打诨的发展具有重要影响。

北宋时期,随着城市经济的繁荣,勾栏瓦舍这些综合娱乐场所立足城市,民间的各种技艺得到了相互交流的机会。宋杂剧在当时发展很迅速。《都城纪胜·瓦舍众伎》载:"杂剧中,末泥为长,每四人或五人为一场,先作寻常熟事一段,名曰艳段;次做正杂剧,通名为两段。末泥色主张,引戏色分副,副净色发乔,副泥色打诨,又或添一人装孤。其吹曲破断送者,谓之把色。大抵全以故事,务为滑稽,本是鉴戒,或隐为谏诤也……"由此可知宋杂剧是以滑稽为主,但剧本没有留存下来。

金院本是北宋灭后,北方继续流行的戏剧,今存六百多种剧目。据有关资料记载,其与宋杂剧有许多相似之处。元陶宗仪《辍耕录》说:"金有院本、杂剧、诸宫调。院本、杂剧其实一也。"与此同时,宋金说唱文学也很发达,主要有鼓子词、词话和诸宫调等,金代董解元《西厢记诸宫调》就非常完整。我们从中看到了按照宫调以众多曲牌说唱的方式,还有部分模仿故事中人说话的代言体,这对于杂剧宫调曲牌的使用和情节的构思,无疑有积极的影响。

综上所述,宋金说唱艺术诸宫调和宋金以调笑为主的宋杂剧、金院本是元杂剧艺术体制形成的直接来源,而唐宋传奇、话本小说更是为杂剧提供了丰富的故事内容和人物形象。所以,元杂剧的兴盛,从其艺术内部发展规律看,是瓜熟蒂落,水到渠成。从其外部环境看,又与元代特定的社会形态有着密切关系。蒙古人的治国方针与中原汉族政权很不相同,传统的科举考试制度直到元代后期才正式恢复,而且规模很小。元代的重要官员主要是蒙古人色目人中的贵族世胄,中下级官员则由小吏升任,虽然也起用一些名儒,但是大量底层的汉文人科举仕途基本上就断绝了。书生本以读书为业,此时却只得另谋出路,有的成为刀笔吏,医卜星相,也有的沦落到社会的底层,与艺人歌妓结合在一起,成为杂剧创作队伍的重要群体,这是元杂剧成型、成熟、兴盛的重要原因。

元代重视工商业,建立了大规模的手工作坊,把工匠编为匠户集中服役。又设有官营的高利贷机构斡脱所,并且大力发展国内和国际贸易,一些大城市如大都人口密集,贸易繁荣,从而带来了娱乐业的繁盛。而且蒙古人和色目人都对歌舞戏曲非常爱好,官方设立了规模空前的教坊司。这样,一方面是戏曲地位的提高,一方面是文人地位的下降,才使戏曲和文人走到了一起。

当时不仅演出火爆,产生了诸多名角,如《青楼集》记载的天然秀、珠帘秀、司雁奴,与上流社会都有频繁交往,而且元杂剧的取材相当广泛。胡祗遹的《紫山大全集·赠宋氏序》说杂剧:"既谓之杂,上则朝廷君臣政治之得失,下则闾里市井父子兄弟夫妇朋友之厚薄,以至医药卜筮释道商贾之人情物理,殊方异域风俗语言之不同,无一物不得其情,不穷其态。"朱权《太和正音谱》将元杂剧分为十二科,即神仙道化、隐居乐道、披袍秉笏、忠臣烈士、孝义廉节、叱奸骂谗、逐臣孤子、钹刀赶棒、风花雪月、悲欢离合、烟花粉黛、神头鬼面。这些说法虽然不够科学,但可见其反映社会生活面之广。总之,无论历史传说,还是现实社会生活,元杂剧都一一将其搬上舞台,体现了元代文学的高度成就。

元杂剧流传到今天至少留下了 500 多种剧目,162 种剧本(见《元曲选》和《元曲选外编》),并有 100 多位剧作家留下姓名。由于元代时间短暂,封建社会以诗文为正统的观念非常牢固,剧本不受重视,所以在流传之中散佚甚多,而且因剧作家多为平民,不入史册方志,留下资料甚少。但是仅仅根据现存作品,它的成就已经远远超过了同时的其他文学样式,如散曲、诗文等等。而且这意味着我国古典文艺的重大转折,改变了文坛以诗词文等传统文学为主的局面,叙事文学便异军突起,成为重要流向,体现了下层人民尤其是市民阶层的审美情趣,使以前属于士大夫世界的文艺走向了大众。

第二节 元杂剧的形式

元杂剧已经是成熟的戏曲,标志之一就是它的形式已经走向了规范和稳定。作为以唱词、宾白、科范组成的元杂剧,在结构上通常是一本四折,一个楔子。楔子,本是木匠为加固凿枘结合处而从榫头顶端"开头切入"的劈状小木片,其"开头切入"的特征,因被喻为戏剧引子的专称;嗣后,两折间插入的衔接过度片断亦称作楔子。四折则为全剧的主体(即矛盾的展开,矛盾的发展,矛盾的高潮,矛盾的解决),所以元杂剧在总体结构上有紧凑集中的特点。

元杂剧的每一折和楔子都是由曲文和科白共同组成。曲子用的基本是北曲,整体风格健朗。在每支曲子的前面,都有宫调和曲牌,说明当时的演唱有固定的声调。一折之中,只能用同一个调,注在第一支曲子前面。这些曲子的宫调从现存剧本看,只用了北九宫,即正宫、南吕宫、仙吕宫、中吕宫、黄钟宫、大石调、双调、商调、越调。燕南芝庵《唱论》对之作了形容,如说仙吕清新绵邈、南吕感叹悲伤、正宫惆怅悲壮、双调健捷激袅。虽然说法比较含混,但说明当时安排宫调是用心而为的。楔子只用一两支曲子,经常是[正宫端正好]或者[仙吕赏花时]。而一折所用曲子在十几支上下,押一个韵,按一定的顺序连为一套,全剧四折用了四套曲子,一般分属四种宫调。曲文在戏中的功能主要是抒情,又是集中表现文采文情的地方,大多加意为之,比较精致。元杂剧的独特之处通常是一人主唱,只有楔子可以由其他角色来唱,因此利于集中塑造主要人物,抒发主人公的感情。主唱为男,则此剧为末本;主唱为女,则为旦本。

科白指的是剧本中的宾白和科范。宾白包括对白和独白,由白话和部分韵语组成。相对于曲文,称为宾白。对白即人物对话,独白兼有叙述的性质,在情节的发展和人物塑造上具有重要作用。在曲白中夹注着表演时候要做的程式化的动作、表情和效果,叫做科范,例如"做悲科"、"做相见科"、"内作起风科"。科白非常重要。特别是元杂剧很讲究舞台实践,不是案头剧,所以科白同样实在生动,富有内容,具有很强的观赏性。科白多含有大量的插科打诨,产生滑稽幽默的效果,并且和曲文互相依托,有"曲白相生"之说。

元杂剧的角色比较多。旦和末是最主要的两大类,旦有正旦、副旦、外旦、小旦、搽旦、贴旦等。末有正末、冲末、外末、副末、小末等,主唱即为正旦或者正末,比如《李逵负荆》中的李逵主唱,李逵即是正末。此外还有净、副净、外净,演的多是反面角色。另有孤(官员)、卜儿(老太婆)、孛老(老头)、邦老(强盗)等直接以身份起名,统算作杂类。

第三节 关汉卿及其杂剧创作

一 关汉卿的生平与个性

关汉卿为金末元初时人,生卒年不详,留下的生平资料很少,只有钟嗣成的《录鬼簿》上说他是"大都人,太医院尹,号己斋,晚年又号己斋叟"。有的书上说是太医院户。因为金元两代无这样的官职,所以关汉卿可能不曾做官。

关汉卿是元初大都(北京)玉京书会的"书会才人",编写了大量剧本,和杨显之、梁进之、费君祥、王和卿等人交往密切。在蒙古贵族统治下,大都虽然是文化中心,但是文人普遍仕进无门,才形成了这样与戏曲表演关系密切的文人群体。

关汉卿过着一种风流倜傥的才人生活。元末熊自得编纂的《析津志》述他:"生而倜傥,博学能文,滑稽多智,蕴藉风流,为一时之冠。"关于这一点在他的套曲[南吕一枝花]《不伏老》中可见一斑:

我却是个蒸不烂、煮不熟、捶不匾、炒不爆、响当当一粒铜豌豆。子弟每，谁教你钻入他锄不断、砍不下、解不开、顿不脱、慢腾腾千层锦套头。我玩的是梁园月，饮的是东京酒，赏的是洛阳花，攀的是章台柳。我也会吟诗，会篆籀，会弹丝，会品竹；我也会唱鹧鸪，舞垂手，会打围，会蹴鞠，会围棋，会双陆。你便是落了我牙，歪了我口，瘸了我腿，折了我手，天赐与我这几般儿歹症候，尚兀自不肯休。则除是阎王亲自唤，神鬼自来勾，三魂归地府，七魄丧冥幽。天哪！那其间才不向烟花路儿上走。

这首套曲不仅流露了关汉卿及时行乐和滑稽放诞的作风，而且还鲜明地显示了他性格中极为倔强刚直的一面，真实地表现了他历经险恶世道，饱经风霜，仍我行我素的狂放性格。关汉卿不仅是一个出类拔萃的风流才子，而且更是一个关注社会、同情民众的伟大戏剧家。理解了这一点，就会明白为什么他那么爱写下层的平民不屈不挠顽强斗争的戏，喜欢塑造弱小善良的人物形象，表现出伟大而深沉的同情心和强烈的社会批判意识。清初学者黄宗羲说："从来豪杰之精神，不能无所寓。……王实甫、关汉卿之院本，皆其一生精神之所寓也"（《靳熊封诗序》）。《元曲选》编者臧晋叔云："关汉卿辈挟长技自见，致躬践排场，面傅粉墨，以为我家生活，偶倡优而不辞。"说明他不仅热爱杂剧艺术，而且是终生以此为业，以其伟大的创作实绩成为元杂剧的奠基人。

关汉卿在当时的杂剧界才华横溢，名气很大。当时会写李逵戏的高文秀被称为是"小汉卿"，南方的剧作家沈和甫被称为是"蛮子汉卿"。钟嗣成的《录鬼簿》把他列在"前辈名公才人"第一名，《续录鬼簿》说他是"梨园领袖，编修帅首，杂剧班头"。这些都足以说明他在当时剧坛上具有重要地位。

南宋灭亡后，关汉卿南下漫游，曾到过杭州、扬州等地。当时的杭州、扬州同北方大都一样，都是杂剧活动的中心。在杭州他写了[南吕一枝花]《杭州景》，在扬州他写了送给著名演员珠帘秀的套数[南吕一枝花]《赠珠帘秀》。元成宗（铁木耳）大德（1297—1307）初年，他写了小令《大德歌》十首，大约就在这期间离开了人世。

二　关汉卿杂剧作品及其艺术成就

关汉卿一生创作丰富，共有杂剧六十多种，现存剧本十八种。它们是：《窦娥冤》、《救风尘》、《望江亭》、《金线池》、《蝴蝶梦》、《鲁斋郎》、《拜月亭》、《调风月》、《单刀会》、《西蜀梦》、《玉镜台》、《裴度还带》、《单鞭夺槊》、《哭存孝》、《五侯宴》、《陈母教子》、《谢天香》、《绯衣梦》。其中《裴度还带》、《单鞭夺槊》、《鲁斋郎》、《五侯宴》是否关汉卿所作，尚有争议。此外还有几种残文和一些散曲。

关汉卿的杂剧从题材和思想内容上看，大致可以分为三类。第一类是公案剧，如《窦娥冤》、《蝴蝶梦》、《鲁斋郎》、《绯衣梦》等。第二类是爱情婚姻剧，如《拜月亭》、《调风月》、《金线池》、《望江亭》、《救风尘》、《玉镜台》等。第三类是历史剧，如《单刀会》、《西蜀梦》、《哭存孝》等。

关汉卿的公案剧又可称为社会剧，它通过公案故事，揭露了当时社会的黑暗，描绘了人民所遭受的种种不幸，表现了广大民众对清明社会和安宁生活的向往。

《窦娥冤》是这一类戏剧的代表作。王国维曾说此剧"即列入世界大悲剧中亦无愧色"（《宋元戏曲史》）。作品的素材虽然来自于《汉书·于定国传》和干宝《搜神记》中"东海孝妇"故事，但是，关汉卿却将其植根于元代社会黑暗的现实生活之中，并进行提炼升华而创造出的悲剧杰作。当时描写同类题材的还有王实甫的《厚阴德于公高门》和梁进之的《东海郡于公高门》，但都已失传，惟独《窦娥冤》成为杰作，关键就在于作者把"东海孝妇"的故事与当时黑暗的社会现实紧密地结合起来，从而深深地打上了元代社会的烙印。

《窦娥冤》虽然只有短短的几折，简单的情节和几个人物，但它却集中而又生动地展示了元代黑暗现实生活的画面，具有强烈的社会批判意义。剧中的主人公窦娥，三岁丧母，七岁便离开了父亲，被当作抵债物品送到蔡婆家作童养媳。十七岁结婚，不上两年，丈夫病死，做了年轻的小寡妇。关汉卿运用典型化手法，将孤儿、童养媳、寡妇这三种悲惨命运集中于窦娥一身，从而为她后来蒙冤而死的悲剧作了有力的铺垫。面对着种种不幸，窦娥开始只想到自己"八字儿载着一世忧"，"劝今世早将来世修"，做一个孝妇和节妇，冰清玉洁地与婆婆相守过日，以企求来世幸福。可是，在那暗无天日、强梁横行的社会里，首先是社会邪恶势力不容许她安宁地生活下去。张驴儿父子的逼婚，对于胆小怕事的蔡婆来说，可以逆来顺受，而对于正直、善良、坚强的窦娥来说，无疑是极大的污辱。张驴儿逼婚不成，便想药死蔡婆，强行霸占窦娥，不想误杀自己老子，从而使剧情发生重大转折。面对着张驴儿的嫁祸诬陷，窦娥宁愿"官休"，决不"私休"，表明善良的平民对官府开始总是抱有幻想。不料现实中的官府实际是流氓歹徒的护身符，桃杌太守"人是贱虫，不打不招"的审判原则决定了窦娥必然是蒙冤而死的命运。在"一杖下，一道血，一层皮"的严刑拷打下，窦娥终于从幻想走向觉醒，深感世道"复盆不照太阳辉"。最后窦娥为救婆婆而承受冤屈,被罪恶的社会送上了断头台。《法场》一折,高度集中地表现了窦娥粉身碎骨斗争到底的精神。她否定了天地鬼神,否定了现实中一切不合理的现象,以一个最柔弱而又最能忍耐的平民女性之口迸发出愤怒的呼喊。

> 有日月朝暮悬,有鬼神掌着生死权。天地也,只合把清浊分辨,可怎生糊突了盗跖、颜渊! 为善的,受贫穷更命短;造恶的,享富贵又寿延。天地也,做得个怕硬欺软,却元来也这般顺水推船。地也,你不分好歹何为地! 天也,你错勘贤愚枉做天! 哎,只落得两泪涟涟。(第三折[滚绣球])

这是对当时社会生活中种种不平现象的概括。在剧中,窦娥的正直善良,遭到诬陷冤枉;窦娥的坚强反抗,遭到摧残压迫,以至生命遭到戕害。这人民群众身上一切优秀的有价值的东西被毁灭了,都不能见容于那个黑暗的时代。这不仅是窦娥的悲剧,更是社会的悲剧。

剧作运用现实主义和浪漫主义相结合的手法非常成功,如描写窦娥的反抗,安排了一个过程,没有随意拔高,十分忠实于现实生活。窦娥临刑前发下的三桩无头愿,在现实中是不可能的,但在窦娥冤死的情况下出现,却非常符合人们的意愿。一个普通妇女的冤死足以引起自然界不正常的巨大变化,确实表现了人们愤怒的力量,从而产生了强烈的艺术效果。"只为一妇含冤,致令三年不雨",深刻地告诉人们,任何一个善良的平民都不能冤枉,他们的生命同样贵重。这种思想恰与封建官府把普通民众看作"贱虫"的观点相对立,而这又正是《窦娥冤》的悲剧意义和思想价值所在。

《拜月亭》是一出喜剧。此剧以蒙古兵围攻金朝燕京,金朝迁都汴梁为历史背景,写王尚书之女王瑞兰与家人逃散,遇见了书生蒋世隆,两人结为患难夫妻。三个月后,王尚书与女儿重逢,竟然不顾王瑞兰的苦求,嫌弃书生是个白衣,将女儿强行从生病的书生身边带走,硬生生拆散一对夫妻,直到书生中了状元,才让他们团圆。这个戏把王瑞兰凄惶无助的心情刻画得淋漓尽致,反映了官僚家庭的蛮横无理,尤其是对战乱中"白骨中原如乱麻"的凄惨景象写得非常真实生动。四大南戏中的《拜月亭》就是由关汉卿的原作改编而成的。

《救风尘》写妓女宋引章为富家子弟周舍的虚情假意所惑,不听从姊妹赵盼儿苦口婆心的劝阻,嫁给周舍。结果一到周家,就吃了五十杀威棒,饱受虐待,只好向赵盼儿求救。赵盼儿深知周舍是一个狡猾的流氓,要救出宋引章,必须"即以其人之道,还治其人之身",抓住他喜新厌旧,好色无厌的弱点,设置圈套,终于将其制服。剧作以真实生动的描写揭示了当时妓女的悲惨生活和命运。尽管作品是以喜剧的形式来表现,但却让读者和观众看了以后,在笑声中引起深沉的思考。全剧人物心理描写细致逼真,情节结构完整严谨,极意匠惨淡之致。尤其是侠义而智慧的赵盼儿形象塑造得非常成功,给人留下深刻的印象。剧中人物语言生动活泼,惟妙惟肖,展现了元代独特的社会风情。

《望江亭》写寡妇谭记儿改嫁了白士中,不想杨衙内早已看上她的美貌,正打算娶她为妾,于是诬陷她的丈夫玩忽职守。皇帝便赐给他势剑、金牌和文书,命他去斩白士中。谭记儿扮成渔妇,上了杨衙内的船后,采用风月手段把杨衙内灌醉,骗走了他的势剑、金牌和文书,致使杨衙内犯上了欺君罔上的罪名,被削职为民。谭记儿耍弄风月救丈夫,在戏中得到肯定,反映了当时市民阶层的一种新的道德观念。

《单刀会》是一本著名的历史剧。写刘备向孙权借了荆州一直未还,鲁肃请关羽到江东赴宴,企图在酒席上索回荆州。关羽单刀赴会,结果鲁肃不但没有要到荆州,反而受了胁迫不得不亲自送关羽上船回去。此剧极力渲染了关羽的英雄气概,第四折关羽来到大江中流时唱的[驻马听]非常著名:

> 水涌山叠,年少周郎何处也?不觉得灰飞烟灭!可怜黄盖转伤嗟,破曹的樯橹一时绝,鏖兵的江水犹然热,好教我情惨切!(云)这也不是江水。(唱)二十年流不尽的英雄血!

写得慷慨激昂,潇洒豪迈,充分表现了关羽为建功立业不惜抛头颅洒热血的英雄情怀。剧作以浩浩荡荡的江水来象征英雄的热血,不仅新奇,而且非常悲壮,让人在历史的深思中生发出对英雄主义的钦慕。

由上可见,关汉卿的杂剧题材多样,人物个性鲜明,多以表现现实生活为主,广泛反映了当时的社会现实。特别是对处于社会下层平民百姓的生活非常关注,真实地描写了他们在艰难险恶的社会环境中挣扎和斗争。在他的笔下,涌现了一批鲜明生动的人物,尤其是一系列的女性形象,如窦娥、赵盼儿、宋引章、谭记儿、王氏等。她们多是处于社会底层的女子,聪明伶俐,正直善良,但却无所依靠,命运坎坷。作者把目光投向她们,描写她们的命运,从中提出自己对于世道人心的独到见解,如《拜月亭》对于身处乱世自由结合的夫妻的同情,《救风尘》赞赏赵盼儿为营救落入虎口的宋引章所表现出的智慧干练等。这些作品告诉人们，对于非正常的社会，只有用非正常的方式去斗争和生存，体现了一种极为顽强的生活勇气，反映了作为一个伟大剧作家的宽阔视野和人文关怀，表现出一种惩恶扬善的进步道德理想。

在总体创作手法上，关汉卿杂剧体现了现实主义和浪漫主义的巧妙结合。一方面善于对人物事件作精确的描绘，充满着浓厚的生活气息；另一方面也善于大胆想象，常常以出人意料的故事情节制胜，将真实和虚构紧密的结合在一起，让人不知不觉地被剧中的情景所打动，从而使想象具有一种内在的真实，在平实的描写中焕发出奇异的光彩。

关汉卿杂剧善于营造戏剧冲突，切合舞台需要。杂剧受一本四折限制，难以表现丰富的内容，而关汉卿却善于剪裁，富于变化，舒卷自如，尤其在情节构思上表现出大家的功力。如《救风尘》一开始写宋引章不听赵盼儿的话，坚决嫁给周舍，赌咒发誓不会后悔，这就设置了宋引章将来命运如何的悬念。而宋引章受到了周舍的虐待，只好向赵盼儿求救，又引出新的悬念。赵盼儿会不会救，怎么救，能否救成功，这就使观众对于宋引章的命运始终处于高度关注之中。再如《蝴蝶梦》中第二折结尾时写包公对张千暗语，接着张千在王氏送饭的时候对她说让小儿子抵罪，王氏非常悲痛。可是到了第四折王氏带两个儿子去收尸，痛哭呼唤死去的儿子时，小儿子应了一声走上前来，这才揭开了当时包公暗语的谜底。

关汉卿是本色派的代表人物。他的杂剧语言本色当行，为剧坛所公认和赞赏。无论曲文还是宾白，总是声口毕肖，轻重相宜，挥洒自如，极富性格化和表现力。如《窦娥冤》第三折中窦娥临刑前对婆婆的一段说白：

> 婆婆，此后遇着冬时年节，月一十五，有瀽不了浆水饭，瀽半碗儿与我吃；烧不了的纸钱，与窦娥烧一陌儿；则是看你死的孩儿面上。

这些语言出自窦娥这个生活在社会底层的小媳妇之口，又是在临刑前的时候，是多么贴切、准确，富有感染力。王国维在《宋元戏曲史》中说关汉卿"一空倚傍，自铸伟词，言言曲尽人情，字字当行本色"。

第四节　王实甫与《西厢记》

一　王实甫的生平与创作

王实甫的生平资料也同样很少，只知道他是大都人，名德信，《录鬼簿》

把他排在关汉卿的后面，也是"前辈名公才人"。元末明初贾仲明的《凌波仙》写道："风月营密匝匝列旌旗，莺花寨明飚飚排剑戟，翠红乡雄赳赳施谋智。作词章，风韵美，士林中等辈伏低。新杂剧，旧传奇，《西厢记》天下夺魁。"由此吊词可见，他是一位风流文士，以文采为时人所钦服，尤其是以《西厢记》闻名天下。根据明代陈所闻编的《北宫词纪》收录的王实甫散曲《退隐》中的"有微资堪赡赡，有园林堪纵游"，"百年期六分甘到手"。可以约略看出他做过官，后来退隐了，并且至少活了六十岁。

王实甫所作杂剧十四种，今存《西厢记》、《丽春堂》、《破窑记》三种，另有《贩茶船》、《芙蓉亭》各留下一折。《丽春堂》写金朝右丞相完颜乐善在仕途上的起伏，该剧反映金代上层社会习尚比较生动。《破窑记》写穷书生吕蒙正被刘月娥小姐抛彩球招为女婿，丈人嫌贫不承认，刘小姐与之同居破窑。吕蒙正以写字卖文糊口，并天天往白马寺中求斋饭，僧人嫌弃他，饭后撞钟，将其羞辱。吕蒙正愤而题诗"男儿未遇气冲冲，懊恼阇黎斋后钟"，写不下去，就此搁笔。后来吕蒙正发达，重游故地，见到以前题的两句诗已经罩上了碧纱笼，说是"龙纹之体，金石之句"，看的人竟然将这里踏得苔藓不生。于是吕蒙正又续了"十年前时尘土暗，今朝始得碧纱笼"两句。这时僧人解释说当初羞辱他是其丈人的主意，目的是激他发愤有为，于是一家和好。这个戏既歌颂了青年男女的真诚爱情，同时也深刻地写出了世态炎凉和人情冷暖。至于《西厢记》作者，也有人认为王实甫作前四本，关汉卿续第五本，但一般都认为全剧皆是王实甫所作。

二　《西厢记》故事的演变

《西厢记》的剧情最早出于唐代中叶著名诗人元稹的传奇小说《会真记》（又名《莺莺传》）。整个故事的主题和人物性格与后来的《董西厢》、《王西厢》都不同。传奇中的莺莺是个性格懦弱，屈服于命运的女子。她热烈地爱过张生，但最终被张生抛弃。宋代苏东坡曾认为张生是唐代诗人张籍的影子，而宋代王性之则认为是写作者本人。鲁迅的《中国小说史略》也认为"元稹以张生自寓，述其亲历之境，虽文章尚非上乘，而时有情致，固亦可观，惟篇末文过饰非，遂堕恶趣"。确实，在元稹的笔下，莺莺没有反抗的个性，没有光明的结局。这不是她的过错，而是她的不幸。在那个时代，女子未结婚就与人发生关系，后又被人抛弃，这个苦果只能自己吞咽，哪有力量反抗呢？她被张生抛弃之后，又嫁给另一个人。她的结局是含泪的悲剧。

传奇中的张生和杂剧中的张生也迥然不同。他是个玩世不恭的伪君子。他曾热烈地追求过莺莺，但一旦到手之后，又不明不白地抛弃了这个表妹。作者对张生的行为不是批判，而是纵容和同情。张生抛弃了莺莺，还有一套"女人是祸水"的封建理论，并举了历史上许多女人亡国的例子，说莺莺是"妖孽"害人，他没有本事胜她，所以不得不用"忍情"。因此，鲁迅说传奇末尾"文过饰非，遂随恶趣"。这个故事在封建时代特别是唐代很有典型意义，当时，门阀制度很严，许多女子受骗上当，"始乱之，终弃之"是普遍现象。白居易《井底引银瓶》诗云："为君一日恩，误妾百年身，寄语痴小人家女，慎勿将身轻许人。"可是，这种事很投合封建知识分子的口味，广为流传。正如鲁迅所说"其事之震撼文林，为力甚大"（《中国小说史略》）。他们把这个故事带到酒榭勾栏，于是渐渐在民间艺人中流传开来。宋代文人赵令畤将这个故事写成《蝶恋花鼓子词》十二首，中间用《莺莺传》本文穿插起来。这是最早的关于莺莺故事的说唱作品。这个鼓子词的情节、人物和倾向基本上与《莺莺传》一致，只是删去了张生那段女人误国的议论，对莺莺有了更多的同情。

在此基础上，金代章宗年间就产生了董解元的诸宫调《西厢记》（简称《董西厢》），这是个大型的说唱文学作品。在思想内容上，与《莺莺传》相比，《董西厢》把原来崔、张的矛盾改变为崔、张、红与老夫人、郑恒的矛盾，从而彻底变换了主题，成为一部歌颂青年男女追求自由爱情婚姻的作品。因此可以说它是《王西厢》的蓝本。但是，《王西厢》并不是对《董西厢》的简单继承。它不仅在形式上把叙事性的说唱作品改造成代言体的大型杂剧，而且在情节、结构、人物形象等方面都有所创新和发展。在当时爱情题材的杂剧中，达到了最高峰，成为元代四大爱情剧之一，并且对后世产生了深远的影响。

关于西厢记故事，戏曲方面还有宋官本杂剧《莺莺六么》、金院本《红娘子》、南戏《张珙西厢记》等剧目。旧时代有"西厢六幻"之说，即《会真记》、《董西厢》、《王西厢》、《关汉卿第五本》、明代李日华的《南西厢》、陆采的《南西厢》。但是西厢记故事到了王实甫手里，已经定型，而且影响很大。后来，李日华之所以写《南西厢》，是因为北曲逐渐失传，难于演唱，只好改写。所以，西厢记故事的演变一般只讲"三幻"。

三 《西厢记》的思想艺术成就

《西厢记》五本二十一折，篇幅较长，情节曲折但不复杂；人物为数不多，但人物性格鲜明生动，语言也十分优美。它通过张生、莺莺这一对才子佳人在封建礼教和门阀制度非常森严的时代，为争取自由爱情婚姻所经历的曲折过程，体现了以郎才女貌为基础的有情人应成眷属的进步思想主旨。

剧中的莺莺是前朝相国的小姐。她对张生"一见倾心"是在佛门"净地"和丧亲热孝这一特殊的背景中产生的。尤其是"临去秋波一转"的动作表情,是情与欲的本能反映,因而在当时就带有"非礼"的意味。但是,作为贵族小姐,要想获得自由爱情婚姻,社会、家庭和自身思想矛盾都是重重障碍。"小梅香伏侍的勤,老夫人拘系的紧","系春心情短柳丝长,隔花阴人远天涯近"。虽然莺莺与心爱的人只有一墙之隔,但要想逾越,对于她来说决非易事。本来,孙飞虎兵围普救寺,给了张生立功求婚和莺莺如愿以偿的极佳机会,但门阀观念浓厚的老夫人"赖婚"之举,打破了她的幸福梦幻。于是,她与张生的相爱从公开转为隐蔽,经历了"传简"——"赖简"——"酬简"等喜剧性的波折,向封建家长和封建礼教发出了勇敢的挑战。在老夫人发现自己幽会因而强逼张生赶考的情势下,莺莺所关注的是"你休忧文齐福不齐,我则怕你停妻再娶妻",并把中状元斥为"蜗角虚名,蝇头微利",认为"但得一个并头莲,煞强如状元及第",表现了爱情高于一切的生活理想。因此可以说,正是这种精神支柱促使她敢于叛逆封建礼教,蔑视封建家世利益和轻视科举功名。王实甫不愧为清醒的现实主义作家和爱情理想主义者,他严格遵循莺莺作为贵族少女的性格发展逻辑,深入、细腻地描绘了她爱情的萌动、内心的矛盾甚至矫情到走出决定性一步的全过程,显示出有生命的人性战胜无生命的礼教的巨大力量,从而成功地塑造了莺莺的形象,使其成为古代戏剧文学中较早出现的爱情至上主义的典型。

和莺莺一样,剧中的张生也是封建礼教叛逆者的形象。他虽然不像莺莺那样背着沉重的封建思想观念的包袱,但却有着封建书生的软弱性,在争取自由爱情婚姻的曲折过程中,表现出鲜明的个性特征。借用剧中人物的话说,莺莺认为他是"志诚种",红娘说他是"风魔汉",甚至嘲讽他是"银样蜡枪头"。的确,在他身上,热情诚恳,忠于爱情,十足的书生气、才子气,既有对封建家长的抗争,又有对封建家长的妥协等等表现,形成了多情而又痴狂的喜剧性格。

张生原是礼部尚书的儿子,才华横溢,对功名充满着信心。因父母早逝,家道中落,故而"书剑飘零、功名未遂,游于四方"。但是,他不像元稹《莺莺传》中"始乱之,终弃之"的"正人君子"。相反,他对爱情有着执著的追求。当他在普救寺一见到莺莺时,就"魂灵儿飞在半天",尤其是莺莺临去时秋波一转,更是让他意马心猿,于是就在普救寺里一心一意追求莺莺。本来,功名对于封建知识分子最有吸引力,"书中自有黄金屋,书中自有千钟粟,书中自有颜如玉",因此,通过科举考试而猎取功名是一般封建知识分子最理想的道路。然而,张生却重爱情、轻功名,这在当时无疑是属于一种离经叛道的行为。

《赖婚》一折,老夫人在张生解除孙飞虎兵围普救寺的危难之后,叫莺莺以妹妹拜哥哥的方式,并许以重金酬谢,从而赖婚。面对着老夫人突然的变卦,张生气愤地回答:"既然夫人不予,小生何慕金帛之色?"表现出落魄书生不为金钱所惑的可贵骨气。但是,在与封建家长的抗争和追求自由爱情婚姻的过程中,张生不可避免地带有封建书生的软弱性和动摇性。对老夫人的赖婚,他无计可施,竟要在红娘面前,"解下腰间之带,寻个自尽"。在第一次幽会受到莺莺的训斥后,又惊又骇,相思成病。后来,终于冲破封建礼教的束缚,与莺莺私下结合,但是,在老夫人"俺三辈儿不招白衣女婿"的威胁下,他不得不作出妥协,上京应考。可取的是,张生即使中了状元,仍然表现出对爱情的专一和忠贞,迫不及待地要回到普救寺与莺莺相会。剧作紧扣张生的性格特征,逼真地描写出他随着爱情的进展和受挫,一会儿喜形于色,一会儿悲伤欲绝的种种情态,塑造了一个才子加情种的鲜明喜剧形象,体现了当时市民社会对富有血肉的落拓文人在爱情婚姻功名上的审美理想。

红娘是剧中非常丰满动人的形象。她的名字在民间已成为助人为乐的代名词。她的聪明才智,体现了人们对这位卑贱者的赞誉和向往。在剧中,红娘是一个多边关系的人物。对莺莺而言,她是形影不离的丫鬟。她深知小姐爱张生,却又做假矫情。但她又不正面点破,始终热情帮助。对张生而言,她为其诚实厚道所打动,一方面讥其"傻角","风欠酸丁","银样蜡枪头";一方面又信守诺言,热情为其投书送简,乐此不疲,甚至甘受委屈。对老夫人而言,她是派往小姐身边的监护者,但她却坚定地站在崔张一边,为他们的自由爱情据理力争,对老夫人的背义忘恩,以子之矛,攻子之盾,驳得老夫人理屈词穷。对于门第高贵,要来抢亲的郑恒来说,她又是崔张爱情婚姻有力的辩护者,她那"将相出寒门"的观点是对门阀观念的有力回击。由此可见,红娘在剧中具有重要的地位,以至于没有红娘就没有《西厢记》。作者不惜以八套的篇幅让他主唱,塑造了一个热情善良、聪明机智、爽直泼辣的丫鬟形象,给观众带来开心的欢笑和审美享受。

《西厢记》作为一部著名的爱情剧,它那严谨的结构,曲折的情节,精确细腻的心理描绘和优美抒情的语言,在古典戏曲中堪称典范之作。全剧以崔、张、红与老夫人的矛盾为主线,以崔、张、红之间的误会性冲突为副线,展现了崔张爱情的发生、发展到圆满结局的全过程。整个故事虽很单纯,主要人物只有三、四个，地点几乎没有离开普救寺，但却写得波澜起伏，目不暇接，达到了"山重水复疑无路，柳暗花明又一村"的艺术境地。其中最重要的艺术手法就是通过一个个"悬念"的设置和解答，造成强烈的戏剧效果。

第一本从"佛殿奇遇"到"张生闹斋"，写莺、张爱情的萌生和喜悦，充满着诗情画意。第二本从"白马解围"到"赖婚"，莺、张的爱情由喜转悲，呈现第一个大的情节转折。在"白马解围"之后，莺、张满以为喜事在望，不料老夫人突然宴席上赖婚，一对情人一下子从沸点落到冰点，这就设置了第一个"悬念"，迫使观众想了解他们的爱情今后会怎样。第三本到第四本，经过"传简"——"赖简"——"酬简"——"送别"，他们的爱情悲喜交替，由喜到悲，形成第二个大的情节转折。莺、张虽然私下结合，能够获得爱情，但却不能获得婚姻。面对老夫人的逼试，这对情人不得不暂时分离，这就设置了第二个"悬念"，迫使观众还想了解他们的爱情婚姻到底是悲剧还是喜剧。于是，作者又写了第五本，并且以两折的篇幅描写这一对情人的刻骨相思。第三折写张生中了状元，团圆在即，却突然插进郑恒造谣抢亲的情节，使剧情又起波澜，造成团圆结局前的危机感。这就迫使观众不得不把这本充满曲折的喜剧看完。

《西厢记》可以说是一部大型的诗剧，语言优美是其鲜明的艺术特色之一。剧作所描写的是具有相当文化教养的贵族青年的爱情，而爱情本身就富有诗意。所以，作者以抒情的诗剧语言来描写，从而使思想内容与表现形式巧妙地统一起来，形成具有浓厚喜剧色彩的风格。

首先，《西厢记》人物语言极富戏剧性和性格化，既有很强的概括力，又有丰富的潜台词，往往一两句话便能揭示人物细微的内心活动和性格特征。如第三本的楔子，莺莺和红娘的一段对白，就把两个不同身份的少女的情态表现得十分逼真传神：

　　〔红上云〕　姐姐唤我，不知有甚么事，须索走一遭。

　　〔旦云〕　这般身子不快呵，你怎么不来看我？

　　〔红云〕　你想张……

　　〔旦云〕　张什么？

　　〔红云〕　我张着姐姐哩。

　　〔旦云〕　我有一件事央及你咱。

　　〔红云〕　甚么事？

　　〔旦云〕　你与我望张生去走一遭，看他说甚么，你来回我话者。

[红云]　我不去,夫人知道不是耍。

[旦云]　好姐姐,我拜你两拜,你便与我走一遭!

其次,曲词华美,善于营造浓郁的抒情气氛。如著名的"长亭送别"中莺莺的一段唱词:

碧云天,黄花地,西风紧,北雁南飞。晓来谁染霜林醉?总是离人泪。([端正好])

化用范仲淹《苏幕遮》词句,把莺莺送别张生的离情别绪与萧瑟的秋景水乳交融地结合在一起,十分真切感人。传说王实甫写到这里呕心沥血而死,虽不可信,但足以说明他在追求艺术化境上,确实用心良苦。剧中像这样精美的曲词,俯拾即是,可谓是珠玑满眼,美不胜收。这一点前人早有赞誉。朱权《太和正音谱》云:"王实甫之词,如花间美人,铺叙委婉,深得骚人之趣,极有佳句。若玉环之出浴华清,绿珠之采莲洛浦。"

《西厢记》自问世以来,对明清时代以爱情为题材的小说戏曲产生了深远的影响。明代汤显祖的《牡丹亭》中杜丽娘就曾为崔张"前以密约偷期,后皆得成秦晋"所感动。清代曹雪芹的《红楼梦》第二十三回的题目,就叫"《西厢记》妙词通戏语,《牡丹亭》艳曲警芳心",并且写到林黛玉称赞《西厢记》"词句警人,余香满口"。这些足以说明《西厢记》以它进步的思想内容和精湛的艺术魅力,深深地打动着广大读者和观众的心灵,成为超越时空的不朽诗篇。

第五节　元前期其他主要杂剧作家作品

一　白朴及其《梧桐雨》、《墙头马上》

白朴(1226—?),原名恒,字仁甫,又字太素,号兰谷,祖籍隩州(今山西河曲县南),生于金代官宦人家,父亲白华与金代著名诗人元好问是世交。白朴七岁的时候,蒙古军进犯京师,父亲随金哀宗出奔。第二年母亲在南京(金的都城,河南开封)陷落的时候也失踪了。元好问便收留了白朴,带着白朴一起逃难,并教他读书作文,视同己出。白朴幼年遭逢国破家亡之痛,所以终身不仕元朝,只与朋友诗酒流连,晚年到了南方,定居金陵。所作杂剧共16种,完整保存下来的有《墙头马上》和《梧桐雨》,此外还有词集《天籁集》

存世。

《梧桐雨》为末本戏，写唐明皇与杨贵妃的故事。这是文人笔下常见的题材，白居易就曾以此写下著名的《长恨歌》。《梧桐雨》并不回避杨贵妃曾经是寿王妃和有关杨贵妃与安禄山私通的传说。对于唐明皇，作品写出了他昏庸的一面，例如委安禄山以渔阳节度使重任，使其得以拥兵自重；又如过分宠爱杨贵妃，不理朝政。但是，更多的是同情他被叛军逼得仓皇逃离长安，在马嵬坡被迫准许缢死爱妃的无奈。唐明皇在享受太平荣华时与苦熬孤寂岁月时心态迥然不同的咏唱，形成鲜明的前后对比，含蓄而集中地传达出强烈的沧桑之感、故国之思。所以此剧的着眼点不在帝妃爱情或者荒淫误国，而是沧桑之变。

第四折是全剧的重心。作者极力铺叙唐明皇对贵妃眷恋之情，从端详妃子画像，以至困乏了来到园中散心，到回去小睡时梦见贵妃，又被梧桐雨惊醒，无时无刻不陷于深深的失落之中。景色仍在，人事已非，一切都触起唐明皇无限的感伤。尤其是第四折后半部分写雨打梧桐的声音伴随着不能入睡的唐明皇，不惜笔墨连用了近十支曲子，把全剧推向了情感高潮。

《梧桐雨》善于铺叙形容，镂金错采，曲文非常优美。例如第二折第一支曲子：[中吕粉蝶儿]"天淡云闲，列长空数行征雁；御园中夏景初残，柳添黄，荷减翠，秋莲脱瓣；坐近幽阑，喷清香玉簪花绽。"把秋景写得五彩斑斓。作者着意借人物抒情写景，尤其是精心安排了一个下雨的秋夜让唐明皇爆发式地倾诉，极尽铺叙形容之能事。由于抒情气氛的浓厚和语言的优美，此剧可以说是一部诗剧。

《墙头马上》写裴少俊和李千金的故事。题材来自白居易的乐府诗《井底引银瓶》，宋杂剧和金院本以及南戏都有过同类题材的作品，但均未流传下来。《墙头马上》把原来的悲剧结局改成了大团圆。

在这个旦本戏中，作者对李千金自主婚姻的大胆行为寄予很深的同情，表现了对于压制人性的礼教极度不满，所以为她安排了一场好梦。李千金直爽泼辣，敢作敢为。她可以毫无顾忌的思春，在看上了一个英俊男子后，当晚就与他成功私奔，并自由自在地生儿育女，即使公公发现后被逐回家，也只是暂时的挫折，因为不久丈夫中了状元，一家人都来接她回去，让她成为一位真正的夫人。

其中第三折老公公突然看见两个孙子的场面写得很有喜剧性。老院公极力地想掩饰，裴尚书则很奇怪这是谁家的孩子，而小孩子们却根本就不知道是怎么回事，十分天真可爱。尽管知道真相后，裴尚书非常愤怒，但是强烈的喜剧效果已经使这一切并不沉重,体现出轻松的喜剧情趣。

二 马致远和《汉宫秋》

马致远,号东篱,大都人,生卒年不详,但晚于关汉卿、白朴。早年追求功名,善写杂剧散曲,名气很大,是元贞书会的中坚人物,有"曲状元"之誉。中年曾经做过一段时间的江浙行省务官,就此退隐。今存杂剧七种,即《荐福碑》、《青衫泪》、《汉宫秋》、《岳阳楼》、《黄粱梦》(与艺人合作)、《任风子》、《陈抟高卧》,内容多写怀才不遇和神仙道化之类,《汉宫秋》是其代表作。

《汉宫秋》写毛延寿为了固宠,提议采选宫女,并借机大肆索贿,独王昭君不予理睬。毛延寿便点破美人图,让她无缘得见君王。汉元帝夜行后宫,发现了绝世美女王昭君,得知原委,封王昭君为明妃。毛延寿丑行败露,逃到匈奴,献上美人图,并造谣王昭君本愿意和亲而皇帝不肯。于是匈奴以兵力威胁,索要王昭君。汉元帝与满朝文武商量对策,谁知大臣们一个个泥雕木塑,束手无策,汉元帝无奈,只得让心爱的王昭君和番。王昭君行至番汉交界的黑江处投水自尽。番王恼恨毛延寿拨弄是非,便遣使把他押回汉家发落。汉元帝在王昭君走后,十分烦恼,正在思念难堪的时候,番使押来了毛延寿,遂将其斩首祭明妃。

由此可见,作者对昭君出塞的故事改动很大。传说中的毛延寿只是一位画工,而《汉宫秋》则把他写成了一个权倾朝野的奸臣,最后发展为挑拨汉与匈奴关系的乱臣贼子。王昭君则本是一名被冷落的美貌宫女,在被皇帝注意后成为宠妃,最后为了国家利益牺牲了个人的幸福,并且殉国。汉元帝则平庸无能,听信谗言,不理朝政,但对这位弱国的无能皇帝,作者寄予了很深的同情。此外还写了文武百官的庸懦无能。剧中突出刻画了王昭君的正直不阿和爱国情感,特别是最后她不肯着汉朝衣服到匈奴以及跳江的情节十分感人,而写毛延寿的祸乱天下和通敌卖国则是对历史上奸臣的艺术概括,很有典型意义。联系当时元蒙异族统治的时代背景,《汉宫秋》所描写的昭君出塞的故事具有强烈的现实感和一定的政治寓意。

《汉宫秋》语言平易浅显,洗练生动。第三折[梅花酒]和[收江南]历来为人称道:

> 呀!俺向着这迥野悲凉。草已添黄,兔早迎霜。犬褪得毛苍,人搊起缨枪,马负着行装,车运着粮粮,打猎起围场。他、他、他伤心辞汉主;我、我、我携手上河梁。他部从入穷荒,我銮舆返咸阳。返咸阳,过宫墙;过宫墙,绕回廊;绕回廊,近椒房;近椒房,月昏黄;月昏黄,夜生凉;夜生凉,泣寒螀;泣寒螀,绿纱窗;绿纱窗,不思量!([梅

花酒])

呀！不思量除是铁心肠！铁心肠也愁泪滴千行。美人图今夜挂昭阳,我那里供养,便是我高烧银烛照红妆。([收江南])

文气流畅,一泄如注,真切自然地表现了汉元帝告别王昭君后徘徊野外不忍回銮的心情。

三 《赵氏孤儿》、《李逵负荆》、《陈州粜米》及其他杂剧作品

纪君祥,大都人,生平不详,剧作仅存《赵氏孤儿》。该剧是一部历史题材的著名悲剧。写出了为伸张正义而忍辱负重、杀身成仁的顽强精神和残酷的政治斗争给人民带来的灾难。面对屠岸贾的淫威,程婴等人以弱小的力量,保住了赵氏孤儿,并一直等到他长大才自己报仇,寓意深刻,反映了元蒙统治下受压迫民众强烈的民族情绪,体现了正义终究战胜邪恶,"善有善报,恶有恶报"的传统道德观念。

全剧情节曲折紧张,充满着血雨腥风、刀光剑影。围绕着"搜孤"和"救孤",程婴等忠良与奸臣屠岸贾展开殊死斗争。屠岸贾的罗网不仅严密而且极其狡诈,孤儿的生死总是悬于一线,步步紧追,毫不放松。每一步救孤的过程都惊险至极,付出血的代价,让人产生出透不过气来的紧张效果。在元代杂剧中,《赵氏孤儿》和《窦娥冤》一样,堪称悲剧的典范之作。

康进之,棣州(今山东惠民)人,生平不详,今存《李逵负荆》,是元代水浒戏中最著名的作品。该剧用夸张的手法赞美了李逵嫉恶如仇的品质,反映了民间渴望匡扶正义的心理。戏中李逵的形象塑造得鲜明生动,具有个性。李逵下山时,欣赏桃花流水的情趣,与其淳朴刚直的性格相辉映,富有诗情画意。而随着他与周围环境发生的一连串误会冲突,其爱憎分明、嫉恶如仇的性格越来越鲜明突出。表面上看李逵总是误解了事件真相,但是这种自己让自己陷入不利处境的笨拙做法的背后却具有一种令人感动的道德力量。作者巧妙地把赞美隐藏在对其憨直鲁莽的嘲谑之后,从而表现了一位草莽英雄朴素纯真的内心世界,显得十分可爱感人。

此剧情节安排巧妙,通过误会产生冲突推进剧情发展。例如李逵三人到了王林那里,叫不开门,李逵假说满堂娇到了,王林马上冲出去把李逵当成满堂娇紧紧抱住,让人忍俊不禁。全剧就是这样大误会套着小误会,彼此紧密关联,前伏后应,情节紧凑而饶有风趣,造成很强的喜剧效果。

《陈州粜米》,无名氏作。该剧写"陈州大旱三年,六料不收,黎民苦楚,几至相食"。朝廷决定派人去开仓粜米救灾。权豪势要刘衙内见此,忙保举

自己的儿子刘得中和女婿杨金吾捞住这个大发横财的好机会。刘、杨二人到陈州后,小斗大秤,肆意盘剥饥民。富有反抗精神的百姓张懴古据理力争,反被小衙内用敕赐紫金锤打死。临终前,他嘱咐儿子小懴古一定要找到包龙图为其报仇。作者选择这个典型事件作为包公出场的社会背景,可谓匠心独运且具有强烈的社会意义。它首先向读者和观众展现了一幅元代阶级压迫的血腥图画,反映了当时尖锐的阶级对立,深刻揭露了封建统治阶级内部的腐朽本质。

剧中包公既有一般清官执法如山、为民除害的共性,又有其独特的个性。他不是清官的化身和图解,而是一个有血有肉的具体形象。他有感情,有思想,有苦闷,有愤慨,更有清廉刚正的思想品质,为民除害的迫切心情,深入调查的严肃作风,对敌斗争的机智策略,平易近人的诙谐言行等等。这些构成了他作为一个独特的清官艺术典型,载入戏剧史册,闪耀着熠熠光辉。能够达到如此高度成就,首先来自作者正确的创作意旨。他在深切体会元代民众向往清官的思想基础上,用整整三折的篇幅,把包公提到全剧主角的地位来塑造。其次,作者不愧为写戏的高手,他能站在较高的立足点上,精心选择典型事件,创造典型环境,从包公性格的内在逻辑和与其他人物关系中,巧妙设置矛盾冲突,从平淡无奇的情节中,激发戏剧波澜,多角度多层次地刻画包公性格,让他始终作为权豪势要的对立面在剧中活动着,从而大大加强了这一形象的丰富性、生动性和独特性,与古代文学作品中其他包公形象鲜明地区别分开来。

剧本写包公与刘衙内父子围绕着粜米事件所进行的一场斗争,虽然带有元代社会的特征,却具有普遍意义。它几乎可以说是整个封建社会清官与贪官斗争的缩影。包公在剧中所表现的刚正不阿的性格和雷厉风行的作风,典型地概括了封建社会各个朝代政治极端黑暗,社会矛盾十分激化但又未发展到揭竿而起时的清官特点。在这种政治形势下,以清官为代表的进步势力一般处于劣势,而以贪官为代表的腐朽势力则处于优势(这是由封建统治自身无法解决的矛盾决定的),但是广大民众却又迫切希望清官出来主持公道,伸张正义。于是,清官便知其不可为而为之。他们有时也可能取得暂时胜利,但最终仍要失败。惟其如此,更显出可贵,堪称中华民族的脊梁。《陈州粜米》中的包公开始内心矛盾激烈,怕为官不到头,准备"急早归山",后又压抑不住对贪官污吏的愤恨和对广大民众的同情,坚决与权豪势要作斗争,并且机智巧妙地惩处邪恶为民伸冤。所以,包公形象既属于他赖以产生的时代,又超越他那个时代,而具有不朽的艺术价值。

　　高文秀，山东东平人，生卒年不详，一生创作杂剧三十四种，今存四种，是一位多产作家，时称"小汉卿"。从其流传下来的杂剧看，他擅长历史剧创作，尤其是善写"水浒戏"，其中以"黑旋风"为角色的就有八种，与康进之《李逵负荆》堪称元代"黑旋风"杂剧的双璧，因而他们被称为"水浒戏"的代表作家。高文秀的杂剧情节曲折，场面热闹，语言通俗，风格本色，《双献功》是其代表作。剧写山东郓城县的孔目孙荣想到泰安州神庙还愿，因害怕路上遭强人抢劫，便请宋江帮忙，宋江便派李逵去护送。不想其妻早就和白衙内私通，乘着这次出门的机会，趁机与白衙内私奔。孙荣追之不及，便去报官，不料堂上坐的竟然正是专等孙荣来告状的白衙内，孙荣当即被打入死牢。李逵扮成一个呆呆的乡下后生，以为哥哥送饭为由，连施几计，终于救出孙荣。他让孙荣先上梁山，自己又扮成祗候，杀了奸夫淫妇，提头上山，故剧名为《双献功》。剧作以巧妙生动的描写，反映了元代社会的黑暗。白衙内不但不畏罪，竟然可以借了衙门坐三日，专等孙荣来告，可见当时社会秩序的混乱。李逵的形象塑造得非常生动，他粗中有细，勇敢机智，在牢房里救孙荣的手段干净利落，是一个深受大众喜爱的豪杰形象。

　　石君宝，平阳（今山西临汾）人，生卒年不详。所作杂剧十种，今存三种。《秋胡戏妻》是其代表作。故事取材于刘向的《列女传》，情节上做了很大改动。此剧写贫穷的秋胡娶妻才三天就被抓去当兵，一去十年，杳无音讯。妻子罗梅英在家既要照顾多病的婆婆，又要辛勤劳作以维持全家人的生计。财主李大户曾仗势逼娶，但却被她硬顶了回去。一日梅英采桑，遇到一个官人模样的人公然向她调戏，当赶走这个流氓回家之后，却发现原来在桑园调戏自己的人，竟是回家省亲的丈夫。自己十年来的真情，换来的却是这样一种回报，愤激之下，她当即向丈夫索要休书。该剧虽取材于前代传说，却融合了元代现实生活，成功地塑造了一个农村劳动妇女的艺术形象。她不慕富贵，勤劳善良，恪守节操，具有劳动人民的美德。在元代杂剧中，描写妇女形象的作品不少，但歌颂劳动妇女优良品德和斗争精神的却不多。因此，该剧有着积极的意义。

　　杨显之，大都人，与关汉卿是莫逆之交，极善修改他人作品，有"杨补丁"之称。所作杂剧八种，今存《潇湘雨》和《酷寒亭》两种。《潇湘雨》是其代表作，也是一部以男子负心为题材的作品，塑造了一个千夫所指的负心汉形象。剧中着重描绘了翠鸾的不幸命运，表现出对于在封建社会被男子抛弃和虐待的女子的深切同情。但是由于大团圆的俗套结局，多少影响了剧作的思想价值。

其第三折写翠鸾在路上遇到秋雨，十分凄楚动人。翠鸾本是官宦人家的小姐，此时受崔通的荼毒，竟然披枷带锁，在风雨泥泞中挣扎，奔往沙门岛。潇湘秋雨不仅落在翠鸾的身上，而且也落在翠鸾的心里。〔黄钟醉花阴〕："（翠鸾唱）忽听得摧林怪风鼓，更那堪瓮瀽盆倾骤雨。担疼痛挨程涂，风雨相催，雨点儿何时住？眼见得折挫杀女娇姝，我在这空野荒郊可着谁作主！"曲词清新自然，情景交融，作者将人物命运与凄风苦雨紧密结合起来，产生了强烈的感染力，因而后来"潇湘夜雨"就成了一个著名的情境。

尚仲贤，真定（今河北正定）人，曾经做过江浙行省务官提举。他的杂剧今存三种，即《单鞭夺槊》、《柳毅传书》和《濯足气英布》。《柳毅传书》是其代表作。

《柳毅传书》源自唐代李朝威的传奇小说《柳毅传》，情节基本上相似。写书生柳毅在泾阳遇见一牧羊女，自云为洞庭龙王之女三娘，柳毅受其托付，为之传书达于洞庭龙王。洞庭龙王的弟弟钱塘君性如烈火，听说自己的侄女受到夫君泾河小龙的虐待，当即飞身而去，与泾河小龙作战，将其吞吃后救出龙女。最后柳毅与龙女结为夫妻。这出元代著名的神话剧，赞扬了锄强扶弱的斗争精神，反映了劳动人民的美好愿望。剧中钱塘君斗泾河小龙的场景，写得满纸风云雷电，煞是热闹。

李好古，西平（今属河南）人，一说为东平（今属山东），一说为保定（今属河北）人，官南台御史，元至正八年（1348）在世。所作杂剧三种，今存《张生煮海》。金有院本《张生煮海》，今佚。此剧本于民间传说，叙述了书生张羽与琼莲一见钟情，琼莲许以若父母同意，中秋就来招其为婿。琼莲走后，张羽寻之不及，遇见仙姑，告之琼莲乃东海龙王之女，龙王定然不肯将龙女配与凡人，于是送给张生银锅等法宝教他对策。张羽便依法煮起一锅海水，果然东洋大海应着锅里的水也沸腾起来，龙王被煮的焦头烂额，只好将张生招为女婿。此剧赞美了追求自由爱情的斗争精神，体现了"普天下旷夫怨女便休叫间阻，至诚的一个个皆如所欲"的思想主旨。剧作曲词优美，尤其是对东海景色的描写，非常瑰丽神奇，富有神话色彩。

郑廷玉（亦作庭玉），彰德（今河北彰德）人，生卒年不详。钟嗣成《录鬼簿》把他列入"前辈已死名公才人"，共著录杂剧二十三种，今存六种，其中《看钱奴》比较有名。郑廷玉是元代前期的一位高产剧作家。作品题材广泛，内容复杂，富有艺术技巧，语言生动质朴，从不同的侧面反映了元代社会生活，既有对黑暗丑恶现象的揭露和鞭挞，又有对美好生活的向往和追求，具有一定的思想价值。《看钱奴》写守财奴贾仁本是贫穷之人，一日向东岳神祈求富贵，神灵因周荣祖之父不敬自己，就向看钱奴说了周荣祖藏金的地点，但要求二十年后，物归原主。贾仁果然做了财主，但是用度仍然是如同以往。周荣祖出门回来找不到藏金，贫穷无奈，只得把儿子卖给了贾仁。二十年以后，贾仁死去，其子继承家产，经旁人指点，与周荣祖相认。周荣祖认出藏金的记号，才发现原来这就是自己的家产。这个故事在宣扬因果报应、富贵在天的迷雾中，包含着对为富不仁守财奴的尖锐讽刺和嘲弄，具有一定的现实揭露意义。作者采用漫画式的手法，写贾仁临终时说死后睡马槽就可以了。儿子说不够长，贾仁就说砍成两截就行了，最后还交代，要借邻居的斧头，因为骨头硬。这些夸张的细节把他的悭吝性格写得入木三分，显得辛辣有力，具有讽刺喜剧特色。

武汉臣，济南（今属山东）人，生平不详，约宪宗元年（1251）前后在世。今存杂剧《老生儿》、《生金阁》两种。《老生儿》较为有名。此剧叙写财主刘从善老而无子，家业无人继承。为此，他自己倾向于侄子，而妻子李氏则喜欢女婿。当已经怀孕的侍婢小梅被女婿偷偷运走后，刘从善绝望之余，广散家财，并任由妻子把家产交给女婿掌管。后来在清明节扫墓时，李氏发现女婿先扫的是自家祖坟，而刘家的坟前只有侄子，于是回心转意，改让侄子掌管家私。与此同时，小梅也回来了，还带着三岁的儿子。这个戏对封建家庭伦理反映得比较真实生动，但也宣传了狭隘的传宗接代思想和男尊女卑观念。

元前期杂剧不仅数量多，而且质量较高，难以一一尽述。值得一提的还有李行道的《灰阑记》和孟汉卿的《魔合罗》。《灰阑记》写两母争夺一子的公案故事，突出了包公明断是非的智慧。这个故事与《旧约全书》里所罗门判案故事相似，因而该剧在国外很有名，曾被译成英、法、德等多种文字。《魔合罗》反映了元代社会秩序混乱，法纪松弛，流氓恶棍横行，官员昏庸，百姓冤屈丛生的黑暗现实，具有一定的认识意义。

第二章　元代后期杂剧

第一节　杂剧的南移和衰微

随着元朝的统一，大德（1297—1307）年间，元杂剧达到了鼎盛时期。大德以后，受南方相对发达的经济和文化的影响，元杂剧创作的中心南移到了杭州。杭州曾经做过南宋都城，本来市井文艺就很发达，勾栏瓦舍众多，加之人文荟萃，交通便利，景色秀丽，气候宜人，吸引了大量北方杂剧作家纷纷南下。关汉卿、马致远、白朴、尚仲贤等著名作家都到过杭州、扬州、金陵等东南城市。他们有的游历，有的定居，有的出仕，从而形成了以杭州为中心的南方戏剧圈。但元杂剧也就此走向了衰落。从大德以后到元代末年，今天可考的剧作家只有二十余人，有作品传世者不过十几人。且成就较大的郑光祖、乔吉、宫天廷和秦简夫等人，还都是流寓在南方的北方剧作家。元代后期的杂剧艺术成就远不能与前期相比。不仅很难见到前期杂剧批判现实的精神，而且泼辣苍劲的文风也逐渐消失。内容多表现文人逸事和仙道隐逸，风格也趋向柔靡典雅，在数量和质量上都呈下降趋势。

元杂剧的衰落有着多种原因。首先，元代中期民族矛盾相对缓和，统治者对于儒家思想的态度有所改变，注意到了宣传教化，加强了对戏曲的干预和利用，《元史·刑法志》甚至还规定民间不得在城镇"演唱词话，教唱杂戏"。如后期杂剧作家鲍天佑宣扬愚忠的作品《尸谏灵公》，就受到最高统治者的重视和提倡："尸谏灵公演传奇，一朝传到九重知。奉宣赏与中书省，各路都教唱此词。"（兰雪主人《元宫词》）在这种文化统治和思想导向下，杂剧创作的内容必然向封建统治阶级靠拢。

其次，元代中期恢复了科举制度。虽然规模不大，但毕竟使文人有了较多的晋升机会，这对于杂剧作家队伍的稳定必然有一定的影响。而且科举制度的实行也使封建纲常和功名观念在文人身上加强，这又使得杂剧创作在内容上走向陈腐僵化。

第三，从杂剧体制本身和音乐特征看，杂剧到了南方，便走向了衰退。

一本四折,一人主唱的体制,既限制了表现丰富复杂的生活矛盾和各种人物形象的塑造,又拘束了作家的创造才能,很难充分发挥戏剧"寓教于乐"的艺术功能。另外,用北曲演唱的杂剧,不合南方本土观众的欣赏习惯,群众基础没有北方雄厚。

第二节　郑光祖与《倩女离魂》

郑光祖,字德辉,平阳襄陵(今山西临汾市西南)人,生卒年不详。《录鬼簿》说他"以儒补杭州路吏,为人方直,不妄与人交,名闻天下,声彻闺阁,伶伦辈称郑老先生者"。他是与关汉卿、马致远、白朴并列的"元曲四大家"之一。

郑光祖一生共创作杂剧十八种,取材多为历史故事或传说,表现了落魄文人怀才不遇的悲愤和对建功立业施展抱负的渴望。在某些歌颂爱情的作品里,表达了对儒生经受酸甜苦辣的同情和感慨。其杂剧精心结撰,巧妙安排冲突,语言清雅流利,才情学问融合无间,追求形式完美,受到后来曲坛的高度赞誉。今存《倩女离魂》、《王粲登楼》、《周公摄政》、《三战吕布》、《伲梅香》等八种,《倩女离魂》是其代表作。

《倩女离魂》是元代四大爱情剧之一,取材于唐代陈玄祐的《离魂记》。宋话本、金诸宫调均有改编。该剧反映了封建礼教和门阀制度对自由爱情的重压。张倩女只能在幻想中同心爱的人私奔,在现实中却是病染沉疴,奄奄一息,而且连王文举也不能理解她为什么要私奔,反而劝幽魂回去。剧中张倩女对于书生的过分依赖反映了她带有"三从四德"的封建思想,表现了封建礼教对人性的严重束缚,所以该剧虽然是个浪漫故事,却具有一定的社会意义。

《倩女离魂》情节安排颇具匠心,描写细致生动,特别是写倩女病中忽忽如狂的状态准确传神。作者把幻想形象化,让幽魂与躺在病床上的张倩女互不沟通,甚至产生误会。这样张倩女、幽魂、王文举关系重重,写得亦真亦幻,产生了一种惝恍迷离的艺术效果。第二折中幽魂追赶王文举的描写一直为人称道:

> 我蓦听得马嘶人语闹喧哗,掩映在垂杨下。唬的我心头丕丕那惊怕,原来是响当当鸣榔板捕鱼虾。我这里顺西风悄悄听沉罢,趁着这厌厌露华,对着这澄澄月下,惊的那呀呀呀寒雁起平沙。([小桃红])

不仅活现出一个轻手轻脚、急急忙忙的精灵,而且让其与凄清朦胧的夜色景致融合一起,营造出月下幽魂"悄悄冥冥,潇潇洒洒"的优美意境。曲词写得挥洒自如,逸气横飞,化用古人意象不露痕迹,表现出老到的功力。

《㑇梅香》所写也是才子佳人故事,人称"小西厢",但与《西厢记》相差甚远。《王粲登楼》取材于王粲的《登楼赋》,郑光祖对此作了进一步的发挥,淋漓尽致地写出了王粲不能施展抱负的抑郁之情。元代中后期虽然实行了科举制度,但是规模很小,即使能取得功名,其职位也不高,所以士子们大多仍然是沉沦下层。这部戏反映的正是元代文人的共同心声。

第三节　其他主要杂剧作家和作品

元代后期比较著名的杂剧作家还有乔吉、宫天挺和秦简夫。

乔吉(1280—1345),字梦符,号笙鹤翁,又号惺惺道人,山西太原人,长期流寓杭州。所作杂剧十一种,并提出"凤头、猪肚、豹尾"的作曲理论,对后世产生了影响。今存《两世姻缘》、《扬州梦》、《金钱记》三种,其中《两世姻缘》写得比较成功。

剧写书生韦皋与名妓韩玉箫相爱,韦皋自上京应举后,数年音讯不通,玉箫忧病而亡,灵魂投胎成为荆襄节度使张延赏的义女。十八年后,韦皋出征吐蕃凯旋而归,在张延赏家宴饮的时候,两人再次相会。经过一番波折敕赐成婚,此即两世姻缘。其中韩玉箫病中思念韦皋写得比较感人,但整体思想平庸,不出才子佳人俗套。

宫天挺,字大用,大名(今属河北)人,《录鬼簿》说他"历学官,除钓台书院山长,为权豪所中,事获辩明,亦不见用,卒于常州"。所作杂剧六种,今存《范张鸡黍》和《七里滩》两种。《范张鸡黍》较为成功。

《范张鸡黍》本自《后汉书·范式传》,写范式和张劭同游太学,结下深厚友谊,因不满朝政黑暗一起告归乡里,并约定两年后范式来看张劭。范式不远千里如期赴约。张劭临死时又托梦知会于范式,下葬的时候,直等范式素车白马,号哭而来,灵车才动。此戏赞美了文人之间纯洁的友谊,抒发了对当时仕途黑暗的强烈不满。第一折借范式之口唱道:

将凤凰池拦了前路,麒麟阁顶杀后门。便有那汉相如献赋难求进,贾长沙痛哭
谁偢问,董仲舒对策无公论;便有那公孙弘撞不开昭文馆内虎牢关,司马迁打不破编

修院里长蛇阵。（[寄生草]）

这与马致远《荐福碑》中张镐唱的"如今这越聪明越受聪明苦，越痴呆越享了痴呆福，越糊突越有了糊突富"，确有异曲同工之妙。

秦简夫，大都（今北京）人，生卒年不详。所作杂剧五种，今存《东堂老》、《赵礼让肥》、《剪发待宾》三种，《东堂老》为其代表作。

该剧写扬州大商人赵国器之子扬州奴，从小懒散成性。在父亲死后，更是天天和柳隆卿、胡子传两个无赖子弟吃喝玩乐，对东堂老的告诫充耳不闻。十年后，当他败掉了万贯家财，沦为乞丐时，原先的那些酒肉朋友却对他袖手不睬。后来扬州奴洗心革面，痛改前非，做起小本生意。东堂老看出浪子已经回头，便将辗转买回的赵家家产交付与他（用的是扬州奴父亲临死时存放的银子）。此剧可能来自真人真事，写尽了谋生经营的艰难不易和帮闲们的势利嘴脸。通过扬州奴的经历，体现了为人要勤劳本分的生活真理，表现出尊重商人的思想倾向，有着鲜明的时代特色。

第三章　元代散曲

第一节　散曲的兴起及其体裁特点

散曲是元代文学园地里的一朵奇葩。它产生于金代民间"俗谣俚曲"，其固定格律和长短句形式与词接近。据统计，元曲曲牌出于唐宋词牌的有七十五种之多，所以前人又把散曲称作"词余"。散曲的兴起，是富有活力的民间文艺跃居文坛的生动表现。它表明，以诗词为代表的传统韵文在文人士大夫手中逐渐僵化，难以表现丰富的社会生活和思想情感，不得不寻求革新的道路。这种现象正如鲁迅所说："旧文学衰颓时，因为摄取民间文学或外国文学而起一个新的转变，这例子是常见于文学史的"（鲁迅《且介亭杂文·门外文谈》）。

散曲从音乐方面来说，是用元代流行的北曲来演唱的。明代徐渭《南词叙录》云："今之北曲，盖辽金北鄙杀伐之音，壮伟狠戾，武夫马上之歌，流入中原，遂为民间之日用。宋词既不可被管弦，世人亦遂尚此，上下风靡。"自辽侵北宋，金灭辽，又灭北宋，蒙古灭金，北方民族的音乐已经在中原生根，经过长期的渗透和融合，形成了慷慨激越的北曲，从而为散曲的繁荣创造了条件。

从文学方面说，它是一种题材广泛，语言风格独特的"新诗体"。现存的散曲题材以歌唱山林隐逸和描写男女风情为多，体现了元代文人张扬个性，追求精神自由的心态。少数作品也揭露了现实的黑暗，反映了人民的痛苦，具有一定的认识意义。

散曲作为一种新兴的文学样式，和传统的诗词相比，具有很鲜明的艺术特征。首先，用韵灵活自由，虽然要一韵到底，但平上去三声可以互协，也可以重复韵脚；其次，根据表情达意的需要，可以增加衬字，甚或增加句子，因而大大增加了声调和句式的自由度；再次，以大量的口语方言入曲，通俗易懂，丰富了表现技巧。这样，散曲就具有了丰富的表现力和新的生命力，从而促进了我国古典诗歌形式的解放与发展。

散曲分为小令和套数两类。小令又叫"叶儿",每首能独立,相当于一首诗或一阕词。由于它是能歌唱的文字,所以就有不同的曲调,如[山坡羊]、[人月圆]等。小令中还有一种特殊的体式,叫"带过曲"。就是写完一曲之后,意犹未尽,还可以再写另外一个曲调,只要两个曲调音律衔接,又押同一个韵,可以算作一首。

套数是散曲中的一种大型体式,与诸宫调有着直接的渊源关系。它是用多种曲调连贯而成的整套曲子,因此又叫套曲或散套。它的组成,应具备以下基本条件:首先,须有两只以上同一宫调的曲子连缀而成;其次,每套除了用带过曲做结外,大多数情况在结束处有一个尾声;再次,每套一般用一、二只小曲开端,中间选用的调数可多可少,少则二、三调,多则二、三十调。不管套数多长,都必须一韵到底,不能换韵。套数多标明该套曲子属于何宫何调。如马致远的[双调·夜行船]就表示自[夜行船]以下都属于双调。一般说来,元杂剧中所用的套数都可以运用到散曲,而散曲却有自己专用的套数。

第二节 元前期散曲的主要作家和作品

散曲作家相对于剧曲作家而言,更加众多。据有关资料记载,在元代一百多年间,留下姓名的散曲作家就有二百余人,创作情况与杂剧相类似,一般以元代大德年间(1297—1307)为界,分为前后两期。前期作家活动的中心在大都(北京),后期则在临安(杭州)。据隋树森搜集整理的《全元散曲》,现存散曲作品小令 3853 首;套数 457 套,足见元代散曲无论是在数量上还是质量上都堪称我国文学史上一笔丰厚的遗产。

元代前期散曲作家多为杂剧作家,如关汉卿、白朴、马致远等。散曲在他们手里运用得十分娴熟自然,反映了真实而丰富的生活内容,表达了对社会人生的真情实感。最突出的特征是,儒家伦理信条和传统的人生价值观遭到怀疑和否定。文人们面对着黑暗动荡的社会现实和仕进无望的痛苦,转而审视自己存在的价值,朝着追求精神自由和生活自适的方向发展。"风云变古今,日月搬兴废"(卢挚《沉醉东风·退步》),"盖世功名总是空"(白朴《双调乔木查·对景》)的感叹成了普遍吟唱的主旋律。他们甚至把陶渊明和屈原作为人生态度的正反代表,赞赏陶渊明洁身自好、自得其乐的生活方式,嘲弄和否定屈原热衷政治、知其不可为而为之的愚忠和献身精神。传统的仕人精神链条发生了断裂,思想文化领域出现了新的历史变化。

与之相联系的就是前期散曲大多描写作家自身生活、精神感受和耳目所及的社会风情,尤其喜写男女私情和妓女生活,如无名氏的《塞鸿秋·村夫饮》、杜仁杰的《庄稼不识勾栏》、关汉卿的《大德歌·夏》等。题材十分广泛,生活中的各种现象几乎均可入曲,风格尖新流畅,生动活泼,富有浓厚的生活气息和鲜明的时代特征。

前期散曲作家作品众多,这里择其要者,作以介绍。

王和卿,大名人,为人滑稽佻达,与关汉卿相熟,善于嘲谑。今存小令 11首,套数 1 套。其散曲有些虽未免庸俗,但却富有创作个性,如[醉中天]《大蝴蝶》:

> 挣破庄周梦,两翅架东风。三百座名园一采一个空。谁道风流种,吓杀寻芳蜜蜂。轻轻的飞动,把卖花人搧过桥东。

这首曲子据说是因街上出现了一只奇大的蝴蝶而写。作者借之讽刺了那些花花太岁,写得夸张、诙谐,富有象征意味。

关汉卿,不仅是伟大的戏剧家,也是著名的散曲家。今存小令 57 首,套数 14 套。其散曲内容多写男女恋情,尤其善于体察摹写女性的内心世界,表现出风流才子狂放不羁的思想性格。如[仙吕一半儿]《题情》:

> 碧纱窗外静无人,跪在床前忙要亲,骂了个负心回转身。虽是我话儿嗔,一半儿推辞一半儿肯。

白朴,今存小令 37 首,套数 4 套。其作品表现了肯定人的自然欲望和否定功名利禄的思想,如《阳春曲·题情》:

> 笑将红袖遮银烛,不放才郎夜看书,相偎相抱取欢娱。止不过迭应举,及第待何如?

马致远,今存小令 115 首,套数 16 套,是一位“姓名香贯满梨园”的著名散曲作家,其作品多写“叹世”和隐逸乐道,有“万花丛中马神仙”之誉。如被人称为“秋思之祖”的[越调天净沙]《秋思》:

　　　　枯藤老树昏鸦,小桥流水人家,古道西风瘦马。夕阳西下,断肠人在天涯。

这首小令准确选择名词和形容词,组合成具有季节特征和感情色彩的几个画面,构成了一个有机的艺术整体。这种类似于今天"蒙太奇"手法的运用,把一幅他乡游子"秋野黄昏行旅图"逼真地呈现在读者的眼前。

　　再如[双调夜行船]《秋思》:

　　　　[乔木查]想秦宫汉阙,都做了衰草牛羊野。不恁么渔樵没话说。纵荒坟,横断碑,不辨龙蛇。

　　　　[落梅风]天教你富,莫太奢,没多时好天良夜。富家儿更做道你心似铁,争辜负了锦堂风月。

　　　　[离亭宴煞]蛩吟罢一觉才宁贴,鸡鸣时万事无休歇,争名利何年是彻!看密匝匝蚁排兵,乱纷纷蜂酿蜜,闹穰穰蝇争血。裴公绿野堂,陶令白莲社。爱秋来时那些:和露摘黄花,带霜烹紫蟹,煮酒烧红叶。想人生有限杯,浑几个重阳节?嘱咐我顽童记者:便北海探吾来,道东篱醉了也!

这首有名的套曲,通过列举帝王、豪杰和富人这三种具有代表性的人物的生活景况及其结局,来为自己宣扬超尘脱世、不问世事的人生观提供依据,抒发了"人生若梦""及时行乐"的处世思想。作者把自己置身于作品中,运用对比的手法,直接表明思想观点:一面谴责"密匝匝蚁排兵,乱纷纷蜂酿蜜,闹穰穰蝇争血"的混乱世面;一面热衷于"和露摘黄花,带霜烹紫蟹,煮酒烧红叶"的清静无为的生活,表现出一种愤世嫉俗的真情实感。

　　卢挚(?—1314),字处道,又字莘老,号疏斋,又号嵩翁,河北涿县人。至元五年进士,官至翰林学士,今存小令120首。其作品内容多为怀古咏史和写景抒情。如[双调沉醉东风]《秋景》:

　　　　挂绝壁枯松倒倚,落残霞孤鹜齐飞。四围不尽山,一望无穷水。散西风满天秋意,夜静云帆月影低,载我在潇湘画里。

这首小令写得雅洁飘逸,富有神韵。作者善于化用前人诗词中的字句,显得自然浑成,富有功力。

第三节 元后期主要散曲作家作品

元代后期散曲与前期相比,渐渐失去了本色特征。作家们较多注意蕴藉含蓄的诗味,因而在形式上追求严整,风格典雅工丽,使本来通俗泼辣的散曲又逐渐走上了雅化的道路。其代表作家有张养浩、睢景臣、张可久、乔吉、贯云石、徐再思等人。

张养浩(1270—1329),字希孟,号云庄,山东历城人。初被举荐为东平学正,后历任监察御史、秘书少监、礼部侍郎、礼部尚书等职。为官清正,敢于上书痛陈时弊,因勤于政务,卒于陕西行台中丞任上。其作品多写隐居生活,但有不少感叹民生疾苦和官场混浊之作。如著名的[中吕山坡羊]《潼关怀古》:

> 峰峦如聚,波涛如怒。山河表里潼关路。望西都,意踟蹰,伤心秦汉经行处,宫阙万间都做了土。兴,百姓苦;亡,百姓苦!

这首小令篇幅小,容量大,有描写,有抒情,有议论。三层意思,环环相扣,紧密相连。起笔在潼关的景象上,落笔却在怀古上,收笔更在由怀古引出的历史结论上,这种层层深入、篇末点题的写法,深刻地揭露了封建统治阶级与广大民众的对立关系。全篇感情沉郁,见解深刻,从而使其在全元散曲中独放异彩。

睢景臣,一作舜臣,字景贤,扬州人,心性聪明,精通音律。钟嗣成《录鬼薄》把他列入"方今才人相知者"一类,是和张可久、乔吉同时的作家。所作杂剧《屈原投江》等三种,均佚。今存套曲三套,以[般涉调哨遍]《高祖还乡》最为著名:

> [哨遍]社长排门告示:但有的差使无推故。这差使不寻俗,一壁厢纳草也根,一边又要差夫,索应付。又言是车驾,都说是銮舆,今日还乡故。王乡老执定瓦台盘,赵忙郎抱着酒葫芦。新刷来的头巾,恰糨来的绸衫,畅好是妆么大户。
> ……
> [二煞]你身须姓刘,你妻须姓吕,把你两家儿根脚从头数:你本身做亭长耽几盏酒,你丈人教村学读几卷书。曾在俺庄东住,也曾与我喂牛切草、拽坝扶锄。
> [一煞]春采了桑,冬借了俺粟,零支了米麦无重数。换田契强秤了麻三秤,还酒

债偷量了豆几斛。有甚胡突处？明标着册历，见放着文书。

　　[尾]少我的钱，差发内旋拨还；欠我的粟，税粮中私准除。只道刘三，谁肯把你揪捽住？白什么改了姓、更了名、唤作汉高祖？

钟嗣成说当时"维扬诸公俱作《高祖还乡》套数，惟公[哨遍]制作新奇，诸公皆出其下"。可见这篇作品在当时描写同类题材中独占鳌头。它的"新奇"就在于以第一人称的手法，从一个乡民的观感，写高祖还乡时的情境。开头渲染皇帝就要来临的紧张气氛，次写皇帝威武浩荡的仪仗，并尽情调侃。最后揭出这个"不寻俗"的庞然大物，原来就是当年本地一个惯会行骗、处处强占便宜的流氓无赖。作者非常善于用写戏剧的手法来写诗歌，曲中所写的几乎可以搬上舞台。"天威咫尺"的气氛与流氓无赖出身的皇帝形成鲜明的对比，造成强烈的喜剧效果。

　　张可久（约1270—1348），字小山，庆元（今浙江鄞县）人，只做过小吏之类的官。早年与卢挚、马致远、贯云石等有过交往。终生专攻散曲，尤其善写小令，今存小令855首，套数9套，是元代后期创作散曲最多的作家，与乔吉齐名。其散曲多写隐居闲适、山水风光和男女风情，表现出落魄才士郁郁不得志的困顿情怀。他的散曲字精句炼，对仗工巧，善于融化前人诗词语汇和意境，风格清雅蕴藉，代表着元代后期散曲向古典诗词化方向发展的创作倾向，在明初受到某些正统士大夫的高度赞誉。如他的[普天乐]《西湖即事》：

　　　　蕊珠宫，蓬莱洞，青松影里，红藕香中。千机云锦重，一片银河冻。缥缈佳人双飞凤，紫箫寒月满长空。阑干晚风，菱歌上下，渔火西东。

这首小令把读者从青松影里，红藕香中的现实环境，引向千机云锦、一片银河、紫箫明月、神女乘鸾的仙界，最后又回到菱歌上下，渔火西东的人间。作者采用现实与幻想相结合的手法，调动视觉、听觉、触觉等多种感官，选择色彩明丽的词汇，非常柔和协调地组合在一起，构成一幅清寒、瑰丽的西湖月夜图，显得十分新颖别致。又如[中吕卖花声]《怀古》：

　　　　美人自刎乌江岸，战火曾烧赤壁山，将军空老玉门关。伤心秦汉，生民涂炭，读书人一声长叹。

这首曲子将历史上几个著名的人物事件,与当时广大民众的苦难联系起来,表现了作者对社会民生的关注和同情,具有广阔的视野和深厚的历史感。前三句鼎足对工整精到,富有功力;后三句感情沉郁,鞭辟入里,给人以深刻的思考。

乔吉,流落江湖四十年,自称为"烟霞状元"、"江湖醉仙"。《录鬼簿》说他"美仪容,能词章,以威严自饬,人敬畏之"。今存小令 209 首,套数 11 套,数量之多,仅次于张可久。内容多写男女风情,离愁别绪,山水风光和隐逸情怀,表现出落拓疏放,尖新清丽的风格。如[水仙子]《寻梅》:

> 冬前冬后几村庄,溪北溪南两履霜,树头树底孤山上。冷风来何处香?忽相逢缟袂绡裳。酒醒寒惊梦,笛凄春断肠。淡月昏黄。

这首小令重点放在"寻"字上,诗人不辞辛苦,冒寒踏霜寻梅,先闻到梅香,后看到梅花高洁的形象。作者把梅花比成是一个女子,非常巧妙,意境优美凄凉。全曲写得若即若离,目的在传达梅花的精神和韵味,而不在于外形的描摹。通过对喜欢梅花的情感表达,反映出作者也像梅花一样洁身自好,不同流俗的节操。

贯云石(1286—1324),号酸斋,维吾尔族人,出身将门,少时学武,后来学文。曾袭父官为两淮万户府达鲁花赤、任翰林侍读学士,后辞官不做,隐居江南,卖药为生,自号芦花道人。他是一个精通汉文的少数民族作家,善作散曲,很有成就。今存小令 79 首,套数 8 套。内容以写男女恋情为多,也有归隐写景咏史之作,整体风格豪放飘逸,有"天马脱羁"之誉(《太和正音谱》)。如描写恋情非常生动的[红绣鞋]《无题》:

> 挨着靠着云窗同坐,偎者抱着月枕双歌。听着数着怕着早四更过。四更过情未足,情未足夜如梭。天哪,更闰一更儿妨甚么!

这首曲子把两情缠绵不舍的情景描写得十分热烈生动,想象奇特,俚俗直露,具有元代前期散曲的本色特征。

徐再思,字德可,嘉兴人,生卒年不详。好甜食,故自号"甜斋"。曾做过嘉兴路吏。和贯云石(号酸斋)齐名,两人的散曲并称为《甜酸乐府》,今存小令 103 首,风格清新工丽。如[水仙子]《夜雨》:

一声梧叶一声秋，一点芭蕉一点愁，三更归梦三更后。落灯花棋未收，叹新丰孤馆人留。枕上十年事，江南二老忧，都到心头。

这首小令写秋天夜晚一位羁旅者因听见雨声而引起的愁思。他心事重重，夫妻恩情，父母亲人，萦绕脑际，难以入睡。全曲感情真挚，贴切自然。头三句鼎足对，颇见作者善于捕捉意象的艺术才能。

元代后期散曲作家还有曾瑞、王仲元、曹明善、赵善庆、钱霖、任昱、周德清等。他们大多是南方人，所作以清丽秀雅、对仗工巧见长，缺乏前期散曲爽朗活泼、俚俗泼辣的本色，风格多与张可久、乔吉相似。

第四章 元末南戏

第一节 南戏的形成及特征

南戏是南曲戏文的简称,形成于北宋末年永嘉(今浙江温州)一带。明代徐渭《南词叙录》云:"南戏始于宋光宗朝,永嘉人所作《赵贞女》、《王魁》二种实首之。……或云宣和间已滥觞,其盛行则自南渡,号曰'永嘉杂剧',又曰'鹘伶声嗽'。"同时代的祝允明在《猥谈》中亦云:"南戏出于宣和之后,南渡之际,谓之'温州杂剧'。予见旧牒,其时有赵闳夫榜禁,颇述名目,如《赵贞女蔡二郎》等,亦不甚多。"由此可知,南戏形成于南渡前后,还曾遭到过榜禁,说明南戏在其初期并未受到重视。南宋建都临安(杭州),永嘉曾为南渡后官宦人家的聚居地,当时人文荟萃,商贸发达,经济繁荣,人口骤增,从而为南戏的形成和发展提供了良好的社会条件。

据有关文献资料统计,宋元南戏存目共有 230 多种,其中,有传本的 19种,只有佚曲的有 130 种。单从这些数字看,就可推知当时创作和演出的繁荣状况。早期的南戏仅存《张协状元》、《宦门子弟错立身》和《小孙屠》三部,均出自民间艺人之手。《张协状元》为南宋剧本,后两者为元代剧本,因三部戏均被《永乐大典》收录,故又合称《永乐大典戏文三种》。

《张协状元》演张协应试,路过五鸡山时遭到抢劫,幸好被住在山神庙中的贫女搭救。后二人成亲,生活贫苦。为帮助丈夫上京赶考,贫女剪发为其准备盘缠。当张协中状元后,贫女上京寻夫,竟遭其毒打驱赶。贫女无奈,独自回家。后来张协赴任,遇见贫女,张协非但不记昔日夫妻之情,反伤贫女一臂,任其倒下山崖。幸有王丞相救了贫女,且认作养女。后王丞相将贫女许配给张协,到成亲时,张协才发现原来王丞相之女就是自己的前妻。在王丞相劝告下,二人重修旧好。《错立身》写的是宦门子弟同江湖艺人的爱情故事。《小孙屠》则是一部公案戏。

由此可见,早期南戏在题材上,大多描写家庭伦理、爱情婚姻,反映悲欢离合的人生经历,比较贴近下层人民的日常生活,表现普通人的真情实感,因而很受民众的欢迎。

元代统一全国后，杂剧流行到了南方，南戏一度受到很大的冲击，甚至有人把南戏视为"亡国之音"，以致出现了"莫向人前唱南曲，内中都是北方音"（明朱橚《元宫词》）的说法。南戏虽然受到歧视，但是，艺术包容的特性，使它一面吸收杂剧已经成熟的体制、完备的宫调以及精致的文辞等艺术养分，一面在原有的基础上改造和发展自身，使之不断完善。到了元代末年，杂剧衰落，南戏再度兴起，出现了"荆刘拜杀"和划时代的《琵琶记》。

南戏在体制上有着自身的特点。它是用"宋人词调"和"里巷歌谣"相结合的曲调来演唱的，比较轻柔婉转，不像北曲高亢；伴奏以管乐为主，不像北曲以弦乐为主。南戏的主要角色是生和旦，此外还有净、末、丑、外、贴等。科范叫做"介"。

南戏在演唱时比杂剧更加灵活，除独唱外，还可以合唱、接唱、对唱。剧本开头通常有"副末开场"，即让一个次要人物首先出来，向观众简单介绍一下故事梗概和作者的创作意图。场次结构称为"出"，一部戏一般有四五十出组成。由于篇幅长，结构宏大，因此南戏与杂剧相比，更便于反映丰富的生活内容和描写众多的人物形象。正是由于在体制上有着以上这些优点，所以到了后来，就发展成为剧坛的主流——明清传奇。

第二节　高明与《琵琶记》

高明，字则诚，号菜根道人，浙江瑞安人，生年不详，卒年有至正十九年（1359）和明初两说。元末至正五年（1345）进士，曾任处州录事、福建行省都事、庆元路推官等职。至正十六年（1356）归隐浙江宁波的栎社。高明生性高傲，学问渊博，工诗善书，尤长于曲。其传世作品除《琵琶记》外，还有《柔克斋集》。

《琵琶记》所写的蔡中郎的故事，在南宋时就已经被说唱艺人广泛演唱。陆游《小舟游近村舍舟步归》云："斜阳古柳赵家庄，负鼓盲翁正作场。死后是非谁管得？满村听说蔡中郎。"据徐渭《南词叙录》载，《赵贞女蔡二郎》在南宋就是一个很流行的地方剧目，其内容为："伯喈弃亲背妇，为暴雷震死。"这和元杂剧《铁拐李》中"你学那守三真赵贞女，罗裙包土将坟茔建"，京戏《小上坟》中"贤惠的五娘遭马踏，到后来五雷轰顶是那蔡伯喈"的唱词所叙述的赵五娘故事结局是吻合的。由此可见，伯喈弃亲背妇，五娘罗裙包土等基本情节，在民间有着自己的演出路子。原始故事中的蔡伯喈最后遭"天诛"，被雷打死。但在高明的《琵琶记》中，蔡伯喈被改造成一个令人同情的人物。之所以这样写，是由于作者有着"不关风化体，纵好也徒然"的创作意图，因而把弃亲背妇的蔡伯喈变成了时刻在怀念父母和不忘发妻的人物，把他的"三不孝"（"生不能养，死不能葬，葬不能祭"）罪责用"三不从"（"被亲强来赴选场，被君强官为议郎，被婚强来效鸾凰"）来开脱，把负心归咎于客观环境所致。并最后以一夫两妻大团圆终场。其主观上是要观众"只看子孝共妻贤"，在舞台上树立"孝子贤妇"的样板。剧作开宗明义的题目写道："极富极贵牛丞相，施仁施义张广才，有贞有烈赵贞女，全忠全孝蔡伯喈"，宣扬封建伦理道德的创作意旨非常明确。

但是，《琵琶记》毕竟是在民间戏剧的基础上改造而成的。由于民间传说本身具有生活的丰富性和复杂性，加上作者具有客观认真的生活态度，和"论传奇，乐人易，动人难"的艺术见解，因而就能冲破抽象的封建伦理说教来反映生活的真实。例如对赵五娘的描写，作者以同情的笔触，突出了她在灾荒岁月中独自养亲的艰难处境，真实地塑造出一个不畏苦难的坚强女性形象，体现了传统的美好品德。即使蔡伯喈这个人物，作者也没有把他简单化，而是较为细致深刻地描写了他动摇软弱的性格特征和复杂的内心矛盾，在客观上暴露了封建道德的虚伪性。剧中对其他几个次要人物的描写，基本上也是真实的。如蔡公蔡婆的善良，张广才的助人为乐，牛丞相的专横自私，牛小姐的严守封建道德规范等等，都使人感到真实可信。还有作为背景出现的灾荒岁月中的人民苦难生活，社长、里正的为非作歹，横行乡里，鱼肉百姓等，都相当真实地反映了元代黑暗的社会现实。

当然，作品的思想价值，首先在于它精心塑造了富有艺术生命力的赵五娘形象。这个人物可以说是苦难与坚忍的化身，典型的概括了生活在封建社会底层的千千万万劳动妇女的美好品质。

赵五娘对丈夫有着深厚的感情，生活上不慕富贵，因此不赞成丈夫上京赶考。她深深知道丈夫丢下年老的父母离家远出不仅不应该，而且将给自己带来"一身难上难"的艰难处境；另一方面，她也担心丈夫一旦"儒衣才换青"就会"恋着娉婷"，而忘了自己。可是在丈夫迫于父命走了之后，她把这些忧虑和痛苦都藏在心底，毅然地挑起独自持家养亲的重担。在丈夫毫无音讯的情况下，碰到了极为艰难的灾荒岁月。她再三劝慰饥饿难忍而日夜吵闹的公婆，典尽了衣衫首饰勉强维持生活。为了公婆，她"含羞忍泪"去"请粮"，拜求为非作歹，凶恶如盗的里正。为了埋葬死去的公婆，她剪下头发，沿街叫卖，麻裙包土，自筑坟台，最后她画下形衰貌朽的公婆遗象，背着琵琶,卖唱求乞,上京寻夫。在最困难的时候,赵五娘并不是没有绝望过,曾想"几番拼死了奴身己",可是一想到丈夫,想到自己的责任,她又坚持活下来。正是在这些地方,体现出赵五娘性格的光辉。尽管作者让赵五娘自己再三申说是为了做"孝妇",但是,由于作者忠实于生活描写,尤其在"糟糠自厌"、"代尝汤药"、"祝发买葬"等戏剧情节里,生动真实地展现了赵五娘的牺牲精神和可贵品德,从而使作品取得了巨大的艺术成功,体现了深刻的悲剧意蕴。

《琵琶记》在艺术上取得了独特的成就。特别是从南戏发展史的角度看,它是南戏由民间文学过渡到文人创作的转折点,曾被誉为是南戏"中兴之祖",因而地位显得更为重要。

《琵琶记》在艺术结构上,具有鲜明的特色。整个剧情沿着两条线索发展,一条是蔡伯喈上京求取功名,一条是赵五娘在灾荒中艰难挣扎。这两条线索交错发展,相互映照,最后重合在一起。这种结构方法的优点在于可以展开广阔的生活画面,描绘更多的人物,不仅大大丰富了作品的思想含量,而且更具有艺术魅力,如剧中一面描写蔡伯喈陷入功名富贵的罗网难以摆脱,一面描写赵五娘越来越陷入生活的困境;一面是蔡伯喈洞房花烛夜,一面是赵五娘领粮被劫要跳井;一面是蔡伯喈在荷花池旁饮酒消夏,一面是赵五娘背着公婆吃糠;一面是中秋赏月,一面是麻裙包土。这样,画面鲜明,对比强烈,更加突出了赵五娘的悲剧性,使观众在情感上产生强烈的共鸣。这种双线平行交错发展的艺术结构,不仅优于多是单线发展的杂剧,而且几乎成了一个范式,对后来明清传奇产生了深远的影响。

在语言上,《琵琶记》曲词富有文采,宾白接近口语,注意表现人物的性格特征。剧中牛相、牛女及蔡伯喈的语言比较典雅,蔡公、蔡婆、张广才及赵五娘的语言比较朴实,主要人物的语言更多地带有感情色彩。如"蔡宅祝寿"一出中的几支曲子,不仅真实地再现了其乐融融的祝寿场面,而且根据人物不同的身份,把他们各自的心情描绘得非常真实生动,富有浓厚的家庭生活气息。

《琵琶记》在人物心理描写上,体现了塑造艺术形象的高超才能,历来为人所称道。如著名的第二十一出《糟糠自厌》中赵五娘唱的两支曲子:

> 呕得我肝肠痛,珠泪垂,喉咙尚兀自牢嗄住。糠啊,你遭砻被舂杵,筛你簸扬你,吃尽控持。悄似奴家身狼狈,千辛百苦皆经历。苦人吃着苦味,两苦相逢,可知道欲吞不去。([孝顺歌])

糠和米本是相依倚,谁人簸扬作两处飞? 一贱与一贵,好似奴家共夫婿,终无见期。丈夫,你便是米呵,米在他方没处寻。奴便似糠呵,怎的把糠救得人饥馁;好似儿夫出去,怎的教奴供给得公婆甘旨。([前腔])

这类似于今天所谓"灵感"的神来之笔,把赵五娘触物生情的内心痛苦表现得曲折生动,真切感人。她从难咽的糠联想到自己的身世,再又想到糠与米本为一体,分开后变成一贵与一贱,这正好象征着自己和夫婿天壤之别的命运。其中,既有思念,更有埋怨。作者志在笔先,情从境转,恰到好处,确为高手。王世贞在《艺苑卮言》中说:"高明撰《琵琶记》填至'吃糠'一折,有'糠和米两处飞'之句,案上两烛合而为一,交辉久之乃解。好事者以为文字之祥,为作'瑞光楼'以旌之。"这虽为传说,但足以说明作者呕心沥血,竭力追求艺术境界的创造才能。

第三节　元末四大南戏

元末南戏除《琵琶记》外,著名的还有《荆钗记》、《刘知远白兔记》、《拜月亭记》、《杀狗记》四大南戏,习惯上简称"荆刘拜杀"。其剧本多为明人修改加工,已非原貌。

《荆钗记》共四十八出,一般认为是元人柯丹邱所作。剧作歌颂了王十朋、钱玉莲以忠信为基础的爱情婚姻。塑造了中了状元而不弃糟糠之妻的王十朋形象,特别是他听说妻子投水自尽后,竟自誓不娶,不顾封建社会"不孝有三,无后为大"的信条,将对亡妻的情感放在家族利益之上。这种行为恰与早期南戏中蔡伯喈、张协、王魁等负心汉形象形成鲜明的对比,非常值得珍视。钱玉莲不慕富贵,认才不认财的见识和对爱情的忠贞,体现了封建社会劳动妇女的优良品质。他们作为作者所树立的"义夫"和"节妇"的形象,有着新的思想内涵,反映了市民阶层对爱情婚姻的理解,从而使作品具有相当的认识价值。

《白兔记》故事来源很早,金时已有同一题材的《刘知远诸宫调》。该剧系元明之际的民间作品,共三十二出。该剧极富民间创作特色。刘知远两次入赘,发迹变泰,由穷军汉登上皇帝宝座,富有传奇色彩。在这个形象上,反映了处于苦难中的普通平民企望改变命运的幻想。李三娘在丈夫走后,受到兄嫂欺凌折磨,逼迫改嫁,历经苦难,艺术地概括了当时劳动妇女的悲苦命运,揭露了中国封建社会家庭中的某些丑恶现象,具有一定的认识价值。尤其是剧中"强逼改嫁"、"磨房产子"等情节充溢着浓厚的生活气息,真实感人,颇为精彩。全剧情节生动、文字质朴,在主人公悲欢离合的故事中透射出强烈的平民意识和朴素的民间心理。

《杀狗记》与后期杂剧作家萧德祥的《杀狗劝夫》的故事情节相同,一般认为是元末明初的徐田臣所作。全剧共三十六出,写孙华天天和酒肉朋友鬼混,还赶走了弟弟孙荣。其妻杨月真见他屡劝不听,就买了只狗,杀掉后铺上人的衣服,半夜里放在后门口。孙华酒醉回家一脚踢到,以为是死人,就去找他的酒肉朋友一道去埋,结果不但遭到拒绝,反而被告到官府。弟弟孙荣知道了却不计前嫌偷偷为他埋尸。真相大白后,兄弟和好。这个家庭伦理剧,宣扬了"亲睦为本"、"妻贤夫祸少"的伦理道德,告诫人们慎重择友、弟兄和睦、夫妻恩爱是立身之本。从倡导家庭和睦的角度来看,此剧有着一定的积极意义。

《拜月亭》又名《幽闺记》,一般认为是元人施惠所作。此剧是在关汉卿的杂剧《拜月亭》的基础上改编而成,甚至有些曲文相同。全剧共四十出,故事情节与关剧大致相同,前面已作介绍,故不再赘述。

该剧在关汉卿杂剧四折的基础上扩展成四十出,取得了很高的艺术成就。首先增添不少细节,使剧情跌宕起伏,丰富曲折。同时通过构思巧合、误会等关目和妙趣横生的人物对话,在悲剧性事件中产生出很多喜剧成分,多角度多层次地刻画了人物性格,艺术再现了充满着偶然性和丰富性的社会生活。

其次,剧作语言极有个性和特色。全剧写情哀感动人,写境精炼高远,能根据人物身份性格和特定情境,达到声口毕肖,生动自然,既有杂剧语言的本色质朴,又有南戏的优美清丽,因而历来为人所称道。

第五章　元代诗文

第一节　元前期诗文

　　元代诗歌与唐宋诗词相比，总体上成就不高；与同时代的杂剧散曲比，不免逊色，但也有一些特色。比如说出现了一些少数民族诗人，他们往往对于边塞风光写得更加亲切熟稔，富有时代气息。元代词和散文的成就相比之下则较低。

　　元代初期的诗文作家，或是宋金遗民，或是开国将领，亲眼见到兴亡更替，所以作品风格或慷慨，或悲凉，内容较为充实。元初诗歌南方受到南宋"江湖诗派"的影响，北方受到金代元好问诗风的影响，随之就转而走向宗唐，学习唐诗不同的家数，所以元诗往往可以看出受到唐诗的影响。宋荦《元诗选序》说："宋诗多沉僿，近少陵；元诗多轻扬，近太白。""宋人学韩白为多，元人学温李为多。"

　　耶律楚材（1190—1244），字晋卿，号湛然居士，又号玉泉老人，契丹族人，辽东丹王后裔，金尚书右丞耶律履之子。金亡，曾随成吉思汗西征六万余里，元世祖时任中书令，为元初名相。有《湛然居士集》。他的诗作多为行旅感悟之作，善于描写异域风情，笔端留下了不少奇景，如七言歌行《过阴山和人韵》描绘了阴山奇丽壮美的景色。他的七律也有不少佳作，如《早行》：

　　　　马驼残梦过寒塘，低转银河夜已央。雁迹印开沙岸月，马蹄踏破板桥霜。汤寒卯酒两三盏，引睡新诗四五章。古道迟迟四十里，千山清晓日苍凉。

　　刘因（1249—1293），字梦吉，号静修，又号雷溪真隐，保定容城（今河北徐水）人，元初理学家，曾任赞善大夫等职，不久辞归。刘因的七古歌行、五古和律诗写得都很出色，尤其长于咏史怀古。受元好问的影响比较大。有《静修集》传世。其《宋理宗书宫扇》借宫扇为题，抒发了对宋王朝覆灭的沉痛反思。长歌当哭，笔力雄大，意境开阔，寄旨遥深：

天津月明啼杜鹃，梁园春色凝寒烟。伤心莫说靖康前，吴山又到繁华年。繁华几时春已换，千秋万古合欢扇。铜雀香销见墨痕，秋去秋来几恩怨。一声白雁更西风，冠盖散为烟雾空。百钱袜锦天留在，祸胎要鉴骊山宫。当时梦里金银阙，百子楼前无六月。琼枝秀发后庭春，珠帘晴卷天门雪。棹歌一曲白云秋，不觉金人泪暗流。乾坤几度青城月，扇影无情也解愁。五云回首燕山北，燕山雪花大如席。雪花漫漫冰峨峨，大风起兮奈尔何！

戴表元（1244—1311），字帅初，一字曾伯，奉化（今浙江奉化）人，南宋末进士，任建康府教授。元代大德年间，曾为信州教授，与赵孟頫交好。戴表元有感于宋末文气萎靡，力图振兴斯文，遂成为东南文章大家。其文章风格清深雅洁，但内容比较单薄，以赠序题记之类写得较好。有《剡源文集》。他的诗歌既有故国之思的内容，如《感旧歌者》："牡丹红豆艳阳天，檀板朱丝锦色笺。头白江南一樽酒，无人知是李龟年。"又有一些反映残酷战争给人民带来深重灾难的作品，如《夜寒行》、《剡民饥》等，伤世忧时，感情悲愤，富有感染力。

赵孟頫（1254—1322），字子昂，号松雪道人，湖州（今浙江吴兴）人，宋室王孙，十四岁即荫补为官，不久宋亡，从此在家读书。侍御史程钜夫奉招访逸，遂出任兵部郎中，官至翰林学士，死后追封魏国公，谥文敏。赵孟頫为元代著名的书画家，书称"赵体"，画入神品。其诗擅长七言律绝，能得魏晋平淡真味，有《松雪斋集》传世。多写故国之思，不少含有对出仕元朝的追悔。其诗歌感情深沉，清丽委婉，如《岳鄂王墓》：

鄂王坟上草离离，秋日荒凉石兽危。南渡君臣轻社稷，中原父老望旌旗。英雄已死嗟何及，天下中分遂不支。莫向西湖歌此曲，水光山色不胜悲。

这首七律悲哀沉郁，写出了岳飞的不幸更是民族的不幸，议论与写景自然融合，悲意绵绵无尽。

延祐以后，元代社会走向了稳定，诗文创作数量上增加了，但成就并不高。这时候出现了元诗四大家，即虞集、杨载、范梈、揭傒斯，为当时文章名臣，诗歌风格相近，其中虞集的成就比较大。

虞集（1272—1348），字伯生，号道园，蜀郡人。早年受家学熏陶，通晓宋儒"性理之学"。任大都路儒学教授，后历官至翰林直学士兼国子祭酒、奎章阁侍书学士,曾奉旨修撰《经世大典》。有《道园学古录》传世。其诗歌格律严谨,风格沉郁,意境浑融,温厚典雅。如他的《挽文丞相》:

> 徒把金戈挽落晖,南冠无奈北风吹。子房本为韩仇出,诸葛宁知汉祚移。云暗鼎湖龙去远,月明华表鹤归迟。不须更上新亭望,大不如前洒泪时。

这首诗歌颂了民族英雄文天祥力图恢复宋室,矢志不移的可贵精神,表现出作者怀念故朝的心情。诗中运用"新亭对泣"的典故,十分精当,曲折而又准确地表达出文天祥的心境。

杨载(1271—1323),范梈(1272—1330),揭傒斯(1274—1344)均是和虞集齐名的诗人,他们在创作上走的都是宗法唐诗的路子,但又同中有异。兹各举一首,以见一斑:

> 老君台上凉如水,坐看冰轮转二更。大地山河微有影,九天风露寂无声。蛟龙并起承金榜,鸾凤双飞载玉笙。不信弱流三万里,此身今夕到蓬瀛。(杨载《宗阳宫望月》)

> 黄落蓟门秋,飘飘在远游。不眠闻戍鼓,多病忆归舟。甘雨从昏过,繁星达曙流。乡逢徐孺子,万口薄南州。(范梈《京下思归》)

> 夫前撒网如车轮,妇后摇橹青衣裙。全家托命烟波里,扁舟为屋鸥为邻。生男已解安贫贱,生女已得供炊爨。天生网罟作田园,不教衣食看人面。男大还娶渔家女,女大还作渔家妇。朝朝骨肉在眼前,年年生计大江边。更愿官中减征赋,有钱沽酒供醉眠。虽无余羡无不足,何用世上千钟禄。(揭傒斯《渔父》)

虞集曾说自己的诗如"汉廷老吏",杨诗如"百战健儿",范诗如"唐临晋帖",揭诗如"三日新妇"。明胡应麟《诗薮》云:"百战健儿,悍而苍也;三日新妇,鲜而丽也;唐临晋帖,近而肖也;汉法今师,刻而深也。"可见他们在总体风格一致的前提下,仍有着各自的创作个性,从而丰富了元代诗歌的内容。

第二节　元后期诗文

元代后期,蒙古贵族统治者更加腐化荒淫,人民处在水深火热之中,民族矛盾和阶级矛盾更加尖锐激烈,社会日趋黑暗腐败。诗人们有感于现实,写出了不少较前期更有思想意义的诗篇。尤其是东南沿海一带,经济迅速发展,城市规模不断扩大,市民数量日渐增多,许多诗人生活其间。他们的作品在关注社会民生的同时,还表现了人性的尊严和强烈的自我意识,反映出元末政治动荡和文化统制相对松动的时代特征。成就较为突出的代表作家有萨都刺、王冕和杨维桢。

萨都刺(1300?—1355?),字天锡,号直斋,本为答失蛮氏,祖父以功勋留镇代郡(即雁门),遂为雁门(今山西代县)人。泰定四年进士,官至河北廉访经历,曾因弹劾权贵而左迁。其为人正直敢言,一生游历甚多,并工诗善画。作品题材广泛,风格流丽清婉而秀骨内含,尤其擅长写景,有《雁门集》。其宫词和乐府情歌,写得精致流丽。如他的《宫词》:"清夜宫车出建章,紫衣小队两三行。石栏干畔银灯过,照见芙蓉瓦上霜。"又如著名的乐府《燕姬曲》开头四句:"燕京女儿十六七,颜如花红眼如漆。兰香满路马尘飞,翠袖笼鞭娇欲滴。"活画出一个北方美人形象。再如《上京即事》其中一首:"紫塞风高弓力强,王孙走马猎沙场。呼鹰腰剑归来晚,马上倒悬双白狼。"逼真地描绘出北地风光和少数民族的游猎生活,豪迈之气跃然纸上。此外,萨都刺还善于写词,词风气象高远,豪迈旷达,其《百字令·登石头城》、《满江红·金陵怀古》均为历来传诵之作。

王冕(1300?—1359),字元章,号煮石山农,诸暨(今属浙江)人,出身于农家,自学成才,著名画家,有《竹斋集》。王冕的诗歌,关注社会现实,同情民生疾苦,反映了元末乱世的悲惨景象,风格质朴豪放。如《悲苦行》描写元末赋税逼得百姓卖儿卖女;《伤亭户》写盐户被赋税逼得全家丧命,其结尾两句:"天明风启门,僵尸挂荒屋",情景凄惨,震撼人心,饱含着作者对元末黑暗统治的强烈不满。其题画诗很有名,如《墨梅》:"我家洗砚池头树,个个花开淡墨痕。不要人夸好颜色,只留清气满乾坤。"风骨硬朗,抒发了不合流俗,耿介自守的怀抱。

杨维桢(1296—1370),字廉夫,号铁崖,别号铁笛道人,会稽(今浙江绍兴)人,泰定四年进士,因为兵乱隐居,过着放浪形骸的生活。有《铁崖古乐府》、《东维子文集》等。作为元末诗坛的领袖,其诗号称"铁崖体",风行一时,影响甚大。他作诗极力追求新奇,其乐府歌行想象丰富,有李白、李贺遗风,如他的《庐山瀑布谣》:

银河忽如瓠子决,泻诸五老之峰前。我疑天仙织素练,素练脱轴垂青天。便欲手把并州剪,剪取一幅玻璃烟。相逢云石子,有似捉月仙。酒喉无耐夜渴甚,骑鲸吸海枯桑田。居然化作十万丈,玉虹倒挂清泠渊。

他对歌谣教化也很感兴趣。其《西湖竹枝歌》写西湖风景人情，不着粉黛，风调自然；《海乡竹枝歌》则充满同情地记录下了海乡晒盐百姓的艰辛生活。但是少数作品因为过于求新，导致了晦涩难懂。在诗歌理论上，他提出"诗者，人之情性也。人各有情性，则人各有诗也。得于师者，其得为吾自家之诗哉？"（《李仲虞诗序》）主张创作要有自己的个性，这与其诗歌创作实践是一致的。

第六章 明代诗文

第一节 明初诗文

元末战乱频仍、生民流离的动荡局面为文人的创作提供了广阔的题材和感情的蕴积，也培养了那种既伤时感乱又想立功立言的心态，同时使得人们的思想较易突破传统儒学的束缚，摆脱理学的迂腐板滞，面对现实去思考社会和人生的问题。王冕、杨维桢、宋濂、刘基、高启等人在元末一变元代四大家虞集、杨载、范梈、揭傒斯高雅温润、柔弱纤细的风格，创作出真实反映现实生活，充满着激越奔放、雄奇豪健之情的诗文，引发了新的一轮文学高潮。但自洪武至成化百余年间，明代文学发展的流程发生了断裂。一方面，造成元末文学发展的肯定因素出现了倒退性变异，在君权神圣化、绝对化的政治环境中，在峻厉严酷的政治手段的威胁之下，文人心理结构产生变异，奴性品格占据了上风，情感的自然表现在消亡。诗风也由绮丽入淡雅，奇崛趋于平易，文人们或襃扬帝德、润饰洪业，或模拟古法、雕肝琢肾，缺乏超迈前人的气概；另一方面，儒学独尊的局面从洪武朝已初露端倪，及至永乐十三年，在朱棣的御临之下，以程朱思想为范则，编成《五经大全》、《四书大全》、《性理大全》，确立了宋学独尊的地位，与元朝儒佛兼崇的状况明显不同。随着封建专制主义文化政策的法令化，为封建统治服务的文学范式开始形成，"文道合一"的观念又重新占据上风。

洪武年间，以宋濂、刘基等浙东文人为代表的道统文学占据了文坛的中心地位。宋濂是明朝文化规制的主要设计者，朝廷"屡推为开国文臣之首"（《明史》本传）。宋濂（1310—1381），字景濂，号潜溪，又号龙门子、仙华生、玄真子等，金华潜溪人。其著作有《孝经新说》、《周礼集说》、《龙门子凝道记》、《潜溪集》、《萝山集》、《翰苑集》、《芝园集》等。正德年间，合刻为《宋学士全集》。他年轻时曾入郡学师从闻人梦吉，学习《春秋》三传，又师事浙东理学家、古文家吴莱，并游学于柳贯、黄溍、郑复初之门。其师门学术乃是朱熹、何基、王柏、金履祥、许谦一脉之传，他本人则有志继承东莱吕祖谦的婺学。在宋濂身上,存在着理学家和文学家的两重文化性格,倡天道、事功、文章三位一体,其文学本体论延续着理学"文道合一"的观念,这种观念表现在编修《元史》时,就是将儒林与文苑合而为一。他在《文原》中既强调文是道的显现,又把文分为载道之文与纪事之文,认为"纪事之文,当本之司马迁、班固,而载道之文,舍六籍吾将焉从?"以六经为标准衡评古代作家,有时就显出褊狭的态度来。如在《徐教授文集序》中,宋濂公然提出:"夫自孟氏既殁,世不复有文,贾长沙、董江都、太史迁得其皮肤,韩吏部、欧阳少师得其骨骼,春陵、河南、横渠、考亭五夫子得其心髓。观五夫子之所著,妙斡造化,而弗违百世以俟圣人而不惑。斯文也,非宋之文也,唐虞三代之文也;非唐虞三代之文也,六经之文也。"这显然是站在理学家的立场上,并自觉配合朱元璋"独尊宋儒"的文化政策。

宋濂的文学创作道路,可以元至正二十年为界分为前后两个阶段,前期的作品多以逃避世乱、歌颂隐逸为基调,后期他写了许多庙堂典册文字和元勋巨卿的碑铭传状,为同辈文人及四方学者所推崇。他的庙堂文学虽表现出儒家的进取精神,但不少文章是出于应酬、颂圣的需要,宏丽典则的形式掩盖了内在活力的枯窘。

宋濂是其后兴起的"台阁体"文学的奠基人,他在文论中为"台阁体"开了理论先河,其《汪右丞诗集序》把文章分为台阁与山林两大体派,其中尊台阁而贬山林的意向是十分鲜明的。宋濂雍容静穆的庙堂文章也为"台阁体"提供了创作范本,如《阅江楼记》本着体会圣意的旨趣,设想天子登楼的种种遐想,赞叹朱元璋的"致治之思"。后来三杨的台阁之文就源于这样的应制文章。

真正显示宋濂的文学才华和创造精神的文章不是他的庙堂之文,而是其自由选材、有感而作的传记文。其代表作是记述浦阳历史名人的《浦阳人物记》和为婺州先贤立传的《杂传九首》及其他一些带有传奇色彩的传记。这些传记能抓住特征性细节,运用对比映衬的方法,突出人物性格,缺点是有时稍嫌冗芜。如《白牛生传》是宋濂的自传,作者为自己写形传神,揭示了自己的精神面貌:

> 白牛生者,金华潜溪人,宋姓濂名,尝骑白牛往来溪上,故人以白牛生目之。生躯干短小,细目而疏髯。性多勤,他无所嗜,惟攻学不息存诸心。著诸书六经,与人言亦六经。或厌其繁,生曰:"吾舍此不学也,六经其曜灵乎!一日无之,则冥冥夜行矣。"

《王冕传》以晓畅的笔调描写了一个元末遭时不偶的"狂士",一个先知先觉的奇才,一个藏器待时的诸葛亮式的隐者。可以说,王冕的身上也叠印着宋濂的自我写照。开头写王冕少年读书情形的一节,生动地表现了王冕异乎寻常的好学精神:

> 王冕者,诸暨人。七、八岁时,父命牧牛垄上,窃入学舍,听诸生诵书。听已,辄默记。暮归,忘其牛。或牵牛来责蹊田,父怒,挞之。已而复如初。母曰:"儿痴如此,曷不听其所为?"冕因去依僧寺以居。夜潜出,坐佛膝上,执策,映长明灯读之,琅琅达旦。佛像多土偶,狞恶可怖。冕小儿恬若不见。

《王冕传》奇中见朴,怪而不诞,突显了封建时代知识分子淡泊名利的情操。

宋濂的各种应用性散文往往各具特点,冲破了碑铭章奏的范围。如《蜀墅塘记》、《天台广济桥记》、《金溪县义渡记》等,记经验,说作法,有技术措施,有管理手段,颇有新闻性。他的序文文辞简练古奥,语言技巧纯熟,是明初文学风尚的典范。如《桃花涧修禊诗序》写三月上巳日与友人游览桃花涧,修禊于涧滨,遣词造句富丽而简洁,文章结构层次分明而又浑然天成。《送东阳马生序》叙述自己早年求学的经历,明白晓畅,序次得法,富有教育意义。

刘基(1311—1375),字伯温,处州青田(今属浙江)人。有《诚意伯文集》。刘基博通经史,与宋濂师出同门,也是一位有浓厚道家气质的儒生。他幼时即习《春秋》,后又师从郑复初。他的文学思想在明道宗经征圣方面与宋濂大致相近。针对宋代以来文坛怨刺之声消歇的状态,刘基论诗不以儒家"温柔敦厚"的诗教为范则,而是力主讽谕之说:"余观诗人之有作也,大抵主于讽谕。盖欲使闻者有所感动,以兴其懿德,非徒为诵美也"(《送张山长序》,卷七)。他驳诘了朱熹所谓国风"讪上"之嫌,突出强调了"刺"诗的社会功能,肯定了刺诗的地位。刘基在学术方面涉猎广泛,他不仅和合"朱陆",而且受永康学派和永嘉学派的影响,注重事功之学,精于天文、兵法、数术,个性又锐利深险,因此他具有强烈的重历史、重致用的经世精神,是一位刚正峻烈、雄迈奇矫的英才。

刘基散文众体兼备,形式多样,其中寓言体占三分之二。刘基弃官归青田后写的《郁离子》是他的寓言体散文的代表,这部著作内容深奥复杂,富有创造性的思想,风格以讥刺讽喻为主。徐一夔说:"郁离子何? 离为火,文明之象,用之其文郁郁然为盛世文明之治,固曰《郁离子》。"也就是说,"郁离"含有使"圣人"、"明君"成就文明盛世之伟业的意义。《郁离子》采取的是即事明理的表述手法,于形象机敏的言辞中透露出幽眇的义趣,体现了浙东学派务实不务虚的学问特点,反映了作者审美观照下体现的社会生活整体,系统地阐发了作者的政治主张、哲学观点以及人生观、价值观、审美观等。从另一个角度观察,它同样展示了古代知识分子被羁绊的灵魂。通过《郁离子》,可以感受中国古代艰难的"仕"途和由此伴生的"苦闷",感受古代知识分子对生命痛苦的诘问。在艺术上,《郁离子》吸收了先秦诸子寓言汪洋恣肆、纵横捭阖的风格,吸收了柳宗元寓言锋利简洁的特点,既短小精悍,活泼犀利,又古朴闳深,余味曲包,在虚实相间里,寓丰富的哲理于形象的描绘之中。从整个中国寓言史的角度来看,《郁离子》内容恢宏,是继柳宗元后使寓言取得独立文学地位的集大成之作。

刘基的游记散文,都作于元末,其中羁管于绍兴时写下的游记有《游云门记》、《出越城至平水记》、《活水源记》、《发普济过明觉寺至深居记》、《松风阁前记》、《松风阁后记》、《白云山舍记》等等。这些作品一般都富丽华赡、穷极声貌,颇富铺采摛文的辞赋风采。如《松风阁记》抓住风和松声的特征,巧妙地赋予松风各种美的意象,构成超乎尘世的自然意境,文中还连用十个比喻,如繁管急弦般地描写了水流山峙的雄伟景观,显示出作者雕凿造化的艺术表现力。

刘基的杂文、辞赋,也都华彩飞扬,文质兼备。他在《樵渔子对》中认为"日高而起,日入而卧,目不接市肆之尘,耳不受长官之骂"的隐者生活为"近乎道"。而《卖柑者言》讽刺了元代贪恶官宦"金玉其外,败絮其中"的腐朽本质,文笔犀利,语言简练,具有启示性。《答郑子享问齿》、《愁鬼言》描写了司牙之神和愁鬼的种种情态,想象奇特,曲折生动,含有丰富的人生哲理。刘基68首"拟连珠"内容赅博,警策明了,文情蒸蔚,讲的是"居身涉世之理,用贤治人之道,与夫阴阳祸福、盛衰治乱",其中人才学思想尤其丰富,与《郁离子》互相发明。

刘基是越诗派的开山鼻祖,他的诗包罗古今各体,魁垒顿挫,自成一家。沈德潜《明诗别裁》评其诗说:"元季诗多尚辞华,文成独标高格,时欲追逐杜、韩,故超然独胜,允为一代之冠。"指出刘基追慕杜甫沉郁顿挫的诗风和韩愈雄健奇崛的格调,其诗歌艺术成就代表了明初诗坛的最高水准。

刘基的诗歌创作生涯以元至正二十年应聘佐命为界,分为前后两个阶段。前期诗作在元末集成《覆瓿集》，后期诗作在明初集成《犁眉公集》，词收录于《写情集》中。明人李时勉在《犁眉公集序》中说："伤今悼古，牢笼百态，可以超迈当世者，则于《覆瓿集》见之，若夫优游闲雅、托兴微婉，而有以尽其自得之趣者则于是编见之。"刘基前期以命世之才沉于下僚，发为歌诗往往魁垒顿挫。佐命之后，列爵五等，看似得志遂情，但时常悲穷叹老，当年的飞扬情采荡然无存。陈田在《明诗纪事》中说："《覆瓿》远胜《犁眉》，前人已有定论。"因此，分析刘基诗歌艺术成就，主要就其前期诗作而论。

刘基早年诗歌奇崛雄健，多怨抑之气，对元室的丑秽行径也有所讥刺，如《飞龙引》、《鸡鸣曲》、《前有尊酒行》等诗谴责帝王的荒纵，《巫山高》讥刺两宫生衅，致使丧师鸭绿，藩臣称兵犯阙。他的歌行体长诗《二鬼》是一首雄奇伟丽的神话诗。诗的内容是通过离奇变幻的神话形象表达重建儒家封建秩序的理想。值得注意的是，诗中虽然充满着天帝列仙的形象，但二鬼再造的天地秩序，完全是儒家仁政社会的理想蓝图。这首诗形式不受拘束，句法自由灵动，构思变幻莫测，艺术上富有创造性。从渊源来说，此诗远承《离骚》的遗韵，近接韩愈《月蚀诗效玉川子作》、《双鸟》和卢仝《月蚀诗》的流风，具有浓厚的浪漫气息。

明词一向以"纤艳庸下"遭后人疵议。从刘基和高启的词来看，明词虽总体上处于衰微之势，但明初词却有鲜明的时代特色。王国维在《人间词话》中说："有明一代，乐府道衰，《写情》、《扣舷》尚有宋元遗响。仁、宣以后，兹事几绝。"刘基的词集《写情集》所存230余首词，题材广泛，内容丰厚，其中有些作品寓意幽微，与其散文风格相仿佛，在词林独标异帜。刘基词作经常描写榛莽遍地、满目疮痍的荒梗景象，以表达济世拯民的情怀。这种现实取向性体现了词人的人生态度和理想观念。刘基词作中对个人不幸遭际的感喟，也多是济世理想受到压抑而产生的苦闷，因此，这些抒写个人情感的词，常常蕴含着抑郁不平之气。如《踏莎行》：

> 瓶水知秋，池荷怨晚，有人楼上吹清管。月明夜寂却堪听，可怜刚被风惊断。
> 楚泽吟悲，槐根梦短，江山处处伤愁眼。欲凭青鸟寄殷勤，波涛无地蓬莱远。

词人"欲凭青鸟寄殷勤"的幻想是建立在仕途多舛的现实之上的。以屈子行吟泽畔的典故写词人抱负难遂的伤愁，感情沉郁而不颓唐。刘基词集中也时或可见悲凉慷慨的作品，如《沁园春·和郑德章暮春感怀呈石末元帅》：

万里封侯，八珍鼎食，何如故乡。奈狐狸夜啸，腥风满地，蛟螭昼舞，平陆沉江。中泽哀鸿，苞荆隼鹗，软尽平生铁石肠。凭栏看，但云霓明灭，烟草苍茫。　　不须踽踽凉凉，盖世功名百战场。笑扬雄寂寞，刘伶沉湎，嵇生纵诞，贺老清狂。江左夷吾，隆中诸葛，济弱扶危计甚长。桑榆外，有轻阴乍起，未是斜阳。

由词题可知，此词作于元末刘基未遇时。词中带有辛弃疾豪放词的韵味，词下片在两组历史人物的对照中，肯定了像管仲、诸葛亮那样有所作为的政治家扶危济世的壮举，尽管有推崇石末元帅之意，但同时也流露出自己建功未晚的豪情壮志，词中称"群盗"作乱仅为"轻阴乍起"而已，说明他对未来国家前途充满信心。

刘基以词抒情，以词言志，艺术上长于兴寄铺叙，善于用典，思理绵密，韵调流美，卓然为明代一大家，历来为文学史家所推重，如王国维《人间词话》所说："明诚意伯词，非季迪、孟载诸人所敢望也。"

综上所述，刘基是一位杰出的文学家，他以文学经世原则写成的诗文，反映了动荡乱离时代的世况，其中元末的作品更富思想意义和审美价值。他和宋濂等人的作品代表着明代雅文学的最高成就，对于扫荡元季文坛纤弱之风，振起明初新一代文风，在理论上起了骖骦开道的作用。

元末明初，吴中文学出现过十分兴盛的局面，文学社团也较多。住在苏州城北齐门外的高启和他的诗友王行、徐贲、高逊志、唐肃、宋克、余尧臣、张羽、吕敏、陈则组成了吴中诗人群体，人称"北郭十才子"。高启还与杨基、徐贲、张羽并称"吴中四杰"。

高启（1336—1374），字季迪，号槎轩，长洲（今江苏苏州）人。元末隐居吴淞青丘，故又自号青丘子。他是吴中具有代表性的诗人，也是最具悲剧性的诗人。清人赵翼在《瓯北诗话》中称他"才气超迈，音节响亮，宗派唐人而自出新意，一涉笔即有博大昌明气象"，并说"推为开国诗人第一，信不虚也"。《四库全书总目提要》也指出："高启天才高逸，实据明一代诗人之上。"对他的才华给予了高度的评价。

高启的大部分文学活动是在思想控制较为宽松的元末，许多诗作体现了元末的文学精神，反映出当时的士大夫欣赏雄健昂扬、俊逸儒雅的审美趣味。如他作于至正十八年的七言歌行《青丘子歌》，不仅表达了自己的生活志趣，而且描写了自己从事诗歌创作时的精神状态：

青丘子，臞而清，本是五云阁下之仙卿。何年降谪在世间，向人不道姓与名。蹑屐厌远游,荷锄懒躬耕。有剑任锈涩,有书任纵横。不肯折腰为五斗米,不肯掉舌下七十城。但好觅诗句,自吟自酬赓。田间曳杖复带索,旁人不识笑且轻。谓是鲁迂儒、楚狂生。青丘子,闻之不介意,吟声出吻不绝咿咿鸣。朝吟忘其饥,暮吟散不平。当其苦吟时,兀兀如被醒。头发不暇栉,家事不及营。儿啼不知怜,客至不果迎。不忧回也空,不慕猗氏盈。不惭被宽褐,不羡垂华缨。不问龙虎苦战斗,不管乌兔忙奔倾。向水际独坐,林中独行。研元气,搜元精,造化万物难隐情。冥茫八极游心兵,坐令无象作有声。微如破悬虱,壮若屠长鲸,清同吸沆瀣,险比排峥嵘。霭霭晴云披,轧轧冻草萌。高攀天根探月窟,犀照牛渚万怪呈。妙意俄同鬼神会,佳景每与江山争。星虹助光气,烟雾滋华英。听音谐韶乐,咀味得太羹。世间无物为我娱,自出金石相轰铿。江边茅屋风雨晴,闭门睡足诗初成。叩壶自高歌,不顾俗耳惊。欲呼君山老父携诸仙所弄之长笛,和我此歌吹月明。但愁欻忽波浪起,鸟兽骇叫山摇崩。天帝闻之怒,下遣白鹤迎,不容在世作狡狯,复结飞佩还瑶京!

此诗打上了元末特定的时代烙印,诗中"龙虎苦战斗"、"掉舌下七十城"正是征伐四起、谋臣辈出的元末社会的真实写照。诗人以近乎浪漫的笔调自述恃才傲物的疏狂个性,既表现了全身远害、淡泊自甘、争取自由发展的处世态度,也反映了把写诗作为平生最重要的事业而自得其乐的情景。在寻诗觅句中,诗人超越了现实的羁绊,沉浸于一个与乱离之世截然不同的自我精神世界。这首诗横放纵恣,随物赋形,音声并作,淋漓酣畅,有李白之遗韵。

入明以后,高启曾对新王朝怀有热情,歌颂着刚刚统一的国家所显示的百废欲兴的景象。如他洪武二年在京都任史官时,写有《登金陵雨花台望大江》一诗:

大江来从万山中,山势尽与江流东。钟山如龙独西上,欲破巨浪乘长风。江山相雄不相让,形胜争夸天下壮。秦皇空此瘗黄金,佳气葱葱至今王。我怀郁塞何由开?酒酣走上城南台。坐觉苍茫万古意,远自荒烟落日之中来。石头城下涛声怒,武骑千群谁敢渡?黄旗入洛竟何祥,铁锁横江未为固。前三国,后六朝,草生宫阙何萧萧!英雄乘时务割据,几度战血流寒潮。我生幸逢圣人起南国,祸乱初平事休息。从今四海永为家,不用长江限南北。

诗人登高俯瞰金陵全景,盛赞雄伟壮丽的山川形胜,并回顾了南北分裂的不幸历史,指出昔日三国孙吴和两晋六朝依恃长江天堑,固守割据局面,抗拒国家统一的历史潮流,但都没有逃脱覆亡的命运。末尾几句颂圣中包蕴着对于统一给人民带来安定富足的期望。全诗波澜壮阔，笔墨酣畅，于豪迈奔放的气势中透露出沉郁苍凉的意味。在高启认同明朝统治的同时，朱元璋的所作所为，却已经在他心中投下了阴影，而且这种阴影越来越浓重，使得高启经常怀有宦海覆舟之忧，其诗作由此"发端沉郁，入趣幽远，得风人激刺之旨"（《高青丘集》附顾玄言评语）。

高启号称"邃于群史"，怀古诗在他的作品中占有很大的比重。如他的《岳王墓》：

> 大树无枝向北风，十年遗恨泣英雄。班师诏已来三殿，射虏书犹说两宫。每忆上方谁请剑，空嗟高庙自藏弓。栖霞岭上今回首，不见诸陵白露中。

诗人慨叹岳飞的北伐事业被最高统治者所破坏，十年之功，废于一旦。全诗慷慨苍凉，悲壮沉郁，具有强烈的感染力。

高启在明初词坛上有"词家射雕手"（王世贞《艺苑卮言》）之称。如果说刘基诗的忧时伤世表现的多是政治家的情怀，奇丽雄放而不失其英雄本色，而高启之词则较多刻画文人的日常喜怒哀乐之情。高启的《扣舷集》存词三十二首，他词作不多的原因，同词由宋末到元渐趋衰落分不开。从师法上看，其词师承苏辛，兼学柳李，风格雄浑豪放，即使婉约词中也透着豪放之气。为高启赢得词名的当算他的咏物词，其《沁园春·雁》可与张炎的《孤雁》相媲美：

> 木落时来，花发时归，年又一年。记南楼望信，夕阳帘外，西窗惊梦，夜雨灯前。写月书斜，战霜阵整，横破潇湘万里天。风吹断，见两三低去，似落筝弦。　相呼共宿寒烟。想只在、芦花浅水边。恨呜呜戍角，忽催飞起，悠悠渔火，长照愁眠。陇塞间关，江湖冷落，莫恋遗粮犹在田。须高举、教弋人空慕，云海茫然。

陈廷焯《云韶集》卷一二说："此作句句精秀，虽非宋人风格，固自成明代杰作。'横破'七字，精湛而雄秀，真才人之笔。"高启此词托物言志，反映了他对政治的畏惧心理。词中的大雁形象即是词人的自我写照，寄托着作者坚决回乡的退隐心迹。从表现形式上看，通篇采用白描手法，缘情比事，随物赋形，堪称明词中的上乘之作。

高启的散文师承孟子、韩愈、苏轼等人，虽说不能与宋濂、刘基相抗衡，却也写得恢宏恣肆、清新绵缈。高启的政论文有股浩然之气，气势恢宏，议论精辟。其游记散文摹景状物,语言优美,大有柳宗元游记的特点。其序记散文构思新颖,言简意深,峻洁流畅。其传记散文把名不见史传的小人物塑造得形象鲜明,光彩照人。

"吴中四杰"中文学成就仅次于高启的是杨基。杨基(1326—1378),字孟载,号眉庵,著有《眉庵集》。杨基九岁能诵《六经》,少年时仿效杨维桢作的《铁笛歌》备受杨本人赞赏。杨基早年诗作带有元季诗风秾丽纤巧的特点。入明以后,他的诗用怀旧的伤感和自叹身世的悲哀反映了他在当时环境中的坎坷生活遭际。如《忆昔行赠杨仲亨》描写了他因曾充当张士诚属臣饶介的幕客而被迁置临濠的经历,字里行间充满了辛酸与孤寂。

在明初诗人中,袁凯是位值得一提的作家。袁凯字景文,号海叟,华亭人。元末曾为府吏,洪武三年授为监察御史,洪武年间因言语得罪朱元璋,靠伪装疯癫才得以免罪归故里。著有《海叟集》。袁凯少时在杨维桢席上赋《白燕》诗得名,人称"袁白燕",其诗曰:

> 故国飘零事已非,旧时王谢见应稀。月明汉水初无影,雪满梁园尚未归。柳絮池塘香入梦,梨花庭院冷侵衣。赵家姐妹多相忌,莫向昭阳殿里飞。

此诗处处从与白燕有关的事物生发联想,而被联想的事物与白燕之间又若即若离,可谓深得咏物诗不粘不脱之妙。

由于明代开国即诏复衣冠如唐制,为表现博大昌明的汉官威仪、盛唐气象成为文人所追慕的诗歌典范。"闽中十子"在尊奉盛唐的诗人中具有代表性。"闽中十子"包括林鸿、郑定、王褒、唐泰、高棅、王恭、陈亮、王偁、周玄、黄玄。洪武、永乐年间结社唱和,论诗继承严羽之说,祖述汉魏,标举盛唐。高棅编选《唐诗品汇》,开始将唐诗划分为初、盛、中、晚四期,又进而依此四期细分为正始、正宗、大家、名家、羽翼、接武、正变、余响、傍流九格;再根据诗歌声律兴象、文词理致的品格高下将各个作家的各体作品纳入这九格之中。这不仅揭示了唐代各时期诗歌发展的总体风貌,使唐诗分期臻于严整而系统化,而且也显示了各类诗歌体裁流变发展的规律,表明了不同作家的艺术风格特征。

三杨"台阁体"和前后七子的模拟之风,源自明初闽派,《明史·文苑传》说:"终明之世,馆阁以此书为宗。厥后李梦阳、何景明等,模拟盛唐,名为崛起,其胚胎实兆于此。"闽派诗人抛开了刘基、高启的才情主调,力求通过模拟体制、风格、声调、文辞,重现盛唐冲融浑灏之风,但他们往往忽视了所处时代的特征与诗人的个性精神,这是闽派诗论的根本缺点。而规模字句,缺乏创造,导致"闽中十子"创作成就不高。

第二节　台阁体和茶陵诗派

自洪武后期至正统、景泰年间,社会经济复苏,进入"太平盛世"。但朝廷也加强了对知识分子的思想控制,鼓吹程朱理学,推行八股科举制,使许多臣僚文士或埋首功名,或明哲保身,丧失了元末明初文人的忧患意识与讽喻精神,而体现上层官僚的精神面貌和审美意趣的"台阁体"却盛行起来。台阁主要指内阁和翰林院,又称馆阁。"台阁体"的主要代表性诗人是杨士奇、杨荣、杨溥三人。

杨士奇(1365—1444),名寓,以字行,号东里,江西泰和人,著有《东里全集》、《文渊阁书目》、《历代名臣奏议》等。杨荣(1371—1440),福建建安人,字勉仁,初名子荣。著有《后北征记》、《杨文敏集》。杨溥(1372—1446),湖广石首人,字弘济,号澹庵。建文元年,举湖广乡试第一。建文二年与杨荣同举进士,授编修。著有《水云录》、《文定集》等。

三杨入内阁共掌朝政的时日很长,他们的"台阁体"诗文内容上坚持主理合道,风格上追求温柔敦厚,表面有着严重老成的规模、富贵福泽的气象,内里既缺乏深湛切著的内容,又少有纵横驰骤的气度,徒具雍容华贵的形式而已。从杨士奇的《从游西苑》诗中可窥见其特色:

> 广寒宫殿属天家,晓从宸游驻翠华。琼液总颁仙掌露,金支皆插御筵花。棹穿萍藻波间雪,旗贴芙蓉水上霞。身世直超人境外,玉盘亲捧枣如瓜。

诗写元宵节皇帝赐大臣观灯,呈现出一派举国欢庆的盛世祥瑞气氛。《明史·杨士奇传》说:"当是时,帝励精图治,士奇等同心辅佐,海内号为治平。帝乃仿古君臣豫游事,每岁首,赐百官旬休。车驾亦时幸西苑万岁山,诸学士皆从。赋诗赓和,从容问民间疾苦。有所论奏,帝皆虚怀听纳"。这就是这首诗写作的社会背景和政治环境。相对狭窄的上层官僚生活限制了三杨的文学视野,他们即使有几首写到农村场面的诗,如"桃蹊深浅红相间,麦垅高低绿渐肥"(杨士奇《归至清河》),"茶输官课秋前足,稻种山田火后肥"(杨溥《送归州太守复任》)。均为浮光掠影的远距离扫描。

在"台阁体"得到普遍认同之时,也有一些不为这种诗体所囿的诗人,他们以各自的风格才情在诗文创作的低潮中激起了几片浪花。如于谦、郭登等写下了一些生气勃勃的篇章。

于谦(1398—1457),字廷益,号节庵,钱塘人。正统十四年七月,蒙古族瓦剌部在太师也先的率领下,兵分四路,大举南下。明英宗在太监王振的怂恿挟持下,贸然亲征大同,酿成"土木堡"惨败。明军五十万人全军覆没,英宗朱祁镇被俘蒙辱,随行大臣百余名被杀戮殆尽。时以兵部左侍郎代理部事的于谦临危受命,出任兵部尚书,拥立郕王朱祁钰即位,并亲自部署京城保卫战,与瓦剌军激战九门,使江山社稷转危为安。天顺元年发生"夺门之变",英宗复辟,于谦被徐有贞、石亨等以谋迎立襄王朱瞻墡世子的罪名杀害。

于谦不以诗名世,但他爱国忧民的心怀,却在诗中有鲜明的表现。他青年时代写的咏物诗《石灰吟》说:

千锤万击出深山,烈火焚烧若等闲。粉身碎骨全不怕,要留清白在人间。

此诗以石灰的产生过程来比喻矢志经受艰苦锻炼,做国家有用之才,成青史留名之人。于谦在巡抚山西时所作的边塞诗诗风刚健质朴,豪宕沉郁,如《出塞》吟道:"健儿马上吹胡笳,旌旗五色如云霞。紫髯将军挂金印,意气平吞瓦剌家。"这首诗写得气势逼人,声威两壮,展现了出征将领的豪迈勇武、壮怀激烈。《阅武》极写军威之盛,中间两联对军容、军纪、战斗力作了多方的描绘和渲染,结尾表明对"会缚戎王献玉京"的期望和信心。这些诗上继唐人边塞之作,却无模拟唐诗的痕迹,开启了明代边塞诗的先声。

成化、弘治年间的茶陵诗派领袖李东阳,是从台阁体到闽派、前后七子的过渡人物。李东阳(1447—1516),字宾之,号西涯,湖南茶陵人,天顺八年殿试二甲第一,选庶吉士,授编修,累迁侍讲学士。官至吏部尚书、华盖殿大学士。宦官刘瑾专权时,李东阳因循隐忍,对刘瑾所为乱政,能弥缝其间,有所补救,而重气节之士则有所非议。正德七年,辞官。从此深居简出,以诗酒自娱。著有《怀麓堂集》、《怀麓堂续稿》、《怀麓堂诗话》。李东阳以台阁重臣身份主持文坛,喜奖掖后进,推举才士,因而门生满朝,以他为宗的著名诗人有谢铎、张泰、石瑶、邵宝、顾清、罗玘、鲁铎、何孟春等。茶陵派一时成为诗坛主流。

李东阳已意识到台阁体的流弊,他提出宗唐法杜的复古主张,意在借比兴寄托之旨、雄健浑朴之体改变当时诗坛的颓风衰习。沈德潜称李东阳为"老鹤一鸣,喧啾俱废",但这只诗坛老鹤身栖台阁,"四十年不出国门"

（钱谦益《列朝诗集小传》），鸣唱的依旧是馆阁宫廷生活的内容。钱谦益说：“西涯之文，有伦有脊，不失台阁之体。诗则原本少陵、随州、香山，以迨宋之眉山、元之道园，兼综而互出之。弘、正之作者，未能或之先也。”①李东阳论诗大抵祖述严羽之说，他从《沧浪诗话》的“格力”、“音节”说引申出格调说，从音律声调方面来溯流唐诗，以杜甫为最高的诗歌标准。其《怀麓堂诗话》第一则就从古代诗、乐、舞三位一体的血缘关系来论诗歌乐、律的重要性：“诗在六经中别是一教，盖六艺中之乐也。乐始于诗，终于律。人声和则乐声和。又取其声之和者，以陶写情性，感发志意，动荡血脉，流通精神，有至于手舞足蹈而不自觉者。后世诗与乐判而为二，虽有格律，而无音韵，是不过为排偶之文而已。而徒以文而已也，则古之教，何必以诗律为哉？”在他看来，诗的艺术魅力得自于它的声韵之美。后世的诗从“乐”中分离出来，失去了诗的“重声”的特点，就完全丢弃了诗之为诗的特色。李东阳提倡“格调”说，目的在于从辨别历代诗的体格声调入手，以便学习和恢复古代诗歌那种既典雅纯正又雄健浑厚的风格。他也因此成为前后七子复古运动的先驱。

第三节　前后七子

从弘治到隆庆的近百年是明代文学的中期阶段。这正是明王朝转向腐败衰落的时期，也是农业文明向着工商文明转变的时期。社会政治的腐败衰落和社会形态的转型导致文人的精神观念发生裂变。这种裂变在思想界表现为阳明心学的勃兴，在传统的诗文领域表现为世俗化、个性化、趣味化的趋向。杨慎、文征明、唐寅等感伤派诗人的颓伤情绪和享乐心态及其嘲风弄月的文学创作说明当时文人的理想抱负正在萎缩，心理承受能力正在减弱，政治离心力却在增长。在这样一个时代，以李梦阳、何景明为中心，包括康海、王九思、边贡、王廷相、徐祯卿的“前七子”掀起明代文学复古运动的第一次高潮②，其直接的思想动因源于两个方面：一是出于对陈献章、庄昶性气

---

① 钱谦益《初学集》卷八三，上海古籍出版社1985年版。
② 廖可斌《复古派与明代文学思潮》（台湾文津出版社出版）将明代文学复古运动分为三次高潮：弘治、正德年间，以李梦阳和何景明为首的前七子所提出的复古运动是第一次高潮；嘉靖年间，以李攀龙和王世贞为首的后七子掀起第二次高潮；至于第三次高潮则兴起于天启、崇祯初，主要表现为复社和几社等社团的文学活动。

诗的负面及其流弊的不满,陈献章论诗"宗程(颢)崇邵(雍)",尤其强调以邵雍的《伊川击壤集》为宗法对象,其诗溺于理学,丧失真趣。前七子由反对性气诗,直接反对宋儒宋诗,从而崇唐诗,倡复古。二是针对台阁体、茶陵派的萎弱文学。在矫正台阁体平庸肤廓的诗风方面,李东阳确为七子的先导。但李东阳作为台辅重臣和文坛领袖,在文学上有意无意地排斥文学复古阵容中的新进之士,其拘牵于腐朽的庙堂文化的心态和日趋萎弱的诗文创作,使李梦阳极为不满。于是,李梦阳采取矫枉过正的方式大倡古学,希望给日渐式微的明中叶诗文创作注一针强心剂。可以说,以李梦阳为主导的文学复古运动的目的主要在两个方面:一是要隔断同宋代理学倡理贬情的文学观的联系,二是为了恢复情与理、意与象、诗与乐完美统一的古典审美理想。这是明代中叶社会生活的一系列新变化在文学领域的反映,是明前期高压思想统治解冻的结果。可以说,前七子是以复古的形式表达了当时文人摆脱理学束缚、追求主体自由的历史要求。他们理论上的失误在于:醉心于古典审美理想,没有意识到古典诗歌的繁盛景象已一去不返,因而不能辩证地评价古典文学领域的种种变化。在创作上,他们的古体与乐府常就单纯的语词形式进行外在模拟,招致"优孟衣冠"、"瞎盛唐诗"的讥评。

前七子复兴古学,借传统文学之血来添补明代中叶诗文创作的活力,其思想深层包含着挽回颓唐不振的世风,培养国家元气,辅佐皇上以达汉唐盛世的用意。因此,他们的复古运动与政治斗争密切相关。前七子多是敢于和权宦、皇戚斗争的"文人兼气节者"(胡应麟《诗薮》)。他们或指斥阉党,或弹劾权臣,风骨凛然。他们的审美情趣与政治激情相一致,在文学上执著追求刚健浑成、壮美自然的汉唐风貌,"倡言文必秦汉,诗必盛唐",打破了明前期文坛程朱理学一统天下的局面。

李梦阳(1472—1530),字天赐,又字献吉,号空同子,祖籍庆阳(今属甘肃),徙河南扶沟。李梦阳是李东阳的门生,其复古理论主张古诗学汉魏,近体学盛唐,尤以杜诗为典范,他说:"作诗必须学杜,诗至杜子美,如至圆不能加规,至方不能加矩矣。"[①]李梦阳的拟古重在格调,他对诗文审美风格的要求是:雅正、博大、雄浑、婉壮。他说:"夫诗有七难:格古、调逸、气舒、句浑、音圆、思冲,情以发之,七者备而后诗昌也"(《潜虬山人记》)。李梦阳没有忽视情感在创造艺术境界上的作用,因为盛唐诗"情质宛洽",他才取法盛唐。

① 见郭绍虞主编《中国文学批评史》第346页。

正是出于重情的诗歌观念，李梦阳批评宋人以理入诗："宋人主理作理语，于是薄风云月露，一切铲去不为，又作诗话教人，人不复知诗矣。诗何尝无理，若专作理语，何不作文而诗为耶？"（《缶音集序》）基于真情是真诗之源的认识，又受其同龄人王阳明致良知的心学思想的影响，李梦阳晚年高度评价发自自然之情的民歌，认同他的朋友王叔武"真诗乃在民间"的意见。由此他不再恪遵《诗大序》里关于诗歌的那套理论，反过来盛赞《西厢记》和表现男女情爱的民间诗歌，并将《西厢记》的地位提高到与《离骚》同等，甚至主张诗文要向《锁南枝》这种在市井传唱的艳词学习。李梦阳已经失去了唐宋文人以复古为革新的气魄，在肯定民歌的后面隐伏着对传统正宗文学的危机感，《诗集自序》的一段话流露出他内心的忧惧："自录其诗，藏箧笥中，今二十年矣，乃有刻而布者。李子闻之惧且惭，曰：予之诗非真也，王子所谓文人学子韵言耳，出之情寡而工之词多者也。"这反映出以诗文为核心的正统文学在民间文艺的扩张面前正在丧失其主导地位。

李梦阳所发起的复古运动对扭转当时的文学风气是强有力的，如《四库全书总目提要·空同集》条说："考明自洪武以来，运当开国，多昌明博大之音；成化以后，安享太平，多台阁雍容之作。愈久愈弊，陈陈相因，遂至嘽缓冗沓，千篇一律。梦阳振起痿痹，使天下复知有古书，不可谓之无功。"自此宋、王的"文道合一"论以及"台阁体"可谓一蹶不振。即使到了晚明，李梦阳以及何景明等人开启明后期浪漫文学思潮的贡献依然得到许多作家的肯定，如袁宏道《答李子髯》诗中就有"草昧推何、李，尔雅良足师"之句。

李梦阳才思雄挚，诗文俱工，尤以诗歌成就突出。胡应麟称赞其"歌行纵横开阖，神于青莲；七律雄深豪丽"。他的边塞诗从内容题材到手法风格都与盛唐诗一脉相通。这些诗虽多用乐府旧题写作，但有极为现实的内容，如"季冬饮马长城窟，沙砾飞扬带白骨。榆台岭边闻鬼啼，犹是今年战亡卒"（《云中曲送人》）。"天设居庸百二关，祁连更隔万重山。不知谁放呼延人，昨夜杨河大战还"（《塞上》）等等，反映了明军与鞑靼人之间的战争，表现了对边塞士卒的同情。他的诗有不少以感怀时事为题材，如明武宗在大内练兵，李梦阳作《内教场歌》讽谏道："雕弓豹鞬骑白马，大明门前马不下。径入内伐鼓，大统耶？宣府耶？将军者谁也？武臣不习威，奈彼四夷。西门树旗，皇介夜驰；鸣炮烈火，嗟嗟辛苦。"诗写得古朴雅正，含蓄蕴藉，然而讽喻之意十分明显。面对一个荒唐的君主，身处一个混乱的时代，李梦阳一方面充满对弘治中兴的留恋，另一方面又强烈感受到时代的变异和自身处境的窘迫，这种矛盾的心态造成李梦阳诗歌在情感基调上大起大落的转换，即诗

的开头气象恢宏,意象盛大,诗的结尾却声韵凄惨悲凉。如仿效李白诗风的
《梁园歌》,初读似很有声势,细品则觉出其中浓重的感伤怅惘:"独立天地
间,长啸视今古。城隅落落一堆土,千年谁继白与甫。"高傲的情怀和挺拔特
出的精神难掩诗人的感伤与孤独。李梦阳最负盛名的《秋望》诗也是如此:
"黄河水绕汉边墙,河上秋风雁几行。客子过濠追野马,将军弢箭射天狼。
黄尘古渡迷飞挽,白月横空冷战场。闻道朔方多勇略,只今谁是郭汾阳?"这
首诗开头描写秋日边塞的风光,整个画面广漠雄浑,壮阔苍劲。但将军佩箭
弯弓的英雄气概在黄尘古渡和萧索战场的背景中,显出几份悲凉和惨淡。
结尾以问句作结,寄托了诗人对国事的感慨和忧虑。

　　李梦阳的文学成就主要在诗歌方面,散文居其次。李梦阳散文的总体
风格属于雄豪亢硬一路,呈现出奇崛质直之美。由于他热衷于从字句上拟
古,并且赋予秦汉文章之法以绝对权威的性质,这就导致他的散文创作存在
着以艰深文浅易的失误。但他也有为当时文坛增加新范式的清新之作。如
《梅山先生墓志铭》一文:

　　　　正德十六年秋,梅山子来。李子见其体腴厚,喜握其手,曰:"梅山肥邪?"梅山笑
　　曰:"吾能医。"曰:"更奚能?"曰:"能形家者流。"曰:"更奚能?"曰:"能诗。"李子乃大
　　诧喜,拳其背曰:"汝吴下阿蒙邪? 别数年而能诗能医能形家者流!"李子有贵客,邀
　　梅山。客故豪酒,梅山亦豪酒。深觞细杯,穷日落月。梅山醉,每据床放歌,厥声悠
　　扬而激烈。已,大笑,觞客;客亦大笑,和歌,醉欢。李子则又拳其背曰:"久别汝,汝
　　能酒又善歌邪!"客初轻梅山,于是则大器重之。

该文和充满赞谀之辞的传统墓志铭大异其趣,它不用平板的叙述语言来叙
述传主鲍弼的履历,而是以典型的细节刻画鲍弼的音容笑貌,描绘作者与传
主生前亲密无间的交往,表现了鲍弼的豪放、健谈,语言平白而劲练,情感真
实而自然。

　　何景明(1483—1521),字仲默,号大复,信阳(今属河南)人。何景明曾
与李梦阳就文学复古的问题发生争论,其性质属于流派内的相互规辨。大
致说来,在以复古为正、扬唐抑宋的基本立场上,何景明与李梦阳是站在同
一阵线上的。不过,对于李梦阳的"刻意古范,铸形宿镆"(何景明《与李空同
论诗书》),尺尺寸寸模拟古人之法,何景明提出"领会神情,临景结构,不仿
形迹"(《与李空同论诗书》),对才情和独创性倾注了更多的关切。这种分歧
的产生,与二人美学趣尚的差异有关。何景明诗集中虽不乏境界壮阔的作

品，但总体说来，他属于阴柔性诗人，诗风朗秀俊丽，清逸深婉，偏重于情致韵味。因此他反对一味拘守"古法"，追仿古人的格调声律。

在盛唐诗中，何景明崇尚李、杜两大家，尤其折腰于杜甫之诗。他在《明月篇序》中云：

> 仆始读杜子七言诗歌，爱其陈事切实，布辞沉著，鄙心窃效之，以为长篇圣于子美矣。

所以何景明在模仿杜甫诗时确实下了不少功夫，如他出使云南时作的《平夷所老人》：

> 平夷老人发两肩，哀哀落泪古城烟。岁收斗粟输田赋，日向诸邻乞米钱。风雨饥寒趋路侧，子孙流落避兵年。青春有伴难还土，白首无家尚戍边。官里征徭何日已，军中苦乐古来偏。魂惊战鼓心犹怯，臂中飞孤肉尽穿。独去负戈巡夜柝，谁来销甲种春田？朝廷德意思柔远，闾幄谟猷在识先。夷狄本为王者外，卒徒能受帅师怜。敢愁沟壑填衰谢，只拟封疆息秒疆。我愿麾前法唐将，筹边有策到今传。

作者通过对孤独老兵的凄苦境遇的描写，鞭挞了当朝将帅的无能，吏治的黑暗，表现了人民的深重苦难。此诗很像杜甫的长篇歌行体诗，是诗人早年学习杜诗的杰作。再如《听琴猎图》、《送徐少参》、《津市打鱼》等诗，深得杜诗之精髓。他的题画诗如《吴伟江山图歌》、《吴伟飞泉画图歌》等长篇，雄深宕逸，挥洒自如，表现出很强的传神写照能力。

在何景明的作品中，有相当数量的诗歌写的是闲适生活。这些诗歌风格明快清新，大异于李梦阳。如：

> 片片白鸥鸟，看人队队飞。沙头莫相认，与尔久忘机。（《雨后十首》其七）
> 草阁散晴烟，柴门竹树边。门前有江水，常过打鱼船。（《小景四首》其二）
> 雨花风叶总堪怜，海燕江鸿各渺然。莫向高楼空怅望，落蝉多在夕阳边。（《秋日杂兴十五首》其二）
> 碧沙青泥俱可怜，白鲢赤鲤不论钱。莫叹邻翁生计拙，买船沽酒过年年。（《溪上水新至漫兴四首》其四）

这些小诗中，无论是写鸟儿自在的生活、乡村静美的风光、雨中的花叶、夕照蝉鸣、纯朴风情等，都给人一种清新之感、纯静之美，使人在忧愁中得到一丝慰藉，在烦扰中找到些许静谧。这都体现出何景明诗歌清新飘逸的特色。

何景明的文风与其俊逸的诗风迥然异趣，表现出笔力峻刻的特点，语言多排比、对偶，讲求气势，且条理清晰。如《何子十二篇》在语气和论证方式上学习韩非散文十分逼真，在思想上也继承了韩非法、术、势的思想而加以发挥，很有特色。

当前七子所掀起的第一个文学高潮过去之后，在嘉靖、隆庆时期，出现了以李攀龙、王世贞为首的"后七子"与以唐顺之、王慎中为首的"唐宋派"之间的对峙。后七子之所以兴起，是由当时文坛的衰敝所促成的。文坛上或以轻靡奇丽为尚，或以诗文言性谈道，或承台阁体余风，所以后七子再起，绍述李梦阳、何景明的成说，强化对法度格调的讲究，使复古主义更趋圆活完善。后七子的复古运动和前七子一样，有着复杂的社会背景。嘉靖后期，后七子与严嵩党徒尖锐对立，眼见前途暗淡，但又不甘沉沦，于是以白眼对抗污浊的政治，以精英自命，靠标举气高体正的诗歌来支撑自己的精神天地。

李攀龙（1514—1570），字于鳞，号沧溟，历城（今属山东）人。嘉靖二十三年进士，授刑部主事，历员外郎。嘉靖三十二年起，出任顺德知府、陕西提学副使。嘉靖三十八年隐退，高卧白雪楼。隆庆元年作为耆硕之臣被举荐征召而复出，隆庆四年死于河南按察使任上。有《沧溟集》等。嘉靖中期，李攀龙与谢榛、王世贞、宗臣、梁有誉结成诗社，号称"五子"；后又增加了徐中行、吴国伦，号称"七子"。他们"才高气锐，互相标榜，视当世无人……其（李攀龙）持论谓文自西京，诗自天宝而下，俱无足观。于本朝独推李梦阳，诸子翕然和之。非是，则诋为宋学"（《明史》）。李攀龙曾编选历代诗歌为《诗删》，宋元诗歌不录一首，体现了七子派尊汉魏、黜宋元的主流思想。

李攀龙的文章生吞活剥三代两汉，佶屈聱牙，不能卒读。其乐府古风无一字一句不精美，但临摹的痕迹很明显，一旦与魏晋古乐府并看，则似写字的"临摹帖"，如《拟陌上桑》等是把古人之作更换几个字变为己作，东施效颦的结果是连原作的韵味都失掉了。他的五古能得汉魏古诗的风神，缺点是沿袭多而变化少。他的七古之中，有一些情真意切的诗篇，如《岁杪放歌》：

> 终年著书一字无，中岁学道仍狂夫。劝君高枕且自爱，劝君浊醪且自沽。何人不说宦游乐，如君弃官亦不恶。何处不说有炎凉，如君杜门复不妨。终然疏拙非时调，便是悠悠亦所长。

这首诗豪放旷达,将自己的志趣写得极有内涵。类似的具有一定艺术价值的七古还有《和殿卿春日梁园即事》、《赠殿卿》等。李攀龙七律的风格特征以雄浑峻洁著称。如《杪秋登太华山绝顶》其二:

> 缥缈真探白帝宫,三峰此日为谁雄?苍龙半挂秦川雨,石马长嘶汉苑风。地敞中原秋色尽,天开万里夕阳空。平生突兀看人意,容尔深知造化功。

此诗意境雄浑博大,音调峻洁响亮,写出了华岳雄视关中的宏阔气势。其中颈联对仗工整,想象丰富,堪称佳作。李攀龙七律多取法杜甫诗歌的音情字面,风尘、千山、雄风、浩气、中原、黄金、紫气、青山、万里等词汇层见叠出。当时人因他诗中多"风尘"二字而称他为"李风尘"。泥古、雷同现象严重影响了其诗歌审美内涵的表达。

李攀龙死后,王世贞成为复古运动的领袖。他的复古主张成为复古派的旗帜,"一时士大夫及山人词客衲子羽流,莫不奔走门下"(《明史》),有所谓"后五子"、"广五子"、"续五子"、"末五子"等名目①。王世贞(1526—1590),字元美,号凤洲,又号弇州山人,太仓(今属江苏)人。嘉靖二十六年进士,次年授刑部主事,迁郎中,官至南京刑部尚书。著述宏富,有《弇州山人四部稿》、《弇州山人续稿》、《弇州堂别集》等。王世贞对靠立门庭或依傍门庭等手段来博取文坛名声的现象是有所觉悟的,他在《艺苑卮言》中说:"大抵世之于文章,有挟贵而名者,有挟科第而名者,有挟它技如书画之类而名者,有务为大言、树门户而名者,有广引朋辈、互相标榜而名者。要之,非可久而可大之道。迩来狙狯贾朋,以金帛而买名,浅夫狂竖,至于詈骂谤讪欲以胁士大夫而取名,唉,可恨哉!"王世贞还曾叙述了后七子的结社过程,认为"或称'七子'或'八子',吾曹实未尝相标榜也",为七子派开脱"标榜"的罪名。尽管他主观上反对立门傍户、相互标榜的做法,但他却无法回避李攀龙等人党同伐异的举动,也无法说明他们大量撰写"五子"诗、他本人也热衷订立诸多"五子"名目的客观事实。七子派形成本身就使他们以标门立户的

---

① 据《弇州山人四部稿》卷十四"后五子"指南昌余曰德、蒲圻魏裳、歙郡汪道昆、蜀郡张佳胤、新蔡张九一。"广五子"指昆山俞允文、魏郡卢楠、蒲阳李先芳、孝丰吴维岳、海南欧大任。"续五子"指阳曲王道行、魏郡石星、岭南黎民表、豫章朱多煃、虞邑赵用贤。据《弇州续稿》卷三《末五子篇》,"末五子指赵用贤(重出)、李维桢、屠隆、魏允中、胡应麟。

身份出现,最终成为明清两代学者们批评、谴责的对象。

王世贞主张"文必西汉,诗必盛唐,大历以后书勿读",摈斥中晚唐与宋诗。王世贞甚至要求作品的一字一句都要力肖古人,要学用古官制、古地名。他认为,即使司马迁再生也难再写成《史记》,因为"西京以还封建宫殿官师郡邑,其名不雅驯,不称书矣,一也;其诏令辞命奏书赋颂鲜古文,不称书矣,二也"(《与张功甫书》)。于是一些复古派作者专事模仿古语古字,以致复古派文章越写越艰涩古奥。但王世贞本人的散文具有强烈的时代气息,并能真实地抒写性灵。

王世贞的文学活动可分为前后两期,即嘉靖后期和隆庆、万历时期。王世贞晚年面对末流割缀古语,务事堆砌的流弊,对李攀龙诗的摹仿剽袭开始表示不满,对归有光行云流水般的文风则十分赏识。他晚年诗歌的风格也转趋疏淡清灵,这说明他在一定程度上改变了自己的复古立场。

明代诗坛深受严羽诗学的影响,但多数论家仅仅将视线停留在"尊唐黜宋"的命题上,并没有真正把握到严羽诗学的关键之处,即"诗道妙悟"的思想。王世贞拈"才思"入"格调",虽有修正之效,却依然不能改变现状,实现李攀龙提出的"拟议变化"的理想。倒是在备受七子摒弃的布衣诗人谢榛那里,"格调说"有了一片新的气象。

谢榛论诗既肯定前七子反台阁体的运动,又指出前七子只注意从字句结构求汉唐气象的局限性。为此,谢榛在追求"格高气畅"的盛唐风格的同时,提出了"雄浑"、"秀拔"、"壮丽"、"古雅"、"老健"、"淡逸"、"芳润"等广泛的美学标准,主张"以五味调和"为"全味",扩大拟古的对象。

从文学史发展的角度来看,七子派注重情志的纯正高雅、境界的雄浑阔大,比起宋儒文以载道的文学观来,显然更合乎审美法则,因此能形成一股强劲的复古思潮。他们顺时而动,引导人们探寻文学的真精神,基本结束了台阁体在文坛上的统治地位。这才是文学复古运动的真正意义所在。

正德至嘉靖初,杨慎凭着高明伉爽之才、宏深奥博之学,在李梦阳、何景明诸子之外,"拔戟自成一队"。①

杨慎(1488—1559),字用修,号升庵,四川新都人,生于北京。青年时期以《赋黄叶诗》深得礼部侍郎李东阳嘉赏,令受业门下。明正德二年杨慎参

---

① 沈德潜《明诗别裁集》卷六,上海古籍出版社1983年版。

加四川乡试获解元。正德六年试进士第一,授翰林修撰。嘉靖三年,杨慎在"大礼议"一案中以直谏忤旨,被廷杖,谪戍云南永昌,此后即长期生活于家乡四川和戍所云南之间,最后死于贬所。杨慎一生撰有著作四百余种,绝大部分都是在云南完成的。杨慎在李东阳门下受业达八年之久。在李东阳的指导下,杨慎于经、史、子、集无不窥览,悉心研究。杨慎主张不名一体,言诗不专于一代,要求兼收并蓄,文必己出,发自内心,不可造作。针对前七子"文必秦汉,诗必盛唐"为宗的主张,杨慎批评他们截然割断历史,排斥对传统文学精华的整体借鉴。杨慎在论诗时极力推尊六朝,想用六朝的诗风取代"诗必盛唐"之说。另一方面,对于宋诗的主理说,杨慎也多有指责;对摹拟范古的明诗,批评更为痛切。杨慎主张辞尚体要,要求作家及理论家要写切实简要之文、有补于世之文,明白指出内容空泛、文意浅浮、寸寸守古是无足取的。杨慎在京任职15年期间,对前七子复古运动主动抵抗,然终势单力薄,官卑言微,未能起到轰动效应,也未从根本上使文学复古改辙,但其影响和作用是不可低估的,李贽和晚明的许多有识之士对此作了肯定。杨慎的诗文独立于复古风气之外,自有其深厚的造诣。其早年作品颇具六朝风度,艳歌丽曲,屡有制作,晚年转学李白、杜甫、苏轼、黄庭坚,诗风逐渐趋向老练苍劲。

明代中期还有一批豪放诗人,其中值得提及的是抗倭名将戚继光与俞大猷。他们亲自横刀跃马,血刃敌寇,有深切的生活体验,他们吟咏军旅生涯的作品清新晓畅,不事雕凿,是作者战斗经历的自我写照。例如戚继光《马上行》:"南北驱驰报主情,江花边月笑平生。一年三百六十日,多是横戈马上行。"本来是艰辛的戎马生涯,却写得轻松愉快,趣味盎然,与传统边塞诗的诉辛叹苦截然不同。这说明作者充分认识到了抗倭战争的正义性和人民性,故能以苦为乐,充满自豪之感。由于经历特殊,戚继光等避开了明朝极端专制的文化统治,摆脱了当时各种诗派的影响,写出了内容充实、风格独特的诗歌,在复古的诗坛气氛中独树一帜。

第四节 归有光与唐宋派

嘉靖间,在文学的裂变转折过程中又产生了以反拨李、何为主要目标的散文流派"唐宋派"。"唐宋派"的成员有王慎中、唐顺之、茅坤、归有光、陈束、李开先、罗洪先、赵时春、任翰等。所谓"唐宋派",主要是以强调唐、宋古文和宋诗中所体现的尊道精神,来反对前七子的"文必秦汉、诗必盛唐"的口号所造成的文学与道统的疏隔及其模拟之弊。从实质上看，以王慎中、唐顺之为核心的"唐宋派"是宗宋派、道学派。王慎中于《再与顾未斋书》中说："二十八岁以来，始尽取古圣贤经传及有宋诸大儒之书，闭门扫几伏而读之"，有意将宋儒之书与圣贤经传并列。到唐顺之则发展为有意标举宋理学家邵雍："三代以下诗，未有如康节者。"另一方面，唐宋派受心学思潮的影响，强调主体精神的独立。他们的散文开始用真实的世俗生活和常人情感更新传统古文内容。尤其是归有光的散文表现出生活化、口语化的倾向，风格清新自然。

王慎中（1509—1599），字思道，初号遵岩居士，后号南江，晋江（今属福建）人。嘉靖五年进士，授户部主事，不久改礼部祠祭司。历任山东提学金事、江西参议，进河南左参政。有《遵岩集》。嘉靖初年，王慎中在京师与唐顺之、陈束、李开先、赵时春、任翰、熊过、吕高切磋文学，被称为"嘉靖八才子"。其时，王慎中、唐顺之都是李、何所倡导的文学运动的热忱追随者。二十八岁以后，王慎中的思想发生变化，否定了自己早年的文学立场，一意推尊欧阳修、曾巩、王安石之文，认为"学问文章如宋诸名公，皆已原本六经，轶绝两汉"（《与汪直斋书》）。其文学理论的核心，乃从维护道学的立场出发，重弹宋儒以来"文道合一"论的老调。

唐顺之（1507—1560），字应德，一字义修，人称荆川先生。武进（今属江苏）人，嘉靖八年进士，授兵部武选主事。后罢官入阳羡山读书十余年。倭寇侵陵东南，唐顺之以郎中视师浙江，升右签都御史，巡抚淮、扬，病死于广陵舟中。著有《荆川集》。唐顺之理论上受王的影响，从崇尚秦汉散文转向取法韩愈、欧阳修、曾巩，追求"真精神与千古不可磨灭之见"。他在《与洪方州书》说："文章稍不自胸中流出，虽若不用别人一字一句，只是别人字句，差处只是别人的差，是处只是别人的是也。若皆自胸中流出，则炉锤在我，金铁尽熔，虽用他人字句，亦是自己字句。"唐宋派中唐顺之文学理论最为完备，其创作成就也较为可观。唐顺之的碑传文打破了泛泛铺叙传主生平履历的俗套，抓住表现人物精神风貌的事件，在激烈的矛盾冲突中描摹人物，具有鲜明的文学色彩。如《周襄敏公传》写周金处理大同、宣府兵变之事，表现出传主在危急之际镇定自若、随机应变的大将风度。在唐顺之的叙事散文中，《叙广右战功》是艺术性最强的一篇，这篇文章运用太史公笔法描写了沈希仪所参加的大大小小的战斗，塑造了一个勇猛威武、胆识过人的名将形象。唐顺之的序记类文章从立意构思到遣词造句，都经过精心推敲。如《任光禄竹溪记》记叙其舅父任光禄植竹治园之事。文中通过对竹子偃蹇孤特、不谐于俗的品格,以及人们对竹子不同态度的议论,赞扬了任光禄的高尚情操,表达了作者的崇敬之情。文章结构严谨,层次分明,文势从容而安排有度。唐顺之诗歌的内容和风格,随阅历的增长和环境的转换而变化。他早期的诗多应制酬和之作,诗律精严,风格清丽,具有幽逸冲淡之趣。如《元夕咏冰灯》模仿初唐风调,对词藻、色泽的运用比较巧妙。中年以后,唐顺之隐居宜兴山中潜心学道,视诗文为旁道,偶尔作诗,也是效仿邵雍、庄昶而写性气诗,这与他"诗莫如康节"的理论相合拍。唐顺之晚年复出,南北奉使巡师督战,所作之诗多关国事,风格逐渐趋向豪爽矫健,如《山海关陈职方邀登观海亭作》、《密云阅兵》等诗,抒发了作者澄清四海之志,格调高亢而不粗疏。

茅坤(1512—1601),字顺甫,号鹿门,归安(今属浙江吴兴)人。嘉靖十七年进士,历知青阳、丹徒二县。迁礼部主事,改吏部稽勋司。仕至大名兵备副使。著有《白华楼藏稿》、《白华楼续稿》、《玉芝山房稿》和《耄年录》等。茅坤在理论上附和唐顺之、王慎中,但更具文人气质,不像唐、王二人那样强烈要求明三纲、达五常。茅坤积极提倡学习唐宋散文,曾采录韩愈、柳宗元、欧阳修、苏洵、苏轼、苏辙、曾巩、王安石八家之文,编选出《唐宋八大家文钞》,"其书盛行海内,乡里小儿无不知有茅鹿门者"(《明史·茅坤传》)。

唐宋派中文学成就最高的文人是归有光。归有光(1506—1571),字熙甫,号项脊生,人称震川先生,昆山(今属江苏)人。嘉靖十九年中举,后来八次会试不第,徙居嘉定安亭江上,读书讲学,四方来学者常数百人。嘉靖四十四年,归有光成进士,为长兴知县、顺德府通判,南京太仆寺丞。著有《震川集》。归有光为文原本六经,重自得。在文与道的关系上,他虽然重"道",但却不同于主张"为文害道"的道学家。他在《雍里先生文集序》中说:"以为文者道之形也,道形而为文,其言适与道称,谓之曰:其旨远,其辞文,曲而中,肆而隐。是虽累千万语,皆非所谓出乎形,而多方骈枝于五脏之情者也。故文非圣人所能废也。虽然孔子曰:天下有道,则行有枝叶;天下无道,则言有枝叶。夫道胜,则文不期少而自少;道不胜,则文不期多而自多。溢于文,非道之赘哉?"归有光强调"道"的同时,对"文"作为"道"之形作了肯定,这表明在文与道的关系上归有光的观点较道学家通达。归有光对文学复古的主张不满,对模拟的文风斥之尤厉,其散文始终保持士林文化品格的单纯性,远承汉代司马迁之文风,继武唐宋韩愈、欧阳修散文之绪余,属于"文以载道"的文统传承中的一环。

归有光因场屋不利,出仕较晚,在文坛发生影响比唐顺之、王慎中等人要迟,他所批评攻击的对象,也主要是嘉靖后期声势煊赫的"后七子"。归有光长期生活在下层社会,对现实有较真切的了解,因此它的部分作品较深刻地揭露了当时的社会矛盾,如他在《送摄令蒲君还府序》中指出:"(贪官污吏)徒疾视其民,而取之惟恐其不尽,戕之惟恐其不胜,民俯首不敢出气,而闾巷诽谤之言,或不能无。如是而曰俗之不善,岂不诬哉?"贪官污吏残酷压榨百姓,还不许稍露不满,否则便罗织罪名,诬为"不善",其政何等昏暗!

归有光的家庭生活迭遭变故,他八岁丧母、中年两度丧妻、连丧一子二女,淹然幻化的撕心之痛伴随了他66年的坎坷生涯。生死离别的情感经历使他将描写生活琐事的题材引入载道的古文体制,在平淡琐细中寄寓沧桑之感,开拓出言情记感散文的新天地。归有光善于以抒情笔调叙事,以疏放的结构、质朴的语言,表现对日常生活趣味的深细体味。如《项脊轩志》一文借"百年老屋"的几经兴废,追忆亲切的家庭琐事、琐谈,表达了人亡物在、三世变迁的感慨,以及怀念骨肉之亲的深厚感情,笔墨疏淡而情韵绵远。这类作品表现作者对生活的热爱,对亲情的珍惜,蕴含着强烈的世俗文化精神。归有光记叙家庭琐事的散文,字里行间所表现的真情实感,人物塑造的形神兼备,语言的朴实流畅,篇幅的日趋短小,反映出传统古文在新的时代背景下力求寻找出路的努力。

归有光所处的晚明是思想上风起云涌的时代,他顺应时代前进的潮流,在思想感情、内容题材、体制形态、语言风格、创作手法等方面对传统古文进行了改革,深刻地影响了晚明散文的风貌。

唐宋派自觉吸纳阳明心学和市民意识中所包含的新人文精神,着力弘扬作者的主体意识,引导人们在思想上和艺术上挣脱束缚,独辟蹊径,反映出明代中后期士人个体意识的觉醒。唐宋派提倡心性显露的散文理论和洒脱率易的文风对晚明文学思潮有先导之功,尤其是直抒胸臆、不拘绳墨的观念,成为公安派文论的嚆矢。

第五节　公安派和竟陵派

明隆庆至万历50余年间,明王朝急遽走向衰落,社会心态日趋放佚,文人阶层弥漫着浓重的末世情绪,社会现实强化了人们对权威和传统的怀疑。在学七子者"剽窃成风,万口一响"(袁宏道《叙姜陆二公同适稿》)的创作背景下,反拟古主义思潮再一次高涨起来。徐渭、李贽、汤显祖、袁宏道等相继而起,革新主张声势大振。

李贽(1527—1602),初名载贽,号卓吾、温陵居士,泉州晋江(今福建泉州)人。李贽崇尚真奇,鼓倡狂禅,揭露封建社会"无所不假"、"满场是假"的虚伪现实,被正统文人视为"异端",并受到当政者的迫害,被以"敢倡乱道,惑世诬民"的罪名逮捕入狱,最后于狱中自刎而死。著有《焚书》、《续焚书》、《藏书》、《续藏书》、《初潭集》等。李贽的思想受左派王学中的泰州学派和佛教禅学的影响较大。他肯定人欲的合理性,认为追求享受、好货好色是人的天性,"穿衣吃饭,即是人伦物理"(《答邓石阳》)。在社会伦理道德方面,他强调社会平等,反对圣人凡人之分、智愚之别,反对男尊女卑、"妇人短见"等观念,认为女子同样能参政治国,能作佳文妙诗。他甚至主张自由择偶,赞赏《西厢记》中莺莺的反叛精神,赞扬卓文君与司马相如私奔是"忍小耻而就大计"。他把《六经》、《论语》、《孟子》等看作是弟子随笔记录,并非"万世之至论",反对"咸以孔子之是非为是非"。他指出道学家的学风是"致饰于外,务以悦人",一旦国家有事,道学家就"面面相觑,绝无人色"(《焚书·因纪往事》)。在文学方面,他继承司马迁的"发愤著书"说和王充反虚伪、求事实的传统,提出要求恢复人的自由自觉本性的"童心说"①,强调作家保持未被假道学熏染过的真见解、真感情和独立人格。

在晚明反拟古主义思潮中,以公安派的声势最为浩大。公安派的领袖和最主要成员是出生于今荆州市公安县的袁宗道、袁宏道、袁中道三兄弟,史称"公安三袁"。袁宗道(1560—1600),字伯修,号石浦。万历十四年举会元,选庶吉士,授翰林院编修,任太子讲官,卒官春坊右庶子。因为推崇白居易和苏轼,袁宗道把自己的书斋就命名为"白苏斋",传世著作为《白苏斋类集》。袁宏道(1568—1610年),字中郎,号石公。万历十六年举于乡,万历二十年进士,二十三年任吴县知县,使一县大治。二十五年春辞职而去,纵游东南名胜。一年后再度入京就选,任吏部验封司主事、吏部员外郎、吏部郎中等职。万历二十八年,辞官归隐家乡柳浪湖。三十四年第三次出仕,三十七年主试陕西,三十八年获假南归,同年去世。有《袁中郎全集》。袁中道(1570—1624),字小修,号凫隐居士。万历四十四年进士,由徽州教授,历任国子博士、南京礼部主事,仕至南京吏部郎中。著有《珂雪斋集》。

"公安"派的先锋是袁宗道。当李攀龙、王世贞之学盛行时,袁宗道在翰林院中写了《论文》上下篇,对王、李的拟古大加挞伐,拉开了袁氏兄弟反对复古模拟的序幕。

---

① 李贽《焚书》卷三《童心说》:"夫童心者,绝假纯真,最初一念之本心也。"

　　在反拟古斗争中,袁宏道堪称一员主将。万历十九年和二十一年,袁宏道曾先后两次去湖北麻城向"左派王学"的后期代表人物李贽问道:"始知一向株守俗见,死于古人语下,一段精光不得披露。至是浩浩然如鸿毛之遇顺风,巨鱼之纵大壑,能为心师,不师于心;能转古人,不为古转"。① 所谓"一段精光",是个体基于自然秉性再经社会实践而形成的生命冲动,那种"浩浩然如鸿毛之遇顺风,巨鱼之纵大壑"的心灵体验,是对思想上摆脱一切束缚、获得文学创作的真正自由后的美妙心境的形象描写。由此可以看出,李贽的疏狂个性、豪杰气质、无所执著的解脱方式和肯定自然人性、怀疑权威的思想深深影响了袁宏道。经过左派王学和狂禅的精神洗礼,袁宏道既在思想上获得了蔑视传统的内在动力,又在文学观念上取得了突破格套的理论勇气。从此,他心明胆壮,思路大畅,在文坛上显示出一种非常激进的姿态。万历二十三年到二十四年,袁宏道任吴县县令,吴地世风和士风增强了袁宏道纵情适意的个性心态,他荟集江南进步文人学士吟诗、撰文,抨击以前后七子为代表的复古派的句比字拟,主张一空依傍,自创新奇,他在《小修诗叙》中旗帜鲜明地正式提出"性灵说":"独抒性灵,不拘格套,非从自己胸臆中流出,不肯下笔。有时性与境会,顷刻千言,如水东注,令人夺魄。其间有佳处,亦有疵处。佳处自不必言,既疵处亦多本色独造。然余极喜其疵处,而以为佳者,尚不能不以粉饰蹈袭为恨,以为未能尽脱近代文人习气故也。"这段话以"独抒性灵,不拘格套"为纲要,阐发了性灵说的基本特征。袁宏道的性灵说既涵融了"性灵"一词指陈的性情、感受、天性、灵性等传统意义,又接受了心学、庄禅之学的影响,更申发了李贽童心说推重真心本性、反对理法束缚的思想,要求破除从内容到形式的一切清规戒律,最充分最自由地表现个性和真情实感,向文学自身回归。

　　袁宏道从自然人性论出发,强调自然天真和自然趣味,重视情真而语直的民歌与时调小曲,表现出市民阶层的识见和审美情趣。袁宏道《小修诗叙》说:"今之诗文不传矣,其万一传者,或今闾阎妇人孺子所唱擘破玉、打枣竿之类,犹是无闻无识,真人所作,故多真声,不效颦于汉、魏,不学步于盛唐,任性而发,尚能宣于人之喜怒哀乐嗜好情欲,是可喜也。"由于他虚心学习民间文学直抒胸臆的精神,借鉴其生动活泼的表现手法和富有表现力的语言,他的诗文表现出以俗为美的倾向。如《江南子》其一:"鹦鹉梦残晓鸦

① 《中郎先生行状》,《珂雪斋集》卷一八,上海古籍出版社1989年版。

起,女眼如秋面似水。皓腕生生白藕长,回首自约青鸾尾。不道别人看断肠,镜前每自销魂死。锦衣白马阿谁哥,郎不如卿奈妾何?"诗中用语造词显然吸收了吴歌的特点,饶具清新绵丽的色泽。

袁宏道"性灵说"理论产生的旺盛期和诗文创作的高潮期是在他创作活动的前期。综观他的前期作品,始终贯彻着袁宏道诗文理论反对拟古和求新主变的主题。如他的传记体散文自我作古,不事依傍,表现出鲜明的求新尚奇特色。《徐文长传》描写徐渭之"狂":"显者至门,或拒不纳,时携钱至酒肆,呼下隶与饮。或自持斧击破其头,血流被面,头骨皆折,揉之有声。或以利锥锥其两耳,深入寸余,竟不得死。"《醉叟传》写醉叟之怪:"年可五十余,无伴侣弟子,手提一黄竹篮,尽日酣沉,白昼如寐,百步之外,糟风逆鼻","不谷食,唯啖蜈蚣、蜘蛛、癞蛤蟆及一切虫蚁之类。"他笔下的奇人都是其求新主变文学理念的感性折射。

袁宏道后期诗文理论中求新主变的色彩逐渐淡化,甚至出现了变调、转向的苗头,其标志便是他对自己前期理论的反思和怀疑,这已属于性质上的变化,它直接开启了公安派衰微期的理论端绪。袁宏道后期回顾自己的艺术生涯时,忏悔意识与日俱增。他对过去的"狂慧"、"狂禅"的态度作了深刻的反省,而且在实际生活中也身体力行,一度断诗、断肉、断房事,对自己从前的各种情欲形式作出了彻底的否定。在思想上,他偏重修持和讲求稳实,"觉龙湖(李贽)等所见,尚欠稳实","遗弃伦物,腼背绳墨,纵放习气,亦是膏肓之病"(《中郎先生行状》)。从立志要作人间大丈夫,到"安心"作世俗主人,袁宏道人生态度的调整,也必然引起审美思想的转变。他在《哭江进之序》中说:"进之才俊逸爽朗,务为新切……然余所病,正与进之同症"。对自己早年一味追求的"新切"表示了悔悟,诗风由早期作品的浅率俚俗转趋深厚蕴藉。同时,他大谈中和之道:"喜不溢,怒不迁,乐不淫,哀不伤,和之道也"(《和者乐之所由生》)。早年那种离经叛道,放任自流的风习已不见了踪影。与之相适应,其"性灵说"也有了不同的内涵:"唯淡也不可造;不可造,是文之真性灵也"(《过吷氏家绳集》)。以"淡"作性灵说的内涵,是与他修持净土宗的宗教信仰密切相关的。沿着由强调自然之"趣"到标举自然之"韵"再到将"淡"作为审美最高境界的方向转变下去,袁宏道走着一种由感性向理性精神回归的道路。袁宏道后期思想发生变化的诱因是他对唐宋诸大家诗文的重新认识。他第二次出仕,在北京任闲职期间,读唐宋诸大家诗文集,惊叹不已:"每读一篇,心悸口呿,自以为未尝识字。……古人微意,或有一二悟解处,辄叫号跳跃,如渴鹿之奔泉也。"他对诗文古典审美理想的认同明显比以往增强。但这只是一个比较浅层的原因,更深层的原因是时代文化语境的变化。文化保守主义重新抬头,并借助政治权威来对新思潮进行反攻,使袁宏道强烈地感受到了外部的压力。而宗道的英年早逝,更使他感到生命无常。他最终选择了收敛个性,弃禅入净,在山水与佛老的境界中安顿自己的身心。袁宏道既是公安派的灵魂人物,也是晚明思想解放运动的主将,他的心路历程所画出的转变轨迹,无疑也具有整个晚明文人心路与社会文化思潮路向的意义。

袁中道早年跟着兄长创作抒发性灵的诗文,中年后他既看到公安派的创新之功,又目睹公安派末流片面强调性灵而抛弃必要的"法",变清朗自然为率意俗陋,于是,他强调学习汉魏三唐诗的精神,提出"情"与"法"相结合,性灵与格调兼重的主张。袁氏三兄弟的文学活动划出了公安派变化的阶段性轨迹:宗道如起于青蘋之末的微风,宏道如浩荡突进的狂飙,中道则如狂飙之后的清风。

公安派是吮吸晚明心学与佛学的营养而成长起来的,其"性灵说"是晚明文学思潮中最具典型的理论。它倡言个人性情的自适,带来了个性意识的主动高扬和自我价值的顽强表现,冲击了文学复古派精心设计的"格调"壁垒,打破了拟古主义的陈腐格局。钱谦益《列朝诗集小传》充分肯定了袁宏道扫除拟古主义阴霾所起的历史作用:"中郎之论出,王李之云雾一扫,天下之文人才士始知疏瀹心灵,搜剔慧性,以荡涤摹拟涂泽之病,其功伟矣。"从诗歌理论发展史来看,性灵说于儒家的美刺传统、温柔敦厚之外别开一种境界。但优游适世的生活态度限制了公安派的社会政治生活阅历和识见,导致他们创作时过分依赖直觉体验与即兴挥洒,故而作品的深度与张力有所不足,作家的主体精神也得不到充分表达。

当公安派风靡文坛之时,以钟惺、谭元春为代表的"竟陵派"又紧接其后,崛起于江汉平原。钟惺(1574—1625)字伯敬,号退谷,别号退庵,湖广竟陵人。万历三十八年进士,授行人司行人,历任工部主事、南礼部仪制司主事、祠祭司郎中,仕至福建提学佥事。天启三年,钟惺丁忧去职,接着又遭人暗算,于是归隐故里。著有《隐秀轩集》。谭元春(1586—1637)字友夏,号鹄湾,又号寒河、蓑翁,湖广竟陵人。天启三年以恩贡荐入太学学习,天启七年中湖北乡试解元,崇祯十年赴京会试途中卒于长辛店旅店。有《谭友夏合集》。他们在理论上接受了公安派"独抒性灵"的口号,主张"有真情,方有真诗"(《钟谭二先生评明诗归》)。钟、谭曾评选隋以前诗为《古诗归》,评选唐人之诗为《唐诗归》,给当时的诗坛带来一股清新的空气,随着《诗归》流布天下,竟陵派成为当时影响很大的诗派。《诗归序》是竟陵派诗歌理论的纲领性文章。钟惺把选《诗归》宗旨概括为:"引古人之精神以接后人之心目,使其心目有所止焉。"明确表明要从古代诗人作品中去探索正确的创作精神,以纠正当时诗歌创作的偏颇。古人的精神在钟惺看来,主要表现为幽情单绪。《诗归序》说:"真诗者,精神所为也。察其幽情单绪,孤行静寄于喧杂之中,而乃以其虚怀定力,独往冥游于寥廓之外。"幽情单绪是钟惺诗歌思想的核心,其他一切主张即从此出发,得以阐释。

在重视自我精神的表现上,竟陵派与公安派是一致的,但二者的审美趣味迥然不同,而在这背后,又有着人生态度的不同。公安派诗人虽然也有退缩的一面,但他们敢于怀疑和否定传统价值标准,敏锐地感受到社会压迫的痛苦,毕竟还是具有抗争意义的;他们喜好用浅露而富于色彩和动感的语言来表述对各种生活享受、生活情趣的追求,呈现内心的喜怒哀乐,显示着开放的、个性张扬的心态;而竟陵派所追求的"深幽孤峭"的诗境,则表现着内敛的心态。钟惺在《答同年尹孔昭》中说:"我辈诗文到极无烟火处,便是机锋。"既主幽深,便不能不离却世情,因幽而至于冷僻,因深而至于晦涩,大有从元、白而变为郊、岛之势。钱谦益说他们的诗"以凄声寒魄为致","以噍音促节为能"(《列朝诗集小传》)是相当准确的。

钟惺的散文内容上多有可取,艺术上别出手眼,在晚明的散文天地里独树一帜,对当时和以后的散文创作产生了不可忽视的影响。《浣花溪记》被公认为是钟惺散文中最能体现"幽深孤峭"艺术风格的代表作。文章写他游览成都浣花溪杜工部祠的所见所闻所感。首先通过一连串生动的比喻,把成都城南万里桥一带溪水明澈,窈然深碧,树木繁茂,竹柏苍然的景色描绘得明丽如画,接着再写游人临溪的感受,神清气爽,肌肤通达。然后,踏着游人的足迹,经小亭,跨板桥,过梵安寺达杜工部祠,祠内杜甫的石刻肖像已显得颇为清古,石刻本传也由于风雨的剥蚀而残缺不全。然而,作者的用心并不是单纯地描绘景物而已。只要我们从容涵咏,自会体味出他所描绘的浣花溪深幽清冷的景色之中隐含着"幽情单绪",那种对现实冷峻的思考、独特的感受和孤傲的人格。文中在瞻仰了颇为"清古"的杜甫像以后,作者情不自禁地发了一段慨叹:"穷愁奔走,犹能择胜;胸中暇整,可以应世,如孔子微服主司城贞子时也。"这里不仅有对杜甫苦难经历的同情,更有对他博大胸怀的敬仰。倘若我们联系钟惺所处的时代以及他个人的经历细细咀嚼一下,那么就会感到这段文字言外之意隐隐隆隆,其中似乎有对时势的隐忧,有对自己境遇的感慨,也有对理想人格的追求。文章结尾以闲笔补写出游情况："使客游者,多由监司郡邑招饮,冠盖稠浊,磬折喧溢,迫暮趣归。是日清晨,偶然独往"。这两句实乃全篇之警策,既寄寓着对权官俗吏强烈的鄙薄之情,又表现出自己的孤峭品格。

竟陵派清奇邃古的诗歌创作风格源于唐末的贾岛和姚合,很适合那些找不到生活出路的末代文人的口味,因而赢得了众多诗人的追随,当时独成一体,号"钟谭体"。"钟谭体"偏重心理感觉,有时错杂时空,有时巧用通感,主观性很强。如谭元春的《观裂帛湖》使用奇怪的字面,造成森秀峭拔的意境,全诗给人以幽塞寒酸的感觉。他们有些诗歌的语言奇谲拗折、追幽凿险,常破坏常规的语法、音节,如钟惺的《昼泊》:"树无黄一叶,云有白孤村。"谭元春的《太和庵前坐泉》:"鱼出声中立,花开影外穿。"这样的诗句无疑是艰涩拗口的。

竟陵派诗风在明末乃至清初盛行一时,其影响要比公安派来得更久远。钱谦益站在正统立场上对竟陵派大加捃击,斥为"诗妖",甚至指为国家败亡的征兆(见《列朝诗集小传》),显然是出于门户之见。

第六节　明后期诗歌

明末农民起义的风暴骤起,清军入关频仍,民族矛盾和阶级矛盾十分尖锐。统治阶级也加剧了内部的分化。随着各种社会危机的加剧,追求个性独立、肯定人欲合理性的新思潮急剧退潮,取而代之的是经世实学的思潮,文学创作又回到了抒写理性的轨道。

明末文人结社之风盛行。天启末年,张溥和张采等成立了应社。崇祯二年,因葬亲告假回乡的张溥和一些名士以兴复古学、务为有用相号召,在应社的基础上集合许多小社创立了复社。复社规模很大,其先后成员有两千多名。复社是文社,同时又是一个政治社团。张溥(1601—1640),字天如,号西铭,江苏太仓人。崇祯四年进士,改庶吉士。崇祯初组织复社,进行文学和政治活动。著有《七录斋集》,并辑有《汉魏六朝百三名家集》,各集都有题辞。张溥的文学复古主张表现为编辑《汉魏六朝百三名家集》以提供师古之范本。实际上,他的复古,首先是政治的,其次才是文学的。他强调文章为经世而作,不把秦汉盛唐诗文的声韵词藻放在首位。他的《五人墓碑记》描述了明朝末年苏州人民与魏忠贤之流英勇斗争的事迹,热情歌颂颜佩韦等五义士"激昂大义,蹈死不顾"的英雄气概,强调匹夫之死"有重于社稷",远非"缙绅"所能及,是一篇具有强烈政治倾向性的散文。

崇祯初年,陈子龙、夏允彝、徐孚远、王光承、夏完淳等几社文人在文学上高扬复古的大旗,推崇"七子",希望通过复兴古学、振起士风,挽救明王朝免于灭亡。陈子龙(1608—1647),字存古,一字卧子,又字懋中、人中,号轶符、大樽,松江府华亭县(今上海松江)人。崇祯十年进士,初仕绍兴推官。南明弘光朝任兵科给事中。清兵攻破南京后,曾组织抗清活动,受鲁王院部职衔。他联络吴胜兆等谋划结太湖兵举事,事泄被捕。在被押解南京途中,乘隙投水殉国。有《陈忠裕公全集》。陈子龙与李雯、宋徵舆等编选过一部《明诗选》,理论上步明七子后尘,立意与公安派和竟陵派抗衡。但他与"七子"的盲目尊古不同,他在《仿佛楼诗稿序》中对前后七子有所批评:"特数君子模拟之功多,而天然之资少,意主博大,差减风逸,气极沉雄,未能深永。"他的理想是继承风雅比兴传统,发扬兴观群怨积极用世的儒家诗教,他在《六子诗序》中说:"作诗而不足以导扬盛美,刺讥当时,托物连类而见其志,则是《风》不必到十五国,而《雅》不必分大小也,虽工而余不好也。"在《诗论》中,他更揭明发愤著书的传统,激烈批评后儒的所谓忠厚诗教。他政治上的激进态度和文学方面的刺世讽时精神形成有机的统一。

陈子龙的前期作品受华艳拟古习气熏染较深,而后期诗歌呈现出强烈的时代现实性和鲜明的政治性。崇祯弘光两朝,几乎每一次重大的社会动乱、政治事件、军事成败、人事兴废,在他的诗篇中都有所反映。如《白靴校尉行》揭露厂卫特务小头目的横行无忌,风格雄健豪迈,在描写和议论中饱含讥刺。《小车行》以写实白描的手法,画出饥民流离悲苦之状。《卖儿行》描绘出饥民忍痛割爱、卖儿鬻女的惨景。《辽事杂诗八首》是对东北地区的变局带有总结性的组诗,诗人回顾了镇辽由强盛至惨败的全过程,期盼着出现能挽救危局的人才。

明亡后,陈子龙发抒亡国之痛的诗歌悲劲苍凉,音调铿锵,如《秋日杂感》:

> 满目山川极望哀,周原禾黍重徘徊。丹枫锦树三秋丽,白雁黄云万里来。夜雨荆榛连茂苑,夕阳麋鹿下胥台。振衣独上要离墓,痛哭新亭一举杯。

通过描写"白雁黄云"、"夜雨荆榛"、"夕阳麋鹿"等具有典型意义的景物,借用一系列与国家衰亡有关的典故,使眼前情景与历史事件交融在一起,表达了对明王朝覆亡的深切哀痛和意图恢复的愿望。

　　陈子龙是明末诗坛的盟主。他的诗歌缩短了明诗与现实斗争的距离。大抵论明诗者，都推陈子龙为明代最后一位大诗人。

　　夏允彝之子夏完淳作为少年才士和少年英雄，其作品具有特殊的感染力。夏完淳（1631—1647），原名复，字存古，号小隐，又号灵首，松江华亭（今上海市松江）人。年十四，从父夏允彝、师陈子龙等倡议，任鲁王中书舍人，参谋太湖吴易军事。易败，仍为抗清事业奔走。被捕后，于南京痛斥汉奸洪承畴，被害，年仅十七。所著有《南冠草》等集。夏完淳聪慧早熟，七八岁即能赋诗，具有天赋才华。清兵下江南，他揭竿报国，束发从军，积极参加抗清斗争。事败被执，英勇就义。

　　夏完淳前期作品，受陈子龙复古思想的影响，注重模拟，内容比较单薄。明亡后，所作诗赋散文，克服了模拟六朝以前诗歌的弱点，具有饱含血泪、悲壮淋漓的独特风格。如《舟中忆邵景说寄张子退》：

　　　　登临泽国半荆榛，战伐年年鬼哭新。一水晴波青翰舫，孤灯暮雨白纶巾。何时壮志酬明主，几日浮生哭故人。万里飞腾仍有路，莫愁四海正风尘。

凭吊故国，悼念死者，表现了乐观的积极战斗精神。夏完淳在被捕到牺牲的这段时间内，写了不少慷慨激昂的诗歌，汇集为《南冠草》。他被捕离家时写的《别云间》吟道：

　　　　三年羁旅客，今日又南冠。无限河山泪，谁言天地宽。已知泉路近，欲别故乡难。毅魄归来日，灵旗空际看。

诗中流露出对国家沦亡、有志未竟的哀痛和对乡土的深切依恋，悲凉中寄予了激昂之情。在被解往南京途中，船经细林山下，为哀悼他的老师和战友陈子龙，夏完淳写下了真挚感人的《细林夜哭》：

　　　　细林山上夜乌啼，细林山下秋草齐。有客偏舟不系缆，乘风直下松江西。却忆当年细林客，孟公四海文章伯。昔日曾来访白云，落叶满山寻不得。始知孟公湖海人，荒台古月水粼粼。相逢对哭天下事，酒酣睥睨意气亲。去岁平陵鼓声死，与公同渡吴江水。今年梦断九峰云，旌旗犹映暮山紫。潇洒秦庭泪已挥，仿佛聊城矢更飞。黄鹄欲举六翮折，茫茫四海将安归。天地跼蹐日月促，气如长虹葬鱼腹。肠断当年国士恩，剪纸招魂为公哭。烈皇乘云御六龙，攀髯控驭先文忠。君臣地下会相见，泪

洒阊阖生悲风。我欲归来振羽翼，谁知一举入罗弋。家世堪怜赵氏孤，到今竟作田
横客。呜呼！抚膺一声江云开，身在罗网且莫哀。公乎！公乎！为我筑室傍夜台，
霜寒月苦行当来。

此诗叙述他们患难与共的战斗友谊，以及抗清失败共同为国牺牲的壮烈情
景，声泪俱下，真切动人。夏完淳的散文如《土室余论》、《狱中上母书》等，临
难陈词，犹复不忘"中兴再造"，都是千古不磨的爱国主义杰作。

第七节　明末小品文

明代中后期，随着反拟古文学运动的发展，在散文领域逐渐兴起一个写
作小品文的高潮。除三袁、钟、谭外，王思任、汤显祖、陈继儒、黄汝亨、李流
芳、祁彪佳、张岱等一大批有个性的作家涌现，形成彬彬大盛的局面。

"小品"一词原指佛经的节略本。李贽于万历二十七、八年间居南京时
选辑《坡仙集》十六卷，其中所录最有特色的是苏轼的杂作、志林，突破了人
们选文囿于苏轼策、论、上书的局限，注意到了苏轼"小文小说"。李贽的这
个选本对公安派中人的影响很大，直接引发出"小文"概念。至万历三十九
年王纳谏编《苏长公小品》，才开始用"小品"一词。其义与"小文"没有区别。
小品文并不是一个规范性的文体概念，而是指散文中的一种类型，它的基本
特性是：一、语言简洁，形式短小；二、以抒发一己的性灵为主，富有情韵；
三、在题材范围和体裁形式上有较大的自由度，可以灵活运用序、跋、记、传、
铭、赞、尺牍等文体。

晚明小品大致以公安派为显著的开端，晚明文人关于小品的文体概念，
很大程度上是通过袁宏道的性灵说及其出色的富于性情的小品才逐渐明晰
的。不过在公安派前，徐渭、沈周、文征明、唐寅、祝允明已经写出一些自然
拔俗、大有意趣的作品。徐渭的一些谈论书画的小品，常常以三言两语道出
个中精义；他的尺牍题咏有苏轼、黄庭坚小品的简雅风云；他的《游五泄记》
等游记小品，气势磅礴又不失雅丽妩媚，既赏心悦目又得"山水会心"之适
意；其他小品也时时显露出其狂放奇崛的个性特征。祝允明的《谯楼鼓声
记》则从谯楼鼓声中听到人间的各种不平之音，是一篇忧愤深广的小品。另
外，还有新兴社会思潮的代表人物李贽，他不仅以其"童心说"为小品的发展
提供了思想基础，而且写了一批摆脱古文格套、文笔极有特色的小品。

公安三袁的小品文自然、坦率、大胆，敢于真实袒露自己的真性情，是对

性灵说的最好印证和成功实践。袁宗道钦慕白居易、苏东坡的人格和诗文，其创作率真自然，不事模拟，情寄笔端，而浅切动人。他的山水小品或以写景为主，或用感慨抒怀，或以闲笔勾画人物风貌，或用转笔点染人事江山之变，文笔简练，刻琢精工，语言明丽洁净。

袁宏道的小品文以真、趣、新为基本的风格要素，语言不避通俗，明白如话。如《满井游记》描写初春京郊风物的生机和游者的欢快情绪：

> 廿二日天稍和。偕数友出东直，至满井。高柳夹堤，土膏微润，一望空阔，若脱笼之鹄。于时，冰皮始解，波色乍明，鳞浪层层，清澈见底，晶晶然如镜之新开，而冷光之乍出于匣也。山峦为晴雪所洗，娟然如拭，鲜艳明媚，如倩女之靧面，而髻鬟之始掠也。柳条将舒未舒，柔梢披风；麦条浅鬣寸许。游人虽未盛，泉而茗者，罍而歌者，红妆而蹇者，亦时时有。风力虽尚劲，然徒步则汗出浃背。凡曝沙之鸟，呷浪之鳞，悠悠自得，毛羽鳞鬣之间，皆有喜气。始知郊田之外，未始无春，而城居者未之知也。

作者善于从大自然的细微变化中，发现初春的生机和喜气。特别是借倩女新妆那种乍一闪现的动态美来描写新春静态的山峦，虽静犹动，最能体现主体所特有的体验和表现形式。袁宏道已将人性中那些美的感性形式与自然的魅力融合在一起了。他写山水喜怒动静之性，是写山水的"人性"，是将山水当作人来写。这种人性又是最自然的人性，是与自然性冥符默契的。

至于袁中道，本身是极宁静淡泊的性情，加之后来亡兄丧友，失意徘徊，使他想到要隐迹山林，让心灵遁入淡淡的空灵中去。他的游记、尺牍文笔明畅，直抒胸臆，虽略逊于袁宏道，然文风得其仿佛。

公安派的小品文表现出追求率性和自然洒脱的特征，代表了小品散文的审美风格日渐个性化、自然化的走向，代表了晚明文学个性解放的精神。

竟陵派的散文一反公安派的清丽舒展，在文章的立意和组织上特别费心，表现出新、慧、奇、绝的特点。钟惺的写景小品在景物中体现一种幽深孤峭的情怀，而其小品议论文善于翻案，常有标新立异之说。如《夏梅说》一反历来咏梅之作盛赞梅花不畏严寒之傲骨的写法，而着重指出夏梅"叶干相守，与烈日争"的风格，并通过时令冷热与世态炎凉的强烈对比，讽刺了名为清高风雅实则趋炎附世的市侩行为，流露出愤世嫉俗的思想情绪。钟惺非常推崇北宋文学家黄庭坚的题跋，他本人写的许多题跋，善于借题发挥，文字极简，却往往有独到的见地、深刻的感受和郁勃的真情。

　　谭元春为人谨严，下笔审慎，语言简省，立意幽深，又喜描摹萧寒景象，与袁中郎等人明白晓畅之文大异其趣。谭元春的游记小品内容上追求新奇，艺术表现上力求多变，真实地展现了他清高出世，不合流俗的孤傲个性。他的《游南岳记》中有这样一段文字："稍进，为尊者补衲石。近人因其势，上置台，题曰'啸'，予易以'恋响'。'恋响'者，恋洗衲以下，水石樬薄之响也，然也任人各领之"。山水之趣，各领其妙，别人沉醉于"啸"的美妙，而谭元春独推崇"恋响"之心境。可见他一丝也不肯步趋于人。

　　明末另一小品文作家王思任（1574—1646），字季重，号遂东，晚号谑庵，山阴（今浙江绍兴）人，著有《王季重十种》。其文具有谐谑狂放的风格。他经常通过景物的拟人化、人物的"动物化"等艺术表现手法，表现作者自己和旅游者的诙谐幽默。如他写雁荡山诸景时，老松树可以开口说话表明志向，铁色树也因依恋峰顶美景而不肯离去等等。这种种拟人手法的运用，表明了王思任鲜明的个性，及蕴涵在乐观智慧里的反抗精神。

　　张岱是明末小品文的最后一位大家。张岱（1597—1679），一名维城，字宗子，又字石公，别号陶庵，晚年号蝶庵，山阴（今浙江绍兴）人。张岱出身仕宦之家，曾漫游苏、浙、鲁、皖等地区，自 30 岁始，即钻研明史。明亡后，披发入山，静心著书。著有《石匮书》、《琅环文集》、《陶庵梦忆》、《西湖梦寻》、《夜航船》等。张岱出生于世代官宦之家，早年生活奢华，集纨绔子弟之豪纵习气和明末文人的颓放作风于一身。他在《自为墓志铭》中写道："少为纨绔子弟，极爱繁华，好精舍，好美婢……兼以茶淫橘虐、书蠹诗魔。"他受徐渭、李贽和袁中郎的影响，科场失利后，没有耽于取仕之道，而是把精力集中到修史为文之上。明亡后，张岱避兵入嵊县西白山中，心怀故国之思，撰写《石匮书》和《陶庵梦忆》，后又徙居绍兴西南的项里山和卧龙山下的快园，写成《西湖梦寻》。《陶庵梦忆》八卷和《西湖梦寻》五卷是对他过去如梦如烟的繁华往事的片断记录。在追忆官绅生活、朝野轶事、山水名胜、风俗世情、戏曲技艺、游戏娱乐、社会风俗甚至旁及射猎斗鸡、击技博戏的小品中，张岱寄寓了亡明遗老的故国哀思。小品风格质朴自然，不重雕镂，不求奇峭，行文构思简洁明快，文脉清朗，语言清新空灵，合谐趣于雅趣之中。文中偶有奇崛的句法，也是凝练而传神。张岱的小品叙事中常带感情，显示出语意深厚，抒情喻志的意趣美。《西湖七月半》、《湖心亭看雪》是他的代表作。《西湖七月半》善于在极普通、极深细处捕捉描写对象的特点而描摹尽致：

　　　西湖七月半，一无可看，止可看看七月半之人。看七月半之人，以五类看之。其一,楼船箫鼓,峨冠盛筵,灯火优傒,声光相乱,名为看月而实不见月者,看之;其一,亦船亦楼,名娃闺秀,携及童娈,笑啼杂之,环坐露台,左右盼望,身在月下而实不看月者,看之;其一,亦船亦声歌,名妓闲僧,浅斟低唱,弱管轻丝,竹肉相发,亦在月下,亦看月而欲人看其看月者,看之;其一,不舟不车,不衫不帻,酒醉饭饱,呼群三五,跻入人丛,昭庆断桥,嘄呼嘈杂,装假醉,唱无腔曲,月亦看,看月者亦看,不看月者亦看,而实无一看者,看之;其一,小船轻幌,净几暖炉,茶铛旋煮,素瓷静递,好友佳人,邀月同坐,或匿影树下,或逃嚣里湖,看月而人不见其看月之态,亦不作意看月者,看之。杭人游湖,已出酉归,避月如仇。是夕好名,逐队争出,多犒门军酒钱,轿夫擎燎,列俟岸上。一入舟,速舟子急放断桥,赶入胜会。以故二鼓以前,人声鼓吹,如沸如撼,如魇如呓,如聋如哑,大船小船一齐凑岸,一无所见,止见篙击篙、舟触舟、肩摩肩、面看面而已。少刻兴尽,官府席散,皂隶喝道去。轿夫叫船上人,怖以关门,灯笼火把如列星,一一簇拥而去。岸上人亦逐队赶门,渐稀渐薄,顷刻散尽矣。吾辈始舣舟近岸,断桥石磴始凉,席其上,呼客纵饮。此时月如镜新磨,山复整妆,湖复颒面,向之浅斟低唱者出,匿影树下者亦出,吾辈往通声气,拉与同坐。韵友来,名妓至,杯箸安,竹肉发。月色苍凉,东方将白,客方散去。吾辈纵舟,酣睡于十里荷花之中,香气拘人,清梦甚惬。

在作者的冷眼旁观中,五类人看月的众生相组成了一幅异态纷呈的世俗游览图,而西湖独于喧嚷纷扰之后,向情怀雅洁之士呈现其秀美韵致。通过雅俗对比,作者嘲讽了达官显贵骄奢淫靡的丑态和市井百姓赶凑热闹的俗气,表达了自己追求素静的风雅生活的思想感情。字里行间渗透着睿智、幽默和愉悦的情趣,笔法多姿、浓墨铺染而又素色淡化,声色兼备的描绘却给人以雅致清丽、简洁明快之感。他的《湖心亭看雪》写夜深人静,孤舟冲寒赏雪:

崇祯五年十二月,余住西湖,大雪三日,湖中人鸟声俱绝。是日更定矣,余拏一小舟,拥毳衣炉火,独往湖心亭看雪。雾凇沆砀,天与云与山与水,上下一白。湖上影子,惟长堤一痕,湖心亭一点,与余舟一芥,舟中人两三粒而已。到亭上,有两人铺毡对坐,一童子烧酒,炉正沸。见余大喜,曰:"湖中焉得更有此人!"拉余同饮,余强饮三大白而别。问其姓氏,是金陵人,客此。及下船,舟子喃喃曰:"莫说相公痴,更有痴似相公者!"

作者选择在夜深更定时驾小舟去往湖心亭,这种异于常人的行为反映出他独抱冰雪的操守和孤高自赏的精神。那用淡淡的墨色点染出的"上下一白"的精彩语段，富有米家写意山水的妙趣，将人生地天间、茫茫如沧海一粟的深沉感慨巧妙地蕴含于淡雅而飘逸的叙述中。当在亭中偶遇同道之时，那"见余"的"大喜"、三大杯的"同饮"及舟子似嗔非嗔的喃喃自语，又把那种孤寂者与孤寂者刹那间的会心相知，孤寂者与更寂然的天地自然会心相知的意味，从更定夜寂的宇宙旷野悠悠荡荡地飘逸出来。生命在这样一个晶莹寒彻的世界里，变得澄澈了。此篇既有清高超逸的人物精神境界描写，又有意韵深长的人物对话描写，既有曲折婉转的叙事情节，又有气象混茫的景物展示。作者以诗为文，以最少的文字，蕴最丰富的内容，使散文诗化。

张岱以独特的心路历程和敏锐的审美感受从事小品创作，挥洒自如而又下笔精湛。表面看来他的小品只是对昔日繁华和诸多意趣的追忆，骨子里却在宣泄内心的感伤与幽愤，属于一种劫后余生者的悲凉体悟和哀愁忏悔。在审美表现上，其小品向日常化、社会化发展，在艺术和理论上回应了"性灵说"追求真精神、真性灵的主张，开拓了中国古代散文的情感内涵。

鲁迅在《小品文的危机》一文中说晚明小品"并非全是吟风弄月，其中有不平，有讽刺，有攻击，有破坏"。明末小品文有不少富有批判锋芒的作品：如何伟然《淑女记》写天启皇帝诏选天下美女以充后宫，引起百姓惊惶，导致种种喜剧式悲剧；王遒定《浙江按察司狱记》揭露当时监狱令人"炎夏当之股栗"的恐怖黑暗；张恒《文佞论》指出"佞以文者之尤甚也"，斥骂了为一己之私不惜出卖人格的文人；徐芳《金陵问答》则调侃明末朝廷"君相之能高枕以嬉"。

总体说来，晚明小品将传统散文的主题由政治或道德的说教引向表现个人的"性灵"，以生活化、个性化、审美化为主要特征，充满近代文人气息。这种散文体制轻巧简净，文字清新淡雅，偏重表现活泼新鲜的生活感受，展示丰富多彩的人生行为，而且把诗歌的抒情特点带进文章。从中国散文诗的发展历程来看，明末小品既是古典散文高潮的余波，又是古典散文向现代艺术散文转换的前奏。

第七章 历史小说《三国志演义》

第一节 《三国志演义》的版本、成书过程与作者

今存最早的刊本名称是《三国志通俗演义》，刻于明嘉靖壬午年（1522）。题署为"晋平阳侯陈寿志传 后学罗本贯中编次"。卷首有弘治甲寅年（1499）庸愚子（蒋大器）的《序》，以及嘉靖壬午年修髯子（张尚德）的《引》。该书 24 卷，240 则；每则前为一句七言小目，这表明了章回小说的初始状态。以后的各种版本均出自此本。至《李卓吾先生批评三国志》出，将 240 则合并为 120 回，回目由单句调整为双句。在嘉靖至天启年间的刻本中，还有以"三国志传"为名刊行的，如《新刻全像大字通俗演义三国志传》、《新刻按鉴全相批评三国志传》等。清康熙年间，毛纶、毛宗岗父子以李卓吾评本为基础，对回目和正文进行了较大的整理修改，并作了详细的评点，使该书在艺术上有了较大的提高，此后成了最为流行的本子。毛氏父子在评点中有时径称该书为"三国演义"，这当是这一称谓的源头。二十世纪五十年代人民文学出版社的整理本开始用"三国演义"作为书名。在民间，此书常简称为"三国"或"三国志"，不过这与陈寿著的《三国志》有着本质的区别。

作为历史演义小说，《三国志演义》经历了正史撰述、民间流传、勾栏评话、戏曲演绎、文人整理、评者补葺等若干阶段。时间跨度极大，成书过程漫长。

晋人陈寿的《三国志》是《三国志演义》的滥觞。南朝人裴松之为《三国志》作注，补充大量史料，且广采逸闻，使《三国志》的故事性大为增强。此后，三国故事在民间广泛流传渲染。在宋朝的瓦肆勾栏里，"说三分"成了评话中的专门行当，元代至治年间（1321—1323）建安虞氏刊印的《全相三国志评话》已达 8 万多字。而在元曲中，据《录鬼簿》、《录鬼簿续编》、《太和正音谱》、《曲录》等书记载，有关三国故事的元杂剧约有 60 种，剧目有《三战吕布》、《连环计》、《千里独行》、《博望烧屯》等，关汉卿的《关大王独赴单刀会》更是元曲中的优秀剧目。以上诸环节呈现的丰富的三国故事素材，为罗贯

中整理创作《三国志演义》提供了厚实的基础。

关于罗贯中的生平事迹的资料,目前知之甚少。明代人贾仲明《录鬼簿续编》中有以下记载:

> 罗贯中,太原人,号湖海散人。与人寡合。乐府隐语,极为清新。与余为忘年交,遭时多故,天各一方。至正甲辰复会,别来又六十年矣,竟不知其所终。

而蒋大器的序则称其为"东原"(山东东平县)人。如贾仲明的记载属实,罗贯中的生活年代大约在元末明初。明人王圻《稗史汇编》载其"有志图王";胡应麟《少室山房笔丛》说他是施耐庵的门人;清人顾苓《跋水浒图》说他曾"客霸府张士诚"。他还被说成是《水浒传》的整理编写者之一,今传世的《隋唐两朝志传》、《残唐五代史演义》、《三遂平妖传》,亦传为他所作。《录鬼簿续编》还著录他名下的三部杂剧,今存《赵太祖龙虎风云会》。而田汝成的《西湖游览志馀》称其"编撰小说数十种",这些都尚难确定。

第二节 《三国志演义》的思想内容与题旨

《三国志演义》素有"七分实事,三分虚构"(章学诚《章氏遗书外编·丙辰札记》)之说,且以"据正史,采小说,证文辞,通好尚"(高儒《百川书志》)而享誉书坛,因此被认为是历史演义的典范。我们所以称其为历史小说,是因为小说叙述的历史事件、描写的主要人物大多于史有征;而且流年叙事亦用正史纪年。

《三国志演义》"陈述百年,该括万事"(高儒《百川书志》),叙述了从东汉灵帝中平元年(184)黄巾起义始,至晋武帝太康元年(280)三国归晋九十七年间的重大历史事件。小说先是描述了东汉末年权奸当道,朝纲混乱,导致民怨沸腾,爆发农民起义。继写各地英雄豪杰粉墨登场,逐鹿中原;渐至形成曹操、刘备、孙权三股军事力量,进而形成三国鼎立。最后写三国间又联合、又斗争,随着三国开国英主的逝世,终归魏国后来崛起的司马氏,演绎了小说开头"话说天下大势,分久必合,合久必分……"的历史轮回。

作为既是演绎正史,又长期流传于民间街巷,渲染于瓦肆勾栏,最后成书于落魄文人的《三国志演义》,一方面,作为正史的推演,不可避免地反映出正统的儒家正史意识;另一方面,作为民间流传而蓄积的作品,又必然浸润了民间的百姓意识。这就体现了平民化的儒家意识,或者是儒家思想的平民化、艺术化。

小说的题旨是通过对人物的刻画来表现的。小说所反映的老百姓对明君、仁政的企盼，主要是对蜀汉政权的肯定以及对刘备的颂扬。

蜀汉君主刘备是仁君的典范。刘备在第一回登场的桃园结义誓言中即有"既结为兄弟，则同心协力，救困扶危。上报国家，下安黎庶"。这既为刘备这一人物定下基调，也为小说的题旨定下基调。他为人的宗旨是"宁死不为负义之事"；为政的方针是"爱民如子"；在结义的兄弟之间是重诺重义；为臣时，忠君为国；为主时，任臣信将。即使是进位汉中王、续统称帝，亦"飨祚汉家"，以恢复汉室为己任。总之，他是一个明君、忠臣、仁者。

"乱世奸雄"曹操便是明君刘备的比照对象。刘备举兵入川时，曾对庞统说道："今与吾水火相敌者，曹操也。曹以急，吾以宽；曹以暴，吾以仁；曹以谲，吾以忠。每以操相反，事乃可成"。小说中的曹刘，确如"水火相敌"、"每以相反"。曹操的人生哲学是"宁我负人，毋人负我"；曹操的行事方略是"残忍""谋诈"。他为了追查许都纵火的耿纪余党，用诡诈手段斩杀三百余人；痛恨祢衡而假手黄祖杀之；嫉恨杨修之才而寻机以扰乱军心而除之；为防不测，竟然赐死曾经为他出过大力的荀彧；为防范行刺而诈言好"梦中杀人"；为获民心，他割发代首，可谓处处诈术。曹操亦胸怀大志，欲治乱世。但他之所为，乃一己之私；他延揽人才，乃拥兵自重。他之不废汉自立，乃深知时机未到，"挟天子令诸侯"，成事容易多了。因此，当关羽说"降汉不降曹"，曹操即说"吾为汉相，汉即吾也"！他得意忘形之时，则曰"孤即国家"。总之，曹操与刘备成鲜明对比，蜀汉政权与曹魏政权成鲜明对比，其所隐含的旨意是老百姓对战争、灾荒、暴政的深恶痛绝以及对太平盛世、仁政明君的渴望。

文学作品的人格价值取向，是表现作家旨意的又一重要方面。《三国志演义》的人格价值取向，集中了对建功立业以及所赖忠、智、义、勇的歌颂。在这方面，历史的真实与艺术的真实做到了较好的统一。历史上的建安时期，天下大乱，群雄角逐，崇尚勇武智谋，崇尚建功立业。小说描述的就是这样一群英雄，不管是王者风范，不管是霸者气概；不管是成功而成帝王，也不管失败而为寇贼；不管是崛起于阡陌行伍，也不管是出身于王公世胄，都是如此。因此，曹操、刘备、孙权、袁绍、袁术、吕布，刘表、刘璋、马腾，甚至董卓、郭汜、李傕，都是小说中谋求霸业、觊觎帝位的"英雄"。忠、智、义、勇是赖以建功立业的凭借。因此，忠、智、义、勇成了《三国志演义》热烈赞颂的人格精神。

　　智慧与忠诚主要通过诸葛亮的主导性格演绎。在他尚未出山的"隆中对策"时,预知三分天下;出山之后,"博望烧屯,白河用水",智谋先声夺人。在赤壁之战中,正确确定联孙拒曹的方针;接着舌战群儒,说服孙权,智激周瑜,草船借箭,呈火攻计,借东南风,智算华容道,乘机借荆州,诸葛亮的智慧得到充分的展示。三国鼎立的态势既成,刘备逝世;诸葛亮为兴复汉室,先平定南方,七擒孟获,以解后顾之忧。接着是以攻为守,六出祁山。街亭失机中,能从容进止,空城退敌;木门道毙张郃,上方谷困司马懿;甚至病危五丈原,犹留锦囊,自处后事,指挥撤退,最后竟以木雕坐像"死诸葛吓退生仲达"! 诸葛亮成了中华民族的智慧的象征,小说正是通过诸葛亮颂扬中华民族的智慧。小说还描写了徐庶、庞统、曹操、司马懿,周瑜、陆逊等智者形象,从这个意义上说,《三国志演义》是智慧之书,是计谋之书。

　　诸葛亮的第二个形象特征是忠诚。诸葛亮在刘备生前忠于刘备,刘备死后则忠于刘禅。刘备白帝城临终,让诸葛亮自立为成都之主,诸葛亮叩头流血,誓死尽力辅佐刘禅。诸葛亮的忠,除了不生二心以外,更重要的是忠于国家,勤于事业。他对刘禅之庸愚,敢于直谏而上《出师表》;对于自己的失误,敢于自责而去丞相位;而"鞠躬尽瘁,死而后已",则是忠臣形象的典型概括。

　　小说对义、勇人格的赞颂,主要通过对关羽等人物的塑造来完成的。首先是信诺之义:关羽土山被围,因受命保护刘备家眷,不得以死殉职,遂有与曹操的"约法三章",首言归汉,次言保嫂,末言寻兄。可谓堂堂正正,义薄云天。曹操故意将关羽与刘备的甘糜二夫人共处一室,以乱其君臣兄弟之义;而关羽则秉烛达旦,守于户外;曹操封其汉寿亭侯,赠赤兔宝马,三日小宴、五日大宴及种种赏赠;关羽则将所得绫锦金银交与二嫂,所受美女十人服侍二嫂。关羽始终不为名利女色所惑,身在曹营心在汉,一旦知道刘备去处,则千里寻兄。其次是知恩图报之义:关羽报答曹操,为曹操解白马围,诛颜良,斩文丑。甚至后来在与曹操的对阵中,在华容道上"捉放曹"。义,在传统的儒家的精神里是处理人与人之间的关系的准则,关羽将此看成高于一切。因此,后来才有关羽死于东吴,刘备、张飞为他复仇的举动。

　　关羽形象的另一特色是勇。关羽的勇又不同于常人之勇,关羽之勇是神勇,极写克敌之易,总是"手起刀落,斩于马下"。温酒斩华雄,飞马砍颜、文;过五关,斩六将;擒于禁,捉庞德;水淹七军,威震天下;鲁肃讨荆州,单刀赴会;樊城中毒箭,刮骨疗伤。关羽在民间越来越神化,最终与孔子并列,成为武圣人。这一方面是小说的力量,另一方面也是人们生活交往中渴求遇于义，护于勇的心理。《三国志演义》描写了一大群勇武的形象，蜀汉的关张赵马黄，曹魏的许褚、张辽、徐晃、夏侯兄弟等，东吴的黄盖、韩当、周泰、徐盛、丁奉，乃至吕布、华雄，这显然体现了作者以及百姓对勇武的崇尚。《三国志演义》赞颂忠智义勇，与对明君仁政的企盼、建功立业的理想互为表里。

第三节　《三国志演义》的叙事艺术与艺术成就

作为第一部长篇小说，叙事艺术虽是筚路蓝缕而并未显示出初始与粗糙之处，诸多方面足供借鉴，有些方面则具有典范意义。

《三国志演义》的叙事脉络基本遵循"治——乱——治，合——分——合"的线索结构全书，这既是历史的真实，也是儒家的历史观念。小说以汉末大动乱的标志黄巾起义为引线，以三国归晋为结局，中间则以魏、蜀、吴的辫状纽结为中轴，详述魏、蜀、吴之间的争斗与兴衰；三国之间则以魏、蜀两大阵营为主线，这一主线又以蜀汉一方为中心，辐射连接，编纽推进。在此过程之中，又始终由人物笼罩：人物命运、人际关系、人物性格、人物与国家政权命运的关系，使读者处处觉得史中有人，人连史事。叙写人物，分清主次；小说叙事，主干突出，脉络清晰。

一、虚实结合，据史演义。《三国志演义》虽叙述历史，但更是小说。它的成功之处是据于史而不泥于史。章学诚说的"七分实事，三分虚构"是符合实际的。小说的主要人物及其结局、重大历史事件的结果均以史实为依据，历史的本来面目不容篡改。所谓"虚实结合"，在处理史实与人物的关系时，可以移花接木：如史实之"怒鞭督邮"，史实本为刘备，小说易为张飞，这对于塑造两人的性格，可谓各得其宜；又如史实之斩华雄者为孙坚，小说易为关羽。至于细枝末节，不妨添枝生叶，乃至无中生有。如诸葛亮的"草船借箭"，"筑坛祭风"，"空城退敌"；张飞长坂桥吓死夏侯杰，关羽华容道放走曹孟德等。这些却正是小说必要的手段，是提升主题、丰满人物必不可少的方法，是小说所以区别于历史之所在。

二、辫状编结，突出主干。汉末动乱至西晋统一天下的百年历史是以三国的建立与互相争斗的叙述为重心的。三个国家，三条线索，两两发生关系，如发辫之三股，在编结过程中，或两联斗一，或两斗一观，总有主线存在，作者没有平均使用力量。根据渴望明君仁政，赞颂忠智勇义的主题需要，则以蜀汉为主体。小说遂以蜀汉的开国英主刘备与二兄弟的"桃园结义"为开场；以代表忠智的人物诸葛亮为全书的中心人物，以代表勇义的人物关羽为重要人物结构全书。其又根据比照凸现主题的需要，三股"发辫"中，又以曹魏次之，孙吴又次之。

三、战争谋略，各尽其宜。《三国志演义》不仅是一部全景式描写战争的军事文学，又是描写攻战谋略的智慧全书。叙写战争之胜负，必写战争双方运筹的谋略；叙写谋略之成败，必写攻战的实践。小说描写战争的时间之久、次数之多、规模之大、形式之变，在古今文学中极为罕见。而每战之双方，必运筹在先。仅赤壁一役，就用了反激计、离间计、苦肉计、诈降计、骄兵计、连环计、火攻计、埋伏计等等。所以，三国间的争斗，又是人的争斗，智的争斗。因此，这部小说描写了战争的宏伟，膂力的勇武，也赞颂了人的智慧。

四、人物众多，个性鲜明。《三国志演义》塑造了数百名有名有姓的人物，许多人物有着鲜明的个性，如料事如神的孔明、义重神勇的关羽、奸雄兼能臣的曹操、懦弱而昏庸的刘禅、胆大心细的赵云、纯厚笃实的鲁肃、机敏量仄的周瑜，老奸巨猾的司马懿等等，即便是过场的司马徽、蒋干、杨修、刘琮等也给人们留下深刻的印象。

小说塑造人物的经验也是值得注意的，"出场定格"的性格恒定是《三国志演义》人物塑造的特色，这虽然有益于性格的鲜明，但却有缺少发展乃至平板之失，这应该与评话的长年累积有一定的关系，这也可视作塑造人物的古典方法。有时还因过分强化、夸张而失真。鲁迅曾指出"欲显刘备之长厚而似伪，状诸葛之多智而近妖"。

我们还应注意到，小说已经注意把历史人物置身于特定的历史场景，使人物既有历史的厚重感，又有现实的真切感。如官渡之战中的曹操与袁绍，赤壁之战中的周瑜与诸葛亮，彝陵之战中的陆逊与刘备，六出祁山中的诸葛亮与司马懿等等。小说既注意到塑造主导性格恒定的一面，又注意到用生活细节刻画非主导性格的另一面，如刘备在"煮酒论英雄"中的惊雷失箸，诸葛亮在"三顾茅庐"的雪中高卧，曹操在"赤壁大战"的横槊赋诗，刘禅在洛阳俘房营里的"乐不思蜀"，这就使人物性格不全是平板而有了层次性、丰满性。此外，小说注意比照中的对比、烘托、映衬，使得人物同中有异，异中有同。如西蜀五虎将，关羽为神勇，张飞为猛勇，赵云为智勇，马超为骁勇，黄忠为壮勇。东吴的三代谋士，周瑜、吕蒙、陆逊亦是同中有异；号称一龙一凤的诸葛亮与庞统则似中有别。小说还使用了顺叙与倒叙、补叙与插叙、正写与侧写、实写与虚写等多种艺术手法，使得小说详略得当，摇曳生姿。

五、"文不甚深，言不甚俗"（蒋大器《序》）。《三国志演义》的语言颇有特色，为浅近文言文体，它雅致、洗练，与历史氛围极为合拍。与后来的长篇小说相比,可谓独树一帜。

第四节 《三国志演义》的影响

《三国志演义》在长篇小说中虽为开山之作,但在各方面均有极为广泛的影响。

首先是历史演义的勃兴。《三国志演义》刊行后,历史演义就成为我国古代长篇小说中一种固定的题材类型。嘉靖以后,此类小说如雨后春笋,不断涌现,从盘古开天地一直写到当代,将一部二十四史,演了个遍。今存的明清两代的历史演义有一百余部。

其次是对社会生活的巨大影响。蒋大器《序》中说:"盖欲读诵者,人人得而知之。若诗,所谓歌谣里巷之义也。书成,士君子之好事者,争相誊录,以便观览。……"其雅俗共赏,易观易入。关羽之为武圣人,曹操之为白脸奸相,诸葛亮之为中华民族智者的代称,不能忽略《三国志演义》所起的作用。满清统治者入关之前"以翻译《三国演义》为兵略"(王嵩如《掌故零拾》),明清农民起义首领张献忠、李自成、洪秀全等"以《三国演义》中战案为帐内惟一之秘本",直至民间有"老不看三国"之训诫。而如今,犹有人从中发掘领导科学、人才战略、商战技巧,其影响之大,可想而知。

早在明隆庆年间,《三国志演义》已经流传至朝鲜;明崇祯年间,一种明刊本的《三国志传》入藏英国牛津大学;康熙年间,已有日文译本。至今,《三国志演义》已经成为世界性的古典文学名著。

第八章 英雄小说《水浒传》

第一节 《水浒传》的版本、成书过程与作者问题

《水浒传》初名《忠义水浒传》，是 100 回本，据晁瑮《宝文堂书目》及沈德符《万历野获编》等记载，嘉靖年间武定侯郭勋家即有家刻 100 回本；今存最早的是清康熙五年石渠阁补修的万历己丑（1589）天都外臣序 100 回本；繁本 120 回是由 100 回本增加平田虎和王庆的故事而成。明李卓吾与明末清初金圣叹均有评批本，犹以金批本更为著名。

《水浒传》的成书过程与《三国志演义》颇为相似。其题材也有一定的史实依据。北宋宣和年间（1119—1125），曾爆发了以宋江为首领的农民起义："淮南盗宋江等犯淮阳军，遣将讨捕。又犯京东、河北，入楚、海州界，命张叔夜招降之"（《宋史·徽宗本纪》）。"宋江以三十六人，横行河朔、京东，官军数万无敢抗者，其才必过人"（《东都事略·侯蒙传》）。"今青溪盗起，不若赦江，使讨方腊以自赎"（《宋史·侯蒙传》）。以上史实涉及宋江起义、拟予招安、使征方腊等，在《水浒传》中俱有影迹。宋江起义的故事迅速在民间流播。在南宋罗烨《醉翁谈录·小说开辟》中所记的目录中，有如下记述：公案类"石头孙立"，朴刀类"青面兽"，杆棒类"花和尚"、"武行者"等。南宋遗民龚开所作《宋江三十六人赞》已经完整地记录了三十六人的绰号，已与《水浒传》中的绰号十分接近，说明了已经有人将分散的水浒故事集中整理。而成书过程中的话本时期的标志即是《大宋宣和遗事》，该书已具《水浒传》的雏形，有了"杨志卖刀"、"智取生辰纲"、"宋江杀惜"、"张叔夜招安"、"南征方腊"、"宋江受封"等主干情节。与《三国志演义》相似的是，进入元朝后，也有一个蓬勃发展的水浒杂剧时期，据傅惜华《元代杂剧全目》载，水浒戏有三十余种。在无名氏作《鲁智深喜赏黄花峪》有"寨名水浒，泊号梁山"，而《宣和遗事》中只有"太行山梁山泊"一语。在高文秀的《黑旋风双献功》中，梁山英雄由《宣和遗事》的 36 人演变成了"三十六大伙，七十二小伙"。在康进之的《李逵负荆》中，也由《宣和遗事》中描写的"杀人放火"的草寇，演变成了"杏

黄旗上七个字：替天行道救生民"。《水浒传》正是在这样的基础上整理创作起来的。

《水浒传》的作者问题是水浒研究中的疑难问题之一。嘉靖年间最早著录此书的高儒《百川书志》，题为"钱塘施耐庵的本 罗贯中编次"；同时的刻本《忠义水浒传》则印为"施耐庵集撰 罗贯中纂修"。郎瑛的《七修类稿》亦如此记载。稍后田汝成的《西湖游览志馀》及王圻的《续文献通考》又记为罗贯中作。胡应麟的《少室山房笔丛》则又说施耐庵作。金圣叹则说施作罗续，且视罗续为恶札而腰斩之。

现代学者中颇有人以为施耐庵并无其人，罗贯中也仅为假托之人。《三国志演义》是雅洁的浅近文言，而《水浒传》则是畅晓通俗的白话语体，语言风格相去甚远，说成同为罗贯中作，实在难于令人置信。而在《三国志演义》所署"晋平阳侯陈寿志传 后学罗本贯中编次"中，"陈寿志传"本属硬拉充数性质，这就十分类似《百川书志》中"钱塘施耐庵的本"一句的性质，偏偏宋末元初的《靖康稗史》的编者亦"耐庵"，这就更增加了"施耐庵"为假托说的理由。总之，《水浒传》的作者问题还是一个有待深入研究的重大的学术问题。

第二节 《水浒传》的思想内容与主题

《水浒传》叙写了北宋末年贩夫走卒、猎人渔夫、官佐胥吏、和尚道士、农夫工匠、绿林好汉在官奸逼迫之下聚义梁山、替天行道，嗣后接受招安、报效朝廷，最终又被权奸残害毒死的故事。

作为长期民间流传而累积起来的长篇小说，题旨比较复杂。小说流行至今，不同的阶层、相同阶层的不同视角对其主题有各种不同的看法。小说主题是通过人物形象表达的，而小说塑造的不同的形象也折射着迥然相异的题旨。

《水浒传》最早版本的名称为"忠义水浒传"，明杨定见《忠义水浒传全书小引》中说："《水浒》而忠义，忠义而《水浒》也。"这里把小说的主题认定为"忠义"。明代著名思想家李贽在《忠义水浒传序》中认为，梁山英雄不是造反的强盗，而是被驱逼的"大力大贤有忠有义"之人，他们"身居水浒之中，心在朝廷之上，一意招安，专图报国"，并且指出"乱自上作"，"逼上梁山"；把小说描写的斗争归结为"贤"与"不肖"即"忠"与"奸"的冲突，强化了主题的忠义性质。

　　《水浒传》是最早遭到封建统治阶级禁毁的小说。崇祯末年，山东梁山发生以李青山为首的农民起义，刑部给事中左懋第奏请禁毁《水浒传》："李青山诸贼啸聚梁山，破城焚漕，……始于《水浒传》一书。……青山虽灭，而郓城、钜、寿、范诸处，梁山一带，恐尚有伏莽未尽解散者。《水浒传》一书，贻害人心，岂不可恨哉。"清代禁毁小说的三大罪名为"违碍"、"诲盗"、"诲淫"，《水浒传》之遭禁，即为"诲盗"，这表明了广大封建统治阶级对《水浒传》主题的看法。

　　小说的主题是通过人物形象展示的，小说的第一主人公宋江是忠义的化身。在小说的前半部分他的身上着重体现"义"，他时时处处地仗义疏财，济困扶危。他仗义，私放朝廷钦犯晁盖；为防不测，杀了自己的姜阎婆惜；被迫上了梁山，又把第一把交椅让给卢俊义。这三件事表明他为朋友之义，能以生死相许，不求权位名利。宋江的忠主要集中体现在后半部分，是指忠君报国。宋江犯事以后，无处可去，就是不愿上梁山，因为上了梁山，就是"不忠不孝"；既上梁山，却无时不挂记招安。所以，一上梁山，即把"聚义厅"改成"忠义堂"，为接受招安作准备。而李逵、武松、鲁智深等人则是明确反对招安。李逵说"招安招安，招甚鸟安"；武松则说"招安……冷了弟兄们的心"；鲁智深则说"只今满朝文武，俱是奸邪……招安不济事，便拜辞了，明日一个个去寻趁罢"。从中可见小说题旨的矛盾性。

　　作为长期流传于坊曲街巷、瓦舍勾栏的民间小说，逐渐积淀了底层百姓的朦胧的理想。《水浒传》的题旨，应当是表达了长期压制下的底层百姓渴望摆脱羁绊、束缚，企求自由、率性生活的理想。这里说的所受的"压制"与"羁绊、束缚"，既有封建思想的束缚，又有封建制度的桎梏，还有苛捐杂税的搜刮、官府豪绅的欺凌压榨。因此，他们渴望无拘无束、自由平等、率真任性、自由自在而又丰衣足食的生活，他们希望的物质生活是"大秤分金"、"大块吃肉"、"大碗喝酒"；他们希望的人际关系是"交情浑似股肱，义气真同骨肉"；他们最大的目标是落草为寇、占山为王！至于"落草"、"占山"以后干什么，就是为了"分金"、"吃肉"、"喝酒"，就是自由自在的生活！

　　小说通过梁山众好汉不同的遭遇，被官府、恶霸逼迫下无路可走而只能投奔梁山的故事，深刻地揭露了上自朝廷皇帝，下至贪官污吏，及至土豪劣绅巧取豪夺、草菅人命、强抢民女等罪行，反映出阶级矛盾不断激化，下底层百姓纷纷走上反抗道路，封建统治的国家机器摇摇欲坠的社会大背景，揭示了"官逼民反"的朴素的道理。小说的笔触直接指向执掌朝廷大权的高俅、蔡京、童贯、杨戬一批高官显宦，揭露他们把持朝政、搞乱朝纲、鱼肉百姓的罪恶,客观而犀利地反映了历来百姓反抗均"乱自上作"的本质原因。小说还叙写了欺压一方的州府大员蔡九、梁世杰、高廉等人的贪婪凶残,描写了地方恶势力如西门庆、蒋门神、祝朝奉、毛太公,以及走狗帮凶陆谦、富安等助纣为虐、横行乡里的罪恶行径,形象地展现了当时暗无天日的社会情景。而宋江他们接受招安再去征剿本是同路的兄弟,揭示了封建统治阶级对付反抗百姓所惯用的伎俩;而宋江李逵等最后被药死这一悲剧结局,再次深刻地揭示统治阶级的阴险凶残。这从客观上总结了梁山英雄乃至历来的农民起义失败的教训。

第三节　《水浒传》的叙事线索以及人物塑造的艺术

《水浒传》的叙事线索是纵向进行的,以第71回"梁山英雄排座次"为界限,上半部以各路英雄的"逼上梁山"为线索,依次环连扣结地叙述各位(路)英雄的不同遭遇,殊途同归于梁山水泊大聚义的故事;下半部则是梁山义军迎击官军、接受招安、奉诏征辽、(120回本有征田虎、王庆)平定方腊,期间众英雄次第阵亡、病死、回家、出走,宋江卢俊义等班师受赏、权奸下毒、被害致死,完成悲剧结局。

不过,《水浒传》在结构艺术上还呈现出草创、初始形态。

一、上半部分各位(路)英雄故事的相对独立性,是《水浒传》结构艺术的一大特色,这固然有利于集中酣畅地写足一个人物,却不利于情节主干间的有机联系。在人物性格上,小说中除了宋江、李逵等人的性格在整部小说中尚能保持一致外,其余则不然,如在上半部分极为重要的林冲、武松、鲁智深等人在下半部就比较苍白。在叙事上,由于人物描写的相对独立性,从甲人物到乙人物的过渡中,只是顺笔交待连接,缺少有机联系与伏笔。

二、似乎作者还没有自觉的角色地位意识。一般说来,作品的第一主人公应当较早出场。然而《水浒传》最早出场的却是梁山英雄中的一般人物史进。作为第一主人公的宋江则在第18回才出场,而此前出场的主要的梁山英雄已经有林冲、鲁智深、柴进、晁盖等人。而卢俊义则在小说过半以后才出场,宋江却偏要将梁山的第一把交椅让给他,在这个过程中又缺少必要的逻辑铺垫。造成这些欠缺的原因,除了缺少成功经验的借鉴以外,还因为《水浒传》本身就是来自于原先勾栏瓦舍、戏曲舞台上相对独立的水浒故事。

《水浒传》最大的艺术贡献是创造了超群绝伦的英雄群像,以及为后来的创作提供了一系列成功的艺术手段。金圣叹在《读第五才子书》中写道:

"别一部书，看过一遍即休；独有《水浒传》，只是看不厌，无非为他把一百八个人性格都写出来。"武松之勇义而精细，鲁智深之威猛而细实，李逵之蛮猛而率真，花荣之神勇而文秀；林冲之忍中有狠，宋江之义中有术，石秀之猛中有智，燕青之勇中有情；刘唐在暴，秦明在急，阮小七在快，呼延灼在烈；杨志不失旧家子弟，关胜写成云长变相……这些人物在中国古典文学殿堂里排成了形象各异的群英谱。《水浒传》还塑造了各阶级、各阶层、各行各业中的艺术典型，贪官污吏如高俅、童贯，土豪劣绅如祝朝奉、毛太公等。《水浒传》在人物塑造的可贵之处，还在于对性格相近的一类人，写出他们的相异之处来。明末批评家叶昼云："《水浒传》文字，妙绝千古，全在同而不同处有辨。如鲁智深、李逵、武松、阮小七、石秀、呼延灼、刘唐等众人，都是性急的，渠形容刻画来，各有派头，各有光景，各有家数，各有身份，一毫不差，半些不混，读去自有分辨，不必见其姓名，一睹事实，就知某人某人也"（容与堂本《水浒传》第三回回评）。而金圣叹的评述则更具体："《水浒传》只是写人粗卤处，便有许多写法：如鲁达粗卤是性急，史进粗卤是少年任气，李逵粗卤是蛮，武松粗卤是豪杰不受羁束，阮小七粗卤是悲愤无说处，焦挺粗卤是气质不好。"这就是"同与不同处有辨"。

《水浒传》在人物塑造上的成功，首先是自觉地遵循了生活与艺术的规律，《水浒传》容与堂本卷首托名李卓吾评道：

> 世上先有《水浒传》一部，然后施耐庵、罗贯中借笔墨拈出。若夫姓某名某，不过劈空捏造，以实其事耳。如世上先有淫妇人，乃以杨雄之妻、武松之嫂实之；世上先有马泊六，然后以王婆实之；世上先有家奴与主母通奸，然后以卢俊义之妻贾氏、李固实之。若管营，若差役，若董超，若薛霸，若富安，若陆谦，情状逼真，笑语欲活，非世上先有是事，即令文人面壁九年，呕血十石，亦何能至此哉！

其次是《水浒传》在人物塑造方面深得典型化的神髓，还是那托名李卓吾者指出：

> 说淫妇就像个淫妇，说烈汉便像个烈汉，说呆子就像个呆子，说马泊六就像个马泊六，说像个小猴子就像个小猴子。但觉读一过，分明淫妇、烈汉、呆子、马泊六、小猴子等光景在眼，淫妇、烈汉、呆子、马泊六、小猴子声音在耳。（容与堂本《水浒传》第二十四回回末）

《水浒传》已经注意到了性格的发展及其过程,从而演绎事态变化的必然。林冲从恶势力最初加害于他到最后逼上梁山乃至火并王伦,就经历了性格上从忍到狠的转变,随着性格的转变完成了从一位禁军教头到义军头领的角色身份的转变。在潘金莲挑逗武松的一节中,细致入微地逐步展示了武松从真心感怀、心有察觉、低头隐忍、最后发作的心理过程;武松从"筛一杯酒递与那妇人吃"到掷地有声的一句"武二眼里认得是嫂嫂,拳头不认得嫂嫂",无论是情节过程还是心理变化,都是上佳的艺术渲染。这应当是《三国志演义》人物"出场定格"式描写人物的进步。

关于《水浒传》的艺术手法,前人总结有:倒插法、夹叙法、草蛇灰线法、大落墨法、绵针泥刺法、背面敷粉法、弄引法、獭尾法、正犯法、略犯法、极不省法、极省法、欲合故纵法、横云断岭法、鸾胶续弦法等等(金圣叹《读第五才子书法》)。

《水浒传》形象生动乃至纯净规范的白话语言,历来为人们所称道,成为后来长篇小说的规范。叙述时准确、干净,描写时生动、形象,而作对话语言时,则符合说话人的职业身份、性格特征、语言场景,从故事的叙述到人物的塑造,几乎均达到了完美的境界。

第四节　《水浒传》的深远影响

《水浒传》的艺术成就在文学史上产生了巨大的影响。

一些历史演义小说开始向英雄传奇小说靠拢,这些小说常常是借演历史之名,而行传英雄人物之实。如以《杨家府演义》为代表的杨家将故事系列,虽然名义上是演北宋抗击番辽的历史,其实是叙写杨氏一门前仆后继、忠勇报国的英雄故事。除了杨老令公(杨业)杨六郎(杨延昭)于史有征外,其他人物大多出于虚构,为广大老百姓所喜爱的佘太君、穆桂英则是历史上子虚乌有的。因此,其实质是英雄传奇。小说通过两条线索叙写故事,一条是与外族入侵者的搏战,另一条是与朝廷奸臣的斗争。小说的主题是对忠的颂扬,对奸的鞭笞,颇能打动人心。一方面,小说由民间传说、勾栏评话、瓦肆说唱整理而来,一方面又成为后来戏曲、说唱的题材,在民间有较大的影响。明清另一部重大影响的英雄传奇小说,是以《大宋中兴通俗演义》为肇始最后演化成《说岳全传》的岳飞系列故事。《大宋中兴通俗演义》还比较粗糙,而成于清代的《说岳全传》则比较成熟,这也恰好显示了英雄传奇故事的娱乐功能在历史演义向英雄小说过渡中所起的影响。这样的小说还有由

《隋唐两朝志传》肇始最后演化为《隋唐演义》的系列小说等等。英雄传奇小说继续循着这条线路演化下去，史的成分越来越少，虚构乃至荒诞的成分却越来越多。后来就产生了《薛仁贵征东》、《薛丁山征西》等小说。英雄传奇小说的进一步演化，分支出侠义公案类小说。

《水浒传》后半部分的叙事模式成了后来英雄传奇小说的典范。《水浒传》后半部分梁山好汉接受招安以后，主要叙写两件大事，一是征辽，二是征方腊。在叙写这两件事情时渐渐形成了一种叙事的模式，那就是递次攻关陷阵，延师斗宝。这种叙事模式几乎成了后来的英雄传奇小说的叙事的定式。

早在 1757 年，日本已经有《水浒传》的全译本问世；1850 年已有法文的摘译本，目前全世界有数十种译本，《水浒传》的成就与影响是世界性的。

第九章 神魔小说《西游记》

第一节 《西游记》题材的来源、演化及其作者

  《西游记》的题材以真实的历史事件为依据，即唐代高僧玄奘向天竺国取经的故事。玄奘于唐太宗贞观三年，涉戈壁险滩，攀崇山峻岭，途经百余国，历时十七载，从天竺国取回梵语经文。这一事件的本身充满传奇色彩，为日后演绎为神话提供了丰富的想象空间。从这一历史原型事件，经历了八百多年，才最后形成了《西游记》。

  第一部记录玄奘取经的书《大唐西域记》，是玄奘奉诏口述，由他的门徒辩机辑录的。接着是玄奘的弟子慧立、彦琮撰写的《大唐大慈恩寺三藏法师传》，由于弘扬佛法与赞颂师傅的需要，文中用夸张神化的笔调穿插了一些离奇的故事。这些故事一经社会流传，宗教的神秘性使其越传越神，以致在唐代末年的笔记《独异志》、《大唐新语》中就已经记载了玄奘取经的神奇故事。在南宋则刊刻有《大唐三藏取经诗话》，此书虽然只有一万六千余字，却是《西游记》成书过程中一个十分重要的里程碑。作为神话故事的框架已经形成，其中已经有了个自称"花果山紫云洞八万四千铜头铁额猕猴王"的角色，这显然是孙悟空形象的前身。诗话中还有沙和尚的雏形人物深沙神。而到了元曲时期，在杨讷所作的杂剧《西游记》中，猴行者已经姓孙；深沙神已经更名为沙和尚，成了唐僧的徒弟；还增加了黑猪精猪八戒。这说明了取经故事的主要人物唐僧师徒四人已经定型。明初《永乐大典》所引"梦斩泾河龙"（内容相当于第九回）故事，朝鲜古代汉语教科书《朴通事谚解》所引"车迟国斗圣"（内容相当于第四十五回）故事均提到出自《西游记评话》，这也应当是《西游记》成书过程中的重要一环，可惜没有流传下来。

  今据嘉靖、万历人周弘祖《古今书刻》的著录，《西游记》曾有"鲁府"、"登州府"刻本，可惜均已亡佚。这说明《西游记》成书不迟于嘉靖年间。今见最早的刻本为金陵世德堂刊本《新刻出像官版大字西游记》，20 卷 100 回，学术界一般认定为万历二十年（1592）所刻。

《西游记》的最后集大成者为谁,至今仍无定见。明刊百回本均无作者署名;清初刻本《西游证道书》始提出为元时道士丘处机。今知丘处机为元初全真道首领,道号长春真人,其弟子撰有《长春真人西游记》,此书今收于《道藏》,与唐僧取经的《西游记》是两回事。清时学者吴玉搢在乾隆十年(1746)纂修《山阳县志》时,发现明代天启年间《淮安府志》卷十九《艺文志·淮贤文目》中载:"吴承恩:《射阳集》四册□卷,《春秋列传序》,《西游记》。"至此,首先提出《西游记》作者为吴承恩。此说遂得到当时、稍后的淮安学者的响应。直至二十世纪二十年代,经鲁迅、胡适等人从《西游记》使用淮安方言、吴承恩又作《二郎搜山图歌》、《禹鼎志》等志怪性质的作品印证,此说遂为多数人接受。

吴承恩(1510?—1582?),字汝忠,号射阳山人,淮安府山阳县(今淮安市楚州区)人。他的曾祖、祖父在浙江余姚、仁和(杭州)做过学官,父亲是小商人。吴承恩虽少有文名,但中了秀才以后,却屡试不第。四十多岁才补了个岁贡生。嘉靖二十九年(1550),吴承恩曾入京候选,出任长兴县丞两年;后又曾补荆王府纪善,亦不知是否赴任。晚年曾经到过金陵(南京)、杭州。晚景凄凉,放浪诗酒,终老于家。

第二节 《西游记》的情节线索、人物形象与内容题旨

《西游记》的叙事构架,以小说的第一主人公孙悟空作参照,是一条线索、三个板块。一条线索即是孙悟空的行动轨迹,贯穿全书百回。从第一回花果山仙石产石猴,即孙悟空出世;到第一百回保佑唐僧取经归来,再复回西天,封为"斗战胜佛"。

叙事的第一板块是第一回到第七回,叙述孙悟空出世、拜师学道,回到花果山,剿灭欺凌花果山猴群的混世魔王,自称美猴王。为借兵器,大闹龙宫,讨来如意金箍棒。梦游幽冥界,大闹地府,销毁阎王的生死簿。太白金星启奏玉皇大帝,降一道招安圣旨,被骗上天庭,当上了"无品秩"、"未入流"的"弼马温"。当他知道"弼马温"只是养马的差役,一闹天宫,返回花果山,自封"齐天大圣"。玉帝遣哪吒父子降服孙悟空,未能取胜。太白金星设计了"有官无禄"的骗局,再把他骗上天庭当一个空头的"齐天大圣"。然而在王母娘娘邀请各路神仙的"蟠桃胜会"上,压根儿想不到请他这只"妖猴",他在桃园吃完仙桃,又去瑶池吃完"玉液琼浆"、"老君仙丹",乃二闹天宫,再返花果山。与天兵天将展开大战,最后遭太上老君暗算,被二郎真君擒获,太

上老君押他在八卦炉烧炼。四十九天以后，踢翻八卦炉，三闹天宫。最后被如来佛压在五行山下。

第二板块是第八回到到十三回，叙述如来佛造出三藏真经普度东土众生，乃遣观世音菩萨去东土寻觅取经之人。其中穿插唐太宗魂游地府，还阳延寿，感戴于善恶因果，接受地府崔判官"千万作一场'水陆大会'"之托，超度无主孤魂。众大臣推举玄奘为"水陆大会"的坛主，遂被观音觅取，授予玄奘前往西天取经的重任。

第三板块是第十四回到第一百回，叙述玄奘西行取经途中，先在五行山下救出悟空，并收为徒弟；依次再收下白龙马、猪八戒、沙和尚，一路历尽艰险，擒妖捉怪，经过九九八十一难，取回真经，终成正果的故事。

对《西游记》题旨的认识，是逐步深化的。胡适说《西游记》"至多不过是一部很有趣的滑稽小说，神话小说，它并没有什么微妙的意思"（《西游记考证》）；鲁迅也认为"此书实出于游戏"。此外，还有人民斗争说、歌颂市民说、安天医国说、诛奸尚贤说等等。现在为一般人接受的是"人生哲理说"。主此说者认为《西游记》是一部描写孙悟空人生成长，人生斗争历程的英雄传奇，是一部色彩瑰丽奇幻、内容生动深刻的小说"（孟繁仁《重新认识和评价〈西游记〉》）。

孙悟空的形象本质是由他的人生轨迹确定了的。至于孙悟空的个性特征，他的大智大勇、无私无畏，他的坚忍不拔、争强好胜，他的蔑视礼法、桀骜不驯，他的机敏乖巧、乐观诙谐，都打上了特有的印记。在人们的心目中，他既是夸大了的遥远的神猴，又是人们仰慕的英雄。作为英雄的孙悟空，也有凡人的缺点，他容易冲动，他爱捉弄人，他信奉"一日为师，终身为父"，遵循"好男不与女斗"，他有时也使气任性，而惟其如此，神猴就更加人化，也更真实，更得到人们的喜爱。这正是神话最成功的地方。

孙悟空两个师兄弟的形象是作为映照互连而存在的。猪八戒的懒、馋、贪和孙悟空形成了鲜明的对照。整个小说中，除了化斋以外，他几乎没有做过一件主动的事。猪八戒的这些本性，决定了有时他还要在师父面前对敢于不留情面地揭露他的孙悟空进一下谗言；还体现在目光短浅，遇到挫折，就要散伙，回到高老庄去。但是，他在师父的教育下，在师兄弟的帮助下，还是能坚持取经的目标；在关键时刻，也能奋力帮助悟空的。所以，人们嘲笑八戒，却不厌恶八戒。而沙和尚这样的人物，与两位师兄相比，更富有人味，更接近常人。他能以大局为重，任劳任怨，心地纯良，又富侠义心肠，是一个叫人忘不了的形象。

相比之下,唐僧显得比较平板,有的地方甚至不近情理,但是他那认准了目标后百折不回、九死未悔的精神还是给读者留下了深刻的印象。

第三节　《西游记》的艺术特色

《西游记》的叙事线索更加明晰,叙事结构更加程式化,表明了长篇小说叙事的内在规律在被作家逐渐认识并自觉运用。小说是以第一主人公孙悟空人生轨迹为线索而贯穿始终的,从而演绎孙悟空追求的一生、抗争的一生、成功的一生。

奇幻与诙谐是《西游记》的风格特色。《西游记》中的典型环境是虚幻的,人物形象是奇诡的。小说突破天地时空,融合人神鬼物。人物能钻天入地、翻江倒海,可呼风唤雨、赴汤蹈火。或来去无踪,或死生有术;或祭宝斗法,或逞能使计。一把汗毛,满地灵猴;一个筋斗,不知踪影;……在二郎神与孙悟空斗智一节,比七十二变化,真是变幻莫测;真假猴王辨真一段,使百般能耐,令人眼花缭乱。时而洞天福地,仙家道长;时而小桥流水,凡夫俗子。可以说,整部小说夸张到极致,奇幻到极致。可是人们长久以来却爱不释手,那是因为虽真真幻幻,极幻极真,却奇寓有实,幻源于真。天宫亦朝廷,神仙即百官;妖魔是恶霸的幻影,取经人秉英雄的本性。因此,《西游记》的奇幻不是荒诞,是一种积极的浪漫主义。

胡适的"滑稽"说,鲁迅的"游戏"说,也包含了小说诙谐的艺术风格。小说第一主人公孙悟空的"雷公脸"、"罗圈腿"已是一副滑稽的形象了。他称至高无上的神仙班头玉帝、太上老君为"老儿",呼那些作为对手的妖魔鬼怪为"孩儿"。他在降妖的过程中,时而扮成妖怪的母亲受妖怪礼拜,时而化为女妖的丈夫而骗取宝扇。猪八戒更是一个喜剧形象,名为"八戒"而难戒"食色",每为女色所惑、佳肴所诱,丢人现眼,出尽洋相。乌鸡国国王存尸井下,孙悟空哄八戒驮尸;八戒觉得上当,唆使唐僧令悟空医活,否则念紧箍咒;孙悟空反提出条件是八戒要哭丧,八戒则"拈一个纸拈儿,往鼻孔里通了两通,打了个喷嚏",佯装哭了起来。这简直就是一个滑稽小品。至于猪八戒攒私房钱,念叨散伙回高老庄,人所共知。甚至那庄重典雅的观世音菩萨也颇玩笑解颐,孙悟空请观世音去降红孩儿,观世音用净瓶装了一海的水去灭红海儿的三昧火。孙悟空拿不动,观世音说:"待要你拿了去,你却拿不动;待要善才龙女与你同去,……你见我龙女貌美,净瓶是个宝物,你假若骗了去,却那有功夫寻你?你须是留些东西作当"。孙悟空即说松下紧箍咒作当;观世音菩萨则要孙悟空的一根救命毫毛作当；孙悟空说拔了一根，就拆破群了，不舍得。观世音乃"骂"他"一毛不拔"！岂不令人忍俊不禁？所以说，《西游记》是游戏笔墨，能涉笔成趣。

第四节　《西游记》影响下的其他神魔小说

《西游记》与此前的《三国志演义》、《水浒传》相比可谓独树一帜而毫不逊色，尤其其雅俗共赏，遂开出神魔小说这一流派。

首先是续仿《西游记》的神话小说，有《续西游记》、《西游补》、《后西游记》等。

另辟题材又刻意模仿的神话小说是《三宝太监西洋记》，该书 100 回，题二南里人著、闲闲道人编辑，其实作者是罗懋登。书成于万历二十五年（1597）。题材取自历史事件郑和下西洋的故事。唐僧是陆游，郑和则为海征。郑和为征西元帅，金碧峰长老为大明国师，张天师为大明天师，从红江口登船出征，周历 39 个国家，臣服者礼之，不服者征之。征伐斗阵，均赖国师、天师的法术。

《封神演义》是继《西游记》以后影响最大的一部神魔小说。该书成书于明代隆庆至万历之时，旧题为钟山逸叟许仲琳编辑。也有人以为是陆西星、李云翔撰或李云翔参与编撰。该书的成书过程也与《西游记》相仿佛，以历史上的武王伐纣的史实为影子而稀释演绎，充分利用宋元以来的这一题材的各种评话，如《武王伐纣评话》等，然后整理编撰创作而成的。

小说以商末纣王失政而引起商周斗争为背景，以姜子牙的人生历程为线索，叙述了在宗教上斩将封神、政治上有道伐无道的故事，从而折射出明代中后期政治腐败、民不聊生的社会现实。小说塑造的并能留下深刻印象的人物不多，纣王是一个。纣王是中国古典小说中较为立体的暴君形象，他荒淫失政，信奸任妖。他烙忠臣于铜柱，投无辜于虿盆；挖比干之心，剖孕妇之腹，及至诛妻杀子。种种倒行逆施，令人发指。狐狸精妲己也是一个能留下印象的人物，她是妖孽，是邪恶的化身，蛊惑君王，种种罪恶均是她的主意。因此，民间稗史中，她是"女人祸水"的"典范"。塑造得有血有肉的正面人物是哪吒，特别是"哪吒闹海"一节，情节生动，描写细腻，形象鲜明。他的天真顽皮、勇武斗狠脍炙人口。这部小说以想象的怪异为特征。人有奇形怪状，异能绝技。雷震子之肉翅能飞，土行孙之入地可行，杨任眼中出手，哪吒莲花化身。最奇是双方打斗，祭宝斗法，令人眼花缭乱。这也是最为底层百姓所最津津乐道的地方。而其情节的雷同与程式化恰是一种重要的缺陷。

神魔小说发展到清代，又有《钟馗斩鬼传》、《绿野仙踪》、《济公传》等，但影响都不如《封神演义》，更遑论与《西游记》比肩了。

对于神话小说，还有一点值得注意的，那就是它在文化史上的意义。特别是对底层百姓在文化上所起的影响。神话小说总是与宗教缠夹在一起的，底层百姓享受不到文化教育的权利，却接受着瓦肆勾栏、坊间里曲的神话小说的影响。老百姓的宗教影响主要来自于庙宇道观和神话小说。就神话小说的影响而言，他们对老子、元始天尊、姜子牙、赵公明、道教的认识主要得之于《封神演义》，而对佛教、如来佛、观世音菩萨、阎罗殿，玉皇大帝、王母娘娘、托塔李天王、太白金星、太上老君等神谱神系的认识则主要得之于《西游记》。

第十章 世情小说《金瓶梅》

第一节 《金瓶梅》产生的时代、背景以及版本、作者

《金瓶梅》大约产生于明代中后期。在经历了明代开国以来一百多年的安定发展后，社会渐趋富足，特别是手工业与城市商业的繁荣使市民阶层迅速扩大，商人雄厚的经济实力，奢侈靡费的生活方式引起人们的注目与羡慕，乃至逐渐成为时尚。

《金瓶梅》基本以两种版本流传。今见最早的版本为万历丁巳年（1617）的《新刻金瓶梅词话》，简称《金瓶梅词话》，人称"词话本"或"万历本"；一种是明代末年崇祯时期的《新刻绣像金瓶梅》，简称《金瓶梅》，人称"崇祯本"。这两种本子有较大的区别，最大的区别在于《金瓶梅词话》中存有说唱的"词话"，而《金瓶梅》中没有了"词话"的影迹，原来是铺陈渲染的大段韵文用简短的叙述语带过。其次，两种本子的开头不同，《金瓶梅词话》第一回的回目是"景阳冈武松打虎，潘金莲嫌夫卖风月"，而《金瓶梅》第一回的回目则为"西门庆热结十兄弟，武二郎冷遇亲哥嫂"，且将开头一大段讲"情色"大道理的文字给删掉了。这就产生了两种本子孰为先后的问题。现在的学者一般倾向于"词话本"在前，说唱形式本是小说从话本演化而来的孑遗；从所引两种本子的第一回的回目看，"万历本"不成联语而"崇祯本"对仗工整，当是后来修改润色的结果。清康熙年间，张竹坡以"崇祯本"为底本，将正文作修改并作详细评点，乃以《张竹坡批评金瓶梅第一奇书》之名行世，人称"第一奇书"或"张评本"，成为《金瓶梅》研究中最重要的本子之一。如今的通行本，多为删节本。

《金瓶梅》的作者问题，至今仍是一个谜。《金瓶梅词话》卷首欣欣子作的序称"兰陵笑笑生"作。古以"兰陵"为名的地方有二：一为山东峄县，一为江苏武进。也有学者认为，兰陵仅是作者的祖籍，或者只是一个化名，这样仅以地名作依据寻找，尚难确定范围。王世贞是被最早圈定为《金瓶梅》作者的人。此书甘公跋，称"为世庙时一巨公寓言"；沈德符的《万历野获编》也

说:"闻此为嘉靖间大名士手笔。"且谢肇淛《小草斋集·〈金瓶梅〉跋》称:"此书向无镂版……唯弇州(王世贞号弇州山人)家藏者最为完好。"王世贞正是嘉靖至万历年间的"巨公、大名士",且是刻行前手稿最完备的藏家。近人有提出王世贞门人、李开先、李开先崇拜者、贾三近、屠隆、王稚登、汤显祖等作,均无过硬证据。

第二节　《金瓶梅》的基本内容、人物以及对社会的折射

《金瓶梅》的书名取自于小说的第一主人公西门庆的三个主要的姜的名字——潘金莲、李瓶儿、庞春梅。其内容可以概括为西门庆及其妻姜的故事。这一故事展开两条线索:一条是西门庆从破落户发家暴富、横行作恶、纵欲身亡的情节故事;另一条是西门庆妻姜的命运结局。

西门庆的发家、作恶史是对丑恶社会的无情暴露。西门庆的故事大致如下:西门庆与潘金莲通奸,并合计毒死潘的丈夫武大,武松为报兄仇,并向县衙告状。西门庆行贿知县,不准状词;武松去杀西门庆而错杀李外传,乃发配充军,西门庆取潘金莲为第五房姜。此前凭媒婆说合富孀孟玉楼,并占有了孟的家产。同时与把兄弟花子虚妻李瓶儿交好,骗取李瓶儿财产。接着亲家陈洪出事,牵连西门庆,经向礼部尚书李邦彦行贿,遂化险为夷。期间花子虚死,李瓶儿因西门庆隐匿,乃嫁蒋竹山;西门庆知悉,指使流氓诬赖蒋竹山欠钱,勾结官府,关押蒋竹山,终于占有李瓶儿。西门庆奸占家人来旺之妻宋蕙莲,并诬陷来旺偷盗,将其发配充军;宋蕙莲痛苦、羞辱万状,自杀身亡。宋蕙莲父亲拦尸不化,以求说法。西门庆勾通官府,反问其倚尸图赖,终致痛打,害病而死。西门庆深知交通权要的好处,备重利行贿太师蔡京,遂买来副千户之职。西门庆继续用重利交好蔡京的干儿子状元蔡一泉,用女色贿赂管家翟谦,从此势焰熏天。在一桩扬州劫财人命案中,伙同夏提刑,得赃银一千两,私放真凶苗青。此事为巡按山东监察御史曾孝序所知,上本参劾夏、西二人;夏、西大惊,急忙请托翟谦打点。结果直臣曾孝序反被除名,窜于岭表!西门庆变本加厉,重贿点了两淮巡盐的蔡状元、山东新任巡按御史宋乔年,遂转为正千户掌刑。于是,西门庆势力越来越大,地方文武官员反走西门庆的门路,要他在巡按跟前举荐!正在此时,西门庆色欲过度,暴病身亡!

西门庆的形象是立体的。一是他通过贿赂建立了保护自己的官府黑网。仅死在他手上的人命就有武大、宋蕙莲、宋父三条,然而他非但没有受

到惩罚，反而家财越来越多，势力越来越大。特别从苗青一案，把官场的黑暗腐败暴露无遗。苗青劫财杀人，且已案发。凭着有钱，通过七拐八弯的关系，接上西门庆，同贿夏提刑，遂至逍遥法外。山东巡抚曾孝序弹劾西门庆贪赃枉法，结果在蔡京的把持之下，曾孝序丢官远放。真是黑白颠倒、忠奸莫辨！二是他用掠夺手段聚敛钱财。他除了骗取孟玉楼、李瓶儿的家财，接受苗青的贿赂外，他还依仗官府，权钱结合，靠权赚钱。三是他的"穷淫极欲"。他不顾场合、不分对象，肆意奸淫他人妻女。总之，西门庆是个实足的恶棍，是个恶贯满盈的家伙。小说正是通过他发家的过程、发家的原因，深刻暴露了社会的腐朽、黑暗与可憎。

潘金莲在西门庆的妻妾中是最重要的人物。她的性格特征是淫与妒。其淫，对丈夫，固邀专宠；而当西门庆冷淡于她，不能满足他的贪欲，便与书童私通，与女婿成奸；最后昏了头，竟然渴望能得到以前想得到而未能如愿以偿的武松，最后死于武松的刀下。淫导致妒，妒是邀淫的手段。她妒李瓶儿，因为李瓶儿有儿子官哥儿而有了高于她的筹码；于是，她精心设计吓死了官哥儿。她妒宋蕙莲，因为宋蕙莲分去了她想霸住的专宠；于是，她挑唆西门庆通过夏提刑迫害宋蕙莲的丈夫来旺儿；挑唆孙雪娥责骂宋蕙莲。她是一个人性异化的女人，人格堕落的女人。

因此，《金瓶梅》的审美功能在于暴露，给予读者的感受是压抑，是沉闷，看不到一点亮色。

第三节 《金瓶梅》在文学史上的成就与地位

《金瓶梅》在中国文学史是却有着不容忽略的成就与地位。

首先，《金瓶梅》的出现，使得中国长篇小说的题材类别趋于完备，形成了封闭的题材圈环。从《三国志演义》、《水浒传》、《西游记》到《金瓶梅》，递次是历史小说、英雄小说、神魔小说和世情小说，中国的古代长篇小说基本上是这么四类，此后的长篇小说题材虽然偶有嬗变，仅是四种类别间的分拆组合。

第二，长篇小说的创作从《金瓶梅》开始，进入了文人独立创作的时代。此前的三部长篇小说都有民间流传与话本转辗时期。从文学创作者的主体说，文学创作是个人的创造性劳动，这一转变正是从《金瓶梅》的诞生而完成的。

此外，《金瓶梅》在创作经验、创作艺术上的一些突破也具有里程碑的意义。

一、故事生活化。故事生活化是世情小说的基本特征之一,故事生活化是相对于故事传奇性而说的,而故事的传奇性正是中国小说的正统、传统。故事生活化的直接成果是人物的真实化与典型化。《金瓶梅》描写的环境是家庭、市井、酒店、妓院,叙述的生活是喝酒、听唱、卜筮、相面,渲染的故事是妻妾争宠、婢仆口角,或春日游园、或午阴纳凉,甚至潘金莲丢了一只鞋,可以引发寻鞋、拾鞋、送鞋、剁鞋等情节,洋洋几千言,把潘金莲的醋意妒情、淫相丑态表露无遗。这为后来的世情小说提供了有益的借鉴。

二、结构网络化。结构网络化是与"结构线索型"相对的一个概念,结构网络化是故事生活化的必然,叙述的情节不再是剧烈的冲突,不再是刻意的巧合、悬念的设计,而是顺乎自然,通过生活的细节塑造人、刻画人。《金瓶梅》正是在西门庆发家、作恶、死亡与其妻妾命运过程这两条自然线索(如网之纲)的交互延伸中,又自然地提纲挈领起生活细节,编织起一张有机完整的网。清代小说《红楼梦》显然从中得到了启发。

三、人物立体化。我们这里先引上一段古人对《金瓶梅》中西门庆形象的美学感受的评语:

> 世上何曾有西门庆哉?《水浒传》出,西门庆始在人口中;《金瓶梅》作,西门庆乃在人心中。《金瓶梅》盛行时,遂无人不有一个西门庆在目中意中焉。其为人不足道也,其事迹不足传也。而其名遂与日月同不朽,是何故也?……西门庆何幸,而得作者形容,而得批者唾骂?世界上恒河沙数之人,皆不知其谁,反不如西门庆在人口中、目中、心意中,是西门庆未死之时便该死,既死之后转不死,西门庆亦幸矣哉!
>
> (《金瓶梅》文龙译本第七十九回,转引自孙逊、孙菊园编《中国古典小说美学资料汇粹》)

《三国志演义》的人物,出场定型,以致忠而似伪,智而近妖。既少变化,又欠真实。《水浒传》的人物,梁山各位英雄,果然性格各异,每人的性格的丰富性、渐进性还是欠缺的。作为神话小说的《西游记》,与现实中的人自有距离,无需申论。

四、语言俚俗化。文言而白话,白话而俚俗,虽然未必是必然,却应当是一种趋势。《水浒传》已有良好的开端,《金瓶梅》又进了一大步。这固然因为《金瓶梅》叙的是俚俗之事,写的俚俗之人,当然应该用俚俗之语。同时,鲜活生动的语言确实就生活在老百姓的口头。因此,《金瓶梅》的语言多"市井之常谈,闺房之碎语"(欣欣子《金瓶梅词话·序》)。作者善于吸取与熔铸方言口语、谚语行话、歇后语、俏皮话等。人物对话语言尤为精彩。

《金瓶梅》对后世的影响是重大的,多方面的。首先它引起了世情小说的勃兴,作家开始近距离观照身旁的生活,市井细民、才子佳人开始成为长篇小说的主体,遂致《玉娇梨》、《平山冷燕》、《醒世姻缘传》、《海上花列传》、《红楼梦》相继问世。其次,像《水浒传》、《西游记》一样,也引起人们续作的兴味。最早的续书是《玉娇李》。此外尚有粗制滥造的《三续金瓶梅》、《新金瓶梅》、《续新金瓶梅》等。

《金瓶梅》很早就受到外国学者的注意,1853 年在法国就出现了节译本;日本在 1831 年至 1847 年出版了改编本。现在欧亚十几个国家都有了《金瓶梅》的译本。

第四节　明代四大奇书小结

《三国志演义》、《水浒传》、《西游记》、《金瓶梅》号称四大奇书,其题材范围依次为历史演义、英雄传奇、神魔故事、世态人情,这四部小说的形成次序、成书过程、结构特色具有一定的逻辑必然性,值得思考与总结。

一、首先随着世情小说《金瓶梅》的出现,中国的长篇小说的题材就基本齐全了,形成了封闭的题材"圈环",以后的长篇小说的题材基本不超过这一圈环,至多是小的嬗变与分合。其次,这些题材的依次出现,表明着内在的必然逻辑,即长篇小说对创作的题材内容有一个从依傍渐进到独创的过程。《三国志演义》是历史小说,其内容的依傍最多,《金瓶梅》则是世情小说,在内容上一无依傍,而《水浒传》与《西游记》正体现了依傍的渐次减少的过程。应当说,这不是偶然的,这是符合人的认识客观世界而化为自我创造的认识规律的。

二、这四部小说的成书过程也体现了这一规律。《三国志演义》、《水浒传》、《西游记》的成书过程几乎如出一辙,都经历了史书记载(详略有别)、民间故事的长期流传、瓦肆勾栏的评话期、元杂剧的演绎期,最后为文人的整理创作。而《金瓶梅》则独立创作——也有研究者认为有评话期,即《金瓶梅词话》期,但与上述三种的数百年的辗转积累相比,简直可以忽略不计。这一过程仍然体现了人的创造是需要前人的依傍的;假如说前三种的依傍体现在前人的实实在在的文字流传的话,那么,《金瓶梅》的依傍只在于写作方法的承袭了。

　　三、这四部小说的结构特色是各有特点的，似乎并无规律，其实体现了由无到"粗"，由"粗"到成，由成到"精"的过程。关于《三国志演义》，人们喜欢说是"辫状结构"，虽似形象又符合实际。其实所谓"辫状结构"，乃历史的本来面目，三国的历史本来就是三国间的两两争斗，作者（含评书艺人）不过依次叙来而已。也就是说故事的依次堆积正成"辫状结构"，并非作者的自觉的艺术创造。《水浒传》的结构不是以一个主要人物与一件主干故事组织全篇的，甚至第一主人公宋江到第十八回才出场，因此，我们说《水浒传》虽有了结构线索，却是初始状态的，是"粗糙"的。到了《西游记》结构线索才体现了成熟，因为《西游记》是以小说的第一主人公孙悟空结构全书的，前半部分是孙悟空的出生、学道、闹三界；后半部分是他保唐僧去西天取经，以他为主，历八十一难，这种结构才体现了结构线索的成熟。而《金瓶梅》则既可以说是以西门庆及其一家的盛衰命运为线索，复可以说是网络型结构。而网络型结构正是淡化情节因素，强化细节因素，这是向更高的艺术层次迈进的表现。

第十一章 拟话本"三言"、"二拍"以及 其他短篇小说

第一节 单刊话本、积集话本到拟话本专集

嘉靖年间晁瑮编的《宝文堂书目》中著录有几十种单刊话本,其话本本身的整理或仿拟刊行的实际时间会提前一定的年代。

今知最早的白话短篇小说集是《清平山堂话本》,是嘉靖年间洪楩编刻的。洪楩是当时的藏书家与出版家,"清平山堂"是洪楩的堂号。原书分《雨窗》、《长灯》、《随航》、《欹枕》、《解闷》、《醒梦》六集,每集分上下两卷,每卷五种,共六十种,故又称《六十家小说》。今残存二十九篇。

《清平山堂话本》中的《快嘴李翠莲记》在白话小说发展史上有突出的认识意义。首先,《快嘴李翠莲记》保留了早期说话、评话的表现形式,其中有特殊的说、念、吟、数(板)的叙述形式,特别是数板,——李翠莲的道白三十余段均为数板,这种形式与明代后来的拟话本有很大的区别。这显然是早期说话、评话中的形式,与《大唐三藏取经诗话》的"诗话"、《金瓶梅词话》的"词话"的韵语有着形式上的相似之处,不妨叫做"板话"。其次,这篇小说保留有鲜明的民间文学色彩,表明了作者还未从民间艺人过渡到书会才人的状态。语言朴素,多村言俚语。在拟话本中通常引用古人诗句的地方,在《快嘴李翠莲记》中只是顺口溜。数板的语段多铺陈手法,或对举,或排偶:称爷必称娘,称哥连称嫂,称公连带婆;司礼先生"撒帐"时,一口气说了东、南、西、北、上、下、中、前、后。通篇用漫画式夸张手法,作者为取悦市民,有时难免庸俗而有损主人公形象。

在万历年间书商熊龙峰也刊印了一批白话小说,今仅存四种,即《张生彩鸾灯传》、《苏长公章台柳传》、《冯伯玉风月相思小说》、《孔淑芳双鱼扇坠传》,其中后两篇分别标明发生于洪武、弘治年间。这四种小说都是爱情题材,许多传统观念已经受到不同程度的冲击,其思想内容已与后来的"三

言"、"二拍"十分相似,这预示了以"三言"、"二拍"为代表的拟话本创作高潮的到来已经为期不远了。

"三言"的编著者冯梦龙(1574～1646),字犹龙,别署龙子犹、墨憨斋主人,苏州人。自幼饱读诗书,却命运不济,直到五十七岁始考取贡生,六十一岁时才任福建寿宁县知县,四年后离任。清军入关南下时,他已经六十八岁,曾参与抗清斗争。

他早在读书冶游其间,就汇编过民歌、小调、时曲、博戏、笑话等书。他一生中编著过长篇历史演义《新列国志》、《两汉志传》及《平妖传》等;编著过笔记类的《智囊》、《古今谈概》、《情史类略》;编著过传奇类《双雄记》、《精忠旗》、《一捧雪》、《杀狗记》等;编著过散曲、诗集、曲谱类《太霞新奏》、《七乐斋稿》等;甚至在七十岁以后,明朝已亡,犹收集"塘报"、"揭帖",编了具有历史价值的《甲申纪事》等。他乐此不疲地编著书籍,终其一生,计达五十种,约一千余万字,在中国的文化史上是一个罕见的文化巨匠,为我国的文化、文学事业作出了卓越的贡献。

冯梦龙最大的贡献和成就在于编纂创制了"三言":《喻世明言》、《醒世恒言》、《警世通言》。"三言"每部四十卷,计一百二十卷,一百五十万字。

"二拍"的编著者凌濛初(1580—1644),字玄房,号初成,别号即空观主人,浙江乌程人。出生于书香门第,祖、父皆进士出身。十二岁进学,十八岁获廪生资格。然而在以后的科考中却屡困场屋,三十六岁才获副榜生员,一时无意仕进,天启三年(1627),发生"入都就选"事,方再谋仕途。直至崇祯七年(1634)五十七岁时,才任上海县丞;六十三岁升徐州通判,崇祯十七年(1644),起义军攻取徐州,时凌蒙初在房村治水,组织守城,呕血而死。

凌濛初一生著述颇丰,除了"二拍"——《初刻拍案惊奇》与《二刻拍案惊奇》以外,尚有戏曲《虬髯翁》,以及经、史、子、集的传注多种。"二拍"是他的代表作,他的小说观与冯梦龙相似,"二拍"与"三言"向称中国文学史上的双璧而合为"三言二拍"。

"二拍"仿"三言"体例,每卷四十篇。其中《大姊魂游完宿愿,小姨病起续前缘》为初、二刻均载,"二刻"的最后一篇《宋公明闹元宵》为杂剧,所以,"二拍"实际有小说七十八篇。

"二拍"与"三言"不同的是,"三言"是冯梦龙的编纂之作,只有一部分是自己创作;而"二拍"则基本上是凌濛初一人创作,殊为难得。"三言"每篇的篇名为单句,而"二拍"的篇名为一联,这是凌濛初有意区别于冯梦龙"三言"的地方。"二拍"的素材,除当时社会上流传的故事以外,主要是"因取古今来杂碎事可新睹听、佐谈谐者,演而畅之"者(即空观主人《原序》)。

"三言"与"二拍"代表了我国古代白话短篇小说的高峰,也开创了拟话本小说的新时期。此后,许多文人加入了拟话本写作的行列,造成明末清初极为繁荣的景象。明末有陆人龙的《型世言》以及《宜春香质》、《弁而钗》、《鼓掌绝尘》、《天凑巧》、《石点头》、《西湖二集》等。

第二节　"三言"、"二拍"的思想内容

"三言"、"二拍"的故事题材,以传统的说法,为"烟粉"、"灵怪"、"传奇"、"公案"、"朴刀"、"杆棒"、"神仙"、"妖术"、"发迹"、"变泰"等,而以底层百姓的现实生活为主。人物则遍及帝王、将相、才子、佳人、僧尼、倡优、盗贼、商贾等,所以,"三言"、"二拍"是一部反映我国明代生活以及我国古代文化、风情、民俗的百科全书。

"三言"、"二拍"属世情小说,其中爱情类小说所占比例最大。这一类小说的可取之处在于体现出一定的平等意识,张扬婚恋自主,男女平等。"三言"《乔太守乱点鸳鸯谱》中的乔太守,不为父母之命、媒妁之言的古训礼法所囿,认同"情"在婚姻中的基础作用,承认事实婚姻,敢于以"相悦为婚,礼以义起"作为重定鸳鸯谱的依据。"二拍"《通闺闼坚心灯火,闹图圄捷报旗铃》中,叙述少女罗惜惜在同窗中自择恋人张幼谦,罗惜惜虽因父母贪财爱势另许巨富辛家公子而受挫,但能始终不忘旧情。罗惜惜在父母回绝张家的提亲之后,犹说"我自一心一意守他这日罢了"。且对知己丫鬟莺英道:"……我两个自小情同姊妹,义等夫妻。今日却叫我嫁着别人,如何使得?"主动邀约来往,父母面前事发,则以死抗争。事情虽然以张幼谦中举而事谐,作大团圆结局;但是,罗惜惜在婚恋中的主动性,生死不渝的坚定性,而终能如愿以偿,应当是对自主婚姻,特别是女性自主婚姻的肯定。"三言"《卖油郎独占花魁》中,秦重只是一个卖油的,而莘瑶琴则是"花魁娘子"。因此,秦重每感自惭形秽;莘瑶琴更是视若无睹。秦重硬是凭着"精诚所至,金石为开",以体贴入微的照顾,以一种对妇女——烟花女子——名妓的特有的尊重,赢得花魁娘子的芳心;莘瑶琴亦不以高堂大厦、锦衣玉食为恋,情愿"布衣蔬食,死而无怨"。这样的相互选择,完全在相互了解、相互尊重的基础上。充分表露出对人、人性的尊重,以及现代意义的婚恋意识。"二拍"《同窗友认假作真,女秀才移花接木》叙述的也是两个女子自主择偶的故事,只正话前的入话诗,表明了小说的主题与作者乃至时人的态度:"从来女子

守闺房,几见裙钗入学堂? 文武习成男子业,婚姻也只自商量。"而众所周知的《杜十娘怒沉百宝箱》的故事,则从悲剧的角度,即杜十娘追求自主婚姻的破灭,来对当时的制度作否定与抨击,从而让人们认识自主婚姻、自由婚姻的合理性。

"三言""二拍"尊重妇女的另一种倾向,是对妇女贞操观异于传统的封建礼教的艺术阐释。从人性的本质说,对爱情的忠贞是男女双方共同遵守的。但是,在中国的封建社会里,男的可以三妻四妾,甚至把嫖妓亦视如"雅事";女的却必须从一而终,倘事二男,则"失节事大,饿死事小"。这不公平性是显而易见的。"二拍"《两错认莫大姐私奔,再成交杨二郎正本》中有夫之妇莫大姐,私通邻居杨二郎,在商量私奔的过程中被骗卖妓院,仍不忘杨二郎旧情,经过转辗,与杨二郎终成眷属,作者的叙述口吻表示了谅解与肯定。"三言"中的《蒋兴哥重会珍珠衫》,叙述了蒋兴哥因妻子王三巧被他人勾引而失节,在万般痛苦之中无奈休弃。蒋兴哥反思"情变"原由,自责"贪着蝇头微利,撇她少年守寡,弄出这场丑来";而休书中使用了"因念夫妻之情,不忍明言,情愿退还本宗,听凭改嫁"的话。这既表示了对女性的"饮食男女"的肯定,又表示了女性失节的谅解。小说在写蒋兴哥与王三巧各自再婚后,再度结合。这样演绎商业社会中妇女的贞操观,是对传统观念的有力挑战。

"三言"、"二拍"在思想内容的第二个重要方面,是及时叙写新兴的商贾阶层,肯定他们的价值,为他们代言。"三言"《施润泽滩阙遇友》叙写小商人施复拾金不昧,好心得好报,多次逢凶化吉,终至富冠一镇,寿至八十,子孙满堂。《徐老仆义愤成家》虽然主旨是张扬仆人对主人的忠诚信义,而叙述的经商之道在于掌握信息,善于决断,从容应对,吃苦耐劳,则必能发财致富。而在"二拍"《叠居奇程客得助,三救厄海神显灵》中,则公开亮出人生的价值标准——"徽州风俗,以商贾为第一等生业,科第反在次着",对小说主人公程宰囤积居奇而暴富表示艳羡。《转运汉遇巧洞庭红,波斯胡指破鼍龙壳》叙述的是去海外经商的故事,小说主人公"倒运汉"文若虚借一两银子买了一篓叫做"洞庭红"的橘子,为同行者讥刺,而在异国大受青睐,须臾间赚到近千两银子。"倒运汉"遂为"转运汉"矣! 回国途中,遇风浪而被迫停靠一个荒岛,将他人鄙弃取笑的"床大一个败龟壳"拖回船上,结果结识了波斯商人玛宝哈,识得为鼍龙之壳,幔鼓可闻百里,中藏二十四颗夜明珠,乃无价之宝。终得五万之巨! 这么一个"发迹变泰"的故事,典型地反映了当时百姓通过经商改变自己命运的发财梦。

抨击权奸误国、官场腐败、社会黑暗是"三言"、"二拍"又一个重要的内容。"三言"中《木绵庵郑虎臣报冤》，通过对南宋权奸贾似道的刻画，揭露了南宋末年整个朝廷的黑暗与腐朽。《沈小霞相会出师表》揭露严嵩父子为首的罪恶的官僚机器。"二拍"中，《硬勘案大儒争闲气，甘受刑侠女著芳名》把矛头指向朱熹，把他塑造成一个挟私报复诬陷无辜的小人。这里把宰相、皇帝、清官、圣人都讽刺了一通，揭露十分大胆。《钱多处白丁横带，运退时刺史当艄》既揭露了肮脏的官场，又批判了黑暗的社会，作者借小说中人物的口说道："如今的朝廷昏溺，正正经经纳钱，就是得官，也只有数……而今的世界，有什么正经？有了钱，百事可做……"这就是——朝廷昏溺，钱可鬻官；世无正经，钱成百事。而在《恶船家计赚假尸银，狠仆人误投真命状》中则径直议论道："如今为官做吏的人，贪爱的是钱财，奉承的是富贵；把那'公平正直'四字，撇却东海大洋。明知此事无可宽容，也将来轻轻放过；明知此事尴尬，也将来草草问成。竟不想杀人可恕，心理难容。"

批判科举黑暗在"三言"、"二拍"中也有涉及。"二拍"的《华阴道独逢异客，江陵君三拆仙书》开头劈面就是如此议论："话说人生只有科第一事最是黑暗……随你胸中锦绣、笔下龙蛇，若是命运不对，倒不如乳臭小儿、卖菜佣仆早登科甲去了。"揭露了封建社会"窗下莫言命，场中不论文"的科举黑幕。"三言"中的《老门生三世报恩》、《钝秀才一朝交泰》，则通过鲜于同、马任登科前后人们不同态度，辛辣地讽刺了世情浇薄与人心险恶。

"三言"、"二拍"还通过"公案"、"朴刀"、"灵怪"、"神仙"等故事折射出社会生活的形形色色。

我们在充分肯定"三言"、"二拍"的积极方面的同时，也不能无视小说的消极因素。为了迎合市民的欣赏趣味，两书多有较多的秽笔；扬善惩恶每以因果报应来体现；所谈忠孝节义，不免陈腐酸论。这些不足之处，以"二拍"比"三言"为多。

第三节 "三言"、"二拍"的艺术成就

在"三言"、"二拍"中，我们可以举出许多在中国文学殿堂里熠熠生辉的人物形象。

为维护自己的尊严，因得不到自主自由美满的婚姻，宁愿抱着百宝箱向万里波涛纵身一跳的杜十娘；经过了许多磨难与波折，终于摈弃了对公子王孙、仕子巨贾的妄想，选定卖油郎作为终身依靠而过平民生活的莘瑶琴；邀

游四海,尝遍美酒,敢叫权贵脱靴磨墨,令番邦使臣叩首称臣的李太白;伶牙俐齿,机敏过人,诗词歌赋不让须眉的才女苏小妹……

"三言"对人物的刻画是多角度和全方位的。在《卖油郎独占花魁》中,莘瑶琴与卖油郎秦重鲜明而丰满的形象令人印象深刻。"占花魁"作为一篇妓女题材的作品,套路是老的。可是,文中的莘瑶琴,完全是一个新的类型,其主体性格的曲折变化的过程的描写,使其人物形象十分丰富生动细腻。她从一个立志在泥淖中保持自己的清白,做一个"出淤泥而不染"的少女,到被迫接客的雏妓;从一个身不由己的妓女到专挑官家子弟、富户纨绔的花魁;从一个第一眼认出秦重是一个卖油的而说出"临安郡中并不闻说起有什么秦小官人,我不去接他",到"千万个孤老都不想,倒把秦重整整想了一日";从对秦重仅有"难得这好人,又忠厚,又老实,又且知情识趣……可惜是个市井之辈,若是子弟,情愿委身事之"的感觉,到终于从口中吐出"我要嫁你"的心声。于是,一个与李娃、霍小玉、杜十娘、玉堂春形象迥异的风尘女子的形象,便凸现起来了。"市井之辈"的小商人秦重,也有着鲜明的个性。他本分勤俭,细心耐性;他心诚志纯,知情知趣。特别是处处从对方着想,对对方的尊重与维护,这是性格的魅力所在,也是他最后获得莘瑶琴的根本原因。他省吃俭用三年,以积一宿之资;以空走数次,方获一夕之遇;他毅然张开新衣长袖以盛莘瑶琴的呕吐之物,而只恐污了花魁娘子的被褥;他把暖壶抱在怀里,以备酒醉的莘瑶琴口渴之需;他在天亮之前便匆匆告辞,惟恐使花魁娘子因接待一个卖油的而遭旁人之讥……因此,以一个卖油郎之贱而获享花魁娘子之奇,也便成为可信的了。此外,小说中的一个次要人物刘四娘的描写也十分成功。她先是把立志守贞的莘瑶琴说得终于改变初衷而倚门卖笑;继是把爱才如命的王老鸨说通而放莘瑶琴从良。需要说服莘瑶琴接客时,把接客的好处说得无以复加;当要说服王老鸨放行莘瑶琴时,又把留的害处说得耸人听闻。真是翻手为云,覆手为雨,巧舌如簧。这样的人物描写在别的小说里很少看到。

"三言"、"二拍"在情节的设置和叙述上,比此前的小说有了新的突破。"三言"的《蒋兴哥重会珍珠衫》、《乔太守乱点鸳鸯谱》、《钱秀才错占凤凰俦》、《况太守断死孩儿》,"二拍"的《转运汉遇巧洞庭红,波斯胡指破鼍龙壳》、《徐茶酒乘闹劫新人,郑蕊珠鸣冤完旧案》等都是情节见长的。《蒋兴哥重会珍珠衫》情节结构上的特点是以珍珠衫为"道具",贯穿小说的首尾,连接蒋兴哥一家与陈大郎一家,它始终结构着整篇小说,使小说波澜起伏,巧妙完整。珍珠衫在整篇小说中出现了四次。——第一次是三巧将珍珠衫赠与陈大郎,是谓蒋兴哥失去珍珠衫;第二次是陈大郎在苏州邂逅蒋兴哥,是谓蒋兴哥巧遇珍珠衫;第三次是平氏在陈大郎行囊中发现珍珠衫,是谓陈平氏疑藏珍珠衫;最后一次,平氏嫁与蒋兴哥,是谓蒋兴哥重会珍珠衫。小说用了"珍珠衫"作为题目以后,珍珠衫就始终成为读者阅读的悬念,这在结构情节上是十分成功的。这种以"小道具"贯穿故事的手法还运用在《陈御史巧勘金钗钿》、《赫大卿遗恨鸳鸯绦》等中。后来,此等结构方式每为戏剧袭用。

"三言"、"二拍"的情节结构更加追求完整与曲折,既行云流水,亦波谲云诡;每于意料之外,又在事理之中。可贵的是,作者努力突破此前的单线结构模式,而是尝试用复线结构或板块结构等,使故事更加摇曳多姿。

"三言"、"二拍"的成功,不只是人物描写和情节设计上,但凡小说的构件、要素,诸如语言的、环境的、心理的等等都取得了的成功,也因此对后来的小说创作形成了巨大的影响。

清代的白话短篇小说不如明代的成就高,但也有可观的。李渔(1611—1680),原名仙侣,号谪凡,后号笠翁。祖籍浙江金华,出生于父亲经营药店的江苏如皋。明崇祯八年考中秀才,以后乡试屡踬。中年以后,家庭负担日重,卖文养家,当是我国第一个职业作家。一生著述丰硕,尤在戏曲与短篇小说。戏曲有《李笠翁十种曲》,戏曲理论则有《闲情偶寄》独标丰碑;长篇小说有《合锦回文传》,短篇小说集有《无声戏合集》与《十二楼》。后李渔又将《无声戏合集》易名改刻而称为《连城璧全集》,且收入外编六卷,凡三十篇。李渔的短篇小说亦为世情小说,叙写财产、婚姻、妻妾、子嗣。李渔的小说创作,每就自己的人生体验,运用自己的事理想象,结撰成篇。其与"三言"、"二拍"相比,人物的塑造,描写的浑朴自然、细腻熨帖等方面有所不及;而在构思的精巧,文字的浅显通俗,以及独到的喜剧风格,则或过之。李渔的小说也是一无依傍,全在独出机杼,且能独辟蹊径,殊不易得。

第四节　明代的文言小说

以唐传奇为标志的文言小说达到高峰以后,进入宋代便开始了文言小说与白话小说并行发展的时期。由于社会发展的城市化商业化趋势,白话小说的通俗怡人,使其发展进一步繁荣与迅猛。故若以成就作两相比较,文言小说有所逊色。但是,文言小说是官员文人的自娱娱人之作,作者队伍较为庞大,学养也较高。因此,明代的文言小说的品种依然繁富,数量也远胜前代。

今择传奇小说与笔记小说中重要的作简单介绍。

《剪灯新话》是明代早期出现的出名的传奇小说。《剪灯新话》的作者瞿佑(1341—1427)，有四卷二十一篇。此书是元末社会大动荡的反映，约略可以分作社会政治与社会言情两类。前者对统治阶级的昏昧及其社会的黑暗有所抨击，后者所折射的是世态人情。作品往往以奇诡荒诞的故事阐释演绎。《令狐生冥梦录》，通过主人公令狐生在冥王前的供词，揭露了社会上"以强凌弱，恃富欺贫。上不孝于君亲，下不睦于宗党。贪财悖义，见利忘恩"的丑恶。《龙堂灵会录》与《华亭逢故人记》都写到帝王屠杀功臣的相同题旨，而明初朱元璋杀戮功臣，人所共知，故其矛头所指，不言而喻。《三山福地志》讲的虽是善恶果报，而锋芒直指贪官污吏。《剪灯新话》中的世情小说，也多反映动乱年代的离合际遇。如《联芳楼记》、《翠翠传》、《绿衣人传》等，这些小说赞美了纯真爱情，赞美了自由婚姻，抨击了封建当局的残忍，积极意义显而易见。

《剪灯新话》虽有模仿前人痕迹，但清新之气，扑面而来。说其开一代风气，实不为过。别的不说，李昌祺有《剪灯馀话》、邵景詹有《觅灯因话》因袭之，遂有"三话"的佳话。

此后蜀人赵弼写有《效颦集》，三卷二十六篇。此书的思想内容开始转向以程朱理学为代表的正统观念。有的是旌表忠孝节义，有的是指责奸佞贪婪，蔡京、秦桧、贾似道均予以严惩，自然不无积极意义。而《蓬莱先生传》以"饿死事小，失节事大"作为严惩改嫁妇女的口实，那就是封建的糟粕了。其中《续东窗事犯传》、《木绵庵记》、《钟离叟妪传》因题材的因袭演变而受到研究者的注意。此三篇的题材分别为"三言"所改用，即《游酆都胡母迪吟诗》、《木绵庵郑虎臣报冤》与《拗相公饮恨半山堂》。

此类小说还有《花影集》，四卷二十篇，凤阳陶辅撰，属社会政治小说与世情小说，宣扬传统的观念。其中《刘方三义传》、《节义传》、《心坚金石传》，描写详尽细腻，情节生动曲折，均被收入《燕居笔记》等书，前两篇还被改写成话本小说及古典戏曲《彩燕诗》和《霞笺记》。

值得一提的是，明代还出现了文言中篇传奇小说，这当源于元末的《娇红记》。而《国色天香》中的《刘生觅莲记》，近四万字；《剪灯馀话》中《贾华云还魂记》是"三话"中最长的小说。弘治年间刊行的《钟丽情集》四卷，署玉峰主人撰。小说描写书生辜辂与表妹黎瑜娘之间生死不渝的爱情。由于家庭与官府的干预，他们两次出逃，两次举行婚礼。通篇冲突剧烈，具有悲壮色彩。尤为重要的是，小说将男女爱悦，由"知己"而升华为"钟情"，表达了新型的爱情观念。正是这一点，其在小说史上具有特殊的地位。

明代的笔记小说甚多，志怪类的有祝允明的《志怪录》、《语怪四编》，记述元明间传闻的鬼怪异事；杨仪撰《高坡异纂》，记有历史人物的异闻与遭遇鬼怪等事；陆粲撰《庚巳编》，则记民间故事及神怪故事；钱希言的《狯园》，卷帙颇大，以通俗为特点。徐祯卿的《翦胜野闻》，多记轶事传闻；陆容撰《菽园杂记》，多记朝野故实，旁及诙谐杂事；顾元庆撰《云林遗事》，集中专记著名画家倪瓒（云林）的传闻轶事。

文言小说创作的繁荣带来了汇刻小说集子的风尚。此种集子有《幽怪诗谈》、《青泥莲花记》、《古今谭概》、《情史》、《虞初志》、《古今说海》、《合刻三志》、《稗海》等。

第十二章 明代散曲与民歌

第一节 明代散曲

从作家、作品及曲论著作的数量来看，明代是中国古代文学史上继元代之后的又一散曲创作的黄金时代。据谢伯阳《全明散曲》所收，散曲作家有406人，小令计10606首，散套2064篇。当然，明代散曲大多依傍前人，成就无法与元代散曲相提并论。

明代散曲在开国初到成化年间的百余年中多点缀升平和风月闲情之作，艺术上处于衰退状态。朱权《太和正音谱》所列明初散曲家刘兑、谷子敬、贾仲明、汤式等，都没有出色的散曲作品流传下来。当时影响最大的散曲作者是皇室贵族朱有燉。朱有燉（1379—1439），号诚斋，别号全阳子、老狂生。他是朱元璋第五子朱橚长子，袭封周王。有散曲集《诚斋乐府》。因为朱有燉的封地汴梁是金元北曲流行的故地，所以他的曲作多为北曲。他的作品以音律谐美著称，语言风格追踪马致远、贯云石的豪放一派。内容以描写豪门贵族歌楼舞榭的生活和游山玩水的闲情逸致为多，散发着一种雍容华贵、放逸闲适的情调。由于时代氛围和作者身份的关系，辞意比较端谨。但有些写男女之情的，尚属婉折有致，如《一半儿·咏情》："俏心肠端的性难拿，冷句儿将人奚落煞，盟山誓海口熟滑。俏冤家，一半儿真诚一半儿假"。其中带有民歌的风味。《诚斋乐府》流传甚广，至钱谦益著《列朝诗集》，还说"至今中原弦索多用之"。

弘治、正德、嘉靖年间，政治的混乱再度造成了一个消沉失意的文人群体，像当时北曲名家康海、王九思、冯惟敏、常伦等都是失意于仕途的文士。他们要宣泄鸣放愤郁的情绪，散曲是最适合的文体。

康海、王九思都是前七子文学阵营中的成员，诗文的成就不高，但戏剧和散曲较为知名。坎坷的遭际使他们的散曲充满愤世嫉俗的嘻笑怒骂，而其中那些直斥时政的作品最有光彩。如康海的《骂玉郎过感皇恩采茶歌·丁卯即事》：

玉阶昨夜妖星见，排正直，宠奸权，人人剥削夺刘晏。奏文宣，阿武倭，题封禅。顺水推船，拣空抛砖。假装幺，胡捏鬼，大欺天。翻了旧典，弄出新圈，窜冯唐，囚李广，荐韩嫣。　　尽争先，要调元，搬腾的赤眉铜马遍中原。已往斯高须未远，方来狐鼠要忧鹢。

康海有感于刘瑾的胆大妄为、倒行逆施，预言刘瑾即将成为历史上的李斯和赵高。如此直接指斥当朝权奸，在散曲史上应是首开先河。

王九思政治上遭受重大挫折，本有满腹牢骚，却借豪放洒脱出之，因此其曲豪气跌宕，痛快淋漓，如《水仙子》：

紫泥封不要淡文章，白糯酒偏宜小肚肠，碧山翁有甚高名望？也则是乐生平不妄想，听濯缨一曲《沧浪》。瞻北阙心还壮，对南山兴转狂，地久天长。

貌似豪放旷达，实则愤懑抑郁，格调上豪丽兼用，雅俗兼备，不失为精品。在语言风格上，康海、王九思都接近元曲中豪放雄迈的一派。不过明代曲论家普遍认为康较粗豪，王在豪放中兼有秀丽蕴藉之长。

同时期南方散曲家王磐、陈铎等人的作品带有更多的市井气息，内容显得较为宽广，风格则以清丽俊逸为主。

王磐是南方曲家中纯作北曲而成就最高的作家。王磐（1470？—1530？）字鸿渐，号西楼，高邮（今属江苏）人，一生未入仕途。万历《扬州府志》称其"洒落不凡，恶诸生之拘挛，弃之，纵情于山水诗画间"。著有散曲集《王西楼乐府》。王骥德《曲律》评王磐的散曲为北曲之冠。尽管他的作品流存不多，但取材较为丰富，其中多数是徜徉山水之篇和生活即兴之作。他那些寄兴于烟云水月的曲作，多有清雅恬淡之美，如《沉醉东风·携酒过石亭会友》：

顶半笠黄梅细雨，携一篮红蓼鲜鱼。正青山酒熟时，逢绿水花开处，借樵夫紫翠山居，请几个明月清风旧钓徒，谈一会羲皇上古。

曲中的诗情画意令人心醉。他的生活即兴之作则对社会现实有所讽刺和嘲弄。如套曲《嘲转五方》挖苦不停赶场子做法事的和尚，而小令《朝天子·咏喇叭》讽刺宦官装腔作势、作威作福的丑恶行径，是人们经常提及的名作：

> 喇叭，锁呐，曲儿小，腔儿大。官船来往乱如麻，全仗您抬声价。军听了军愁，民听了民怕，那里去辨甚么真共假？眼见的吹翻了这家，吹伤了那家，只吹的水净鹅飞罢。

寓意深刻，讽刺犀利。散曲特有的尖新泼辣的语言风格，在这里得到很好的发挥。

陈铎（1488？—1521？），字大声，号秋碧，别署七一居士，下邳（今江苏邳县）人，家居南京。世袭卫指挥使，然不守官职，潜心词曲，当时南京教坊中人称"乐王"。词集有《草堂诗余》，散曲集有《秋碧乐府》、《梨云寄傲》、《秋碧轩稿》、《月香小稿》等。陈铎散曲以写男女风情者居多，文辞流丽，《曲律》评为"颇著才情，然多俗意陈语"。他最有价值的作品是用北曲小令写的《滑稽余韵》。《滑稽余韵》在散曲史上第一次将笔触深入到当时以城市为主的各种社会职业，以素来不为人注意的社会底层人物和行业为歌咏对象，诸如儒生、和尚、道士、相士、风水先生、墓工、印工、梳头工、修脚工、接生婆、货郎、媒人、巫师、菜农、屠户、狱卒、门子、更夫、库兵、弓手、衙役、铁匠、木匠、皮匠、瓦匠、篾匠、厨子、戏子、乞丐、酒坊、油坊、米铺、药铺、棺材店、古董店、柴炭行等等诸业百工，三教九流，应有尽有。《滑稽余韵》以其所写的各种人物、各种行业，勾画了明代社会的风俗画长卷。

嘉靖前后，与整个文学创作演化的步调相一致，明代散曲进入最为兴盛的时期，南方和北方都涌现了众多的名家，作品的风格也更为多样化。这一时期中著名的曲家，有沈仕、杨慎、冯惟敏、薛论道、梁辰鱼等。

沈仕（1488—1565），字懋学，号野筠，仁和（今浙江杭州）人。著有《唾窗集》，今已散佚。沈仕的散曲专写艳情，语言尖新，风格香艳，具有元曲中闺情小令的韵味，时号"青门体"（或称唾窗绒体）。如《锁南枝·咏所见》：

> 雕栏畔，曲径边，相逢他蓦然丢一眼。教我口儿不能言，脚儿扑地软。他回身去一道烟，谢得蜡梅枝把他来抓个转。

这种有情节性的曲子弥漫着脂粉气，带有小市民情调，但它以"情"反"理"，无视"教化"，所以也不能简单的以"淫靡"而完全否定。

杨慎著有《陶情乐府》、《陶情乐府续集》、《玲珑唱和》等散曲专集。其妻黄娥亦善诗词曲，以一律"雁飞曾不到衡阳"和一曲《黄莺儿·积雨酿轻寒》

名扬天下。杨慎的散曲渊雅旖旎，内容多写心中对谪戍滇南的愤懑，描绘了西南边陲的名山胜水、奇风异俗，表现了他对妻子的刻骨铭心的思恋。如他初到永昌时作的《谪滇南》套曲就比较有代表性，这套曲子渊雅博丽，笔势纵横，历叙沿途的艰难跋涉，慨叹心中的郁闷愁怨，并表示了今后的人生态度：从此心灰意懒，不再去管朝中的是非。曲辞色调苍凉，愁雾悲风，令人感慨不已。

冯惟敏是明代成就最高的散曲家。冯惟敏（1511—1580？），字汝行，号海浮，青州临朐人。嘉靖十六年中举。嘉靖四十一年，授直隶涞水县令。嘉靖四十四年，改任镇江儒学教授。隆庆三年，调保定府通判，后又左迁鲁王府审理官。未到任，于隆庆六年回到临朐。万历二年，他被正式除名后便隐居在海浮山下，自号海浮山人。他的传世作品有散曲集《海浮山堂词稿》，诗赋集《冯海浮集》、《石门集》，杂剧《僧尼共犯》和《不伏老》。在求真、主情的文学思想指导下，冯惟敏创作了具有丰富的现实内容的散曲作品，其中不少篇章直追诗歌言志刺世的传统，带有浓厚的泥土和血汗气息。如《玉江引·农家苦》：

> 倒了房宅，堪怜生计蹙。冲了田园，难将双手扠。陆地水平铺，秋禾风乱舞。水旱相仍，农家何日足？墙壁通连，穷年何处补？往常时不似今番苦，万事由天做。又无糊口粮，哪有遮身布？几桩儿不由人不叫苦。

题目直呼"农家苦"，中间历数农民无衣无食无房的种种艰难情状，终以叫苦收结，感人至深。

冯惟敏是明代散曲豪放派的代表，被称为曲中辛弃疾。豪迈爽逸的主体特征，辛辣率直的语言色彩，构成了冯惟敏散曲的风格特征。如《改官谢恩》、《阅报除名》等具有锐利的批判锋芒的曲子，或直接或隐曲地贯穿着作者纵放不羁的鲜明个性，其情感荡腾越，跳脱欲出，使作品的气势波动潮涌，产生荡人胸怀的艺术感染力。为适应其表达强烈情感的需要，他大量创作套曲。如《徐我亭归田》是作者由涞水县令改官镇江教授，暂居故乡临朐时所作。全套连用 30 支曲子，一气呵成。先写官场的黑暗，再写归田的喜悦，气势宏大，情绪激越。黑暗官场的险恶，官微人轻的怨愤，回归田园的向往，洋洋洒洒，极尽渲染，真可抵一篇《归田赋》。

辛辣的讽刺是冯曲语言的突出特征。冯惟敏愤世忧民，对现实社会的丑恶现象深恶痛绝，他直刺现实的曲作语言也相应地体现出尖锐泼辣的特色。如他在《辞署县印》中对象征封建权势的官印进行嘲讽："这印呵你夸他墨绶铜章，俺觑着是挝捶鞭铜。逢着的肉绽腰折，撞着的身酥骨软，吓的我蹑足潜踪闪在一边，悄没声不敢言"。封建社会的官印是地位和权势的象征，冯惟敏却把官印看作是灾难。这是他无故被解官，内心激愤感情的宣泄。

冯惟敏在《市井艳词》的序文中提出过"文随俗远"的理论，认为文学作品要通俗自然，才能雅俗共赏，传之久远。他的散曲向以"本色"著称，语言质朴自然，并多用临朐方言，带有鲜明的地方色彩。

薛论道（1522？—1593？），字谭德，号莲溪，直隶定兴（今河北易县）人。曾多年戍边，以神枢参将加副将归田。散曲集有《林石逸兴》。北方散曲家薛论道的《林石逸兴》所收小令，描写了边塞战场的壮阔图景和将士的思乡情绪，开拓了曲的表现领域。如《水仙子·为将》抒发了久戍不归的惆怅情怀，《南商调·山坡羊·塞上即事》描写了战骨抛荒的悲凉情景。另外，他的叹世讽世之作中也有佳篇，如《水仙子·愤世三首》是一幅晚明官场现形图。《古山坡羊·钱虏》嘲讽铿吝成性的守财奴，批判物欲横流的世道。《朝天子·不平》运用对比手法，抨击官场小人得意、贤士失意。

梁辰鱼（1519—1591），字伯龙，号少白，别号仇池外史，江苏昆山人。著有散曲集《江东白苎》。梁辰鱼的散曲以套数最多，文辞工雅典丽，声调稳切，接近词的体格。其中代表梁辰鱼散曲最高水平的是写情之作和咏古抒怀之作。其写情的套曲以叙事曲折委婉取胜，如《宜春令·辛酉季秋代沈太玄赠杨季真》以言志写起，述男方"貂裘染洛下尘"，功名未遂，于是寻花问柳排遣。中间则述男方与女方邂逅，男才女貌相惺相惜，"意外良缘，真个一夜夫妻百夜恩"。最后转入离别，"萧萧匹马投荒径，嘹嘹征雁渡孤村"，渲染了浓浓的哀伤。其《好事近·壬戌季春代朱长孺赠吕小乔》则以景写起，以景趁情，"落花飞絮、那堪暮春时节，凄切，夜雨晓风台榭，空梁燕，谁遣伊来传说"。然后是逆叙，追思当日的恩情，"向苍穹把盟香爇"。最后追思别离，"思难舍，还期同宴锦恩情"，仍是逆叙。

梁辰鱼的咏古抒怀之作写景阔大，风格沉雄清朗，和写情之作迥然不同，如《销金帐·夜宿穆陵关客舍》："松窗半掩，月落空庭暗，笑孤身在关门店。争奈夜永不寐，剔残灯焰，西风透入，透入茅檐破苫。起弄双剑，惊落疏星千点。谁怜变了，变了苍苍鬓鬈"。把一个怀才不遇、壮心未老的游子的心迹写得玲珑凸现。

梁辰鱼注重用典、用对，喜在曲中化用前人诗词成句。如《拟汉宫春怨》

套数之《啭林莺又》一曲：

闲宵欲赋纨扇篇，奈秋风箧笥空捐。月过房栊刺绣倦，这深宫夜午谁喧？怪金铃小犬，吠花影隔帘空转。泪绵绵，诗题红叶，流向水边？

前四句用汉班婕妤作《纨扇诗》自伤见薄于成帝的典故；五六句用唐宁王系铃护花驱鸟的典故，还有高启《宫女图》诗"小犬隔花空吠影"的句意；末三句则用大家所熟知的红叶题诗的故事。用典多、成句多使得梁辰鱼的散曲音律严整，词语工丽，词味多而曲味少。

对梁辰鱼散曲的评价分歧极大。尊之者称为"曲中之圣"（张楚叔选辑《吴骚合编》），贬之者则说因为他倡导的工丽之习，使得"不惟曲家一种本色语抹尽无余，即人间一种真情话，埋没不露已"（凌濛初《谭曲杂札》）。客观地说，作为个人创作，梁氏散曲有他的特色和成就，但由他引出的风气导致了散曲本色的消失，则也是事实。

晚明文学繁盛，民歌越来越受到重视，但文人散曲充满烟霞气和自娱、玩世、悲苦的末世色彩，艺术上彻底雅化、程式化，较前一阶段反呈衰退之势。晚明散曲较著名的作者有赵南星和施绍莘。赵南星（1550—1627），字梦白，号侪鹤，高邑人。万历二年进士，先授汝宁推官，历官户部主事、吏部考功主事、文选员外郎、考功郎中。泰昌、天启初年，曾任左都御史、吏部尚书。天启四年，被谪戍代州，后死于戍所。著有《芳菇园乐府》。赵南星所作散曲多用民间流行的小调，既写闺情，也讽刺政治现实，语气生动，反映了民间歌曲对文人的影响。其《丁未苦雨》以带有几分诙谐的语调，抒写久雨造成的忧患之情，这比单纯地写闺情，意义要深刻得多。

施绍莘（1581—1640），字子野，号峰泖浪仙，南直隶华亭（今上海松江）人。少为诸生，屡试不第，于是绝意仕进，在家乡华亭筑别业、营精舍，征歌选色，纵情诗酒。著有散曲集《秋水庵花影集》。施绍莘是一个痴情于花的文士，他最具特色的作品就是咏花之作。他的《侫花》、《花生日祝花》、《惜花》、《清明感桃》、《菊花》等套曲，从花开花落的铺叙描绘中寄寓了"寂寞田园居士"的情怀。其中有些曲子能把人的情思和仪态风韵移入对花的描写之中，写出不即不离的化境。如《清江引·荷花》：

仙妃化身生小苑，未了凡尘怨。探头欲语谁，郸叶还羞面，横塘夜凉郎信远。

人与物交融一体,情韵悠然。施绍莘还有不少描写幽居生活的散曲,抒写作为"烟霞泉石人"的闲雅之情。如《水仙子·幽居》写道:"屋三间,书一榻,或写字,或临画。觑功名,眼底花,趁闲时,且吃杯茶"。这是作者追求的人生境界,所表达的感情和趣味在晚明士人中颇具典型。施绍莘也写艳曲,但着笔于深情,格调较为高雅。

施绍莘的散曲作品兼南北两派之长,主体风格是南派的雅丽。与晚明其他南曲作家相比,其过人之处在于高格远韵。他的一些套数是对南宋雅词的回归,这对清代散曲有很大的影响。

第二节　明代民歌

明代初期和中期以来,经济的恢复和繁荣,促使反映平民生活的民歌俗曲大量产生,而这些作品痛快淋漓地宣泄人类的自然情感,包含着对封建礼教的反抗和追求个性解放的民主因素,展示了经济、政治、道德、审美、民俗等社会生活的各个侧面。

卓人月在《古今词统序》中说道:"我明诗让唐,词让宋,曲让元,庶几《吴歌》、《挂枝儿》、《罗江怨》、《打枣竿》、《银铰丝》之类,为我明一绝耳"(陈鸿绪《寒夜录》引)。关于民间俗曲在明代各时期流行的情况,沈德符《万历野获编》(卷二五)中有较详细的记述:

> 元人小令,行于燕赵,后浸淫日盛,自宣、正至成、弘后,中原又行《锁南枝》、《傍妆台》、《山坡羊》之属。李崆峒先生初自庆阳徙居汴梁,闻之,以为可继国风之后。何大复继至,亦酷爱之。今所传《泥涅人》及《鞋打卦》、《熬髑髅》三阕,为三牌名之冠,故不虚也。自兹以后,又有《耍孩儿》、《驻云飞》、《醉太平》诸曲,然不如三曲之盛。嘉、隆间,乃兴《闹五更》、《寄生草》、《罗江怨》、《哭皇天》、《干荷叶》、《粉红莲》、《桐城歌》、《银纽丝》之属,自两淮以至江南,渐与词曲相远。不过写淫媟情态,略具抑扬而已。比年以来,又有《打枣竿》、《挂枝儿》二曲,其腔调约略相似,则不问南北,不问男女,不问老幼良贱,人人习之,亦人人喜听之,以至刊布成帙,举世传诵,沁入心腑。其谱不知从何来,真可骇叹。又《山坡羊》者,李、何二公所喜,今南北词俱有此名,但北方唯盛爱《数落山坡羊》,其曲自宣、大、辽东三镇传来。今京师技女,惯以此充弦索北调,其语秽亵鄙浅,并桑、濮之音亦离去已远,而羁人游婿,嗜之独深,丙夜开樽,争先招致。

由此看来，这些民间俗曲先是起于北方，而后流传至南方，在明中叶以后，愈演愈盛，乃至人不分男女老少，地不分南北，"举世传诵"。在这过程中，又始终有文人的参与，有些文人不但甚为喜好，而且还从事模拟、创作，有的也写出一些较为清新活泼的作品，如刘效祖、金銮等人，在他们的集子中，有很多拟民歌俗曲的作品。清新的民歌对于沉浸在正统诗文的沉闷空气中的文人来说，如同旷野的天风，能够带来新奇的感受和灵感。

现存最早的明代民歌集，为成化年间金台鲁氏刊行的《新编四季五更驻云飞》、《新编题西厢记咏十二月赛驻云飞》、《新编太平时赛赛驻云飞》、《新编寡妇列女诗曲》四种。《新编四季五更驻云飞》大都是痴男怨女的心声，可谓南朝民歌的嗣音。如《受尽荣华》：

> 每日沉沉，晓夜思量哑口唇，懒把身躯整，羞对菱花镜。嗏，到老也无心。使尽金银，奴奴心不顺，受尽诸般不称心。
> 受尽荣华，红粉娇娥不顺他。名声天来大，说起家常话。嗏，把奴配与他。你有钱时买求媒人话，空有珍珠都是假。

这两首作品表现了女性在传统婚姻制度下的痛苦和不满。他们追求的不是财和势，不是荣华富贵的生活，而是真正的爱情。他们反对由别人支配自己的命运，希望由自己来选择意中人，获得自由幸福的婚姻生活。《新编太平时赛赛驻云飞》是歌咏故事的民歌，如《苏小卿题恨金山寺》、《双渐赶苏卿》、《王魁负桂英》等都采用联曲形式，可以演唱。嘉靖以来，张禄选辑的《词林摘艳》、郭勋选辑的《雍熙乐府》、陈所闻选辑的《南宫词纪》、龚正我选辑的《摘锦奇音》，以及熊稔寰选辑的《徽池雅调》等，都或多或少载录了部分民间歌曲。

天启、崇祯年间，通俗文学家冯梦龙对于民歌的收集整理表现了极大的热情，编辑了民歌专辑《童痴一弄·挂枝儿》和《童痴二弄·山歌》。《童痴一弄·挂枝儿》收录的大都是万历前后流行的民间时调"挂枝儿"。《童痴二弄·山歌》中绝大部分是江浙城乡流行的吴语歌谣，像著名的《月子弯弯》歌就收在本集的第五卷中。以前文人辑集的民歌多是以表现男女间的感情为主，而在这两部集子中，有更多的对于生存欲和繁衍欲的肯定，桑间濮上、拦路寻欢的"秽亵"内容在当时的社会中是一种反抗意识的表现。

《挂枝儿》和《山歌》不只内容丰富多彩，描绘了形形色色的世情俗态，而且具有新颖多样、巧妙精湛的艺术特性。

首先，不少篇目所塑造的少女少妇形象具有资本主义萌芽时期特有的人文主义色彩。他们在追求自由爱情中所表现出的大胆泼辣、勇敢顽强是以往文学作品中少见的。从她们身上可以感受到新时代跳动的脉搏。

其次，这些民歌作者吸收了小说、戏曲的某些艺术手法，善于抓住具有特征的微妙动作，勾画出鲜明的人物形象。如《山歌·送郎》：

> 送郎出去并肩行，娘房前灯火亮瞠蹬。解开袄子遮郎过，两人并作子一人行。

通过"解开袄子遮郎过"这瞬间的动作，传递出这位女子随机应变的急智，一个机灵慧敏的少女形象由此呼之欲出。

三是语言简洁明快，清新活泼，词句流畅，善于运用谐音双关的修辞手法。如《山歌·天平》：

> 郎作天平姐作针，一头法码一头银。情哥你也不必闲敲打，我也知得重和轻，只要针心对针心。

诗中的"针心"与真心谐音。看似咏物，实为抒情。借助于这种巧妙的修辞手法，表现出恋人微妙的心情，显得格外委婉动人。

明代的小说、戏曲、传奇等，经常引用民歌俗曲，穿插于故事情节的叙述中，从而使作品更为生动活泼，由此可见民歌俗曲的广泛影响。民歌俗曲不仅在当时流行，即使入清以后，也还不断有人从事收集和刊布，成为民众所喜爱的文学作品。不过清代时民歌俗曲的格调已经发生了变化，失去了原来明代民歌俗曲那种较为粗犷原始的气质，变得文雅起来，也不及明代民歌俗曲那么饱满。

第十三章 明代戏剧

第一节 明代杂剧

明代杂剧面对着元代杂剧的辉煌成就,不免逊色;相对于明代戏曲主流——传奇也难以比肩,但作为明代文学园地里一个品种,却具有鲜明的艺术个性和时代特征。据傅惜华《明代杂剧全目》著录,今知明代杂剧剧目达五百余种,创作状况大致可分为前后两期。

明前期杂剧主要是皇室贵族朱权、朱有燉和由元入明的一批作家如谷子敬、杨景言、贾仲名等所创作。由于明初实行文化专制主义,并在法律上明确规定民间演剧不准装扮"帝王后妃,忠臣烈士、先圣先贤,违者杖一百",但"神仙道扮及义夫节妇、孝子顺孙,劝人为善者不在禁限"(《昭代王章》),导致这一时期杂剧创作队伍出现了宫廷派作家群,题材内容上多歌功颂德,点缀升平的娱乐之作,显示出受封建统治干预不得不为之服务的创作特征,因而没有什么突出成就。值得一提的是影响较大,数量较多的朱权和朱有燉。

朱权(1378—1449),号涵虚子,丹丘先生、臞仙。明太祖朱元璋第十七子,封于大宁,卒谥"献",世称"宁献王"。所作杂剧十二种,今存《冲漠子独步大罗天》、《卓文君私奔相如》两种。前者演吕洞宾、张紫阳奉东华帝君之命度脱冲漠子,使其得道升天的故事。反映了信奉道家,企求成仙的消极思想。后者演传统的卓文君私奔司马相如故事,在本有反封建色彩的爱情婚姻题材中宣扬了夫贵妻荣的庸俗思想。由此可见,朱权所创作的多是迎合明初统治者所提倡的神仙道化剧和封建道德剧,思想价值不高,但在艺术上却兼有"元人之古朴"和"明人之工丽"(《曲海总目提要》),有一定的特色。朱权在戏曲史上的地位和影响,主要在于他贡献了一部戏曲理论著作《太和正音谱》,该书不仅保存了不少戏曲史料,也是现存最早的北杂剧曲谱,因而一直受到戏曲史研究者的重视。

朱有燉是明初多产杂剧作家,共有三十一种,总称《诚斋乐府》。从题材分,大致有游宴喜庆、神仙道化、节义道德、水浒剧等几类。大部分属于歌颂太平盛世的娱乐消遣之作,少数作品取材于现实,有一定的认识价值。如《香囊怨》即是作者根据当时真人真事敷演而成的一部杂剧。他在序中特意指出"近者山东卒伍中有妇人死节于其夫,予喜新闻之事,乃为之作传奇一帙,表其行操"。杂剧写妓女刘盼春爱上秀才周恭,而鸨母逼其接待富商陆源,为守贞明志,盼春自缢身亡。尸体火化后,其所佩内装周恭寄赠情词的香囊却完好无损。作品经过对题材的加工、改造,歌颂和赞美了刘盼春对爱情忠贞不渝的反抗精神。朱有燉杂剧在明初曾风靡一时,颇有影响。李梦阳《汴中元宵绝句》云:"中山孺子绮新妆,赵女燕姬总擅场;齐唱宪王新乐府,金梁桥外月如霜。"不仅如此,朱有燉还对金元杂剧体制和乐曲有所突破和创新,如大胆吸收南戏成分,不守一人独唱的惯例,可以轮唱、齐唱,曲调采用南北合套等,这种变体和创格,无疑对后来"南杂剧"的产生起了促进作用。

杂剧到了明中后期出现了新的气象,现实性和批判性有所增强。由于社会政治日渐黑暗,朝廷党争不断加剧、科场腐败等导致有才之士志不得伸,杂剧如同诗词成为文人手中愤世嫉俗,抒发个人感慨的工具。因而体制上灵活多变,打破了杂剧一本四折的陈规,乐曲也不一定由一人主唱,常常南北曲混用。这时期比较重要的杂剧作家作品有王九思的《杜甫游春》、康海的《中山狼》、徐谓的《四声猿》等。

王九思(1468—1551),字敬夫,陕西鄠县人。明弘治九年(1496)进士,"前七子"之一。刘瑾事败被诛后,被列为瑾党,屡遭贬斥。杂剧有《杜子美沽酒游春》、《中山狼院本》二种,前者为其代表作。《杜甫游春》一本四折,一人主唱,严守元杂剧体制,写杜甫在长安城郊春游,目睹城郭萧然,触景生情,大骂李林甫"是个奸邪小人,专一嫉贤妒能,坏了朝政"。最后典衣沽酒买醉,不受朝廷学士之命,隐居而去。传说此剧系作者隐射攻击当朝宰相李东阳所作。剧中李林甫指李东阳,但不管确否,作者借杜甫之酒杯,浇自己之块垒,愤朝政之黑暗,感个人之不遇却是显而易见的。作为作者的自我写照,杂剧塑造了一个嫉恶如仇、落拓不羁的杜甫形象,并在一定程度上批判了封建官场的黑暗和政治的腐败,有一定的现实性和认识价值。

康海(1475—1540),字德涵,号对山,陕西武功人,弘治十五年(1502)状元,授翰林院修撰,"前七子"之一。"前七子"领袖李梦阳弹劾刘瑾而被拟斩首,康海以同乡身份向刘瑾说情救李梦阳出狱。后刘瑾垮台,嫉恨者便以康海曾"谒瑾而援李"等罪名,将其削职为民。杂剧《中山狼》是其代表作,相传为讽刺李梦阳忘恩负义而作,但与事实不符,因康海罢官后与李梦阳仍保持良好关系。该剧写善良的东郭先生冒着风险搭救了被紧紧追杀无法逃脱的中山狼,不料这条饿狼得救后反而恩将仇报,竟要吃掉东郭先生。这是一出讽刺世情的寓言剧。它以拟人化的手法,对封建官场中的尔虞我诈、世道人心的险恶莫测作了生动变形的艺术描绘,具有很强的哲理性。同样题材的杂剧还有王九思的《中山狼院本》、陈与郊的《中山狼》、汪廷讷的《中山救狼》;小说有马中锡的《中山狼传》;传奇有无名氏的《中山狼白猿》等,这就形成了明中期杂剧中山狼题材创作热,反映出作家们对世道人心的感悟、关注和愤世嫉俗的情绪,从而提高了杂剧文体的战斗力。

这一时期的杂剧值得一提的还有冯惟敏的《僧尼共犯》、徐复祚(1560—1630)的《一文钱》、王衡(1561—1609)的《郁轮袍》等,它们或者描写僧尼不顾佛门戒律,肯定情欲的不可抑制,或者讽刺鞭挞吝啬鬼"财便是命,命便是财"的丑态,或者揭露不学无术的文痞以假乱真,冒名顶替攫取状元桂冠的可耻行径,从不同侧面反映出社会种种不合理的现象,体现出讽刺喜剧的风格。但是,相比较而言,真正以杂剧这一武器,批判当时各种黑暗腐败现象,从而达到新的思想境界的是徐渭的《四声猿》。

徐渭(1521—1593),字文长,号天池山人、青藤道士、田水月等,浙江山阴(今绍兴)人。著有杂剧《四声猿》、诗文集《徐文长三集》等。徐渭是明代作家中具有离经叛道色彩的"畸人",天才超逸,而又命蹇运乖,曾八次参加乡试均落第。后受到浙闽总督胡宗宪器重,作为幕僚屡出奇谋,为抗击倭寇立下战功。胡宗宪倒台后,他受到惊恐,精神失常,九次自杀未果,因误杀后妻入狱七年。出狱后靠鬻字卖画为生,潦倒以终。徐渭多才多艺,曾自称书一、诗二、文三、画四。袁宏道赞他诗、文、字、画、人"无之而不奇"(《徐文长传》)。其实他的杂剧也"是天地间一种奇绝文字"(王骥德《曲律》),标志着明杂剧的创作成就。

《四声猿》系一组杂剧,包括《渔阳弄》、《翠乡梦》、《雌木兰》、《女状元》。

《雌木兰》取材于《木兰辞》。写木兰代父从军十二年,驰骋疆场,建功立业。剧中写道:"休女身拼,缇萦命判,这都是裙衩伴。立地撑天,说什么男儿汉!"歌颂女子胜过男子的志气。《女状元》写五代时黄春桃女扮男装考中状元,在平反冤狱等事迹中表现出过人的聪明才智,表达了"世间好事属何人?不在男儿在女子"的愿望。这两剧歌颂了一文一武的女子,艺术地表现了她们的惊人才干和英雄气概,闪耀着反世俗反传统的思想锋芒。

《翠乡梦》写临安高僧玉通和尚苦修数十年,却在一夕之间被妓女红莲勾引,破了色戒,羞愤自杀。后转世为妓女翠柳,在师兄月明和尚的点悟下顿然成佛。杂剧形象地告诉观众,道行高超的僧侣难以成佛,而沦落风尘的妓女一旦顿悟却能成佛,从而揭露了禁欲主义的虚伪,显示出世俗的力量和禅宗的哲理。

《渔阳弄》借历史上祢衡击鼓骂曹的故事,改换时空,将剧情放在曹操死后的阴间进行,因而可以骂到曹操临终"分香卖履"之事,显得更加丰富而又痛快淋漓。作者借祢衡之口,嬉笑怒骂,长歌当哭,极力数落曹操的狡诈奸险和草菅人命的罪恶,揭露了以曹操为象征的社会实体的黑暗,抒发了一位"英雄失路,托足无门"的才智之士的满腹愤懑和精神痛苦,因而在众多文人中产生了强烈共鸣并得到高度评价。

《歌代啸》是一本四出的市井讽刺喜剧,相传亦为徐渭所作。该杂剧根据四句民间俗语敷演而成,即"没处泄愤的,是冬瓜走出,拿瓠子出气;有心嫁祸的,是丈母牙疼,炙女婿脚根;眼迷曲直的,是张秃帽子,教李秃去戴;胸横人我的,是州官放火,禁百姓点灯"。描写了一个黑白颠倒,曲直不分,荒谬绝伦,极不合理的世界,寓庄于谐,寓哭于笑,取得了揭露黑暗现实和抨击丑恶势力的讽刺效果。

徐渭在杂剧创作上,以一个斗士的姿态,直视社会阴暗面,随手取材,大胆宣泄,尽扫陈规,别具一格,体现出酣畅淋漓,惊世骇俗的艺术个性。澄道人《四声猿引》谓徐渭"为明曲之第一"。汤显祖认为"《四声猿》乃词坛飞将,辄为之唱演数通。安得生致文长,自拔其舌!"(王思任《批点玉茗堂牡丹亭叙》)在杂剧体制与乐曲上,徐渭也有所突破和创新,如长短无定制,南北曲兼用等。在曲辞上,不假雕饰,才华横溢,富有气势和力度。

第二节　明代传奇

传奇是明代戏曲的主体,据傅惜华《明代传奇总目》著录,剧目达950种,其中有作家姓名可考者618种,无名氏所作332种。

"传奇"最早指唐代的短篇文言小说,元末明初,"传奇"又往往指元杂剧。明嘉靖之后,"传奇"一般专指明杂剧之外,以南曲为主谱的中长篇戏曲。这是因为,从元杂剧到明清传奇,题材上大多袭用唐宋传奇或带有浓厚传奇色彩的故事传说所致。乐曲上,明传奇发源于宋元南戏,随着弋阳、海盐、余姚、昆山"四大声腔"的兴起,发展成为明清两代全国性大型戏曲。体制上,相对于元杂剧,篇幅加长,角色增多,结构更为完整,画面更加广阔,是中国戏曲艺术发展史上又一座新的里程碑。

明初的传奇创作自觉地适应了朱明王朝政治稳定思想统一的需要，带有浓厚的伦理教化意味。弘治年间文渊阁大学士邱濬（1421—1495）创作的《五伦全备记》。他开篇就明言"备他时世曲，寓我圣贤言"、"若于伦理不关紧，纵是新奇不足传"。剧本写伍伦全及其异母弟伍伦备孝义友悌的故事，其中的说白唱词来自经书，充满说教的味道，不堪卒读。稍后模仿邱濬的是宜兴生员邵灿所作的《香囊记》。剧本通过对宋代张九成与新婚妻子贞娘悲欢离合的描写，把忠孝节义等标准德行全部融会其中，以期教化人心。该剧好用典故，讲究对偶，《南词叙录》讥其是"以时文为南曲"的最早剧本。从戏曲发展史的角度看，它对后来戏剧骈俪化、典雅化倾向有较大影响。

明初传奇作品，值得一提的有姚茂良的《精忠记》、苏复之的《金印记》、沈采的《千金记》、王采的《连环记》。《精忠记》歌颂了抗金名将岳飞的爱国精神；《金印记》写苏秦发迹变泰的故事，透射出人情冷暖、世态炎凉的深沉感慨；《千金记》以韩信为主线，写出了楚汉相争的历史场面；《连环记》写王允为除掉董卓，巧施美人计，使董卓和吕布为争夺貂蝉而反目，最后借吕布之手诛杀董卓。这四出剧的共同特点是，选用的均是历史题材，在艺术上也有继承和袭用元杂剧的成分，难免有些粗糙之处。但由于历史题材本身带来的深厚积淀和涵蕴，因而使剧本具有一定的思想价值和演出效果。

明传奇到了嘉靖年间逐渐繁荣起来。社会政治的腐败，朝廷党争的激烈，边境敌寇的侵扰，东南沿海一带资本主义生产关系的萌芽，市民阶层的壮大及其对戏曲的爱好和需求，促使作家们更加直面现实，自觉地运用戏曲这种既能自娱又能娱人的艺术形式寄托对社会人生的感慨。

这时期最重要的作品有三部，即李开先的《宝剑记》、梁辰鱼的《浣纱记》、无名氏的《鸣凤记》。尤其是《浣纱记》的出现，从剧本创作上为昆腔的普及和发展作出了历史性贡献，奠定了昆曲成为全国性剧种的基础。

李开先（1502—1568），字伯华，号中麓，山东章丘人。嘉靖八年（1529）进士，官至太常寺少卿。他是"嘉靖八子"之一，因批评朝政被罢官，此后居家近三十年。他家藏元剧千余种，有"词山曲海"之誉，对诗文、传奇、杂剧、散曲等有着广泛的创作兴趣，留下了多方面的作品。所作传奇今知三种，存有《宝剑记》、《断发记》。《宝剑记》是其代表作。

《宝剑记》五十二出，写汴梁书生林冲弃文从武，征讨方腊有功，见朝廷奸臣当道，两次上疏弹劾童贯、高俅，遭到接踵而来的迫害，被逼上梁山。最后受皇帝招安，将高俅父子处置，报仇雪恨，与妻子贞娘团圆。该剧虽取材于《水浒传》林冲被逼上梁山的故事，但在主旨和情节上有很大不同。在剧中，林冲是一个忠臣孝子的典型。他被逼上梁山乃是弹劾童贯、高俅专权用事，败坏朝政所致，高衙内企图强占林冲妻子已是林冲发配之后的事情。这就把林、高的私怨上升到忠奸斗争的高度，从而具有了深刻的社会意义。剧本在开首［鹧鸪天］曲中明确宣布："诛谗佞，表忠良，提真托假振纲常"，表现出一种说教意味，但由于选用林冲逼上梁山的题材，来揭露官场黑暗、仕途险恶的现实，并且融进了作者历经宦海的深切感受，因而必然产生出一种感人的力量。其中林冲唱的某些曲辞，如"按龙泉血泪洒征袍，恨天涯一身流落，专心投水浒，回首望天朝，急走忙逃，顾不得忠和孝"，"丈夫有泪不轻弹，只因未到伤心处"等，读来充满慷慨悲凉之气，令人感动。

南戏在南方各地经历了从明初到嘉靖近二百年的流传演变，兴起了弋阳、余姚、海盐、昆山四大声腔。《南词叙录》对当时流行情况描述道："今唱家称弋阳腔，则出于江西，两京、湖南、闽、广用之；称余姚腔者，出于会稽，常、润、池、太、扬、徐用之；称海盐腔者，嘉、湖、温、台用之。惟昆山腔止行于吴中，流丽悠远，出乎三腔之上，听之最足荡人。"昆腔在明中后期一跃雄踞剧坛榜首，一方面得力于以魏良辅为首的一批戏曲音乐家的多年精心研习和改革，另方面又由于戏曲家梁辰鱼创作了《浣纱记》剧本，使之有所附丽，得以传播普及，发扬光大。

梁辰鱼的《浣纱记》取材于《吴越春秋》，因范蠡与西施初以一束浣纱定情而为名。演越国上大夫范蠡与浣纱美女西施的爱情故事，并将他们的悲欢离合与勾践复仇灭吴的历史大事件纠合在一起，通过男女主人公的爱情悲剧反映出国家兴亡的政治悲剧。戏剧肯定了范蠡西施为挽救国家危亡而暂时牺牲爱情的奉献精神，表彰了越国君臣卧薪尝胆、报仇雪恨的坚定信念。同时对吴国的君臣也作了深入的描写和明确的评判，既讽刺否定了荒淫无耻、宠信奸佞的吴王夫差，谴责揭露了贪婪奸诈的权臣伯嚭，又肯定褒扬了因敢言直谏而遭迫害的忠臣伍子胥，体现出"生于忧患，死于安乐"的历史主题。作品最后写范蠡西施功成身退，泛游五湖，是因为看出了越王勾践"只可同忧患，不可同安乐"的本性，形象地概括了封建帝王的残忍本质，透射出忠臣烈士兔死狗烹的悲剧色彩，富有厚重的历史感和深沉的人生哲学思考。在通过爱情反映王朝兴衰的创作构思上，《浣纱记》对后来的戏剧如《长生殿》、《桃花扇》无疑产生了影响。

相传为王世贞或其门人所作的《鸣凤记》是一部反映当代政治事件的时事剧。大约成于嘉靖末年，据焦循《剧说》云："词初成时，（王世贞）命优人演之，邀县令同观。令变色起谢，欲亟去，弇州徐出邸抄示之，曰：'嵩父子已败矣'。乃终宴"。足见此剧创作之快，并为后来反映时事政治的戏曲创作开了先河。该剧写明嘉靖年间严嵩、严世蕃父子及赵文华之流奸险专权，残害忠良，致使内忧外患，敌寇逞凶，生灵涂炭。杨继盛、董传策等忠臣不屈不挠，前仆后继，拼死抗争，终于击垮专权达二十余年的严嵩奸党。第一出《家门大意》云："前后同心八谏臣，朝阳丹凤一齐鸣"。故名《鸣凤记》。所谓"八谏臣"，即杨继盛、董传策、吴时来、张翀、郭希颜、邹应龙、孙丕扬、林润。又合夏言、曾铣为"十义"，或称"双忠八义"。由于取材于真人真事，所以该剧具有很强的现实性和战斗力。正如昌天成《曲品》中所云："《鸣凤记》记诸事甚悉，令人有手刃贼嵩之意！"

明传奇到了万历至崇祯年间（1573—1644）出现了空前繁荣局面，可谓作家如林、作品繁多。从声腔上讲，昆腔与弋阳腔仍占主导地位（剧本留存下来的以昆腔为多），分别满足了士大夫阶层和大众百姓的精神需求。从创作倾向上看，由于东南地区经济的繁荣，城市人口的增多、市民阶层的壮大，出现了以恋爱自由、婚姻自主为特征的个性解放精神，对封建专制文化形成巨大冲击。它与诗文中的"公安派"反对"前后七子"，哲学中王学"左"派批判程朱理学相呼应，共同谱写了晚明文化领域张扬个性，批判封建专制的新乐章。其中汤显祖创作的"临川四梦"代表了明传奇的最高成就（后面另作介绍），其他作家也以不同题材的作品、独特的艺术个性和风格丰富了明传奇的艺术宝库。

"十部传奇九相思。"高濂的《玉簪记》是这一题材的佼佼者。高濂，字深甫，号瑞南，浙江钱塘（今杭州）人，生卒年不详。主要活动期在万历年间。所作传奇两种，除《玉簪记》外，尚有《节孝记》，但不及《玉簪记》享誉剧坛。该剧出现之前，曾有同类题材的杂剧《张于湖误宿女贞观》和小说《张于湖传》，对其创作此剧有所启发。

《玉簪记》是一部令人轻松快意、饶有风趣的爱情喜剧。写大家闺秀陈娇莲于金兵南下之际，在避难中与母亲离散，投至金陵女贞观中为道姑妙常。观主之侄潘必正在临安应试落第后，羞归故里，到金陵女贞观探访姑母，与妙常得以相见。经茶叙、琴挑、偷诗等一番曲折，两人互通情愫，私下结合。后观主发觉此事，逼必正再赴科考，妙常雇舟追赶恋人，在江上两人互赠玉簪和鸳鸯扇。后必正考中得官，迎娶妙常。

剧作展示了一对青年男女冲破封建礼教和宗教清规而自由结合的过程，张扬了情欲战胜禁欲的力量，将陈、潘两人爱情的萌生和发展安排在女贞观的特定场景中,双方通过琴声诗词相互试探,显得十分温馨自然。尤其是陈妙常对爱情的热烈向往和害羞的心理表现得十分生动。如第十八出《叱谢》中,通过她自作的词表达彻夜难眠的感受:"一念静中思动,遍身欲火难禁,强将津吐咽凡心,争奈凡心转盛"。情欲的萌生与心理的矛盾描写如画,从而以情感的真切产生感人的艺术效果。

比《玉簪记》稍迟一点,出现了一部爱情悲剧《红梅记》。作者周朝俊,字夷玉,浙江鄞县人,生卒年不详,大约活动在万历年间。所作传奇十余种,仅存《红梅记》。该剧写裴舜卿和卢昭容、李慧娘的爱情婚姻故事,由两条爱情线索交织而成,并通过男女主人公悲欢离合之情,抨击了荒淫残暴、祸国殃民的权奸贾似道的罪恶,歌颂了李慧娘等为爱情生死不泯的反抗精神。剧中李慧娘是一个复仇女性的典型。她本是良家女子,被逼进贾府作了贾似道侍妾。一次游西湖见到年少英俊的书生裴舜卿,脱口赞叹:"美哉少年!"竟遭贾似道残杀。然而李慧娘含冤而死,一灵不泯。先是主动而热烈地追求爱情幸福,与裴舜卿幽会。后又掩护裴郎去考科举。在《鬼辩》一出里,她愤怒直斥贾似道的荒淫无耻,以挑战的口气宣称与裴郎"行了些云雨,勾了些风华",挺身救出蒙冤而囚的众姬妾。虽然李慧娘与裴舜卿的爱情不是全剧主线,并且关目"繁冗芜杂",但李慧娘作为复仇鬼魂形象却十分感人,从而使该剧产生了广泛的影响。现代京剧《李慧娘》即是根据该剧改编而成。

在晚明戏曲史上,因沈璟修改汤显祖《牡丹亭》而引发了戏曲创作理论上的"汤沈之争",他们以自己的创作成就和理论主张影响了众多作家,从而形成了临川派和吴江派。这里就受汤显祖影响的"临川派"几位代表作家及作品作一介绍(沈璟与"吴江派"见后)。他们是阮大铖、吴炳、孟称舜。

阮大铖(1587—1646),字集之,号圆海,怀宁(今属安徽)人。万历四十四年(1616)进士。先以依附阉党魏忠贤被罢官为民,后于南明弘光朝复起,官至兵部尚书。与马士英狼狈为奸,大肆迫害东林、复社文人,继而投降清朝,从攻浙闽交界处仙霞关僵仆石上而死,其人品为士林所不齿。然其大有才华,诗歌戏曲创作颇丰,尤其熟谙音律,通晓舞台实践,所作剧本,不仅文人爱读,也深为梨园子弟喜爱。今存《燕子笺》、《春灯谜》、《双金榜》、《牟尼合》,合为《石巢传奇四种》。

《燕子笺》写书生霍都梁出身世家,才高技绝,长安应举期间,与"上厅行首"华行云情深意笃,绘成两人游乐的《听莺扑蝶图》,后被裱匠误送礼部尚书小姐飞云处,飞云题诗于笺,又被燕子衔去落入都梁手中,于是两人陷入相思之中。又有小人鲜于佶知情后,谋割霍都梁闱卷,盗其状元桂冠,迫使霍都梁出走。经历一番曲折,霍都梁走文武两路功名,先后娶行云、飞云为妻,团圆结局。《春灯谜》写宇文彦与女扮男装的韦影娘于灯会相见,皆猜中灯谜。并作诗酬唱,各写于笺,互执而去。又二人错上对方之船,从此生出无尽波澜,一错再错,错错环生,及至洞房花烛时,各各相认,始知种种错讹,故此剧又名《十错认》。《双金榜》写洛阳秀才皇甫敦蒙冤受屈,妻离子散,经过种种曲折苦难,终于二子登科,合家团圆。《牟尼会》写梁武帝之孙萧思远被封其蔀诬以谋反大罪,四处逃亡,因而与妻荀氏及儿子佛珠的离合故事。阮剧四种反映的是爱情婚姻和冤狱苦难两大问题,而以功名作为解决一切难题的魔杖,蕴涵着作者的人生体验和对社会政治复杂现象的思考,有一定的认识意义。大铖写戏善用误会和巧合构思关目,因而“簇簇能新,不落窠臼”(张岱《陶庵梦忆》),具有很强的观赏性和娱乐性。不过有时用得过多过滥,匠气较浓。其曲词清丽流畅,文采斐然。宾白声口毕肖,机趣自然,为曲坛所公认。吴梅谓其“深得玉茗之神”(《中国戏曲概论》),道出了他在艺术上属于临川派一路的特点。

吴炳(1595—1647),初名元寿,后改名炳,字可先、石渠,号粲花主人。宜兴(今属江苏)人。曾任江西提学副使,同情支持东林党人反抗阉党的斗争。明亡后,随桂王至桂林,擢为兵部侍郎兼东阁大学士,后被清兵擒获绝食而死(或说自缢死)。所作传奇《西园记》、《绿牡丹》、《画中人》、《疗妒羹》、《情邮记》,合称《粲花斋五种曲》,均以歌颂男女真情,要求个性解放、婚姻自主为主题。

《西园记》演书生张继华在西园与王玉真一见钟情,却误以为王是赵玉英。赵玉英因婚约不如意而病亡,张继华闻讯哭恸欲绝,呼唤玉英芳名使之感动,得以幽会。后玉英劝张继华与王玉真成婚,终于消除了以前的误会。该剧将张、王爱情与赵玉英的不幸遭遇纠结在一起,以误会和错认推进情节发展,真与假,悲与喜相映成趣。既写出了赵玉英对不幸婚约发出“誓不俗生,情甘愿死”的反抗呼声,又歌颂了张、王有情人终成眷属的婚姻理想。剧本构思巧妙,情节曲折,人物性格鲜明,有较强的戏剧性。

《疗妒羹》写乔小青被卖与褚大郎为妾,褚妻见其才高貌美,百般虐待。小青夜读《牡丹亭》,因杜丽娘、柳梦梅的梦中欢爱而深感自身不幸,哀痛而亡。后在一侠客的救护下死而复生,改嫁杨不器。剧作通过乔小青的不幸遭遇,批判了要求妇人从一而终的封建婚姻观,肯定了受压迫女性对自由爱情的追求和向往,继承了《牡丹亭》“生生死死为情多”的可贵精神。

《画中人》写书生庾启与画上美女郑琼枝鬼魂相恋的故事,显然受到《牡丹亭》的启发。《绿牡丹》和《情邮记》都是爱情婚姻喜剧。通过赛诗、题诗等关目,使男女主人公经过一系列误会巧合后圆满结合,反映出才子佳人应成眷属的婚姻理想。

吴炳的剧作,主旨鲜明,集中体现了"天下只有一个情字,情若果真,离者可以复合,死者可以再生"的进步思想,并在此基础上,构思奇特巧妙,人物刻画细腻,结构严谨紧凑,文辞优美流畅,善于运用误会巧合手法,从而具有很强的娱乐功能和演出效果。

孟称舜(1599—1655),字子若,号卧云子,花语仙子,会稽(今浙江绍兴)人。所作传奇五种,现存《娇红记》、《二胥记》、《贞文记》三种;杂剧有《桃花人面》等。他还编纂了《古今名剧合选》,按照婉丽和豪放的不同风格,分为《柳枝集》和《酹江集》,并详加评点,在这些评点和选本序言中,表达了写戏要追求本色和行当的理论主张。

《娇红记》是孟称舜的代表作。剧中描写的王娇娘与申纯的爱情故事,在民间早有流传。元人宋梅洞尝作《娇红传》小说,明初刘兑亦有《金童玉女娇红记》杂剧。孟称舜的《娇红记》在此基础上作了再创作。剧写表兄妹王娇娘与申纯真心相爱,密约成欢。不料娇娘父亲却将其许配给帅节镇之子,致使娇娘病重而亡。申生闻讯,悬梁自缢,为家人救醒,乃绝食而亡。两人合葬后,魂化鸳鸯,故又名《节义鸳鸯冢娇红记》。这是一个沉痛悱恻的爱情悲剧。剧作歌颂了王、申二人由相知到相爱生死不渝的真情,通过娇娘唱出:"薄命红颜,好花易折。但得个同心子,死共穴,生同舍。便做连枝共冢,共冢我也心欢悦",达到了感人至深的效果。在这个古老而常新的爱情题材中,反映出明代后期要求婚姻自主和个性自由的时代精神。

第三节 汤显祖与《玉茗堂四梦》

在明代后期剧坛上,出现了一位与英国莎士比亚几乎同时代的伟大作家汤显祖,在他的笔下产生了光耀千古的戏剧杰作《玉茗堂四梦》。

汤显祖(1550—1616),字义仍,号若士,又号清远道人,江西临川人。出生于读书世家,十四岁补为诸生,二十一岁中举,文名渐隆。因拒绝当朝权相张居正的延揽,几次会试均落选,直到张居正去世,他才于万历十一年(1583)考中进士,此时已三十四岁。次年任南京太常寺博士,后升任南京礼部祠祭司主事。

汤显祖生活在明代中后期,此时政治腐败、社会黑暗日渐严重。嘉靖皇帝喜好炼丹,万历皇帝"酒色财气"四毒俱全。朝廷党争不断,边关北有俺答部落骚扰,南有倭寇侵犯,社会各种矛盾日趋激化。汤显祖性格耿介,早年热心政治,虽身为闲官,难有作为,但思想倾向上与顾宪成、高攀龙、邹元标、李三才等东林党人相近,来往密切。万历十九年,他目睹江南水旱相继、瘟疫横行,民不聊生的惨状,上了一道《论辅臣科臣疏》,揭露赈灾官员贪贿行为,指出朝廷前十年张居正刚而有欲,后十年申时行柔而有欲,并将矛头直指万历皇帝,因而震动朝野,激怒皇上,被贬为广东徐闻县典史。后在浙江遂昌做了五年知县,其间兴教劝学,灭虎清盗,颇有政声。尤其在除夕放囚犯回家团聚,确为大胆之举,给自己带来不利影响。此时汤显祖深感朝政日非,官场黑暗,从政热情渐渐冷却,于万历二十六年(1598)毅然辞官,隐居故乡,致力于戏剧创作。

汤显祖早年受过正统儒家思想教育,也受过神仙佛老思想影响。少年时代师从泰州学派代表人物之一罗汝芳,受其反对程朱理学的思想影响很大。在南京任职期间,认识了著名的禅僧紫柏大师,并结为挚友。后又读到李贽的《焚书》,极为倾慕。辞官后,曾在故乡与李贽相会。紫柏大师和李贽均是晚明反传统反礼教的斗士,被称为"一雄一杰"、"二大教主"。他们崇尚人性真情,反对虚伪残忍的程朱理学,张扬个性自由的思想无疑对汤显祖的处世态度产生了积极的影响。汤显祖正是在这样的时代环境和思想文化氛围中,开展他富有现实性和战斗性的戏剧创作活动,在文学艺术领域形象地表达出尊情抑理的进步社会观和人生观,为后世留下了一批戏剧珍品。所作传奇有《紫钗记》(由早年所写《紫箫记》改作)、《牡丹亭》、《邯郸记》、《南柯记》,合称《玉茗堂四梦》。诗文集有《红泉逸草》、《问棘邮草》、《玉茗堂集》等。其所存著作现合刊为《汤显祖集》。

汤显祖有着鲜明进步的文学观。面对着以理格情、无视人性尊严的现实,他自觉地运用泰州学派具有人本主义色彩的哲学武器,通过文学的形式以情格理。认为"情在而理亡"(《沈氏弋说序》),从而提出了富有挑战意义的"至情"论,并以此作为文学创作的出发点。他曾公开宣称:"诸公所讲者,性;仆所言者,情也"(朱彝尊《静志居诗话》)。在《牡丹亭记题词》中说:"嗟夫!人世之事,非人世所可尽。自非通人,恒以理相格耳。第云理之所必无,安知情之所必有邪!"这就在创作理论上,找到了当时所能提供的反对扼杀人性的有力武器;在创作实践上,准确抓住了文学描写人性、反映人的生命欲望和生命活力的"真情"这一艺术特征,从而表现了个性解放的可贵精神。因此,汤显祖以显著的创作实绩,赢得了"言情派"代表的美誉。此外,汤显祖以其超人的艺术才华为基础，十分强调发扬作家的个性和创造性，因而在创作方法上，具有鲜明的浪漫主义色彩。他在《序丘毛伯稿》中说："天下文章所以有生气者，全在奇士。士奇则心灵，心灵则能飞动，能飞动则下上天地，来去古今，可以屈伸长短，生灭如意，如意则可以无所不如。"主张作家在创作上充分展现自己的想象力和创造才能，是汤显祖追求文章尚奇的又一特色，并对比他稍后的公安派提倡的"性灵说"产生了一定的影响。针对以沈璟为代表的吴江派作家批评自己的《牡丹亭》有不协律之病，汤显祖大为不满，并在理论上予以有力驳斥："凡文以意趣神色为主，四者到时，或有丽词俊音可用，尔时能一一顾九宫四声否？如必按字摸声，即有窒滞迸拽之苦，恐不能成句矣"（《答吕姜山》），语气虽难免过火偏激，但其精神却符合戏剧艺术创作规律，无疑是进步可取的。

　　《牡丹亭》是汤显祖的代表作，也是其得意之作。一问世即轰动剧坛，"家传户诵，几令《西厢》减价"（沈德符《顾曲杂言》）。这部作品在当时年青女子心中产生了强烈的共鸣和震撼，形成戏剧文化现象中的一种奇观。娄江女子俞二娘读《牡丹亭》后，于 17 岁就哀感身世而亡。传说内江一女子读了汤显祖剧本后，愿嫁给他，因见其已满头白发而投水身亡（焦循《剧说》）。杭州演员商小玲在演《牡丹亭·寻梦》时气绝而亡，最著名的是广陵冯小青的故事，她所写的绝命诗："冷雨幽窗不可听，挑灯闲看《牡丹亭》。人间亦有痴于我，岂独伤心是小青"（蒋瑞藻《小说考证》），典型地代表了当时女子观看《牡丹亭》之后的深切感受。凡此种种，均说明了作为中国戏剧史上一颗璀璨的明珠，《牡丹亭》所产生的巨大艺术力量和深远的影响。

　　《牡丹亭》所描写的确实是一个为追求爱情而"一灵咬住，死死不放"的动人故事，与元杂剧《西厢记》同是中国古代最著名的爱情剧。全剧五十五出，取材于话本小说《杜丽娘慕色还魂记》，写南安太守杜宝的千金小姐丽娘私自游园后，在梦中与一位素不相识的书生柳梦梅在花园梅树下幽会，醒来怅然若失，幽怀难遣。后来又去寻梦，毫无所得，终于抑郁而亡。杜宝离任前，将丽娘葬于官衙后花园。谁知世间果有一落魄书生柳梦梅在上京赶考时，途经此地，于花园内拾得丽娘临终前自画像，上有题诗一首，最后两句为："他年得傍蟾宫客，不在梅边在柳边"。梦梅认为恰与自己名字相合，睹画思人，更是如醉如痴，叫唤不停，终于感动丽娘阴魂，人鬼幽会。后梦梅挖墓开棺，使丽娘起死回生，两人结为夫妇。待柳梦梅考中状元后，杜宝认为女婿是掘墓罪犯，女儿是妖女，拒不承认。后经丽娘在金銮殿勇敢辩解，皇帝出面解决，才团圆结局。

　　《牡丹亭》通过对杜丽娘为"情"而不顾生死的追求历程的描绘,鲜明地
表达了"情不知所起,一往而深。生者可以死,死可以生。生而不可与死,死
而不可复生者,皆非情之至也"(《牡丹亭记题词》)的爱情观。基于这一点,
剧本用了相当多的篇幅描写了杜丽娘的家庭环境、教养身世等,揭示由此而
产生的主人公的内心世界。杜宝是一个顽固僵硬的封建官僚代表,他按照
封建规范要求想把丽娘塑造成班昭、谢道韫一类人物,目的是要女儿"知书
识礼,父母光辉"。所以,他请来的先生陈最良正好是一个头脑僵化的腐儒,
除了读书上的教条以外,别无所知,别无所求,用他自己的话说活了六十岁
从未伤过春,可见是一个可悲可怜又可叹的冬烘先生。《闺塾》一出,他教丽
娘读《诗经·关雎》篇,只知"依注解书",连丫环春香都感到"昔日贤文,把人
禁杀"。可见杜丽娘身边的两个男性——父亲和老师都是没有什么情感的
封建教条的化身。杜丽娘的母亲虽然很慈爱,但也已被封建教条所奴化。
她平时看见女儿裙子上绣着两朵花两只鸟都怕惹动情思,应该说也是一个
悲剧性的人物。杜丽娘就是生活在这样一个与社会隔绝甚至与大自然隔绝
的环境氛围中,这对一个情窦初开的青春少女而言,无疑是精神牢笼,人间
地狱。而杜丽娘所追求和向往的爱情就是在这样充满荆棘的贫瘠土地上萌
生的,因而就显得格外的艰难、可贵和美好。

　　杜丽娘作为"情"的化身,是一个十分感人的艺术形象。她对爱情的追
求,首先来自于生命的自然冲动,来自于"欲"的追求,面对着大好春光,不禁
发出:"关了的雎鸠,尚有州渚之兴,何以人不如鸟乎!"又想到自己:"年已及
笄,不得早成佳配,诚为虚度青春。光阴如过隙耳,可惜妾身颜色如花,岂料
命如一叶乎!"在最著名的《惊梦》一出中,她抒发了自己美丽的生命如同美
好的春光一样被荒废的无奈和忧伤:

　　　　原来姹紫嫣红开遍,似这般都付与断井颓垣。良辰美景奈何天,赏心乐事谁家
　　院? 朝飞暮卷,云霞翠轩,雨丝风片,烟波画船,锦屏人忒看的这韶光贱!(〔皂罗
　　袍〕)

　　正是这种由"欲"到"情"的渴望和无法如愿的冷酷现实,使她只能在梦
中与虚幻的情人幽会。然而好梦不再,便去寻梦。寻梦不成,便希望死后能
葬在梦中幽会之所——梅树旁。她唱道:"这般花花草草由人恋,生生死死
随人愿,便酸酸楚楚无人怨!"杜丽娘"一生爱好是天然",所追求和向往的就
是这种自由自在的生活。

杜丽娘的死,不是死于爱情被破坏,而是死于对爱情的陡然渴望。这是一个富有深刻意义的悲剧,也是本剧超过以前才子佳人爱情剧的地方。但作者的伟大之处并不仅仅如此,而是在此基础上,展开想象的翅膀,托之于浪漫的虚构,让杜丽娘"慕色而亡"后,仍不甘心,其幽魂在幻想世界里,继续追求理想的爱情。这就为杜丽娘性格的发展开辟了一个超现实的极为特殊的空间,为杜丽娘"至情"形象的塑造加上极为重要的浓重一笔,同时也对现实世界扼杀人性的精神压迫提出了强有力的批判和反抗。剧本写出只有在幻想世界里,杜丽娘才能和柳梦梅相爱结合,说明了这个幻想世界产生于对现实世界的强烈不满,而且是为抗议和否定现实世界而存在的,因而艺术想象和虚构显得十分自然合理而又具有现实基础。惟其虚构,更显真实,由此才能真正体现出《牡丹亭》浪漫主义的积极意义。

虽然,杜丽娘的爱情最后是以柳梦梅中状元后奉皇帝圣旨完婚的喜剧形式结局,但在这之前,杜、柳早已结为夫妇。在金銮殿上,杜丽娘大胆地为争取来的爱情辩解,表现出一种斗争胜利后的喜悦。《西厢记》最后一句唱词是:"愿普天下有情人皆成眷属。"《牡丹亭》最后一句唱词是:"则普天下做鬼的有情谁似咱!"两剧都提到了"情",但后者的"情"的内涵更为丰富,体现了历史性的进步。

除杜丽娘之外,剧中其他人物也塑造得比较成功。杜宝夫妇作为封建家长,既有顽固保守的一面,也有慈爱的一面。僵化穷酸的陈最良,是那个时代被科举和封建教条所奴化的典型,作者对他既有同情又有嘲弄。丫环春香天真活泼,娇憨不懂事,恰好成为对人生有着深沉理性思考的杜丽娘的对照。男主人公柳梦梅身上的才华与痴情紧密地结合在一起,个性也很鲜明。作者写这些人物,大多建立在现实生活基础上,因而显得真实可感。《牡丹亭》在艺术上显著的特色之一是富有浓厚的抒情气氛,可谓是一部美丽动人的诗剧。曲辞优美、艳丽、典雅、精炼,在当时就为众多曲家所称道,从而奉汤显祖为"文采派"的代表。当然,作为一部传奇名著,《牡丹亭》在艺术上也有明显的缺陷,主要是篇幅过长,结构松散,尤其是后半部李全兵乱、杜宝平叛的描写,虽然可能是迎合当时传奇演出冷热兼济的需要,但毕竟游离于全剧爱情主线之外。与全剧张扬"至情"的时代思想主题和鲜明生动、光耀千古的杜丽娘形象相比,这些缺陷也就微不足道了。

除《牡丹亭》外,汤显祖还写有《紫钗记》、《南柯记》、《邯郸记》。《紫钗记》是在其早年创作《紫箫记》(未写完)的基础上改作而成。原因是"曲中乃有讥托,为部长吏抑止不行"(《玉合记题词》)。此剧取材于唐传奇蒋防的

《霍小玉传》，与之不同的是，把李益负心，霍小玉含恨而亡的著名悲剧故事，改写成霍、李至诚相爱，中经曲折误会，终于团圆的喜剧结局。剧作对霍小玉的痴情予以浓墨重彩，描绘得生动感人，同样表现了作者对"至情"的肯定和赞扬。但相对而言，此剧立意和描写都比较一般，是四剧中较弱的一种。

《南柯记》和《邯郸记》是汤显祖继《牡丹亭》问世不久所写的两出戏，分别取材于唐传奇李公佐的《南柯太守传》和沈既济的《枕中记》。《南柯记》写淳于棼与友人在庭中古槐树下饮酒，一日酒醉梦入槐安国，被召为驸马，与瑶芳公主成婚，从此仕途平步青云。在任南柯郡太守二十年间，政绩显著，举国欢诵，被升为左丞相。正当他红得发紫之时，瑶芳公主病逝，政治上失去后援，又乘醉与姑嫂纵淫，被右相段功诉于国王，结果断送前程，遭遣还乡。梦醒来，其酒尚温，方知大槐安国乃是大槐树下的蚁穴。后经契玄大师以剑斩断其情缘，才大悟万象皆空，立地成佛。《邯郸记》即是著名的"黄粱美梦"的故事。写好功名、嗜富贵的寒士卢生一日在小饭店中与仙人吕洞宾相遇，正谈话间，目昏思寐，此时店小二正在为他们做黄粱饭。卢生暂横榻上，吕仙便将所携磁枕为其枕之。卢生梦入清河富家崔氏，与其女结婚，得金钱无数。上京应试，遍赂权要，举为状元。荣归时节，他利用执掌制诰之便，为夫人捞取了"五花诰命"封赠。他"开河凿石"，竟用"盐蒸醋煮"之法获得成功；边关吃紧，他又以"御沟红叶之计"大破吐蕃，建立奇勋。然而却遭到宇文丞相忌谗，险些送命。最后历经宦海风波，终于位极人臣，实现了早年追求的"大丈夫当建功树名，出将入相，列鼎而食，选声而听，使宗族茂盛而家用肥饶"的愿望。但结果活了八十多岁，仕宦五十余年，却丧命于"采战"之术。卢生醒来，黄粱未熟，终悟功名富贵乃是虚幻，追随吕仙而去。

《南柯记》、《邯郸记》的创作，标志着汤显祖由爱情题材扩大到社会政治题材，力求从更广阔的社会生活面上反映晚明时期政治的黑暗腐败，透射出有识之士对社会人生出路的痛苦探求和无奈感受。剧本虽然通过荒诞的梦幻情节，描写淳于棼、卢生荣辱兴衰的一生，笼照着佛道思想的浓云密雾，但却深刻地描绘出明代官场的尔虞我诈、营私舞弊、贪污腐化，高级官僚纵情享乐等种种丑行，反映出人生富贵穷通的变幻无常，名缰利锁和"一点情"所带来的难以摆脱的种种苦恼，寓意警拔，发人深省。吴梅在《中国戏曲概论》中说："记中（指'后二梦'）备述人世险诈之情，是明季宦途习气，足以考万历年间仕宦况味，勿粗鲁读过"。明王骥德《曲律》评价两剧时云："可令前无作者，后鲜来者，二百年来，一人而已。"

第四节　沈璟和吴江派

明代中后期，戏曲创作出现了空前繁荣的局面。作家队伍不断壮大，作品数量日渐增多，观众欣赏水平逐渐提高，因此必然在理论上，提出对戏曲这一特殊的艺术形式，从音律、语言、演唱、结构等方面进行探讨和总结，以利于创作沿着艺术规律的轨道向前发展。以沈璟为代表的吴江派正是在这种形势下出现的戏曲艺术流派。

沈璟（1553—1610），字伯英，号宁庵、词隐，江苏吴江人。万历二年（1574）进士，历任兵部、礼部、吏部诸司主事、员外郎。因科场舞弊案受到牵连，三十七岁即以患病辞官回乡。此后二十多年过着以词曲自娱的戏曲创作与研究生涯。吕天成《曲品》说他"生长三吴歌舞之乡，沈酣胜国管弦之籍。妙解音律，兄妹每共登场，雅好词章，僧妓时招佐酒"，对戏曲十分喜好。一生共创作传奇十七种，全称《属玉堂传奇》（部分已佚），现存有《红蕖记》、《埋剑记》、《双鱼记》、《桃符记》、《义侠记》、《坠钗记》、《博笑记》等。从戏剧文学的角度看，沈璟的戏曲创作大多袭用前人题材，思想陈腐，封建说教成分较浓，不善于刻画人物形象，因而成就不高。但他比较注重舞台演出效果，常以关目曲折，情节新奇取胜，为改变当时剧坛重"曲"轻"戏"的风气，推进"案头之曲"向"场上之曲"的转化作出了努力。

作为戏曲家，沈璟的贡献不是在创作上，而是在理论上。他曾在前人著作的基础上，对南曲七百多种曲牌进行正误考订，编辑整理了《南九宫十三调曲谱》，成为后人制曲和唱曲的权威法则，因而成为曲学大师。他论曲追求格律至上，推崇本色当行，因而又被奉为"格律派"的代表。《词隐先生论曲》云："欲度新声休走样！名为乐府，须教合律依腔。宁使时人不鉴赏，无使人挠喉捩嗓。说不得才长，越有才，越当着意斟量。……纵使词出绣肠，歌称绕梁，倘不谐音律也难褒奖。"甚至认为"宁协律而词不工，读之不成句，而讴之始协，是曲中之工巧"（吕天成《曲品》）。戏曲作为一种演唱艺术，提倡和要求曲词符合声律是正确的，但强调到"宁协律"而不顾是否"成句"的程度，就走向了极端，所谓的"曲中之工巧"也就失去了意义。所以汤显祖对沈璟等人把自己的得意之作《牡丹亭》改为《同梦记》（因音律不合昆腔要求），不仅表示不满，而且从戏曲整体功能的角度予以驳斥："凡文以意趣神色为主"，"如必按字摸声，即有窒滞迸拽之苦，恐不能成句矣"（《答吕姜山》）。两位当时剧坛的代表人物由于各自的着眼点不同，所以既有一定道理，又难免有所偏颇。

据沈璟侄子沈自晋在他的传奇《望湖亭》第一出里写的［临江仙］曲中标明，在沈璟周围，确实形成了一个戏曲作家群，他们是吕天成、叶宪祖、王骥德、冯梦龙、范文若、袁于令、卜世臣及沈自晋本人。他们大都是沈璟的子侄门生或朋友，创作上讲究昆腔格律，各自都留下了杂剧或传奇作品，总体上成就不高。其中在理论上最有建树的是王骥德。

王骥德（？—1623），字伯良，号方诸生，会稽（今浙江绍兴）人，徐渭的学生。他既受沈璟赏识，又十分钦佩汤显祖的创作才能，曾对"汤沈之争"作出中肯之论："临川之于吴江，故自冰炭。吴江守法，斤斤三尺，不欲令一字乖律，而毫锋殊拙；临川尚趣，直是横行，组织之工，几与天孙争巧，而屈曲聱牙，多令歌者龊舌。"对两家得失，作出了公允的辨析。他的戏剧作品，传奇仅《题红记》一种，杂剧仅存《男王后》，成就都不高。但其所作《曲律》却是戏曲史上一部重要的理论著作。书中对戏曲源流、剧本结构、文辞、声律、科白和作家作品作了深入的研究和评价，具有系统性和理论性，尤其是对戏剧文学特征有比较深入的认识和见解，突破了前人论曲大多着眼于个别曲子、个别字句进行欣赏评折的狭小眼界，主张从全剧整体立意构思的高度评判优劣。

戏曲论著和曲谱方面，除王骥德的《曲律》外，还有吕天成的《曲品》、沈自晋的《南词新谱》。前者是继《南词叙录》之后著录和评论明代传奇的专著，后者是在沈璟编的《南九宫十三调曲谱》基础上增补的曲家填谱范本。这表明吴江派作家面对着明传奇创作的繁荣，已关注和投身到对戏曲艺术本身的研究，从而提高了戏曲的地位。

第七编

清代文学

绪　论

崇祯十七年(公元 1644 年),陷于绝境的明王朝在满洲军事力量和各地农民军的双重打击下,终于土崩瓦解。李自成率大顺农民军由彰义门进入北京,崇祯帝自缢于煤山。由农民军建立新王朝的一幕眼看就要重演,但由于大顺政权内部的宗派斗争和领导人的生活腐化,加上封建统治阶级的负隅顽抗,农民革命功亏一篑,历史车轮偏离了原来的方向。

在明降将吴三桂的引导下,清军入关击溃李自成军,定都北京,并逐步完成了对全国的军事征服,建立起统一的、多民族的封建帝国——清王朝。

清前期和中期,处于上升阶段的满汉统治集团使进入末世的封建社会有所振作,迎来了史家所称的"康乾盛世"。康雍乾三朝奠定了今日中国的版图。至乾隆二十四年(公元 1759 年),我国已是一个拥有一千多万平方公里土地的大国。乾隆时,耕地面积比顺治末年增加近一倍,农业生产技术和单位面积产量有所提高。农业的增长也支撑了城市手工业和商业的蓬勃发展,当时窑业、矿业、纺织业、盐业、造船业、造纸业、印刷业的规模和水平相当可观,一度被摧残了的资本主义萌芽又开始滋育生长。

但康乾盛世并不能遮掩清王朝在思想和文化上的专制主义。清代前五朝执行重满钳汉的文化政策,严禁文人结社,并大兴文字狱。据不完全统计,顺治、康熙、雍正、乾隆四朝的文字狱多达百起,株连之广泛、惩治之严酷,超过了以往的任何朝代。在实行高压政策的同时,清廷又施行相应的羁縻怀柔措施。在科举制度上,清代扩充八股取士的取录名额,还增订了捐纳制度。康熙十七年(公元 1678)又重开元明早已废止的博学宏词科,用以罗致学者名流。清王朝把大批高层次文人集中起来,从事大规模编纂书籍的文化工程,先后编出了《康熙字典》、《渊鉴类函》、《佩文韵府》、《古今图书集成》、《全唐诗》等。乾隆年间编成的《四库全书》收经史子集典籍三千四百多种,是我国古代文化典籍的一大总汇。在编修《四库全书》过程中,清廷大量查禁违碍书籍,对图书典籍作了一次全面审查,禁毁书籍总计三千一百多种。清朝统治者还大力提倡程朱理学,编纂理学图书,强化以儒家学说为主导的思想传统。魏介裔、熊赐履、李光地、汤斌、陆陇其等理学名臣受到重用。

清廷的文化政策诱导了学术上的考据之风，乾嘉朴学得以形成和发展。当时许多文人脱离现实事务，墨守汉儒之学，埋头于儒家经典、诸子学说、历代史籍等各种古文献之中，丧失了经世致用的治学精神，但乾嘉朴学在经学、史学、诸子学、文字学、训诂学、音韵学、校勘学、目录学、金石学、天文历算学和地理学等方面获得了丰硕的成果。乾嘉学派中，以惠栋为代表的吴派学风是"博学"、"好古"；以戴震为代表的皖派学风是"实事求是"、"无徵不信"。戴震在经学研究中发挥微言大义，用"理存于欲"的命题，批判了"存天理，灭人欲"的理学教条，揭露了儒家名教"以理杀人"比酷吏"以法杀人"更为残酷。

与清廷强化文化专制相对立，明清之际的三大进步思想家顾炎武、黄宗羲、王夫之反思明王朝灭亡的教训，鼓荡起具有启蒙意义的新思潮。黄宗羲猛烈抨击君主政体，指出封建帝王"屠毒天下之肝脑，离散天下之子女，以博我一人之产业"，是"天下之大害"（《明夷待访录·原君》），这表明民主主义的思想开始萌芽。顾炎武提倡实学，认为宋明理学虚浮无根，"以明心见性之空言，代修己治人之实学"，造成"神州荡覆，宗社丘虚"的结果（《日知录》卷七）。王夫之则论证了"理在气中"的唯物论命题，给程朱理学的唯心论以沉重打击。

随着学术思潮的递嬗，文学思想也发生了明显的变化。从黄宗羲、顾炎武、王夫之到颜元、李塨为代表的颜李学派，以至乾嘉学派，都主张治学要重考据、求实用。这种实学风气强化了清代文学的写实文学观，不少作家通过写实的艺术反对虚饰现实生活。蒲松龄的《聊斋志异》、吴敬梓的《儒林外史》、曹雪芹的《红楼梦》都是脱离改写、改编的旧创作途径，从现实生活出发，深入细致地解剖了封建社会，反映了沉闷的社会环境对人性的压抑和对人格的扭曲。其中，《聊斋志异》具有超现实的奇幻性，小说借写鬼狐花妖和幽冥世界，寄托了作者的"孤愤"，展示了科举制度对人们精神的毒害，歌颂了纯真美好的爱情生活和反对封建礼教的斗争精神。其艺术成就代表了中国文言小说发展的最高阶段。《儒林外史》借明代背景写清朝统治下的中国社会，通过描绘封建社会末期形形色色的知识分子形象，有力地揭示了在封建礼教、程朱理学和科举制度的制约下，社会风气的败坏和人心的丑恶，从而辛辣地展示了封建社会的部分本质。同时，吴敬梓又通过描写一批既有儒家美德又有六朝名士风度的真儒名贤，表现了对社会理想和完美人格的追求。《红楼梦》以贾宝玉、林黛玉、薛宝钗之间的恋爱、婚姻悲剧为中心，塑造了众多有血有肉的个性化的人物形象,写出了以贾府为代表的四大家族的盛衰史,揭示了封建统治阶级行将崩溃的历史命运。这部小说打破了传统的思想和写法,融深邃思想和精湛艺术于一体,是一部具有世界水平的不朽巨著。而一些侠义公案小说、历史传奇小说和人情小说,如《隋唐演义》、《施公案》、《三侠五义》、《荡寇志》、《儿女英雄传》等,则更多地受到封建正统意识的影响。晚清时代,在梁启超"小说界革命"口号影响下,揭露政治腐败、官绅无耻的谴责小说大量出现,其中最为后世重视的是四大谴责小说,即李伯元的《官场现形记》、吴趼人的《二十年目睹之怪现状》、刘鹗的《老残游记》和曾朴的《孽海花》。但太多的虚夸,缺乏对人物的真实理解,辞气浮露,却成为这些小说的致命伤。值得重视的小说应数韩邦庆的《海上花列传》,它以吴语写赵朴斋、赵二宝兄妹堕落的故事,叙事状物,情节紧凑,文笔平淡而近自然,描绘了在畸形的社会和畸形的生活处境中人性的变异状态。

在戏曲作品中,李玉、朱素臣、叶雉斐、毕魏等苏州作家群化时代风云为笔底波澜,他们创作的《清忠谱》、《万民安》、《万里圆》等时事剧能密切联系政治斗争的实际,具有强烈的现实意义和浓厚的地方色彩。明末清初的作家中,李渔的《笠翁十种曲》重视戏剧结构和舞台演出效果,在剧本语言、情感和戏剧冲突的处理上,显示出娴熟的技巧。另外,吴伟业、尤侗、嵇永仁等创作了不少剧作。他们的共同特点是,借用历史素材抒发心中郁闷,抒情意味较浓而不便演出,堪称"案头之曲"。康熙年间出现的《长生殿》和《桃花扇》是清初剧坛上耀眼的双璧,代表着清前期戏曲的最高成就。洪昇的《长生殿》和孔尚任的《桃花扇》继承明代传奇的优秀传统,采取以男女离合之情写国家兴亡之感的结构模式,在尊重情爱的前提下,总结历史教训,以求垂诚来世。两剧在社会观、情爱观和君主观等方面都与清初启蒙思潮息息相通。清代中叶以后,戏剧创作陷入衰退状态。其时蒋士铨以诗人的才情写作曲辞,语言娴雅蕴藉。他的《红雪楼九种曲》描写民族英雄、志士仁人,不落才子佳人的窠臼。杨潮观的《吟风阁杂剧》题材广泛,描写富有真情实感,虽有讽喻劝惩意味,但不流于说教。曲词清新优美,富有诗意。清代后期,京剧和各种地方戏各展风采,梆子和皮黄两大声腔剧种在舞台上逐渐取代了昆山腔的主导地位。

正统文坛的诗词文创作,在清代形成了全面中兴的局面。明清鼎革之际,故国之思构成了诗坛的主旋律。其时,不仅遗民们血心流注,作台钓溪濑之痛;就是仕清的贰臣、被迫应新朝之试的士子也情怀怨艾,多铜驼荆棘之叹。他们的诗作矫正了明七子拟古主义的流弊和公安、竟陵派空疏卑弱的诗风,恢复了缘事而发的诗歌传统。其中一些诗人在诗歌艺术方面有新的开拓,对清代诗歌发展起着相当大的作用。钱谦益鼓吹宋诗,吴伟业推崇唐诗,促使清诗史上产生宗宋和宗唐两派。吴伟业的歌行体诗歌继承白居易"长庆体"的传统,以易代之际的复杂历史为题材,志在以诗存史,艺术上以叙事活脱、采藻纷繁、清韵悠然而著称。等到王士禛一辈新朝才俊登上诗坛,主持风雅,故国之思就销融于泛化的盛衰之感中了。王士禛以"不着一字,尽得风流"为诗歌的最高境界,其神韵诗重神味而轻形迹,在诗的命意、立格、用字上追求一种微妙的氛围和韵致,在明丽的色泽之内追求冲淡、自然、清奇的品格,将我国诗歌含蓄蕴藉的特色推向了极致。到了乾隆时代,沈德潜论诗原本叶燮,奉汉魏盛唐诗为圭臬,倡导以"温柔敦厚"为准则的"格调说",属于儒雅复古的一派;翁方纲倡导重学问、重义理的"肌理说",表现了考据学风对诗歌理论及创作的影响。袁枚的"性灵说"大体就是晚明文艺思潮的隔代重兴,其核心也是尊情求变、表现性灵,肯定合理的情欲,重视轻灵活泼的趣味。另外,赵翼、郑燮也是个性显豁的诗人,在重视诗中的真性情、追求诗歌解放方面,他们与袁枚有着相同的轨辙。而黄景仁敏锐地感觉到世事有变的征兆,在盛世中吟唱出寒士的哀音。

到了嘉庆、道光时期,龚自珍的诗歌大气磅礴,文辞瑰玮,以高傲的个性精神和深邃的历史洞察力撕下了"盛世"的面纱,揭示出清王朝的重重危机。魏源和龚自珍齐名,他的诗带有时务家论事的色彩,表现出开放的心态。鸦片战争前后,诗坛上占据正统地位的是宋诗派,领袖人物是程恩泽、祁寯藻,主要作家有何绍基、郑珍、莫友芝、曾国藩等。他们崇尚以文字、才学、议论为诗的宋代诗风,主要艺术成就表现在描写具体生活方面的新开拓。自同治以降,宋诗派演变为"同光体",代表人物有陈衍、郑孝胥、沈曾植、陈三立等。以成就最为突出的陈三立而言,他的诗奥博精深,突兀雄奇,在表现个人为社会环境所压迫的感受上,具有前所未见的敏锐性。清代后期动荡危急的时事,激起许多仁人志士忧时愤世的心情,梁启超、黄遵宪等维新派诗人提倡"诗界革命",将近代诗歌的发展推向高峰。章太炎、秋瑾等革命派诗人,也留下了大量的纪实和抒愤的诗篇,这类诗作艺术上各有高下,但在保存时代心声上,都有它们不可磨灭的价值。其中,柳亚子、高旭、陈去病等南社诗人以旧体写新意,在严整的格律中寓有激昂慷慨之气,充满民主主义的革命豪情和浪漫主义的文学气息。南社诗人中最具诗人气质的苏曼殊以小诗见长,诗风清灵隽永,柔婉动人。

辉煌丰硕的清词表现了清代知识分子心头的哀乐与悸动。经过清初南北词坛的百派回流，以陈维崧为宗主的阳羡词派和以朱彝尊为领袖的浙西词派先后崛起。阳羡词派既有鲜明的政治倾向，又带浓厚的乡土色调。阳羡词人除抒述民生之哀和慨叹故国之痛外，还写了大量的乡土风俗词，为词的容量的扩大和内容的更新作出了可贵的贡献。浙西词派兴起于康熙朝王权巩固、大一统局面业已形成的时期，浙西词人追求韵趣，崇尚清空，倡导醇雅章法，其词风能与盛世气象相协调、相应和。在阳羡词派已呈衰势，浙西词风尚未笼罩全局之际，京华词坛涌现出为时短暂，却是群雄纷起的景观。其中纳兰性德最为杰出。纳兰性德推尊南唐后主，其悼亡词婉约凄清而真挚自然，塞外旅愁之作多是辽阔清苍之调。他虽然没有正式树帜词坛，但他的词作已明显地呈露出独抒性灵的特点。张惠言、张琦开创常州词派，标榜词的比兴寄托，提倡"意内言外"之说和"深美闳约"之致，在尊崇词体、开拓词域方面起了积极的作用。但由于缺乏深厚的内容、新异的意境，常州词派的创作最终只能回到传统词人的框架之中。① 清季四大词人王鹏运、朱祖谋、况周颐、郑文焯的创作也为常州词派理论所笼罩，他们在戊戌、庚子前后的词作不乏忧时伤世之慨。辛亥革命后，则思想落伍，多有遗老情绪。

　　清初散文的主导方向，是在理论上恢复唐宋古文的传统。《四库全书提要》说："古文一脉，自明代肤滥于七子，纤佻于三袁，至启、祯而极敝。国初风气还淳，一时学者始复讲唐、宋以来之矩矱。"号称"清初三大家"的侯方域、魏禧、汪琬用出入唐宋的散文一扫明末文风的纤佻，成为桐城派的嚆矢。桐城派是真正建立了清代正统"古文"的文学流派。桐城派的代表人物是方苞、刘大櫆和姚鼐。方苞提出以"雅洁"为文章标准的"义法"说，主张言之有物、言之有序；刘大櫆重视"行文之道"的"神"、"气"、"音节"等要素，为"义法"揭示出因声求气的门径；姚鼐将学术纳入文章的要素，主张义理、考据、辞章三者合一，让儒家道义和文学结合，天赋与学力相济。总体说来，桐城派古文是对明清之际古文风格的反拨。以恽敬、张惠言为代表的阳湖派吸收桐城派的优点，又扬弃桐城派"翼道卫教"的陈腐观点，崇尚汉魏六朝，文风恣肆，较少拘束。而袁枚、郑板桥的一些短文、尺牍通脱俊逸，多少恢复了晚明小品的韵致。至龚自珍之文，呼唤风雷，憧憬未来，以奇诡壮伟的风格彻底打破了嘉庆以来的平庸文风。近代后期，梁启超创造的"新文体"散文文白间杂，平易畅达，笔端常带感情，富有煽动力、感染力，成为我国散文由

① 此段内容参照严迪昌《清词史》，江苏古籍出版社，1990年1月第1版。

文言向白话过渡的桥梁。

清代还是骈文"中兴"的时代，乾隆、嘉庆时期，骈文尤盛，形成与桐城派古文相对立的局面。陈维崧、袁枚、钱大昕、阮元、洪亮吉、汪中、孔广森、孙星衍等倡导骈文，不仅看重骈文匀称错综的形式之美，而且有意排斥桐城派迂腐的思想见解。李兆洛倡言秦汉之偶俪是唐宋散行之祖，他纂辑《骈体文钞》是为了与姚鼐《古文辞类纂》相抗衡。汪中研究先秦诸子有独到的见地，具有反封建礼教的意识，他的骈文取材于现实，善于抒情，风格遒丽安雅，被视为清代骈文复兴的代表。但骈文作为一种古雅而拘谨的文体，毕竟缺乏锐气和活力，一时的兴盛不过是回光返照而已。

第一章　清代诗词文

第一节　清代前期诗词

　　清军入关带来了落后的人身依附关系和严酷的民族压迫,刚刚萌芽的资本主义生产方式遭受摧残。清政府为巩固统治,编纂《性理精义》、《朱子全书》等理学典籍,使程朱理学重新恢复了对思想界的全面统治。加上康熙以后大兴文字狱,使许多士人不敢轻言政治,只埋首于古文训诂考据辞章之中。此外,在晚明矫枉纠偏的潮流中,某些局部出现了"过正"的倾向,一些守旧的士大夫把这种倾向加以扩大,导致了被否定的旧事物在一定范围内复活。因而,清代一改晚明思想界普遍存在的张扬狂躁的文风,由原来的主观冥想转为客观的求证考察;由虚浮的空谈心性转为实在的真做学问;由饮酒作诗、登山临水转为经纶世务或埋首故纸。结果,清代文坛兴起了一股复古主义的思潮。康乾时代,王士禛神韵说、沈德潜格调说、翁方纲肌理说都是清代文坛复古倾向的反映。

　　清初三大儒黄宗羲、顾炎武、王夫之面对亡国的现实,在一种悲凉心境的支配下,对汉民族的历史文明和明王朝的学术文化进行了深刻检讨,他们特别是对明代诗文走过的曲折道路进行了深刻的反省,并以自己的诗文评论和创作为清代诗文的发展指出了切实可行的道路。他们的诗多抚时感世,吊古伤今,缅怀故国,忧念生民,诗风沉雄悲壮,时见瑰丽,具有很强的感召力。

　　黄宗羲既是明清之际最伟大的启蒙思想家,也是当时最为博学的学者。他对理想社会的设计,对学术史的梳理,闪烁着启蒙学者的智慧光芒。在《明夷待访录》一书的《原君》篇中,他继承孟子"民贵君轻"的思想,进一步提出"天下为主,君为客"的观点,力图把被颠倒了几千年的君民关系重新颠倒过来。他指出,君为主,则天下为"一人之产业",君主必定"以我之大私为天下之公",可以为所欲为,"以天下之利尽归于己,以天下之害尽归于人"。为了夺取天下,可以"屠毒天下之肝脑,离散天下之子女",不择手段;得到天下后,则"敲剥天下之骨髓,离散天下之子女,以奉我一人之淫乐",把这视为"当然"的"产业之花息"。由此推出"为天下之大害者,君而已矣"的结论。君主为害天下,那么,天下百姓把君主"视之如寇仇,名之为独夫"是理所当然的。黄宗羲熟悉明朝历史掌故,写了很多传记文。他的《张南垣传》和《柳敬亭传》是根据吴伟业原文改写的。前者写画家张南垣善于造园林假山,匠心独运,天然逼真。后者写柳敬亭说书,能令人"慷慨涕泣"。

黄宗羲的诗内容上多故国之悲、怀旧之感,艺术上表现为好尚宋诗,下字重拙,造语生新,取境荒寒,句法拗折,以俗为雅。其创作实践对具有重学问、宗宋诗、主空灵、善写景倾向的浙派诗人影响相当大,可以说他是浙派诗的初祖。

顾炎武在清代诗歌发展史上具有相当重要的地位。顾炎武作为清初的主唐音者,起了开一代诗风的作用,林昌彝在《射鹰楼诗话》中称他为"前明之后劲,本朝诗家之开山"。顾炎武的诗歌创作走的是由七子而上溯至杜甫的路子,他在《济南》诗中吟道:"绝代诗题传子美,近朝文士数于鳞。"就思想内容而言,顾炎武的诗以高尚的民族气节、鲜明的时代特征立于明末清初诗坛。他的诗多写国家民族兴亡大事,吊古伤今,集中表现了抗争型遗民的心态。当清兵南下之际,他写了一系列的诗篇反映南明弘光、隆武、永历等政权和江南人民风起云涌的抗清斗争。

顾炎武的散文创作贯彻着"经世致用"的原则,体现了作者对社会、人生的高度关怀。如他的《军制论》、《形势论》、《田功论》、《钱法论》在写法上都继承了我国古代政论文的优良传统,具有论点鲜明、论据充分、结构严密、气势充沛等特点。顾炎武的传记类文章在各类文体中最具特色,如《书潘吴二子事》记《明史》案牺牲者吴炎和潘柽章二人的事迹,表扬他们的节烈风操和精审史才,同时也揭露了清廷文字狱对江南文士进行的血腥镇压。顾炎武的散文在审美倾向上注重抒情性,常常将议论与抒情、叙述与抒情融为一体,在艺术表现上不事藻饰,表现了纯朴自然之美。

王夫之的诗是在清人灭明的特殊历史条件下创作的,因而他的一些抗清救亡的活动和情绪更多的是从山水寄意、托物言志、以古喻今、追怀往事中透露出来。从渊源来看,王夫之深受屈骚精神的熏染,他的咏花诗就继承了《楚辞》以美人香草寄托抒怀的传统,如《和梅花百咏诗》用傲霜斗雪的梅花象征对故国忠贞不渝的高贵品格,九十九首《落花诗》借咏落花抒发故国沦亡的哀痛,均已达到情景"妙合无垠"(《姜斋诗话》卷二)的境界。

在清初诗坛庞大的遗民诗人群体中,杜濬、阎尔梅、钱澄之、归庄、申涵光、吴嘉纪、屈大均等人是名声较著者。其中吴嘉纪、屈大均创作成就尤为突出。

吴嘉纪的诗偏主叙述,长于白描,措词隽洁朴素,不事雕饰,风格严冷刻露、凄急幽奥,具有丰富的现实内容,如《海潮叹》纯用白描手法来反映天灾人祸给人民造成的苦难:

> 飓风激潮潮怒来,高如云山声似雷;沿海人家数千里,鸡犬草木同时死。南场尸飘北场路,一半先随落潮去。产业荡尽水湮深,阴雨飒飒鬼号呼。堤边几人魂作醒,只愁徵课促残生;敛钱堕泪送总催,代往运河陈此情。总催醉饱入官舍,身作难民泣阶下。述异告灾谁见怜? 体肥反遭官长骂。

此诗不仅实录了海潮给苏北沿海地区居民带来的浩劫,而且真实地揭露了官府催逼赋税的虎狼面目,"总催醉饱入官舍,身作难民泣阶下"两句,道尽了吴嘉纪对官吏的愤恨之心及对百姓的爱护之情。

吴嘉纪的许多反映低下阶层人民的诗篇,大多出于他的亲身体验。他年少时曾与灶户为伍,从事煮盐的艰苦工作,故反映盐民生活的诗篇尤为纯朴自然。如《绝句》:"白头灶户低草房,六月煎盐烈火旁。走出门前炎日里,偷闲一刻是乘凉。"以到烈日下"乘凉"来状写盐工煎盐的繁忙和酷热难熬,曲尽灶户之苦状。诗的语言质朴简练,意境真切生动,感情直率畅达,具有鲜明的平民化色彩。

屈大均是清初遗民中行辈较晚的诗人,但他一生始终积极参加抗清复明活动。屈大均的诗歌多为人生经历的写实与感伤情怀的抒写。如《旧京感怀》之二:

> 内桥东去是长干,马上春人拥薄寒。三月风光愁里度,六朝花柳梦中看。江南哀后无词赋,塞北归来有羽翰。形势只余坏土在,钟山何必更龙蟠!

面对花柳如烟的三月春光,诗人却沉浸在深深的悲痛之中,其所处身的六朝旧京,无疑是最易引发亡国哀思之地,因而此诗即已完全超脱出缘事怀古之范围,全然是黍离哀思的抒发和孤愤情怀的倾诉。其《壬戌清明作》写春深景色,借"落花"、"啼鸟"之"无情",抒写自身内心的孤寂悲凉意绪。

屈大均以屈原后裔自居,在诗的爱国感情与浪漫奇思等方面受到屈原的深刻影响。他早年不甚喜杜甫,但经历了生活的磨砺之后,对杜诗极为推崇。他那些反映社会疮痍的作品,许多可以"置之少陵集中"。因此,大均的作品屡遭清廷的查禁,雍正、乾隆皇帝都曾亲自过问此事。

清初遗民诗作为一个整体,其作家之多,成就之大,确乎惊人。它不仅在清初诗歌中占有重要位置,而且远远超过了元初遗民诗,因而在整个诗歌史上的地位十分重要。

清初"江左三大家",即钱谦益、吴伟业和龚鼎孳三人,他们明末就有诗名,入清后仍然保持着相当大的影响力。他们诗歌的共同点在于宗法唐诗,对于宋诗、以及宋、元、明以来的拟古剽古的萎靡诗风持反对态度。在诗歌的情思上,三家多表现沧桑感与负罪感相交织的"贰臣"心理。

钱谦益(1582—1664),字受之,一字牧斋,又号尚湖、蒙叟、绛云老人、东涧遗老。江苏常熟人。钱谦益对明代复古以及反复古派都极为不满,大力排击七子、公安和竟陵。针对复古派的模拟和公安派的肤浅,他主张诗贵有本有物,不名一家,不拘一格。他对竟陵派的批评最为尖刻,指责竟陵派诗歌是亡国的不祥之兆。在批评和鉴赏方法方面,钱谦益提出"香观说",要求品味感受诗歌作品内在的意味。总体说来,钱谦益诗论的精神实质,就是内容求真,形式求变。他以一系列文学理论和主张振衰起弊,给清诗发展开辟了道路。

钱谦益诗歌创作宗法杜甫,其诗歌具有杜诗的神髓骨力,表现出苍凉激越、沉着雄厚的风格特色。他曾追和杜甫《秋兴》八首至十三叠共 104 首,总题《后秋兴》。全部组诗皆作于明亡之际,内容多与南明形势及郑成功抗清之事有关,故被后人称为"明清之诗史"。钱谦益早期便"胎息玉溪",吸取李商隐诗歌的清丽语言风格,使诗歌婉曲蕴藉,典丽宏深,具有婉转明快的特点。钱谦益认为诗歌"总萃于唐,而畅遂于宋",故有意识地提倡宋元,"矫王、李之失"。后遭家国之变,适应时代需要,发展到"心摹手追於眉山、剑南之间",其诗挹取苏轼、陆游诗歌的豪迈气势,具有宏肆奔放,纵横雄健的特色,其七古诗以驰骋为豪,才情汹涌,接近宋人面目。

钱谦益的《初学集》有大量抒写明末边患和忧虑国事的篇章,反映了他的政治热情和抵御外侮的思想,表现出一个封建大夫哀时忧边的报国之心。钱谦益山水诗的巅峰之作是黄山组诗二十四首,其中最精彩的笔墨又集中在对奇特景观的描写上。如七古《天都峰瀑布》打破单纯描写瀑布空间形态的格局,运用时空交错的手法,将瀑布与急雨相连,写出了随着急雨降落,瀑布威力逐渐增强的动态过程。

钱谦益各体诗歌,以七律最工,沉雄博丽,情词怆恻。七绝也有独到造诣。五言排律,高篇大章,排比铺陈,入杜堂奥,在清诗中蔚为一大观。惟五言古近体诗,工候欠深,非其所长,较为逊色。

钱谦益以其卓越的诗歌成就、显赫的文坛声望以及突出的政治地位,影响、培育了大批的清代诗人。在钱谦益的影响下,他的家乡形成了"虞山诗派",在明末清初与云间派、娄东派鼎足而三。虞山派早期成员多为遗民,冯舒、冯班、钱曾、钱陆灿、陆贻典、何云、孙永祚等为其中坚。

吴伟业(1609—1671),字骏公,号梅村。江苏太仓人。吴伟业是娄东派的领袖,在江左三大家中,他的创作成就最高。吴伟业早年的生活有着放诞恃才、颠狂诗酒的一面,早期诗词有着浓厚的脂粉气。《四库全书总目提要》说:"伟业少作,大抵才华艳发,吐纳风流,有藻思绮合、清丽芊绵之致。"明末清初的丧乱使他的诗风一变而为激楚苍凉、风骨遒劲。他的歌行体叙事诗大量描写沧桑变革之际的重大事件和风流人物,取材广泛,叙述真实,如《永和宫词》写田贵妃和明思宗,《萧史青门曲》写宁德公主与驸马,《田家铁狮歌》写田妃之父田弘遇,《临淮老妓行》写老妓冬儿,《听女道士卞玉京弹琴歌》写卞玉京与中山女,《后东皋草堂歌》写瞿式耜,按吴诗所反映历史事件的时间循序排列这些诗,几乎可以完整地看到明朝灭亡的历史过程。

《圆圆曲》是吴伟业享有最高声誉的七言歌行。全诗以吴三桂和陈圆圆的悲欢离合为叙事主线,生动地描绘和渲染了吴陈从初识、定情、分离、被掠到团圆的全过程。诗中通过长篇议论委婉地讽刺了吴三桂叛明投清的可耻行径,使得一个红颜薄命的故事,成为一段波澜壮阔的历史画卷。在叙事方法上,《圆圆曲》突破时间的先后顺序,运用倒叙、补叙、插叙来结构全篇,同时把叙事、抒情和议论融为一体。在诗意转换的地方,《圆圆曲》大量采用蝉联句法,使诗歌意换辞连,更富有回环往复的音乐感。

吴伟业的歌行体叙事诗采用长篇叙事的体例,注重使典用事的技巧和平仄协调的声律,语言华美俳丽,结构布局波澜起伏。这是他在继承中唐元白长庆体体式的基础上,吸收初唐四杰的用典之法和晚唐温李诗的词藻风韵,并且融入明代传奇的戏剧性而自创的一格,后人取吴伟业之号称之为"梅村体"。"梅村体"特别适合于反映家国兴亡、历史变迁的重大题材,因而使得吴伟业的叙事诗在内容与形式的结合上臻于相对完美的境界,达到了古代叙事诗的高峰。

龚鼎孳(1616—1673),字孝升,号芝麓,江西临川(今抚州市)人。龚鼎孳的诗歌创作成就相对较低。但他能以敏捷丰沛的才华与显赫的官位相结合,主持坛坫,扶掖人才,所以一度在京师成为诗坛领袖。

　　随着时间的推移,以新进士为主体的新诗群逐渐成为诗坛的主流,而遗民诗群逐渐失去诗坛的主导地位。新进士们为了适应社会相对统一稳定的局面,自觉地用温厚和平的新声取代明末遗民的变风变雅之音。其中较早的两位大家是施闰章和宋琬,人称"南施北宋"。施闰章诗歌的温柔敦厚与宋琬诗歌的磊落雄健,可以分别作为南北二派的代表。

　　施闰章(1618—1683),字尚白,号愚山。安徽宣城人。施闰章主张作诗要言之有物,反对空泛虚华,所以他的诗歌也以反映民生疾苦的题材最著名。当他任江西参政时,正当大乱之后,而清政府急征军粮,限期急迫。他亲身目睹此状,写下了《湖西行》等诗,反映了人民的痛苦与吏治的黑暗。在艺术上,施闰章仍然以汉魏盛唐为宗,作品字稳句炼,以工力法度著称,擅长五言古近体诗。他寄意山水田园的诗篇,高雅淡素,清空凝练,颇近王维与韦应物,代表了施闰章的主要艺术风格。

　　宋琬(1614—1673),字玉叔,号荔裳。山东莱阳人。宋琬天才隽朗,"中岁以非辜系狱,故多悲愤激宕之音"(沈德潜《国朝诗别裁集》)。他的诗歌突出反映了个人的不幸遭遇,如《听钟鸣》、《悲落叶》、《写哀》、《九哀歌》、《感怀》等诗,悲愤沉痛,哀婉动人。宋琬偶尔还有抒写家国之感的作品,但其格调和施闰章一样,一归于"中正和平"。在艺术上,宋琬早年诗学出于王、李门庭,传承七子流风,中年以后,诗风一变为宋诗风调。所作诸体,以五言歌行较胜。七律趋步陆游,对仗工整。七古则风骨浑雄,气韵深厚。

　　清朝顺治、康熙时期,由于各种因素的共同作用,整个诗风都在发生演变:内容从现实渐趋空廓,格调从激烈变为平和,师法从宗唐过渡到宗宋,并进而缓慢地向摒弃唐宋、独创新格的道路发展。这种演变,典型地体现在朱彝尊身上。

　　朱彝尊(1629—1709),字锡鬯,号竹垞。晚号小长芦钓师,又号金风亭长。浙江秀水(今嘉兴)人。朱彝尊是明遗民诗人与真正的清代诗人之间的过渡人物。作为诗学家,朱彝尊诗学观点的核心思想是"醇雅"。基于此,他崇奉唐诗而贬低宋诗,批评"今之言诗者,每厌弃唐音,转入宋人之流派,高者师法苏、黄,下者乃效杨廷秀之体,叫嚣以为奇,俚鄙以为正"(《叶李二使君合刻诗序》)。其褒贬的标准即在于认为唐诗中正和平,而宋诗叫嚣俚鄙,有悖于雅正之道。朱彝尊认为性情是诗的本质,所谓"诗之所由作,其情之不容已者乎"(《钱舍人诗序》)。但针对"今之诗家空疏浅薄"(《栋亭诗集序》)之弊,又强调性情须辅以学问,所谓"诗必取材博为尚",而经史学问正可"资以为诗材"(《鹊华山人诗集序》),增加诗醇雅之致。

朱彝尊的创作实践与其诗学主张大体是一致的。他兼取汉魏六朝，而主要是学盛唐。朱彝尊在理论上贬低宋诗，但洪亮吉称他"晚宗北宋"（《北江诗话》），徐徽卓指出其"明目张胆学苏子瞻"（《观斋脞录》），亦非空穴来风。要之，朱氏晚年兼学宋是不可否认的。

朱彝尊早年抗清时，胸怀壮志，敌视清朝，渴望恢复，民族意识强烈。因此不仅抒情诗中"亡国之音，形于言表"（刘师培《书曝亭集后》），山水诗亦时或掺杂政治思想，与社会现实相沟通。他与明遗民诗人一样最推崇忠君爱国的诗圣杜甫，认为杜诗"无一字不关乎纲常伦纪之目，而写时状景之妙，自有不期工而工者。然则善学诗者，舍子美其谁师也"（《与高念祖论诗书》），这是他山水诗师杜的根本。

顺治二年清兵攻破南京，南明覆灭。此时朱彝尊虽远在故乡嘉兴，但心中充满孤独无依感，写于此年的《南湖即事》就是其借景抒发内心的悲凉惆怅：

> 南湖秋树绿，放棹出回塘。箫鼓闻流水，蒹葭泛夕阳。心随沙雁灭，目断楚云长。惆怅佳人去，凭谁咏凤凰？

南湖秋色依旧，风情未减，树绿水碧，芦青日红，又有箫鼓盈耳。但此时的江南美景实际是一种反衬，属于王夫之所谓的"以乐景写哀""一倍增其哀"（《姜斋诗话》）的表现方法，旨在抒发作为故国象征的弘光朝的沦亡而产生的悲哀。"心随沙雁灭"之景即形象地写出诗人的精神破灭感，"佳人去"则比喻弘光之亡，一种"皮之不存，毛将焉附"的亡国之哀、孤独之感油然而生。诗之颈联从杜甫《薄游》"遥空秋雁灭，半岭暮云长"化出，尾联则从孟浩然诗"彩笔题鹦鹉，佳人咏凤凰"化出，不仅显示出醇雅的风致，而且赋予了深刻的寓意。顺治三年清兵进而攻陷浙江，诗人家乡惨遭劫难。年前朱彝尊入赘归安冯镇萧家，后又"避兵夏墓"。当诗人劫后重返郡城嘉兴，所见之景就自然与战乱相关，《晓入郡城》写出了兵火之余的萧条景象：

> 轻舟乘间入，系缆坏篱根。古道横边马，孤城闭水门。星含兵气动，月傍晓烟昏。辛苦乡关路，重来断客魂。

此诗写景旨在表现断魂之感。清晨诗人乘隙入城，平视所见是人家的"坏篱根"，是古道上驰骤的清军兵马，是孤城水门紧闭，一派战乱之景；仰望则星含兵气,晓月惨淡,亦昭示家乡灾难临头之象。诗人一路辛苦重返乡关,所见如此景象,怎能不"断魂"呢?

朱氏早期的怀古诗以古喻今,抒发复明之志,与顾炎武同类诗意旨相通。这类诗有《谒大禹陵二十韵》、《越王台怀古》、《岳忠武王庙》、《崧台晚眺》等。顺治十四年于广东所写的《崧台晚眺》虽非典型的怀古型山水诗,但借古喻今之意甚明。诗云:

> 杰阁临江试独过,侧身天地一悲歌。苍梧风起愁云暮,高峡晴开落照多。绿草炎洲巢翠羽,金鞭沙市走明驼。平蛮更忆当年事,诸将谁同马伏波?

崧台在广东高要县外,台高二百余仞。诗人登台眺望,置身天地之间,俯仰古今,悲歌抒怀,"气韵不薄"(杨际昌《国朝诗话》)。尾联怀想东汉伏波将军马援征伐南方少数民族叛乱之往事,渴望今日抗清之将的出现。而感情的抒发是以苍凉壮阔之景象为基础的。此诗之景亦实亦虚。"苍梧风起"用《南海经》苍柄山左右出风之典,以苍梧山指代崧台所处山峰,"炎洲"借用《海内十洲记》南海中洲名,泛指岭南之地,类似词语皆显示诗人学问根底,又显得雅驯。诗境虽苍凉但具典雅之致。然而,随着岁月的流逝,抗清事业的衰落,朱彝尊的民族意识亦日趋淡化。

朱彝尊诗"其精华多在未仕以前"(《筱园诗话》),其仕清时期诗歌创作多应酬之作。康熙三十一年归田之后,朱彝尊心境闲适恬淡,既无兴亡之感,亦少思乡之情,而是从一种悠闲审美的态度观赏山水风光,有时还从山水中体悟人生的哲理。

综上所述,朱彝尊诗创作从内容到风格是不断变化的。内容上逐渐远离政治功利性。风格上基本学盛唐,但早期冲淡学王、孟,中岁风骨遒壮,学杜甫,偶学李白之浪漫,晚年复归宗王、孟,而兼学宋,于"国朝六大家"中开学宋之风气,其被视为浙派开山祖师亦在于此。

康熙年间,王士禛以全国诗歌领袖之尊,领导诗坛达半个世纪之久。

王士禛(1634—1711),字子真,一字贻上,号阮亭,别号渔洋山人,晚号蚕尾老人。山东济南府新城(今桓台县)人。王士禛诗歌理论的核心是"神韵"说[1]。"神韵"就是意境,一种以意象传情的超逻辑、超语言的纯审美境界,是诗区别于其他文学样式的内在审美特质,集中了中国关于人与自然精神交流的精华,体现了中华民族对待自然的独特审美态度。"神韵"说主张诗歌主题朦胧,语言明隽,风格清远。这在很大程度上是针对当时诗坛上的

"唐宋之争"而发的。清初诗歌从明诗单取盛唐的圈子中跳了出来,扩大到宗法整个唐诗,又扩大到宗法宋诗,于是在宗唐与宗宋二者之间,既有融合,同时也出现了严重的对立。而王士禛虽然也不免争唐论宋,但是他从另外一种超越时空界限的美学角度提出了神韵说。神韵说的提出跨越了诗学上的时代疆界。从中国古典美学的发展历程看,神韵说有其理论渊源。他既继承了自陆机的《文赋》、钟嵘的《诗品》、司空图的《二十四诗品》、严羽的《沧浪诗话》强调诗歌美感特征的诗论遗产,又有所发展。在王士禛之前,无论钟嵘的"滋味说"、皎然的"味外之旨",还是严羽的"兴趣论",都没有形成醒目的概念。而王士禛"首为学人拈出"神韵说,为千百年来对于诗的意境美的追求作了最丰富的理论总结,体现了以和谐为特征的古典诗歌美学的终结。

王士禛的成名作《秋柳四章》曾在清初诗坛引起一场空前的大唱和,这使得王士禛初出茅庐就隐然有领袖群伦的气象,《秋柳四章》吟道:

> 秋来何处最销魂?残照西风白下门。他日差池春燕影,只今憔悴晚烟痕。愁生陌上黄骢曲,梦远江南乌夜村。莫听临风三弄笛,玉关哀怨总难论。
>
> 娟娟凉露欲为霜,万缕千条拂玉塘。浦里青荷中妇镜,江干黄竹女儿箱。空怜板渚隋堤水,不见琅琊大道王。若过洛阳风景地,含情重问永丰坊。
>
> 东风作絮糁春衣,太息萧条景物非。扶荔宫中花事尽,灵和殿里昔人稀。相逢南雁皆愁侣,好语西乌莫夜飞。往日风流问枚叔,梁园回首素心违。
>
> 桃根桃叶镇相怜,眺尽平芜欲化烟。秋色向人犹旖旎,春闺曾与致缠绵。新愁帝子悲今日,旧事公孙忆往年。记否青门珠络鼓,松枝相映夕阳边。

诗人以青春的浪漫才情将憔悴的自然物象、伤逝的人生悲感和复杂的象征内容结合在一起,使这组诗显得意旨隐晦而情韵悠远。诗中既有着对前朝风流的追慕,又有意识地将这种追慕淡化,反映出历史转折时期诗人对现实政治抱有若即若离的心态。

王士禛诗歌创作以"辨体"为前提:"为诗各有体格,不可混一。如说田园之乐,自有陶、韦、摩诘;说山水之胜,自是二谢;若道一种艰苦流离之状,自然老杜。不可云我学某一家则无论那一等题,只用此一家风味也。"(《然灯纪闻》)从王士禛的"辨体"论中,可以体会出他尊杜而不宗杜的微旨。王士禛意识到像他自己这种过着朝隐生活的达官没有老杜艰苦流离的经历而要强拟其沉郁顿挫的文章,只会产生无病呻吟的赝品。于是,他标举王、孟一派为"盛唐之音"的代表,以王维为顶礼膜拜的对象。他尤其倾倒王维"字字入禅"的辋川绝句,他在《香祖笔记》中说:"唐人五言绝句,往往入禅,有得意忘言之妙,与净名默然,达摩得髓,同一关捩。观王、裴《辋川集》及祖咏《终南残雪》诗,虽钝根初机,亦能顿悟。"王维诗中的禅意就在于空寂无我的境界和随缘任运的生活态度,就在于"不着一字,尽得风流"的艺术技巧。王士禛追摹王维也有得髓之处,他曾拈出在扬州和京师所作的五首五绝,自诩为"皆一时伫兴之语,知味外味者当自得之",如《青山》诗云:"微雨过青山,漠漠寒烟织。不见秣陵城,坐爱秋江色。"微雨寒烟遮蔽了城市的喧闹,造成了一种清凉迷蒙的氛围。诗人欣赏着山水的凄迷之美,陶醉在审美愉悦之中。这里没有刻意的构思、精心的雕琢,完全是自然天成、伫兴而作。

王士禛诗歌风格以"清远"为尚。所谓清,指境界的澄静清幽,语言的精练简洁,格调的高雅脱俗;远,指襟怀之超逸,情思之婉曲,表达之含蓄。清与远浑融一体,构成一种和谐自然、清新深远的意境。最能代表王士禛清远风格的作品当推他的七绝。如《再过露筋祠》:

> 翠羽明珰尚俨然,湖云祠树碧于烟。行人系缆月初堕,门外野风开白莲。

诗中有意忽略自然物象的细节刻画,而着意渲染情韵氛围,那"湖云祠树"的静景、"野风吹白莲"的动景,如南宗画派的水墨画一般简洁淡雅。王士禛七绝重神味而轻形迹,在诗的命意、立格、用字上追求一种微妙的氛围和韵致,在明丽的色泽内追求冲淡、自然的品格。

从王士禛一生的创作分期上看,早年以风华秀隽之才抒盛衰兴亡之感,颖锐之气逼人。中年则以雍容闲雅之度写平和之心境,大有冠带之概。晚年精力衰减,耽于禅寂,通事短吟,类同偈颂。总之,官位愈高,诗境愈老,生气愈衰,佳篇愈少。其诗歌理论到晚年为成熟,而创作成就以早、中期为高超。

王士禛门生弟子很多,其中比较重要的有吴雯、洪昇等人。而在洪昇身上特别能够体现清代诗歌与戏曲以及其他各种艺术门类之间的密切联系。王士禛当时分别与多人齐名,其中汪琬、宋荦二人实际上都远不及王士禛,只有朱彝尊确乎可与王士禛匹敌,并称"南朱北王"。然而,"南朱北王"却一并受人讥诋,最有代表性的批评者便是赵执信。

赵执信(1662—1744),字伸符,号秋谷,晚号饴山老人。山东益都(今淄博市)人。赵执信主张诗中有人,诗外有事,以意为主,言语为役。他批评王士禛诗专以风流相尚，实是诗中无人，虚情矫饰。他因不满王派诗人蔽于妙悟"呓语"，囿于门户之见，所以标举"意真"以反"神韵"，主张"以意为主"、"期于达意"、"以意赴韵"。

赵执信诗既继承了从诗经、汉魏乐府，到唐之杜甫的那种缘事而发、抒写真情、深怀寓托的现实主义传统，又受到李白诗歌大胆夸张和高度想象的影响。其诗既篇中有"意"有"人"，又有情有味，风格清新。

赵执信与"南施北宋"、"南朱北王"和查慎行齐名，时有"国朝六家"之称。他们作为一个诗歌集团，象征着清代"国朝"诗人的大批涌现，代表着清初"国朝"诗人的最高成就，并且对此后的诗歌发展也发生着巨大的影响。

查慎行是浙派初祖黄宗羲的学生。查慎行（1650—1727），初名嗣琏，字夏重，后更今名，字悔余，别字悔庵，号他山，又号查田等，晚号初白翁。浙江海宁人。他的诗歌最突出的特点是以白描手法描写自然景象，反映关山行旅。他三十岁时曾随贵州巡抚杨雍建去云、贵一带，中年又为衣食功名长期奔波于京师和家乡之间，同时还游历了江西、河南等地，又跟随康熙帝玄烨数次巡游，游历之广在同时代诗人中罕有其匹。战后的疮痍、人民流离的情状和各地的奇山异水、乡情民俗一一展现于他的诗中。如《九日同赤松上人登黔灵山最高顶》写兵燹之后的惨景："草木连天人骨白，关山满眼夕阳红。"绿色的草木、惨白的人骨和鲜红的夕阳形成强烈的对比，突出了视觉的感受，造成一种惊心动魄的效果。

在艺术风格和创作手法上，查慎行诗诸体皆备，尤精律绝，表现出气势宏阔、辞意晓畅、擅用白描、语言朴素的特点。查慎行鉴于从明七子到神韵派模拟唐人，几成熟调，于是取法苏轼、陆游，在众多流派争竞中坚实地强化了"宋调"的艺术魅力，体现出浙派诗人的共同倾向。

清代是词学复兴的时代，这不仅表现在词家大增，流派纷呈，而且还体现在词的抒情功能的拓展和词论的繁荣。

清词的源流肇始于明末清初的云间词派。此词派的代表性词人是"云间三子"陈子龙、宋征璧、李雯。他们承明代主流词统观念，推崇五代与北宋词，追求自然高浑的风格，陈子龙在《幽兰草词序》中说：

> 自金陵二主以至靖康，代有作者，或秾纤婉丽，极哀艳之情；或流畅淡逸，穷盼倩之趣。然皆境由情生，辞随意启，天机偶发，元音自成，繁促之中，尚存高浑，斯为最盛也。南渡以还，此声遂渺。寄慨者亢率而近于伧武，谐俗者鄙浅而入于优伶，以视周、李诸君，即有彼都人士之叹。元溢填词，兹无论焉。

对南唐、北宋词的情景交融、意辞并茂非常赞赏，而对南宋词较多诘责，对元词则整体否定。陈子龙心仪的是从南唐二主到周邦彦、李清照的"婉畅秾逸"的词风，因而其早期词作辞采瑰丽，风格柔媚。明亡以后，陈子龙的《湘真词》转而抒写抗清复明之志和眷恋故国之情，如《点绛唇·春日风雨有感》：

> 满眼韶华，东风惯是吹红去，几番烟雾，只有花难护。　　梦里相思，故国王孙路。春无主！杜鹃啼处，泪染胭脂雨。

词中用比兴手法，借风雨摧残韶华，隐喻明末动荡的局势。"春无主"指明政权的倾覆。故国破亡，落红难护，复国无望，词人心头只有杜鹃啼血的哀痛。《湘真词》把悲壮之情熔铸于清丽之境，使深情远意出于刚健之中，实为清词中兴之发端。

此外，吴伟业以诗人曲家而善作词，被誉为"本朝词家之领袖"（张德瀛《词征》卷六）。他的《梅村词》悲慨深沉，多少表现了清初诗坛的诗史意识和诗人的身世之感，如《贺新郎·病中有感》是他后半生自艾自怨、凄凉悲哭心境的浓缩，反映出进退失据的文人的精神面貌。

云间派之后，词坛上出现了以王夫之、屈大均、今释澹归为代表的遗民词。王夫之注重作家同现实生活的关系，注重作家的胆识与词作品性的关系。在表达方式上，王夫之词继承《离骚》芳菲缠绵的风调，多用比兴手法，借神话传说和历史故事来抒发故国之思，充满了绚烂缤纷、光怪陆离的浪漫主义色彩。屈大均有《道渊堂词》，又称《骚屑》。其词风豪健主要表现为风云气盛，有股郁勃怒张之势。他的《木兰花慢·飞云楼作》鲜明地表现出奉明正朔的民族观念，堪称典型的遗民情思。今释澹归即金堡，字道隐，浙江杭州人。明崇祯十三年进士，初授临清县知县，坐事罢。甲申之变后，先后为唐王政权兵科给事中和永明王政权吏科给事中。桂林破后，削发为僧。著有《偏行堂词》。澹归之词苍劲悲凉，痛切凄厉。

从顺治十年前后到康熙十八年"博学鸿词"科诏试期间，清代词坛出现了词风胚变的现象。南北词坛上，百派回流，形成充满生气和活力的繁荣景观。在百家腾跃的繁响之中，以陈维崧为领袖的阳羡词派和朱彝尊创立的浙西词派在词坛占有主导地位。阳羡派形成于顺治中期，极盛于康熙二十年，余波及于康熙后期。政治上的非主流地位及深蕴的郁勃心理使他们的词风总体上以悲抑奇崛、凄清疏放为基调。阳羡词派主要倾向在学习辛弃疾、蒋捷，并能融会南北宋词家的长处，兼"跋扈"、"清扬"两种特色，而以前者为主。

　　陈维崧（1625—1682），字其年，号迦陵。宜兴（今属江苏）人。陈维崧师法苏轼、辛弃疾，词风沉雄骏爽、凌厉纵横，其长调高唱入云，海走山飞；其小令也能敛沧海于一粟，具尺幅千里之势。

　　在词的题材内容上，陈维崧冲破传统禁区，开始用词"存经存史"，记录社会重大事件，反映生灵涂炭、血火交并的社会生活。从陈维崧《贺新郎·纤夫词》中我们看到清廷征丁给百姓带来的苦难：

> 战舰排江口。正天边、真王拜印，蛟螭蟠钮。征发棹船郎十万，列郡风驰雨骤。叹闾左、骚然鸡狗。里正前团催后保，尽累累、锁系空仓后。抟头去，敢摇手？
> 稻花恰称霜天秀。有丁男、临歧诀绝，草间病妇。"此去三江牵百丈，雪浪排樯夜吼。背耐得、土牛鞭否？""好倚后园枫树下，向丛祠、亟倩巫浇酒。神佑我，归田亩。"

此词以雄厚的笔力，揭露了清军在平三藩战争中骚扰民间的暴行。全词借鉴了杜甫"三吏"、"三别"的叙事手法，有情节，有场面，有人物，有对话，有心理描写，且兼以抒情和议论。这是陈维崧对词的创新发展。

　　陈维崧词作数量极多，题材相当广泛，诸如写景、咏物、记事、赠别、题画等。其中有些题材，是前人词中很少涉及到的，如［贺新郎］《五人之墓》、［沁园春］《晒书》、［沁园春］《戏咏闺人踢毽子者》、［念奴娇］《炙砚》等。

　　阳羡词派中的杰出词人还有万树、蒋景祁、曹亮武、任绳隈、史惟圆以及词僧弘伦等。万树的词轻松自然，清疏放逸，多乐府民歌意味。其《词律》资料详尽，考订精严，为清词的拨乱反正和词学建设作出了重要贡献。蒋景祁词风近似陈维崧，具有雄健明爽的韵味。曹亮武的词清挺健举，善于把豪气与婉情糅合而刚柔相济。任绳隈早年是写旖旎风情的能手，自奏销案开革功名后，多用清峭苍凉的格调抒写郁闷之情。史惟圆早年写过不少曼声轻隽的小令慢词，后期一转为恢奇狂逸。弘伦的《泥絮词》在浏亮声韵中蕴有清刚的郁怒之情，表现出人世间的哀乐悲欢，毫无僧侣作品常见的蔬笋气。

　　随着阳羡派宗主陈维崧病故，阳羡派终以不能合于"盛世"音声而衰颓。于是以浙西六子为核心的浙西词派应运而生，浙西六子指朱彝尊、李良年、李符、沈皞日、沈岸登、龚翔麟。浙派宗法南宋，主张用姜夔、张炎一派之清空醇雅矫正苏轼、辛弃疾一派之雄豪发露。朱彝尊《词综·发凡》说："世人言词,必称北宋,然词至南宋始极其工,至宋季而始极其变。姜尧章氏最为杰出。"其后又强调"填词最雅无过石帚"。他还在《解佩令·自题词集》中说:"不师秦七,不师黄九,倚新声,玉田差近。"认为自己的词近于张炎。这首说明创作意图、缘起、经过和词集内容的《解佩令》开创了清代序言体词作的先河。

朱彝尊有《江湖载酒集》等词集5种。他的《眉匠词》记录了早年学步花间、从情爱之作入手的痕迹。而《江湖载酒集》中的词作哀婉沉郁,一些吊古伤今之作颇能引起人们的兴亡之感。如《卖花声·雨花台》:

> 衰柳白门湾,潮打城还。小长干接大长干。歌板酒旗零落尽,剩有鱼竿。秋草六朝寒,花雨空坛。更无人处一凭阑。燕子斜阳来又去,如此江山。

"潮打城还"的寂寞空旷,"歌板酒旗"的零落萧索,"花雨空坛"的秋草惊寒,一切的景物都勾起人们对历史的深沉感慨。此词借六朝的兴废慨叹南明的败亡,表现得不刻露、不燥烈,遣词深稳,气韵沉雄。

朱彝尊有一种贪多和炫才的习惯,这种习惯集中表现在咏物词集《茶烟阁体物集》和集句词集《蕃锦集》中。《茶烟阁体物集》不乏优秀篇什,如《长亭怨慢·雁》通过秋雁所处的悲凉环境,极写漂泊四方的词人的无限感慨,寄托了词人思恋故乡的情怀。陈廷焯认为此词:"感慨身世,以凄切之情,发哀婉之调,既悲凉,又忠厚,是竹垞直逼玉田之作。"(《白雨斋词话》卷三)

《蕃锦集》中的小令、慢词,全以唐人之句集缀而成,虽然调协声和,文心妙合,人称鬼斧神工,但毕竟属于斗奇逞才的戏墨,没有多大意味。朱彝尊最杰出的作品当属《静志居琴趣》中的爱情词。陈廷焯《白雨斋词话》说:"竹垞《江湖载酒集》,洒落有致;《茶烟阁体物集》,组织甚工;《蕃锦集》运用成语,别具匠心,然皆无甚大过人处。惟《静志居琴趣》一卷,尽扫陈言,独出机杼。艳词有此,匪独晏、欧所不能,即李后主、牛松卿亦未尝梦见,真古今绝构也。"

明末清初的浙江词风大抵承袭《草堂》、《花间》余风,表现出相当严重的冶荡风习。朱彝尊等倡导醇雅、宗法清空,对廓清纤仄绮靡的风尚起到了相当大的作用。康熙十七年前后,清廷统治日趋稳固,词坛中心转移到了清王朝政治中心北京。南北词人荟集皇都,京华词坛涌现出群雄纷起的新景观。其时曹贞吉、顾贞观和纳兰性德最为杰出,被誉为"京华词苑三绝"。

曹贞吉作词崇尚姜夔、张炎,以雅正为归。他的《柯雪词》以哀生悼逝的寄慨词和寄托遥深的咏物怀古词最为突出,前者如《减字木兰花·杂忆》以组词八首哀其八位名微位卑的故人,反映了一代才智之士的普遍命运。后者如《满庭芳·闻雁》不仅寄寓了对其弟曹申吉的思念之情,而且深深地蒙上了时代社会的色彩。这两类作品既在抒写幽愤的主题思想上统一起来,又体现他雄深苍稳的风格。

顾贞观是较早起来反对朱彝尊词学观念的词人,他追求清新自然、自出机杼的境界。他与纳兰性德合编的《今词初集》体现了"铲削浮艳,舒写性灵"(见集后毛际可跋语)的词学主张。其《弹指词》不仅颇多家国兴亡的慨叹之作,更有直面社会人生的抒情篇章。其《金缕曲·寄吴汉槎宁古塔,以词代书,丙辰冬寓京师千佛寺冰雪中》二首是寄给顺治十四年因科场案受牵连而被长流东北的著名诗人吴兆骞的书信体词作,血泪并下,肝胆俱出,纯以性情结撰而成。其一吟道:

> 季子平安否?便归来,平生万事,那堪回首?行路悠悠谁慰藉?母老家贫子幼。记不起,从前杯酒。魑魅搏人应见惯,总输他覆雨翻云手。冰与雪,周旋久。　　泪痕莫滴牛衣透。数天涯、依然骨肉,几家能够?比似红颜多命薄,更不如今还有。只绝塞苦寒难受。廿载包胥承一诺,盼乌头马角终相救。置此札,君怀袖。

文辞宛转反复,痛快淋漓,如同家常说话。它曾感动纳兰性德及其父——太子太傅纳兰明珠等人竭力营救,使吴兆骞得以获赦生还。

纳兰性德(1654—1685),原名成德,避太子讳改今名,字容若,号楞伽山人,满洲正黄旗人。大学士明珠之子,康熙十年举顺天乡试,康熙十五年中进士,授三等侍卫,不久晋一等,深受康熙宠信。著有《通志堂集》。纳兰性德词宗李煜,兼学花间、晏几道,以小令见长,长调慢词则间有不协律之处。他生前曾将自己的词编集名《侧帽词》,后顾贞观刊行他的词时更名为《饮水集》,后世又会辑其全部作品为《纳兰词》。纳兰性德生长华阀,位居清要,"密迩天子左右,人以为贵近臣无如容若者"。与其尊荣享乐的贵族生活相对照,他情思抑郁,"揣揣有临履之忧"(严绳孙《成容若遗集序》),词中也充满怨恨幽愤、徒唤奈何之情态。

纳兰性德天资聪颖,富于情感,又深受汉民族文化传统熏陶,因而厌倦鞍马扈从,鄙视宦海倾轧,希望过一种清狂通脱的生活。但不能如愿的现实所造成的失望和早丧爱妻的哀痛全部融合到他的词中。因此,其词作中渗透着深挚而凄苦的情思,充满了沉痛的空幻感,呈现出凄婉哀怨的审美风格。

　　纳兰曾多次出使边陲、扈从边地，一次次的沐雨栉风，触目皆是荒寒苍莽的景色，这使他的笔下除了荒沙白茅、穷山恶水外，还有远离家乡的离情别绪，因此恨别、思乡也成为纳兰词的一个重要内容。如《长相思》：

　　　　山一程，水一程，身向榆关那畔行。夜深千帐灯。风一更，雪一更，聒碎乡心梦不成。故园无此声。

　　词中既描绘了边塞的雄浑郁勃之美，又刻画了塞外的苍凉凄清。思念故乡的伤感，翻山越岭的辛劳，无可奈何的愁闷与席地狂风、铺天暴雪融合在一起，建构了全词的沉抑基调。

　　低回幽怨、真挚深蕴的悼亡之作在纳兰性德的创作中，几乎占十分之一，其中大部分是为追念前妻卢氏而作。如写于卢氏三周年忌日的《金缕曲·亡妇忌辰有感》一字一咽，纯是一段痴情裹缠、血泪交溢的内心独白。纳兰性德的悼亡词还善于摹写梦境，如《寻芳草·萧寺纪梦》：

　　　　客夜怎生过？梦相伴、倚窗吟和。薄嗔伴笑道："若不是怎凄凉，肯来么？"来去苦匆匆，准拟待、晓钟敲破。乍偎人、一闪灯花堕，却对着琉璃火。

用妻子的玩笑调侃来凸显梦中的欢娱，以反衬现实生活中的悲苦。另外，纳兰一生中还有过失恋的隐痛，故凄婉哀厉的爱情诉述成为纳兰词的一大特色。

　　纳兰词在语言特色上追求的是"天然去雕饰"，即不过分追求辞藻。王国维在《人间词话》中评纳兰："以自然之眼观物，以自然之舌言情，此由初入中原，未染汉人风习，故能真切如此。"准确地道出了纳兰词以白描为本，少用典故、旧事，直抒胸臆的特点。

　　由于纳兰性德的生活面比较窄，纳兰词在内容上主要是悼亡、恨别、男女情思、赠答酬唱、咏物怀古等几个方面，词作基本上不涉及到社会政治生活。相比之下，纳兰词自然要逊于明末陈子龙及清初陈维崧等人的词作，但以一个初入中原的正黄旗俊逸少年，竟能有如此的奇情壮采，不能不说是文坛上的奇迹。

　　曹贞吉、顾贞观和纳兰性德三家在康熙朝词人中均以自抒情怀、不主一格而独具面貌，是阳羡、浙西二派之外的清初词坛大家。虽然他们没有正式开创流派，但已呈露出独抒性灵的特点。

第二节　清代中期诗词

康熙时，王士禛以倡导"神韵说"主盟诗坛，到了乾隆时代，和神韵说持反对意见的，有袁枚的性灵说，沈德潜的格律说，翁方纲的肌理说。此三派，翁宗江西派，沈主学古，都固守儒雅复古的阵地；只有袁枚一派，主张诗是诗人性情的表现，舍性情外无诗，颇为一时宗尚。

沈德潜（1673—1769）字确士，号归愚，长洲（今江苏苏州）人。乾隆进士，曾任内阁学士、礼部侍郎。著有《沈归愚集》，他根据自己论诗的宗旨编选的《古诗源》、《唐诗别裁集》、《明诗别裁集》、《国朝诗别裁集》等，在辨析源流，指陈得失，对古典诗歌的借鉴与流传方面也曾起过一定作用。沈德潜是叶燮的学生，他继承了明代七子"格高调逸"的理论，论诗主格调，所谓"格调"，是指诗歌的格律、声调，也指由此表现出的高华雄壮的美感。沈德潜提倡格调说的目的是，造成一种既能顺合清王朝严格的思想统治而又能点缀康、乾"盛世气象"的诗风。所以沈氏本人有很多颂圣赞德的作品，大抵平正典雅而乏精警，有规格法度而缺少真气；有时他也能写出讽刺官吏跋扈，反映民间疾苦的诗篇，如《制府来》一诗便是揭露两江总督噶礼弄权虐民、贪赃枉法的秽行劣迹的。《哀愚民效白太傅体》写的是吴中地区百姓为抗议粮价暴涨而发生的一次暴动。诗中指出官吏的腐朽昏聩是激起这次民变的主要原因。其他如《刈麦行》、《汉将行》、《海灾行》等对社会现实都有较深刻的反映。

厉鹗是与庙堂诗人沈德潜分庭抗礼的在野诗群的领袖，浙派诗的中坚。他延续了查慎行所标举的宋诗派方向。

厉鹗（1692—1752），字太鸿，一字雄飞，号樊榭，晚年又自号南湖花隐。钱塘（今浙江杭州）人。厉鹗的诗歌以杭嘉湖一带山水为主要题材，以"清"为主体风格。他的一些近体短篇，能表现出他的孤寂的性格，有一种脱俗的幽深清寒之意。如他的《冷泉亭》：

> 众壑孤亭合，泉声出翠微。静闻兼远梵，独立悟清晖。木落残僧定，山寒归鸟稀。迟迟松外月，为我照田衣。

诗境幽寂，略有王维诗的味道。但第五句以"残"修饰"僧"，末二句写月光将松枝影投在自己身上,使衣衫如同僧人的袈裟,喻示内心对禅理的感悟,都显得用力过于深刻,而缺乏唐诗的灵动。再如《晓登韬光绝顶》从"霜磴"、"阳崖"、"竹光"、"冷翠"等局部小景,写出蔽谷境界之幽深,衬托出心境之清寂,与烦扰嘈杂的尘世形成鲜明对照。和朱彝尊一样,厉鹗更有情味的创作是在词中,他们都是用词弥补了诗的缺陷。

厉鹗宗法宋代诗人而又专取南宋陈与义及永嘉四灵等小家,好用宋代典故而又偏好僻典,用意也过于深刻,极端地显示了浙派诗的特征。作为浙派领袖,厉鹗在康乾诗坛具有重要地位和广泛影响,洪亮吉说:"近来浙派人人深,樊榭家家欲铸金。"(《道中无事,偶作论诗截句二十首》)厉鹗诗歌的局限是题材狭窄、风格单调,意境幽僻,词汇生涩,缺乏大家的高浑气格和雄健力量。

与沈德潜、厉鹗同时,有直抒性情而自成一派的郑燮。郑燮(1693—1765)字克柔,号板桥,江苏兴化人。乾隆初进士,曾作过山东范县、潍县知县。后因为灾民请赈而触忤大吏,被罢官,回扬州卖书画为生。他能诗、工书、善画,世称"三绝",是名隶"扬州八怪"的书画家。有《郑板桥全集》。郑燮出身贫困,同情人民,服膺儒家的政治理想,但也受"适天"、"全性"的道家思想和崇尚个性解放的新思潮的影响,很羡慕自由放达之士。大致而言,他是一个带有狂诞习气、具有尚奇心态的正直之士。郑板桥论诗提倡"真气"、"真意"、"真趣",主张诗歌艺术表现以"沉着痛快"为本,要求诗歌内容"道民间之痛痒",表现真性情。

郑燮的诗文创作实践有力地证实了他自己的诗文美学追求。他写了一系列揭露社会黑暗、表现人与人之间的情感联系的诗歌,如在《私刑恶》中,他深刻揭露了恶吏滥施刑罚的罪恶。其《逃荒行》写山东农民背井离乡、逃荒关外的情景,《还家行》写逃荒者从关外归来,又引发出一幕新的骨肉分离的悲剧。《抚孤行》写了孀妇抚孤"学俸无钱愧塾师,线脚针头劳十指"的艰辛。郑燮有相当一部分诗作表现了他的生活情趣、处世态度和人品格调,如《雨中》:

> 终日苦应酬,连阴得闭门。清凉满心肺,草木向我言。新竹倚屋檐,绿沁窗纸昏。梁燕坐不出,蜗牛满苔痕。犬迹踏沙软,蹑屐恐泥翻。回廊足散步,把书行且温。家酿亦已熟,呼童倾盎盆。少妇便为客,红袖对金樽。

诗中表现的是生活的满足与惬意。诗人的理想人生就是这样一种闲适自在、充满诗情画意而又尽情享受的逸乐人生。再如《闲居》诗写文人雅士的世俗生活:"荆妻拭砚磨新墨,弱女持笺索楷书。柿叶微霜千点赤,纱厨斜日半窗虚。江南大好秋蔬菜,紫笋红姜煮鲫鱼。"表现了一种追求生活的诗意和世俗享受的人生态度。此外郑燮的题画诗多能表现出他的磊落人格,其《竹石》诗运用象征手法,用竹比拟志节高尚之人,为百折不挠的坚强意志写照传神。郑燮玩世不恭,不合流俗,常常用幽默自嘲的方式抒发心中的不平,如《和学使者于殿元枉赠之作》其一:

十载扬州作画师,长将赭墨代胭脂。写来竹柏无颜色,卖与东风不合时。

既写出自我的不幸遭遇,也表现了不合流俗的性格。这一类诗大抵语言自然浅切,节奏明快轻捷,情感直率纯真,体现了作者洒脱不羁的审美个性。

翁方纲(1733—1818),字正三,号覃溪,又号苏斋,直隶大兴(今北京)人,乾隆十七年进士。官至内阁学士。他潜心研究经学,长于考订、金石之学,对于书画、词章也很精通。著有《复初斋诗集》、《复初斋文集》、《石洲诗话》、《小石帆亭著录》、《两汉金石记》、《经义考补正》等。翁方纲以提倡"肌理说"而闻名。其"肌理说"主张以学问、经术为诗,把思想(义理)、结构(文理)、材料(肌理)三者结合起来。"肌理"一词取自杜甫《丽人行》:"三月三日天气新,长安水边多丽人。态浓意远淑且真,肌理细腻骨肉匀。"杜甫所说的"肌理",可理解为肌肤之纹理,主要指女人的肌肤美丽而匀称。翁方纲引申到文章中,指"理"与"文"之间的结构方式。"肌理说"对神韵说、格调说、性灵说三家的合理因素进行了融合。为纠性灵说之偏,翁方纲提出正本探源,学古通经;为矫格调说之弊,他主张穷形尽变,自然更新。"肌理说"与当时统治阶级大力宣扬儒家正统思想、提倡宋明理学和考据学风的盛行都存在着密切的联系。翁方纲本人的创作特征,也就是以学问为诗,以考据为诗,其诗作质实充厚,但缺少生活气息。《清史稿》称其"所为诗,自诸经注疏,以及史传之考订,金石文字之爬梳,皆贯彻洋溢其中。论者谓能以学为诗"。到嘉庆中,翁方纲成为诗坛的领袖人物,"肌理说"作为汉学兴盛时期的产物与性灵说相抗衡,影响颇大。

清代诗歌自钱谦益扭转明诗风气以来,一直在不停的变化发展。"神韵派"和"肌理派"由于它们本身的局限,都未能切实改变争唐论宋的局面。清代诗歌真正走上自己的道路,获得了彻底的解放是因为袁枚的性灵说。

袁枚(1716—1798),字子才,号简斋,一号存斋,晚年自号仓山居士、随园老人、仓山叟等。浙江钱塘（今杭州）人。袁枚从许多方面发扬了晚明反传统的精神，代表了晚明思潮的重新抬头。他大胆地质疑"六经"，肯定情欲的合理性，认为圣人之治，就是要让"好货好色"的人欲得到满足（见《清说》）。他甚至肯定富有者奢靡的生活，反对一味崇俭，指出："古之圣贤，求贫民之富；今之有司，求富民之贫。不知富民者，贫民之母也。"（《与吴令某论罚锾书》）袁枚诗歌理论的核心是以强调人的"情欲"为主要内容、以"生趣"为特征的"性灵"说。性灵说主张创作主体必须具有真情、个性、诗才三方面要素，认为人的性情乃是诗歌的本源，而"情所最先，莫如男女"，同时指出作诗要有自我个性，不可因袭他人。从具体创作来说，他强调要有"才"、有"灵机"，追求凭藉天才发露而造成的"忽正忽奇，忽庄忽俳，忽沉鸷忽纵逸"（《赵云崧瓯北集序》）等变化多端的风格。

袁枚一生狂放不羁，关注人的个性存在，追求自我价值的充分实现。如其小诗《苔》："白日不到处，青春恰自来。苔花如米小，也学牡丹开。"说明即使如米小的苔花，也会努力表现自己，在装点大地中，实现自我价值。

袁枚对民生疾苦也是极为关切的。他的《捕蝗曲》、《纤夫行》等诗作酣畅激切，表现了士大夫的责任感。《捕蝗曲》反映的是沭阳蝗灾。从"亟捕蝗，亟捕蝗，沭阳已作三年荒"，"安得今冬雪花大如席，入土三尺俱消亡？"，"毋餐民之苗叶兮，宁食吾之肺肠"的诗句，我们分明可以读出袁枚身为父母官的殷殷之情，拳拳之心。《纤夫行》对纤夫的艰辛表现出极大的同情："天上西风来，纤夫面东向。有意逆天行，步步与风抗。"将纤夫顶风拉纤、步步维艰的情形，刻画得入木三分。

袁枚诗歌抒写的都是诗人自己的真性情。如《哭阿良》是诗人痛失爱女之际撕心裂肺的倾诉。诗作从阿良的聪慧伶俐、善解人意写起，说明阿良给自己带来了无穷乐趣和安慰。孰料"昙花忽然落，小劫成沧桑"。他由刻骨铭心的悲痛生发出捶胸顿足的自责："爷读万卷书，不解一药方。忝然作人父，搏颊自惩创。"诗人无论如何也不能接受这个事实："昨日竹马走，今日小棺藏。昨宵舞蹈处，今宵啼泪场。"他将悲恸之情倾注笔端，催人泪下。而最能体现袁枚真性情的则是直接抨击封建制度、大胆表现男女之情的诗作。如《古意》、《寄聪娘》、《哭陶姬》、《枫桥有怀》等诗篇，都写得情真意长。

袁枚的山水诗体裁多样，意象活泼空灵，富于生气。他将原本沉寂的山峰赋予灵性，化静为动，化死为活，以与诗人的性灵相沟通。在他的笔下，自然山水已不仅仅是供人寄托的审美对象，它自身就是活生生的宇宙生命。这类山水诗构思新颖，想象大胆，厚重壮大，豪爽奔放。如《同金十一沛恩游栖霞寺望桂林诸山》抓住桂林众山"奇形诡状"的特征,以奇幻的构思、飞动的气势驱遣役使古代神话传说以及佛道典籍中的奇人异事,建构起绚丽奇诡的意象,使众山具有了非同寻常的性灵,显示了诗人狂放的气质个性和高扬的主体意识。在清中叶规矩工稳的文风笼罩之下,袁枚古体山水诗以其天魔献舞、花雨弥空、野马横行的意象显得奇特而富有生机。

袁枚的性灵诗在乾隆诗坛独树一帜,绝少依傍。平凡琐细的选材,灵动新奇的意象,风趣幽默的情调和通俗自然的语言是其诗歌艺术的鲜明特征。

袁枚的性灵说在当时诗坛上引起很大的反响,许多诗坛名家都与袁枚有交往并多少受到他的影响。赵翼、蒋士铨与袁枚并称"乾隆三大家",前者成为性灵派的副将,后者成为性灵派的同盟军。

赵翼(1727—1814)字云崧,一字耘崧,号瓯北,江苏阳湖(今常州)人。赵翼的诗学观点与袁枚可谓声气相求。除主张诗歌以性情为主,反对争唐论宋和模拟诗风外,赵翼作为史学家,论诗也用宏观的历史眼光来审视文学发展的规律,表现了追求创造的精神。他有《论诗》绝句说:

李杜诗篇万口传,至今已觉不新鲜。江山代有才人出,各领风骚数百年。

此诗一方面揭示出清代诗坛才人辈出、标举风流的盛况,一方面也折射出作者傲然不群的精神气质。

赵翼是位见识卓荦的历史学家,他的咏史怀古诗好发议论,思想机智而敏锐。如《杂题》从历史发展的角度看到秦皇筑长城与隋帝开运河的"功及万世长"的方面。《乾陵》肯定了武则天作为一代女性英雄的历史地位。《西湖杂诗》说:"苏小坟连岳王墓,英雄儿女各千秋",如此肯定女性价值足令庸夫俗子咋舌。

蒋士铨(1725—1785),字心余,又字苕生,号清容居士,又号藏园,晚年号定甫,江西铅山人。蒋士铨对于诗的见解与袁枚相近,主张独抒性情。其诗歌主题以表彰忠孝节义最为突出,他笔下描写过范仲淹这样"先天下之忧而忧"的重臣和岳飞、文天祥、史可法等著名的民族英雄,也描写过许多名不见经传的民间贞烈节孝,作品数量之多,远超时辈。即以史可法一人而论,前后就有《梅花岭吊史阁部》、《得史阁部遗像并家书真迹三首》、《题史道邻阁部遗像》、《恭和御题史忠正可法遗像诗韵》、《梅花岭谒史忠正祠墓》等,抽绎忠心,宣扬节义,可谓淋漓尽致。蒋士铨诗歌最重要的情感和审美特征是表现本真性情。抒发亲情、友情和表现人生忧患的诗歌在《忠雅堂诗集》中占有较大比重。蒋士铨在艺术风格上追求雄奇壮伟之美,汪洋恣肆,气局恢廓。

张问陶(1764—1814)字仲冶,又字柳门、乐祖,号船山,四川遂宁人。他具有用诗写出个人真阅历、真性情的自觉意识,论诗力主性情,强调"诗中无我不如删"(《论文八首》),"好诗不过近人情"(《论诗十二绝句》)。他的诗是自我的生活与个性的写照,他乐意在诗中描绘自己痛饮豪醉的名士行径,表白自己的口腹之欲和向往安逸的性情。他也不讳言自己对功名富贵的追求,其《宿栾城寄怀舍弟寿门》写道:"少壮行将老,公卿早致身。浮名何足道,贫贱负君亲。"他的寄内诗在缱绻缠绵的情意中还带有香艳的色彩,如《嘉陵江上立春寄内》吟道:"掩镜谢膏沐,下帘香雾寒","香泪在征衣,因君不忍瀚"。他经过鸿门,看待项羽的眼光也与众不同,对"美人名马英雄艳,只此丰神绝代无"(《鸿门》)艳羡不已。在《斑竹塘车中》,张问陶表明自己不是理学门庭中人:"理学传应无我辈,香奁诗好继风人。"认为情欲的抒写继承自《诗经》中风诗的传统。显然,他受到了清代中期反理学思潮的浸润。

嘉庆元年,白莲教的大起义如一声惊雷,击破了张问陶的盛世迷梦,遍地干戈的战乱图景打消了他模山范水的雅兴,士大夫忧心国事的本能从诗歌创作中表现出来。张问陶后期的诗变为豪宕慷慨之声与危苦忧时之音的合奏。他那斥责昏庸将帅玩兵养寇的组诗《戊午二月九日出栈宿宝鸡县题壁十八首》,激昂悲愤,感动一时,和者甚众,标志着诗坛风会的改变。这些反映现实事变的诗已经溢出了性灵诗的界域,标志着性灵诗以自我为核心的思维结构、以缘情为先导的表情机制在发生裂变,个人化的咏叹逐渐让位于社会化的悲吟。张问陶为性灵派这一盛世诗派作了谢幕演出,因此有性灵派殿军之称。

另外,和"乾隆三大家"对应的"三君"孙原湘、舒位都属于性灵派,王昙亦为性灵派的支持者。

孙原湘为性灵派主将袁枚众多弟子中的翘楚,其妻席佩兰有袁枚第一女弟子之誉。孙原湘亦堪称袁枚第一门生。孙原湘性灵诗的主体是抒情诗,故其诗有"最重情字"(张维屏《听松庐诗话》)之评。孙诗之情与"仁"不可分割。他说:"在我则为情,及人则为仁"(《情箴七首》),因此其情具体为一种仁爱的感情。如《苦热》一诗,由"我家"所感到的"有木皆焦手可炙,有席自暖身难容",而联想到田家更大的痛苦,诗中不仅以自己与农家对照,描写了农家酷暑时劳作的艰辛,充满怜爱体贴之意。但总的来看,孙氏对百姓仁爱之心有余,而对社会痼疾的认识、对封建统治集团的批判都远不及袁枚深刻、有力。

舒位重视诗人道德气节,讲求才、学、识相结合,倡导不名一家,融各派之长。其诗风与袁枚较为接近,但又颇具特色,语言华丽,风格怪奇。他的身世遭遇则与黄景仁相似,因而诗歌主题也大体相同。他有许多作品反映西南少数民族的生活,别具意义。

据舒位称,王昙曾"游随园门下",但袁枚从未提及。其艺术风格接近舒位,同样以怪奇粗肆为特征。他的身世遭遇也类似于黄景仁和舒位,诗歌同样也充满了对现实的不满,而这种不满的程度则更加强烈。

年辈稍晚的诗人中,沈德潜的再传弟子黄景仁亦曾与袁枚有交往。他的创作富于个性和才情,对压抑人性的封建文化表示了强烈的不满。

黄景仁诗歌以凄怆的笔调、直率的语言和狂放的风格,抒写了封建末世失路才人的遭际和心态,如《都门秋思》:

> 五剧车声隐若雷,北邙惟见冢千堆。夕阳劝客登楼去,山色将秋绕郭来。寒甚更无修竹倚,愁多思买白杨栽。全家都在风声里,九月衣裳未剪裁。

开始两句以繁华的五剧与荒凉的北邙相对照,在强烈的对比中深叹盛衰无常。颔联写景甚工,白描中更见情致:夕阳劝客,深感良辰易逝;山色将秋,更觉情势逼人。颈联说明自己欲学放达之士在院中栽白杨以示生死如一,但终究无法超脱尘世生活的艰辛,"全家都在风声里,九月衣裳未剪裁"的叹息是一个穷苦的读书人发出的生存哀叹,也是无数失意文人悲愤心情的写照。面对当时的混浊社会现实,黄仲则公然以"游民"自居,因此,他在诗篇中颇多不平之鸣。同时,由于自身的贫寒,黄景仁深知劳动人民疾苦,他不以自己的作品去粉饰太平,而是着力揭露社会的弊端,在作品中表现出对民众的同情和进步的思想倾向。

黄景仁在四处漫游的过程中,曾到过许多名山大川,他用气势雄伟的笔触,描绘壮丽的自然景色,写下许多诗篇。黄景仁山水诗最大的特点是诗中"有我",此"我"的具体含义就是人生的悲苦。黄氏狷狭之性以及多病之身、不遇之怨,使他即使面对壮美山川亦常常不能忘却社会现实与个人处境,无法超越心头的阴影。他曾参与安徽学政朱筠在采石矶太白楼举行的盛会,即席写出《笥河先生偕宴太白楼醉中作诗》的名作。当时与会的八府士子读罢此诗,为之辍笔,并争相传抄,一时传为佳话。

黄景仁、舒位、王昙三人,都是丰才啬遇,终生贫困潦倒,这本身即多少反映了当时科举制度的不合理。在艺术形式上，舒位、王昙以及黄景仁或承性灵派余绪，或与性灵派相应和，他们大都也具有自由独创的精神，因此同样推动了清诗的解放，并使之确乎形成了一场巨大的文学革新运动。

至雍正朝及乾隆前期，浙西词派的盟主是厉鹗。他把该派提倡的"雅"与《诗经》中"风雅颂"的"雅"同样看待，同时提出了"清丽闲婉"的审美要求，发展了浙西词派的理论。

厉鹗的的词风近于姜夔，骨秀神闲，清空超脱，思致幽微，声调和谐，提供了比朱彝尊更为醇雅的范本。最能体现厉鹗词幽隽特点的是吟咏山光水色，抒写个人幽怨的作品，如《百字令·月夜过七里滩，光景奇绝。歌此调，几令众山皆响》：

> 秋光今夜，向桐江，为写当年高蹈。风露皆非人世有，自坐船头吹竹。万籁生山，一星在水，鹤梦疑重续。挐音遥去，西岩渔夫初宿。　心忆汐社沉埋，清狂不见，使我形容独。寂寂冷萤三四点，穿过前湾茅屋。林静藏烟，峰危限月，帆影摇空绿。随流飘荡，白云还卧深谷。

厉鹗刻写"皆非人世有"的奇绝之景，是为了表示对奇绝之人——独钓高台的严光的景崇。他用"秋光今夜"渲染幽微的思致，用超然独绝的画面抒写寂历的心境，将虚灵清淡的词意从氛围上强化起来。

继厉鹗而起执浙西词坛牛耳的是吴锡麒。他在词学观上，对浙派前辈之说作了两点修正：一是重申词的"穷而后工"之旨，二是不主张惟姜夔、张炎是尊。他较有特色的作品有两类，一类表现为"抗秋风以奏怀"（吴锡麒《董琴南楚香山馆词钞序》）的雄健风格，另一类是追求天籁自然而不乏秀逸情韵的词作。

如果说浙西词派前期以朱彝尊为旗帜，中期以厉鹗为宗匠，后期以吴锡麒为中介环节，那么郭麐则是浙西词派的殿军。

郭麐词学观点是主张表现性情。他从通变的观念出发，对宋代词风进行了深入分析，建立起不崇正抑变的反传统的理论主张，将苏轼为首的"豪放词派"单列一宗，且给苏轼以极高的评价，由此突破了浙西词派专宗姜夔、张炎的樊篱。郭麐的《灵芬馆词》鲜活轻捷，自然圆转而又委曲传神，没有涂饰雕琢的习气，如《水调歌头·望湖楼》以轻快平易之语抒写一己情怀，体现了创作主体的独特面貌。

到了嘉庆、道光年间，浙西派的末流，因务求纤巧而逐渐流于浮薄空疏；

阳羡派的末流因一意讲求激昂豪放而流于叫嚣粗率。而且，浙西、阳羡两派始终没有建立起完善的理论体系。力图廓清积弊的常州词派则于前两派式微之际而起，以系统的词学理论著称于世，成为清代词作、词论一大宗支。常州词派创始人是张惠言、张琦兄弟，而其羽翼有左辅、恽敬、李兆洛、丁履恒、金式玉、郑抡元等。

作为经学家，张惠言以穷治虞翻《易说》而享有盛誉；文学方面，他更是兼具阳湖文派和常州词派的创辟之功。嘉庆二年，张惠言在安徽歙县岩镇金榜家坐馆，为了金家子弟学词的方便，他与其弟张琦一起选唐、宋词四十四家编了一册《词选》作为读本，后来歙县郑善长又选录张氏兄弟等九个常州籍词人的作品编为一卷附录，正式刊书。此书一出，很快便风行于大江南北，取代了浙西词派编的《词综》。张惠言在《词选序》对词的说解，成为常州词派重振词学的开山文字。此《序》的主旨大致有三点：一是尊词体，把词与作为正统文学的诗赋列于同等地位；二是重寄托，把"意内而言外"视为词体的本质特征，认为应该从运用比兴寄托手法入手，来提高词的立意和格调；三是区正变，以温庭筠为正声，而力斥柳永、黄庭坚、刘过、吴文英四家。这些观点既开途径，又标宗旨，奠定了常州词派的理论基础，后世各时期的常州派词论家均把它奉为家法。张惠言生活的时代，大清帝国已经开始显露出衰微的景象。张惠言期望克除社会积弊，达到"民富国强"，他对于文人埋首书卷、不问世事，或专意繁琐考据而迷失大义的积习不满，要求学问与世用相结合。论词重"意"正是他上述处世态度的反映。其目的是为了增强词的思想内容，发挥词的政治教化功能。

总体上说来，常州词派是一个理论色彩较浓而创作不足的词学流派。自周济起，常州词派对词的审美和创作技法的阐发愈趋精细，可是词作佳品却是越来越少。而张惠言的《茗柯词》收词虽然仅四十六首，其词的艺术水准却不低。与其严正而至于迂阔的词论相比，张惠言的词寄意深远，疏朗有致，没有雕琢隐晦之病。

继张惠言之后，周济完成了常州派词学理论从框架到系统的演进过程，为常州词派的发展奠定了坚实的基础。周济师从张惠言的外甥董士锡，他在张氏主张的基础上，提出了词史说："诗有史，词亦有史，庶乎自树一帜矣。"他把词的社会职能扩展到和诗同样大小，强调词所寄托的是与时代盛衰息息相关的政治感慨。为补救张惠言将比兴寄托绝对化的弊病，他提出"词非寄托不入，专寄托不出"的创见。周济比张惠言更明确地提出了尊北宋，抑姜（夔）张（炎）的主张，他在《宋四家词选》中标举王沂孙、吴文英、辛弃疾、周邦彦四家,主张学词起步时,以王沂孙为师,以求词的立意深厚;中途通过参校吴文英、辛弃疾的长短,使词由浑入厚。终极目标是达到清真词的浑厚境界。

常州词派的产生,对词的发展过程起了救弊补偏的作用。但是其理论存在着两个问题:一是喜用说经家法解词,在词坛上兴起了一股穿凿附会之风。二是在创作上企图以复古求得词风的改良,仍不脱拟古之病,又把比兴寄托手法强调到绝对化地步,片面追求词境的"浑化",反而造成真情斫丧、灵感窒塞,写出来的作品常词旨隐晦。

第三节 清代后期诗词

在中国文学史上标志着古典文学时代的终结和近代文学纪元开端的人物,正是热烈呼唤"风雷",开一代诗风的龚自珍。

龚自珍(1792—1841),又名易简、巩祚,字璱人,号定庵,别号羽琌山人。浙江仁和(今杭州)人。道光九年进士,历任内阁中书、礼部主客司主事兼祠祭司行走等闲职,官场抑郁不得志。鸦片战争爆发后的第二年,病逝于丹阳云阳书院。龚自珍才富学广,著述内容涉及经学、史学、舆地、文字训诂、目录、考古、诸子等等,这也是当时乾嘉学者的主要治学范围;另外还有政论、时文、掌故、游记、杂著、诗词、佛学等门类。今人辑有《龚自珍全集》。龚自珍的诗继承了袁枚以来的独创精神,既不废借鉴,又能驰骋想象,冲决常规,语言奇瑰,气势磅礴,在万马齐喑中具有振聋发聩的力量。他的《己亥杂诗》是运用七言绝句形式构成的规模空前的心传年谱,其独创性表现在以叙事、抒情结合的手法展示了彷徨苦闷、呼唤风雷、意欲冲决罗网的诗人自我形象。

《己亥杂诗》的鲜明特点是政治思想和艺术概括的统一。其中许多诗,是一种"清议",即一种政治、社会批评。作者的兴趣并不在于具体地描写现实政治事件,而只是把现实政治的普遍现象提到社会、历史的高度来认识。如《己亥杂诗》为道士题的那首"青词":"九州生气恃风雷,万马齐瘖究可哀。我劝天公重抖擞,不拘一格降人才。"面对精神禁锢、言路阻塞、人才扼杀的现实,诗人生起彻骨的悲哀,渴望风雷的振荡激起九州的生气,使"才士"、"才民"能有施展才华、匡济天下的机会。再如《己亥杂诗》第123首也是他经世致用文学观的具体体现:

不论盐铁不筹河，独倚东南涕泪多。国赋三升民一斗，屠牛那不胜栽禾！

龚自珍尖锐批评朝廷不关心国计民生的大事，一味依赖东南漕运供给京师粮饷。苛杂的赋税，将大批农民逼上屠牛弃农之路。诗的末句含义深刻，预示着深刻的社会危机正在酝酿之中。

　　龚自珍在对未知世界的探索过程中，由于不能实现理想却又执着追求，因而长期被一种焦灼不安的情绪所笼罩，加以诗人本身哀乐过人，才情天纵，发而为诗，即具有哀感顽艳、璀璨瑰丽的悲剧美。这种悲剧美在艺术形态上表现为最具特色的几种诗歌意象，这就是其诗集中反复出现的"箫心剑气"与"落花"。龚自珍七绝《漫感》诗云："绝域从军计惘然，东南幽恨满词笺。一箫一剑平生意，负尽狂名十五年。"这里的"箫"即是"东南幽恨"，此中之"剑"即是"绝域从军"的远大之志，是其改革社会医国治世的豪情。《己亥杂诗》中有"少年击剑更吹箫，剑气箫心一例销"之句，是晚年回首平生之作，只多了几分如梦的惆怅、彻骨的悲凉。宝剑深藏，英雄弃置，这是诗人之悲剧，也是时代社会的悲剧。剑在龚诗中是作者昂扬个性和壮志雄心的象征，表明了他不受制于封建礼教的反抗精神；箫则是幽怨抑郁情感的意象，表明了他与周围环境不协调、不合作的态度。箫剑结合，哀怨中有豪气则悲而不弱。落花是龚自珍诗中反复出现最能体现其悲剧美、极富时代感与独创性的审美意象。《己亥杂诗》中即有几首诗出现落花的意象，如"终是落花心绪好，平生默感玉皇恩"；"野棠花落城隅晚，名记春骢恋挚时"。既感到萧瑟西风中落花难免的现实，而落花心绪又寄托了深深的眷恋与依归。其中名篇"浩荡离愁白日斜，吟鞭东指即天涯。落红不是无情物，化作春泥更护花"，更是把落花提扬为一种崇高的生命境界，一种悲壮的献身精神，而龚诗以落红自许，化作护花的春泥，其胸襟之开阔难能而可贵！龚自珍诗词中的某些落花意象突破了传统的情感定势和文化规范，表现为富有生气的理想境界。

　　龚自珍的积极浪漫主义精神源自于庄子、屈原。他秉承了庄子"适己"的传统、屈原沉吟高标的取向，立志熔《庄子》和《楚辞》为一炉。他有一首纪梦诗就反映了这种艺术追求：

　　名理孕异梦，秀句镌春心。庄骚两灵鬼，盘踞肝肠深。古来不可兼，方寸我何任？所以志为道，淡宕生微吟。一箫与一笛，化作太古琴。

诗人创造出雄奇与哀艳的独特风格，这是庄屈精神在诗词中的完美结合。

这种结合表现在诗人身上,则是"知其不可为而为之"的意志、追求隐逸的期望和狂傲不羁的"剑气"。

清代诗歌发展到龚自珍而达到了顶峰,同时龚自珍又开创了以新体诗为主流的近代诗风,他对后来的诗界革命派影响极大,可以说是诗界革命派的先导。继龚自珍之后,受鸦片战争火与剑洗礼的一批诗人登上了近代诗坛,掀起了反帝爱国思潮。

首先站在中华民族的立场上发出反侵略怒吼的是诗坛老将张维屏。张维屏(1780—1859),字子树,一字南山,号松心子,别署楚客、珠海老渔等,广东番禺(今广州)人。张维屏晚年家居,目睹英国侵略军暴行,写出了一些格调高昂,歌颂广东人民抗英斗争,揭露统治者妥协投降的诗篇,如他那具有灿烂不朽光辉的英雄史诗《三元里》。张际亮也是这一时期享有盛名的作者。他的《浴日亭》一诗深谋远虑,识在机先,较早地反映了鸦片流毒之严重及其对国家经济造成的损害。后一辈的诗人贝青乔在奕经军中写的《咄咄吟》一百二十首,因事作诗,就诗加注,全面描述了扬威将军奕经自奉命"东征"至以"劳师糜饷"之罪逮捕入京的过程,揭露了浙江沿海抗英清军的腐朽实况,讽刺了军中的各种"咄咄怪事",堪称前所未有的大型战地报告文学。此外朱琦、姚燮、陆嵩、鲁一同、金和等也都从不同角度写下了不少具有丰富社会内容、表现爱国立场的诗篇。这一时期,比较有影响的诗人是魏源和林则徐。

魏源(1794—1857),原名远达,字默深,又作墨生、汉士,湖南邵阳(今隆回县)人。魏源讲求经世之学,他的政治诗蕴含了丰富而深沉的历史内容,特别是"仿白香山体"的部分古体诗和鸦片战争时期的部分律诗,雄浑遒劲,气势磅礴,表现了忧国忧民的思想感情。魏源的《江南吟》10 首和《都中吟》13 首等新乐府并非仅仅在语言风格和艺术形式上仿效白居易,而是在内容上也继承了白居易新乐府中的讽喻精神,揭露了清廷的政治腐败、官吏昏庸。在鸦片战争前后,魏源创作了诸如《寰海》、《寰海后》、《秋兴》等组诗和《秦淮灯船行》、《金焦行》等诗作,较为集中地对侵略者的罪行和投降派的可耻行径作了深刻的揭露和抨击,对人民群众和爱国将领的抗英斗争作了深情的赞颂。

林则徐以虎门销烟名垂史册。他的诗作大体可分为三个阶段,第一阶段是初登仕途的时期,其诗宗法白居易,关注民生疾苦,直抒胸臆。第二阶段是禁烟运动时期,其爱国热情,发自内心,壮怀激烈,颇难自已;但险恶的政治环境,迫使他在高昂的激情中流露出无奈的沮丧,如《眺月》一诗高歌

"蛮烟一扫海如镜,清气长此留炎州",但结尾处却感叹说:"今年此夕销百忧,事定吾欲归田畴",林则徐感到身心交瘁,要归隐田园了。第三阶段是赴成及在成所的诗作,这时的诗作渐多,质量也趋于成熟,如《赴成登程口占示家人》二首刚柔相济,一气呵成,诗中有故作豁达的自我嘲解,有言不由衷的感恩之语,也有忍痛作谑的宽慰劝抚,那"苟利国家生死以,岂因祸福避趋之"的名句,成为林则徐思想道德的精粹凝练。其七律《出嘉峪关感赋》描写西北关山的雄伟壮丽,劲气直达,音节高朗,意象流走飞动。

道咸年间,赫然占据诗界首席的是以程恩泽、祁寯藻、郑珍、莫友芝、何绍基为代表的宋诗派。宋诗派主要师法杜甫、韩愈、孟郊和苏轼、黄庭坚等北宋大家。其所以标榜学宋,一是为了与诗坛专门学唐诗者划清界限,二是所追求的质实、厚重、涵抱名理的诗美境界,与宋诗长于立意、议论的审美特征较为接近。

程恩泽诗学昌黎、山谷,反对性灵诗风,提出以训诂手段和考据方法来探求经籍理义,要求把因辞求理的实证方法贯彻于诗论和诗艺创造中。他申明诗自性情出,又把学问看作是性情的根基,以为"性情又自学问中出","学问浅则性情焉得厚?"(《程侍郎遗集初编·金石题咏汇编序》)祁寯藻提倡合"学识"与"性情"为一,合学人之诗与诗人之诗为一,系清中叶主要诗派的调和论调。何绍基、郑珍、莫友芝和程恩泽、祁寯藻有师友或幕僚的关系。三人声气相应,互为犄角。何绍基既注重性灵情趣,又讲求"明理养气",提倡在孝悌忠信大节以及日用起居等方面体现真性情,其诗多写个人日常生活或题咏金石书画。莫友芝喜以考证为诗,诗风与郑珍相近,而创作成就有所不及。

郑珍为诗主要学韩愈,其描写山水风土和自己贫困生活的诗歌具有浓厚的生活气息。他家境贫寒,对于民间疾苦、官吏贪酷有深切的体会。他的《捕豺行》、《六月二十晨雨大降》、《酒店垭即事》等诗篇,便真实地反映了这些内容。郑珍的诗歌多描绘西南一带的山川景象,风格苍劲诡奇。如他在青年时期游湖南时写的《清浪滩》,极力描绘险滩恶石,亦以之喻人生旅途的险恶,令人凛然生畏。还有《崖輋口》、《白崖洞》、《吴公岭》、《九盘》等,都是写陡峻的山崖、险绝的岭谷、千仞的峭壁,表现了长江流域黔中山水的雄奇之景。诗人在一首《爱山》诗中,更直接地表达了他对自然山水的爱恋:

诗人爱山如骨肉,终日推篷看不足。诗人腹底本无诗,日把青山当书读。

诗人以青山为书,腹底出诗,因而这类诗独具风貌。

甲午战争失败后,清王朝的腐朽无能彻底暴露了,亡国之祸迫在眉睫。在这样的背景下,中国资产阶级改良主义思潮,逐渐形成了一个相当广泛的政治和文化运动,戊戌变法达到了这一运动的顶点。作为改良运动的一个有机的组成部分的诗歌改良运动,即梁启超在《夏威夷游记》中提出的"诗界革命"。诗界革命是对古典诗歌进行的"旧瓶装新酒"的改良。虽然在改造诗歌的语言和格律方面最终未能有根本性的突破,但在开拓题材及开辟诗境方面却有不少创新之处。产生诗界革命的主要原因是由于受到社会变革、民族危难的影响,以及诗人们有机会周游世界受到西方文明的刺激。在改良运动中,最早从理论和创作实践上给"诗界革命"开辟道路的是黄遵宪[68]。他是自龚自珍以后最杰出的诗人。

黄遵宪(1848—1905),字公度,广东嘉应(今梅州市)人。光绪二年举人,从光绪三年至光绪二十年历任驻日本使馆参赞、驻旧金山总领事、驻英国参赞、驻新加坡总领事。从新加坡回国后,他在上海参加了以康、梁为首的"强学会",创办《时务报》。光绪二十三年,署湖南按察使,助陈宝箴创行新政,提倡变法。戊戌政变后被放归乡里。有《人境庐诗草》、《人境庐集外诗辑》与《日本杂事诗》。黄遵宪从"今之世异于古"的观念出发,提出诗歌创作也要"与时俱进",主张诗歌创作要"诗之外有事,诗之中有人"(《人境庐诗草自序》),即要求诗人站在时代的制高点上,把握时代风云,关注现实生活,写出具有真实感情和独特审美感受的诗歌。他写的那些咏怀时事的诗篇,突出地反映了中国近代社会的严重危机和主要矛盾,系统地记录了中国近代史上的重大事件。在中日甲午战争期间,随着战争的节节失败和清廷的丧权辱国,黄遵宪写下了《悲平壤》、《东沟行》、《哀旅顺》、《哭威海》、《马关纪事》、《降将军歌》、《度辽将军歌》、《台湾行》、《七月二十一日外国联军入犯京师》等史诗式的篇章,揭露了外国强盗野蛮的侵略暴行,谴责了清廷官员的腐败无能和投降卖国的可耻行径,歌颂了爱国官兵的誓死抗战。如《悲平壤》歌颂了平壤保卫战中战亡的总兵左宝贵,鞭笞了清军统帅叶子超临阵脱逃的可耻行径。《哀旅顺》着重描写旅顺地理形势之险要:"海水一泓烟九点,壮哉此地实天险。炮台屹立如虎阚,红衣大将威望俨。"然而如此天险,面对侵略者的炮火,竟然"一朝瓦解成劫灰",愤惋之情,溢于言表。

长期的外交官生涯,极大地开阔了黄遵宪的视野。他的诗歌能写古人未有之物,开古人未辟之境,题材广阔,气魄雄大,为中国近代诗歌开拓出一片新天地。反映海外奇异风物以及新的思想文化是黄遵宪诗歌的最大特色,诗人不仅写巴黎铁塔、苏伊士运河、日本樱花等异国风光、名胜古迹、民情风俗、特产气候,还写到世界各国的历史、社会状况、宗教信仰、政治制度和科学新事物。如《纪事》诗描写美国两党的竞选闹剧,介绍资产阶级的民主自由。《登巴黎铁塔》描摹艾菲尔铁塔的挺拔高耸:"拔地崛然起,眦睁矗百丈。"诗人登高望远,纵览天下大势,评判欧洲战事,缅怀法国风流人物之余,寄托着希望自己国家和民族强盛的渴望之情。诗人还力图以新的思想观点反映海外新事。如《以莲菊桃杂供一瓶作歌》不但有意识地溶入"地球"、"赤道"等新名词,从中介绍地理学、生物学等新知识,而且借诸花喻各国人民,表达了四海一家的开放意识和大同思想。

黄遵宪诗歌"以旧风格含新意境"的特色是备受称赞的。《今别离》四首在诗歌史上第一次吟咏了现代文明中的轮船、火车、电报、照片等新鲜事物以及东西半球昼夜相反的自然现象,反映了近代社会生活的巨大变化,突破了传统诗歌的内容天地,确实给诗界带来了新气息。然而,他没法调和感情世界和认知要求的矛盾,在渊雅的古典风格和全新的现代意境之间的依违矛盾,这也体现了近代诗歌的过渡性特征。

积极投入"诗界革命"的重要人物还有康有为、梁启超、谭嗣同、丘逢甲以及与黄遵宪并称"近世诗界三杰"的夏曾佑、蒋智由等。

康有为的诗,是其"维新百日,出亡十六年,三周大地,游遍四洲,经三十一国,行六十万里"的阅历实录,特别是其对海内外风光景物的描写,为中国传统诗歌中前所未有。康有为的诗受屈原、杜甫、龚自珍的影响,气势磅礴,境界高远。如《登万里长城》二首以壮阔的背景、恢宏的气势把长城的形象写得雄伟壮丽、庄严巍峨,流露出强烈的民族自豪感和对祖国历史文化的崇敬。康有为诗的主要成就在于以诗反映重大时事和改良运动。光绪十五年,他第一次上书请变法未得上达,次年出京,作《出都留别诸公》五首,抒发他立志变法的政治热情,诗中表现出一种飞动的气势和冲破约束的解放精神。

台湾诗人丘逢甲在《岭云海日楼诗钞》中反复吟诵对清王朝割地辱国的愤慨和收复国土的信心。诗风悲壮雄健,强悍有力。其《春愁》吟道:

> 春愁难遣强看山,往事惊心泪欲潸。四百万人同一哭,去年今日割台湾。

区区 28 字,尽诉台湾同胞当年对清廷战败割台的怨愤和哀痛。丘逢甲的诗体现着将台湾同祖国命运和民族进步紧密联系的强烈意识。

通过诗界革命,近代爱国诗歌大致完成了具有近代历史文化特点的转型,形成了自身的品格与风貌。稍后形成的民主革命诗潮在很多方面是近代爱国诗潮的延续,而创作成就则逊于前者。秋瑾、柳亚子、苏曼殊是民主革命爱国诗潮中涌现出的较为著名的诗人。

秋瑾早期诗词以歌吟离情别绪、春柳秋菊为多,或多或少流露出在与旧礼教相抗争中产生的一种孤独感。《梅》、《兰花》等诗,借物喻人,托物抒怀,表现了诗人的苦闷和追求。庚子事变时期的《杞人忧》:"漆室空怀忧国恨,难将巾帼易兜鍪",已见诗人以天下兴亡为己任的胸襟,也预示着她即将冲破樊篱,走向革命。后期由于思想的觉醒,诗风一变而为慷慨高歌。如有名的《宝刀歌》表现了一个巾帼英豪的侠肝义胆和战斗豪情:

> ……北上联军八国众,把我河山又赠送。白鬼西来做警钟,汉人惊破奴才梦。主人赠我金错刀,我今得此心雄豪。赤铁主义当今日,百万头颅等一毛。沐日浴月百宝光,轻生七尺何昂藏?誓将死里求生路,世界和平赖武装。不观荆轲作秦客,图穷匕首见盈尺。殿中一击虽不中,已夺专制魔王魄。我欲只手援祖国,奴种流传遍禹域。心死人人奈尔何?援笔作此《宝刀歌》。宝刀之歌壮肝胆,死国灵魂唤起多。宝刀侠骨孰与俦?平生了了旧恩仇。莫嫌尺铁非英物,救国奇功赖尔收。愿从兹以天地为炉、阴阳为炭兮,铁聚六州。铸造出千柄万柄宝刀兮,澄清神州。上继我祖黄帝赫赫之威名兮,一洗数千数百年国史之奇羞!

这种诗没有一般女性诗的温婉缠绵,而是充满了巾帼不让须眉的豪迈,带有大江东去之风。秋瑾歌咏刀剑,旨在强调英勇战斗,自我牺牲,表现了她坚定的革命意志。

随着资产阶级民主革命高潮的到来,出现了中国近代第一个革命文学团体"南社"。南社于宣统元年在苏州虎丘张国维祠正式成立。它的三位发起人和主要组织者陈去病、高旭和柳亚子当时皆为同盟会员。苏州虎丘的第一次雅集,在出席者17人之中,有14人是同盟会员。辛亥革命前,会员有200多人。辛亥革命时期,不少社员还为革命献出了宝贵的生命。故南社在当时有"同盟会宣传部"之称。南社以提倡民族气节相号召,实际上是应和民族民主革命,反对清王朝的种种压迫和专制统治。南社的名字含有鲜明的政治色彩,陈去病说"南者,对北而言,寓不向满清之意。"(《南社长沙雅集纪事》)。在民族主义旗帜下聚集到一起的南社,开创了一种民族民主革命的文学,它从国粹派"复兴古学"的理论获得学术支援,并把这一理论落实到抉发复社、几社的文化精神、诗学传统和抗清气节上。

柳亚子(1887—1958),原名慰高,号安如,后更名弃疾,字亚子。江苏吴江人。柳亚子的诗学主张是尊唐抑宋的,同时他也崇拜非唐非宋的龚自珍。因受到梁启超鼓吹的诗界革命的影响,柳亚子也曾尝试创作过用新名词写诗,但后来自觉得幼稚可笑,认为只有像《三别好》这样激昂慷慨的唐音才是他的作诗方向。柳亚子撰有《论诗六绝句》,将同光体诗派的几个代表人物逐一进行了清算:

> 少闻曲笔湘军志,老负虚名太史公。古色斓斑真意少,吾先无取是王翁。
> 郑陈枯寂无生趣,樊易淫哇乱正声。一笑嗣宗广武语,而今竖子尽成名。

他讥嘲郑孝胥、陈三立"枯寂无生趣",抨击樊增祥、易顺鼎的浮艳诗风是"淫哇乱正声",亦不满"老负虚名"、"古色斓斑真意少"的王闿运。这是对气焰高张的拟古诗派下的总攻击令。柳亚子的诗声情激越,意气风发,充分表现了爱国主义和民主主义的主题。

在南社中还有一位身着袈裟而情缘不断的苏曼殊,他以奇丽幽艳的情诗和哀婉独艳的小说闻名海内,为广大读者特别是青年男女所倾倒。苏曼殊原名戬,字小谷,后改名元瑛,出家后法号曼殊。广东香山县(今中山)人。苏曼殊空灵优美的诗歌融入了感时忧国之泪、壮怀难酬之志以及缠绵悱恻之情,如《以诗并画留别汤国顿》二首以鲁仲连和荆轲自许,表现了爱国青年的锐气和雄心。苏曼殊的爱情诗大多写得哀婉凄绝,催人泪下,如《本事诗》之六:

> 乌舍凌波肌似雪,亲持红叶索题诗。还卿一钵无情泪,恨不相逢未剃时。

感情自然纯真,语言清丽明隽,读之令人回肠荡气。总体看来,苏曼殊的诗存在雄厚不足、题材狭窄的缺点,格调也过于悲戚,如《本事诗》第九首:

> 春雨楼头尺八箫,何时归看浙江潮。芒鞋破钵无人识,踏破樱花第几桥?

寥寥数语,将读者带入如泣如诉的箫声世界,刻画了一个鲜活的孤居异域的思乡僧人形象。诗中浓烈的出世思想和惆怅情调反映了近代知识分子在黑暗势力面前徘徊于出世与入世、反抗与动摇之间的矛盾心态。

　　同治、光绪年间,和南方慷慨高歌的革命诗歌蓬勃发展的同时,一些保守诗派也不甘寂寞,争立门户。其中势力最大的是宋诗派,即所谓"同光体"诗人。这是宋诗运动的一个挣扎。同光体分闽派、赣派、浙派三大支;虽同为学宋,但是三支崇尚也有不同。闽派,以陈衍、郑孝胥为首,于唐溯源韩愈、孟郊,于宋偏重梅尧臣、王安石、苏轼、陈师道、杨万里。闽派陈衍打出"同光体"的旗号,标举"三元"之说,主张取法唐之开元、元和,宋之元祐。赣派以陈三立为首,宗祖韩愈、黄庭坚,承宋代江西诗派之风。陈三立复由江西诗派溯源至陶渊明,推重陶诗于平淡中寓风雷声。浙派以沈曾植为代表,诗尚险奥。沈曾植论诗,主"三关"之说,即认为唐玄宗的开元年间、唐宪宗的元和年间以及宋哲宗的元祐年间,诗作成就最高,最值得学习模仿。同光体诗人的诗,早期大都写过一些主张变法图强,反对外国侵略的作品。但就总的倾向而言,同光体诗人在尖锐复杂的政治斗争中思想较保守,作品的时代气息较淡薄。尤其是清亡后,他们的诗作充满复辟思想和遗老情绪。即使是后一辈并非遗老的同光体追随者,也是意气消沉的为多。同光体主要的艺术倾向是独创求新,虽然由于他们只是从古书中寻找创作源泉,因而未能找到诗歌的新出路,但他们的创新努力,也形成了自己特有的艺术风格。

　　陈三立的诗,初学韩愈,后学黄庭坚,好用僻字拗句,刻意雕镂,力求奇奥,如《晓抵九江作》:"藏舟夜半负之去,摇兀江湖便可怜。合眼风涛移枕上,抚膺家国逼灯前。舫声邻榻添雷吼,曙色孤篷漏日妍。咫尺琵琶亭畔客,起看啼雁万峰巅。"由此可见其诗"生涩奥衍"(陈衍《石遗室诗话》卷三)之一斑。其集外残句有"凭栏一片风云气,来作神州袖手人",无可奈何的感慨中见出兀傲勃郁之气。

　　被陈衍推为"同光体"之魁杰的沈曾植在陈衍三元说之外,又提出三关说,即把开元换成元嘉,认为南朝宋文帝时的诗作堪为学习榜样,学诗者只有通过学元嘉、元和、元祐这三个关口的训练才能算是入门。"三关"说的诗论核心是求"通",意在融通唐宋,上溯晋宋,宗法颜延之、谢灵运。实则是要人们在诗歌创作中贯通经学、理学、玄学,实现学人之诗与诗人之诗的合一。沈曾植是一个博极群书,熟悉北魏、辽、金、元史学舆地的学问家,其诗作中喜用佛藏道笈,僻典奇字,处处显露出厚实的才学,像《病僧行》、《题郭起亭素庵》之类的长篇古体,固然古奥深邃,博大精深,即使是短篇诗作,到沈曾植的笔下也往往显出深沉厚实的特点。如其《题赵吴兴鸥波亭图》咏叹赵孟頫的身世遭际,赞赏画卷意境的清雅优美,通过融合史料与史识,表达了深沉的历史感慨。

晚清诗坛同光体之外还有以王闿运为领袖的汉魏六朝诗派。王闿运是一个著名的拟古大家,他认为模拟的出现,是诗歌艺术合规律的发展,而明七子的失误,在于只学盛唐,而没有上拟汉魏六朝。他极力推崇汉魏六朝的五言诗。王闿运写作五古,用字遣词都是《文选》式的,基本上是非八代以前的不用。而王闿运以五律写山水,则清雅自然,不重雕炼。如《城上月夜》描画孤月渔火相映,江流浮烟一气,意境富有生气和情趣。

晚清诗坛上的中晚唐诗派也是一个拟古诗派,其主要代表作家是樊增祥和易顺鼎。他们师法中晚唐诗人,以对仗用事为能。樊增祥的诗清新流美,风华绮丽,但骨力未遒,意境欠深。易顺鼎的诗取径较宽,风格雄健豪壮,但晚年渐入颓唐,大写淫滥的"捧角诗"和艳体诗,以是为进步诗人所诟病。

在道光后期至咸丰的衰乱时世中,邓廷桢、林则徐、龚自珍、姚燮、蒋敦复等一批词人以他们各不相同的气质、经历和方式共同唱出了一曲鸦片战争时期的忧愤心歌。

邓廷桢的词气势寥阔,情韵高健,既多忧生念乱的情思,又有力不从心的悲哀,真切地反映了他的忧愤情怀。其咏广东严禁鸦片的《高阳台》用意用笔,蕴藉熨贴,显示出非凡的气韵。

林则徐词慷慨激越同于邓廷桢,而疏朗过之。他和邓廷桢唱和甚多,大都与时事相关。如《高阳台·和嶰筠前辈韵》:

> 玉粟收余,金丝种后,蕃航别有蛮烟。双管横陈,何人对拥无眠。不知呼吸成滋味,爱挑灯、夜永如年。最堪怜,是一丸泥,捐万缗钱。　　春雷欻破零丁穴,笑蜃楼气尽,无复灰然。沙角台高,乱帆收向天边。浮槎漫许陪霓节,看澄波、似镜长圆。更应传,绝岛重洋,取次回舷。

上阕对烟民们被鸦片毒害以及国家经济受到严重破坏的状况作了形象的反映,下阕写虎门销烟的壮举,表现了词人高朗的情绪。

林则徐与邓廷桢的平生功业不在于词,而他们的词与嘉庆、道光间的词坛名家可以并驾齐驱,称得上是词史上"大臣词"的双璧。

龚自珍以诗文开一代风气,是近代文学的疏凿开山手。龚自珍的词学观念强调性情意境,因而在词中能以清幽绵邈的意境来表达沉郁忧愤的感情。龚自珍《台城路·赋秣陵卧钟,在城北鸡笼山之麓,其重万钧,不知何代物也》吟咏的是由"吼彻山河大地"变成"声死"的亡国之钟。这简直是在为清王朝预作吊唁,暗喻着历史的重演就在眼前。在龚自珍现存的词作中委婉绵丽者占多数,但即使在这类作品中,也处处显露出此人的傲骨。如他的《鹊踏枝》本属婉约之作,但从中仍可看到"一朵孤花,墙角明如许! 莫怨无人来折取,花开不合阳春暮"。高傲矜持的孤花绝不会向人献媚、折腰,字里行间充满着昂扬之气。

近代的著名词人中,承袭浙西派余绪的主要有被称为"倚声家老杜"的蒋春霖。在艺术风格上,蒋春霖取法南宋姜夔、张炎,但因为他生活在帝国主义入侵和太平天国革命的多事之秋,对时代的动荡和离乱有真切的感受,所以能避免浙派末流的涂饰空枵之病。《水云楼词》的造诣在于抒写深沉的离乱之情而不失清虚含蓄之致。

近代词坛仍然被常州词派的理论所笼罩,当时著名词人如庄棫、谭献等人大多沿袭张惠言、周济的词风,在理论和创作上对常州派门庭还有所发展。其中被称为"清季四大词人"的王鹏运、郑文焯、朱祖谋、况周颐和异军突起的文廷式创作成就最为突出。

王鹏运上承常州词派,在词学上独探本源,转移风会,当时处于领袖地位。他将自己的满腹郁愤融注于笔端,写下了一首又一首的忧国伤时之作。中日战争时,御史安维峻因弹劾李鸿章卖国,指责与日和议出自慈禧而被革职充军到张家口军台。王鹏运以《满江红·送安晓峰侍御谪戍军台》相赠:

> 荷到长戈,已御尽、九关魑魅。尚记得、悲歌请剑,更阑相视。惨淡烽烟边塞月,蹉跎冰雪孤臣泪。算名成、终竟负初心,如何是? 天难问、忧无已。真御史,奇男子。只我怀郁塞,愧君欲死。宠辱自关天下计,荣枯休论人间世。愿无忘、珍惜百年身,君行矣。

词中他盛赞安维峻以笔作长戈,杀尽"九关魑魅"的勇气,并以屈原的放逐来比安维峻的谪戍,赞扬安氏对朝廷的忠心和耿直的人品,同时也表达了词人自己的政治品格。全词情思饱满,笔锋雄健,激厉明快而又含蓄有致。

"清季四大词人"中,郑文焯最精音律。其词摘藻绮密,接近吴文英的风格,部分作品追慕姜夔、张炎情韵,清旷骚雅,意境淡远,而又有清朗疏放之趣。与热心时事的王鹏运不同,郑文焯常以大鹤自况,欲以超然物外,但列强入侵打破了他闲适恬淡的诗心。甲午战后,他哀时伤世,具有强烈的爱国思想和忧患意识,如《贺新郎·秋恨》二首对戊戌以来政情颓败,以至外侮逼凌,京华遭劫,表现了深沉的怨愤,其二云:

日落羌笳咽。认一行、高鸿尽处，五云城阙。满眼惊尘还乡梦，重见昆池灰劫。更马上、琵琶催发。露冷横门移盘去，甚金仙、也怨关山别。愁寄与，汉家月。 故人抗议多风烈。漫消魂、题诗陇树，谁旌奇节？易水空成填海恨，西北终忧天缺。但目尽、平烟区脱。不信天心浑如醉，好江山、换了啼鹃血。长剑倚，向谁说？

这首词气势沉雄，风骨劲峭，寓意深远，字里行间隐现着一个忠爱满怀的臣子形象。辛亥革命后，郑文焯以遗老身份在词中反复吟唱"故国之思"，表达了对清王朝覆灭的无限哀婉。

朱祖谋取径南宋吴文英，作品委婉致密、沉郁缠绵，兼取浙西、常州两派之长，晚年又学苏轼，词风转为苍劲沉着。在戊戌变法时期，他倾向维新。"戊戌六君子"遇害，他作有《鹧鸪天·九日，丰宜门外过裴村别业》悼念"戊戌六君子"之一的刘光第：

野水谢桥又一时，愁心空诉故鸥知。凄迷南郭垂鞭过，清苦西峰侧帽窥。新雪涕，旧弦诗，惝恍门馆蝶来稀。红萸白菊浑无恙，只是风前别有思。

词人与刘光第志同道合，曾多次在刘光第的郊外别墅弹琴咏诗。而此时物在人亡，门馆凄清。重经此地，不由得悲从中来。

况周颐论词亦承常州词派，除主张作词应以意为主，提倡比兴寄托外，更提出了"重、拙、大"等取舍标准，主张用质朴的语言、致密的笔法，真切地表达作者的真情实意，从而形成一种含蓄蕴藉的意境。这些都是对常州词派的继承和发展。他的词作多锤炼而不失自然，感伤而不乏通脱，艺术上功力很深。如《鹧鸪天》：

如梦如烟忆旧游，听风听雨卧沧州。烛消香篆沉沉夜，春也须归何况秋。
书咄咄，索休休，霜天容易白人头。秋归尚有黄花在，未必清尊不破愁。

况周颐此词极力创造深静的词境，"听风听雨"、"书咄咄"都是为了反衬秋夜的沉静。词中从平常话语中勾牵出奇句，具有跌宕转折的意味。

晚清四家之词，特色鲜明。王鹏运词气势宏阔，风骨高朗，多风云之气；郑文焯词体洁旨远，句妍韵美，略带隐逸之气；朱祖谋词沉郁深苍，音律和谐，染有书卷之气；况周颐词兴寄深微，韵味醇厚，不乏名士之气。他们或步浙西旧辙，或承常州余风，或融两派之长，继续和发展了清代词学。

文廷式作词，重视立意，追求宏阔气势，多写与家国兴亡有关的重大题材，不少作品反映了晚清新旧两派激烈斗争的现实，表现了一个有意报国而被剥夺了政事参与权的文人的愤激心态。在风格渊源上，文廷式词继武苏轼、辛弃疾，与清初的陈维崧遥相终始，意气飙发，笔力横恣。如《浪淘沙·赤壁怀古》：

> 高唱大江东，惊起鱼龙，何人横槊太匆匆。未锁二乔铜雀上，哪算英雄？杯酒酹长空，我尚飘蓬。披襟聊快大王风。长剑几时天外倚。直上崆峒。

以酣畅淋漓之笔描绘作者雄视百代、壮志凌霄的形象，既有东坡"酒酣胸胆尚开张"的气概，也有辛弃疾长剑倚天的风采。

晚清诗词是古典诗歌的发展和终结，又是现代诗歌的胚胎和先声，在许多层面上呈现出过渡阶段的"变"的特征。在中西文化交流和撞击的背景下，晚清诗词冲破了封闭的文化系统，革新了固有的文学观念，扩大了审美范围，熔铸了新的艺术特点。

第四节　清代散文

晚明散文因为能脱离道统的立场而富于个性的自由抒发，所以其成就比诗显著。入清以后，随着封建正统文化的再次强化，散文中固有的"载道"传统又重新抬头了。清初三大儒努力提倡经世致用之文，基本上都属于散文创作上的"载道派"。黄宗羲的文章大多比较平实，但也有些是富于感情的。像《原君》攻击封建帝王多以天下为私，辞调严厉而激切。顾炎武的散文讲究实用，不发空言，朴素中自有感人的力量。如他的《郡县论》、《生员论》、《形势论》，质朴自然，论理清楚，不仅是优秀的散文，而且具有学术和思想上的价值。但在清前期文坛上居于正统地位的，既不是承晚明余波的小品，也不是启蒙思想家云雷郁勃、风涛轩怒的政论文，而是号称接续唐宋古文传统的古文。侯方域、魏禧、汪琬所谓"国初三家"的散文完成了明清之际的文风转变。

侯方域(1618—1654)，字朝宗，号雪苑，河南商丘人。侯方域的古文潇洒流畅，纵横恣肆，如《癸未去金陵日与阮光禄书》、《与方密之书》，或指斥权贵，气盛词严，或摅写怀抱，洋洋洒洒，是侯方域文章中的精华所在。侯方域的人物传记除取法于司马迁、韩愈外,也大量采用小说的表现手法。如《李姬传》通过个性化的语言,再现李香君识大义、明是非的品德和节操,具有短篇小说的特点。

为振兴家乡的文学创作,侯方域在商丘地区曾两次组织"雪苑社",这是清代最早出现的文学社团之一。先后参加"雪苑社"的有徐作霖、贾开宗、徐作肃、宋荦等十余人。其中,除侯方域外,宋荦最有成就,在康熙、雍正年间的文坛有广泛的影响。

魏禧(1624—1680),字冰叔,号叔子,江西宁都人。魏禧主张文章写作"在于积理和练识"(《答施愚山侍读书》),以合于实用。他的散文,以人物传记最为突出,文字简洁,叙事生动,且长于议论。他喜表彰抗清的气节之士,如《许秀才传》、《高士汪沨传》等,感慨激昂,兼有欧、苏之长。写侠士的《大铁椎传》,不仅描写大铁椎的身怀绝技,而且感慨人才的不为世用。他把这位江湖异人比之为椎击秦始皇博浪沙中的力士,无疑暗寓了反清之志。

魏禧与兄际瑞、弟礼合称"宁都三魏"。他们和邱维屏、李腾蛟、彭任、曾灿、彭士望、林时益结社于宁都翠微峰,研讨学问和古文创作,时称"易堂九子"。其中,除魏禧外,彭士望、林时益等在散文创作方面也有一定的成绩。

汪琬和侯方域、魏禧等都是唐宋派古文的倡导者。汪琬的文论是清王朝政治渐趋稳定后的文化思想与审美理想的曲折反映。他在《文戒示门人》中说:"昌明博大,盛世之文也。烦促破碎,衰世之文也。颠倒悖谬,乱世之文也。今幸值古文之时,而后生为文往往昧于辞义,叛于经旨,专以新奇可喜,嚣然自命作者。"明确地将清王朝视为"盛世",并要求古文应作到"昌明博大"、合于"经旨"。所作《江天一传》,记述简明,刻画精细,堪称佳构。

清初三家中侯、魏的文章有明人使才好奇的余习;汪琬虽说比较雅正,但也没有新的理论。随着清王朝统治的稳定和思想控制的深化,适应强化清王朝统治和总结古文理论的需要,清代最大的散文流派桐城派应运而生。因为该派代表人物方苞、刘大櫆、姚鼐都是安徽桐城人,所以有"桐城派"之称。他们思想上尊崇程朱理学,散文上近接唐宋派,远宗唐宋八大家,强调以严整之文,明封建纲常之道。方苞提倡"义法论","义"是"言有物",指文章的中心思想,"法"是"言有序",指的是表达中心思想或基本观点的形式技巧。他要求作文"明于体要"、语言"雅洁",重新高扬了儒家以正为雅、以古为雅的美学传统。

方苞(1668—1749),字凤九,号灵皋,晚号望溪。由于标举"义法"和"雅洁",方苞的碑铭、传记类文章能以充实的内容、严谨的选材、别具匠心的布局、简洁的语言表达思想感情,显示出深厚的儒学修养和文字功力。方苞的文章中最有价值的,应数描写刑部监狱黑暗状况的《狱中杂记》,因为文中所写是作者亲身经历,所以记述官场中相互倾轧和狱吏舞弊现象,事繁而细,条理分明,文字准确,确实算得上是古文中的精品。

刘大櫆(1698—1779),字才甫,一字耕南,号海峰,安徽桐城人。刘大櫆是方苞的弟子,又为姚鼐所推重。他发展了方苞的义法论,提出"因声求气"说,要求由字句求音节,由音节求神气。刘大櫆本人的古文,基本上遵循方苞的义法规矩,写得清通雅洁,铿锵上口,具有桐城古文的一般特色。从《书荆轲传后》、《送姚姬传南归序》、《息争》、《观化》等文中可以看出他对音节之美的追求。同时,刘大櫆行文能有所变化,将文章写得宏肆绚烂,富有文采。

当乾隆中叶,考据之学日趋鼎盛,与义理之学互争学术坛坫,桐城派古文也受到多方面的攻击,但并未失去其存在的基础。对桐城派理论作出新的总结和发挥,使之更加系统化和细密化的是刘大櫆的弟子姚鼐。

姚鼐(1731—1815),字姬传、梦谷,号惜抱。姚鼐的古文理论相对于它的前辈来说,并没有突破性的进展,他的长处是凭借宏通之识,健全了桐城派古文理论体系和话语系统,开启了澹远洁适、萧然高寄的为文风范,使日暮途穷的古文之学再现最后的辉煌。首先,姚鼐提出义理、考证、辞章三者不可缺一。他所说的"考证"涵义较广,主要是指做文章所需要的一种学养和辨明事实的功夫,而不专指作为学术研究的考证。将考证引入古文理论,是他对当时气势正盛的汉学的让步。姚鼐本人虽然不够考据学家的资格,但他也做过考证研究,有《汉庐江、九江二郡沿革考》、《项羽王九郡考》等。其次,姚鼐根据"文章之原,本乎天地。天地之道,阴阳刚柔而已。苟有得乎阴阳刚柔之精,皆可以为文章之美"(《惜抱轩文集·海愚诗钞序》)的基本认识,简洁明快地将繁复众多的文风归结为阳刚与阴柔两种风格类型。同时,他还指出阳刚、阴柔因不同程度的配合会产生各种变化,虽各有偏胜但不可极其一端,不能是绝对的阳刚或绝对的阴柔。最后,他将方苞的"古文义法"加以发挥,提出神、理、气、味、格、律、声、色等八个具体方面。前四者是文章的精神和内容,后四者是文章的修辞和形式,抽象的前四者要通过具体的后四者来体现和把握。这基本上是归有光、方苞、刘大櫆的旧观点,姚鼐把它们进一步系统化了。

姚鼐本人的古文,材料充实、视野开阔,语言雅洁生动,风格中正平和,寓阳刚于阴柔,寓浓郁于平淡。特别是传记类文章、亲切形象,人情味足,如《郑大纯墓表》写郑大纯在自身极其困难的情况下,非常乐于助人,寥寥几笔写实,不仅写出郑大纯柔情似水,充满慈悲心肠,而且表现出他那内在的侠义胸怀和刚烈气质。姚鼐被传诵的名文大都是山水游记,如《登泰山记》、《游灵岩记》、《游媚笔泉记》、《游双溪记》、《观披雪瀑记》等。这些游记叙述与描写并用,自然有序,文学色彩较重,常点缀有极其精美的景物描写。其《登泰山记》先概括介绍泰山之位置、形势,登泰山的时间等,接着按登山的顺序叙述和描写泰山之山势、景色,远近之风、雪、雾、云、树、石、亭、祠、石刻等,描写有致,雍容和易。文章集中渲染了日出之壮丽景象及山顶风光:

> 戊申晦,五鼓,与子颖坐日观亭待日出,大风扬积雪击面。亭东自足下皆云漫。稍见云中白若樗蒱数十立者,山也。极天云一线异色,须臾成五采。日上正赤如丹,下有红光动摇承之,或曰:"此东海也。"回视日观以西峰,或得日,或否,绛皓驳色,而皆若偻。

色彩斑斓,气韵流动,生动地描写了日出的全过程。

姚鼐的一些议论文、考证之文,结构严谨,论事说理,观点鲜明,考证精当,逻辑性强。如《翰林论》、《李斯论》、《议兵》等文章,都能紧扣议题,多方论述,努力实践他所主张的"义理,文章、考证"的统一。姚鼐所选编的《古文辞类纂》,体例清楚,选择较精,并附以评论,便于学习掌握桐城派古文理论的要旨,此书流布天下,极大地助长了桐城派的声势。姚鼐主讲书院四十年,门下弟子甚众,由此桐城派几乎发展到全国范围。

在正统"古文"的系统中,沿桐城派之流而别开蹊径的有"阳湖派",阳湖派因其代表作家恽敬、张惠言、李兆洛及大部分后继者均是阳湖(今常州)或阳湖附近人士而得名。阳湖派崇尚桐城之"义法",古文上宗唐宋以至秦汉。但他们不满意桐城派散文内容的单薄和风格的枯板,企图驰骋于先秦诸子百家,以充实的才学为文坛起衰振弊。

恽敬、张惠言二人曾从刘大櫆的门人钱伯坰受古文法,本应该算是桐城派的后裔,但由于恽敬有心吸取"奇"的文学传统,就与纯正派的作风显出差异。从当时文坛看,恽敬在古文风格上的建树,对于以姚鼐为代表的雅正派,构成了一股突破性的力量。恽敬对于清代古文传统的拓展,是富于时代意义的;而对于阳湖派在文坛的崛起,更是功不可没。

张惠言以融通、折衷的态度,将虞氏《易》学贯穿比附的认知模式和用世精神运用于文论建构与创作实践,在"学"与"文"的关系方面,于经学家的以学代文和桐城派的以文涵学之外,开创了一种以学济文、以文明道的全新思想。作为一位恂恂儒者,张惠言之"以经术为古文",使其作品呈现出温润醇厚、尽得儒家中和之美的艺术风貌。他早年好《文选》辞赋,刻意模仿司马相如和扬雄,又擅长骈文,后来在两位好友王灼、钱伯炯的启迪下,才由桐城派入手而从事古文创作。但是,对"文"、"道"关系的新认识,以及由辞赋创作而形成的美学趣味,使张惠言无意于依傍桐城门户。具体而言,经学立场辅以辞赋美文的创作经验,使张惠言的散文往往气势与文采兼具,朴茂劲健之外又不乏典雅工丽。

袁枚不仅是著名诗人,亦是著名的古文家。他的古文涉及碑文、墓志铭、行状、传、序、记、祭文、书、论、说、表、名、尺牍等各种体裁。他的议论文立意精辟,锋芒毕露,如十四岁所作的《郭巨埋儿论》就表现了对封建"孝道"的批判与怀疑。《随园记》则表达了顺应自己的天性和欲望的人生哲学。他的传记散文写人物颇擅长白描手法,以寥寥数笔,勾勒描写对象的相貌神情,通过人物的外观间接的表现其内在的性格、个性。如《书鲁亮侪》记"奇男子"鲁亮侪的品格是在行为、语言中表现的,但开头的肖像描写借助伟岸的身躯,高耸的眼眶,宽阔的额头,特别是威风凛凛的银须,突现出鲁亮侪这位古稀之年的"伟丈夫"的风采,令人感受到他内含的人格力量。袁枚的游记多将山水性灵化,且重刻画山水各自的特征,充分表现了作者灵敏的审美感受和丰富的想象。他的《游黄山记》譬喻精巧,用童年时的印象和山的成因反衬大山的诡异奇骇,使一篇游记成了山的自述,展现了云、松、石、峰等奇观的生命和灵性。袁枚的抒情散文重在抒发真情至性,以情感人。其《祭妹文》是为论者评为与韩愈《祭十二郎文》、欧阳修《泷冈阡表》"鼎足而三"(王文濡《清文评注读本·哀祭类》)的祭文珍品。此文从家常琐事落笔,夹叙夹议,尽情宣泄了对三妹的怀念、悲思,行文中饱含真情,具有令人痛断肝肠的艺术感染力。袁枚的尺牍则短小精悍,雅丽简洁,表现出灵活自由的个性。如《与苏州孔南溪太守》是袁枚为受人牵连而触法的苏州妓女金三姊说情的信,信中极力渲染金三姊之柔弱可怜,无辜蒙冤,敦请孔太守以其先祖孔子"少者怀之"的仁爱之心予以宽容,语极风趣。孔太守收信后果释放了金三姊,可见此信感染力之强。

嘉道之际,李兆洛在风格建树上继续与姚鼐抗衡,在突破古文藩篱、扩大古文传统等问题上,继续表现出与桐城派的异趣。李兆洛选《骈体文钞》,隐然与姚鼐《古文辞类纂》对垒,而他的薄韩倾向,也与从明代唐宋派至桐城派一脉相承下来的宗韩欧之风,有唱反调之意。这种理论特色强化了阳湖与桐城的分流。

　　首开近代散文之风的是龚自珍。龚自珍的散文带有经世致用的特点，他把学术和政治统一起来，体现了他的"一代之治，即一代之学"（《乙丙之际箸议第六》）的思想。龚自珍对封建末世社会矛盾的批判深刻而严峻，对时政弊端的抨击猛烈而尖锐，引起了维护旧制度者的忌恨。龚自珍的《明良论》四篇是一组论述君臣关系的论文。这组文章以过人的胆识和锐利的思想锋芒，从当时的君权专制、科举等方面，全面揭露封建社会从意识到政体的没落腐朽。龚自珍试图为这种萧瑟衰飒的社会寻找一个基本的药方，也为自己日趋成熟的变法思想寻找一个切中时弊的突破口。他在《明良论三》中大声疾呼："不可不为变通"，在《明良论四》中严责君主"奈之何不思更法，琐琐焉，屑屑焉，唯此之是行而不虞其堕也？"这种更法思想从《明良论》开始，鲜明地贯穿在龚自珍后来的思想中。《乙丙之际箸议之七》中他提出"一祖之法无不敝，千夫之议无不靡"的著名论点。在《箸议之九》对衰世的批判中，他又提出"探世变"的主张，直到《尊隐》篇中对"山中之民，有大音声起，天地为之钟鼓，神人为之波涛"的预感，都是他前期变法思想一脉相承的发展。《病梅馆记》通过对病梅的哭泣和疗救，将梅与人才遭受摧残和个性解放联系起来，运用记叙、抒情、议论等表现手法，揭露了提倡媚佞，抑制正直，扭曲人性的病态社会。

　　龚自珍的寓言式杂文，笔调生动，文词瑰丽，构思奇崛，寓意深刻。如《捕蜮》等三篇散文，通过蜮、鸱鸮、蚤蟨、蚊虻等害虫，刻画出各种类型的坏人形象，有力地讽刺了封建剥削阶级丑恶的人情世态。作者善于体情察物，抓住平凡事物和官僚名士的特征加以想象和夸张，勾画出它们的脸谱。这类小品文体现了作者杰出的讽刺才能。龚自珍的传记散文常以简洁的语言，人物自身的举止言行来塑造其形象，从而揭示出其性格、品质和精神，篇末用画龙点睛之笔评议，抒发作者的思想情感。如《杭大宗逸事状》一文，以高明的曲笔客观地直录事实，渲染杀人不见血的阴森气氛，真实地再现了乾隆的专制淫威和阴险冷酷。其冷峻而现实的文风，给人留下深刻的印象。

　　在近代这一"大变忽开"（龚自珍《定庵八箴·文体箴》）之际，龚自珍一空依傍的散文创作体现了近代文学求变求新的观念，他的散文冲破历来散文创作的陈规，力辟新径，形成一种精悍犀利、恢诡典丽的独特风格，使人读之"若受电然"（梁启超《清代学术概论》二十二）。这种经世散文的出现动摇了桐城派等古文流派的正宗地位，为晚清梁启超等人的"新文体"开辟了道路。

　　进入近代以后，民生凋敝，国已不国的"衰世"气象，使承桐城衣钵的"姚门四弟子"中的梅曾亮、方东树、姚莹将目光投注到社会现实中来。比如,以卫道而闻名的方东树在《辩道论》中指出,儒家之道应立足于"救时"、"救世",以究兴衰成败之理。梅曾亮也顺应了鸦片战争后经世致用的时代风尚,提出了作文要"因时"的主张,他在《答朱丹木书》中说"窃以为文章之事,莫大乎因时。"所谓"因时",就是指文章要反映现实,具有时代气息。梅曾亮的散文敢于揭露和抨击社会的某些弊端和现实的黑暗。如他在《臣事论》中指出:"天下之患,非事势之盘根错节之为患也,非法令不素具之为患也,非财不足之为患也,居官有不事事之心,而以其位为寄,汲汲然去之,是之为大患。"把笔尖触伸到封建社会的吏治中,暴露和鞭笞了当时吏治的黑暗与腐败。他的写景文具有清淡简朴的特点,如《小盘谷记》等,篇幅短小,句句落实,而又多曲折变化,有一定的文学意味。姚莹是四弟子中以擅长功业、经济而最为著名者,是与龚自珍、魏源、徐继畬等一同站在晚清经世致用思潮前列的著名经世思想家。他在《与吴岳卿书》中提出,读书作文"要端有四,曰义理也、经济也、文章也、多闻也"。此较其师姚鼐标榜的"义理、考据、辞章",在经世思想上有了质的飞跃。而且,他的"经济"观不仅只是体现在文学主张上,更重要的是还将其贯彻到人生实践中,使文与人达到最完美的统一。鸦片战争时,姚莹正值台湾道任内。他团结军民,关注夷情,指挥得当,在我国近代史上写下了反侵略的光辉篇章。"经济世务"是姚莹论文的一大特点,如《答李信斋论台湾治事书》、《答梅伯言书》等所论"治台守台术";《复光律原书》中提出"知彼虚实,然后徐筹制夷之策"的主张;这些都是他"洞达世务,长于经济"的有力证明。

桐城文章到了曾国藩手中,体现出强烈的"中体西用"的洋务色彩,不仅成为宣传"义理"、卫道护教的工具,也成了一面宣传"经济"、学习西学的旗帜。在文学研究领域,曾国藩把"经济"融入到义理、考据、辞章之中的理论,极大调动起对传统伦理秩序及文化恋恋不舍又冀学西学以自强的传统知识分子的积极性。因此,当他举起桐城旗帜时,众多士子聚集到他的麾下,形成了一个以曾门四弟子张裕钊、黎庶昌、薛福成、吴汝纶,及郭嵩焘、李元度、王先谦等为代表的具有浓厚政治色彩的文学派别。作为洋务思想的宣传者与实践者,他们在文学思想上具有双重性。一方面,他们主张严守桐城"义法",维护桐城正统地位。另一方面,他们又强调顺应洋务思潮,使桐城文章能承载西学的广泛内容。如薛福成、郭嵩焘所写的旅欧日记更是给中国文学开辟了记述西洋风土人情的新天地,他们对西方政治制度的初步介绍,折射出早期维新思想的色彩。

　　资产阶级改良派为了开通民智,创造了一种信笔直书、激情充沛、通俗明晰的新体散文。康有为的散文,大笔淋漓,气势纵横,或散行,或骈偶,一扫传统古文的儒雅程式,实开"新文体"的先路。他的代表作《强学会序》文笔流畅,感情丰富,具有巨大的鼓动性。他的《上清帝第二书》洋洋洒洒一万四千余言,汪洋恣肆,挥洒自如,代表了其散文浑雄阳刚的风格。

　　谭嗣同也是"新文体"的前驱者之一。他的思想,以《仁学》为结晶,呼喊冲决一切网罗,表现了要求个性解放,断然与封建的政治、思想和文化彻底决裂的精神。在文学上,谭嗣同也是一个勇猛的革新者。他的散文内容充实,句法谨严整洁,绝少浮词累语,深刻反映了他所处时代的社会现实和他所经历的人生道路。从文体而言,他早年经历过从学桐城派到好魏晋文章的过程。甲午战争后,他提倡文体解放,积极实践新文体,倾向散文的通俗化、社会化。如《论学者不当骄人》、《湘报后序》、《论湘粤铁路之益》等报章体散文大都气势充沛、笔锋犀利、条理清晰、语言畅达,大大突破了桐城派义法的束缚,有力地促进了近代散文的解放。

　　造就新文体的辉煌的是康有为弟子梁启超。梁启超(1873—1929),字卓如,一字任甫,号任公,别署饮冰室主人,广东新会人。他对晚清文学有多方面的贡献,其中以散文成就最高。为适应政治改良运动蓬勃开展的形势,他创造了一种自由化、通俗化、半欧化的新文体。其特点是具有鲜明的政治倾向性,形式上散行和排偶、白话和韵语错杂相间,古老典故和新式名词兼而有之,中国语汇和外文句式并行不悖,挥写自由不羁,感情真挚而强烈,富有煽动性和感染力。

　　梁启超的散文是十九世纪末二十世纪初资产阶级维新变法前后社会生活的反映,是时代风云变幻的画卷。梁启超把社会政治、思想、人生问题等观点和道理,用生动的语言揭示了出来,打破了形式主义的旧文风,使许多文章都闪烁着思辨的光芒。他的散文善于通过对比手法,来证明一个哲理。如他为了唤起民众,振奋革新精神,写下了《说希望》一文。文中围绕着"希望"这个论题,从"希望"、"英雄"、"世界进化"三者的内在联系中,论述了"希望"的产生、发展、变化以及无数仁人志士对"希望"的追求,从而证明了一个哲理:"英雄之所以为英雄者,固持希望为之先导,而智虑才略,皆随希望以为消长者也。"梁启超新文体散文具有为维新变法和思想启蒙服务的政治倾向,笔锋尖刻犀利,而且讲究逻辑,重视条理,如《少年中国说》开篇提出外国人认为中国是"老大帝国"这一问题,而后阐明"老大帝国"的实际含义,进而辨明今日之中国并非"老大帝国",由此激励青年要为"少年之中国"努力奋斗。全文在毫无滞碍、圆融贯通的层次顺序中,体现出严谨周密的逻辑力量。

梁启超的文章在近代化了的文白参半的基础上,大量吸收民间谚语、韵语、俚语,以及西方名人格言和外国新名词、新术语、新语汇,并借鉴了外国语言的某些表达形式,表现了中西交融的语言特色。在文体方面,他努力学习日本明治文坛的语文改革经验,吸收了福泽谕吉打乱俗文与雅文界限,用通俗文体写作的经验;融汇了矢野龙溪杂用汉文、和文、欧文直译、俗语俚语四体,务求自由达意的主张;他也效仿了德富苏峰运用汉文调、欧文脉的笔法。梁启超特别擅长灵活地大量运用种种修辞手法,如排比、博喻、层递、复沓、呼应、设问、反问、借代等,甚至句式、字数也讲究骈散相间,音节语调也注意抑扬顿挫,增强了语言的节奏感和旋律美。如《少年中国说》开篇后,梁氏即用十二组排比句和九种形象的比喻、比拟,反复对比老年与少年精力、性格之不同。每组排比句之内前后对比,各组之间环环相扣,递层深入,不仅鲜明形象地突出了老少差异,且利用有强有弱的对比度构成两种截然不同的情境,使读者对封建末世的中国和未来的中国有了鲜活而形象的认识。梁启超把握了汉语的丰富词汇和灵动技巧,也集中了近代人激愤国耻、渴求奋进的心态,熔精炼与奔放于一炉,造成了一股排山倒海的气势。在文坛尚被崇尚雅洁的桐城派古文盘踞之际,新文体一扫循规蹈矩、老气横秋的拘谨文风,具有新鲜活泼、平易畅达的健康风格。新文体促进了文体的解放,为五四白话运动的兴起创造了必要的历史条件。

近代文坛除新文体派外,还活跃着包括严复、林纾和革命家章炳麟在内的古文派。

严复(1854—1921),初名体乾,易名宗光,字又陵,后又更名复,字几道,福建侯官(今福州)人。严复以谨严的古文所翻译的西方社会科学著作,是别具一格的散文。他采用意译法翻译的《天演论》,既区别与英国生物学家赫胥黎的原著《进化与伦理》,又不同于斯宾塞的普遍进化观。在《天演论》中,严复以“物竞天择”、“适者生存”的生物进化理论阐发其救亡图存的观点,提倡鼓民力、开民智、新民德、自强自立、“与天交胜”。他的著名译著还有约翰·穆勒的《穆勒名学》、亚当·斯密的《原富》、斯宾塞的《群学肄言》、穆勒的《群己权界论》、孟德斯鸠的《法意》、甄克思的《社会通诠》、耶芳斯的《名学浅说》等,他第一次把西方的古典经济学、政治学理论以及自然科学和哲学理论较为系统地引入中国,启蒙与教育了一代国人。严复在翻译上提出“信、达、雅”的标准,这使他的译作在思想的丰富、文笔的优美方面比当时外国传教士和同文馆之类学校培养出来的翻译人员高明得多。甲午战争以后，严复在天津《直报》上发表了《论世变之亟》、《原强》、《救亡决论》、《辟韩》等文章，猛烈抨击封建君主专制制度，提出了维新变法、救亡图存的方略，表现了他的先进思想和爱国热情。特别是《原强》篇，具体提出必须以西方的科学取代中国的八股和辞章考据，以西方的意愿和地方自治代替中国的君主专制。《辟韩》篇又进一步把西方的民主自由与中国的封建等级制度作对比，揭露封建制度和封建文化的腐朽，为实行资产阶级民主政治作宣传。这些政论文文辞犀利，激情满篇，富有文学色彩。文中中西对照，形式活泼，骈散合一，以散为主，具有较强的逻辑性和艺术感染力。

林纾（1852—1924），字琴南，号畏庐，又号冷红生，福建闽侯人。林纾在清末民初以古文笔调翻译了英、法、美、俄、日、比利时、瑞士、西班牙、希腊、挪威等国小说一百六十余种，把外国文学大规模移植到中国来，这不仅开拓了中国作家的视野，促成了中国文学的巨变，而且为中国人输入了西方资产阶级民主自由的新思想。林纾是古文家，颇为晚清桐城派"护法"，但他对桐城派的弊病有深刻认识，林译《巴黎茶花女遗事》、《黑奴吁天录》等小说中声情并茂的文字在很大程度上突破了桐城派的清规戒律。古文家身份为他翻译传播新文学的事业带来了特殊色彩，也成为他晚年抗拒新文化、新文学的主要因素。

章炳麟推崇魏晋文章，为文博引经史，澹雅有度，富有思辨色彩和感染力量。他的《驳康有为论革命书》将保皇立宪派作为批判对象，从对改良主义理论的批判中阐述了革命的意义。针对康有为指责中国人民"公理未明，旧俗具在"，"只可行改良不可行革命"的荒谬主张，章炳麟指出，"公理之未明，即以革命明之；旧俗之具在，即以革命去之。革命非天雄大黄之猛剂，而实补泻兼备之良药矣。"该文洞幽烛微，词严义正，文笔典雅深沉，具有一种动人心魄的力量。《驳康有为论革命书》与邹容的《革命军》的同时出版在当时像两道豁亮的闪电，照彻了昏沉黑暗的中国夜空。

骈文在元明两代处于衰落期。明末由于陈子龙、张溥、夏允彝父子等人提倡复兴古学，骈文伴随着古赋得以重新受到重视。到清初，由陈子龙的高足陈维崧，开了清代骈文之风气。他是清第一代骈文家，也是第一个大量写作骈文的作家，其《湖海楼文集》中有骈文十二卷，而且还撰写了《四六金针》对骈文创作进行理论性总结，广为后世论者引用。此外还有吴绮、毛奇龄、朱彝尊、尤侗等都是清初骈文作手。

骈文经清初陈维崧等大家的积极倡导，至清代中叶时出现了众多骈文选集,如吴鼒编有《国朝八家四六文钞》,收录袁枚、邵齐焘、刘星炜、吴锡麟、孔广森、孙星衍、洪亮吉、曾燠八人骈文,号称"骈文八大家"。"骈文八大家"中的洪亮吉、孙星衍、刘嗣绾都是常州人,骈文风格多表现为清新自然,骈散并用,故称常州派。当时人编有《国朝常州骈体文录》,收录作家四十二人,作品五百七十五篇,可谓彬彬之盛。曾燠编有《国朝骈体正宗》,李兆洛编有《骈体文钞》,其用意是弘扬骈文正宗,并与姚鼐的《古文辞类纂》一争短长。在骈文选家辑集各种骈文选本的同时,还有一些饱学之士致力于骈文理论研究。最有代表性的是阮元、孙梅等。阮元的《揅经室集》中就有《文言说》、《与友人论古文书》、《四六丛话》、《书梁昭明太子文选序后》等文章为骈文张目。孙梅于乾隆末年作《四六丛话》三十三卷,阮元为之序。另外袁枚也曾写《胡稚威骈体文序》等文替骈文争地位,认为骈散不可偏废,二者同源而异流。

在雍正时期及乾隆初年,胡天游骈文独领风骚,实开乾嘉诸子之先河。胡天游的骈文变俗熟为奇涩,化浮靡为高古,其长篇巨制如《禹陵铭》,纵横铺排,沉博雄奇;其小文短章如《逊国名臣赞序》,曲折多致,章法谨严。

到嘉庆时,清王朝的统治已经危机四起。"避席畏闻文字狱,著书都为稻粱谋",正是乾嘉士人的精神写照。因此,思想平庸,创新不足,又成为骈文复兴景象之下的时代缺陷。只有袁枚、汪中等少数作家能够标新立异,写出独特的思想和个性。

袁枚骈文的独到之处在于体格创新,用典博丽,属对精整,长联纵横,骈散并重,意致疏爽。

汪中是清代骈文的代表作家。汪中(1745—1794),字容甫,江都(今江苏扬州)人。他的骈文悲愤抑郁,沉博绝丽。刘台拱《遗诗题辞》称他"钩贯经史,熔铸汉唐,闳丽渊雅,卓然自成一家"。其《哀盐船文》真实而生动地描绘了扬州江面盐船失火时烈焰冲天、人声哀号、衣絮乱飞焦尸浮江的惨况:

> ……夜漏始下,惊飚勃发。万窍怒号,地脉荡决。大声发于空廓,而水波山立。于斯时也,有火作焉。摩木自生,星星如血。炎光一灼,百舫尽赤。青烟睒睒,熛若沃雪。蒸云气以为霞,炙阴崖而焦煷。始连楫以下碇,乃焚如以俱没。跳踯火中,明见毛发。痛謈田田,狂乎气竭。转侧张皇,生涂未绝。倏阳焰之腾高,鼓腥风而一映。泊埃雾之重开,遂声销而形灭。齐千命于一瞬,指人世以长诀。发冤气之焄蒿,合游氛而障日。行当午而迷方,扬沙砾之嫖疾。衣缯败絮,墨查炭屑,浮江而下,至于海不绝。亦有没者善游,操舟若神,死丧之威,从井有仁,旋入雷渊,并为波臣。又

或择音无门,投身急濑,知蹈水之必濡,犹入险而思济;挟惊浪以雷奔,势若陟而终坠;逃灼烂之须臾,乃同归乎死地。……且夫众生乘化,是云天常。妻孥环之,绝气寝床;以死卫上,用登明堂;离而不惩,祀为国殇。兹也无名,又非其命。天乎何辜,罹此冤横! 游魂不归,居人心绝。麦饭壶浆,临江呜咽。日堕天昏,凄凄鬼语。守哭迻邅,心期冥遇。惟血嗣之相依,尚腾哀而属路;或举族之沈波,终狐祥而无主。……

文笔明丽清雅,凄婉动人,表达了对无辜罹难盐民的深切同情,当时主讲扬州安定书院的杭世骏誉之为"惊心动魄,一字千金"。汪中的《经旧苑吊马守真文》对明末名妓马湘兰寄以同情、悼念,由湘兰"托身乐籍,少长风尘"的不幸遭际写到自身"俯仰异趣,哀乐由人"的卖文生涯,悲情共鸣,灵犀相通,吊人亦以自吊,写来悲愤交集,血泪俱下,表现出一个具有正义感的士人对封建礼教的强烈愤慨和对被污辱被损害者的真切同情,具有一种可贵的平民意识和抗争精神。汪中的骈文无论叙事抒情,都能吸收魏晋六朝骈文之长,写得情致高远,意度雍容,而且用典属对,精当贴切,代表了清代骈文的最高成就。

第二章　蒲松龄与《聊斋志异》

　　我国的文言小说在唐传奇时代达到第一个高峰，但由于进入宋代以后白话小说的迅速崛起而受到广泛喜好，文言小说遂处于徘徊不进的时期，在宋元明三代虽偶有佳篇佳集，终难成气候，不足以与欣欣向荣的白话小说相抗衡。直至八百年后天才文言小说家蒲松龄的出现才改变这一状貌。《聊斋志异》也就成了与唐传奇呼应对峙的文言小说的又一座高峰，也是最后一座高峰。

第一节　蒲松龄的生平、创作与《聊斋志异》的成书

　　蒲松龄（1640—1715），字留仙，又字剑臣，自号柳泉居士。明崇祯十三年（1640），出生于山东省淄川县（今淄博市淄川区）蒲家庄。蒲松龄的家族，在当地也是书香门第，明代万历年间，淄川全县八个廪膳生，蒲家即占六个，成一时佳话。曾祖是秀才，叔祖玉田公是进士。父亲蒲槃，自幼曾攻举子业，乡里颇称博学洽闻，然科场失意，加上家境困难，遂无意仕进，转而经商。积二十余年，家资颇饶。时值明清易代之际，战乱频仍，家道随即衰落。蒲松龄兄弟四人，排行第三，最是聪敏勤奋，父亲寄予厚望。十一岁随父读书，十九岁第一次应童子试，便以县、府、院三试第一进学。主持院试的是当时著名诗人施闰章，他十分欣赏蒲松龄的才学，有"观书如月，运笔如风，（观之）有掉臂游行之乐"的批语。蒲松龄当时年未若冠，自是春风得意。然而，在以后的科举考试中，却屡困场屋，四十四岁时，才补一个廪膳生。等到他援例而成岁贡生，已经是年逾七十的老人了。又五年，蒲松龄在一生的坎坷中与世长辞。

　　蒲松龄十八岁时，与刘氏结婚。七、八年后，与兄弟分家，只得薄地二十亩，宅外场屋（供收种贮存农具粮草的简易房屋）三间。蒲松龄虽然锐意功名，然而生齿日繁，时遭灾欠，生计颇难维持，于是只好或坐馆缙绅之家，或应幕官府帮办，以贴补家用。

　　蒲松龄三十一岁时，曾应同乡江苏宝应县令孙蕙之邀，南游作了一年幕

僚。这是他一生惟一的外出远游,对他后来一生,应当是有所影响的。期间接到家书而写的《感愤》一诗,颇能反映出他当时心态:

> 漫向风尘试壮游,天涯浪迹一孤舟。新闻总入狐鬼史,斗酒难销磊块愁。尚有孙阳怜瘦骨,欲从玄石葬荒丘。北邙芳草年年绿,碧血青磷恨不休。

此后,蒲松龄转辗坐馆,基本过着边教书、边应试、边创作的清苦生活。用他儿子蒲箬在《祭父文》中的话说,"五十年以舌耕度日"。蒲松龄所坐馆的东家,有两家对其一生有重要影响。一是在三十四岁时去淄川城北二十余里的王樛家,王樛官至通政使司右通政,王樛嗣子王敷政袭父职授通议大夫,升至内阁侍读学士。蒲松龄执教王家,与王家子弟结下友谊,犹与王敷政弟王观正最为知己。二是在四十岁时到淄川县城西六十里处的毕际有家。毕家是淄川的名门望族。毕际有父执八人中"二登甲,一登科,一明经,一食饩,余青衿",毕际有父毕自严即明万历进士,官至户部尚书。毕际有本人以拔贡入监,考授山西稷山知县,升南通州知州。蒲松龄在毕家坐馆两代,计三十年!毕际有自命风雅,"志欲读尽世间书"、"书如欲买不论金"。他十分赏识蒲松龄的文采,蒲松龄几成毕家的家庭成员。毕际有既死,蒲松龄遂为毕子毕盛钜的馆东。这时,蒲松龄执教的是毕盛钜的八个儿子。他的诗集里有这样的诗句,"高馆时逢卯酒醉,错将弟子作儿孙","他日移家冠盖里,拟将残息傍门人"。蒲松龄在毕家受到尊重、欢迎,以及与东家全家融洽相处的情形自是不言而喻的。毕家家资丰饶,藏书繁富。每逢岁考、科考、及秋闱,毕家即与资助;他读书创作、整理修订,毕家的藏书自然是尽其翻阅参订。蒲松龄的《聊斋志异》相当一部分是在毕家最终修订完成的。

　　由于毕家显赫的地位以及蒲松龄的才学,蒲松龄也因此扩大交游。他结识有王士禛、高珩、朱湘等,甚至做过山东按察使喻成龙的座上客。王士禛官至刑部尚书,创神韵一派,为一代文宗。王士禛是毕际有的内侄,蒲松龄因与王士禛有订交之缘。蒲王结识之第二年,王士禛有《戏书蒲生〈聊斋志异〉卷后》七绝一首:

> 姑妄言之姑听之,豆棚瓜架雨如丝。料应厌作人间语,爱听秋坟鬼唱时。

蒲松龄接到王士禛题诗,十分感慨,多次题诗,其中唱和之诗是:

《志异》书成共笑之,布袍箫索鬓如丝。十年颇得黄州意,冷雨寒灯夜话时。

然而,与王士禛的结识并未改变蒲松龄的命运,蒲松龄命中注定将"布袍箫索"一世,"冷雨寒灯"长夜!

蒲松龄早在年轻时就有志于,或者说是有兴趣于狐鬼故事的创作。康熙三年(1664),蒲松龄才二十五岁,他的好友张笃庆《和留仙诗》有云:"司空博物本风流,涪水神刀不可求。"魏晋时期记有神怪故事的《博物志》的作者张华官至司空,故这里将蒲松龄与张华相比,表明其时已经开始了小说的创作。蒲松龄四十岁时将早年篇什结集成册,定名《聊斋志异》,并写下《聊斋自志》。这些都表明蒲松龄创作《聊斋志异》是很早的。今又知,《聊斋志异》多有蒲氏康熙十八年坐馆毕家以后所作,可见蒲松龄的《聊斋志异》的创作是终其一生的。

《聊斋志异》在蒲松龄生前无钱刻印,身后不久即有人整理抄有"铸雪斋"本;他逝世的半世纪以后,经赵起杲、鲍廷博据抄本整理成十六卷本刊刻行世,世称"青柯亭本";20世纪60年代初,张友鹤汇集包括作者半部原稿在内的各种本子,整理出一个会校会注会评本,简称"三会本",凡490余篇。

蒲松龄的创作兴趣颇在民间文学,除了《聊斋志异》以外,尚有俚曲十五种:《墙头记》、《姑妇曲》、《俊夜叉》等;戏曲三出:《考词九转货郎儿》、《钟妹庆寿》、《闹馆》;通俗普及的民间读物则有《省身语录》、《日用俗字》、《农桑经》、《家政内编》、《家政外编》等。

蒲松龄的诗词亦颇丰,诗六卷,千余首,多率性而发,质朴平实,颇为可观。词百余首。总之,蒲松龄是个创作兴趣广泛,著作丰饶,在文言小说上取得突出成就的伟大作家。

第二节 《聊斋志异》的思想内容

蒲松龄自幼所受和终身所从事的都是封建正统教育。因此他的主流思想是以儒家思想为主。从他一生的经历与喜好又知,他博学旁收,兼及释道。他生活在农村,家庭屡受贫穷与赋税困扰,与农民群众思想息息相通。上举所编通俗读物,嘉惠乡里百姓,其感情倾向十分鲜明。《聊斋志异》题材又多来自于民间,所以,他的作品具有曲折反映老百姓喜怒哀乐的品格。

蒲松龄生活的明末清初,正是社会大动荡时期,满与汉的民族矛盾,官与民的阶级矛盾,错综复杂,异常尖锐。蒲松龄在《聊斋志异》中艺术地再现了这样的社会现实。易宗夔在《新世说》中说蒲松龄"目击清初离乱时事，思欲假借狐鬼，纂成一书，以抒孤愤而谂识者"。冯镇峦在《读聊斋杂说》："此书多叙山左右（山东山西）及淄川县事，纪见闻也；时亦及于他省。时代则详近世，略及明代。先生意在作文，镜花水月，虽不必泥于实事，然时代人物，不尽凿空。"在《鬼隶》、《韩方》、《林氏》中蒲松龄用曲折的笔法反映满清贵族军队残杀汉族百姓的事实。《鬼隶》说"北兵大至，屠济南，扛尸百万"；《韩方》一面说"济郡以北数州县，邪疫大作，比户皆然"；一面又说"皆郡城北兵所杀之鬼"，"目前岳帝举枉死之鬼"；《林氏》则说一林氏女在北兵淫略时自杀尽节。清初，山东多次发生农民起义，《聊斋志异》中也有所反映。《鬼哭》写顺治初年官兵镇压谢迁农民起义的惨状。《公孙九娘》则既将于七农民起义被镇压时"碧血满地、白骨撑天"的惨状作了披露，又对冤屈而死、尸骨不能还乡的无辜者寄予深切的同情。在《张氏妇》一篇里，则径直说出了"凡大兵所至，其害甚于盗贼"。以上几个例子，蒲松龄只是用一把冷峻的解剖刀，或以一笔带过，或以客观叙述，自己并未予以臧否，而褒贬自在字里行间。

而在以下几例中，作者就饱含激情而予以奋力挞伐。《席方平》叙述了一个刚直之士席方平到阴间为父受羊氏残害而告状申冤的故事，席方平通过城隍、郡司、冥府逐级上告，而城隍、郡司、冥府却收受羊氏贿赂，贪赃枉法，沆瀣一气，反用严刑拷打，逼其息讼。最后通过二郎神申雪了冤狱。小说的深刻之处在于把矛头直指冥府的最高统治者冥王。冥府的暗无天日可以说是阳间的艺术写照。——阳间无阳矣！特别是通过二郎神的判词，把封建社会吏治、司法乃至整个社会的黑暗揭露得入木三分：

> 羊某：富而不仁，狡而多诈。金光盖地，因使阎摩殿上，尽是阴霾；铜臭熏天，遂使枉死城中，全无日月。馀腥犹能役鬼，大力直可通神。

《梦狼》一篇，叙述白翁白日做梦，来到儿子做官的衙门，但见"窥其门，见一巨狼当道……又入一门，见堂上、堂下、坐者、卧者，皆狼也。又视墀中，白骨如山"。儿子白甲见父来，甚喜，命侍者治酒席，"忽一巨狼，衔死人入。翁战剔而起，曰：'此何为者？'甲曰：'聊充庖厨。'"这隐喻十分明白，官吏即虎狼，百姓即鱼肉！蒲松龄还在篇末以"异史氏曰"加以点明："窃叹天下之官虎而吏狼者，比比也，即官不为虎，而吏且将为狼，况有猛于虎者耶！"假如说这两篇还仅仅是把矛头指向各级官吏的话，在《促织》一篇中，除了抨击各级官吏欺压百姓,讨好上司而使百姓罹难外,还把矛头直指皇帝,还是在"异史氏曰"里说了这样一句委婉而深刻的话:"天子一跬步,皆关民命,不可忽也!"蒲松龄对社会的解剖是深刻的,为百姓的呐喊是有力的。

对科举制度的揭露与嘲讽是解剖社会的一个十分重要方面,作为从小企盼、一生努力而终老场屋的蒲松龄,对此可谓有切肤之感、锥心之痛。蒲松龄每以小说中的人物寄托自己的感慨。《素秋》中的俞士忱,十九岁入科场,三场连捷,得邑、郡、道三个第一,——这不是蒲松龄自己年轻时的写照吗?试毕"倾慕者争录其文,相与传颂"。然乡试遂黜。竟抑郁而死。开棺临视,乃一"蠹鱼",蛀书虫耳!"蠹鱼",爱书成癖者之谓也。《叶生》中的淮阳叶生,"文章辞赋,冠绝当时",遂为关东籍邑令丁公聘为幕僚,然亦乡试辄黜,遂病。丁公忤上解任,邀叶生为西席,所授丁公子却中了亚魁(乡试第二名),后又登甲!丁公为叶生纳监,在京城终于中了举人。然而,那个叶生仅鬼魂而已!这个先入邑幕,继馆归官者的叶生,不正是蒲松龄的写照吗?《司文郎》一篇中,写王平子与余杭生共赴北闱乡试,试前请一原为前朝名家的游魂盲僧品评文章,盲僧以鼻代目,一嗅二生文章化成的灰,便知优劣。先嗅王生的文章,评曰师法大家,能中。而嗅余杭生文章,"咳逆数声",大呼作恶(恶臭)矣。然而结果是王落而余杭生得中!盲僧知之而叹曰:"仆虽盲于目而不盲于鼻,帘中人(考官)并鼻盲矣!"其对考试制度与考官之讽刺亦辛辣之至。而《贾奉雉》篇,写贾奉雉虽名冠一时而科场每挫,经一道人略施小技,将贾奉雉连自己都鄙弃的冗长虚浮的文章连缀成文,强迫记忆,用以应试,竟然中了经魁!贾奉雉自己再读,也不禁汗流浃背,深觉得"以金盆玉碗贮狗矢,真无颜出见同人",乃弃功名而避匿深山!考官的昏愦与贪婪正是科场腐败的两个方面。《神女》一篇,两借神女之口,道出科场积弊。一则曰:"今日学使署中,非白手可以出入者……"再则曰:"今日学使之门如市;赠金二百,为进取之资。"蒲松龄还从另一种角度,刻画了科举制度对儒生的毒害。在《王子安》一篇中,以"七似",形容了秀才的哀怜与窘态,这"七似"是——似丐,似囚,似秋末之冷蜂,似出笼之病鸟,……。

爱情婚恋是《聊斋志异》最为浓墨重彩描写的主题,首先热烈歌颂了青年男女对爱情的忠贞、专一与执著追求。《阿宝》一篇叙写男主人公孙子楚真情挚爱富商的女儿阿宝,终于如愿相谐的故事。孙子楚生枝指(俗谓六指头),阿宝戏谓托媒者:"渠去枝指,余当归之。"孙即自以斧断指,"血溢倾注",差一点儿死去。在孙子楚看来,为己挚爱,命不足惜;后邂逅阿宝,魂即相随而去;魂既被召回,化鹦鹉再去。并借鹦鹉之口说之:"得近芳泽,于愿已足。"精诚所至,金石为开。孙子楚终于赢得阿宝的芳心。婚后三年,孙病死,阿宝殉之。冥王为其真情所感,乃送还阳世。《鲁公女》一篇,说张于旦爱恋鲁公女,鲁公女暴卒,张于旦不以为人鬼异途,终致鬼人相聚。鲁公女将托生卢家女而成长别,遂以十五年后再续婚约。张于旦践约卢家,卢氏女见于旦年轻而误以为爽约,悲冤而死。张于旦再招其返魂,终成眷属。爱情惊天地,爱情泣鬼神;爱情可以穿越时空,是可以突破生死,这个现代的年轻人所歌咏的主题,蒲松龄在那个时代用那种方式作了演绎。《瑞云》一篇,写书生贺生,与余杭名妓瑞云相知,然无钱赎其脱籍。后瑞云面生黑痣,"丑状类鬼"。贺生"不以妍媸易念",货田倾装,赎取而归。蒲松龄笔下的爱情故事,还揭露了封建制度封建思想对青年男女的爱情婚姻的阻挠与摧残,对他们的斗争表示了热烈的赞颂。《鸦头》中的鸦头为追求自主的爱情,百折不挠。《细侯》中妓女细侯,自识满生,誓结永好。满生筹资过程中,不幸陷入囹圄;一富贾乘机谋细侯,细侯拒之。富商伪作满生绝命书,使细侯绝望,乃得占有,且生一子。满生得门生之力,昭雪归来。细侯知悉底细,乃杀富商子而归满生。故事未免溢透出血腥味,但对爱情的忠贞总是值得首肯的。

在《聊斋》故事里我们还看到对诚信、侠义、行善行为的旌扬。《田七郎》一篇,赞颂了一个"一钱不轻受,一饭不敢忘"的既诚信又侠义的田七郎。《纫针》中的夏氏出于对罹难的王氏母子的同情,瞒着丈夫,典质借贷,竭力凑足三十两赎金,又不幸为盗贼所窃;因无法交代,乃自缢身亡。其助人为乐、见义勇为的品质令人感佩。再如《宦娘》中的宦娘,《封三娘》中的封三娘,《青梅》中的青梅都有牺牲自己而成全他人的品质。

总之,我们从上述的故事里能看出《聊斋志异》的道德评价,这个道德评价与中华民族的传统优秀的道德是一致的,就是对诚信、忠贞、专一以及仗义、行善行为的肯定与歌颂。

第三节　《聊斋志异》的叙事模式与艺术特色

《聊斋志异》的文体特色:亦虚亦实,有长有短。鲁迅对《聊斋志异》的文体与叙事有一句精辟的话,叫做"以传奇法,而以志怪",意思是用唐传奇搜奇记逸曲折腾挪的手法记述狐鬼神怪的故事;其实还有另一层意思,当指《聊斋志异》500篇中的多有短制,有类笔记小说乃至笔记。《聊斋志异》中的每篇的长度都不及唐传奇中《李娃传》、《柳毅传》、《任氏传》、《长恨传》等名篇;而有些则极短,不足百字的不在少数,例《瓜异》除名去标点仅26字。若用现在的文体概念给《聊斋志异》分类的话,有些不能归入小说,只能算作笔记。这些笔记中,尚可分两类,一种若"异闻笔记",如《快刀》、《梦别》、《夏雪》等。这种异闻,已经走样,乃至涉幻,也没有小说艺术的本质特征——人物形象;而另一种则是"奇事纪实",如《瓜异》、《李司鉴》、《地震》等,事虽奇异,却是纪实。"异闻笔记"与"奇事纪实"有相当数量,不下一半。这三类与文学史上的同类相比较,均属优秀。诚然,在传统的文体分类中,均放入稗海说部,而今天叙述时,应当指出并予厘清。而文学史上加以论说的,则是现代文体意义的小说,也是《聊斋志异》中最出色的。

《聊斋志异》的结构特色:人以统事,单线结事。从《聊斋志异》的篇名即可看出端倪,或直接是人名,如《连城》、《青凤》、《席方平》、《胭脂》;或者是一望即知是叙人的,如《贾儿》、《董生》、《某公》、《金陵女子》。如此篇名,约有六、七成。这说明了《聊斋志异》的叙事模式受史传文学与唐宋以来的传奇小说极大的影响,是传记文言小说。《聊斋志异》一般开头即写出主人公姓名、籍贯,乃至性格。如《连城》:"乔生,晋宁人,少负才名。"《董生》:"董生,字遐思,青州之西鄙人。"接着便以小说的主人公为中心,围绕单一线索,直接进入情节,不作旁支别出,作品通常是一气贯通。有时由于情节复杂,使单线直叙有困难,则用"初"、"先是"作为补叙,以交代明确。简捷、明晰、完整是显著的结构特色。一些重要作品,或者自己深有感慨的篇什,则在文后有"异史氏曰",或表示写作用意,或表示作者的感喟。这是由《史记》的"太史公曰"一路继承下来的,能帮助读者认识理解本文,而不以为是赘疣。

《聊斋志异》的情节特色:简而多曲,变而近理。《聊斋》从不盘马弯弓、远套绕接,小说不枝不蔓,干净短小,简捷是其重要特色。"简"不等于"直",不等于"平";而是简而多曲,简中有变,变而近理;小说精悍、精彩,引人入胜。《胭脂》一篇,故事的叙述才二千多字,却是一波三折,曲径通幽。故事说胭脂与闺友王妇偶遇秀才鄂生,胭脂意似有动,王妇笑谓愿作媒人。王夫外出,昔日情人宿介来会,因述胭脂暗恋鄂生事作笑谈。宿介遂仿冒鄂生,私会胭脂。胭脂以未有明媒为拒,宿介强索绣履为信,再返王所,不慎绣履失落。同里无赖毛大尝挑王妇遭拒,今侦宿至,拟捉奸以胁迫。巧拾绣履,复窃听得宿介述得履、失履、寻履始末。隔日,毛大执履求会胭脂,误入胭脂父亲房间,争斗时杀死胭脂父亲,遗下绣履。邑宰定鄂生为凶手,太守定宿介为凶手,学使方得真凶毛大。作为折狱故事,是案中套案,冤中有冤,真凶难辨。叙述时,步步设幻;解套时,丝丝入扣。最后指认凶手,又是奇峰突起,让几个嫌疑犯光背进入密不透光的暗室,说由"神书其背"。初看颇涉虚幻,细思则尽在情理之中,符合心理学原理,犹符合毛大这种文化背景者的心理。《促织》一篇,围绕着邑宰征促织、成名觅促织、成名得促织、成子死促织、成子化促织,成名幸促织,把成名患于促织、幸于促织的命运过程表现的淋漓尽致,可以说是步步曲折,处处涉幻,又事事在理。

《聊斋志异》的环境特色:亦真亦幻,表幻里真。环境是小说的重要因素之一,《聊斋志异》创设的环境又是最有别于其他小说的特征之一。那就是天上泉下、异域他邦、梦乡仙境、狐鬼世界、精魅天地。蒲松龄自己也说是"断发之乡,飞头之国"。但是这一切,仅是故事的载体。虽在"写狐写鬼",却是"刺贪刺虐"。"狐鬼"是幻境,"贪虐"是真情。《席方平》中叙述的是冥界的吏治诉讼,贿赂公行、刑罚滥施、软骗硬压、贪赃枉法,比人间的更真实,更典型,也就更具普遍性,更具积极意义。所以,表象是虚幻的,事理是真实的。别篇之中的狐世界、鬼世界、仙世界、梦世界均是如此。可贵的是,《聊斋》的典型环境,真化幻、幻化真,真幻莫辨,所以如此,正在于虽是幻境,却源于生活而高于生活。这正是蒲松龄的成功之处,亦是后人模仿只能形相若而神不似的原由。

《聊斋志异》的人物特色:丰采各具,群像环列。《聊斋》是短篇小说的集子,每篇总有给人留下印象的人物,连缀起来,就是一个人物长廊。这些人物属于不同的阶层,都带有广泛的典型性。同是青年女子,青凤是谨慎而缠绵(《青凤》),婴宁是清纯而烂漫(《婴宁》),小谢是顽皮有憨态(《小谢》),连锁是瘦怯而忧郁(《连锁》);同是书呆子,郎玉柱迂腐中有坦诚(《书痴》),孙子楚执著中含痴迷;同是受迫害的百姓,成名是逆来顺受,席方平是百折不回。有的甚至在一篇容量不大的篇幅里,能塑造几个生动的人物形象。《青凤》一篇中除了青凤外,那个耿生的狂狷亦极有个性;《莲香》一篇狐女莲香与女鬼李氏可谓花若并蒂。同时,因为篇幅比较短小,很难用大容量作品常用的铺垫烘托、反复皴染、人物比照、内心展示等手法。"短制"的容量限定他要惜墨如金,因此迫使作者必须抓住特点,使每一人物的一举一动、一颦一笑、一言一语都成为塑造其形象的宝贵材料。例如,孙子楚的性格定位为"性迂讷",人谓"孙痴",则孙子楚之一举一动、一言一语无往而不"迂讷",无往而不"痴"。见有歌妓,则遥望却走;歌妓狎逼之,脸红汗滴。阿宝说"去其枝指"则许嫁,则信而自去枝指……婴宁、小谢、成名等个性鲜明而形象莫不用如此方法。

《聊斋志异》的语言特色:简练雅洁,灵活多样。作为文言体的小说《聊斋》,比唐宋时期的古文辞平易一些,句子较短,务求达意,极少堆砌修饰。

根据行文需要,却又有灵活的变化。人物的地位身份不同,他们的对话也有雅、俗,庄、谐的区别。文中书启、判状,则用骈偶,"异史氏曰"的文言则十分纯正,显得庄重典雅。总之,《聊斋》的语言得体、形象而富于表现力。

第四节　《聊斋志异》的影响

《聊斋志异》在乾隆年间刊印以后,即风行天下。模拟的作品纷纷出现,如沈起凤的《谐铎》、和邦额的《夜谈随录》、长白浩歌子的《萤窗异草》、袁枚的《子不语》等。沈起凤是戏剧作家,有很深的文字功底与艺术创作的经验,又长期生活在社会底层,冷眼旁观,披露颇为深刻。涉及科场黑幕、官场腐败、为富不仁等。行文畅达、寓意明快、辞藻富赡,在《聊斋志异》的仿作中是较好的一部。《夜谈随录》是重在传人的集子,有较多平民的人物形象,写得姣好动人。此书多爱情故事,多以悲剧结局。对当时社会的邪恶势力也有大胆抨击。钱钟书在《管锥编增订》中说,"此书模拟《聊斋》处,笔致每不失唐临晋帖。"可见学得极像。《萤窗异草》又名《续聊斋志异》,亦谓满族著名作家庆兰撰。此书的叙事方式有突破传统处,不惟单线顺叙的结构方式,也有倒装包孕等方式,值得注意。《子不语》是袁枚创作时的初名,起自《论语》"子不语怪力乱神",后见元代笔记中亦由此书名,乃从《逍遥游》"齐谐者,志怪者也"而改成《新齐谐》。此书在思想内容上能借神怪故事抨击官场吏治,嘲讽程朱理学、揶揄僧道术士。作者不赞成《聊斋》细腻委婉的传奇手法,主张直捷古朴的笔记体。故简练有余,富赡不足。

《阅微草堂笔记》是乾隆时一代文宗纪晓岚所作,是有意与《聊斋志异》抗衡而作。纪晓岚的小说主张与蒲松龄的小说创作的实践有相当的距离。他批评《聊斋志异》的"一书而兼二体",就是批评为人们称道的传奇手法。即不赞成"细微曲折、绘事如生"(《姑妄听之》盛时彦跋引纪晓岚语),"不摹写才子佳人","不绘画横陈"(《滦阳续录跋》),总之,人们所称道《聊斋志异》的,正是他所抛弃的。所以,他的《阅微草堂笔记》只能向传统的笔记杂录靠拢。纪晓岚是学问大家,阅历丰富,才气横溢,就笔记杂录看《阅微草堂笔记》自然不失为一部值得称道的著作。但是,我们从文学发展的规律,从小说艺术发展的方向看,是远不足与《聊斋志异》争胜的。

《聊斋志异》最大的影响是深入到老百姓中间去,几乎是家喻户晓,妇孺皆知。从清代起,《聊斋》故事就开始改编成戏曲,仅川剧,就有聊斋戏六十余出。而山东的地方戏,更是把《聊斋》作为题材的来源。

　　《聊斋志异》在中国文学史上的地位是崇高的,影响是深远的。在国外的流传也是很早很广的。早在乾隆四十九年(1784),就已经传到日本。现有二十多种语种的译本。《聊斋志异》属于中国,也属于世界。

第三章 吴敬梓与《儒林外史》

第一节 吴敬梓的家世生平

在我国古代长篇小说的名著中,《儒林外史》是惟一的一部著作权不存在争议的小说。作者吴敬梓,字敏轩,号粒民,晚自称文木老人,安徽全椒人,出生于康熙四十年(1701),逝世于乾隆十九年(1754)。吴氏为全椒的名门望族,祖上曾经极为显赫。在吴敬梓曾祖时代,兄弟五人,四个是进士,其中进入鼎甲第三名即探花的正是吴敬梓的曾祖父吴国对。吴敬梓的祖父辈三人,一名为举人;而曾祖父的另一房中则又有两名进士,而且其中一名是榜眼。一个家族,两代出六名进士是极为罕见的。因此,吴敬梓对此追念不已,在他的词《乳燕飞》中自豪地说道:"家声科第从来美。"然而,吴氏家族,也应了"君子之泽,五世而斩"古训,吴敬梓的祖父,则只是一名秀才,父辈也是秀才。由于大伯祖吴旦早亡,独子吴霖起又无子女,本是二房孙子的吴敬梓遂入嗣与堂伯父吴霖起,这样,他就取得了探花公吴国对嫡长曾孙的资格(也有研究者以为吴敬梓并无出嗣事)。吴敬梓也就感受了曾祖的显赫鼎盛,祖、父的中落小康,自身的困顿贫苦的过程。大家族每因长与幼、嫡与庶、生与嗣的区别,构成以争夺家产为核心的种种矛盾。而作为入嗣而成嫡长资格的吴敬梓恰是矛盾的中心。所以,吴敬梓在后来饱尝了析产、夺产的痛苦。这些,竟是显赫的家世带给他的另类遗产。

吴敬梓生平的第一个阶段给他重大影响的事件是丧亲之痛与远游之乐。吴敬梓入嗣吴霖起,即成独子,而吴霖起父亲吴旦是探花公吴国对的长子,家资自然十分优裕,教育也是十分正规,过着衣来伸手、饭来张口,只管读书的生活。吴霖起以拔贡资格在康熙五十三年任江苏赣榆县县学教谕,吴敬梓也曾随父来到海滨的赣榆县。吴敬梓曾写道:"十四从父宦,海上一千里。"这样的生活有八、九年之久。曾有《观海》一诗,甚是豪迈风发:"浩荡天无极,潮生动地来。鹏溟流陇域,蜃市作楼台。齐鲁金泥没,乾坤玉阙开。少年多意气,高阁坐衔杯。"这自然是才走出书斋,不知社会复杂、世道艰难的吴敬梓的体会感慨。而正是这一时期，他却遭受着接二连三的丧失亲人的痛苦。十三岁时，生母金氏去世，"不随群儿作嬉戏"，而是"屏居一室如僧庵"（金榘《为敏轩三十初度做作》，《泰然斋诗集》卷二）。五年后，客居南京的生父吴雯延生病逝世，其时他正随嗣父吴霖起在赣榆，能常去探望服侍，"无何阿翁苦病剧，侍医白下心如惔"（金两铭诗，集同上）。又五年，嗣父吴霖起也病逝。三十岁之前，与他伉俪情深的发妻陶氏也弃他而去。他在《减字木兰花》中有深情怀念："闺中人逝，取冷庭中伤往事。"少时丧父母，中年丧妻子是人生最悲苦伤心的事。

第二个阶段对他影响最大的是析产之累。吴敬梓的嗣父吴霖起死时，他虽然年齿二十二，已经成家；但既无功名官职，又无产业支撑，而且他的探花公嫡长曾孙的资格因入嗣获得，因此在大家族中的地位并不牢靠。而当时吴国对一支正衰颓，于是一待吴霖起去世，通过析产来限制削夺他封建礼制所给长房长孙多得的份额的遗产之争随即爆发。即便如此，他还是得到了极为可观的一份。他的朋友程晋芳说吴敬梓"袭父祖业，有二万余金"。然而吴敬梓是一个完全不懂治理家业的公子哥儿，既挥金如土，又慷慨好施，"不数年而产尽矣"（《文木先生传》）。

第三阶段给他生活的重大转折是移家之变。南京是离吴敬梓家乡最近的大都市，也是生父曾经读书交游的地方，自己曾多次游历，六朝古都的名胜与风光给他留下了极为美好的印象。三十岁那年，曾有《减字木兰花》词："秦淮十里，欲买数椽常寄此。"萌发移居南京的念头。而几年后，产已析，房已分，饱受世态炎凉与人情冷暖，对故土、老家、族人并无多少感情，乃于雍正十一年（1733），举家迁往南京，是年三十三岁。他又"遇贫即施"，"谐文士辈往还"，"倾酒歌呼穷日夜"，花钱自似流水。还要经常去安庆参加科考，资助修复先贤祠，如此等等。无多时，便应了"坐吃山空"的老话。

第四阶段是他的晚游之苦。到了晚年，他甚至到了日常生活都无法维持的地步，于是"以书易米"；"冬日苦寒"，遂邀约同好，绕城夜行，谓之"暖足"！如此境遇之下，他只好远游投靠故旧。江宁知府卢见曾喜爱交接文人墨客，故与吴敬梓相交不薄。后卢见曾于乾隆元年（1736）调任两淮盐运使、监理两淮盐政、督理扬州关务，吴敬梓即经常去卢见曾在扬州、真州（今仪征）、淮安的衙署。他还去真州投靠湖广提督任上革职回乡的杨凯，以诗"明晨衔泥问杨子，妻儿待米何时还？"表明乞食的窘状；在淮安则寄食于好友程晋芳家，程晋芳在《文木先生传》里记载了吴敬梓的窘境："抵淮访余，检其橐，笔墨都无"。乾隆十九年（1754）初冬的一天，吴敬梓在扬州尽其所有，邀约同好痛饮,吴敬梓反复朗诵唐张祜《纵游淮南》诗:"十里长街市井连,月明桥上看神仙。人生只合扬州死,禅智山光好墓田。"席间友人颇觉诧异,以为不吉。谁知,张祜的诗真的成了谶语。几日后,在他回拜长子吴烺的同年王又曾返家后,痰涌不绝而死。后由友人卢见曾出资入殓运回南京安葬。

'在吴敬梓的一生里,还有两件事值得一记。一是参加博学鸿词科的考试。吴敬梓十八岁进学成秀才,以后屡试不售。二十九岁那年亦曾获科考第一,稍予安慰,但乡试仍黜。乾隆元年(1736)朝廷举行博学鸿词科的考试,江宁训导唐时琳将他推荐给上江督学郑江,郑江再举荐于安徽巡抚赵国麟。吴敬梓还参加了学院、抚院、督院的三级考试。但终因"消渴"病发而未能赴京廷试,他后来每以为憾。这件事说明他在江宁(南京)乃至原籍安徽是颇有才名的。他的科举经历,为他日后写《儒林外史》积累了厚实的生活。二是他积极参与了修复先贤祠。金和《儒林外史·跋》中说吴敬梓与"同志诸君,筑先贤祠于雨花山之麓,祀泰伯以下名贤凡二百三十余人,宇室极宏丽,工费甚巨,先生售所居屋以成之"。而从《盋山志》则知,"售所居屋"指"全椒老屋",则当合于情理。以上两件事,说明吴敬梓当时颇负文名、对科举的深切认识及用钱的慷慨。

《儒林外史》开始创作于乾隆元年(1736)左右,到乾隆十五年(1750)左右基本完稿。《儒林外史》的版本,程晋芳之称 50 回卷,当指成数;金和称 55回卷。今存最早的版本是嘉庆八年(1803)卧闲草堂的巾箱本,共 56 回,末回为"幽榜"。吴敬梓存世的著作还有《文木山房集》四卷,近年发现集外的诗文三十余篇。最近又发现了程晋芳《文木先生传》里提及的曾经被人以为失传的《诗说》。

第二节 《儒林外史》的思想内容

《儒林外史》有着与此前的长篇小说所完全不同的小说结构,即是没有一个主要人物统领全书,没有一件主干事件贯穿全书。通常是前一个人物引起后一个人物,前一件事情连着后一件事情。而人与人、事与事并无必然的逻辑系联,这样就很难概括介绍小说的梗概情节。但是,小说所叙述的诸多故事与一大群人物还是环绕一个基本主题,鲜明地反映着基本思想内容。

这一基本思想内容即是封建社会中形形色色的知识分子的生活与思想。小说出场的三百余人,是文人身份的有一百余人,且多为主角。如此集中地反映知识分子的生活与思想的长篇小说,此前不曾有过;此后,亦鲜有与之比肩，因此书名为《儒林外史》。《文木先生传》说是"穷极文士情态"，《怀人诗》亦说"外史纪儒林"，表明当时的文人也深知此书的题旨。

吴敬梓解剖了以科举制度为中心的封建思想毒害下的广大文人的际遇与命运，从而辛辣地展示了封建社会的部分本质。

小说以元末名士王冕拒绝科举邀名，拒绝征召逐利以"敷陈大义"，鲜明地表示出否定封建科举制度的题旨。紧接着用两个漫画式的人物周进范进上场。周进应考至六十岁，仍是童生，只好以教书糊口。小说让其遭受新进的秀才与举人两度奚落，使其强烈感受科举功名成否的天壤差异。后来，他村塾先生的饭碗也因"不懂承谢"而被夺取，只好为作生意的舅子记账，去了省城。见到梦寐以求的贡院，欲思进去一看，竟然被鞭子打出！舅子使钱让其进贡院，当他一看到"天字号"试场号板，乃百感交集，昏死在地。后来，事情却发生了喜剧性的突变，竟然中了举人进士！随即成了人上之人！当年当塾师的薛家集也供起了他的"长生禄位"！范进完全因为处境与周进相同而得到主考官周进的怜悯才考中秀才，取了举人；而又通过周进将范进在"当道大老面前荐场"，也中了进士！范进一中举人，际遇随即顿变：放榜这一天，只得自己抱着鸡去换一些米，用以下锅。一中举人即有老举人张静斋送房子、赠银子，甚至"奴仆、丫鬟都有了"；本来每被丈人胡屠户臭骂成"尖嘴猴腮"、"癫蛤蟆想吃天鹅肉"；一中举人，旋即成了"才学又高，品貌又好"，是"天上的星宿"。小说告诉人们，"二进"的此前的黜落与此刻的高中，毫无丝毫的必然，而纯粹是考官喜恶的偶然；是"荐场"的功用！而考取功名之后际遇的巨大反差，尤其讽刺了科举制度的荒诞与悖谬。

匡超人则是从又一个角度反映科举名利对人们的毒害的。他原先是一个善良、孝顺、"忠厚"的人，正是马二先生的一番教诲，"总以文章举业为主，人生世上，除了这事，就没有第二件可以出头"。于是，"想着出头"这一头等大事，可以一任父亲"尿屎仍旧在床上"，一心"上府去考"。"出头"以后，遂以名士作幌子，以名利为目标。胡吹海骗，不一而足。停妻再娶，卖友求荣。其堕落的轨迹的源头，正是"举业"。

老秀才王玉辉知悉三女儿准备绝食殉夫，他是这样说的："这是青史上留名的事，我难道反阻拦你？你竟是这样做罢！"他女儿真的死了，竟然说："他这死的好！只怕我将来不能像他这一个好题目死哩！"这个冷峻的一笔，委实的比"二进"、匡超人的故事更加沉重而深刻。

吴敬梓还对假名士作了无情的揭露。《儒林外史》中的杜慎卿是以名士的身份出现的，似乎还真有点儿像"真名士"。他总是那么温文尔雅，那么才气横溢。谈诗论词,句句在行;议论时弊,不同流俗。爱的是山水,懂的是丝竹。但是,他一面高唱"女人哪有一个好的?……和妇人隔着三间屋就闻见他的臭气";一面听说"淮清桥有十班的小旦,没有一个赛过他的",便说"你叫他收拾,我明天去看"。他又说"朋友之情,胜于男女",找不到这样的朋友以致"多愁善病","所以对月伤怀,临风洒泪"。当友人向他介绍"一种男美",他就拍案叫道:"只一句话该圈了……",忙着将明天定下的看姑娘的事延迟,急着要看"男美",而且是"洗脸,擦肥皂,换了一套新衣服,遍身都熏了香"。他最得意的杰作是"逞风流高会莫愁湖",把通省梨园戏班的旦脚都叫来"一人一出戏",按"色艺"评出等级次第。让戏子过小桥、转回廊、进东格子、出亭子、去西格子,"好细细看他们的形容"! 此回后的套话是"有分教:风流才子之外,更有奇人;花酒陶情之余,复多韵事!"这就是"韵事"! 这就是名士,这是假的真名士! 而至于那些以附庸风雅为招牌,攀附权贵为手段,乞讨残炙剩饭以"餍酒肉",然后"骄其妻妾"的孟子笔下的齐良人辈,诸如赵雪斋、胡三公子、景兰江、支剑峰之流,又等而下之了,——他们是真的假名士!

此外,严贡生猪故事中的逼买与拒还;租船时,诱使船工吃了云片糕,讹称是几百两银子的贵重药而赖船钱。王仁王德一拿到严监生五十两贿银立改初衷;进士王惠把原任衙门中的"吟诗声、下棋声、唱曲声"换成了"戥子声、算盘声、板子声";马二先生的麻木与迂腐……,把科举以及推广而得的封建文化、礼教对士人的毒害,从不同的视角、不同的层面给予无情揭露!

吴敬梓笔下也塑造了符合他理想的儒林君子,表明他的一种寄托。

杜少卿即是以吴敬梓自己为原型塑造的一个人物。——以下几个主要方面构成了两者的对应。杜少卿家祖上"一门三鼎甲,四代六尚书",吴敬梓家祖上是两鼎甲、六进士;杜少卿的父亲是赣州太守,吴敬梓的父亲是赣榆县教谕(请注意"赣"字);杜少卿从安徽天长移家南京,吴敬梓是从安徽全椒移家南京(天长与全椒相邻);杜少卿装病拒绝应征出仕,吴敬梓因病辞去博学鸿词科考试;杜少卿捐钱修泰伯祠,吴敬梓捐钱修以吴泰伯为首的先贤祠;杜少卿有《诗说》(第 34 回),吴敬梓确有《诗说》;甚至杜少卿有一个极为忠诚的老家人娄老伯,吴敬梓也有一个父亲留与他的极忠诚的老仆刘翁(娄刘同音)……两者之间的对应是铁定难移的。因此,从分析杜少卿的形象了解吴敬梓本人,从观照杜少卿的主张认识吴敬梓的理想是有益的途径。

杜少卿是既有名士的狂狷,也有传统美德以及儒家社会价值理想的人物。他有兵农礼乐以治国的理想,但他既清醒于自己名士清谈的弱点,又了解当时朝政的积重难返的现实，因此，他说"正为走出去做不出甚么事业"，"所以宁可不出去好"，于是装病拒征；而且不应科岁考，不应乡试。这样就与小说中文士"第一等大事"的"文章举业"的科举之路来了一个彻底的反动。一般文人对官场权要是趋之若鹜，他却最不愿意攀附。汪盐商请他作陪王知县，他说"我那得工夫替人家陪官"！王知县要会他，他洞察不过是凭着老师身份的体面的"勒索"（秀才是知县的当然门生），而加以拒绝。甚至说"他果然仰慕我，他为什么不先拜我，倒叫我拜他"这样的话。

杜少卿嘉行孝道，济贫扶困，助人为乐。"但凡说是见过他家太老爷的，就是一条狗也是敬重的"，因此，他尽力服侍娄老伯；他人以奉孝而向他借钱，则慷慨施与，如助杨裁缝营葬母亲；资助鲍廷玺奉养母亲；赠钱于娄公子安葬娄老伯。他尊重女性，反对纳妾。他说："娶妾的事，小弟觉得最伤天理。天下不过是这些人，——一个人占了几个妇人，天下必有几个无妻之客。小弟为朝廷立法：人生须四十无子，方许娶一妾，此妾如不生子，便遣别嫁。"腐儒总是戴有色眼镜看人，把逃离盐商而来南京自食其力的沈琼枝看作"依门之娼"、"江湖之盗"，独杜少卿对沈琼枝的敬重不已。他笃于夫妻情爱，说"今虽老而丑，我固反见其姣且好也"。带着老妻游园看花饮酒，"竟携着娘子的手，出了园门，……两边看的人目眩神摇，不敢仰视"！

杜少卿有正直的封建文人的理想，他想以传统道德教化拯救衰颓的世风。他捐钱修泰伯祠，提倡兵农礼乐即是明证。但他又知道"做不出甚么事业"，于是就洁身自好。总之，他是一个既反叛封建文人视如生命的科举，又固守传统的儒家思想；既有狂放不羁性格，又恪守传统操守；具有某种超出时代的渐次觉醒的特殊的人物形象。

总之，小说《儒林外史》以批判揭露为主、肯定赞颂为辅的手法，塑造了形形色色的士人形象，深刻地本质地反映了封建社会转折时代的生活画面，表示了作者的愤懑、失望与寄托的复杂心情。

第三节　《儒林外史》的艺术特色

一、独特的结构艺术。长篇小说的结构线索是有特定的含义的，即是主要人物经历基本事件的脉络。从这个意义上说，《儒林外史》是没有结构线索的。在《儒林外史》里，通常是由前一个人物"遇"着了后一个人物，前一件事情"连"到了后一件事情；而后一个人物与后一件事情一旦进入叙事过程，则前一个人物与前一件事情不再理会了。因此，《儒林外史》的叙事模式是将叙及的人物与事件按照逻辑意义作连缀展览。鲁迅在《中国小说史略》中对《儒林外史》的叙事特点有一段精辟的概括:"唯全书无主干,仅驱使各种人物,行列而来,事与其来俱起,亦与其去俱讫,虽云长篇,颇同短制。"

这样的叙事模式与《儒林外史》创作的意图是相关的。《儒林外史》欲展示的是儒林人物长卷,有真、假,穷、达,显、隐,雅、俗,巧、拙等形形色色的人物。这样的人物长卷,通过一个或几个命运关合的人物,通过一个大家族的成员(如杜少卿家)去完成是不可能的;通过一个仄逼的环境场面(如南京)去完成是不可能的;通过较为短暂的时代(如一个重要人物的一生)也是不可能的。只有用这么一种叙事模式,人取百家,地涉四海,时逾百年,方得腾挪裕如。而且,我们从书名也是可以看出作者的创作意图的。书名中的"外史",即传统的人物史传;"儒林"是士人的"集合"。这样说来,这样的书名与这样的写法,实在是名副其实的。总之,这样的写法是一个创造,是一种特色,无所谓优点与缺点;但对于作者故事的表述、题旨的展示,是有利的,方便的。

二、鲜明的个性特色。《儒林外史》虽然集中叙写的是一类人,即士人,读书人;然而他笔下的这一类人,有着极为鲜明的个性。同中不同,正是文学作品最可贵的地方。几对兄弟,杜慎卿与杜少卿,一个忸怩作态,一个率性真诚;严监生与严贡生,一个是胆小而吝啬,一个胆大而贪酷。虞育德与庄绍光,庄绍光是露一份钦奇磊落,虞育德显一份自然淳厚。就是同类型中境遇相似的人物,也写出他们细微的区别,而显示他们不同的个性。两个终生不第的秀才,马纯上迂腐得可笑,王玉辉执著得可悲。再如匡超人与牛浦郎,周进与范进都是极为相似的同类人,然而作者颇能把握度的不同而呈现不同的个性。

长篇小说在塑造人物上的有利之处是篇幅长,可以调动各种的方法手段,反复皴染,从而使人物"丰满";而《儒林外史》是"颇同短制",于是在个性的"鲜明"上做足文章。淡淡的几笔肖像,寥寥的数语言辞,轻轻的一个动作,都是个性化的好手段。范进出场的肖像是——"……一个童生,面黄肌瘦,花白胡须,头上戴一顶破毡帽……穿着麻布直裰,冻的乞乞缩缩。"怪不得连主考周进"看在心里"。杜慎卿欲相会的"男美"——"只见楼上走下一个肥胖道士……一副油晃晃的黑脸,两道重眉,一个大鼻子,满腮胡须"!前者一方面是衬托中举以后的反差,另一方面是加深周进的印象。后者,则是嘲笑了杜慎卿不可告人的灵魂。至于动作的描写,周进在梦寐以求的贡院考房,"见两块号板摆的整整齐齐,不觉眼里酸酸的,长叹一声,一头撞在号板上,直僵僵不省人事"。把老童生内心酸苦绝望与希望倾泻无遗。而写杜慎卿的顾影自怜则"太阳里看见自己的影子,也要徘徊大半日",会见一个意中的"男美",则"洗脸、擦肥皂,换了一套衣服,遍身都熏了香"!作者还特别善于写出极似之间的微异。例如匡超人与牛浦郎,匡超人是假造文书,替人代考;至牛浦郎则偷人诗稿,冒名顶替,招摇撞骗,青出于蓝而胜于蓝。都是五六十岁后才发迹的周进范进,境遇仿佛,经历相似,作者颇能把握度的不同而予以区别:周进是未考之时气昏,范进是既中之后发疯;周进是遭旁人奚落,范进是被丈人斥骂。同任学道去取士,周进之取范进,源于同病相怜。范进之欲取荀玫,却因为老师所嘱,"专记在心"!可是范进偏偏忘了,竟然复查已经准备发榜的六百号卷子,以此表示后来居上。总之,《儒林外史》的个性化的特点与典型化的手法,不是浓彩皴染,而是勾勒刻画。不在脸面的丰腴,而在灵魂的剖析。笔墨是经济的,效果是佳胜的,借用小说人物鲁编修夸耀八股文功效的一句话,叫做"一鞭一条痕,一掴一掌血"!

三、全面的讽刺艺术。我国的讽刺艺术可谓源远流长,远可追溯到六朝的《妒记》,近则绵延至《鸳鸯针》、《醒世姻缘传》、《聊斋志异》等。然而,《儒林外史》中的讽刺艺术是全方位、全过程的,因此,不仅仅是艺术手法,而是创作思想。因此,鲁迅说:"其文又戚而能谐,婉而多讽,于是说部中乃始有足称讽刺之书。"

以情节、细节的设置而言,周进看见贡院的号板而撞倒,范进听见高中而发疯,乃是对热衷功名者的讽刺。张铁臂用猪头代人头诓取娄三娄四公子的五百两银子,是对徒务好客虚名的公子哥儿的揶揄。方盐商家老太太牌位入节孝祠,当地有名望的士绅都去路祭,而方盐商却与一个卖花的牙婆伏在栏杆上,指指点点,牙婆竟"一手拉开裤腰捉虱子,捉着,一个一个往嘴里送",这是对方盐商平素猪狗行为的无情嘲弄。西湖名士支剑峰正在酒席间嚷着"谁不知道我们西湖的名士",却来了公人,"捽去"了他冒充士人的方巾,"一条链子锁起来",这是对假名士的当场揭露。有十万银子家当的严监生,就因为两根灯草耗油,就死不瞑目。严贡生嘴上才说"实不相瞒,小弟只是一个为人率直,在乡里之间,从不晓得占人寸丝半粟……"他家里的小厮赶来道:"早上关的那口猪,那人来讨了,在家里吵哩。"严贡生道:"他要猪,拿钱来!"小厮道:"他说猪是他的。"于是,严贡生"从不晓得占人寸丝半粟"的伪装被剥得一干二净!

说到科举制度下的举人进士的才学,有这样一段叙述:

（此前叙述范进记周进之托，找荀玫试卷拟予录取）内中一个少年幕客蘧景玉道："老先生，这件事倒合了一件故事。数年前，有一位老先生点了四川学差，在何景明先生处吃酒，景明先生醉后大声道：'四川如苏轼的文章，是该考六等的了。'这位老先生记在心里，到后典了学差回来，再会见何老先生，说：'学生在四川三年，到处细查，并不见苏轼来考，想是临场规避了。'"……范进……只愁着眉道："苏轼既文章不好，查不着也罢了，这荀玫是老师要提拔的人，查不着是不好意思的。"

这段文字有多重讽刺。首先自然讽刺考中进士，点了学道的范进连苏轼也不知，本朝文坛领袖何景明也不知。且自北宋以来，苏轼的文章是应举士子的敲门砖，文人间素有"苏文熟，吃羊肉；苏文生，吃菜羹"（见陆游《老学庵笔记》）的美谈，而连苏轼都不知的范进竟然考上进士！——而接下来，马上提供答案，即范进的话："这荀玫是老师要提拔的人，查不着是不好意思的。"这就是封建科举制度不讲真才实学，只靠裙带关系的实质。所以，匡超人把活着的人称作"先儒"，马二先生不知李清照、朱淑贞，二十年老选家的诗中居然出现"且夫"、"尝谓"等体现散文特征的词语。

我们说《儒林外史》的讽刺艺术无处不在，甚至还体现在小说人物的取名。被严监生的一百两银子收买而顿改初衷的人却叫做"王德、王仁"；严监生、严贡生偏偏叫"严致和、严致中"，而"致中致和"恰是儒学品格的最高境界！昏朽的"二进"竟然名"进"，而且姓"周"姓"范"，"周"有"方正"，"范"为"范式"的意思，这就是鲁迅说的"婉而多讽"了。

《儒林外史》的讽刺艺术使我们既因笔锋犀利而引起深思，又为行文诙谐而得到的解颐，沉浸于亦庄亦谐、亦悲亦喜的美学氛围之中。从而将中国的讽刺小说推向崭新的高度，与世界的讽刺名著并列而毫不逊色。

第四章　中国古代小说的顶峰
——《红楼梦》

　　诞生于十八世纪中叶稍后的《红楼梦》是中国古代小说中的杰作。它的出现几乎是一个奇迹,犹如在连绵平缓的山峦中突兀耸立起一座刺破苍穹的奇峰。它尚在因故"传述未终"(《甲辰本》梦觉主人序)之时,即以手抄方式不胫而走,以致"洛阳纸贵";在士人中遂有"开谈不说《红楼梦》,读尽诗书亦枉然"(《京都竹枝词·时尚》)的美谈;对它的评批与续作随即蔚成风气;以《红楼梦》作为研究对象的学问——"红学"也随之应运而生,成为二十世纪国学中三分天下有其一的显学(其余二种为"敦煌学"、"甲骨学")。

第一节　《红楼梦》的版本、作者家世
及其自叙传性质

　　《红楼梦》的创作与《三国》、《水浒》、《西游》那种在长时间民间流传基础上的辗转整理成书有着极大的不同,它是作家的个人创作,作家在创作之前就有完整精美的构思,正是在这个角度上,它是一部未完成的小说。从今知的小说的成书与流传痕迹知道,作者生前只有前八十回是基本写定的,如今流传的一百二十回本的后四十回基本可定为非原作者所作。

　　《红楼梦》一般称作有两大版本系统,一是脂批本系统,一是程刻本系统。所谓脂批本,指在小说上留有作者的亲友脂砚斋等人批语的本子。这类本子的书名通常是"脂砚斋重评石头记",这些本子都是作者原作的八十回本,一开始以抄本的方式流传,最重要的本子有甲戌本、己卯本、庚辰本、梦稿本、王府本、戚序本、甲辰本、列藏本等。由于"脂砚与雪芹同时人,目击种种事故,批笔不从臆度"(早期甲戌本收藏者刘铨福跋语),因此具有极为重要的研究价值。程刻本是指苏州书商程伟元请人补葺整理成一百二十回,在乾隆五十六年辛亥冬(1791)以萃文书屋名义用活字排印的本子,书名题为"新镌全部绣像红楼梦"。此书一经问世,由于其具有完本的状貌,随即风行天下,后来的坊间本大多以程本为源头而刻印,几乎将其他本子淹没。

作为阅读鉴赏,程刻本不失为一个较好的本子;作为研究,是无论如何也不能绕开脂批本的。

《红楼梦》在作者生前以及脂批本流传时期都没有署名,在早期脂批本"甲戌本"的第一回有"曹雪芹于悼红轩中披阅十载、增删五次、纂成目录、分出章回,则题曰'金陵十二钗',并题一绝云'满纸荒唐言,一把辛酸泪。都云作者痴,谁解其中味'"的话,这里的"披阅"、"增删"、"纂目"、"分回"被理解为创作的托辞;且脂批在此段上眉有"能解者方有辛酸之泪,壬午除夕,书未成,芹为泪尽而逝……"的话,加上后来的一些笔记也有曹雪芹写《红楼梦》的记载,所以,现在一般认为《红楼梦》的作者是曹雪芹。但也有人认为上引"曹雪芹披阅十载、增删五次、纂成目录、分出章回"的记录是真实的,脂批的"书未成"并不能证明是创作,而是"披阅、增删、纂目、分回"的未完成;因此认为曹雪芹仅是整理者。认为曹雪芹是《红楼梦》整理者的研究者,则以为原作者是曹雪芹的父辈。

曹雪芹,名霑,字梦阮;雪芹是他的号,又号芹圃、芹溪。他的生平资料极为缺乏。今知他是康熙年间江宁织造曹寅的孙子,他的父亲是曹寅的亲生子曹颙或所嗣侄子曹頫的儿子。出生在1720年左右(有1715、1724等几种说法),逝世在壬午年除夕(壬午为1762,除夕进入1763,也有学者主张癸未年)。

《红楼梦》一致被认定为是具有"自叙传"性质的小说,而作者总之是曹寅的子孙,今曹雪芹的家世的情况已基本考释清楚。这对了解《红楼梦》的创作很有益处。

曹寅(1658—1712)的母亲孙氏曾是康熙皇帝的奶妈,所以与康熙的关系极为密切。曹寅父亲曹玺始任"最富的官"(胡适语)江宁织造,曹家三代四人共任此职达六十年。康熙六次南巡,其中有四次驻跸曹寅的江宁织造府,足见关系非同寻常。曹寅有很高的文化素养,工诗词曲,曾经奉旨组织整理刻印《全唐诗》与《佩文韵府》。曹寅病死后,由曹颙袭职;曹颙任职两年多便逝世,则由曹寅弟弟曹宣(荃)的儿子曹頫入嗣袭职。进入雍正时期以后,由于统治阶级内部的政权斗争,也可能由于曹寅接待康熙而遗留的帑银亏空问题,或因为曹頫自身的骚扰驿站等经济问题,在雍正六年(1728),曹頫被抄家革职,全家则返回北京老家。从此曹家中落。《红楼梦》的作者正是经历了曹氏家族的这一重大的变故。

今从《红楼梦》的描写以及对曹氏家族的研究的比照看看,所说的"自叙传"叙写的时代,当指曹寅至曹頫时期。小说中写有贾政的长女元春为皇妃,次女探春当为藩王妃,长子贾珠早逝,妹夫林如海任扬淮盐政,贾政的影子甄宝玉的父亲甄应嘉接待巡幸皇帝等事;而现实生活中的曹寅的两个女儿为王妃,长子曹颙早逝,内兄李煦任扬淮盐政(与贾政林如海的郎舅关系换位),自己接待康熙皇帝等,曹寅则是贾政的原型,其他人物的原型也基本以贾政与曹寅的对应轴平移延伸的。了解这一层,对阅读了理解《红楼梦》的写作方法以及透视当时的社会是有所助益的。

第二节　《红楼梦》的结构方式与叙事线索

《红楼梦》的叙事构架可概括为楔子引入,谶语预示,线索隐括,网络推进。

楔子引入指两个方面:第一是从女娲补天故事引入的。说当时女娲补天的惟一遗石,"锻炼"后"通灵",成为神瑛侍者,以甘露浇灌在西方灵河岸上三生石畔的绛珠仙草,以致绛珠仙草"脱却草胎木质"而成女体人形,两相产生爱情,是为"木石姻缘"。灵石化为"宝玉"下凡人间,绛珠仙草亦下凡成为黛玉,以眼泪还他的浇灌之恩。于是就十分自然地将天上的神话与人间故事融为一体。第二,在叙述神话故事的同时叙述了英莲的悲剧故事,逐渐引入小说的本体。英莲不是第一层面的主人公,英莲的故事也有楔子的意味,具有两个功能:一是引出薛蟠夺英莲、死冯渊,薛家母子、女(宝钗)赴京住进贾府,让第一层面的主人公宝钗尽早出场,构成"金玉姻缘",形成宝玉、黛玉、宝钗的三角态势,作为小说的基本情节支撑。二是"先写外戚、由远及近、由小至大"可避"死板拮据",起"虚敲旁击"、"反逆隐回"的效果(甲戌本第二回回前批)。

谶语预示是《红楼梦》结构艺术的最重要的创造。在小说的第五回"贾宝玉神游太虚境,警幻仙曲演红楼梦"中,贾宝玉在宁国府秦可卿房中午睡入梦,被秦可卿的影子引上太虚幻境,遇见"司人间之风情月债,掌尘世之女怨男痴"的警幻仙子。警幻仙子通过"薄命司"中簿册诗与画,以及与诗画对应的"红楼梦曲",用含混、朦胧、游离在解与不解间的谶语手法向宝玉预示贾府的女子的命运结局。

非但如此,这一回中还揭示了《红楼梦》的重大题旨。《红楼梦》叙述的大观园女子的悲剧命运:因为这"金陵十二钗"的簿册是放置在"薄命司"的,饮的茶是"千红一窟(哭)",喝的酒是"万艳同杯(悲)";透露了"钟鸣鼎食之家"、"诗礼簪缨之族"的贾府的彻底败亡的结局,——《红楼梦曲》正曲的尾曲《飞鸟各投林》:"好一似食尽鸟投林,落了片白茫茫大地真干净!"

　　而最为重要的是暗示了黛玉与宝钗在书中的角色地位以及与宝玉的婚恋关系的处置。在"金陵十二钗"正册中,有十二钗却只有十一幅画、十一首诗! 因为黛玉与宝钗两人是合一幅画、合一首诗的!

> 只见头一页上画着是两枝枯木(林),木上悬着一围玉带(倒读即带〈黛〉玉);地下又有一堆雪(薛),雪中一股金簪(寓宝钗)。也有四句诗道:堪叹停机德,(甲戌本批语:此句薛。)可怜咏絮才。(甲戌本批语:此句林。)玉带林中挂,金簪雪里埋。

对应的《红楼梦曲》中《终身误》又合咏"山中高士晶莹薛"与"世外仙姝寂寞林",《枉凝眉》又合咏"一个是阆苑仙葩,一个是美玉无瑕","一个是水中月,一个是镜中花"。两曲都是合咏钗黛二人的。特别是警幻仙子许配于宝玉结婚的仙姬偏偏是"其鲜艳妩媚,大似宝钗;袅娜风流,又如黛玉……乳名兼美……"作者构思中的钗黛二人的角色地位以及与宝玉的婚恋关系绝对是等同的。《红楼梦》的总线索是贾宝玉悲剧的人生历程。从交代故事结局的角度讲,这条线索又大致统领了交叉隐现的三条叙事线索。一是贾宝玉的悲剧婚恋线索,二是大观园女子的悲剧命运线索,三是贾府的彻底败亡线索。三条分线索又是以第一条为主线的。

　　从第五回的谶语预示中知道,贾宝玉的婚恋悲剧指的是与黛玉的"木石前盟"的悲剧以及与薛宝钗的"金玉姻缘"的悲剧。前者是因黛玉病死而未得天长地久,后者是宝玉撇下宝钗而遁入空门,一为死别,一为生离;合而成《红楼梦曲·引子》"悲金悼玉的'红楼梦'"。大观园女子的悲剧结局及贾府彻底败亡的悲剧均在宝玉的太虚幻境的梦境中有预示。作者不留情地将生活中美好的,他理想中美好的,他所挚爱的一切统统撕碎、毁灭,具有震撼人心的力量。

　　故事叙述的网络推进,指的是线索不是十分明晰的,不是依靠预设伏笔,制造悬念,利用强烈的冲突去"解套",去展现结果。而是依照生活的原样和日常细节,由细节系联,编织起场境演进,揭示生活悲剧的必然。

第三节　《红楼梦》的人物形象、悲剧意识与巨大的认识意义

　　文学是人学,小说尤其如此。《红楼梦》之所以获得如此巨大的声誉,正在于它塑造了一大群鲜明卓特光彩夺目的形象。而这些人物使人们觉得有

血有肉、会颦会笑，就生活在我们中间。

小说主线是"贾宝玉悲剧的人生历程"，贾宝玉是小说的核心人物。作者通过传统的男子汉"才志"的穷达已否、"情事"的遂意已否这两方面，给予分合叙写而展现的。

贾宝玉无疑是作者的投影。小说里，以自己为原型的宝玉的前身则成了女娲补天时炼就的第三万六千五百零一块，即惟一弃而未用的遗石！于是他在遗石偈诗里悲愤地喊道："无才可去补苍天！"他"潦倒不通时务，愚顽怕读文章"；但他杂学旁收，"歪"才（吟诗作赋）满肚。他不愿交接为官作宦，不去思考经时济世；但他却乐意为妹妹探春买小巧玩意，让茗烟买来"淫邪"的传奇、小说，供黛玉分享。他整天在女人堆里厮混，……他在这样的境遇中既是"无事忙"，又是"富贵闲人"（宝钗语），作为一个爵尊望重家族的后代，且被父祖以及整个阶级寄予厚望的人来说，这叫"不肖"！因此，宝玉是那个社会与本阶级的"多余的人"。他从有才被弃、补天无路，到自甘沉沦、愤世嫉俗。

宝玉的感情品格，用警幻仙子送给他的话，叫做"意淫"，有"天分中生成一段痴情"。即表现在对黛玉的钟情，也表现在对宝钗的"敬"爱，甚至对湘云的某种默契，对妙玉的一种遥应，乃至推及对所有的水一样纯洁的少女均有的爱恋之意与奉献之心。宝玉对于女性的尊重、关心与爱悦，是异乎寻常的，与贾琏、薛蟠的"滥淫"形成了强烈的对比。但我们仍须指出，宝玉的"泛爱"思想，有占有欲的病态一面。而且，不得不指出，这是作者存在的封建的一男多美意识的一种侧面反映。

至于宝玉的人生，"志"既不可达，则"情"又焉可得？于是，让其挚爱的黛玉死去，然后弃钗而遁入空门，表示宝玉人生中"情事"的彻底幻灭。

黛玉与宝钗在作者的构思里是"两峰对峙、双水分流，各极其妙，莫能上下"（俞平伯《红楼梦辨·作者底态度》）的人物，她们美丽、聪明、清纯、灵秀得令须眉俗物自惭形秽，这是她们的共性，不过她们又有各自鲜明的个性。黛玉是孤高自许，我行我素，从不矫饰，以自己的本真冷对周围环境，保持自己的尊严。宝钗是安分随时，装愚守拙，深藏不露，以逢迎保护自己的安全。林黛玉有"质本洁来还洁去，强于污淖陷泥沟"的倔强；薛宝钗则有"好风凭借力，送我上青云"的灵活。黛玉敢露"半卷湘帘半掩门"的棱角与"偷来梨花三分白"的野气；宝钗则是"珍重芳姿昼掩门"的矜持与"淡极始知花更艳"的机巧！她们在作者的心中与笔下，是不同类型的美的极致！

但是她们最大的相同点却是悲剧结局，即"木石前盟"的悲剧与"金玉姻缘"的悲剧。假如对她俩的悲剧作比较的话,黛玉与宝玉的死别乃身不由己,也由不得贾宝玉;而宝钗与宝玉的生离,却全出宝玉之"忍"心与"世人莫忍为之毒"(第21回脂批)。以此而言,宝钗的悲剧更甚矣! 也使宝玉的人生悲剧更强烈彻底。

凤姐与探春是又一类作者竭力描摹甚至歌颂的形象。她们在贾府的男主子后继乏人的态势下相继登场,非凡的才干是她们的共性。王熙凤心眼活,手段多,既精明干练,也利欲熏心。她府里府外,侍上压下,威重令行,公私兼顾。"凭什么事,我要说行就行"(第15回)。她毒设相思局,弄权铁槛寺,无所顾忌;月钱翻出利息银,借剑除去尤二姐,积恶渐多,集灵巧与狠毒,合诙谐与奸猾。最后是冰山既溶,大厦遂倾。充满诗情画意、洋溢着青春气息的大观园诗社正出于三小姐探春的建言;贾母因贾赦逼娶鸳鸯责怪至邢王夫人,以致凤姐也只得缄口,独探春的分剖消除了贾母怒气,充分体现了她的才识不凡;兴利除弊的大观园改革,几乎使人见到贾府复兴的希望;大家族内部争斗才导致迅速瓦解,又正是探春最早的清醒认识;抄检大观园时给王善保家的一个响亮的耳光,使受压的人们、也使读者拍手称快。然而,她对胞弟贾环的无情、对生母赵姨娘冷酷,也使人不寒而栗;维护纲纪正统的竭力尽心,也叫人难于接受。她俩都是作为正面人物竭力描写刻画的。凤姐的结局只能是自食其果,"哭向金陵事更哀";探春的结局已经体现了作者给予的惟一的怜惜与宽容,但仍是"千里东风一梦遥",远嫁海外的藩王,将"骨肉家园,齐来抛散",仍不失悲剧下场。……湘云、妙玉、迎春、惜春、金钏、晴雯……一人有一人的面目性格,一人有一人的悲苦结局。

浓烈的悲剧意味是《红楼梦》不同于中国其他古代小说的一个重要方面。让美毁灭,让所有美全部毁灭,作者如此强烈的悲剧意识是下笔之前所既定的,却又是下笔时的自然逻辑走向,只能如此,不得不如此。——因为,这是那个时代的生活本质,这虽然未必是作者的敏锐,却是现实主义的必然。正是这一点上,《红楼梦》为我们提供了其他小说无与伦比的认识价值。

作者为了上演这惊天地泣鬼神的大悲剧,必须把舞台设置于更广阔的社会背景之下。由薛宝钗、薛蟠的故事的需要,引出香菱、冯渊、门子、贾雨村的故事。于是强抢民女、打人致死、胡乱判案,这些生活中司空见惯的现象得以展示。平儿对贾雨村的厌恶,顺口说出贾雨村为讨好贾赦而以拖欠官银讹夺石呆子古扇并致其死地。王熙凤为秦可卿送葬,住在铁槛寺的一个小插曲,可以致无辜的张金哥自缢,而自己白得了三千银子。一个绣春囊事件,可以将整个贾府闹个天翻地覆,逼死晴雯、司棋两条性命。贾珍贾蓉在为贾敬居丧时与尤氏姐妹的调笑，一下子使贾府除夕祭祖的庄严肃穆成为幽默的笑料。贾宝玉与林黛玉、薛宝钗可能发生的纯洁爱情，他们竭力防范，怎样"变一个法子"把宝玉搬出大观园；贾琏、贾珍、薛蟠的一味寻花问柳，贾琏丑行败露以致鲍二家的上吊，贾母只是说"什么要紧的事？小孩子们年轻，馋嘴猫儿似的，那里保得住不这么着"。贾府过年顺便带出的乌进孝上租的礼单，可以看出豪门的奢侈；贾敬的烧汞炼丹乃至毒死，看出了这个进士官僚代表的那个阶层的空虚与无聊；为元春建省亲别墅，仿佛让我们见到了三百年前的皇家工地；随着二进贾府的刘姥姥的步伐，我们又似乎游了皇家花园。张友士治病，可使人了解中医的玄奥博大；大观园诗社，似可领略当时私塾书院的习诗评诗……凡此种种，或许是作者悲剧主题的铺垫而顺便拈出，却不但展示当时深广的生活画面，而且映照出封建大家族衰败的必然，乃至封建社会末世的来临。这就是《红楼梦》巨大的认识意义。

第四节 《红楼梦》的美学理念、艺术手法及其影响

《红楼梦》称得上社会学意义上的的百科全书，更是文学艺术创作的理念、手法的百科全书。

第十七回贾政宝玉父子叔侄与众清客验收竣工的大观园，通过宝玉之口，对大观园总体布局以"有自然之理、自然之趣"加以总结与肯定。"自然之理、自然之趣"，是美、美学的最高境界，这里可以看作作者指导创作全书美学理念的夫子自道。

拈自然之事，顺自然之理，撷自然之趣，使生活艺术化，《红楼梦》就是这样写成的。《红楼梦》的故事虽使人回肠荡气，然而并无曲折的情节与剧烈的冲突。即便是常被人称为激烈冲突"宝玉挨打"、抄检大观园，细细思量实在仍是生活琐事，家家常有、人人可遇。因此，小说叙写的无非亲友来往、贺喜吊丧、吟诗品茗、游园斗牌。至多也不过或妯娌磨擦，婆媳斗嘴；或妻妾争宠，嫡庶争权等事；总之是日常生活的细节琐事。故事的叙述靠的是这些小事的堆积，细节的连缀，场境的组接，因此叫"网络式"结构。然而每使人称奇道绝，叹为观止，乃是有自然之理，得自然之趣。

贾母为宝钗做生日（第22回），请戏子演戏，贾母深爱其中小旦小丑，请人带进细看，诸般同情怜惜，赏果赏钱。以下是：

凤姐笑道："这个孩子（小旦）扮上活像一个人，你们再瞧不出来。"宝钗心内也知

道,却点头不说;宝玉也点了点头不敢说。湘云便接口道:"我知道,是像林姐姐的模样儿。"宝玉听了,忙把湘云瞅了一眼。……

此段七十字,五人性格全出:凤姐卖弄聪明,宝钗精于世故,宝玉既恐伤害黛玉又恐黛湘之间产生误解,湘云心直口快。——未写的黛玉则是气量小,爱使小性儿! 这叫"不写之写"。

众所周知,宝钗佩有金锁,且在大观园有"戴金的要配佩玉的"的传言。一次,贾母带上宝玉宝钗黛玉众姊妹去清虚观打醮,张道士从宝玉处请下通灵宝玉与众徒儿看,还玉时端来一盘法器玩物。宝玉本不稀罕,拟施予穷人。接下来有以下描写:

> 贾母因看见有个赤金点翠的麒麟,便顺手拿起来,笑道:"这件东西好像是我看见谁家的孩子也带着一个的。"宝钗笑道:"史大妹妹有一个,比这小些。"宝玉道:"他这么往我家去住着,我也没看见。"探春笑道:"宝姐姐有心,不管什么他都记得。"黛玉冷笑道:"他在别的上头心还有限,惟有这些人带的东西上,他才是留心呢。"宝钗听见,回头装没听见。宝玉听见湘云有这件东西,自己便将那麒麟忙拿起来,揣在怀里。忽又想到怕人看见他听是史湘云有了,他就留着这件。因此,手里揣着,却拿眼睛瞟人。只见众人倒都不理论。惟见黛玉瞅着他点头,似有赞叹之意。宝玉心里不觉没意思起来,又掏出来,瞅着黛玉讪笑道:"这个东西有趣儿,我替你拿着,到家里穿上穗子你戴,好不好?"黛玉将头一扭道:"我不稀罕。"宝玉笑道:"你既不稀罕,我可就拿着了。"

宝钗不但知道湘云有,而且"比这小"。所以如此清晰,自然是她有金锁的缘故。黛玉的反唇相讥,恰暴露她更关心谁有金饰物,下文还写她因没有金饰物而伤感呢! 宝玉举动凡四变:一、不知底细时是施予穷人;二、知湘云亦有,乃藏而送之;三、猛省黛玉"吃醋",果然黛玉赞叹;四、遂即说送与黛玉……这般琐事细节,平常又平常,自然写来,却对宝玉、宝钗、黛玉的复杂而细微的内心情感传神写照,纤毫毕现,力透纸背。

翻开《红楼梦》全书,此等细节琐事可谓俯拾皆是! 而故事情节得以演进,人物性格得以凸现,这正是作者遵循的"自然、天籁"的美学理念。

比较与映照是小说又一个每每遵循的美学理念 《红楼梦》中的地位相似的人物几乎都是成对出现的。林黛玉与薛宝钗,上文叙述已多。荣府媳妇,出了个"最喜揽事"欲壑难填的王熙凤,跟着上了个"不问世事"、"槁木死灰"的李宫裁；贾政儿子，宝玉是灵巧秀逸、神采飞扬，贾环则呆头呆脑、委琐不堪。宝玉丫头，袭人是外似温顺而内藏心机，晴雯则貌若尖刻而内心坦直；贾母之子，贾赦是"倚势凌弱"、"贪酷下作"，贾政则"端方正直"、"古板忠厚"。尤二姐懦弱而水性杨花，尤三姐则刚烈而忠贞不二。再如，王夫人之贤比邢夫人之愚，迎春之懦弱比探春之精干。同是贾府远亲老太，刘姥姥是诙谐忠诚，马道婆阴骘奸诈。……这种手法的妙处是比较可以凸显个性，映照可以衬托形象。

对事件的描写也是如此。第四十三回，贾府为凤姐做生日，又是喝酒，又是听戏，一味高乐。且是贾琏幽会鲍二家的，被凤姐撞见，大发酒疯，乌烟瘴气。而宝玉此时，"遍体纯素"，"一语不发"，直奔北门清冷的水仙庵，"撮土为香"，"含泪施礼"，为金钏祝冥寿。第二十六回，黛玉夜访怡红院，晴雯矫旨："凭你是谁，二爷吩咐的，一概不许放人进来！"使黛玉顿感寄人篱下，伤感半天，而晴雯的不媚上坦直的性格直露无遗。第三十回，怡红院关闭，宝玉中午淋雨回来，拍打叫门，袭人料不到是宝玉回来，原拟不开。麝月说是宝钗，晴雯又否定，但细心的袭人顿改初衷，说"等我隔着门缝儿瞧瞧，可开就开……"结果被一肚子没好气的宝玉踢得吐血！袭人媚上隐曲的心机昭然若揭。这里既比照了事件，更比照了人物描写。

脂砚斋批语对《红楼梦》中的一种映照呼应叫做"草蛇灰线，伏笔千里之外"。诸如《红楼梦》中三件丧事的描写：辈分最低，年纪最小，死因最丑（淫丧）的秦可卿的丧事最为糜费；辈分适中，年纪适中，服丹而死的进士出身的贾敬的丧事，只能是硬撑面子；而辈分最长，年纪最老，寿终正寝的一品诰命夫人贾母的丧事只能是靠典卖首饰草草收场！这样强烈的反差正是贾府败亡的艺术揭示。

至于说到《红楼梦》的其他艺术手法，可以这么说，凡此前曾经有的，《红楼梦》都有，而且有质的飞跃。所不同的，《红楼梦》的作者特别长于最大限度地调动语言，最大限度地综合所知的艺术手段，谋求艺术效果的极致。就说以上所举"金麒麟"故事而言，通过宝玉、黛玉、宝钗对"金麒麟"的关注，展示各自内心。而对话语言的个性灵动，心理描写的细微深刻，无可企及。

《红楼梦》自问世起，便产生了巨大影响首先是续书蜂出，据《红楼梦大辞典》介绍，达四五十种之多。其次是不断涌现翻新改编的各种艺术类别的作品，清代是传奇与杂剧，有近二十种；近代是京剧与地方戏，数以百计；近年则是电影、电视连续剧、地方戏舞台连续剧等，风靡海内外。最后是红学的绵延翻新。对《红楼梦》研究的初始是与作者相熟的亲友的评批，这与创作几乎是同步的,即脂砚斋、畸笏叟等。然后有诸联、涂瀛、张新之、王希廉等数十家,以后又分化新生出索隐、考证、评点三大派。现今的红学大体分为版本与脂批、作者与作者家世、八十回后探佚、文本本体及红楼梦泛文化研究。以一部小说作为专门学问的文化现象在中外文化史是十分罕见的。

《红楼梦》不但在国内是家喻户晓的名著,而且早已传至海外,在程乙本刻印的次年,即1793年就流传至日本,以后又传至俄国、英国等。最早的英文翻译本(片断节译)出现在1830年,最多的译本是日文,有十七种。国外也有不少学者从事《红楼梦》的研究。《红楼梦》矗立于世界一流小说而毫不逊色,是世界人民共同的精神财富。

第五章　清后期小说的嬗变

　　《金瓶梅》的出现,表明了中国古代小说题材四大类型的基本形成,即历史题材、英雄题材、神话题材、世情题材,以后的长篇小说的题材基本在四类之中。但是,变化是绝对的,或是题材间的分化组合,或大题材下的流变衍生。这四大题材类型都有演化,历史小说就有据史演义(《三国志演义》),借史演义(《隋唐演义》),甚至借史封神(《封神演义》)的区别。英雄小说则演变成侠义小说及侠义公案小说。神话小说又与世情小说相混合,产生诸如《济公传》之类的作品。世情小说的分合演化最多,作为讽刺小说的《儒林外史》,也是写世态人情,故是世情小说的一种流变。世情小说的嬗变不断行进着,递次派生出才子佳人小说、狭邪小说和谴责小说。

第一节　侠义公案小说及其代表《三侠五义》

　　侠义,即侠客义士。韩非《五蠹》有"侠以武犯禁"一语,其意思是侠客凭着勇武触犯禁忌,这里的禁忌指暴力统治以及社会负面意义的种种恶势力。《史记·游侠列传》说是"其行虽不轨于正义,然其言必信,行必果,已诺必诚,不爱其躯,赴士之厄困,既已生死存亡矣,而不矜其能,羞伐其德"的人。唐传奇中的《无双传》、《虬髯客传》是文言侠义小说;《三言》中的《李汧公穷邸遇侠客》、《杨谦之客舫遇侠僧》是白话侠义小说,自然,《水浒传》也与侠义小说相交叉。仗义锄奸除恶是侠义小说的主旨。

　　公案小说的名称始见于宋代说话中的"说公案",即折狱,是关于作案、报案、审案、破案的故事。《唐语林》中的《张说为证》、《武三思得幸宫中》是文言公案故事,著名的《错斩崔宁》是白话公案小说。公正审案,洗雪冤狱是公案小说的主旨。

　　侠义小说与公案小说原属两类小说,却是相关而交叉的。侠义小说中的奸、恶常常是造成冤狱的原因,而公案中雪冤必须除去奸、恶。主持公道的审案者(如包公)又常常借座智勇侠义者帮助除恶审案,于是两者合流。

侠客义士与英雄人物是交叉的，因此长篇侠义公案小说一般看作英雄小说的一种分支。

清代中后期起逐渐掀起了侠义公案小说的繁荣，这与社会黑暗、世风日下、冤狱增多有一定的关系。另一方面则由于都市文化的进一步繁荣，南北方评话、说书、弹词、鼓词交融的产物。

最早出现的公案侠义小说是《施公案》，在清嘉庆年间成书，正集八卷九十七回。续书由一续而至十续，发展为五百二十八回。小说叙述康熙年间清官施仕纶在黄天霸义士的辅助下屡破奇案、惩恶除暴的故事。小说结构松散，叙述繁冗。表现的题旨在于对皇权的歌颂以及义士立身扬名的矜扬。但作为侠义公案小说的开山作，自有它特定的文学价值。

《三侠五义》是侠义小说与公案小说合流的代表作品，也是整个侠义公案小说的代表作品。《三侠五义》是说唱文学《龙图公案》的记录整理本。说唱者石玉昆（约 1810—约 1871），天津人，著名的民间说唱艺人，长期在北京说唱，在咸丰同治年间，轰动京师。石玉昆说唱的原本是《龙图公案》，有爱好者"每日听书，归而彼此互记，因凑成此书"（崇彝《道咸以来朝野杂记》），故曰《龙图耳录》，其实是听后的记录本。

《三侠五义》共一百二十回，大小数十个故事，主要有两大内容主旨，一是为民锄暴，一是为国除奸。前半部分主要写包公断案和诸位侠客义士归属包公的历程以及他们协助包公除暴安良的事迹，后半部分主要描写铲除赵氏宗室襄阳王赵爵及其党羽的谋反。故事交织着忠与奸、善与恶的对垒与冲突。小说鲜明的倾向性是歌颂明君与清官，歌颂侠客义士的除暴安良、扶危济困的义举，抨击权奸乱臣等邪恶势力。因此鲁迅说这是一部"为市井细民写心"的作品。石玉昆能将源远流长的民间市井中的包公的故事连缀充实，踵事增华，完成了较为全面的新的包公形象。小说在写到三侠五义的故事时，能放开手脚，显得得心应手，灵动腾挪。小说展示了上至皇亲国戚、贪官污吏，下至土豪恶霸、刁徒无赖欺压百姓为非作歹的黑暗世道；然后叙写侠客义士劫富济贫除霸锄恶，清官剪除权奸，洗雪冤狱，解民倒悬，体现着市井百姓对英雄清官的渴求。小说还展示了较为广阔的市井生活的图景，刻画了纯朴风趣的百姓形象，具有鲜明的市井文化的品位与特色。小说对明君的美化与对清官的歌颂有违现实主义的创作规范，也不能揭示社会的本质，只能是迎合百姓的依稀的愿望与朴素的是非取向。

《三侠五义》的叙事技巧颇具特色。小说擅长编排故事，常常是故事生故事，故事连故事。大故事套小故事，小故事引大故事，近故事接远故事。

几个故事次第发展，交互接续叙说，以此设置悬念；又常用偶巧连接故事，用巧合解套故事。随着关键案子的结束，相关案子也一齐审结。这也是评话常用的技巧，以吸引听众连听不辍。

小说在人物的塑造上也给后人有益的借鉴。

小说塑造了清官的典型包公形象。包公是历史人物，也是艺术形象。虽然在此前的小说与戏剧里已经有包公这一人物，但成为老百姓口中谈资的包公，成为老百姓心中可依赖的惩恶扬善的象征的清官包公，《三侠五义》的着力塑造是功不可没的。

包公形象的方方面面都体现了老百姓渴望忠臣清官的愿望。第一是不畏权贵，刚正不阿。包公的对手常常是权臣高官，甚至是皇亲国戚。包公能报国以忠，执刑以法，体现忠臣的高风亮节。第二是不徇私情，执法如山。在假包三公子诈骗案中，虽系误传，但他"气的是大老爷养子不教，恨的是三公子年少无知……恨不能自己把他拿住，依法处治"，表明他对亲友犯法的鲜明态度，从而体现清官的形象。第三是重视证据，正确断案。在包公所断"吴良图财害死僧人案"中，他亲临伽蓝殿实地调查，取得证据，审得真凶。在判皮熊、铡庞昱、访李妃时也是如此，从而体现能臣的形象。忠臣、清官、能臣正是老百姓所渴望的。

《三侠五义》中的侠客义士，侠义之风相似，而个性迥异，给读者留下深刻的印象。展昭忍让谦和、兢兢业业，白玉堂心高气盛、锋芒毕露，卢方忠诚笃实，蒋平机警幽默，等等。

小说的语言充满口语特色，善用谚语、歇后语，幽默诙谐，清新畅白，干净爽洁，亦雅亦俗。

《三侠五义》还有续书《小五义》、《续小五义》等。其他侠义公案小说还有《绿牡丹》、《彭公案》、《七剑十三侠》等。此后侠义与公案再度分开，侠义小说演化为新武侠小说。

《儿女英雄传》大约相当于侠义小说与世情小说的揉合，该书成书于十九世纪五六十年代，四十回。作者文康，姓费莫氏，字铁仙，一字悔庵，满族作家。

小说体现了作者强烈的主观理想，即是希望集"英雄"与"儿女"于一身的安骥十三妹去实现一个君明臣忠、父慈子孝的符合封建纲常的理想社会，具有明显的说教意图，使其认识价值大打折扣。但是故事波澜起伏，人物描写也比较成功，在同时期的小说中堪称上乘。

第二节 狭邪小说及其代表作《品花宝鉴》、《花月痕》

世情小说流变的第一步是才子佳人小说,此在《红楼梦》的前后都有,此前如《玉娇梨》、《平山冷燕》,此后如《听月楼》、《风月鉴》。狭邪小说则是世情小说流变的第二步,或者说才子佳人小说的演变。"狭邪"亦为"狭斜",本义狭路曲巷,古乐府《长安有狭斜行》,叙述少年冶游之事,后称娼妓所居处。作为长篇小说中的一类,大约产生于道光以来。这期间绵延产生了《品花宝鉴》、《风月梦》、《青楼梦》、《花月痕》、《绘芳录》、《海上花列传》、《海天鸿雪记》等等。

《品花宝鉴》六十回,初版于道光己酉年(1849)。作者陈森(1796—1870),江苏常州人,道光年间入京坐馆,曾赴广东作幕僚,后又返京。他经常出入优伶间,熟悉这些生活,乃成《品花宝鉴》。小说以梅子玉与男伶杜琴言的同性恋为线索,描写了那个时期京城上层社会中畸形的狎优现象。小说除了暴露当时的黑暗现实以及提供一些史料价值以外,别无可取之处。

《青楼梦》,又名《绮红小史》,从这两个名字即可知是仿照《红楼梦》的作品。该书六十四回,成书排印于光绪初年。作者俞达(? —1884),江苏长州人(今苏州人),是个落魄文人。书中处处是模仿《红楼梦》的痕迹。小说虽有士子不用于当道,反不如青楼知己慧眼识人的寓意;而本质乃在既得功名富贵,复获娇妻美妾,终至成仙逍遥的潜意识的满足。

《花月痕》作者魏秀仁(1818—1873),小说对比描写了两对才子妓女截然相反的命运故事。两才子魏痴珠、韩荷生分别相恋于两烟花美人刘秋痕与杜采秋。魏痴珠是有才无运,穷困潦倒。既因贫而欲为秋痕赎身未果,复又一病不起;秋痕亦因此殉情。而韩荷生则平叛有功,又中探花,一路青云,封侯授诰。小说叙写魏刘悲剧,描写人物颇有特色。

总的说来,狭邪小说在思想与艺术都没有大的可取之处,仅对那个时代的认识有一定的意义;从文学史的角度讲,特别是小说的演化方面,能看出一步步移步换形的痕迹;而其风气所及,与近代的鸳鸯蝴蝶派小说也不无关系。

第三节 四大谴责小说

在十九世纪与二十世纪的世纪之交,满清政府在中日甲午战争的失败,对戊戌变法的镇压,以及在八国联军侵华态势下的张皇失措,其腐朽衰败已经暴露无遗。国人对清政府已经完全丧失信心,小说界涌现出大量揭露官场黑暗、抨击时政积弊、暴露社会丑恶的小说,而以《官场现形记》、《二十年目睹之怪现状》、《老残游记》、《孽海花》为其中的代表,鲁迅以为尚不够称为讽刺小说,乃别称为"谴责小说"。因此,"谴责小说"也可以说是《儒林外史》讽刺风格所流变与衍生的。

《官场现形记》的作者李宝嘉(1867—1906),字伯元,江苏武进人。少有才名,擅长诗词文赋。三十岁时来到上海,成为报人。先任职《指南报》,以后创办《游戏报》,转创《世界繁华报》,曾任著名期刊《绣像小说》的主编。《官场现形记》就是在《世界繁华报》上连载的,始于1903年,终于1905年,凡六十回。1906年初,繁华报馆出版《官场现形记》三十册,为全帙。

鲁迅对《官场现形记》的结构有以下断语:"头绪既繁,脚色复夥,其记事遂率与一人俱起,亦即与其人俱讫,若断若续,与《儒林外史》略同。"小说以若干独立的故事连缀成文,全面展示晚清官场的黑暗腐败。大小官员,或卖官鬻爵,或贪赃枉法,或溜须拍马,或投机钻营;或满嘴礼义廉耻,一肚钱财女色。

小说语言通俗流畅,长于渲染细节,可谓颊上添毫;极尽揶揄讽刺,每多漫画式夸张,却自然熨帖,入木三分。小说连载期间,风行海内;嗣后更仿作不绝。

《二十年目睹之怪现状》的作者吴沃尧(1866—1910),字趼人,以字行世,广东佛山人。1903年开始创作《二十年目睹之怪现状》,在梁启超主办的《新小说》连载,1909年完成。

小说有自传的意味,以主人公"九死一生"的人生经历与见闻为线索,叙写自1884年中法战争以来所见闻的怪现状:"……第一种是蛇虫鼠蚁,第二种是豺狼虎豹,第三种是魑魅魍魉。"可见其愤世嫉俗之深。小说既披露官场内幕的黑暗,复抨击社会道德的沦丧,而尤以后者为烈。九死一生的伯父吞亡弟遗产,夺孤侄、弟弟遗孀的养命钱,令人侧目。苟才为自己升官,竟跪求寡媳嫁与制台大人;黎景翼为夺家产,逼死胞弟,又将弟媳卖入妓院;符弥轩逼祖父讨饭,几将祖父打死;莫可基冒顶弟弟官职,霸占弟媳,且供诸同好,以谋进身之阶。

《老残游记》的作者刘鹗(1857—1909),字铁云,原名梦鹏,又作孟鹏,字云抟。

《老残游记》二十回,1903年始刊于《绣像小说》,后又连载于天津《日日新闻》,1906 年出单行本。小说以游记为写法,以主人公"老残"行医的见闻为线索,连缀起一系列故事,描摹社会情状,寄寓自己困惑。小说第一回中,把中国比作大海波涛中将要沉没的大船,这就是作家对中国命运的思考。

《老残游记》所独有的深刻之处,在于认识到危害国家的,除了贪官赃官,还有"清官"及好官中的庸才。小说塑造了两个"清官"的形象。曹州知府玉贤,有"路不拾遗"的美誉,依恃的是对老百姓的残酷镇压,一年中用"站笼"虐死的达二千多人!而另一个清官刚弼,自恃不要钱,更是滥施刑罚,屈死无辜。揭开清官的面纱,即是酷吏。而其所以酷,为求政绩,谋取更大的职位,满足自己的权欲。老残在第六回中说得十分深刻:"只为过于要做官,且急于做大官,所以伤天害理的做到这样。"作者笔下的庄宫保是以曾经邀他治河的山东巡抚张曜为原型描写的,张未接受刘锷的《治河策》,治河未成。是"好"官,却是庸才,亦能坏事。小说针对"庄宫保现象",说了这样的话:"……天下大事,坏于奸臣者,十之三四;坏于不通世故之君子者,倒十有六七也。"其洞察几千年中国吏治之本质深刻处,可谓独具慧眼。

《孽海花》的作者曾朴(1871—1935),江苏常熟人,初字太朴,后孟朴等,号铭珊,笔名东亚病夫。

《孽海花》前二十回,在 1905 年的《小说林》初版,封面题有"历史小说"。小说中的人物多有生活原型,如金雯青为洪钧,傅彩云为赛金花,唐犹辉为康有为,梁超如为梁启超等。

小说创作于资产阶级革命高涨的时代,作者接受了较多的西方思想。因此,《孽海花》与此前的谴责小说有很大的不同,具有鲜明的革新倾向。《孽海花》的结构,以状元金雯青与名姬傅彩云的故事为线索,以寓隐的方式串联起清末同治初年到甲午战争三十年间社会政治社会生活,展示文人士大夫的心态情状,力图展示"文化的推移"与"政治的变动"(曾朴《修改后要说的几句话》)。

小说的第一主人公金雯青,是中国旧文化的代表,虽大魁天下,而对时代潮流却格格不入。当众人议论风生,说的都是西国政治艺学时,金雯青却"茫无把握,暗暗惭愧"。这样的人,偏偏因为有状元头衔,被委赴使欧洲。然而他一踏上德国轮船,就成了环境的傀儡。对于西方的文化,茫无所知。出使西国时的冥顽与平庸,成了他早年滥熟经史蟾宫折桂的鲜明对照。最后,因傅彩云的放荡而气死。金雯青的遭际,形象地说明了一种文化的衰落,一个时代的衰落。

傅彩云是以清末民初的名妓赛金花为原型塑造的。她出身微贱,沦落风尘；自遇雯青，便获专宠。金雯青出使欧洲各国，原配夫人张氏不习外国风俗礼节，使得妓女出身的小妾傅彩云以李代桃，俨然大使夫人。从此，出入宫廷爵府，亮相舞池茶会，赢得"放诞美人"称号。随着金雯青的死去，她又复归妓女，完成了妓女——小妾——贵夫人——小妾（归国后）——妓女的轮回。

小说文笔姣好，辞采富赡，在四大谴责小说中，当属上乘。

第六章 清代戏剧

第一节 苏州派和其他作家作品

清代戏剧在前期继承了晚明戏剧的精神，创作上一度出现了繁荣。以洪昇的《长生殿》和孔尚任的《桃花扇》代表了这一时期戏剧的最高成就。同时，以苏州为中心的地域，在明代就产生了大量的戏剧作家和作品，到了清初，其传统仍在不断延续和发展，出现了以李玉为代表的苏州作家群，成为戏曲史上富有地域戏剧文化特征的亮点。

李玉（1591？—1671？），字玄玉，一作元玉，号苏门啸侣，又以其书斋名为"一笠菴主人"，苏州吴县人。他出身低微，"好奇学古"，雅尚词曲，娴于音律，一生作传奇三十余种，是明末清初创作数量最多、很有影响的戏曲家。今存戏曲十八种。此外还编订过《北词广正谱》，是研究北曲曲律的重要著作。由于地位卑微，这位多产作家生平事迹记载甚少。焦循《剧说》卷四中说他"系申相国（申时行）家人，为申公子所抑，不得应科试，因著传奇以抒其愤，而'一人永占'尤盛传于时"。吴伟业《北词广证谱序》云："其才足以上下千载，其学是以囊括艺林，而连厄于有司。晚几得之，仍中副车。甲申以后，绝意仕进。以十郎之才调，效耆卿之填词。所著传奇数十种，即当场之歌呼哭骂，以寓显微阐幽之旨；忠孝节烈，有美斯彰，无微不著。"这说明李玉在明亡前，曾是申相国"家人"（可能是书童或家班编剧之类的人），写过"一人永占"等剧本。明亡后乃全身心投入戏曲创作，"以抒其愤"。独特的身世，改朝换代的历史巨变，对李玉的创作道路和思想发展产生了重大影响。

李玉在明亡前所作的最有影响的戏剧是"一笠菴四种曲"，即《一捧雪》、《人兽关》、《永团圆》、《占花魁》，又名"一人永占"。在明亡后，写有《万里圆》、《清忠谱》、《千钟禄》等。从总体上看，他的剧作具有浓厚的道德救世的色彩。其代表作是《一捧雪》和《清忠谱》。

《一捧雪》写藏有传家宝"一捧雪"（玉杯）的莫怀古应权奸严嵩之子严世蕃之召，带家仆莫诚和婢妾雪艳以及幕客汤勤进京。莫怀古见严世蕃喜收藏古董字画，便将善裱糊技艺的汤勤荐之于严府。汤为讨好新主子，密告莫怀古带有"一捧雪"，严世蕃便向莫强索。莫以假杯与之，却被汤勤识破。严世蕃大怒，下令搜捕。义仆莫诚挺身代主受戮。当首级传至京师，又被汤勤识破是假。汤又见莫妾雪艳美貌，意欲霸占。雪艳为了结案情，假意应允，怀利刃杀死汤勤，然后自刎。待严党垮台后，莫怀古之子考中进士，找到离散多年的父母，才得一家团圆。剧作通过一个细小的生活事件构思戏剧冲突，有力地抨击了贪婪残忍、作恶多端的佞臣严世蕃，反映了明代嘉靖年间官场的黑暗和世风的险恶。同时用对照的手法，肯定和歌颂了义仆莫诚和贞妾雪艳为救主子不惜以生命为代价与恶势力作斗争的牺牲精神，揭露和谴责了市井小人汤勤出卖恩友、以怨报德、"阴险千般，存心刻毒"的丑恶行为。这种通过戏剧艺术体现严正的道德评判，反映了作者企图纠正"世风"的创作倾向，有一定的积极意义。但剧中对奴隶道德的歌颂，显然是落后和可悲的。这可能与作者出身于奴仆有关。

《人兽关》取材于话本小说《桂员外途穷忏悔》（《警世通言》第二十五卷），写桂薪见利忘义，一旦富贵就忘掉往日对自己有恩的同学，意在讥刺社会现实中的负心小人。《永团圆》写一个嫌贫爱富的婚姻故事。势利贪财的封建家长事与愿违，受到惩罚；忠贞爱情的年青男女终成眷属，如愿以偿，富有鲜明的风俗喜剧特征。《占花魁》取材于话本小说《卖油郎独占花魁》（《醒世恒言》第三卷），写花魁女莘瑶琴与卖油郎秦重的恋爱婚姻故事，歌颂了下层社会小人物之间摈弃了金钱名位观念的纯洁真挚的爱情。

李玉剧作中，描写重大题材的是《清忠谱》。该剧可视为时事剧或历史剧，写明天启年间，魏忠贤"阉党"迫害东林党人，派厂卫缇骑至苏州逮捕东林党人周顺昌，市民万余人为保护周顺昌与官府发生激烈冲突。后为首的颜佩韦等五人被逮杀害，周顺昌也被捕入狱，迫害致死。崇祯帝立，魏党垮台，周顺昌等得以昭雪，苏州市民收五人合葬建墓。复社领袖张溥曾以同一题材写过《五人墓碑记》。李玉则以自己的亲身经历和感受，将这一重大政治事件搬上舞台，更能产生现实批判的力量。剧作贯穿忠奸斗争的思想主题，塑造了两个典型的正面人物形象。一是东林党人周顺昌，他作为"清忠风世"的化身，集中体现了东林人士嫉恶如仇、无私无畏的可贵精神。作者在赞扬他"许身君王"的同时，反复渲染他视死如归的品格。一是市民英雄颜佩韦，其市井豪侠的气质表现得十分鲜明突出。这是从下层社会现实中生长出来进入文学领域的鲜活形象，因而非常值得珍视。据张岱《陶菴梦忆》卷七云："魏珰败，好事者作传奇十数本。"李玉的《清忠谱》最晚出，故能集思广益,后来居上,成为描写这一题材的众多剧作中最优秀的一种。

李玉的《千钟禄》是一部具有悲剧气氛的戏剧,写明初成祖朱棣与其侄儿建文帝争夺帝位的历史故事,多少带有明亡的影子,透射出一种江山易主的失落感。如《惨睹》一出中建文帝化装成僧人逃亡时唱道:

> 收拾起大地山河一担装,四大皆空相。历尽了渺渺程途、漠漠平林、叠叠高山、滚滚长江。但见那寒云惨雾和愁织,受不尽苦风凄雨带怨长。雄城壮,看江山无恙,谁识我一瓢一笠到襄阳。
>   ——[倾杯玉芙蓉]

此曲流传很广,可谓"家家'收拾起','户户不提防'"。

李玉是一位关心社会政治的剧作家,喜好选择重大题材,以求更广阔地反映社会生活面,并渗透着一种鲜明的道德评判。因而,在他的剧作中各种角色都能当主角,不局限于小生和小旦,而且搭配得当,各显其能,篇幅不长,剧情紧凑,冲突激烈,适宜于场上演出,并取得良好的效果。

苏州派作家群,除成就较高的李玉外,还有朱素臣、朱佐朝、叶时章、张大复等。他们都是团结在李玉周围热心戏剧创作的良朋好友,其身份既不是科举士子,也不是官宦子弟,而是直接为戏班服务的下层知识分子。他们相互学习,集体编剧,各献所长,精诚合作,形成了供戏班需要的创作群体。如朱佐朝曾和李玉合作了《一品爵》、《埋轮亭》;朱素臣曾帮助李玉校订过《北词广正谱》,和毕万后、叶雉斐一起帮同李玉编定《清忠谱》;张大复编纂《寒山堂新定九宫十三摄南曲谱》时,在资料上也曾得到过李玉的帮助。

朱素臣所作戏曲二十种,其中传奇十七种,今存十种,《十五贯》为其代表作。朱佐朝所作传奇二十五种,今存十六种,《渔家乐》为其代表作。叶雉斐所作传奇九种,今存《琥珀匙》、《英雄概》两种。张大复所作传奇二十九种,今存十种,《如是观》、《快活三》是其代表作。由于他们的创作直接面对精神消费的广大观众,不仅数量多,而且十分注重演出效果,从而形成了苏州派作家戏剧创作的一大特色。

在清初剧坛上,还有一位值得重点标出的戏剧家和戏剧理论家,他就是李渔。李渔(1611—1679),字笠翁,别署随庵主人、觉世稗官等。原籍兰溪(今属浙江),出生于江苏如皋,后回原籍。自幼聪颖,但屡应乡试不第,入清后,即不复应考。后家道中落,移居杭州,卖赋糊口。四十七岁始,流寓金陵二十年,居芥子园。蓄养家姬,教以歌舞自编自导,奔走四方,逢迎达官权贵,集资养家。七十岁卒于杭州。李渔著作甚富,诗文有《笠翁一家言全集》，其中《闲情偶寄》系古代戏曲理论集大成之专著；小说有《回文锦》、《十二楼》、《连城壁》；戏曲有《笠翁十种曲》等。

李渔生当明清动荡之际，对社会人生有其独特的体会和认识，乃以其卓异才华，从事创作，卖文卖艺为生，堪称文学史上的职业文人。他的一生，可视为特定时代背景下一种文化现象的实体，因而其创作也极富个性，带有一种傲世、玩世色彩，具有晚明士人放诞自适的遗风。所作戏剧继承了"临川派"的风格，多为风情喜剧，常以出人意表的误会巧合构思关目，机趣盎然，实践了"惟我填词不卖愁，一夫不笑是我忧"（《风筝误》末出）的创作意旨。如《奈何天》写一奇男子连娶三个绝色美女，《凰求凤》写三个美女争嫁一个才子，立意不高，以荒唐的情节博得市井观众的笑声，体现出大众化、世俗化的特点。当然，他也有写得比较好的戏剧，代表作为《比目鱼》。

剧作写书生谭楚玉为追求戏班女演员刘藐姑，遂加入戏班学戏。两人情投意合，常以演戏眉目传情。不料藐姑母亲贪图豪富，将其逼嫁钱万贯，藐姑誓死不从，便借演《荆钗记》之机，以钱玉莲角色的口吻痛骂正在观戏的钱万贯，然后从台上跳入江中，楚玉也随之投江。二人化为比目鱼，后被人网起，还原人形，结为夫妇。戏中套戏的关目和人鱼互变的荒诞情节中寄寓着生死不渝的儿女痴情，令人感动首肯。李渔曾说自己"诗歌词曲以及稗官野史，则实有微长，不效美妇一颦，不拾名流一唾，当世耳目，为我一新"（《与陈学山少宰书》），决非自诩。

李渔的贡献不仅在创作上，更有价值的是在戏曲理论上。他能在中国戏剧经历元杂剧和明传奇两次高潮所积累的经验基础上，紧密结合自己多年创作和家班演出的舞台实践，跳出前人多从音律和文辞方面探讨戏曲创作的狭小范围，站在戏剧文学的总体高度，全面探讨总结戏剧创作的特性，极富真知灼见。在《闲情偶寄》里，关于戏剧创作，他分为"结构"、"词采"、"音律"、"宾白"、"科浑"、"格局"六章，强调"填词之设、专为登场"，认为"天地之间有一种文字，即有一种文字之法脉准绳"。正是在抓住戏曲是代言的舞台艺术这一特性的基础上，他提出了一系列重要的创作原则。首先，在戏剧整体构思上要"立主脑"。通过剧中主要人物和中心事件来体现"作者立言之本意"；其次，在选材和描写上，要"脱窠臼"。摆脱陈规俗套，追求新奇，体现自己的创造力；第三，在故事情节上，要"密针线"。前伏后应，不露破绽，使全剧成为艺术整体；第四，"剪头绪"。为突出全剧主线，将旁见侧出的枝蔓删削掉，毫不吝惜；第五，在语言上，要求"贵显浅"、"重机趣"、"戒浮泛"、"忌填塞"。让观众能听懂，能领会。此外，他还着重提出宾白"当与曲文等视"，使之相互映发。这些从演出效果出发的创作经验之谈，既有对前人戏曲创作正反两方面经验的总结，又对后人戏曲创作具有指导意义。

清初剧坛，除李玉、李渔等重要作家外，还有吴伟业、尤侗、嵇永仙等写过不少剧作。他们的共同特点是，从个人身世感受出发，借用历史素材再创造，以抒发心中郁闷，因而抒情意味较浓而不便演出，堪称"案头之曲"。

吴伟业（1609—1671），字骏公，号梅村，太仓（今属江苏）人。明崇祯四年（1631）进士，官至左庶子。明亡后，迫于压力，当了清朝国子监祭酒，一年多后便辞职回乡。他是清初著名的诗人，对自己出仕新朝深感名节有亏，内心甚为苦闷，其四首《辞世诗》之一云："忍死偷生廿载余，而今罪孽怎消除？受恩欠债应填补，总比鸿毛还不如。"临终前，要求在墓碑上只题"诗人吴梅村之墓"。所作戏剧有传奇《秣陵春》，杂剧《通天台》、《临春阁》。《秣陵春》写南唐徐适与李后主侄女黄展娘的爱情故事，表现出一种改朝换代之后的怀旧情绪。《通天台》和《临春阁》亦借用历史题材，表达个人情怀。前者写南朝沈炯于梁亡后在长安登汉武帝"通天台"遗址，痛哭伤怀，醉酒而梦。梦见武帝召用自己，但于心有愧，力辞不就。剧中的沈炯实际上就是作者的影子。后者写张丽华和冼夫人辅佐陈后主，无奈文臣武将庸懦无能，最后失败。剧作一反女宠祸国的传统偏见，借古讽今，隐含着对南明权奸误国的讥刺。

尤侗（1618—1704），字同人、展成，号悔庵，晚年自称西堂老人，长洲（今江苏苏州市）人。尤侗自幼聪明，博闻强记，恃才自负，然仕途坎坷，多愤世之情。直到六十多岁才举博学鸿词科，授翰林院检讨，被康熙帝称为"老名士"。所作传奇一种，即《钧天乐》。杂剧五种：《读离骚》、《吊琵琶》、《桃花源》、《黑白卫》、《清平调》。尤侗剧作多取材于历史传说和唐人小说，借以抒发对科场腐朽、仕途多艰的愤懑。曲词典丽，感情激越，具有诗剧特点，很受文人士大夫赞赏。但演出效果不佳，适宜于案头阅读。正如吴梅在《中国戏曲概论》中所说："曲至西堂，又别具一变相。其运笔之奥而劲也，其使事之典而巧也；下语艳媚，而油油然动人也。置之案头，竟可作一部异书读。"

第二节　洪昇与《长生殿》

清康熙年间的剧坛上，出现了洪昇的《长生殿》和孔尚任的《桃花扇》，代表着清前期戏曲的最高成就，当时即有"南洪北孔"之誉。金埴诗云："两家乐府盛康熙，进御均叨天子知。纵使元人多院本，勾栏争唱孔洪词"（《题桃花扇传奇》)。可见两剧在当时上自朝廷下至市井的风行程度。

洪昇(1645—1704),字昉思,号稗畦,又号稗村,钱塘(今浙江杭州)人。他生于明清易代之际,出身于世代官宦而日趋中落的缙绅之家,受过良好的封建传统文化教养,但一生仕途坎坷,仅当过二十多年太学生,在京师与王士禛、李天馥、朱彝尊、赵执信等名流交往密切,联吟唱和,颇有诗名。康熙二十七年(1688),洪昇《长生殿》脱稿,京师盛演,尤其给内聚班带来空前的上座率。次年,班主为感谢作者,特演专场,请洪昇邀亲朋好友观《长生殿》。不料正值佟皇后丧期,被人告发。当时观剧的士大夫和诸生被革职及除名的共五十多人,洪昇亦被革除国子监学籍。这就是戏曲史上有名的"演《长生殿》之祸"。此后,洪昇回到家乡,往来于吴越山水之间,过着放浪诗酒的生活。康熙四十三年(1704),在吴兴受友人邀请饮酒,夜醉上船落水而亡。

洪昇才情超逸,一生仕途受困,抱负未展,生活拮据,贫困缠身,"八口总为衣食累,半生空溷名利场"(《省觐南归留简长安故人》)。加之与父母失和,父又曾"被诬遣戍",心情长期郁闷,性格孤傲。"交游宴集,每白眼踞坐,指古摘今"(《长生殿序》),表现出与世俗不协调的个性。因此,便寄情于诗歌戏曲创作。诗歌今存《稗畦集》、《稗畦续集》、《啸月楼集》。戏曲今存传奇《长生殿》、杂剧《四婵娟》。《四婵娟》体式略近于汪道昆的《大雅堂杂剧》和徐渭的《四声猿》,由四个单折短剧合成,分别写历史上谢道韫、卫夫人、李清照、管夫人四个才女的故事。而《长生殿》则是作者一生才力的结晶。

洪昇在《长生殿例言》中说,他作此剧曾三易其稿。初稿名《沉香亭》,因"排场近熟",作了情节改动增删,二稿更名为《舞霓裳》。"后又念情之所钟,在帝王家罕有,马嵬之变,已违夙誓,而唐人有玉妃归蓬莱仙院、明皇游月宫之说,因合用之,专写钗盒情缘,以《长生殿》题名。"可见,《长生殿》从初稿到最后定稿,前后花了十年时间。

《长生殿》描写的是传统的而又为人们所乐道的唐明皇与杨贵妃的爱情故事。自唐代白居易《长恨歌》和陈鸿《长恨歌传》首先将李、杨真人真事写进诗歌和小说之后,宋、元、明即有不少文人反复采用这一题材进行诗歌小说戏曲创作,如戏剧方面元代有白朴的《梧桐雨》杂剧,明代有吴世美的《惊鸿记》传奇等。洪昇正是以回顾性的审美目光,发现"情之所钟,在帝王家罕有"的爱情价值,同时又认为其中含有"乐极哀来,垂戒来世"历史经验,便在前人的基础上,以其杰出的艺术才华,进行取舍剪裁,再现这一宏阔的历史场面,终于使描写这一历史题材的戏剧作品达到了总结性的艺术高度。

《长生殿》长达五十出。全剧故事情节基本沿袭白居易的《长恨歌》,但作为戏剧作品,人物增多,场面扩大,内容更为丰富。它以唐明皇与杨贵妃的爱情故事为主线,并以安史之乱的政治事件作社会背景烘托,写出了帝妃的爱情带来了政治灾难和百姓的苦难。前半部是现实主义的描写,后半部是浪漫主义的虚构,写唐明皇与杨贵妃一在人间,一在天上,刻骨相思,后在月宫团圆,呈现出"人"字形结构。因而情节曲折、场面阔大、组织严密、线索分明,是一部富有演出效果的大型戏剧。

从创作主旨看,正如作者在开场曲中所写:"今古情场,问谁个真心到底?但果有精诚不散,终成连理……感金石,回天地,昭白日,垂青史,看子孝臣忠,总由情至。先圣不曾删《郑》《卫》,吾侪取义翻宫徵,借太真外传谱新词,情而已。"全剧正是以肯定和歌颂唐明皇与杨贵妃生死不渝的爱情为基调,通过他们"钗盒情缘"构思关目,回避了杨贵妃曾嫁寿王、与安禄山私通等"秽迹",以求达到净化道德,"义取崇雅"的艺术目的。因而,在人物塑造上,作者认为唐明皇是帝王家少有的"情种"。所以在剧中虽然描写了他与杨贵妃感情有过波折,如曾召幸过梅妃和杨贵妃的姐姐,遭到杨贵妃的嫉妒,故将贵妃遣谪出宫等,但最终在长生殿密誓订下钗盒情缘。他在七月七日对牛郎织女星发誓:"我李隆基与杨玉环情重恩深,愿世世生生,共为夫妇,永不相离。"后在马嵬之变中,迫于六军压力,赐死贵妃,经历了生离死别中无可奈何的精神折磨:"朕虽有九重之尊,四海之富,要他则甚!宁可国破家亡,决不肯抛舍你也。"剧作下半部分重点描写他们人间天上的刻骨相思,通过《冥追》、《闻铃》、《情悔》、《哭像》和《雨梦》等出戏浓墨重彩地表现了他们死抱痴情、坚守前盟的精诚。最后感动天地鬼神,让他们在月宫永久团圆。在洪昇笔下,唐明皇不仅是帝王,更重要的是"情种"的化身。作为"九五之尊"的唐明皇在众多的嫔妃中对杨贵妃情有独钟,但在马嵬兵变中,却无法保住杨贵妃生命,显然与实际身份不符。这一方面受历史题材的限制,另一方面也较好地为他们的爱情在浪漫主义幻想情节中留下了发展的空间。

与唐明皇形象相比,杨贵妃形象塑造得更为生动和丰富。在她的身上,突出地表现出"情"和"妒"的性格特征,而"妒"却源于"情"。她嫉妒唐明皇召幸梅妃和姐姐虢国夫人,要求与唐明皇对天盟誓,虽然不排斥作为贵妃身份带有专宠的意图,但其原动力还由于"情",以至于在马嵬兵变中被赐死,成为具有浓厚悲剧色彩的人物。即便如此,她在复归仙籍之后仍向织女倾诉说:"位纵在神仙列,梦不离唐宫阙。千迴万转情难灭。""只有一点那痴情,爱河沉未醒。""敢仍望做蓬莱的仙班,只愿还杨玉环旧日的匹聘。"真可谓"生生死死情不灭"。从这一点看,《长生殿》确实继承了晚明汤显祖《牡丹亭》歌颂"至情"的传统,虽然它描写的是帝妃之间生死不渝的爱情故事,但却有把"情"作为具有普遍意义和超越生死的力量予以歌颂的艺术效果。联系作者的身世,洪昇虽然仕途坎坷,一生贫困潦倒,但其妻黄兰次原是自己表妹,出身名门闺秀,文化素养甚高,两人青梅竹马,情感深厚,婚姻生活是美满的。由此可以想见,洪昇创作《长生殿》,内中自然寄托着对爱情的执著追求和审美理想。

作为历史题材的剧作,《长生殿》的思想价值不仅表现在对爱情的歌颂上,同时还从更广阔的社会生活画面上反映出这种帝妃爱情所带来的政治动乱和人民苦难,这就更加重了剧作的历史涵蕴和思想容量,形成爱情剧和历史剧相融合的创作特色。戏剧所描写的是处在社会宝塔尖上的帝妃之间的爱情。他们的生活习好,一言一行,都会或明或暗地产生巨大的辐射作用。由于杨玉环受宠,杨家骤成权门贵族。姊妹三人封做夫人,杨国忠做了右相,包庇纵容安禄山,种下了安史之乱的祸根。杨贵妃喜啖荔枝,南海和蜀州使臣为使新鲜荔枝按时送到,驰马狂奔,撞死老人,踏坏田禾,毫无顾忌。当他们的爱情达到对天盟誓的高潮时,"安史之乱"爆发了,验证了"乐极哀来"的生活箴言。洪昇以史家见识,艺术地再现了"驰了朝纲、占了情场"的历史真实,产生了"垂戒来世、意即寓焉"客观效果,让人感受到爱情既能带来动乱,同时也会在动乱中丧失,个人的命运必将受制于历史的力量的无奈和悲哀。这种对历史的兴亡梦幻感极易引起人们的共鸣。

《长生殿》在艺术上具有鲜明的个性和特色。首先,在题材的选择和创作方法上,继承了元白朴《梧桐雨》、明梁辰鱼《浣纱记》等剧作通过爱情故事反映一代兴亡的情节构想,同时又借鉴了明汤显祖《牡丹亭》超现实的浪漫手法。使全剧在精确的现实描绘和浪漫的想象虚构紧密结合的基础上,背景广阔,场面宏大,情节曲折,线索分明,有很强的戏剧性和舞台效果。其次,在关目的构思上,也颇见艺术匠心。为突出李、杨爱情主线及其性格特征,戏剧将一对金钗、一只钿盒作为爱情表证物贯穿始终,并随着剧情的发展和人物命运的变化由合到分,由分到合,很好地体现了"钗盒情缘"的思想主旨,令人深刻难忘。第三,曲词清丽优美,富有浓厚的抒情色彩。洪昇才情健富,深通音律,创作该剧时又曾得到音律专家徐麟的订正,因而这方面的成就向来受到曲家赞赏。"爱文者喜其词,知音者赏其律,以是传闻益远"(吴仪一序)。更由于描写爱情题材,演唱起来极能表现人物丰富的情感。如《闻铃》一出唐明皇唱的[武陵花前腔]:

　　淅淅零零,一片凄然心暗惊。遥听隔山隔树,战合风雨,高响低鸣。一点一滴又一声,一点一滴又一声,和愁人血泪交相迸。对这份情处,转自忆荒茔。白杨萧瑟雨纵横,此际孤魂凄冷。鬼火光寒,草间湿乱萤,只悔仓皇负了卿,负了卿! 我独在人间,委实的不愿生。语婷婷,相将早晚伴幽冥。一恸空山寂,铃声相应,阁道峻嶒,似我回肠恨怎平!

继承《梧桐雨》的笔法,借风声雨声,衬托唐明皇的孤独之境,将他对杨贵妃的缠绵悱恻之情表现得淋漓尽致。

第三节　孔尚任与《桃花扇》

　　清康熙三十八年(1699),戏曲史又产生了一部杰作——孔尚任的《桃花扇》。它与十年前问世的洪昇《长生殿》一起,成为清初剧坛上耀眼的双璧。

　　孔尚任(1648—1718),字聘之,又字季重,号东塘,别号岸塘,又自署云亭山人。山东曲阜人,孔子后裔。父亲孔贞璠,明末举人,入清后,"养亲不仕"。孔尚任早年曾花钱捐了一个监生的科名。三十五岁以前隐居曲阜县北石门山读书,对礼、乐、兵、农诸学下过一番功夫,尤其对乐律有较深研究。一次,康熙皇帝东巡谒孔林(1685),举行祭孔大典,孔尚任被推荐到御前讲经。因召对称旨,以一监生身份超擢为国子监博士,从此走入仕途。他为这突然而来的恩荣感激涕零,专门写了一篇《出山异数记》。后升至工部员外郎,曾随工部侍郎孙在丰治理水灾,三年间往来于江淮之间,住在扬州。游金陵时凭吊过明朝遗迹,还结识了冒辟疆、黄云、宗元鼎、杜濬等明末遗老及其他著名文人,搜集到不少南明兴亡的素材,这对于他创作《桃花扇》帮助甚大。孔尚任博学多才,兴趣广泛,喜好收藏书画古玩,又擅长诗文,有《湖海集》、《岸堂稿》传世。《桃花扇》脱稿于康熙三十八年(1699),据其自云,苦心经营了十余年,三易其稿始成(《桃花扇本末》)。次年(1700)四月,因"文字祸"罢官,有人怀疑与《桃花扇》有关,但无确切材料佐证。总算起来,孔尚任官宦生涯只有十五年。晚年生活在家乡,七十一岁病卒。他的剧作除《桃花扇》外,还与友人合写过《小忽雷》传奇。

　　《桃花扇》是一部标准的历史剧,亦可称时事剧。共四十出,分上下两本,首尾另加"试"、"闰"、"加"、"续"四出。剧作通过复社名士侯方域与秦淮名妓李香君的爱情故事反映南明王朝旋立旋亡的历史,"借离合之情,写兴亡之感"。作者明确宣布:"《桃花扇》一剧,皆南朝新事,父老犹有存者。场上歌舞,局外指点,知三百年之基业隳于何人?败于何事?消于何年?歇于何地?不独令观者感慨涕零,亦可惩创人心,为末世之一救矣。"表达了通过戏剧形式总结历史教训和抒发兴亡之感的创作意旨。

《桃花扇》以其精巧的艺术构思几乎概括了从崇祯灭亡前夕的 1643 年至弘光灭亡的 1645 年期间,发生在以南京为中心的政治舞台上的重大的政治斗争和军事斗争。而复社名士侯方域与秦淮名妓李香君的爱情悲剧正是在这样的旋涡中,经受悲欢离合的考验来完成的。剧作以侯方域、李香君、柳敬亭、苏昆生、史可法等为正义势力一方;以弘光帝、马士英、阮大铖等为邪恶势力一方,围绕着揭露阉党余孽阮大铖企图拉拢侯方域的阴谋,以及南明朝廷昏君奸臣当道,排挤史可法,大肆迫害复社文人等事件展开了一系列斗争。真实地再现了处在风雨飘摇之中的南朝小朝廷,存在着"朝堂与外镇不和,朝堂与朝堂不和,外镇与外镇不和;朋党势成,门户大起,虏寇之事,置之蔑闻"(《夏完淳《续幸存录》)的可悲政治局面。早在李自成起义军占领北京,崇祯帝上吊自杀,清军大举入关之时,马士英、阮大铖就表白:"幸运国家大变,正是我辈得意之秋","捷足争先,拜将与封侯,凭著这拥立功大权到手。"抢先拥立福王,控制了南明小朝廷。结果,弘光帝只知荒淫享乐,马士英、阮大铖一味排除异己,迫害忠良,导致左良玉在清兵压境之际从武昌起兵东下,而马、阮等人"宁肯叩北兵之马,不可试南贼之刀",抽调江北三镇与之对抗。最后,清兵乘虚而入,南明灭亡。马、阮给自己留的后路则是"跑"和"降"两个字。剧中《选优》、《逃难》、《劫宝》等几出戏,把南明这伙"私君"、"私臣"的丑恶嘴脸揭露得淋漓尽致。

作为历史剧,《桃花扇》在反映南明王朝旋立旋亡的过程方面是相当严谨的,作者在《桃花扇凡例》中就明确说明:"朝政得失,文人聚散,皆确考时地,全无假借。至于儿女钟情,宾客解嘲,虽稍有点染,亦非乌有子虚之比。"正是在这一点上,《桃花扇》堪称古代历史剧的范本。但是,把南明的覆灭仅仅归结于权奸误国显然是表层和偏颇的。从历史原因讲,与明末长期形成的党争风气有关;从现实原因讲,与复社文人以"清流"自居,意气用事,史可法缺乏才干,左良玉不顾大局有关。不过,孔尚任毕竟是在写戏,不是给历史人物作政治鉴定。而且他作为清朝的臣子,写的又是距明亡不过五十多年的南明历史剧,因而不能不有所顾忌。所以在剧中,他是以"正"与"邪"、"忠"与"奸"的道德标准来进行评判的。所以,《桃花扇》一问世,能得到清朝统治者容忍。据说,康熙皇帝看《桃花扇》"每至《设朝》、《选优》诸折,辄皱眉顿足曰:'弘光,弘光,虽欲不亡,其可得乎?'往往为之罢酒也"(吴梅《顾曲麈谈》)。明末遗老看《桃花扇》,勾起伤痛,不及终场,唏嘘而散。这说明《桃花扇》"借儿女之情,写兴亡之感"产生的震撼力量。孔尚任的高明之处,就是通过戏剧艺术再现南明历史,让人感受到在历史的政治的巨大变化之中,个人的力量是渺小的,个人的命运是不能自己主宰的。即使是美丽如花的爱情,也不能因为男女双方的坚贞就有美满的结局。恰恰相反,国破之日,即是家亡之时。剧中侯李爱情从一开始就染上了政治色彩,随着南明政治风云变幻而曲折不断。最后在南京栖霞山白云庵相会时,正要旧情萌发,被张道士大声喝道:

　　两个痴虫,你看国在哪里,家在哪里,君在哪里,父在哪里,偏是这点花月情根,割他不断么?

　　两人如梦初醒,双双入道,象征着他的坚贞爱情的桃花扇揉碎在斋坛之下,宣告美好的爱情以悲剧告终。《桃花扇》以勇敢的写实精神,将爱情置于残酷的政治斗争和不以个人意志为转移的历史变迁之中,以悲剧结局,体现了"借儿女之情,写兴亡之感"的主题,引发人们在进行历史的审视的同时,对现实和未来产生深沉的思考。这正是《桃花扇》具有深厚的思想价值所在,也是它产生隽永的艺术魅力的重要原因。

　　作为代表古代历史剧最高成就的《桃花扇》,在艺术上同样有着显著的创造性。

　　首先表现在人物形象的塑造上。《桃花扇》虽然描写的多是真人真事,并且以忠于史实而成为一大特色。但是在人物塑造上,尤其是在突出人物性格特征的情节与细节描写上,作者充分发挥了集中提炼、虚构和想象的创造才能,从而使人物形象血肉丰满、性格鲜明的站立在舞台上。最成功的当然要数女主人公李香君。她作为秦淮名妓,受到明末东南士大夫关心朝政的风气影响,在政治上有着鲜明的是非观念。《却奁》一出表现了她政治上的敏感和见识超过了侯方域,毅然地退掉阮大铖为拉拢侯方域而置办的妆奁,被侯方域称赞为"畏友"。《拒媒》、《守楼》等出写她拒嫁漕抚田仰,"碎首淋漓,不肯辱于权奸"。《骂筵》一出,更是让李香君与权奸马士英、阮大铖展开了面对面斗争,揭露了马阮这伙所谓"堂堂列公","创业选声容"的丑恶行径,使"丞相之尊,娼女之贱,天地悬绝"的情势,顿然改观,从而使她的反抗性格放射出夺目的光彩。由此可见,政治上的爱憎情感所激发的反抗斗争精神与对爱情的忠贞不渝紧密地结合在一起,构成了李香君性格的鲜明特征。而这个形象所留下的历史材料很少,孔尚任依照她的出身、环境和性格的内在发展逻辑,以生花妙笔作了大胆的想象和虚构,在这个沦落风尘而又才智出众的弱女子身上,寄托着对妇女的同情和对现实的愤慨,从而使她不仅在剧中光彩夺目,而且即使放在中国古典戏剧文学画廊中,也是独具个性的典型形象。

剧中其他人物塑造得也很鲜明生动。如男主人公侯方域,正直善良,忠于爱情而又软弱迂阔;艺人柳敬亭豪爽诙谐,见义勇为;史可法忠君爱国,慷慨壮烈,视死如归等,都写得很有个性。即使是反面人物阮大铖,作者不仅写他阴险奸猾,同时也写他富有才情的一面。

其次,《桃花扇》体现了高超的结构艺术。作者在《桃花扇》凡例中说:"排场有起伏转折,俱独辟境界;突如而来,倏然而去,令观者不能预拟其局面。凡局面可拟者,即厌套也。"在这种包含着艺术辩证法思想的原则指导下,《桃花扇》有一个明确的"纲领"性的戏剧结构。它把剧中男女主人公及其他人物分成左、右、奇、偶、总五种,紧紧围绕着"借离合之情,写兴亡之感"主题,以侯李爱情纠葛为中心线索,让剧中人物的位置各得其所,有条不紊,做到了"明如鉴、平如衡"(《桃花扇考据》)。离合之情由兴亡所致,兴亡之感由离合所生,环扣得十分巧妙。特别是侯李二人的定情信物———一柄宫扇,在塑造人物和推动剧情发展上起了重要的点睛作用。宫扇的出现,表明侯、李爱情的产生;美人鲜血染成的桃花,象征他们爱情的忠贞和曲折;最后桃花扇揉碎于斋坛之下,说明他们的爱情以悲剧告终。而这一系列过程又与特定的政治形势紧密相关。这种艺术结构正如作者所说:"桃花扇譬则珠也,作《桃花扇》之笔譬则龙也。穿云入雾或正或侧,而龙睛龙爪,总不离乎珠"(《桃花扇》凡例)。

最后,充满着浓厚的悲剧意蕴。《桃花扇》描写的是南明兴亡的历史,悲剧的历史必然产生历史的悲剧。尊重历史的孔尚任很好地完成了这一创作使命,因而也就有力地打破了古代戏剧常见的大团圆程式,给人们留下了哲理性的思考。剧作最后写侯、李双双入道,虽是虚构的,却典型地概括了明末清初许多进步人士报国无力,投降不愿,只能遁入山林,消极反抗的普遍现象。他们的爱情悲剧正体现了整个时代的悲剧。这种浓厚的悲剧意蕴正是《桃花扇》对前人剧作的突破和超越,从而形成了本剧的一大特色。这种特色不仅通过人物命运来体现,同时也通过典雅隽永的曲词抒发出来,如《余韵》一出中苏昆生唱的《离亭宴带歇指煞》:

俺曾见金陵玉殿莺啼晓，秦淮水榭花开早，谁知道容易冰消。眼看他起朱楼，眼看他宴宾客，眼看他楼塌了。这青苔碧瓦堆，俺曾睡风流觉，将五十年兴亡看饱。那乌衣巷不姓王，莫愁湖鬼夜哭，凤凰台栖枭鸟。残山梦最真，旧境难丢掉，不信这舆图换稿。诌一套哀江南，放悲声唱到老。

触景生情，往事如烟。面对着巨大的历史变迁，个人是那么无奈和渺小，感受到的只是一片虚无空幻。

第四节　清中后期戏剧

文人戏剧在明后期到清前期形成创作高潮之后，于清乾隆年间逐渐衰微。其原因大致有二：首先是文人剧本赖以上演的昆曲雅化甚至僵化而日渐失去广大观众。其次，随着清朝政治统治进一步巩固，在意识形态领域强调宣扬封建伦理道德现象也更加严重，这与明初情形有些相似。戏剧本是关注和反映社会生活的艺术品种，与观众的思想感情息息相通才能产生艺术效果。而所谓"乾隆盛世"的戏剧，恰恰由于上述原因，出现的是以故事（大多袭用历史题材）演绎观念的案头之作，而且十分平庸。

唐英（1682—1755），字隽公，又字叔子，祖居沈阳，后归满，汉军正白旗人。曾长期负责陶务，于瓷器制造方面做出过突出成绩。兴趣广泛，诗、书、画无不爱好。戏曲有《古柏堂曲》十七种。其中既有自创，又有改编和增补前人的作品，还有根据地方戏改编的作品。如据梆子腔剧目改编的《面缸笑》、《十字坡》、《梅龙镇》等，又被改编成后来京剧《打面缸》、《武松打店》、《游龙戏凤》等，很受观众欢迎。

与袁枚、赵翼并称为"乾隆三大家"的蒋士铨，戏曲今存十六种，较通行的是《藏园九种曲》。他是乾隆时期名气最大、成就较高的戏曲家。所写多为民族英雄、志士仁人，力求领新标异。如《冬青树》写文天祥、谢枋得英勇抗元以身殉国的故事，表彰他们的民族气节，富有悲剧色彩。《桂林霜》写吴三桂谋叛，广西巡抚马雄镇拒绝投降，全家系狱四年，一门二十余人殉难，褒扬了他们的忠义气节。《临川梦》将汤显祖与其"四梦"中的主要人物以及为《牡丹亭》而死的娄江俞二娘融合一剧中，寄寓了才智之士的愤懑与不平，构思颇为新颖。蒋士铨剧作封建道德思想浓厚，颇多说教意味，然善以诗歌才力写曲词，优美而有文采，继承了汤显祖的风格。

这时期戏曲作品影响最大的是《雷峰塔传奇》,写白蛇精变化的白衣娘子与许仙的爱情故事。故事最早源于唐传奇《白蛇记》(《太平广记》卷458),宋元话本《西湖三塔记》,亦写这一题材,但都充满着妖气。到明代便进入讲唱、小说及戏剧等文学作品中,如《警世通言》里就收有《白娘子永镇雷峰塔》一篇。陈亦龙也曾作过传奇剧《雷峰记》,惜已佚失。至乾隆初,出现了黄图珌的《雷峰塔传奇》,"一时脍炙人口,轰传吴越间"(《看山阁全集·南曲》卷四)。在此基础上,乾隆中叶,又出现了两种重要的《雷峰塔》传奇剧本:一是陈嘉言父女修订的梨园演出本;一是徽州文人方成培的最后润色修订本。这说明,雷峰塔故事长期流传、演变和改造,反映了人民群众赞赏和歌颂白娘子追求爱情婚姻和正常人的生活的美好愿望。

杨潮观(1712—1791),字宏度,号笠湖,江苏金匮(今无锡)人。乾隆举人,长期担任地方官,正直廉洁,关心民生疾苦,有政声。所作戏曲有单折杂剧三十二种,合集为《吟风阁杂剧》。题材多选自历史、笔记、小说、神话、传说故事。每剧前均有小序,说明创作意旨。作者十分重视戏剧的教化作用,由于长期担任地方官员,深知官吏好坏对老百姓生命安危关系甚大,故所写剧作大多很有意义。如《汲长孺矫诏发仓》写汲长孺权变救灾民,体现了"为国家者,患莫甚乎弃民"的爱民思想。

杨潮观杂剧题材广泛,描写富有真情实感,虽有讽喻劝惩意味,但不致流于说教。曲词清新优美,富有诗意。其中相当一部分杂剧由于情节过于简单,不宜舞台演出。

清中叶杂剧作家作品还有桂馥(1736—1805)的《后四声猿》,舒位(1755—1815)的杂剧集《瓶笙馆修箫谱》和周乐清(1785—1855)的杂剧集《补天石传奇》等,大都演述名人轶事,抒发个人感慨,立意不高,可供案头阅读,难有舞台效果。

清代戏剧到乾隆年间,出现了新的转折。即统治剧坛的昆曲日渐衰落下去,代之而起的是地方戏的兴盛,出现了清中叶所谓的"花雅之争"。李斗《扬州画舫录》云:"雅部即昆山腔;花部为京腔、秦腔、弋阳腔、梆子腔、罗罗腔、二簧调。"可见当时扬州的花部已支派繁盛,而京师更是南腔北调汇聚一城,争奇斗艳。乾隆四十四年(1779),秦腔表演艺术大师魏长生进京,与昆、高(弋阳腔在京的分支)二腔争胜,秦腔渐占上风,受到清廷干预,被迫离京。到了乾隆五十五年(1790),恰逢乾隆皇帝八十大寿,在扬州的徽班,由高朗亭率领进京,以安庆花部,合京、秦二腔组成三庆班,随后又有四喜、春台、和春三班,接踵而来,这就是戏剧史上有名的"四大徽班"进京。徽班以唱二簧调为主,并融合秦腔、昆腔曲调,逐渐风行开来。到了道光年间又与湖北艺人带来的西皮调相结合,采用北京语言,适应北京风俗,改造发展成一种新的徽剧,即皮簧戏,又名"京剧"。京剧以其精美的唱腔和表演艺术,逐渐流行各地,成为全国性的剧种。

　　京剧和各地方戏剧目绝大多数出自下层文人和民间艺人之手,为了演出在戏班内口授和传抄,很少刊印,所以散失很多。乾隆中后期刊行的《缀白裘》收有五十多种花部诸腔剧本。叶堂《纳书楹曲谱》、李斗《扬州画舫录》、焦循《剧说》、《花部浓谭》和《清音小集》等也记载了二百种左右的地方戏剧目。故事内容大多来自民间传说和通俗小说,或改编原来昆曲传统剧目。清中后期戏剧的变化和发展主要是雅部衰落和花部兴起的过程,从戏曲声腔演变史角度去看,很值得研究探讨。但从戏剧文学角度看,由于缺少文本作依据,所以只能略作以上介绍。

主要参考书目

[1]《中国文学史》(1—3 册),中国社会科学院文学研究所中国文学史编写组编写,人民文学出版社,1962 年版

[2]《中国文学史》(1—4 册),游国恩、王起、萧涤非、季镇淮、费振刚主编,人民文学出版社,1963 年版

[3]《中国文学发展史》(上、中、下册),刘大杰著,上海古籍出版社,1982 年版

[4]《中国文学史》(上、中、下册),马积高、黄钧主编,湖南文艺出版社,1992 年版

[5]《中国文学史》(上、中、下册),钱基博著,中华书局,1993 年版

[6]《中国文学简史》,林庚著,北京大学出版社,1995 年版

[7]《中国文学史》,[日]前野直彬主编,骆玉明、贺圣遂等译,上海古籍出版社,1995 年版

[8]《中国文学史》(上、中、下册),章培恒、骆玉明主编,复旦大学出版社,1996 年版

[9]《中国文学史》(一、二、三、四册),韩兆琦主编,北京师范大学出版社,1996 年版

[10]《中国古代文学史》(上、下册),裴斐主编,中央民族大学出版社,1996 年版

[11]《中国古代文学史》(一、二、三、四册),郭预衡主编,上海古籍出版社,1998 年版

[12]《文学大纲》(一、二、三、四册),郑振铎著,商务印书馆国际有限公司,1998 年版

[13]《中国文学史》(一、二、三、四册),袁行霈主编,高等教育出版社,1999 年版

[14]《插图本中国文学史》(上、下册),郑振铎著,北京出版社,1999 年版

[15]《程氏汉语文学通史》,程千帆、程章灿著,辽海出版社,1999 年版

[16]《中国大文学史》(上、下册),柳存仁等,上海书店出版社,2001 年版